本书属于国家社科基金重大项目
——“梵文研究与人才队伍建设”

梵汉对照读本

रघुवंशम्

罗怙世系

［古印度］迦梨陀娑 著

黄宝生 译注

中国社会科学出版社

图书在版编目(CIP)数据

罗怙世系/(古印度)迦梨陀娑著;黄宝生译注.—北京:中国社会科学出版社,2017.4

ISBN 978-7-5161-9629-8

Ⅰ.①罗… Ⅱ.①迦…②黄… Ⅲ.①叙事诗—诗歌研究—印度—中世纪 Ⅳ.①I351.072

中国版本图书馆CIP数据核字(2016)第320507号

出 版 人 赵剑英
责任编辑 史慕鸿
特约编辑 党素萍
责任校对 石春梅
责任印制 戴 宽

出 版 中国社会科学出版社
社 址 北京鼓楼西大街甲158号
邮 编 100720
网 址 http://www.csspw.cn
发 行 部 010-84083685
门 市 部 010-84029450
经 销 新华书店及其他书店

印刷装订 北京君升印刷有限公司
版 次 2017年4月第1版
印 次 2017年4月第1次印刷

开 本 787×1092 1/16
印 张 53.25
插 页 2
字 数 902千字
定 价 198.00元

目　录

前　　言

迦梨陀娑（Kālidāsa）是享誉世界的古典梵语诗人。他大约生活在公元四、五世纪。印度学术界一般认为他的传世作品有七部：抒情短诗集《时令之环》（*Ṛtusaṃhāra*，又译《六季杂咏》）、抒情长诗《云使》（*Meghadūta*）、叙事诗《鸠摩罗出世》（*Kumārasambhava*）和《罗怙世系》（*Raghuvaṃśa*）以及戏剧《摩罗维迦和火友王》（*Mālavikāgnimitra*）、《优哩婆湿》（*Vikramorvaśīya*）和《沙恭达罗》（*Abhijñānaśākuntala*）。其中，《云使》有金克木先生的译本，《沙恭达罗》和《优哩婆湿》有季羡林先生的译本。

这里介绍给读者的是《罗怙世系》。这部叙事诗取材于印度史诗和往世书中的古代帝王传说。罗怙世系属于太阳族，他们的祖先可以追溯到吠陀时代的甘蔗王。迦梨陀娑的《罗怙世系》是以罗摩故事为重点，描写罗摩及其在位前后的一些帝王传说。全诗共有一千五百六十九节，分为十九章。主要内容如下：

第一章和第二章描写迪利波王（罗摩的高祖）的传说。

其中，第一章描写迪利波是一位贤明的君王，热爱正法，一心为民众谋利益。在他的治理下，国家和平繁荣。他的唯一缺憾是没有子嗣。于是，他偕同王后前往净修林，向极裕仙人求教。极裕仙人向他指出：他之所以没有子嗣是因为曾经怠慢如意神牛苏罗毗。如今只要精心侍奉神牛的女儿南迪尼，就能获得子嗣。

第二章描写迪利波王接受极裕仙人的建议，亲自在森林中放牧南迪尼，早出晚归，尽心竭力侍奉。一天，南迪尼为了考验迪利波王的诚心，幻化出一头狮子。这头狮子企图吞噬南迪尼。迪利波王抵挡不住狮子，便恳求狮子以他的肉身替代南迪尼。在迪利波王投身狮口之际，狮子的幻象消失。南迪尼向迪利波王说明真相，并答应满足他求子的心愿。

第三章至第五章描写罗怙王（罗摩的曾祖）的传说。

其中，第三章描写迪利波王获得南迪尼的恩惠，如愿与王后生下儿子罗怙。罗怙成年后，被指定为王位继承人。迪利波王指派他和众王子保护祭马，先后完成九十九次马祭。现在，迪利波王开始举行第一百次马祭。罗怙保护祭马周游四方。途中，因陀罗盗走祭马。因为因陀罗享有“百祭”

的称号，害怕迪利波王完成一百次马祭，而威胁到自己的声誉。罗怙与因陀罗发生激战。最后，因陀罗敬佩罗怙的勇武，答应即使没有完成这次祭祀，也让迪利波王享有这次祭祀的功果。此后，迪利波王立罗怙为王，自己隐居森林。

第四章描写罗怙治国有方，政绩辉煌。然后，他在秋季征伐四方，所向披靡。完成统一世界大业后，举行“全胜祭”，全数施舍自己的所有财富。

第五章描写罗怙在“全胜祭”上施舍完毕一切财富后，一位名叫憍蹉的婆罗门刚刚完成学业，前来乞求一笔巨资，用以支付老师的酬金。为了不使憍蹉失望，罗怙决定劫掠财神。财神得知这一情况，主动降下一阵金雨。憍蹉的要求获得满足。由于他的祝福，罗怙和王后生下儿子阿迦。阿迦成年后，应邀参加毗达尔跋王的妹妹英杜摩蒂的选婿大典。途中，阿迦遇到一头野象攻击。这头野象原本是一个健达缚，因受一位大仙诅咒而变成野象。阿迦放箭射中野象的颞颥。野象由此摆脱诅咒，恢复健达缚原形，并赠给阿迦一件神奇的武器。

第六章描写在选婿大典上，女卫士苏南达引领公主英杜摩蒂面见一个又一个求婚的国王，逐一介绍他们的事迹。最后，来到王子阿迦前，英杜摩蒂一见钟情，选中了他。

第七章描写毗达尔跋王为阿迦和英杜摩蒂举行隆重的婚礼。然后，阿迦带着英杜摩蒂回国。途中，那些落选的国王合伙围攻阿迦，企图掠走英杜摩蒂。阿迦与他们展开激战。最后，他使用健达缚赠给他的那件具有催眠作用的神奇武器，击败众国王。阿迦回国后，罗怙让阿迦继承王位。

第八章描写阿迦和英杜摩蒂是一对恩爱夫妻，生下儿子十车。一天，阿迦和英杜摩蒂在花园游乐。天国那罗陀大仙途经花园上空。不料一阵大风吹落那罗陀大仙琵琶上的花环，恰好击中英杜摩蒂的胸口。英杜摩蒂倒地身亡。阿迦悲痛欲绝，哀悼不已。极裕仙人派徒弟前来劝慰，也无济于事。阿迦在忧伤中度过八年，最后将儿子十车扶上王位，自己绝食而死，升入天国与英杜摩蒂团聚。

第九章至第十五章描写十车王及其儿子罗摩的传说，故事情节与史诗《罗摩衍那》基本相同。

其中，第九章描写十车王是一位贤明的国王，按照经典规则保护家族和国家。他也是一位骁勇的武士，征战四方，一统天下。但他有一个缺点，即酷爱狩猎。在一个春季，他与后妃享受大好春光后，又渴望享受狩猎的快乐。于是，他前往林中狩猎。一次，他听到远处河中传来汩汩声，误以为是野象在喝水。他不顾“国王不应该射杀野象”的禁戒，放箭射击，结果射杀了一个正在用水罐汲水的少年。这个少年的父母是双目失明的苦行者。他们诅咒十车王到了老年，也会像他们那样，为儿子忧伤而死。

第十章描写十车王长久统治大地，但始终没有获得儿子。于是，他举行求子祭祀仪式。恰好这时，众天神受到十首魔王罗波那侵扰，请求毗湿奴大神保护。毗湿奴决定分身下凡，投胎十车王的三个王后。这样，大王后憍萨厘雅生下罗摩，二王后吉迦伊生下婆罗多，小王后须弥多罗生下罗什曼那和设睹卢衹那。

第十一章描写罗摩在年少时就显示非凡的威力。当时，憍尸迦仙人的净修林遭到罗刹侵扰。罗摩偕同弟弟罗什曼那，应邀前去保护净修林。途中，消灭女罗刹妲吒迦。到了净修林后，又消灭前来破坏祭祀的罗刹军队。然后，憍尸迦仙人应邀出席弥提罗王的祭祀仪式，带着罗摩兄弟俩前往弥提罗城。弥提罗王宫中藏有一张湿婆的神弓。弥提罗王曾许诺谁能挽开这张神弓，就将女儿悉多嫁给他。然而，始终无人能挽开这张神弓。罗摩来到后，轻松地挽开了这张神弓。于是，弥提罗王便将悉多嫁给了罗摩。罗摩偕妻子悉多返国途中，遇见与刹帝利结下深仇的婆罗门勇士持斧罗摩。罗摩战胜不可一世的持斧罗摩。持斧罗摩甘拜下风，决定以后朝拜圣地，过平静生活。

第十二章描写十车王进入老年，决定将王位交给罗摩。而这时二王后吉迦伊利用十车王过去曾允诺赐给她两个恩惠，向十车王提出两个要求：一是让她的儿子婆罗多继承王位，二是流放罗摩十四年。十车王为了信守诺言，只能同意她的要求。罗摩为了让父王不失信义，便偕同妻子悉多和弟弟罗什曼那离开都城，前往森林。罗摩离开后，十车王抑郁而死，应验了过去苦行者对他的诅咒。罗摩在林中流亡时，魔王罗波那的妹妹看中他，向他求爱，遭到罗摩拒绝和悉多嘲笑，又被罗什曼那割去耳朵和鼻子。这个女罗刹便怂恿哥哥罗波那为她复仇。罗波那施展诡计，劫走悉多。后来，罗摩与猴王须羯哩婆结盟。神猴哈奴曼跃过大海，在楞伽岛找到囚禁在罗波那宫中的悉多。于是，罗摩依靠庞大的猴军，架桥渡海，与罗波那展开一场大战。最后，罗摩杀死罗波那，救出悉多。

第十三章描写罗摩偕同悉多和罗什曼那，乘坐从罗波那那里缴获的飞车回国。在飞车上，罗摩向悉多指点大海和陆地上的种种美景，并触景生情，回忆他与悉多在流亡生活期间的种种往事。最后，到达阿逾陀城外，飞车降下，婆罗多和臣民们一起出城前来迎接他。

第十四章描写老臣们为罗摩举行灌顶登基仪式。罗摩登位后，平等对待三位弟弟，也同样孝敬三位母亲。他依法治理国家，并与悉多共享欢乐。不久，悉多怀孕。这时，罗摩得知市民中流传说他不应该接受曾在魔王宫中居住过的悉多。罗摩内心痛苦，明知悉多无辜，但为了不违民意，决定抛弃悉多。他吩咐罗什曼那将悉多送往蚁垤仙人的净修林。蚁垤仙人收留了悉多，并对罗摩的残酷行为表示愤慨。

第十五章描写罗摩抛弃悉多后，没有再娶。悉多在净修林中生下孪生子俱舍和罗婆。蚁垤仙人培养他俩，教他俩学习吠陀，也教他俩诵唱自己创作的《罗摩衍那》。在蚁垤仙人的鼓励下，他俩漫游各地，传唱《罗摩衍那》。这时，罗摩举行盛大的马祭，他俩也来到这里。罗摩出于好奇，聆听了他俩的诵唱，并得知《罗摩衍那》的作者是蚁垤仙人。于是，他去会见蚁垤仙人。蚁垤仙人告诉他俱舍和罗婆就是他的儿子，并请他接回悉多。而罗摩表示先要让悉多亲自向民众证明自己的贞洁。这样，悉多在民众集会上，发出誓言说："如果我在思想、语言和行为上没有违背丈夫，那就请大地女神把我藏起来吧！"说罢，大地顿时开裂，大地女神显身，将悉多抱在怀中，进入地下。罗摩虽然于心不忍，也只能接受命运的安排。而后，罗摩和三位弟弟安排各自的儿子统治各自的地区。罗摩完成化身下凡的使命，与三位弟弟一起返回天国。

第十六章至第十九章描写罗摩之后的罗怙族帝王传说。

其中，第十六章描写罗摩的儿子俱舍统治俱舍婆提城。罗摩升天后，家族旧都阿逾陀城荒芜。俱舍应阿逾陀城女神的请求，返回阿逾陀城。这样，阿逾陀城重放光彩。在夏季的一天，俱舍和后妃在娑罗优河中沐浴玩耍，不慎将自己的臂钏失落水中。渔夫们在水中遍寻不得，怀疑臂钏已被河中蛇王窃走。俱舍举弓搭箭，准备射杀河中蛇王。此刻，蛇王从水中出现，交还俱舍失落的臂钏，并献上自己的妹妹。俱舍与蛇王的妹妹成婚，生下儿子阿底提。

第十七章描写俱舍协助天王因陀罗作战，遭到妖魔杀害。于是，他的儿子阿底提继位。阿底提是一位贤明的君王，具备种种品德，平等对待法、利和欲三大人生目的，恪尽国王职责，受民众爱戴，即使征服敌人也采取合法手段，成为王中之王。

第十八章概略描写继阿底提王之后的二十一位帝王传说，依次为尼奢陀、那罗、那跋斯、莲花、安弓、提婆阿尼迦（天军）、阿希那古、波利耶多罗、希罗、温那跋、金刚脐、商佉那、驻马、维希伐萨诃、希罗尼耶那跋、憍萨利耶、波诃密希陀、布特罗、弗沙、达鲁伐商迪和妙见。他们都能继承罗怙家族传统，遵照经典治理国家，凭借威力统治天下，在年老时把王位交给儿子，自己前往林中隐居。

第十九章描写火色王的传说。这是一位背离罗怙家族传统的国王。他登上王位后，只履行了几年职责，就把王权托付给大臣们。此后，他不理朝政，耽迷声色。如果民众前来拜见，他也只是把双脚伸出窗外。他长期纵欲，漫无节制，结果身患重病，折寿崩逝。大臣们在御花园中秘密为他举行葬礼，并为怀孕的王后举行灌顶仪式。臣民们热切地期待着王子的诞生。

全诗至此结束。有些学者据此认为《罗怙世系》是一部未竟之作，迦梨陀娑没有写完而去世。这种猜测未必能成立，因为迦梨陀娑并非是在写作太阳族罗怙世系通史，他既然可以略去迪利波王以前的帝王传说，自然也可以略去火色王以后的帝王传说。而且，目前这样结束全诗，意味深长，正是迦梨陀娑的妙笔。

印度古代叙事诗发达。古典梵语叙事诗的专名是"大诗"(mahākāvya)，意谓长篇叙事诗。它导源于印度古代两大史诗《摩诃婆罗多》(*Mahābhārata*)和《罗摩衍那》(*Rāmāyaṇa*)。但两大史诗属于口传文学，而古典梵语叙事诗属于书面文学，在艺术形式上讲究文采和修辞。

古典梵语诗学著作中对叙事诗这种艺术形式也有理论概括。这里可以引用檀丁（Daṇḍin）的《诗镜》（*Kāvyādarśa*）对"大诗"的定义："作品开头有祝福和致敬，或直接叙事。它依据历史传说或真实事件，展现人生四大目的的果实。主角聪明而高尚。它描写城市、海洋、山岭、季节、月亮或太阳的升起、在园中或水中的游戏、饮酒和欢爱。它描写相思、结婚、儿子出世、谋略、遣使、进军、胜利和主角的成功。有修辞，不简朴，充满味和情。诗章不冗长，韵律和连声悦耳动听。每章结尾变换诗律。这种精心修饰的诗令人喜爱，流传的时间比劫还长。"（1.14—19）。

这是对包括迦梨陀娑在内的古典梵语叙事诗的描述性概括。迦梨陀娑的《罗怙世系》显然符合檀丁的这种概括。而《罗怙世系》与其他古典梵语叙事诗的不同之处在于它采用帝王谱系的形式，不存在贯穿全诗的统一情节和单一主角。它总共描写了以摩奴为首的太阳族罗怙世系的二十九位帝王的传说。迦梨陀娑凭借他的卓越诗才，善于以诗人的眼光提炼和剪裁历史传说，着重描写罗怙世系中一些著名帝王的主要事迹，而在这些事迹中又突出某一侧面，或重彩描写，或充分抒情。一个又一个生动的插曲，一幕又一幕奇妙的场景，一篇又一篇优美的诗章，令读者应接不暇。

受史诗和往世书传说的影响，罗怙世系中的有些帝王形象带有神性。但迦梨陀娑着重刻画的是他们的人性。他借助这些帝王传说，表达自己的社会和道德理想：国王应该恪守正道，依法治国，为民众谋利益。即使征伐四方，也是为了实现统一天下的理想，而不热衷杀戮。同时，国王应该有自制力，享乐适度，一旦年老就应该退位隐居。同时，迦梨陀娑也特别推崇夫妻之间的真挚爱情和互相忠诚。他倾心塑造的阿迦夫妇形象和依据《罗摩衍那》再创造的罗摩夫妇形象就是这样的楷模。可以说，迦梨陀娑的思想达到了他所处时代的所能达到的高度。

《罗怙世系》也展现了迦梨陀娑高超的诗歌语言艺术。古典梵语诗学著作将诗歌语言艺术统称为"庄严"(alaṅkāra)，相当于我们现在所说的"修辞"。从公元一世纪前后的《舞论》(*Nāṭyaśāstra*）起，就出现对"庄严"的理论总结。《舞论》是戏剧学著作。但古典梵语戏剧中的人物对话都采用诗歌形式，故而，古典梵语戏剧实际上是"诗剧"。因此，从那时起，印度古人不断对包括戏剧诗在内的抒情诗和叙事诗的语言艺术进行总结。经过长期的诗歌艺术经验的积累，到了四、五世纪，出现迦梨陀娑这样一位天才诗人也就不是偶然的。

在古典梵语诗学著作中，经常将迦梨陀娑的作品作为诗歌语言艺术的范例引用。在《罗怙世系》中，明喻和隐喻比比皆是，夸张手法也随手可拈。这些是迦梨陀娑最常用的修辞方式。下面提供毗首那特（Viśvanātha）的《文镜》(*Sāhityadarpaṇa*）中引用的《罗怙世系》中的一些例举，以见迦梨陀娑修辞艺术的丰富多彩：

而罗摩射出的飞箭，
穿透罗波那的心，
又进入地下，仿佛
向蛇族报告喜讯。(12. 91)

就是在这里，我寻找你，
在地上发现一只你失落的
脚镯，它仿佛因脱离你的
莲花脚而痛苦，沉默无声。(13. 23)

这是“奇想”，即体现诗人奇特的想象力。这两首诗中，前者属于“结果奇想”，即对产生的结果的“奇想”，后者属于“原因奇想”，即对造成的原因的“奇想”。

太阳族的世系在哪儿？
我的渺小智慧在哪儿？
由于愚痴，我居然想用
小舟渡过难渡的大海。（1.2）

这是“例证”，即“可能存在的事物之间或有时不可能存在的事物之间发生联系，呈现镜子和映像的关系”。这首诗是诗人的谦辞，用小舟渡大海为例证，说明诗人想凭自己的“渺小智慧”描写伟大的太阳族世系。其实，这种修辞也可以归入隐喻类。

如果这个花环能够夺人性命，
放在我的心口，为何不毁灭我？
这一切都按照自在天的意愿，
毒药变甘露，或甘露变毒药。（8.46）

这是“间接”，即“从一般得知特殊，或从特殊得知一般”。这首诗描写空中被风吹落的一个花环，掉在阿迦的妻子英杜摩蒂心口，英杜摩蒂由此死去，说明“一切都按照自在天的意愿”。因此，这首诗是“从特殊得知一般”。

他让敌人妻子们的胸脯上
洒满大似珍珠颗粒的泪滴，
确实好像夺走她们的项链，
而后还给她们无线的项链。（6.28）

这是“迂回”，即“用另一种方式表达暗示的事实”。这首诗以敌人妻子们哭泣流泪暗示敌人们已被歼灭。其中，“无线的项链”比喻散落在她们胸脯的泪珠。

你是不生者，而采取出生，

你没有意欲，而消灭敌人，
你进入睡眠，而保持清醒，
有谁知道你的真实本质？（10.24）

这是“矛盾”，即“貌似互相矛盾”。这是一首赞颂大神毗湿奴的诗。

市民们为相同的美质结合感到高兴，
同声说出让其他国王听来刺耳的话：
“这是月光与摆脱乌云的月亮结合，
是遮诃努之女流入与她相配的大海。”（6.85）

这是“相配”，即“事物的结合恰到好处，值得称赞”。这首诗是称赞阿迦和英杜摩蒂的完美结合。诗中的“遮诃努之女”指恒河。

你是主妇、顾问和知心朋友，
也是通晓艺术的可爱女学生，
残酷无情的死神夺走了你，
请说，我还有什么没被夺走？（8.67）

这是“独特”，即“做某事，出乎意料完成了一件不可能完成的事”。这首诗意谓死神虽然只是夺走阿迦的妻子性命，而结果却是夺走了阿迦的一切。

力量用于消除受苦者的
恐惧，博学用于尊敬智者，
不仅财富，还有品德，这位
国王都用于为他人谋福祉。（8.31）

这是“排除”，即“确认某物，而排除类似的另一物，或明说，或暗示”。这首诗中暗示的“排除”：不是为了折磨他人，不是为了争论，不是为了谋私利。

他甚至失去了天生的坚定，
发出哀悼，话音带泪而哽咽，

即使是铁，高温下也会变软，
更不必说对于血肉之躯的人！（8.43）

这是“推断”，即“从彼物推断此物”。这首诗以铁在高温下也会变软“推断”失去爱妻的阿迦由坚定变软弱。其实，这也是一种隐喻。

古典梵语诗学将“庄严”分为“音庄严”和“义庄严”。前者指词音修辞，后者指词义修辞。最早《舞论》介绍了明喻、隐喻、明灯和叠声四种“庄严”。前三种是“义庄严”，后一种是“音庄严”。后来，婆摩诃的《诗庄严论》介绍了三十九种“庄严”，包括谐音和叠声两种“音庄严”，明喻和隐喻等三十七种“义庄严”。而在后期的古典梵语诗学中，“庄严”的分类达到一百多种。以上《文镜》中的《罗怙世系》修辞例举都属于“义庄严”，下面我们提供“音庄严”的例举。“音庄严”中的“谐音”指“重复使用相同的字母”，“叠声”指“重复使用同音异义的音组”。相对而言，后者的难度大于前者。这些“音庄严”在翻译中是无法移植的。只有吟诵原文，才能领略它的悦耳动听之美。例如：

sa mṛnmaye vītahiraṇmayatvātpātre
　　nidhāyārghyamanarghaśīlaḥ |
śrutaprakāśaṃ yaśasā prakāśaḥ
　　pratyujjagāmātithimātitheyaḥ ||

这位国王品性高贵，声名远扬，
热情好客，因为金钵已全部献出，
他便将待客的礼物放在土钵中，
迎接这位闪耀圣典光辉的客人。（5.2）

pautraḥ kuśasyāpi kuśeśayākṣaḥ
　　sasāgarāṃ sāgaradhīracetāḥ |
ekātapatrāṃ bhuvamekavīraḥ
　　purārgalādīrghabhujo bubhoja ||

这位俱舍的孙子眼睛如同莲花，
思想坚定如同大海，手臂修长，
如同城门门闩，是唯一的英雄，
保护竖起唯一华盖的大地和大海。（18.4）

以上这两首诗都含有“叠声”。其中的重复的“音组”画线标出。这两首诗中的音组重复中，也含有同义音组的重复。需要指出的是，在古典梵语诗歌中，这种“叠声”修辞常常容易造成词义晦涩，而在迦梨陀娑的笔下，大多仿佛浑然天成。

除了“庄严”，古典梵语诗学中还有一种诗学范畴是风格。恭多迦（Kuntaka）在《曲语生命论》（*Vakroktijīvita*）中，将风格分为柔美、绚丽和适中三类。其中，“适中”是柔美和绚丽混合的风格。恭多迦将迦梨陀娑的作品风格归在“柔美”一类。他给柔美风格下的定义是：“从纯洁的想象力中绽开新鲜的音义之美，毫不费力，装饰不多而可爱迷人。以事物的本性为主，人为的技巧无足轻重，通晓味等等真谛的知音心中感受到美。不假思索就能感受到优美可爱，仿佛是创造主的完美创造。其中任何一点奇妙性都产生于想象力，流动着柔美，熠熠生辉。这是优美诗人采用的柔美风格，犹如蜜蜂围绕鲜花盛开的丛林。”他引用了迦梨陀娑的《罗怙世系》、《鸠摩罗出世》和《云使》这三部作品中的例举予以说明。其中引用的《罗怙世系》例举是16.45、9.55、13.28、6.40、5.75、16.50和6.72。无疑，恭多迦归纳的柔美风格特征，我们在阅读《罗怙世系》中都能真切感受到。

在古典梵语诗学中，还有两种重要的诗学范畴是“韵”和“味”。“韵”（dhvani）是指诗的暗示功能，即通过表示义暗示不同于表示义的另一义。“味”（rasa）是指“通过情由、情态和不定情敌结合”，传达人物感情，让读者品尝到相应的情味。有九种情味，分别是艳情味、滑稽味、悲悯味、暴戾味、英勇味、恐怖味、厌恶味、奇异味和平静味。

其实，“韵”和“味”是诗歌艺术表现形式的普遍法则，通常也是与修辞和风格紧密结合的，《罗怙世系》也不例外。这里可以直接利用恭多迦上引的例举，予以说明。其中，

在战斗中骑在化身大公牛的
因陀罗身上，呈现湿婆的姿态，
他发射利箭，使阿修罗妇女们
失去脸颊上的那些彩绘线条。（6.72）

这首诗暗示迦俱私陀王歼灭阿修罗，造成那些失去丈夫的阿修罗妇女们不再装饰打扮。

春天已逝去，爱神威力减弱，
又在妇女们的发髻中获得力量，
这些发髻因沐浴潮湿而披散着，
插上黄昏的茉莉花，散发芳香。（16.50）

这首诗暗示虽然春天已逝去，爱神威力减弱，而美女们沐浴后的发髻依然能激发爱情。

楞伽王曾战胜因陀罗，却被
关在他的监狱中，直至他开恩，
那些手臂被弓弦紧紧捆绑住，
动弹不得，那些嘴巴发出喘息。（6.40）

这首诗传达迦多维尔耶王降伏楞伽王（即十首魔王罗波那）的“英勇味”。

胆怯的女郎啊，我回想起
曾享受你浑身颤抖的拥抱，
当时好不容易熬过山洞中
盘旋回响的隆隆雷鸣声。（13.28）

这首诗传达罗摩和妻子悉多在流亡森林时期的“艳情味”。

应该说，迦梨陀娑的诗歌艺术达到了内容和形式的完美统一。因此，自古至今，他一直被尊奉为印度的伟大诗人。一首流行的梵语诗歌称颂迦梨陀娑道：

自古屈指数诗人，
迦梨陀娑属小指，
迄今仍无媲美者，
无名指儿名副实。

印度古人用手指计数，以小指为第一，无名指为第二。这首诗中说“迦梨陀娑属小指”，也就是说“迦梨陀娑属第一”。

还有，七世纪著名梵语小说家波那（Bāṇa）在他的《戒日王传》

（*Harṣacarita*）序诗中写道：

一旦诵出迦梨陀娑的
那些美妙言词，如同
这些充满蜜汁的花簇，
有谁会不心生喜悦？

而在迦梨陀娑的作品中，《罗怙世系》以它的绚丽多彩的画面和情味，优美的语言和韵律，温和的教诲，又被尊奉为古典梵语叙事诗中的典范之作。因而，它在印度世世代代广为传诵，而且至今仍是学习梵语的基本读物。

最后，说明一下本书的翻译缘起。我于 2007 年至 2009 年，开设了一个梵语研读班。学员都已具备梵语基础知识，我的任务是带领他们精读梵语原著，选用的教材大多是古典梵语文学名著。其中也选读了《罗怙世系》的前三章和第八章。而就在 2009 年，中国社会科学院接受了国家社科基金重大委托项目“梵文研究和人才队伍建设”。为此，中国社会科学院成立了梵文研究中心执行这个项目。在培养人才方面，于 2010 年开设了一个为期三年的梵文班。我也承担了这个班的第二和第三学年的教学任务。我除了为学员讲授梵语佛经原典和哲学原典外，重点讲授的就是这部《罗怙世系》。因为我在前一期梵语研读班的教学实践中，发现对于梵语已经初步入门的学员，精读这部作品有诸多好处：扩大词汇量，熟悉各种语法形态和句法结构，同时能领略古典梵语诗歌的语言艺术，获得审美乐趣。在这期梵文班上，我带领学员们精读了《罗怙世系》的第四章至第七章以及第九章至第十九章。也就是说，上一期梵语研读班和这一期梵文班加在一起，我为学员们讲授了整部《罗怙世系》。

我的教学方法是要求学员们事先自己预习，然后在课堂上先由学员讲解，每首诗逐字逐句拆开连声，说明每个词的词义和语法形态以及词与词之间的联系，最后说出这首诗的句义。然后，再由我重复讲解一遍，并针对学员讲解中的有关问题作出解释和说明。最后，我提供我的译文供学员们参考。

为了保存我们的教学成果，我先后指定三位学员协助我编写每首诗的语法解析。她们是党素萍（负责第一章和第八章至第十九章）、黄怡婷（负责第四章至第七章）和常蕾（负责第二章和第三章）。她们是第一期梵语研读班的学员，也参加第二期梵文班第二和第三学年的学习。工作方法是我讲授完一章，先由她们根据我的课堂讲授记录，并结合自己的学习心得，整理出初稿，然后由我审核改定。此外，党素萍还协助我编制了《罗怙世系》词汇表。

在《罗怙世系》的整个教学过程中，我感觉到学员们始终沉浸在学习梵语的快乐中，故而他们在学业上的进步超出我的预期。在读完《罗怙世系》后，每位学员读解梵语原著的能力都在各自原有的基础上有了大幅度的提高。而他们在梵语学习结业后，又要求我教授他们巴利语。考虑到有了良好的梵语基础，进入巴利语就会容易得多。于是，我又教授了他们一个学期的巴利语。看到中国新的一代梵语和巴利语人才正在成长起来，我感到欣慰和喜悦。

鉴于以上因缘，这部《罗怙世系》读本能得以完成，我不仅要感谢协助我工作的党素萍、黄怡婷和常蕾，也要感谢第一期梵语研读班和第二期梵文班的全体学员们。当然，我不会忘记还应该感谢我的两位先师季羡林先生和金克木先生，因为我是在传承他俩教授给我的一切。

本书中提供的《罗怙世系》梵语原文主要依据代沃达尔（C. R. Devadhar）编订本（*Works of Kālidāsa*，Volume 2，Delhi，1986），同时参考南达吉迦尔（G. R. Nandargikar）编订本（*The Raghuvaṃśa of Kālidāsa*，Delhi，1971）。南达吉迦尔的编订本附有印度古代著名注释家摩利那特（Mallinātha）的注释，同时在编订者本人的注释中，还征引其他古代注释家的说法，很有参考价值。

黄宝生

2014 年 2 月

又记：

本书完稿后，党素萍作为特约编辑，又将本书梵文原文与原书核对一遍，并将语法解析部分从头至尾仔细检查一遍，改正了此前没有发现的一些文字错讹或疏漏。她对待工作认真负责，一丝不苟。这种尽心尽力的敬业精神是很可贵的。在此，再次向她表示感谢。

2015 年 5 月

体例说明

一、列出梵语原文。

二、提供汉语译文。

三、拆解句中连声，列出每个词在发生连声之前的原本形态。

四、标出每个词的词义，并在括号中标出名词或形容词的词干和动词的词根及其在句中的语法形态。

五、拆解复合词，在括号中标出复合词中每个词的词义，然后标出整个复合词的词义，并在括号中标出整个复合词在句中的语法形态。

梵语语法缩略词表

体 = 体格
业 = 业格
具 = 具格
为 = 为格
从 = 从格
属 = 属格
依 = 依格
呼 = 呼格
阳 = 阳性
阴 = 阴性
中 = 中性
单 = 单数
双 = 双数
复 = 复数
一 = 第一人称
二 = 第二人称
三 = 第三人称
现在 = 现在时
未完 = 未完成时
不定 = 不定过去时
完成 = 完成时
将来 = 将来时
虚拟 = 虚拟语气
命令 = 命令语气
祈求 = 祈求式
被动 = 被动语态
现分 = 现在分词
过分 = 过去分词
完分 = 完成分词
将分 = 将来分词
愿望 = 愿望动词
致使 = 致使动词

प्रथमः सर्गः।

第一章

वागर्थाविव संपृक्तौ वागर्थप्रतिपत्तये।
जगतः पितरौ वन्दे पार्वतीपरमेश्वरौ॥ १॥

为掌握音和义，我敬拜
波哩婆提和大自在天[①]，
他俩是世界的父母，
紧密结合如同音和义。（1）

vāc（语言，音）-arthau（artha 意义），复合词（阳双业），音和义。iva（不变词）如同。saṃpṛktau（saṃpṛkta 阳双业）结合。vāc（语言，音）-artha（意义）-pratipattaye（pratipatti 获得，掌握），复合词（阴单为），掌握音和义。jagataḥ（jagat 中单属）世界。pitarau（pitṛ 阳双业）父母。vande（√vand 现在单一）敬拜。pārvatī（波哩婆提）-parama（最高的）-īśvarau（īśvara 自在天），复合词（阳双业），波哩婆提和大自在天。

क्व सूर्यप्रभवो वंशः क्व चाल्पविषया मतिः।
तितीर्षुर्दुस्तरं मोहादुडुपेनास्मि सागरम्॥ २॥

太阳族的世系在哪儿？
我的渺小智慧在哪儿？
由于愚痴，我居然想用
小舟渡过难渡的大海。（2）

kva（不变词）哪儿。sūrya（太阳）-prabhavaḥ（prabhava 产生，发源），复合词（阳单体），太阳族的。vaṃśaḥ（vaṃśa 阳单体）世系。kva（不变词）哪儿。ca（不变词）和。alpa（渺小的）-viṣayā（viṣaya 对象，境界），复合词（阴单体），境界渺小的。matiḥ（mati 阴单体）思想，智慧。titīrṣuḥ（titīrṣu 阳单体）想要渡过。dustaram（dustara 阳单业）难以渡过的。mohāt（moha 阳单从）愚痴。uḍupena（uḍupa 阳单具）小舟。asmi（√as 现在单一）是。sāgaram（sāgara 阳单业）大海。

---

① 大自在天指大神湿婆，波哩婆提是湿婆的妻子。

मन्दः कवियशःप्रार्थी गमिष्याम्युपहास्यताम्।
प्रांशुलभ्ये फले लोभादुद्बाहुरिव वामनः॥३॥

我这愚人渴望诗人的声誉，
将会落到授人笑柄的境地，
犹如矮小的侏儒高举手臂，
贪求高个子才能摘到的果实。(3)

mandaḥ（manda 阳单体）迟钝的，愚笨的。kavi（诗人）-yaśas（名誉）-prārthī（prārthin 渴望的），复合词（阳单体），渴望诗人的名誉的。gamiṣyāmi（√gam 将来单一）到达。upahāsyatām（upahāsyatā 阴单业）受人嘲笑。prāṃśu（高的，高个子）-labhye（labhya 能得到的），复合词（中单依），高个子才能得到的。phale（phala 中单依）果实。lobhāt（lobha 阳单从）贪求。udbāhuḥ（udbāhu 阳单体）高举手臂的。iva（不变词）犹如。vāmanaḥ（vāmana 阳单体）矮小的，侏儒。

अथवा कृतवाग्द्वारे वंशेऽस्मिन्पूर्वसूरिभिः।
मणौ वज्रसमुत्कीर्णे सूत्रस्येवास्ति मे गतिः॥४॥

或者说，前辈诗人们已经
打开这个世系的语言之门，
我也得以进入，如同丝线
穿入金刚针刺穿的摩尼珠。(4)

athavā（不变词）或者。kṛta（制成）-vāc（语言）-dvāre（dvāra 门），复合词（阳单依），语言之门已制成的。vaṃśe（vaṃśa 阳单依）世系。asmin（idam 阳单依）这，指世系。pūrva（以前的）-sūribhiḥ（sūri 学者），复合词（阳复具），以前的学者。maṇau（maṇi 阳单依）珍珠，摩尼珠。vajra（金刚）-samutkīrṇe（samutkīrṇa 刺穿），复合词（阳单依），金刚刺穿的。sūtrasya（sūtra 中单属）线。iva（不变词）犹如。asti（√as 现在单三）是。me（mad 单属）我。gatiḥ（gati 阴单体）进入。

सोऽहमाजन्मशुद्धानामाफलोदयकर्मणाम्।
आसमुद्रक्षितीशानामानाकरथवर्त्मनाम्॥५॥

出生之后始终保持纯洁，
努力工作直到获得成果，
统治的大地直至海边，
车辆的道路直达天国。(5)

saḥ（tad 阳单体）这个，指我。aham（mad 单体）我（与下面第九颂中的 vakṣye

相联系）。ā（自从）-janma（janman 出生）-śuddhānām（śuddha 纯洁的），复合词（阳复属），出生以来保持纯洁。ā（直到）-phala（成果）-udaya（出现）-karmaṇām（karman 工作），复合词（阳复属），工作直到成果出现。ā（直到）-samudra（大海）-kṣiti（大地）-īśānām（īśā 统治），复合词（阳复属），统治大地直至海边。ā（直到）-nāka（天国）-ratha（车辆）-vartmanām（vartman 道路），复合词（阳复属），车辆的道路直达天国。

यथाविधिहुताग्नीनां यथाकामार्चितार्थिनाम्।
यथापराधदण्डानां यथाकालप्रबोधिनाम्॥ ६॥

按照仪轨供奉祭火，
按照愿望满足求告者，
按照罪责量刑定罚，
按照时间准时醒来。（6）

yathā（按照）-vidhi（规则）-huta（祭供）-agnīnām（agni 火），复合词（阳复属），按照规则供奉祭火。yathā（按照）-kāma（愿望）-arcita（礼遇，尊敬）-arthinām（arthin 求告者），复合词（阳复属），按照愿望满足求告者。yathā（按照）-aparādha（罪行）-daṇḍānām（daṇḍa 棍杖，惩罚），复合词（阳复属），按照罪责量刑定罚。yathā（按照）-kāla（时间）-prabodhinām（prabodhin 醒来），复合词（阳复属），按照时间准时醒来。

त्यागाय संभृतार्थानां सत्याय मितभाषिणाम्।
यशसे विजिगीषूणां प्रजायै गृहमेधिनाम्॥ ७॥

积聚财富是为了施舍，
言语谨慎是为了守信，
渴望胜利是为了荣誉，
结婚成家是为了生育。（7）

tyāgāya（tyāga 阳单为）舍弃，施舍。saṃbhṛta（积聚）-arthānām（artha 财富），复合词（阳复属），积聚财富。satyāya（satya 中单为）真理，诺言。mita（限制）-bhāṣiṇām（bhāṣin 说话），复合词（阳复属），言语谨慎。yaśase（yaśas 中单为）荣誉。vijigīṣūnām（vijigīṣu 阳复属）渴望胜利。prajāyai（prajā 阴单为）生育，后代。gṛhamedhinām（gṛhamedhin 阳复属）家主。

शैशवेऽभ्यस्तविद्यानां यौवने विषयैषिणाम्।
वार्द्धके मुनिवृत्तीनां योगेनान्ते तनुत्यजाम्॥ ८॥

童年时期勤奋学习知识，
青年时期追求感官享受，
老年时期遵行牟尼生活，
最终依靠瑜伽抛弃身体。[①]（8）

śaiśave（śaiśava 中单依）童年时期。abhyasta（不断学习）-vidyānām（vidyā 知识），复合词（阳复属），勤奋学习知识。yauvane（yauvana 中单依）青年时期。viṣaya（感官对象）-eṣiṇām（eṣin 追求），复合词（阳复属），追求感官享受。vārddhake（vārddhaka 中单依）老年时期。muni（牟尼）-vṛttīnām（vṛtti 生活方式），复合词（阳复属），遵行牟尼生活。yogena（yoga 阳单具）瑜伽。ante（anta 阳单依）最终。tanu（身体）-tyajām（tyaj 抛弃），复合词（阳复属），抛弃身体。

रघूणामन्वयं वक्ष्ये तनुवाग्विभवोऽपि सन्।
तद्गुणैः कर्णमागत्य चापलाय प्रचोदितः॥९॥

即使我的语言才能浅薄，
我也要讲述罗怙族世系；
他们的品德进入我耳中
激励我不自量力这样做。（9）

raghūṇām（raghu 阳复属）罗怙。anvayam（anvaya 阳单业）家族。vakṣye（√vac 将来单一）讲述。tanu（浅薄的）-vāc（语言）-vibhavaḥ（vibhava 能力），复合词（阳单体），语言才能浅薄。api（不变词）即使。san（√as 现分，阳单体）是。tad（他们）-guṇaiḥ（guṇa 品德），复合词（阳复具），他们的品德。karṇam（karṇa 阳单业）耳朵。āgatya（ā√gam 独立式）进入。cāpalāya（cāpala 中单为）轻率，不自量力。pracoditaḥ（pracodita 阳单体）激励。

तं सन्तः श्रोतुमर्हन्ति सदसद्व्यक्तिहेतवः।
हेम्नः संलक्ष्यते ह्यग्नौ विशुद्धिः श्यामिकापि वा॥१०॥

让善于鉴别真伪的
有识之士们听听它，
因为金子纯或不纯，
放在火中就能显出。（10）

---

① 这里讲述罗怙族帝王遵循婆罗门教的人生四阶段规则。诗中四行分别代表了梵行期、家居期、林居期和遁世期。“瑜伽”是印度古人修炼身心的方法，尤其是运用“禅定”的方法。这里是指在“遁世期”，摆脱一切世俗执著，专心修习“禅定”，求得最终解脱。

tam（tad 阳单业）它，指这部作品。santaḥ（sat 阳复体）善人，智者。śrotum（√śru 不定式）听。arhanti（√arh 现在复三）能，值得。sat（真的，好的）-asat（假的，坏的）-vyakti（辨别）-hetavaḥ（hetu 原因），复合词（阳复体），善于鉴别真伪。hemnaḥ（heman 中单属）金子。saṃlakṣyate（sam√lakṣ 被动，现在单三）显示。hi（不变词）因为。agnau（agni 阳单依）火。viśuddhiḥ（viśuddhi 阴单体）纯洁。śyāmikā（śyāmikā 阴单体）乌黑，不纯洁。api（不变词）还是。vā（不变词）或者。

वैवस्वतो मनुर्नाम माननीयो मनीषिणाम्।
आसीन्महीक्षितामाद्यः प्रणवश्छन्दसामिव॥ ११॥

太阳之子名叫摩奴①，
智者之中备受尊敬，
他是首位大地之主，
如同颂诗中的唵声②。（11）

vaivasvataḥ（vaivasvata 阳单体）太阳之子。manuḥ（manu 阳单体）摩奴。nāma（不变词）名叫。mānanīyaḥ（mānanīya 阳单体）受尊敬的。manīṣiṇām（manīṣin 阳复属）智者。āsīt（√as 未完单三）是。mahī（大地）-kṣitām（kṣit 统治），复合词（阳复属），统治大地者。ādyaḥ（ādya 阳单体）首位的。praṇavaḥ（praṇava 阳单体）唵声。chandasām（chandas 中复属）诗律，颂诗。iva（不变词）如同。

तदन्वये शुद्धिमति प्रसूतः शुद्धिमत्तरः।
दिलीप इति राजेन्दुरिन्दुः क्षीरनिधाविव॥ १२॥

在他的纯洁的家族中
生出一位尤为纯洁者，
王中之月，名叫迪利波，
犹如乳海中那轮明月③。（12）

tad（他，指摩奴）-anvaye（anvaya 家族），复合词（阳单依），他的家族。śuddhimati（śuddhimat 阳单依）纯洁的。prasūtaḥ（prasūta 阳单体）生出。śuddhimattaraḥ（śuddhimattara 阳单体）更加纯洁的。dilīpaḥ（dilīpa 阳单体）迪利波。iti（不变词）这样（名叫）。rāja（国王）-induḥ（indu 月亮），复合词（阳单体），王中之月。induḥ（indu 阳单体）月亮。kṣīra（牛奶）-nidhau（nidhi 海），复合词（阳单依），乳海。iva（不变词）犹如。

① 相传摩奴是人类始祖。
② 在念诵吠陀颂诗时，先要念诵“唵”（om）。
③ 古时候，天神和阿修罗一起搅乳海，搅出种种宝物，月亮是其中之一。

व्यूढोरस्को वृषस्कन्धः शालप्रांशुर्महाभुजः।
आत्मकर्मक्षमं देहं क्षात्रो धर्म इवाश्रितः॥१३॥

胸脯宽阔，肩膀如同公牛，
魁梧似娑罗树，手臂粗壮，
仿佛是刹帝利法的化身，
能够担负起自己的职责。（13）

vyūḍha（宽阔的）-uraskaḥ（uraska 胸脯），复合词（阳单体），胸脯宽阔。vṛṣa（公牛）-skandhaḥ（skandha 肩膀），复合词（阳单体），肩膀如公牛。śāla（娑罗树）-prāṃśuḥ（prāṃśu 高大的），复合词（阳单体），魁梧似娑罗树。mahā（大）-bhujaḥ（bhuja 手臂），复合词（阳单体），手臂粗壮。ātma（ātman 自己）-karma（karman 事业，职责）-kṣamam（kṣama 能够，胜任），复合词（阳单业），能够担负起自己的职责。deham（deha 阳单业）身体。kṣātraḥ（kṣātra 阳单体）刹帝利的。dharmaḥ（dharma 阳单体）法。iva（不变词）像。āśritaḥ（āśrita 阳单体）依靠，依托。

सर्वातिरिक्तसारेण सर्वतेजोभिभाविना।
स्थितः सर्वोन्नतेनोर्वीं क्रान्त्वा मेरुरिवात्मना॥१४॥

他挺身而立，高于一切，
如同弥卢山占据大地，
强大的威力胜过一切，
闪耀的光辉盖过一切。（14）

sarva（一切）-atirikta（超过）-sāreṇa（sāra 精华，威力），复合词（阳单具），威力胜过一切。sarva（一切）-tejas（光辉）-abhibhāvinā（abhibhāvin 压倒，盖过），复合词（阳单具），盖过一切光辉。sthitaḥ（sthita 阳单体）挺立。sarva（一切）-unnatena（unnata 高耸），复合词（阳单具），高于一切。urvīm（urvī 阴单业）大地。krāntvā（√kram 独立式）跨越，占据。meruḥ（meru 阳单体）弥卢山。iva（不变词）如同。ātmanā（ātman 阳单具）自己，身体。

आकारसदृशप्रज्ञः प्रज्ञया सदृशागमः।
आगमैः सदृशारम्भ आरम्भसदृशोदयः॥१५॥

智慧如同他的形体，
学问如同他的智慧，
努力如同他的学问，
成就如同他的努力。（15）

ākāra（形体）-sadṛśa（如同）-prajñaḥ（prajñā 智慧），复合词（阳单体），智慧如同形体。prajñayā（prajñā 阴单具）智慧。sadṛśa（如同）-āgamaḥ（āgama 经典，学问），复合词（阳单体），学问如同。āgamaiḥ（āgama 阳复具）经典，学问。sadṛśa（如同）-ārambhaḥ（ārambha 努力），复合词（阳单体），努力如同。ārambha（努力）-sadṛśa（如同）-udayaḥ（udaya 成就），复合词（阳单体），成就如同努力。

भीमकान्तैर्नृपगुणैः स बभूवोपजीविनाम्।
अधृष्यश्चाभिगम्यश्च यादोरत्नैरिवार्णवः॥ १६॥

他具有帝王的那些品质，
在臣民眼中既可怕又可爱，
既不可冒犯，又可以亲近，
如同大海有海怪又有珍宝。（16）

bhīma（可怕）-kāntaiḥ（kānta 可爱），复合词（阳复具），可怕又可爱。nṛpa（国王）-guṇaiḥ（guṇa 品质），复合词（阳复具），国王的品质。saḥ（tad 阳单体）他。babhūva（√bhū 完成单三）有。upajīvinām（upajīvin 阳复属）依附者，臣民。adhṛṣyaḥ（adhṛṣya 阳单体）不可冒犯。ca（不变词）和。abhigamyaḥ（abhigamya 阳单体）可以接近。ca（不变词）和。yādas（海怪）-ratnaiḥ（ratna 珍宝），复合词（中复具），海怪和珍宝。iva（不变词）如同。arṇavaḥ（arṇava 阳单体）大海。

रेखामात्रमपि क्षुण्णादा मनोर्वर्त्मनः परम्।
न व्यतीयुः प्रजास्तस्य नियन्तुर्नेमिवृत्तयः॥ १७॥

有他这位统治者驾驭，
臣民们如同运转的车轮，
自摩奴以来开辟的道路，
哪怕一丝一毫，也不偏离。（17）

rekhā（线条）-mātram（mātra 量），复合词（中单业），一条线的宽度。api（不变词）即使。kṣuṇṇāt（kṣuṇṇa 中单从）踩踏，开辟。ā（不变词）自从。manoḥ（manu 阳单从）摩奴。vartmanaḥ（vartman 中单从）道路。param（不变词）超出。na（不变词）不。vyatīyuḥ（vi-ati√i 完成复三）偏离。prajāḥ（prajā 阴复体）臣民。tasya（tad 阳单属）他。niyantuḥ（niyantṛ 阳单属）驾驭者。nemi（车轮）-vṛttayaḥ（vṛtti 活动方式），复合词（阴复体），活动如同车轮。

प्रजानामेव भूत्यर्थं स ताभ्यो बलिमग्रहीत्।
सहस्रगुणमुत्स्रष्टुमादत्ते हि रसं रविः॥ १८॥

只是为了臣民的利益，
他才向他们收取赋税，
如同太阳摄取水分，
是为了千倍地洒回。（18）

prajānām（prajā 阴复属）臣民。eva（不变词）正是。bhūti（福利，利益）-artham（为了），复合词（不变词），为了利益。saḥ（tad 阳单体）他。tābhyaḥ（tad 阳复从）他，指臣民们。balim（bali 阳单业）赋税。agrahīt（√grah 不定单三）收取。sahasra（一千）-guṇam（guṇa 倍），复合词（阳单业），千倍。utsraṣṭum（ud√sṛj 不定式）洒下。ādatte（ā√dā 现在单三）吸收，摄取。hi（不变词）因为。rasam（rasa 阳单业）水分。raviḥ（ravi 阳单体）太阳。

सेना परिच्छदस्तस्य द्वयमेवार्थसाधनम्।
शास्त्रेष्वकुण्ठिता बुद्धिर्मौर्वी धनुषि चातता॥१९॥

他的军队成了外表的装饰，
达到目的的手段只有两种：
一种是通晓经典的智慧，
一种是弓上张开的弓弦。（19）

senā（senā 阴单体）军队。paricchadaḥ（paricchada 阳单体）覆盖物，外表的装饰。tasya（tad 阳单属）他。dvayam（dvaya 中单体）两个。eva（不变词）只有。artha（目的）-sādhanam（sādhana 成功的手段），复合词（中单体），达到目的的手段。śāstreṣu（śāstra 中复依）经典。akuṇṭhitā（akuṇṭhita 阴单体）精通的。buddhiḥ（buddhi 阴单体）智慧。maurvī（maurvī 阴单体）弓弦。dhanuṣi（dhanus 中单依）弓。ca（不变词）和。ātatā（ātata 阴单体）展开，拉开。

तस्य संवृतमन्त्रस्य गूढाकारेङ्गितस्य च।
फलानुमेयाः प्रारम्भाः संस्काराः प्राक्तना इव॥२०॥

他严格地保守机密，
姿态表情深藏不露，
计划要靠结果判断，
仿佛是前生的业行。[1]（20）

tasya（tad 阳单属）他。saṃvṛta（覆盖，围住）-mantrasya（mantra 机密），复合词（阳单属），保守机密。gūḍha（隐藏的）-ākāra（形态，表情）-iṅgitasya（iṅgita 姿

① 意谓凭今生受到的果报可以推断前生的业行，同样，凭事情的结果可以推断原先的计划。

势），复合词（阳单属），姿态表情深藏不露。ca（不变词）和。phala（结果）-anumeyāḥ（anumeya 可推断的），复合词（阳复体），靠结果推断。prārambhāḥ（prārambha 阳复体）开始，工作。saṃskārāḥ（saṃskāra 阳复体）业行。prāktanāḥ（prāktana 阳复体）前生的。iva（不变词）仿佛。

जुगोपात्मानमत्रस्तो भेजे धर्ममनातुरः।
अगृध्नुराददे सोऽर्थमसक्तः सुखमन्वभूत्॥२१॥

无恐惧而保护自己，
无病痛而遵行正法，[①]
接受财富而不贪婪，
享受幸福而不执著。（21）

jugopa（√gup 完成单三）保护。ātmānam（ātman 阳单业）自己。atrastaḥ（atrasta 阳单体）无恐惧。bheje（√bhaj 完成单三）实践，遵行。dharmam（dharma 阳单业）正法。anāturaḥ（anātura 阳单体）无病痛。agṛdhnuḥ（agṛdhnu 阳单体）不贪婪。ādade（ā√dā 完成单三）获取。saḥ（tad 阳单体）他。artham（artha 阳单业）财富。asaktaḥ（asakta 阳单体）不执著。sukham（sukha 中单业）幸福。anvabhūt（anu√bhū 不定单三）体验，享受。

ज्ञाने मौनं क्षमा शक्तौ त्यागे श्लाघाविपर्ययः।
गुणा गुणानुबन्धित्वात्तस्य सप्रसवा इव॥२२॥

知识中的沉默，力量中
的宽容，施舍中的谦恭，
他的种种品德互相关联，
犹如同胞兄弟血脉相连。（22）

jñāne（jñāna 中单依）知识。maunam（mauna 中单体）沉默。kṣamā（kṣamā 阴单体）宽容。śaktau（śakti 阴单依）能力。tyāge（tyāga 阳单依）施舍。ślāghā（夸耀，骄傲）-viparyayaḥ（viparyaya 背离），复合词（阳单体），不骄傲，谦恭。guṇāḥ（guṇa 阳复体）品德。guṇa（品德）-anubandhitvāt（anubandhitva 联系的状态），复合词（中单从），与品德相联系。tasya（tad 阳单属）他。sa（具有）-prasavāḥ（prasava 出生），复合词（阳复体），同胞兄弟。iva（不变词）犹如。

अनाकृष्टस्य विषयैर्विद्यानां पारदृश्वनः।

① 意谓不是有了恐惧才保护自己，不是有了病痛才遵行正法。

तस्य धर्मरतेरासीद्वृद्धत्वं जरसा विना ॥ २३ ॥

不迷恋感官对象，
精通一切知识，
衷心热爱正法，
虽年老而不衰弱。（23）

anākṛṣṭasya（anākṛṣṭa 阳单属）不受吸引。viṣayaiḥ（viṣaya 阳复具）感官对象。vidyānām（vidyā 阴复属）知识。pāra（对岸）-dṛśvanaḥ（dṛśvan 看到），复合词（阳单属），看到对岸的，精通。tasya（tad 阳单属）他。dharma（正法）-rateḥ（rati 热爱），复合词（阳单属），热爱正法。āsīt（√as 未完单三）是。vṛddhatvam（vṛddhatva 中单体）老年。jarasā（jaras 阴单具）衰弱。vinā（不变词）没有。

प्रजानां विनयाधानाद्रक्षणाद्भरणादपि।
स पिता पितरस्तासां केवलं जन्महेतवः ॥ २४ ॥

教导、保护和支持，
他是臣民的父亲，
而臣民自己的父亲，
仅仅是生身父亲。（24）

prajānām（prajā 阴复属）臣民。vinaya（引导）-ādhānāt（ādhāna 给予），复合词（中单从），教导。rakṣaṇāt（rakṣaṇa 中单从）保护。bharaṇāt（bharaṇa 中单从）维持，支持。api（不变词）也。saḥ（tad 阳单体）他。pitā（pitṛ 阳单体）父亲。pitaraḥ（pitṛ 阳复体）父亲。tāsām（tad 阴复属）他，指臣民。kevalam（不变词）仅仅。janma（janman 生）-hetavaḥ（hetu 原因），复合词（阳复体），生的原因。

स्थित्यै दण्डयतो दण्ड्यान्परिणेतुः प्रसूतये।
अप्यर्थकामौ तस्यास्तां धर्म एव मनीषिणः ॥ २५ ॥

为保持稳定而惩罚罪人，
为繁衍后代而结婚成家，
这位智者即使拥有财富，
享受爱欲，也符合正法。（25）

sthityai（sthiti 阴单为）稳定。daṇḍayataḥ（√daṇḍ 现分，阳单属）惩罚。daṇḍyān（daṇḍya 阳复业）应受惩罚的，罪人。pariṇetuḥ（pariṇetṛ 阳单属）结婚者，丈夫。prasūtaye（prasūti 阴单为）后代。api（不变词）即使。artha（财富）-kāmau（kāma 爱欲），复合词（阳双体），财富和爱欲。tasya（tad 阳单属）他。āstām（√as 未完双

三）是。dharme（dharma 阳单依）正法。eva（不变词）确实。manīṣiṇaḥ（manīṣin 阳单属）智者。

दुदोह गां स यज्ञाय सस्याय मघवा दिवम्।
संपद्विनिमयेनोभौ दधतुर्भुवनद्वयम्॥ २६॥

他挤大地奶牛为了祭祀，
因陀罗挤天空为了谷物，[①]
通过这样互相交换财富，
他俩维持这两个世界。（26）

dudoha（√duh 完成单三）挤。gām（go 阴单业）牛，大地。saḥ（tad 阳单体）他。yajñāya（yajña 阳单为）祭祀。sasyāya（sasya 中单为）谷物。maghavā（maghavan 阳单体）摩克凡，因陀罗的称号。divam（div 阴单业）天空。saṃpad（财富）-vinimayena（vinimaya 交换），复合词（阳单具），交换财富。ubhau（ubha 阳双体）两个，指迪利波和因陀罗。dadhatuḥ（√dhā 完成双三）维持。bhuvana（世界）-dvayam（dvaya 两个），复合词（中单业），两个世界。

न किलानुययुस्तस्य राजानो रक्षितुर्यशः।
व्यावृत्ता यत्परस्वेभ्यः श्रुतौ तस्करता स्थिता॥ २७॥

这位保护者的名声，
任何国王无法攀比，
因为偷窃徒有其名，
无人觊觎他人财物。[②]（27）

na（不变词）不。kila（不变词）确实。anuyayuḥ（anu√yā 完成复三）追上。tasya（tad 阳单属）他。rājānaḥ（rājan 阳复体）国王。rakṣituḥ（rakṣitṛ 阳单属）保护者。yaśaḥ（yaśas 中单业）名誉。vyāvṛttā（vyāvṛtta 阴单体）避开。yad（不变词）因为。parasvebhyaḥ（parasva 中复从）别人的财物。śrutau（śruti 阴单依）听闻。taskaratā（taskaratā 阴单体）偷窃。sthitā（sthita 阴单体）处于。

द्वेष्योऽपि संमतः शिष्टस्तस्यार्तस्य यथौषधम्।
त्याज्यो दुष्टः प्रियोऽप्यासीदङ्गुलीवोरगक्षता॥ २८॥

倘若是贤士，即使是自己敌人，

① “他挤大地奶牛”意谓生产谷物等等财富。“因陀罗挤天空”意谓下雨滋润谷物生长。
② 意谓在这位国王保护下，国泰民安，无偷盗行为。

他也尊重，就像病人对待苦药；
倘若是恶人，即使是自己亲友，
也舍弃，犹如毒蛇咬过的指头。（28）

dveṣyaḥ（dveṣya 阳单体）敌人。api（不变词）即使。saṃmataḥ（saṃmata 阳单体）尊重。śiṣṭaḥ（śiṣṭa 阳单体）有教养的，贤士。tasya（tad 阳单体）他。ārtasya（ārta 阳单属）病人。yathā（不变词）如同。auṣadham（auṣadha 中单体）药草。tyājyaḥ（tyājya 阳单体）应该抛弃。duṣṭaḥ（duṣṭa 阳单体）邪恶的，恶人。priyaḥ（priya 阳单体）亲爱的，亲友。api（不变词）即使。āsīt（√as 未完单三）是。aṅgulī（aṅgulī 阴单体）手指。iva（不变词）犹如。uraga（蛇）-kṣatā（kṣata 伤害），复合词（阴单体），毒蛇咬伤的。

तं वेधा विद्धे नूनं महाभूतसमाधिना।
तथा हि सर्वे तस्यासन्परार्थैकफला गुणाः॥२९॥

确实，创造主精心汇聚
这五大元素，创造了他，
因为他具备的种种品质，
唯一目的是为他人谋利。[①]（29）

tam（tad 阳单业）他。vedhāḥ（vedhas 阳单体）创造主。vidadhe（vi√dhā 完成单三）创造。nūnam（不变词）确实。mahābhūta（元素）-samādhinā（samādhi 汇聚），复合词（阳单具），元素汇聚。tathā（不变词）这样。hi（不变词）因为。sarve（sarva 阳复体）一切。tasya（tad 阳单属）他。āsan（√as 未完复三）是。para（别人）-artha（利益）-eka（唯一）-phalāḥ（phala 成果，目的），复合词（阳复体），以别人的利益为唯一的目的。guṇāḥ（guṇa 阳复体）品德，品质。

स वेलावप्रवलयां परिखीकृतसागराम्।
अनन्यशासनामुर्वीं शशासैकपुरीमिव॥३०॥

他独自统治整个大地，
以海岸为环城的壁垒，
以大海为护城的壕沟，
仿佛是统治一座城市。（30）

saḥ（tad 阳单体）他。velā（海岸）-vapra（壁垒）-valayām（valaya 围绕），复

① 五大元素是地、水、火、风和空。意谓这位国王的种种品质如同五大元素，都用于为他人服务。

合词（阴单业），以海岸为环城的壁垒。parikhīkṛta（作为壕沟）-sāgarām（sāgara 大海），复合词（阴单业），以大海为壕沟。ananya（没有别人）-śāsanām（śāsana 统治），复合词（阴单业），独自统治。urvīm（urvī 阴单业）大地。śaśāsa（√śās 完成单三）统治。eka（一）-purīm（purī 城市），复合词（阴单业），一座城市。iva（不变词）仿佛。

तस्य दाक्षिण्यरूढेन नाम्ना मगधवंशजा।
पत्नी सुदक्षिणेत्यासीदध्वरस्येव दक्षिणा॥३१॥

他的王后出身摩揭陀族，
享有贤淑能干的声誉，
得名苏达奇娜，意谓妙淑，
犹如祭祀的妻子达奇娜①。（31）

tasya（tad 阳单属）他。dākṣiṇya（贤淑能干）-rūḍhena（rūḍha 著称），复合词（中单具），以贤淑能干著称。nāmnā（nāman 中单具）名字。magadha（摩揭陀）-vaṃśa（家族）-jā（ja 出生），复合词（阴单体），出生于摩揭陀家族。patnī（patnī 阴单体）王后。sudakṣiṇā（sudakṣiṇā 阴单体）苏达奇娜。iti（不变词）这样（名叫）。āsīt（√as 未完单三）是。adhvarasya（adhvara 阳单属）祭祀。iva（不变词）像。dakṣiṇā（dakṣiṇā 阴单体）达奇娜，祭祀的妻子。

कलत्रवन्तमात्मानमवरोधे महत्यपि।
तया मेने मनस्विन्या लक्ष्म्या च वसुधाधिपः॥३२॥

尽管后宫里佳丽众多，
有了这位聪慧王后和
吉祥女神②，这位国王
才认为自己有了妻子。（32）

kalatravantam（kalatravat 阳单业）有妻子的。ātmānam（ātman 阳单业）自己。avarodhe（avarodha 阳单依）后宫。mahati（mahat 阳单依）大的。api（不变词）即使。tayā（tad 阴单具）她，指王后。mene（√man 完成单三）认为。manasvinyā（manasvin 阴单具）聪慧的。lakṣmyā（lakṣmī 阴单具）吉祥女神。ca（不变词）和。vasudhā（大地）-adhipaḥ（adhipa 统治者），大地之主，国王。

① 达奇娜（dakṣiṇā）是生主的女儿，祭祀的妻子。这个名字的词义是“酬金”，即在祭祀结束后，赐予婆罗门祭司的酬金。

② 吉祥女神象征王权。有吉祥女神也就是有王权。

तस्यामात्मानुरूपायामात्मजन्मसमुत्सुकः।
विलम्बितफलैः कालं स निनाय मनोरथैः॥३३॥

他渴望与自己匹配的
这位王后能生下儿子，
而心愿久久未能实现，
在企盼中度过时光。（33）

tasyām（tad 阴单依）她，指王后。ātma（ātman 自己）-anurūpāyām（anurūpa 适合的，相配的），复合词（阴单依），与自己匹配的。ātmajanma（ātmajanman 儿子）-samutsukaḥ（samutsuka 渴望），复合词（阳单体），渴望儿子。vilambita（悬挂，耽搁）-phalaiḥ（phala 果实），复合词（阳复具），果实延迟的。kālam（kāla 阳单业）时光。saḥ（tad 阳单体）他。nināya（√nī 完成单三）度过。manorathaiḥ（manoratha 阳复具）希望，心愿。

संतानार्थाय विधये स्वभुजादवतारिता।
तेन धूर्जगतो गुर्वी सचिवेषु निचिक्षिपे॥३४॥

为了举行求子仪式，
他将世界的重担
从自己的双臂放下，
交给大臣们治理。（34）

saṃtāna（子嗣）-arthāya（artha 目的），复合词（阳单为），求取子嗣。vidhaye（vidhi 阳单为）仪式。sva（自己的）-bhujāt（bhuja 手臂），复合词（阳单从），自己的手臂。avatāritā（avatārita 阴单体）放下。tena（tad 阳单具）他。dhūḥ（dhur 阴单体）担子。jagataḥ（jagat 中单属）世界。gurvī（guru 阴单体）重的。saciveṣu（saciva 阳复依）大臣。nicikṣipe（ni√kṣip 被动，完成单三）托付，交给。

अथाभ्यर्च्य विधातारं प्रयतौ पुत्रकाम्यया।
तौ दंपती वसिष्ठस्य गुरोर्जग्मतुराश्रमम्॥३५॥

然后，他俩敬拜了创造主，
控制自己，一心渴望子嗣，
这对夫妻一同启程出发，
前往老师极裕的净修林。（35）

atha（不变词）然后。abhyarcya（abhi√arc 独立式）敬拜。vidhātāram（vidhātṛ 阳单业）创造主。prayatau（prayata 阳双体）控制的。putra（儿子）-kāmyayā（kāmyā

渴望），复合词（阴单具），对儿子的渴望。tau（tad 阳双体）他俩，指国王和王后。daṃpatī（daṃpatī 阳双体）夫妇。vasiṣṭhasya（vasiṣṭha 阳单属）极裕仙人。guroḥ（guru 阳单属）老师。jagmatuḥ（√gam 完成双三）去往。āśramam（āśrama 阳单业）净修林。

स्निग्धगम्भीरनिर्घोषमेकं स्यन्दनमास्थितौ।
प्रावृषेण्यं पयोवाहं विद्युदैरावताविव॥ ३६॥

他俩同坐一辆车，
车轮声柔和而深沉，
犹如天象和闪电，
出现在雨季乌云上。[①]（36）

snigdha（柔和）-gambhīra（深沉）-nirghoṣam（nirghoṣa 发出的声音），复合词（阳单业），声音柔和而深沉。ekam（eka 阳单业）一个。syandanam（syandana 阳单业）车辆。āsthitau（āsthita 阳双体）坐。prāvṛṣeṇyam（prāvṛṣeṇya 阳单业）雨季的。payas（水）-vāham（vāha 承载），复合词（阳单业），云。vidyut（闪电）-airāvatau（airāvata 天象名，爱罗婆多），复合词（阳双体），闪电和天象。iva（不变词）犹如。

मा भूदाश्रमपीडेति परिमेयपुरःसरौ।
अनुभावविशेषात्तु सेनापरिवृताविव॥ ३७॥

为避免扰乱净修林，
他俩所带随从不多，
但依然威武庄严，
仿佛有军队卫护。（37）

mā（不变词）不。bhūt（abhūt，√bhū 不定单三）成为。āśrama（净修林）-pīḍā（pīḍā 伤害，扰乱），复合词（阴单体），扰乱净修林。iti（不变词）这样（想）。parimeya（有限的，少量的）-puraḥsarau（puraḥsara 随从），复合词（阳双体），随从不多。anubhāva（威严）-viśeṣāt（viśeṣa 殊胜），复合词（阳单从），威严殊胜。tu（不变词）但是。senā（军队）-parivṛtau（parivṛta 围绕的，卫护），复合词（阳双体），有军队卫护。iva（不变词）仿佛。

सेव्यमानौ सुखस्पर्शैः शालनिर्यासगन्धिभिः।
पुष्परेणूत्किरैर्वातैराधूतवनराजिभिः॥ ३८॥

阵阵风儿摇曳林中

① 这里将国王和王后比作天象和闪电，将车辆比作乌云。

排排树木，播撒花粉，
夹带娑罗树脂香气，
迎面拂来，感觉舒服。（38）

sevyamānau（√sev 被动，现分，阳双体）侍奉。sukha（舒服）-sparśaiḥ（sparśa 触觉），复合词（阳复具），感觉舒服。śāla（娑罗树）-niryāsa（树脂）-gandhibhiḥ（gandhin 有香味的），复合词（阳复具），有娑罗树脂香气。puṣpa（花）-reṇu（花粉）-utkiraiḥ（utkira 播撒），复合词（阳复具），播撒花粉。vātaiḥ（vāta 阳复具）风。ādhūta（摇动）-vana（树林）-rājibhiḥ（rāji 一排），复合词（阳复具），摇动成排树木。

मनोभिरामाः शृण्वन्तौ रथनेमिस्वनोन्मुखैः।
षड्जसंवादिनीः केका द्विधा भिन्नाः शिखण्डिभिः॥३९॥

他俩听到那些孔雀
朝车轮声发出鸣叫，
与“具六”声调一致，
两个音部，动人心魄。①（39）

manas（心）-abhirāmāḥ（abhirāma 喜悦的），复合词（阴复业），吸引人心，动人心魄。śṛṇvantau（√śru 现分，阳双体）听到。ratha（车辆）-nemi（轮）-svana（声音）-unmukhaiḥ（unmukha 仰起脸），复合词（阳复具），朝着车轮声。ṣaḍja（“具六”）-saṃvādinīḥ（saṃvādin 相应，一致），复合词（阴复业），与“具六”声调一致。kekāḥ（kekā 阴复业）孔雀的鸣叫。dvidhā（不变词）分成两种。bhinnāḥ（bhinna 阴复业）分开。śikhaṇḍibhiḥ（śikhaṇḍin 阳复具）孔雀。

परस्पराक्षिसादृश्यमदूरोज्झितवर्त्मसु।
मृगद्वन्द्वेषु पश्यन्तौ स्यन्दनाबद्धदृष्टिषु॥४०॥

他俩看到道旁不远，
成双结对的鹿儿们，
眼光紧盯着车辆，
彼此的眼睛相似。（40）

paraspara（彼此）-akṣi（眼睛）-sādṛśyam（sādṛśya 相似），复合词（中单业），彼此的眼睛相似。adūra（不远的）-ujjhita（离开）-vartmasu（vartman 道路），复合词（中复依），离道路不远处。mṛga（鹿）-dvandveṣu（dvandva 成双结对），复合词（中复

① 孔雀将车轮声误认为乌云的雷鸣声，故而发出欢快的鸣叫。“具六”是印度音乐中的七种声调之一。这种声调又分为清浊两种。

依），成双结对的鹿儿。paśyantau（√dṛś 现分，阳双体）看见。syandana（车辆）-ābaddha（连接，固定）-dṛṣṭiṣu（dṛṣṭi 眼光），复合词（中复依），眼光紧盯着车辆。

श्रेणीबन्धाद्वितन्वद्भिरस्तम्भां तोरणस्रजम्।
सारसैः कलनिर्ह्रादैः क्वचिदुन्नमिताननौ॥४१॥

他俩有时仰面看到
鸣声低沉悦耳的鹤，
它们飞翔时相连成行，
形成无柱拱门的花环。（41）

śreṇī（一排）-bandhāt（bandha 连接），复合词（阳单从），连成一排。vitanvadbhiḥ（vi√tan 现分，阳复具）伸展。astambhām（astambha 阴单业）没有柱子的。toraṇa（拱门）-srajam（sraj 花环），复合词（阴单业），拱门的花环。sārasaiḥ（sārasa 阳复具）仙鹤。kala（低沉柔和的）-nirhrādaiḥ（nirhrāda 声音），复合词（阳复具），鸣声低沉悦耳的。kvacit（不变词）某处，有时。unnamita（仰起）-ānanau（ānana 脸），复合词（阳双体），仰面。

पवनस्यानुकूलत्वात्प्रार्थनासिद्धिशंसिनः।
रजोभिस्तुरगोत्कीर्णैरस्पृष्टालकवेष्टनौ॥४२॥

路上风儿和顺，
预兆心愿会实现，
马匹扬起尘土，
不沾头发和头巾。（42）

pavanasya（pavana 阳单属）风。anukūlatvāt（anukūlatva 中单从）和顺。prārthanā（心愿）-siddhi（成功）-śaṃsinaḥ（śaṃsin 宣告，预示），复合词（阳单属），预示心愿实现。rajobhiḥ（rajas 中复具）尘土。turaga（马）-utkīrṇaiḥ（utkīrṇa 扬起），复合词（中复具），马匹扬起的。aspṛṣṭa（不接触）-alaka（头发）-veṣṭanau（veṣṭana 头巾），复合词（阳双体），不沾头发和头巾。

सरसीष्वरविन्दानां वीचिविक्षोभशीतलम्।
आमोदमुपजिघ्रन्तौ स्वनिःश्वासानुकारिणम्॥४३॥

他俩闻到池塘中
那些莲花的香气，
因水波荡漾而清凉，

仿佛是自己的气息。（43）

sarasīṣu（sarasī 阴复依）池塘。aravindānām（aravinda 中复属）莲花。vīci（水波）-vikṣobha（荡漾）-śītalam（śītala 清凉的），复合词（阳单业），因水波荡漾而清凉。āmodam（āmoda 阳单业）香气。upajighrantau（upa√ghrā 现分，阳双体）闻到。sva（自己的）-niḥśvāsa（呼吸，气息）-anukāriṇam（anukārin 模仿），复合词（阳单业），模仿自己的气息。

ग्रामेष्वात्मविसृष्टेषु यूपचिह्नेषु यज्वनाम्।
अमोघाः प्रतिगृह्णन्तावर्घ्यानुपदमाशिषः॥४४॥

在自己封赐的那些村庄，
有作为标志的祭祀柱子，
他俩接受祭祀者们招待后，
接受他们不会落空的祝福。（44）

grāmeṣu（grāma 阳复依）村庄。ātma（ātman 自己）-visṛṣṭeṣu（visṛṣṭa 授予，分封），复合词（阳复依），自己分封的。yūpa（祭祀柱）-cihneṣu（cihna 标志），复合词（阳复依），以祭祀柱为标志的。yajvanām（yajvan 阳复属）祭祀者。amoghāḥ（amogha 阴复业）不落空的。pratigṛhṇantau（prati√grah 现分，阳双体）接受。arghya（招待）-anupadam（随着，随后），复合词（不变词），招待之后。āśiṣaḥ（āśis 阴复业）祝福。

हैयंगवीनमादाय घोषवृद्धानुपस्थितान्।
नामधेयानि पृच्छन्तौ वन्यानां मार्गशाखिनाम्॥४५॥

老年牧民们送来
新鲜酥油，他俩
询问他们道路旁
野生树木的名称。（45）

haiyaṃgavīnam（haiyaṃgavīna 中单业）新鲜酥油。ādāya（ā√dā 独立式）取来，送来。ghoṣa（牧民）-vṛddhān（vṛddha 年老的），复合词（阳复业），老年牧民。upasthitān（upasthita 阳复业）走近。nāma（nāman 名）-dheyāni（dheya 具有），复合词（中复业），名称。pṛcchantau（√pracch 现分，阳双体）询问。vanyānām（vanya 阳复属）野生的。mārga（道路）-śākhinām（śākhin 树），复合词（阳复属），道旁的树木。

काप्यभिख्या तयोरासीद्व्रजतोः शुद्धवेषयोः।
हिमनिर्मुक्तयोर्योगे चित्राचन्द्रमसोरिव॥४६॥

他俩身着素衣，一路行进，
具有不可名状的魅力，
犹如相会的角宿和月亮，
摆脱周围弥漫的雾气。（46）

kā-api（kim-api 阴单体）某种。abhikhyā（abhikhyā 阴单体）光辉，魅力。tayoḥ（tad 阳双属）他俩。āsīt（√as 未完单三）是。vrajatoḥ（√vraj 现分，阳双属）行进。śuddha（纯洁的，洁白的）-veṣayoḥ（veṣa 衣服），复合词（阳双属），身着素衣。hima（雾）-nirmuktayoḥ（nirmukta 摆脱），复合词（阳双属），摆脱雾气。yoge（yoga 阳单依）会合。citrā（角宿）-candramasoḥ（candramas 月亮），复合词（阳双属），角宿和月亮。iva（不变词）犹如。

तत्तद्भूमिपतिः पत्न्यै दर्शयन्प्रियदर्शनः।
अपि लङ्घितमध्वानं बुबुधे न बुधोपमः॥४७॥

这位国王容貌可爱，
俨如水星，一路之上，
向王后指点这个那个，
不觉察行程已有多远。（47）

tat（tad 中单业）这个。tat（tad 中单业）那个。bhūmi（大地）-patiḥ（pati 主人），复合词（阳单体），大地之主，国王。patnyai（patnī 阴单为）王后。darśayan（√dṛś 致使，现分，阳单体）展示，指点。priya（可爱的）-darśanaḥ（darśana 容貌），复合词（阳单体），容貌可爱。api（不变词）甚至。laṅghitam（laṅghita 阳单业）跨越。adhvānam（adhvan 阳单业）路，距离。bubudhe（√budh 完成单三）觉察。na（不变词）不。budha（水星）-upamaḥ（upama 像，如同），复合词（阳单体），俨如水星。

स दुष्प्रापयशाः प्रापदाश्रमं श्रान्तवाहनः।
सायं संयमिनस्तस्य महर्षेर्महिषीसखः॥४८॥

黄昏时分，马匹已疲惫，
这位名声难以企及的国王，
偕同王后，到达那位控制
自我的大仙人的净修林。（48）

saḥ（tad 阳单体）他。duṣprāpa（难以达到）-yaśāḥ（yaśas 名声），复合词（阳单体），名声难以企及的。prāpat（pra√āp 不定单三）到达。āśramam（āśrama 阳单业）净修林。śrānta（疲惫）-vāhanaḥ（vāhana 马），复合词（阳单体），马匹疲惫。sāyam

（不变词）黄昏。saṃyaminaḥ（saṃyamin 阳单属）控制自我的。tasya（tad 阳单属）他，指仙人。mahā（伟大的）-ṛṣeḥ（ṛṣi 仙人），复合词（阳单属），大仙人。mahiṣī（王后）-sakhaḥ（sakha 同伴），复合词（阳单体），王后作伴。

वनान्तरादुपावृत्तैः समित्कुशफलाहरैः।
पूर्यमाणमदृश्याग्निप्रत्युद्यातैस्तपस्विभिः॥४९॥

这净修林中充满苦行者，
他们从别处的树林返回，
携带柴薪、拘舍草和果子，
受到不可见的祭火欢迎。①（49）

vana（树林）-antarāt（antara别的），复合词（中单从），别的树林。upāvṛttaiḥ（upāvṛtta 阳复具）返回。samidh（燃料，柴薪）-kuśa（拘舍草）-phala（果实）-āharaiḥ（āhara 带来），复合词（阳复具），携带柴薪、拘舍草和果子。pūryamāṇam（√pṝ被动，现分，阳单业）充满②。adṛśya（不可见的）-agni（火）-pratyudyātaiḥ（pratyudyāta起身，欢迎），复合词（阳复具），受到不可见的火的欢迎。tapasvibhiḥ（tapasvin阳复具）苦行者。

आकीर्णमृषिपत्नीनामुटजद्वाररोधिभिः।
अपत्यैरिव नीवारभागधेयोचितैर्मृगैः॥५०॥

这净修林中到处有鹿儿，
按照习惯期盼分享野稻，
像孩儿们那样，拥堵在
仙人妻子们的茅屋门前。（50）

ākīrṇam（ākīrṇa 阳单业）散布。ṛṣi（仙人）-patnīnām（patnī 妻子），复合词（阴复属），仙人妻子。uṭaja（茅屋）-dvāra（门）-rodhibhiḥ（rodhin 堵塞），复合词（阳复具），拥堵在茅屋门前。apatyaiḥ（apatya 中复具）孩子。iva（不变词）像。nīvāra（野稻）-bhāga（部分，一份）-dheya（享有）-ucitaiḥ（ucita 习惯于），复合词（阳复具），习惯于分享野稻。mṛgaiḥ（mṛga 阳复具）鹿。

सेकान्ते मुनिकन्याभिस्तत्क्षणोज्झितवृक्षकम्।
विश्वासाय विहंगानामालवालाम्बुपायिनाम्॥५१॥

① 意谓净修林中的祭火知道苦行者们带回祭品，起身表示欢迎。

② 此处的“充满”（阳单业）修饰上一首中的“净修林”（阳单业）。以下四首的情况类同。

那些牟尼的女儿们灌溉
树木后，立刻转身离开，
为了让那些鸟儿们放心，
前来饮用树坑中的水。（51）

seka（洒水，灌溉）-ante（anta 结束），复合词（阳单依），灌溉结束。muni（牟尼）-kanyābhiḥ（kanyā 女儿），复合词（阴复具），牟尼的女儿们。tatkṣaṇa（立刻）-ujjhita（离开）-vṛkṣakam（vṛkṣaka 小树，树木），复合词（阳单业），立刻离开小树。viśvāsāya（viśvāsa 阳单为）信任，放心。vihaṃgānām（vihaṃga 阳复属）鸟儿。ālavāla（树坑）-ambu（水）-pāyinām（pāyin 喝，饮用），复合词（阳复属），饮用树坑中的水。

आतपात्ययसंक्षिप्तनीवारासु निषादिभिः।
मृगैर्वर्तितरोमन्थमुटजाङ्गनभूमिषु॥५२॥

太阳的光热已消失，
在堆放野稻的茅屋
院内，鹿儿们吃饱后，
蹲在地上反刍细嚼。（52）

ātapa（光热）-atyaya（消失）-saṃkṣipta（堆放）-nīvārāsu（nīvāra 野稻），复合词（阴复依），太阳的光热消失，堆放着野稻的。niṣādibhiḥ（niṣādin 阳复具）坐着的。mṛgaiḥ（mṛga 阳复具）鹿。vartita（进行）-romantham（romantha 反刍），复合词（阳单业），进行反刍的。uṭaja（茅屋）-aṅgana（院子）-bhūmiṣu（bhūmi 地面），复合词（阴复依），茅屋院内的地面。

अभ्युत्थिताग्निपिशुनैरतिथीनाश्रमोन्मुखान्।
पुनानं पवनोद्धूतैर्धूमैराहुतिगन्धिभिः॥५३॥

风儿扬起阵阵烟雾，
夹带着祭品的香气，
表明祭火点燃，净化
来到净修林的客人。（53）

abhyutthita（升起）-agni（火）-piśunaiḥ（piśuna 表明），复合词（阳复具），表明祭火升起。atithīn（atithi 阳复业）客人。āśrama（净修林）-unmukhān（unmukha 朝向），复合词（阳复业），来到净修林。punānam（√pū 现分，阳单业）净化。pavana（风）-uddhūtaiḥ（uddhūta 扬起），复合词（阳复具），风儿扬起。dhūmaiḥ（dhūma 阳复具）

烟雾。āhuti（祭品）-gandhibhiḥ（gandhin 有香味），复合词（阳复具），有祭品的香气。

अथ यन्तारमादिश्य धुर्यान्विश्रामयेति सः।
तामवारोहयत्पत्नीं रथादवततार च॥५४॥

然后，他吩咐御者：
“让马匹们休息吧！”
他先扶王后下车，
自己也跟着下了车。（54）

atha（不变词）然后。yantāram（yantṛ 阳单业）车夫。ādiśya（ā√diś 独立式）命令，吩咐。dhuryān（dhurya 阳复业）马匹。viśrāmaya（vi√śram 致使，命令单二）休息。iti（不变词）这样（说）。saḥ（tad 阳单体）他。tām（tad 阴单业）她，指王后。avārohayat（ava√ruh 致使，未完单三）下来。patnīm（patnī 阴单业）王后。rathāt（ratha 阳单从）车辆。avatatāra（ava√tṝ 完成单三）下来。ca（不变词）和。

तस्मै सभ्याः सभार्याय गोप्त्रे गुप्ततमेन्द्रियाः।
अर्हणामर्हते चक्रुर्मुनयो नयचक्षुषे॥५५॥

这位精通政治的保护者，
偕同妻子来到，那些牟尼
善于控制感官，温文尔雅，
他们敬拜这位值得敬拜者。（55）

tasmai（tad 阳单为）他。sabhyāḥ（sabhya 阳复体）文雅的。sa（带着）-bhāryāya（bhāryā 妻子），复合词（阳单为），带着妻子。goptre（goptṛ 阳单为）保护者。guptatama（精心防护）-indriyāḥ（indriya 感官），复合词（阳复体），善于控制感官。arhaṇām（arhaṇā 阴单业）敬拜。arhate（arhat 阳单为）值得尊敬者。cakruḥ（√kṛ 完成复三）做。munayaḥ（muni 阳复体）牟尼。naya（政治）-cakṣuṣe（cakṣus 看到，洞察），复合词（阳单为），精通政治的。

विधेः सायंतनस्यान्ते स ददर्श तपोनिधिम्।
अन्वासितमरुन्धत्या स्वाहयेव हविर्भुजम्॥५६॥

黄昏的祭祀仪式结束，
他看到这位苦行之宝，
阿容达提侍坐身旁，

如同火神和娑婆诃。[①]（56）

vidheḥ（vidhi 阳单属）仪式。sāyaṃtanasya（sāyaṃtana 阳单属）黄昏的。ante（anta 阳单依）结束。saḥ（tad 阳单体）他。dadarśa（√dṛś 完成单三）看到。tapas（苦行）-nidhim（nidhi 宝藏），复合词（阳单业），苦行之宝。anvāsitam（anvāsita 阳单业）坐在旁边。arundhatyā（arundhatī 阴单具）阿容达提。svāhayā（svāhā 阴单具）娑婆诃。iva（不变词）如同。havis（祭品）-bhujam（bhuj 享用），复合词（阳单业），享用祭品的，火神。

तयोर्जगृहतुः पादान्राजा राज्ञी च मागधी।
तौ गुरुर्गुरुपत्नी च प्रीत्या प्रतिननन्दतुः ॥५७॥

国王和出身摩揭陀族的
王后，向他俩行触足礼，
而老师和师母也满怀
喜悦，向他俩表示欢迎。（57）

tayoḥ（tad 阳双属）他俩，指极裕仙人和阿容达提。jagṛhatuḥ（√grah 完成双三）抓，触碰。pādān（pāda 阳复业）脚。rājā（rājan 阳单体）国王。rājñī（rājñī 阴单体）王后。ca（不变词）和。māgadhī（māgadhī 阴单体）摩揭陀族的。tau（tad 阳双业）他俩，指国王和王后。guruḥ（guru 阳单体）老师。guru（老师）-patnī（妻子），复合词（阴单体），老师的妻子，师母。ca（不变词）和。prītyā（prīti 阴单具）喜悦。pratinanandatuḥ（prati√nand 完成双三）欢迎。

तमातिथ्यक्रियाशान्तरथक्षोभपरिश्रमम्।
पप्रच्छ कुशलं राज्ये राज्याश्रममुनिं मुनिः ॥५८॥

种种待客之礼消除了
一路车辆颠簸的困倦，
这位牟尼向王国净修林
牟尼[②]问候王国的安宁。（58）

tam（tad 阳单业）他，指国王。ātithya（招待客人）-kriyā（行为）-śānta（平息，消除）-ratha（车辆）-kṣobha（颠簸）-pariśramam（pariśrama 疲倦），复合词（阳单业），种种待客之礼消除了车辆颠簸的困倦。papraccha（√pracch 完成单三）询问。

① 苦行之宝指极裕仙人。阿容达提是他的妻子。娑婆诃是向天神供奉祭品时的呼告语，也是火神的妻子。

② 这里将王国比作净修林，国王比作王国净修林中的牟尼。

kuśalam（kuśala 中单业）安好。rājye（rājya 中单依）王国。rājya（王国）-āśrama（净修林）-munim（muni 牟尼），复合词（阳单业），王国净修林里的牟尼。muniḥ（muni 阳单体）牟尼。

अथाथर्वनिधेस्तस्य विजितारिपुरः पुरः।
अर्थ्यामर्थपतिर्वाचमाददे वदतां वरः ॥५९॥

然后，这位征服敌人
城堡的国王娴于辞令，
在精通阿达婆[①]的老师
面前，说出恰当的话：（59）

atha（不变词）然后。atharva（atharvan 阿达婆）-nidheḥ（nidhi 宝藏），复合词（阳单属），精通阿达婆的。tasya（tad 阳单属）他，指极裕仙人。vijita（征服）-ari（敌人）-puraḥ（pura 城镇，城堡），复合词（阳单体），征服敌人城堡。puras（不变词）前面。arthyām（arthya 阴单业）合适的，恰当的。artha（财富）-patiḥ（pati 主人），复合词（阳单体），财富之主，国王。vācam（vāc 阴单业）话语。ādade（ā√dā 完成单三）说。vadatām（√vad 现分，阳复属）说话的，说话者。varaḥ（vara 阳单体）优秀的，优秀者。

उपपन्नं ननु शिवं सप्तस्वङ्गेषु यस्य मे।
दैवीनां मानुषीणां च प्रतिहर्ता त्वमापदाम् ॥६०॥

“你是天上人间
灾难的驱除者，
我的王国七支[②]
全都吉祥平安。（60）

upapannam（upapanna 中单体）达到。nanu（不变词）确实。śivam（śiva 中单体）吉祥平安。saptasu（saptan 中复依）七。aṅgeṣu（aṅga 中复依）分支。yasya（yad 阳单属）那，指我。me（mad 单属）我。daivīnām（daiva 阴复属）天上的。mānuṣīṇām（mānuṣa 阴复属）人间的。ca（不变词）和。pratihartā（pratihartṛ 阳单体）驱除者。tvam（tvad 单体）你。āpadām（āpad 阴复属）灾难。

तव मन्त्रकृतो मन्त्रैर्दूरात्प्रशमितारिभिः।
प्रत्यादिश्यन्त इव मे दृष्टलक्ष्यभिदः शराः ॥६१॥

① 阿达婆指《阿达婆吠陀》，主要为祭司提供各种咒语。
② 王国七支指国王、大臣、朋友、库藏、王国、城堡和敌人。

“你是经咒的制造者，
经咒从远处征服敌人，
仿佛废弃了我的那些
能射穿可见目标的箭。（61）

tava（tvad 单属）你。mantra（咒语）-kṛtaḥ（kṛt 制造），复合词（阳单属），制造咒语者。mantraiḥ（mantra 阳复具）咒语。dūrāt（dūra 中单从）远处。praśamita（平定，征服）-aribhiḥ（ari 敌人），复合词（阳复具），征服敌人。pratyādiśyante（prati-ā√diś 被动，现在复三）废弃。iva（不变词）仿佛。me（mad 单属）我。dṛṣṭa（可见的）-lakṣya（目标）-bhidaḥ（bhid 刺穿），复合词（阳复体），射穿可见目标。śarāḥ（śara 阳复体）箭。

हविरावर्जितं होतस्त्वया विधिवदग्निषु।
वृष्टिर्भवति सस्यानामवग्रहविशोषिणाम्॥ ६२॥

“祭司啊！你按照仪轨
投入祭火中的祭品，
转变成雨，及时供给
在干旱中枯萎的谷物。（62）

haviḥ（havis 中单体）祭品。āvarjitam（āvarjita 中单体）投入。hotaḥ（hotṛ 阳单呼）祭司。tvayā（tvad 单具）你。vidhivat（不变词）按照规则。agniṣu（agni 阳复依）火，祭火。vṛṣṭiḥ（vṛṣṭi 阴单体）雨。bhavati（√bhū 现在单三）变成。sasyānām（sasya 中复属）谷物。avagraha（干旱）-viśoṣiṇām（viśoṣin 枯萎的），复合词（中复属），因干旱而枯萎的。

पुरुषायुषजीविन्यो निरातङ्का निरीतयः।
यन्मदीयाः प्रजास्तस्य हेतुस्त्वद्ब्रह्मवर्चसम्॥ ६३॥

“我的臣民摆脱恐惧，
无病无灾，活够人寿，
这一切究其原因，
那是你的梵的光辉。（63）

puruṣa（人）-āyuṣa（寿命）-jīvinyaḥ（jīvin 活着），复合词（阴复体），活够人寿。nirātaṅkāḥ（nirātaṅka 阴复体）无疾病，无恐惧。nirītayaḥ（nirīti 阴复体）无灾难。yat（yad 中单体）它，指以上情况。madīyāḥ（madīya 阴复体）我的。prajāḥ（prajā 阴复体）臣民。tasya（tad 中单属）它，指以上情况。hetuḥ（hetu 阳单体）原因。tvad

（你）-brahma（brahman 梵）-varcasam（varcasa 光辉），复合词（中单体），你的梵的光辉。

त्वयैवं चिन्त्यमानस्य गुरुणा ब्रह्मयोनिना।
सानुबन्धाः कथं न स्युः संपदो मे निरापदः॥६४॥

“老师你出生自梵天①，
有你这样关心着我，
我无灾无祸，幸运
怎么不会连续不断？（64）

tvayā（tvad 单具）你。evam（不变词）这样。cintyamānasya（√cint 被动，现分，阳单属）关心。guruṇā（guru 阳单具）老师。brahma（brahman 梵天）-yoninā（yoni 子宫），复合词（阳单具），出生自梵天。sa（具有）-anubandhāḥ（anubandha 持续），复合词（阴复体），持续。katham（不变词）怎么。na（不变词）不。syuḥ（√as 虚拟复三）是。saṃpadaḥ（saṃpad 阴复体）成功，幸运。me（mad 单属）我。nirāpadaḥ（nirāpad 阴复体）没有灾祸。

किंतु वध्वां तवैतस्यामदृष्टसदृशप्रजम्।
न मामवति सद्वीपा रत्नसूरपि मेदिनी॥६५॥

“但是，没看到你的这位
儿媳生出与我相像的儿子，
即使有七大洲盛产宝石的
大地，仍然不会让我高兴。（65）

kim-tu（不变词）但是。vadhvām（vadhū 阴单依）儿媳。tava（tvad 单属）你。etasyām（etad 阴单依）这，指儿媳（即王后）。adṛṣṭa（没看到）-sadṛśa（相似的）-prajam（prajā 子嗣），复合词（阳单业），没看到相像的儿子。na（不变词）不。mām（mad 单业）我。avati（√av 现在单三）满足。sa（具有）-dvīpā（dvīpa 岛屿，洲），复合词（阴单体），有七大洲的。ratna（宝石）-sūḥ（sū 产生），复合词（阴单体），盛产宝石的。api（不变词）即使。medinī（medinī 阴单体）大地。

नूनं मत्तः परं वंश्याः पिण्डविच्छेददर्शिनः।
न प्रकामभुजः श्राद्धे स्वधासंग्रहतत्पराः॥६६॥

“祖先们预感在我之后，

① 相传极裕仙人是大神梵天心中产生的十个儿子之一。

饭团的供应可能会中断，
在祭祖仪式上不敢吃饱，
一心想要存储一些祭品。（66）

nūnam（不变词）肯定。mattas（不变词）从我。param（不变词）之后。vaṃśyāḥ（vaṃśya 阳复体）祖先。piṇḍa（饭团）-viccheda（中断）-darśinaḥ（darśin 看到），复合词（阳复体），看到饭团中断。na（不变词）不。prakāma（随心所欲）-bhujaḥ（bhuj 享用），复合词（阳复体），随心所欲享用。śrāddhe（śrāddha 中单依）祭祖仪式。svadhā（祭品）-saṃgraha（储存）-tatparāḥ（tatpara 一心），复合词（阳复体），一心想存储祭品。

मत्परं दुर्लभं मत्वा नूनमावर्जितं मया।
पयः पूर्वैः स्वनिःश्वासैः कवोष्णमुपभुज्यते॥ ६७॥

“祖先们想到在我之后，
不能再获得我祭供的水，
在喝水时，长吁短叹，
使这些水也变得温热。（67）

mad（我）-param（之后），复合词（不变词），在我之后。durlabham（durlabha 中单业）难以获得。matvā（√man 独立式）认为。nūnam（不变词）肯定。āvarjitam（āvarjita 中单业）供给。mayā（mad 单具）我。payaḥ（payas 中单体）水。pūrvaiḥ（pūrva 阳复具）祖先。sva（自己的）-niḥśvāsaiḥ（niḥśvāsa 呼吸，叹息），复合词（阳复具），自己的叹息。kava（稍许）-uṣṇam（uṣṇa 热），复合词（中单体），温热的。upabhujyate（upa√bhuj 被动，现在单三）享用。

सोऽहमिज्याविशुद्धात्मा प्रजालोपनिमीलितः।
प्रकाशश्चाप्रकाशश्च लोकालोक इवाचलः॥ ६८॥

“祭祀令我灵魂纯洁，
绝后令我陷入黑暗，
既光明，又黑暗，
犹如罗迦罗迦山①。（68）

saḥ（tad 阳单体）这个，指我。aham（mad 单体）我。ijyā（祭祀）-viśuddha（纯洁）-ātmā（ātman 灵魂），复合词（阳单体），因祭祀而灵魂纯洁。prajā（后代）-lopa（缺乏）-nimīlitaḥ（nimīlita 闭眼），复合词（阳单体），因绝后而陷入黑暗。prakāśaḥ

① 罗迦罗迦山又名轮围山，围绕整个大地，山内光明，山外黑暗。

（prakāśa 阳单体）光明的。ca（不变词）和。aprakāśaḥ（aprakāśa 阳单体）黑暗的。ca（不变词）和。lokālokaḥ（lokāloka 阳单体）罗迦罗迦山。iva（不变词）像。acalaḥ（acala 阳单体）山。

लोकान्तरसुखं पुण्यं तपोदानसमुद्भवम्।
संततिः शुद्धवंश्या हि परत्रेह च शर्मणे॥६९॥

“苦行和布施产生功德，
享受另一世界的幸福，
而延续纯洁的家族，
获得两个世界的幸福。（69）

loka（世界）-antara（另一个）-sukham（sukha 幸福），复合词（中单体），另一个世界的幸福。puṇyam（puṇya 中单体）功德。tapas（苦行）-dāna（布施）-samudbhavam（samudbhava 产生），复合词（中单体），苦行和布施所产生的。saṃtatiḥ（saṃtati 阴单体）延续。śuddha（纯洁的）-vaṃśyā（vaṃśya 家族的），复合词（阴单体），纯洁的家族的。hi（不变词）因为。paratra（不变词）另一世界。iha（不变词）这里，这个世界。ca（不变词）和。śarmaṇe（śarman 中单为）快乐，幸福。

तया हीनं विधातर्मां कथं पश्यन्न दूयसे।
सिक्तं स्वयमिव स्नेहाद्वन्ध्यमाश्रमवृक्षकम्॥७०॥

“创造主啊，你看到我
没有子嗣，就像看到怀着
爱怜、亲手灌溉的净修林
树木不结果，怎会不难过？（70）

tayā（tad 阴单具）它，指家族的延续。hīnam（hīna 阳单业）缺少。vidhātaḥ（vidhātṛ 阳单呼）创造主。mām（mad 单业）我。katham（不变词）怎么。paśyan（√dṛś 现分，阳单体）看到。na（不变词）不。dūyase（√du 被动，现在单二）悲伤，难过。siktam（sikta 阳单业）灌溉。svayam（不变词）亲自。iva（不变词）像。snehāt（sneha 阳单从）爱意。vandhyam（vandhya 阳单业）不结果的。āśrama（净修林）-vṛkṣakam（vṛkṣaka 小树，树），复合词（阳单业），净修林中的树苗。

असह्यपीडं भगवन्नृणमन्त्यमवेहि मे।
अरुंतुदमिवालानमनिर्वाणस्य दन्तिनः॥७१॥

“你要知道这最后的债务[①]，
对我是不可忍受的折磨，
尊者啊，就像锁链对不能
沐浴的大象是沉重的打击。（71）

asahya（不可忍受的）-pīḍam（pīḍā 折磨），复合词（中单业），不可忍受的折磨。bhagavan（bhagavat 阳单呼）尊者。ṛṇam（ṛṇa 中单业）债务。antyam（antya 中单业）最后的。avehi（ava√i 命令单二）知道。me（mad 单属）我。aruṃtudam（aruṃtuda 中单业）击中要害的。iva（不变词）像。ālānam（ālāna 中单业）拴象的柱子或绳索。anirvāṇasya（anirvāṇa 阳单属）不能沐浴的。dantinaḥ（dantin 阳单属）大象。

तस्मान्मुच्ये यथा तात संविधातुं तथार्हसि।
इक्ष्वाकूणां दुरापेऽर्थे त्वदधीना हि सिद्धयः॥७२॥

“老师啊，请你安排，
让我摆脱这个债务；
依靠你，甘蔗族能够
实现难以达到的目的。”（72）

tasmāt（tad 中单从）它，指债务。mucye（√muc 被动，现在单一）解脱。yathā（不变词）像那样。tāta（tāta 阳单呼）尊称或爱称。saṃvidhātum（sam-vi√dhā 不定式）安排。tathā（不变词）这样。arhasi（√arh 现在单二）能，请。ikṣvākūṇām（ikṣvāku 阳复属）甘蔗族。durāpe（durāpa 阳单依）难以达到的。arthe（artha 阳单依）目的。tvad（你）-adhīnāḥ（adhīna 依靠），复合词（阴复体），依靠你。hi（不变词）因为。siddhayaḥ（siddhi 阴复体）成功。

इति विज्ञापितो राज्ञा ध्यानस्तिमितलोचनः।
क्षणमात्रमृषिस्तस्थौ सुप्तमीन इव ह्रदः॥७३॥

听罢这位国王的诉求，
仙人刹那间陷入沉思，
他的眼睛凝固不动，
犹如鱼儿入睡的池塘。（73）

iti（不变词）这样（说）。vijñāpitaḥ（vijñāpita 阳单体）告知。rājñā（rājan 阳单具）国王。dhyāna（禅定，沉思）-stimita（静止）-locanaḥ（locana 眼睛），复合词（阳

---

① 按照婆罗门教，人生要偿还三种债务：通过学习吠陀，偿还教师的债务；通过举行祭祀，偿还天神的债务；通过生育后代，偿还祖先的债务。这里所说最后的债务指生育后代。

单体），沉思而眼睛凝固不动。kṣaṇa（刹那）-mātram（仅仅），复合词（不变词），刹那间。ṛṣiḥ（ṛṣi 阳单体）仙人。tasthau（√sthā 完成单三）站着，处于。supta（入睡）-mīnaḥ（mīna 鱼儿），复合词（阳单体），鱼儿入睡的。iva（不变词）犹如。hradaḥ（hrada 阳单体）池塘。

सोऽपश्यत्प्रणिधानेन संततेः स्तम्भकारणम्।
भावितात्मा भुवो भर्तुरथैनं प्रत्यबोधयत्॥ ७४॥

这位仙人灵魂纯净，
通过沉思，发现国王
子嗣为何受到阻碍，
于是，向他说明原因：（74）

saḥ（tad 阳单体）他，指仙人。apaśyat（√dṛś 未完单三）看到，发现。praṇidhānena（praṇidhāna 中单具）沉思。saṃtateḥ（saṃtati 阴单属）延续。stambha（阻碍）-kāraṇam（kāraṇa 原因），复合词（中单业），受到阻碍的原因。bhāvita（净化）-ātmā（ātman 灵魂），复合词（阳单体），灵魂纯净。bhuvaḥ（bhū 阴单属）大地。bhartuḥ（bhartṛ 阳单属）主人，国王。atha（不变词）然后。enam（etad 阳单业）他，指国王。pratyabodhayat（prati√budh 致使，未完单三）说明。

पुरा शक्रमुपस्थाय तवोर्वीं प्रति यास्यतः।
आसीत्कल्पतरुच्छायामाश्रिता सुरभिः पथि॥ ७५॥

“从前，你侍奉天帝释后，
准备返回大地，在路上，
如意神牛苏罗毗恰好
站在天国劫波树树荫下。（75）

purā（不变词）从前。śakram（śakra 阳单业）因陀罗，天帝释。upasthāya（upa√sthā 独立式）侍奉。tava（tvad 单属）你。urvīm（urvī 阴单业）大地。prati（不变词）对，朝。yāsyataḥ（√yā 将分，阳单属）前往。āsīt（√as 未完单三）是。kalpa（劫波树）-taru（树）-chāyām（chāyā 树荫），复合词（阴单依），劫波树的树荫。āśritā（āśrita 阴单体）处在。surabhiḥ（surabhi 阴单体）苏罗毗（母牛名）。pathi（pathin 阳单依）道路。

धर्मलोपभयाद्राज्ञीमृतुस्नातामिमां स्मरन्।
प्रदक्षिणक्रियार्हायां तस्यां त्वं साधु नाचरः॥ ७६॥

“你却想着王后经期已沐浴，
唯恐耽误正法规定的时间[①]，
你没有依礼向这头应该受到
敬拜的如意神牛行右旋礼。（76）

dharma（正法）-lopa（失去）-bhayāt（bhaya 害怕），复合词（中单从），害怕失去正法。rājñīm（rājñī 阴单业）王后。ṛtu（经期）-snātām（snāta 沐浴），复合词（阴单业），经期后已沐浴。imām（idam 阴单业）这。smaran（√smṛ 现分，阳单体）记挂，想。pradakṣiṇa（右旋）-kriyā（行为）-arhāyām（arha 值得），复合词（阴单依），值得行右旋礼。tasyām（tad 阴单依）她，指母牛苏罗毗。tvam（tvad 单体）你。sādhu（不变词）正确地。na（不变词）不。ācaraḥ（ā√car 未完单二）施行。

अवजानासि मां यस्मादतस्ते न भविष्यति।
मत्प्रसूतिमनाराध्य प्रजेति त्वां शशाप सा॥७७॥

“于是，她诅咒你说：
‘你瞧不起我，因此，
你不会有子嗣，直到
你赢得我女儿的喜欢。’（77）

avajānāsi（ava√jñā 现在单二）轻视。mām（mad 单业）我。yasmāt（不变词）因为。atas（不变词）所以。te（tvad 单属）你。na（不变词）不。bhaviṣyati（√bhū 将来单三）有。mad（我）-prasūtim（prasūti 子嗣，儿女），复合词（阴单业），我的儿女。anārādhya（an-ā√rādh 独立式）不取悦。prajā（阴单体）子嗣。iti（不变词）这样（说）。tvām（tvad 单业）你。śaśāpa（√śap 完成单三）诅咒。sā（tad 阴单体）她，指母牛苏罗毗。

स शापो न त्वया राजन्न च सारथिना श्रुतः।
नदत्याकाशगङ्गायाः स्रोतस्युद्दामदिग्गजे॥७८॥

“国王啊！你和你的御者
都没有听到这个诅咒，
因为天国恒河中，方位象
恣意嬉戏，水流喧嚣。（78）

saḥ（tad 阳单体）这个，指诅咒。śāpaḥ（śāpa 阳单体）诅咒。na（不变词）不。tvayā（tvad 单具）你。rājan（rājan 阳单呼）国王。na（不变词）不。ca（不变词）和。

① 意谓妇女经期结束沐浴后，适合与丈夫同房。

sārathinā（sārathi 阳单具）车夫，御者。śrutaḥ（śruta 阳单体）听到。nadati（√nad 现分，中单依）发出声音。ākāśa（天空）-gaṅgāyāḥ（gaṅgā 恒河），复合词（阴单属），天上的恒河。srotasi（srotas 中单依）水流。uddāma（恣意的，放纵的）-diś（方向，方位）-gaje（gaja 大象），复合词（中单依），方位象恣意玩耍。

ईप्सितं तदवज्ञानाद्विद्धि सार्गलमात्मनः।
प्रतिबध्नाति हि श्रेयः पूज्यपूजाव्यतिक्रमः ॥७९॥

“你要知道，由于忽视她，
你的愿望遇到了阻碍，
因为不敬拜应该敬拜者，
这样的行为阻断幸福。（79）

īpsitam（īpsita 中单业）愿望。tad（她）-avajñānāt（avajñāna 轻视），复合词（中单从），轻视她。viddhi（√vid 命令单二）知道。sārgalam（sārgala 中单业）有阻碍。ātmanaḥ（ātman 阳单属）自己。pratibadhnāti（prati√bandh 现在单三）阻断。hi（不变词）因为。śreyaḥ（śreyas 中单业）幸福。pūjya（应该敬拜者）-pūjā（敬拜）-vyatikramaḥ（vyatikrama 忽略），复合词（阳单体），不敬拜应该敬拜者。

हविषे दीर्घसत्रस्य सा चेदानीं प्रचेतसः।
भुजंगपिहितद्वारं पातालमधितिष्ठति॥८०॥

“她现在滞留地下世界，
那里有群蛇把持入口；
伐楼那①举行长期祭祀，
需要她提供祭品酥油。（80）

haviṣe（havis 中单为）祭品。dīrgha（长期）-satrasya（satra 祭祀），复合词（阳单属），举行长期祭祀的。sā（tad 阴单体）她。ca（不变词）和。idānīm（不变词）现在。pracetasaḥ（pracetas 阳单属）伐楼那（神名）。bhujaṃga（蛇）-pihita（封闭）-dvāram（dvāra 门，入口），复合词（中单业），群蛇把持入口。pātālam（pātāla 中单业）地下世界。adhitiṣṭhati（adhi√sthā 现在单三）住在，留在。

सुतां तदीयां सुरभेः कृत्वा प्रतिनिधिं शुचिः।
आराधय सपत्नीकः प्रीता कामदुघा हि सा॥८१॥

“你将她的女儿作为替身，

① 相传伐楼那（varuṇa）是西方世界和大海的守护神。他手持套索，惩戒罪恶。

净化自己，和王后一起，
取悦她，一旦高兴满意，
她就会成为如意神牛。”（81）

sutām（sutā 阴单业）女儿。tadīyām（tadīya 阴单业）她的。surabheḥ（surabhi 阴单属）母牛苏罗毗。kṛtvā（√kṛ 独立式）做。pratinidhim（pratinidhi 阳单业）替代。śuciḥ（śuci 阳单体）纯洁的。ārādhaya（ā√rādh 命令单二）取悦。sapatnīkaḥ（sapatnīka 阳单体）和王后一起。prītā（prīta 阴单体）高兴，满意。kāma（心愿）-dughā（dugha 挤奶），复合词（阴单体），随意挤奶的，如意神牛。hi（不变词）因为。sā（tad 阴单体）她，指苏罗毗的女儿。

इति वादिन एवास्य होतुराहुतिसाधनम्।
अनिन्द्या नन्दिनी नाम धेनुराववृते वनात्॥८२॥

正当祭司这样说着，
这头无可挑剔的母牛，
酥油的供应者，名为
南迪尼，从林中返回。（82）

iti（不变词）这样（说）。vādinaḥ（vādin 阳单属）说着。eva（不变词）正。asya（idam 阳单属）这，指祭司。hotuḥ（hotṛ 阳单属）祭司。āhuti（祭品）-sādhanam（sādhana 实现），复合词（中单体），祭品的提供者。anindyā（anindya 阴单体）无可挑剔的。nandinī（阴单体）南迪尼。nāma（不变词）名为。dhenuḥ（dhenu 阴单体）母牛。āvavṛte（ā√vṛt 完成单三）返回。vanāt（vana 中单从）树林。

ललाटोदयमाभुग्नं पल्लवस्निग्धपाटला।
बिभ्रती श्वेतरोमाङ्कं संध्येव शशिनं नवम्॥८३॥

她柔软粉红如同嫩芽，
额头上长有一个标志，
那是微微弯曲的白毫，
犹如黄昏有一弯新月。（83）

lalāṭa（额头）-udayam（udaya 出现），复合词（阳单业），出现在额头上的。ābhugnam（ābhugna 阳单业）微微弯曲的。pallava（嫩芽）-snigdha（柔软）-pāṭalā（pāṭala 粉红的），复合词（阴单体），嫩芽般柔软粉红。bibhratī（√bhṛ 现分，阴单体）具有。śveta（白色的）-roma（roman 毫毛）-aṅkam（aṅka 标志），复合词（阳单业），白毫标志。saṃdhyā（saṃdhyā 阴单体）黄昏。iva（不变词）犹如。śaśinam（śaśin 阳单业）月亮。

navam（nava 阳单业）新的。

भुवं कोष्णेन कुण्डोध्नी मेध्येनावभृथादपि।
प्रस्नवेनाभिवर्षन्ती वत्सालोकप्रवर्तिना ॥ ८४ ॥

她乳房似罐，一见到
自己的牛犊，温暖的
乳汁流淌，洒落大地，
比祭祀后沐浴更圣洁。（84）

bhuvam（bhū 阴单业）大地。koṣṇena（koṣṇa 阳单具）温热的。kuṇḍa（罐子）-ūdhnī（ūdhas 乳房），复合词（阴单体），乳房似罐的。medhyena（medhya 阳单具）适合祭祀的，纯洁的。avabhṛthāt（avabhṛtha 阳单从）祭祀后沐浴。api（不变词）甚至。prasnavena（prasnava 阳单具）流。abhivarṣantī（abhi√vṛṣ 现分，阴单体）洒下。vatsa（牛犊）-āloka（看到）-pravartinā（pravartin 流出），复合词（阳单具），看到牛犊就流出的。

रजःकणैः खुरोद्धूतैः स्पृशद्भिर्गात्रमन्तिकात्।
तीर्थाभिषेकजां शुद्धिमादधाना महीक्षितः ॥ ८५ ॥

她的蹄子扬起尘埃，
沾上身旁国王的肢体，
赐予这位大地之主
等同圣地沐浴的纯洁。（85）

rajas（尘土）-kaṇaiḥ（kaṇa 颗粒），复合词（阳复具），尘埃。khura（蹄子）-udbhūtaiḥ（udbhūta 扬起），复合词（阳复具），蹄子扬起的。spṛśadbhiḥ（√spṛś 现分，阳复具）接触。gātram（gātra 中单业）肢体。antikāt（不变词）附近。tīrtha（圣地）-abhiṣeka（灌顶，沐浴）-jām（ja 产生），复合词（阴单业），圣地沐浴产生的。śuddhim（śuddhi 阴单业）纯洁。ādadhānā（ā√dhā 现分，阴单体）给予。mahī（大地）-kṣitaḥ（kṣit 统治），复合词（阳单属），统治大地者，国王。

तां पुण्यदर्शनां दृष्ट्वा निमित्तज्ञस्तपोनिधिः।
याज्यमाशंसितावन्ध्यप्रार्थनं पुनरब्रवीत् ॥ ८६ ॥

那位苦行之宝精通征兆，
看到这头圣洁的母牛出现，
知道适合举行祭祀的国王，

心愿不会落空，又对他说道：（86）

tām（tad 阴单业）她，指母牛南迪尼。puṇya（圣洁）-darśanām（darśana 显现，模样），复合词（阴单业），模样圣洁。dṛṣṭvā（√dṛś 独立式）看到。nimitta（征兆）-jñaḥ（jña 通晓），复合词（阳单体），精通征兆的。tapas（苦行）-nidhiḥ（nidhi 宝藏），复合词（阳单体），苦行之宝，指仙人。yājyam（yājya 阳单业）适合祭祀的。āśaṃsita（愿望的）-avandhya（不会落空）-prārthanam（prārthana 请求），复合词（阳单业），愿望的请求不会落空。punar（不变词）又。abravīt（√brū 未完单三）说。

अदूरवर्तिनीं सिद्धिं राजन्विगणयात्मनः।
उपस्थितेयं कल्याणी नाम्नि कीर्तित एव यत्॥ ८६॥

“国王啊！要知道你的
心愿实现，已为期不远，
因为这头吉祥的母牛，
一说到她，她就来到。（87）

adūra（不远）-vartinīm（vartin 处于），复合词（阴单业），为期不远。siddhim（siddhi 阴单业）成功。rājan（rājan 阳单呼）国王。vigaṇaya（vi√gaṇ 命令单二）想到，认为。ātmanaḥ（ātman 阳单属）自己。upasthitā（upasthita 阴单体）走近，来到。iyam（idam 阴单体）这，指母牛南迪尼。kalyāṇī（kalyāṇa 阴单体）吉祥的。nāmni（nāman 中单依）名字。kīrtite（kīrtita 中单依）提到，说起。eva（不变词）就。yad（不变词）由于，因为。

वन्यवृत्तिरिमां शश्वदात्मानुगमनेन गाम्।
विद्यामभ्यसनेनेव प्रसादयितुमर्हसि॥ ८८॥

“你要过上一段林中生活，
始终亲自陪随这头母牛，
取悦她，就像取悦知识，
要依靠复习，坚持不懈。（88）

vanya（林中蔬果，树林的）-vṛttiḥ（vṛtti 维生，生活），复合词（阳单体），以林中蔬果维生，过林中生活。imām（idam 阴单业）这，指母牛南迪尼。śaśvat（不变词）持久，始终。ātma（ātman 自己）-anugamanena（anugamana 跟随），复合词（中单具），亲自陪随。gām（go 阴单业）母牛。vidyām（vidyā 阴单业）知识。abhyasanena（abhyasana 中单具）练习，复习。iva（不变词）像。prasādayitum（pra√sad 致使，不定式）安抚，取悦。arhasi（√arh 现在单二）应该。

प्रस्थितायां प्रतिष्ठेथाः स्थितायां स्थितिमाचरेः।
निषण्णायां निषीदास्यां पीताम्भसि पिबेरपः॥८९॥

"她出发，你也出发，
她停留，你也停留，
她蹲下，你也蹲下，
她饮水，你也饮水。(89)

prasthitāyām（prasthita 阴单依）出发。pratiṣṭhethāḥ（pra√sthā 虚拟单二）出发。sthitāyām（sthita 阴单依）停留。sthitim（sthiti 阴单业）停留。ācareḥ（ā√car 虚拟单二）实行。niṣaṇṇāyām（niṣaṇṇa 阴单依）坐下。niṣīda（ni√sad 命令单二）坐下。asyām（idam 阴单依）这，指母牛南迪尼。pīta（喝，饮）-ambhasi（ambhas 水），复合词（阴单依），饮水。pibeḥ（√pā 虚拟单二）喝，饮。apaḥ（ap 阴复业）水。

वधूर्भक्तिमती चैनामर्चितामा तपोवनात्।
प्रयता प्रातरन्वेतु सायं प्रत्युद्व्रजेदपि॥९०॥

"早晨，让你虔诚的妻子
控制自我，敬拜她之后，
要一直送她到苦行林边，
黄昏时，又前去迎接她。(90)

vadhūḥ（vadhū 阴单体）妻子。bhaktimatī（bhaktimat 阴单体）虔诚的。ca（不变词）和。enām（etad 阴单业）她，指母牛南迪尼。arcitām（arcita 阴单业）敬拜。ā（不变词）直到。tapas（苦行）-vanāt（vana 树林），复合词（中单从），苦行林。prayatā（prayata 阴单体）控制自我的。prātar（不变词）早晨。anvetu（anu√i 命令单三）跟随。sāyam（不变词）黄昏。pratyudvrajet（prati-ud√vraj 虚拟单三）迎接。api（不变词）也。

इत्या प्रसादादस्यास्त्वं परिचर्यापरो भव।
अविघ्नमस्तु ते स्थेयाः पितेव धुरि पुत्रिणाम्॥९१॥

"你就这样专心侍奉她，
直到你赢得她的恩宠，
祝你顺利！愿你像父亲，
站在有儿子的人们前列。"(91)

iti（不变词）这样。ā（不变词）直到。prasādāt（prasāda 阳单从）恩宠。asyāḥ（idam 阴单属）她，指母牛南迪尼。tvam（tvad 单体）你。paricaryā（侍奉）-paraḥ （para 专心），复合词（阳单体），专心侍奉。bhava（√bhū 命令单二）成为。avighnam（不变词）没有障碍，顺利。astu（√as 命令单三）是。te（tvad 单属）你。stheyāḥ（√sthā 祈求单二）站。pitā（pitṛ 阳单体）父亲。iva（不变词）像。dhuri（dhur 阴单依）顶端，前列。putriṇām（putrin 阳复属）有儿子的。

तथेति प्रतिजग्राह प्रीतिमान्सपरिग्रहः।
आदेशं देशकालज्ञः शिष्यः शासितुरानतः॥९२॥

这位国王通晓天时地利，
与妻子一起，满怀喜悦，
作为学生，谦恭地接受
老师的指示，说："好吧！"（92）

tathā（不变词）好吧。iti（不变词）这样（说）。pratijagrāha（prati√grah 完成单三）接受。prītimān（prītimat 阳单体）满怀喜悦。sa（带着）-parigrahaḥ（parigraha 妻子），复合词（阳单体），带着妻子。ādeśam（ādeśa 阳单业）指示。deśa（地方）-kāla（时间）-jñaḥ（jña 通晓），复合词（阳单体），通晓天时地利。śiṣyaḥ（śiṣya 阳单体）学生。śāsituḥ（śāsitṛ 阳单属）老师。ānataḥ（ānata 阳单体）谦恭。

अथ प्रदोषे दोषज्ञः संवेशाय विशांपतिम्।
सूनुः सूनृतवाक्स्रष्टुर्विससर्जोर्जितश्रियम्॥९३॥

这位创造主的儿子①，
明辨善恶，言无虚发，
晚上，吩咐这位鸿运
高照的国王进屋休息。（93）

atha（不变词）然后。pradoṣe（pradoṣa 阳单依）夜晚。doṣa（错误）-jñaḥ（jña 通晓），复合词（阳单体），明辨是非的。saṃveśāya（saṃveśa 阳单为）进入，睡觉。viśāṃpatim（viśāṃpati 阳单业）民众之主，国王。sūnuḥ（sūnu 阳单体）儿子。sūnṛta（真实的）-vāk（vāc 话语），复合词（阳单体），言语真实的。sraṣṭuḥ（sraṣṭṛ 阳单属）创造主。visasarja（vi√sṛj 完成单三）吩咐。ūrjita（强大的，充满）-śriyam（śrī 好运，吉祥），复合词（阳单业），鸿运高照的。

सत्यामपि तपःसिद्धौ नियमापेक्षया मुनिः।
कल्पवित्कल्पयामास वन्यामेवास्य संविधाम्॥९४॥

① 创造主的儿子指极裕仙人。

尽管具备苦行法力，
牟尼通晓法则，注重
承诺[①]，依然为他安排
在林中的生活方式。（94）

satyām（√as 现分，阴单依）有。api（不变词）即使。tapas（苦行）-siddhau（siddhi 成就），复合词（阴单依），苦行成就。niyama（承诺）-apekṣayā（apekṣā 考虑，关注），复合词（阴单具），注重承诺。muniḥ（muni 阳单体）牟尼。kalpa（规则，法则）-vid（vid 懂得），复合词（阳单体），通晓法则。kalpayāmāsa（√klp 致使，完成单三）安排。vanyām（vanya 阴单业）林中的。eva（不变词）依然。asya（idam 阳单属）他，指国王。saṃvidhām（saṃvidhā 阴单业）生活方式。

निर्दिष्टां कुलपतिना स पर्णशाला-
मध्यास्य प्रयतपरिग्रहद्वितीयः।
तच्छिष्याध्ययननिवेदितावसानां
संविष्टः कुशशयने निशां निनाय॥९५॥

在族长指引下，他和控制
自我的妻子一同住进茅屋，
睡在拘舍草床上，度过夜晚，
在学生们的晨读声中醒来。（95）

nirdiṣṭām（nirdiṣṭa 阴单业）指示，指引。kula（家族）-patinā（pati 主人），复合词（阳单具），族长。saḥ（tad 阳单体）他，指国王。parṇa（树叶）-śālām（śālā 屋子），复合词（阴单业），茅屋。adhyāsya（adhi√ās 独立式）居住。prayata（控制自我的）-parigraha（妻子）-dvitīyaḥ（dvitīya 同伴），复合词（阳单体），与控制自我的妻子作伴。tad（他，指牟尼）-śiṣya（学生）-adhyayana（诵读，学习）-nivedita（告知）-avasānām（avasāna 结束），复合词（阴单业），因牟尼学生们的诵读而知道（夜晚）结束。saṃviṣṭaḥ（saṃviṣṭa 阳单体）入睡。kuśa（拘舍草）-śayane（śayana 床），复合词（中单依），拘舍草床。niśām（niśā 阴单业）夜晚。nināya（√nī 完成单三）度过。

① 意谓已经说定要让国王过上一段林中生活，侍奉母牛南迪尼。参阅第 88 首。

द्वितीयः सर्गः।

第 二 章

अथ प्रजानामधिपः प्रभाते जायाप्रतिग्राहितगन्धमाल्याम्।
वनाय पीतप्रतिबद्धवत्सां यशोधनो धेनुमृषेर्मुमोच॥ १॥

清晨，王后献上香料和花环，
小牛犊也喝了奶，拴了起来，
然后，以名誉为财富的国王，
放出仙人的母牛，前往林中。（1）

atha（不变词）然后，现在。prajānām（prajā 阴复属）民众。adhipaḥ（adhipa 阳单体）主人，国王。prabhāte（prabhāta 中单依）清晨。jāyā（妻子）-pratigrāhita（接受）-gandha（香料）-mālyām（mālya 花环），复合词（阴单业），接受王后的香料和花环。vanāya（vana 中单为）森林。pīta（喝）-pratibaddha（系缚）-vatsām（vatsa 牛犊，幼仔），复合词（阴单业），牛犊喂过并拴好。yaśas（名誉）-dhanaḥ（dhana 财富），复合词（阳单体），以名誉为财富。dhenum（dhenu 阴单业）母牛。ṛṣeḥ（ṛṣi 阳单属）仙人。mumoca（√muc 完成单三）释放。

तस्याः खुरन्यासपवित्रपांसुमपांसुलानां धुरि कीर्तनीया।
मार्गं मनुष्येश्वरधर्मपत्नी श्रुतेरिवार्थं स्मृतिरन्वगच्छत्॥ २॥

王后堪称贞洁妇女中第一，
这条道路经过母牛牛蹄踩踏，
尘土圣洁，她一路跟随在后，
犹如法论跟随吠陀的意义①。（2）

tasyāḥ（tad 阴单属）她，指母牛。khura（蹄子）-nyāsa（放下）-pavitra（净化的，圣洁的）-pāṃsum（pāṃsu 尘土），复合词（阳单业），因牛蹄踩踏而尘土圣洁。apāṃsulānām（apāṃsula 阴复属）无垢的，贞洁的。dhuri（dhur 阴单依）轭，顶端。kīrtanīyā（kīrtanīya 阴单体）值得称颂的。mārgam（mārga 阳单业）道路。manuṣyeśvara

---

① 吠陀是最高圣典。法论是关于伦理和律法的准则。

（人主，国王）-dharma（法）-patnī（妻子），复合词（阴单体），国王的法妻，王后。śruteḥ（śruti 阴单属）天启，吠陀。iva（不变词）犹如。artham（artha 阳单业）意义。smṛtiḥ（smṛti 阴单体）记忆，法论。anvagacchat（anu√gam 未完单三）跟随。

निवर्त्य राजा दयितां दयालुस्तां सौरभेयीं सुरभिर्यशोभिः।
पयोधरीभूतचतुःसमुद्रां जुगोप गोरूपधरामिवोर्वीम्॥३॥

这位优秀的国王声名远扬，
心地仁慈，此刻把王后劝回，
他保护这头母牛，如同保护
以四海为乳房的牛形大地。（3）

nivartya（ni√vṛt 致使，独立式）返回，停止。rājā（rājan 阳单体）国王。dayitām（dayitā 阴单业）妻子，王后。dayāluḥ（dayālu 阳单体）慈悲的，同情的。tām（tad 阴单业）这。saurabheyīm（saurabheyī 阴单业）母牛，苏罗毗的女儿。surabhiḥ（surabhi 阳单体）美好的，优秀的。yaśobhiḥ（yaśas 中复具）名声。payodharī（payodhara 乳房）-bhūta（成为）-catur（四）-samudrām（samudra 大海），复合词（阴单业），以四海为乳房的。jugopa（√gup 完成单三）保护。go（牛）-rūpa（形体，形态）-dharām（dhara 持有），复合词（阴单业），具有牛形的。iva（不变词）如同。urvīm（urvī 阴单业）大地。

व्रताय तेनानुचरेण धेनोर्न्यषेधि शेषोऽप्यनुयायिवर्गः।
न चान्यतस्तस्य शरीररक्षा स्ववीर्यगुप्ता हि मनोः प्रसूतिः॥४॥

为了实现誓愿，他成为母牛侍从，
也不让剩下的随从们跟随在后，
保护自己的身体无须旁人，因为
摩奴的后代依靠自己的勇气保护。（4）

vratāya（vrata 阳单为）誓言，誓愿。tena（tad 阳单具）他。anucareṇa（anucara 阳单具）侍从。dhenoḥ（dhenu 阴单属）母牛。nyaṣedhi（ni√sidh 被动，不定单三）阻止，禁止。śeṣaḥ（śeṣa 阳单体）剩下的。api（不变词）也。anuyāyi（anuyāyin 随从）-vargaḥ（varga 群，组），复合词（阳单体），随从们。na（不变词）不。ca（不变词）而。anyatas（不变词）依据其他。tasya（tad 阳单属）他。śarīra（身体）-rakṣā（保护），复合词（阴单体），保护身体。sva（自己的）-vīrya（勇气）-guptā（gupta 保护），复合词（阴单体），由自己的勇气保护。hi（不变词）因为。manoḥ（manu 阳单属）摩奴，人类的始祖。prasūtiḥ（prasūti 阴单体）子孙，后代。

आस्वादवद्भिः कवलैस्तृणानां कण्डूयनैर्दंशनिवारणैश्च।
अव्याहतैः स्वैरगतैः स तस्याः सम्राट् समाराधनतत्परोऽभूत्॥५॥

国王尽心竭力侍奉母牛，
喂她一把把美味的青草，
为她搔痒，替她驱赶蚊蝇，
让她不受干扰，自由行走。(5)

āsvādavadbhiḥ（āsvādavat 阳复具）美味的。kavalaiḥ（kavala 阳复具）一口。tṛṇānām（tṛṇa 中复属）草。kaṇḍūyanaiḥ（kaṇḍūyana 中复具）搔痒。daṃśa（蚊，蝇）-nivāraṇaiḥ（nivāraṇa 阻止），复合词（中复具），驱赶蚊蝇。avyāhataiḥ（avyāhata 中复具）不受阻碍的。svaira（自由的）-gataiḥ（gata 行走），复合词（中复具），自由行走。saḥ（tad 阳单体）他。tasyāḥ（tad 阴单属）她。samrāṭ（samrāj 阳单体）国王，最高的王。samārādhana（取悦，侍奉）-tatparaḥ（tatpara 专心），复合词（阳单体），全心全意侍奉。abhūt（√bhū 不定单三）是，有。

स्थितः स्थितामुच्चलितः प्रयातां निषेदुषीमासनबन्धधीरः।
जलाभिलाषी जलमाददानां छायेव तां भूपतिरन्वगच्छत्॥६॥

国王跟着母牛，如影随形，
随她而站住，随她而行走，
她坐下，国王也盘腿稳坐，
她喝水，国王也渴望喝水。(6)

sthitaḥ（sthita 阳单体）站立。sthitām（sthita 阴单业）站立。uccalitaḥ（uccalita 阳单体）移动，出发。prayātām（prayāta 阴单业）出发，行走。niṣeduṣīm（niṣedivas，ni√sad 完分，阴单业）坐下。āsana（坐下）-bandha（绑，缚）-dhīraḥ（dhīra 坚定的），复合词（阳单体），盘腿安稳坐下。jala（水）-abhilāṣī（abhilāṣin 渴望），复合词（阳单体），渴望喝水。jalam（jala 中单业）水。ādadānām（ā√dā 现分，阴单业）取。chāyā（chāyā 阴单体）影子。iva（不变词）像。tām（tad 阴单业）她。bhūpatiḥ（bhūpati 阳单体）大地之主，国王。anvagacchat（anu√gam 未完单三）跟随。

स न्यस्तचिह्नामपि राजलक्ष्मीं तेजोविशेषानुमितां दधानः।
आसीदनाविष्कृतदानराजिरन्तर्मदावस्थ इव द्विपेन्द्रः॥७॥

虽然抛弃了标志，但凭特殊的
光辉，仍能推断出帝王的威严，
犹如一头象王，尽管颞颥尚未

流出液汁，体内却是充满激情。①（7）

saḥ（tad 阳单体）他。nyasta（放弃，放下）-cihnām（cihna 标志），复合词（阴单业），放弃标志。api（不变词）即使。rāja（国王）-lakṣmīm（lakṣmī 光辉，威严），复合词（阴单体），帝王的威严。tejas（光辉）-viśeṣa（特殊）-anumitām（anumita 推断），复合词（阴单业），以特殊的光辉推断。dadhānaḥ（√dhā 现分，阳单体）具有。āsīt（√as 未完单三）是，有。anāviṣkṛta（未显示的）-dāna（颞颥液汁）-rājiḥ（rāji 排，成行），复合词（阳单体），颞颥液汁尚未显示的。antar（内在的）-mada（发情）-avasthaḥ（avasthā 状态），复合词（阳单体），内在的春情。iva（不变词）好像。dvipendraḥ（dvipendra 阳单体）象王。

लताप्रतानोद्ग्रथितैः स केशैरधिज्यधन्वा विचचार दावम्।
रक्षापदेशान्मुनिहोमधेनोर्वन्यान्विनेष्यन्निव दुष्टसत्त्वान्॥८॥

用藤蔓嫩枝向上束起发髻，
带着上弦的弓，走入林中
仿佛借口保护牟尼的圣牛，
他前来制伏林中的猛兽。（8）

latā（蔓藤）-pratāna（嫩枝，枝条）-udgrathitaiḥ（udgrathita 向上束起的），复合词（阳复具），用蔓藤嫩枝向上束起。saḥ（tad 阳单体）他。keśaiḥ（keśa 阳复具）头发。adhijya（上弦的）-dhanvā（dhanu 弓），复合词（阳单具），上了弦的弓。vicacāra（vi√car 完成单三）走。dāvam（dāva 阳单业）森林。rakṣā（保护）-apadeśāt（apadeśa 借口），复合词（阳单从），以保护为借口。muni（仙人）-homa（祭供）-dhenoḥ（dhenu 母牛），复合词（阴单属），仙人的圣牛。vanyān（vanya 阳复业）林中的，野生的。vineṣyan（vi√nī 将分，阳单体）调伏。iva（不变词）好像。duṣṭa（邪恶的）-sattvān（sattva 生物），复合词（阳复业），恶兽。

विसृष्टपार्श्वानुचरस्य तस्य पार्श्वद्रुमाः पाशभृता समस्य।
उदीरयामासुरिवोन्मदानामालोकशब्दं वयसां विरावैः॥९॥

犹如手持套索的伐楼那②，
他已经遣走身边的侍从，
两旁树木仿佛以兴奋的
鸟叫声，发出胜利的欢呼。（9）

① 大象春情发动时，颞颥会流出液汁。
② 参阅第一章第 80 首注。

visṛṣṭa（放出，遣走）-pārśva（身边）-anucarasya（anucara 随从），复合词（阳单属），遣走身边的随从。tasya（tad 阳单属）他。pārśva（两旁）-drumāḥ（druma 树），复合词（阳复体），两旁的树木。pāśa（套索）-bhṛtā（bhṛt 具有），复合词（阳单具），具有套索者，指伐楼那。samasya（sama 阳单属）如同。udīrayāmāsuḥ（ud√īr 致使，完成复三）发声。iva（不变词）好像。unmadānām（unmada 中复属）狂醉的。āloka（赞美）-śabdam（śabda 声音），复合词（阳单业），胜利的欢呼声。vayasām（vayas 中复属）鸟。virāvaiḥ（virāva 阳复具）叫声。

मरुत्प्रयुक्ताश्च मरुत्सखाभं तमर्च्यमारादभिवर्तमानम्।
अवाकिरन्बाललताः प्रसूनैराचारलाजैरिव पौरकन्याः ॥ १० ॥

他走近前来，如同风的朋友，
风吹动柔嫩的蔓藤，向这位
值得尊敬的国王撒下鲜花，
如城中少女依礼抛撒炒米①。（10）

marut（风）-prayuktāḥ（prayukta 联系），复合词（阴复体），风吹动的。ca（不变词）和，而。marut（风）-sakha（朋友）-ābham（ābhā 好像），复合词（阳单业），好像风的朋友。tam（tad 阳单业）他。arcyam（arcya 阳单业）值得尊敬的。ārāt（不变词）附近。abhivartamānam（abhi√vṛt 现分，阳单业）前来。avākiran（ava√kṝ 未完复三）撒。bāla（年轻的，小的）-latāḥ（latā 蔓藤），复合词（阴复体），柔嫩的蔓藤。prasūnaiḥ（prasūna 中复具）花。ācāra（习俗）-lājaiḥ（lāja 炒米），复合词（阳复具），献礼的炒米。iva（不变词）好像。paura（城市的）-kanyāḥ（kanyā 少女），复合词（阴复体），城中的少女。

धनुर्भृतोऽप्यस्य दयार्द्रभावमाख्यातमन्तःकरणैर्विशङ्कैः।
विलोकयन्त्यो वपुरापुरक्ष्णां प्रकामविस्तारफलं हरिण्यः ॥ ११ ॥

即使他手中持弓，而看到
他的身体，心中并无恐惧，
表明他生性仁慈而温顺，
那些雌鹿如愿大饱眼福。（11）

dhanus（弓）-bhṛtaḥ（bhṛt 具有），复合词（阳单属），持有弓的。api（不变词）即使。asya（idam 阳单属）这个。dayā（仁慈）-ārdra（温和的）-bhāvam（bhāva 性情），复合词（中单业），性情仁慈温和。ākhyātam（ākhyāta 中单业）表明，显示。antar

① 在国王途经时，抛撒炒米以示尊敬，这是印度古代的一种习俗。

（内在的）-karaṇaiḥ（karaṇa 感官），复合词（中复具），内心。viśaṅkaiḥ（viśaṅka 中复具）不恐惧的。vilokayantyaḥ（vi√lok 现分，阴复体）看见。vapuḥ（vapus 中单业）身体，形体。āpuḥ（√āp 完成复三）获得。akṣṇām（akṣi 中复属）眼睛。prakāma（如愿）-vistāra（广大）-phalam（phala 果），复合词（中单业），如愿的丰富成果。hariṇyaḥ（hariṇī 阴复体）母鹿。

स कीचकैर्मारुतपूर्णरन्ध्रैः कूजद्भिरापादितवंशकृत्यम्।
शुश्राव कुञ्जेषु यशः स्वमुच्चैरुद्गीयमानं वनदेवताभिः॥ १२॥

他听到树丛中森林女神
高声歌唱着自己的名声，
那些竹子的缝隙灌满风，
发出声响，起到笛子作用。（12）

saḥ（tad 阳单体）他。kīcakaiḥ（kīcaka 阳复具）竹子。māruta（风）-pūrṇa（充满的）-randhraiḥ（randhra 缝隙，洞），复合词（阳复具），缝隙中充满风。kūjadbhiḥ（√kūj 现分，阳复具）发出声响。āpādita（成为，达到）-vaṃśa（竹子，笛子）-kṛtyam（kṛtya 作用），复合词（中单业），起到笛子的作用。śuśrāva（√śru 完成单三）听到。kuñjeṣu（kuñja 阳复依）树丛。yaśaḥ（yaśas 中单业）名誉，名声。svam（sva 中单业）自己的。uccais（不变词）高声。udgīyamānam（ud√gai 被动，现分，中单业）歌唱。vana（森林）-devatābhiḥ（devatā 女神），复合词（阴复具），森林女神。

पृक्तस्तुषारैर्गिरिनिर्झराणामनोकहाकम्पितपुष्पगन्धी।
तमातपक्लान्तमनातपत्रमाचारपूतं पवनः सिषेवे॥ १३॥

沾有山间瀑布散发的水雾，
带有树木轻轻摇动的花香，
风儿侍奉这行为纯洁的国王，
他没有华盖，因炎热而疲惫。（13）

pṛktaḥ（pṛkta 阳单体）接触，联系。tuṣāraiḥ（tuṣāra 阳复具）水雾，飞沫。giri（山）-nirjharāṇām（nirjhara 瀑布，激流），复合词（阳复属），山中的瀑布。anokaha（树）-ākampita（轻轻摇动）-puṣpa（花）-gandhī（gandhin 有香味的），复合词（阳单体），有树木轻轻摇动的花香。tam（tad 阳单业）他。ātapa（炎热）-klāntam（klānta 疲惫），复合词（阳单业），因炎热而疲倦。anātapatram（anātapatra 阳单业）没有华盖。ācāra（行为）-pūtam（pūta 净化的，纯洁的），复合词（阳单业），行为纯洁的。pavanaḥ（pavana 阳单体）风。siṣeve（√sev 完成单三）侍奉。

शशाम वृष्ट्यापि विना दवाग्निरासीद्विशेषा फलपुष्पवृद्धिः।
ऊनं न सत्त्वेष्वधिको बबाधे तस्मिन्वनं गोप्तरि गाहमाने॥ १४॥

一旦国王进入林中后，
森林大火无雨也熄灭，
繁花盛开，硕果累累，
生物们也不恃强凌弱。（14）

śaśāma（√śam 完成单三）熄灭，平息。vṛṣṭyā（vṛṣṭi 阴单具）雨。api（不变词）即使。vinā（不变词）没有。davāgniḥ（davāgni 阳单体）森林大火。āsīt（√as 未完单三）是，有。viśeṣā（viśeṣa 阴单体）特别的。phala（果实）-puṣpa（花）-vṛddhiḥ（vṛddhi 增长，繁荣），复合词（阴单体），花果繁茂。ūnam（ūna 阳单业）弱小的。na（不变词）不。sattveṣu（sattva 阳复依）生物。adhikaḥ（adhika 阳单体）强大的。babādhe（√bādh 完成单三）压迫，欺凌。tasmin（tad 阳单依）这。vanam（vana 中单业）森林。goptari（goptṛ 阳单依）保护者，国王。gāhamāne（√gāh 现分，阳单依）进入。

संचारपूतानि दिगन्तराणि कृत्वा दिनान्ते निलयाय गन्तुम्।
प्रचक्रमे पल्लवरागताम्रा प्रभा पतङ्गस्य मुनेश्च धेनुः॥ १५॥

太阳光和牟尼的母牛，
行走中净化四方空间，
黄昏时分，嫩芽般赤红，
开始走向各自的住处。（15）

saṃcāra（行走）-pūtāni（pūta 净化），复合词（中复业），行走所净化的。diś（方位，方向）-antarāṇi（antara 不同的），复合词（中复业），各个方向。kṛtvā（√kṛ 独立式）做。dina（白天）-ante（anta 结束），复合词（阳单依），黄昏。nilayāya（nilaya 阳单为）住处。gantum（√gam 不定式）走。pracakrame（pra√kram 完成单三）前行。pallava（嫩芽）-rāga（红）-tāmrā（tāmra 铜红色），复合词（阴单体），嫩芽般赤红的。prabhā（阴单体）光。pataṅgasya（pataṅga 阳单属）太阳。muneḥ（muni 阳单属）牟尼，仙人。ca（不变词）和。dhenuḥ（dhenu 阴单体）母牛。

तां देवतापित्रतिथिक्रियार्थामन्वग्ययौ मध्यमलोकपालः।
बभौ च सा तेन सतां मतेन श्रद्धेव साक्षाद्विधिनोपपन्ना॥ १६॥

这头母牛用于为天神、祖先和
客人供应祭品[1]，国王跟随着她；

① 祭品指牛奶以及奶制品，如酥油等。

她有受善人们尊敬的国王伴随，
犹如随同祭祀仪式，信仰显身[1]。（16）

tām（tad阴单业）她。devatā（天神）-pitṛ（祖先）-atithi（客人）-kriyā（祭祀）-arthām（artha为了），复合词（阴单业），为了祭祀天神、祖先和招待客人的。anvak（不变词）在后。yayau（√yā完成单三）行走。madhyama（中间的）-loka（世界）-pālaḥ（pāla保护者），复合词（阳单体），中间世界[2]的保护者，国王。babhau（√bhā完成单三）发光，显现。ca（不变词）和。sā（tad阴单体）她。tena（tad阳单具）他，指国王。satām（sat阳复属）贤士，善人。matena（mata阳单具）尊敬。śraddhā（śraddhā阴单体）信仰。iva（不变词）好像。sākṣāt（不变词）显现，现身。vidhinā（vidhi阳单具）祭祀仪式。upapannā（upapanna阴单体）伴随。

स पल्वलोत्तीर्णवराहयूथान्यावासवृक्षोन्मुखबर्हिणानि।
ययौ मृगाध्यासितशाद्वलानि श्यामायमानानि वनानि पश्यन्॥ १७॥

他边走边看到成群野猪
跃出池塘，孔雀飞回树巢，
那些鹿儿蹲坐在草地上，
森林渐渐蒙上黑暗夜色。（17）

saḥ（tad 阳单体）他。palvala（池塘）-uttīrṇa（跃出）-varāha（野猪）-yūthāni（yūtha 群），复合词（中复业），野猪群跃出池塘的。āvāsa（住处）-vṛkṣa（树）-unmukha（朝向）-barhiṇāni（barhiṇa 孔雀），复合词（中复业），孔雀飞向树巢的。yayau（√yā 完成单三）走，前往。mṛga（鹿）-adhyāsita（坐下）-śādvalāni（śādvala 草地），复合词（中复业），鹿儿坐在草地上的。śyāmāyamānāni（√śyāmāya 名动词，现分，中复业）变黑暗的。vanāni（vana 中复业）森林。paśyan（√dṛś 现分，阳单体）看见。

आपीनभारोद्वहनप्रयत्नाद्गृष्टिर्गुरुत्वाद्वपुषो नरेन्द्रः।
उभावलंचक्रतुरञ्चिताभ्यां तपोवनावृत्तिपथं गताभ्याम्॥ १८॥

这头母牛只生一头牛犊，努力
承担沉重的乳房，国王的身体
也魁梧沉重，他俩优美的走路
姿态，装饰返回净修林的道路。（18）

āpīna（乳房）-bhāra（负荷）-udvahana（具有，承载）-prayatnāt（prayatna 努力），

① 这里以祭祀仪式比喻国王，以信仰比喻母牛。
② 世界分为天上、大地和地下，大地属于中间世界。

复合词（阳单从），努力承担乳房的重负。gṛṣṭiḥ（gṛṣṭi 阴单体）只有一头牛犊的母牛。gurutvāt（gurutva 中单从）沉重。vapuṣaḥ（vapus 中单属）身体，形体。narendraḥ（narendra 阳单体）国王。ubhau（ubha 阳双体）二者。alaṃcakratuḥ（alam√kṛ 完成双三）装饰。añcitābhyām（añcita 中双具）弯曲的，优美的。tapas（苦行）-vana（树林）-āvṛtti（返回）-patham（patha 道路），复合词（阳单业），返回苦行林的道路。gatābhyām（gata 中双具）步姿。

वसिष्ठधेनोरनुयायिनं तमावर्तमानं वनिता वनान्तात्।
पपौ निमेषालसपक्ष्मपङ्क्तिरुपोषिताभ्यामिव लोचनाभ्याम्॥ १९॥

他跟随极裕仙人的母牛，
从林边返回，而他的妻子，
仿佛用斋戒已久的饿眼，
懒得眨动睫毛，将他吞下。（19）

vasiṣṭha（极裕仙人）-dhenoḥ（dhenu 母牛），复合词（阴单属），极裕仙人的母牛。anuyāyinam（anuyāyin 阳单业）跟随的。tam（tad 阳单业）他。āvartamānam（ā√vṛt 现分，阳单业）返回。vanitā（阴单体）妻子。vanāntāt（vānānta 阳单从）林边。papau（√pā 完成单三）喝。nimeṣa（眨眼）-alasa（懒惰）-pakṣma（pakṣman 睫毛）-paṅktiḥ（paṅkti 成排），复合词（阴单体），懒得眨动成排的睫毛。upoṣitābhyām（upoṣita 中双具）斋戒，禁食。iva（不变词）好像。locanābhyām（locana 中双具）眼睛。

पुरस्कृता वर्त्मनि पार्थिवेन प्रत्युद्गता पार्थिवधर्मपत्न्या।
तदन्तरे सा विरराज धेनुर्दिनक्षपामध्यगतेव संध्या॥ २०॥

母牛一路走在国王的前面，
现在王后正走向前来迎接，
母牛在他俩中间大放光彩，
犹如黄昏在白天黑夜之间。（20）

puraskṛtā（puraskṛta 阴单体）放在前面。vartmani（vartman 中单依）道路。pārthivena（pārthiva 阳单具）国王。pratyudgatā（pratyudgata 阴单体）迎上前来。pārthiva（国王）-dharma（法）-patnyā（patnī 妻子），复合词（阴单具），国王的法妻，王后。tad（他俩）-antare（antara 中间），复合词（中单依），他俩中间。sā（tad 阴单体）这，指母牛。virarāja（vi√rāj 完成单三）发光。dhenuḥ（dhenu 阴单体）母牛。dina（白天）-kṣapā（夜晚）-madhya（中间）-gatā（gata 处在），复合词（阴单体），处在白天和夜晚之间。iva（不变词）好像。saṃdhyā（saṃdhyā 阴单体）黄昏。

प्रदक्षिणीकृत्य पयस्विनीं तां सुदक्षिणा साक्षतपात्रहस्ता।
प्रणम्य चानर्च विशालमस्याः शृङ्गान्तरं द्वारमिवार्थसिद्धेः ॥ २१ ॥

苏达奇娜手持满盘稻谷，
围着这头母牛右绕而行，
对着牛角之间宽额敬拜，
犹如对着通向愿望之门。（21）

pradakṣiṇīkṛtya（pradakṣiṇī√kṛ 独立式）右绕（敬礼）。payasvinīm（payasvinī 阴单业）母牛。tām（tad 阴单业）她。sudakṣiṇā（sudakṣiṇā 阴单体）苏达奇娜（迪利波之妻）。sa（具有）-akṣata（谷物）-pātra（盘子，容器）-hastā（hasta 手），复合词（阴单体），手持谷物盘。praṇamya（pra√nam 独立式）弯腰。ca（不变词）和。ānarca（√arc 完成单三）敬拜。viśālam（viśāla 中单业）宽广的。asyāḥ（idam 阴单属）她，指母牛。śṛṅga（牛角）-antaram（antara 中间），复合词（中单业），牛角之间。dvāram（dvāra 中单业）门。iva（不变词）好像。artha（愿望，目的）-siddheḥ（siddhi 实现），复合词（阴单属），实现愿望。

वत्सोत्सुकापि स्तिमिता सपर्यां प्रत्यग्रहीत्सेति ननन्दतुस्तौ।
भक्त्योपपन्नेषु हि तद्विधानां प्रसादचिह्नानि पुरःफलानि ॥ २२ ॥

他俩满心欢喜，觉得这头母牛即使
渴望见到牛犊，依然安心接受敬拜，
对于虔诚的人们，得到像她这样的
恩惠表示，愿望的果实就在眼前。（22）

vatsa（牛犊）-utsukā（utsuka 急切的，盼望的），复合词（阴单体），挂念牛犊的。api（不变词）即使。stimitā（stimita 阴单体）安静的。saparyām（saparyā 阴单业）敬拜。pratyagrahīt（prati√grah 不定单三）接受。sā（tad 阴单体）她。iti（不变词）这样（想）。nanandatuḥ（√nand 完成双三）高兴。tau（tad 阳双体）他俩。bhaktyā（bhakti 阴单具）虔诚。upapanneṣu（upapanna 阳复依）具有，达到。hi（不变词）因为。tad（她）-vidhānām（vidha 种类，样式），复合词（阴复属），像她这样的。prasāda（恩惠）-cihnāni（cihna 标志），复合词（中复体），恩惠的标志。puras（前面）-phalāni（phala 果实），复合词（中复体），果实就在眼前。

गुरोः सदारस्य निपीड्य पादौ समाप्य सांध्यं च विधिं दिलीपः।
दोहावसाने पुनरेव दोग्ध्रीं भेजे भुजोच्छिन्नरिपुर्निषण्णाम् ॥ २३ ॥

迪利波向师父师母行了触足礼，

继而完成黄昏时刻的祭祀仪式，
这位凭借双臂摧毁敌人的国王，
又侍奉完毕挤奶而卧坐的母牛。（23）

guroḥ（guru 阳单属）老师。sadārasya（sadāra 阳单属）有妻子的。nipīḍya（ni√pīḍ 独立式）接触。pādau（pāda 阳双业）脚。samāpya（sam√āp 独立式）完成。sāṃdhyam（sāṃdhya 阳单业）傍晚的。ca（不变词）和。vidhim（vidhi 阳单业）祭祀仪式。dilīpaḥ（dilīpa 阳单体）迪利波。doha（挤奶）-avasāne（avasāna 结束），复合词（中单依），挤完奶。punar（不变词）又，再。eva（不变词）即刻。dogdhrīm（dogdhrī 阴单业）奶牛。bheje（√bhaj 完成单三）侍奉。bhuja（手臂）-ucchinna（摧毁，破坏）-ripuḥ（ripu 敌人），复合词（阳单体），以双臂摧毁敌人者。niṣaṇṇām（niṣaṇṇa 阴单业）坐下。

तामन्तिकन्यस्तबलिप्रदीपामन्वास्य गोप्ता गृहिणीसहायः।
क्रमेण सुप्तामनु संविवेश सुप्तोत्थितां प्रातरनूदतिष्ठत्॥ २४॥

国王由妻子陪伴，随母牛而坐，
母牛的身旁摆着供物，点着灯，
渐渐地，随着母牛入睡而入睡，
天亮后，随着母牛睡醒而起身。（24）

tām（tad 阴单业）她，指母牛。antika（附近）-nyasta（安放）-bali（供品，祭品）-pradīpām（pradīpa 灯），复合词（阴单业），附近放着供品和灯。anvāsya（anu√ās 独立式）陪坐。goptā（goptṛ 阳单体）保护者，国王。gṛhiṇī（妻子）-sahāyaḥ（sahāya 同伴），复合词（阳单体），有妻子陪伴的。krameṇa（不变词）逐渐地。suptām（supta 阴单业）睡着。anu（不变词）跟随。saṃviveśa（sam√viś 完成单三）入睡。supta（睡着）-utthitām（utthita 起来），复合词（阴单业），睡醒。prātar（不变词）清晨。anūdatiṣṭhat（anu-ud√sthā 未完单三）随着起身。

इत्थं व्रतं धारयतः प्रजार्थं समं महिष्या महनीयकीर्तेः।
सप्त व्यतीयुस्त्रिगुणानि तस्य दिनानि दीनोद्धरणोचितस्य॥ २५॥

这位国王乐于济贫扶困，
声名显赫，为了求取后代，
他与王后一起，履行誓愿，
就这样度过三七二十一天。（25）

ittham（不变词）这样。vratam（vrata 阳单业）誓愿。dhārayataḥ（√dhṛ 现分，阳

单属）履行。prajā（后代）-artham（为了），复合词（不变词），为了后代。samam（不变词）一起。mahiṣyā（mahiṣī 阴单具）王后。mahanīya（值得尊敬的，辉煌的）-kīrteḥ（kīrti 声誉），复合词（阳单属），声名显赫。sapta（saptan 中复体）七。vyatīyuḥ（vi-ati√i 完成复三）度过。tri（三）-guṇāni（guṇa 倍），复合词（中复体），三倍。tasya（tad 阳单属）他，指国王。dināni（dina 中复体）日子，天。dīna（不幸的，贫困者）-uddharaṇa（解救）-ucitasya（ucita 惯于，乐于），复合词（阳单属），乐于救助苦难。

अन्येद्युरात्मानुचरस्य भावं जिज्ञासमाना मुनिहोमधेनुः।
गङ्गाप्रपातान्तविरूढशष्पं गौरीगुरोर्गह्वरमाविवेश॥ २६॥

次日，牟尼的圣牛想要试探
自己身边这位侍从的品性，
进入喜马拉雅山一个山洞，
在恒河激流边上，长满青草。（26）

anyedyus（不变词）次日，第二天。ātma（ātman 自己）-anucarasya（anucara 侍从），复合词（阳单属），自己的侍从。bhāvam（bhāva 阳单业）性情。jijñāsamānā（√jñā 愿望，现分，阴单体）知道。muni（牟尼）-homa（祭供）-dhenuḥ（dhenu 母牛），复合词（阴单体），牟尼的圣牛。gaṅgā（恒河）-prapāta（激流，瀑布）-anta（边际，尽头）-virūḍha（生长）-śaṣpam（śaṣpa 嫩草），复合词（中单业），恒河激流边上长着青草。gaurī（女神名，即 parvatī，波哩婆提）-guroḥ（guru 父亲），复合词（阴单属），波哩婆提的父亲，指喜马拉雅山。gahvaram（gahvara 中单业）山洞。āviveśa（ā√viś 完成单三）进入。

सा दुष्प्रधर्षा मनसापि हिंस्रैरित्यद्रिशोभाप्रहितेक्षणेन।
अलक्षिताभ्युत्पतनो नृपेण प्रसह्य सिंहः किल तां चकर्ष॥ २७॥

国王心想："猛兽难以侵害她，
甚至想也不敢想。"于是，放眼
欣赏雪山美景，而狮子趁他
不注意，突然跃起抓住母牛。（27）

sā（tad 阴单体）她，指母牛。duṣpradharṣā（duṣpradharṣa 阴单体）难以攻击的。manasā（manas 中单具）心，意。api（不变词）即使。hiṃsraiḥ（hiṃsra 阳复具）恶兽。iti（不变词）这样（想）。adri（山）-śobhā（美景，光辉）-prahita（放置）-īkṣaṇena（īkṣaṇa 眼光），复合词（阳单具），放眼观看山的美景。alakṣita（不注意）-abhyutpatanaḥ（abhyutpatana 跃起），复合词（阳单体），趁不注意跳起。nṛpeṇa（nṛpa 阳单具）国

王。prasahya（不变词）猛然。siṃhaḥ（siṃha 阳单体）狮子。kila（不变词）确实。tām（tad 阴单业）她，指母牛。cakarṣa（√kṛṣ 完成单三）抓，拽。

तदीयमाक्रन्दितमार्तसाधोर्गुहानिबद्धप्रतिशब्ददीर्घम्।
रश्मिष्विवादाय नगेन्द्रसक्तां निवर्तयामास नृपस्य दृष्टिम्॥२८॥

母牛发出的叫声在山洞中
回响而悠长，如同拉动缰绳，
将这位救助苦难者的国王
凝视喜马拉雅山的目光拉回。（28）

tadīyam（tadīya 中单体）她的。ākranditam（ākrandita 中单体）哭叫，哀鸣。ārta（苦难的）-sādhoḥ（sādhu 善待），复合词（阳单属），善待苦难者。guhā（山洞）-nibaddha（相连的）-pratiśabda（回声）-dīrgham（dīrgha 长的），复合词（中单体），在山洞中回声悠长的。raśmiṣu（raśmi 阳复依）缰绳。iva（不变词）好像。ādāya（ā√dā 独立式）拉取。nagendra（山王，雪山）-saktām（sakta 连接，凝视），复合词（阴单业），凝视雪山。nivartayāmāsa（ni√vṛt 致使，完成单三）返回。nṛpasya（nṛpa 阳单属）国王。dṛṣṭim（dṛṣṭi 阴单业）视线，目光。

स पाटलायां गवि तस्थिवांसं धनुर्धरः केसरिणं ददर्श।
अधित्यकायामिव धातुमय्यां लोध्रद्रुमं सानुमतः प्रफुल्लम्॥२९॥

国王手中持弓，看到狮子
站在粉红色的母牛身上，
犹如鲜花盛开的罗陀罗树[①]，
长在充满红矿沙的峰峦上。（29）

saḥ（tad 阳单体）他，指国王。pāṭalāyām（pāṭala 阴单依）粉红的。gavi（go 阴单依）母牛。tasthivāṃsam（tasthivas，√sthā 完分，阳单业）站立。dhanus（弓）-dharaḥ（dhara 执持），复合词（阳单体），持弓的。kesariṇam（kesarin 阳单业）狮子。dadarśa（√dṛś 完成单三）看见。adhityakāyām（adhityakā 阴单依）山峰的高地。iva（不变词）好像。dhātu（矿石）-mayyām（maya 构成），复合词（阴单依），含有矿石的。lodhradrumam（lodhradruma 阳单业）罗陀罗树。sānumataḥ（sānumat 阳单属）山。praphullam（praphulla 阳单业）开花的。

ततो मृगेन्द्रस्य मृगेन्द्रगामी वधाय वध्यस्य शरं शरण्यः।

① 罗陀罗树开白花，比喻白色的狮子。

जाताभिषङ्गो नृपतिर्निषङ्गादुद्धर्तुमैच्छत्प्रसभोद्धृतारिः ॥ ३० ॥

这位国王是受难者的庇护所，
狮子般威严，勇于消灭敌人，
此刻感到屈辱，从箭囊拔箭，
准备射死这头该杀的狮子。（30）

tatas（不变词）然后。mṛgendrasya（mṛgendra 阳单属）兽王，狮子。mṛgendra（兽王）-gāmī（gāmin 姿态，步态），复合词（阳单体），有狮子姿态的。vadhāya（vadha 阳单为）杀。vadhyasya（vadhya 阳单属）该杀的。śaram（śara 阳单业）箭。śaraṇyaḥ（śaraṇya 阳单体）保护者，庇护所。jāta（产生）-abhiṣaṅgaḥ（abhiṣaṅga 沮丧，屈辱），复合词（阳单体），产生屈辱。nṛpatiḥ（nṛpati 阳单体）国王。niṣaṅgāt（niṣaṅga 阳单从）箭囊。uddhartum（ud√dhṛ 不定式）拔出。aicchat（√iṣ 未完单三）希望，想要。prasabha（武力，勇猛）-uddhṛta（根除）-ariḥ（ari 敌人），复合词（阳单体），勇猛消灭敌人。

वामेतरस्तस्य करः प्रहर्तुर्नखप्रभाभूषितकङ्कपत्रे।
सक्ताङ्गुलिः सायकपुङ्ख एव चित्रार्पितारम्भ इवावतस्थे ॥ ३१ ॥

这位射手的右手指尖
捏住箭翎，指甲的光芒
照耀苍鹭羽毛，这动作
仿佛固定在了画面上。（31）

vāma（左边的）-itaraḥ（itara 不同的），复合词（阳单体），与左边不同的，右边的。tasya（tad 阳单属）这个。karaḥ（kara 阳单体）手。prahartuḥ（prahartṛ 阳单属）射手。nakha（指甲）-prabhā（光芒）-bhūṣita（装饰）-kaṅka（苍鹭）-patre（patra 羽毛），复合词（中单依），指甲的光芒装饰苍鹭羽毛。sakta（粘着，捏）-aṅguliḥ（aṅguli 手指），复合词（阳单体），手指捏住。sāyaka（箭）-puṅkhe（puṅkha 尾翎），复合词（中单依），箭翎。eva（不变词）即刻。citra（画）-arpita（安放）-ārambhaḥ（ārambha 开始，动作），复合词（阳单体），动作固定在画面上。iva（不变词）好像。avatasthe（ava√sthā 完成单三）停住。

बाहुप्रतिष्टम्भविवृद्धमन्युरभ्यर्णमागस्कृतमस्पृशद्भिः।
राजा स्वतेजोभिरदह्यतान्तर्भोगीव मन्त्रौषधिरुद्धवीर्यः ॥ ३२ ॥

国王因手臂僵化而怒不可遏，
自己的威力在自己体内燃烧，

却不触及身边罪人，犹如蟒蛇，
威力遭到了咒语或药草抑止。（32）

bāhu（手臂）-pratiṣṭambha（受阻，僵硬）-vivṛddha（增加）-manyuḥ（manyu 愤怒），复合词（阳单体），因手臂僵化而愤怒增长。abhyarṇam（abhyarṇa 阳单业）附近。āgaskṛtam（āgaskṛt 阳单业）犯罪的。aspṛśadbhiḥ（a√spṛś 现分，中复具）不触及。rājā（rājan 阳单体）国王。sva（自己）-tejobhiḥ（tejas 火，威力），复合词（中复具），自己的威力。adahyata（√dah 被动，未完单三）燃烧。antar（不变词）内部。bhogī（bhogin 阳单体）蛇。iva（不变词）好像。mantra（咒语）-oṣadhi（药草）-ruddha（抑制）-vīryaḥ（vīrya 勇力，勇气），复合词（阳单体），威力受到咒语和药草抑制。

तमार्यगृह्यं निगृहीतधेनुर्मनुष्यवाचा मनुवंशकेतुम्।
विस्माययन्विस्मितमात्मवृत्तौ सिंहोरुसत्त्वं निजगाद सिंहः॥३३॥

摩奴族的旗帜，高尚者的朋友，威武
似狮子，他对自己的状况感到惊奇，
而这狮子抓住母牛后，用人的语言
对他说话，这使惊奇的他更添惊奇。（33）

tam（tad 阳单业）他，指国王。ārya（高贵者）-gṛhyam（gṛhya 可靠的，忠实的），复合词（阳单业），高尚者的朋友。nigṛhīta（抓住）-dhenuḥ（dhenu 母牛），复合词（阳单体），抓住母牛。manuṣya（人）-vācā（vāc 话，语言），复合词（阴单具），用人的语言。manu（摩奴）-vaṃśa（家族）-ketum（ketu 旗帜），复合词（阳单业），摩奴家族的旗帜。vismāyayan（vi√smi 致使，现分，阳单体）惊奇。vismitam（vismita 阳单业）惊奇。ātma（ātman 自己）-vṛttau（vṛtti 状况，行为），复合词（阴单依），自己的状况。siṃha（狮子）-uru（宽广）-sattvam（sattva 勇气，威力），复合词（阳单业），狮子般威武的。nijagāda（ni√gad 完成单三）说话。siṃhaḥ（siṃha 阳单体）狮子。

अलं महीपाल तव श्रमेण प्रयुक्तमप्यस्त्रमितो वृथा स्यात्।
न पादपोन्मूलनशक्ति रंहः शिलोच्चये मूर्च्छति मारुतस्य॥३४॥

“国王啊，够了，你不要白费劲了！
即使使用这武器，对我也是徒劳，
犹如足以连根拔起树木的风速，
遇到高耸的山峰，也是无能为力。（34）

alam（不变词）足够。mahīpāla（mahīpāla 阳单呼）大地保护者，国王。tava（tvad 单属）你。śrameṇa（śrama 阳单具）劳累。prayuktam（prayukta 中单体）使用。api

（不变词）即使。astram（astra 中单体）武器。itas（不变词）在这里。vṛthā（不变词）徒劳。syāt（√as 虚拟单三）是。na（不变词）不。pādapa（树）-unmūlana（连根拔起）-śakti（śakti 能力），复合词（中单体），能够将树木连根拔起。raṃhas（raṃhas 中单体）速度。śilā（石头）-uccaye（uccaya 堆），复合词（阳单依），山。mūrcchati（√murch 现在单三）对付，对抗。mārutasya（māruta 阳单属）风。

कैलासगौरं वृषमारुरुक्षोः पादार्पणानुग्रहपूतपृष्ठम्।
अवेहि मां किंकरमष्टमूर्तेः कुम्भोदरं नाम निकुम्भमित्रम्॥ ३५॥

"你要知道，我的名字叫恭薄陀罗，
是尼恭跋的朋友，八形神[①]的侍从，
若他想登上白似盖拉瑟山的公牛，
我的背有幸成为他的垫脚而得净化。(35)

kailāsa（盖拉瑟山）-gauram（gaura 白色），复合词（阳单业），白似盖拉瑟山的。vṛṣam（vṛṣa 阳单业）公牛。āruruksoḥ（āruruksu 阳单属）想要登上的。pāda（脚）-arpaṇa（安放）-anugraha（恩惠）-pūta（净化）-pṛṣṭham（pṛṣṭha 背部），复合词（阳单业），背因为放脚的恩惠而得到净化。avehi（ava√i 命令单二）知道。mām（mad 单业）我。kiṃkaram（kiṃkara 阳单业）奴仆，侍从。aṣṭamūrteḥ（aṣṭamūrti 阳单属）有八形者，湿婆。kumbhodaram（kumbhodara 阳单业）恭薄陀罗。nāma（不变词）名叫。nikumbha（尼恭跋，湿婆的侍从）-mitram（mitra 朋友），复合词（阳单业），尼恭跋的朋友。

अमुं पुरः पश्यसि देवदारुं पुत्रीकृतोऽसौ वृषभध्वजेन।
यो हेमकुम्भस्तननिःसृतानां स्कन्दस्य मातुः पयसां रसज्ञः॥ ३६॥

"你看前面那棵松树，以公牛
为标志的湿婆将它认作儿子，
它品尝到室建陀的母亲的乳汁，
从她如同金罐的乳房中流出。[②]（36）

amum（adas 阳单业）那个。puras（不变词）前面。paśyasi（√dṛś 现在单二）看。devadārum（devadāru 阳单业）松树。putrīkṛtaḥ（putrīkṛta 阳单体）作为儿子。asau（adas 阳单体）它，指松树。vṛṣabha（公牛）-dhvajena（dhvaja 旗幡），复合词（阳单具），以公牛为旗帜者，湿婆。yaḥ（yad 阳单体）它，指松树。hema（黄金）-kumbha（罐

① 八形神是湿婆的称号。八形指地、水、火、风、空、日、月和祭祀者。

② 这句中的 payas 可以读作"乳汁"，也可以读作"水"。因此，这句也可以理解为松树品尝到湿婆之妻乌玛金罐中流出的水，犹如湿婆之子室建陀品尝到母亲乌玛乳房中流出的乳汁。

子）-stana（乳房）-niḥsṛtānām（niḥsṛta 流出），复合词（中复属），如同金罐的乳房流出的。skandasya（skanda 阳单属）室建陀（湿婆之子）。mātuḥ（mātṛ 阴单属）母亲。payasām（payas 中复属）乳汁。rasajñaḥ（rasajña 阳单体）知味的，知味者。

कण्डूयमानेन कटं कदाचिद्वन्यद्विपेनोन्मथिता त्वगस्य।
अथैनमद्रेस्तनया शुशोच सेनान्यमालीढमिवासुरास्त्रैः॥ ३७॥

“曾经有一次，一头林中野象
为颞颥搔痒，擦伤它的树皮，
雪山的女儿[1]悲痛忧伤，仿佛
阿修罗的武器击伤室建陀。（37）

kaṇḍūyamānena（√kaṇḍūya 名动词，现分，阳单具）擦痒。kaṭam（kaṭa 阳单业）颞颥。kadācit（不变词）有一次。vanya（林中的，野生的）-dvipena（dvipa 大象），复合词（阳单具），野象。unmathitā（unmathita 阴单体）打击，撕裂。tvak（tvac 阴单体）皮，树皮。asya（idam 阳单属）它，指松树。atha（不变词）于是。enam（etad 阳单业）它，指松树。adreḥ（adri 阳单属）山。tanayā（tanayā 阴单体）女儿。śuśoca（√śuc 完成单三）悲伤。senānyam（senānī 阳单业）军队统帅，指湿婆之子室建陀。ālīḍham（ālīḍha 阳单业）舔过，伤害。iva（不变词）好像。asura（阿修罗）-astraiḥ（astra 武器），复合词（中复具），阿修罗的武器。

तदाप्रभृत्येव वनद्विपानां त्रासार्थमस्मिन्नहमद्रिकुक्षौ।
व्यापारितः शूलभृता विधाय सिंहत्वमङ्कागतसत्त्ववृत्ति॥ ३८॥

“从那时起，手持三叉戟的湿婆
将我变成狮子，指定我守候在
这个山洞，恐吓那些林中野象，
并以走近我身边的生物维生。（38）

tadā（那时）-prabhṛti（prabhṛti 开始），复合词（不变词），从那时起。eva（不变词）正是。vana（森林）-dvipānām（dvipa 大象），复合词（阳复属），林中的象，野象。trāsa（恐吓，害怕）-artham（为了），复合词（不变词），为了恐吓。asmin（idam 阳单依）这个。aham（mad 单体）我。adri（山）-kukṣau（kukṣi 洞），复合词（阳单依），山洞。vyāpāritaḥ（vyāpārita 阳单体）指定。śūlabhṛtā（śūlabhṛt 阳单具）持三叉戟者，湿婆。vidhāya（vi√dhā 独立式）安排。siṃhatvam（siṃhatva 中单业）狮子性。aṅka（膝，身边）-āgata（来到）-sattva（生物）-vṛtti（vṛtti 维生），复合词（中单业），

① 雪山的女儿指湿婆的妻子乌玛。

以来到身边的生物维生。

तस्यालमेषा क्षुधितस्य तृप्त्यै प्रदिष्टकाला परमेश्वरेण।
उपस्थिता शोणितपारणा मे सुरद्विषश्चान्द्रमसी सुधेव॥३९॥

"由大自在天确定的这个
时机，足以解除我的饥饿，
这顿血的宴饮已经来临，
犹如月亮甘露满足罗睺。①（39）

tasya（tad 阳单属）这个（强调 me）。alam（不变词）足够。eṣā（etad 阴单体）这个。kṣudhitasya（kṣudhita 阳单属）饥饿的。tṛptyai（tṛpti 阴单为）满足。pradiṣṭa（指定）-kālā（kāla 时机），复合词（阴单体），指定时机的。parameśvareṇa（parameśvara 阳单具）大自在天。upasthitā（upasthita 阴单体）临近。śoṇita（血）-pāraṇā（pāraṇā 开斋），复合词（阴单体），血的开斋。me（mad 单属）我。sura（天神）-dviṣaḥ（dviṣ 敌人），复合词（阳单属），天神的敌人，指罗睺。cāndramasī（cāndramasa 阴单体）月亮的。sudhā（sudhā 阴单体）甘露。iva（不变词）好像。

स त्वं निवर्तस्व विहाय लज्जां गुरोर्भवान्दर्शितशिष्यभक्तिः।
शस्त्रेण रक्ष्यं यदशक्यरक्षं न तद्यशः शस्त्रभृतां क्षिणोति॥४०॥

"你就回去吧！不必羞愧，
你对老师尽了学生的忠诚，
既然不能用武器进行保护，
也就不会伤害武士的名声。"（40）

saḥ（tad 阳单体）这个（强调 tvam）。tvam（tvad 单体）你。nivartasva（ni√vṛt 命令单二）返回。vihāya（vi√hā 独立式）放弃，放下。lajjām（lajjā 阴单业）羞愧。guroḥ（guru 阳单属）老师。bhavān（bhavat 单体）您。darśita（显示）-śiṣya（学生）-bhaktiḥ（bhakti 忠诚），复合词（阳单体），显示学生的忠诚。śastreṇa（śastra 中单具）武器。rakṣyam（rakṣya 中单体）应保护的。yat（yad 中单体）那个，指不能保护。aśakya（不能）-rakṣam（rakṣa 保护），复合词（中单体），不能保护。na（不变词）不。tat（tad 中单体）那个，指不能保护。yaśaḥ（yaśas 中单业）名誉。śastrabhṛtām（śastrabhṛt 阳复属）武士。kṣiṇoti（√kṣi 现在单三）损害，减少。

इति प्रगल्भं पुरुषाधिराजो मृगाधिराजस्य वचो निशम्य।

① 大自在天（湿婆）确定的这个时机指凡有生物走近身边时，它可以捕获充饥。故而，现在母牛走近它，它便捕获母牛充饥。罗睺也是在月亮走近它时，吞食月亮。

प्रत्याहतास्त्रो गिरिशप्रभावादात्मन्यवज्ञां शिथिलीचकार॥४१॥

人中之王听了兽中之王
这番傲慢的话，知道武器
受挫源自湿婆神的威力，
也就减轻了自己的屈辱。（41）

iti（不变词）这样。pragalbham（pragalbha 中单业）傲慢的。puruṣādhirājaḥ（puruṣādhirāja 阳单体）人王，国王。mṛgādhirājasya（mṛgādhirāja 阳单属）兽王。vacaḥ（vacas 中单业）话。niśamya（ni√śam 独立式）听。pratyāhata（阻挡）-astraḥ（astra 武器），复合词（阳单体），武器受阻。giriśa（山居者，湿婆）-prabhāvāt（prabhāva 威力），复合词（阳单从），湿婆的威力。ātmani（ātman 阳单依）自己。avajñām（avajñā 阴单业）轻视，蔑视。śithilīcakāra（śithilī√kṛ 完成单三）减轻。

प्रत्यब्रवीच्चैनमिषुप्रयोगे तत्पूर्वभङ्गे वितथप्रयत्नः।
जडीकृतस्त्र्यम्बकवीक्षणेन वज्रं मुमुक्षन्निव वज्रपाणिः॥४२॥

他首次射箭受挫，无能为力，
犹如因陀罗曾经手持金刚杵，
准备放出，却遭遇三眼神的
目光而僵住[①]，于是，回答说：（42）

pratyabravīt（prati√brū 未完单三）回答。ca（不变词）又。enam（etad 阳单业）他，指狮子。iṣu（箭）-prayoge（prayoga 使用），复合词（阳单依），射箭。tatpūrva（首次）-bhaṅge（bhaṅga 挫败），复合词（阳单依），第一次受挫。vitatha（无用的）-prayatnaḥ（prayatna 努力），复合词（阳单体），努力无用。jaḍīkṛtaḥ（jaḍīkṛta 阳单体）变僵硬。tryambaka（三眼者，湿婆）-vīkṣaṇena（vīkṣaṇa 目光），复合词（中单具），三眼神的目光。vajram（vajra 阳单业）金刚杵。mumukṣan（√muc 愿望，现分，阳单体）释放。iva（不变词）好像。vajrapāṇiḥ（vajrapāṇi 阳单体）手持金刚杵者，因陀罗。

संरुद्धचेष्टस्य मृगेन्द्र कामं हास्यं वचस्तद्यदहं विवक्षुः।
अन्तर्गतं प्राणभृतां हि वेद सर्वं भवान्भावमतोऽभिधास्ये॥४३॥

“兽王啊，我的行动已经受阻，

① 三眼神湿婆曾应众天神请求，摧毁了阿修罗的三座城市。然后，湿婆化作一个孩子，坐在妻子乌玛的膝上，观看这些燃烧的城市。因陀罗出于嫉妒，想要用金刚杵袭击这个孩子，却被这个孩子的目光定住手臂。

说出我想说的话，确实可笑，
而你知道一切众生内心的
种种感情，因此，我仍要说出。（43）

saṃruddha（受阻碍）-ceṣṭasya（ceṣṭa 行动），复合词（阳单属），行动受到阻碍。mṛgendra（mṛgendra 阳单呼）兽王。kāmam（不变词）确实。hāsyam（hāsya 中单体）可笑的。vacaḥ（vacas 中单体）话。tat（tad 中单体）那个，指话。yat（yad 中单业）那个，指话。aham（mad 单体）我。vivakṣuḥ（vivakṣu 阳单体）想要说的。antargatam（阳单业）内在的。prāṇabhṛtām（prāṇabhṛt 阳复属）生物。hi（不变词）因为。veda（√vid 完成单三）知道。sarvam（sarva 阳单业）所有。bhavān（bhavat 单体）您。bhāvam（bhāva 阳单业）性情，感情。atas（不变词）因此。abhidhāsye（abhi√dhā 将来单一）说出，表达。

मान्यः स मे स्थावरजंगमानां सर्गस्थितिप्रत्यवहारहेतुः।
गुरोरपीदं धनमाहिताग्नेर्नश्यत्पुरस्तादनुपेक्षणीयम्॥४४॥

“他是一切动物和不动物创造、
维持和毁灭的原因，值得我尊敬，
而守护祭火的老师的这件财产，
眼看要毁灭，我也不能视若无睹。（44）

mānyaḥ（mānya 阳单体）应尊敬的。saḥ（tad 阳单体）他，指湿婆。me（mad 单属）我。sthāvara（不动物）-jaṃgamānām（jaṃgama 动物），复合词（中复属），不动物和动物。sarga（创造）-sthiti（维持）-pratyavahāra（收回，毁灭）-hetuḥ（hetu 原因），复合词（阳单体），创造、维持和毁灭的原因。guroḥ（guru 阳单属）老师。api（不变词）而，也。idam（中单体）这。dhanam（dhana 中单体）财产。āhita（保持，守护）-agneḥ（agni 祭火，火），复合词（阳单属），守护祭火。naśyat（√naś 现分，中单体）毁灭。purastāt（不变词）眼前，前面。anupekṣaṇīyam（anupekṣaṇīya 中单体）不应忽视。

स त्वं मदीयेन शरीरवृत्तिं देहेन निर्वर्तयितुं प्रसीद।
दिनावसानोत्सुकबालवत्सा विसृज्यतां धेनुरियं महर्षेः॥४५॥

“请你开恩，用我的身体
充饥，维持你的身体吧！
放了大仙的母牛，小牛犊
在傍晚会焦急地等候她！”（45）

saḥ（tad 阳单体）这个（强调 tvam）。tvam（tvad 单体）你。madīyena（madīya 阳单具）我的。śarīra（身体）-vṛttim（vṛtti 维持），复合词（阴单业），维持身体。dehena（deha 阳单具）身体。nirvartayitum（nis√vṛt 致使，不定式）完成。prasīda（pra√sad 命令单二）施恩。dināvasāna（傍晚）-utsuka（焦急）-bāla（幼小）-vatsā（vatsa 牛犊），复合词（阴单体），傍晚时小牛犊焦急。visṛjyatām（vi√sṛj 被动，命令单三）释放。dhenuḥ（dhenu 阴单体）母牛。iyam（idam 阴单体）这个。maharṣeḥ（maharṣi 阳单属）大仙。

अथान्धकारं गिरिगह्वराणां दंष्ट्रामयूखैः शकलानि कुर्वन्।
भूयः स भूतेश्वरपार्श्ववर्ती किंचिद्विहस्यार्थपतिं बभाषे॥ ४६॥

这位精灵之主的侍从
微微一笑，牙齿的光芒
将山洞中的黑暗撕碎，
再次对财富之主说道：（46）

atha（不变词）然后。andhakāram（andhakāra 阳单业）黑暗。giri（山）-gahvarāṇām（gahvara 洞），复合词（中复属），山洞。daṃṣṭrā（獠牙）-mayūkhaiḥ（mayūkha 光芒），复合词（阳复具），牙齿的光芒。śakalāni（śakala 中复业）碎片。kurvan（√kṛ 现分，阳单体）做。bhūyas（不变词）又，再。saḥ（tad 阳单体）这个。bhūteśvara（精灵之主，湿婆）-pārśvavartī（pārśvavartin 侍从），复合词（阳单体），精灵之主的侍从。kiṃcit（不变词）稍微。vihasya（vi√has 独立式）笑。arthapatim（arthapati 阳单业）财富之主，国王。babhāṣe（√bhāṣ 完成单三）说。

एकातपत्रं जगतः प्रभुत्वं नवं वयः कान्तमिदं वपुश्च।
अल्पस्य हेतोर्बहु हातुमिच्छन्विचारमूढः प्रतिभासि मे त्वम्॥ ४७॥

“唯一的华盖，世界的统治，
青春年华，可爱容貌，你愿意
舍弃这么许多，而所得甚少，
在我看来，你的思想犯糊涂。（47）

eka（唯一）-ātapatram（ātapatra 华盖），复合词（中单业），唯一的华盖。jagataḥ（jagat 中单属）世界。prabhutvam（prabhutva 中单业）统治，主宰。navam（nava 中单业）年轻的。vayaḥ（vayas 中单业）年龄。kāntam（kānta 中单业）可爱的。idam（idam 中单业）这个。vapuḥ（vapus 中单业）身体，形体。ca（不变词）和。alpasya（alpa 阳单属）少的。hetoḥ（hetu 阳单从）原因。bahu（bahu 中单业）许多。hātum

（√hā 不定式）放弃。icchan（√iṣ 现分，阳单体）愿意，希望。vicāra（思虑）-mūḍhaḥ（mūḍha 愚痴），复合词（阳单体），思想糊涂。pratibhāsi（prati√bhā 现在单二）显得。me（mad 单属）我。tvam（tvad 单体）你。

भूतानुकम्पा तव चेदियं गौरेका भवेत्स्वस्तिमती त्वदन्ते।
जीवन्पुनः शश्वदुपप्लवेभ्यः प्रजाः प्रजानाथ पितेव पासि॥४८॥

“如果你同情生物，民众之主啊！
你死后，只是一头母牛得平安，
而你活着，则能像父亲那样，
始终保护你的民众免受灾难。（48）

bhūta（生物）-anukampā（anukampā 同情），复合词（阴单体），同情生物。tava（tvad 单属）你。ced（不变词）如果。iyam（idam 阴单体）这个。gauḥ（go 阴单体）母牛。ekā（eka 阴单体）一个。bhavet（√bhū 虚拟单三）是，成为。svastimatī（svastimat 阴单体）有吉祥，有平安。tvad（你）-ante（anta 结束），复合词（阳单依），你死后。jīvan（√jīv 现分，阳单体）活着。punar（不变词）然而。śaśvat（不变词）长久，始终。upaplavebhyaḥ（upaplava 阳复从）不幸，灾难。prajāḥ（prajā 阴复业）民众，众生。prajānātha（prajānātha 阳单呼）民众之主。pitā（pitṛ 阳单体）父亲。iva（不变词）好像。pāsi（√pā 现在单二）保护。

अथैकधेनोरपराधचण्डाद्गुरोः कृशानुप्रतिमाद्बिभेषि।
शक्योऽस्य मन्युर्भवता विनेतुं गाः कोटिशः स्पर्शयता घटोध्नीः॥४९॥

“或许你害怕老师只有这头牛，
得罪了他，他会像火那样发怒，
那么，你可以送给他千万头牛，
乳房如同水罐，平息他的愤怒。（49）

atha（不变词）或许。eka（唯一）-dhenoḥ（dhenu 母牛），复合词（阳单从），只有一头母牛。aparādha（错误，得罪）-caṇḍāt（caṇḍa 发怒），复合词（阳单从），因得罪而发怒。guroḥ（guru 阳单从）老师。kṛśānu（火）-pratimāt（pratima 好像），复合词（阳单从），像火一样。bibheṣi（√bhī 现在单二）害怕。śakyaḥ（śakya 阳单体）能够。asya（idam 阳单属）他，指老师。manyuḥ（manyu 阳单体）愤怒。bhavatā（bhavat 阳单具）您。vinetum（vi√nī 不定式）消除，平息。gāḥ（go 阴复业）牛。koṭiśas（不变词）千万，亿。sparśayatā（√spṛś 致使，现分，阳单具）给予。ghaṭa（水罐）-ūdhnīḥ（ūdhas 乳房），复合词（阴复业），乳房如同水罐。

तद्रक्ष कल्याणपरम्पराणां भोक्तारमूर्जस्वलमात्मदेहम्।
महीतलस्पर्शनमात्रभिन्नमृद्धं हि राज्यं पदमैन्द्रमाहुः ॥५०॥

“保护你自己强健的身体，
享受种种幸福吧！人们说，
富饶的王国就是因陀罗的
天国，差异只是接触地面。①”（50）

tad（不变词）因此。rakṣa（√rakṣ 命令单二）保护。kalyāṇa（幸福，吉祥）-paramparāṇām（paramparā 连续的），复合词（阴复属），持续的幸福。bhoktāram（bhoktṛ 阳单业）享用者。ūrjasvalam（ūrjasvala 阳单业）强壮的。ātma（ātman 自己）-deham（deha 身体），复合词（阳单业），自己的身体。mahītala（地面）-sparśana（接触）-mātra（仅有的）-bhinnam（bhinna 区分），复合词（中单业），仅有的区别是接触地面。ṛddham（ṛddha 中单业）富饶的。hi（不变词）因为。rājyam（rājya 中单业）王国。padam（pada 中单业）地方。aindram（aindra 中单业）因陀罗的。āhuḥ（√ah 完成复三）说。

एतावदुक्त्वा विरते मृगेन्द्रे प्रतिस्वनेनास्य गुहागतेन।
शिलोच्चयोऽपि क्षितिपालमुच्चैः प्रीत्या तमेवार्थमभाषतेव॥५१॥

兽王说完这番话后，便住口，
甚至高山仿佛出于热爱国王，
也用那些话在山洞中的回音，
向国王高声表达同样的意思。（51）

etāvat（etāvat 中单业）这样。uktvā（√vac 独立式）说。virate（virata 阳单依）停止。mṛgendre（mṛgendra 阳单依）兽王。pratisvanena（pratisvana 阳单具）回声。asya（idam 阳单属）他，指兽王。guhā（山洞）-gatena（gata 处在），复合词（阳单具），在山洞中的。śiloccayaḥ（śiloccaya 阳单体）山。api（不变词）甚至。kṣitipālam（kṣitipāla 阳单业）保护大地者，国王。uccais（不变词）高声地。prītyā（prīti 阴单具）喜爱。tam（tad 阳单业）这个。eva（不变词）确实。artham（artha 阳单业）意义。abhāṣata（√bhāṣ 未完单三）说。iva（不变词）好像。

निशम्य देवानुचरस्य वाचं मनुष्यदेवः पुनरप्युवाच।
धेन्वा तदध्यासितकातराक्ष्या निरीक्ष्यमाणः सुतरां दयालुः॥५२॥

听了大神的侍从这番话，

① 这句话的意思差异只是因陀罗的天国在天上，你的王国在地上。

看到母牛在狮子掌控下，
以惊恐的目光凝视着他，
国王更添怜悯心，又说道：（52）

niśamya（ni√śam 独立式）听。deva（天神）-anucarasya（anucara 侍从），复合词（阳单属），神的侍从。vācam（vāc 阴单业）话。manuṣyadevaḥ（manuṣyadeva 阳单体）人主，国王。punar（不变词）又。api（不变词）也。uvāca（√vac 完成单三）说。dhenvā（dhenu 阴单具）母牛。tad（它，指狮子）-adhyāsita（坐在上面，掌控）-kātara（可怜的，恐惧的）-akṣyā（akṣi 眼睛），复合词（阴单具），被它控制而眼露恐惧。nirīkṣyamāṇaḥ（nis√īkṣ 被动，现分，阳单体）注视。sutarām（不变词）更加。dayāluḥ（dayālu 阳单体）怜悯的。

क्षतात्किल त्रायत इत्युदग्रः क्षत्त्रस्य शब्दो भुवनेषु रूढः।
राज्येन किं तद्विपरीतवृत्तेः प्राणैरुपक्रोशमलीमसैर्वा॥५३॥

“举世皆知刹帝利称号高贵，
词义是保护民众免受伤害，①
行为与此背离，王国有何用？
遭受恶名玷污，生命有何用？（53）

kṣatāt（kṣata 中单从）伤害。kila（不变词）确实。trāyate（√trai 现在单三）保护。iti（不变词）这样（说）。udagraḥ（udagra 阳单体）高贵的。kṣattrasya（kṣattra 阳单属）刹帝利，武士。śabdaḥ（śabda 阳单体）词音，称号。bhuvaneṣu（bhuvana 中复依）世界，三界。rūḍhaḥ（rūḍha 阳单体）闻名的。rājyena（rājya 中单具）王国。kim（kim 中单体）什么。tad（这个）-viparīta（违背）-vṛtteḥ（vṛtti 行为），复合词（阳单属），行为与此背离者。prāṇaiḥ（prāṇa 阳复具）呼吸，生命。upakrośa（坏名声）-malīmasaiḥ（malīmasa 玷污的，不净的），复合词（阳复具），由恶名玷污的。vā（不变词）或者。

कथं नु शक्योऽनुनयो महर्षेर्विश्राणनाच्चान्यपयस्विनीनाम्।
इमामनूनां सुरभेरवेहि रुद्रौजसा तु प्रहृतं त्वयास्याम्॥५४॥

“难道依靠赠送其他许多母牛，
就能够平息大仙人的怒气吗？
要知道她与苏罗毗一模一样，
你袭击她，全仗楼陀罗②的威力。（54）

① 这里将刹帝利（kṣatra）释读为保护（trā）臣民免受伤害（kṣata）。
② 楼陀罗指湿婆。

katham（不变词）怎么，如何。nu（不变词）可能。śakyaḥ（śakya 阳单体）能够。anunayaḥ（anunaya 阳单体）平息，安抚。maharṣeḥ（maharṣi 阳单属）大仙。viśrāṇanāt（viśrāṇana 中单从）赠与，给予。ca（不变词）还有。anya（其他的）-payasvinīnām（payasvinī 母牛），复合词（阴复属），其他的母牛。imām（idam 阴单业）她。anūnām（anūna 阴单业）不低于。surabheḥ（surabhi 阴单从）苏罗毗（母牛名）。avehi（ava√i 命令单二）知道。rudra（楼陀罗）-ojasā（ojas 勇气，威力），复合词（中单具），楼陀罗的威力。tu（不变词）而。prahṛtam（prahṛta 中单体）抓住，打击。tvayā（tvad 单具）你。asyām（idam 阴单依）她。

सेयं स्वदेहार्पणनिष्क्रयेण न्याय्या मया मोचयितुं भवत्तः।
न पारणा स्याद्विहता तवैवं भवेदलुप्तश्च मुनेः क्रियार्थः॥५५॥

“用我自己的身体作为赎金，
换你释放她，这正当合理，
这样，你的宴饮不受破坏，
牟尼的祭祀用品也不受损。（55）

sā（tad 阴单体）她。iyam（idam 阴单体）这个。sva（自己的）-deha（身体）-arpaṇa（提供）-niṣkrayeṇa（niṣkraya 交换，买卖），复合词（阳单具），以自己的身体为赎金。nyāyyā（nyāyya 阴单体）合适的，合理的。mayā（mad 单具）我。mocayitum（√muc 致使，不定式）释放。bhavattas（不变词）从您。na（不变词）不。pāraṇā（pāraṇā 阴单体）开斋，宴饮。syāt（√as 虚拟单三）是。vihatā（vihata 阴单体）伤害。tava（tvad 单属）你。evam（不变词）这样。bhavet（√bhū 虚拟单三）成为，是。aluptaḥ（alupta 阳单体）不受损害。ca（不变词）也。muneḥ（muni 阳单属）牟尼，仙人。kriyā（祭祀）-arthaḥ（artha 财物），复合词（阳单体），祭祀用品。

भवानपीदं परवानवैति महान्हि यत्नस्तव देवदारौ।
स्थातुं नियोक्तुर्नहि शक्यमग्रे विनाश्य रक्ष्यं स्वयमक्षतेन॥५६॥

“你也依附他人，知道这个道理，
因为你为保护松树出了大力，
受保护者毁灭，自己安然无恙，
也就无脸再站在委托者面前。（56）

bhavān（bhavat 单体）您。api（不变词）也。idam（idam 中单业）这。paravān（paravat 阳单体）依附他人。avaiti（ava√i 现在单三）知道。mahān（mahat 阳单体）大的。hi（不变词）因为。yatnaḥ（yatna 阳单体）努力。tava（tvad 单属）你。devadārau （devadāru 阳单依）松树。sthātum（√sthā 不定式）站立。niyoktuḥ（niyoktṛ 阳单属）委托者。nahi（不变词）决不。śakyam（śakya 中单体）能够。agre（agra 中单依）前面。vināśya（vi√naś 致使，独立式）毁灭。rakṣyam（rakṣya 中单业）应保护的。svayam（不变词）自己。akṣatena（akṣata 阳单具）未受损伤。

किमप्यहिंस्यस्तव चेन्मतोऽहं यशःशरीरे भव मे दयालुः।
एकान्तविध्वंसिषु मद्विधानां पिण्डेष्वनास्था खलु भौतिकेषु॥५७॥

"或许你认为我不应该遭杀害，
那么，请你怜悯我的名誉身体吧！
五大[①]构成的肉团注定会毁灭，
像我这样的人对它不会看重。（57）

kim-api（不变词）或许。ahiṃsyaḥ（ahiṃsya 阳单体）不该杀的。tava（tvad 单属）你。ced（不变词）如果。mataḥ（mata 阳单体）认为。aham（mad 单体）我。yaśas（名誉）-śarīre（śarīra 身体），复合词（中单依），名誉身体。bhava（√bhū 命令单二）是。me（mad 单属）我。dayāluḥ（dayālu 阳单体）怜悯。ekānta（唯一的结局）-vidhvaṃsiṣu（vidhvaṃsin 毁灭），复合词（阳复依），毁灭是唯一结局的。mad（我）-vidhānām（vidha 这样），复合词（阳复属），我这样的人。piṇḍeṣu（piṇḍa 阳复依）肉团。anāsthā（anāsthā 阴单体）不看重。khalu（不变词）确实。bhautikeṣu（bhautika 阳复依）五大元素的。

संबन्धमाभाषणपूर्वमाहुर्वृत्तः स नौ संगतयोर्वनान्ते।
तद्भूतनाथानुग नार्हसि त्वं संबन्धिनो मे प्रणयं विहन्तुम्॥५८॥

"人们说交谈产生友谊，我俩
在林中相遇，已经产生友谊，
精灵之主的侍从啊！作为你的
朋友，你不该拒绝我的请求。"（58）

saṃbandham（saṃbandha 阳单业）联系，友谊。ābhāṣaṇa（交谈，对话）-pūrvam（pūrva 伴随，具有），复合词（阳单业），伴随交谈。āhuḥ（√ah 完成复三）说。vṛttaḥ（vṛtta 阳单体）产生。saḥ（tad 阳单体）这个，指友谊。nau（mad 双属）我俩。saṃgatayoḥ（saṃgata 阳双属）相遇。vanānte（vanānta 阳单依）林地。tad（不变词）因此。bhūtanātha（精灵之主）-anuga（anuga 侍从），复合词（阳单呼），精灵之主的侍从。na（不变词）不。arhasi（√arh 现在单二）能够，应该。tvam（tvad 单体）你。saṃbandhinaḥ

①"五大"指地、水、火、风和空五种元素。

（saṃbandhin 阳单属）有联系，有友谊。me（mad 单属）我。praṇayam（praṇaya 阳单业）请求。vihantum（vi√han 不定式）拒绝。

तथेति गामुक्तवते दिलीपः सद्यः प्रतिष्टम्भविमुक्तबाहुः।
स न्यस्तशस्त्रो हरये स्वदेहमुपानयत्पिण्डमिवामिषस्य॥५९॥

狮子说道："好吧！"顿时，
迪利波的手臂摆脱僵硬，
他扔掉武器，将自己身体，
如同一个肉团献给狮子。（59）

tathā（不变词）好吧。iti（不变词）这样（说）。gām（go 阴单业）语言。uktavate（uktavat 阳单为）说了。dilīpaḥ（dilīpa 阳单体）迪利波。sadyas（不变词）立即。pratiṣṭambha（受阻，僵硬）-vimukta（摆脱）-bāhuḥ（bāhu 手臂），复合词（阳单体），手臂摆脱僵硬。saḥ（tad 阳单体）他。nyasta（抛弃）-śastraḥ（śastra 武器），复合词（阳单体），放下武器。haraye（hari 阳单为）狮子。sva（自己的）-deham（deha 身体），复合词（阳单业），自己的身体。upānayat（upa√nī 未完单三）献出。piṇḍam（piṇḍa 阳单业）饭团。iva（不变词）好像。āmiṣasya（āmiṣa 中单属）肉。

तस्मिन्क्षणे पालयितुः प्रजानामुत्पश्यतः सिंहनिपातमुग्रम्।
अवाङ्मुखस्योपरि पुष्पवृष्टिः पपात विद्याधरहस्तमुक्ता॥६०॥

正当这位众生的护主，
低头等待着狮子猛扑
过来，就在这个刹那间，
持明[①]们向他撒下花雨。（60）

tasmin（tad 阳单依）这个。kṣaṇe（kṣaṇa 阳单依）刹那，瞬间。pālayituḥ（pālayitṛ 阳单属）保护者。prajānām（prajā 阴复属）民众，众生。utpaśyataḥ（ud√dṛś 现分，阳单属）等待。siṃha（狮子）-nipātam（nipāta 扑，投），复合词（阳单业），狮子扑过来。ugram（ugra 阳单业）凶猛的。avāṅmukhasya（avāṅmukha 阳单属）低头。upari（不变词）上面。puṣpa（花）-vṛṣṭiḥ（vṛṣṭi 雨），复合词（阴单体），花雨。papāta（√pat 完成单三）落下。vidyādhara（持明）-hasta（手）-muktā（mukta 释放），复合词（阴单体），从持明的手中释放。

उत्तिष्ठ वत्सेत्यमृतायमानं वचो निशम्योत्थितमुत्थितः सन्।

① 持明是一类小神灵。

दद्दर्श राजा जननीमिव स्वां गामग्रतः प्रस्त्रविणीं न सिंहम्॥ ६१ ॥

国王听到传来甘露般的话语：
“起来，孩子。”于是，他站起身，
看到母牛站在前面，流淌乳汁，
如同自己的母亲，而没有了狮子。（61）

uttiṣṭha（ud√sthā 命令单二）起来。vatsa（vatsa 阳单呼）孩子。iti（不变词）这样（说）。amṛtāyamānam（√amṛtāya 名动词，现分，中单业）甘露般的。vacaḥ（vacas 中单业）话。niśamya（ni√śam 独立式）听到。utthitam（utthita 中单业）出现。utthitaḥ（utthita 阳单体）站起。san（√as 现分，阳单体）是。dadarśa（√dṛś 完成单三）看见。rājā（rājan 阳单体）国王。jananīm（jananī 阴单业）母亲。iva（不变词）好像。svām（sva 阴单业）自己的。gām（go 阴单业）牛。agratas（不变词）前面。prasraviṇīm（prasravin 阴单业）流淌乳汁的。na（不变词）不。siṃham（siṃha 阳单业）狮子。

तं विस्मितं धेनुरुवाच साधो मायां मयोद्भाव्य परीक्षितोऽसि।
ऋषिप्रभावान्मयि नान्तकोऽपि प्रभुः प्रहर्तुं किमुतान्यहिंस्राः॥ ६२ ॥

母牛对惊诧的国王说：“贤士啊，
这是我制造幻象，用来考验你，
依靠仙人的力量，即使是死神，
也不能伤害我，何况其他猛兽。（62）

tam（tad 阳单业）他，指国王。vismitam（vismita 阳单业）惊讶的。dhenuḥ（dhenu 阴单体）母牛。uvāca（√vac 完成单三）说。sādho（sādhu 阳单呼）贤士，善人。māyām（māyā 阴单业）幻象。mayā（mad 单具）我。udbhāvya（ud√bhū 致使，独立式）制造。parīkṣitaḥ（parīkṣita 阳单体）考验。asi（√as 现在单二）是。ṛṣi（仙人）-prabhāvāt（prabhāva 威力），复合词（阳单从），仙人的威力。mayi（mad 单依）我。na（不变词）不。antakaḥ（antaka 阳单体）死神。api（不变词）即使。prabhuḥ（prabhu 阳单体）能够。prahartum（pra√hṛ 不定式）伤害。kim-uta（不变词）何况。anya（其他的）-hiṃsrāḥ（hiṃsra 野兽，猛兽），复合词（阳复体），其他的猛兽。

भक्त्या गुरौ मय्यनुकम्पया च प्रीतास्मि ते पुत्र वरं वृणीष्व।
न केवलानां पयसां प्रसूतिमवेहि मां कामदुघां प्रसन्नाम्॥ ६३ ॥

“你对老师忠诚，对我也满怀慈悲，
我对你满意，孩子啊，请选择恩惠！
你要知道我不是只会产生乳汁，

一旦我高兴，我也成为如意神牛。”（63）

bhaktyā（bhakti 阴单具）忠诚。gurau（guru 阳单依）老师。mayi（mad 单依）我。anukampayā（anukampā 阴单具）同情，慈悲。ca（不变词）也。prītā（prīta 阴单体）高兴，满意。asmi（√as 现在单一）是。te（tvad 单为）你。putra（putra 阳单呼）儿子，孩子。varam（vara 阳单业）恩惠。vṛṇīṣva（√vṛ 命令单二）选择。na（不变词）不。kevalānām（kevala 中复属）仅仅。payasām（payas 中复属）乳汁。prasūtim（prasūti 阴单业）产生。avehi（ava√i 命令单二）知道。mām（mad 单业）我。kāmadughām（kāmadughā 阴单业）如意神牛。prasannām（prasanna 阴单业）高兴。

ततः समानीय स मानितार्थी हस्तौ स्वहस्तार्जितवीरशब्दः।
वंशस्य कर्तारमनन्तकीर्तिं सुदक्षिणायां तनयं ययाचे॥६४॥

这位国王尊重求告者，凭借
自己双臂赢得英雄的名声，
双手合掌，乞求让苏达奇娜
生儿子，延续世系，声誉无限。（64）

tatas（不变词）然后。samānīya（sam-ā√nī 独立式）结合，合起。saḥ（tad 阳单体）他。mānita（尊重）-arthī（arthin 求告者），复合词（阳单体），求告者得到尊重。hastau（hasta 阳双业）手。sva（自己的）-hasta（手，手臂）-arjita（获得）-vīra（英雄）-śabdaḥ（śabda 名声），复合词（阳单体），以自己的双手赢得英雄之名。vaṃśasya（vaṃśa 阳单属）家族。kartāram（kartṛ 阳单业）作者，创造者。ananta（无限）-kīrtim（kīrti 声誉），复合词（阳单业），声誉无限。sudakṣiṇāyām（sudakṣiṇā 阴单依）苏达奇娜。tanayam（tanaya 阳单业）儿子。yayāce（√yāc 完成单三）请求。

संतानकामाय तथेति कामं राज्ञे प्रतिश्रुत्य पयस्विनी सा।
दुग्ध्वा पयः पत्रपुटे मदीयं पुत्रोपभुङ्क्ष्वेति तमादिदेश॥६५॥

这头母牛对求取子嗣的国王
说道：“好吧！”允诺他的愿望，
指示说：“孩子啊，把我的乳汁
挤在树叶杯中，你就喝下吧！”（65）

saṃtāna（后代）-kāmāya（kāma 渴望），复合词（阳单为），求取后代的。tathā（不变词）好吧。iti（不变词）这样（说）。kāmam（kāma 阳单业）愿望。rājñe（rājan 阳单为）国王。pratiśrutya（prati√śru 独立式）答应，允诺。payasvinī（payasvinī 阴单体）母牛。sā（tad 阴单体）这个。dugdhvā（√duh 独立式）挤。payaḥ（payas 中单业）

乳汁。patra（树叶）-puṭe（puṭa 容器），复合词（阳单依），用树叶做的杯子。madīyam（madīya 中单业）我的。putra（putra 阳单呼）儿子，孩子。upabhuṅkṣva（upa√bhuj 命令单二）喝。iti（不变词）这样（说）。tam（tad 阳单业）他。ādideśa（ā√diś 完成单三）指示。

वत्सस्य होमार्थविधेश्च शेषमृषेरनुज्ञामधिगम्य मातः।
औधस्यमिच्छामि तवोपभोक्तुं षष्ठांशमुर्व्या इव रक्षितायाः॥ ६६॥

"母亲啊，待我获得仙人准许后，
我想喝你供给牛犊和祭祀仪式
之后剩下的乳汁，如同我保护的
大地，我享受它的六分之一果实①。"（66）

vatsasya（vatsa 阳单属）牛犊。homa（祭供）-artha（目的）-vidheḥ（vidhi 实施，使用），复合词（阴单属），用于祭供。ca（不变词）和。śeṣam（śeṣa 中单业）剩余的。ṛṣeḥ（ṛṣi 阳单属）仙人。anujñām（anujñā 阴单业）允许。adhigamya（adhi√gam 独立式）获得。mātaḥ（mātṛ 阴单呼）母亲。audhasyam（audhasya 中单业）乳汁。icchāmi（√iṣ 现在单一）希望。tava（tvad 单属）你。upabhoktum（upa√bhuj 不定式）喝，享用。ṣaṣṭha（第六）-aṃśam（aṃśa 部分），复合词（阳单业），第六份，六分之一。urvyāḥ（urvī 阴单属）大地。iva（不变词）好像。rakṣitāyāḥ（rakṣita 阴单属）保护。

इत्थं क्षितीशेन वसिष्ठधेनुर्विज्ञापिता प्रीततरा बभूव।
तदन्विता हैमवताच्च कुक्षेः प्रत्याययावाश्रममश्रमेण॥ ६७॥

听了大地之主的这一番话，
极裕仙人的母牛愈发高兴，
由国王陪随她，毫无倦意，
从雪山山洞返回净修林。（67）

ittham（不变词）如此。kṣitīśena（kṣitīśa 阳单具）大地之主，国王。vasiṣṭha（极裕仙人）-dhenuḥ（dhenu 母牛），复合词（阴单体），极裕仙人的母牛。vijñāpitā（vijñāpita 阴单体）获知。prītatarā（prītatara 阴单体）更加高兴。babhūva（√bhū 完成单三）是，成为。tad（他）-anvitā（anvita 陪同），复合词（阴单体），由他陪随。haimavatāt（haimavata 阳单从）雪山的。ca（不变词）和。kukṣeḥ（kukṣi 阳单从）山洞。pratyāyayau（prati-ā√yā 完成单三）返回。āśramam（āśrama 阳单业）净修林。aśrameṇa（aśrama 阳单具）不疲惫。

① 指国王向民众收取六分之一的赋税。

तस्याः प्रसन्नेन्दुमुखः प्रसादं गुरुर्नृपाणां गुरवे निवेद्य।
प्रहर्षचिह्नानुमितं प्रियायै शशंस वाचा पुनरुक्तयेव॥६८॥

这位王中魁首脸庞灿若明月，
将母牛赐予的恩惠禀报老师，
然后又告诉爱妻，其实从他的
喜悦便可猜出，话语似乎多余。（68）

tasyāḥ（tad 阴单属）她，指母牛。prasanna（明净的）-indu（月亮）-mukhaḥ（mukha 脸），复合词（阳单体），脸庞似明净的月亮。prasādam（prasāda 阳单业）恩惠。guruḥ（guru 阳单体）老师，魁首。nṛpāṇām（nṛpa 阳复属）国王。gurave（guru 阳单为）老师。nivedya（ni√vid 致使，独立式）告知。praharṣa（喜悦）-cihna（标志）-anumitam（anumita 推测），复合词（阳单业），由喜悦的表相可以推知。priyāyai（priyā 阴单为）爱人。śaśaṃsa（√śaṃs 完成单三）告诉。vācā（vāc 阴单具）话。punaruktayā（punarukta 阴单具）重复说的。iva（不变词）好像。

स नन्दिनीस्तन्यमनिन्दितात्मा सद्वत्सलो वत्सहुतावशेषम्।
पपौ वसिष्ठेन कृताभ्यनुज्ञः शुभ्रं यशो मूर्तमिवातितृष्णः॥६९॥

他一向关爱善人，灵魂无可挑剔，
得到极裕仙人的允许，满怀渴望，
喝下牛犊和祭祀剩下的南迪尼的
乳汁，如同喝下洁白有形的名誉。（69）

saḥ（tad 阳单体）他。nandinī（南迪尼）-stanyam（stanya 乳汁），复合词（中单业），南迪尼的乳汁。anindita（无可指责）-ātmā（ātman 灵魂，自我），复合词（阳单体），灵魂无可指责。sat（善人）-vatsalaḥ（vatsala 慈爱的），复合词（阳单体），关爱善人。vatsa（牛犊）-huta（祭品）-avaśeṣam（avaśeṣa 剩余），复合词（中单业），牛犊和祭品剩余的。papau（√pā 完成单三）喝。vasiṣṭhena（vasiṣṭha 阳单具）极裕仙人。kṛta（做）-abhyanujñaḥ（abhyanujñā 同意），复合词（阳单体），得到同意。śubhram（śubhra 中单业）洁白的，纯净的。yaśaḥ（yaśas 中单业）名誉。mūrtam（mūrta 中单业）有形体的。iva（不变词）好像。atitṛṣṇaḥ（atitṛṣṇa 阳单体）极其渴望的。

प्रातर्यथोक्तव्रतपारणान्ते प्रास्थानिकं स्वस्त्ययनं प्रयुज्य।
तौ दंपती स्वां प्रति राजधानीं प्रस्थापयामास वशी वसिष्ठः॥७०॥

完成如上所述誓愿开斋后，[①]

① 在履行誓愿期间，实行斋戒。现在完成了誓愿，故而开斋。

第二天早晨，具有控制力的
极裕仙人赐予出发的祝福，
让这对夫妇返回自己都城。（70）

prātar（不变词）清晨。yathā（如此）-ukta（所说）-vrata（誓愿）-pāraṇā（开斋）-ante（anta 结束），复合词（阳单依），如上所述誓愿和开斋结束。prāsthānikam（prāsthānika 中单业）出发的。svasti（吉祥，幸运）-ayanam（ayana 行进，途径），复合词（中单业），祝福。prayujya（pra√yuj 独立式）指示，给予。tau（tad 阳双业）他俩。daṃpatī（daṃpati 阳双业）夫妇。svām（sva 阴单业）自己的。prati（不变词）向，对。rājadhānīm（rājadhānī 阴单业）都城。prasthāpayāmāsa（pra√sthā 致使，完成单三）送走。vaśī（vaśin 阳单体）自制的。vasiṣṭhaḥ（vasiṣṭha 阳单体）极裕仙人。

प्रदक्षिणीकृत्य हुतं हुताशमनन्तरं भर्तुररुन्धतीं च।
धेनुं सवत्सां च नृपः प्रतस्थे सन्मङ्गलोदग्रतरप्रभावः॥७१॥

向正在接受祭品的祭火，
然后向仙人，向阿容达提，
又向母牛和牛犊右绕行礼，
吉兆增添威武，国王出发。（71）

pradakṣiṇīkṛtya（pradakṣiṇī√kṛ 独立式）行右绕礼。hutam（huta 阳单业）祭供。hutāśam（hutāśa 阳单业）祭火。anantaram（不变词）之后，接着。bhartuḥ（bhartṛ 阳单从）主人，仙人。arundhatīm（arundhatī 阴单业）阿容达提（极裕仙人之妻）。ca（不变词）和。dhenum（dhenu 阴单业）母牛。savatsām（savatsa 阴单业）有牛犊的。ca（不变词）和。nṛpaḥ（nṛpa 阳单体）国王。pratasthe（pra√sthā 完成单三）出发。sat（善的）-maṅgala（吉祥，瑞兆）-udagratara（更强）-prabhāvaḥ（prabhāva 威力），复合词（阳单体），吉兆更增添威武。

श्रोत्राभिरामध्वनिना रथेन स धर्मपत्नीसहितः सहिष्णुः।
ययावनुद्घातसुखेन मार्गं स्वेनेव पूर्णेन मनोरथेन॥७२॥

性格坚忍的国王偕同王后，
驱车上路，车辆响声悦耳，
犹如乘坐满载自己心愿的
思想之车，幸福畅通无阻[①]。（72）

śrotra（耳朵）-abhirāma（喜悦的）-dhvaninā（dhvani 声音），复合词（阳单具），

① 此处“幸福畅通无阻”的原文是双关，也读作“不颠簸而舒适”，修饰国王乘坐的车辆。

声音悦耳。rathena（ratha 阳单具）车。saḥ（tad 阳单体）他。dharmapatnī（法妻）-sahitaḥ（sahita 一起），复合词（阳单体），与王后一起。sahiṣṇuḥ（sahiṣṇu 阳单体）堪忍的。yayau（√yā 完成单三）前行。anuddhāta（不崎岖的）-sukhena（sukha 舒适，幸福），复合词（阳单具），不崎岖而舒适的，幸福畅通无阻的。mārgam（mārga 阳单业）道路。svena（sva 阳单具）自己的。iva（不变词）好像。pūrṇena（pūrṇa 阳单具）充满。manas（思想）-rathena（ratha 车），复合词（阳单具），思想之车，心愿。

तमाहितौत्सुक्यमदर्शनेन प्रजाः प्रजार्थव्रतकर्शिताङ्गम्।
नेत्रैः पपुस्तृप्तिमनाप्नुवद्भिर्नवोदयं नाथमिवौषधीनाम्॥ ७३॥

他为求子嗣而身体消瘦，
民众为见不到他而焦虑，
此刻眼睛怎么也看不够，
犹如看到新升起的月亮[①]。（73）

tam（tad 阳单业）他。āhita（引起）-autsukyam（autsukya 焦虑），复合词（阳单业），引起焦虑。adarśanena（adarśana 中单具）看不到。prajāḥ（prajā 阴复体）民众。prajā（后代）-artha（为了）-vrata（誓愿）-karśita（消瘦）-aṅgam（aṅga 身体），复合词（阳单业），因求取后代的誓愿而身体消瘦。netraiḥ（netra 中复具）眼睛。papuḥ（√pā 完成复三）喝，饮。tṛptim（tṛpti 阴单业）满足。anāpnuvadbhiḥ（an√āp 现分，中复具）达不到。nava（新的）-udayam（udaya 升起），复合词（阳单业），新升起的。nātham（nātha 阳单业）主人。iva（不变词）好像。oṣadhīnām（oṣadhi 阴复属）药草。

पुरंदरश्रीः पुरमुत्पताकं प्रविश्य पौरैरभिनन्द्यमानः।
भुजे भुजंगेन्द्रसमानसारे भूयः स भूमेर्धुरमाससञ्ज॥ ७४॥

他进入旗帜飘扬的城中，
受市民欢迎，光辉似因陀罗，
再次将大地的重担放在
威力如同蛇王[②]的手臂上。（74）

puraṃdara（摧毁城堡者，因陀罗）-śrīḥ（śrī 光辉），复合词（阳单体），光辉似因陀罗。puram（pura 中单业）城市。utpatākam（utpatāka 中单业）旗帜飘扬的。praviśya（pra√viś 独立式）进入。pauraiḥ（paura 阳复具）市民。abhinandyamānaḥ（abhi√nand 被动，现分，阳单体）受到欢迎。bhuje（bhuja 阳单依）手臂。bhujaṃga（蛇）-indra

① 这里，“月亮”一词的原文是“药草的主人”。按照印度古代传说，月亮滋养一切药草。
② 蛇王指在地下支撑大地的神蛇湿舍（śeṣa）。

（王）-samāna（同样）-sāre（sāra 威力），复合词（阳单依），威力如同蛇王。bhūyas（不变词）再次。saḥ（tad 阳单体）他。bhūmeḥ（bhūmi 阴单属）大地。dhuram（dhur 阴单业）车轭，重担。āsasañja（ā√sañj 完成单三）安放。

अथ नयनसमुत्थं ज्योतिरत्रेरिव द्यौः
सुरसरिदिव तेजो वह्निनिष्ठ्यूतमैशम्।
नरपतिकुलभूत्यै गर्भमाधत्त राज्ञी
गुरुभिरभिनिविष्टं लोकपालानुभावैः ॥ ७५ ॥

犹如天空怀有出自阿特利眼睛的月亮①，
犹如天河怀有火神抛入的自在天精子②，
王后怀有胎儿，他将繁荣国王的家族，
具有保护世界的八位天神③的强大威力。（75）

atha（不变词）然后。nayana（眼睛）-samuttham（samuttha 产生，出现），复合词（中单业），从眼睛产生的。jyotiḥ（jyotis 中单业）发光体，月亮。atreḥ（atri 阳单属）阿特利（仙人名）。iva（不变词）好像。dyauḥ（div 阴单体）天空。surasarit（surasarit 阴单体）天河，恒河。iva（不变词）好像。tejaḥ（tejas 中单业）精子。vahni（火神，火）-niṣṭhyūtam（niṣṭhyūta 抛出的），复合词（中单业），火神抛出的。aiśam（aiśa 中单业）自在天的。narapati（国王）-kula（家族）-bhūtyai（bhūti 繁荣，昌盛），复合词（阴单为），国王家族的繁荣。garbham（garbha 阳单业）胎儿。ādhatta（ā√dhā 未完单三）安放，怀有。rājñī（rājñī 阴单体）王后。gurubhiḥ（guru 阳复具）沉重，强大。abhiniviṣṭam（abhiniviṣṭa 阳单业）具有。lokapāla（护世天王）-anubhāvaiḥ（anubhāva 威力），复合词（阳复具），护世天王们的威力。

---

① 阿特利是梵天的儿子，七仙人之一。月亮产生于阿特利仙人的眼睛。

② 自在天（湿婆）担心妻子乌玛不能承受他的精子，便交给火神。而火神将精子抛入恒河（即天河）中。恒河又将精子安置在芦苇丛中，在那里生出湿婆的儿子室建陀。

③ 他们是保护世界八方的八位天神，具体所指说法不一。一说是因陀罗、火神、阎摩、尼梨多、伐楼那、风神、俱比罗和自在天，另一说是因陀罗、火神、阎摩、太阳神、伐楼那、风神、俱比罗和苏摩。

तृतीयः सर्गः ।

第 三 章

अथेप्सितं भर्तुरुपस्थितोदयं सखीजनोद्वीक्षणकौमुदीमुखम्।
निदानमिक्ष्वाकुकुलस्य संततेः सुदक्षिणा दौर्हृदलक्षणं दधौ॥१॥

苏达奇娜有了怀孕的征象，
表明丈夫的心愿即将实现，
女友们盼望的月光已展露，
这决定甘蔗族世系的延续。（1）

atha（不变词）然后。īpsitam（īpsita 中单业）愿望。bhartuḥ（bhartṛ 阳单属）丈夫。upasthita（接近，来临）-udayam（udaya 出现，成功），复合词（中单业），即将实现。sakhījana（女友们）-udvīkṣaṇa（盼望）-kaumudī（月光）-mukham（mukha 脸，开始），复合词（中单业），女友们盼望的月光展露。nidānam（nidāna 中单业）原因。ikṣvāku（甘蔗王）-kulasya（kula 家族，世系），复合词（中单属），甘蔗族。saṃtateḥ（saṃtati 阴单属）延续。sudakṣiṇā（sudakṣiṇā 阴单体）苏达奇娜。daurhṛda（孕妇的癖好，怀孕）-lakṣaṇam（lakṣaṇa 征兆，相），复合词（中单业），怀孕的征兆。dadhau（√dhā 完成单三）呈现，具有。

शरीरसादादसमग्रभूषणा मुखेन सालक्ष्यत लोध्रपाण्डुना।
तनुप्रकाशेन विचेयतारका प्रभातकल्पा शशिनेव शर्वरी॥२॥

但见她身体消瘦，装饰减少，
脸色苍白，如同罗陀罗花，
看似几乎已经天亮的夜晚，
月亮的光辉微弱，星星难辨。[①]（2）

śarīra（身体）-sādāt（sāda 消瘦），复合词（阳单从），身体消瘦。asamagra（不完整的）-bhūṣaṇā（bhūṣaṇa 装饰，饰物），复合词（阴单体），装饰减少。mukhena（mukha 中单具）脸庞。sā（tad 阴单体）她。alakṣyata（√lakṣ 被动，未完单三）看来。lodhra

---

① 这里用月亮比喻她的脸，星星比喻她的装饰。

（罗陀罗花）-pāṇḍunā（pāṇḍu 苍白的），复合词（中单具），苍白如同罗陀罗花。tanu（微弱的）-prakāśena（prakāśa 光辉），复合词（阳单具），光辉微弱。viceya（搜寻）-tārakā（tārakā 星星），复合词（阴单体），星星难辨。prabhāta（拂晓）-kalpā（kalpa 接近，几乎），复合词（阴单体），几乎天亮的。śaśinā（śaśin 阳单具）月亮。iva（不变词）好像。śarvarī（śarvarī 阴单体）夜晚。

तदाननं मृत्सुरभि क्षितीश्वरो रहस्युपाघ्राय न तृप्तिमाययौ।
करीव सिक्तं पृषतैः पयोमुचां शुचिव्यपाये वनराजिपल्वलम्॥ ३॥

大地之主在暗中亲吻王后的
散发泥土芳香的嘴[①]，吻个不够，
就像夏季过去，乌云开始下雨，
大象亲吻树林中雨后的池塘。（3）

tad（她）-ānanam（ānana 嘴），复合词（中单业），她的嘴。mṛd（泥土）-surabhi（surabhi 芬芳），复合词（中单业），有泥土芳香的。kṣitīśvaraḥ（kṣitīśvara 阳单体）大地之主，国王。rahasi（rahas 中单依）僻静处，暗中。upāghrāya（upa-ā√ghrā 独立式）吻，嗅。na（不变词）不。tṛptim（tṛpti 阴单业）满足。āyayau（ā√yā 完成单三）到达。karī（karin 阳单体）大象。iva（不变词）好像。siktam（sikta 中单业）浇洒。pṛṣataiḥ（pṛṣata 阳复具）水滴。payomucām（payomuc 阳复属）云。śuci（夏季）-vyapāye（vyapāya 结束），复合词（阳单依），夏季结束。vana（树林）-rāji（成排，成行）-palvalam（palvala 池塘），复合词（中单业），树林中的池塘。

दिवं मरुत्वानिव भोक्ष्यते भुवं दिगन्तविश्रान्तरथो हि तत्सुतः।
अतोऽभिलाषे प्रथमं तथाविधे मनो बबन्धान्यरसान्विलङ्घ्य सा॥ ४॥

正像因陀罗享有天国，她的儿子
将享有大地，车辆抵达四方尽头，
因此，她抛弃了其他各种滋味，
将她的心首先放在这种愿望上。（4）

divam（div 阴单业）天国。marutvān（marutvat 阳单体）因陀罗。iva（不变词）好像。bhokṣyate（√bhuj 将来单三）享有。bhuvam（bhū 阴单业）大地。diganta（方位的尽头）-viśrānta（停息）-rathaḥ（ratha 车），复合词（阳单体），车辆到达四方尽头。hi（不变词）因为。tad（她）-sutaḥ（suta 儿子），复合词（阳单体），她的儿子。atas（不变词）因此。abhilāṣe（abhilāṣa 阳单依）愿望。prathamam（不变词）首先。

① 王后一心想着儿子将享有大地，故而她的嘴散发泥土芳香。

tathāvidhe（tathāvidha 阳单依）这种。manaḥ（manas 中单业）思想，心思。babandha（√bandh 完成单三）系缚。anya（其他）-rasān（rasa 味），复合词（阳复业），其他的味。vilaṅghya（vi√laṅgh 独立式）超越，抛弃。sā（tad 阴单体）她。

न मे ह्रिया शंसति किंचिदीप्सितं स्पृहावती वस्तुषु केषु मागधी।
इति स्म पृच्छत्यनुवेलमादृतः प्रियासखीरुत्तरकोसलेश्वरः॥५॥

这位北憍萨罗的国王随时
谦恭地询问王后的女友们：
“摩揭陀公主害羞，不对我说
喜欢什么，究竟她想要什么？”（5）

na（不变词）不。me（mad 单为）我。hriyā（hrī 阴单具）害羞，羞愧。śaṃsati（√śaṃs 现在单三）告诉。kim-cit（kim-cit 中单业）某个。īpsitam（īpsita 中单业）愿望。spṛhāvatī（spṛhāvat 阴单体）渴望。vastuṣu（vastu 中复依）事物。keṣu（kim 中复依）什么。māgadhī（māgadhī 阴单体）摩揭陀公主。iti（不变词）这样（说）。sma（不变词）与现在时连用，表示过去。pṛcchati（√pracch 现在单三）询问。anuvelam（不变词）随时。ādṛtaḥ（ādṛta 阳单体）认真的，谦恭的。priyā（爱妻）-sakhīḥ（sakhī 女友），复合词（阴复业），爱妻的女友。uttara（北方的）-kosala（憍萨罗国）-īśvaraḥ（īśvara 主人，王），复合词（阳单体），北憍萨罗国王。

उपेत्य सा दोहददुःखशीलतां यदेव वव्रे तदपश्यदाहृतम्।
न हीष्टमस्य त्रिदिवेऽपि भूपतेरभूदनासाद्यमधिज्यधन्वनः॥६॥

而她一有怀孕妇女的不适感，
就会看到送来她想要的东西，
因为国王持弓上弦，想要什么，
即使在天上，也不是不能得到。（6）

upetya（upa√i 独立式）达到，具有。sā（tad 阴单体）她。dohada（怀孕，孕期反应）-duḥkha（痛苦）-śīlatām（śīlatā 性质），复合词（阴单业），孕期反应的痛苦性。yat（yad 中单业）那个，指想要的东西。eva（不变词）正是。vavre（√vṛ 完成单三）选择，想要。tat（tad 中单业）那个，指想要的东西。apaśyat（√dṛś 未完单三）看到。āhṛtam（āhṛta 中单业）取来。na（不变词）不。hi（不变词）因为。iṣṭam（iṣṭa 中单体）想要。asya（idam 阳单属）这个。tridive（tridiva 中单依）天国。api（不变词）即使。bhūpateḥ（bhūpati 阳单属）大地之主。abhūt（√bhū 不定单三）是。anāsādyam（anāsādya 中单体）得不到。adhijya（上了弦的）-dhanvanaḥ（dhanvan 弓），复合词

（阳单属），弓上了弦的。

क्रमेण निस्तीर्य च दोहदव्यथां प्रचीयमानावयवा रराज सा।
पुराणपत्रापगमादनन्तरं लतेव संनद्धमनोज्ञपल्लवा॥७॥

渐渐地，她度过怀孕不适期，
肢体又变得丰腴，容光焕发，
犹如随着枯旧的叶子脱落，
蔓藤又披上可爱迷人的嫩叶。（7）

kramena（不变词）逐渐地。nistīrya（nis√tṝ 独立式）度过。ca（不变词）又。dohada（孕期反应）-vyathām（vyathā 不适，痛苦），复合词（阴单业），孕期反应的痛苦。pracīyamāna（pra√ci 被动，现分，增长）-avayavā（avayava 肢体），复合词（阴单体），肢体丰腴。rarāja（√rāj 完成单三）闪光，闪耀。sā（tad 阴单体）她。purāṇa（老的，旧的）-patra（叶子）-apagamāt（apagama 离开），复合词（阳单从），老叶子脱落。anantaram（不变词）之后，接着。latā（阴单体）蔓藤。iva（不变词）好像。saṃnaddha（披挂）-manojña（吸引人的）-pallavā（pallava 嫩芽），复合词（阴单体），披上迷人的嫩叶。

दिनेषु गच्छत्सु नितान्तपीवरं तदीयमानीलमुखं स्तनद्वयम्।
तिरश्चकार भ्रमराभिलीनयोः सुजातयोः पङ्कजकोशयोः श्रियम्॥८॥

一天天过去，她的一对乳房
愈发丰满，乳头周围也变黑，
优美远远胜过围绕有黑蜂的、
一对高贵秀丽的莲花花苞。（8）

dineṣu（dina 中复依）天，日子。gacchatsu（√gam 现分，中复依）度过。nitānta（非常的）-pīvaram（pīvara 丰满），复合词（中单体），十分丰满的。tadīyam（tadīya 中单体）她的。ānīla（微黑）-mukham（mukha 乳头），复合词（中单体），乳头微黑。stana（乳房）-dvayam（dvaya 一对），复合词（中单体），双乳。tiraścakāra（tiras√kṛ 完成单三）胜过。bhramara（黑蜂）-abhilīnayoḥ（abhilīna 附著，粘著），复合词（阳双属），有黑蜂附著的。sujātayoḥ（sujāta 阳双属）长得好的，美好的。paṅkaja（莲花）-kośayoḥ（kośa 花苞），复合词（阳双属），一对莲花的花苞。śriyam（śrī 阴单业）光辉，优美。

निधानगर्भामिव सागराम्बरां शमीमिवाभ्यन्तरलीनपावकाम्।
नदीमिवान्तःसलिलां सरस्वतीं नृपः ससत्त्वां महिषीममन्यत॥९॥

国王觉得怀胎的王后犹如
四海为衣、蕴含宝藏的大地，
犹如蕴含火的舍弥树，犹如
暗藏流水的娑罗私婆蒂河[①]。（9）

nidhāna（珍宝）-garbhām（garbha 胎藏），复合词（阴单业），蕴含宝藏的。iva（不变词）好像。sāgara（海）-ambarām（ambara 衣），复合词（阴单业），四海为衣者，大地。śamīm（śamī 阴单业）舍弥树。iva（不变词）好像。abhyantara（内部）-līna（隐藏）-pāvakām（pāvaka 火），复合词（阴单业），内部含有火。nadīm（nadī 阴单业）河流。iva（不变词）好像。antar（内部）-salilām（salila 水），复合词（阴单业），内部含有水。sarasvatīm（sarasvatī 阴单业）娑罗私婆蒂河。nṛpaḥ（nṛpa 阳单体）国王。sasattvām（sasattva 阴单业）怀胎的。mahiṣīm（mahiṣī 阴单业）王后。amanyata（√man 未完单三）认为。

प्रियानुरागस्य मनःसमुन्नतेर्भुजार्जितानां च दिगन्तसंपदाम्।
यथाक्रमं पुंसवनादिकाः क्रिया धृतेश्च धीरः सदृशीर्व्यधत्त सः॥१०॥

聪明睿智的国王以生男礼为起始，
依次举行了一系列祭祀仪式，符合
对王后的爱，符合自己的高尚思想、
双臂赢得的天下财富和喜悦的心情。（10）

priyā（爱人）-anurāgasya（anurāga 爱），复合词（阳单属），对爱人的爱。manas（思想）-samunnateḥ（samunnati 高尚，崇高），复合词（阴单属），高尚的思想。bhuja（手臂）-arjitānām（arjita 赢得），复合词（阴复属），以双臂赢得。ca（不变词）和。diganta（方位的尽头）-saṃpadām（saṃpad 财富），复合词（阴复属），天下的财富。yathākramam（不变词）依次。puṃsavana（生男礼）-ādikāḥ（ādika 开始的），复合词（阴复业），以生男礼为起始。kriyāḥ（kriyā 阴复业）祭祀仪式。dhṛteḥ（dhṛti 阴单属）满意，喜悦。ca（不变词）和。dhīraḥ（dhīra 阳单体）聪慧的。sadṛśīḥ（sadṛśa 阴复业）符合。vyadhatta（vi√dhā 未完单三）安排，举行。saḥ（tad 阳单体）他。

सुरेन्द्रमात्राश्रितगर्भगौरवात्प्रयत्नमुक्तासनया गृहागतः।
तयोपचाराञ्जलिखिन्नहस्तया ननन्द पारिप्लवनेत्रया नृपः॥११॥

国王来到宫中满心欢喜，看到

① 舍弥树的树枝用于钻木取火，故而说它蕴含火。娑罗私婆蒂河流经沙漠，消失地下，故而说它暗藏流水。

王后怀着八位天神[①]化身的胎儿，
体态沉重，从座位上起身也费力，
合掌敬礼也手酸，目光游移不定。（11）

surendra（天王）-mātrā（部分，化身）-āśrita（依托）-garbha（胎儿）-gauravāt（gaurava 沉重），复合词（中单从），怀有天王们化身的胎儿而沉重。prayatna（努力，费劲）-mukta（离开）-āsanayā（āsana 座位），复合词（阴单具），努力从座位上起身。gṛha（宫，屋）-āgataḥ（āgata 来到），复合词（阳单体），来到宫里。tayā（tad 阴单具）她。upacāra（致敬）-añjali（合掌）-khinna（疲乏）-hastayā（hasta 手），复合词（阴单具），合掌致敬而手疲乏。nananda（√nand 完成单三）高兴。pāriplava（游动的）-netrayā（netra 眼睛），复合词（阴单具），目光游移不定。nṛpaḥ（nṛpa 阳单体）国王。

कुमारभृत्याकुशलैरनुष्ठिते भिषग्भिराप्तैरथ गर्भभर्मणि।
पतिः प्रतीतः प्रसवोन्मुखीं प्रियां ददर्श काले दिवमभ्रितामिव॥१२॥

那些熟练的医生精通育儿，
为她进行了保养胎儿的工作，
国王高兴地看到她即将按时
分娩，犹如天空已经布满雨云。（12）

kumāra（儿童）-bhṛtyā（养育）-kuśalaiḥ（kuśala 精通），复合词（阳复具），精通育儿。anuṣṭhite（anuṣṭhita 中单依）实施。bhiṣagbhiḥ（bhiṣaj 阳复具）医生。āptaiḥ（āpta 阳复具）能干。atha（不变词）此后。garbha（胎儿）-bharmaṇi（bharman 维持，抚育），复合词（中单依），保养胎儿。patiḥ（pati 阳单体）丈夫，国王。pratītaḥ（pratīta 阳单体）高兴。prasava（生育）-unmukhīm（unmukha 面临），复合词（阴单业），即将分娩。priyām（priyā 阴单业）爱妻。dadarśa（√dṛś 完成单三）看见。kāle（kāla 阳单依）时间。divam（div 阴单业）天空。abhritām（abhrita 阴单业）布满云。iva（不变词）好像。

ग्रहैस्ततः पञ्चभिरुच्चसंश्रयैरसूर्यगैः सूचितभाग्यसंपदम्।
असूत पुत्रं समये शचीसमा त्रिसाधना शक्तिरिवार्थमक्षयम्॥१३॥

王后如同舍姬[②]，按时生下儿子，
犹如三种力量[③]产生无穷财富，

① 参阅第二章第 75 首注。
② 舍姬是天王因陀罗的妻子。
③ 三种力量指威力、勇气和谋略。

五曜处于高位，不被太阳掩盖[①]，
预示这个儿子的吉祥和幸福。（13）

grahaiḥ（graha 阳复具）星宿。tatas（不变词）然后。pañcabhiḥ（pañcan 阳复具）五。ucca（高的）-saṃśrayaiḥ（saṃśraya 居于），复合词（阳复具），居于高位。asūryagaiḥ（asūryaga 阳复具）远离太阳的。sūcita（预示）-bhāgya（幸运，吉祥）-saṃpadam（saṃpad 财富，幸福），复合词（阳单业），预示吉祥和幸福。asūta（√sū 未完单三）出生。putram（putra 阳单业）儿子。samaye（samaya 阳单依）时刻。śacī（舍姬）-samā（sama 同样），复合词（阴单体），如同舍姬。tri（三）-sādhanā（sādhana 手段），复合词（阴单体），三种手段的。śaktiḥ（śakti 阴单体）力量，能力。iva（不变词）好像。artham（artha 阳单业）财富。akṣayam（akṣaya 阳单业）无尽的。

दिशः प्रसेदुर्मरुतो ववुः सुखाः प्रदक्षिणार्चिर्हविरग्निराददे।
बभूव सर्वं शुभशंसि तत्क्षणं भवो हि लोकाभ्युदयाय तादृशाम्॥ १४॥

四面八方清澈明净，和风吹拂，
祭火火苗偏向右方，接受祭品，
此时此刻所有一切都显示吉祥，
因为这样的诞生带来世界繁荣。（14）

diśaḥ（diś 阴复体）方位，方向。praseduḥ（pra√sad 完成复三）清净，清明。marutaḥ（marut 阳复体）风。vavuḥ（√vā 完成复三）吹拂。sukhāḥ（sukha 阳复体）舒适的。pradakṣiṇa（右）-arciḥ（arcis 火焰，光焰），复合词（阳单体），火焰朝右的。haviḥ（havis 中单业）祭品。agniḥ（agni 阳单体）火，祭火。ādade（ā√dā 完成单三）接受。babhūva（√bhū 完成单三）成为，是。sarvam（sarva 中单体）所有，一切。śubha（吉祥）-śaṃsi（śaṃsin 显示），复合词（中单体），显示吉祥。tatkṣaṇam（不变词）此刻。bhavaḥ（bhava 阳单体）诞生。hi（不变词）因为。loka（世界）-abhyudayāya（abhyudaya 兴旺，繁荣），复合词（阳单为），世界的繁荣。tādṛśām（tādṛś 阳复属）这样的（人）。

अरिष्टशय्यां परितो विसारिणा सुजन्मनस्तस्य निजेन तेजसा।
निशीथदीपाः सहसा हतत्विषो बभूवुरालेख्यसमर्पिता इव॥ १५॥

这婴儿出生高贵，自身的
光辉照亮产房卧床周围，

① 按照印度古代天文学，日、月、火星、水星、木星、金星、土星、罗睺和计都构成九曜。这里的五曜指日、火星、木星、金星和土星。它们各自都处于高位，火星、木星、金星和土星没有被太阳光淹没，因此，可以说是“五星高照”。

半夜的灯火突然变得暗淡，
仿佛成了画中固定的灯光。（15）

ariṣṭa（产房）-śayyām（śayyā 床），复合词（阴单业），产房的床。paritas（不变词）周围。visāriṇā（visārin 中单具）散发的。sujanmanaḥ（sujanman 阳单属）出身高贵。tasya（tad 阳单属）他。nijena（nija 中单具）自身的。tejasā（tejas 中单具）光芒。niśītha（午夜）-dīpāḥ（dīpa 灯），复合词（阳复体），午夜的灯火。sahasā（不变词）突然。hata（受损）-tviṣaḥ（tviṣ 光焰），复合词（阳复体），光焰受损。babhūvuḥ（√bhū 完成复三）成为，是。ālekhya（画）-samarpitāḥ（samarpita 安放），复合词（阳复体），固定在画中。iva（不变词）好像。

जनाय शुद्धान्तचराय शंसते कुमारजन्मामृतसंमिताक्षरम्।
अदेयमासीत्त्रयमेव भूपतेः शशिप्रभं छत्रमुभे च चामरे॥ १६॥

后宫侍从前来报告王子诞生，
字字句句如同甘露，对于他们，
国王只有三件东西不能赏赐，
光辉似月的华盖和一对拂尘①。（16）

janāya（jana 阳单为）人们。śuddhānta（后宫）-carāya（cara 行走），复合词（阳单为），在后宫行走的。śaṃsate（√śaṃs 现分，阳单为）报告。kumāra（王子）-janma（janman 诞生）-amṛta（甘露）-saṃmita（好像）-akṣaram（akṣara 字母），复合词（中单业），有关王子诞生的消息字字如同甘露。adeyam（adeya 中单体）不能给的。āsīt（√as 未完单三）是。trayam（traya 中单体）三。eva（不变词）只有。bhūpateḥ（bhūpati 阳单属）国王。śaśi（śaśin 月亮）-prabham（prabhā 光辉），复合词（中单体），光辉似月。chatram（chatra 中单体）华盖。ubhe（ubha 中双体）一双。ca（不变词）和。cāmare（cāmara 中双体）拂尘。

निवातपद्मस्तिमितेन चक्षुषा नृपस्य कान्तं पिबतः सुताननम्।
महोदधेः पूर इवेन्दुदर्शनाद्गुरुः प्रहर्षः प्रबभूव नात्मनि॥ १७॥

国王的眼睛如同无风处的莲花，
凝固不动，饮下儿子可爱的脸庞，
他无法控制心中巨大的喜悦，
犹如大海的潮水看到月亮升起。（17）

nivāta（无风处）-padma（莲花）-stimitena（stimita 静止），复合词（中单具），

① 一个华盖和一对拂尘是王权的象征。

无风处莲花般静止。cakṣuṣā（cakṣus 中单具）眼睛。nṛpasya（nṛpa 阳单属）国王。kāntam（kānta 中单业）可爱的。pibataḥ（√pā 现分，阳单属）喝，饮。suta（儿子）-ānanam（ānana 脸），复合词（中单业），儿子的脸。mahodadheḥ（mahodadhi 阳单属）大海。pūraḥ（pūra 阳单体）潮水。iva（不变词）好像。indu（月亮）-darśanāt（darśana 看到），复合词（中单从），看到月亮。guruḥ（guru 阳单体）强大的。praharṣaḥ（praharṣa 阳单体）喜悦。prababhūva（pra√bhū 完成单三）控制，容纳。na（不变词）不。ātmani（ātman 阳单依）自己。

स जातकर्मण्यखिले तपस्विना तपोवनादेत्य पुरोधसा कृते।
दिलीपसूनुर्मणिराकरोद्भवः प्रयुक्तसंस्कार इवाधिकं बभौ॥ १८॥

修苦行的家庭祭司[①]从苦行林
前来，完成了所有的出生仪式，
迪利波的儿子更加光彩熠熠，
犹如矿中的珠宝经过加工。（18）

saḥ（tad 阳单体）他。jātakarmaṇi（jātakarman 中单依）出生仪式。akhile（akhila 中单依）全部。tapasvinā（tapasvin 阳单具）修苦行的。tapovanāt（tapovana 中单从）苦行林。etya（ā√i 独立式）前来。purodhasā（purodhas 阳单具）家庭祭司。kṛte（kṛta 中单依）完成。dilīpa（迪利波）-sūnuḥ（sūnu 儿子），复合词（阳单体），迪利波之子。maṇiḥ（maṇi 阳单体）珠宝，摩尼珠。ākara（矿）-udbhavaḥ（udbhava 产生），复合词（阳单体），出自矿藏的。prayukta（实施）-saṃskāraḥ（saṃskāra 修饰，加工），复合词（阳单体），经过加工。iva（不变词）好像。adhikam（不变词）更加。babhau（√bhā 完成单三）发光。

सुखश्रवा मङ्गलतूर्यनिस्वनाः प्रमोदनृत्यैः सह वारयोषिताम्।
न केवलं सद्मनि मागधीपतेः पथि व्यजृम्भन्त दिवौकसामपि॥ १९॥

悦耳的喜庆鼓乐声伴随
伎女的欢快舞蹈，不仅在
摩揭陀公主的丈夫的宫中，
也在天国居民的街道回荡。（19）

sukha（舒适）-śravāḥ（śrava 听），复合词（阳复体）悦耳。maṅgala（吉祥）-tūrya（乐器）-nisvanāḥ（nisvana 声音），复合词（阳复体），喜庆的乐器声。pramoda（高兴）-nṛtyaiḥ（nṛtya 舞蹈），复合词（中复具），欢快的舞蹈。saha（不变词）一起。vārayoṣitām

① 这位家庭祭司就是极裕仙人。

（vārayoṣit 阴复属）伎女。na（不变词）不。kevalam（不变词）仅仅。sadmani（sadman 中单依）宫殿，居处。māgadhīpateḥ（māgadhīpati 阳单属）摩揭陀公主之夫。pathi（pathin 阳单依）道路。vyajṛmbhanta（vi√jṛmbh 未完复三）展开，回荡。divaukasām（divaukas 阳复属）天国的居民。api（不变词）也。

न संयतस्तस्य बभूव रक्षितुर्विसर्जयेद्यं सुतजन्महर्षितः।
ऋणाभिधानात्स्वयमेव केवलं तदा पितॄणां मुमुचे स बन्धनात्॥ २०॥

喜得儿子应该大赦囚犯，
而这位保护者没有囚犯，
只有他本人从名为债务的、
祖先的束缚中解脱出来。①（20）

na（不变词）不。saṃyataḥ（saṃyata 阳单体）囚禁的，囚犯。tasya（tad 阳单属）这个。babhūva（√bhū 完成单三）有。rakṣituḥ（rakṣitṛ 阳单属）保护者。visarjayet（vi√sṛj 致使，虚拟单三）释放。yam（yad 阳单业）那个，指囚犯。suta（儿子）-janma（janman 出生）-harṣitaḥ（harṣita 高兴的），复合词（阳单体），因儿子出生而高兴。ṛṇa（债务）-abhidhānāt（abhidhāna 名称），复合词（中单从），名为债务。svayam（不变词）自己。eva（不变词）确实。kevalam（不变词）只有。tadā（不变词）此时。pitṝṇām（pitṛ 阳复属）父辈，祖先。mumuce（√muc 完成单三）解脱。saḥ（tad 阳单体）他。bandhanāt（bandhana 中单从）束缚。

श्रुतस्य यायादयमन्तमर्भकस्तथा परेषां युधि चेति पार्थिवः।
अवेक्ष्य धातोर्गमनार्थमर्थविच्चकार नाम्ना रघुमात्मसंभवम्॥ २१॥

想到这孩子会走向学问尽头，
也会在战争中走向敌人尽头②，
这位国王通晓词义，为自己
儿子取名罗怙，词根义是“走”③。（21）

śrutasya（śruta 中单属）学问。yāyāt（√yā 虚拟单三）走。ayam（idam 阳单业）这个。antam（anta 阳单业）尽头。arbhakaḥ（arbhaka 阳单体）孩子。tathā（不变词）同样。pareṣām（para 阳复属）敌人。yudhi（yudh 阴单依）战争。ca（不变词）和。iti（不变词）这样（想）。pārthivaḥ（pārthiva 阳单体）国王。avekṣya（ava√īkṣ 独立式）

① 按照印度教的观念，人生要偿还三项债务：通过祭祀偿还天神的债务，通过学习偿还老师的债务，通过生子偿还祖先的债务。

② 走向学问尽头指彻底掌握学问，走向敌人尽头指彻底消灭敌人。

③ 这里指 raghu（罗怙）的词根是 raṅgh（走）。

看到。dhātoḥ（dhātu 阳单属）词根。gamana（走）-artham（artha 意义），复合词（阳单业），走的意义。arthavid（arthavid 阳单体）通晓意义。cakāra（√kṛ 完成单三）做。nāmnā（nāman 中单具）名字。raghum（raghu 阳单业）罗怙。ātmasaṃbhavam（ātmasaṃbhava 阳单业）儿子。

पितुः प्रयत्नात्स समग्रसंपदः शुभैः शरीरावयवैर्दिने दिने।
पुपोष वृद्धिं हरिदश्वदीधितेरनुप्रवेशादिव बालचन्द्रमाः ॥ २२ ॥

依靠富有的父亲努力，
他日益成长，肢体优美，
犹如依靠太阳光注入，
一弯新月一天天变圆。（22）

pituḥ（pitṛ 阳单属）父亲。prayatnāt（prayatna 阳单从）努力。saḥ（tad 阳单体）他。samagra（全部的，充足的）-saṃpadaḥ（saṃpad 财富），复合词（阳单属），财富充足。śubhaiḥ（śubha 阳复具）优美。śarīra（身体）-avayavaiḥ（avayava 部分），复合词（阳复具），身体的各部分。dine（dina 中单依）日，天。dine（dina 中单依）日，天。puposa（√puṣ 完成单三）发育。vṛddhim（vṛddhi 阴单业）增长，成长。haridaśva（太阳）-dīdhiteḥ（dīdhiti 光芒），复合词（阴单属），阳光。anupraveśāt（anupraveśa 阳单从）进入。iva（不变词）好像。bāla（新的，小的）-candramāḥ（candramas 月），复合词（阳单体），新月。

उमावृषाङ्कौ शरजन्मना यथा यथा जयन्तेन शचीपुरंदरौ।
तथा नृपः सा च सुतेन मागधी ननन्दतुस्तत्सदृशेन तत्समौ ॥ २३ ॥

如同乌玛和湿婆有苇生[①]，
舍姬和因陀罗有遮衍多，
国王和摩揭陀公主也有
同样的儿子，满心欢喜。（23）

umā（乌玛，湿婆之妻）-vṛṣāṅkau（vṛṣāṅka 湿婆），复合词（阳双体），乌玛和湿婆。śarajanmanā（śarajanman 阳单具）苇生。yathā（不变词）如同。yathā（不变词）如同。jayantena（jayanta 阳单具）遮衍多。śacī（舍姬，因陀罗之妻）-puraṃdarau（puraṃdara 因陀罗），复合词（阳双体），舍姬和因陀罗。tathā（不变词）这样，同样。nṛpaḥ（nṛpa 阳单体）国王。sā（tad 阴单体）她。ca（不变词）和。sutena（suta 阳单具）儿子。māgadhī（māgadhī 阴单体）摩揭陀女。nanandatuḥ（√nand 完成双三）

① 苇生是室建陀的称号，因为他生在芦苇丛中。参阅第二章第 75 首注。

欢喜。tad（他们，指苇生和遮衍多）-sadṛśena（sadṛśa 相似的），复合词（阳单具），与他们相似的。tad（他们，指乌玛和湿婆，以及舍姬和因陀罗）-samau（sama 相同的），复合词（阳双体），与他们相同的。

रथाङ्गनाम्नोरिव भावबन्धनं बभूव यत्प्रेम परस्पराश्रयम्।
विभक्तमप्येकसुतेन तत्तयोः परस्परस्योपरि पर्यचीयत॥२४॥

心心相印，互相依存，
他俩的恩爱如同轮鸟，
即使被这个儿子分走
部分，依然互相增长。（24）

rathāṅga（车轮）-nāmnoḥ（nāman 名字），复合词（阳双属），名为车轮者，轮鸟（象征爱情的一种鸟）。iva（不变词）好像。bhāva（情感）-bandhanam（bandhana 相连），复合词（中单体），情感相系。babhūva（√bhū 完成单三）是。yat（yad 中单体）那个，指恩爱。prema（preman 中单体）恩爱。paraspara（互相，彼此）-āśrayam（āśraya 依靠），复合词（中单体），互相依存。vibhaktam（vibhakta 中单体）分走。api（不变词）即使。ekasutena（ekasuta 阳单具）独子。tat（tad 中单体）这个，指恩爱。tayoḥ（tad 阳双属）他俩。parasparasya（paraspara 阳单属）互相。upari（不变词）在上面。paryacīyata（pari√ci 被动，未完单三）增加。

उवाच धात्र्या प्रथमोदितं वचो ययौ तदीयामवलम्ब्य चाङ्गुलिम्।
अभूच्च नम्रः प्रणिपातशिक्षया पितुर्मुदं तेन ततान सोऽर्भकः॥२५॥

说出保姆教的第一句话，
拉着她的手指蹒跚走步，
还学会了俯首行礼致敬，
这孩子让父亲愈发高兴。（25）

uvāca（√vac 完成单三）说。dhātryā（dhātrī 阴单具）乳母。prathama（首先）-uditam（udita 说出），复合词（中单业），首先说出的。vacaḥ（vacas 中单业）话。yayau（√yā 完成单三）走。tadīyām（tadīya 阴单业）她的。avalambya（ava√lamb 独立式）悬挂，抓着。ca（不变词）和。aṅgulim（aṅguli 阴单业）手指。abhūt（√bhū 不定单三）是。ca（不变词）和。namraḥ（namra 阳单体）弯下。praṇipāta（敬拜）-śikṣayā（śikṣā 学习），复合词（阴单具），学习敬拜。pituḥ（pitṛ 阳单属）父亲。mudam（mud 阴单业）高兴。tena（不变词）由此。tatāna（√tan 完成单三）增长。saḥ（tad 阳单体）他。arbhakaḥ（arbhaka 阳单体）小孩。

तमङ्कमारोप्य शरीरयोगजैः सुखैर्निषिञ्चन्तमिवामृतं त्वचि।
उपान्तसंमीलितलोचनो नृपश्चिरात्सुतस्पर्शरसज्ञतां ययौ॥२६॥

将他抱在膝上，接触身体，
产生快感，如同甘露洒在
皮肤上，国王眯缝着眼睛，
终于尝到抱儿子的滋味。（26）

tam（tad 阳单业）他，指儿子。aṅkam（aṅka 阳单业）膝，怀。āropya（ā√ruh 致使，独立式）放置。śarīra（身体）-yoga（连接）-jaiḥ（ja 产生），复合词（中复具），因身体接触而产生的。sukhaiḥ（sukha 中复具）快乐。niṣiñcantam（ni√sic 现分，中单业）洒下。iva（不变词）好像。amṛtam（amṛta 中单业）甘露。tvaci（tvac 阴单依）皮肤。upānta（眼角，边缘）-saṃmīlita（眯缝的）-locanaḥ（locana 眼睛），复合词（阳单体），眼角眯缝的。nṛpaḥ（nṛpa 阳单体）国王。cirāt（不变词）长久以来，终于。suta（儿子）-sparśa（接触）-rasajñatām（rasajñatā 知味），复合词（阴单业），知道接触儿子的滋味。yayau（√yā 完成单三）达到。

अमंस्त चानेन परार्ध्यजन्मना स्थितेरभेत्ता स्थितिमन्तमन्वयम्।
स्वमूर्तिभेदेन गुणाग्र्यवर्तिना पतिः प्रजानामिव सर्गमात्मनः॥२७॥

这位守护传统的国王认为有了这个
出生高贵的儿子，家族也就得以延续，
犹如众生之主认为有了品德高尚的、
自己的另一个化身①，宇宙便获得保障。（27）

amaṃsta（√man 不定单三）认为。ca（不变词）而且。anena（idam 阳单具）这个。parārdhya（最高的，最好的）-janmanā（janman 出生），复合词（阳单具），出生高贵的。sthiteḥ（sthiti 阴单属）传承，传统。abhettā（abhettṛ 阳单体）不破坏者，维护者。sthitimantam（sthitimat 阳单业）有传承，有保障。anvayam（anvaya 阳单业）家族。sva（自己的）-mūrti（形体，化身）-bhedena（bheda 不同），复合词（阳单具），不同于自己的化身。guṇa（品德）-agrya（顶尖的）-vartinā（vartin 位于），复合词（阳单具），具有高尚的品德。patiḥ（pati 阳单体）主人。prajānām（prajā 阴复属）众生。sargam（sarga 阳单业）创造，宇宙。ātmanaḥ（ātman 阳单属）自己。

स वृत्तचूलश्चलकाकपक्षकैरमात्यपुत्रैः सवयोभिरन्वितः।

① 众生之主指梵天，另一个化身指毗湿奴。在印度教的三大神中，梵天司创造，毗湿奴司保护。

लिपेर्यथावद्ग्रहणेन वाङ्मयं नदीमुखेनेव समुद्रमाविशत्॥२८॥

举行过剃发礼①，他与同龄的
大臣的儿子们，晃动着发绺②，
正确地学会字母，诵读作品，
犹如通过河口，进入大海。（28）

saḥ（tad 阳单体）他，指罗怙。vṛtta（实施，举行）-cūlaḥ（cūla 头发），复合词（阳单体），举行剃发礼。cala（晃动的）-kākapakṣakaiḥ（kākapakṣaka 乌鸦翅膀，两边的发绺），复合词（阳复具），两边发绺晃动的。amātya（大臣）-putraiḥ（putra 儿子），复合词（阳复具），大臣之子。savayobhiḥ（savayas 阳复具）同龄的。anvitaḥ（anvita 阳单体）跟随。lipeḥ（lipi 阴单属）字母，文字。yathāvat（不变词）如实，准确。grahaṇena（grahaṇa 中单具）掌握。vāṅmayam（vāṅmaya 中单业）语言构成的，作品。nadī（河流）-mukhena（mukha 口），复合词（中单具），河流的出口。iva（不变词）好像。samudram（samudra 阳单业）大海。āviśat（ā√viś 未完单三）进入。

अथोपनीतं विधिवद्विपश्चितो विनिन्युरेनं गुरवो गुरुप्रियम्।
अवन्ध्ययत्नाश्च बभूवुरत्र ते क्रिया हि वस्तूपहिता प्रसीदति॥२९॥

按照仪轨，举行过圣线礼③后，
博学的老师们教育这个热爱
老师的学生，努力没有落空，
因为教育可造之材，必然成功。（29）

atha（不变词）然后。upanītam（upanīta 阳单业）举行过圣线礼的。vidhivat（不变词）按照仪轨。vipaścitaḥ（vipaścit 阳复体）博学的。vininyuḥ（vi√nī 完成复三）教育。enam（etad 阳单业）这个。guravaḥ（guru 阳复体）老师。guru（老师）-priyam（priya 喜爱），复合词（阳单业），喜爱老师的。avandhya（不落空）-yatnāḥ（yatna 努力），复合词（阳复体），努力不落空。ca（不变词）和。babhūvuḥ（√bhū 完成复三）是。atra（不变词）这里。te（tad 阳复体）他。kriyā（kriyā 阴单体）行为，作为。hi（不变词）因为。vastu（事物）-upahitā（upahita 放置），复合词（阴单体），放在合适的事物上。prasīdati（pra√sad 现在单三）成功。

धियः समग्रैः स गुणैरुदारधीः क्रमाच्चतस्रश्चतुरर्णवोपमाः।
ततार विद्याः पवनातिपातिभिर्दिशो हरिद्भिर्हरितामिवेश्वरः॥३०॥

---

① 剃发礼在三岁时举行。
② 这里的发绺指留在头顶两侧的发绺。
③ 圣线礼是在儿童到达八岁入学年龄时，为他佩戴圣线。

他具备所有智性，聪明睿智，
逐步掌握如同四海的四学[①]，
犹如乘坐赛过风速的快马，
方位的主人太阳越过四方。(30)

dhiyaḥ（dhī 阴单属）智慧。samagraiḥ（samagra 阳复具）全部。saḥ（tad 阳单体）他。guṇaiḥ（guṇa 阳复具）性质，品质。udāra（杰出的，广大的）-dhīḥ（dhī 智慧），复合词（阳单体），智慧广大。kramāt（krama 阳单从）逐步。catasraḥ（catur 阴复业）四种。catur（四）-arṇava（大海）-upamāḥ（upamā 好像），复合词（阴复业），如同四海的。tatāra（√tṝ 完成单三）度过，掌握。vidyāḥ（vidyā 阴复业）知识。pavana（风）-atipātibhiḥ（atipātin 飞快的，快过的），复合词（阳复具），快过风的。diśaḥ（diś 阴复业）方位。haridbhiḥ（harit 阳复具）黄褐马，快马。haritām（harit 阳复属）方位，黄褐马。iva（不变词）好像。īśvaraḥ（īśvara 阳单体）主人。

त्वचं स मेध्यां परिधाय रौरवीमशिक्षतास्त्रं पितुरेव मन्त्रवत्।
न केवलं तद्गुरुरेकपार्थिवः क्षितावभूदेकधनुर्धरोऽपि सः॥३१॥

他披上圣洁的鹿皮衣，跟随
父亲学习掌握带咒的武器；
他的父亲不仅是大地上的
唯一国王，也是无上的射手。(31)

tvacam（tvac 阴单业）皮。saḥ（tad 阳单体）他。medhyām（medhya 阴单业）清净的，圣洁的。paridhāya（pari√dhā 独立式）穿戴。rauravīm（raurava 阴单业）鹿皮的。aśikṣata（√śikṣ 未完单三）学习。astram（astra 中单业）武器。pituḥ（pitṛ 阳单从）父亲。eva（不变词）也。mantravat（中单业）有咒语的。na（不变词）不。kevalam（不变词）仅仅。tad（他）-guruḥ（guru 父亲），复合词（阳单体），他的父亲。eka（唯一的）-pārthivaḥ（pārthiva 国王），复合词（阳单体），唯一的国王。kṣitau（kṣiti 阴单依）大地。abhūt（√bhū 不定单三）是。eka（唯一的）-dhanus（弓）-dharaḥ（dhara 持有），复合词（阳单体），唯一的持弓者。api（不变词）也。saḥ（tad 阳单体）他。

महोक्षतां वत्सतरः स्पृशन्निव द्विपेन्द्रभावं कलभः श्रयन्निव।
रघुः क्रमाद्यौवनभिन्नशैशवः पुपोष गाम्भीर्यमनोहरं वपुः॥३२॥

如同小牛犊长成大公牛，
又如小象长成大象，罗怙

① 四学即哲学、三吠陀、生计和权杖学（治国论）。

渐渐脱离童年，长成青年，
形体威严稳重，可爱迷人。（32）

mahā（大）-ukṣa（ukṣan 公牛）-tām（tā 性质），复合词（阴单业），大公牛的状态。vatsataraḥ（vatsatara 阳单体）小小的牛犊。spṛśan（√spṛś 现分，阳单体）接触，达到。iva（不变词）好像。dvipendra（象王，大象）-bhāvam（bhāva 状态），复合词（阳单业），大象的状态。kalabhaḥ（kalabha 阳单体）小象。śrayan（√śri 现分，阳单体）接近，到达。iva（不变词）好像。raghuḥ（raghu 阳单体）罗怙。kramāt（krama 阳单从）逐步。yauvana（青年）-bhinna（打破）-śaiśavaḥ（śaiśava 童年，少年），复合词（阳单体），童年被青年打破。puposa（√puṣ 完成单三）发育，长成。gāmbhīrya（深沉，威严）-manoharam（manohara 迷人的），复合词（中单业），威严而迷人的。vapuḥ（vapus 中单业）形体，身体。

अथास्य गोदानविधेरनन्तरं विवाहदीक्षां निरवर्तयद्गुरुः।
नरेन्द्रकन्यास्तमवाप्य सत्पतिं तमोनुदं दक्षसुता इवाबभुः॥३३॥

举行过剃须礼[①]后，父王为他
举行婚礼，公主们得到这样
一位好夫君，犹如陀刹[②]的
女儿们获得月亮，光彩熠熠。（33）

atha（不变词）然后。asya（idam 阳单属）他。godāna（剃须礼）-vidheḥ（vidhi 举行），复合词（阳单从），举行剃须礼。anantaram（不变词）接着。vivāha（结婚）-dīkṣām（dīkṣā 仪式），复合词（阴单业），结婚仪式。niravartayat（nis√vṛt 致使，未完单三）举行，完成。guruḥ（guru 阳单体）父亲。narendra（国王）-kanyāḥ（kanyā 女儿），复合词（阴复体），公主。tam（tad 阳单业）这。avāpya（ava√āp 独立式）得到。satpatim（satpati 阳单业）好丈夫。tamas（黑暗）-nudam（nud 驱除），复合词（阳单业），驱除黑暗者，月亮。dakṣa（陀刹仙人）-sutāḥ（sutā 女儿），复合词（阴复体），陀刹的女儿们。iva（不变词）好像。ābabhuḥ（ā√bhā 完成复三）发光。

युवा युगव्यायतबाहुरंसलः कपाटवक्षाः परिणद्धकंधरः।
वपुःप्रकर्षादजयद्गुरुं रघुस्तथापि नीचैर्विनयाददृश्यत॥३४॥

青年罗怙臂长似车轭，肩膀
强壮，胸膛似门扇，脖子挺拔，

① 剃须礼在十六或十八岁举行。
② 陀刹是生主之一，有二十八个女儿。他将其中的二十七个女儿嫁给了月亮。

尽管他的身躯魁梧胜过父亲，
而因谦恭有礼看似低于父亲。（34）

yuvā（yuvan 阳单体）年轻的，青年。yuga（车轭）-vyāyata（长的）-bāhuḥ（bāhu 臂），复合词（阳单体），臂长如车轭。aṃsalaḥ（aṃsala 阳单体）肩膀强壮。kapāṭa（门扇，门）-vakṣāḥ（vakṣas 胸膛），复合词（阳单体），胸膛如门扇。pariṇaddha（圆大的）-kaṃdharaḥ（kaṃdhara 脖子），复合词（阳单体），脖子挺拔。vapus（身体）-prakarṣāt（prakarṣa 魁梧，杰出），复合词（阳单从），身躯魁梧。ajayat（√ji 未完单三）胜过。gurum（guru 阳单业）父亲。raghuḥ（raghu 阳单体）罗怙。tathā（不变词）这样。api（不变词）即使。nīcais（不变词）低矮。vinayāt（vinaya 阳单从）谦恭。adṛśyata（√dṛś 被动，未完单三）看似。

ततः प्रजानां चिरमात्मना धृतां नितान्तगुर्वीं लघयिष्यता धुरम्।
निसर्गसंस्कारविनीत इत्यसौ नृपेण चक्रे युवराजशब्दभाक्॥ ३५॥

国王想要减轻自己长期以来
承受的统治民众的沉重负担，
考虑到罗怙具有天资和教养，
谦和柔顺，也就将他立为太子。（35）

tatas（不变词）此后。prajānām（prajā 阴复属）民众。ciram（不变词）长期。ātmanā（ātman 阳单具）自己。dhṛtām（dhṛta 阴单业）承担。nitānta（非常）-gurvīm（guru 重的），复合词（阴单业），沉重的。laghayiṣyatā（√laghaya 名动词，将分，阳单具）减轻。dhuram（dhur 阴单业）车轭，负担。nisarga（天资，天性）-saṃskāra（教养）-vinītaḥ（vinīta 谦恭的），复合词（阳单体），因天性和教养而谦恭。iti（不变词）这样（想）。asau（adas 阳单体）他。nṛpeṇa（nṛpa 阳单具）国王。cakre（√kṛ 被动，完成单三）做。yuvarāja（太子）-śabda（称号）-bhāk（bhāj 享有），复合词（阳单体），享有太子的称号。

नरेन्द्रमूलायतनादनन्तरं तदास्पदं श्रीर्युवराजसंज्ञितम्।
अगच्छदंशेन गुणाभिलाषिणी नवावतारं कमलादिवोत्पलम्॥ ३६॥

吉祥女神热爱美德，从原来的
国王住处，部分地转移到附近
名为太子的住处，犹如从一株
莲花，转到另一株新开的莲花。（36）

narendra（国王）-mūla（原本）-āyatanāt（āyatana 住处），复合词（中单从），原

来国王的住处。anantaram（anantara 中单业）邻近的。tat（tad 中单业）这个。āspadam（āspada 中单业）住处。śrīḥ（śrī 阴单体）吉祥女神。yuvarāja（太子）-saṃjñitam（saṃjñita 名为），复合词（中单业），名为太子的。agacchat（√gam 未完单三）走。aṃśena（aṃśa 阳单具）部分。guṇa（品德，美德）-abhilāṣiṇī（abhilāṣin 热爱），复合词（阴单体），热爱美德的。nava（新的）-avatāram（avatāra 出现），复合词（阳单业），新出现的。kamalāt（kamala 中单从）莲花。iva（不变词）好像。utpalam（utpala 中单业）莲花。

विभावसुः सारथिनेव वायुना घनव्यपायेन गभस्तिमानिव।
बभूव तेनातितरां सुदुःसहः कटप्रभेदेन करीव पार्थिवः॥ ३७॥

犹如火焰依靠风力相助，
太阳依靠乌云消失，大象
依靠颞颥开裂，国王依靠
太子，变得更加难以抗衡。（37）

vibhāvasuḥ（vibhāvasu 阳单体）火。sārathinā（sārathi 阳单具）助手。iva（不变词）好像。vāyunā（vāyu 阳单具）风。ghana（乌云）-vyapāyena（vyapāya 消失），复合词（阳单具），乌云消失。gabhastimān（gabhastimat 阳单体）太阳。iva（不变词）好像。babhūva（√bhū 完成单三）是，成为。tena（tad 阳单具）他，指太子。atitarām（不变词）更加。suduḥsahaḥ（suduḥsaha 阳单体）很难抗拒的。kaṭa（颞颥）-prabhedena（prabheda 裂开），复合词（阳单具），颞颥裂开。karī（karin 阳单体）大象。iva（不变词）好像。pārthivaḥ（pārthiva 阳单体）国王。

नियुज्य तं होमतुरंगरक्षणे धनुर्धरं राजसुतैरनुद्रुतम्।
अपूर्णमेकेन शतक्रतूपमः शतं क्रतूनामपविघ्नमाप सः॥ ३८॥

国王指派太子手持弓箭，
由众王子陪随，保护祭马，
完成了九十九次祭祀，毫无
阻碍，堪与百祭因陀罗[①]媲美。（38）

niyujya（ni√yuj 独立式）指派。tam（tad 阳单业）他，指太子。homa（祭供）-turaṃga（马）-rakṣaṇe（rakṣaṇa 保护），复合词（中单依），保护祭马。dhanus（弓）-dharam（dhara 持有），复合词（阳单业），持弓。rājasutaiḥ（rājasuta 阳复具）王子。anudrutam（anudruta 阳单业）陪随。apūrṇam（apūrṇa 中单业）不足。ekena（eka 阳单具）一。śatakratu（百祭，因陀罗）-upamaḥ（upamā 相似），复合词（阳单体），与因陀罗相似。

① 因陀罗完成了一百次祭祀，成为天王，故而获得“百祭”的称号。

śatam（śata 中单业）一百。kratūnām（kratu 阳复属）祭祀。apavighnam（apavighna 中单业）无障碍。āpa（√āp 完成单三）达到。saḥ（tad 阳单体）他，指国王。

ततः परं तेन मखाय यज्वना तुरंगमुत्सृष्टमनर्गलं पुनः।
धनुर्भृतामग्रत एव रक्षिणां जहार शक्रः किल गूढविग्रहः॥३९॥

后来，据说他再次举行祭祀，
放出祭马，让它自由驰骋[①]，
而帝释天在这些手持弓箭的
保护者面前，隐身牵走祭马。（39）

tatas-param（不变词）此后。tena（tad 阳单具）他。makhāya（makha 阳单为）祭祀。yajvanā（yajvan 阳单具）举行祭祀的。turaṃgam（turaṃga 阳单业）马。utsṛṣṭam（utsṛṣṭa 阳单业）放出。anargalam（anargala 阳单业）不受阻碍的。punar（不变词）又，再。dhanus（弓）-bhṛtām（bhṛt 持有），复合词（阳复属），持弓。agratas（不变词）前面。eva（不变词）正是。rakṣiṇām（rakṣin 阳复属）保护的，保护者。jahāra（√hṛ 完成单三）取走，夺走。śakraḥ（śakra 阳单体）帝释天，因陀罗。kila（不变词）据说。gūḍha（隐藏）-vigrahaḥ（vigraha 身体），复合词（阳单体），隐身的。

विषादलुप्तप्रतिपत्ति विस्मितं कुमारसैन्यं सपदि स्थितं च तत्।
वसिष्ठधेनुश्च यदृच्छयागता श्रुतप्रभावा ददृशेऽथ नन्दिनी॥४०॥

太子的军队顿时惊慌失措，
精神沮丧，随后恰好看见
极裕仙人的母牛南迪尼
来到，她的威力举世皆知。（40）

viṣāda（沮丧）-lupta（失去）-pratipatti（pratipatti 行动，方法），复合词（中单体），精神沮丧而不知所措。vismitam（vismita 中单体）惊慌。kumāra（王子）-sainyam（sainya 军队），复合词（中单体），王子的军队。sapadi（不变词）立即。sthitam（sthita 中单体）站立，处于。ca（不变词）和。tat（tad 中单体）这，指军队。vasiṣṭha（极裕仙人）-dhenuḥ（dhenu 母牛），复合词（阴单体），极裕仙人的母牛。ca（不变词）而。yadṛcchayā（yadṛcchā 阴单具）恰巧，刚好。āgatā（āgata 阴单体）来到。śruta（闻名）-prabhāvā（prabhāva 威力），复合词（阴单体），威力闻名。dadṛśe（√dṛś 被动，完成单三）看到。atha（不变词）然后。nandinī（阴单体）南迪尼。

---

① 按照马祭仪式，首先让祭马在大地上自由驰骋，王子追随其后，降伏各地国王，然后回来举行祭祀仪式。

तदङ्गनिस्यन्दजलेन लोचने प्रमृज्य पुण्येन पुरस्कृतः सताम्।
अतीन्द्रियेष्वप्युपपन्नदर्शनो बभूव भावेषु दिलीपनन्दनः॥४१॥

迪利波的爱子受善人尊敬，
用母牛体内流出的圣洁的
尿液，擦洗自己眼睛，于是
看见了肉眼看不见的东西。（41）

tad（她，指母牛）-aṅga（身体）-nisyanda（流出）-jalena（jala 水，液体），复合词（中单具），她的身体流出的液体。locane（locana 中双业）双眼。pramṛjya（pra√mṛj 独立式）擦洗。puṇyena（puṇya 中单具）圣洁的。puraskṛtaḥ（puraskṛta 阳单体）受尊敬。satām（sat 阳复属）善人。atīndriyeṣu（atīndriya 阳复依）超出感官的。api（不变词）即使。upapanna（达到）-darśanaḥ（darśana 目光），复合词（阳单体），看见。babhūva（√bhū 完成单三）是。bhāveṣu（bhāva 阳复依）事物。dilīpa（迪利波）-nandanaḥ（nandana 儿子），复合词（阳单体），迪利波之子。

स पूर्वतः पर्वतपक्षशातनं ददर्श देवं नरदेवसंभवः।
पुनः पुनः सूतनिषिद्धचापलं हरन्तमश्वं रथरश्मिसंयतम्॥४२॥

这位人中之神的儿子看见
东方那位砍掉山翼的天神[①]，
夺走了祭马，拴在车缰绳上，
车夫一再制止它挣扎蹦跳。（42）

saḥ（tad 阳单体）他。pūrvatas（不变词）东方。parvata（山）-pakṣa（翼，翅膀）-śātanam（śātana 砍去），复合词（阳单业），砍去山翼的。dadarśa（√dṛś 完成单三）看见。devam（deva 阳单业）天神。nara（人）-deva（神）-saṃbhavaḥ（saṃbhava 出生），复合词（阳单体），生于人中之神的，王子。punar（不变词）再。punar（不变词）再。sūta（车夫）-niṣiddha（阻止）-cāpalam（cāpala 骚动），复合词（阳单业），骚动被车夫制止。harantam（√hṛ 现分，阳单业）夺走。aśvam（aśva 阳单业）马。ratha（车）-raśmi（绳）-saṃyatam（saṃyata 控制，拴住），复合词（阳单业），拴在车缰绳上。

शतैस्तमक्ष्णामनिमेषवृत्तिभिर्हरिं विदित्वा हरिभिश्च वाजिभिः।
अवोचदेनं गगनस्पृशा रघुः स्वरेण धीरेण निवर्तयन्निव॥४३॥

---

① 按照印度神话，原来所有的山都长有翅膀，能够飞行，而对人类造成危害。后来，因陀罗砍掉了它们的翅膀。

凭借数百只不眨动的眼睛[①]，
还有那些黄褐马，罗怙认出
因陀罗，以坚定的声音发话，
响彻天空，仿佛要拉他回来。（43）

śataiḥ（śata 中复具）百。tam（tad 阳单业）他。akṣṇām（akṣi 中复属）眼睛。animeṣa（不眨眼）-vṛttibhiḥ（vṛtti 活动），复合词（中复具），不眨动的。harim（hari 阳单业）诃利，因陀罗。viditvā（√vid 独立式）知道。haribhiḥ（hari 阳复具）黄褐色的。ca（不变词）和。vājibhiḥ（vājin 阳复具）马。avocat（√vac 不定单三）说。enam（etad 阳单业）他。gagana（天空）-spṛśā（spṛś 触及），复合词（阳单具），到达天空。raghuḥ（raghu 阳单体）罗怙。svareṇa（svara 阳单具）声音。dhīreṇa（dhīra 阳单具）坚定的。nivartayan（ni√vṛt 致使，现分，阳单体）拉回。iva（不变词）好像。

मखांशभाजां प्रथमो मनीषिभिस्त्वमेव देवेन्द्र सदा निगद्यसे।
अजस्रदीक्षाप्रयतस्य मद्गुरोः क्रियाविघाताय कथं प्रवर्तसे॥४४॥

“天王啊，智者们一向称说
你在分享祭祀者中位居第一，
而我的父亲始终热心祭祀，
你为什么要阻碍他的祭祀？（44）

makha（祭祀）-aṃśabhājām（aṃśabhāj 分享），复合词（阳复属），分享祭祀者。prathamaḥ（prathama 阳单体）第一。manīṣibhiḥ（manīṣin 阳复具）智者。tvam（tvad 阳单体）你。eva（不变词）确实。devendra（devendra 阳单呼）天王。sadā（不变词）一向，总是。nigadyase（ni√gad 被动，现在单二）宣称，说。ajasra（不断的，持续的）-dīkṣā（祭祀）-prayatasya（prayata 热心，虔诚），复合词（阳单属），始终热心祭祀。mad（我）-guroḥ（guru 父亲），复合词（阳单属），我的父亲。kriyā（祭祀）-vighātāya（vighāta 阻碍，破坏），复合词（阳单为），阻碍祭祀。katham（不变词）为何。pravartase（pra√vṛt 现在单二）从事。

त्रिलोकनाथेन सदा मखद्विषस्त्वया नियम्या ननु दिव्यचक्षुषा।
स चेत्स्वयं कर्मसु धर्मचारिणां त्वमन्तरायो भवसि च्युतो विधिः॥४५॥

“你是三界之主，有神奇的眼睛，
应该永远制伏祭祀的敌人，如果

① 因陀罗曾经玷污乔答摩仙人的妻子，遭到这位仙人诅咒，身上布满一千个伤口。后来，这些伤口转变成眼睛，故而他获得“千眼”的称号。同时，不眨眼睛也是天神的特征。

你本人也阻挠遵行正法的人们
祭祀，那么，一切仪轨也就毁灭。（45）

triloka（三界）-nāthena（nātha 主人），复合词（阳单具），三界之主。sadā（不变词）永远。makha（祭祀）-dviṣaḥ（dviṣ 敌人），复合词（阳复体），祭祀的敌人。tvayā（tvad 单具）你。niyamyāḥ（niyamya 阳复体）应该制伏。nanu（不变词）确实。divya（神奇的）-cakṣuṣā（cakṣus 眼睛），复合词（阳单具），神奇的眼睛。saḥ（tad 阳单体）这个（强调 tvam）。ced（不变词）如果。svayam（不变词）自己。karmasu（karman 中复依）祭祀。dharma（法）-cāriṇām（cārin 遵行），复合词（阳复属），遵行正法者。tvam（tvad 阳单体）你。antarāyaḥ（antarāya 阳单体）障碍，阻挠。bhavasi（√bhū 现在单二）是，成为。cyutaḥ（cyuta 阳单体）坠落，毁灭。vidhiḥ（vidhi 阳单体）仪轨。

तदङ्गमग्र्यं मघवन्महाक्रतोरमुं तुरंगं प्रतिमोक्तुमर्हसि।
पथः श्रुतेर्दर्शयितार ईश्वरा मलीमसामाददते न पद्धतिम्॥ ४६॥

“因此，请你放回那匹祭马，
摩克凡啊，它是大祭的主体，
天神们是指明吠陀道路者，
自己不会踏上黑暗的道路。”（46）

tad（不变词）因此。aṅgam（aṅga 中单业）身体，肢体。agryam（agrya 中单业）主要的。maghavan（maghavan 阳单呼）摩克凡，因陀罗的称号。mahākratoḥ（mahākratu 阳单属）大祭，马祭。amum（adas 阳单业）那。turaṃgam（turaṃga 阳单业）马。pratimoktum（prati√muc 不定式）释放，归还。arhasi（√arh 现在单二）请，应该。pathaḥ（pathin 阳复业）道路。śruteḥ（śruti 阴单属）天启，吠陀。darśayitāraḥ（darśayitṛ 阳复体）指示者。īśvarāḥ（īśvara 阳复体）主人。malīmasām（malīmasa 阴单业）不洁的，黑暗的。ādadate（ā√dā 现在复三）接受，采取。na（不变词）不。paddhatim（paddhati 阴单业）道路。

इति प्रगल्भं रघुणा समीरितं वचो निशम्याधिपतिर्दिवौकसाम्।
निवर्तयामास रथं सविस्मयः प्रचक्रमे च प्रतिवक्तुमुत्तरम्॥ ४७॥

众神之主听了罗怙
说出这番大胆的话，
惊诧不已，掉转车身，
开口说话，作出回答：（47）

iti（不变词）这样（说）。pragalbham（pragalbha 中单业）大胆的，直率的。raghuṇā（raghu 阳单具）罗怙。samīritam（samīrita 中单业）说出。vacaḥ（vacas 中单业）话。niśamya（ni√śam 独立式）听到。adhipatiḥ（adhipati 阳单体）王，主人。divaukasām（divaukas 阳复属）天国居民。nivartayāmāsa（ni√vṛt 致使，完成单三）返回，返转。ratham（ratha 阳单业）车。savismayaḥ（savismaya 阳单体）带着惊讶。pracakrame（pra√kram 完成单三）开始。ca（不变词）和。prativaktum（prati√vac 不定式）回答。uttaram（uttara 中单业）回答。

यदात्थ राजन्यकुमार तत्तथा यशस्तु रक्ष्यं परतो यशोधनैः।
जगत्प्रकाशं तदशेषमिज्यया भवद्गुरुर्लङ्घयितुं ममोद्यतः॥४८॥

"王子啊，你说的确实是实话，
但注重名誉者应该面对敌人，
保护名誉，你的父亲试图依靠
祭祀，全面超越我的世界声誉。（48）

yat（yad 中单业）那，指话。āttha（√ah 完成单二）说。rājanya（王族的）-kumāra（kumāra 王子），复合词（阳单呼），王子。tat（tad 中单体）那，指话。tathā（不变词）这样。yaśaḥ（yaśas 中单体）名誉。tu（不变词）但是。rakṣyam（rakṣya 中单体）应保护。paratas（不变词）从敌人。yaśas（名誉）-dhanaiḥ（dhana 财富），复合词（阳复具），以名誉为财富者。jagat（世界）-prakāśam（prakāśa 闻名的），复合词（中单业），闻名世界的。tat（tad 中单业）这，指名誉。aśeṣam（aśeṣa 中单业）无余的，全部的。ijyayā（ijyā 阴单具）祭祀。bhavat（您）-guruḥ（guru 父亲），复合词（阳单体），你的父亲。laṅghayitum（√laṅgh 不定式）超越。mama（mad 单属）我。udyataḥ（udyata 阳单体）从事，试图。

हरिर्यथैकः पुरुषोत्तमः स्मृतो महेश्वरस्त्र्यम्बक एव नापरः।
तथा विदुर्मां मुनयः शतक्रतुं द्वितीयगामी नहि शब्द एष नः॥४९॥

"正如唯有诃利[①]称为至高原人，
又如唯有大自在天[②]称为三眼，
同样，牟尼们都知道我是百祭，
我们的称号绝不属于第二人。（49）

hariḥ（hari 阳单体）诃利。yathā（不变词）正如。ekaḥ（eka 阳单体）唯一。puruṣa

① 诃利指毗湿奴。
② 大自在天指湿婆，他的额头上还长有一只眼睛，称为"三眼"。

（原人）-uttamaḥ（uttama 最高的），复合词（阳单体），最高的原人。smṛtaḥ（smṛta 阳单体）相传，称为。maheśvaraḥ（maheśvara 阳单体）大自在天。tryambakaḥ（tryambaka 阳单体）三眼。eva（不变词）确实。na（不变词）不。aparaḥ（apara 阳单体）其他的，另外的。tathā（不变词）同样。viduḥ（√vid 完成复三）知道。mām（mad 单业）我。munayaḥ（muni 阳复体）牟尼，仙人。śatakratum（śatakratu 阳单业）百祭。dvitīya（第二的）-gāmī（gāmin 走向，属于），复合词（阳单体），属于第二个人。nahi（不变词）决不。śabdaḥ（śabda 阳单体）称号。eṣaḥ（etad 阳单体）这个。naḥ（asmad 复属）我们。

अतोऽयमश्वः कपिलानुकारिणा पितुस्त्वदीयस्य मयापहारितः।
अलं प्रयत्नेन तवात्र मा निधाः पदं पदव्यां सगरस्य संततेः॥५०॥

“因此，我效仿迦比罗仙人，
夺走你父亲的这匹祭马，
你不必为此费力了，不要
走上沙伽罗后代的道路。”[①]（50）

atas（不变词）因此。ayam（idam 阳单体）这个。aśvaḥ（aśva 阳单体）马。kapila（迦比罗仙人）-anukāriṇā（anukārin 效仿），复合词（阳单具），效仿迦比罗。pituḥ（pitṛ 阳单属）父亲。tvadīyasya（tvadīya 阳单属）你的。mayā（mad 单具）我。apahāritaḥ（apahārita 阳单体）夺走。alam（不变词）够了。prayatnena（prayatna 阳单具）努力。tava（tvad 单属）你。atra（不变词）这里。mā（不变词）不（与不定过去时连用，表示命令）。nidhāḥ（anidhāḥ，ni√dhā 不定单二）放置。padam（pada 中单业）脚。padavyām（padavī 阴单依）道路。sagarasya（sagara 阳单属）沙伽罗。saṃtateḥ（saṃtati 阴单属）后代。

ततः प्रहस्यापभयः पुरंदरं पुनर्बभाषे तुरगस्य रक्षिता।
गृहाण शस्त्रं यदि सर्ग एष ते न खल्वनिर्जित्य रघुं कृती भवान्॥५१॥

而祭马保护者无所畏惧，笑了笑，
又对这位摧毁城堡的因陀罗说道：
“如果这是你的决定，就拿起武器吧！
你不战胜罗怙，也就休想达到目的。”（51）

① 按照印度神话，沙伽罗是阿逾陀国王。在他举行第一百次祭祀时，因陀罗偷走他的祭马，藏在迦比罗仙人那里。沙伽罗的六万个儿子寻找祭马，掘遍大地，发现祭马在迦比罗身边。他们指责迦比罗仙人偷走祭马，遭到迦比罗仙人诅咒，化为灰烬。后来，沙伽罗的孙子找回祭马。最后，沙伽罗的重孙从天上引下恒河。沙伽罗的六万个儿子的骨灰经过恒河洗涤净化，得以升入天国。

tatas（不变词）然后。prahasya（pra√has 独立式）笑。apabhayaḥ（apabhaya 阳单体）无所畏惧。puraṃdaram（puraṃdara 阳单业）摧毁城堡者，因陀罗。punar（不变词）又。babhāṣe（√bhāṣ 完成单三）说。turagasya（turaga 阳单属）马。rakṣitā（rakṣitṛ 阳单体）保护者。gṛhāṇa（√gṛh 命令单二）拿起。śastram（śastra 中单业）武器。yadi（不变词）如果。sargaḥ（sarga 阳单体）决定。eṣaḥ（etad 阳单体）这个。te（tvad 单属）你。na（不变词）不。khalu（不变词）确实。anirjitya（a-nis√ji 独立式）不战胜。raghum（raghu 阳单业）罗怙。kṛtī（kṛtin 阳单体）做到，达到目的。bhavān（bhavat 单体）您。

स एवमुक्त्वा मघवन्तमुन्मुखः करिष्यमाणः सशरं शरासनम्।
अतिष्ठदालीढविशेषशोभिना वपुःप्रकर्षेण विडम्बितेश्वरः॥५२॥

他对因陀罗说完这些话后，
便昂首朝天，开始挽弓搭箭，
优美的射箭姿势①，魁梧的
身躯，与大自在天一模一样。（52）

saḥ（tad 阳单体）他。evam（不变词）这样。uktvā（√vac 独立式）说。maghavantam（maghavan 阳单业）摩克凡，因陀罗。unmukhaḥ（unmukha 阳单体）面朝上。kariṣyamāṇaḥ（√kṛ 将分，阳单体）做。saśaram（saśara 中单业）有箭，搭上箭。śarāsanam（śarāsana 中单业）弓。atiṣṭhat（√sthā 未完单三）站立。ālīḍha（射箭的姿势）-viśeṣa（特别）-śobhinā（śobhin 优美的），复合词（阳单具），射箭姿势特别优美。vapus（身体）-prakarṣeṇa（prakarṣa 魁梧），复合词（阳单具），身躯魁梧。viḍambita（模仿，相似）-īśvaraḥ（īśvara 自在天），复合词（阳单体），与自在天相似。

रघोरवष्टम्भमयेन पत्त्रिणा हृदि क्षतो गोत्रभिदप्यमर्षणः।
नवाम्बुदानीकमुहूर्तलाञ्छने धनुष्यमोघं समधत्त सायकम्॥५३॥

罗怙勇猛的箭射中劈山者
因陀罗的心窝，他怒不可遏，
挽弓搭上一支百发百中的箭，
这弓顿时成为新云军队标志②。（53）

raghoḥ（raghu 阳单属）罗怙。avaṣṭambhamayena（avaṣṭambhamaya 阳单具）勇猛的。pattriṇā（pattrin 阳单具）箭。hṛdi（hṛd 中单依）心。kṣataḥ（kṣata 阳单体）伤

① 射箭姿势指右腿伸前，左腿后曲。
② 新云军队标志指彩虹，因为彩虹经常被称为因陀罗的弓。

害。gotrabhid（gotrabhid 阳单体）劈山者，因陀罗。api（不变词）也。amarṣaṇaḥ（amarṣaṇa 阳单体）不能忍受的，愤怒的。nava（新的）-ambuda（云）-anīka（军队）-muhūrta（瞬间）-lāñchane（lāñchana 标志），复合词（中单依），瞬间成为新云军队的标志。dhanuṣi（dhanus 中单依）弓。amogham（amogha 阳单业）不落空。samadhatta（sam√dhā 未完单三）放置。sāyakam（sāyaka 阳单业）箭。

दिलीपसूनोः स बृहद्भुजान्तरं प्रविश्य भीमासुरशोणितोचितः।
पपावनास्वादितपूर्वमाशुगः कुतूहलेनेव मनुष्यशोणितम्॥५४॥

这箭喝惯可怕的阿修罗的血，
射中迪利波之子的宽阔胸膛，
仿佛出于好奇心，品尝过去
从来没有喝过的凡人的血。（54）

dilīpasūnoḥ（dilīpasūnu 阳单属）迪利波之子。saḥ（tad 阳单体）这，指箭。bṛhat（宽阔的）-bhujāntaram（bhujāntara 胸膛），复合词（中单业），宽阔的胸膛。praviśya（pra√viś 独立式）进入。bhīma（可怕的）-asura（阿修罗）-śoṇita（血）-ucitaḥ（ucita 习惯），复合词（阳单体），习惯可怕的阿修罗的血。papau（√pā 完成单三）喝，饮。anāsvādita（未品尝）-pūrvam（pūrva 以前），复合词（中单业），以前未品尝过的。āśugaḥ（āśuga 阳单体）箭。kutūhalena（kutūhala 中单具）好奇。iva（不变词）好像。manuṣya（人）-śoṇitam（śoṇita 血），复合词（中单业），人血。

हरेः कुमारोऽपि कुमारविक्रमः सुरद्विपास्फालनकर्कशाङ्गुलौ।
भुजे शचीपत्रविशेषकाङ्किते स्वनामचिह्नं निचखान सायकम्॥५५॥

而太子勇敢如同鸠摩罗①，也用刻有
自己名字的箭射中因陀罗的手臂；
这手臂留有舍姬的彩绘条纹印记②，
那些手指因经常拍击仙象③而粗糙。（55）

hareḥ（hari 阳单属）诃利，因陀罗。kumāraḥ（kumāra 阳单体）太子。api（不变词）也。kumāra（鸠摩罗）-vikramaḥ（vikrama 勇敢），复合词（阳单体），勇敢如同鸠摩罗。sura（天神）-dvipa（大象）-āsphālana（拍打）-karkaśa（粗糙的）-aṅgulau（aṅguli 手指），复合词（阳单依），手指因拍打仙象而粗糙的。bhuje（bhuja 阳单依）

① 鸠摩罗即湿婆的儿子室建陀。他是战神。

② 彩绘条纹是妇女绘在脸上的装饰性条纹。这里意谓舍姬的脸依偎在因陀罗的手臂上而留下彩绘条纹的印记。

③ 仙象指因陀罗的坐骑爱罗婆多（airāvata）象王。

手臂。śacī（舍姬）-patraviśeṣaka（彩绘条纹）-aṅkite（aṅkita 有印记），复合词（阳单依），有舍姬的彩绘条纹印记。sva（自己）-nāma（nāman 名字）-cihnam（cihna 标志），复合词（阳单业），有自己名字标记。nicakhāna（ni√khan 完成单三）射入。sāyakam（sāyaka 阳单业）箭。

जहार चान्येन मयूरपत्त्रिणा शरेण शक्रस्य महाशनिध्वजम्।
चुकोप तस्मै स भृशं सुरश्रियः प्रसह्य केशव्यपरोपणादिव॥५६॥

他接着用另一支孔雀翎毛箭，
摧毁因陀罗的金刚雷杵大旗①，
因陀罗勃然大怒，仿佛天国
吉祥女神的发髻突然被削去。（56）

jahāra（√hṛ 完成单三）夺走，摧毁。ca（不变词）和。anyena（anya 阳单具）另一个。mayūra（孔雀）-pattriṇā（pattrin 有羽翎的），复合词（阳单具），有孔雀羽翎的。śareṇa（śara 阳单具）箭。śakrasya（śakra 阳单属）因陀罗。mahā（大）-aśani（雷杵）-dhvajam（dhvaja 旗，幢），复合词（阳单业），大雷杵旗。cukopa（√kup 完成单三）愤怒。tasmai（tad 阳单为）他，指王子。saḥ（tad 阳单体）他，指因陀罗。bhṛśam（不变词）强烈地，极度地。sura（天神）-śriyaḥ（śrī 吉祥女神），复合词（阴单属），天国的吉祥女神。prasahya（不变词）猛然，突然。keśa（头发）-vyaparopaṇāt（vyaparopaṇa 拔除），复合词（中单从），拔除头发。iva（不变词）好像。

तयोरुपान्तस्थितसिद्धसैनिकं गरुत्मदाशीविषभीमदर्शनैः।
बभूव युद्धं तुमुलं जयैषिणोरधोमुखैरूर्ध्वमुखैश्च पत्त्रिभिः॥५७॥

他俩展开激战，都想战胜对方，
那些利箭飞上和飞下，看上去
可怕如同长有翅膀的条条毒蛇，
悉陀们②和军队站在一旁观战。（57）

tayoḥ（tad 阳双属）他俩。upānta（近旁）-sthita（站立）-siddha（悉陀）-sainikam（sainika 士兵，军队），复合词（中单体），悉陀和士兵站在旁边。garutmat（有翼的）-āśīviṣa（毒蛇）-bhīma（可怕的）-darśanaiḥ（darśana 看），复合词（阳复具），看似可怕的有翼毒蛇。babhūva（√bhū 完成单三）是。yuddham（yuddha 中单体）战斗。tumulam（tumula 中单体）混乱的。jaya（胜利）-eṣiṇoḥ（eṣin 渴望），复合词（阳

① 金刚雷杵大旗指因陀罗的金刚杵发出的雷电。
② 悉陀是一类半神。这里泛指天上众多的神灵。

双属），渴望胜利。adhas（向下）-mukhaiḥ（mukha 脸），复合词（阳复具），面朝下的。ūrdhva（向上）-mukhaiḥ（mukha 脸），复合词（阳复具）面朝上的。ca（不变词）和。pattribhiḥ（pattrin 阳复具）箭。

अतिप्रबन्धप्रहितास्त्रवृष्टिभिस्तमाश्रयं दुष्प्रसहस्य तेजसः।
शशाक निर्वापयितुं न वासवः स्वतश्च्युतं वह्निमिवाद्भिरम्बुदः॥५८॥

婆薮之主[①]接连不断发射箭雨，
但不能浇灭这个难以抗拒的
火焰宿地[②]，犹如乌云不能用
雨水熄灭自己释放的电火。（58）

atiprabandha（紧密连接）-prahita（射出）-astra（箭，武器）-vṛṣṭibhiḥ（vṛṣṭi 雨），复合词（阴复具），连续发射的箭雨。tam（tad 阳单业）这个。āśrayam（āśraya 阳单业）住地，宿地。duṣprasahasya（duṣprasaha 中单属）难以抗衡。tejasaḥ（tejas 中单属）火。śaśāka（√śak 完成单三）能够。nirvāpayitum（nis√vā 致使，不定式）熄灭。na（不变词）不。vāsavaḥ（vāsava 阳单体）婆薮之主。svatas（不变词）从自己。cyutam（cyuta 阳单业）降下，释放。vahnim（vahni 阳单业）火。iva（不变词）好像。adbhiḥ（ap 阴复具）水。ambudaḥ（ambuda 阳单体）云。

ततः प्रकोष्ठे हरिचन्दनाङ्किते प्रमथ्यमानार्णवधीरनादिनीम्।
रघुः शशाङ्कार्धमुखेन पत्त्रिणा शरासनज्यामलुनाद्बिडौजसः॥५९॥

然后，罗怙射出一支月牙箭，
射断了因陀罗的弓弦，就在
他的涂抹有黄檀香膏的腕部，
发出搅动乳海般的巨大声响。（59）

tatas（不变词）然后。prakoṣṭhe（prakoṣṭha 阳单依）前臂，腕部。hari（黄色）-candana（檀香膏）-aṅkite（aṅkita 有标记），复合词（阳单依），有黄色檀香膏标记的。pramathyamāna（pra√math 被动，现分，搅动）-arṇava（海）-dhīra（勇猛的，巨大的）-nādinīm（nādin 发声），复合词（阴单业），有搅乳海般的巨大声响。raghuḥ（raghu 阳单体）罗怙。śaśāṅka（月亮）-ardha（半）-mukhena（mukha 顶端），复合词（阳单具），顶端是半月形的。pattriṇā（pattrin 阳单具）箭。śarāsana（弓）-jyām（jyā 弦），复合词（阴单业），弓弦。alunāt（√lū 未完单三）割断，射断。biḍaujasaḥ（biḍaujas

① 婆薮之主是因陀罗的称号。
② 火焰宿地指罗怙，意谓他充满威力。

阳单属）因陀罗。

स चापमुत्सृज्य विवृद्धमत्सरः प्रणाशनाय प्रबलस्य विद्विषः।
महीध्रपक्षव्यपरोपणोचितं स्फुरत्प्रभामण्डलमस्त्रमाददे॥६०॥

因陀罗愈加愤恨，放下了弓，
想要消灭这个强大的敌人，
拿起了那件闪耀着光圈的、
用于砍掉群山翅膀的武器。（60）

saḥ（tad 阳单体）他。cāpam（cāpa 阳单业）弓。utsṛjya（ud√sṛj 独立式）扔下，放弃。vivṛddha（增长）-matsaraḥ（matsara 愤恨），复合词（阳单体），愤怒增强。praṇāśanāya（praṇāśana 中单为）消灭。prabalasya（prabala 阳单属）有力的。vidviṣaḥ（vidviṣ 阳单属）敌人。mahīdhra（山）-pakṣa（翅膀）-vyaparopaṇa（除去）-ucitam（ucita 适合，习惯），复合词（中单业），适合砍去山的翅膀。sphurat（√sphur 现分，闪烁）-prabhā（光）-maṇḍalam（maṇḍala 圆圈），复合词（中单业），闪耀着光圈的。astram（astra 中单业）武器。ādade（ā√dā 完成单三）拿起。

रघुर्भृशं वक्षसि तेन ताडितः पपात भूमौ सह सैनिकाश्रुभिः।
निमेषमात्रादवधूय तद्व्यथां सहोत्थितः सैनिकहर्षनिस्वनैः॥६१॥

罗怙胸脯被这武器重重击中而
倒地，士兵们的眼泪也随之落地，
但他在眨眼之间就摆脱痛苦而
站起，士兵们的欢呼也随之响起。（61）

raghuḥ（raghu 阳单体）罗怙。bhṛśam（不变词）极其。vakṣasi（vakṣas 中单依）胸膛。tena（tad 中单具）这个，指武器。tāḍitaḥ（tāḍita 阳单体）打击。papāta（√pat 完成单三）倒下，落下。bhūmau（bhūmi 阴单依）地面。saha（不变词）一起。sainika（士兵）-aśrubhiḥ（aśru 眼泪），复合词（中复具），士兵的泪水。nimeṣa（眨眼）-mātrāt（mātra 瞬间），复合词（中单从），眨眼间。avadhūya（ava√dhū 独立式）摆脱，去除。tad（他）-vyathām（vyathā 痛苦），复合词（阴单业），他的痛苦。saha（一起）-utthitaḥ（utthita 起来），复合词（阳单体），一起起来。sainika（士兵）-harṣa（高兴）-nisvanaiḥ（nisvana 声音），复合词（阳复具），士兵的欢呼声。

तथापि शस्त्रव्यवहारनिष्ठुरे विपक्षभावे चिरमस्य तस्थुषः।
तुतोष वीर्यातिशयेन वृत्रहा पदं हि सर्वत्र गुणैर्निधीयते॥६२॥

尽管他始终怀抱敌对的态度，
施展武器，凶猛可怕，因陀罗
仍然对他的英勇非凡表示满意，
因为美德在任何地方都有地位。（62）

tathā（不变词）这样。api（不变词）尽管。śastra（武器）-vyavahāra（使用）-niṣṭhure（niṣṭhura 严酷的），复合词（阳单依），严酷地施展武器。vipakṣa（敌对）-bhāve（bhāva 状态），复合词（阳单依），敌对状态。ciram（不变词）长久，始终。asya（idam 阳单属）他。tasthuṣaḥ（tasthivas，√sthā 完分，阳单属）处于。tutoṣa（√tuṣ 完成单三）满意。vīrya（勇气）-atiśayena（atiśaya 杰出），复合词（阳单具），勇气非凡。vṛtrahā（vṛtrahan 阳单体）杀弗栗多者，因陀罗。padam（pada 中单体）位置，地位。hi（不变词）因为。sarvatra（不变词）任何地方。guṇaiḥ（guṇa 阳复具）美德。nidhīyate（ni√dhā 被动，现在单三）安放。

असङ्गमद्रिष्वपि सारवत्तया न मे त्वदन्येन विसोढमायुधम्।
अवेहि मां प्रीतमृते तुरंगमात्किमिच्छसीति स्फुटमाह वासवः॥६३॥

因陀罗明白表示：“我的武器富有
威力，即使遇到山峰，也不受阻碍，
除你之外，无人能抵御，你要知道，
我很高兴，除了祭马，你想要什么？”（63）

asaṅgam（asaṅga 中单体）不粘住，无障碍。adriṣu（adri 阳复依）山。api（不变词）即使。sāravattayā（sāravattā 阴单具）有威力。na（不变词）不。me（mad 单属）我。tvad（你）-anyena（anya 不同于，除了），复合词（阳单具），除了你。visoḍham（visoḍha 中单体）抵御。āyudham（āyudha 中单体）武器。avehi（ava√i 命令单二）知道。mām（mad 单业）我。prītam（prīta 阳单业）高兴。ṛte（不变词）除了。turaṃgamāt（turaṃgama 阳单从）马。kim（中单业）什么。icchasi（√iṣ 现在单二）想要。iti（不变词）这样（说）。sphuṭam（不变词）清晰地。āha（√ah 完成单三）说。vāsavaḥ（vāsava 阳单体）婆薮之主，因陀罗。

ततो निषङ्गादसमग्रमुद्धृतं सुवर्णपुङ्खद्युतिरञ्जिताङ्गुलिम्।
नरेन्द्रसूनुः प्रतिसंहरन्निषुं प्रियंवदः प्रत्यवदत्सुरेश्वरम्॥६४॥

于是，太子放回了那支箭，
尚未从箭囊中完全拔出，
金羽毛的光辉映照手指，

他说话可爱，回答天王道：（64）

tatas（不变词）于是。niṣaṅgāt（niṣaṅga 阳单从）箭囊。asamagram（不变词）不完全。uddhṛtam（uddhṛta 阳单业）拔出。suvarṇa（金）-puṅkha（箭翎）-dyuti（光辉）-rañjita（染有）-aṅgulim（aṅguli 手指），复合词（阳单业），金箭翎的光辉映照手指。narendra（国王）-sūnuḥ（sūnu 儿子），复合词（阳单体），王子。pratisaṃharan（prati-sam√hṛ 现分，阳单体）放回。iṣum（iṣu 阳单业）箭。priyaṃvadaḥ（priyaṃvada 阳单体）说话可爱。pratyavadat（prati√vad 未完单三）回答。sureśvaram（sureśvara 阳单业）天王。

अमोच्यमश्वं यदि मन्यसे प्रभो ततः समाप्ते विधिनैव कर्मणि।
अजस्रदीक्षाप्रयतः स मद्गुरुः क्रतोरशेषेण फलेन युज्यताम्॥ ६५॥

“如果你认为不能放回祭马，
神主啊，就算祭祀正式完成，
我的父亲始终热心举行祭祀，
让他享有全部祭祀成果吧！（65）

amocyam（amocya 阳单业）不能释放。aśvam（aśva 阳单业）马。yadi（不变词）如果。manyase（√man 现在单二）认为。prabho（prabhu 阳单呼）主人。tatas（不变词）那么。samāpte（samāpta 中单依）完成。vidhinā（vidhi 阳单具）仪轨。eva（不变词）确实。karmaṇi（karman 中单依）祭祀。ajasra（不断）-dīkṣā（祭祀）-prayataḥ（prayata 热心），复合词（阳单体），始终热心祭祀。saḥ（tad 阳单体）他。mad（我）-guruḥ（guru 父亲），复合词（阳单体），我的父亲。kratoḥ（kratu 阳单属）祭祀。aśeṣeṇa（aśeṣa 中单具）全部。phalena（phala 中单具）成果，果实。yujyatām（√yuj 被动，命令单三）联系，享有。

यथा च वृत्तान्तमिमं सदोगतस्त्रिलोचनैकांशतया दुरासदः।
तवैव संदेशहराद्विशांपतिः शृणोति लोकेश तथा विधीयताम्॥ ६६॥

“世界之主啊，请你这样安排吧！
国王坐在会堂，已成为三眼神
湿婆的一部分，难以接近，让他
从你的使者那里听到这个消息。”[①]（66）

yathā（不变词）以便。ca（不变词）也。vṛtta（事件）-antam（anta 结局），复合

① 这里是说国王作为祭祀者，已经成为湿婆的一部分（参阅第二章第 35 首注），不能离开举行祭祀仪式的会堂，故而罗怙难以接近他，不能亲自向他报告这个消息。

词（阳单业），消息。imam（idam 阳单业）这个。sadas（会堂）-gataḥ（gata 处在），复合词（阳单体），在会堂。trilocana（三眼神）-eka（一）-aṃśatayā（aṃśatā 部分性），复合词（阴单具），三眼神的一部分。durāsadaḥ（durāsada 阳单体）难以靠近。tava（tvad 单属）你。eva（不变词）就。saṃdeśaharāt（saṃdeśahara 阳单从）信使。viśāṃpatiḥ（viśāṃpati 阳单体）民众之主，国王。śṛṇoti（√śru 现在单三）听。lokeśa（lokeśa 阳单呼）世界之主。tathā（不变词）这样。vidhīyatām（vi√dhā 被动，命令单三）安排。

तथेति कामं प्रतिशुश्रुवान्रघोर्यथागतं मातलिसारथिर्ययौ।
नृपस्य नातिप्रमनाः सदोगृहं सुदक्षिणासूनुरपि न्यवर्तत॥ ६७॥

因陀罗允诺罗怙的请求后，
由摩多梨驾车，按原路返回；
苏达奇娜之子心中并不是
很满意，[①]也返回国王的会堂。（67）

tathā（不变词）好吧。iti（不变词）这样（说）。kāmam（kāma 阳单业）愿望。pratiśuśruvān（pratiśuśruvas，prati√śru 完分，阳单体）答应，许诺。raghoḥ（raghu 阳单属）罗怙。yathāgatam（不变词）按照来时路。mātali（摩多梨）-sārathiḥ（sārathi 车夫），复合词（阳单体），以摩多梨为车夫。yayau（√yā 完成单三）走。nṛpasya（nṛpa 阳单属）国王。nāti（不很）-pramanāḥ（pramanas 高兴），复合词（阳单体），不十分高兴。sadogṛham（sadogṛha 中单业）会堂，议事厅。sudakṣiṇā（苏达奇娜）-sūnuḥ（sūnu 儿子），复合词（阳单体），苏达奇娜之子。api（不变词）也。nyavartata（ni√vṛt 未完单三）返回。

तमभ्यनन्दत्प्रथमं प्रबोधितः प्रजेश्वरः शासनहारिणा हरेः।
परामृशन्हर्षजडेन पाणिना तदीयमङ्गं कुलिशव्रणाङ्कितम्॥ ६८॥

国王已从因陀罗的使者那里
得知消息，欢迎他，用高兴得
发僵的手轻轻抚摩他的肢体，
上面留有金刚杵击中的伤痕。（68）

tam（tad 阳单业）他。abhyanandat（abhi√nand 未完单三）欢迎。prathamam（不变词）首先。prabodhitaḥ（prabodhita 阳单体）告知。prajeśvaraḥ（prajeśvara 阳单体）民众之主，国王。śāsanahāriṇā（śāsanahārin 阳单具）信使。hareḥ（hari 阳单属）诃利，因陀罗。parāmṛśan（parā√mṛś 现分，阳单体）轻轻抚摩。harṣa（高兴）-jaḍena（jaḍa

① 罗怙毕竟没有追回祭马，因此他不是很满意。

僵硬，麻木），复合词（阳单具），高兴得发僵。pāṇinā（pāṇi 阳单具）手。tadīyam（tadīya 中单业）他的。aṅgam（aṅga 中单业）肢体。kuliśa（金刚杵）-vraṇa（伤口，伤疤）-aṅkitam（aṅkita 有标记），复合词（中单业），有金刚杵击伤的标记。

इति क्षितीशो नवतिं नवाधिकां महाक्रतूनां महनीयशासनः।
समारुरुक्षुर्दिवमायुषः क्षये ततान सोपानपरम्परामिव॥६९॥

这样，大地之主，受人尊敬的
统治者，举行了九十九次大祭，
仿佛是盼望在命终之时升天，
为此铺设的一级又一级台阶。（69）

iti（不变词）这样。kṣitīśaḥ（kṣitīśa 阳单体）大地之主。navatim（navati 阴单业）九十。nava（navan 九）-adhikām（adhika 更多的），复合词（阴单业），加上九的。mahākratūnām（mahākratu 阳复属）马祭，大祭。mahanīya（值得尊敬的）-śāsanaḥ（śāsana 命令，统治），复合词（阳单体），受人尊敬的统治者。samārurukṣuḥ（samārurukṣu 阳单体）希望登上。divam（div 阴单业）天国。āyuṣaḥ（āyus 中单属）寿命。kṣaye（kṣaya 阳单依）毁灭，结束。tatāna（√tan 完成单三）伸展，举行。sopāna（台阶）-paramparām（paramparā 接连，系列），复合词（阴单业），一级级台阶。iva（不变词）好像。

अथ स विषयव्यावृत्तात्मा यथाविधि सूनवे
नृपतिककुदं दत्त्वा यूने सितातपवारणम्।
मुनिवनतरुच्छायां देव्या तया सह शिश्रिये
गलितवयसामिक्ष्वाकूणामिदं हि कुलव्रतम्॥७०॥

然后，自我摆脱尘世享受，按照仪轨，
他将象征王权的白华盖交给青年太子，
偕同王后前往牟尼净修林的树荫下，
因为这是甘蔗族老年人的传统誓愿。（70）

atha（不变词）然后。saḥ（tad 阳单体）他。viṣaya（感官对象）-vyāvṛtta（摆脱）-ātmā（ātman 自我），复合词（阳单体），自我摆脱感官享受。yathāvidhi（不变词）按照仪轨。sūnave（sūnu 阳单为）儿子。nṛpati（国王）-kakudam（kakuda 标志，象征），复合词（中单业），象征王权的。dattvā（√dā 独立式）给。yūne（yuvan 阳单为）年轻的。sita（白的）-ātapavāraṇam（ātapavāraṇa 华盖），复合词（中单业），白华盖。muni（牟尼）-vana（林）-taru（树）-chāyām（chāyā 荫），复合词（阴单业），牟尼净修林的树荫。devyā（devī 阴单具）王后。tayā（tad 阴单具）她。saha（不变

词）一起。śiśriye（√śri 完成单三）投靠。galita（消逝）-vayasām（vayas 年岁），复合词（阳复属），年老的。ikṣvākūṇām（ikṣvāku 阳复属）甘蔗族。idam（idam 中单体）这。hi（不变词）因为。kula（家族）-vratam（vrata 誓愿），复合词（中单体），家族的誓愿。

चतुर्थः सर्गः।

第 四 章

स राज्यं गुरुणा दत्तं प्रतिपद्याधिकं बभौ।
दिनान्ते निहितं तेजः सवित्रेव हुताशनः॥१॥

继承父亲赐予的王国，
他变得更加光彩熠熠，
犹如黄昏时分，祭火
接受太阳给予的光辉。（1）

saḥ（tad 阳单体）他，指罗怙。rājyam（rājya 中单业）王国。guruṇā（guru 阳单具）父亲。dattam（中单业）给予。pratipadya（prati√pad 独立式）获得。adhikam（不变词）更加，更多。babhau（√bhā 完成单三）发光，闪亮。dinānte（dinānta 阳单依）傍晚，黄昏。nihitam（nihita 中单业）安放。tejaḥ（tejas 中单业）光辉，光芒。savitrā（savitṛ 阳单具）太阳。iva（不变词）像。huta（祭品）-aśanaḥ（aśana 吃），复合词（阳单体），祭火。

दिलीपानन्तरं राज्ये तं निशम्य प्रतिष्ठितम्।
पूर्वं प्रधूमितो राज्ञां हृदयेऽग्निरिवोत्थितः॥२॥

听说在迪利波王之后，
罗怙登上王国的宝座，
那些国王长久郁结在
心底的火仿佛又燃起。（2）

dilīpa（迪利波）-anantaram（anantara 紧接的），复合词（不变词），继迪利波王之后。rājye（rājya 中单依）王国。tam（tad 阳单业）他。niśamya（ni√śam 独立式）听说。pratiṣṭhitam（pratiṣṭhita 阳单业）确立，登基。pūrvam（不变词）以前。pradhūmitaḥ（pradhūmita 阳单体）窒息。rājñām（rājan 阳复属）国王。hṛdaye（hṛdaya 中单依）心。agniḥ（agni 阳单体）火。iva（不变词）好像。utthitaḥ（utthita 阳单体）升起。

पुरुहूतध्वजस्येव तस्योन्नयनपङ्क्तयः।

नवाभ्युत्थानदर्शिन्यो ननन्दुः सप्रजाः प्रजाः॥३॥

臣民连同他们的后嗣，
看到新王登基而高兴，
犹如人们仰望新近
升起的因陀罗旗帜。[①]（3）

puruhūta（puruhūta 因陀罗）-dhvajasya（dhvaja 旗帜），复合词（阳单属），因陀罗的旗帜。iva（不变词）像。tasya（tad 阳单属）他，指罗怙。unnayana（眼睛仰视）-paṅktayaḥ（paṅkti 行，排），复合词（阴复体），成排眼睛仰望的。nava（新的）-abhyutthāna（上升，登基）-darśinyaḥ（darśin 看见），复合词（阴复体），看见新近升起的，看见新登基的。nananduḥ（√nand 完成复三）高兴。sa（和）-prajāḥ（prajā 后代），复合词（阴复体），带着后嗣们。prajāḥ（prajā 阴复体）臣民，民众。

सममेव समाक्रान्तं द्वयं द्विरदगामिना।
तेन सिंहासनं पित्र्यमखिलं चारिमण्डलम्॥४॥

他骑上两牙大象，
同时掌控这两者：
父亲的狮子宝座，
所有敌人的领地。（4）

samam（不变词）同时。eva（不变词）确实。samākrāntam（samākrānta 中单体）占据，掌控。dvayam（dvaya 中单体）二者。dvirada（两牙大象）-gāminā（gāmin 行进，骑），复合词（阳单具），骑着两牙大象。tena（tad 阳单具）他，指罗怙。siṃha（狮子）-āsanam（āsana 座位），复合词（中单体），狮子座，王座。pitryam（pitrya 中单体）父亲的。akhilam（akhila 中单体）所有的，完整的。ca（不变词）和。ari（敌人）-maṇḍalam（maṇḍala 地区），复合词（中单体），敌人的领地。

छायामण्डललक्ष्येण तमदृश्या किल स्वयम्।
पद्मा पद्मातपत्रेण भेजे साम्राज्यदीक्षितम्॥५॥

虽然吉祥女神本身不可见，
但她侍奉登上帝位的罗怙，
为他撑起莲花伞盖，可以
从他头顶上的光环推断出。（5）

① 传说在跋陀罗月白半月第十二日升起因陀罗旗帜，意谓雨云降临，雨季来到，表达对雨神因陀罗的崇拜。

chāyā（光影，光辉）-maṇḍala（圆轮）-lakṣyeṇa（lakṣya 可见的），复合词（中单具），通过光环可见的。tam（tad 阳单业）他，指罗怙。adṛśyā（adṛśya 阴单体）不可见的。kila（不变词）确实。svayam（不变词）自己，本身。padmā（padmā 阴单体）吉祥女神。padma（莲花）-ātapatreṇa（ātapatra 伞，华盖），复合词（中单具），莲花伞盖。bheje（√bhaj 完成单三）侍奉。sāmrājya（帝国，帝权）-dīkṣitam（dīkṣita 灌顶登基），复合词（阳单业），登上帝位的。

परिकल्पितसांनिध्या काले काले च बन्दिषु।
स्तुत्यं स्तुतिभिरर्थ्याभिरुपतस्थे सरस्वती॥६॥

语言女神在合适的时间，
总是出现在歌手们身边，
用种种富有意义的赞词，
赞颂这位值得赞颂者。（6）

parikalpita（安排）-sāmnidhyā（sāmnidhya 附近，在场），复合词（阴单体），出现在附近。kāle（kāla 阳单依）合适的时间。kāle（kāla 阳单依）合适的时间。ca（不变词）和。bandiṣu（bandin 阳复依）歌手。stutyam（stutya 阳单业）值得赞颂的（人）。stutibhiḥ（stuti 阴复具）赞词。arthyābhiḥ（arthya 阴复具）合适的，有意义的。upatasthe（upa√sthā 完成单三）侍奉，赞颂。sarasvatī（sarasvatī 阴单体）语言女神。

मनुप्रभृतिभिर्मान्यैर्भुक्ता यद्यपि राजभिः।
तथाप्यनन्यपूर्वेव तस्मिन्नासीद्वसुंधरा॥७॥

即使大地女神曾为以摩奴
为首的可敬的国王们享有，
她仍像一个未曾被其他人
享有的女子那样爱上罗怙。（7）

manu（摩奴）-prabhṛtibhiḥ（prabhṛti 开始），复合词（阳复具），由摩奴开始的。mānyaiḥ（mānya 阳复具）受尊敬的。bhuktā（bhukta 阴单体）享用，拥有。yadi-api（不变词）即使，虽然。rājabhiḥ（rājan 阳复具）国王。tathā（不变词）如此。api（不变词）即使。ananya（没有其他人的）-pūrvā（pūrva 以前的），复合词（阴单体），过去没有别人的。iva（不变词）像。tasmin（tad 阳单依）他，指罗怙。āsīt（√as 未完单三）是。vasuṃdharā（vasuṃdharā 阴单体）大地。

स हि सर्वस्य लोकस्य युक्तदण्डतया मनः।
आददे नातिशीतोष्णो नभस्वानिव दक्षिणः॥८॥

执法中使用刑罚得当，
犹如从南方吹来的风，
既不刺骨，也不灼热，
他赢得所有民众的心。（8）

saḥ（tad 阳单体）他。hi（不变词）确实。sarvasya（sarva 阳单属）一切的。lokasya（loka 阳单属）民众。yukta（使用）-daṇḍa（刑杖）-tayā（tā 性质），复合词（阴单具），使用刑杖。manaḥ（manas 中单业）心。ādade（ā√dā 完成单三）取得。na（不）-ati（过分，非常）-śīta（冷的）-uṣṇaḥ（uṣṇa 热的），复合词（阳单体），既不冷，也不热。nabhasvān（nabhasvat 阳单体）风。iva（不变词）像。dakṣiṇaḥ（dakṣiṇa 阳单体）南方的。

मन्दोत्कण्ठाः कृतास्तेन गुणाधिकतया गुरौ।
फलेन सहकारस्य पुष्पोद्गम इव प्रजाः॥९॥

他具有更加优秀的品德，
臣民减却对老王的思念，
犹如芒果树结出果实后，
人们减却对开花的思念。（9）

manda（缓慢的，减弱的）-utkaṇṭhāḥ（utkaṇṭhā 渴望），复合词（阴复体），减轻渴望。kṛtāḥ（kṛta 阴复体）做。tena（tad 阳单具）他，指罗怙。guṇa（品德，美德）-adhika（更加）-tayā（tā 性质），复合词（阴单具），更加优秀的品德。gurau（guru 阳单依）父亲，长者。phalena（phala 中单具）果实。sahakārasya（sahakāra 阳单属）芒果树。puṣpa（花）-udgame（udgama 出现，长出），复合词（阳单依），开花。iva（不变词）像。prajāḥ（prajā 阴复体）臣民。

नयविद्भिर्नवे राज्ञि सदसच्चोपदर्शितम्।
पूर्व एवाभवत्पक्षस्तस्मिन्नाभवदुत्तरः॥१०॥

政治家们向新王说明
正当和不正当的策略，
确实，他总是实施
前者，而不实施后者。（10）

nayavidbhiḥ（nayavid 阳复具）政治家。nave（nava 阳单依）新的。rājñi（rājan 阳单依）国王。sat（sat 中单体）正确，正当。asat（asat 中单体）不正确，不正当。ca（不变词）和。upadarśitam（upadarśita 中单体）展示，说明。pūrvaḥ（pūrva 阳单

体）前面的。eva（不变词）确实。abhavat（√bhū 未完单三）有。pakṣaḥ（pakṣa 阳单体）一方。tasmin（tad 阳单依）他，指国王。na（不变词）不。abhavat（√bhū 未完单三）有。uttaraḥ（uttara 阳单体）后面的。

पञ्चानामपि भूतानामुत्कर्षं पुपुषुर्गुणाः।
नवे तस्मिन्महीपाले सर्वं नवमिवाभवत्॥ ११॥

五大元素的性质也
变得更加优异杰出，①
随着这位新王登基，
仿佛一切焕然一新。（11）

pañcānām（pañcan 中复属）五。api（不变词）甚至。bhūtānām（bhūta 中复属）元素。utkarṣam（utkarṣa 阳单业）优异，杰出。pupuṣuḥ（√puṣ 完成复三）滋养，增长。guṇāḥ（guṇa 阳复体）性质，品质。nave（nava 阳单依）新的。tasmin（tad 阳单依）这个。mahīpāle（mahīpāla 阳单依）大地保护者，国王。sarvam（sarva 中单体）一切。navam（nava 中单体）新的。iva（不变词）像。abhavat（√bhū 未完单三）成为。

यथा प्रह्लादनाच्चन्द्रः प्रतापात्तपनो यथा।
तथैव सोऽभूदन्वर्थो राजा प्रकृतिरञ्जनात्॥ १२॥

犹如月亮令人喜悦，
犹如太阳赐予光热，
这位国王令臣民满意，
同样也是名副其实。②（12）

yathā（不变词）如同。prahlādanāt（prahlādana 中单从）令人喜悦。candraḥ（candra 阳单体）月亮。pratāpāt（pratāpa 阳单从）光，热。tapanaḥ（tapana 阳单体）太阳。yathā（不变词）如同。tathā（不变词）这样。eva（不变词）确实。saḥ（tad 阳单体）这，指国王。abhūt（√bhū 不定单三）成为。anvarthaḥ（anvartha 阳单体）依据词义的，名副其实的。rājā（rājan 阳单体）国王。prakṛti（臣民）-rañjanāt（rañjana 取悦），复合词（中单从），使臣民喜悦。

① 五大元素是地、水、火、风和空。其中，空的性质是声，风的性质是声和触，火的性质是声、触和色，水的性质是声、触、色和味，地的性质是声、触、色、味和香。

② 这里是用词源说明国王与月亮和太阳一样名副其实。月亮（candra）的词根 cand，词义为发光，喜悦。太阳（tapana）的词根 tap，词义为发光，发热。国王（rājan）的词根 rañj，词义为喜爱，满意。

कामं कर्णान्तविश्रान्ते विशाले तस्य लोचने।
चक्षुष्मत्ता तु शास्त्रेण सूक्ष्मकार्यार्थदर्शिना॥१३॥

即使他的双眼宽阔，
伸展到两耳边，但是，
他具有的眼力是依靠
显示微妙职责的经论。（13）

kāmam（不变词）确实，即使。karṇa（耳朵）-anta（边缘）-viśrānte（viśrānta 停止），复合词（中双体），在双耳边缘停止。viśāle（viśāla 中双体）宽阔的。tasya（tad 阳单属）他，指国王。locane（locana 中双体）眼睛。cakṣuṣmattā（cakṣuṣmattā 阴单体）具有眼力。tu（不变词）但是。śāstreṇa（śāstra 中单具）经典，经论。sūkṣma（微妙的）-kārya（职责）-artha（目的，意义）-darśinā（darśin 显示），复合词（中单具），显示微妙的职责含义。

लब्धप्रशमनस्वस्थमथैनं समुपस्थिता।
पार्थिवश्रीर्द्वितीयेव शरत्पङ्कजलक्षणा॥१४॥

国土安宁，他感到舒适
自在，这时秋天来临，
以莲花为标志，犹如
国王的第二位吉祥女神。（14）

labdha（获得）-praśamana（平静，安宁）-svastham（svastha 自在的），复合词（阳单业），获得安宁自在。atha（不变词）然后。enam（etad 阳单业）他，指国王。samupasthitā（samupasthita 阴单体）来到。pārthiva（国王）-śrīḥ（śrī 吉祥女神），复合词（阴单体），国王的吉祥女神。dvitīyā（dvitīya 阴单体）第二。iva（不变词）像。śarad（śarad 阴单体）秋天。paṅkaja（莲花）-lakṣaṇā（lakṣaṇa 标志），复合词（阴单体），以莲花为标志的。

निर्वृष्टलघुभिर्मेघैर्मुक्तवर्त्मा सुदुःसहः।
प्रतापस्तस्य भानोश्च युगपद्व्यानशे दिशः॥१५॥

他的威力和太阳的灼热
同时遍布大地所有方向，
难以忍受，因为乌云卸下

雨水而轻松，已离开道路。①（15）

nirvṛṣṭa（停止下雨）-laghubhiḥ（laghu 轻快的），复合词（阳复具），卸下雨水而轻松的。meghaiḥ（megha 阳复具）云。mukta（释放，摆脱）-vartmā（vartman 道路），复合词（阳单体），离开道路。su（非常）-duḥsahaḥ（duḥsaha 难以忍受的），复合词（阳单体），很难忍受的。pratāpaḥ（pratāpa 阳单体）热，光，威力。tasya（tad 阳单属）他，指国王。bhānoḥ（bhānu 阳单属）太阳。ca（不变词）和。yugapad（不变词）同时。vyānaśe（vi√aś 完成单三）遍布，散布。diśaḥ（diś 阴复业）方向。

वार्षिकं संजहारेन्द्रो धनुर्जैत्रं रघुर्दधौ।
प्रजार्थसाधने तौ हि पर्यायोद्यतकार्मुकौ॥ १६॥

因陀罗收起了降雨之弓，
而罗怙取出了征服之弓，
因为他俩为民众谋利益，
互相交替使用各自的弓。（16）

vārṣikam（vārṣika 中单业）雨季的，降雨的。saṃjahāra（sam√hṛ 完成单三）撤离，收回。indraḥ（indra 阳单体）因陀罗。dhanuḥ（dhanus 中单业）弓。jaitram（jaitra 中单业）胜利的。raghuḥ（raghu 阳单体）罗怙。dadhau（√dhā 完成单三）安放。prajā（民众）-artha（利益）-sādhane（sādhana 实现），复合词（阳单依），为民众谋利益。tau（tad 阳双体）他俩。hi（不变词）因为。paryāya（循序，轮流）-udyata（举起）-kārmukau（kārmuka 弓），复合词（阳双体），轮流使用弓。

पुण्डरीकातपत्रस्तं विकसत्काशचामरः।
ऋतुर्विडम्बयामास न पुनः प्राप तच्छ्रियम्॥ १७॥

以白莲花为竖起的华盖，
以绽放的迦舍花为拂尘，
这个季节模仿这位国王，
只是不能获得他的光辉。（17）

puṇḍarīka（白莲）-ātapatraḥ（ātapatra 伞，华盖），复合词（阳单体），以白莲花为华盖。tam（tad 阳单业）他，指罗怙。vikasat（vi√kas 现分，绽开的）-kāśa（迦舍花）-cāmaraḥ（cāmara 拂尘），复合词（阳单体），以绽放的迦舍花为拂尘。ṛtuḥ（ṛtu 阳单体）季节。viḍambayāmāsa（vi√ḍamb 完成单三）模仿。na（不变词）不。punar

① 雨季已过，道路上空不再覆盖有乌云，故而人们感到太阳灼热，难以忍受。同时，道路通畅，便于罗怙出征，故而敌人们感到罗怙的威力灼热，难以忍受。

（不变词）然而。prāpa（pra√āp 完成单三）获得。tad（他）-śriyam（śrī 光辉），复合词（阴单业），他的光辉。

प्रसादसुमुखे तस्मिंश्चन्द्रे च विशदप्रभे।
तदा चक्षुष्मतां प्रीतिरासीत्समरसा द्वयोः॥१८॥

面容慈祥的国王，
光芒清澈的月亮，
人们望见这两者，
产生同样的喜悦。（18）

prasāda（温和，平静）-sumukhe（sumukha 可爱的脸），复合词（阳单依），面容慈祥的。tasmin（tad 阳单依）他，指国王。candre（candra 阳单依）月亮。ca（不变词）和。viśada（清澈的）-prabhe（prabhā 光辉），复合词（阳单依），光芒清澈的。tadā（不变词）当时。cakṣuṣmatām（cakṣuṣmat 阳复属）有眼睛的（人们）。prītiḥ（prīti 阴单体）喜悦。āsīt（√as 未完单三）是。sama（同样的）-rasā（rasa 味，感情），复合词（阴单体），同一味的，同样感情的。dvayoḥ（dvi 阳双依）二者。

हंसश्रेणीषु तारासु कुमुद्वत्सु च वारिषु।
विभूतयस्तदीयानां पर्यस्ता यशसामिव॥१९॥

他的名声光芒四射，
仿佛遍及成排的
天鹅，闪烁的群星，
长满白莲的水池。[①]（19）

haṃsa（天鹅）-śreṇīṣu（śreṇī 排，行），复合词（阴复依），成排的天鹅。tārāsu（tārā 阴复依）星星。kumudvatsu（kumudvat 中复依）长满莲花的。ca（不变词）和。vāriṣu（vāri 中复依）水。vibhūtayaḥ（vibhūti 阴复体）大量。tadīyānām（tadīya 中复属）他的。paryastāḥ（paryasta 阴复体）散布。yaśasām（yaśas 中复属）名声。iva（不变词）像。

इक्षुच्छायनिषादिन्यस्तस्य गोप्तुर्गुणोदयम्।
आकुमारकथोद्घातं शालिगोप्यो जगुर्यशः॥२०॥

那些守护稻田的妇女，
坐在甘蔗林荫下歌唱

① 名声的光芒是白色的，故而天鹅、群星和白莲的白色仿佛源自他的名声的光辉。

国王源自品德的名声，
从他的童年故事开始。（20）

ikṣu（甘蔗）-chāya（阴影）-niṣādinyaḥ（niṣādin 坐着的），复合词（阴复体），坐在甘蔗林荫下。tasya（tad 阳单属）这个。goptuḥ（goptṛ 阳单属）保护者，国王。guṇa（美德）-udayam（udaya 出现，产生），复合词（中单业），源自品德的。ā（自从）-kumāra（孩童）-kathā（故事）-udghātam（udghāta 开始），复合词（中单业），从童年故事开始。śāli（稻谷）-gopyaḥ（gopī 保护者），复合词（阴复体），看守稻田的女人。jaguḥ（√gai 完成复三）歌颂。yaśaḥ（yaśas 中单业）名声，名誉。

प्रससादोदयादम्भः कुम्भयोनेर्महौजसः।
रघोरभिभवाशङ्कि चुक्षुभे द्विषतां मनः॥२१॥

随着大光辉的罐生星宿
出现，河水变得清澈[①]，
随着大威力的罗怙兴起，
敌人们惧怕失败而心乱。（21）

prasasāda（pra√sad 完成单三）清洁，净化。udayāt（udaya 阳单从）上升，出现。ambhaḥ（ambhas 中单体）水。kumbha（水罐）-yoneḥ（yoni 子宫），复合词（阳单属），罐生，投山仙人，罐生星宿。mahā（大）-ojasaḥ（ojas 光辉，威力），复合词（阳单属），具有大光辉的，具有大威力的。raghoḥ（raghu 阳单属）罗怙。abhibhava（失败）-āśaṅki（āśaṅkin 惧怕），复合词（中单体），惧怕失败。cukṣubhe（√kṣubh 完成单三）激动，慌乱。dviṣatām（dviṣat 阳复属）敌人。manaḥ（manas 中单体）心。

मदोदग्राः ककुद्मन्तः सरितां कूलमुद्रुजाः।
लीलाखेलमनुप्रापुर्महोक्षास्तस्य विक्रमम्॥२२॥

那些长有隆肉的大公牛，
正在破坏河流的堤岸，[②]
满怀骄傲，模仿他在
游戏娱乐中展现的力量。（22）

mada（迷醉）-udagrāḥ（udagra 激动，骄傲），复合词（阳复体），迷醉而骄傲的。kakudmantaḥ（kakudmat 阳复体）长有隆肉的。saritām（sarit 阴复属）河流。kūlam（kūla 堤岸）-udrujāḥ（udruja 破坏），复合词（阳复体），破坏堤岸的。līlā（游戏）-khelam

① “罐生星宿”（即“投山仙人星宿”）出现在雨季之后，故而河水开始变得清澈。
② 这是指公牛们用牛角顶撞河岸，作为它们的一种游戏方式。

（khela 嬉戏的），复合词（阳单业），游戏娱乐的。anuprāpuḥ（anu-pra√āp 完成复三）模仿。mahā（大）-ukṣāḥ（ukṣan 公牛），复合词（阳复体），大公牛。tasya（tad 阳单属）他，指罗怙。vikramam（vikrama 阳单业）勇力，力量。

प्रसवैः सप्तपर्णानां मदगन्धिभिराहताः।
असूययेव तन्नागाः सप्तधैव प्रसुस्रुवुः॥२३॥

七叶树花朵散发流涎香，
他的那些大象受到刺激，
仿佛怀着强烈的妒忌心，
全身七处①同时流出液汁。（23）

prasavaiḥ（prasava 阳复具）花。saptaparṇānām（saptaparṇa 阳复属）七叶树。mada（颞颥液汁）-gandhibhiḥ（gandhin 芳香的），复合词（阳复具），具有流涎香。āhatāḥ（āhata 阳复体）打击，刺激。asūyayā（asūyā 阴单具）嫉妒。iva（不变词）仿佛。tad（他）-nāgāḥ（nāga 大象），复合词（阳复体），他的大象。saptadhā（不变词）七部分。eva（不变词）确实。prasusruvuḥ（pra√sru 完成复三）流淌。

सरितः कुर्वती गाधाः पथश्चाश्यानकर्दमान्।
यात्रायै चोदयामास तं शक्तेः प्रथमं शरत्॥२४॥

使河流可以涉水而过，
使道路上的泥土变干，
秋天催促他启程出征，
先于他的能力催促他。（24）

saritaḥ（sarit 阴复业）河流。kurvatī（√kṛ 现分，阴单体）做。gādhāḥ（gādha 阴复业）不深的，可涉水而过的。pathaḥ（pathin 阳复业）道路。ca（不变词）和。āśyāna（干涸）-kardamān（kardama 泥土），复合词（阳复业），泥土变干。yātrāyai（yātrā 阴单为）行军，出征。codayāmāsa（√cud 致使，完成单三）激励，促使。tam（tad 阳单业）他。指罗怙。śakteḥ（śakti 阴单属）能力，力量。prathamam（不变词）首先，先于。śarat（śarad 阴单体）秋天。

तस्मै सम्यग्घुतो वह्निर्वाजिनीराजनाविधौ।
प्रदक्षिणार्चिर्व्याजेन हस्तेनेव जयं ददौ॥२५॥

① “七处”指两边颞颥、两个鼻孔、两个眼睛和生殖器。

在火光绕马的仪式上[①]，
祭火受到正确的祭供，
仿佛借助转向右边的
火焰，伸手祝他胜利。（25）

tasmai（tad 阳单为）他，指罗怙。samyak（正确）-hutaḥ（huta 祭供），复合词（阳单体），正确祭供。vahniḥ（vahni 阳单体）火，祭火。vāji（vājin 马）-nīrājanā（照耀）-vidhau（vidhi 仪式），复合词（阳单依），火光绕马的仪式。pradakṣiṇa（向右的）-arcis（火焰）-vyājena（vyāja 乔装，借助），复合词（阳单具），借助转向右边的火焰。hastena（hasta 阳单具）手。iva（不变词）仿佛。jayam（jaya 阳单业）胜利。dadau（√dā 完成单三）给予。

स गुप्तमूलप्रत्यन्तः शुद्धपार्ष्णिरयान्वितः।
षड्विधं बलमादाय प्रतस्थे दिग्जिगीषया॥२६॥

严密守护首都和边境，
清除后方敌人，好运
伴随，渴望征服四方，
他带领六支力量[②]出发。（26）

saḥ（tad 阳单体）他，指罗怙。gupta（保护）-mūla（根基，首都）-pratyantaḥ（pratyanta 边界），复合词（阳单体），守护首都和边境。śuddha（净化，清除）-pārṣṇiḥ（pārṣṇi 后方），复合词（阳单体），清除后方。aya（好运）-anvitaḥ（anvita 伴随），复合词（阳单体），好运伴随。ṣaḍvidham（ṣaḍvidha 中单业）六种。balam（bala 中单业）力量。ādāya（ā√dā 独立式）取得，带领。pratasthe（pra√sthā 完成单三）出发。diś（方向）-jigīṣayā（jigīṣā 渴望胜利），复合词（阴单具），渴望征服四方。

अवाकिरन्वयोवृद्धास्तं लाजैः पौरयोषितः।
पृषतैर्मन्दरोद्धूतैः क्षीरोर्मय इवाच्युतम्॥२७॥

城市中的老年妇女们
向他抛撒炒米，犹如
乳海波浪向毗湿奴泼洒
曼陀罗山搅起的水滴。[③]（27）

avākiran（ava√kṝ 未完复三）抛洒。vayas（年龄）-vṛddhāḥ（vṛddha 年老的），复

① 这是在双马童月举行的祭祀仪式，用以净化出征的军队。
② “六支力量”指旧臣、侍从、朋友、雇佣兵、俘虏兵和森林部落。
③ 按照古代传说，众天神和阿修罗曾经用曼陀罗山作为搅棒，搅动乳海。

合词（阴复体），年老的。tam（tad 阳单业）他，指罗怙。lājaiḥ（lāja 阳复具）炒米。paura（城市的）-yoṣitaḥ（yoṣit 妇女），复合词（阴复体），城市中的妇女。pṛṣataiḥ（pṛṣata 阳复具）水滴。mandara（曼陀罗山）-uddhūtaiḥ（uddhūta 搅出），复合词（阳复具），曼陀罗山搅起的。kṣīra（乳汁）-ūrmayaḥ（ūrmi 波浪），复合词（阴复体），乳海波浪。iva（不变词）好像。acyutam（acyuta 阳单业）不坠落的，指毗湿奴。

स ययौ प्रथमं प्राचीं तुल्यः प्राचीनबर्हिषा।
अहिताननिलोद्धूतैस्तर्जयन्निव केतुभिः॥२८॥

他与因陀罗相匹配，
首先出发前往东方[①]，
那些旗帜迎风飘扬，
仿佛在威胁敌人们。（28）

saḥ（tad 阳单体）他，指罗怙。yayau（√yā 完成单三）去往。prathamam（不变词）首先。prācīm（prācī 阴单业）东方。tulyaḥ（tulya 阳单体）相似的。prācīnabarhiṣā（prācīnabarhis 阳单具）因陀罗。ahitān（ahita 阳复业）敌人。anila（风）-uddhūtaiḥ（uddhūta 飘扬），复合词（阳复具），迎风飘扬的。tarjayan（√tarj 致使，现分，阳单体）威胁。iva（不变词）仿佛。ketubhiḥ（ketu 阳复具）旗帜。

रजोभिः स्यन्दनोद्धूतैर्गजैश्च घनसंनिभैः।
भुवस्तलमिव व्योम कुर्वन्व्योमेव भूतलम्॥२९॥

那些战车扬起尘土，
那些大象如同乌云，
他仿佛使地面变天空，
又仿佛使天空变地面。（29）

rajobhiḥ（rajas 中复具）灰尘。syandana（战车）-uddhūtaiḥ（uddhūta 扬起），复合词（中复具），战车扬起的。gajaiḥ（gaja 阳复具）大象。ca（不变词）而且。ghana（乌云）-saṃnibhaiḥ（saṃnibha 像），复合词（阳复具），如同乌云。bhuvaḥ（bhū 阴单属）大地。talam（tala 中单业）地面。iva（不变词）仿佛。vyoma（vyoman 中单业）天空。kurvan（√kṛ 现分，阳单体）做，造成。vyoma（vyoman 中单业）天空。iva（不变词）仿佛。bhūtalam（bhūtala 中单业）地面。

प्रतापोऽग्रे ततः शब्दः परागस्तदनन्तरम्।

① 因陀罗统辖东方。

ययौ पश्चाद्रथादीति चतुःस्कन्धेव सा चमूः ॥ ३० ॥

首先是光辉，然后是声响，
接着是尘土，最后才出现
战车等等，军队向前挺进，
仿佛由这四个部分组成。（30）

pratāpaḥ（pratāpa 阳单体）光辉。agre（agra 中单依）前端。tatas（不变词）然后。śabdaḥ（śabda 阳单体）声音。parāgaḥ（parāga 阳单体）灰尘。tadanantaram（不变词）然后。yayau（√yā 完成单三）前往。paścāt（不变词）然后。ratha（战车）-ādi（ādi 等等），复合词（中单体），战车等等。iti（不变词）这样，如此。catur（四）-skandhā（skandha 主干，部分），复合词（阴单体），四个部分。iva（不变词）好似。sā（tad 阴单体）这，指军队。camūḥ（camū 阴单体）军队。

मरुपृष्ठान्युदम्भांसि नाव्याः सुप्रतरा नदीः।
विपिनानि प्रकाशानि शक्तिमत्त्वाच्चकार सः ॥ ३१ ॥

他凭借自己有能力，
使沙漠变得充满水，
使河流更容易渡船，
也使密林变得空旷。（31）

maru（沙漠）-pṛṣṭhāni（pṛṣṭha 表面），复合词（中复业），沙漠表面。ud（在上面）-ambhāṃsi（ambhas 水），复合词（中复业），布满水。nāvyāḥ（nāvya 阴复业）适合行船的。su（好的）-pratarāḥ（pratara 通过），复合词（阴复业），容易通过。nadīḥ（nadī 阴复业）河流。vipināni（vipina 中复业）密林。prakāśāni（prakāśa 中复业）空旷的。śaktimattvāt（śaktimattva 中单从）有能力。cakāra（√kṛ 完成单三）做。saḥ（tad 阳单体）他，指罗怙。

स सेनां महतीं कर्षन्पूर्वसागरगामिनीम्।
बभौ हरजटाभ्रष्टां गङ्गामिव भगीरथः ॥ ३२ ॥

犹如跋吉罗陀引领
从湿婆顶髻落下的
天国恒河[①]，他引领
这支大军前往东海。（32）

① 传说跋吉罗陀是沙伽罗的重孙，为了拯救被迦比罗仙人焚烧成灰的那些祖先，而将天国的恒河引向大地，净化祖先们的骨灰，让他们得以升天。参阅第三章第50首注。

saḥ（tad 阳单体）他，指罗怙。senām（senā 阴单业）军队。mahatīm（mahat 阴单业）大的。karṣan（√kṛṣ 现分，阳单体）引领。pūrva（东边的）-sāgara（大海）-gāminīm（gāmin 前往），复合词（阴单业），前往东海。babhau（√bhā 完成单三）呈现，显现。hara（诃罗，湿婆的称号）-jaṭā（顶髻）-bhraṣṭām（bhraṣṭa 落下），复合词（阴单业），从湿婆的顶髻落下。gaṅgām（gaṅgā 阴单业）恒河。iva（不变词）犹如。bhagīrathaḥ（bhagīratha 阳单体）跋吉罗陀。

त्याजितैः फलमुत्खातैर्भग्नैश्च बहुधा नृपैः।
तस्यासीदुल्बणो मार्गः पादपैरिव दन्तिनः॥३३॥

他一路前进的迹象明显，国王们
财富丧失，根基毁坏，一再失败，
犹如大象前进的路上，那些树木
果实坠落，连根拔起，纷纷倒地。（33）

tyājitaiḥ（tyājita 阳复具）抛弃，舍弃。phalam（phala 中单业）果实，成果。utkhātaiḥ（utkhāta 阳复具）连根拔起。bhagnaiḥ（bhagna 阳复具）毁坏，溃败。ca（不变词）还有。bahudhā（不变词）多种，一再。nṛpaiḥ（nṛpa 阳复具）国王。tasya（tad 阳单属）他，指罗怙。āsīt（√as 未完单三）是。ulbaṇaḥ（ulbaṇa 阳单体）明显的。mārgaḥ（mārga 阳单体）道路。pādapaiḥ（pādapa 阳复具）树。iva（不变词）好像。dantinaḥ（dantin 阳单属）大象。

पौरस्त्यानेवमाक्रामंस्तांस्ताञ्जनपदाञ्जयी।
प्राप तालीवनश्याममुपकण्ठं महोदधेः॥३४॥

他已经征服东方的
那些国家，节节胜利，
到达大海边，沿岸
长满棕榈树林而幽暗。（34）

paurastyān（paurastya 阳复业）东方的。evam（不变词）这样。ākrāman（ā√kram 现分，阳单体）征服。tān（tad 阳复业）这，指被征服的国家。tān（tad 阳复业）这，指被征服的国家。janapadān（janapada 阳复业）国家。jayī（jayin 阳单体）胜利者。prāpa（pra√āp 完成单三）得到，到达。tālī（棕榈树）-vana（树林）-śyāmam（śyāma 黑色的），复合词（阳单业），长满棕榈树林而幽暗的。upakaṇṭham（upakaṇṭha 阳单业）附近，邻近。mahā（大的）-udadheḥ（udadhi 大海），复合词（阳单属），大海。

अनम्राणां समुद्धर्तुस्तस्मात्सिन्धुरयादिव।

आत्मा संरक्षितः सुह्मैर्वृत्तिमाश्रित्य वैतसीम् ॥ ३५ ॥

他彻底摧毁不屈从者，
而苏赫摩人保护自己，
仿照芦苇的生存方式，
免遭河中急流的摧毁。（35）

anamrāṇām（anamra 阳复属）不弯曲的，不屈从的（人）。samuddhartuḥ（samuddhartṛ 阳单从）根除者，摧毁者。tasmāt（tad 阳单从）这，指国王。sindhu（河）-rayāt（raya 急流），复合词（阳单从），河中急流。iva（不变词）好像。ātmā（ātman 阳单体）自己。saṃrakṣitaḥ（saṃrakṣita 阳单体）保护。suhmaiḥ（suhma 阳复具）苏赫摩人。vṛttim（vṛtti 阴单业）行为方式，生存方式。āśritya（ā√śri 独立式）依靠。vaitasīm（vaitasa 阴单业）芦苇的。

वङ्गानुत्खाय तरसा नेता नौसाधनोद्यतान्।
निचखान जयस्तम्भान्गङ्गास्रोतोन्तरेषु सः ॥ ३६ ॥

他迅猛地摧毁利用
船舶迎战的梵伽人，
在恒河的支流之间，
竖起一根根胜利柱。（36）

vaṅgān（vaṅga 阳复业）梵伽人。utkhāya（ud√khan 独立式）摧毁，根除。tarasā（taras 中单具）迅猛。netā（netṛ 阳单体）领导者，国王。nau（船）-sādhana（手段，军队）-udyatān（udyata 从事，准备），复合词（阳复业），以船队迎战的。nicakhāna（ni√khan 完成单三）竖立。jaya（胜利）-stambhān（stambha 柱子），复合词（阳复业），胜利柱。gaṅgā（恒河）-srotas（水流）-antareṣu（antara 中间），复合词（中复依），在恒河支流之间。saḥ（tad 阳单体）他，指罗怙。

आपादपद्मप्रणताः कलमा इव ते रघुम्।
फलैः संवर्धयामासुरुत्खातप्रतिरोपिताः ॥ ३७ ॥

遭到摧毁，而后得到扶植，
他们拜倒在他的莲花脚下，
献给罗怙财富，犹如稻子
拔秧插秧，献给罗怙稻谷。（37）

ā（附近）-pāda（脚）-padma（莲花）-praṇatāḥ（praṇata 俯身，致敬），复合词（阳复体），拜倒在莲花脚下。kalamāḥ（kalama 阳复体）稻子。iva（不变词）犹如。te （tad 阳复体）他。raghum（raghu 阳单业）罗怙。phalaiḥ（phala 中复具）果实。saṃvardhayāmāsuḥ（sam√vṛdh 致使，完成复三）增长。utkhāta（铲除，摧毁）-pratiropitāḥ（pratiropita 扶植，种植），复合词（阳复体），摧毁而后扶植。

स तीर्त्वा कपिशां सैन्यैर्बद्धद्विरदसेतुभिः।
उत्कलादर्शितपथः कलिङ्गाभिमुखो ययौ॥३८॥

他让大象们连接成桥梁，
带领军队越过迦比沙河，
由乌特迦罗人指引道路，
向羯陵伽人的地区挺进。（38）

saḥ（tad 阳单体）他，指罗怙。tīrtvā（√tṝ 独立式）越过。kapiśām（kapiśā 阴单业）迦比沙河。sainyaiḥ（sainya 中复具）军队。baddha（连接）-dvirada（大象）-setubhiḥ（setu 桥梁），复合词（阳复具），大象们连接成桥梁。utkala（乌特迦罗人）-ādarśita（指引）-pathaḥ（patha 道路），复合词（阳单体），由乌特迦罗人指引道路。kaliṅga（羯陵伽人的地区）-abhimukhaḥ（abhimukha 朝着），复合词（阳单体），向羯陵伽人的地区。yayau（√yā 完成单三）前往。

स प्रतापं महेन्द्रस्य मूर्ध्नि तीक्ष्णं न्यवेशयत्।
अङ्कुशं द्विरदस्येव यन्ता गम्भीरवेदिनः॥३९॥

他带给摩亨陀罗山
顶峰炽烈的光热，
犹如象夫用刺棒
刺激不怕疼的象。（39）

saḥ（tad 阳单体）他，指罗怙。pratāpam（pratāpa 阳单业）光热，光辉。mahendrasya（mahendra 阳单属）摩亨陀罗山。mūrdhni（mūrdhan 阳单依）顶部，顶峰。tīkṣṇam（tīkṣṇa 阳单业）强烈的。nyaveśayat（ni√viś 致使，未完单三）安放。aṅkuśam（aṅkuśa 阳单业）象钩，刺棒。dviradasya（dvirada 阳单属）大象。iva（不变词）好像。yantā（yantṛ 阳单体）驾驭者，象夫。gambhīra（深厚的，粗糙的）-vedinaḥ（vedin 感觉的），复合词（阳单属），感觉迟钝的，不怕疼的。

प्रतिजग्राह कालिङ्गस्तमस्त्रैर्गजसाधनः।
पक्षच्छेदोद्यतं शक्रं शिलावर्षीव पर्वतः॥४०॥

羯陵伽王依靠象军，

发射许多飞镖迎战他，
犹如山岳抛洒石雨，
对付砍翅膀的因陀罗。[①]（40）

pratijagrāha（prati√grah 完成单三）抵抗，迎战。kāliṅgaḥ（kāliṅga 阳单体）羯陵伽王。tam（tad 阳单业）他，指罗怙。astraiḥ（astra 中复具）箭，飞镖。gaja（大象）-sādhanaḥ（sādhana 工具，军队），复合词（阳单体），以大象为军队。pakṣa（翅膀）-cheda（砍下）-udyatam（udyata 从事），复合词（阳单业），砍翅膀的。śakram（śakra 阳单业）帝释天，因陀罗。śilā（石头）-varṣī（varṣin 下雨的），复合词（阳单体），石雨。iva（不变词）犹如。parvataḥ（parvata 阳单体）山。

द्विषां विषह्य काकुत्स्थस्तत्र नाराचदुर्दिनम्।
सन्मङ्गलस्नात इव प्रतिपेदे जयश्रियम्॥४१॥

罗怙[②]在这里忍受
敌人们的铁箭雨，
仿佛经过吉祥沐浴，
而获得胜利女神。（41）

dviṣām（dviṣ 阳复属）敌人。viṣahya（vi√sah 独立式）忍受。kākutsthaḥ（kākutstha 阳单体）罗怙。tatra（不变词）这里。nārāca（铁箭）-durdinam（durdina 雨），复合词（中单业），铁箭雨。sat（好的）-maṅgala（吉祥的）-snātaḥ（snāta 沐浴），复合词（阳单体），经过吉祥的沐浴。iva（不变词）仿佛。pratipede（prati√pad 完成单三）获得。jaya（胜利）-śriyam（śrī 女神），复合词（阴单业），胜利女神。

ताम्बूलीनां दलैस्तत्र रचितापानभूमयः।
नारिकेलासवं योधाः शात्रवं च पपुर्यशः॥४२॥

士兵们在这里建起
饮酒处，用蒟酱叶
杯子饮用椰子奶酒，
也饮用敌人的名誉。[③]（42）

---

① 传说群山从前曾长有翅膀，后来被因陀罗砍掉。

② 这里“罗怙”的用词是 kākutstha（迦俱私陀后裔）。传说天神曾在战争中败于阿修罗。他们听从毗湿奴的指示，请求阿逾陀城国王布兰遮耶（purañjaya）协助作战。布兰遮耶同意他们的请求，但要求因陀罗作为他的坐骑。于是，因陀罗化为公牛，作为他的坐骑。从此，布兰遮耶获得“迦俱私陀”（kakutstha）的称号，意谓“坐在（公牛）隆肉上”。

③ 椰子奶酒和名誉同为白色，暗喻打败敌人。

tāmbūlīnām（tāmbūlī 阴复属）蒟酱。dalaiḥ（dala 阳复具）叶子。tatra（不变词）在这里。racita（安排）-āpāna（饮酒）-bhūmayaḥ（bhūmi 地方），复合词（阳复体），建起饮酒处。nārikela（椰子）-āsavam（āsava 酒），复合词（阳单业），椰子酒。yodhāḥ（yodha 阳复体）士兵。śātravam（śātrava 中单业）敌人的。ca（不变词）和。papuḥ（√pā 完成复三）饮用。yaśaḥ（yaśas 中单业）名誉。

गृहीतप्रतिमुक्तस्य स धर्मविजयी नृपः।
श्रियं महेन्द्रनाथस्य जहार न तु मेदिनीम्॥४३॥

这位国王依靠正法获取
胜利，抓住摩亨陀罗王，
而后又释放，取走他的
财富，不取走他的领地。（43）

gṛhīta（抓住）-pratimuktasya（pratimukta 释放），复合词（阳单属），抓住又释放。saḥ（tad 阳单体）这个。dharma（正法）-vijayī（vijayin 胜利者），复合词（阳单体），依据正法取得胜利的。nṛpaḥ（nṛpa 阳单体）国王。śriyam（śrī 阴单业）财富。mahendra（摩亨陀罗山）-nāthasya（nātha 主人），复合词（阳单属），摩亨陀罗王。jahāra（√hṛ 完成单三）取走。na（不变词）不。tu（不变词）但是。medinīm（medinī 阴单业）大地，领地。

ततो वेलातटेनैव फलवत्पूगमालिना।
अगस्त्याचरितामाशामनाशास्यजयो ययौ॥४४॥

然后，他沿着围绕成排
结有果实的槟榔树的海岸，
向投山居住的方位①挺进，
一路上无需刻意争取胜利。（44）

tatas（不变词）然后。velā（海岸）-taṭena（taṭa 岸），复合词（阳单具），海岸。eva（不变词）确实。phalavat（结有果实的）-pūga（槟榔树）-mālinā（mālin 围绕的），复合词（阳单具），围绕成排结有果实的槟榔树。agastya（投山仙人）-ācaritām（ācarita 出没），复合词（阴单业），投山仙人出没的。āśām（āśā 阴单业）方向。anāśāsya（无渴求的）-jayaḥ（jaya 胜利），复合词（阳单体），无需刻意争取胜利的。yayau（√yā 完成单三）前往。

① 投山仙人居住的方位指南方。

स सैन्यपरिभोगेण गजदानसुगन्धिना।
कावेरीं सरितां पत्युः शङ्कनीयामिवाकरोत्॥४५॥

军队享用河水而使河水
带有大象颞颥液汁香味，
他仿佛造成迦吠利河成为
河流之主大海的怀疑对象。①（45）

saḥ（tad 阳单体）他。sainya（军队）-paribhogeṇa（paribhoga 享用），复合词（阳单具），军队享用。gaja（大象）-dāna（颞颥汁液）-sugandhinā（sugandhin 芳香的），复合词（阳单具），带有大象颞颥汁液的香味。kāverīm（kāverī 阴单业）迦吠利河。saritām（sarit 阴复属）河流。patyuḥ（pati 阳单属）主人。śaṅkanīyām（śaṅkanīya 阴单业）可怀疑的。iva（不变词）仿佛。akarot（√kṛ 未完单三）做，成为。

बलैरध्युषितास्तस्य विजिगीषोर्गताध्वनः।
मारीचोद्भ्रान्तहारीता मलयाद्रेरुपत्यकाः॥४६॥

渴望胜利，一路行进，
他的军队现在驻扎在
摩罗耶山麓，鸽子们
在胡椒树丛上空盘旋。（46）

balaiḥ（bala 中复具）军队。adhyuṣitāḥ（adhyuṣita 阴复体）驻扎，扎营。tasya（tad 阳单属）他，指罗怙。vijigīṣoḥ（vijigīṣu 阳单属）渴望胜利的。gata（前进）-adhvanaḥ（adhvan 道路），复合词（阳单属），一路行进的。mārīca（胡椒树丛）-udbhrānta（盘旋）-hārītāḥ（hārīta 鸽子），复合词（阴复体），鸽子在胡椒树丛上空盘旋。malaya（摩罗耶山）-adreḥ（adri 山），复合词（阳单属），摩罗耶山。upatyakāḥ（upatyakā 阴复体）山脚。

ससञ्जुरश्वक्षुण्णानामेलानामुत्पतिष्णवः।
तुल्यगन्धिषु मत्तेभकटेषु फलरेणवः॥४७॥

马蹄踩碎小豆蔻，
果实的粉末飞扬，
沾上气味相同的
发情大象的颞颥。（47）

---

① 这里意谓大海怀疑迦吠利河对自己的忠贞。

sasañjuḥ（√sañj 完成复三）附着，沾上。aśva（马）-kṣuṇṇānām（kṣuṇṇa 踩踏），复合词（阴复属），马蹄踩碎。elānām（elā 阴复属）小豆蔻。utpatiṣṇavaḥ（utpatiṣṇu 阳复体）上升的，飞扬的。tulya（相同的）-gandhiṣu（gandhin 有气味的），复合词（阳复依），有相同气味的。matta（发情的，迷醉的）-ibha（大象）-kaṭeṣu（kaṭa 颞颥），复合词（阳复依），发情大象的颞颥。phala（果实）-reṇavaḥ（reṇu 尘埃，粉末），复合词（阳复体），果实的粉末。

भोगिवेष्टनमार्गेषु चन्दनानां समर्पितम्।
नास्रसत्करिणां ग्रैवं त्रिपदीच्छेदिनामपि॥४८॥

旃檀树有蛇缠绕的沟痕，
那些大象即使能够挣断
脚上锁链，而系在这些
沟痕上的颈链不会脱落。（48）

bhogi（bhogin 蛇）-veṣṭana（环绕）-mārgeṣu（mārga 伤痕，沟痕），复合词（阳复依），蛇缠绕的沟痕。candanānām（candana 阳复属）旃檀树。samarpitam（samarpita 中单体）安置，系缚。na（不变词）不。asrasat（√sraṃs 不定单三）滑落，脱落。kariṇām（karin 阳复属）大象。graivam（graiva 中单体）颈链。tripadī（大象的脚链）-chedinām（chedin 分离，断开），复合词（阳复属），挣断脚链的。api（不变词）即使。

दिशि मन्दायते तेजो दक्षिणस्यां रवेरपि।
तस्यामेव रघोः पाण्ड्याः प्रतापं न विषेहिरे॥४९॥

即使太阳的光芒
在南方变得昏暗，
般底耶人也不能
抵御罗怙的威力。[①]（49）

diśi（diś 阴单依）方向。mandāyate（√mandāya 名动词，现在单三）变弱，变昏暗。tejaḥ（tejas 中单体）光辉，光芒。dakṣiṇasyām（dakṣiṇa 阴单依）南方的。raveḥ（ravi 阳单属）太阳。api（不变词）即使。tasyām（tad 阴单依）这个，指南方。eva（不变词）甚至。raghoḥ（raghu 阳单属）罗怙。pāṇḍyāḥ（pāṇḍya 阳复体）般底耶人。pratāpam（pratāpa 阳单业）威力。na（不变词）不。viṣehire（vi√sah 完成复三）抵御。

ताम्रपर्णीसमेतस्य मुक्तासारं महोदधेः।

---

① 这里意谓即使太阳的光芒在南方变得昏暗，罗怙的威力在这里也不会减弱。

ते निपत्य ददुस्तस्मै यशः स्वमिव संचितम्॥५०॥

他们拜倒在他的脚下，
献上从铜叶河入海处
采集的大海优质珍珠，
犹如献上自己的名誉。[①]（50）

tāmraparṇī（铜叶河）-sametasya（sameta 汇合），复合词（阳单属），铜叶河汇合的。muktā（珍珠）-sāram（sāra 精华），复合词（中单业），优质珍珠。mahā（大的）-udadheḥ（udadhi 大海），复合词（阳单属），大海的。te（tad 阳复体）他，指般底耶人。nipatya（ni√pat 独立式）拜倒。daduḥ（√dā 完成复三）给予，献上。tasmai（tad 阳单为）他，指罗怙。yaśaḥ（yaśas 中单业）名誉。svam（sva 中单业）自己的。iva（不变词）犹如。saṃcitam（saṃcita 中单业）采集。

स निर्विश्य यथाकामं तटेष्वालीनचन्दनौ।
स्तनाविव दिशस्तस्याः शैलौ मलयदर्दुरौ॥५१॥

他尽情享受山坡长满
旃檀树的摩罗耶山和
达尔杜罗山，如同这里
涂抹檀香膏的一对乳房。（51）

saḥ（tad 阳单体）他，指罗怙。nirviśya（nis√viś 独立式）享受。yathākāmam（不变词）如愿地，尽情地。taṭeṣu（taṭa 阳复依）山坡。ālīna（附着，长着）-candanau（candana 旃檀树），复合词（阳双业），长满旃檀树。stanau（stana 阳双业）乳房。iva（不变词）好像。diśaḥ（diś 阴单属）方位，地区。tasyāḥ（tad 阴单属）这，指南方。śailau（śaila 阳双业）山。malaya（摩罗耶山）-dardurau（dardura 达尔杜罗山），复合词（阳双业），摩罗耶山和达尔杜罗山。

असह्यविक्रमः सह्यं दूरान्मुक्तमुदन्वता।
नितम्बमिव मेदिन्याः स्रस्तांशुकमलङ्घयत्॥५२॥

他的威力不可抗衡，
又越过远离大海的
沙希耶山，似衣裙
褪落的大地臀部。[②]（52）

① 珍珠和名誉同为白色。
② 这里是将大海比作大地的衣裙。

a（不）-sahya（可忍受的）-vikramaḥ（vikrama 英勇，威力），复合词（阳单体），威力不可抗衡的。sahyam（sahya 阳单业）沙希耶山。dūrāt（不变词）遥远地。muktam（mukta 阳单业）摆脱，脱离。udanvatā（udanvat 阳单具）大海。nitambam（nitamba 阳单业）臀部。iva（不变词）仿佛。medinyāḥ（medinī 阴单属）大地。srasta（落下）-aṃśukam（aṃśuka 衣衫），复合词（阳单业），衣衫褪落的。alaṅghayat（√laṅgh 致使，未完单三）超越，跨越。

तस्यानीकैर्विसर्पद्भिरपरान्तजयोद्यतैः।
रामास्त्रोत्सारितोऽप्यासीत्सह्यलग्न इवार्णवः॥५३॥

他的军队准备征服西海岸，
而向那里挺进，仿佛大海
又贴近沙希耶山，即使它
已被持斧罗摩的飞镖赶走。①（53）

tasya（tad 阳单属）他，指罗怙。anīkaiḥ（anīka 阳复具）军队。visarpadbhiḥ（vi√sṛp 现分，阳复具）前进，挺进。aparānta（西部边界）-jaya（战胜）-udyataiḥ（udyata 准备），复合词（阳复具），准备征服西海岸。rāma（持斧罗摩）-astra（飞镖）-utsāritaḥ（utsārita 驱赶），复合词（阳单体），被持斧罗摩的飞镖赶走。api（不变词）即使。āsīt（√as 未完单三）是。sahya（沙希耶山）-lagnaḥ（lagna 粘连，接触），复合词（阳单体），贴近沙希耶山。iva（不变词）仿佛。arṇavaḥ（arṇava 阳单体）大海。

भयोत्सृष्टविभूषाणां तेन केरलयोषिताम्।
अलकेषु चमूरेणुश्चूर्णप्रतिनिधीकृतः॥५४॥

盖拉罗地区的妇女们
出于惧怕而放弃装饰，
罗怙用军队扬起的尘土
取代她们发髻上的香粉。（54）

bhaya（惧怕）-utsṛṣṭa（放弃）-vibhūṣāṇām（vibhūṣā 装饰），复合词（阴复属），出于惧怕而放弃装饰的。tena（tad 阳单具）他，指罗怙。kerala（盖拉罗地区）-yoṣitām（yoṣit 妇女），复合词（阴复属），盖拉罗地区的妇女们。alakeṣu（alaka 阳复依）头发，发髻。camū（军队）-reṇuḥ（reṇu 尘埃），复合词（阳单体），军队扬起的尘土。cūrṇa（香粉）-pratinidhīkṛtaḥ（pratinidhīkṛta 成为替代品），复合词（阳单体），成为香

① 这里以大海比喻他的军队。传说迦叶波仙人举行祭祀时，持斧罗摩将自己征服的整个大地献给他。然后，他不能住在献出的大地上，便用飞镖胁迫大海撤离沙希耶山，腾出一些地区给他。

粉的替代品。

मुरलामारुतोद्धूतमगमत्कैतकं रजः।
तद्योधवारबाणानामयत्नपटवासताम्॥५५॥

摩罗拉河的风扬起
盖多迦树上的花粉，
成为士兵们铠甲上
不费力获得的香粉。（55）

muralā（摩罗拉河）-māruta（风）-uddhūtam（uddhūta 扬起），复合词（中单体），摩罗拉河的风扬起的。agamat（√gam 不定单三）去，成为。kaitakam（kaitaka 中单体）盖多迦树的。rajaḥ（rajas 中单体）花粉。tad（他）-yodha（士兵）-vārabāṇānām（vārabāṇa 铠甲），复合词（阳复属），他的士兵们的铠甲。ayatna（不费力的）-paṭavāsa（香粉）-tām（tā 性质），复合词（阴单业），不用费力而获得的香粉。

अभ्यभूयत वाहानां चरतां गात्रशिञ्जितैः।
वर्मभिः पवनोद्धूतराजतालीवनध्वनिः॥५६॥

那些战马在行进中，
铠甲在马身上叮当
作响，淹没槟榔树林
在风中摇曳的沙沙声。（56）

abhyabhūyata（abhi√bhū 被动，未完单三）压倒。vāhānām（vāha 阳复属）马。caratām（√car 现分，阳复属）行进。gātra（身体）-śiñjitaiḥ（śiñjita 叮当作响），复合词（中复具），身上叮当作响。varmabhiḥ（varman 中复具）铠甲。pavana（风）-uddhūta（摇晃）-rājatālī（槟榔树）-vana（树林）-dhvaniḥ（dhvani 声音），复合词（阳单体），风吹动槟榔树林发出的声音。

खर्जूरीस्कन्धनद्धानां मदोद्गारसुगन्धिषु।
कटेषु करिणां पेतुः पुंनागेभ्यः शिलीमुखाः॥५७॥

那些大象拴在克朱罗
树干上，颞颥散发着
液汁香味，蜜蜂纷纷
从彭那伽花飞落那里。（57）

kharjūrī（克朱罗树）-skandha（树干）-naddhānām（naddha 捆绑），复合词（阳

复属），拴在克朱罗树干上的。mada（液汁）-udgāra（流出）-sugandhiṣu（sugandhin 芳香的），复合词（阳复依），散发着流淌的液汁香味。kaṭeṣu（kaṭa 阳复依）颞颥。kariṇām（karin 阳复属）大象。petuḥ（√pat 完成复三）飞落。puṃnāgebhyaḥ（puṃnāga 阳复从）彭那伽树。śilīmukhāḥ（śilīmukha 阳复体）蜜蜂。

अवकाशं किलोदन्वान्रामायाभ्यर्थितो ददौ।
अपरान्तमहीपालव्याजेन रघवे करम्॥५८॥

据说，大海受到请求，
才给予持斧罗摩空间，
而现在借助西海岸的
国王，主动向罗怙进贡。（58）

avakāśam（avakāśa 阳单业）地方，空间。kila（不变词）据说。udanvān（udanvat 阳单体）大海。rāmāya（rāma 阳单为）持斧罗摩。abhyarthitaḥ（abhyarthita 阳单体）请求。dadau（√dā 完成单三）给予。aparānta（西边）-mahīpāla（国王）-vyājena（vyāja 借口，乔装），复合词（阳单具），借助西海岸的国王。raghave（raghu 阳单为）罗怙。karam（kara 阳单业）赋税，贡品。

मत्तेभरदनोत्कीर्णव्यक्तविक्रमलक्षणम्।
त्रिकूटमेव तत्रोच्चैर्जयस्तम्भं चकार सः॥५९॥

他以那座三峰山作为
高耸的胜利柱，那些
发怒的大象象牙的刻划，
明显记载着他的功绩。（59）

matta（迷醉的，愤怒的）-ibha（大象）-radana（牙齿）-utkīrṇa（刻划）-vyakta（明显的）-vikrama（威力）-lakṣaṇam（标志），复合词（阳单业），发怒的大象象牙刻划成为他的威力的明显标志。trikūṭam（trikūṭa 阳单业）三峰山。eva（不变词）确实。tatra（不变词）这里。uccais（不变词）高耸。jaya（胜利）-stambham（stambha 支柱），复合词（阳单业），胜利柱。cakāra（√kṛ 完成单三）做。saḥ（tad 阳单体）他，指罗怙。

पारसीकांस्ततो जेतुं प्रतस्थे स्थलवर्त्मना।
इन्द्रियाख्यानिव रिपूंस्तत्त्वज्ञानेन संयमी॥६०॥

然后，他又启程出发，

通过陆路征服波斯人，
犹如自制者依靠真知
战胜称为感官的敌人。（60）

pārasīkān（pārasīka 阳复业）波斯人。tatas（不变词）然后。jetum（√ji 不定式）战胜。pratasthe（pra√sthā 完成单三）出发。sthala（陆地）-vartmanā（vartman 道路），复合词（中单具），陆路。indriya（感官）-ākhyān（ākhyā 称为），复合词（阳复业），称为感官的。iva（不变词）犹如。ripūn（ripu 阳复业）敌人。tattva（真实）-jñānena（jñāna 知识），复合词（中单具），真知。saṃyamī（saṃyamin 阳单体）控制自我者。

यवनीमुखपद्मानां सेहे मधुमदं न सः।
बालातपमिवाब्जानामकालजलदोदयः ॥६१॥

他不能忍受耶波那族[1]妇女
莲花脸上酒醉泛起的红晕，
犹如不合时令升起的乌云[2]
不能忍受照耀莲花的朝阳。（61）

yavanī（yavanī 耶波那族妇女）-mukha（脸）-padmānām（padma 莲花），复合词（中复属），耶波那族妇女的莲花脸。sehe（√sah 完成单三）忍受。madhu（酒）-madam（mada 醉），复合词（阳单业），酒醉。na（不变词）不。saḥ（tad 阳单体）他。bāla（新生的）-ātapam（ātapa 光），复合词（阳单业），曙光，朝阳。iva（不变词）仿佛。abjānām（abja 中复属）莲花。akāla（不合时令的）-jalada（云）-udayaḥ（udaya 升起），复合词（阳单体），不合时令升起的乌云。

सङ्ग्रामस्तुमुलस्तस्य पाश्चात्त्यैरश्वसाधनैः।
शार्ङ्गकूजितविज्ञेयप्रतियोधे रजस्यभूत्॥६२॥

他与骑马作战的西方人
展开了一场激烈的战斗，
尘土弥漫，互相只能
依靠弓弦声辨别对方。（62）

saṅgrāmaḥ（saṅgrāma 阳单体）战斗。tumulaḥ（tumula 阳单体）混乱的，激烈的。tasya（tad 阳单属）他，指罗怙。pāścāttyaiḥ（pāścāttya 阳复具）西方的（人）。aśva

---

① “耶波那族”（yavana）指爱奥尼亚人（Ionian），即古希腊四种居民之一。
② 时值秋季，故而乌云的升起不合时令。

（马）-sādhanaiḥ（sādhana 工具），复合词（阳复具），骑马作战的。śārṅga（弓）-kūjita（鸣叫）-vijñeya（可以辨别的）-pratiyodhe（pratiyodha 敌人，对手），复合词（中单依），依靠弓弦声辨别对手。rajasi（rajas 中单依）灰尘。abhūt（√bhū 不定单三）成为。

भल्लापवर्जितैस्तेषां शिरोभिः श्मश्रुलैर्महीम्।
तस्तार सरघाव्याप्तैः स क्षौद्रपटलैरिव॥६३॥

他用月牙箭砍下
他们带胡须的头颅，
一个个散落在地上，
似布满蜜蜂的蜂窝。①（63）

bhalla（月牙箭）-apavarjitaiḥ（apavarjita 除去），复合词（中复具），用月牙箭除去。teṣām（tad 阳复属）他。śirobhiḥ（śiras 中复具）头。śmaśrulaiḥ（śmaśrula 中复具）有胡须的。mahīm（mahī 阴单业）大地。tastāra（√stṛ 完成单三）散落，散布。saraghā（蜜蜂）-vyāptaiḥ（vyāpta 布满），复合词（中复具），布满蜜蜂的。saḥ（tad 阳单体）他，指罗怙。kṣaudra（蜂蜜）-paṭalaiḥ（paṭala 堆），复合词（中复具），蜂巢，蜂窝。iva（不变词）好像。

अपनीतशिरस्त्राणाः शेषास्तं शरणं ययुः।
प्रणिपातप्रतीकारः संरम्भो हि महात्मनाम्॥६४॥

幸存者们脱下头盔，
寻求他庇护，因为
只有低头才能平息
威力强大者的愤怒。（64）

apanīta（脱下）-śirastrāṇāḥ（śirastrāṇa 头盔），复合词（阳复体），脱下头盔的。śeṣāḥ（śeṣa 阳复体）剩余的（人）。tam（tad 阳单业）他，指罗怙。śaraṇam（śaraṇa 中单业）保护，庇护所。yayuḥ（√yā 完成复三）走向。praṇipāta（俯首，拜倒）-pratīkāraḥ（pratīkāra 治疗，平息），复合词（阳单体），用俯首致敬平息。saṃrambhaḥ（saṃrambha 阳单体）愤怒。hi（不变词）因为。mahātmanām（mahātman 阳复属）灵魂伟大者。

विनयन्ते स्म तद्योधा मधुभिर्विजयश्रमम्।
आस्तीर्णाजिनरत्नासु द्राक्षावलयभूमिषु॥६५॥

① 这里以黑色的蜜蜂比喻胡须，以蜂房比喻头颅。

他的士兵们在铺有
珍贵鹿皮的葡萄园
凉亭中，畅饮蜜酒，
解除胜利后的疲劳。（65）

vinayante（vi√nī 现在复三）去除，解除。sma（不变词）表示过去。tad（他）-yodhāḥ（yodha 战士），复合词（阳复体），他的士兵。madhubhiḥ（madhu 阳复具）蜜酒。vijaya（胜利）-śramam（śrama 疲倦），复合词（阳单业），胜利后的疲劳。āstīrṇa（覆盖）-ajina（鹿皮）-ratnāsu（ratna 珍品），复合词（阴复依），铺有珍贵鹿皮的。drākṣā（葡萄）-valaya（围栏，凉亭）-bhūmiṣu（bhūmi 地方），复合词（阴复依），葡萄园凉亭。

ततः प्रतस्थे कौबेरीं भास्वानिव रघुर्दिशम्।
शरैरुस्रैरिवोदीच्यानुद्धरिष्यन्रसानिव॥६६॥

然后，罗怙又向财神
俱比罗所在的方位挺进，
用箭歼灭北方人，犹如
太阳用光芒消除水汽。（66）

tatas（不变词）然后。pratasthe（pra√sthā 完成单三）出发，走近。kauberīm（kaubera 阴单业）俱比罗的，北方的。bhāsvān（bhāsvat 阳单体）太阳。iva（不变词）好像。raghuḥ（raghu 阳单体）罗怙。diśam（diś 阴单业）方向。śaraiḥ（śara 阳复具）箭。usraiḥ（usra 阳复具）光线，光芒。iva（不变词）好像。udīcyān（udīcya 阳复业）北方人。uddhariṣyan（ud√hṛ 将分，阳单体）去除，消除。rasān（rasa 阳复业）液汁，水分。iva（不变词）好像。

विनीताध्वश्रमास्तस्य सिन्धुतीरविचेष्टनैः।
दुधुवुर्वाजिनः स्कन्धांल्लग्नकुङ्कुमकेसरान्॥६७॥

他的那些马在信度河
岸边转圈遛弯，消除
征途的疲劳，摇晃着
沾有番红花须的双肩。（67）

vinīta（去除）-adhva（adhvan 路途）-śramāḥ（śrama 疲劳），复合词（阳复体），消除路途疲劳的。tasya（tad 阳单属）他，指罗怙。sindhu（信度河）-tīra（河岸）-viceṣṭanaiḥ（viceṣṭana 活动，遛弯），复合词（中复具），在信度河岸边遛弯。dudhuvuḥ（√dhū 完成复三）摇动。vājinaḥ（vājin 阳复体）马。skandhān（skandha 阳复业）肩膀。lagna

（粘着）-kuṅkuma（番红花）-kesarān（kesara 花丝），复合词（阳复业），沾有番红花花丝。

तत्र हूणावरोधानां भर्तृषु व्यक्तविक्रमम्।
कपोलपाटलादेशि बभूव रघुचेष्टितम्॥ ६८॥

罗怙向匈奴人后宫
妇女的丈夫们展现
勇力，他的业绩是让
这些妇女的脸颊变红。[①]（68）

tatra（不变词）在这里。hūṇa（匈奴人）-avarodhānām（avarodha 后宫），复合词（阳复属），匈奴人后宫。bhartṛṣu（bhartṛ 阳复依）丈夫。vyakta（显现）-vikramam（vikrama 勇力），复合词（中单体），展现勇力。kapola（脸颊）-pāṭala（粉红的）-ādeśi（ādeśin 促使，引起），复合词（中单体），使脸颊变红。babhūva（√bhū 完成单三）是。raghu（罗怙）-ceṣṭitam（ceṣṭita 行动），复合词（中单体），罗怙的行动。

काम्बोजाः समरे सोढुं तस्य वीर्यमनीश्वराः।
गजालानपरिक्लिष्टैरक्षोटैः सार्धमानताः॥ ६९॥

甘波遮人在战斗中不能
抵御他的勇力，与遭受
系象锁链折磨的胡桃树
一起，向他俯首行礼。（69）

kāmbojāḥ（kāmboja 阳复体）甘波遮人。samare（samara 阳单依）战斗。soḍhum（√sah 不定式）忍受。tasya（tad 阳单属）他。vīryam（vīrya 中单业）勇力。anīśvarāḥ（anīśvara 阳复体）不能。gaja（象）-ālāna（锁链）-parikliṣṭaiḥ（parikliṣṭa 折磨），复合词（阳复具），遭受系象锁链折磨。akṣoṭaiḥ（akṣoṭa 阳复具）胡桃树。sārdham（不变词）一起。ānatāḥ（ānata 阳复体）俯首，致敬。

तेषां सदश्वभूयिष्ठास्तुङ्गा द्रविणराशयः।
उपदा विविशुः शश्वन्नोत्सेकाः कोसलेश्वरम्॥ ७०॥

他们用高耸成堆的金子，
大量的骏马，作为贡品，
源源不断呈送憍萨罗王，

① 这里是指这些妇女失去丈夫而悲痛地拍打自己脸颊，造成脸颊红肿。

但这并没有造成他骄傲。（70）

teṣām（tad 阳复属）这，指甘波遮人。sat（好的）-aśva（马）-bhūyiṣṭhāḥ（bhūyiṣṭha 许多，最多），复合词（阳复体），大量的骏马。tuṅgāḥ（tuṅga 阳复体）隆起的，高大的。draviṇa（财富，金子）-rāśayaḥ（rāśi 堆），复合词（阳复体），高耸成堆的金子。upadāḥ（upadā 阴复体）贡品。viviśuḥ（√viś 完成复三）进入。śaśvat（不变词）不断地，经常地。na（不变词）不。utsekāḥ（utseka 阳复体）骄傲。kosala（憍萨罗）-īśvaram（īśvara 王，主人），复合词（阳单业），憍萨罗王。

ततो गौरीगुरुं शैलमारुरोहाश्वसाधनः।
वर्धयन्निव तत्कूटानुद्धतैर्धातुरेणुभिः॥७१॥

然后，他带领马队，
登上高利[1]之父雪山，
马蹄扬起矿石粉末，
仿佛增高它的顶峰。（71）

tatas（不变词）然后。gaurī（高利）-gurum（guru 父亲），复合词（阳单业），高利之父。śailam（śaila 阳单业）山。āruroha（ā√ruh 完成单三）登上。aśva（马）-sādhanaḥ（sādhana 军队），复合词（阳单体），以马为军队的。vardhayan（√vṛdh 致使，现分，阳单体）增长，增加。iva（不变词）像。tad（它）-kūṭān（kūṭa 顶峰），复合词（阳复业），它的顶峰。uddhataiḥ（uddhata 阳复具）扬起。dhātu（矿石）-reṇubhiḥ（reṇu 尘埃），复合词（阳复具），矿石粉末。

शशंस तुल्यसत्त्वानां सैन्यघोषेऽप्यसंभ्रमम्।
गुहाशयानां सिंहानां परिवृत्यावलोकितम्॥७२॥

那些蜷伏洞穴中的狮子，
威力如同军队，即使闻听
军队喧嚣声，它们的目光
环视四周后，不露惊慌。（72）

śaśaṃsa（√śaṃs 完成单三）显示，表示。tulya（同样的）-sattvānām（sattva 勇气，威力），复合词（阳复属），具有同样的威力。sainya（军队）-ghoṣe（ghoṣa 喧哗），复合词（阳单依），军队的喧闹声。api（不变词）即使。a（不）-saṃbhramam（saṃbhrama 惊慌），复合词（中单体），平静，不惊慌。guhā（洞穴）-śayānām（śaya 躺着），复合词（阳复属），躺在洞穴中的。siṃhānām（siṃha 阳复属）狮子。parivṛtya（pari√vṛt

① 高利（gaurī）是雪山之女波哩婆提（pārvatī）的称号。

独立式）转动。avalokitam（avalokita 中单体）目光。

भूर्जेषु मर्मरीभूताः कीचकध्वनिहेतवः।
गङ्गाशीकरिणो मार्गे मरुतस्तं सिषेविरे॥७३॥

风儿带来菩尔遮树叶
沙沙声和竹子的鸣声，
还夹带着恒河的清凉
水雾，一路上侍奉他。（73）

bhūrjeṣu（bhūrja 阳复依）菩尔遮树，桦树。marmarībhūtāḥ（marmarībhūta 阳复体）形成沙沙声。kīcaka（竹子）-dhvani（声音）-hetavaḥ（hetu 原因），复合词（阳复体），竹子发声的原因。gaṅgā（恒河）-śīkariṇaḥ（śīkarin 有水雾的），复合词（阳复体），带着恒河的水雾。mārge（mārga 阳单依）道路。marutaḥ（marut 阳复体）风。tam（tad 阳单业）他，指罗怙。siṣevire（√sev 完成复三）侍奉，服侍。

विशश्रमुर्नमेरूणां छायास्वध्यास्य सैनिकाः।
दृषदो वासितोत्सङ्गा निषण्णमृगनाभिभिः॥७४॥

在那弥卢树的树荫下，
士兵们坐在石板上休息，
那些石板因为接触过
鹿的肚脐，而散发芳香。（74）

viśaśramuḥ（vi√śram 完成复三）休息。namerūṇām（nameru 阳复属）那弥卢树。chāyāsu（chāyā 阴复依）阴影。adhyāsya（adhi√ās 独立式）坐在。sainikāḥ（sainika 阳复体）战士。dṛṣadaḥ（dṛṣad 阴复业）大石头。vāsita（散发香气的）-utsaṅgāḥ（utsaṅga 表面），复合词（阴复业），表面散发香气的。niṣaṇṇa（坐，倚靠）-mṛga（鹿）-nābhibhiḥ（nābhi 肚脐），复合词（阳复具），鹿的肚脐坐过。

सरलासक्तमातङ्गग्रैवेयस्फुरितत्विषः।
आसन्नोषधयो नेतुर्नक्तमस्नेहदीपिकाः॥७५॥

那些药草在夜晚成为
军队统帅不必费油的灯，
闪烁的光芒映照系在
沙拉罗树上的象脖锁链。（75）

sarala（沙拉罗树，松树）-āsakta（附着）-mātaṅga（大象）-graiveya（颈链）-sphurita

（颤动，闪烁）-tviṣaḥ（tviṣ 光辉），复合词（阴复体），系在松树上的象脖锁链上光辉闪烁。āsan（√as 未完复三）成为。oṣadhayaḥ（oṣadhi 阴复体）药草。netuḥ（netṛ 阳单属）领袖。naktam（不变词）夜晚。asneha（无油的）-dīpikāḥ（dīpikā 灯），复合词（阴复体），不用油的灯。

तस्योत्सृष्टनिवासेषु कण्ठरज्जुक्षतत्वचः।
गजवर्ष्म किरातेभ्यः शशंसुर्देवदारवः॥ ७६॥

在他的废弃的营地中，
松树皮遭到系象脖的
绳索损害，向林中人
表明那些大象的高度。（76）

tasya（tad 阳单属）他。utsṛṣṭa（抛弃）-nivāseṣu（nivāsa 住处），复合词（阳复依），废弃的营地。kaṇṭha（脖子）-rajju（绳索）-kṣata（损害）-tvacaḥ（tvac 皮肤，表皮），复合词（阳复体），树皮遭到系象脖的绳索损害。gaja（大象）-varṣma（varṣman 高度），复合词（中单业），大象的形体高度。kirātebhyaḥ（kirāta 阳复为）山民，猎人。śaśaṃsuḥ（√śaṃs 完成复三）讲述，表明。devadāravaḥ（devadāru 阳复体）松树。

तत्र जन्यं रघोर्घोरं पर्वतीयैर्गणैरभूत्।
नाराचक्षेपणीयाश्मनिष्पेषोत्पतितानलम्॥ ७७॥

罗怙与那里山区部落
发生一场可怕的战斗，
铁箭和投掷的石头
猛烈碰撞而火花飞溅。（77）

tatra（不变词）在这里。janyam（janya 中单体）战斗。raghoḥ（raghu 阳单属）罗怙。ghoram（ghora 中单体）可怕的。parvatīyaiḥ（parvatīya 阳复具）山区的。gaṇaiḥ（gaṇa 阳复具）群体，部落。abhūt（√bhū 不定单三）发生。nārāca（铁箭）-kṣepaṇīya（投掷）-aśma（aśman 石头）-niṣpeṣa（碰撞）-utpatita（迸发，出现）-analam（anala 火），复合词（中单体），铁箭和投掷的石头猛烈碰撞而产生火花。

शरैरुत्सवसंकेतान्स कृत्वा विरतोत्सवान्।
जयोदाहरणं बाह्वोर्गापयामास किंनरान्॥ ७८॥

他用箭迫使那些乌差波–
商盖多人停止节庆活动，

让紧那罗们诵唱赞美
他以臂力取胜的颂歌。（78）

śaraiḥ（śara 阳复具）箭。utsavasaṃketān（utsavasaṃketa 阳复业）乌差波–商盖多人。saḥ（tad 阳单体）这，指罗怙。kṛtvā（√kṛ 独立式）做。virata（停止）-utsavān（utsava 节日，欢乐），复合词（阳复业），停止节庆活动。jaya（胜利）-udāharaṇam（udāharaṇa 颂诗，颂歌），复合词（中单业），胜利颂歌。bāhvoḥ（bāhu 阳双属）手臂。gāpayāmāsa（√gai 致使，完成单三）唱诵。kiṃnarān（kiṃnara 阳复业）紧那罗。

परस्परेण विज्ञातस्तेषूपायनपाणिषु।
राज्ञा हिमवतः सारो राज्ञः सारो हिमाद्रिणा॥७९॥

他们手持贡品出现时，
国王知道雪山的财力，
雪山知道国王的勇力，
彼此之间已互相了解。（79）

parasparеṇa（paraspara 阳单具）互相。vijñātaḥ（vijñāta 阳单体）知道，了解。teṣu（tad 阳复依）他。upāyana（礼物）-pāṇiṣu（pāṇi 手），复合词（阳复依），手持贡品。rājñā（rājan 阳单具）国王。himavataḥ（himavat 阳单属）雪山。sāraḥ（sāra 阳单体）精华，财力。rājñaḥ（rājan 阳单属）国王。sāraḥ（sāra 阳单体）精华，勇力。himādriṇā（himādri 阳单具）雪山。

तत्राक्षोभ्यं यशोराशिं निवेश्यावरुरोह सः।
पौलस्त्यतुलितस्याद्रेरादधान इव ह्रियम्॥८०॥

在那里确立不可动摇的
崇高名声，然后他下山，
仿佛令这座曾被罗波那
举起过的山感到羞愧。①（80）

tatra（不变词）那里。akṣobhyam（akṣobhya 阳单业）不可动摇的。yaśas（名声）-rāśim（rāśi 堆，大量），复合词（阳单业），崇高名声。niveśya（ni√viś 致使，独立式）建立，确立。avaruroha（ava√ruh 完成单三）下降。saḥ（tad 阳单体）他，指罗怙。paulastya（罗波那）-tulitasya（tulita 举起），复合词（阳单属），罗波那举起的。

① 罗波那曾经驾驭从财神俱比罗那里夺来的飞车，途径盖拉瑟山时，受到阻遏。湿婆的侍者告诉他，湿婆正在山上，飞车不能越过，请他返回。而罗波那藐视湿婆，用手臂抬起盖拉瑟山。于是，湿婆用脚趾踩下盖拉瑟山，压碎罗波那的手臂。罗波那发出可怕的吼叫。由此，他得名“罗波那”（意谓“吼叫”）。

adreḥ（adri 阳单属）山。ādadhānaḥ（ā√dhā 现分，阳单体）安放，造成。iva（不变词）仿佛。hriyam（hrī 阴单业）羞愧。

चकम्पे तीर्णलौहित्ये तस्मिन्प्राग्ज्योतिषेश्वरः।
तद्गजालानतां प्राप्तैः सह कालागुरुद्रुमैः॥८१॥

他渡过罗希底耶河时，
那些黑沉水香树用作
他的系象柱，东光王
与它们一起摇晃颤抖。（81）

cakampe（√kamp 完成单三）摇动，颤抖。tīrṇa（跨越）-lauhitye（lauhitya 罗希底耶河），复合词（阳单依），渡过罗希底耶河。tasmin（tad 阳单依）他，指罗怙。prāgjyotiṣa（东光）-īśvaraḥ（īśvara 王），复合词（阳单体），东光王。tad（他，指罗怙）-gaja（大象）-ālānatām（ālānatā 系象柱的性质），复合词（阴单业），他的系象柱。prāptaiḥ（prāpta 阳复具）达到，成为。saha（不变词）和。kāla（黑色）-aguru（沉水香）-drumaiḥ（druma 树），复合词（阳复具），黑沉水香树。

न प्रसेहे स रुद्धार्कमधारावर्षदुर्दिनम्।
रथवर्त्मरजोऽप्यस्य कुत एव पताकिनीम्॥८२॥

罗怙的战车沿路扬起尘土，
遮蔽太阳，天空布满阴霾，
而不下雨，东光王对此都
不能承受，何况他的军队？（82）

na（不变词）不。prasehe（pra√sah 完成单三）承受，忍受。saḥ（tad 阳单体）他，指东光王。ruddha（遮蔽）-arkam（arka 太阳），复合词（中单业），遮蔽太阳。a（不）-dhārā（暴雨）-varṣa（降雨）-durdinam（durdina 阴天），复合词（中单业），阴天而不下雨。ratha（战车）-vartma（vartman 道路）-rajaḥ（rajas 尘土），复合词（中单业），战车沿路扬起的尘土。api（不变词）甚至。asya（idam 阳单属）他，指罗怙。kutas（不变词）何况。eva（不变词）确实。patākinīm（patākinī 阴单业）军队。

तमीशः कामरूपाणामत्याखण्डलविक्रमम्।
भेजे भिन्नकटैर्नागैरन्यानुपरुरोध यैः॥८३॥

他的勇力胜过因陀罗，
迦摩卢波王奉献给他

那些颞颥开裂的大象，
它们曾阻挡其他敌人。（83）

tam（tad 阳单业）他，指罗怙。īśaḥ（īśa 阳单体）国王。kāmarūpāṇām（kāmarūpa 阳复属）迦摩卢波国。ati（超过）-ākhaṇḍala（因陀罗）-vikramam（vikrama 勇力），复合词（阳单业），勇力胜过因陀罗。bheje（√bhaj 完成单三）奉献。bhinna（裂开）-kaṭaiḥ（kaṭa 颞颥），复合词（阳复具），颞颥开裂的。nāgaiḥ（nāga 阳复具）大象。anyān（anya 阳复业）其他人。uparurodha（upa√rudh 完成单三）阻碍，阻挡。yaiḥ（yad 阳复具）这，指大象。

कामरूपेश्वरस्तस्य हेमपीठाधिदेवताम्।
रत्नपुष्पोपहारेण छायामानर्च पादयोः॥८४॥

迦摩卢波王以结缀有
宝石的鲜花作为供品，
敬拜他的双脚的光辉，
金制垫脚凳的主神[①]。（84）

kāmarūpa（迦摩卢波国）-īśvaraḥ（īśvara 王），复合词（阳单体），迦摩卢波王。tasya（tad 阳单属）他，指罗怙。hema（heman 金子）-pīṭha（座位，凳子）-adhidevatām（adhidevatā 主神），复合词（阴单业），金制凳子的主神。ratna（宝石）-puṣpa（鲜花）-upahāreṇa（upahāra 礼物，供品），复合词（阳单具），缀有宝石的鲜花作为供品。chāyām（chāyā 阴单业）影子，光辉。ānarca（√arc 完成单三）敬拜。pādayoḥ（pāda 阳双属）脚。

इति जित्वा दिशो जिष्णुर्न्यवर्तत रथोद्धतम्।
रजो विश्रामयन्राज्ञां छत्रशून्येषु मौलिषु॥८५॥

已经征服四方，胜利者
驾车返回，扬起的尘土
纷纷飘落，停留在失去
华盖的国王们的顶冠上。（85）

iti（不变词）以上，这样。jitvā（√ji 独立式）征服。diśaḥ（diś 阴复业）方向。jiṣṇuḥ（jiṣṇu 阳单体）战胜的，战胜者。nyavartata（ni√vṛt 未完单三）返回。ratha（战车）-uddhatam（uddhata 扬起），复合词（中单业），战车扬起的。rajaḥ（rajas 中单业）尘土。viśrāmayan（vi√śram 致使，现分，阳单体）停留。rājñām（rājan 阳复属）国王。

① 这里是将罗怙双脚的光辉说成是金制垫脚凳的主神。

chatra（华盖）-śūnyeṣu（śūnya 空缺的），复合词（阳复依），失去华盖的。mauliṣu（mauli 阳复依）顶冠。

स विश्वजितमाजह्रे यज्ञं सर्वस्वदक्षिणम्।
आदानं हि विसर्गाय सतां वारिमुचामिव॥८६॥

他举行以所有财富
作为献礼的全胜祭，
因为善人们如同云，
获取只是为了奉献。(86)

saḥ（tad 阳单体）他，指罗怙。viśvajitam（viśvajit 阳单业）全胜祭。ājahre（ā√hṛ 完成单三）举行。yajñam（yajña 阳单业）祭祀。sarvasva（所有的财富）-dakṣiṇam（dakṣiṇā 礼物，酬金），复合词（阳单业），以所有财富作为献礼。ādānam（ādāna 中单体）获取。hi（不变词）因为。visargāya（visarga 阳单为）奉献。satām（sat 阳复属）善人。vāri（水）-mucām（muc 释放），复合词（阳复属），云。iva（不变词）好像。

सत्रान्ते सचिवसखः पुरस्क्रियाभि-
गुर्वीभिः शमितपराजयव्यलीकान्।
काकुत्स्थश्चिरविरहोत्सुकावरोधा-
न्राजन्यान्स्वपुरनिवृत्तयेऽनुमेने॥८७॥

祭祀结束后，作为大臣们的朋友，
罗怙允许刹帝利国王们返回各自
城市，他们受到尊重而平息屈辱，
久别的后宫妇女焦急地思念他们。(87)

satra（祭祀）-ante（anta 结束），复合词（阳单依），祭祀结束。saciva（大臣）-sakhaḥ（sakha 朋友），复合词（阳单体），大臣的朋友。puraskriyābhiḥ（puraskriyā 阴复具）尊敬。gurvībhiḥ（guru 阴复具）重的，很大的。śamita（抚慰，平息）-parājaya（战败）-vyalīkān（vyalīka 烦恼，屈辱），复合词（阳复业），平息战败的屈辱。kākutsthaḥ（kākutstha 阳单体）甘蔗族后裔，指罗怙。cira（长久的）-viraha（分离）-utsuka（焦虑，渴望）-avarodhān（avarodha 后宫），复合词（阳复业），后宫妇女因久别而渴望。rājanyān（rājanya 阳复业）刹帝利国王。sva（自己的）-pura（城市）-nivṛttaye（nivṛtti 返回），复合词（阴单为），返回自己的城市。anumene（anu√man 完成单三）同意，允许。

ते रेखाध्वजकुलिशातपत्रचिह्नं

सम्राजश्चरणयुगं प्रसादलभ्यम्।
प्रस्थानप्रणतिभिरङ्गुलीषु चक्रु-
मौंलिस्रक्च्युतमकरन्दरेणुगौरम्॥८८॥

他们行告别礼，有幸接触皇帝双足，
足面上的条纹象征旗帜、金刚杵和
华盖，而从他们弯下的顶冠花环上
飘落的花蜜和花粉染红双足的趾甲。（88）

te（tad 阳复体）他，指那些刹帝利国王。rekhā（线条）-dhvaja（旗帜）-kuliśa（金刚杵）-ātapatra（华盖）-cihnam（cihna 标志），复合词（中单业），以线条状的旗帜、金刚杵和华盖为标志。samrājaḥ（samrāj 阳单属）统一天下的国王，皇帝。caraṇa（脚）-yugam（yuga 一对），复合词（中单业），双足。prasāda（恩惠）-labhyam（labhya 得到的），复合词（中单业），蒙恩获得。prasthāna（离去）-praṇatibhiḥ（praṇati 敬礼），复合词（阴复具），告别礼。aṅgulīṣu（aṅgulī 阴复依）脚趾。cakruḥ（√kṛ 完成复三）做。mauli（顶冠）-sraj（花环）-cyuta（落下）-makaranda（花蜜）-reṇu（花粉）-gauram（红色），复合词（中单业），顶冠花环上飘落的花蜜和花粉染红。

पञ्चमः सर्गः।

第五章

तमध्वरे विश्वजिति क्षितीशं निःशेषविश्राणितकोशजातम्।
उत्पात्तविद्यो गुरुदक्षिणार्थी कौत्सः प्रपेदे वरतन्तुशिष्यः॥१॥

国王已经在全胜祭中献出
全部财富，而波罗登杜的
学生憍蹉在此时完成学业，
前来乞求支付老师的酬金。（1）

tam（tad 阳单业）他，指国王。adhvare（adhvara 阳单依）祭祀。viśvajiti（viśvajit 阳单依）全胜祭。kṣitīśam（kṣitīśa 阳单业）国王。niḥśeṣa（全部的）-viśrāṇita（捐出，献出）-kośa（宝库）-jātam（jāta 一类东西），复合词（阳单业），献出全部财富。utpātta（获得）-vidyaḥ（vidyā 知识），复合词（阳单体），获得了知识。guru（老师）-dakṣiṇā（酬金）-arthī（arthin 目的），复合词（阳单体），为了求取老师的酬金。kautsaḥ（kautsa 阳单体）憍蹉。prapede（pra√pad 完成单三）来到。varatantu（波罗登杜）-śiṣyaḥ（śiṣya 学生），复合词（阳单体），波罗登杜的学生。

स मृण्मये वीतहिरण्मयत्वात्पात्रे निधायार्घ्यमनर्घशीलः।
श्रुतप्रकाशं यशसा प्रकाशः प्रत्युज्जगामातिथिमातिथेयः॥२॥

这位国王品性高贵，声名远扬，
热情好客，因为金钵已全部献出，
他便将待客的礼物放在土钵中，
迎接这位闪耀圣典光辉的客人。（2）

saḥ（tad 阳单体）他，指国王。mṛṇmaye（mṛṇmaya 中单依）土制的。vīta（缺乏，没有）-hiraṇmayatvāt（hiraṇmayatva 金制），复合词（中单从），没有金钵。pātre（pātra 中单依）盘子，容器。nidhāya（ni√dhā 独立式）放置。arghyam（arghya 中单业）招待客人的礼物。anargha（无价的）-śīlaḥ（śīla 品性），复合词（阳单体），品性高贵的。śruta（圣典）-prakāśam（prakāśa 闪光的），复合词（阳单业），闪耀圣典光辉的。yaśasā （yaśas 中单具）名声。prakāśaḥ（prakāśa 阳单体）著名的。pratyujjagāma（prati-ud√gam 完成单三）迎接。atithim（atithi 阳单业）客人。ātitheyaḥ（ātitheya 阳单体）好客的。

तमर्चयित्वा विधिवद्विधिज्ञस्तपोधनं मानधनाग्रयायी।
विशांपतिर्विष्टरभाजमारात्कृताञ्जलिः कृत्यविदित्युवाच॥३॥

这位国王在以尊严为财富的人中
名列前茅，通晓仪轨，明了职责，
按照仪轨敬拜之后，又对现在
坐在身边的这位苦行者合掌说道：（3）

tam（tad 阳单业）这，指憍蹉。arcayitvā（√arc 致使，独立式）敬拜。vidhivat（不变词）按照仪轨。vidhijñaḥ（vidhijña 阳单体）通晓仪轨的。tapodhanam（tapodhana 阳单业）苦行者，指憍蹉。māna（尊敬，骄傲）-dhana（财富）-agra（前端）-yāyī（yāyin 行走），复合词（阳单体），在以尊严为财富的人中名列前茅。viśāṃpatiḥ（viśāṃpati 阳单体）国王。viṣṭara（座位）-bhājam（bhāj 享有），复合词（阳单业），落座的。ārāt（不变词）在附近。kṛta（做）-añjaliḥ（añjali 双手合十），复合词（阳单体），双手合十的。kṛtya（职责）-vid（vid 知道），复合词（阳单体），知道职责的。iti（不变词）这样（说）。uvāca（√vac 完成单三）说。

अप्यग्रणीर्मन्त्रकृतामृषीणां कुशाग्रबुद्धे कुशली गुरुस्ते।
यतस्त्वया ज्ञानमशेषमाप्तं लोकेन चैतन्यमिवोष्णरश्मेः॥४॥

“知觉敏锐者啊，你的老师安好吗？
他是创作颂诗的仙人们中的魁首，
你从这位老师那里获得全部知识，
犹如世人从太阳那里获得意识。（4）

api（不变词）用于句首表疑问。agra（前端）-ṇīḥ（nī 引导），复合词（阳单体），前驱，魁首。mantra（颂诗）-kṛtām（kṛt 做，创作），复合词（阳复属），创作颂诗的。ṛṣīṇām（ṛṣi 阳复属）仙人。kuśāgra（草尖，敏锐的）-buddhe（buddhi 知觉），复合词（阳单呼），知觉敏锐者。kuśalī（kuśalin 阳单体）安好的。guruḥ（guru 阳单体）老师。te（tvad 单属）你。yatas（不变词）从那里，指老师。tvayā（tvad 单具）你。jñānam（jñāna 中单体）知识。aśeṣam（aśeṣa 中单体）全部的。āptam（āpta 中单体）获得。lokena（loka 阳单具）世界，世人。caitanyam（caitanya 中单体）意识，生命。iva（不变词）犹如。uṣṇaraśmeḥ（uṣṇaraśmi 阳单从）太阳。

कायेन वाचा मनसापि शश्वद्यत्संभृतं वासवधैर्यलोपि।

आपाद्यते न व्ययमन्तरायैः कच्चिन्महर्षेस्त्रिविधं तपस्तत्॥५॥

“这位大仙长期凭借身、口和意
积累的三重苦行，甚至让因陀罗
惴惴不安，因此我希望不要遭遇
任何障碍，而减损他的这种苦行。(5)

kāyena（kāya 阳单具）身体。vācā（vāc 阴单具）话语，口。manasā（manas 中单具）意识。api（不变词）甚至。śaśvat（不变词）长久，始终。yat（yad 中单体）那，指苦行。saṃbhṛtam（saṃbhṛta 中单体）积累。vāsava（因陀罗）-dhairya（坚定）-lopi（lopin 夺走，丧失），复合词（中单体），令因陀罗失去坚定的。āpādyate（ā√pad 致使，被动，现在单三）到达，引起。na（不变词）不。vyayam（vyaya 阳单业）损耗。antarāyaiḥ（antarāya 阳复具）障碍。kaccit（不变词）希望。maharṣeḥ（maharṣi 阳单属）大仙。trividham（trividha 中单体）三重的。tapaḥ（tapas 中单体）苦行。tat（tad 中单体）这，指苦行。

आधारबन्धप्रमुखैः प्रयत्नैः संवर्धितानां सुतनिर्विशेषम्।
कच्चिन्न वाय्वादिरुपप्लवो वः श्रमच्छिदामाश्रमपादपानाम्॥६॥

“净修林的那些树木能消除疲劳，
你们挖坑灌水，竭尽努力培育，
如同自己的儿子，我希望它们
不要遭到暴风等等灾害的侵袭。(6)

ādhāra（水坑）-bandha（构造，安排）-pramukhaiḥ（pramukha 为首的，等等），复合词（阳复具），挖坑灌水等等。prayatnaiḥ（prayatna 阳复具）努力。saṃvardhitānām（saṃvardhita 阳复属）抚育。suta（儿子）-nirviśeṣam（nirviśeṣa 没有区别的），复合词（不变词），与儿子没有区别。kaccit（不变词）希望。na（不变词）没有。vāyu（风）-ādiḥ（ādi 等等），复合词（阳单体），风等等。upaplavaḥ（upaplava 阳单体）灾难。vaḥ（yuṣmad 复属）你们。śrama（疲劳）-chidām（chid 破除），复合词（阳复属），消除疲劳的。āśrama（净修林）-pādapānām（pādapa 树木），复合词（阳复属），净修林的树木。

क्रियानिमित्तेष्वपि वत्सलत्वादभग्नकामा मुनिभिः कुशेषु।
तदङ्कशय्याच्युतनाभिनाला कच्चिन्मृगीणामनघा प्रसूतिः॥७॥

“我希望母鹿的幼崽平安，牟尼们
出于慈爱，甚至听任这些幼崽随意

享用那些用于祭祀仪式的拘舍草，
幼崽的脐带也脱落在他们的膝盖上。（7）

kriyā（祭祀）-nimitteṣu（nimitta 原因），复合词（阳复依），用于祭祀仪式的。api（不变词）即使。vatsalatvāt（vatsalatva 中单从）关爱，慈爱。a（不）-bhagna（破坏）-kāmā（kāma 愿望），复合词（阴单体），随心所欲。munibhiḥ（muni 阳复具）牟尼。kuśeṣu（kuśa 阳复依）拘舍草。tad（他们，指仙人）-aṅka（膝盖）-śayyā（床榻）-cyuta（坠落，脱落）-nābhi（肚脐）-nālā（nāla 脐带），复合词（阴单体），脐带坠落在他们的膝盖形成的床榻上。kaccit（不变词）希望。mṛgīṇām（mṛgī 阴复属）母鹿。anaghā（anagha 阴单体）安全的，平安的。prasūtiḥ（prasūti 阴单体）子嗣，幼崽。

निर्वर्त्यते यैर्नियमाभिषेको येभ्यो निवापाञ्जलयः पितॄणाम्।
तान्युञ्छषष्ठाङ्कितसैकतानि शिवानि वस्तीर्थजलानि कच्चित्॥८॥

“我希望你们的圣水安全，
用于日常的沐浴净化仪式，
也用于祭供祖先，沙岸上
还留有六分之一捡拾的谷穗。[①]（8）

nirvartyate（nis√vṛt 致使，被动，现在单三）举行，完成。yaiḥ（yad 中复具）那些，指圣水。niyama（常规）-abhiṣekaḥ（abhiṣeka 沐浴），复合词（阳单体），日常的沐浴净化仪式。yebhyaḥ（yad 中复从）那些，指圣水。nivāpa（祭供，祭品）-añjalayaḥ（añjali 一捧），复合词（阳复体），一捧捧祭供的（水）。pitṝṇām（pitṛ 阳复属）祖先。tāni（tad 中复体）这，指圣水。uñcha（捡拾的谷穗）-ṣaṣṭha（第六）-aṅkita（标志）-saikatāni（saikata 沙滩，沙岸），复合词（中复体），沙岸上还留有六分之一捡拾的稻谷。śivāni（śiva 中复体）吉祥的，安全的。vaḥ（yuṣmad 复属）你们。tīrtha（圣地）-jalāni（jala 水），复合词（中复体），圣水。kaccit（不变词）希望。

नीवारपाकादि कडंगरीयैरामृश्यते जानपदैर्न कच्चित्।
कालोपपन्नातिथिकल्प्यभागं वन्यं शरीरस्थितिसाधनं वः॥९॥

“我希望周围村庄里的那些牛
不吃掉成熟的野稻等等谷物，
你们依靠它们维生，还留出
部分以招待随时来访的客人。（9）

① 通常是将谷物收获的六分之一作为赋税交给国王。这里描写净修林中的苦行者即使是捡拾谷穗，也不忘留下六分之一，准备交给国王。

nīvāra（野稻）-pāka（成熟，果实）-ādi（ādi 等等），复合词（中单体），成熟的野稻等等谷物。kaḍaṃgarīyaiḥ（kaḍaṃgarīya 阳复具）食草动物，牛。āmṛśyate（ā√mṛś 被动，现在单三）接触，吃。jānapadaiḥ（jānapada 阳复具）乡村的。na（不变词）不。kaccit（不变词）希望。kāla（时间，随时）-upapanna（到达，出现）-atithi（客人）-kalpya（准备的，安排的）-bhāgam（bhāga 部分），复合词（中单体），部分用来招待随时来访的客人。vanyam（vanya 中单体）野生食物。śarīra（身体）-sthiti（维持）-sādhanam（sādhana 手段），复合词（中单体），维持身体的手段。vaḥ（yuṣmad 复属）你们。

अपि प्रसन्नेन महर्षिणा त्वं सम्यग्विनीयानुमतो गृहाय।
कालो ह्ययं संक्रमितुं द्वितीयं सर्वोपकारक्षममाश्रमं ते॥ १०॥

“这位大仙是否已经教会你，
而欣然同意你过家居生活？
因为现在是你转入能为众人
服务的人生第二阶段的时间。[①]（10）

api（不变词）用于句首表疑问。prasannena（prasanna 阳单具）高兴，欣然。maharṣiṇā（maharṣi 阳单具）大仙。tvam（tvad 单体）你。samyak（不变词）正确地，合适地。vinīya（vi√nī 独立式）教导。anumataḥ（anumata 阳单体）同意，准许。gṛhāya（gṛha 阳单为）房屋，家。kālaḥ（kāla 阳单体）时间，时候。hi（不变词）因为。ayam（idas 阳单体）这，指时间。saṃkramitum（sam√kram 不定式）进入，转入。dvitīyam（dvitīya 阳单业）第二。sarva（所有人）-upakāra（服务，帮助）-kṣamam（kṣama 胜任的，能够的），复合词（阳单业），能为众人服务的。āśramam（āśrama 阳单业）人生阶段。te（tvad 单属）你。

तवार्हतो नाभिगमेन तृप्तं मनो नियोगक्रिययोत्सुकं मे।
अप्याज्ञया शासितुरात्मना वा प्राप्तोऽसि संभावयितुं वनान्माम्॥ ११॥

“我的心不满足于你这位贵客
光临，而渴望执行你的命令，
你是遵照导师吩咐，还是自己
从净修林那里来向我表示敬意？”（11）

tava（tvad 单属）你。arhataḥ（arhat 阳单属）值得尊敬的。na（不变词）不。abhigamena

① “人生第二阶段”指家居期。按照婆罗门教，人生分为四个阶段：梵行期、家居期、林居期和遁世期。这里是说憍萨已经完成跟随老师学习的梵行期，现在就要进入家居期，履行成家立业的职责。

（abhigama 阳单具）到来，到达。tṛptam（tṛpta 中单体）满足，满意。manaḥ（manas 中单体）心。niyoga（命令）-kriyayā（kriyā 做），复合词（阴单具），执行命令。utsukam（utsuka 中单体）渴望的，迫切的。me（mad 单属）我。api（不变词）用于句首表疑问。ājñayā（ājñā 阴单具）吩咐，命令。śāsituḥ（śāsitṛ 阳单属）导师。ātmanā（ātman 阳单具）自己。vā（不变词）或者。prāptaḥ（prāpta 阳单体）到来，到达。asi（√as 现在单二）是。saṃbhāvayitum（sam√bhū 致使，不定式）致敬。vanāt（vana 中单从）森林。mām（mad 单业）我。

इत्यर्घ्यपात्रानुमितव्ययस्य रघोरुदारामपि गां निशम्य।
स्वार्थोपपत्तिं प्रति दुर्बलाशस्तमित्यवोचद्वरतन्तुशिष्यः॥ १२॥

即使听到罗怙这样高贵的话语，
而从这礼物的容器可以推断他
已失去财富，波罗登杜的学生
达到目的的希望渺茫，便说道：（12）

iti（不变词）这样（说）。arghya（招待用品）-pātra（杯盘，容器）-anumita（推测）-vyayasya（vyaya 耗尽，失去），复合词（阳单属），从礼物的容器可推断已失去的。raghoḥ（raghu 阳单属）罗怙。udārām（udāra 阴单业）高尚的，高贵的。api（不变词）即使。gām（go 阴单业）话语。niśamya（ni√śam 独立式）听到。sva（自己的）-artha（目的）-upapattim（upapatti 获得，达到），复合词（阴单业），达到自己的目的。prati（不变词）朝向，关于。durbala（微弱的）-āśaḥ（āśā 希望，愿望），复合词（阳单体），希望微弱的。tam（tad 阳单业）他，指罗怙。iti（不变词）这样（说）。avocat（√vac 不定单三）说。varatantu（波罗登杜）-śiṣyaḥ（śiṣya 学生），复合词（阳单体），波罗登杜的学生。

सर्वत्र नो वार्तमवेहि राजन्नाथे कुतस्त्वय्यशुभं प्रजानाम्।
सूर्ये तपत्यावरणाय दृष्टेः कल्पेत लोकस्य कथं तमिस्रा॥ १३॥

“你要知道，我们一切都好，
国王啊！有你保护，臣民们
怎会不安宁？太阳当空照耀，
黑暗怎么可能遮蔽世人眼光？（13）

sarvatra（不变词）到处，各方面。naḥ（asmad 复属）我们。vārtam（vārta 中单业）平安，安好。avehi（ava√i 命令单二）知道。rājan（rājan 阳单呼）国王。nāthe（nātha 阳单依）主人，保护者。kutas（不变词）为何，怎么。tvayi（tvad 单依）你。

aśubham（aśubha 中单业）罪恶，不安宁。prajānām（prajā 阴复属）臣民。sūrye（sūrya 阳单依）太阳。tapati（√tap 现分，阳单依）照耀。āvaraṇāya（āvaraṇa 中单为）隐藏，遮蔽。dṛṣṭeḥ（dṛṣṭi 阴单属）眼光，眼睛。kalpeta（√kḷp 虚拟单三）产生，造成。lokasya（loka 阳单属）世人。katham（不变词）如何。tamisrā（tamisrā 阴单体）黑暗。

भक्तिः प्रतीक्ष्येषु कुलोचिता ते पूर्वान्महाभाग तयातिशेषे।
व्यतीतकालस्त्वहमभ्युपेतस्त्वामर्थिभावादिति मे विषादः॥१४॥

“你的家族一向尊敬值得尊敬者，
而你在这方面又超过你的祖先，
大福大德者啊，我作为求乞者，
只是感到遗憾，来到这里太迟。（14）

bhaktiḥ（bhakti 阴单体）虔诚，尊敬。pratīkṣyeṣu（pratīkṣya 阳复依）值得尊敬者。kula（家族）-ucitā（ucita 惯常的），复合词（阴单体），家族一贯的。te（tvad 单属）你。pūrvān（pūrva 阳复业）祖先，前人。mahā（大）-bhāga（bhāga 份额，命运），复合词（阳单呼），大福大德者。tayā（tad 阴单具）这个，指尊敬。atiśeṣe（ati√śī 现在单二）超越。vyatīta（逝去的，耽误的）-kālaḥ（kāla 时间，时候），复合词（阳单体），时间已耽误的。tu（不变词）然而。aham（mad 单体）我。abhyupetaḥ（abhyupeta 阳单体）到达，来到。tvām（tvad 单业）你。arthibhāvāt（arthibhāva 阳单从）作为求乞者。iti（不变词）这样。me（mad 单属）我。viṣādaḥ（viṣāda 阳单体）沮丧，遗憾。

शरीरमात्रेण नरेन्द्र तिष्ठन्नाभासि तीर्थप्रतिपादितर्द्धिः।
आरण्यकोपात्तफलप्रसूतिः स्तम्बेन नीवार इवावशिष्टः॥१५॥

“你已将财富赐予值得尊敬者们，
唯有这个身体站在这里，国王啊！
犹如野稻的谷穗已被林中居民们
取走，现在只剩下秸秆挺立那里。（15）

śarīra（身体）-mātreṇa（mātra 仅仅），复合词（中单具），只有身体。narendra（narendra 阳单呼）人中因陀罗，国王。tiṣṭhan（√sthā 现分，阳单体）站立。ābhāsi（ā√bhā 现在单二）闪亮，显得。tīrtha（值得尊敬者）-pratipādita（给予）-ṛddhiḥ（ṛddhi 繁荣，财富），复合词（阳单体），将财富赐予值得尊敬者的。āraṇyaka（林中居民）-upātta（获得，取走）-phala（果实）-prasūtiḥ（prasūti 产物），复合词（阳单体），被林中居民取走果实产物的。stambena（stamba 阳单具）秸秆。nīvāraḥ（nīvāra 阳单体）野稻。iva（不变词）好像。avaśiṣṭaḥ（avaśiṣṭa 阳单体）剩下的。

स्थाने भवानेकनराधिपः सन्नकिंचनत्वं मखजं व्यनक्ति।
पर्यायपीतस्य सुरैर्हिमांशोः कलाक्षयः श्लाघ्यतरो हि वृद्धेः ॥ १६ ॥

"确实，你是一统天下的帝王，
却因举行祭祀而变得一无所有，
月亮因天神们依次饮用而月分
减少，比月分增长更值得称颂。[①]（16）

sthāne（不变词）确实。bhavān（bhavat 阳单体）您，指罗怙。eka（唯一的，至高无上的）-narādhipaḥ（narādhipa 人主，帝王），复合词（阳单体），一统天下的帝王。san（√as 现分，阳单体）存在，是。akiṃcanatvam（akiṃcanatva 中单业）一无所有。makha（祭礼）-jam（ja 产生），复合词（中单业），因举行祭礼而产生的。vyanakti（vi√añj 现在单三）显示。paryāya（轮流，依次）-pītasya（pīta 饮用），复合词（阳单属），依次饮用的。suraiḥ（sura 阳复具）天神。himāṃśoḥ（himāṃśu 阳单属）月亮。kalā（月分）-kṣayaḥ（kṣaya 减少），复合词（阳单体），月分减少。ślāghya（值得称赞）-taraḥ（tara 更加的），复合词（阳单体），更加值得称赞的。hi（不变词）因为。vṛddheḥ（vṛddhi 阴单从）增长，繁荣。

तदन्यतस्तावदनन्यकार्यो गुर्वर्थमाहर्तुमहं यतिष्ये।
स्वस्त्यस्तु ते निर्गलिताम्बुगर्भं शरद्घनं नार्दति चातकोऽपि॥ १७॥

"因此，我别无他事，会努力
从其他人那里获取老师的酬金，
祝你吉祥平安！即使是饮雨鸟，
也不会向撤空雨水的秋云求雨。"（17）

tad（不变词）因此。anyatas（不变词）从其他。tāvat（不变词）现在，目前。ananya（无别的，唯一的）-kāryaḥ（kārya 事情），复合词（阳单体），别无他事的。guru（老师）-artham（artha 财富），复合词（阳单业），老师的酬金。āhartum（ā√hṛ 不定式）取来，获得。aham（mad 单体）我。yatiṣye（√yat 将来单一）努力，争取。svasti（不变词）吉祥，幸运。astu（√as 命令单三）是。te（tvad 单为）你。nirgalita（流出）-ambu（水）-garbham（garbha 内部），复合词（阳单业），撤空雨水的。śarad（秋天）-ghanam（ghana 云），复合词（阳单业），秋云。na（不变词）不。ardati（√ard 现在单三）乞求。cātakaḥ（cātaka 阳单体）饮雨鸟。api（不变词）即使。

एतावदुक्त्वा प्रतियातुकामं शिष्यं महर्षेर्नृपतिर्निषिध्य।

---

① 月亮共有十六分，白半月的月分依次增长，黑半月的月分依次减少。

किं वस्तु विद्वन्गुरवे प्रदेयं त्वया कियद्वेति तमन्वयुङ्क्त ॥ १८ ॥

这样说罢，大仙的学生
准备离开，国王拦住他，
询问道："智者！你要给
老师什么东西？给多少？"（18）

etāvat（etāvat 中单业）这样，如此。uktvā（√vac 独立式）说。pratiyātu（prati√yā 不定式，离开）-kāmam（kāma 愿望），复合词（阳单业），想要离开的。śiṣyam（śiṣya 阳单业）学生。maharṣeḥ（maharṣi 阳单属）大仙。nṛpatiḥ（nṛpati 阳单体）国王。niṣidhya（ni√sidh 独立式）阻止，拦住。kim（kim 中单体）什么。vastu（vastu 中单体）事物。vidvan（vidvas 阳单呼）智者。gurave（guru 阳单为）老师。pradeyam（pradeya 中单体）应该给予。tvayā（tvad 单具）你。kiyat（kiyat 中单体）多少，几个。vā（不变词）或者。iti（不变词）这样（说）。tam（tad 阳单业）他，指大仙的学生。anvayuṅkta（anu√yuj 未完单三）询问。

ततो यथावद्विहिताध्वराय तस्मै स्मयावेशविवर्जिताय।
वर्णाश्रमाणां गुरवे स वर्णी विचक्षणः प्रस्तुतमाचचक्षे ॥ १९ ॥

罗怙王是种姓和人生阶段的
导师，按照仪轨完成了祭祀，
已经摆脱虚荣的影响，这个
聪明的学生便向他讲述此事：（19）

tatas（不变词）然后。yathāvat（不变词）按照仪轨。vihita（安排，举行）-adhvarāya（adhvara 祭祀），复合词（阳单为），举行祭祀。tasmai（tad 阳单为）他，指罗怙。smaya（骄傲，虚荣）-āveśa（占有，影响）-vivarjitāya（vivarjita 避开，抛弃），复合词（阳单为），摆脱虚荣的影响。varṇa（种姓）-āśramāṇām（āśrama 人生阶段），复合词（阳复属），种姓和人生阶段。gurave（guru 阳单为）导师。saḥ（tad 阳单体）这，指学生。varṇī（varṇin 阳单体）婆罗门学生。vicakṣaṇaḥ（vicakṣaṇa 阳单体）聪明的。prastutam（prastuta 中单业）议论之事，提到的事情。ācacakṣe（ā√cakṣ 完成单三）说，讲述。

समाप्तविद्येन मया महर्षिर्विज्ञापितोऽभूद्गुरुदक्षिणायै।
स मे चिरायास्खलितोपचारां तां भक्तिमेवागणयत्पुरस्तात् ॥ २० ॥

"我完成学业后，向大仙
询问应该支付的老师酬金，

大仙首先指出我长期以来
忠心耿耿的侍奉就是酬金。（20）

samāpta（完成）-vidyena（vidyā 知识），复合词（阳单具），完成学业的。mayā（mad 单具）我。maharṣiḥ（maharṣi 阳单体）大仙。vijñāpitaḥ（vijñāpita 阳单体）询问。abhūt（√bhū 不定单三）是。guru（老师）-dakṣiṇāyai（dakṣiṇā 酬金），复合词（阴单为），老师的酬金。saḥ（tad 阳单体）他，指大仙。me（mad 单属）我。cirāya（不变词）长期。askhalita（坚持不懈的）-upacārām（upacāra 侍奉），复合词（阴单业），坚持不懈侍奉的。tām（tad 阴单业）这，指酬金。bhaktim（bhakti 阴单业）奉献，忠诚。eva（不变词）确实，就是。agaṇayat（√gaṇ 未完单三）考虑，认为。purastāt（不变词）首先。

निर्बन्धसंजातरुषार्थकार्श्यमचिन्तयित्वा गुरुणाहमुक्तः।
वित्तस्य विद्यापरिसंख्यया मे कोटीश्चतस्रो दश चाहरेति॥२१॥

“而我一再坚持，激怒了老师，
他没有考虑到我的财力微薄，
对我说：‘那就按照学科数目，
你交给我十四千万的钱财吧！’（21）

nirbandha（一再坚持）-samjāta（产生）-ruṣā（ruṣ 愤怒），复合词（阳单具），一再坚持而被激怒的。artha（财富）-kārśyam（kārśya 微小，薄弱），复合词（中单业），财力微薄。acintayitvā（a√cint 独立式）不考虑。guruṇā（guru 阳单具）老师。aham（mad 单体）我。uktaḥ（ukta 阳单体）说。vittasya（vitta 中单属）钱财。vidyā（知识，学科）-parisamkhyayā（parisamkhyā 总数），复合词（阴单具），学科总数。me（mad 单为）我。koṭīḥ（koṭī 阴复业）千万。catasraḥ（catur 阴复业）四。daśaḥ（daśan 阴复业）十。ca（不变词）和。āhara（ā√hṛ 命令单二）取来。iti（不变词）这样（说）。

सोऽहं सपर्याविधिभाजनेन मत्वा भवन्तं प्रभुशब्दशेषम्।
अभ्युत्सहे संप्रति नोपरोद्धुमल्पेतरत्वाच्छ्रुतनिष्क्रयस्य॥२२॥

“我凭借盛放礼物的容器，
知道你只剩下国王的称号，
考虑到这笔学费如此昂贵，
我不敢在这个时候麻烦你。”（22）

saḥ（tad 阳单体）这个，指我。aham（mad 单体）我。saparyā（敬拜，侍奉）-vidhi（实行，从事）-bhājanena（bhājana 容器），复合词（中单具），用于敬拜（客人）的

容器，盛放礼物的容器。matvā（√man 独立式）认为，考虑。bhavantam（bhavat 阳单业）您。prabhu（国王）-śabda（称号）-śeṣam（śeṣa 剩余），复合词（阳单业），只剩下国王的称号。abhyutsahe（abhi-ud√sah 现在单一）能够。saṃprati（不变词）现在。na（不变词）不。uparoddhum（upa√rudh 不定式）打扰，惹麻烦。alpa（少量的）-itaratvāt（itaratva 不同），复合词（中单从），大量。śruta（听闻，学习）-niṣkrayasya（niṣkraya 酬金），复合词（阳单属），学费。

इत्थं द्विजेन द्विजराजकान्तिरावेदितो वेदविदां वरेण।
एनोनिवृत्तेन्द्रियवृत्तिरेनं जगाद भूयो जगदेकनाथः॥२३॥

这位一统天下的帝王可爱似月亮，
他的感官活动已经摆脱一切罪垢，
听了这位通晓吠陀的优秀婆罗门
诉说的这些话，便再次对他说道：（23）

ittham（不变词）这样，如此。dvijena（dvija 阳单具）婆罗门。dvijarāja（月亮）-kāntiḥ（kānti 可爱），复合词（阳单体），如月亮般可爱的。āveditaḥ（āvedita 阳单体）告知。veda（吠陀）-vidām（vid 通晓），复合词（阳复属），通晓吠陀的。vareṇa（vara 阳单具）最好的，优秀的。enas（罪恶）-nivṛtta（停止，断除）-indriya（感官）-vṛttiḥ（vṛtti 活动），复合词（阳单体），感官活动已摆脱罪恶的。enam（etad 阳单业）这，指大仙的学生。jagāda（√gad 完成单三）说。bhūyas（不变词）再次。jagat（世界）-eka（唯一的）-nāthaḥ（nātha 护主，国王），复合词（阳单体），一统天下的帝王。

गुर्वर्थमर्थी श्रुतपारदृश्वा रघोः सकाशादनवाप्य कामम्।
गतो वदान्यान्तरमित्ययं मे मा भूत्परीवादनवावतारः॥२४॥

“一个精通吠陀者寻求支付
老师的酬金，在罗怙这里
不能如愿，而去另找施主，
别让我首次受到这种责难。（24）

guru（老师）-artham（artha 酬金），复合词（阳单业），老师的酬金。arthī（arthin 阳单体）求告者。śruta（吠陀）-pāra（彼岸）-dṛśvā（dṛśvan 看见的），复合词（阳单体），精通吠陀的。raghoḥ（raghu 阳单属）罗怙。sakāśāt（sakāśa 阳单从）附近，身边。anavāpya（an-ava√āp 独立式）不获得。kāmam（kāma 阳单业）心愿。gataḥ（gata 阳单体）前往。vadānya（慷慨之人，施主）-antaram（antara 另外的），复合词（阳单业），另外的施主。iti（不变词）这样（说）。ayam（idas 阳单体）这。me（mad 单属）

我。mā（不变词）不要。bhūt（√bhū 不定单三）成为。parīvāda（责难）-nava（新的）-avatāraḥ（avatāra 出现），复合词（阳单体），新出现责难。

स त्वं प्रशस्ते महिते मदीये वसंश्चतुर्थोऽग्निरिवाग्न्यगारे।
द्वित्राण्यहान्यर्हसि सोढुमर्हन्यावद्यते साधयितुं त्वदर्थम्॥२५॥

"你如同我的光辉神圣的拜火
祠堂中的第四堆祭火[①]，尊者啊！
请你住在这里，等待两三天，
让我作出努力，实现你的愿望。"（25）

saḥ（tad 阳单体）这，指你。tvam（tvad 单体）你。praśaste（praśasta 阳单依）受称赞的，吉祥的。mahite（mahita 阳单依）受尊敬的，受敬拜的。madīye（madīya 阳单依）我的。vasan（√vas 现分，阳单体）居住。caturthaḥ（caturtha 阳单体）第四。agniḥ（agni 阳单体）火。iva（不变词）好像。agni（火）-agāre（agāra 房屋），复合词（阳单依），拜火祠堂。dvitrāṇi（dvitra 中复业）二或三。ahāni（ahan 中复业）天。arhasi（√arh 现在单二）请，应该。soḍhum（√sah 不定式）忍受，等待。arhan（arhat 阳单呼）可尊敬的人，尊者。yāvat（不变词）这样，直到。yate（√yat 现在单一）努力，争取。sādhayitum（√sādh 致使，不定式）实现。tvad（你）-artham（artha 愿望），复合词（阳单业），你的愿望。

तथेति तस्यावितथं प्रतीतः प्रत्यग्रहीत्संगरमग्रजन्मा।
गामात्तसारां रघुरप्यवेक्ष्य निष्क्रष्टुमर्थं चकमे कुबेरात्॥२६॥

婆罗门高兴地说道："好吧！"
接受他的不会落空的诺言；
而罗怙看到大地财富已耗尽，
决定向财神俱比罗索取钱财。（26）

tathā（不变词）如此，好吧。iti（不变词）这样（说）。tasya（tad 阳单属）他，指国王罗怙。avitatham（avitatha 阳单业）真实的，不会落空的。pratītaḥ（pratīta 阳单体）高兴的。pratyagrahīt（prati√grah 不定单三）接受。saṃgaram（saṃgara 阳单业）诺言。agrajanmā（agrajanman 阳单体）婆罗门。gām（go 阴单业）大地。ātta（取走）-sārām（sāra 精华，财富），复合词（阴单业），取走精华的，财富耗尽的。raghuḥ（raghu 阳单体）罗怙。api（不变词）然而。avekṣya（ava√īkṣ 独立式）看到。niṣkraṣṭum（nis√kṛṣ 不定式）夺取，索取。artham（artha 阳单业）财富，钱财。cakame（√kam

① 国王举行祭祀仪式，通常点燃三堆祭火，故而他将这位尊者称为"第四堆祭火"。

完成单三）渴望，希望。kuberāt（kubera 阳单从）财神俱比罗。

वसिष्ठमन्त्रोक्षणजात्प्रभावादुदन्वदाकाशमहीधरेषु।
मरुत्सखस्येव बलाहकस्य गतिर्विजघ्ने न हि तद्रथस्य॥२७॥

凭借极裕仙人念诵颂诗和
喷洒圣水的威力，他的战车
如同随风飘游的云，在海上、
空中或山上，全都通行无阻。（27）

vasiṣṭha（极裕仙人）-mantra（颂诗）-ukṣaṇa（喷洒，洒水）-jāt（ja 产生），复合词（阳单从），极裕仙人念诵颂诗和喷洒圣水产生的。prabhāvāt（prabhāva 阳单从）威力。udanvat（大海）-ākāśa（天空）-mahīdhareṣu（mahīdhara 山），复合词（阳复依），大海、天空和山。marut（风）-sakhasya（sakha 同伴），复合词（阳单属），随风飘游的。iva（不变词）像。balāhakasya（balāhaka 阳单属）云。gatiḥ（gati 阴单体）行进，行动。vijaghne（vi√han 被动，完成单三）阻碍。na（不变词）不。hi（不变词）确实。tad（他，指罗怙）-rathasya（ratha 战车），复合词（阳单属），他的战车。

अथाधिशिश्ये प्रयतः प्रदोषे रथं रघुः कल्पितशस्त्रगर्भम्।
सामन्तसंभावनयैव धीरः कैलासनाथं तरसा जिगीषुः॥२८॥

坚定的罗怙将盖拉瑟山护主[①]
视为诸侯，想靠勇力战胜他，
黄昏时刻，控制自我，躺在
战车中，车内已经配备武器。（28）

atha（不变词）然后。adhiśiśye（adhi√śī 完成单三）躺。prayataḥ（prayata 阳单体）自制者，控制自我者。pradoṣe（pradoṣa 阳单依）黄昏。ratham（ratha 阳单业）战车。raghuḥ（raghu 阳单体）罗怙。kalpita（安排，配备）-śastra（武器）-garbham（garbha 内部），复合词（阳单业），内部配有武器的。sāmanta（诸侯）-saṃbhāvanayā（saṃbhāvanā 认为，视为），复合词（阴单具），视为诸侯。eva（不变词）确实。dhīraḥ（dhīra 阳单体）坚定的。kailāsa（盖拉瑟山）-nātham（nātha 保护者，主人），复合词（阳单业），盖拉瑟山护主。tarasā（taras 中单具）勇猛，勇力。jigīṣuḥ（jigīṣu 阳单体）渴望战胜的。

प्रातः प्रयाणाभिमुखाय तस्मै सविस्मयाः कोषगृहे नियुक्ताः।

① 盖拉瑟山护主指财神俱比罗。

हिरण्मयीं कोषगृहस्य मध्ये वृष्टिं शशंसुः पतितां नभस्तः ॥२९॥

天亮后，他准备出发时，
仓库保管员们满脸惊讶，
前来报告他在仓库中间，
天上已经降下一场金雨。（29）

prātar（不变词）清晨。prayāṇa（出发）-abhimukhāya（abhimukha 准备），复合词（阳单为），准备出发。tasmai（tad 阳单为）他，指罗怙。sa（带着）-vismayāḥ（vismaya 惊讶），复合词（阳复体），带着惊讶的。koṣa（仓库）-gṛhe（gṛha 房屋），复合词（中单依），仓库。niyuktāḥ（niyukta 阳复体）官员，负责者。hiraṇmayīm（hiraṇmaya 阴单业）金子的。koṣa（仓库）-gṛhasya（gṛha 房屋），复合词（中单属），仓库。madhye（madhya 中单依）中间。vṛṣṭim（vṛṣṭi 阴单业）雨。śaśaṃsuḥ（√śaṃs 完成复三）报告。patitām（patita 阴单业）落下。nabhastas（不变词）从天空。

तं भूपतिर्भासुरहेमराशिं लब्धं कुबेरादभियास्यमानात्।
दिदेश कौत्साय समस्तमेव पादं सुमेरोरिव वज्रभिन्नम्॥३०॥

从他准备要攻击的俱比罗
那里获得这堆灿烂的金子，
犹如被金刚杵砍下的弥卢
山脚，国王全部送给憍蹉。（30）

tam（tad 阳单业）这，指金子堆。bhū（大地）-patiḥ（pati 主人），复合词（阳单体），大地之主，国王。bhāsura（光辉的）-hema（heman 金子）-rāśim（rāśi 堆），复合词（阳单业），一堆灿烂的金子。labdham（labdha 阳单业）获得。kuberāt（kubera 阳单从）俱比罗。abhiyāsyamānāt（abhi√yā 将分，阳单从）将要攻击的。dideśa（√diś 完成单三）给予。kautsāya（kautsa 阳单为）憍蹉。samastam（samasta 阳单业）全部，所有。eva（不变词）确实。pādam（pāda 阳单业）脚。sumeroḥ（sumeru 阳单属）弥卢山。iva（不变词）犹如。vajra（金刚杵）-bhinnam（bhinna 砍断），复合词（阳单业），被金刚杵砍下的。

जनस्य साकेतनिवासिनस्तौ द्वावप्यभूतामभिनन्द्यसत्त्वौ।
गुरुप्रदेयाधिकनिःस्पृहोऽर्थी नृपोऽर्थिकामादधिकप्रदश्च॥३१॥

萨盖多城①居民们赞扬他俩的
品德，乞求者不愿接受超过

① 萨盖多城即阿逾陀城。

老师酬金的财富，而国王给予
超过乞求者本人愿望的财富。（31）

janasya（jana 阳单属）人们。sāketa（萨盖多城）-nivāsinaḥ（nivāsin 居民），复合词（阳单属），萨盖多城居民。tau（tad 阳双体）这，指罗怙和憍蹉。dvāu（dvi 阳双体）二者。api（不变词）也。abhūtām（√bhū 不定双三）成为。abhinandya（受欢迎的，受赞扬的）-sattvau（sattva 品德），复合词（阳双体），品德受赞扬的。guru（老师）-pradeya（应该给予的）-adhika（更多的，超过的）-niḥspṛhaḥ（niḥspṛha 不贪求），复合词（阳单体），不贪求超过老师酬金的。arthī（arthin 阳单体）乞求者。nṛpaḥ（nṛpa 阳单体）国王。arthi（arthin 乞求者）-kāmāt（kāma 愿望），复合词（阳单从），乞求者的愿望。adhika（更多的，超过的）-pradaḥ（prada 给予），复合词（阳单体），给予超过的。ca（不变词）和。

अथोष्ट्रवामीशतवाहितार्थं प्रजेश्वरं प्रीतमना महर्षिः।
स्पृशन्करेणानतपूर्वकायं संप्रस्थितो वाचमुवाच कौत्सः॥३२॥

然后，国王安排数以百计的
骆驼和牝马运送这些财富，
大仙憍蹉出发，高兴地伸手
触摸俯下前身的国王，说道：（32）

atha（不变词）然后。uṣṭra（骆驼）-vāmī（牝马）-śata（一百）-vāhita（运送）-artham（artha 财富），复合词（阳单业），让数以百计的骆驼和牝马运送财富的。prajā（臣民）-īśvaram（īśvara 主人），复合词（阳单业），国王。prīta（喜悦的）-manāḥ（manas 心），复合词（阳单体），心中喜悦的。maharṣiḥ（maharṣi 阳单体）大仙。spṛśan（√spṛś 现分，阳单体）触摸。kareṇa（kara 阳单具）手。ānata（弯下）-pūrva（前面的）-kāyam（kāya 身体），复合词（阳单业），俯下前身的。saṃprasthitaḥ（saṃprasthita 阳单体）出发。vācam（vāc 阴单业）话。uvāca（√vac 完成单三）说。kautsaḥ（kautsa 阳单体）憍蹉。

किमत्र चित्रं यदि कामसूर्भूर्वृत्ते स्थितस्याधिपतेः प्रजानाम्।
अचिन्तनीयस्तु तव प्रभावो मनीषितं द्यौरपि येन दुग्धा॥३३॥

“如果民众之主恪守职责，大地
实现他的愿望，这有什么奇怪？
而凭借你的威力，甚至天国也
实现你的愿望，这才不可思议。（33）

kim（kim 中单体）什么。atra（不变词）这件事。citram（citra 中单体）奇怪的。yadi（不变词）如果。kāma（愿望）-sūḥ（sū 产生，满足），复合词（阴单体），实现愿望的。bhūḥ（bhū 阴单体）大地。vṛtte（vṛtta 中单依）职责。sthitasya（sthita 阳单属）维持，恪守。adhipateḥ（adhipati 阳单属）主人。prajānām（prajā 阴复属）民众。acintanīyaḥ（acintanīya 阳单体）不可思议的。tu（不变词）但是。tava（tvad 单属）你。prabhāvaḥ（prabhāva 阳单体）威力。manīṣitam（manīṣita 中单业）愿望。dyauḥ（div 阴单体）天国。api（不变词）甚至。yena（yad 阳单具）那，指威力。dugdhā（dugdha 阴单体）挤出，产生。

आशास्यमन्यत्पुनरुक्तभूतं श्रेयांसि सर्वाण्यधिजग्मुषस्ते।
पुत्रं लभस्वात्मगुणानुरूपं भवन्तमीड्यं भवतः पितेव॥ ३४॥

“你已经获得一切祝福，其他任何
祝福成为多余，但愿你获得一个
符合你的品德的儿子，如同你的
父亲获得你这个值得称赞的儿子。”（34）

āśāsyam（āśāsya 中单体）祝福。anyat（anyat 中单体）另外的，其他的。punarukta（重复说的，多余的）-bhūtam（bhūta 成为），复合词（中单体），成为多余的。śreyāṃsi（śreyas 中复业）幸运，赐福。sarvāṇi（sarva 中复业）一切。adhijagmuṣaḥ（adhijagmivas，adhi√gam 完分，阳单属）获得。te（tvad 阳单属）你。putram（putra 阳单业）儿子。labhasva（√labh 命令单二）获得。ātma（ātman 自己）-guṇa（品德）-anurūpam（anurūpa 相似的，匹配的），复合词（阳单业），与自己品行相符的。bhavantam（bhavat 阳单业）您。īḍyam（īḍya 阳单业）值得称赞的。bhavataḥ（bhavat 阳单属）您。pitā（pitṛ 阳单体）父亲。iva（不变词）如同。

इत्थं प्रयुज्याशिषमग्रजन्मा राज्ञे प्रतीयाय गुरोः सकाशम्।
राजापि लेभे सुतमाशु तस्मादालोकमर्कादिव जीवलोकः॥ ३५॥

婆罗门给予国王这个祝福后，
返回老师身边，国王也很快
依靠他的祝福获得儿子，如同
生命世界依靠太阳获得光明。（35）

ittham（不变词）这样。prayujya（pra√yuj 独立式）给予。āśiṣam（āśis 阴单业）祝福。agrajanmā（agrajanman 阳单体）婆罗门。rājñe（rājan 阳单为）国王。pratīyāya（prati√i 完成单三）返回。guroḥ（guru 阳单属）老师。sakāśam（sakāśa 阳单业）身

边，附近。rājā（rājan 阳单体）国王。api（不变词）也。lebhe（√labh 完成单三）获得。sutam（suta 阳单业）儿子。āśu（不变词）迅速，很快。tasmāt（tad 阳单从）这，指这个婆罗门。ālokam（āloka 阳单业）光明。arkāt（arka 阳单从）太阳。iva（不变词）好像。jīva（生命）-lokaḥ（loka 世界），复合词（阳单体），生命世界。

ब्राह्मे मुहूर्ते किल तस्य देवी कुमारकल्पं सुषुवे कुमारम्।
अतः पिता ब्रह्मण एव नाम्ना तमात्मजन्मानमजं चकार॥३६॥

据说，王后在梵天时刻，
生下如同鸠摩罗的儿子，
因此，父亲便以梵天的
称号“阿迦”为儿子命名。①（36）

brāhme（brāhma 阳单依）梵天的。muhūrte（muhūrta 阳单依）时刻。kila（不变词）据说。tasya（tad 阳单属）他，指国王罗怙。devī（devī 阴单体）王后。kumāra（鸠摩罗）-kalpam（kalpa 如同），复合词（阳单业），如同鸠摩罗的。suṣuve（√sū 完成单三）生下。kumāram（kumāra 阳单业）儿子。atas（不变词）因此。pitā（pitṛ 阳单体）父亲。brahmaṇaḥ（brahman 阳单属）梵天。eva（不变词）确实。nāmnā（nāman 中单具）名字，称号。tam（tad 阳单业）这个，指儿子。ātmajanmānam（ātmajanman 阳单业）儿子。ajam（aja 阳单业）阿迦。cakāra（√kṛ 完成单三）做。

रूपं तदोजस्वि तदेव वीर्यं तदेव नैसर्गिकमुन्नतत्वम्।
न कारणात्स्वाद्बिभिदे कुमारः प्रवर्तितो दीप इव प्रदीपात्॥३७॥

这样的光辉形象，这样的英勇，
这样的天生魁梧，这个儿子与
自己的生身父亲没有任何差异，
犹如放射的灯光与灯没有区别。（37）

rūpam（rūpa 中单体）形体，形象。tat（tad 中单体）这个，指形体。ojasvi（ojasvin 中单体）光辉的。tat（tad 中单体）这个，指英勇。eva（不变词）确实。vīryam（vīrya 中单体）英勇。tat（tad 中单体）这个，指魁梧。eva（不变词）确实。naisargikam（naisargika 中单体）天生的。unnatatvam（unnatatva 中单体）魁梧。na（不变词）不。kāraṇāt（kāraṇa 中单从）原因，指生父。svāt（sva 中单从）自己的。bibhide（√bhid 完成单三）分开，区别。kumāraḥ（kumāra 阳单体）儿子。pravartitaḥ（pravartita 阳单体）点燃，照射。

① “梵天时刻”指黎明前的时刻。“鸠摩罗”是湿婆大神的儿子。“阿迦”（aja）作为梵天的称号，词义是“无生”。

dīpaḥ（dīpa 阳单体）灯光。iva（不变词）像。pradīpāt（pradīpa 阳单从）灯。

उपात्तविद्यं विधिवद्गुरुभ्यस्तं यौवनोद्भेदविशेषकान्तम्।
श्रीः साभिलाषापि गुरोरनुज्ञां धीरेव कन्या पितुराचकाङ्क्ष॥३८॥

已从老师们那里受到正规教育，
青春绽放更显可爱，吉祥女神
即使钟情，也要等待王上同意，
犹如聪明的少女等待父亲同意。（38）

upātta（获得）-vidyam（vidyā 知识），复合词（阳单业），接受教育的。vidhivat（不变词）按照规则。gurubhyaḥ（guru 阳复从）老师。tam（tad 阳单业）他，指阿迦。yauvana（青春）-udbheda（绽放）-viśeṣa（特别的）-kāntam（kānta 可爱），复合词（阳单业），青春绽放更显可爱的。śrīḥ（śrī 阴单体）吉祥女神。sa（带着）-abhilāṣā（abhilāṣa 希望，渴望），复合词（阴单体），带着渴望。api（不变词）即使。guroḥ（guru 阳单属）国王。anujñām（anujñā 阴单业）同意，允许。dhīrā（dhīra 阴单体）聪慧的，聪明的。iva（不变词）犹如。kanyā（kanyā 阴单体）少女。pituḥ（pitṛ 阳单属）父亲。ācakāṅkṣa（ā√kāṅkṣ 完成单三）渴望，期待。

अथेश्वरेण क्रथकैशिकानां स्वयंवरार्थं स्वसुरिन्दुमत्याः।
आप्तः कुमारानयनोत्सुकेन भोजेन दूतो रघवे विसृष्टः॥३९॥

这时，格罗特盖希迦族国王
波阇准备为妹妹英杜摩蒂举行
选婿大典，迫切希望王子参加，
派遣心腹使者来到罗怙这里。（39）

atha（不变词）这时。īśvareṇa（īśvara 阳单具）主人，国王。kratha（格罗特族）-kaiśikānām（kaiśika 盖希迦族），复合词（阳复属），格罗特盖希迦族。svayaṃvara（自选，选婿）-artham（为了），复合词（不变词），为了选婿大典。svasuḥ（svasṛ 阴单属）姐妹，妹妹。indumatyāḥ（indumatī 阴单属）英杜摩蒂。āptaḥ（āpta 阳单体）可靠的。kumāra（王子）-ānayana（带来）-utsukena（utsuka 渴望的，迫切的），复合词（阳单具），迫切希望王子前来。bhojena（bhoja 阳单具）波阇。dūtaḥ（dūta 阳单体）使者。raghave（raghu 阳单为）罗怙。visṛṣṭaḥ（visṛṣṭa 阳单体）派遣。

तं श्लाघ्यसंबन्धमसौ विचिन्त्य दारक्रियायोग्यदशं च पुत्रम्।
प्रस्थापयामास ससैन्यमेनमृद्धां विदर्भाधिपराजधानीम्॥४०॥

罗怙考虑到值得与波阇王
结盟，也考虑到儿子已到
娶妻年龄，便让他带着军队，
前往毗达尔跋王繁荣的都城。（40）

tam（tad 阳单业）他，指国王波阇。ślāghya（值得赞扬的）-saṃbandham（saṃbandha 同盟），复合词（阳单业），与之结盟是值得称赞的。asau（adas 阳单体）他，指国王罗怙。vicintya（vi√cint 独立式）考虑。dārakriyā（娶妻，成婚）-yogya（合适的）-daśam（daśā 人生阶段），复合词（阳单业），适合娶妻的年龄。ca（不变词）也。putram（putra 阳单业）儿子。prasthāpayāmāsa（pra√sthā 致使，完成单三）送走。sa（带着）-sainyam（sainya 军队），复合词（阳单业），带着军队的。enam（etad 阳单业）这，指儿子阿迦。ṛddhām（ṛddha 阴单业）繁荣的。vidarbha（毗达尔跋）-adhipa（国王）-rājadhānīm（rājadhānī 都城），复合词（阴单业），毗达尔跋王的都城。

तस्योपकार्यारचितोपचारा वन्येतरा जानपदोपदाभिः।
मार्गे निवासा मनुजेन्द्रसूनोर्बभूवुरुद्यानविहारकल्पाः॥४१॥

王子在途中扎营时，帐篷中
有种种侍奉，有村民送来的
礼物，显然不同于林野生活，
而如同处在城市的游乐园中。（41）

tasya（tad 阳单属）这，指王子。upakāryā（皇家营帐）-racita（安排）-upacārāḥ（upacāra 侍奉），复合词（阳复体），营帐中安排有侍奉的。vanya（林中的，野外的）-itarāḥ（itara 另外的，不同的），复合词（阳复体），不同于林野的。jānapada（村民）-upadābhiḥ（upadā 礼物，献礼），复合词（阴复具），村民送来的礼物。mārge（mārga 阳单依）道路。nivāsāḥ（nivāsa 阳复体）居处，营地。manujendra（人中因陀罗，国王）-sūnoḥ（sūnu 儿子），复合词（阳单属），王子。babhūvuḥ（√bhū 完成复三）是。udyāna（花园）-vihāra（游乐园）-kalpāḥ（kalpa 如同），复合词（阳复体），如同游乐园的。

स नर्मदारोधसि सीकरार्द्रैर्मरुद्भिरानर्तितनक्तमाले।
निवेशयामास विलङ्घिताध्वा क्लान्तं रजोधूसरकेतु सैन्यम्॥४२॥

已经行进了一段路程，旗帜
沾满尘土而灰暗，军队疲倦，
他安排在那尔摩达河岸边扎营，

那多摩罗树随带雾的湿风舞动。（42）

saḥ（tad 阳单体）他，指王子阿迦。narmadā（那尔摩达河）-rodhasi（rodhas 岸），复合词（中单依），那尔摩达河岸边。sīkara（水雾）-ārdraiḥ（ārdra 湿润的），复合词（阳复具），有水雾而湿润的。marudbhiḥ（marut 阳复具）风。ānartita（舞动）-naktamāle（naktamāla 那多摩罗树），复合词（中单依），那多摩罗树舞动的。niveśayāmāsa（ni√viś 致使，完成单三）驻扎，扎营。vilaṅghita（越过）-adhvā（adhvan 道路），复合词（阳单体），行进了一段路程的。klāntam（klānta 中单业）疲倦的。rajas（灰尘）-dhūsara（灰色，土色）-ketu（ketu 旗帜），复合词（中单业），旗帜沾满尘土而灰暗的。sainyam（sainya 中单业）军队。

अथोपरिष्टाद्भ्रमरैर्भ्रमद्भिः प्राक्सूचितान्तःसलिलप्रवेशः।
निर्धौतदानामलगण्डभित्तिर्वन्यः सरित्तो गज उन्ममज्ज॥४३॥

一头林中的大象从河中冒出，
宽阔的颞颥洗去液汁而洁净，
河面上那些飞来飞去的蜜蜂
表明这头大象此前潜入河水。①（43）

atha（不变词）然后。upariṣṭāt（不变词）上面。bhramaraiḥ（bhramara 阳复具）蜜蜂。bhramadbhiḥ（√bhram 现分，阳复具）游荡，飞来飞去。prāk（之前）-sūcita（表明）-antar（内部）-salila（水）-praveśaḥ（praveśa 进入），复合词（阳单体），表明之前潜入水中的。nirdhauta（清洗，洗净）-dāna（颞颥汁液）-amala（无垢的）-gaṇḍa（脸颊，颞颥）-bhittiḥ（bhitti 壁），复合词（阳单体），宽阔的颞颥洗去液汁而洁净的。vanyaḥ（vanya 阳单体）林中的。sarittas（不变词）从河中。gajaḥ（gaja 阳单体）大象。unmamajja（ud√masj 完成单三）出现。

निःशेषविक्षालितधातुनापि वप्रक्रियामृक्षवतस्तटेषु।
नीलोर्ध्वरेखाशबलेन शंसन्दन्तद्वयेनाश्मविकुण्ठितेन॥४४॥

那对象牙即使洗净矿物质，
还夹杂有向上的蓝色条纹，
表明在熊罴山坡进行顶壁
游戏时，受到石头的阻遏。②（44）

niḥśeṣa（完全的）-vikṣālita（洗净）-dhātunā（dhātu 矿物），复合词（中单具），

① 这里意谓此前蜜蜂一直追逐大象颞颥的液汁。
② “顶壁游戏”指大象用象牙顶撞河岸或山坡的游戏。

洗净矿物质的。api（不变词）即使。vaprakriyām（vaprakriyā 阴单业）顶壁游戏。ṛkṣavataḥ（ṛkṣavat 阳单属）有熊的山。taṭeṣu（taṭa 阳复依）山坡。nīla（蓝色）-ūrdhva（向上的）-rekhā（rekhā 线条，条纹）-śabalena（śabala 斑驳的，混杂的），复合词（中单具），夹杂有向上的蓝色条纹的。śaṃsan（√śaṃs 现分，阳单体）指出，表明。danta（象牙）-dvayena（dvaya 两个），复合词（中单具），一对象牙。aśma（aśman 石头）-vikuṇṭhitena（vikuṇṭhita 变钝的），复合词（中单具），碰到石头而变钝的。

संहारविक्षेपलघुक्रियेण हस्तेन तीराभिमुखः सशब्दम्।
बभौ स भिन्दन्बृहतस्तरंगान्वार्यर्गलाभङ्ग इव प्रवृत्तः॥४५॥

它面向河岸，发出吼叫，
轻松地蜷缩和伸展象鼻，
劈开巨大的波浪，仿佛
正在粉碎系象柱的锁链。（45）

saṃhāra（收回，蜷缩）-vikṣepa（甩动，甩出）-laghu（轻松的，轻快的）-kriyeṇa（kriyā 行动），复合词（阳单具），轻松地蜷缩和伸展。hastena（hasta 阳单具）象鼻。tīra（岸）-abhimukhaḥ（abhimukha 朝向，面向），复合词（阳单体），面向河岸。saśabdam（不变词）带着声音，发出声音。babhau（√bhā 完成单三）闪亮，显得。saḥ（tad 阳单体）这，指大象。bhindan（√bhid 现分，阳单体）劈开。bṛhataḥ（bṛhat 阳复业）巨大的。taraṃgān（taraṃga 阳复业）波浪。vāri（系象柱）-argalā（锁链）-bhaṅgaḥ（bhaṅga 破碎），复合词（阳单体），粉碎系象柱锁链的。iva（不变词）仿佛。pravṛttaḥ（pravṛtta 阳单体）从事。

शैलोपमः शैवलमञ्जरीणां जालानि कर्षन्नुरसा स पश्चात्।
पूर्वं तदुत्पीडितवारिराशिः सरित्प्रवाहस्तटमुत्ससर्प॥४६॥

它高耸如山，胸前拽拉着
大量水草，稍后到达河岸，
因为那些被它推挤成堆的
河中水流先于它到达河岸。（46）

śaila（山）-upamaḥ（upama 好像），复合词（阳单体），如山一般的。śaivala（浮萍，水草）-mañjarīṇām（mañjarī 簇，堆），复合词（阴复属），成堆的水草。jālāni（jāla 中复业）大量。karṣan（√kṛṣ 现分，阳单体）拽，拉。urasā（uras 中单具）胸脯。saḥ（tad 阳单体）这，指大象。paścāt（不变词）之后。pūrvam（不变词）之前，首先。tad（这，指大象）-utpīḍita（挤压，推挤）-vāri（水）-rāśiḥ（rāśi 堆，大量），复合词

（阳单体），被它推挤成堆的水。sarit（河流）-pravāhaḥ（pravāha 水流），复合词（阳单体），河中水流。taṭam（taṭa 阳单业）河岸。utsasarpa（ud√sṛp 完成单三）走近，抵达。

तस्यैकनागस्य कपोलभित्त्योर्जलावगाहक्षणमात्रशान्ता।
वन्येतरानेकपदर्शनेन पुनर्दिदीपे मदुर्दिनश्रीः ॥४७॥

这头独特的大象宽阔的颞颥
闪耀液汁流淌的光辉，只是
在潜入河水的片刻时间停息，
现在见到那些驯象，又闪耀。（47）

tasya（tad 阳单属）这，指大象。eka（独一无二的）-nāgasya（nāga 大象），复合词（阳单属），独特的大象。kapola（面颊，颞颥）-bhittyoḥ（bhitti 壁），复合词（阴双属），宽阔的颞颥。jala（水）-avagāha（进入）-kṣaṇa（片刻）-mātra（仅仅）-śāntā（śānta 平息，安静），复合词（阴单体），在潜入河水的片刻时间停息。vanyetara（驯养的）-anekapa（大象）-darśanena（darśana 看见），复合词（中单具），看到驯象。punar（不变词）再次。didīpe（√dīp 完成单三）闪光，闪耀。mada（颞颥液汁）-durdina（暴雨）-śrīḥ（śrī 光辉），复合词（阴单体），液汁暴雨的光辉。

सप्तच्छदक्षीरकटुप्रवाहमसह्यमाघ्राय मदं तदीयम्।
विलङ्घिताधोरणतीव्रयत्नाः सेनागजेन्द्रा विमुखा बभूवुः ॥४८॥

军中那些大象嗅到它的液汁，
犹如七叶树辛辣的乳状液汁，
无法忍受，不顾驾驭大象的
士兵竭力阻止，都扭脸转身。（48）

saptacchada（七叶树）-kṣīra（乳汁，液汁）-kaṭu（辛辣刺鼻的）-pravāham（pravāha 水流），复合词（阳单业），七叶树辛辣的乳状液汁。asahyam（asahya 阳单业）不能忍受的。āghrāya（ā√ghrā 独立式）嗅到。madam（mada 阳单业）颞颥液汁。tadīyam（tadīya 阳单业）它的，指这头野象的。vilaṅghita（无视，不顾）-ādhoraṇa（御象者）-tīvra（严厉的，猛烈的）-yatnāḥ（yatna 努力），复合词（阳复体），不顾驾驭大象的士兵竭力阻止的。senā（军队）-gajendrāḥ（gajendra 象王，大象），复合词（阳复体），军队的大象。vimukhāḥ（vimukha 阳复体）转过脸的。babhūvuḥ（√bhū 完成复三）成为。

स छिन्नबन्धद्रुतयुग्यशून्यं भग्नाक्षपर्यस्तरथं क्षणेन।

रामापरित्राणविहस्तयोधं सेनानिवेशं तुमुलं चकार॥४९॥

它刹那间造成军营混乱，
马匹挣断缰绳脱逃一空，
车辆轮轴断裂翻倒在地，
士兵不能保护自己妻子。（49）

saḥ（tad 阳单体）它，指这头野象。chinna（撕裂，挣断）-bandha（缰绳）-druta（逃跑，散开）-yugya（拉车的马）-śūnyam（śūnya 空无的），复合词（阳单业），马匹挣断缰绳脱逃一空的。bhagna（破碎，毁坏）-akṣa（轴）-paryasta（翻倒，倾覆）-ratham（ratha 车辆），复合词（阳单业），轮轴断裂，车辆翻倒在地的。kṣaṇena（kṣaṇa 阳单具）刹那。rāmā（妻子）-paritrāṇa（保护）-vihasta（手足无措，无能为力）-yodham（yodha 士兵），复合词（阳单业），士兵不能保护自己妻子的。senā（军队）-niveśam（niveśa 营地），复合词（阳单业），军营。tumulam（tumula 阳单业）混乱的。cakāra（√kṛ 完成单三）做，造成。

तमापतन्तं नृपतेरवध्यो वन्यः करीति श्रुतवान्कुमारः।
निवर्तयिष्यन्विशिखेन कुम्भे जघान नात्यायतकृष्टशार्ङ्गः॥५०॥

这位王子知道国王不应该
杀死野象，而为了阻止它
冲向前来，便稍许拉开弓，
放箭射击它的颞颥部位。（50）

tam（tad 阳单业）这，指野象。āpatantam（ā√pat 现分，阳单业）前冲，攻击。nṛpateḥ（nṛpati 阳单属）国王。avadhyaḥ（avadhya 阳单体）不可杀的。vanyaḥ（vanya 阳单体）野生的，林中的。karī（karin 阳单体）大象。iti（不变词）这样（说）。śrutavān（śrutavat 阳单体）听说，知道。kumāraḥ（kumāra 阳单体）王子。nivartayiṣyan（ni√vṛt 致使，将分，阳单体）阻止。viśikhena（viśikha 阳单具）箭。kumbhe（kumbha 阳单依）颞颥。jaghāna（√han 完成单三）打击，射击。nāti（稍许的）-āyata（伸展）-kṛṣṭa（拽拉）-śārṅgaḥ（śārṅga 弓），复合词（阳单体），稍许拉开弓的。

स विद्धमात्रः किल नागरूपमुत्सृज्य तद्विस्मितसैन्यदृष्टः।
स्फुरत्प्रभामण्डलमध्यवर्ति कान्तं वपुर्व्योमचरं प्रपेदे॥५१॥

而它一旦中箭，顿时脱离
大象的形体，呈现可爱的
神灵的形体，处在闪耀的

光环中，士兵们瞠目结舌。（51）

saḥ（tad 阳单体）它，指野象。viddha（击中）-mātraḥ（mātra 唯独，一旦），复合词（阳单体），一旦中箭。kila（不变词）确实。nāga（大象）-rūpam（rūpa 形体），复合词（中单业），大象的形体。utsṛjya（ud√sṛj 独立式）抛弃，脱离。tad（这，指这件事）-vismita（惊讶）-sainya（士兵）-dṛṣṭaḥ（dṛṣṭa 看到），复合词（阳单体），被对此感到惊讶的士兵们看到的。sphurat（√sphur 现分，闪耀）-prabhā（光芒）-maṇḍala（圆环）-madhya（中间）-varti（vartin 处在），复合词（中单业），处在闪耀的光环中的。kāntam（kānta 中单业）可爱的。vapuḥ（vapus 中单业）形体。vyoma（vyoman 天空）-caram（cara 行走），复合词（中单业），在天空行走的，神灵的。prapede（pra√pad 完成单三）走向，达到。

अथ प्रभावोपनतैः कुमारं कल्पद्रुमोत्थैरवकीर्य पुष्पैः।
उवाच वाग्मी दशनप्रभाभिः संवर्धितोरःस्थलतारहारः॥५२॥

他凭借威力获得天国的
如意树鲜花，撒向王子，
他擅长言辞，牙齿的光芒
辉映胸前珍珠项链，说道：（52）

atha（不变词）然后。prabhāva（威力）-upanataiḥ（upanata 获得），复合词（中复具），凭借威力获得的。kumāram（kumāra 阳单业）王子。kalpa（劫波树，如意树）-druma（树）-utthaiḥ（uttha 产生，出现），复合词（中单具），如意树产生的。avakīrya（ava√kṝ 独立式）撒。puṣpaiḥ（puṣpa 中复具）花朵。uvāca（√vac 完成单三）说。vāgmī（vāgmin 阳单体）擅长辞令的。daśana（牙齿）-prabhābhiḥ（prabhā 光芒），复合词（阴复具），牙齿的光芒。saṃvardhita（增长，增强）-uras（胸膛）-sthala（地方，位置）-tārahāraḥ（tārahāra 闪亮的珍珠项链），复合词（阳单体），增长胸前珍珠项链光辉的。

मतङ्गशापादवलेपमूलादवाप्तवानस्मि मतङ्गजत्वम्।
अवेहि गन्धर्वपतेस्तनूजं प्रियंवदं मां प्रियदर्शनस्य॥५३॥

“你要知道我名叫妙语，
是健达缚王妙容的儿子，
因傲慢无礼遭到摩登伽
仙人诅咒，而变成了象。（53）

mataṅga（摩登伽仙人）-śāpāt（śāpa 诅咒），复合词（阳单从），摩登伽仙人的诅咒。avalepa（傲慢无礼）-mūlāt（mūla 根，来源），复合词（阳单从），由于傲慢无礼。avāptavān（avāptavat 阳单体）获得。asmi（√as 现在单一）是。mataṅgajatvam（mataṅgajatva 中单业）大象的性质。avehi（ava√i 命令单二）知道。gandharva（健达缚）-pateḥ（pati 国王），复合词（阳单属），健达缚王的。tanūjam（tanūja 阳单业）儿子。priyaṃvadam（priyaṃvada 阳单业）妙语。mām（mad 单业）我。priyadarśanasya（priyadarśana 阳单属）妙容。

स चानुनीतः प्रणतेन पश्चान्मया महर्षिर्मृदुतामगच्छत्।
उष्णत्वमग्न्यातपसंप्रयोगाच्छैत्यं हि यत्सा प्रकृतिर्जलस्य॥५४॥

“那时我拜倒在地求情，
大仙的心肠变得柔软，
因为水的本性清凉，
遇到火和太阳才变热。（54）

saḥ（tad 阳单体）这，指大仙。ca（不变词）而。anunītaḥ（anunīta 阳单体）求情，安抚。praṇatena（praṇata 阳单具）行礼，恭敬。paścāt（不变词）后来。mayā（mad 单具）我。maharṣiḥ（maharṣi 阳单体）大仙。mṛdu（柔软的）-tām（tā 性质），复合词（阴单业），柔软。agacchat（√gam 未完单三）走向。uṣṇa（热）-tvam（tva 性质），复合词（中单业），热。agni（火）-ātapa（太阳）-saṃprayogāt（saṃprayoga 接触），复合词（阳单从），遇到火和太阳。śaityam（śaitya 中单体）清凉。hi（不变词）因为。yat（yad 中单体）那个，指清凉。sā（tad 阴单体）这个，指本性。prakṛtiḥ（prakṛti 阴单体）本性。jalasya（jala 中单属）水。

इक्ष्वाकुवंशप्रभवो यदा ते भेत्स्यत्यजः कुम्भमयोमुखेन।
संयोक्ष्यसे स्वेन वपुर्महिम्ना तदेत्यवोचत्स तपोनिधिर्माम्॥५५॥

“这位大苦行者对我说：
‘一旦甘蔗族后裔阿迦
用铁箭射中你的颞颥，
你会恢复光辉的形体。’（55）

ikṣvāku（甘蔗族）-vaṃśa（家族）-prabhavaḥ（prabhava 出生），复合词（阳单体），甘蔗族后裔。yadā（不变词）一旦。te（tvad 单属）你。bhetsyati（√bhid 将来单三）刺破，射中。ajaḥ（aja 阳单体）阿迦。kumbham（kumbha 阳单业）颞颥。ayas（铁）-mukhena（mukha 顶端），复合词（阳单具），顶端为铁的，铁箭。saṃyokṣyase（sam√yuj 将来单二）结合，联系。svena（sva 阳单具）自己的。vapus（形体）-mahimnā（mahiman

伟大，光辉），复合词（阳单具），形体的光辉。tadā（不变词）那时。iti（不变词）这样（说）。avocat（√vac 不定单三）说。saḥ（tad 阳单体）这，指苦行者。tapo（tapas 苦行）-nidhiḥ（nidhi 宝藏），复合词（阳单体），苦行者。mām（mad 单业）我。

संमोचितः सत्त्ववता त्वयाहं शापाच्चिरप्रार्थितदर्शनेन।
प्रतिप्रियं चेद्भवतो न कुर्यां वृथा हि मे स्यात्स्वपदोपलब्धिः॥५६॥

“我久久盼望遇见你这位
力士，现在你为我解除了
诅咒，如果我不报答你，
我恢复地位也就毫无意义。（56）

saṃmocitaḥ（saṃmocita 阳单体）释放，解除。sattvavatā（sattvavat 阳单具）具有力量者，力士。tvayā（tvad 单具）你。aham（mad 单体）我。śāpāt（śāpa 阳单从）诅咒。cira（长时间的）-prārthita（渴望）-darśanena（darśana 看见，遇见），复合词（阳单具），久久盼望遇见的。pratipriyam（pratipriya 中单业）报答。ced（不变词）如果。bhavataḥ（bhavat 阳单属）您。na（不变词）不。kuryām（√kṛ 虚拟单一）做。vṛthā（不变词）徒劳地，无用地。hi（不变词）确实。me（mad 单属）我。syāt（√as 虚拟单三）是。sva（自己的）-pada（地位）-upalabdhiḥ（upalabdhi 获得），复合词（阴单体），获得自己的地位。

संमोहनं नाम सखे ममास्त्रं प्रयोगसंहारविभक्तमन्त्रम्।
गान्धर्वमादत्स्व यतः प्रयोक्तुर्न चारिहिंसा विजयश्च हस्ते॥५७॥

“朋友啊，请你接受我的这个
名为‘痴迷’的健达缚神镖，
它依靠各种咒语发出和收回，
使用者不杀死敌人就能取胜。（57）

saṃmohanam（saṃmohana 中单业）迷乱，痴迷。nāma（不变词）名为。sakhe（sakhi 阳单呼）朋友。mama（mad 单属）我。astram（astra 中单业）飞镖。prayoga（使用，发出）-saṃhāra（收回）-vibhakta（不同的）-mantram（mantra 咒语），复合词（中单业），发出和收回具有不同的咒语。gāndharvam（gāndharva 中单业）健达缚的。ādatsva（ā√dā 命令单二）接受。yatas（不变词）由于它，它指飞镖。prayoktuḥ（prayoktṛ 阳单属）使用者。na（不变词）不。ca（不变词）和。ari（敌人）-hiṃsā（hiṃsā 杀害），复合词（阴单体），杀死敌人。vijayaḥ（vijaya 阳单体）胜利。ca（不变词）和。haste（hasta 阳单依）手。

अलं ह्रिया मां प्रति यन्मुहूर्तं दयापरोऽभूः प्रहरन्नपि त्वम्।
तस्मादुपच्छन्दयति प्रयोज्यं मयि त्वया न प्रतिषेधरौक्ष्यम्॥५८॥

"不必羞愧，因为你即使
片刻时间射击我，但心中
怀有仁慈，因此，现在也
不要粗鲁地拒绝我的请求。"（58）

alam（不变词）足够，不必。hriyā（hrī 阴单具）羞愧。mām（mad 单业）我。prati（不变词）朝向，对于。yad（不变词）由于。muhūrtam（不变词）片刻，瞬间。dayā（怜悯，仁慈）-paraḥ（para 充满的），复合词（阳单体），满怀仁慈的。abhūḥ（√bhū 不定单二）是。praharan（pra√hṛ 现分，阳单体）打击，发射。api（不变词）即使。tvam（tvad 单体）你。tasmāt（不变词）因此。upacchandayati（upa√chand 现分，阳单依）请求，乞求。prayojyam（prayojya 中单体）应该使用。mayi（mad 单依）我。tvayā（tvad 单具）你。na（不变词）不。pratiṣedha（拒绝）-raukṣyam（raukṣya 残酷，粗鲁），复合词（中单体），拒绝的残酷。

तथेत्युपस्पृश्य पयः पवित्रं सोमोद्भवायाः सरितो नृसोमः।
उदङ्मुखः सोऽस्त्रविदस्त्रमन्त्रं जग्राह तस्मान्निगृहीतशापात्॥५९॥

"好吧！"这位人中之月通晓武器，
啜饮这条源自月亮的河中的净水，
面向北方，从这位已摆脱咒语的
健达缚那里学会用于神镖的咒语。（59）

tathā（不变词）好吧。iti（不变词）这样（说）。upaspṛśya（upa√spṛś 独立式）接触，啜饮。payaḥ（payas 中单业）水。pavitram（pavitra 中单业）圣洁的，纯净的。soma（月亮）-udbhavāyāḥ（udbhava 产生，来源），复合词（阴单属），源自月亮的。saritaḥ（sarit 阴单属）河流。nṛ（人）-somaḥ（soma 月亮），复合词（阳单体），人中之月。udak（向北）-mukhaḥ（mukha 脸），复合词（阳单体），面向北方。saḥ（tad 阳单体）这个，指王子。astra（武器）-vid（vid 知道，通晓），复合词（阳单体），通晓武器者。astra（飞镖）-mantram（mantra 咒语），复合词（阳单业），用于神镖的咒语。jagrāha（√grah 完成单三）获得，掌握。tasmāt（tad 阳单从）他，指健达缚。nigṛhīta（克服）-śāpāt（śāpa 诅咒），复合词（阳单从），摆脱诅咒的。

एवं तयोरध्वनि दैवयोगादासेदुषोः सख्यमचिन्त्यहेतु।
एको ययौ चैत्ररथप्रदेशान्सौराज्यरम्यानपरो विदर्भान्॥६०॥

这样，他俩在路上邂逅相遇，
结下这原因不可思议的友谊，
一个前往奇车园①，另一个
前往治理有方的毗达尔跋国。（60）

evam（不变词）这样。tayoḥ（tad 阳双属）这，指王子和健达缚。adhvani（adhvan 阳单依）道路。daiva（天意）-yogāt（yoga 联系），复合词（阳单从），出于天意。āseduṣoḥ（āsedivas，ā√sad 完分，阳双属）达到。sakhyam（sakhya 中单业）友谊。acintya（不可思议的）-hetu（hetu 原因），复合词（中单业），原因不可思议的。ekaḥ（eka 阳单体）一个。yayau（√yā 完成单三）去，前往。caitraratha（奇车）-pradeśān（pradeśa 地方，地区），复合词（阳复业），奇车园。saurājya（治理良好）-ramyān（ramya 可爱的），复合词（阳复业），治理有方而可爱的。aparaḥ（apara 阳单体）另一个。vidarbhān（vidarbha 阳复业）毗达尔跋国。

तं तस्थिवांसं नगरोपकण्ठे तदागमारूढगुरुप्रहर्षः।
प्रत्युज्जगाम क्रथकैशिकेन्द्रश्चन्द्रं प्रवृद्धोर्मिरिवोर्मिमाली॥६१॥

他在这座城市的郊外扎营，
格罗特盖希迦王对于他的
到来满怀喜悦，出城迎接，
犹如涌动的大海迎接月亮。（61）

tam（tad 阳单业）他，指阿迦。tasthivāṃsam（tasthivas，√sthā 完分，阳单业）驻扎。nagara（城市）-upakaṇṭhe（upakaṇṭha 附近），复合词（阳单依），城郊。tad（他，指阿迦）-āgama（到来）-ārūḍha（增长）-guru（强烈的）-praharṣaḥ（praharṣa 欢喜，喜悦），复合词（阳单体），对于他的到来满怀喜悦的。pratyujjagāma（prati-ud√gam 完成单三）欢迎，迎接。kratha（格罗特族）-kaiśika（盖希迦族）-indraḥ（indra 国王），复合词（阳单体），格罗特盖希迦王。candram（candra 阳单业）月亮。pravṛddha（增长，涌起）-ūrmiḥ（ūrmi 波浪），复合词（阳单体），波浪涌动的。iva（不变词）犹如。ūrmi（波浪）-mālī（mālin 环绕的），复合词（阳单体），大海。

प्रवेश्य चैनं पुरमग्रयायी नीचैस्तथोपाचरदर्पितश्रीः।
मेने यथा तत्र जनः समेतो वैदर्भमागन्तुमजं गृहेशम्॥६२॥

国王谦恭地引路，带他进城，
亲自侍奉他，而赋予他光辉，

① “奇车园”是财神俱比罗的花园。“奇车”也是一位健达缚王的名字。

以致聚集这里的人们以为阿迦
是主人，而毗达尔跋王是客人。（62）

praveśya（pra√viś 致使，独立式）引入。ca（不变词）而且。enam（etad 阳单业）他，指阿迦。puram（pura 中单业）城市。agrayāyī（agrayāyin 阳单体）引领者，引路者。nīcais（不变词）谦卑地。tathā（不变词）这样。upācarat（upa-ā√car 未完单三）服务，侍奉。arpita（交付，赋予）-śrīḥ（śrī 光辉），复合词（阳单体），赋予光辉的。mene（√man 完成单三）认为。yathā（不变词）以致。tatra（不变词）这里。janaḥ（jana 阳单体）人们。sametaḥ（sameta 阳单体）聚集的。vaidarbham（vaidarbha 阳单业）毗达尔跋王。āgantum（āgantu 阳单业）客人。ajam（aja 阳单业）阿迦。gṛha（房屋，家）-īśam（īśa 主人），复合词（阳单业），主人。

तस्याधिकारपुरुषैः प्रणतैः प्रदिष्टां
प्राग्द्वारवेदिविनिवेशितपूर्णकुम्भाम्।
रम्यां रघुप्रतिनिधिः स नवोपकार्यां
बाल्यात्परामिव दशां मदनोऽध्युवास॥६३॥

他代表着罗怙，官吏们恭敬地
指引他住进一座可爱的新帐篷，
门前的祭坛安放有盛满的水罐，
犹如爱神入住有别童年的青年。（63）

tasya（tad 阳单属）他，指国王。adhikāra（负责，监督）-puruṣaiḥ（puruṣa 人），复合词（阳复具），官员。praṇataiḥ（praṇata 阳复具）行礼的，恭敬的。pradiṣṭām（pradiṣṭa 阴单业）指出，指引。prāk（前面）-dvāra（门）-vedi（祭坛）-viniveśita（安放）-pūrṇa（充满的）-kumbhām（kumbha 水罐），复合词（阴单业），门前的祭坛安放盛满的水罐的。ramyām（ramya 阴单业）可爱的。raghu（罗怙）-pratinidhiḥ（pratinidhi 代表），复合词（阳单体），代表罗怙的。saḥ（tad 阳单体）这，指阿迦。nava（新的）-upakāryām（upakāryā 帐篷，营帐），复合词（阴单业），新的帐篷。bālyāt（bālya 中单从）童年。parām（para 阴单业）不同的。iva（不变词）犹如。daśām（daśā 阴单业）人生阶段。madanaḥ（madana 阳单体）爱神。adhyuvāsa（adhi√vas 完成单三）入住。

तत्र स्वयंवरसमाहृतराजलोकं
कन्याललाम कमनीयमजस्य लिप्सोः।
भावावबोधकलुषा दयितेव रात्रौ
निद्रा चिरेण नयनाभिमुखी बभूव॥६४॥

阿迦渴望获得可爱的女宝，国王们也
为此聚集在这里，参加她的选婿大典，
夜晚，睡眠犹如一位了解他的心情而
生气的情人，很久才出现在他的眼前。[①]（64）

tatra（不变词）这里。svayaṃvara（选婿）-samāhṛta（召集，聚集）-rāja（国王）-lokam（loka 一群），复合词（中单业），国王们聚集到选婿大典的。kanyā（女孩）-lalāma（lalāman 珍宝），复合词（中单业），女宝。kamanīyam（kamanīya 中单业）可爱的。ajasya（aja 阳单属）阿迦。lipsoḥ（lipsu 阳单属）渴望获得的。bhāva（心意，心情）-avabodha（知道，了解）-kaluṣā（kaluṣa 愤怒），复合词（阴单体），了解心意而生气的。dayitā（dayitā 阴单体）情人。iva（不变词）好像。rātrau（rātri 阴单依）夜晚。nidrā（nidrā 阴单体）睡眠。cireṇa（不变词）长久地。nayana（眼睛）-abhimukhī（abhimukhī 面向，走近），复合词（阴单体），出现眼前。babhūva（√bhū 完成单三）成为。

तं कर्णभूषणनिपीडितपीवरांसं
शय्योत्तरच्छदविमर्दकृशाङ्गरागम्।
सूतात्मजाः सवयसः प्रथितप्रबोधं
प्राबोधयन्नुषसि वाग्भिरुदारवाचः॥६५॥

粗壮的双肩挤压他的耳环，
被褥擦去身上涂抹的香膏[②]，
同龄的歌手之子们擅长言辞，
在清晨用颂诗唤醒这位智者：（65）

tam（tad 阳单业）他，指阿迦。karṇa（耳朵）-bhūṣaṇa（装饰品）-nipīḍita（挤压）-pīvara（强壮的，粗壮的）-aṃsam（aṃsa 肩膀），复合词（阳单业），粗壮的肩膀挤压耳环。śayyā（床榻）-uttaracchada（覆盖物，被子）-vimarda（摩擦，擦掉）-kṛśa（消瘦的，薄弱的）-aṅgarāgam（aṅgarāga 涂身香膏），复合词（阳单业），床上的被子擦薄涂身香膏。sūta（苏多，歌手）-ātmajāḥ（ātmaja 儿子），复合词（阳复体），歌手之子。savayasaḥ（savayas 阳复体）同龄的。prathita（著名的）-prabodham（prabodha 智慧，知识），复合词（阳单业），智者。prābodhayan（pra√budh 致使，未完复三）唤醒。uṣasi（uṣas 阴单依）清晨。vāgbhiḥ（vāc 阴复具）话语。udāra（丰富的，优美的）-vācaḥ（vāc 言语），复合词（阳复体），擅长言辞的。

① 这里以睡眠比作他的情人，见他另有所爱而妒忌生气，迟迟不出现。由此，暗喻王子为英杜摩蒂相思失眠。

② 这两行描写王子在夜里睡在床上辗转反侧的情状。

रात्रिर्गता मतिमतां वर मुञ्च शय्यां
धात्रा द्विधैव ननु धूर्जगतो विभक्ता।
तामेकतस्तव बिभर्ति गुरुर्विनिद्र-
स्तस्या भवानपरधुर्यपदावलम्बी॥ ६६॥

“优秀的智者啊，夜晚已过去，起床吧！
确实，创造主将世界的责任一分为二，
你的父亲保持清醒，维持着它的一端，
你也负担这个责任，维持它的另一端。（66）

rātriḥ（rātri 阴单体）夜晚。gatā（gata 阴单体）离去。matimatām（matimat 阳复属）聪明的，智者。vara（vara 阳单呼）最好的，优秀的。muñca（√muc 命令单二）离开。śayyām（śayyā 阴单业）床榻。dhātrā（dhātṛ 阳单具）创造主。dvidhā（不变词）两种，两个部分。eva（不变词）确实。nanu（不变词）确实。dhūḥ（dhur 阴单体）责任。jagataḥ（jagat 中单属）世界。vibhaktā（vibhakta 阴单体）分开。tām（tad 阴单业）这，指责任。ekatas（不变词）一端。tava（tvad 单属）你。bibharti（√bhṛ 现在单三）支持，维持。guruḥ（guru 阳单体）父亲。vinidraḥ（vinidra 阳单体）清醒的。tasyāḥ（tad 阴单属）这，指责任。bhavān（bhavat 阳单体）您。apara（另一端的）-dhurya（责任者）-pada（位置）-avalambī（avalambin 维持，支持），复合词（阳单体），维持另一端的责任者位置。

निद्रावशेन भवता ह्यनवेक्ष्यमाणा
पर्युत्सुकत्वमबला निशि खण्डितेव।
लक्ष्मीर्विनोदयति येन दिगन्तलम्बी
सोऽपि त्वदाननरुचिं विजहाति चन्द्रः॥ ६७॥

“你受睡眠控制而忽视吉祥女神，
她像妒忌的女子，夜里靠月亮排遣
忧愁，然而此时月亮也舍弃如同
你的脸庞的光辉，沉入了地平线。①（67）

nidrā（睡眠）-vaśena（vaśa 控制，约束），复合词（阳单具），受睡眠控制的。bhavatā（bhavat 阳单具）您。hi（不变词）因为。anavekṣyamāṇā（an-ava√īkṣ 被动，现分，阴单体）忽视。paryutsukatvam（paryutsukatva 中单业）焦虑，忧愁。abalā（abalā 阴单体）女子。niśi（niś 阴单依）夜晚。khaṇḍitā（khaṇḍitā 阴单体）因丈夫偷情而妒忌

① 这首诗同样将睡眠比拟女子。吉祥女神象征王权。她钟爱王子，看到王子受睡眠控制，心生妒忌，只能依靠光辉如同王子面庞的月亮排遣忧愁。而现在月亮也消失了。

愤怒的女人。iva（不变词）好像。lakṣmīḥ（lakṣmī 阴单体）吉祥女神。vinodayati（vi√nud 致使，现在单三）驱除，排遣。yena（yad 阳单具）那，指月亮。diganta（方位尽头，地平线尽头）-lambī（lambin 悬垂，垂下），复合词（阳单体），沉入地平线的。saḥ（tad 阳单体）这，指月亮。api（不变词）甚至。tvad（你）-ānana（脸）-rucim（ruci 光辉，美丽），复合词（阴单业），你的脸庞的光辉。vijahāti（vi√hā 现在单三）舍弃。candraḥ（candra 阳单体）月亮。

तद्वल्गुना युगपदुन्मिषितेन ताव-
त्सद्यः परस्परतुलामधिरोहतां द्वे।
प्रस्पन्दमानपरुषेतरतारमन्त-
श्चक्षुस्तव प्रचलितभ्रमरं च पद्मम्॥ ६८॥

"因此，让这两者同时可爱地绽开，
立刻展现互相等同吧！一是你的
眼睛，里面转动着柔软的眼珠，
一是莲花，里面飞动着大黑蜂。①（68）

tad（不变词）因此。valgunā（valgu 中单具）美丽的，可爱的。yugapad（不变词）同时。unmiṣitena（unmiṣita 中单具）睁开，张开。tāvat（不变词）这时。sadyas（不变词）立即，立刻。paraspara（互相的）-tulām（tulā 相似，相同），复合词（阴单业），互相等同。adhirohatām（adhi√ruh 命令双三）登上，达到。dve（dvi 中双体）二者。praspandamāna（pra√spand 现分，颤动，转动）-paruṣa（尖锐的）-itara（不同的）-tāram（tārā 眼珠，瞳仁），复合词（中单体），转动着柔软的眼珠。antar（不变词）在里面。cakṣuḥ（cakṣus 中单体）眼睛。tava（tvad 单属）你。pracalita（移动，游荡）-bhramaram（bhramara 黑蜂），复合词（中单体），黑蜂飞舞。ca（不变词）和。padmam（padma 中单体）莲花。

वृन्ताच्छ्लथं हरति पुष्पमनोकहानां
संसृज्यते सरसिजैररुणांशुभिन्नैः।
स्वाभाविकं परगुणेन विभातवायुः
सौरभ्यमीप्सुरिव ते मुखमारुतस्य॥ ६९॥

"晨风仿佛想借助他者的品质，
获得你嘴中气息的自然芳香，
吹落树枝上那些松懈的花朵，

① 这里意谓只有王子醒来，睁开眼睛，才能展现他的眼睛美似莲花，也就是同时展现他的眼睛和莲花两者的美。

又接触在霞光中绽开的莲花。[①]（69）

vṛntāt（vṛnta 中单从）花梗，叶柄。ślatham（ślatha 中单业）松散的。harati（√hṛ 现在单三）带走，取走。puṣpam（puṣpa 中单业）花朵。anokahānām（anokaha 阳复属）树。saṃsṛjyate（sam√sṛj 现在单三）混合，接触。sarasijaiḥ（sarasija 中复具）莲花。aruṇa（朝霞）-aṃśu（光芒）-bhinnaiḥ（bhinna 绽开），复合词（中复具），在霞光中绽开的。svābhāvikam（svābhāvika 中单业）本性的，天然的。para（他人，他者）-guṇena（guṇa 品质），复合词（阳单具），他者的品质。vibhāta（早晨）-vāyuḥ（vāyu 风），复合词（阳单体），晨风。saurabhyam（saurabhya 中单业）芳香，香气。īpsuḥ（īpsu 阳单体）渴望得到的。iva（不变词）好像。te（tvad 单属）你。mukha（嘴）-mārutasya（māruta 气息，呼吸），复合词（阳单属），嘴中的气息。

ताम्रोदरेषु पतितं तरुपल्लवेषु
निर्धौतहारगुलिकाविशदं हिमाम्भः।
आभाति लब्धपरभागतयाधरोष्ठे
लीलास्मितं सदशनार्चिरिव त्वदीयम्॥७०॥

"露珠洁白似项链的明亮珍珠，
落在内部发红的树芽上，美妙
至极，犹如你的灿烂微笑带着
牙齿的光芒，闪现在下嘴唇上。（70）

tāmra（发红的）-udareṣu（udara 内部），复合词（阳复依），内部发红的。patitam（patita 中单体）落下。taru（树）-pallaveṣu（pallava 嫩芽），复合词（阳复依），树芽。nirdhauta（洗净的，明亮的）-hāra（项链）-gulikā（珍珠）-viśadam（viśada 洁白的），复合词（中单体），洁白似项链的明亮珍珠。hima（露）-ambhaḥ（ambhas 水），复合词（中单体），露珠。ābhāti（ā√bhā 现在单三）显得。labdha（获得，接受）-para（最好的，最高的）-bhāga（部分）-tayā（tā 性质），复合词（阴单具），获得最好的部分，美妙至极。adhara（下面的）-oṣṭhe（oṣṭha 嘴唇），复合词（阳单依），下嘴唇。līlā（优美，迷人）-smitam（smita 微笑），复合词（中单体），美丽的微笑。sa（有）- daśana（牙齿）-arciḥ（arcis 光芒），复合词（中单体），带着牙齿的光芒。iva（不变词）犹如。tvadīyam（tvadīya 中单体）你的。

यावत्प्रतापनिधिराक्रमते न भानु-
रह्नाय तावदरुणेन तमो निरस्तम्।

① 这里意谓晨风仿佛通过接触花朵和莲花，而获得王子嘴中的芳香气息，由此也暗喻王子的脸美似花朵和莲花。

आयोधनाग्रसरतां त्वयि वीर याते
किं वा रिपूंस्तव गुरुः स्वयमुच्छिनत्ति॥७१॥

“光热的宝库太阳还没有出现，
朝霞就已经驱除黑暗，英雄啊！
一旦你担负战斗先锋，哪里还
用得着你的父亲亲自消灭敌人？（71）

yāvat（不变词）那时。pratāpa（光热）-nidhiḥ（nidhi 宝库），复合词（阳单体），光热的宝库。ākramate（ā√kram 现在单三）升起，出现。na（不变词）不。bhānuḥ（bhānu 阳单体）太阳。ahnāya（不变词）迅速，马上。tāvat（不变词）这时。aruṇena（aruṇa 阳单具）朝霞。tamaḥ（tamas 中单体）黑暗。nirastam（nirasta 中单体）驱除，驱走。āyodhana（战斗）-agrasara（先锋，领袖）-tām（tā 性质），复合词（阴单业），战斗先锋。tvayi（tvad 单依）你。vīra（vīra 阳单呼）勇士，英雄。yāte（yāta 阳单依）走向。kim（不变词）为何，怎么。vā（不变词）也。ripūn（ripu 阳复业）敌人。tava（tvad 单属）你。guruḥ（guru 阳单体）父亲。svayam（不变词）亲自。ucchinatti（ud√chid 现在单三）消灭。

शय्यां जहत्युभयपक्षविनीतनिद्राः
स्तम्बेरमा मुखरशृङ्खलकर्षिणस्ते।
येषां विभान्ति तरुणारुणरागयोगा-
द्भिन्नाद्रिगैरिकतटा इव दन्तकोशाः॥७२॥

“大象们离开卧处，两胁摆脱
睡眠，拽拉着叮当作响的锁链，
它们花蕾般的象牙接触朝霞的
红色光芒，仿佛刺破红垩山坡。（72）

śayyām（śayyā 阴单业）床榻。jahati（√hā 现在复三）离开。ubhaya（二者）-pakṣa（胁部）-vinīta（带走，驱除）-nidrāḥ（nidrā 睡眠），复合词（阳复体），两胁摆脱睡眠的。stamberamāḥ（stamberama 阳复体）大象。mukhara（噪杂的，叮当作响的）-śṛṅkhala（系象锁链）-karṣiṇaḥ（karṣin 拽拉），复合词（阳复体），拽拉着叮当作响的锁链。te（tad 阳复体）这，指大象。yeṣām（yad 阳复属）那，指大象。vibhānti（vi√bhā 现在复三）显得。taruṇa（年轻的，新生的）-aruṇa（朝霞）-rāga（红色）-yogāt（yoga 接触），复合词（阳单从），接触朝霞的红色光芒。bhinna（刺破）-adri（山）-gairika（红垩）-taṭāḥ（taṭa 山坡），复合词（阳复体），刺破红垩山坡的。iva（不变词）仿佛。danta（象牙）-kośāḥ（kośa 花苞，花蕾），复合词（阳复体），如花蕾一般的象牙。

दीर्घेष्वमी नियमिताः पटमण्डपेषु
निद्रां विहाय वनजाक्ष वनायुदेश्याः।
वक्त्रोष्मणा मलिनयन्ति पुरोगतानि
लेह्यानि सैन्धवशिलाशकलानि वाहाः॥७३॥

“莲花眼啊，系在大帐篷里的
波那优地区马匹已经摆脱睡眠，
嘴中呼出热气，正在弄脏放在
前面供它们舔食的一块块岩盐。（73）

dīrgheṣu（dīrgha 阳复依）宽阔的。amī（adas 阳复体）那个，指马。niyamitāḥ（niyamita 阳复体）限制的，系住的。paṭamaṇḍapeṣu（paṭamaṇḍapa 阳复依）帐篷。nidrām（nidrā 阴单业）睡眠。vihāya（vi√hā 独立式）摆脱。vanaja（莲花）-akṣa（akṣa 眼睛），复合词（阳单呼），莲花眼。vanāyu（波那优）-deśyāḥ（deśya 地区的），复合词（阳复体），波那优地区的。vaktra（嘴）-uṣmaṇā（uṣman 热气），复合词（阳单具），嘴中的热气。malinayanti（√malinaya 名动词，现在复三）弄脏，污染。purogatāni（purogata 中复业）位于前面的。lehyāni（lehya 中复业）可以舔食的。saindhava（岩盐）-śilā（岩石）-śakalāni（śakala 一块），复合词（中复业），一块块岩盐。vāhāḥ（vāha 阳复体）马。

भवति विरलभक्तिर्म्लानपुष्पोपहारः
स्वकिरणपरिवेषोद्भेदशून्याः प्रदीपाः।
अयमपि च गिरं नस्त्वत्प्रबोधप्रयुक्ता-
मनुवदति शुकस्ते मञ्जुवाक्पञ्जरस्थः॥७४॥

“祭供的鲜花因枯萎而排列稀松，
这些油灯也不再闪现自己的光环，
你的这只话音甜美的鹦鹉，站在
这笼中模仿我们唤醒你的话语。”（74）

bhavati（√bhū 现在单三）成为。virala（稀疏的，稀松的）-bhaktiḥ（bhakti 安排，排列），复合词（阳单体），排列稀松的。mlāna（枯萎的）-puṣpa（花）-upahāraḥ（upahāra 供品），复合词（阳单体），枯萎的供品鲜花。sva（自己的）-kiraṇa（光线）-pariveṣa（光环）-udbheda（绽开，展现）-śūnyāḥ（śūnya 缺乏的），复合词（阳复体），自己的光环不再显现的。pradīpāḥ（pradīpa 阳复体）灯。ayam（idam 阳单体）这，指鹦鹉。api（不变词）然而。ca（不变词）也。giram（gir 阴单业）言语。naḥ（asmad 复属）我们。tvad（你）-prabodha（唤醒）-prayuktām（prayukta 用于，实施），复合词（阴

单业），用于唤醒你的。anuvadati（anu√vad 现在单三）学舌，模仿。śukaḥ（śuka 阳单体）鹦鹉。te（tvad 单属）你。mañju（甜美的，甜蜜的）-vāk（vāc 声音，话语），复合词（阳单体），话音甜美的。pañjara（笼子，鸟笼）-sthaḥ（stha 位于），复合词（阳单体），在笼中的。

इति विरचितवाग्भिर्बन्दिपुत्रैः कुमारः
सपदि विगतनिद्रस्तल्पमुज्झांचकार।
मदपटुनिनदद्भिर्बोधितो राजहंसैः
सुरगज इव गाङ्गं सैकतं सुप्रतीकः॥७५॥

歌手之子们编唱这些言辞，
王子顿时摆脱睡眠而起床，
犹如天鹅们发出高昂鸣声，
神象醒来，离开恒河沙滩。（75）

iti（不变词）这样。viracita（编排，创作）-vāgbhiḥ（vāc 话语），复合词（阳复具），编排言辞。bandi（bandin 歌手）-putraiḥ（putra 儿子），复合词（阳复具），歌手之子。kumāraḥ（kumāra 阳单体）王子。sapadi（不变词）立即，立刻。vigata（离开）-nidraḥ（nidrā 睡眠），复合词（阳单体），摆脱睡眠。talpam（talpa 阳单业）床。ujjhāṃcakāra（√ujjh 完成单三）离开，放弃。mada（兴奋）-paṭu（尖锐的，高声的）-ninadadbhiḥ（ni√nad 现分，发声），复合词（阳复具），兴奋地高声鸣叫。bodhitaḥ（bodhita 阳单体）唤醒。rāja（王）-haṃsaiḥ（haṃsa 天鹅），复合词（阳复具），王天鹅，白天鹅。sura（天神）-gajaḥ（gaja 象），复合词（阳单体），神象。iva（不变词）犹如。gāṅgam（gāṅga 中单业）恒河的。saikatam（saikata 中单业）沙岸，沙滩。supratīkaḥ（supratīka 阳单体）东北方位的神象名。

अथ विधिमवसाय्य शास्त्रदृष्टं दिवसमुखोचितमञ्चिताक्षिपक्ष्मा।
कुशलविरचितानुकूलवेषः क्षितिपसमाजमगात्स्वयंवरस्थम्॥७६॥

他长有卷曲的眼睫毛，按照见于
经典的规则，完成了早晨的礼仪，
身穿行家们为他设计的合适服装，
前去出席国王们汇聚的选婿大典。（76）

atha（不变词）然后。vidhim（vidhi 阳单业）规则，仪轨。avasāyya（ava√so 致使，独立式）完成。śāstra（经典，经论）-dṛṣṭam（dṛṣṭa 看到），复合词（阳单业），见于经典的。divasamukha（早晨）-ucitam（ucita 习惯的，合适的），复合词（阳单业），

早晨常规的。añcita（弯曲的）-akṣi（眼睛）-pakṣmā（pakṣman 睫毛），复合词（阳单体），眼睫毛卷曲的。kuśala（熟练的，有技能的）-viracita（安排，设计）-anukūla（适合的）-veṣaḥ（veṣa 服装），复合词（阳单体），由行家设计合适服装的。kṣitipa（国王）-samājam（samāja 聚会，集会），复合词（阳单业），国王的聚会。agāt（√i 不定单三）前往。svayaṃvara（选婿大典）-stham（stha 位于），复合词（阳单业），参加选婿大典的。

षष्ठः सर्गः।

第六章

स तत्र मञ्चेषु मनोज्ञवेषान्सिंहासनस्थानुपचारवत्सु।
वैमानिकानां मरुतामपश्यदाकृष्टलीलान्नरलोकपालान्॥ १॥

他看到装饰一新的高台上，
人间国王们坐在狮子座上，
身着迷人的服装，呈现出
乘坐飞车的天神们的风采。（1）

saḥ（tad 阳单体）他，指阿迦。tatra（不变词）这里。mañceṣu（mañca 阳复依）宝座，高台。manojña（迷人的，可爱的）-veṣān（veṣa 衣服，服装），复合词（阳复业），身着迷人服装的。siṃha（狮子）-āsana（座位）-sthān（stha 位于，坐在），复合词（阳复业），坐在狮子座上的。upacāravatsu（upacāravat 阳复依）具有装饰的，装饰一新的。vaimānikānām（vaimānika 阳复属）乘坐天车的。marutām（marut 阳复属）天神。apaśyat（√dṛś 未完单三）看到。ākṛṣṭa（迷人）-līlān（līlā 魅力，风采），复合词（阳复业），魅力迷人的。nara（人）-loka（世界）-pālān（pāla 保护者），复合词（阳复业），人世的保护者，人间的国王。

रतेर्गृहीतानुनयेन कामं प्रत्यर्पितस्वाङ्गमिवेश्वरेण।
काकुत्स्थमालोकयतां नृपाणां मनो बभूवेन्दुमतीनिराशम्॥ २॥

国王们看到迦俱私陀后裔阿迦，
渴求英杜摩蒂的希望也就破灭，
因为他如同爱神，仿佛湿婆接受
罗蒂的安抚，又让爱神恢复形体。[1]（2）

rateḥ（rati 阴单属）罗蒂。gṛhīta（接受）-anunayena（anunaya 安抚），复合词（阳单具），接受安抚。kāmam（kāma 阳单业）爱神。pratyarpita（恢复）-sva（自己

① 罗蒂是爱神的妻子。爱神已被湿婆焚为灰烬，故而没有形体。这里将阿迦比作爱神，说仿佛湿婆接受罗蒂安抚，又让爱神恢复形体。

的）-aṅgam（aṅga 身体，肢体），复合词（阳单业），恢复自己的形体。iva（不变词）好像。īśvareṇa（īśvara 阳单具）大自在天，湿婆。kākutstham（kākutstha 阳单业）迦俱私陀后裔，指阿迦。ālokayatām（ā√lok 现分，阳复属）看到。nṛpāṇām（nṛpa 阳复属）国王。manaḥ（manas 中单体）心。babhūva（√bhū 完成单三）成为。indumatī（英杜摩蒂）-nirāśam（nirāśa 失去希望的），复合词（中单体），失去对英杜摩蒂的希望。

वैदर्भनिर्दिष्टमसौ कुमारः क्लृप्तेन सोपानपथेन मञ्चम्।
शिलाविभङ्गैर्मृगराजशावस्तुङ्गं नगोत्सङ्गमिवारुरोह॥३॥

这位王子沿着铺设的台阶，
登上毗达尔跋王指定的高台，
犹如年幼的兽王狮子沿着
一块块岩石登上高耸的山顶。（3）

vaidarbha（毗达尔跋王）-nirdiṣṭam（nirdiṣṭa 指示，指定），复合词（阳单业），由毗达尔跋王指定的。asau（adas 阳单体）这个，指王子阿迦。kumāraḥ（kumāra 阳单体）王子。kḷptena（kḷpta 阳单具）准备，安排。sopāna（台阶）-pathena（patha 道路），复合词（阳单具），阶梯路。mañcam（mañca 阳单业）高台。śilā（岩石）-vibhaṅgaiḥ（vibhaṅga 碎块，台阶），复合词（阳复具），岩石阶梯。mṛga（野兽）-rāja（王者）-śāvaḥ（śāva 幼兽），复合词（阳单体），年幼的兽王狮子。tuṅgam（tuṅga 阳单业）高耸的。naga（山）-utsaṅgam（utsaṅga 山顶），复合词（阳单业），山顶。iva（不变词）犹如。āruroha（ā√ruh 完成单三）登上。

परार्घ्यवर्णास्तरणोपपन्नमासेदिवान्रत्नवदासनं सः।
भूयिष्ठमासीदुपमेयकान्तिर्मयूरपृष्ठाश्रयिणा गुहेन॥४॥

他坐在镶嵌宝石的座位上，
铺有最昂贵的彩色毯子，
光彩熠熠，与坐在孔雀
背上的室建陀[①]十分相像。（4）

parārghya（最昂贵的）-varṇa（色彩）-āstaraṇa（毯子，垫子）-upapannam（upapanna 具有），复合词（中单业），铺有最昂贵的彩色毯子。āsedivān（āsedivas，ā√sad 完分，阳单体）坐在。ratnavat（有宝石的）-āsanam（āsana 座位），复合词（中单业），镶嵌宝石的座位。saḥ（tad 阳单体）他，指阿迦。bhūyiṣṭham（不变词）几乎，非常。āsīt（√as 未完单三）是。upameya（可以相比的）-kāntiḥ（kānti 可爱，美丽），复合词（阳

① 室建陀是湿婆大神的儿子。

单体），同样美丽的。mayūra（孔雀）-pṛṣṭha（背部）-āśrayiṇā（āśrayin 依靠的），复合词（阳单具），坐在孔雀背上的。guhena（guha 阳单具）室建陀。

तासु श्रिया राजपरंपरासु प्रभाविशेषोदयदुर्निरीक्ष्यः।
सहस्रधात्मा व्यरुचद्विभक्तः पयोमुचां पङ्क्तिषु विद्युतेव॥५॥

吉祥女神自身分属依次而坐的
这些国王，闪现特殊的光芒，
难以目睹，犹如闪电在排列
成行的乌云中分成千道光芒。①（5）

tāsu（tad 阴复依）这，指国王。śriyā（śrī 阴单具）吉祥女神。rāja（国王）-paraṃparāsu（paraṃparā 连续，系列），复合词（阴复依），依次而坐的国王。prabhā（光辉，光芒）-viśeṣa（特殊的）-udaya（升起，显现）-dur（难的）-nirīkṣyaḥ（nirīkṣya 注视，凝视），复合词（阳单体），闪现特殊的光芒而难以目睹的。sahasradhā（不变词）成千地。ātmā（ātman 阳单体）自己，自身。vyarucat（vi√ruc 未完单三）闪耀，放射。vibhaktaḥ（vibhakta 阳单体）分成。payomucām（payomuc 阳复属）云。paṅktiṣu（paṅkti 阴复依）排，行。vidyutā（vidyut 阴单具）闪电。iva（不变词）好像。

तेषां महार्हासनसंस्थितानामुदारनेपथ्यभृतां स मध्ये।
रराज धाम्ना रघुसूनुरेव कल्पद्रुमाणामिव पारिजातः॥६॥

国王们坐在昂贵的宝座上，
身穿华丽的服装，而其中
这位罗怙之子光辉闪耀，
犹如如意树中的波利质多②。（6）

teṣām（tad 阳复属）这，指国王。mahārha（昂贵的，珍贵的）-āsana（座位）-saṃsthitānām（saṃsthita 处于，坐在），复合词（阳复属），坐在昂贵的宝座上。udāra（华丽的，优美的）-nepathya（服饰）-bhṛtām（bhṛt 具有，持有），复合词（阳复属），身穿华丽的服装。saḥ（tad 阳单体）这个，指罗怙之子阿迦。madhye（madhya 阳单依）中间。rarāja（√rāj 完成单三）闪耀。dhāmnā（dhāman 中单具）光，光彩。raghu（罗怙）-sūnuḥ（sūnu 儿子），复合词（阳单体），罗怙之子。eva（不变词）确实。kalpadrumāṇām（kalpadruma 阳复属）如意树。iva（不变词）犹如。pārijātaḥ（pārijāta 阳单体）波利质多。

---

① 吉祥女神是王权的象征。这里聚集着众多国王，故而出现吉祥女神分身的情形。
② 波利质多是传说中天神和阿修罗搅乳海搅出的如意树。

नेत्रव्रजाः पौरजनस्य तस्मिन्विहाय सर्वान्नृपतीन्निपेतुः।
मदोत्कटे रेचितपुष्पवृक्षा गंधद्विपे वन्य इव द्विरेफाः॥७॥

市民们的眼睛忽视其他
所有人，集中在他身上，
犹如蜜蜂们放弃了花树，
飞向颞颥流汁的野香象。(7)

netra（眼睛）-vrajāḥ（vraja 一群），复合词（阳复体），许多眼睛。paura（市民）-janasya（jana 人们），复合词（阳单属），市民们的。tasmin（tad 阳单依）他，指阿迦。vihāya（vi√hā 独立式）舍弃，忽视。sarvān（sarva 阳复业）所有的。nṛpatīn（nṛpati 阳复业）国王。nipetuḥ（ni√pat 完成复三）飞向，落在。mada（发情）-utkaṭe（utkaṭa 颞颥液汁），复合词（阳单依），发情而流淌颞颥液汁。recita（撤空，摒弃）-puṣpa（花朵）-vṛkṣāḥ（vṛkṣa 树），复合词（阳复体），放弃花树的。gandha（香气，芳香）-dvipe（dvipa 大象），复合词（阳单依），香象。vanye（vanya 阳单依）林中的，野生的。iva（不变词）好像。dvirephāḥ（dvirepha 阳复体）蜜蜂。

अथ स्तुते बन्दिभिरन्वयज्ञैः सोमार्कवंश्ये नरदेवलोके।
संचारिते चागुरुसारयोनौ धूपे समुत्सर्पति वैजयन्तीः॥८॥

歌手们熟谙帝王们的谱系，
赞颂月亮族和太阳族的国王，
优质的沉水香散发的香气
弥漫缭绕，飘上那些旗帜。(8)

atha（不变词）然后。stute（stuta 阳单依）赞颂。bandibhiḥ（bandin 阳复具）歌手。anvaya（家族）-jñaiḥ（jña 知晓），复合词（阳复具），知晓谱系的。soma（月亮）-arka（太阳）-vaṃśye（vaṃśya 家族的），复合词（阳单依），月亮族和太阳族的。naradeva（国王）-loke（loka 群体），复合词（阳单依），国王们。saṃcārite（saṃcārita 阳单依）散布，弥漫。ca（不变词）而且。aguru（沉水香）-sāra（精华）-yonau（yoni 根源，来源），复合词（阳单依），源自优质的沉水香的。dhūpe（dhūpa 阳单依）熏香，香气。samutsarpati（sam-ud√sṛp 现分，阳单依）上升，飘升。vaijayantīḥ（vaijayantī 阴复业）旗帜。

पुरोपकण्ठोपवनाश्रयाणां कलापिनामुद्धतनृत्यहेतौ।
प्रध्मातशङ्खे परितो दिगन्तांस्तूर्यस्वने मूर्च्छति मङ्गलार्थे॥९॥

螺号吹响，吉祥的

乐声传遍四面八方，
引起城郊花园中的
那些孔雀翩翩起舞。（9）

pura（城市）-upakaṇṭha（附近，邻近）-upavana（花园）-āśrayāṇām（āśraya 居所，住地），复合词（阳复属），居于城郊花园的。kalāpinām（kalāpin 阳复属）孔雀。uddhata（升起，激动）-nṛtya（舞蹈，跳舞）-hetau（hetu 原因），复合词（阳单依），翩翩起舞的原因。pradhmāta（吹响）-śaṅkhe（śaṅkha 螺号，贝螺），复合词（阳单依），螺号吹响。paritas（不变词）四周，周围。digantān（diganta 阳复业）方位尽头，远方。tūrya（乐器）-svane（svana 声音），复合词（阳单依），乐声。mūrcchati（√murch 现分，阳单依）增长，遍布。maṅgala（吉祥的）-arthe（artha 愿望，目的），复合词（阳单依），吉祥的。

मनुष्यवाह्यं चतुरस्रयानमध्यास्य कन्या परिवारशोभि।
विवेश मञ्चान्तरराजमार्गं पतिंवरा क्लृप्तविवाहवेषा॥ १०॥

选婿的少女身穿婚装，
乘坐人抬的四方轿子，
侍从簇拥而光彩熠熠，
进入高台之间的大道。（10）

manuṣya（人）-vāhyam（vāhya 负载，运送），复合词（中单业），人抬的。caturasra（四角的）-yānam（yāna 坐骑，轿子），复合词（中单业），四方轿子。adhyāsya（adhi√ās 独立式）乘坐。kanyā（kanyā 阴单体）少女。parivāra（侍从）-śobhi（śobhin 光辉的，优美的），复合词（中单业），侍从簇拥而光彩熠熠的。viveśa（√viś 完成单三）进入。mañca（高台）-antara（中间的）-rāja（王）-mārgam（mārga 道路），复合词（阳单业），高台之间的大道。patiṃvarā（patiṃvarā 阴单体）选婿的女子。kḷpta（安排，准备）-vivāha（结婚）-veṣā（veṣa 服装），复合词（阴单体），身穿婚服的。

तस्मिन्विधानातिशये विधातुः कन्यामये नेत्रशतैकलक्ष्ये।
निपेतुरन्तःकरणैर्नरेन्द्रा देहैः स्थिताः केवलमासनेषु॥ ११॥

这个少女是创造主创造的
杰作，吸引所有人的目光，
国王们在心里已拜倒在地，
仅仅是身体还坐在座位上。（11）

tasmin（tad 阳单依）这，指杰出的创造。vidhāna（创造）-atiśaye（atiśaya 杰出），

复合词（阳单依），杰出的创造。vidhātuḥ（vidhātṛ 阳单属）创造主。kanyā（少女）-maye（maya 组成，构成），复合词（阳单依），呈现为少女的。netra（眼睛）-śata（一百）-eka（唯一的）-lakṣye（lakṣya 目标），复合词（阳单依），成百的眼中唯一的目标。nipetuḥ（ni√pat 完成复三）拜倒。antaḥkaraṇaiḥ（antaḥkaraṇa 中复具）灵魂，内心。narendrāḥ（narendra 阳复体）人中因陀罗，国王。dehaiḥ（deha 阳复具）身体。sthitāḥ（sthita 阳复体）保持，停留。kevalam（不变词）仅仅。āsaneṣu（āsana 中复依）座位。

तां प्रत्यभिव्यक्तमनोरथानां महीपतीनां प्रणयाग्रदूत्यः।
प्रवालशोभा इव पादपानां शृङ्गारचेष्टा विविधा बभूवुः॥ १२॥

国王们显然爱恋她，
种种情爱姿态成为
首批爱情使者，犹如
树木上美丽的嫩芽。（12）

tām（tad 阴单业）这，指英杜摩蒂。prati（不变词）朝向，对着。abhivyakta（展现）-manorathānām（manoratha 希望，心愿），复合词（阳复属），展现心意的。mahī（大地）-patīnām（pati 主人），复合词（阳复属），大地之主，国王。praṇaya（喜爱，爱恋）-agra（前端）-dūtyaḥ（dūtī 女使者），复合词（阴复体），爱情先锋使者。pravāla（嫩芽）-śobhā（śobhā 光辉，美丽），复合词（阴单体），美丽的嫩芽。iva（不变词）犹如。pādapānām（pādapa 阳复属）树木。śṛṅgāra（情爱）-ceṣṭāḥ（ceṣṭā 行动，姿势），复合词（阴复体），情爱姿态。vividhāḥ（vividha 阴复体）各种各样的。babhūvuḥ（√bhū 完成复三）成为。

कश्चित्कराभ्यामुपगूढनालमालोलपत्राभिहतद्विरेफम्।
रजोभिरन्तःपरिवेषबन्धि लीलारविन्दं भ्रमयांचकार॥ १३॥

有人手持茎秆，摇动
游戏的莲花，转动的
花瓣驱赶周围的蜜蜂，
里面的花粉构成圆圈。（13）

kaḥ-cit（kim-cit 阳单体）有人，某人。karābhyām（kara 阳双具）手。upagūḍha（握住）-nālam（nāla 莲茎），复合词（中单业），持有莲茎。ālola（微微摇晃的）-patra（花瓣）-abhihata（打击）-dvirepham（dvirepha 蜜蜂），复合词（中单业），转动的花瓣驱赶蜜蜂。rajobhiḥ（rajas 中复具）花粉。antar（里面）-pariveṣa（圆圈）-bandhi （bandhin 连接，构成），复合词（中单业），里面构成圆圈的。līlā（游戏，娱乐）-aravindam（aravinda 莲花），复合词（中单业），游戏的莲花。bhramayāṃcakāra（√bhram 致使，完成单三）摇动。

विस्रस्तमंसादपरो विलासी रत्नानुविद्धाङ्गदकोटिलग्नम्।
प्रालम्बमुत्कृष्य यथावकाशं निनाय साचीकृतचारुवक्त्रः॥ १४॥

另一个有情人侧过漂亮的
脸庞，看到花环从肩上滑下，
落在镶嵌宝石的臂钏顶端，
便提起它，放回原来的位置。（14）

visrastam（visrasta 中单业）松脱的，滑落的。aṃsāt（aṃsa 阳单从）肩膀。aparaḥ（apara 阳单体）另一个。vilāsī（vilāsin 阳单体）有情人。ratna（宝石）-anuviddha（镶嵌）-aṅgada（臂钏）-koṭi（顶端）-lagnam（lagna 粘连，接触），复合词（中单业），接触镶嵌宝石的臂钏顶端的。prālambam（prālamba 中单业）花环。utkṛṣya（ud√kṛṣ 独立式）提起。yathāvakāśam（不变词）按照位置。nināya（√nī 完成单三）带来，引向。sācī（sāci 倾斜地）-kṛta（做）-cāru（可爱的，迷人的）-vaktraḥ（vaktra 脸），复合词（阳单体），侧过漂亮迷人的脸庞。

आकुञ्चिताग्राङ्गुलिना ततोऽन्यः किंचित्समावर्जितनेत्रशोभः।
तिर्यग्विसंसर्पिनखप्रभेण पादेन हैमं विलिलेख पीठम्॥ १५॥

另有人稍稍低垂美丽的
眼睛，用脚抓挠金脚凳[①]，
那些脚趾尖微微蜷曲，
脚趾甲的光芒横向闪耀。（15）

ākuñcita（微微弯曲，收缩）-agra（尖端）-aṅgulinā（aṅguli 脚趾），复合词（阴单具），脚趾尖微微蜷曲。tatas（不变词）然后。anyaḥ（anya 阳单体）另一个。kiṃcit（稍微）-samāvarjita（垂下）-netra（眼睛）-śobhaḥ（śobhā 光辉，美丽），复合词（阳单体），稍微垂下美丽的眼睛。tiryac（斜的）-visamsarpi（visamsarpin 移动）-nakha（趾甲）-prabheṇa（prabhā 光辉），复合词（阳单具），趾甲的光芒横向移动。pādena（pāda 阳单具）脚。haimam（haima 中单业）金制的。vililekha（vi√likh 完成单三）刻划，抓挠。pīṭham（pīṭha 中单业）凳子。

① 这种无意识的动作表示心神不定。

निवेश्य वामं भुजमासनार्धे तत्संनिवेशादधिकोन्नतांसः।
कश्चिद्विवृत्तत्रिकभिन्नहारः सुहृत्समाभाषणतत्परोऽभूत्॥ १६॥

另有人将左臂撑在座位
半边，专心与朋友交谈[1]，
肩膀向上耸起，项链
随着尾骨扭动而分开。（16）

niveśya（ni√viś 致使，独立式）进入，固定。vāmam（vāma 阳单业）左边的。bhujam（bhuja 阳单业）手臂。āsana（座位）-ardhe（ardha 一半），复合词（阳单依），座位的半边。tad（这个，指左臂）-saṃniveśāt（saṃniveśa 安放），复合词（阳单从），左臂的安放。adhika（更加的）-unnata（抬起，隆起）-aṃsaḥ（aṃsa 肩膀），复合词（阳单体），肩膀更加向上耸起的。kaḥ-cit（kim-cit 阳单体）某人，有人。vivṛtta（转动，扭动）-trika（尾骨）-bhinna（分开）-hāraḥ（hāra 项链），复合词（阳单体），项链随着尾骨扭动而分开。suhṛd（朋友）-samābhāṣaṇa（对话，交谈）-tatparaḥ（tatpara 专心的），复合词（阳单体），专心与朋友交谈的。abhūt（√bhū 不定单三）成为。

विलासिनीविभ्रमदन्तपत्रमापाण्डुरं केतकबर्हमन्यः।
प्रियानितम्बोचितसंनिवेशैर्विपाटयामास युवा नखाग्रैः॥ १७॥

另一个青年用通常安放
在爱人臀部的指甲尖，
撕裂白色的盖多迦树叶，
那是情人的美丽耳饰。（17）

vilāsinī（恋人，爱人）-vibhrama（美丽）-dantapatram（dantapatra 耳饰），复合词（中单业），情人的美丽耳饰。āpāṇḍuram（āpāṇḍura 中单业）浅白的。ketaka（盖多迦树）-barham（barha 叶子），复合词（中单业），盖多迦树叶。anyaḥ（anya 阳单体）另一个。priyā（情人）-nitamba（臀部）-ucita（习惯，合适）-saṃniveśaiḥ（saṃniveśa 安放），复合词（中复具），通常安放于情人臀部的。vipāṭayāmāsa（vi√paṭ 致使，完成单三）撕裂。yuvā（yuvan 阳单体）青年人。nakha（指甲）-agraiḥ（agra 尖端），复合词（中复具），指甲尖。

कुशेशयाताम्रतलेन कश्चित्करेण रेखाध्वजलाञ्छनेन।
रत्नाङ्गुलीयप्रभयानुविद्धानुदीरयामास सलीलमक्षान्॥ १८॥

有人游戏般地向上掷骰子，

① 这也是一种转移自己紧张心情的方式。

手上具有条纹状旗帜标志，
掌心粉红如同莲花，宝石
指环的光芒覆盖那些骰子。（18）

kuśeśaya（莲花）-ā（略微）-tāmra（赤红的，红色的）-talena（tala 表面，手掌），复合词（阳单具），表面粉红如同莲花。kaḥ-cit（kim-cit 阳单体）某人，有人。kareṇa（kara 阳单具）手。rekhā（线条，条纹）-dhvaja（旗帜）-lāñchanena（lāñchana 标志），复合词（阳单具），以条纹状旗帜为标志的。ratna（宝石）-aṅgulīya（指环）-prabhayā（prabhā 光芒，光辉），复合词（阴单具），宝石指环的光芒。anuviddhān（anuviddha 阳复业）穿透，充满。udīrayāmāsa（ud√īr 致使，完成单三）向上扔。salīlam（不变词）游戏地。akṣān（akṣa 阳复业）念珠，骰子。

कश्चिद्यथाभागमवस्थितेऽपि स्वसंनिवेशाद्व्यतिलङ्घिनीव।
वज्रांशुगर्भाङ्गुलिरन्ध्रमेकं व्यापारयामास करं किरीटे॥ १९॥

有人伸起一只手，指缝
之间闪耀金刚钻石光芒，
触摸戴得好好的顶冠，
仿佛它已经移动位置。（19）

kaḥ-cit（kim-cit 阳单体）有人，某人。yathābhāgam（不变词）位置合适。avasthite（avasthita 阳单依）停留，处于。api（不变词）尽管。sva（自己的）-saṃniveśāt（saṃniveśa 位置），复合词（阳单从），自己的位置。vyatilaṅghini（vyatilaṅghin 阳单依）偏移的。iva（不变词）仿佛。vajra（金刚，钻石）-aṃśu（光芒，光线）-garbha（内部，中间）-aṅguli（手指）-randhram（randhra 缝隙），复合词（阳单业），指缝之间闪耀金刚钻石光芒。ekam（eka 阳单业）一只。vyāpārayāmāsa（vi-ā√pṛ 致使，完成单三）安放。karam（kara 阳单业）手。kirīṭe（kirīṭa 阳单依）顶冠。

ततो नृपाणां श्रुतवृत्तवंशा पुंवत्प्रगल्भा प्रतिहाररक्षा।
प्राक्संनिकर्षं मगधेश्वरस्य नीत्वा कुमारीमवदत्सुनन्दा॥ २०॥

然后，那位女卫士苏南达
熟悉国王们的事迹和谱系，
胆大似男子，首先将公主
带到摩揭陀王身边，说道：（20）

tatas（不变词）然后。nṛpāṇām（nṛpa 阳复属）国王。śruta（听说，知道）-vṛtta（事迹）-vaṃśā（vaṃśa 谱系），复合词（阴单体），熟悉事迹和谱系的。puṃvat（不变词）如男子般。pragalbhā（pragalbha 阴单体）大胆的。pratihāra（门）-rakṣā（rakṣa 保护者），复合词（阴单体），女门卫。prāk（不变词）首先。saṃnikarṣam（saṃnikarṣa 阳单业）附近。magadha（摩揭陀）-īśvarasya（īśvara 王），复合词（阳单属），摩揭陀王。nītvā（√nī 独立式）引导，带领。kumārīm（kumārī 阴单业）公主。avadat（√vad 未完单三）说。sunandā（sunandā 阴单体）苏南达。

असौ शरण्यः शरणोन्मुखानामगाधसत्त्वो मगधप्रतिष्ठः।
राजा प्रजारञ्जनलब्धवर्णः परंतपो नाम यथार्थनामा॥२१॥

“这位国王住在摩揭陀，勇力
深不可测，是寻求庇护者们的
庇护所，名为焚敌，名副其实，
依靠民众高兴满意而获得赞美。（21）

asau（adas 阳单体）这个，指摩揭陀王。śaraṇyaḥ（śaraṇya 阳单体）庇护所。śaraṇa（庇护）-unmukhānām（unmukha 期盼的），复合词（阳复属），寻求庇护的。agādha（深不可测的）-sattvaḥ（sattva 勇力，威力），复合词（阳单体），勇力深不可测的。magadha（摩揭陀）-pratiṣṭhaḥ（pratiṣṭhā 住处），复合词（阳单体），住在摩揭陀的。rājā（rājan 阳单体）国王。prajā（民众）-rañjana（愉悦，高兴）-labdha（获得）-varṇaḥ（varṇa 赞美），复合词（阳单体），因民众高兴满意而获得赞美的。paraṃtapaḥ（paraṃtapa 阳单体）折磨敌人者，焚敌。nāma（不变词）名叫。yathārtha（符合意义的）-nāmā（nāman 名字），复合词（阳单体），名副其实的。

कामं नृपाः सन्तु सहस्रशोऽन्ये राजन्वतीमाहुरनेन भूमिम्।
नक्षत्रताराग्रहसंकुलापि ज्योतिष्मती चन्द्रमसैव रात्रिः॥२२॥

“确实，即使有数以千计其他国王，
唯独有了他，人们才说大地有国王，
正如即使布满星座、星星和行星，
唯独依靠这个月亮，夜晚才有光亮。（22）

kāmam（不变词）确实，即使。nṛpāḥ（nṛpa 阳复体）国王。santu（√as 命令复三）是。sahasraśas（不变词）数以千计。anye（anya 阳复体）其他的。rājanvatīm（rājanvat 阴单业）有国王的。āhuḥ（√ah 完成复三）说。anena（idam 阳单具）这个，指摩揭陀王。bhūmim（bhūmi 阴单业）大地。nakṣatra（星星，星座）-tārā（星星）-graha（行星）-saṃkulā（saṃkula 充满的，布满的），复合词（阴单体），布满星座、星星和行星的。api（不变词）即使。jyotiṣmatī（jyotiṣmat 阴单体）有发光体的，有光亮的。

candramasā（candramas 阳单具）月亮。eva（不变词）确实。rātriḥ（rātri 阴单体）夜晚。

क्रियाप्रबन्धादयमध्वराणामजस्रमाहूतसहस्रनेत्रः।
शच्याश्चिरं पाण्डुकपोललम्बान्मन्दारशून्यानलकांश्चकार॥२३॥

“他接连不断举行祭祀，长有
千眼的因陀罗经常受邀参加，
以致舍姬的头发长久不佩戴
曼陀罗花，垂在苍白脸颊上。[①]（23）

kriyā（做，从事）-prabandhāt（prabandha 连续），复合词（阳单从），连续从事。ayam（idam 阳单体）这个，指摩揭陀王。adhvarāṇām（adhvara 阳复属）祭祀。ajasram（不变词）不断地，经常地。āhūta（召唤，邀请）-sahasra（一千）-netraḥ（netra 眼睛），复合词（阳单体），邀请千眼因陀罗。śacyāḥ（śacī 阴单属）舍姬。ciram（不变词）长时间地。pāṇḍu（苍白的）-kapola（脸颊）-lambān（lamba 悬挂的），复合词（阳复业），垂在苍白脸颊上的。mandāra（曼陀罗花）-śūnyān（śūnya 空虚的，缺乏的），复合词（阳复业），没有曼陀罗花的，不佩戴曼陀罗花的。alakān（alaka 阳复业）头发。cakāra（√kṛ 完成单三）做，造成。

अनेन चेदिच्छसि गृह्यमाणं पाणिं वरेण्येन कुरु प्रवेशे।
प्रासादवातायनसंस्थितानां नेत्रोत्सवं पुष्पपुराङ्गनानाम्॥२४॥

“他是一位值得选择的夫婿，
如果你愿意与他牵手成婚，
你进入花城[②]时，让靠在宫殿
窗户前的妇女们大饱眼福吧！”（24）

anena（idam 阳单具）这个，指摩揭陀王。ced（不变词）如果。icchasi（√iṣ 现在单二）希望。gṛhyamāṇam（√grah 被动，现分，阳单业）抓住。pāṇim（pāṇi 阳单业）手。vareṇyena（vareṇya 阳单具）值得选择的。kuru（√kṛ 命令单二）做。praveśe（praveśa 阳单依）进入。prāsāda（宫殿）-vātāyana（窗户）-saṃsthitānām（saṃsthita 位于，靠在），复合词（阴复属），靠在宫殿窗户的。netra（眼睛）-utsavam（utsava 节日，快乐），复合词（阳单业），眼睛的节日，大饱眼福。puṣpa（花）-pura（城市）-aṅganānām（aṅganā 女子），复合词（阴复属），花城的妇女们。

① 舍姬是因陀罗的妻子。印度古代妇女在丈夫外出期间，常常不再化妆打扮，以表示对丈夫的忠贞。

② 花城即摩揭陀国首都华氏城（pataliputra）。

एवं तयोक्ते तमवेक्ष्य किंचिद्विस्रंसिदूर्वाङ्कमधूकमाला।
ऋजुप्रणामक्रिययैव तन्वी प्रत्यादिदेशैनमभाषमाणा॥ २५॥

她这样说罢，苗条的公主望了望
摩揭陀国王，不作声，身上点缀有
杜尔婆草的摩杜迦花环微微下垂，
向他简单地行个礼，便舍弃了他。（25）

evam（不变词）这样。tayā（tad 阴单具）这，指女卫士苏南达。ukte（ukta 中单依）告知，说。tam（tad 阳单业）这，指摩揭陀国王。avekṣya（ava √īkṣ 独立式）看。kiṃcit（稍微）-visraṃsi（visraṃsin 滑落，垂落）-dūrvā（杜尔婆草）-aṅka（标志）-madhūka（摩杜迦花）-mālā（mālā 花环），复合词（阴单体），点缀有杜尔婆草的摩杜迦花环微微垂落的。ṛju（直的，简朴的）-praṇāma（鞠躬，行礼）-kriyayā（kriyā 行为），复合词（阴单具），简单地行礼。eva（不变词）只是。tanvī（tanvī 阴单体）苗条女子。pratyādideśa（prati-ā√diś 完成单三）抛弃，舍弃。enam（etad 阳单业）这个，指摩揭陀王。abhāṣamāṇā（a√bhāṣ 现分，阴单体）不说话。

तां सैव वेत्रग्रहणे नियुक्ता राजान्तरं राजसुतां निनाय।
समीरणोत्थेव तरङ्गलेखा पद्मान्तरं मानसराजहंसीम्॥ २६॥

这位奉命执杖的女卫士，
将公主带到另一个国王前，
犹如心湖[1]中风儿扬起波浪，
将雌天鹅带往另一株莲花。（26）

tām（tad 阴单业）这，指公主。sā（tad 阴单体）这，指女卫士苏南达。eva（不变词）正是。vetra（杖）-grahaṇe（grahaṇa 握住，掌握），复合词（中单依），执杖。niyuktā（niyukta 阴单体）指派，负责。rāja（国王）-antaram（antara 另外的），复合词（中单业），另一个国王。rāja（国王）-sutām（sutā 女儿），复合词（阴单业），公主。nināya（√nī 完成单三）引导。samīraṇa（风）-utthā（uttha 产生，扬起），复合词（阴单体），风引发的。iva（不变词）仿佛。taraṅga（波浪）-lekhā（lekhā 行），复合词（阴单体），一层层波浪。padma（莲花）-antaram（antara 另外的），复合词（中单业），另一株莲花。mānasa（心湖）-rāja（王）-haṃsīm（haṃsī 雌天鹅），复合词（阴单业），心湖里的雌王天鹅。

जगाद चैनामयमङ्गनाथः सुराङ्गनाप्रार्थितयौवनश्रीः।

① 心湖位于盖拉瑟山顶。

विनीतनागः किल सूत्रकारैरैन्द्रं पदं भूमिगतोऽपि भुङ्क्ते॥२७॥

她对公主说道："这是安伽王，
青春美貌令天女们仰慕追求，
他的大象由象学专家调教，
他在大地上享有因陀罗地位。（27）

jagāda（√gad 完成单三）说。ca（不变词）而且。enām（enad 阴单业）这，指公主。ayam（idam 阳单体）这，指安伽王。aṅga（安伽）-nāthaḥ（nātha 主人，保护者），复合词（阳单体），安伽王。sura（天神）-aṅganā（女子）-prārthita（渴求，追求）-yauvana（青春）-śrīḥ（śrī 美丽），复合词（阳单体），青春美貌令天女们追求的。vinīta（调伏，调教）-nāgaḥ（nāga 大象），复合词（阳单体），调教大象。kila（不变词）确实。sūtrakāraiḥ（sūtrakāra 阳复具）经文作者，专家。aindram（aindra 中单业）因陀罗的。padam（pada 中单业）地位。bhūmi（大地）-gataḥ（gata 处于，处在），复合词（阳单体），在大地上的。api（不变词）即使。bhuṅkte（√bhuj 现在单三）享有。

अनेन पर्यासयताश्रुबिन्दून्मुक्ताफलस्थूलतमान्स्तनेषु।
प्रत्यर्पिताः शत्रुविलासिनीनामुन्मुच्य सूत्रेण विनैव हाराः॥२८॥

"他让敌人妻子们的胸脯上
洒满大似珍珠颗粒的泪滴，
确实好像夺走她们的项链，
而后还给她们无线的项链。[①]（28）

anena（idam 阳单具）这个，指安伽王。paryāsayatā（pari√as 致使，现分，阳单具）洒落。aśru（眼泪）-bindūn（bindu 滴，点），复合词（阳复业），泪滴。muktā（珍珠）-phala（果实）-sthūla（粗大的）-tamān（tama 最大的），复合词（阳复业），大似珍珠颗粒的。staneṣu（stana 阳复依）胸脯。pratyarpitāḥ（pratyarpita 阳复体）交还。śatru（敌人）-vilāsinīnām（vilāsinī 妇女，妻子），复合词（阴复属），敌人妻子们的。unmucya（ud√muc 独立式）取下，取走。sūtreṇa（sūtra 中单具）线，绳。vinā（不变词）缺乏。eva（不变词）只是。hārāḥ（hāra 阳复体）项链。

निसर्गभिन्नास्पदमेकसंस्थमस्मिन्द्वयं श्रीश्च सरस्वती च।
कान्त्या गिरा सूनृतया च योग्या त्वमेव कल्याणि तयोस्तृतीया॥२९॥

"财富女神和辩才女神这两者

① "无线的项链"也就是散落的珍珠，喻指洒落在胸前的泪滴。

天然分离[1]，而在他这里共处，
吉祥女啊，你可爱，说话真实，
确实适合成为她俩的第三者。”（29）

nisarga（天性，天然）-bhinna（分离）-āspadam（āspada 位置，地位），复合词（中单体），天然位置分离的。eka（唯一的，同样的）-saṃstham（saṃstha 位于，处于），复合词（中单体），位于一处的。asmin（idam 阳单依）这，指安伽王。dvayam（dvaya 中单体）二者。śrīḥ（śrī 阴单体）财富女神。ca（不变词）和。sarasvatī（sarasvatī 阴单体）辩才女神。ca（不变词）和。kāntyā（kānti 阴单具）可爱。girā（gir 阴单具）言语。sūnṛtayā（sūnṛta 阴单具）真诚的，真实的。ca（不变词）而且。yogyā（yogya 阴单体）合适的，匹配的。tvam（tvad 单体）你。eva（不变词）确实。kalyāṇi（kalyāṇī 阴单呼）吉祥女。tayoḥ（tad 阴双属）这，指财富女神和辩才女神。tṛtīyā（tṛtīya 阴单体）第三的。

अथाङ्गराजादवतार्य चक्षुर्याहीति जन्यामवदत्कुमारी।
नासौ न काम्यो न च वेद सम्यग्द्रष्टुं न सा भिन्नरुचिर्हि लोकः॥३०॥

公主的目光从安伽王那里转开，
对母亲的朋友苏南达说道：“往前！”
这并非是他不可爱，也不是公主
不会识别，而只是世人的品味不同。（30）

atha（不变词）然后。aṅga（安伽）-rājāt（rāja 国王），复合词（阳单从），安伽王。avatārya（ava√tṝ 致使，独立式）转开，移开。cakṣuḥ（cakṣus 中单业）眼睛。yāhi（√yā 命令单二）前进。iti（不变词）这样（说）。janyām（janyā 阴单业）母亲的朋友。avadat（√vad 未完单三）说。kumārī（kumārī 阴单体）公主。na（不变词）不。asau（adas 阳单体）这，指安伽王。na（不变词）不。kāmyaḥ（kāmya 阳单体）可爱的。na（不变词）不。ca（不变词）而且。veda（√vid 完成单三）知道。samyak（不变词）正确地，合适地。draṣṭum（√dṛś 不定式）看待。na（不变词）不。sā（tad 阴单体）这，指公主。bhinna（分离的，不同的）-ruciḥ（ruci 喜好，品味），复合词（阳单体），品味不同的。hi（不变词）因为。lokaḥ（loka 阳单体）世人。

ततः परं दुष्प्रसहं द्विषद्भिर्नृपं नियुक्ता प्रतिहारभूमौ।
निदर्शयामास विशेषदृश्यमिन्दुं नवोत्थानमिवेन्दुमत्यै॥३१॥

这位守门的女卫士又向

[1] 这句意谓通常国王拥有权力和财富，而不是杰出的学者。

英杜摩蒂展示另一位国王，
敌人们难以抗衡，容貌
美观，犹如升起的新月。（31）

tatas（不变词）然后。param（para 阳单业）另外的。duṣprasaham（duṣprasaha 阳单业）难以抗衡的，难以抵御的。dviṣadbhiḥ（dviṣat 阳复具）敌人。nṛpam（nṛpa 阳单业）国王。niyuktā（niyukta 阴单体）指定，负责。pratihāra（门）-bhūmau（bhūmi 地方，地面），复合词（阴单依），门口。nidarśayāmāsa（ni√dṛś 致使，完成单三）展示。viśeṣa（特征）-dṛśyam（dṛśya 可观的），复合词（阳单业），容貌美观的。indum（indu 阳单业）月亮。nava（新的）-utthānam（utthāna 升起），复合词（阳单业），新升起的。iva（不变词）犹如。indumatyai（indumatī 阴单为）英杜摩蒂。

अवन्तिनाथोऽयमुदग्रबाहुर्विशालवक्षास्तनुवृत्तमध्यः।
आरोप्य चक्रभ्रममुष्णतेजास्त्वष्ट्रेव यत्नोल्लिखितो विभाति॥ ३२॥

“这是阿槃底王，手臂修长，
胸膛宽阔，腰部又细又圆，
犹如太阳曾被天国工巧神
放在转轮上精心加工修整。①（32）

avanti（阿槃底）-nāthaḥ（nātha 主人，保护者），复合词（阳单体），阿槃底王。ayam（idam 阳单体）这个，指阿槃底王。udagra（强壮的，修长的）-bāhuḥ（bāhu 手臂），复合词（阳单体），手臂修长的。viśāla（宽阔的）-vakṣāḥ（vakṣas 胸膛），复合词（阳单体），胸膛宽阔的。tanu（细的）-vṛtta（圆的）-madhyaḥ（madhya 腰部），复合词（阳单体），腰部又细又圆的。āropya（ā√ruh 致使，独立式）上升，放置。cakrabhramam（cakrabhrama 阳单业）转轮。uṣṇa（热的）-tejāḥ（tejas 光芒），复合词（阳单体），太阳。tvaṣṭrā（tvaṣṭṛ 阳单具）工巧神。iva（不变词）仿佛。yatna（努力）-ullikhitaḥ（ullikhita 刮擦，切削），复合词（阳单体），费心修整过的。vibhāti（vi√bhā 现在单三）闪亮，显得。

अस्य प्रयाणेषु समग्रशक्तेरग्रेसरैर्वाजिभिरुत्थितानि।
कुर्वन्ति सामन्तशिखामणीनां प्रभाप्ररोहास्तमयं रजांसि॥ ३३॥

“他能力完备②，进军途中，
那些马匹行走在前，扬起

① 传说工巧神的女儿嫁给太阳后，难以承受太阳的光热，工巧神便将太阳放在转轮上加以修整，削掉太阳八分之一的形体。

② 这里的“能力”指威力、勇气和谋略。

尘土，让周边地区国王们
顶髻上的摩尼珠失去光芒。（33）

asya（idam 阳单属）这，指阿槃底王。prayāṇeṣu（prayāṇa 中复依）进军，行军。samagra（全部的，所有的）-śakteḥ（śakti 能力），复合词（阳单属），能力完备。agre（agra 在前，居前）-saraiḥ（sara 行动），复合词（阳复具），先行的。vājibhiḥ（vājin 阳复具）马。utthitāni（utthita 中复体）升起，扬起。kurvanti（√kṛ 现在复三）做。sāmanta（周边地区的国王，诸侯）-śikhā（顶髻）-maṇīnām（maṇi 摩尼珠），复合词（阳复属），周边地区国王们顶髻上的摩尼珠。prabhā（光芒）-praroha（芽）-astamayam（astamaya 没落，消失），复合词（阳单业），放射的光芒消失。rajāṃsi（rajas 中复体）灰尘。

असौ महाकालनिकेतनस्य वसन्नदूरे किल चन्द्रमौलेः।
तमिस्रपक्षेऽपि सह प्रियाभिर्ज्योत्स्नावतो निर्विशति प्रदोषान्॥ ३४॥

“以月亮为顶饰的湿婆大神
住在大时殿，而他就住在
这不远处，甚至在黑半月，
也与爱妻们一起享受月夜。（34）

asau（adas 阳单体）这，指阿槃底王。mahākāla（湿婆的神庙大时殿）-niketanasya（niketana 住处），复合词（阳单属），以大时殿为住处的。vasan（√vas 现分，阳单体）居住，住在。adūre（adūra 中单依）不远处，附近。kila（不变词）确实。candra（月亮）-mauleḥ（mauli 顶饰，顶冠），复合词（阳单属），以月亮为顶饰的，湿婆的。tamisra（黑暗的）-pakṣe（pakṣa 半月），复合词（阳单依），黑半月。api（不变词）甚至。saha（不变词）一起。priyābhiḥ（priyā 阴复具）爱人，妻子。jyotsnāvataḥ（jyotsnāvat 阳复业）有月光的。nirviśati（nis√viś 现在单三）享受。pradoṣān（pradoṣa 阳复业）夜晚。

अनेन यूना सह पार्थिवेन रम्भोरु कच्चिन्मनसो रुचिस्ते।
सिप्रातरङ्गानिलकम्पितासु विहर्तुमुद्यानपरम्परासु॥ ३५॥

“大腿优美的女郎啊，我希望
你愿意与这位年轻国王一起，
在成排的花园中游乐，树木
随着希波拉河波浪之风摇晃。”（35）

anena（idam 阳单具）这个，指阿槃底王。yūnā（yuvan 阳单具）年轻的。saha（不变词）和，一同。pārthivena（pārthiva 阳单具）国王。rambhā（芭蕉）-ūru（ūru

大腿），复合词（阴单呼），大腿如芭蕉树干的（女郎）。kaccit（不变词）希望。manasaḥ（manas 中单属）心，思想。ruciḥ（ruci 阳单体）喜爱，愿望。te（tvad 单属）你。siprā（希波拉河）-taraṅga（波浪）-anila（风）-kampitāsu（kampita 摇动），复合词（阴复依），随着希波拉河波浪之风摇晃的。vihartum（vi√hṛ 不定式）游乐，娱乐。udyāna（花园）-paramparāsu（paramparā 连续，系列），复合词（阴复依），成排的花园。

तस्मिन्नभिद्योतितबन्धुपद्मे प्रतापसंशोषितशत्रुपङ्के।
बबन्ध सा नोत्तमसौकुमार्या कुमुद्वती भानुमतीव भावम्॥ ३६॥

他如同太阳，让朋友似莲花绽放，
而灼热的威力让敌人似淤泥干涸，
而公主极其娇嫩，并不钟情于他，
如同柔软的晚莲不钟情于太阳。（36）

tasmin（tad 阳单依）这，指阿槃底王。abhidyotita（照亮）-bandhu（朋友）-padme（padma 莲花），复合词（阳单依），让朋友像莲花那样绽放。pratāpa（灼热，威力）-saṃśoṣita（干涸）-śatru（敌人）-paṅke（paṅka 泥沼，淤泥），复合词（阳单依），灼热的威力使敌人像淤泥那样干涸的。babandha（√bandh 完成单三）联系。sā（tad 阴单体）这，指公主英杜摩蒂。na（不变词）不。uttama（最高的）-saukumāryā（saukumārya 柔软，娇嫩），复合词（阴单体），极其娇嫩的。kumudvatī（kumudvatī 阴单体）晚莲，睡莲。bhānumati（bhānumat 阳单依）太阳。iva（不变词）如同。bhāvam（bhāva 阳单业）心意，情感。

तामग्रतस्तामरसान्तराभामनूपराजस्य गुणैरनूनाम्।
विधाय सृष्टिं ललितां विधातुर्जगाद भूयः सुदतीं सुनन्दा॥ ३७॥

她是创造主的优美创造物，
牙齿整齐，品德齐全，明亮
可爱似红莲花蕊，苏南达
又带她到阿努波王前，说道：（37）

tām（tad 阴单业）这，指公主英杜摩蒂。agratas（不变词）面前。tāmarasa（红莲）-antara（内部）-ābhām（ābhā 光辉，光亮），复合词（阴单业），明亮有如莲花花蕊的。anūpa（阿努波）-rājasya（rāja 国王），复合词（阳单属），阿努波王。guṇaiḥ（guṇa 阳复具）品德。anūnām（anūna 阴单业）完整的，不缺的。vidhāya（vi√dhā 独立式）安排。sṛṣṭim（sṛṣṭi 阴单业）创造，创造物。lalitām（lalita 阴单业）优美的，可爱的。vidhātuḥ（vidhātṛ 阳单属）创造主。jagāda（√gad 完成单三）说。bhūyas（不

变词）再次，又。sudatīm（sudatī 阴单业）皓齿女。sunandā（sunandā 阴单体）苏南达。

सङ्ग्रामनिर्विष्टसहस्रबाहुरष्टादशद्वीपनिखातयूपः।
अनन्यसाधारणराजशब्दो बभूव योगी किल कार्तवीर्यः॥३८॥

“据说瑜伽行者迦多维尔耶
享有独一无二的国王称号，
在战斗中展现一千条手臂，
在十八个洲[①]中竖立起祭柱。（38）

saṅgrāma（战斗）-nirviṣṭa（享受，使用）-sahasra（一千）-bāhuḥ（bāhu 手臂），复合词（阳单体），在战斗中展现一千条手臂。aṣṭādaśa（十八）-dvīpa（洲）-nikhāta（竖立）-yūpaḥ（yūpa 祭祀柱），复合词（阳单体），在十八个洲中竖立起祭柱的。ananya（独一无二的）-sādhāraṇa（普遍的）-rāja（国王）-śabdaḥ（śabda 名誉，称号），复合词（阳单体），享有独一无二的国王称号。babhūva（√bhū 完成单三）是。yogī（yogin 阳单体）瑜伽行者。kila（不变词）据说。kārtavīryaḥ（kārtavīrya 阳单体）迦多维尔耶。

अकार्यचिन्तासमकालमेव प्रादुर्भवंश्चापधरः पुरस्तात्।
अन्तःशरीरेष्वपि यः प्रजानां प्रत्यादिदेशाविनयं विनेता॥३९॥

“臣民们一出现作恶想法，
这位导师就会手持弓箭，
出现在前面，甚至消除
他们心底里的违法行为。（39）

akārya（不合适的行为，坏事）-cintā（考虑，想法）-samakālam（samakāla 同时），复合词（不变词），心怀不轨之时。eva（不变词）仅仅。prādurbhavan（prādus√bhū 现分，阳单体）出现，显现。cāpa（弓）-dharaḥ（dhara 持有），复合词（阳单体），手持弓箭的。purastāt（不变词）前面。antar（内部，中间）-śarīreṣu（śarīra 身体），复合词（中复依），内心。api（不变词）甚至。yaḥ（yad 阳单体）那个，指导师。prajānām（prajā 阴复属）臣民。pratyādideśa（prati-ā√diś 完成单三）摒弃，消除。avinayam（avinaya 阳单业）不合规则的行为，不法行为。vinetā（vinetṛ 阳单体）导师。

---

① 按照印度古代传说，世界以弥卢山为中心，周围有各大洲。洲的数目有各种说法：四个、七个、九个或十三个，这里说是十八个。但通常的说法是七大洲：瞻部（jambu）、波叉（plakṣa）、睒末梨（śālmali）、俱舍（kuśa）、麻鹬（kauñca）、沙迦（śāka）和莲花（puṣkara）。在第一章第 65 首中提到有“七大洲”。

ज्याबन्धनिष्पन्दभुजेन यस्य विनिःश्वसद्वक्त्रपरम्परेण।
कारागृहे निर्जितवासवेन लङ्केश्वरेणोषितमा प्रसादात्॥४०॥

"楞伽王[①]曾战胜因陀罗，却被
关在他的监狱中，直至他开恩，
那些手臂被弓弦紧紧捆绑住，
动弹不得，那些嘴巴发出喘息。（40）

jyā（弓弦）-bandha（束缚，捆绑）-niṣpanda（动弹不得的）-bhujena（bhuja 手臂），复合词（阳单具），手臂被弓弦捆绑而动弹不得的。yasya（yad 阳单属）那，指迦多维尔耶。viniḥśvasat（vi-nis√śvas 现分，喘息）-vaktra（嘴）-paramparena（paramparā 排，行），复合词（阳单具），成排的嘴喘息的。kārāgṛhe（kārāgṛha 中单依）监狱，牢房。nirjita（战胜）-vāsavena（vāsava 因陀罗），复合词（阳单具），战胜因陀罗的。laṅkā（楞伽城）-īśvareṇa（īśvara 主人），复合词（阳单具），楞伽王。uṣitam（uṣita 中单体）住于，居于。ā（不变词）直至。prasādāt（prasāda 阳单从）恩惠，开恩。

तस्यान्वये भूपतिरेष जातः प्रतीप इत्यागमवृद्धसेवी।
येन श्रियः संश्रयदोषरूढं स्वभावलोलेत्ययशः प्रमृष्टम्॥४१॥

"他的家族曾诞生一位国王，名叫
波罗迪波，侍奉精通经典的学者，
洗清吉祥女神本性轻浮的坏名声，
那是由她依附对象的缺点造成。[②]（41）

tasya（tad 阳单属）他，指迦多维尔耶。anvaye（anvaya 阳单依）家族。bhūpatiḥ（bhūpati 阳单体）大地之主，国王。eṣaḥ（etad 阳单体）这个，指国王。jātaḥ（jāta 阳单体）诞生，出生。pratīpaḥ（pratīpa 阳单体）波罗迪波。iti（不变词）这样（说），名为。āgama（经典）-vṛddha（熟悉的）-sevī（sevin 侍奉），复合词（阳单体），侍奉精通经典的学者的。yena（yad 阳单具）那，指国王波罗迪波。śriyaḥ（śrī 阴单属）吉祥女神。saṃśraya（处所，住所）-doṣa（错误，缺点）-rūḍham（rūḍha 生长，增强），复合词（中单体），由所居之处的缺点造成的。svabhāva（本性）-lolā（lola 摇摆的，轻浮的），复合词（阴单体），本性轻浮的。iti（不变词）这样（说）。ayaśaḥ（ayaśas 中单体）不名誉，坏名声。pramṛṣṭam（pramṛṣṭa 中单体）洗去，清除。

आयोधने कृष्णगतिं सहायमवाप्य यः क्षत्रियकालरात्रिम्।

---

① 楞伽王即十首魔王罗波那。
② 这里意谓波罗迪波的王权稳固，故而作为王权象征的吉祥女神对他忠贞不渝。

धारां शितां रामपरश्वधस्य संभावयत्युत्पलपत्रसाराम्॥ ४२॥

“他在战斗中获得火神支持，
即使持斧罗摩的锋利的斧刃
堪称刹帝利王族的死亡之夜，
在他看来其实质如同莲花瓣。（42）

āyodhane（āyodhana 中单依）战斗。kṛṣṇagatim（kṛṣṇagati 阳单业）火。sahāyam（sahāya 阳单业）同伴，助手。avāpya（ava√āp 独立式）得到，获得。yaḥ（yad 阳单体）那，指国王波罗迪波。kṣatriya（刹帝利）-kāla（死亡，死神）-rātrim（rātri 夜晚），复合词（阴单业），刹帝利的死亡之夜。dhārām（dhārā 阴单业）刀刃。śitām（śita 阴单业）锋利的，磨利的。rāma（持斧罗摩）-paraśvadhasya（paraśvadha 斧头），复合词（阳单属），持斧罗摩的斧头。saṃbhāvayati（sam√bhū 致使，现在单三）认为。utpala（莲花）-patra（花瓣）-sārām（sāra 实质），复合词（阴单业），实质如同莲花瓣的。

अस्याङ्कलक्ष्मीर्भव दीर्घबाहोर्माहिष्मतीवप्रनितम्बकाञ्चीम्।
प्रासादजालैर्जलवेणिरम्यां रेवां यदि प्रेक्षितुमस्ति कामः॥ ४३॥

“如果你愿意靠在宫殿的那些窗口上，
观赏雷瓦河，水流优美，如同系在
摩希湿摩提城墙臀部的腰带，你就
成为这位长臂者怀中的吉祥女神吧！”（43）

asya（idam 阳单属）这，指波罗迪波。aṅka（膝，怀抱）-lakṣmīḥ（lakṣmī 吉祥女神），复合词（阴单体），怀中的吉祥女神。bhava（√bhū 命令单二）成为。dīrgha（长的）-bāhoḥ（bāhu 手臂），复合词（阳单属），长臂者。māhiṣmatī（摩希湿摩提城）-vapra（围墙）-nitamba（臀部）-kāñcīm（kāñcī 腰带），复合词（阴单业），摩希湿摩提城墙臀部的腰带。prāsāda（宫殿）-jālaiḥ（jāla 窗格，窗口），复合词（中复具），宫殿的窗口。jala（水）-veṇi（水流）-ramyām（ramya 可爱的，美丽的），复合词（阴单业），水流优美的。revām（revā 阴单业）雷瓦河。yadi（不变词）如果。prekṣitum（pra√īkṣ 不定式）观看，欣赏。asti（√as 现在单三）是。kāmaḥ（kāma 阳单体）愿望，愿意。

तस्याः प्रकामं प्रियदर्शनोऽपि न स क्षितीशो रुचये बभूव।
शरत्प्रमृष्टाम्बुधरोपरोधः शशीव पर्याप्तकलो नलिन्याः॥ ४४॥

这位国王即使容貌可爱，
也不足以赢得她的喜欢，

犹如秋天排除乌云的障碍，
圆月也不赢得莲花的喜欢。[①]（44）

tasyāḥ（tad 阴单属）这，指公主。prakāmam（不变词）足够。priya（可爱的）-darśanaḥ（darśana 容貌），复合词（阳单体），容貌可爱的。api（不变词）即使。na（不变词）不。saḥ（tad 阳单体）这，指国王。kṣitīśaḥ（kṣitīśa 阳单体）国王。rucaye（ruci 阳单为）喜欢。babhūva（√bhū 完成单三）成为。śarad（秋天）-pramṛṣṭa（清除，排除）-ambudhara（乌云）-uparodhaḥ（uparodha 障碍），复合词（阳单体），秋天排除乌云的障碍。śaśī（śaśin 阳单体）月亮。iva（不变词）犹如。paryāpta（完全的）-kalaḥ（kalā 月分），复合词（阳单体），满月的。nalinyāḥ（nalinī 阴单属）莲花。

सा शूरसेनाधिपतिं सुषेणमुद्दिश्य लोकान्तरगीतकीर्तिम्।
आचारशुद्धोभयवंशदीपं शुद्धान्तरक्ष्या जगदे कुमारी॥४५॥

这位后宫女卫士又向公主介绍
修罗塞纳国王苏塞那，他堪称
是行为纯洁的父母两系家族的
明灯，天国中也诵唱他的声誉。（45）

sā（tad 阴单体）这，指公主。śūrasena（修罗塞纳）-adhipatim（adhipati 国王），复合词（阳单业），修罗塞纳国王。suṣeṇam（suṣeṇa 阳单业）苏塞那。uddiśya（不变词）对于，关于。lokāntara（另一个世界，天国）-gīta（歌唱，诵唱）-kīrtim（kīrti 名声，声誉），复合词（阳单业），天国中诵唱声誉的。ācāra（行为）-śuddha（纯洁）-ubhaya（二者）-vaṃśa（世系，家族）-dīpam（dīpa 灯），复合词（阳单业），行为纯洁的父母两系家族的明灯。śuddhānta（后宫）-rakṣyā（rakṣa 守卫），复合词（阴单具），后宫女卫士。jagade（√gad 被动，完成单三）说。kumārī（kumārī 阴单体）公主。

नीपान्वयः पार्थिव एष यज्वा गुणैर्यमाश्रित्य परस्परेण।
सिद्धाश्रमं शान्तमिवैत्य सत्त्वैर्नैसर्गिकोऽप्युत्ससृजे विरोधः॥४६॥

“这位国王出生在尼波家族，经常
祭祀，各种品德汇聚一身，犹如
各种动物进入平静的仙人净修林，
摒弃互相之间那种天生的对立性。[②]（46）

① 莲花通常在太阳的照耀下绽放。

② 这里意谓这位国王具有种种品德，而其中有些品德看似有对立性，而实际并不对立，诸如既施展刑杖，又仁慈宽容，既追求财富，又慷慨施舍。

nīpa（尼波）-anvayaḥ（anvaya 家族），复合词（阳单体），尼波家族。pārthivaḥ（pārthiva 阳单体）国王。eṣaḥ（etad 阳单体）这，指国王。yajvā（yajvan 阳单体）祭祀者。guṇaiḥ（guṇa 阳复具）品德。yam（yad 阳单业）那，指国王。āśritya（ā√śri 独立式）投靠，依附。paraspareṇa（不变词）互相，彼此。siddha（悉陀，仙人）-āśramam（āśrama 净修林），复合词（阳单业），仙人净修林。śāntam（śānta 阳单业）安静，平静。iva（不变词）犹如。etya（ā√i 独立式）走向。sattvaiḥ（sattva 阳复具）生物。naisargikaḥ（naisargika 阳单体）天生的。api（不变词）甚至。utsasṛje（ud√sṛj 被动，完成单三）抛弃，摒弃。virodhaḥ（virodha 阳单体）对立，敌对。

यस्यात्मगेहे नयनाभिरामा कान्तिर्हिमांशोरिव संनिविष्टा।
हर्म्याग्रसंरूढतृणाङ्कुरेषु तेजोऽविषह्यं रिपुमन्दिरेषु॥४७॥

“他的可爱展现在自己宫中，
像月亮那样令人赏心悦目，
而他的不可抗拒的威力展现
在楼顶长草的敌人宫殿上。（47）

yasya（yad 阳单属）那，指国王苏塞那。ātma（ātman 自己）-gehe（geha 房子，宫殿），复合词（中单依），自己的宫中。nayana（眼睛）-abhirāmā（abhirāma 可爱的，喜爱的），复合词（阴单体），赏心悦目的。kāntiḥ（kānti 阴单体）可爱，美丽。himāṃśoḥ（himāṃśu 阳单属）月亮。iva（不变词）好似。saṃniviṣṭā（saṃniviṣṭa 阴单体）进入。harmya（宫殿，楼阁）-agra（顶端）-saṃrūḍha（生长，增长）-tṛṇa（草）-aṅkureṣu（aṅkura 嫩芽），复合词（中复依），楼顶长有草的。tejaḥ（tejas 中单体）光辉，威力。aviṣahyam（aviṣahya 中单体）不可抗拒的。ripu（敌人）-mandireṣu（mandira 住处，房屋），复合词（中复依），敌人的宫殿。

यस्यावरोधस्तनचन्दनानां प्रक्षालनाद्वारिविहारकाले।
कलिन्दकन्या मथुरां गतापि गङ्गोर्मिसंसक्तजलेव भाति॥४८॥

“他的后宫妇女们在嬉水时，
胸前的檀香膏被洗掉，仿佛
阎牟那河水与恒河波浪交汇，
即使它刚刚流过摩突罗城。[①]（48）

yasya（yad 阳单属）那，指修罗塞纳国王苏塞那。avarodha（后宫）-stana（胸

① “刚刚流过摩突罗城”意谓阎牟那河尚未到达恒河，而诗中以漂浮在阎牟那河水中的檀香膏比喻恒河波浪，故而说仿佛与恒河波浪交汇。后面第十三章中有对这两条河流交汇情景的描写，可参阅。

脯）-candanānām（candana 檀香膏），复合词（阳复属），后宫妇女胸前的檀香膏。prakṣālanāt（prakṣālana 中单从）洗去，洗掉。vāri（水）-vihāra（游乐，嬉戏）-kāle（kāla 时间，时候），复合词（阳单依），在嬉水时。kalinda（迦林陀山）-kanyā（kanyā 女儿），复合词（阴单体），阎牟那河。mathurām（mathurā 阴单业）摩突罗城。gatā（gata 阴单体）接近，到达。api（不变词）即使。gaṅgā（恒河）-ūrmi（波浪）-saṃsakta（结合，混合）-jalā（jala 水），复合词（阴单体），河水与恒河波浪交汇的。iva（不变词）仿佛。bhāti（√bhā 现在单三）显得。

त्रस्तेन ताक्ष्यात्किल कालियेन मणिं विसृष्टं यमुनौकसा यः।
वक्षःस्थलव्यापिरुचं दधानः सकौस्तुभं ह्रेपयतीव कृष्णम्॥४९॥

“据说迦利耶蛇惧怕金翅鸟，定居
在阎牟那河中，送给他一颗摩尼珠，
戴在他的胸前，光芒四射，仿佛
让佩戴憍斯杜跋宝珠的黑天[①]羞愧。（49）

trastena（trasta 阳单具）恐惧。tārkṣyāt（tārkṣya 阳单从）金翅鸟。kila（不变词）据说。kāliyena（kāliya 阳单具）迦利耶（蛇名）。maṇim（maṇi 阳单业）摩尼珠，宝珠。visṛṣṭam（visṛṣṭa 阳单业）给予。yamunā（阎牟那河）-okasā（okas 住处），复合词（阳单具），以阎牟那河为住处的。yaḥ（yad 阳单体）那，指国王苏塞那。vakṣas（胸脯）-sthala（地点，部位）-vyāpi（vyāpin 遍布）-rucam（ruc 光，光泽），复合词（阳单业），胸前光芒四射的。dadhānaḥ（√dhā 现分，阳单体）安放，佩戴。sa（有）-kaustubham（kaustubha 憍斯杜跋宝珠），复合词（阳单业），佩戴憍斯杜跋宝珠的。hrepayati（√hrī 致使，现在单三）羞愧。iva（不变词）仿佛。kṛṣṇam（kṛṣṇa 阳单业）黑天。

संभाव्य भर्तारममुं युवानं मृदुप्रवालोत्तरपुष्पशय्ये।
वृन्दावने चैत्ररथादनूने निर्विश्यतां सुन्दरि यौवनश्रीः॥५०॥

“你就接受这一位年轻的丈夫，
在不亚于奇车园的弗楞陀林中，
睡在铺设新鲜嫩叶的花床上，
美女啊，享受美好的青春吧！（50）

saṃbhāvya（sam√bhū 致使，独立式）考虑。bhartāram（bhartṛ 阳单业）丈夫。amum（adas 阳单业）这，指丈夫。yuvānam（yuvan 阳单业）年轻的。mṛdu（柔软的）-pravāla

① 黑天（kṛṣṇa）是毗湿奴大神的化身之一。

（嫩芽，嫩叶）-uttara（充满的）-puṣpa（花）-śayye（śayyā 床），复合词（中单依），花床铺满柔软嫩叶的。vṛndā（弗楞陀）-vane（vana 树林），复合词（中单依），弗楞陀林。caitrarathāt（caitraratha 中单从）奇车园。anūne（anūna 中单依）不亚于的。nirviśyatām（nis√viś 被动，命令单三）享受。sundari（sundarī 阴单呼）美女。yauvana（青春）-śrīḥ（śrī 美丽），复合词（阴单体），青春的美丽。

अध्यास्य चाम्भःपृषतोक्षितानि शैलेयगन्धीनि शिलातलानि।
कलापिनां प्रावृषि पश्य नृत्यं कान्तासु गोवर्धनकन्दरासु॥५१॥

“雨季中，雨水浇湿石板，
散发苔藓香味，你就坐在
上面，观赏可爱的牛增山
山洞中孔雀们翩翩起舞吧！”（51）

adhyāsya（adhi√ās 独立式）坐。ca（不变词）而且。ambhas（水）-pṛṣata（水滴）-ukṣitāni（ukṣita 浇洒），复合词（中复业），被水滴浇湿的。śaileya（苔藓）-gandhīni（gandhin 芳香的），复合词（中复业），散发苔藓香气的。śilā（石头）-talāni（tala 表面），复合词（中复业），石头表面，石板。kalāpinām（kalāpin 阳复属）孔雀。prāvṛṣi（prāvṛṣ 阴单依）雨季。paśya（√dṛś 命令单二）观看。nṛtyam（nṛtya 中单业）跳舞，舞蹈。kāntāsu（kānta 阴复依）可爱的。govardhana（牛增山）-kandarāsu（kandarā 山洞），复合词（阴复依），牛增山的山洞。

नृपं तमावर्तमनोज्ञनाभिः सा व्यत्यगादन्यवधूर्भवित्री।
महीधरं मार्गवशादुपेतं स्रोतोवहा सागरगामिनीव॥५२॥

肚脐可爱迷人似漩涡的公主
越过这位国王，注定要成为
别人的新娘，犹如河流越过
途中遇见的高山，流向大海。（52）

nṛpam（nṛpa 阳单业）国王。tam（tad 阳单业）这，指国王。āvarta（漩涡）-manojña（迷人的，可爱的）-nābhiḥ（nābhi 肚脐），复合词（阴单体），肚脐可爱迷人似漩涡的。sā（tad 阴单体）这，指公主。vyatyagāt（vi-ati√i 不定单三）越过。anya（其他人的）-vadhūḥ（vadhū 新娘），复合词（阴单体），别人的新娘。bhavitrī（bhavitṛ 阴单体）未来的，即将的。mahī（大地）-dharam（dhara 支撑），复合词（阳单业），高山。mārga（道路）-vaśāt（vaśa 影响，由于），复合词（阳单从），由于途径。upetam（upeta 阳单业）走向，走近。srotovahā（srotovahā 阴单体）河流。sāgara（大海）-gāminī（gāmin

走向，前往），复合词（阴单体），前往大海。iva（不变词）犹如。

अथाङ्गदाश्लिष्टभुजं भुजिष्या हेमाङ्गदं नाम कलिङ्गनाथम्।
आसेदुषीं सादितशत्रुपक्षं बालामबालेन्दुमुखीं बभाषे॥५३॥

羯陵伽王名叫金钏，手臂
佩戴臂环，摧毁一切敌人，
这位面如圆月的少女到达
他这里，女侍对她说道：（53）

atha（不变词）然后。aṅgada（臂钏，臂环）-āśliṣṭa（围绕，拥抱）-bhujam（bhuja手臂），复合词（阳单业），手臂佩戴臂环的。bhujiṣyā（bhujiṣyā 阴单体）女侍。hema（heman 金子）-aṅgadam（aṅgada 臂钏），复合词（阳单业），金钏。nāma（不变词）名叫。kaliṅga（羯陵伽）-nātham（nātha 保护者，主人），复合词（阳单业），羯陵伽王。āseduṣīm（āsedivas，a√sad 完分，阴单业）走近，到达。sādita（摧毁）-śatru（敌人）-pakṣam（pakṣa 一方，军队），复合词（阳单业），摧毁敌方军队的。bālām（bālā阴单业）少女。abāla（成熟的）-indu（月亮）-mukhīm（mukha 脸），复合词（阴单业），脸如满月的。babhāṣe（√bhāṣ 完成单三）说。

असौ महेन्द्राद्रिसमानसारः पतिर्महेन्द्रस्य महोदधेश्च।
यस्य क्षरत्सैन्यगजच्छलेन यात्रासु यातीव पुरो महेन्द्रः॥५४॥

“这位国王是摩亨陀罗山主，也是
大海之主，威力如同摩亨陀罗山，
进军途中，摩亨陀罗山仿佛走在
前面，乔装流淌液汁的军中大象。（54）

asau（idam 阳单体）这，指羯陵伽王。mahendra（摩亨陀罗山）-adri（山）-samāna（同样的）-sāraḥ（sāra 力量，威力），复合词（阳单体），威力如同摩亨陀罗山的。patiḥ（pati 阳单体）主人，国王。mahendrasya（mahendra 阳单属）摩亨陀罗山。mahodadheḥ（mahodadhi 阳单属）大海。ca（不变词）和。yasya（yad 阳单属）那，指羯陵伽王。kṣarat（√kṣar 现分，流淌）-sainya（军队）-gaja（大象）-chalena（chala 伪装），复合词（阳单具），乔装成流淌液汁的军中大象。yātrāsu（yātrā 阴复依）行进，行军。yāti（√yā 现在单三）前行。iva（不变词）仿佛。puras（不变词）前面。mahendraḥ（mahendra 阳单体）摩亨陀罗山。

ज्याघातरेखे सुभुजो भुजाभ्यां बिभर्ति यश्चापभृतां पुरोगः।
रिपुश्रियां साञ्जनबाष्पसेके बन्दीकृतानामिव पद्धती द्वे॥५५॥

"这位妙臂者堪称弓箭手中的魁首，
手臂上有弓弦摩擦留下的两道印痕，
仿佛是两条路，被俘虏的敌人吉祥
女神们在上面洒下带有眼膏的泪水。①（55）

jyā（弓弦）-ghāta（打击）-rekhe（rekhā 条纹），复合词（阴双业），弓弦摩擦留下的印痕。su（好）-bhujaḥ（bhuja 手臂），复合词（阳单体），妙臂者。bhujābhyām（bhuja 阳双具）手臂。bibharti（√bhṛ 现在单三）具有。yaḥ（yad 阳单体）那，指羯陵伽王。cāpa（弓）-bhṛtām（bhṛt 持有），复合词（阳复属），持弓者，弓箭手。purogaḥ（puroga 阳单体）领先者，领袖。ripu（敌人）-śriyām（śrī 吉祥女神），复合词（阴复属），敌人的吉祥女神。sa（有）-añjana（黑眼膏）-bāṣpa（眼泪）-seke（seka 浇灌），复合词（阴双业），用带有眼膏的泪水浇灌的。bandī（bandin 囚犯，俘虏）-kṛtānām（kṛta 做），复合词（阴复属），被俘虏的。iva（不变词）。paddhatī（paddhati 阴双业）道路。dve（dvi 阴双业）二。

यमात्मनः सद्मनि संनिकृष्टो मन्द्रध्वनित्याजितयामतूर्यः।
प्रासादवातायनदृश्यवीचिः प्रबोधयत्यर्णव एव सुप्तम्॥५६॥

"他的住处就在大海附近，
从宫殿窗口就能看到海浪，
深沉的海涛声盖过报时的
鼓声，将他从睡眠中唤醒。（56）

yam（yad 阳单业）那，指羯陵伽王。ātmanaḥ（ātman 阳单属）自己。sadmani（sadman 中单依）住处，宫殿。saṃnikṛṣṭaḥ（saṃnikṛṣṭa 阳单体）靠近。mandra（深沉的）-dhvani（声音）-tyājita（摒弃）-yāma（时辰）-tūryaḥ（tūrya 乐器），复合词（阳单体），深沉的声音盖过了报时的乐声。prāsāda（宫楼，宫殿）-vātāyana（窗户）-dṛśya（可见的）-vīciḥ（vīci 水波，波浪），复合词（阳单体），从宫殿窗口能看到波浪的。prabodhayati（pra√budh 致使，现在单三）唤醒。arṇavaḥ（arṇava 阳单体）大海。eva（不变词）确实。suptam（supta 阳单业）睡眠。

अनेन सार्धं विहराम्बुराशेस्तीरेषु तालीवनमर्मरेषु।
द्वीपान्तरानीतलवङ्गपुष्पैरपाकृतस्वेदलवा मरुद्भिः॥५७॥

"你就与他一起在大海岸边

① 吉祥女神象征王权。这里意谓他用手臂俘虏敌人的吉祥女神们，她们的眼泪洒落在他的手臂上。

游乐吧！那里的棕榈树林
沙沙作响，风儿从别的岛屿
带来丁香花，吹干你的汗珠。”（57）

anena（idam 阳单具）这，指羯陵伽王。sārdham（不变词）一起。vihara（vi√hṛ 命令单二）游乐，娱乐。amburāśeḥ（amburāśi 阳单属）大海。tīreṣu（tīra 中复依）岸。tālī（棕榈树）-vana（树林）-marmareṣu（marmara 沙沙响的），复合词（中复依），棕榈树林沙沙作响的。dvīpa（岛屿）-antara（其他的）-ānīta（带来）-lavaṅga（丁香）-puṣpaiḥ（puṣpa 花），复合词（阳复具），从别的岛屿带来丁香花的。apākṛta（取走，消除）-sveda（汗）-lavā（lava 滴，点），复合词（阴单体），汗滴被吹干的。marudbhiḥ（marut 阳复具）风。

प्रलोभिताप्याकृतिलोभनीया विदर्भराजावरजा तयैवम्।
तस्मादपावर्तत दूरकृष्टा नीत्येव लक्ष्मीः प्रतिकूलदैवात्॥५८॥

毗达尔跋王的这位妹妹容貌迷人，
即使受她这样劝诱，依然离开他，
犹如即使用计将吉祥女神从远处
引来，但命数不合，她依然离去。（58）

pralobhitā（pralobhita 阴单体）劝诱，诱惑。api（不变词）即使。ākṛti（形貌）-lobhanīyā（lobhanīya 吸引人的），复合词（阴单体），容貌迷人的。vidarbha（毗达尔跋）-rājā（rājan 国王）-avarajā（avarajā 妹妹），复合词（阴单体），毗达尔跋王的妹妹。tayā（tad 阴单具）这，指女卫士苏南达。evam（不变词）这样。tasmāt（tad 阳单从）这，指羯陵伽王。apāvartata（apa√vṛt 未完单三）转开，离开。dūra（远处）-kṛṣṭā（kṛṣṭa 拽来，吸引），复合词（阴单体），从远处被吸引来的。nītyā（nīti 阴单具）计策。iva（不变词）犹如。lakṣmīḥ（lakṣmī 阴单体）吉祥女神。pratikūla（对立的，逆向的）-daivāt（daiva 命运），复合词（中单从），命数不合。

अथोरगाख्यस्य पुरस्य नाथं दौवारिकी देवसरूपमेत्य।
इतश्चकोराक्षि विलोकयेति पूर्वानुशिष्टां निजगाद भोज्याम्॥५९॥

女卫士又来到以蛇为城名、
容貌如同天神的国王面前，
先指引波阇族公主：“看这里，
鹧鸪眼啊！”然后，对她说道：（59）

atha（不变词）然后。uraga（蛇）-ākhyasya（ākhyā 名字），复合词（中单属），

以蛇为名字的。purasya（pura 中单属）城市。nātham（nātha 阳单业）主人，国王。dauvārikī（dauvārikī 阴单体）女守门人，女卫士。deva（天神）-sarūpam（sarūpa 形貌相同的），复合词（阳单业），与天神容貌相同的。etya（ā√i 独立式）来到。itas（不变词）这里。cakora（鹧鸪）-akṣi（akṣi 眼睛），复合词（阴单呼），鹧鸪眼。vilokaya（vi√lok 命令单二）看。iti（不变词）这样（说）。pūrva（首先）-anuśiṣṭām（anuśiṣṭa 指引），复合词（阴单业），首先指引的。nijagāda（ni√gad 完成单三）说。bhojyām（bhojyā 阴单业）波阇族公主。

पाण्ड्योऽयमंसार्पितलम्बहारः क्लृप्ताङ्गरागो हरिचन्दनेन।
आभाति बालातपरक्तसानुः सनिर्झरोद्गार इवाद्रिराजः॥६०॥

“这位般底耶王，项链从双肩
下垂，身上涂抹黄褐色檀香膏，
犹如群山之主，初升的朝阳
染红山峰，溪流从山上流下。①（60）

pāṇḍyaḥ（pāṇḍya 阳单体）般底耶王。ayam（idam 阳单体）这，指般底耶王。aṃsa（肩膀）-arpita（安放）-lamba（悬垂的）-hāraḥ（hāra 项链），复合词（阳单体），项链从双肩下垂。kḷpta（安排）-aṅgarāgaḥ（aṅgarāga 涂身香膏），复合词（阳单体），涂抹香膏的。hari（黄褐色的）-candanena（candana 檀香膏），复合词（阳单具），黄褐色檀香膏。ābhāti（ā√bhā 现在单三）闪耀，显得。bāla（新生的）-ātapa（阳光）-rakta（染红）-sānuḥ（sānu 山峰），复合词（阳单体），初升的朝阳染红山峰的。sa（有）-nirjhara（瀑布，溪流）-udgāraḥ（udgāra 流出），复合词（阳单体），有溪流流下的。iva（不变词）犹如。adri（山）-rājaḥ（rājan 王），复合词（阳单体），群山之主。

विन्ध्यस्य संस्तम्भयिता महाद्रेर्निःशेषपीतोज्झितसिन्धुराजः।
प्रीत्याश्वमेधावभृथार्द्रमूर्तेः सौस्नातिको यस्य भवत्यगस्त्यः॥६१॥

“投山仙人曾经固定住文底耶大山②，
也曾经喝干净大海海水后又吐出③，
国王马祭结束后沐浴，身体湿润，

① 这里以阳光比喻檀香膏，以山峰比喻双肩，以溪流比喻项链。

② 文底耶山曾经妒忌须弥山，想要太阳也围绕它旋转。太阳拒绝了它的要求。于是，它升高自己的山峰，阻挡太阳的去路。它的老师投山仙人（即罐生仙人）应众天神的请求，阻止它的这种行为，要它保持自己的原本状态，直至他从南方回来。而投山仙人此后没有回来，文底耶山也就一直保持原本状态。

③ 传说恶魔弗栗多被因陀罗杀死后，他的追随者们白天藏入海中，夜里出来侵害婆罗门。于是，应众天神之请，投山仙人喝干海水，让众天神消灭这些作恶者。事后，他又吐出海水。

这位仙人喜爱他，问候仪式顺利。（61）

vindhyasya（vindhya 阳单属）文底耶山。saṃstambhayitā（saṃstambhayitṛ 阳单体）固定者。mahā（大）-adreḥ（adri 山），复合词（阳单属），大山。niḥśeṣa（全部的）-pīta（喝，饮）-ujjhita（吐出）-sindhu（河）-rājaḥ（rāja 王），复合词（阳单体），饮干大海又吐出。prītyā（prīti 阴单具）喜悦，喜爱。aśva（马）-medha（祭祀）-avabhṛtha（祭祀后沐浴）-ārdra（湿润的）-mūrteḥ（mūrti 形体，身体），复合词（阳单属），马祭后沐浴而身体湿润的。sausnātikaḥ（sausnātika 阳单体）问候祭祀后沐浴顺利者。yasya（yad 阳单属）那，指般底耶王。bhavati（√bhū 现在单三）成为。agastyaḥ（agastya 阳单体）投山仙人。

अस्त्रं हरादाप्तवता दुरापं येनेन्द्रलोकावजयाय दृप्तः।
पुरा जनस्थानविमर्दशङ्की संधाय लङ्काधिपतिः प्रतस्थे॥ ६२॥

“他从湿婆那里获得难得的
飞镖，骄横的楞伽王害怕
遮那斯坦[①]遭毁灭，与他媾和，
然后前去征服因陀罗的世界。（62）

astram（astra 中单业）飞镖。harāt（hara 阳单从）诃罗，湿婆。āptavatā（āptavat 阳单具）获得。durāpam（durāpa 中单业）难以获得的。yena（yad 阳单具）那，指般底耶王。indra（因陀罗）-loka（世界）-avajayāya（avajaya 征服，战胜），复合词（阳单为），征服因陀罗的世界。dṛptaḥ（dṛpta 阳单体）傲慢的。purā（不变词）从前。janasthāna（遮那斯坦）-vimarda（碾压，毁灭）-śaṅkī（śaṅkin 疑虑的），复合词（阳单体），疑虑遮那斯坦遭毁灭的。saṃdhāya（sam√dhā 独立式）结盟，缔和。laṅkā（楞伽城）-adhipatiḥ（adhipati 王，主人），复合词（阳单体），楞伽王。pratasthe（pra√sthā 完成单三）出发，前往。

अनेन पाणौ विधिवद्गृहीते महाकुलीनेन महीव गुर्वी।
रत्नानुविद्धार्णवमेखलाया दिशः सपत्नी भव दक्षिणस्याः॥ ६३॥

“与这位出身高贵者按照仪轨
牵手成婚，你就像尊贵的大地，
与以充满宝石的大海为腰带的
南方，一起成为他的妻子吧！[②]（63）

① 遮那斯坦是弹宅迦林的一个地区，楞伽王曾在那里居住。
② 般底耶王统治南方大地，故而南方和大地都被称为他的妻子。

anena（idam 阳单具）这，指般底耶王。pāṇau（pāṇi 阳单依）手。vidhivat（不变词）按照仪轨。gṛhīte（gṛhīta 阳单依）握住。mahā（大）-kulīnena（kulīna 出身高贵的），复合词（阳单具），出身于高贵的大家族者。mahī（mahī 阴单体）大地。iva（不变词）好像。gurvī（guru 阴单体）尊贵的。ratna（宝石）-anuviddha（充满）-arṇava（大海）-mekhalāyāḥ（mekhalā 腰带），复合词（阴单属），以充满宝石的大海为腰带的。diśaḥ（diś 阴单属）方位。sapatnī（sapatnī 阴单体）共夫的妻子。bhava（√bhū 命令单二）成为。dakṣiṇasyāḥ（dakṣiṇa 阴单属）南方的。

ताम्बूलवल्लीपरिणद्धपूगास्वेलालतालिङ्गितचन्दनासु।
तमालपत्रास्तरणासु रन्तुं प्रसीद शश्वन्मलयस्थलीषु॥६४॥

“你就永远在覆盖有多摩罗
树叶的摩罗耶山地娱乐吧！
那些蒟酱蔓藤缠绕槟榔树，
那些豆蔻蔓藤拥抱檀香树。（64）

tāmbūla（蒟酱叶）-vallī（蔓藤）-pariṇaddha（缠绕）-pūgāsu（pūga 槟榔树），复合词（阴复依），蒟酱蔓藤缠绕槟榔树的。elā（豆蔻）-latā（蔓藤）-āliṅgita（拥抱）-candanāsu（candana 檀香树），复合词（阴复依），豆蔻蔓藤拥抱檀香树的。tamāla（多摩罗树）-patra（树叶）-āstaraṇāsu（āstaraṇa 铺开），复合词（阴复依），铺满多摩罗树叶的。rantum（√ram 不定式）娱乐。prasīda（pra√sad 命令单二）随意，喜欢。śaśvat（不变词）永久地。malaya（摩罗耶山）-sthalīṣu（sthalī 林地，地面），复合词（阴复依），摩罗耶山地。

इन्दीवरश्यामतनुर्नृपोऽसौ त्वं रोचनागौरशरीरयष्टिः।
अन्योन्यशोभापरिवृद्धये वां योगस्तडित्तोयदयोरिवास्तु॥६५॥

“国王的身体黝黑似青莲，
你的纤细身体呈现淡黄色，
但愿你俩的结合，如同
乌云和闪电，互相增色。”（65）

indīvara（莲花）-śyāma（黑色）-tanuḥ（tanu 身体），复合词（阳单体），身体黝黑似青莲的。nṛpaḥ（nṛpa 阳单体）国王。asau（idam 阳单体）这，指国王。tvam（tvad 单体）你。rocanā（黄染料）-gaura（白色的，黄色的）-śarīra（身体）-yaṣṭiḥ（yaṣṭi 纤细物），复合词（阴单体），纤细的身体呈现淡黄色。anyonya（互相的）-śobhā（光辉，美丽）-parivṛddhaye（parivṛddhi 增长），复合词（阴单为），互相增辉。vām（tvad

双属）你。yogaḥ（yoga 阳单体）结合。taḍit（闪电）-toyadayoḥ（toyada 云），复合词（阳双属），闪电和乌云的。iva（不变词）犹如。astu（√as 命令单三）是。

स्वसुर्विदर्भाधिपतेस्तदीयो लेभेऽन्तरं चेतसि नोपदेशः।
दिवाकरादर्शनबद्धकोशे नक्षत्रनाथांशुरिवारविन्दे॥ ६६॥

然而，她的劝导未能进入
毗达尔跋国王妹妹的心中，
犹如太阳消失不见，花苞
合拢，月光不能进入莲花。（66）

svasuḥ（svasṛ 阴单属）妹妹。vidarbha（毗达尔跋）-adhipateḥ（adhipati 国王），复合词（阳单属），毗达尔跋国王的。tadīyaḥ（tadīya 阳单体）她的，指女卫士苏南达。lebhe（√labh 完成单三）获得，得到。antaram（antara 中单业）内部，中间。cetasi（cetas 中单依）心。na（不变词）不。upadeśaḥ（upadeśa 阳单体）教导，劝导。divākara（太阳）-adarśana（看不见）-baddha（闭合）-kośe（kośa 花苞），复合词（中单依），太阳消失，花苞合拢。nakṣatra（星星）-nātha（主人）-aṃśuḥ（aṃśu 光芒），复合词（阳单体），月光。iva（不变词）犹如。aravinde（aravinda 中单依）莲花。

संचारिणी दीपशिखेव रात्रौ यं यं व्यतीयाय पतिंवरा सा।
नरेन्द्रमार्गाट्ट इव प्रपेदे विवर्णभावं स स भूमिपालः॥ ६७॥

她挑选夫婿，走过一个个
国王，个个脸色都变苍白，
犹如夜晚中，移动的灯焰
经过大道两旁阴沉的塔楼。（67）

saṃcāriṇī（saṃcārin 阴单体）移动的。dīpa（灯）-śikhā（śikhā 火焰），复合词（阴单体），灯焰。iva（不变词）犹如。rātrau（rātri 阴单依）夜晚。yam（yad 阳单业）那，指国王和塔楼。yam（yad 阳单业）那，指国王和塔楼。vyatīyāya（vi-ati√i 完成单三）越过，经过。patiṃvarā（patiṃvarā 阴单体）选婿的女子。sā（tad 阴单体）这，指公主。narendra（国王）-mārga（道路）-aṭṭaḥ（aṭṭa 塔楼），复合词（阳单体），王道的塔楼。iva（不变词）好像。prapede（pra√pad 完成单三）走近，到达。vivarṇa（苍白的，暗淡的）-bhāvam（bhāva 状态），复合词（阳单业），苍白的状态，暗淡的状态。saḥ（tad 阳单体）这，指国王和塔楼。saḥ（tad 阳单体）这，指国王和塔楼。bhūmipālaḥ（bhūmipāla 阳单体）国王。

तस्यां रघोः सूनुरुपस्थितायां वृणीत मां नेति समाकुलोऽभूत्।

वामेतरः संशयमस्य बाहुः केयूरबन्धोच्छ्वसितैर्नुनोद॥६८॥

罗怙之子在她走近时，
担心她不会挑选自己，
而右臂佩戴臂环处出现
跳动，打消了他的疑虑。[1]（68）

tasyām（tad 阴单依）这，指公主。raghoḥ（raghu 阳单属）罗怙。sūnuḥ（sūnu 阳单体）儿子。upasthitāyām（upasthita 阴单依）走近。vṛṇīta（√vṛ 虚拟单三）选择。mām（mad 单业）我。na（不变词）不。iti（不变词）这样（想）。samākulaḥ（samākula 阳单体）心乱的，疑惑的。abhūt（√bhū 不定单三）成为。vāmetaraḥ（vāmetara 阳单体）右边的。saṃśayam（saṃśaya 阳单业）怀疑，疑惑。asya（idam 阳单属）这，指罗怙之子阿迦。bāhuḥ（bāhu 阳单体）手臂。keyūra（臂钏）-bandha（系缚，位置）-ucchvasitaiḥ（ucchvasita 喘息，搏动），复合词（中复具），佩戴臂钏处跳动。nunoda（√nud 完成单三）驱除。

तं प्राप्य सर्वावयवानवद्यं व्यावर्ततान्योपगमात्कुमारी।
न हि प्रफुल्लं सहकारमेत्य वृक्षान्तरं काङ्क्षति षट्पदाली॥६९॥

他全身肢体完美无瑕，公主
到此便止步，不再前往别处，
犹如蜂群遇见鲜花盛开的
芒果树，不再想飞往别的树。（69）

tam（tad 阳单业）这，指阿迦。prāpya（pra√āp 独立式）到达。sarva（所有的）-avayava（肢体）-anavadyam（anavadya 无可指责的，无可挑剔的），复合词（阳单业），全身肢体完美无瑕的。vyāvartata（vi-ā√vṛt 未完单三）转开，停止。anya（其他的，另外的）-upagamāt（upagama 走近），复合词（阳单从），走向别处。kumārī（kumārī 阴单体）公主。na（不变词）不。hi（不变词）因为。praphullam（praphulla 阳单业）鲜花盛开的。sahakāram（sahakāra 阳单业）芒果树。etya（ā√i 独立式）来到。vṛkṣa（树）-antaram（antara 其他的），复合词（中单业），其他树木。kāṅkṣati（√kāṅkṣ 现在单三）渴望。ṣaṭpada（蜜蜂）-ālī（ālī 排，行），复合词（阴单体），蜂群。

तस्मिन्समावेशितचित्तवृत्तिमिन्दुप्रभामिन्दुमतीमवेक्ष्य।
प्रचक्रमे वक्तुमनुक्रमज्ञा सविस्तरं वाक्यमिदं सुनन्दा॥७०॥

苏南达善于掌握时机，

---

① 这里“右臂出现跳动”是一种吉兆。

看到英杜摩蒂灿若明月，
全部的心思倾注于他，
便开始进行详细的介绍：（70）

tasmin（tad 阳单依）这，指阿迦。samāveśita（进入，占据）-citta（思想，心）-vṛttim（vṛtti 活动），复合词（阴单业），心思占据的。indu（月亮）-prabhām（prabhā 光芒），复合词（阴单业），灿若明月的。indumatīm（indumatī 阴单业）英杜摩蒂。avekṣya（ava√īkṣ 独立式）看到。pracakrame（pra√kram 完成单三）开始。vaktum（√vac 不定式）说。anukrama（次序，顺序）-jñā（jña 知道），复合词（阴单体），知道次序的，善于掌握时机的。sa（有）-vistaram（vistara 细节），复合词（中单业），详细的。vākyam（vākya 中单业）话语。idam（idam 中单业）这，指话语。sunandā（sunandā 阴单体）苏南达。

इक्ष्वाकुवंश्यः ककुदं नृपाणां ककुत्स्थ इत्याहितलक्षणोऽभूत्।
काकुत्स्थशब्दं यत उन्नतेच्छाः श्लाघ्यं दधत्युत्तरकोसलेन्द्राः ॥७१॥

“甘蔗族中有个举世闻名的国王
迦俱私陀，堪称是国王中的魁首，
由此，志向高远的北憍萨罗国王们
享有‘迦俱私陀后裔’这个光荣称号。①（71）

ikṣvāku（甘蔗族）-vaṃśyaḥ（vaṃśya 家族的），复合词（阳单体），甘蔗族的。kakudam（kakuda 中单体）顶峰。nṛpāṇām（nṛpa 阳复属）国王。kakutsthaḥ（kakutstha 阳单体）迦俱私陀。iti（不变词）称为。āhita（安放，具有）-lakṣaṇaḥ（lakṣaṇa 标志），复合词（阳单体），具有称号的，著名的。abhūt（√bhū 不定单三）成为。kākutstha（迦俱私陀后裔）-śabdam（śabda 名号），复合词（阳单业），“迦俱私陀后裔”称号。yatas（不变词）由此。unnata（上升的，高耸的）-icchāḥ（icchā 意愿），复合词（阳复体），志向高远的。ślāghyam（ślāghya 阳单业）值得颂扬的。dadhati（√dhā 现在复三）持有，享有。uttara（北部的）-kosala（憍萨罗）-indrāḥ（indra 国王），复合词（阳复体），北憍萨罗国王。

महेन्द्रमास्थाय महोक्षरूपं यः संयति प्राप्तपिनाकिलीलः।
चकार बाणैरसुराङ्गनानां गण्डस्थलीः प्रोषितपत्रलेखाः ॥७२॥

“在战斗中骑在化身大公牛的
因陀罗身上，呈现湿婆的姿态，

① 参阅第四章第41首注。

他发射利箭，使阿修罗妇女们
失去脸颊上的那些彩绘线条。[①]（72）

mahendram（mahendra 阳单业）伟大的因陀罗。āsthāya（ā√sthā 独立式）登上。mahā（大的）-ukṣa（ukṣan 公牛）-rūpam（rūpa 形体），复合词（阳单业），具有大公牛形体的。yaḥ（yad 阳单体）那，指迦俱私陀。saṃyati（saṃyat 阴单依）战斗。prāpta（得到）-pināki（pinākin 持三叉戟者，湿婆）-līlaḥ（līlā 外观，风采），复合词（阳单体），获得湿婆的风采。cakāra（√kṛ 完成单三）做，造成。bāṇaiḥ（bāṇa 阳复具）箭。asura（阿修罗）-aṅganānām（aṅganā 妇女），复合词（阴复属），阿修罗妇女。gaṇḍa（脸颊）-sthalīḥ（sthalī 地面，部位），复合词（阴复业），脸颊部位。proṣita（离开）-patralekhāḥ（patralekhā 彩绘线条），复合词（阴复业），失去彩绘线条的。

ऐरावतास्फालनविश्लथं यः संघट्टयन्नङ्गदमङ्गदेन।
उपेयुषः स्वामपि मूर्तिमग्र्यामर्धासनं गोत्रभिदोऽधितष्ठौ॥७३॥

“即使在因陀罗恢复高贵的形体后，
他也占有这位砍山者的半个宝座，
他的臂环与因拍击爱罗婆多大象[②]
而松懈的因陀罗的臂环产生摩擦。（73）

airāvata（爱罗婆多大象）-āsphālana（拍打）-viślatham（viślatha 松懈的），复合词（中单业），因拍击爱罗婆多大象而松懈的。yaḥ（yad 阳单体）那，指迦俱私陀。saṃghaṭṭayan（sam√ghaṭṭ 致使，现分，阳单体）摩擦，接触。aṅgadam（aṅgada 中单业）臂钏。aṅgadena（aṅgada 中单具）臂钏。upeyuṣaḥ（upeyivas，upa√i 完分，阳单属）到达，进入。svām（sva 阴单业）自己的。api（不变词）即使。mūrtim（mūrti 阴单业）形体。agryām（agrya 阴单业）最高的，高贵的。ardha（一半的）-āsanam（āsana 座位），复合词（中单业），半个座位。gotrabhidaḥ（gotrabhid 阳单属）劈山者，因陀罗。adhitaṣṭhau（adhi√sthā 完成单三）坐，占据。

जातः कुले तस्य किलोरुकीर्तिः कुलप्रदीपो नृपतिर्दिलीपः।
अतिष्ठदेकोनशतक्रतुत्वे शक्राभ्यसूयाविनिवृत्तये यः॥७४॥

“他的家族中诞生了声誉卓著的
国王迪利波，成为家族的明灯，
为了止息天王因陀罗的忌恨心，

① 这里意谓他用箭射死许多阿修罗，造成他们的妻子不再修饰打扮。
② 爱罗婆多大象是因陀罗的坐骑。

这位国王只完成九十九次祭祀。[①]（74）

jātaḥ（jāta 阳单体）诞生。kule（kula 中单依）家族。tasya（tad 阳单属）他，指迦俱私陀。kila（不变词）确实。uru（宽广的）-kīrtiḥ（kīrti 名声，名誉），复合词（阳单体），声名卓著的。kula（家族）-pradīpaḥ（pradīpa 明灯），复合词（阳单体），家族明灯。nṛpatiḥ（nṛpati 阳单体）国王。dilīpaḥ（dilīpa 阳单体）迪利波。atiṣṭhat（√sthā 未完单三）处于，停留。ekona（少一次的）-śata（一百）-kratutve（kratutva 祭祀的性质），复合词（中单依），九十九次祭祀。śakra（天帝释，因陀罗）-abhyasūyā（嫉恨，愤怒）-vinivṛttaye（vinivṛtti 停止），复合词（阴单为），为了止息因陀罗的忌恨。yaḥ（yad 阳单体）那，指国王迪利波。

यस्मिन्महीं शासति वाणिनीनां निद्रां विहारार्धपथे गतानाम्।
वातोऽपि नास्त्रंसयदंशुकानि को लम्बयेदाहरणाय हस्तम्॥ ७५ ॥

“他统治大地时，醉酒的妇女
出外游乐，半路上昏昏入睡，
甚至风儿不敢吹动她们的衣裳，
那么，还有谁敢动手劫掠她们？（75）

yasmin（yad 阳单依）那，指国王迪利波。mahīm（mahī 阴单业）大地。śāsati（√śās 现分，阳单依）统治。vāṇinīnām（vāṇinī 阴复属）醉酒的女子。nidrām（nidrā 阴单业）睡眠。vihāra（游戏，游乐）-ardha（一半的）-pathe（patha 道路），复合词（阳单依），在游乐的半路上。gatānām（gata 阴复属）走向。vātaḥ（vāta 阳单体）风。api（不变词）甚至。na（不变词）不。asraṃsayat（√sraṃs 致使，未完单三）坠落，移动。aṃśukāni（aṃśuka 中复业）衣衫。kaḥ（kim 阳单体）谁。lambayet（√lamb 致使，虚拟单三）垂下，伸出。āharaṇāya（āharaṇa 中单为）夺取，劫掠。hastam（hasta 阳单业）手。

पुत्रो रघुस्तस्य पदं प्रशास्ति महाक्रतोर्विश्वजितः प्रयोक्ता।
चतुर्दिगावर्जितसंभृतां यो मृत्पात्रशेषामकरोद्विभूतिम्॥ ७६ ॥

“他的儿子罗怙继位统治，
举行全胜大祭，使自己
征服四方而积累的财富
变得只剩下一个土钵。[②]（76）

putraḥ（putra 阳单体）儿子。raghuḥ（raghu 阳单体）罗怙。tasya（tad 阳单属）

① 关于这方面的故事内容参阅第三章。
② 这里意谓罗怙王慷慨布施，参阅第四章。

他，指国王迪利波。padam（pada 中单业）位置。praśāsti（pra√śās 现在单三）统治。mahā（大）-kratoḥ（kratu 祭祀），复合词（阳单属），大祭。viśva（一切）-jitaḥ（jit 胜利），复合词（阳单属），全胜祭。prayoktā（prayoktṛ 阳单体）实施者。catur（四）-diś（方向）-āvarjita（征服）-saṃbhṛtām（saṃbhṛta 积聚），复合词（阴单业），征服四方而积聚的。yaḥ（yad 阳单体）那，指国王罗怙。mṛd（泥土）-pātra（钵）-śeṣām（śeṣa 剩余的），复合词（阴单业），只剩下土钵的。akarot（√kṛ 未完单三）做，造成。vibhūtim（vibhūti 阴单业）财富。

आरूढमद्रीनुदधीन्वितीर्णं भुजंगमानां वसतिं प्रविष्टम्।
ऊर्ध्वं गतं यस्य न चानुबन्धि यशः परिच्छेत्तुमियत्तयालम्॥७७॥

"他的声誉登上群山峻岭，
越过大海，进入蛇的世界，
升入高空，持续不断增长，
无法用任何量度予以测量。（77）

ārūḍham（ārūḍha 中单体）登上。adrīn（adri 阳复业）山。udadhīn（udadhi 阳复业）大海。vitīrṇam（vitīrṇa 中单体）越过。bhujaṃgamānām（bhujaṃgama 阳复属）蛇。vasatim（vasati 阴单业）住处。praviṣṭam（praviṣṭa 中单体）进入。ūrdhvam（不变词）向上。gatam（gata 中单体）前往。yasya（yad 阳单属）那，指国王罗怙。na（不变词）不。ca（不变词）而且。anubandhi（anubandhin 中单体）持续不断的。yaśaḥ（yaśas 中单体）声誉，名誉。paricchettum（pari√chid 不定式）确定，区别。iyattayā（iyattā 阴单具）量度，尺度。alam（不变词）足够地。

असौ कुमारस्तमजोऽनुजातस्त्रिविष्टपस्येव पतिं जयन्तः।
गुर्वीं धुरं यो भुवनस्य पित्रा धुर्येण दम्यः सदृशं बिभर्ति॥७८॥

"他生下王子阿迦，如同天王
因陀罗生下遮衍多，这位新手
与老练的父亲，犹如牛犊和
老牛，一同担负起世界的重担。（78）

asau（idam 阳单体）这，指王子阿迦。kumāraḥ（kumāra 阳单体）王子。tam（tad 阳单业）这，指国王罗怙。ajaḥ（aja 阳单体）阿迦。anujātaḥ（anujāta 阳单体）随后生的。triviṣṭapasya（triviṣṭapa 中单属）天国。iva（不变词）如同。patim（pati 阳单业）主人，指因陀罗。jayantaḥ（jayanta 阳单体）遮衍多。gurvīm（guru 阴单业）沉重的。dhuram（dhur 阴单业）负担。yaḥ（yad 阳单体）那，指王子阿迦。bhuvanasya （bhuvana 中单属）世界。pitrā（pitṛ 阳单具）父亲。dhuryeṇa（dhurya 阳单具）能够负重的，拉车的公牛。damyaḥ（damya 阳单体）培养中的，学习拉车的小公牛。sadṛśam（不变词）同样地。bibharti（√bhṛ 现在单三）担负，承载。

कुलेन कान्त्या वयसा नवेन गुणैश्च तैस्तैर्विनयप्रधानैः।
त्वमात्मनस्तुल्यममुं वृणीष्व रत्नं समागच्छतु काञ्चनेन॥७९॥

“家族、美貌、青春和以谦恭
为首的种种品德，都与你自身
相配，你就选择这位夫婿吧！
让宝石和金子完美地结合吧！”（79）

kulena（kula 中单具）家族。kāntyā（kānti 阴单具）美丽。vayasā（vayas 中单具）年纪。navena（nava 中单具）年轻的。guṇaiḥ（guṇa 阳复具）品德。ca（不变词）和。taiḥ（tad 阳复具）这，指品德。taiḥ（tad 阳复具）这，指品德。vinaya（谦恭）-pradhānaiḥ（pradhāna 为首的），复合词（阳复具），以谦恭为首的。tvam（tvad 单体）你。ātmanaḥ（ātman 阳单属）自己。tulyam（tulya 阳单业）相同的，相配的。amum（adas 阳单业）那个，指阿迦。vṛṇīṣva（√vṛ 命令单二）选择。ratnam（ratna 中单体）宝石。samāgacchatu（sam-ā√gam 命令单三）会合，结合。kāñcanena（kāñcana 中单具）金子。

ततः सुनन्दावचनावसाने लज्जां तनूकृत्य नरेन्द्रकन्या।
दृष्ट्या प्रसादामलया कुमारं प्रत्यग्रहीत्संवरणस्रजेव॥८०॥

苏南达说完这些话后，公主
减轻自己的羞涩，眼中流露
喜悦而明亮的目光，看中他，
犹如用选婿的花环套上他。（80）

tatas（不变词）然后。sunandā（苏南达）-vacana（话语）-avasāne（avasāna 停止，结束），复合词（中单依），苏南达说完话。lajjām（lajjā 阴单业）羞涩。tanūkṛtya（tanū√kṛ 独立式）减弱，减少。narendra（国王）-kanyā（kanyā 女儿），复合词（阴单体），公主。dṛṣṭyā（dṛṣṭi 阴单具）目光。prasāda（喜悦）-amalayā（amala 无垢的），复合词（阴单具），喜悦而清澈的。kumāram（kumāra 阳单业）王子。pratyagrahīt（prati√grah 不定单三）抓住，占有。saṃvaraṇa（选择，选婿）-srajā（sraj 花环），复合词（阴单具），选婿的花环。iva（不变词）如同。

सा यूनि तस्मिन्नभिलाषबन्धं शशाक शालीनतया न वक्तुम्।
रोमाञ्चलक्ष्येण स गात्रयष्टिं भित्त्वा निराक्रामदरालकेश्याः॥८१॥

头发卷曲的公主出于羞涩，
不能说出对这位青年的爱慕，
但这种爱慕乔装竖起的汗毛，
冲破纤细的肢体，展现眼前。（81）

sā（tad 阴单体）这，指公主。yūni（yuvan 阳单依）年轻的，青年。tasmin（tad 阳单依）这，指王子阿迦。abhilāṣa（渴望，爱慕）-bandham（bandha 联系，情结），复合词（阳单业），爱慕之情。śaśāka（√śak 完成单三）能够。śālīna（羞涩）-tayā（tā 性质），复合词（阴单具），羞涩。na（不变词）不。vaktum（√vac 不定式）说。romāñca（汗毛竖起）-lakṣyeṇa（lakṣya 标志，伪装），复合词（中单具），乔装汗毛竖起。saḥ（tad 阳单体）这，指爱慕。gātra（肢体）-yaṣṭim（yaṣṭi 纤细物），复合词（阴单业），纤细的肢体。bhittvā（√bhid 独立式）突破，冲破。nirākrāmat（nis-ā√kram 未完单三）走出，出现。arālakeśyāḥ（arālakeśī 阴单属）头发卷曲的女子。

तथागतायां परिहासपूर्वं सख्यां सखी वेत्रभृदाबभाषे।
आर्ये व्रजामोऽन्यत इत्यथैनां वधूरसूयाकुटिलं ददर्श॥८२॥

朋友女卫士看到朋友公主
处在这样的状态，开玩笑地
说道：“小姐啊，我们去别处。”
惹得这位新娘生气皱眉看她。（82）

tathāgatāyām（tathāgata 阴单依）处于这样状态的。parihāsa（玩笑）-pūrvam（pūrva 伴随），复合词（不变词），开玩笑地。sakhyām（sakhī 阴单依）女友，指公主。sakhī（sakhī 阴单体）女友，指女卫士。vetra（棍杖）-bhṛt（bhṛt 具有），复合词（阴单体），女守门人，女卫士。ābabhāṣe（ā√bhāṣ 完成单三）说。ārye（āryā 阴单呼）尊贵女子，小姐。vrajāmaḥ（√vraj 现在复一）走，前行。anyatas（不变词）别处。iti（不变词）这样（说）。atha（不变词）然后。enām（enad 阴单业）这，指女卫士。vadhūḥ（vadhū 阴单体）新娘。asūyā（生气，不悦）-kuṭilam（kuṭila 弯曲的），复合词（不变词），生气而皱眉地。dadarśa（√dṛś 完成单三）看。

सा चूर्णगौरं रघुनन्दनस्य धात्रीकराभ्यां करभोपमोरूः।
आसञ्जयामास यथाप्रदेशं कण्ठे गुणं मूर्तमिवानुरागम्॥८३॥

大腿宛如象鼻的公主让保姆
将撒有红色香粉的花环，仿佛
是她的有形的爱情，端正地

套在罗怙之子阿迦的脖颈上。（83）

sā（tad 阴单体）这，指公主。cūrṇa（香粉，粉末）-gauram（gaura 红色的），复合词（阳单业），撒有香粉而变红的。raghu（罗怙）-nandanasya（nandana 儿子），复合词（阳单属），罗怙之子阿迦。dhātrī（保姆）-karābhyām（kara 手），复合词（阳双具），保姆的双手。karabha（象鼻）-upama（像）-ūrūḥ（ūru 大腿），复合词（阴单体），大腿宛如象鼻的。āsañjayāmāsa（ā√sañj 致使，完成单三）固定，安放。yathāpradeśam（不变词）合适之处。kaṇṭhe（kaṇṭha 阳单依）脖子。guṇam（guṇa 阳单业）花环。mūrtam（mūrta 阳单业）有形体的。iva（不变词）仿佛。anurāgam（anurāga 阳单业）爱情。

तया स्रजा मङ्गलपुष्पमय्या विशालवक्षःस्थललम्बया सः।
अमंस्त कण्ठार्पितबाहुपाशां विदर्भराजावरजां वरेण्यः॥८४॥

这个用吉祥鲜花扎成的花环
悬挂在他的宽阔胸前，这位
优秀王子觉得是毗达尔跋王的
妹妹用双臂搂住自己的脖子。（84）

tayā（tad 阴单具）这，指花环。srajā（sraj 阴单具）花环。maṅgala（吉祥的）-puṣpa（花）-mayyā（maya 构成），复合词（阴单具），用吉祥鲜花扎成的。viśāla（宽阔的）-vakṣas（胸膛）-sthala（部位）-lambayā（lamba 悬挂的），复合词（阴单具），悬挂在宽阔胸口的。saḥ（tad 阳单体）这，指阿迦。amaṃsta（√man 不定单三）认为。kaṇṭha（脖子）-arpita（安放）-bāhu（手臂）-pāśām（pāśa 绳索），复合词（阴单业），手臂搂住脖子的。vidarbha（毗达尔跋）-rāja（国王）-avarajām（avarajā 妹妹），复合词（阴单业），毗达尔跋王的妹妹。vareṇyaḥ（vareṇya 阳单体）优秀的。

शशिनमुपगतेयं कौमुदी मेघमुक्तं
जलनिधिमनुरूपं जह्नुकन्यावतीर्णा।
इति समगुणयोगप्रीतयस्तत्र पौराः
श्रवणकटु नृपाणामेकवाक्यं विवव्रुः॥८५॥

市民们为相同的美质结合感到高兴，
同声说出让其他国王听来刺耳的话：
“这是月光与摆脱乌云的月亮结合，

是遮诃努之女[①]流入与她相配的大海。”（85）

śaśinam（śaśin 阳单业）月亮。upagatā（upagata 阴单体）接近。iyam（idam 阴单体）这，指月光。kaumudī（kaumudī 阴单体）月光。megha（云）-muktam（mukta 摆脱），复合词（阳单业），摆脱乌云的。jala（水）-nidhim（nidhi 储藏处），复合词（阳单业），大海。anurūpam（anurūpa 阳单业）匹配的。jahnu（遮诃努）-kanyā（女儿），复合词（阴单体），遮诃努之女。avatīrṇā（avatīrṇa 阴单体）进入，流进。iti（不变词）这样（说）。sama（同样的）-guṇa（品质，品德）-yoga（结合）-prītayaḥ（prīti 喜悦，高兴），复合词（阳复体），为相同的品质结合而高兴的。tatra（不变词）这里。paurāḥ（paura 阳复体）市民。śravaṇa（耳朵）-kaṭu（刺激的），复合词（中单业），刺耳的。nṛpāṇām（nṛpa 阳复属）国王。eka（同一的，同样的）-vākyam（vākya 话语），复合词（中单业），一致的话。vivavruḥ（vi√vṛ 完成复三）展现，说出。

प्रमुदितवरपक्षमेकतस्तत्क्षितिपतिमण्डलमन्यतो वितानम्।
उषसि सर इव प्रफुल्लपद्मं कुमुदवनप्रतिपन्ननिद्रमासीत्॥८६॥

新郎一方的国王们喜气洋洋，
而其他的国王们则神情沮丧，
犹如清晨的湖中，那些日莲
竞相绽放，而晚莲纷纷入睡。（86）

pramudita（欢喜，高兴）-vara（新郎）-pakṣam（pakṣa 一方），复合词（中单体），新郎一方喜气洋洋的。ekatas（不变词）一边。tat（tad 中单体）这，指国王们。kṣiti（大地）-pati（主人）-maṇḍalam（maṇḍala 圆圈，群），复合词（中单体），国王们。anyatas（不变词）另一边。vitānam（vitāna 中单体）沮丧的。uṣasi（uṣas 阴单依）清晨。saraḥ（saras 中单体）湖。iva（不变词）犹如。praphulla（绽放）-padmam（padma 莲花），复合词（中单体），莲花绽放的。kumuda（睡莲）-vana（丛林，群）-pratipanna（达到，进入）-nidram（nidrā 睡眠），复合词（中单体），睡莲纷纷入睡的。āsīt（√as 未完单三）是。

① “遮诃努之女”指恒河。传说恒河从天国下降大地时，淹没了国王遮诃努的祭祀场地。他愤怒地喝下恒河水。后在天神和仙人们的抚慰下，他让恒河水从自己的耳朵中流出。由此，恒河被称为“遮诃努的女儿”。

सप्तमः सर्गः।

第七章

अथोपयन्त्रा सदृशेन युक्तां स्कन्देन साक्षादिव देवसेनाम्।
स्वसारमादाय विदर्भनाथः पुरप्रवेशाभिमुखो बभूव॥ १॥

然后，毗达尔跋国王带着
妹妹以及与她相配的丈夫，
准备进城，这对新人犹如
提婆赛那和室建陀显身。①（1）

atha（不变词）然后。upayantrā（upayantṛ 阳单具）丈夫。sadṛśena（sadṛśa 阳单具）相配的，合适的。yuktām（yukta 阴单业）联系，相伴。skandena（skanda 阳单具）室建陀。sākṣāt（不变词）显现，现身。iva（不变词）犹如。devasenām（devasenā 阴单业）提婆赛那。svasāram（svasṛ 阴单业）妹妹。ādāya（ā√dā 独立式）带着。vidarbha（毗达尔跋）-nāthaḥ（nātha 主人），复合词（阳单体），毗达尔跋王。pura（城市）-praveśa（进入）-abhimukhaḥ（abhimukha 准备），复合词（阳单体），准备入城的。babhūva（√bhū 完成复三）是。

सेनानिवेशान्पृथिवीक्षितोऽपि जग्मुर्विभातग्रहमन्दभासः।
भोज्यां प्रति व्यर्थमनोरथत्वाद्रूपेषु वेषेषु च साभ्यसूया॥ २॥

国王们也前往各自的军营，
如同清晨的行星光芒暗淡，
追求波阇族公主的希望破灭，
他们抱怨自己的容貌和服装。（2）

senā（军队）-niveśān（niveśa 营地），复合词（阳复业），军营。pṛthivīkṣitaḥ（pṛthivīkṣit 阳复体）国王。api（不变词）也。jagmuḥ（√gam 完成复三）去往，走。vibhāta（清晨）-graha（行星）-manda（减弱的，黯淡的）-bhāsaḥ（bhās 光芒），复合词（阳复体），如同清晨的行星光芒暗淡。bhojyām（bhojyā 阴单业）波阇族公主。prati（不变

① 提婆赛那是因陀罗的女儿，室建陀的妻子。

词）对于。vyartha（落空的）-manoratha（希望，心愿）-tvāt（tva 性质），复合词（中单从），希望落空的。rūpeṣu（rūpa 中复依）容貌。veṣeṣu（veṣa 阳复依）衣服，服装。ca（不变词）和。sa（有）-abhyasūyāḥ（abhyasūyā 忌恨，愤怒），复合词（阳复体），怀有忌恨的。

सांनिध्ययोगात्किल तत्र शच्याः स्वयंवरक्षोभकृतामभावः।
काकुत्स्थमुद्दिश्य समत्सरोऽपि शशाम तेन क्षितिपाललोकः॥३॥

确实，由于舍姬在场[①]，
没有人扰乱选婿大典，
国王们即使对阿迦怀有
妒忌，但能够保持平静。（3）

sāṃnidhya（在场，出席）-yogāt（yoga 联系），复合词（阳单从），在场的关系。kila（不变词）确实。tatra（不变词）这里。śacyāḥ（śacī 阴单属）舍姬。svayaṃvara（选婿大典）-kṣobha（扰乱）-kṛtām（kṛt 做），复合词（阳复属），扰乱选婿大典的。abhāvaḥ（abhāva 阳单体）不存在。kākutstham（kākutstha 阳单业）迦俱私陀后裔，阿迦。uddiśya（不变词）对于。sa（有）-matsaraḥ（matsara 忌恨的，妒忌的），复合词（阳单体），怀有妒忌的。api（不变词）即使。śaśāma（√śam 完成单三）平静。tena（不变词）因此。kṣitipāla（国王，大地保护者）-lokaḥ（loka 群体），复合词（阳单体），国王们。

तावत्प्रकीर्णाभिनवोपचारमिन्द्रायुधद्योतिततोरणाङ्कम्।
वरः स वध्वा सह राजमार्गं प्राप ध्वजच्छायनिवारितोष्णम्॥४॥

这时，新郎和新娘一起来到
已完全装饰一新的王家大道，
作为标志的拱门如同闪耀的
彩虹，旗帜的阴影驱除炎热。（4）

tāvat（完全地）-prakīrṇa（布满）-abhinava（崭新的）-upacāram（upacāra 装饰物），复合词（阳单业），全部布满崭新的装饰物的。indrāyudha（因陀罗的武器，彩虹）-dyotita（闪亮）-toraṇa（拱门）-aṅkam（aṅka 标志），复合词（阳单业），作为标志的拱门如同彩虹闪耀的。varaḥ（vara 阳单体）新郎。saḥ（tad 阳单体）这，指新郎。vadhvā（vadhū 阴单具）新娘。saha（不变词）和。rāja（王）-mārgam（mārga 道路），复合词（阳单业），王家大道。prāpa（pra√āp 完成单三）到达。dhvaja（旗帜）-chāya（chāyā 阴

① 印度古代举行结婚仪式，通常会吁请因陀罗和舍姬出席。

影）-nivārita（阻止）-uṣṇam（uṣṇa 炎热），复合词（阳单业），旗帜的阴影驱除炎热。

ततस्तदालोकनतत्पराणां सौधेषु चामीकरजालवत्सु ॥
बभूवुरित्थं पुरसुन्दरीणां त्यक्तान्यकार्याणि विचेष्टितानि ॥ ५ ॥

城中妇女们从宫楼的
金格子窗热切观看他，
丢下手头要做的事情，
呈现出各种各样情态。（5）

tatas（不变词）然后，这时。tad（他，指阿迦）-ālokana（观看）-tatparāṇām（tatpara 专心的），复合词（阴复属），专注观看他的。saudheṣu（saudha 中复依）宫殿。cāmīkara（金）-jālavatsu（jālavat 有窗格的），复合词（中复依），有金格子窗的。babhūvuḥ（√bhū 完成复三）成为。ittham（不变词）这样。pura（城市）-sundarīṇām（sundarī 女子），复合词（阴复属），城中妇女们。tyakta（抛弃）-anya（其他的）-kāryāṇi（kārya 工作，职责），复合词（中复体），抛下其他的工作的。viceṣṭitāni（viceṣṭita 中复体）行为，姿态。

आलोकमार्गं सहसा व्रजन्त्या कयाचिदुद्वेष्टनवान्तमाल्यः ।
बन्द्धुं न संभावित एव तावत्करेण रुद्धोऽपि च केशपाशः ॥ ६ ॥

有个妇女匆忙前往窗口，
发髻松开，花环滑落，
她即使用手握住发髻，
但始终未想着束紧它。（6）

āloka（观看）-mārgam（mārga 通道），复合词（阳单业），窗户。sahasā（不变词）突然，匆忙。vrajantyā（√vraj 现分，阴单具）前往。kayā-cit（kim-cit 阴单具）有人，某人。udveṣṭana（松散）-vānta（滑落）-mālyaḥ（mālya 花环），复合词（阳单体），松懈而花环滑落的。banddhum（√bandh 不定式）束，系。na（不变词）不。saṃbhāvitaḥ（saṃbhāvita 阳单体）考虑。eva（不变词）确实。tāvat（不变词）完全地，一直。kareṇa（kara 阳单具）手。ruddhaḥ（ruddha 阳单体）阻止，挡住。api（不变词）即使。ca（不变词）和。keśa（头发）-pāśaḥ（pāśa 大量），复合词（阳单体），发髻。

प्रसाधिकालम्बितमग्रपादमाक्षिप्य काचिद् द्रवरागमेव ।
उत्सृष्टलीलागतिरागवाक्षादलक्तकाङ्कां पदवीं ततान ॥ ७ ॥

有个妇女抽回搁在侍女手中的

脚掌，上面的红颜料还在滴淌[1]，
抛弃优美的步姿，留下一连串
明显的红颜料足迹，直至窗户。（7）

prasādhikā（侍女）-ālambitam（ālambita 托住，搁置），复合词（阳单业），搁在侍女那儿的。agra（前端）-pādam（pāda 脚），复合词（阳单业），脚掌。ākṣipya（ā√kṣip 独立式）取回，放下。kā-cit（kim-cit 阴单体）有人，某人。drava（滴淌）-rāgam（rāga 红颜料），复合词（阳单业），滴淌红颜料的。eva（不变词）确实。utsṛṣṭa（抛弃）-līlā（优美）-gatiḥ（gati 步姿），复合词（阴单体），抛弃优美步姿的。ā（不变词）直至。gavākṣāt（gavākṣa 阳单从）圆窗。alaktaka（红颜料）-aṅkām（aṅka 标记），复合词（阴单业），以红颜料为标记的。padavīm（padavī 阴单业）足迹，脚印。tatāna（√tan 完成单三）伸展，延伸。

विलोचनं दक्षिणमञ्जनेन संभाव्य तद्वञ्चितवामनेत्रा।
तथैव वातायनसंनिकर्षं ययौ शलाकामपरा वहन्ती॥८॥

另一个妇女为右眼抹上
眼膏，还未为左眼抹上，
手上举着抹眼膏的小棍，
就这样匆忙走到窗户旁。（8）

vilocanam（vilocana 中单业）眼睛。dakṣiṇam（dakṣiṇa 中单业）右边的。añjanena（añjana 中单具）眼膏。saṃbhāvya（sam√bhū 致使，独立式）做，装饰。tad（眼膏）-vañcita（剥夺的，缺少的）-vāma（左边的）-netrā（netra 眼睛），复合词（阴单体），左边眼睛缺少眼膏的。tathā（不变词）这样。eva（不变词）甚至。vātāyana（窗户）-saṃnikarṣam（saṃnikarṣa 附近），复合词（阳单业），窗户边。yayau（√yā 完成单三）前往，走。śalākām（śalākā 阴单业）点眼膏的小棍子。aparā（apara 阴单体）另一位的。vahantī（√vah 阴单体）持有，携带。

जालान्तरप्रेषितदृष्टिरन्या प्रस्थानभिन्नां न बबन्ध नीवीम्।
नाभिप्रविष्टाभरणप्रभेण हस्तेन तस्थाववलम्ब्य वासः॥९॥

另一个妇女透过窗户观看，
没有系上起身松开的衣结，
而用手提着衣服，手上的
装饰品光芒照亮她的肚脐。（9）

① 这里意谓侍女正在为这位女子的脚掌涂抹红颜料。

jāla（格子窗）-antara（内部，里面）-preṣita（投射）-dṛṣṭiḥ（dṛṣṭi 眼光，目光），复合词（阴单体），眼光从窗户中投射出的。anyā（anya 阴单体）另一个。prasthāna（前去，起身）-bhinnām（bhinna 分开），复合词（阴单业），起身而松开的。na（不变词）不。babandha（√bandh 完成单三）系。nīvīm（nīvī 阴单业）衣结。nābhi（肚脐）-praviṣṭa（进入，占据）-ābharaṇa（装饰品）-prabhena（prabhā 光芒），复合词（阳单具），装饰品的光芒照亮肚脐的。hastena（hasta 阳单具）手。tasthāu（√sthā 完成单三）站着。avalambya（ava√lamb 独立式）悬挂，抓着。vāsaḥ（vāsas 中单业）衣服。

अर्धाञ्चिता सत्वरमुत्थितायाः पदे पदे दुर्निमिते गलन्ती।
कस्याश्चिदासीद्रशना तदानीमङ्गुष्ठमूलार्पितसूत्रशेषा॥ १०॥

另一个妇女串连腰带上的珠宝，
才完成一半，匆忙起身，随着
她凌乱的脚步，珠宝纷纷坠落，
现在只剩下系在脚拇趾的带子。[①]（10）

ardha（一半）-ācitā（ācita 系结，串连），复合词（阴单体），串连了一半的。satvaram（不变词）快速地，匆忙地。utthitāyāḥ（utthita 阴单属）站起的，起身的。pade（pada 阳单依）脚。pade（pada 阳单依）脚。durnimite（durnimita 阳单依）凌乱的。galantī（√gal 现分，阴单体）坠落，指腰带上的珠宝坠落。kasyāḥ-cit（kim-cit 阴单属）有人，某人。āsīt（√as 未完单三）是。raśanā（raśanā 阴单体）腰带。tadānīm（不变词）这时。aṅguṣṭha（脚拇趾）-mūla（根）-arpita（安放，放置）-sūtra（带子，线）-śeṣā（śeṣa 剩余物），复合词（阴单体），剩下系在脚拇趾上的带子的。

तासां मुखैरासवगन्धगर्भैर्व्याप्तान्तराः सान्द्रकुतूहलानाम्।
विलोलनेत्रभ्रमरैर्गवाक्षाः सहस्रपत्राभरणा इवासन्॥ ११॥

那些窗户仿佛装饰着莲花，
布满妇女们的面庞，怀有
强烈的好奇心，嘴中散发
酒香，转动的眼睛似蜜蜂。（11）

tāsām（tad 阴复属）这，指妇女们。mukhaiḥ（mukha 中复具）脸。āsava（酒）-gandha（气味，香气）-garbhaiḥ（garbha 内部），复合词（中复具），嘴中有酒香的。vyāpta（布满）-antarāḥ（antara 中间的，内部的），复合词（阳复体），中间布满的。sāndra（强烈的）-kutūhalānām（kutūhala 好奇心），复合词（阴复属），具有强烈好奇心的。

① 这里意谓这个妇女在为腰带串连珠宝，将带子的另一端系在脚趾上。

vilola（转动的）-netra（眼睛）-bhramaraiḥ（bhramara 蜜蜂，黑蜂），复合词（中复具），转动的眼睛似蜜蜂的。gavākṣāḥ（gavākṣa 阳复体）圆窗。sahasra（一千）-patra（花瓣）-ābharaṇāḥ（ābharaṇa 装饰物），复合词（阳复体），以莲花为装饰品的。iva（不变词）仿佛。āsan（√as 未完复三）是。

ता राघवं दृष्टिभिरापिबन्त्यो नार्यो न जग्मुर्विषयान्तराणि।
तथा हि शेषेन्द्रियवृत्तिरासां सर्वात्मना चक्षुरिव प्रविष्टा॥ १२॥

这些妇女用眼睛喝下阿迦，
毫不关心其他的感官对象，
这样，她们的其他感官活动
仿佛都完全沉浸在眼睛中。（12）

tāḥ（tad 阴复体）这，指妇女。rāghavam（rāghava 阳单业）罗怙后裔，指阿迦。dṛṣṭibhiḥ（dṛṣṭi 阴复具）眼睛，目光。āpibantyaḥ（ā√pā 现分，阴复体）饮用。nāryaḥ（nārī 阴复体）妇女。na（不变词）不。jagmuḥ（√gam 完成复三）走向，前往。viṣaya（感官对象）-antarāṇi（antara 其他的，另外的），复合词（中复业），其他的感官对象。tathā（不变词）这样。hi（不变词）因为。śeṣa（其余的，剩下的）-indriya（感官）-vṛttiḥ（vṛtti 活动），复合词（阴单体），其他的感官活动。āsām（idam 阴复属）这个，指妇女们。sarvātmanā（不变词）完全地，彻底地。cakṣuḥ（cakṣus 中单业）眼睛。iva（不变词）好像。praviṣṭā（praviṣṭa 阴单体）进入，占据。

स्थाने वृता भूपतिभिः परोक्षैः स्वयंवरं साधुममंस्त भोज्या।
पद्मेव नारायणमन्यथासौ लभेत कान्तं कथमात्मतुल्यम्॥ १३॥

“众多未曾谋面的国王追求波阇族公主，
然而她认为这种自选夫婿的方式很好，
否则，她怎么可能获得与自己相配的
可爱郎君，犹如莲花女神获得那罗延[①]？（13）

sthāne（不变词）正确，确实。vṛtā（vṛta 阴单体）选择，追求。bhū（大地）-patibhiḥ（pati 主人，国王），复合词（阳复具），国王。parokṣaiḥ（parokṣa 阳复具）没见到的，未曾谋面的。svayaṃvaram（svayaṃvara 阳单业）自选夫婿。sādhum（sādhu 阳单业）好的，合适的。amaṃsta（√man 不定单三）认为。bhojyā（bhojyā 阴单体）波阇族公主英杜摩蒂。padmā（padmā 阴单体）吉祥女神，莲花女神。iva（不变词）好像。nārāyaṇam（nārāyaṇa 阳单业）那罗延。anyathā（不变词）否则，不然。asau（adas 阴单体）这，

① “莲花”是吉祥女神的称号，“那罗延”是毗湿奴大神的称号。

指公主。labheta（√labh 虚拟单三）获得，得到。kāntam（kānta 阳单业）爱人，丈夫。katham（不变词）如何，怎么。ātma（ātman 自己）-tulyam（tulya 相配的），复合词（阳单业），与自己相配的。

परस्परेण स्पृहणीयशोभं न चेदिदं द्वन्द्वमयोजयिष्यत्।
अस्मिन्द्वये रूपविधानयत्नः पत्युः प्रजानां वितथोऽभविष्यत्॥ १४॥

“如果不让这一对互相
倾慕美貌的有情人结合，
众生之主为他俩创造
美貌的努力也就白费。（14）

parasparena（不变词）互相地。spṛhaṇīya（渴望的，羡慕的）-śobham（śobhā 光辉，美丽），复合词（中单体），倾慕美貌的。na（不变词）不。ced（不变词）如果。idam（idam 中单体）这，指他俩一对。dvandvam（dvandva 中单体）一对。ayojayiṣyat（√yuj 致使，假定单三）结合。asmin（idam 中单依）这，指这二者。dvaye（dvaya 中单依）二者。rūpa（容貌，美貌）-vidhāna（安排，创造）-yatnaḥ（yatna 努力），复合词（阳单体），创造美貌的努力。patyuḥ（pati 阳单属）主人。prajānām（prajā 阴复属）众生。vitathaḥ（vitatha 阳单体）徒劳的，无用的。abhaviṣyat（√bhū 假定单三）成为。

रतिस्मरौ नूनमिमावभूतां राज्ञां सहस्रेषु तथा हि बाला।
गतेयमात्मप्रतिरूपमेव मनो हि जन्मान्तरसङ्गतिज्ञम्॥ १५॥

“这两位肯定是罗蒂和爱神，
因为从数以千计的国王中，
这少女选定与自己相配者，
必定是心中记得前世因缘。”（15）

rati（罗蒂）-smarau（smara 爱神），复合词（阳双体），罗蒂和爱神。nūnam（不变词）确实，肯定。imau（idam 阳双体）这，指阿迦和英杜摩蒂。abhūtām（√bhū 不定双三）是。rājñām（rājan 阳复属）国王。sahasreṣu（sahasra 中复依）一千。tathā（不变词）这样。hi（不变词）因为。bālā（bālā 阴单体）少女。gatā（gata 阴单体）前往，走向。iyam（idam 阴单体）这，指少女。ātma（ātman 自己）-pratirūpam（pratirūpa 匹配的，合适的），复合词（阳单业），与自己相配的（人）。eva（不变词）确实。manaḥ（manas 中单体）思想，心。hi（不变词）因为。janmāntara（前生）-saṅgati（结合，会合）-jñam（jña 知道，记得），复合词（中单体），记得前世结合的。

इत्युद्गताः पौरवधूमुखेभ्यः शृण्वन्कथाः श्रोत्रसुखाः कुमारः।
उद्भासितं मङ्गलसंविधाभिः संबन्धिनः सद्म समाससाद॥१६॥

王子听着城中妇女嘴中
说出这些悦耳动听的话，
到达亲族的宫殿，那里
已做好种种吉祥的安排。（16）

iti（不变词）这样（说）。udgatāḥ（udgata 阴复业）出现，说出。paura（市民）-vadhū（妇女）-mukhebhyaḥ（mukha 嘴），复合词（中复从），从城中妇女嘴中。śṛṇvan（√śru 现分，阳单体）听到。kathāḥ（kathā 阴复业）言谈。śrotra（耳朵）-sukhāḥ（sukha 快乐的，舒适的），复合词（阴复业），悦耳动听的。kumāraḥ（kumāra 阳单体）王子。udbhāsitam（udbhāsita 中单业）装饰的。maṅgala（吉祥的）-saṃvidhābhiḥ（saṃvidhā 安排），复合词（阴复具），吉祥的安排。saṃbandhinaḥ（saṃbandhin 阳单属）亲族。sadma（sadman 中单业）住处，宫殿。samāsasāda（sam-ā√sad 完成单三）走近，到达。

ततोऽवतीर्याशु करेणुकायाः स कामरूपेश्वरदत्तहस्तः।
वैदर्भनिर्दिष्टमथो विवेश नारीमनांसीव चतुष्कमन्तः॥१७॥

于是，他迅速从母象上下来，
迦摩卢波王伸手扶他，然后，
毗达尔跋王指引他进入四边形
后院，仿佛进入那些妇女的心。（17）

tatas（不变词）于是。avatīrya（ava√tṝ 独立式）下来。āśu（不变词）迅速。kareṇukāyāḥ（kareṇukā 阴单从）母象。saḥ（tad 阳单体）这，指王子阿迦。kāmarūpa（迦摩卢波）-īśvara（国王）-datta（给予）-hastaḥ（hasta 手），复合词（阳单体），迦摩卢波王伸手相扶的。vaidarbha（毗达尔跋王）-nirdiṣṭam（nirdiṣṭa 指示），复合词（中单业），由毗达尔跋王指引的。atho（不变词）然后。viveśa（√viś 完成单三）进入。nārī（妇女）-manāṃsi（manas 心），复合词（中复业），妇女的心。iva（不变词）仿佛。catuṣkam（catuṣka 中单业）四柱大厅，四边形院子。antar（不变词）内部，里面。

महार्हसिंहासनसंस्थितोऽसौ सरत्नमर्घ्यं मधुपर्कमिश्रम्।
भोजोपनीतं च दुकूलयुग्मं जग्राह सार्धं वनिताकटाक्षैः॥१८॥

他坐在豪华昂贵的狮子座上，
接受带有宝石和蜜食[①]的献礼，

① “蜜食”（madhuparka）指蜂蜜、凝乳、酥油、糖和水的混合物。

波阇王赠送的两件丝绸衣服，
还有妇女们眼角传情的目光。（18）

mahārha（昂贵的）-siṃhāsana（狮子座）-saṃsthitaḥ（saṃsthita 坐在，位于），复合词（阳单体），坐在昂贵狮子座上的。asau（idam 阳单体）这，指王子阿迦。sa（有）- ratnam（ratna 宝石），复合词（中单业），带有宝石的。arghyam（arghya 中单业）招待用品，礼物。madhuparka（蜜食）-miśram（miśra 混合的），复合词（中单业），混合有蜜食的。bhoja（波阇王）-upanītam（upanīta 给予），复合词（中单业），波阇王给予的。ca（不变词）和。dukūla（丝绸，丝绸衣）-yugmam（yugma 一对），复合词（中单业），一对丝绸衣。jagrāha（√grah 完成单三）接受。sārdham（不变词）一起。vanitā（妇女）-kaṭākṣaiḥ（kaṭākṣa 目光，斜视），复合词（阳复具），女人们斜视的目光。

दुकूलवासाः स वधूसमीपं निन्ये विनीतैरवरोधरक्षैः।
वेलासकाशं स्फुटफेनराजिर्नवैरुदन्वानिव चन्द्रपादैः॥१९॥

他身穿丝绸衣，由谦恭的
后宫内侍带到新娘的身边，
如刚崭露的月光将刚显现
排排水沫的大海带到岸边。（19）

dukūla（丝绸）-vāsāḥ（vāsas 衣服），复合词（阳单体），身穿丝绸衣的。saḥ（tad 阳单体）这，指王子阿迦。vadhū（新娘）-samīpam（samīpa 附近，身边），复合词（中单业），新娘的身边。ninye（√nī 被动，完成单三）引导。vinītaiḥ（vinīta 阳复具）有教养的，谦恭的。avarodha（后宫）-rakṣaiḥ（rakṣa 保护者），复合词（阳复具），后宫侍卫。velā（海岸）-sakāśam（sakāśa 附近），复合词（阳单业），海岸边。sphuṭa（展开，显现）-phena（泡沫）-rājiḥ（rāji 排，行），复合词（阳单体），显现一排排水沫的。navaiḥ（nava 阳复具）新生的，新近的。udanvān（udanvat 阳单体）大海。iva（不变词）犹如。candra（月亮）-pādaiḥ（pāda 脚），复合词（阳复具），月光。

तत्रार्चितो भोजपतेः पुरोधा हुत्वाग्निमाज्यादिभिरग्निकल्पः।
तमेव चाधाय विवाहसाक्ष्ये वधूवरौ संगमयांचकार॥२०॥

波阇王的祭司如同祭火，
受人尊敬，向祭火供奉
酥油等等，请它见证婚礼，
让新郎和新娘结为夫妻。（20）

tatra（不变词）这里。arcitaḥ（arcita 阳单体）尊敬，敬拜。bhoja（波阇）-pateḥ（pati 国王），复合词（阳单属），波阇王。purodhāḥ（purodhas 阳单体）家庭祭司。hutvā（√hu 独立式）祭供。agnim（agni 阳单业）火，祭火。ājya（酥油）-ādibhiḥ（ādi 等等），复合词（阳复具），酥油等等。agni（火）-kalpaḥ（kalpa 如同），复合词（阳单体），如同祭火一般的。tam（tad 阳单业）这，指祭火。eva（不变词）确实。ca（不变词）和。ādhāya（ā√dhā 独立式）安排。vivāha（结婚，婚礼）-sākṣye（sākṣya 见证），复合词（中单依），婚礼的见证。vadhū（新娘）-varau（vara 新郎），复合词（阳双业），新娘和新郎。saṃgamayāṃcakāra（sam√gam 致使，完成单三）结合。

हस्तेन हस्तं परिगृह्य वध्वाः स राजसूनुः सुतरां चकासे।
अनन्तराशोकलताप्रवालं प्राप्येव चूतः प्रतिपल्लवेन॥२१॥

这位王子伸手紧握住
新娘的手，更添光彩，
似芒果树用伸展的枝条，
接受无忧树蔓藤的嫩芽。（21）

hastena（hasta 阳单具）手。hastam（hasta 阳单业）手。parigṛhya（pari√grah 独立式）握住。vadhvāḥ（vadhū 阴单属）新娘。saḥ（tad 阳单体）这，指王子阿迦。rāja（国王）-sūnuḥ（sūnu 儿子），复合词（阳单体），王子。sutarām（不变词）更加。cakāse（√kās 完成单三）放光。anantara（紧接的，邻近的）-aśoka（无忧树）-latā（蔓藤）-pravālam（pravāla 嫩芽），复合词（阳单业），邻近的无忧树蔓藤嫩芽。prāpya（pra√āp 独立式）得到，获得。iva（不变词）仿佛。cūtaḥ（cūta 阳单体）芒果树。pratipallavena（pratipallava 阳单具）伸出的枝条。

आसीद्वरः कण्टकितप्रकोष्ठः स्विन्नाङ्गुलिः संववृते कुमारी।
तस्मिन्द्वये तत्क्षणमात्मवृत्तिः समं विभक्तेव मनोभवेन॥२२॥

新郎的前臂汗毛竖起，
公主的指尖冒出汗珠，
仿佛爱神在这个时刻将
自己的情态平分给他俩。（22）

āsīt（√as 未完单三）是。varaḥ（vara 阳单体）新郎。kaṇṭakita（汗毛竖立的）-prakoṣṭhaḥ（prakoṣṭha 前臂），复合词（阳单体），前臂汗毛竖立的。svinna（出汗的）-aṅguliḥ（aṅguli 手指），复合词（阴单体），手指出汗的。saṃvavṛte（sam√vṛt 完成单三）出现，发生。kumārī（kumārī 阴单体）公主。tasmin（tad 中单依）这，指新郎和新娘这

二者。dvaye（dvaya 中单依）二者。tatkṣaṇam（不变词）此刻。ātma（ātman 自己）-vṛttiḥ（vṛtti 行为，活动方式），复合词（阴单体），自己的情态。samam（不变词）同样，同时。vibhaktā（vibhakta 阴单体）分配。iva（不变词）仿佛。manobhavena（manobhava 阳单具）爱神。

तयोरपाङ्गप्रतिसारितानि क्रियासमापत्तिनिवर्तितानि।
ह्रीयन्त्रणामानशिरे मनोज्ञामन्योन्यलोलानि विलोचनानि॥२३॥

他俩的眼角投射出目光，
而一旦目光相遇又缩回，
他俩的眼睛都贪恋对方，
因羞涩保持可爱的克制。（23）

tayoḥ（tad 阳双属）这，指王子阿迦和公主英杜摩蒂。apāṅga（眼角）-pratisāritāni（pratisārita 移开），复合词（中复体），从眼角射出的。kriyā（行为，动作）-samāpatti（相遇，会合）-nivartitāni（nivartita 返回），复合词（中复体），目光相遇又返缩的。hrī（羞涩）-yantraṇām（yantraṇā 抑制，约束），复合词（阴单业），羞涩的约束。ānaśire（√aś 完成复三）到达，受到。manojñām（manojña 阴单业）迷人的，可爱的。anyonya（互相的）-lolāni（lola 渴望的，贪求的），复合词（中复体），互相迷恋的。vilocanāni（vilocana 中复体）眼睛，目光。

प्रदक्षिणप्रक्रमणात्कृशानोरुदर्चिषस्तन्मिथुनं चकासे।
मेरोरुपान्तेष्विव वर्तमानमन्योन्यसंसक्तमहस्त्रियामम्॥२४॥

这对新人围着闪耀的火
右绕而行，光彩熠熠，
犹如白天和黑夜互相
结合，围着弥卢山绕行。（24）

pradakṣiṇa（向右的，右旋的）-prakramaṇāt（prakramaṇa 迈步，前行），复合词（中单从），右绕而行。kṛśānoḥ（kṛśānu 阳单属）火。udarciṣaḥ（udarcis 阳单属）发光的，闪耀的。tat（tad 中单体）这，指这对夫妇。mithunam（mithuna 中单体）成双，夫妻。cakāse（√kās 完成单三）闪亮，光彩熠熠。meroḥ（meru 阳单属）弥卢山。upānteṣu（upānta 阳复依）边沿，周边。iva（不变词）犹如。vartamānam（√vṛt 现分，中单体）转动。anyonya（互相的）-saṃsaktam（saṃsakta 结合），复合词（中单体），互相结合的。ahas（ahan 一日）-triyāmam（triyāmā 夜晚），复合词（中单体），白天和黑夜。

नितम्बगुर्वी गुरुणा प्रयुक्ता वधूर्विधातृप्रतिभेन तेन।

चकार सा मत्तचकोरनेत्रा लज्जावती लाजविसर्गमग्नौ॥२५॥

新娘臀部沉重，眼睛如同
迷醉的鹧鸪鸟，面露羞涩，
那位祭司如同创造主梵天，
指导她将炒米投放火中。（25）

nitamba（臀部）-gurvī（guru 沉重的），复合词（阴单体），臀部沉重的。guruṇā（guru 阳单具）导师，祭司。prayuktā（prayukta 阴单体）指示，指导。vadhūḥ（vadhū 阴单体）新娘。vidhātṛ（创造主）-pratibhena（pratibhā 形貌），复合词（阳单具），形同创造主的。tena（tad 阳单具）这，指祭司。cakāra（√kṛ 完成单三）做。sā（tad 阴单体）这，指新娘。matta（迷醉，沉醉）-cakora（鹧鸪鸟）-netrā（netra 眼睛），复合词（阴单体），眼睛如同迷醉的鹧鸪鸟。lajjāvatī（lajjāvat 阴单体）羞涩的。lāja（炒米）-visargam（visarga 投放），复合词（阳单业），炒米的投放。agnau（agni 阳单依）火。

हविःशमीपल्लवलाजगन्धी पुण्यः कृशानोरुदियाय धूमः।
कपोलसंसर्पिशिखः स तस्या मुहूर्तकर्णोत्पलतां प्रपेदे॥२६॥

祭火冒起圣洁的烟雾，带有
祭品、舍弥树芽和炒米香味，
顶端到达她的脸颊，成为
暂时装饰她的耳朵的莲花。（26）

havis（祭品）-śamī（舍弥树）-pallava（嫩芽）-lāja（炒米）-gandhī（gandhin 有香味的），复合词（阳单体），带有祭品、舍弥树芽和炒米香味的。puṇyaḥ（puṇya 阳单体）圣洁的，纯净的。kṛśānoḥ（kṛśānu 阳单属）火，祭火。udiyāya（ud√i 完成单三）出现，升起。dhūmaḥ（dhūma 阳单体）烟雾。kapola（脸颊）-saṃsarpi（saṃsarpin 移动的）-śikhaḥ（śikhā 顶端），复合词（阳单体），顶端到达脸颊的。saḥ（tad 阳单体）这，指烟雾。tasyāḥ（tad 阴单属）这，指公主英杜摩蒂。muhūrta（片刻，须臾）-karṇa（耳朵）-utpala（青莲，莲花）-tām（tā 性质），复合词（阴单业），暂时装饰耳朵的莲花。prapede（pra√pad 完成单三）走向，到达。

तदञ्जनक्लेदसमाकुलाक्षं प्रम्लानबीजाङ्कुरकर्णपूरम्।
वधूमुखं पाटलगण्डलेखमाचारधूमग्रहणाद्बभूव॥२७॥

新娘遵照习俗接受烟熏，
两边的脸颊呈现粉红色，

眼睛遭遇眼膏融化而迷糊，
用作耳饰的麦芽开始枯萎。（27）

tat（tad 中单体）这，指新娘的面部。añjana（眼膏）-kleda（湿润，潮湿）-samākula（混乱的，迷糊的）-akṣam（akṣa 眼睛），复合词（中单体），眼膏湿润而眼睛迷糊的。pramlāna（枯萎的）-bīja（谷物，种子）-aṅkura（嫩芽）-karṇapūram（karṇapūra 耳饰），复合词（中单体），作为耳饰的麦芽枯萎的。vadhū（新娘）-mukham（mukha 脸），复合词（中单体），新娘的面部。pāṭala（粉红的）-gaṇḍa（脸颊）-lekham（lekhā 线条，轮廓线），复合词（中单体），粉红的脸颊轮廓。ācāra（习惯，习俗）-dhūma（烟雾）-grahaṇāt（grahaṇa 接受），复合词（中单从），根据习俗接受烟熏。babhūva（√bhū 完成单三）是。

तौ स्नातकैर्बन्धुमता च राज्ञा पुरंध्रिभिश्च क्रमशः प्रयुक्तम्।
कन्याकुमारौ कनकासनस्थावार्द्राक्षतारोपणमन्वभूताम्॥२८॥

公主和王子坐在金座位上，
家主们、国王及其亲友们，
还有年长的妇女们，依次
向他俩抛撒湿润的稻谷。（28）

tau（tad 阳双体）这，指公主和王子。snātakaiḥ（snātaka 阳复具）完成教育进入家居生活的婆罗门，家主。bandhumatā（bandhumat 阳单具）有亲属的。ca（不变词）和。rājñā（rājan 阳单具）国王。puraṃdhribhiḥ（puraṃdhri 阴复具）年长的已婚妇女。ca（不变词）和。kramaśas（不变词）依次。prayuktam（prayukta 中单业）实行，实施。kanyā（少女）-kumārau（kumāra 王子），复合词（阳双体），公主和王子。kanaka（金子）-āsana（座位）-sthāu（stha 位于，处于），复合词（阳双体），坐在金座位上的。ārdra（湿润的）-akṣata（谷物）-āropaṇam（āropaṇa 投放），复合词（中单业），抛撒湿润的稻谷。anvabhūtām（anu√bhū 不定双三）感受，接受。

इति स्वसुर्भोजकुलप्रदीपः संपाद्य पाणिग्रहणं स राजा।
महीपतीनां पृथगर्हणार्थं समादिदेशाधिकृतानधिश्रीः॥२९॥

这位国王是波阇族的明灯，
完成妹妹的婚礼后，更加
增添光彩，吩咐手下官员
分别敬拜招待其他的国王。（29）

iti（不变词）这样。svasuḥ（svasṛ 阴单属）妹妹。bhoja（波阇）-kula（家族）-pradīpaḥ

（pradīpa 明灯），复合词（阳单体），波阇族的明灯。saṃpādya（sam√pad 致使，独立式）完成。pāṇi（手）-grahaṇam（grahaṇa 握住），复合词（中单业），婚事，婚礼。saḥ（tad 阳单体）这，指国王。rājā（rājan 阳单体）国王。mahī（大地）-patīnām（pati 主人，国王），复合词（阳复属），大地之主，国王。pṛthak（不变词）分别地。arhaṇa（敬拜）-artham（目的），复合词（不变词），为了敬拜。samādideśa（sam-ā√diś 完成单三）指示，吩咐。adhikṛtān（adhikṛta 阳复业）负责的，官员。adhi（更加）-śrīḥ（śrī 光辉，美丽），复合词（阳单体），更加光彩的。

लिङ्गैर्मुदः संवृतविक्रियास्ते ह्रदाः प्रसन्ना इव गूढनक्राः।
वैदर्भमामन्त्र्य ययुस्तदीयां प्रत्यर्प्य पूजामुपदाछलेन॥ ३०॥

那些国王以欢笑掩盖不满，
犹如平静的湖中隐藏鳄鱼，
假装送礼算是回报他的礼遇，
他们向毗达尔跋王告别离去。（30）

liṅgaiḥ（liṅga 中复具）伪装的标志。mudaḥ（mud 阴单属）喜悦，快乐。saṃvṛta（覆盖，遮住）-vikriyāḥ（vikriyā 愤怒），复合词（阳复体），掩住愤怒的。te（tad 阳复体）这，指国王们。hradāḥ（hrada 阳复体）池塘。prasannāḥ（prasanna 阳复体）平静的，安定的。iva（不变词）犹如。gūḍha（隐藏）-nakrāḥ（nakra 鳄鱼），复合词（阳复体），隐藏鳄鱼的。vaidarbham（vaidarbha 阳单业）毗达尔跋王。āmantrya（ā√mantr 独立式）告别。yayuḥ（√yā 完成复三）离开。tadīyām（tadīya 阴单业）他的，指毗达尔跋王的。pratyarpya（prati√ṛ 致使，独立式）回报。pūjām（pūjā 阴单业）敬拜。upadā（礼物，献礼）-chalena（chala 伪装），复合词（阳单具），以送礼作伪装。

स राजलोकः कृतपूर्वसंविदारम्भसिद्धौ समयोपलभ्यम्।
आदास्यमानः प्रमदामिषं तदावृत्य पन्थानमजस्य तस्थौ॥ ३१॥

国王们事先制订了保证
行动成功的计划，已经
围住阿迦的去路，等待
时机，要劫掠这位美女。（31）

saḥ（tad 阳单体）这，指国王们。rāja（国王）-lokaḥ（loka 一群），复合词（阳单体），国王们。kṛta（做，实施）-pūrva（事先）-saṃvid（saṃvid 约定，计划），复合词（阳单体），事先制订计划的。ārambha（开始，行动）-siddhau（siddhi 完成，成功），复合词（阴单依），行动成功。samaya（时机）-upalabhyam（upalabhya 可以获

得的），复合词（中单业），可趁机获得的。ādāsyamānaḥ（ā√dā 将分，阳单体）获取，夺取。pramadā（美女）-āmiṣam（āmiṣa 猎物），复合词（中单业），美女猎物。tat（tad 中单业）这，指猎物。āvṛtya（ā√vṛ 独立式）包围，阻断。panthānam（panthin 阳单业）道路。ajasya（aja 阳单属）阿迦。tasthau（√sthā 完成单三）站立，等待。

भर्तापि तावत्क्रथकैशिकानामनुष्ठितानन्तरजाविवाहः।
सत्त्वानुरूपाहरणीकृतश्रीः प्रास्थापयद्राघवमन्वगाच्च॥ ३२॥

格罗特盖希迦族国王完成
妹妹的结婚仪式，送给她
符合自己身份地位的嫁妆，
让阿迦出发，他跟随在后。（32）

bhartā（bhartṛ 阳单体）主人，国王。api（不变词）而。tāvat（不变词）这时。kratha（格罗特）-kaiśikānām（kaiśika 盖希迦族），复合词（阳复属），格罗特盖希迦族的。anuṣṭhita（实施）-anantarajā（妹妹）-vivāhaḥ（vivāha 结婚，婚礼），复合词（阳单体），完成妹妹的婚事的。sattva（威力）-anurūpa（符合的）-āharaṇīkṛta（给予嫁妆）-śrīḥ（śrī 财富），复合词（阳单体），给予符合自己身份地位的财富作为嫁妆的。prāsthāpayat（pra√sthā 致使，未完单三）出发。rāghavam（rāghava 阳单业）罗怙之子阿迦。anvagāt（anu√i 不定单三）跟随。ca（不变词）和。

तिस्रस्त्रिलोकप्रथितेन सार्धमजेन मार्गे वसतीरुषित्वा।
तस्मादपावर्तत कुण्डिनेशः पर्वात्यये सोम इवोष्णरश्मेः॥ ३३॥

一路上，贡提那王[①]与三界
闻名的阿迦一起度过三夜，
然后离开了他，犹如日月
相聚结束，月亮离开太阳。（33）

tisraḥ（tri 阴复业）三。tri（三）-loka（世界）-prathitena（prathita 著名的），复合词（阳单具），三界闻名的。sārdham（不变词）一起。ajena（aja 阳单具）阿迦。mārge（mārga 阳单依）道路。vasatīḥ（vasatī 阴复业）夜晚，宿营。uṣitvā（√vas 独立式）居住，驻留。tasmāt（tad 阳单从）他，指阿迦。apāvartata（apa√vṛt 未完单三）离开。kuṇḍina（贡提那）-īśaḥ（īśa 主人），复合词（阳单体），贡提那城主。parva（parvan 月亮和太阳相聚的日子）-atyaye（atyaya 过去，消失），复合词（阳单依），相聚的时间过去。somaḥ（soma 阳单体）月亮。iva（不变词）犹如。uṣṇaraśmeḥ（uṣṇaraśmi

① 贡提那王即毗达尔跋王。贡提那是毗达尔跋国都城名。

阳单从）太阳。

प्रमन्यवः प्रागपि कोसलेन्द्रे प्रत्येकमात्तस्वतया बभूवुः।
अतो नृपाश्चक्षमिरे समेताः स्त्रीरत्नलाभं न तदात्मजस्य॥३४॥

那些国王个个因财富曾经
被剥夺而对憍萨罗王怀恨，
他们聚集这里，不能忍受
他的儿子获得这个女宝。（34）

pramanyavaḥ（pramanyu 阳复体）愤怒的。prāk（不变词）之前，早先。api（不变词）甚至。kosala（憍萨罗）-indre（indra 王），复合词（阳单依），憍萨罗王。pratyekam（不变词）每一个。ātta（取走）-sva（财富）-tayā（tā 性质），复合词（阴单具），夺走财富。babhūvuḥ（√bhū 完成复三）是。atas（不变词）因此。nṛpāḥ（nṛpa 阳复体）国王。cakṣamire（√kṣam 完成复三）容忍，忍受。sametāḥ（sameta 阳复体）聚集。strī（女子）-ratna（珍宝）-lābham（lābha 获得），复合词（阳单业），获得女宝的。na（不变词）不。tad（这，指憍萨罗王罗怙）-ātmajasya（ātmaja 儿子），复合词（阳单属），他的儿子。

तमुद्वहन्तं पथि भोजकन्यां रुरोध राजन्यगणः स दृप्तः।
बलिप्रदिष्टां श्रियमाददानं त्रैविक्रमं पादमिवेन्द्रशत्रुः॥३५॥

这群骄横的国王在路上阻截这位
携带波阇族公主向前行进的王子，
犹如因陀罗之敌阻挡毗湿奴接受
钵利给予的财富而迈开的步伐。①（35）

tam（tad 阳单业）这，指阿迦。udvahantam（ud√vah 现分，阳单业）携带。pathi（pathin 阳单依）道路。bhoja（波阇族）-kanyām（kanyā 女孩），复合词（阴单业），波阇族公主。rurodha（√rudh 完成单三）阻截，包围。rājanya（王族的，刹帝利）-gaṇaḥ（gaṇa 群），复合词（阳单体），刹帝利们，国王们。saḥ（tad 阳单体）这，指这一群国王。dṛptaḥ（dṛpta 阳单体）傲慢的。bali（钵利）-pradiṣṭām（pradiṣṭa 给予），复合词（阴单业），钵利给予的。śriyam（śrī 阴单业）财富。ādadānam（ā√dā 现分，阳单业）接受，取得。traivikramam（traivikrama 阳单业）毗湿奴的。pādam（pāda 阳单业）脚步。iva（不变词）犹如。indra（因陀罗）-śatruḥ（śatru 敌人），复合词（阳单体），

① 传说毗湿奴曾化身侏儒，向阿修罗魔王钵利乞求三步之地。钵利见他是侏儒，便同意了。于是，毗湿奴跨出三大步：第一步跨越天上，第二步跨越空中，第三步跨越大地，并将钵利踩入地下。这里提到的“因陀罗之敌”所指不详，一说指钵利的祖父波罗诃罗陀（prahlāda）。

因陀罗之敌。

तस्याः स रक्षार्थमनल्पयोधमादिश्य पित्र्यं सचिवं कुमारः।
प्रत्यग्रहीत्पार्थिववाहिनीं तां भागीरथीं शोण इवोत्तरंगः॥३६॥

王子指定世袭的大臣带领众多
士兵保护公主，而他自己迎战
这支由国王组成的军队，犹如
波浪翻滚的索纳河迎接恒河。（36）

tasyāḥ（tad 阴单属）这，指公主。saḥ（tad 阳单体）这，指王子阿迦。rakṣa（保护）-artham（artha 目的），复合词（不变词），为了保护。analpa（不少的）-yodham（yodha 战士），复合词（阳单业），有众多士兵的。ādiśya（ā√diś 独立式）命令，吩咐。pitryam（pitrya 阳单业）世袭的。sacivam（saciva 阳单业）大臣。kumāraḥ（kumāra 阳单体）王子。pratyagrahīt（prati√grah 不定单三）对抗，抗击。pārthiva（国王）-vāhinīm（vāhinī 军队），复合词（阴单业），由国王组成的军队。tām（tad 阴单业）这，指军队。bhāgīrathīm（bhāgīrathī 阴单业）恒河。śoṇaḥ（śoṇa 阳单体）索纳河。iva（不变词）犹如。uttaraṃgaḥ（uttaraṃga 阳单体）波浪翻滚的。

पत्तिः पदातिं रथिनं रथेशस्तुरङ्गसादी तुरगाधिरूढम्।
यन्ता गजस्याभ्यपतद्गजस्थं तुल्यप्रतिद्वन्द्वि बभूव युद्धम्॥३७॥

步兵冲向步兵，车兵
冲向车兵，骑兵冲向
骑兵，象兵冲向象兵，
这场战斗，势均力敌。（37）

pattiḥ（patti 阳单体）步兵。padātim（padāti 阳单业）步兵。rathinam（rathin 阳单业）车兵。ratha（车）-īśaḥ（īśa 主人），复合词（阳单体），车兵。turaṅga（马）-sādī（sādin 坐，骑），复合词（阳单体），骑兵。turaga（马）-adhirūḍham（adhirūḍha 登上），复合词（阳单业），骑兵。yantā（yantṛ 阳单体）驾驭者。gajasya（gaja 阳单属）大象。abhyapatat（abhi√pat 未完单三）冲向。gajastham（gajastha 阳单业）象兵。tulya（同样的）-pratidvandvi（pratidvandvin 对手，敌手），复合词（中单体），双方势均力敌的。babhūva（√bhū 完成单三）成为。yuddham（yuddha 中单体）战斗。

नदत्सु तूर्येष्वविभाव्यवाचो नोदीरयन्ति स्म कुलोपदेशान्।
बाणाक्षरैरेव परस्परस्य नामोर्जितं चापभृतः शशंसुः॥३८॥

军乐奏响，弓箭手们话音
听不清，不通报家族名称，
而是通过刻在箭上的字母，
互相之间告知高贵的名字。（38）

nadatsu（√nad 现分，阳复依）发声。tūryeṣu（tūrya 阳复依）乐器。avibhāvya（不可感知的）-vācaḥ（vāc 话音，话语），复合词（阳复体），听不清话音的。na（不变词）不。udīrayanti（ud√īr 致使，现在复三）发声，说出。sma（不变词）表示过去。kula（家族）-upadeśān（upadeśa 名称），复合词（阳复业），家族的名称。bāṇa（箭）-akṣaraiḥ（akṣara 字母），复合词（中复具），刻在箭上的字母。eva（不变词）确实。parasparasya（paraspara 阳单属）互相的，彼此的。nāma（nāman 中单业）名字。ūrjitam（ūrjita 中单业）高贵的。cāpa（弓）-bhṛtaḥ（bhṛt 持有，具有），复合词（阳复体），持弓者。śaśaṃsuḥ（√śaṃs 完成复三）告诉。

उत्थापितः संयति रेणुरश्वैः सान्द्रीकृतः स्यन्दनवंशचक्रैः।
विस्तारितः कुञ्जरकर्णतालैर्नेत्रक्रमेणोपरुरोध सूर्यम्॥३९॥

战斗中，马匹扬起尘土，
战车的车轮又增添尘土，
大象拍击耳朵扩散尘土，
由此如同幕布遮蔽太阳。（39）

utthāpitaḥ（utthāpita 阳单体）上升，扬起。saṃyati（saṃyat 阴单依）战斗。reṇuḥ（reṇu 阳单体）尘土。aśvaiḥ（aśva 阳复具）马。sāndrī（sāndra 浓密的）-kṛtaḥ（kṛta 做，造成），复合词（阳单体），造成浓密的。syandana（战车）-vaṃśa（成群）-cakraiḥ（cakra 车轮），复合词（中复具），众多战车的轮子。vistāritaḥ（vistārita 阳单体）扩散，伸展。kuñjara（大象）-karṇa（耳朵）-tālaiḥ（tāla 拍击），复合词（阳复具），大象拍打耳朵。netra（绸布）-krameṇa（krama 方法，方式），复合词（阳单具），绸布的方式。uparurodha（upa√rudh 完成单三）遮蔽。sūryam（sūrya 阳单业）太阳。

मत्स्यध्वजा वायुवशाद्विदीर्णैर्मुखैः प्रवृद्धध्वजिनीरजांसि।
बभुः पिबन्तः परमार्थमत्स्याः पर्याविलानीव नवोदकानि॥४०॥

那些鱼形旗帜被风撕开
口子，吞噬军队扬起的
浓密尘土，看似真实的
鱼群饮用新鲜的泥浆水。（40）

matsya（鱼）-dhvajāḥ（dhvaja 旗帜），复合词（阳复体），鱼形旗帜。vāyu（风）-vaśāt（vaśa 控制，影响），复合词（阳单从），受风影响。vidīrṇaiḥ（vidīrṇa 中复具）撕裂。mukhaiḥ（mukha 中复具）嘴，口子。pravṛddha（增长，扩大）-dhvajinī（军队）-rajāṃsi（rajas 灰尘），复合词（中复业），军队扬起的尘土。babhuḥ（√bhā 完成复三）显得。pibantaḥ（√pā 现分，阳复体）饮用。paramārtha（真实的）-matsyāḥ（matsya 鱼），复合词（阳复体），真实的鱼。paryāvilāni（paryāvila 中复业）混浊的，泥泞的。iva（不变词）犹如。nava（新鲜的）-udakāni（udaka 水），复合词（中复业），新鲜的水。

रथो रथाङ्गध्वनिना विजज्ञे विलोलघण्टाक्वणितेन नागः।
स्वभर्तृनामग्रहणाद्बभूव सान्द्रे रजस्यात्मपरावबोधः॥४१॥

在浓密的尘土中，凭车轮声
辨认车辆，凭晃动的铃铛声
辨认大象，依靠说出自己的
首领名字，得知我方和敌方。（41）

rathaḥ（ratha 阳单体）车辆。rathāṅga（车轮）-dhvaninā（dhvani 声音），复合词（阳单具），车轮声。vijajñe（vi√jñā 被动，完成单三）知道，分辨。vilola（晃动的）-ghaṇṭā（铃铛）-kvaṇitena（kvaṇita 发声，声音），复合词（中单具），晃动的铃铛声。nāgaḥ（nāga 阳单体）大象。sva（自己的）-bhartṛ（首领）-nāma（名字）-grahaṇāt（grahaṇa 说出，提到），复合词（中单从），说出自己首领的名字。babhūva（√bhū 完成单三）成为。sāndre（sāndra 中单依）浓密的。rajasi（rajas 中单依）灰尘。ātma（ātman 自己）-para（敌人）-avabodhaḥ（avabodha 知道），复合词（阳单体），得知我方和敌方。

आवृण्वतो लोचनमार्गमाजौ रजोऽन्धकारस्य विजृम्भितस्य।
शस्त्रक्षताश्वद्विपवीरजन्मा बालारुणोऽभूद्रुधिरप्रवाहः॥४२॥

战斗中弥漫的尘土如同
黑暗，遮蔽人们的视线，
而马、象和勇士们伤口
流出的血流如同朝阳。[①]（42）

āvṛṇvataḥ（ā√vṛ 现分，阳单属）遮蔽，阻挡。locana（视觉，眼睛）-mārgam（mārga 道路），复合词（阳单业），视线。ājau（āji 阳单依）战斗。rajas（尘土）-andhakārasya（andhakāra 黑暗），复合词（阳单属），像黑暗一样的尘土。vijṛmbhitasya（vijṛmbhita

① 这里意谓如同朝阳驱散黑暗，血流平息尘土。

阳单属）扩散，弥漫。śastra（武器）-kṣata（伤害）-aśva（马）-dvipa（大象）-vīra（勇士）-janmā（janman 产生），复合词（阳单体），武器伤害马、大象和勇士而产生的。bāla（初生的）-aruṇaḥ（aruṇa 太阳），复合词（阳单体），朝阳。abhūt（√bhū 不定单三）成为。rudhira（血）-pravāhaḥ（pravāha 流），复合词（阳单体），血流。

सच्छिन्नमूलः क्षतजेन रेणुस्तस्योपरिष्टात्पवनावधूतः।
अङ्गारशेषस्य हुताशनस्य पूर्वोत्थितो धूम इवाबभासे॥४३॥

鲜血兜底斩断尘土，
上面有风驱散尘土，
犹如火先有烟升起，
而最后只剩下灰烬。[①]（43）

saḥ（tad 阳单体）这，指尘土。chinna（斩断）-mūlaḥ（mūla 根基），复合词（阳单体），斩断根基的。kṣatajena（kṣataja 中单具）血。reṇuḥ（reṇu 阳单体）尘土。tasya（tad 阳单属）这，指血。upariṣṭāt（不变词）上面。pavana（风）-avadhūtaḥ（avadhūta 驱散），复合词（阳单体），被风驱散的。aṅgāra（木炭）-śeṣasya（śeṣa 剩余物），复合词（阳单属），只剩下木炭的。hutāśanasya（hutāśana 阳单属）火，祭火。pūrva（之前）-utthitaḥ（utthita 升起），复合词（阳单体），先前升起的。dhūmaḥ（dhūma 阳单体）烟雾。iva（不变词）犹如。ābabhāse（ā√bhās 完成单三）显得。

प्रहारमूर्च्छापगमे रथस्था यन्तॄनुपालभ्य निवर्तिताश्वाः।
यैः सादिता लक्षितपूर्वकेतूंस्तानेव सामर्षतया निजघ्नुः॥४४॥

车兵遭受打击而昏迷，醒来后，
责备车夫[②]，随即让马匹掉转头，
由原先记住的旗帜，认出打击
他的敌人，愤怒地予以回击。（44）

prahāra（打击）-mūrcchā（昏迷）-apagame（apagama 消失，结束），复合词（阳单依），受打击的昏迷结束。ratha（车）-sthāḥ（stha 站立），复合词（阳复体），车兵。yantṝn（yantṛ 阳复业）车夫。upālabhya（upa-ā√labh 独立式）责备。nivartita（掉头）-aśvāḥ（aśva 马），复合词（阳复体），使马掉头的。yaiḥ（yad 阳复具）那，指打击者。sāditāḥ（sādita 阳复体）打击，挫败。lakṣita（注意到，认出）-pūrva（之前的）-ketūn（ketu 旗帜），复合词（阳复业），由先前的旗帜认出的。tān（tad 阳复业）

① 这里以火燃烧后的灰烬比喻沾染鲜血而沉淀的尘土，以火燃烧前的烟雾比喻飞扬的尘土。
② 车兵受伤后，通常是车夫将战车驶离战场，停留在安全处。

这，指打击者。eva（不变词）确实。sa（有）-amarṣa（愤怒）-tayā（tā 性质），复合词（阴单具），怀着愤怒。nijaghnuḥ（ni√han 完成复三）打击，消灭。

अप्यर्धमार्गे परबाणलूना धनुर्भृतां हस्तवतां पृषत्काः।
संप्रापुरेवात्मजवानुवृत्त्या पूर्वार्धभागैः फलिभिः शरव्यम्॥४५॥

那些娴熟的弓箭手射出的箭，
即使半路上被敌人的箭射断，
带有箭头的前半部分依然会
保持自己的速度，击中目标。（45）

api（不变词）即使。ardha（一半）-mārge（mārga 道路），复合词（阳单依），半路上。para（敌人）-bāṇa（箭）-lūnāḥ（lūna 割断），复合词（阳复体），被敌人的箭射断的。dhanus（弓）-bhṛtām（bhṛt 具有），复合词（阳复属），持弓者。hastavatām（hastavat 阳复属）身手敏捷的。pṛṣatkāḥ（pṛṣatka 阳复体）箭。samprāpuḥ（sam-pra√āp 完成复三）到达。eva（不变词）确实。ātma（ātman 自己）-java（速度）-anuvṛttyā（anuvṛtti 跟随），复合词（阴单具），按照自己的速度。pūrva（前面的）-ardha（一半）-bhāgaiḥ（bhāga 部分），复合词（阳复具），前半部分。phalibhiḥ（phalin 阳复具）带着箭头的。śaravyam（śaravya 中单业）目标，射击目标。

आधोरणानां गजसंनिपाते शिरांसि चक्रैर्निशितैः क्षुराग्रैः।
हृतान्यपि श्येननखाग्रकोटिव्यासक्तकेशानि चिरेण पेतुः॥४६॥

在象战中，象夫们的头颅
被锋刃似剃刀的飞轮砍断，
但那些头发被兀鹰尖锐的
爪尖攥住，很久才落下。（46）

ādhoraṇānām（ādhoraṇa 阳复属）象夫。gaja（大象）-saṃnipāte（saṃnipāta 聚集，交战），复合词（阳单依），象战。śirāṃsi（śiras 中复体）头。cakraiḥ（cakra 中复具）轮子，飞轮。niśitaiḥ（niśita 中复具）锋利的。kṣura（剃刀）-agraiḥ（agra 顶端），复合词（中复具），锋刃似剃刀的。hṛtāni（hṛta 中复体）剥夺，砍断。api（不变词）即使。śyena（兀鹰）-nakha（爪子）-agra（尖端）-koṭi（顶端）-vyāsakta（紧贴的）-keśāni（keśa 头发），复合词（中复体），兀鹰爪尖紧紧抓住头发的。cireṇa（不变词）很久。petuḥ（√pat 完成复三）落下，坠落。

पूर्वं प्रहर्ता न जघान भूयः प्रतिप्रहाराक्षममश्वसादी।
तुरङ्गमस्कन्धनिषण्णदेहं प्रत्याश्वसन्तं रिपुमाचकाङ्क्ष॥४७॥

骑兵先出手打击敌人，而后
发现敌人的身体趴在马背上，
已经丧失回击能力，便不再
打击他，而等待他苏醒过来。（47）

pūrvam（不变词）首先。prahartā（prahartṛ 阳单体）打击者。na（不变词）不。jaghāna（√han 完成单三）打击。bhūyas（不变词）再次。pratiprahāra（回击，反击）-akṣamam（akṣama 不能），复合词（阳单业），无法回击的。aśva（马）-sādī（sādin 骑），复合词（阳单体），骑兵。turaṃgama（马）-skandha（肩膀）-niṣaṇṇa（躺倒，趴在）-deham（deha 身体），复合词（阳单业），身体趴在马背上的。pratyāśvasantam（prati-ā√śvas 现分，阳单业）恢复呼吸的，苏醒的。ripum（ripu 阳单业）敌人。ācakāṅkṣa（ā√kāṅkṣ 完成单三）期待，等待。

तनुत्यजां वर्मभृतां विकोशैर्बृहत्सु दन्तेष्वसिभिः पतद्भिः।
उद्यन्तमग्निं शमयांबभूवुर्गजा विविग्नाः करशीकरेण॥४८॥

那些士兵披戴铠甲，舍生忘死，
出鞘的刀剑飞落在硕大象牙上，
大象们惊恐不安，用鼻子喷水，
熄灭刀剑碰撞出的那些火花。（48）

tanu（身体）-tyajām（tyaj 抛弃），复合词（阳复属），抛弃身体的，舍生忘死的。varma（varman 铠甲）-bhṛtām（bhṛt 具有），复合词（阳复属），披戴铠甲的。vikośaiḥ（vikośa 阳复具）出鞘的。bṛhatsu（bṛhat 阳复依）大的。danteṣu（danta 阳复依）牙齿，象牙。asibhiḥ（asi 阳复具）剑。patadbhiḥ（√pat 现分，阳复具）落下。udyantam（ud√yam 现分，阳单业）升起，出现。agnim（agni 阳单业）火。śamayāṃbabhūvuḥ（√śam 致使，完成复三）平息，熄灭。gajāḥ（gaja 阳复体）大象。vivignāḥ（vivigna 阳复体）惊恐的。kara（象鼻）-śīkareṇa（śīkara 雾水，飞沫），复合词（阳单具），鼻子喷出的水沫。

शिलीमुखोत्कृत्तशिरःफलाढ्या च्युतैः शिरस्त्रैश्चषकोत्तरेव।
रणक्षितिः शोणितमद्यकुल्या रराज मृत्योरिव पानभूमिः॥४९॥

这个战场仿佛成为死神的
饮酒处，利箭射落的头颅
是丰盛的果子，坠落的头盔
是酒杯，鲜血是流淌的酒。（49）

śilīmukha（箭）-utkṛtta（砍断）-śiras（头）-phala（果实）-āḍhyā（āḍhya 丰盛的，丰富的），复合词（阴单体），利箭射落的头颅是丰盛的果子。cyutaiḥ（cyuta 中复具）坠落。śirastraiḥ（śirastra 中复具）头盔。caṣaka（酒杯）-uttarā（uttara 充满的），复合词（阴单体），充满酒杯的。iva（不变词）仿佛。raṇa（战斗）-kṣitiḥ（kṣiti 大地），复合词（阴单体），战场。śoṇita（血）-madya（酒）-kulyā（kulyā 溪流），复合词（阴单体），鲜血是流淌的酒。rarāja（√rāj 完成单三）发光，显得。mṛtyoḥ（mṛtyu 阳单属）死神。iva（不变词）仿佛。pāna（饮，喝）-bhūmiḥ（bhūmi 地面），复合词（阴单体），饮酒处。

उपान्तयोर्निष्कुषितं विहंगैराक्षिप्य तेभ्यः पिशितप्रियापि।
केयूरकोटिक्षततालुदेशा शिवा भुजच्छेदमपाचकार॥५०॥

一头豺狼从兀鹰们那里夺来
一只断臂，两端已被它们撕裂，
即使它喜欢食肉，不料上颚
被臂环顶端刺伤，只得放弃。（50）

upāntayoḥ（upānta 阳双依）边缘。niṣkuṣitam（niṣkuṣita 阳单业）撕裂的。vihaṃgaiḥ（vihaṃga 阳复具）鸟。ākṣipya（ā√kṣip 独立式）夺取。tebhyaḥ（tad 阳复从）这，指鸟。piśita（肉）-priyā（priya 喜爱），复合词（阴单体），喜爱食肉的。api（不变词）即使。keyūra（臂环）-koṭi（顶端）-kṣata（伤害）-tālu（上颚）-deśā（deśa 部位），复合词（阴单体），上颚被臂环顶端刺伤的。śivā（śivā 阴单体）豺。bhuja（手臂）-chedam（cheda 一段），复合词（阳单业），一段手臂。apācakāra（apa-ā√kṛ 完成单三）扔掉，抛弃。

कश्चिद्द्विषत्खड्गहृतोत्तमाङ्गः सद्यो विमानप्रभुतामुपेत्य।
वामाङ्गसंसक्तसुराङ्गनः स्वं नृत्यत्कबन्धं समरे ददर्श॥५१॥

有个战士被敌人的剑砍下
头颅，立即成为飞车的主人，
身体左边紧挨天女，而看见
自己的躯干在战场上舞动。①（51）

kaḥ-cit（kim-cit 阳单体）有人，某人。dviṣat（敌人）-khaḍga（剑）-hṛta（夺走）-uttama（最好的）-aṅgaḥ（aṅga 肢体），复合词（阳单体），被敌人的剑砍下脑袋的。

① “成为飞车的主人”意谓作为刹帝利武士，战死疆场后，乘坐飞车升天。而在飞车上，他看见自己在人间战场上，虽然头颅已被砍掉，剩下的躯干还在舞动。

sadyas（不变词）立即。vimāna（天车）-prabhu（主人）-tām（tā 性质），复合词（阴单业），天车的主人。upetya（upa√i 独立式）到达，成为。vāma（左边的）-aṅga（身体）-saṃsakta（紧挨着）-surāṅganaḥ（surāṅganā 天女），复合词（阳单体），身体左边紧挨着天女的。svam（sva 阳单业）自己的。nṛtyat（√nṛt 现分，舞动）-kabandham（kabandha 无头的躯干），复合词（阳单业），舞动的躯干。samare（samara 阳单依）战斗。dadarśa（√dṛś 完成单三）看见。

अन्योन्यसूतोन्मथनादभूतां तावेव सूतौ रथिनौ च कौचित्।
व्यश्वौ गदाव्यायतसंप्रहारौ भग्नायुधौ बाहुविमर्दनिष्ठौ ॥५२॥

两个车兵互相杀死对方的
车夫，他俩自己成为车夫，
失去马匹，继续用铁杵战斗，
铁杵破碎，徒手战斗至死。（52）

anyonya（互相的）-sūta（御者，车夫）-unmathanāt（unmathana 杀死），复合词（中单从），互相杀死车夫。abhūtām（√bhū 不定双三）成为。tāu（tad 阳双体）这，指车兵。eva（不变词）确实。sūtau（sūta 阳双体）车夫。rathinau（rathin 阳双体）车兵。ca（不变词）和。kau-cit（kim-cit 阳双体）某人，有人。vyaśvau（vyaśva 阳双体）失去马的。gadā（铁杵）-vyāyata（延长）-saṃprahārau（saṃprahāra 互相打击，战斗），复合词（阳双体），继续用铁杵战斗的。bhagna（破碎）-āyudhau（āyudha 武器），复合词（阳双体），武器破碎的。bāhu（手臂）-vimarda（战斗，毁灭）-niṣṭhau（niṣṭhā 终结，结局），复合词（阳双体），徒手战斗到死的。

परस्परेण क्षतयोः प्रहर्त्रोरुत्क्रान्तवाय्वोः समकालमेव।
अमर्त्यभावेऽपि कयोश्चिदासीदेकाप्सरःप्रार्थितयोर्विवादः ॥५३॥

两个战斗者互相杀害，
同时停止呼吸，即使
进入天国，仍为喜欢
同一个天女发生争执。①（53）

parasapareṇa（不变词）互相。kṣatayoḥ（kṣata 阳双属）伤害。prahartroḥ（prahartṛ 阳双属）战士。utkrānta（离开）-vāyvoḥ（vāyu 气息），复合词（阳双属），气息离开的，停止呼吸的。samakālam（不变词）同时。eva（不变词）确实。amartya（天神）-

① 这最后一句按原文直译是“他俩被同一个天女追求而发生争执”。通常的情况是一个刹帝利武士战死后，会有一个天女选择他，而现在两个战斗者同时战死，某位天女一时不知选择哪个。而他俩都渴望获得这位天女，由此引起争执。这里依据原文的意思，采用变通的译法。

bhāve（bhāva 状态），复合词（阳单依），成为天神。api（不变词）即使。kayoḥ-cit（kim-cit 阳双属）某人，有人。āsīt（√as 未完单三）是。eka（一个）-apsaras（天女）-prārthitayoḥ（prārthita 追求），复合词（阳双属），被一个天女追求的。vivādaḥ（vivāda 阳单体）争吵，争执。

व्यूहावुभौ तावितरेतरस्माद्भङ्गं जयं चापतुरव्यवस्थम्।
पश्चात्पुरोमारुतयोः प्रवृद्धौ पर्यायवृत्त्येव महार्णवोर्मी॥५४॥

双方阵营互相在失败和
胜利两者之间摇摆不定，
犹如大海的两种波涛，
随着前后的风交替增长。（54）

vyūhau（vyūha 阳双体）阵容，阵营。ubhau（ubha 阳双体）二者。tāu（tad 阳双体）这，指二者。itaretarasmāt（不变词）依次地，交替地。bhaṅgam（bhaṅga 阳单业）失败。jayam（jaya 阳单业）胜利。ca（不变词）和。āpatuḥ（√āp 完成双三）达到。avyavastham（avyavastha 阳单业）摇摆不定的。paścāt（不变词）后面。puras（不变词）前面。mārutayoḥ（māruta 阳双属）风。pravṛddhau（pravṛddha 阳双体）增长。paryāya（轮流）-vṛttyā（vṛtti 活动），复合词（阴单具），轮流活动。iva（不变词）犹如。mahā（大的）-arṇava（海）-ūrmī（ūrmi 波浪），复合词（阳双体），大海的波浪。

परेण भग्नेऽपि बले महौजा ययावजः प्रत्यरिसैन्यमेव।
धूमो निवर्त्येत समीरणेन यतस्तु कक्षस्तत एव वह्निः॥५५॥

即使军队被敌人击溃，具有
大威力的阿迦依然冲向敌军，
因为即使烟雾会被风驱散，
而火总会出现在有干草处。（55）

pareṇa（para 阳单具）敌人。bhagne（bhagna 中单依）溃败。api（不变词）即使。bale（bala 中单依）军队。mahā（大）-ojāḥ（ojas 威力，光辉），复合词（阳单体），大威力的，大勇士。yayau（√yā 完成单三）前往。ajaḥ（aja 阳单体）阿迦。prati（不变词）朝向。ari（敌人）-sainyam（sainya 军队），复合词（中单业），敌军。eva（不变词）仍然。dhūmaḥ（dhūma 阳单体）烟雾。nivartyeta（ni√vṛt 被动，虚拟单三）返回，驱散。samīraṇena（samīraṇa 阳单具）风。yatas（不变词）那里。tu（不变词）但是。kakṣaḥ（kakṣa 阳单体）干草。tatas（不变词）这里。eva（不变词）确实。vahniḥ（vahni 阳单体）火。

रथी निषङ्गी कवची धनुष्मान्दृप्तः स राजन्यकमेकवीरः।
निवारयामास महावराहः कल्पक्षयोद्वृत्तमिवार्णवाम्भः॥५६॥

这位无与伦比的英雄，身披铠甲，
携带弓和箭囊，高傲地驾着战车，
驱赶成群的国王们，犹如大野猪[①]
阻挡劫末世界毁灭时泛滥的海水。（56）

rathī（rathin 阳单体）驾车的。niṣaṅgī（niṣaṅgin 阳单体）携带箭囊的。kavacī（kavacin 阳单体）穿铠甲的。dhanuṣmān（dhanuṣmat 阳单体）持弓的。dṛptaḥ（dṛpta 阳单体）高傲的。saḥ（tad 阳单体）这，指这位英雄。rājanyakam（rājanyaka 中单业）成群的刹帝利国王。eka（唯一的）-vīraḥ（vīra 英雄），复合词（阳单体），无与伦比的英雄。nivārayāmāsa（ni√vṛ 致使，完成单三）阻挡。mahā（大）-varāhaḥ（varāha 野猪），复合词（阳单体），大野猪。kalpa（劫）-kṣaya（毁灭）-udvṛttam（udvṛtta 涌起的），复合词（中单业），劫末世界毁灭时泛滥的。iva（不变词）犹如。arṇava（大海）-ambhaḥ（ambhas 水），复合词（中单业），海水。

स दक्षिणं तूणमुखेन वामं व्यापारयन्हस्तमलक्ष्यताजौ।
आकर्णकृष्टा सकृदस्य योद्धुर्मौर्वीव बाणान्सुषुवे रिपुघ्नान्॥५७॥

在战斗中，能看到他优美地
将右手伸向箭囊口，而这位
战斗者一旦将弓弦拉至耳边，
弓弦仿佛立即产生杀敌的箭。（57）

saḥ（tad 阳单体）这，指阿迦。dakṣiṇam（dakṣiṇa 阳单业）右边。tūṇa（箭囊）-mukhena（mukha 口），复合词（中单具），箭囊口。vāmam（不变词）优美地。vyāpārayan（vi-ā√pṛ 致使，现分，阳单体）安放。hastam（hasta 阳单业）手。alakṣyata（√lakṣ 被动，未完单三）看到。ājau（āji 阳单依）战斗。ā（直至）-karṇa（耳朵）-kṛṣṭā（kṛṣṭa 拉，拽），复合词（阴单体），拉至耳边的。sakṛt（不变词）立刻。asya（idam 阳单属）这，指战斗者。yoddhuḥ（yoddhṛ 阳单属）战斗者。maurvī（maurvī 阴单体）弓弦。iva（不变词）好像。bāṇān（bāṇa 阳复业）箭。suṣuve（√sū 完成单三）产生。ripu（敌人）-ghnān（ghna 杀死），复合词（阳复业），杀死敌人的。

स रोषदष्टाधिकलोहितोष्ठैर्व्यक्तोर्ध्वरेखा भ्रुकुटीर्वहद्भिः।
तस्तार गां भल्लनिकृत्तकण्ठैर्हुंकारगर्भैर्द्विषतां शिरोभिः॥५८॥

① “大野猪”是毗湿奴的化身之一。

他用月牙箭射断敌人脖子，
那些头颅遍布大地，眉毛
向上紧皱，因愤怒而咬牙，
嘴唇深红，嘴中发出呼声。(58)

saḥ（tad 阳单体）这，指阿迦。roṣa（愤怒）-daṣṭa（咬）-adhika（更加的）-lohita（红色的）-oṣṭhaiḥ（oṣṭha 嘴唇），复合词（中复具），因愤怒而咬牙使得嘴唇更红的。vyakta（显示）-ūrdhva（向上的）-rekhāḥ（rekhā 条纹），复合词（阴复业），显示条纹向上的。bhrukuṭīḥ（bhrukuṭī 阴复业）皱眉。vahadbhiḥ（√vah 现分，中复具）具有。tastāra（√stṛ 完成单三）遍布，散布。gām（go 阴单业）大地。bhalla（月牙箭）-nikṛtta（砍下）-kaṇṭhaiḥ（kaṇṭha 脖子），复合词（中复具），月牙箭砍下脖子的。huṃkāra（呼声）-garbhaiḥ（garbha 内部），复合词（中复具），嘴中发出呼声的。dviṣatām（dviṣat 阳复属）敌人。śirobhiḥ（śiras 中复具）头。

सर्वैर्बलाङ्गैर्द्विरदप्रधानैः सर्वायुधैः कङ्कटभेदिभिश्च।
सर्वप्रयत्नेन च भूमिपालास्तस्मिन्प्रजह्रुर्युधि सर्व एव॥५९॥

使用以象兵为首的所有兵种，
使用一切能穿透铠甲的兵器，
所有的国王竭尽一切的努力，
在战斗中，一齐围攻打击他。(59)

sarvaiḥ（sarva 中复具）一切的。bala（军队）-aṅgaiḥ（aṅga 分支），复合词（中复具），军队的分支，兵种。dvirada（大象）-pradhānaiḥ（pradhāna 为首的），复合词（中复具），以象兵为首的。sarva（一切）-āyudhaiḥ（āyudha 武器），复合词（阳复具），一切武器。kaṅkaṭa（铠甲）-bhedibhiḥ（bhedin 刺穿），复合词（阳复具），能穿透铠甲的。ca（不变词）和。sarva（一切）-prayatnena（prayatna 努力），复合词（阳单具），竭尽一切努力。ca（不变词）和。bhūmi（大地）-pālāḥ（pāla 保护者），复合词（阳复体），大地保护者，国王。tasmin（tad 阳单依）这，指阿迦。prajahruḥ（pra√hṛ 完成复三）打击。yudhi（yudh 阴单依）战斗。sarve（sarva 阳复体）所有的。eva（不变词）确实。

सोऽस्त्रव्रजैश्छन्नरथः परेषां ध्वजाग्रमात्रेण बभूव लक्ष्यः।
नीहारमग्नो दिनपूर्वभागः किंचित्प्रकाशेन विवस्वतेव॥६०॥

敌人大量的箭覆盖他的战车，
仅靠旗帜顶端得知他的所在，

犹如清晨笼罩在浓雾之中，
仅靠微微发亮的太阳察觉。（60）

saḥ（tad 阳单体）这，指阿迦。astra（箭）-vrajaiḥ（vraja 大量），复合词（阳复具），大量的箭。channa（覆盖）-rathaḥ（ratha 车），复合词（阳单体），覆盖战车的。pareṣām（para 阳复属）敌人。dhvaja（旗帜）-agra（顶端）-mātreṇa（mātra 仅仅），复合词（中单具），仅有旗帜顶端。babhūva（√bhū 完成单三）成为。lakṣyaḥ（lakṣya 阳单体）可感知的。nīhāra（大雾）-magnaḥ（magna 沉入），复合词（阳单体），笼罩在大雾中的。dina（白天）-pūrva（前面的）-bhāgaḥ（bhāga 部分），复合词（阳单体），清晨，早晨。kiṃcit（微微）-prakāśena（prakāśa 光芒），复合词（阳单具），微微发光的。vivasvatā（vivasvat 阳单具）太阳。iva（不变词）犹如。

प्रियंवदात्प्राप्तमसौ कुमारः प्रायुङ्क्त राजस्वधिराजसूनुः।
गान्धर्वमस्त्रं कुसुमास्त्रकान्तः प्रस्वापनं स्वप्ननिवृत्तलौल्यः॥६१॥

这王子是帝王之子，可爱如同
爱神，始终保持着清醒，这时
向那些国王掷出妙语送给他的、
有催眠作用的那枚健达缚神镖。①（61）

priyaṃvadāt（priyaṃvada 阳单从）妙语。prāptam（prāpta 中单业）得到的。asau（idam 阳单体）这，指王子。kumāraḥ（kumāra 阳单体）王子。prāyuṅkta（pra√yuj 未完单三）使用。rājasu（rājan 阳复依）国王。adhirāja（大王）-sūnuḥ（sūnu 儿子），复合词（阳单体），帝王之子。gāndharvam（gāndharva 中单业）健达缚的。astram（astra 中单业）飞镖。kusuma（花）-astra（武器）-kāntaḥ（kānta 可爱），复合词（阳单体），可爱如同爱神的。prasvāpanam（prasvāpana 中单业）催眠的。svapna（睡眠）-nivṛtta（停止）-laulyaḥ（laulya 贪恋），复合词（阳单体），不贪恋睡眠的，保持清醒的。

ततो धनुष्कर्षणमूढहस्तमेकांसपर्यस्तशिरस्त्रजालम्।
तस्थौ ध्वजस्तम्भनिषण्णदेहं निद्राविधेयं नरदेवसैन्यम्॥६२॥

国王军队受睡眠控制，
手臂瘫软，无力挽弓，
头盔滑向一边的肩膀，
身体斜靠在旗杆上。（62）

tatas（不变词）然后。dhanus（弓）-karṣaṇa（拽拉）-mūḍha（迷乱，瘫软）-hastam

① 参阅第五章第 57 颂。

（hasta 手），复合词（中单体），手臂瘫软无力挽弓的。eka（一边）-aṃsa（肩膀）-paryasta（侧倒）-śirastra（头盔）-jālam（jāla 大量），复合词（中单体），大量头盔倒向一边肩膀的。tasthau（√sthā 完成单三）停留，处于。dhvaja（旗帜）-stambha（柱子）-niṣaṇṇa（依靠）-deham（deha 身体），复合词（中单体），身体斜靠在旗杆上的。nidrā（睡眠）-vidheyam（vidheya 受控制的），复合词（中单体），受睡眠控制的。naradeva（国王）-sainyam（sainya 军队），复合词（中单体），国王的军队。

ततः प्रियोपात्तरसेऽधरोष्ठे निवेश्य दध्मौ जलजं कुमारः।
येन स्वहस्तार्जितमेकवीरः पिबन्यशो मूर्तमिवाबभासे॥ ६३॥

然后，王子将螺号放在爱妻
已经尝过滋味的下嘴唇上，
这唯一英雄吹响螺号，仿佛
饮用亲手赢得的有形的荣誉。[①]（63）

tatas（不变词）然后。priyā（爱妻）-upātta（获得）-rase（rasa 味），复合词（阳单依），爱妻已尝过滋味的。adhara（下嘴唇）-oṣṭhe（oṣṭha 嘴唇），复合词（阳单依），下嘴唇。niveśya（ni√viś 致使，独立式）安放。dadhmau（√dhmā 完成单三）吹响。jalajam（jalaja 阳单业）螺号。kumāraḥ（kumāra 阳单体）王子。yena（yad 阳单具）这，指下嘴唇。sva（自己的）-hasta（手）-arjitam（arjita 获得），复合词（中单业），亲手获得的。eka（唯一的）-vīraḥ（vīra 英雄），复合词（阳单体），唯一的英雄。piban（√pā 现分，阳单体）饮用。yaśaḥ（yaśas 中单业）名誉，名声。mūrtam（mūrta 中单业）有形体的。iva（不变词）犹如。ābabhāse（ā√bhās 完成单三）显得。

शङ्खस्वनाभिज्ञतया निवृत्तास्तं सन्नशत्रुं ददृशुः स्वयोधाः।
निमीलितानामिव पङ्कजानां मध्ये स्फुरन्तं प्रतिमाशशाङ्कम्॥ ६४॥

他的士兵听出螺号的声音，
回到他那里，看见敌人倒下，
王子犹如闪动的月亮影像，
处在闭目入睡的莲花丛中。（64）

śaṅkha（螺号）-svana（声音）-abhijña（知道）-tayā（tā 性质），复合词（阴单具），知道螺号声音。nivṛttāḥ（nivṛtta 阳复体）返回。tam（tad 阳单业）这，指阿迦。sanna（坐下，倒下）-śatrum（śatru 敌人），复合词（阳单业），敌人倒下的。dadṛśuḥ（√dṛś 完成复三）看到。sva（自己的）-yodhāḥ（yodha 战士），复合词（阳复体），自己的

① 这里以螺号比喻荣誉，因为两者都呈现白色。

战士。nimīlitānām（nimīlita 中复属）闭眼。iva（不变词）犹如。paṅkajānām（paṅkaja 中复属）莲花。madhye（madhya 中单依）中间。sphurantam（√sphur 现分，阳单业）颤动，闪动。pratimā（映像）-śaśāṅkam（śaśāṅka 月亮），复合词（阳单业），月亮映像，月亮影像。

सशोणितैस्तेन शिलीमुखाग्रैर्निक्षेपिताः केतुषु पार्थिवानाम्।
यशो हृतं संप्रति राघवेण न जीवितं वः कृपयेति वर्णाः॥ ६५॥

然后，在那些国王的旗帜上，
他用沾血的箭头写下这些字：
“罗怙之子取走你们的声誉，
出于怜悯，留下你们的性命！”（65）

sa（有）-śoṇitaiḥ（śoṇita 血），复合词（中复具），带血的，沾血的。tena（tad 阳单具）这，指罗怙之子。śilīmukha（箭）-agraiḥ（agra 顶端），复合词（中复具），箭头。nikṣepitāḥ（nikṣepita 阳复体）写下。ketuṣu（ketu 阳复依）旗帜。pārthivānām（pārthiva 阳复属）国王。yaśaḥ（yaśas 中单体）名誉。hṛtam（hṛta 中单体）夺走。saṃprati（不变词）现在。rāghaveṇa（rāghava 阳单具）罗怙之子。na（不变词）不。jīvitam（jīvita 中单体）生命。vaḥ（yuṣmad 复属）你们。kṛpayā（kṛpā 阴单具）怜悯。iti（不变词）这样（写）。varṇāḥ（varṇa 阳复体）字母。

स चापकोटीनिहितैकबाहुः शिरस्त्रनिष्कर्षणभिन्नमौलिः।
ललाटबद्धश्रमवारिबिन्दुर्भीतां प्रियामेत्य वचो बभाषे॥ ६६॥

一只手臂搁在弓的顶端，
他卸下头盔，发髻散开，
额头上挂着疲倦的汗珠，
走近忧惧的爱妻，说道：（66）

saḥ（tad 阳单体）这，指阿迦。cāpa（弓）-koṭī（顶端）-nihita（安放）-eka（一个）-bāhuḥ（bāhu 手臂），复合词（阳单体），一只手臂搁在弓的顶端的。śirastra（头盔）-niṣkarṣaṇa（取下）-bhinna（散开）-mauliḥ（mauli 顶髻），复合词（阳单体），卸下头盔而发髻散开的。lalāṭa（额头）-baddha（联系）-śrama（疲倦）-vāri（水）-binduḥ（bindu 滴），复合词（阳单体），额头上挂着疲倦的汗珠的。bhītām（bhīta 阴单业）恐惧。priyām（priyā 阴单业）爱人，爱妻。etya（ā√i 独立式）走向，来到。vacaḥ（vacas 中单业）言语。babhāṣe（√bhāṣ 完成单三）说。

इतः परानर्भकहार्यशस्त्रान्वैदर्भि पश्यानुमता मयासि।

एवंविधेनाहवचेष्टितेन त्वं प्रार्थ्यसे हस्तगता ममैभिः ॥ ६७ ॥

"毗达尔跋公主啊，我同意你[①]，
请看这些敌人，儿童也能夺走
他们的武器[②]，为了从我的手中
追求你，采取这种战斗方式。"（67）

itas（不变词）这里。parān（para 阳复业）敌人。arbhaka（儿童）-hārya（夺走）-śastrān（śastra 武器），复合词（阳复业），儿童可夺走武器的。vaidarbhi（vaidarbhī 阴单呼）毗达尔跋公主。paśya（√dṛś 命令单二）看。anumatā（anumata 阴单体）允许。mayā（mad 单具）我。asi（√as 现在单二）是。evaṃvidhena（evaṃvidha 中单具）这样的。āhava（战斗）-ceṣṭitena（ceṣṭita 行为），复合词（中单具），战斗的行为。tvam（tvad 单体）你。prārthyase（pra√arth 被动，现在单二）追求，渴求。hasta（手）-gatā（gata 位于），复合词（阴单体），在手中的。mama（mad 单属）我。ebhiḥ（idam 阳复具）这个，指敌人们。

तस्याः प्रतिद्वन्द्विभवाद्विषादात्सद्यो विमुक्तं मुखमाबभासे।
निःश्वासबाष्पापगमात्प्रपन्नः प्रसादमात्मीयमिवात्मदर्शः ॥ ६८ ॥

她的脸庞顿时摆脱由敌人
引起的忧虑，焕发光彩，
犹如镜子擦去呼吸留下的
气雾，恢复自己的明净。（68）

tasyāḥ（tad 阴单属）这，指公主。pratidvandvi（pratidvandvin 敌人）-bhavāt（bhava 产生），复合词（阳单从），由敌人引起的。viṣādāt（viṣāda 阳单从）沮丧，忧虑。sadyas（不变词）立即。vimuktam（vimukta 中单体）摆脱。mukham（mukha 中单体）脸。ābabhāse（ā√bhās 完成单三）闪光。niḥśvāsa（呼吸）-bāṣpa（雾气）-apagamāt（apagama 离开），复合词（阳单从），呼吸留下的雾气消失。prapannaḥ（prapanna 阳单体）达到。prasādam（prasāda 阳单业）明净。ātmīyam（ātmīya 阳单业）自己的。iva（不变词）犹如。ātma（ātman 自己）-darśaḥ（darśa 看见），复合词（阳单体），镜子。

हृष्टापि सा ह्रीविजिता न साक्षाद्वाग्भिः सखीनां प्रियमभ्यनन्दत्।
स्थली नवाम्भःपृषताभिवृष्टा मयूरकेकाभिरिवाभ्रवृन्दम् ॥ ६९ ॥

即使心中喜悦，但她碍于羞涩，

① 按照习俗，妻子不能随意观看其他男子，因此，这里王子特地表示同意公主观看这些敌人。
② 这句意谓这些敌人都已陷入昏睡。

不能亲自，而是借女友们之口
赞扬丈夫，犹如旱地降下新雨，
借孔雀的鸣声赞扬密集的乌云。（69）

hṛṣṭā（hṛṣṭa 阴单体）喜悦的。api（不变词）即使。sā（tad 阴单体）这，指公主。hrī（羞涩）-vijitā（vijita 征服），复合词（阴单体），受制于羞涩的。na（不变词）不。sākṣāt（不变词）亲自地。vāgbhiḥ（vāc 阴复具）话语。sakhīnām（sakhī 阴复属）女友。priyam（priya 阳单业）爱人。abhyanandat（abhi√nand 未完单三）欢迎，赞扬。sthalī（sthalī 阴单体）旱地。nava（新的）-ambhas（水）-pṛṣata（水滴）-abhivṛṣṭā（abhivṛṣṭa 下雨），复合词（阴单体），降下新雨的。mayūra（孔雀）-kekābhiḥ（kekā 鸣声），复合词（阴复具），孔雀的鸣声。iva（不变词）犹如。abhra（云）-vṛndam（vṛnda 成群），复合词（中单业），密集的乌云。

इति शिरसि स वामं पादमाधाय राज्ञा-
मुदवहदनवद्यां तामवद्यादपेतः।
रथतुरगरजोभिस्तस्य रूक्षालकाग्रा
समरविजयलक्ष्मीः सैव मूर्ता बभूव॥ ७०॥

这样，他用左脚踩在国王们的头上，
无可指责地带走无可指责的公主，
他的车马扬起的尘土沾满她的发梢，
她仿佛成为战斗中胜利女神的化身。（70）

iti（不变词）这样。śirasi（śiras 中单依）头。saḥ（tad 阳单体）这，指阿迦。vāmam（vāma 阳单业）左边的。pādam（pāda 阳单业）脚。ādhāya（ā√dhā 独立式）安放。rājñām（rājan 阳复属）国王。udavahat（ud√vah 未完单三）带走。anavadyām（anavadya 阴单业）无可指责的。tām（tad 阴单业）这，指公主。avadyāt（avadya 中单从）指责。apetaḥ（apeta 阳单体）离开的，不具有的。ratha（车）-turaga（马）-rajobhiḥ（rajas 灰尘，尘土），复合词（中复具），车马扬起的尘土。tasya（tad 阳单属）这，指阿迦。rūkṣa（弄脏的）-alaka（头发）-agrā（agra 顶端），复合词（阴单体），发梢弄脏的。samara（战斗）-vijaya（胜利）-lakṣmīḥ（lakṣmī 吉祥女神），复合词（阴单体），战斗中的胜利女神。sā（tad 阴单体）这，指公主。eva（不变词）确实。mūrtā（mūrta 阴单体）有形的。babhūva（√bhū 完成单三）成为。

प्रथमपरिगतार्थस्तं रघुः संनिवृत्तं
विजयिनमभिनन्द्य श्लाघ्यजायासमेतम्।

तदुपहितकुटुम्बः शान्तिमार्गोत्सुकोऽभू-
न्न हि सति कुलधुर्ये सूर्यवंश्या गृहाय॥७१॥

罗怙预先得知情况，欢迎阿迦带着
可爱的妻子凯旋而归，他渴望平静，
将家务移交阿迦，一旦有人能担起
家族职责，太阳族国王不留恋家庭。（71）

prathama（之前的，预先的）-parigata（知道）-arthaḥ（artha 事情，情况），复合词（阳单体），预先知道情况的。tam（tad 阳单业）这，指阿迦。raghuḥ（raghu 阳单体）罗怙。saṃnivṛttam（saṃnivṛtta 阳单业）返回。vijayinam（vijayin 阳单业）胜利者。abhinandya（abhi√nand 独立式）欢迎。ślāghya（值得称赞的）-jāyā（妻子）-sametam（sameta 一同），复合词（阳单业），偕同值得称赞的妻子的。tad（这，指阿迦）-upahita（安放）-kuṭumbaḥ（kuṭumba 家庭责任），复合词（阳单体），把家务交给他的。śānti（平静，安静）-mārga（道路）-utsukaḥ（utsuka 渴望的），复合词（阳单体），渴望平静之路的。abhūt（√bhū 不定单三）成为。na（不变词）不。hi（不变词）因为。sati（√as 现分，阳单依）有。kula（家族）-dhurye（dhurya 承担职责者），复合词（阳单依），承担家族职责者。sūrya（太阳）-vaṃśyāḥ（vaṃśya 后代，家族成员），复合词（阳复体），太阳族的后裔。gṛhāya（gṛha 阳单为）家庭，家居。

अष्टमः सर्गः।

第八章

अथ तस्य विवाहकौतुकं ललितं बिभ्रत एव पार्थिवः।
वसुधामपि हस्तगामिनीमकरोदिन्दुमतीमिवापराम्॥ १॥

他还佩戴着优美可爱的
结婚圣线，国王就将大地
交到了他的手上，犹如
交给他另一个英杜摩蒂。[①]（1）

atha（不变词）然后。tasya（tad 阳单属）他，指阿迦。vivāha（结婚）-kautukam（kautuka 圣线），复合词（中单业），结婚圣线。lalitam（lalita 中单业）优美的，可爱的。bibhrataḥ（√bhṛ 现分，阳单属）佩戴。eva（不变词）还。pārthivaḥ（pārthiva 阳单体）国王。vasudhām（vasudhā 阴单业）大地。api（不变词）也。hasta（手）-gāminīm（gāmin 到达），复合词（阴单业），到达手上。akarot（√kṛ 未完单三）做。indumatīm（indumatī 阴单业）英杜摩蒂。iva（不变词）犹如。aparām（apara 阴单业）另一个。

दुरितैरपि कर्तुमात्मसात्प्रयतन्ते नृपसूनवो हि यत्।
तदुपस्थितमग्रहीदजः पितुराज्ञेति न भोगतृष्णया॥ २॥

通常，王子们为自己谋取王权，
甚至会使用种种卑劣的手段，
而阿迦是遵奉父命，接受来到
身边的王权，并不是贪图享受。（2）

duritaiḥ（durita 中复具）卑劣的手段，罪恶。api（不变词）甚至。kartum（√kṛ 不定式）做。ātmasāt（不变词）为自己。prayatante（pra√yat 现在复三）努力。nṛpa（国王）-sūnavaḥ（sūnu 儿子），复合词（阳复体），王子。hi（不变词）确实。yat（yad 中单业）它，指王权。tat（tad 中单业）它，指王权。upasthitam（upasthita 中单业）

---

① 这里讲述国王罗怙将王位交给儿子阿迦。“大地”是阴性名词，也可理解为“大地女神”，故而说犹如交给他另一个英杜摩蒂。

来到身边。agrahīt（√grah 不定单三）获得。ajaḥ（aja 阳单体）阿迦。pituḥ（pitṛ 阳单属）父亲。ājñā（ājñā 阴单体）命令。iti（不变词）这样（想）。na（不变词）不。bhoga（享受）-tṛṣṇayā（tṛṣṇā 贪图），复合词（阴单具），贪图享受。

अनुभूय वसिष्ठसंभृतैः सलिलैस्तेन सहाभिषेचनम्।
विशदोच्छ्वसितेन मेदिनी कथयामास कृतार्थतामिव॥३॥

大地与阿迦一起接受
极裕仙人用圣水灌顶；
它仿佛以冒出的洁白
雾气，表示心满意足。（3）

anubhūya（anu√bhū 独立式）体验，享受。vasiṣṭha（极裕仙人）-saṃbhṛtaiḥ（saṃbhṛta 收集），复合词（中复具），极裕仙人收集的。salilaiḥ（salila 中复具）水。tena（tad 阳单具）他，指阿迦。saha（不变词）一起。abhiṣecanam（abhiṣecana 中单业）灌顶。viśada（纯洁的，白的）-ucchvasitena（ucchvasita 气息），复合词（中单具），洁白的雾气。medinī（阴单体）大地。kathayāmāsa（√kath 完成单三）表明，诉说。kṛta（做）-arthatām（arthatā 目的，愿望），复合词（阴单业），达到目的，实现愿望。iva（不变词）仿佛。

स बभूव दुरासदः परैर्गुरुणाथर्वविदा कृतक्रियः।
पवनाग्निसमागमो ह्ययं सहितं ब्रह्म यदस्त्रतेजसा॥४॥

由通晓阿达婆吠陀的老师
举行仪式，他变得所向无敌，
因为梵[①]和武器的威力结合，
这就像烈火得到风力相助。（4）

saḥ（tad 阳单体）他。babhūva（√bhū 完成单三）成为，变得。durāsadaḥ（durāsada 阳单体）难以抵御的。paraiḥ（para 阳复具）敌人。guruṇā（guru 阳单具）老师。atharva（arthavan 阿达婆）-vidā（vid 通晓），复合词（阳单具），通晓阿达婆吠陀的。kṛta（做）-kriyaḥ（kriyā 仪式），复合词（阳单体），举行仪式。pavana（风）-agni（火）-samāgamaḥ（samāgama 结合），复合词（阳单体），风与火结合。hi（不变词）因为。ayam（idam 阳单体）这，指结合。sahitam（sahita 中单体）相伴，结合。brahma（brahman 中单体）梵。yat（yad 中单体）这，指结合。astra（武器）-tejasā（tejas 威力），复合词（中单具），武器的威力。

① 这里的“梵”指婆罗门和吠陀。

रघुमेव निवृत्तयौवनं तममन्यन्त नवेश्वरं प्रजाः।
स हि तस्य न केवलां श्रियं प्रतिपेदे सकलान्गुणानपि॥५॥

臣民们觉得这位新王
就是恢复青春的罗怙，
因为他不仅继承了王权，
也继承了罗怙所有品德。（5）

raghum（raghu 阳单业）罗怙。eva（不变词）就是。nivṛtta（恢复）-yauvanam（yauvana 青春），复合词（阳单业），恢复青春的。tam（tad 阳单业）他。amanyanta（√man 未完复三）认为。nava（新的）-īśvaram（īśvara 王），复合词（阳单业），新王。prajāḥ（prajā 阴复体）臣民。saḥ（tad 阳单体）他。hi（不变词）因为。tasya（tad 阳单属）他，指罗怙。na（不变词）不。kevalām（kevala 阴单业）唯独的，仅仅的。śriyam（śrī 阴单业）王权。pratipede（prati√pad 完成单三）获得。sakalān（sakala 阳复业）所有的。guṇān（guṇa 阳复业）品德。api（不变词）也。

अधिकं शुशुभे शुभंयुना द्वितयेन द्वयमेव सङ्गतम्।
पदमृद्धमजेन पैतृकं विनयेनास्य नवं च यौवनम्॥६॥

两者与另外吉祥的两者
结合，就会格外增添光辉，
父亲的繁荣富庶和阿迦，
阿迦的青春和品德修养。（6）

adhikam（不变词）更加。śuśubhe（√śubh 完成单三）光辉闪耀。śubhaṃyunā（śubhaṃyu 中单具）吉祥的，幸运的。dvitayena（dvitaya 中单具）两者。dvayam（dvaya 中单体）两者。eva（不变词）确实。saṅgatam（saṅgata 中单体）结合。padam（pada 中单体）地位，状况。ṛddham（ṛddha 中单体）繁荣的。ajena（aja 阳单具）阿迦。paitṛkam（paitṛka 中单体）父亲的。vinayena（vinaya 阳单具）修养。asya（idam 阳单属）他，指阿迦。navam（nava 中单体）新的。ca（不变词）和。yauvanam（yauvana 中单体）青春。

सदयं बुभुजे महाभुजः सहसोद्वेगमियं व्रजेदिति।
अचिरोपनतां स मेदिनीं नवपाणिग्रहणां वधूमिव॥७॥

这位大臂者仁慈温和地
享受新近归附他的大地，
如同刚刚牵手成亲的新娘，

唯恐行为粗鲁会吓坏她。（7）

sadayam（不变词）仁慈地，温和地。bubhuje（√bhuj 完成单三）享受。mahā（大的）-bhujaḥ（bhuja 手臂），复合词（阳单体），大臂者。sahasā（sahas 中单具）强力，粗暴。udvegam（udvega 阳单业）恐惧。iyam（idam 阴单体）她。vrajet（√vraj 虚拟单三）走向，陷入。iti（不变词）这样（想）。acira（不久，刚刚）-upanatām（upanata 归顺），复合词（阴单业），新近归附。saḥ（tad 阳单体）他。medinīm（medinī 阴单业）大地。nava（新的）-pāṇi（手）-grahaṇām（grahaṇa 牵），复合词（阴单业），刚刚牵手成亲的。vadhūm（vadhū 阴单业）新娘。iva（不变词）如同。

अहमेव मतो महीपतेरिति सर्वः प्रकृतिष्वचिन्तयत्।
उदधेरिव निम्नगाशतेष्वभवन्नास्य विमानना क्वचित्॥८॥

臣民中人人都这样想：
“我受到大地之主尊重。”
因为他从不蔑视任何人，
犹如大海对待所有河流。（8）

aham（mad 单体）我。eva（不变词）确实。mataḥ（mata 阳单体）尊重。mahī（大地）-pateḥ（pati 主人），复合词（阳单属），大地之主。iti（不变词）这样（想）。sarvaḥ（sarva 阳单体）所有，人人。prakṛtiṣu（prakṛti 阴复依）臣民。acintayat（√cint 未完单三）想，认为。udadheḥ（udadhi 阳单属）大海。iva（不变词）犹如。nimnagā（河流）-śateṣu（śata 一百），复合词（中复依），数以百计的河流。abhavat（√bhū 未完单三）有。na（不变词）不。asya（idam 阳单属）他，指阿迦。vimānanā（vimānanā 阴单体）蔑视，不尊重。kvacit（不变词）某处。

न खरो न च भूयसा मृदुः पवमानः पृथिवीरुहानिव।
स पुरस्कृतमध्यमक्रमो नमयामास नृपाननुद्धरन्॥९॥

不过于严厉，也不过于温柔，
采取中道，降伏其他的国王，
而不彻底毁灭他们，犹如风，
吹弯树木，而不连根拔起。（9）

na（不变词）不。kharaḥ（khara 阳单体）严厉的。na（不变词）不。ca（不变词）和。bhūyasā（不变词）过分地。mṛduḥ（mṛdu 阳单体）温柔的。pavamānaḥ（pavamāna 阳单体）风。pṛthivī（大地）-ruhān（ruha 生长），复合词（阳复业），树。iva（不变词）犹如。saḥ（tad 阳单体）他。puraskṛta（尊重，采取）-madhyama（中间的）-kramaḥ （krama 方式，路线），复合词（阳单体），采取中道。namayāmāsa（√nam 致使，完成单三）弯曲，降伏。nṛpān（nṛpa 阳复业）国王。anuddharan（an-ud√hṛ 现分，阳单体）不拔起，不毁灭。

अथ वीक्ष्य रघुः प्रतिष्ठितं प्रकृतिष्वात्मजमात्मवत्तया।
विषयेषु विनाशधर्मसु त्रिदिवस्थेष्वपि निःस्पृहोऽभवत्॥ १०॥

罗怙看到儿子凭借自制力，
已经在臣民中确立了威信，
他不再贪求注定会毁灭的
感官对象，即使是升入天国。[①]（10）

atha（不变词）然后。vīkṣya（vi√īkṣ 独立式）看到。raghuḥ（raghu 阳单体）罗怙。pratiṣṭhitam（pratiṣṭhita 阳单业）站住脚，确立。prakṛtiṣu（prakṛti 阳复依）臣民。ātmajam（ātmaja 阳单业）儿子。ātmavattayā（ātmavattā 阴单具）自制力。viṣayeṣu（viṣaya 阳复依）感官对象。vināśa（毁灭）-dharmasu（dharman 性质），复合词（阳复依），注定要毁灭的。tridiva（天国）-stheṣu（stha 处于），复合词（阳复依），处于天国。api（不变词）即使。niḥspṛhaḥ（niḥspṛha 阳单体）不贪求。abhavat（√bhū 未完单三）变得。

गुणवत्सुतरोपितश्रियः परिणामे हि दिलीपवंशजाः।
पदवीं तरुवल्कवाससां प्रयताः संयमिनां प्रपेदिरे॥ ११॥

迪利波家族的人到了老年，
都把王权交给具备品德的
儿子，控制自我，走上身披
树皮衣的、苦行者的道路。（11）

guṇavat（具备品德的）-suta（儿子）-ropita（交给，托付）-śriyaḥ（śrī 王权），复合词（阳复体），把王权交给具备品德的儿子。pariṇāme（pariṇāma 阳单依）成熟，年老。hi（不变词）因为。dilīpa（迪利波）-vaṃśa（家族）-jāḥ（ja 出生），复合词（阳复体），迪利波家族出生的。padavīm（padavī 阴单业）道路。taru（树）-valka（树皮）-vāsasām（vāsas 衣），复合词（阳复属），身披树皮衣的。prayatāḥ（prayata 阳复体）控制自我。saṃyaminām（saṃyamin 阳复属）苦行者。prapedire（pra√pad 完成复三）走上。

① 按照印度古代观念，宇宙处在创造、维持和毁灭的反复循环中，因此，天国也不是永恒的事物，同样会毁灭。

तमरण्यसमाश्रयोन्मुखं शिरसा वेष्टनशोभिना सुतः।
पितरं प्रणिपत्य पादयोरपरित्यागमयाचतात्मनः॥१२॥

正当他准备前往森林，
儿子用顶冠优美的头，
拜倒在父亲的双脚下，
祈求他不要抛弃自己。（12）

tam（tad 阳单业）他，指罗怙。araṇya（森林）-samāśraya（住处）-unmukham（unmukha 朝向，准备），复合词（阳单业），准备前往森林居住。śirasā（śiras 中单具）头。veṣṭana（顶冠）-śobhinā（śobhin 优美的），复合词（中单具），顶冠优美的。sutaḥ（suta 阳单体）儿子。pitaram（pitṛ 阳单业）父亲。praṇipatya（pra-ni√pat 独立式）拜倒。pādayoḥ（pāda 阳双依）脚。aparityāgam（aparityāga 阳单业）不抛弃。ayācata（√yāc 未完单三）乞求。ātmanaḥ（ātman 阳单属）自己。

रघुरश्रुमुखस्य तस्य तत्कृतवानीप्सितमात्मजप्रियः।
न तु सर्प इव त्वचं पुनः प्रतिपेदे व्यपवर्जितां श्रियम्॥१३॥

罗怙热爱自己儿子，满足
泪流满面的儿子这个愿望，
但不再接受放弃的王权，
犹如蛇不再接受蜕下的皮。（13）

raghuḥ（raghu 阳单体）罗怙。aśru（眼泪）-mukhasya（mukha 脸），复合词（阳单属），泪流满面的。tasya（tad 阳单属）他，指阿迦。tat（tad 中单业）这个。kṛtavān（kṛtavat 阳单体）完成，满足。īpsitam（īpsita 中单业）愿望。ātmaja（儿子）-priyaḥ（priya 喜爱），复合词（阳单体），热爱儿子。na（不变词）不。tu（不变词）但是。sarpaḥ（sarpa 阳单体）蛇。iva（不变词）犹如。tvacam（tvac 阴单业）皮。punar（不变词）再。pratipede（prati√pad 完成单三）走向，接受。vyapavarjitām（vyapavarjita 阴单业）放弃。śriyam（śrī 阴单业）王权。

स किलाश्रममन्त्यमाश्रितो निवसन्नावसथे पुराद्बहिः।
समुपास्यत पुत्रभोग्यया स्नुषयेवाविकृतेन्द्रियः श्रिया॥१४॥

这样，在人生的最后阶段[①]，
他居住在城外的一个地方，
控制感官，得到儿子享有的

① 按照婆罗门教，人生分成了四个阶段：梵行期、家居期、林居期和遁世期。

王权照顾，犹如受儿媳侍奉。（14）

sa（tad 阳单体）他，指罗怙。kila（不变词）据说。āśramam（āśrama 阳单业）人生阶段。antyam（antya 阳单业）最后的。āśritaḥ（āśrita 阳单体）处于。nivasan（ni√vas 现分，阳单体）居住。āvasathe（āvasatha 阳单依）住处。purāt（pura 中单从）城。bahis（不变词）外面。samupāsyata（sam-upa√ās 未完，被动，现在单三）侍奉，照顾。putra（儿子）-bhogyayā（bhogya 享有的），复合词（阴单具），儿子享有的。snuṣayā（snuṣā 阴单具）儿媳。iva（不变词）犹如。avikṛta（不变化）-indriyaḥ（indriya 感官），复合词（阳单体），控制感官。śriyā（śrī 阴单具）王权。

प्रशमस्थितपूर्वपार्थिवं कुलमभ्युद्यतनूतनेश्वरम्।
नभसा निभृतेन्दुना तुलामुदितार्केण समारुरोह तत्॥ १५॥

老国王安于寂静，
而新国王朝气蓬勃，
这个家族如同天空，
月亮沉寂，太阳升起。（15）

praśama（寂静）-sthita（处在）-pūrva（以前的，老的）-pārthivam（pārthiva 国王），复合词（中单体），老国王安于寂静。kulam（kula 中单体）家族。abhyudyata（兴起）-nūtana（新的）-īśvaram（īśvara 王），复合词（中单体），新王兴起。nabhasā（nabhas 中单具）天空。nibhṛta（隐藏，沉寂）-indunā（indu 月亮），复合词（中单具），月亮沉寂。tulām（tulā 阴单业）相像。udita（升起）-arkeṇa（arka 太阳），复合词（中单具），太阳升起。samāruroha（sam-ā√ruh 完成单三）达到。tat（tad 中单体）它，指家族。

यतिपार्थिवलिङ्गधारिणौ ददृशाते रघुराघवौ जनैः।
अपवर्गमहोदयार्थयोर्भुवमंशाविव धर्मयोर्गतौ॥ १६॥

人们看到罗怙和阿迦分别
具有苦行者和国王的标志，
犹如追求解脱和繁荣富强，
这两种正法部分下凡大地。[①]（16）

yati（苦行者）-pārthiva（国王）-liṅga（标志）-dhāriṇau（dhārin 带着），复合词（阳双体），具有苦行者和国王的标志。dadṛśāte（√dṛś 被动，完成双三）看到。raghu

① 按照印度神话观念，天神下凡大地，采用“部分化身”的方式。这两种正法可理解为解脱法和王法。

（罗怙）-rāghavau（rāghava 罗怙之子），复合词（阳双体），罗怙和罗怙之子。janaiḥ（jana 阳复具）人们。apavarga（解脱）-mahodaya（繁荣）-arthayoḥ（artha 目的，追求），复合词（阳双属），追求解脱和繁荣。bhuvam（bhū 阴单业）大地。aṃśau（aṃśa 阳双体）部分。iva（不变词）犹如。dharmayoḥ（dharma 阳双属）正法。gatau（gata 阳双体）来到。

अजिताधिगमाय मन्त्रिभिर्युयुजे नीतिविशारदैरजः।
अनपायिपदोपलब्धये रघुराप्तैः समियाय योगिभिः॥ १७॥

阿迦与精通治国论的大臣，
一起谋划征服尚未征服者；
罗怙与虔诚可靠的修行者，
一起追求永恒不灭的境界。（17）

ajita（尚未征服的）-adhigamāya（adhigama 获得），复合词（阳单为），获得尚未征服的。mantribhiḥ（mantrin 阳复具）大臣。yuyuje（√yuj 完成单三）联系。nīti（治国论）-viśāradaiḥ（viśārada 精通的），复合词（阳复具），精通治国论的。ajaḥ（aja 阳单体）阿迦。anapāyi（anapāyin 不灭的）-pada（境界）-upalabdhaye（upalabdhi 获得），复合词（阴单为），达到不灭的境界。raghuḥ（raghu 阳单体）罗怙。āptaiḥ（āpta 阳复具）可靠的。samiyāya（sam√i 完成单三）会合，达到。yogibhiḥ（yogin 阳复具）瑜伽行者，修行者。

नृपतिः प्रकृतीरवेक्षितुं व्यवहारासनमाददे युवा।
परिचेतुमुपांशु धारणां कुशपूतं प्रवयास्तु विष्टरम्॥ १८॥

年轻的国王坐在正法的
宝座上，监督他的臣民；
年老的国王坐在圣洁的
拘舍草座上，凝思静虑。（18）

nṛpatiḥ（nṛpati 阳单体）国王。prakṛtīḥ（prakṛti 阴复业）臣民。avekṣitum（ava√īkṣ 不定式）观察，监督。vyavahāra（司法）-āsanam（āsana 座），复合词（中单业），正法的宝座。ādade（ā√dā 完成单三）取得，采取。yuvā（yuvan 阳单体）年轻的。paricetum（pari√ci 不定式）实行。upāṃśu（不变词）静默地。dhāraṇām（dhāraṇā 阴单业）专注，凝思静虑。kuśa（拘舍草）-pūtam（pūta 净化，圣洁的），复合词（阳单业），因拘舍草而圣洁的。pravayāḥ（pravayas 阳单体）年老的。tu（不变词）而。viṣṭaram（viṣṭara 阳单业）座。

अनयत्प्रभुशक्तिसंपदा वशमेको नृपतीननन्तरान्।
अपरः प्रणिधानयोग्यया मरुतः पञ्च शरीरगोचरान्॥ १९॥

一位凭借强大的权力，
控制毗邻的国王们；
另一位凭借沉思入定，
控制体内的五种气[①]。（19）

anayat（√nī 未完单三）引导。prabhu（统治者）-śakti（能力）-saṃpadā（saṃpad 丰富），复合词（阴单具），强大的统治力。vaśam（vaśa 阳单业）控制。ekaḥ（eka 阳单体）一个。nṛpatīn（nṛpati 阳复业）国王。anantarān（anantara 阳复业）邻近的。aparaḥ（apara 阳单体）另一个。praṇidhāna（沉思）-yogyayā（yogyā 实施），复合词（阴单具），进行沉思。marutaḥ（marut 阳复业）风，气。pañca（pañcan 阳复业）五。śarīra（身体）-gocarān（gocara 活动领域），复合词（阳复业），在身体内活动的。

अकरोदचिरेश्वरः क्षितौ द्विषदारम्भफलानि भस्मसात्।
इतरो दहने स्वकर्मणां ववृते ज्ञानमयेन वह्निना॥ २०॥

新国王将大地上那些
敌人的行动成果烧成灰；
老国王凭借智慧之火，
焚烧干净自己过去的业。（20）

akarot（√kṛ 未完单三）做。acira（不久的，新近的）-īśvaraḥ（īśvara 王），复合词（阳单体），新王。kṣitau（kṣiti 阴单依）大地。dviṣat（敌人）-ārambha（行动）-phalāni（phala 成果），复合词（中复业），敌人的行动成果。bhasmasāt（不变词）变成灰。itaraḥ（itara 阳单体）另一位。dahane（dahana 中单依）焚烧。sva（自己的）-karmaṇām（karman 业），复合词（中复属），自己的业。vavṛte（√vṛt 完成单三）转动，从事。jñāna（智慧）-mayena（maya 构成，包含），复合词（阳单具），智慧的。vahninā（vahni 阳单具）火。

पणबन्धमुखान्गुणानजः षडुपायुङ्क्त समीक्ष्य तत्फलम्।
रघुरप्यजयद्गुणत्रयं प्रकृतिस्थं समलोष्टकाञ्चनः॥ २१॥

阿迦运用以缔和为首的
六种策略[②]，事先考察效果；

① 五种气分别为元气、上气、中气、下气和行气。
② 六种策略指缔和、战争、出兵、驻扎、求助和分兵。

罗怙对木石和金子一视
同仁，制伏原质的三性[①]。（21）

paṇa（和约）-bandha（缔结）-mukhān（mukha 为首的），复合词（阳复业），以缔和为首的。guṇān（guṇa 阳复业）策略。ajaḥ（aja 阳单体）阿迦。ṣaṭ（ṣaṣ 阳复业）六。upāyuṅkta（upa√yuj 未完单三）运用。samīkṣya（sam√īkṣ 不定式）考察。tad（它们）-phalam（phala 后果），复合词（中单业），它们的后果。raghuḥ（raghu 阳单体）罗怙。api（不变词）也。ajayat（√ji 未完单三）征服。guṇa（性质）-trayam（traya 三种），复合词（中单业），三种性质。prakṛti（原质）-stham（stha 处于），复合词（中单业），原质中的。sama（同样）-loṣṭa（土块）-kāñcanaḥ（kāñcana 金子），复合词（阳单体），对土块和金子一视同仁。

न नवः प्रभुराफलोदयात्स्थिरकर्मा विरराम कर्मणः।
न च योगविधेर्नवेतरः स्थिरधीरा परमात्मदर्शनात्॥ २२॥

新国王行为坚定，不断
工作，直至最后取得成果；
老国王智慧坚定，不断
修行，直至看见最高自我。（22）

na（不变词）不。navaḥ（nava 阳单体）新的。prabhuḥ（prabhu 阳单体）国王。ā（直至）-phala（成果）-udayāt（udaya 出现），复合词（阳单从），直到成果出现。sthira（坚定）-karmā（karman 行为），复合词（阳单体），行为坚定。virarāma（vi√ram 完成单三）停止。karmaṇaḥ（karman 中单从）工作。na（不变词）不。ca（不变词）和。yoga（瑜伽）-vidheḥ（vidhi 修炼），复合词（阳单从），修炼瑜伽。nava（新的）-itaraḥ（itara 不同于），复合词（阳单体），老的。sthira（坚定的）-dhīḥ（dhī 智慧），复合词（阳单体），智慧坚定。ā（不变词）直至。parama（最高的）-ātma（ātman 自我）-darśanāt（darśana 看见），复合词（中单从），看到最高自我。

इति शत्रुषु चेन्द्रियेषु च प्रतिषिद्धप्रसरेषु जाग्रतौ।
प्रसितावुदयापवर्गयोरुभयीं सिद्धिमुभाववापतुः॥ २३॥

这样，他俩保持清醒，分别
努力抑止敌人和感官活动，
从而获得两种成功：一种是
繁荣富强，另一种是解脱。（23）

① 原质的三性指原初物质的善性、忧性和暗性。万物的变化由这三性的活动造成。

iti（不变词）这样。śatruṣu（śatru 阳复依）敌人。ca（不变词）和。indriyeṣu（indriya 中复依）感官。pratiṣiddha（抑制，阻止）-prasareṣu（prasara 活动），复合词（阳复依），活动受到抑制。jāgratau（jāgrat 阳双体）清醒的。prasitau（prasita 阳双体）投身，努力。udaya（繁荣）-apavargayoḥ（apavarga 解脱），复合词（阳双属），繁荣和解脱。ubhayīm（ubhaya 阴单业）两者的。siddhim（siddhi 阴单业）成功。ubhau（ubha 阳双体）两者。avāpatuḥ（ava√āp 完成双三）获得。

अथ काश्चिदजव्यपेक्षया गमयित्वा समदर्शनः समाः।
तमसः परमापदव्ययं पुरुषं योगसमाधिना रघुः॥२४॥

罗怙对万物一视同仁，出于
对阿迦的关心，度过一些年，
他依靠瑜伽入定，超越黑暗，
获得永远不变不灭的原人①。（24）

atha（不变词）然后。kāḥ-cit（kim-cit 阴复业）一些，若干。aja（阿迦）-vyapekṣayā（vyapekṣā 关心），复合词（阴单具），对阿迦的关心。gamayitvā（√gam 致使，独立式）度过。sama（同样，平等）-darśanaḥ（darśana 看待），复合词（阳单体），一视同仁。samāḥ（samā 阴复业）年。tamasaḥ（tamas 中单从）黑暗。param（不变词）超越。āpat（√āp 不定单三）达到，获得。avyayam（avyaya 阳单业）不变的，不灭的。puruṣam（puruṣa 阳单业）原人。yoga（瑜伽）-samādhinā（samādhi 入定），复合词（阳单具），瑜伽入定。raghuḥ（raghu 阳单体）罗怙。

श्रुतदेहविसर्जनः पितुश्चिरमश्रूणि विमुच्य राघवः।
विदधे विधिमस्य नैष्ठिकं यतिभिः सार्धमनग्निमग्निचित्॥२५॥

听到父亲已经抛弃身体，
罗怙之子久久伤心落泪，
点燃祭火，与苦行者一起，
为父亲举行无火的葬礼②。（25）

śruta（听到）-deha（身体）-visarjanaḥ（visarjana 抛弃），复合词（阳单体），听到已经抛弃身体。pituḥ（pitṛ 阳单属）父亲。ciram（不变词）久久地。aśrūṇi（aśru 中复业）眼泪。vimucya（vi√muc 独立式）流出。rāghavaḥ（rāghava 阳单体）罗怙之子。vidadhe（vi√dhā 完成单三）举行。vidhim（vidhi 阳单业）仪式。asya（idam 阳

① 原人即至高自我，也就是梵。
② 无火的葬礼指不采取火葬，而采取埋葬的方式。据说这种葬礼适用于苦行者。

单属）他，指父亲。naiṣṭhikam（naiṣṭhika 阳单业）最后的。yatibhiḥ（yati 阳复具）苦行者。sārdham（不变词）一起。anagnim（anagni 阳单业）无火的，不使用火的。agni（火）-cit（cit 收集，安置），复合词（阳单体），安置祭火，点燃祭火。

अकरोत्स तदौर्ध्वदैहिकं पितृभक्त्या पितृकार्यकल्पवित्।
न हि तेन पथा तनुत्यजस्तनयावर्जितपिण्डकाङ्क्षिणः॥२६॥

他通晓祭祖仪轨，举行葬礼，
心中满怀着对父亲的虔诚，
因为遵循那条道路去世的人，
他们并不盼望儿子供奉饭团。[①]（26）

akarot（√kṛ 未完单三）做。saḥ（tad 阳单体）他。tad（他）-aurdhvadaihikam（aurdhvadaihika 葬礼），复合词（中单业），他的葬礼。pitṛ（父亲）-bhaktyā（bhakti 虔诚），复合词（阴单具），对父亲的虔诚。pitṛ（祖先）-kārya（祭礼）-kalpa（规则）-vid（vid 通晓），复合词（阳单体），通晓祭祖仪轨。na（不变词）不。hi（不变词）因为。tena（tad 阳单具）那。pathā（pathin 阳单具）道路。tanu（身体）-tyajaḥ（tyaj 抛弃），复合词（阳复体），抛弃身体的。tanaya（儿子）-āvarjita（供给）-piṇḍa（饭团）-kāṅkṣiṇaḥ（kāṅkṣin 渴望），复合词（阳复体），盼望儿子供奉饭团。

स परार्ध्यगतेरशोच्यतां पितुरुद्दिश्य सदर्थवेदिभिः।
शमिताधिरधिज्यकार्मुकः कृतवानप्रतिशासनं जगत्॥२७॥

通晓真谛的智者们向他指出，
不必为获得至福的父亲忧伤，
于是，他心中的痛苦得到平息，
持弓上弦，统治世界，所向无敌。（27）

saḥ（tad 阳单体）他。parārdhya（最高状态）-gateḥ（gati 走向，达到），复合词（阳单属），获得至福的。aśocyatām（aśocyatā 阴单业）不必忧伤。pituḥ（pitṛ 阳单属）父亲。uddiśya（ud√diś 独立式）指出。sat（真的）-artha（意义）-vedibhiḥ（vedin 通晓），复合词（阳复具），通晓真谛。śamita（平息）-ādhiḥ（ādhi 痛苦），复合词（阳单体），痛苦平息。adhijya（上弦）-kārmukaḥ（kārmuka 弓），复合词（阳单体），持弓上弦。kṛtavān（kṛtavat 阳单体）做。apratiśāsanam（apratiśāsana 中单业）不违抗命令。jagat（中单业）世界。

---

① 因为他们已经获得解脱。

क्षितिरिन्दुमती च भामिनी पतिमासाद्य तमग्र्यपौरुषम्।
प्रथमा बहुरत्नसूरभूदपरा वीरमजीजनत्सुतम्॥ २८॥

大地和美丽的英杜摩蒂，
获得这位气概非凡的丈夫，
前者为他产生丰富的珍宝，
后者为他生下英勇的儿子。（28）

kṣitiḥ（kṣiti 阴单体）大地。indumatī（indumatī 阴单体）英杜摩蒂。ca（不变词）和。bhāminī（bhāminī 阴单体）美丽的女子。patim（pati 阳单业）丈夫。āsādya（ā√sad 致使，独立式）遇到，获得。tam（tad 阳单业）他。agrya（杰出的）-pauruṣam（pauruṣa 男子气概），复合词（阳单业），气概非凡的。prathamā（prathama 阴单体）前者。bahu（许多）-ratna（宝石）-sūḥ（sū 产生），复合词（阴单体），出产丰富的珍宝。abhūt（√bhū 不定单三）成为。aparā（apara 阴单体）后者。vīram（vīra 阳单业）英勇的。ajījanat（√jan 致使，不定单三）产生。sutam（suta 阳单业）儿子。

दशरश्मिशतोपमद्युतिं यशसा दिक्षु दशस्वपि श्रुतम्।
दशपूर्वरथं यमाख्यया दशकण्ठारिगुरुं विदुर्बुधाः॥ २९॥

这儿子的光辉如同千道光芒的
太阳，名声远扬十方，智者们
通过他的名字十车以十起首，
知道他是十首王之敌[①]的父亲。（29）

daśa（daśan 十）-raśmi（光芒）-śata（一百）-upama（像）-dyutim（dyuti 光辉），复合词（阳单业），光辉如同千道光芒的太阳。yaśasā（yaśas 中单具）名声。dikṣu（diś 阴复依）方。daśasu（daśan 阴复依）十。api（不变词）甚至。śrutam（śruta 阳单业）闻名。daśa（daśan 十）-pūrva（前面）-ratham（ratha 车），复合词（阳单业），车前有十的。yam（yad 阳单业）他。ākhyayā（ākhyā 阴单具）名字。daśa（daśan 十）-kaṇṭha（脖颈）-ari（敌人）-gurum（guru 父亲），复合词（阳单业），十首王之敌的父亲。viduḥ（√vid 完成复三）知道。budhāḥ（budha 阳复体）智者。

ऋषिदेवगणस्वधाभुजां श्रुतयागप्रसवैः स पार्थिवः।
अनृणत्वमुपेयिवान्बभौ परिधेर्मुक्त इवोष्णदीधितिः॥ ३०॥

通过学问、祭祀和生子，
这位国王还清了仙人、

① 十首王之敌指罗摩。阿迦是十车王的父亲，而十车王是罗摩的父亲。

天神和祖先们的债务，
犹如太阳摆脱了晕圈。（30）

ṛṣi（仙人）-deva（天神）-gaṇa（群）-svadhā（祭品）-bhujām（bhuj 享受），复合词（阳复属），仙人、天神和祖先。śruta（学问）-yāga（祭祀）-prasavaiḥ（prasava 生子），复合词（阳复具），学问、祭祀和生子。saḥ（tad 阳单体）他。pārthivaḥ（pārthiva 阳单体）国王。anṛṇatvam（anṛṇatva 中单业）没有债务。upeyivān（upeyivas，upa√i 完分，阳单体）达到。babhau（√bhā 完成单三）发光。paridheḥ（paridhi 阳单从）晕圈。muktaḥ（mukta 阳单体）摆脱。iva（不变词）犹如。uṣṇa（热的）-dīdhitiḥ（dīdhiti 光线），复合词（阳单体），太阳。

बलमार्तभयोपशान्तये विदुषां सत्कृतये बहुश्रुतम्।
वसु तस्य विभोर्न केवलं गुणवत्तापि परप्रयोजना॥ ३१॥

力量用于消除受苦者的
恐惧，博学用于尊敬智者，
不仅财富，还有品德，这位
国王都用于为他人谋福祉。（31）

balam（bala 中单体）力量。ārta（受苦的）-bhaya（恐惧）-upaśāntaye（upaśānti 消除），复合词（阴单为），消除受苦者的恐惧。viduṣām（vidvas 阳复属）智者。satkṛtaye（satkṛti 阴单为）善待，尊敬。bahu（多的）-śrutam（śruta 所闻），复合词（中单体），博学多闻。vasu（vasu 中单体）财富。tasya（tad 阳单属）他。vibhoḥ（vibhu 阳单属）国王。na（不变词）不。kevalam（kevala 中单体）仅仅。guṇavattā（guṇavattā 阴单体）有品德。api（不变词）也。para（别人）-prayojanā（prayojana 用途，目的），复合词（阴单体），用于他人。

स कदाचिदवेक्षितप्रजः सह देव्या विजहार सुप्रजः।
नगरोपवने शचीसखो मरुतां पालयितेव नन्दने॥ ३२॥

他管好臣民，又有了好儿子，
一次，偕同王后在城中花园
游乐，犹如众天神的保护者①
在天国欢喜园，有舍姬做伴。（32）

saḥ（tad 阳单体）他。kadācit（不变词）一次。avekṣita（观察，关注）-prajaḥ（prajā 臣民），复合词（阳单体），管好臣民。saha（不变词）一起。devyā（devī 阴单具）王

① 众天神的保护者指因陀罗。

后。vijahāra（vi√hṛ 完成单三）游乐。su（好的）-prajaḥ（prajā 后代，儿子），复合词（阳单体），有好儿子。nagara（城）-upavane（upavana 花园），复合词（中单依），城中花园。śacī（舍姬）-sakhaḥ（sakha 同伴），复合词（阳单体），有舍姬为伴的。marutām（marut 阳复属）天神。pālayitā（pālayitṛ 阳单体）保护者。iva（不变词）犹如。nandane（nandana 中单依）欢喜园。

अथ रोधसि दक्षिणोदधेः श्रितगोकर्णनिकेतमीश्वरम्।
उपवीणयितुं ययौ रवेरुदगावृत्तिपथेन नारदः॥३३॥

那时，那罗陀仙人沿着太阳
从北方回归之路，前往南海
岸边的戈迦尔纳，弹奏琵琶，
赞颂居住在那里的自在天[①]。（33）

atha（不变词）那时。rodhasi（rodhas 中单依）岸。dakṣiṇa（南）-udadheḥ（udadhi 海），复合词（阳单属），南海。śrita（靠近，位于）-gokarṇa（地名，戈迦尔纳）-niketam（niketa 住处），复合词（阳单业），住在位于（南海岸边的）戈迦尔纳。īśvaram（īśvara 阳单业）自在天，湿婆。upavīṇayitum（upa√vīṇaya 名动词，不定式）在前面弹琵琶。yayau（√yā 完成单三）走。raveḥ（ravi 阳单属）太阳。udak（北边）-āvṛtti（回归）-pathena（patha 路），复合词（阳单具），北方回归之路。nāradaḥ（nārada 阳单体）那罗陀仙人。

कुसुमैर्ग्रथितामपार्थिवैः स्रजमातोद्यशिरोनिवेशिताम्।
अहरत्किल तस्य वेगवानधिवासस्पृहयेव मारुतः॥३४॥

他的乐器顶端系有花环，
缀满天国的鲜花，据说，
一阵强劲的风吹来，仿佛
贪图它的花香，将它刮落。（34）

kusumaiḥ（kusuma 中复具）花朵。grathitām（grathita 阴单业）缀有。apārthivaiḥ（apārthiva 中复具）非凡的，天上的。srajam（sraj 阴单业）花环。ātodya（乐器）-śiras（顶端）-niveśitām（niveśita 安放），复合词（阴单业），挂在乐器顶端的。aharat（√hṛ 未完单三）取走。kila（不变词）据说。tasya（tad 阳单属）他。vegavān（vegavat 阳单体）强劲的。adhivāsa（香气）-spṛhayā（spṛhā 贪图），复合词（阴单具），贪图香气。iva（不变词）仿佛。mārutaḥ（māruta 阳单体）风。

① 这里指居住在南海边戈迦尔纳地区神庙中的湿婆大神。

भ्रमरैः कुसुमानुसारिभिः परिकीर्णा परिवादिनी मुनेः।
ददृशे पवनावलेपजं सृजती बाष्पमिवाञ्जनाविलम्॥ ३५॥

这位牟尼的乐器周围，
布满追逐鲜花的黑蜂，
看似乐器遭遇强风欺辱，
流下沾有黑眼膏的泪水。（35）

bhramaraiḥ（bhramara 阳复具）黑蜂。kusuma（花朵）-anusāribhiḥ（anusārin 追逐），复合词（阳复具），追逐鲜花的。parikīrṇā（parikīrṇa 阴单体）散布。parivādinī（parivādinī 阴单体）乐器。muneḥ（muni 阳单属）牟尼。dadṛśe（√dṛś 被动，完成单三）看。pavana（风）-avalepa（欺辱）-jam（ja 产生），复合词（阳单业），受到强风欺辱产生的。sṛjatī（√sṛj 现分，阴单体）流下。bāṣpam（bāṣpa 阳单业）泪水。iva（不变词）似。añjana（黑眼膏）-āvilam（āvila 沾有），复合词（阳单业），沾有黑眼膏的。

अभिभूय विभूतिमार्तवीं मधुगन्धातिशयेन वीरुधाम्।
नृपतेरमरस्रगाप सा दयितोरुस्तनकोटिसुस्थितिम्॥ ३६॥

这天国花环充满花蜜和
芳香，光辉胜过各季蔓藤，
恰好坠落在国王的爱妻
那对丰满的乳房顶端。（36）

abhibhūya（abhi√bhū 独立式）胜过。vibhūtim（vibhūti 阴单业）光辉。ārtavīm（ārtava 阴单业）各季的，时令的。madhu（花蜜）-gandha（芳香）-atiśayena（atiśaya 很多，丰富），复合词（阳单具），充满花蜜和芳香。vīrudhām（vīrudh 阴复属）蔓藤。nṛpateḥ（nṛpati 阳单属）国王。amara（天神的，天国的）-srak（sraj 花环），复合词（阴单体），天国花环。āpa（√āp 完成单三）达到。sā（tad 阴单体）它，指花环。dayitā（爱妻）-uru（宽阔，丰满）-stana（乳房）-koṭi（顶端）-susthitim（susthiti 好位置），复合词（阴单业），恰好在爱妻那对丰满的乳房顶端。

क्षणमात्रसखीं सुजातयोः स्तनयोस्तामवलोक्य विह्वला।
निमिमील नरोत्तमप्रिया हृतचन्द्रा तमसेव कौमुदी॥ ३७॥

这位人中俊杰的爱妻，只不过
在刹那间，看到花环成为那对
优美乳房的女友，便在惊恐中
闭上眼睛，犹如黑暗夺走月光。（37）

kṣaṇa（刹那）-mātra（仅仅）-sakhīm（sakhī 女友），复合词（阴单业），仅仅刹那间成为女朋友。sujātayoḥ（sujāta 阳双属）优美的。stanayoḥ（stana 阳双属）乳房。tām（tad 阴单业）它，指花环。avalokya（ava√lok 独立式）看到。vihvalā（vihvala 阴单体）惊恐的。nimimīla（ni√mīl 完成单三）闭上眼睛。nara（人）-uttama（最好的）-priyā（priyā 爱妻），复合词（阴单体），人中俊杰的爱妻。hṛta（夺走）-candrā（candra 月亮），复合词（阴单体），夺走月亮的。tamasā（tamas 中单具）黑暗。iva（不变词）犹如。kaumudī（kaumudī 阴单体）月光。

वपुषा करणोज्झितेन सा निपतन्ती पतिमप्यपातयत्।
ननु तैलनिषेकबिन्दुना सह दीपार्चिरुपैति मेदिनीम्॥ ३८॥

身体丧失官能，她倒下，
连带她的丈夫也倒下，
一旦灯焰坠地，岂不是
也连带着流淌的油滴？（38）

vapuṣā（vapus 中单具）身体。karaṇa（感官）-ujjhitena（ujjhita 丧失），复合词（中单具），丧失官能。sā（tad 阴单体）她。nipatantī（ni√pat 现分，阴单体）倒下。patim（pati 阳单业）丈夫。api（不变词）也。apātayat（√pat 致使，未完单三）倒下。nanu（不变词）岂不是。taila（油）-niṣeka（流淌）-bindunā（bindu 滴），复合词（阳单具），流淌的油滴。saha（不变词）一起。dīpa（灯）-arciḥ（arci 火焰），复合词（阴单体），灯焰。upaiti（upa√i 现在单三）走向。medinīm（medinī 阴单业）大地。

उभयोरपि पार्श्ववर्तिनां तुमुलेनार्तरवेण वेजिताः।
विहगाः कमलाकरालयाः समदुःखा इव तत्र चुक्रुशुः॥ ३९॥

受到他俩的侍从混乱
而痛苦的叫声惊吓，
莲花池中的鸟也仿佛
同样痛苦，发出哀鸣。（39）

ubhayoḥ（ubha 阳双属）他俩。api（不变词）甚至。pārśva（身边）-vartinām（vartin 活动的），复合词（阳复属），侍从。tumulena（tumula 阳单具）混乱的。ārta（痛苦的）-raveṇa（rava 叫声），复合词（阳单具），痛苦的叫声。vejitāḥ（vejita 阳复体）受惊吓。vihagāḥ（vihaga 阳复体）鸟。kamala（莲花）-ākara（大量）-ālayāḥ（ālaya 住处），复合词（阳复体），莲花池中的。sama（同样）-duḥkhāḥ（duḥkha 痛苦），复合词（阳复体），同样痛苦。iva（不变词）仿佛。tatra（不变词）那里。cukruśuḥ（√kruś

完成复三）鸣叫。

नृपतेर्व्यजनादिभिस्तमो नुनुदे सा तु तथैव संस्थिता।
प्रतिकारविधानमायुषः सति शेषे हि फलाय कल्पते॥४०॥

用扇子扇风和其他手段，
终于解除了国王的昏厥，
而王后依然那样，因为只有
命数未尽，救治才会有效。（40）

nṛpateḥ（nṛpati 阳单属）国王。vyajana（扇子）-ādibhiḥ（ādi 等等），复合词（阳复具），扇子等等。tamaḥ（tamas 中单体）昏厥。nunude（√nud 被动，完成单三）驱除。sā（tad 阴单体）她。tu（不变词）但是。tathā（不变词）这样。eva（不变词）依旧。saṃsthitā（saṃsthita 阴单体）保持。pratikāra（对治，救治）-vidhānam（vidhāna 手段），复合词（中单体），救治手段。āyuṣaḥ（āyus 中单属）寿命。sati（√as 现分，中单依）有，存在。śeṣe（śeṣa 中单依）剩余。hi（不变词）因为。phalāya（phala 中单为）结果。kalpate（√kḷp 现在单三）产生。

प्रतियोजयितव्यवल्लकीसमवस्थामथ सत्त्वविप्लवात्।
स निनाय नितान्तवत्सलः परिगृह्योचितमङ्कमङ्गनाम्॥४१॥

王后失去生命，如同失音
而需要重新调整的琵琶，
国王满怀深情，抱起爱妻，
按照习惯放在自己膝上。（41）

pratiyojayitavya（需要调整的）-vallakī（琵琶）-samavasthām（samavasthā 相似状态），复合词（阴单业），如同需要调整的琵琶。atha（不变词）然后。sattva（生命）-viplavāt（viplava 失去），复合词（阳单从），失去生命。saḥ（tad 阳单体）他。ninā ya（√nī 完成单三）放。nitānta（深深的）-vatsalaḥ（vatsala 关爱），复合词（阳单体），满怀深情。parigṛhya（pari√grah 独立式）抱起。ucitam（ucita 阳单业）习惯的。aṅkam（aṅka 阳单业）膝部。aṅganām（aṅganā 阴单业）妇女。

पतिरङ्कनिषण्णया तया करणापायविभिन्नवर्णया।
समलक्ष्यत बिभ्रदाविलां मृगलेखामुषसीव चन्द्रमाः॥४२॥

王后失去知觉，脸色灰白，
躺在国王的膝上，这样，

国王显得像清晨的月亮，
带有昏暗的鹿儿印记[①]。（42）

patiḥ（pati 阳单体）国王。aṅka（膝部）-niṣaṇṇayā（niṣaṇṇa 躺），复合词（阴单具），躺在膝上。tayā（tad 阴单具）她。karaṇa（感官）-apāya（失去）-vibhinna（破坏）-varṇayā（varṇa 颜色），复合词（阴单具），失去知觉而脸色灰白。samalakṣyata（sam√lakṣ 未完，被动，现在单三）显得。bibhrat（√bhṛ 现分，阳单体）带有。āvilām（āvila 阴单业）昏暗的。mṛga（鹿儿）-lekhām（lekhā 印记），复合词（阴单业），鹿儿印记。uṣasi（uṣas 阴单依）清晨。iva（不变词）像。candramāḥ（candramas 阳单体）月亮。

विललाप स वाष्पगद्गदं सहजामप्यपहाय धीरताम्।
अभितप्तमयोऽपि मार्दवं भजते कैव कथा शरीरिषु॥४३॥

他甚至失去了天生的坚定，
发出哀悼，话音带泪而哽咽，
即使是铁，高温下也会变软，
更不必说对于血肉之躯的人！（43）

vilalāpa（vi√lap 完成单三）哀悼。saḥ（tad 阳单体）他。vāṣpa（=bāṣpa 眼泪）-gadgadam（gadgada 结结巴巴），复合词（不变词），带泪而哽咽。sahajām（sahaja 阴单业）天生的。api（不变词）甚至。apahāya（apa√hā 独立式）抛弃，失去。dhīratām（dhīratā 阴单业）坚定。abhitaptam（abhitapta 中单体）加热。ayaḥ（ayas 中单体）铁。api（不变词）即使。mārdavam（mārdava 中单业）柔软。bhajate（√bhaj 现在单三）获得，成为。kā（kim 阴单体）什么。eva（不变词）确实。kathā（kathā 阴单体）说。śarīriṣu（śarīrin 阳复依）有身体的，人。

कुसुमान्यपि गात्रसंगमात्प्रभवन्त्यायुरपोहितुं यदि।
न भविष्यति हन्त साधनं किमिवान्यत्प्रहरिष्यतो विधेः॥४४॥

“如果那些花儿接触身体，
也能夺走人的性命，天啊！
一旦命运想要打击，还有
什么不能成为它的工具？（44）

kusumāni（kusuma 中复体）花朵。api（不变词）甚至。gātra（身体）-saṃgamāt（saṃgama 接触），复合词（阳单从），接触身体。prabhavanti（pra√bhū 现在复三）

① 这里将国王比作月亮，将王后比作月亮中的鹿儿印记。

能够。āyuḥ（āyus 中单业）性命。apohitum（apa√ūh 独立式）夺走。yadi（不变词）如果。na（不变词）不。bhaviṣyati（√bhū 将来单三）成为。hanta（不变词）天啊。sādhanam（sādhana 中单体）手段，工具。kim（kim 中单体）什么。iva（不变词）可能。anyat（anya 中单体）其他的。prahariṣyataḥ（pra√hṛ 将分，阳单属）打击。vidheḥ（vidhi 阳单属）命运。

अथवा मृदु वस्तु हिंसितुं मृदुनैवारभते प्रजान्तकः।
हिमसेकविपत्तिरत्र मे नलिनी पूर्वनिदर्शनं मता॥४५॥

“或许，死神用柔软的
手段毁灭柔软的事物，
在我看来，莲花死于
降下的霜雪便是先例。（45）

athavā（不变词）或许。mṛdu（mṛdu 中单业）柔软的。vastu（vastu 中单业）事物。hiṃsitum（√hiṃs 不定式）杀害。mṛdunā（mṛdu 中单具）柔软。eva（不变词）确实。ārabhate（ā√rabh 现在单三）开始，着手。prajā（众生）-antakaḥ（antaka 毁灭），复合词（阳单体），毁灭众生者，死神。hima（霜雪）-seka（降下）-vipattiḥ（vipatti 死亡），复合词（阴单体），死于降下的霜雪。atra（不变词）这儿。me（mad 单属）我。nalinī（nalinī 阴单体）莲花。pūrva（先前的）-nidarśanam（nidarśana 例子），复合词（中单体），先例。matā（mata 阴单体）认为。

स्रगियं यदि जीवितापहा हृदये किं निहिता न हन्ति माम्।
विषमप्यमृतं क्वचिद्भवेदमृतं वा विषमीश्वरेच्छया॥४६॥

“如果这个花环能够夺人性命，
放在我的心口，为何不毁灭我？
这一切都按照自在天的意愿，
毒药变甘露，或甘露变毒药。（46）

srak（sraj 阴单体）花环。iyam（idam 阴单体）这。yadi（不变词）如果。jīvita（生命）-apahā（apaha 夺走），复合词（阴单体），夺去生命。hṛdaye（hṛdaya 中单依）心。kim（不变词）怎么。nihitā（nihita 阴单体）安放。na（不变词）不。hanti（√han 现在单三）杀死。mām（mad 单业）我。viṣam（viṣa 中单体）毒药。api（不变词）甚至。amṛtam（amṛta 中单体）甘露。kvacit（不变词）有时。bhavet（√bhū 虚拟单三）变成。amṛtam（amṛta 中单体）甘露。vā（不变词）或。viṣam（viṣa 中单体）毒药。īśvara（自在天）-icchayā（icchā 意愿），复合词（阴单具），自在天的意愿。

अथवा मम भाग्यविप्लवादशनिः कल्पित एष वेधसा।
यदनेन तरुर्न पातितः क्षपिता तद्विटपाश्रिता लता॥४७॥

“或许是我的时运倒转，
创造主创造出这种雷电；
它没有击倒大树本身，
却击毁依附树枝的蔓藤。(47)

athavā（不变词）或许。mama（mad 单属）我。bhāgya（好运）-viplavāt（viplava 失去），复合词（阳单从），时运倒转。aśaniḥ（aśani 阳单体）雷电。kalpitaḥ（kalpita 阳单体）创造。eṣaḥ（etad 阳单体）这，指雷电。vedhasā（vedhas 阳单具）创造主。yad（不变词）因为。anena（idam 阳单具）这，指雷电。taruḥ（taru 阳单体）树。na（不变词）不。pātitaḥ（pātita 阳单体）击倒。kṣapitā（kṣapita 阴单体）毁灭。tad（它，指树）-viṭapa（树枝）-āśritā（āśrita 依附），复合词（阴单体），依附树枝的。latā（latā 阴单体）蔓藤。

कृतवत्यसि नावधीरणामपराद्धेऽपि यदा चिरं मयि।
कथमेकपदे निरागसं जनमाभाष्यमिमं न मन्यसे॥४८॥

“长期以来，即使我犯了错误，
你也不嫌弃我，为何突然间，
对我这个没有犯错误的人，
你反而会认为不值得说话？(48)

kṛtavatī（kṛtavat 阴单体）做。asi（√as 现在单二）是。na（不变词）不。avadhīraṇām（avadhīraṇā 阴单业）轻视，嫌弃。aparāddhe（aparāddha 阳单依）犯错。api（不变词）即使。yadā（不变词）如果。ciram（不变词）长期以来。mayi（mad 单依）我。katham（不变词）为何。ekapade（不变词）突然间。nirāgasam（nirāgas 阳单业）没有错误的。janam（jana 阳单业）人。ābhāṣyam（ābhāṣya 阳单业）值得说话的。imam（idam 阳单业）这个。na（不变词）不。manyase（√man 现在单二）认为。

ध्रुवमस्मि शठः शुचिस्मिते विदितः कैतववत्सलस्तव।
परलोकमसंनिवृत्तये यदनापृच्छ्य गतासि मामितः॥४९॥

“笑容灿烂的夫人啊！肯定
你认为我是个虚情假意的
伪君子，因为你不辞而别，
前往另一个世界，不再返回。(49)

dhruvam（不变词）肯定。asmi（√as 现在单一）是。śaṭhaḥ（śaṭha 阳单体）骗子。śuci（灿烂的）-smite（smita 微笑），复合词（阴单呼），笑容灿烂的。viditaḥ（vidita 阳单体）知道，认为。kaitava（虚假的）-vatsalaḥ（vatsala 关爱），复合词（阳单体），虚情假意的。tava（tvad 单属）你。para（另一个）-lokam（loka 世界），复合词（阳单业），另一个世界。asaṃnivṛttaye（asaṃnivṛtti 阴单为）不返回。yad（不变词）因为。anāpṛcchya（an-ā√pracch 独立式）不告别。gatā（gata 阴单体）去。asi（√as 现在单二）是。mām（mad 单业）我。itas（不变词）从这儿。

दयितां यदि तावदन्वगाद्विनिवृत्तं किमिदं तया विना।
सहतां हतजीवितं मम प्रबलामात्मकृतेन वेदनाम्॥५०॥

“我这可悲的生命自作自受，
就让它忍受强烈的痛苦吧！
既然它原先跟随我的爱妻，
为何又要离开她，自己返回？①（50）

dayitām（dayitā 阴单业）爱妻。yadi（不变词）如果。tāvat（不变词）当初，原先。anvagāt（anu√i 不定单三）跟随。vinivṛttam（vinivṛtta 中单体）回来。kim（不变词）为什么。idam（idam 中单体）这，指生命。tayā（tad 阴单具）她。vinā（不变词）没有，缺了。sahatām（√sah 命令单三）忍受。hata（伤害，不幸）-jīvitam（jīvita 生命），复合词（中单体），不幸的生命。mama（mad 单属）我。prabalām（prabala 阴单业）强烈的。ātma（ātman 自己）-kṛtena（kṛta 作为），复合词（中单具），自己所作所为。vedanām（vedanā 阴单业）痛苦。

सुरतश्रमसंभृतो मुखे ध्रियते स्वेदलवोद्गमोऽपि ते।
अथ चास्तमिता त्वमात्मना धिगिमां देहभृतामसारताम्॥५१॥

“欢爱疲倦渗出的汗珠，
甚至还留在你的脸上，
你自己却已走向死亡，
呸！这生命是这样脆弱！（51）

surata（欢爱）-śrama（疲倦）-saṃbhṛtaḥ（saṃbhṛta 凝聚，产生），复合词（阳单体），欢爱疲倦渗出的。mukhe（mukha 中单依）脸。dhriyate（√dhṛ 现在单三）存在，留。sveda（汗）-lava（滴）-udgamaḥ（udgama 出现），复合词（阳单体），汗珠出现。api（不变词）还。te（tvad 单属）你。atha（不变词）然后。ca（不变词）和。astam

① 意谓国王当时也昏厥过去，后又醒来。参阅第 40 颂。

（asta 中单业）死亡。itā（ita 阴单体）走向。tvam（tvad 单体）你。ātmanā（ātman 阳单具）自己。dhik（不变词）呸。imām（idam 阴单业）这。deha（身体）-bhṛtām（bhṛt 具有），复合词（阳复属），有身体者，生命。asāratām（asāratā 阴单业）脆弱。

मनसापि न विप्रियं मया कृतपूर्वं तव किं जहासि माम्।
ननु शब्दपतिः क्षितेरहं त्वयि मे भावनिबन्धना रतिः॥५२॥

“过去我从未错待你，甚至没有
这样的念头，那你为何要抛弃我？
我作为大地之主确实徒有其名，
但却是始终一心一意爱着你。（52）

manasā（manas 中单具）思想，念头。api（不变词）甚至。na（不变词）不。vipriyam（vipriya 中单体）错待。mayā（mad 单具）我。kṛta（做）-pūrvam（pūrva 过去），复合词（中单体），过去做的。tava（tvad 单属）你。kim（不变词）为什么。jahāsi（√hā 现在单二）抛弃。mām（mad 单业）我。nanu（不变词）确实。śabda（名号）-patiḥ（pati 主人），复合词（阳单体），徒有其名的主人。kṣiteḥ（kṣiti 阴单属）大地。aham（mad 单体）我。tvayi（tvad 单依）你。me（mad 单属）我。bhāva（情）-nibandhanā（nibandhana 联系），复合词（阴单体），情系于。ratiḥ（rati 阴单体）爱。

कुसुमोत्खचितान्वलीभृतश्चलयन्भृङ्गरुचस्तवालकान्।
करभोरु करोति मारुतस्त्वदुपावर्तनशङ्कि मे मनः॥५३॥

“大腿宛如象鼻的夫人啊！
风儿吹拂你卷曲的头发，
色泽似黑蜂，佩戴着花朵，
不由得让我猜想你已复活。（53）

kusuma（花朵）-utkhacitān（utkhacita 镶嵌，佩戴），复合词（阳复业），佩戴着花朵。valī（卷曲）-bhṛtaḥ（bhṛt 带有），复合词（阳复业），卷曲的。calayan（√cal 致使，现分，阳单体）摇动。bhṛṅga（黑蜂）-rucaḥ（ruc 光辉，色泽），复合词（阳复业），色泽似黑蜂的。tava（tvad 单属）你。alakān（alaka 阳复业）头发。karabha（象鼻）-ūru（ūru 大腿），复合词（阴单呼），大腿宛如象鼻的。karoti（√kṛ 现在单三）做。mārutaḥ（māruta 阳单体）风。tvad（你）-upāvartana（回来，复活）-śaṅki（śaṅkin 怀疑），复合词（中单业），猜想你复活。me（mad 单属）我。manaḥ（manas 中单业）思想。

तदपोहितुमर्हसि प्रिये प्रतिबोधेन विषादमाशु मे।

ज्वलितेन गुहागतं तमस्तुहिनाद्रेरिव नक्तमोषधिः ॥५४॥

“因此，请你赶快醒来，
爱妻啊！消除我的忧愁，
就像药草在夜晚发光，
驱除雪山山洞的黑暗。（54）

tad（不变词）因此。apohitum（apa√ūh 不定式）消除。arhasi（√arh 现在单二）请，能够。priye（priyā 阴单呼）爱妻。pratibodhena（pratibodha 阳单具）醒来。viṣādam（viṣāda 阳单业）忧愁。āśu（不变词）赶快。me（mad 单属）我。jvalitena（jvalita 中单具）光芒。guhā（山洞）-gatam（gata 处于），复合词（中单业），山洞中的。tamaḥ（tamas 中单业）黑暗。tuhina（雪）-adreḥ（adri 山），复合词（阳单属），雪山。iva（不变词）像。naktam（不变词）夜晚。oṣadhiḥ（oṣadhi 阴单体）药草。

इदमुच्छ्वसितालकं मुखं तव विश्रान्तकथं दुनोति माम्।
निशि सुप्तमिवैकपङ्कजं विरताभ्यन्तरषट्पदस्वनम्॥५५॥

“你的脸上，鬈发还在晃动，
却不再开口说话，令我哀戚，
犹如一株莲花，在夜晚入睡，
里面的蜜蜂嗡嗡声已停息。（55）

idam（中单体）这。ucchvasita（晃动）-alakam（alaka 头发），复合词（中单体），头发晃动。mukham（mukha 中单体）脸。tava（tvad 单属）你。viśrānta（viśrānta 停止）-katham（kathā 说话），复合词（中单体），停止说话。dunoti（√du 现在单三）折磨，难受。mām（mad 单业）我。niśi（niś 阴单依）夜。suptam（supta 中单体）入睡。iva（不变词）犹如。eka（一）-paṅkajam（paṅkaja 莲花），复合词（中单体），一株莲花。virata（停息）-abhyantara（里面）-ṣaṭpada（蜜蜂）-svanam（svana 声音），复合词（中单体），里面的蜜蜂嗡嗡声已停息。

शशिनं पुनरेति शर्वरी दयिता द्वन्द्वचरं पतत्रिणम्।
इति तौ विरहान्तरक्षमौ कथमत्यन्तगता न मां दहेः॥५६॥

“夜晚能与月亮重逢，雌轮鸟
能与相伴而行的雄轮鸟会合，
这样，双方能忍受暂时的分离，
而你永远离去，怎不令我心焦？（56）

śaśinam（śaśin 阳单业）月亮。punar（不变词）再。eti（√i 现在单三）走向。śarvarī

（śarvarī 阴单体）夜晚。dayitā（dayitā 阴单体）妻子，指雌轮鸟。dvandva（成双）-caram（cara 行），复合词（阳单业），结伴而行的。patatriṇam（patatrin 阳单业）鸟，指雄轮鸟。iti（不变词）这样。tau（tad 双体）它，指双方。viraha（分离）-antara（间隔）-kṣamau（kṣama 忍受），复合词（阳双体），忍受暂时的分离。katham（不变词）怎么。atyanta（永远的）-gatā（gata 离开），复合词（阴单体），永远离去。na（不变词）不。mām（mad 单业）我。daheḥ（√dah 虚拟单二）燃烧，折磨。

नवपल्लवसंस्तरेऽपि ते मृदु दूयेत यदङ्गमर्पितम्।
तदिदं विषहिष्यते कथं वद वामोरु चिताधिरोहणम्॥५७॥

“你的柔软的肢体，即使
躺在嫩芽床上，也会硌疼，
大腿迷人的夫人啊，你说，
它怎能忍受躺在火葬堆上？（57）

nava（新的）-pallava（嫩芽）-saṃstare（saṃstara 床），复合词（阳单依），嫩芽床。api（不变词）即使。te（tvad 单属）你。mṛdu（mṛdu 中单体）柔软的。dūyeta（√du 被动，虚拟单三）折磨，难受。yat（yad 中单体）它，指肢体。aṅgam（aṅga 中单体）肢体。arpitam（arpita 中单体）安放。tat（tad 中单体）它，指肢体。idam（idam 中单业）这。viṣahiṣyate（vi√sah 将来单三）忍受。katham（不变词）怎么。vada（√vad 命令单二）说。vāma（优美的）-ūru（ūru 大腿），复合词（阴单呼），大腿迷人者。citā（火葬堆）-adhirohaṇam（adhirohaṇa 安放），复合词（中单业），放在火葬堆上。

इयमप्रतिबोधशायिनीं रशना त्वां प्रथमा रहःसखी।
गतिविभ्रमसादनीरवा न शुचा नानुमृतेव लक्ष्यते॥५८॥

“腰带是你的隐秘处的好友，
你失去优美步姿，它失去
叮当响声，看似满怀哀伤，
你长眠不醒，它随你死去。（58）

iyam（idam 阴单体）这。apratibodha（不醒）-śāyinīm（śāyin 躺着），复合词（阴单业），长眠不醒的。raśanā（raśanā 阴单体）腰带。tvām（tvad 单业）你。prathamā（prathama 阴单体）第一位的。rahas（隐秘处）-sakhī（sakhī 女友），复合词（阴单体），隐秘处的女友。gati（步子）-vibhrama（优美的姿势）-sāda（失去）-nīravā（nīrava 没有声音），复合词（阴单体），因失去优美步姿而失去叮当响声。na（不变词）不。śucā（śuc 阴单具）悲伤。na（不变词）不。anumṛtā（anumṛta 阴单体）跟随而死。iva

（不变词）似。lakṣyate（√lakṣ 被动，现在单三）看。

कलमन्यभृतासु भाषितं कलहंसीषु मदालसं गतम्।
पृषतीषु विलोलमीक्षितं पवनाधूतलतासु विभ्रमाः ॥५९॥

“杜鹃轻柔甜蜜的叫声，
天鹅迷醉懒散的步姿，
羚羊闪烁不定的目光，
蔓藤风中的摇曳姿态。（59）

kalam（kala 中单体）轻柔甜美的。anyabhṛtāsu（anyabhṛtā 阴复依）雌杜鹃。bhāṣitam（bhāṣita 中单体）说话，鸣叫。kalahaṃsīṣu（kalahaṃsī 阴复依）雌天鹅。mada（迷醉）-alasam（alasa 懒散），复合词（中单体），迷醉懒散的。gatam（gata 中单体）步态。pṛṣatīṣu（pṛṣatī 阴复依）雌羚羊。vilolam（vilola 中单体）转动的。īkṣitam（īkṣita 中单体）眼光。pavana（风）-ādhūta（摇动）-latāsu（latā 蔓藤），复合词（阴复依），风儿摇动的蔓藤。vibhramāḥ（vibhrama 阳复体）优美姿态。

त्रिदिवोत्सुकयाप्यवेक्ष्य मां निहिताः सत्यममी गुणास्त्वया।
विरहे तव मे गुरुव्यथं हृदयं न त्ववलम्बितुं क्षमाः ॥६०॥

“确实，即使你急于前往天国，
为我着想，留下这些优美品质，
但是，它们并不能承载我的
与你分离而痛苦沉重的心。（60）

tridiva（天国）-utsukayā（utsuka 迫切，急于），复合词（阴单具），急于到天国。api（不变词）即使。avekṣya（ava√īkṣ 独立式）考虑，关心。mām（mad 单业）我。nihitāḥ（nihita 阳复体）安放，留下。satyam（不变词）确实。amī（adas 阳复体）那。guṇāḥ（guṇa 阳复体）品质。tvayā（tvad 单具）你。virahe（viraha 阳单依）分离。tava（tvad 单属）你。me（mad 单属）我。guru（沉重）-vyatham（vyathā 痛苦），复合词（中单业），痛苦沉重的。hṛdayam（hṛdaya 中单业）心。na（不变词）不。tu（不变词）但是。avalambitum（ava√lamb 不定式）撑住，承担。kṣamāḥ（kṣama 阳复体）能够。

मिथुनं परिकल्पितं त्वया सहकारः फलिनी च नन्विमौ।
अविधाय विवाहसत्क्रियामनयोर्गम्यत इत्यसांप्रतम्॥६१॥

“难道你不是已经决定，

让芒果树和蔓藤成亲？
你不应该没有为它俩
安排喜庆婚礼就离开。（61）

mithunam（mithuna 中单体）配对。parikalpitam（parikalpita 中单体）决定。tvayā（tvad 单具）你。sahakāraḥ（sahakāra 阳单体）芒果树。phalinī（phalinī 阴单体）蔓藤。ca（不变词）和。nanu（不变词）难道不是。imau（idam 阳双体）它俩。avidhāya（a-vi√dhā 独立式）没有完成，没有安排。vivāha（结婚）-satkriyām（satkriyā 喜庆仪式），复合词（阴单业），喜庆婚礼。anayoḥ（idam 阳双属）它俩。gamyate（√gam 被动，现在单三）离开。iti（不变词）这样。asāṃpratam（不变词）不合适，不应该。

कुसुमं कृतदोहदस्त्वया यदशोकोऽयमुदीरयिष्यति।
अलकाभरणं कथं नु तत्तव नेष्यामि निवापमाल्यताम्॥ ६२॥

“你让这棵无忧树实现愿望，
即将开花，这些花本来应该
装饰你的头发，我怎么能够
将它们用作祭供你的花环？（62）

kusumam（kusuma 中单业）花朵。kṛta（实现）-dohadaḥ（dohada 愿望），复合词（阳单体），实现愿望。tvayā（tvad 单具）你。yat（yad 中单业）那，指花。aśokaḥ（aśoka 阳单体）无忧树。ayam（idam 阳单体）这，指无忧树。udīrayiṣyati（ud√īr 致使，将来单三）长出，开放。alaka（头发）-ābharaṇam（ābharaṇa 装饰），复合词（中单业），头发的装饰。katham（不变词）怎么。nu（不变词）可能。tat（tad 中单业）它，指花。tava（tvad 单属）你。neṣyāmi（√nī 将来单一）引导，用作。nivāpa（供物，祭品）-mālyatām（mālyatā 花环的性质），复合词（阴单业），祭供的花环。

स्मरतेव सशब्दनूपुरं चरणानुग्रहमन्यदुर्लभम्।
अमुना कुसुमाश्रुवर्षिणा त्वमशोकेन सुगात्रि शोच्यसे॥ ६३॥

“这棵无忧树为你忧伤，撒下花朵，
犹如洒下泪雨，仿佛记得你赐予
踝环叮当的脚踢恩惠[①]，其他的树
难以获得，肢体优美的夫人啊！（63）

smaratā（√smṛ 现分，阳单具）记得。saśabda（带响声的）-nūpuram（nūpura 脚镯），复合词（阳单业），踝环叮当的。caraṇa（脚）-anugraham（anugraha 恩惠），复

① 意谓这棵无忧树得到这位王后的脚踢而开花。

合词（阳单业），脚踢恩惠。anya（其他的）-durlabham（durlabha 难以得到），复合词（阳单业），其他树难以得到的。amunā（adas 阳单具）那，指无忧树。kusuma（花朵）-aśru（眼泪）-varṣiṇā（varṣin 有雨的），复合词（阳单具），洒下花泪雨。tvam（tvad 单体）你。aśokena（aśoka 阳单具）无忧树。sugātri（sugātrī 阴单呼）肢体优美者。śocyase（√śuc 被动，现在单二）哀悼。

तव निःश्वसितानुकारिभिर्बकुलैरर्धचितां समं मया।
असमाप्य विलासमेखलां किमिदं किन्नरकण्ठि सुप्यते॥६४॥

“你和我一起，用模仿你呼吸的
波古罗花[1]装点这条调情的腰带，
做了一半，尚未完成，你为何撒手
长眠？嗓音美似紧那罗的夫人啊！（64）

tava（tvad 单属）你。niḥśvasita（呼吸）-anukāribhiḥ（anukārin 模仿），复合词（阳复具），模仿呼吸的。bakulaiḥ（bakula 阳复具）波古罗花。ardha（一半）-citām（cita 镶嵌，装点），复合词（阴单业），装点了一半的。samam（不变词）一起。mayā（mad 单具）我。asamāpya（a-sam√āp 独立式）没有完成。vilāsa（调情）-mekhalām（mekhalā 腰带），复合词（阴单业），调情的腰带。kim（不变词）为什么。idam（idam 中单体）这。kinnara（紧那罗，一种半神）-kaṇṭhi（kaṇṭhī 喉咙），复合词（阴单呼），嗓音美似紧那罗者。supyate（√svap 被动，现在单三）睡眠。

समदुःखसुखः सखीजनः प्रतिपच्चन्द्रनिभोऽयमात्मजः।
अहमेकरसस्तथापि ते व्यवसायः प्रतिपत्तिनिष्ठुरः॥६५॥

“女友们与你同甘共苦，
这个儿子如同一弯新月，
我忠贞不二，即使如此，
你居然还是这样决绝。（65）

sama（同样的）-duḥkha（痛苦）-sukhaḥ（sukha 快乐），复合词（阳单体），同甘共苦。sakhī（女友）-janaḥ（jana 人们），复合词（阳单体），女友们。pratipad（白半月第一天）-candra（月亮）-nibhaḥ（nibha 如同），复合词（阳单体），如同一弯新月。ayam（idam 阳单体）这。ātmajaḥ（ātmaja 阳单体）儿子。aham（mad 单体）我。eka（一）-rasaḥ（rasa 感情），复合词（阳单体），感情专一。tathā（不变词）如此。api（不变词）即使。te（tvad 单属）你。vyavasāyaḥ（vyavasāya 阳单体）决心。pratipatti

[1] 意谓波古罗花的芳香如同这位王后呼出的气息。

（行为）-niṣṭhuraḥ（niṣṭhura 残酷的），复合词（阳单体），行为残酷的。

धृतिरस्तमिता रतिश्च्युता विरतं गेयमृतुर्निरुत्सवः।
गतमाभरणप्रयोजनं परिशून्यं शयनीयमद्य मे॥६६॥

"坚定已失去，欢爱已消逝，
歌声已停息，季节无欢乐，
所有的装饰品已毫无用处，
如今，我只能面对这空床。(66)

dhṛtiḥ（dhṛti 阴单体）坚定。astam（asta 中单业）消失。itā（ita 阴单体）走向。ratiḥ（rati 阴单体）欢爱。cyutā（cyuta 阴单体）坠落，消逝。viratam（virata 中单体）停止。geyam（geya 中单体）歌唱。ṛtuḥ（ṛtu 阳单体）季节。nirutsavaḥ（nirutsava 阳单体）没有欢乐。gatam（gata 中单体）离去。ābharaṇa（装饰品）-prayojanam（prayojana 用途），复合词（中单体），装饰品的用途。pariśūnyam（pariśūnya 中单体）空的。śayanīyam（śayanīya 中单体）床。adya（不变词）如今。me（mad 单属）我。

गृहिणी सचिवः सखी मिथः प्रियशिष्या ललिते कलाविधौ।
करुणाविमुखेन मृत्युना हरता त्वां वद किं न मे हृतम्॥६७॥

"你是主妇、顾问和知心朋友，
也是通晓艺术的可爱女学生，
残酷无情的死神夺走了你，
请说，我还有什么没被夺走？(67)

gṛhiṇī（gṛhiṇī 阴单体）女主人，主妇。sacivaḥ（saciva 阳单体）顾问。sakhī（sakhī 阴单体）女友。mithas（不变词）私密。priya（可爱的）-śiṣyā（śiṣya 学生），复合词（阴单体），可爱的女学生。lalite（lalita 阳单依）优美的。kalā（艺术）-vidhau（vidhi 方法，实践），复合词（阳单依），艺术实践。karuṇā（慈悲）-vimukhena（vimukha 违背），复合词（阳单具），无情。mṛtyunā（mṛtyu 阳单具）死神。haratā（√hṛ 现分，阳单具）夺走。tvām（tvad 单业）你。vada（√vad 命令单二）说。kim（kim 中单体）什么。na（不变词）不。me（mad 单属）我。hṛtam（hṛta 中单体）夺走。

मदिराक्षि मदाननार्पितं मधु पीत्वा रसवत्कथं नु मे।
अनुपास्यसि बाष्पदूषितं परलोकोपनतं जलाञ्जलिम्॥६८॥

"你一向吸吮我嘴上美味的
蜜汁，眼睛迷人的夫人啊！

怎么能喝送往另一世界的
祭水，已经被我的眼泪玷污？（68）

madira（可爱的）-akṣi（akṣi 眼睛），复合词（阴单呼），眼睛迷人者。mad（我）-ānana（嘴）-arpitam（arpita 安放），复合词（中单业），放在我的嘴上。madhu（madhu 中单业）蜜。pītvā（√pā 独立式）喝。rasavat（rasavat 中单业）美味的。katham（不变词）怎么。nu（不变词）可能。me（mad 单属）我。anupāsyasi（anu√pā 将来单二）再喝。bāṣpa（眼泪）-dūṣitam（dūṣita 弄脏，玷污），复合词（阳单业），眼泪玷污的。para（另一）-loka（世界）-upanatam（upanata 呈送），复合词（阳单业），送往另一世界的。jala（水）-añjalim（añjali 一捧），复合词（阳单业），一捧水。

विभवेऽपि सति त्वया विना सुखमेतावदजस्य गुण्यताम्।
अहृतस्य विलोभनान्तरैर्मम सर्वे विषयास्त्वदाश्रयाः॥ ६९॥

“即使有财富和权力，缺了你，
阿迦的幸福也算是走到了头！
其他的诱惑都不能吸引我，
我的一切欢乐完全依靠你。”（69）

vibhave（vibhava 阳单依）财富，权力。api（不变词）即使。sati（√as 现分，阳单依）有。tvayā（tvad 单具）你。vinā（不变词）没有，缺了。sukham（sukha 中单体）幸福。etāvat（etāvat 中单体）这么多。ajasya（aja 阳单属）阿迦。gaṇyatām（√gaṇ 被动，命令单三）计算。ahṛtasya（ahṛta 阳单属）不受吸引。vilobhana（诱惑）-antaraiḥ（antara 其他的），复合词（中复具），其他的诱惑。mama（mad 单属）我。sarve（sarva 阳复体）一切。viṣayāḥ（viṣaya 阳复体）感官对象，感官快乐。tvad（你）-āśrayāḥ（āśraya 依靠），复合词（阳复体），依靠你。

विलपन्निति कोसलाधिपः करुणार्थग्रथितं प्रियां प्रति।
अकरोत्पृथिवीरुहानपि स्रुतशाखारसबाष्पदूषितान्॥ ७०॥

憍萨罗王对爱妻发出的
这些哀悼，充满悲悯情味，
甚至使那些树木也沾满
树汁泪水，沿着树枝流淌。（70）

vilapan（vi√lap 现分，阳单体）哀悼。iti（不变词）这样。kosala（憍萨罗）-adhipaḥ（adhipa 国王），复合词（阳单体），憍萨罗国王。karuṇa（悲悯）-artha（意义）-grathitam（grathita 连结），复合词（中单业），充满悲悯意味的。priyām（priyā 阴单业）爱妻。

prati（不变词）对着。akarot（√kṛ 未完单三）做。pṛthivī（大地）-ruhān（ruha 生长），复合词（阳复业），树。api（不变词）甚至。sruta（流淌）-śākhā（树枝）-rasa（汁液）-bāṣpa（眼泪）-dūṣitān（dūṣita 玷污），复合词（阳复业），沾满树枝流淌出的树汁泪水。

अथ तस्य कथंचिदङ्कतः स्वजनस्तामपनीय सुन्दरीम्।
विससर्ज तदन्त्यमण्डनामनलायागुरुचन्दनैधसे॥७१॥

亲友们好不容易从他的膝上，
取走美丽的王后，放入火中，
以黑沉香木和檀香木为燃料，
以那个花环①为最后的装饰。（71）

atha（不变词）然后。tasya（tad 单属）他。katham-cit（不变词）好不容易。aṅkatas（不变词）从膝上。sva（自己的）-janaḥ（jana 人），复合词（阳单体），自己人，亲人。tām（tad 单业）她。apanīya（apa√nī 独立式）移开。sundarīm（sundarī 阴单业）美丽的妇女。visasarja（vi√sṛj 完成单三）投放，安放。tad（它，指花环）-antya（最后的）-maṇḍanām（maṇḍana 装饰品），复合词（阴单业），以那个花环为最后的装饰品。analāya（anala 阳单为）火。aguru（黑沉香木）-candana（檀香木）-edhase（edhas 燃料），复合词（阳单为），以黑沉香木和檀香木为燃料。

प्रमदामनु संस्थितः शुचा नृपतिः सन्निति वाच्यदर्शनात्।
न चकार शरीरमग्निसात्सह देव्या न तु जीविताशया॥७२॥

他没有跟王后一起，将自己
投入火中，不是出于珍惜生命，
而是考虑到会受责备："这个
国王出于悲伤，追随妻子死去。"（72）

pramadām（pramadā 阴单业）妻子。anu（不变词）跟随。saṃsthitaḥ（saṃsthita 阳单体）死去。śucā（śuc 阴单具）悲伤。nṛpatiḥ（nṛpati 阳单体）国王。san（√as 现分，阳单体）是。iti（不变词）这样（说）。vācya（受责备）-darśanāt（darśana 看到），复合词（中单从），考虑到会受责备。na（不变词）不。cakāra（√kṛ 完成单三）做。śarīram（śarīra 中单业）身体。agnisāt（不变词）投入火。saha（不变词）一起。devyā（devī 阴单具）王后。na（不变词）不。tu（不变词）而。jīvita（生命）-āśayā（āśā 渴望），复合词（阴单具），珍惜生命。

① 那个花环指击中她的那个天国花环。

अथ तेन दशाहतः परे गुणशेषामुपदिश्य भामिनीम्।
विदुषा विधयो महर्द्धयः पुर एवोपवने समापिताः॥ ७३॥

十天后，睿智的国王
为只留下美德的爱妻，
在城中这个花园里，
举行了盛大的祭奠。（73）

atha（不变词）然后。tena（tad 阳单具）他。daśa（daśan 十）-ahatas（ahan 天），复合词（不变词），十天。pare（para 中单依）之后。guṇa（美德）-śeṣām（śeṣa 剩余），复合词（阴单业），留下美德的。upadiśya（upa√diś 独立式）指定，有关。bhāminīm（bhaminī 阴单业）美女。viduṣā（vidvas 阳单具）睿智的。vidhayaḥ（vidhi 阳复体）仪式。mahā（大的）-ṛddhayaḥ（ṛddhi 繁荣），复合词（阳复体），盛大的。pure（pura 中单依）城市。eva（不变词）就。upavane（upavana 中单依）花园。samāpitāḥ（samāpita 阳复体）完成。

स विवेश पुरीं तया विना क्षणदापायशशाङ्कदर्शनः।
परिवाहमिवावलोकयन्स्वशुचः पौरवधूमुखाश्रुषु॥ ७४॥

缺少了王后，国王进入城中
看上去像夜晚消逝后的月亮；
他看到自己的哀愁仿佛涌动
在城中妇女们脸上的泪水中。（74）

saḥ（tad 阳单体）他。viveśa（√viś 完成单三）进入。purīm（purī 阴单业）城。tayā（tad 阴单具）她。vinā（不变词）没有。kṣaṇadā（夜晚）-apāya（消逝）-śaśāṅka（月亮）-darśanaḥ（darśana 观看，显现），复合词（阳单体），看似夜晚消逝后的月亮。parivāham（parivāha 阳单业）流淌，涌动。iva（不变词）像。avalokayan（ava√lok 现分，阳单体）看到。sva（自己的）-śucaḥ（śuc 哀愁），复合词（阴单属），自己的哀愁。paura（城市的）-vadhū（妇女）-mukha（脸）-aśruṣu（aśru 眼泪），复合词（中复依），城中妇女们脸上的泪水。

अथ तं सवनाय दीक्षितः प्रणिधानाद् गुरुराश्रमस्थितः।
अभिषङ्गजडं विजज्ञिवानिति शिष्येण किलान्वबोधयत्॥ ७५॥

这时，净修林中的老师正在
准备举行祭祀，沉思入定中
知道他陷入忧伤，萎靡不振，

便派遣一位弟子前来开导他：（75）

atha（不变词）这时。tam（tad 阳单业）他。savanāya（savana 中单为）祭祀。dīkṣitaḥ（dīkṣita 阳单体）准备。praṇidhānāt（praṇidhāna 中单从）沉思。guruḥ（guru 阳单体）老师。āśrama（净修林）-sthitaḥ（sthita 处于），复合词（阳单体），住在净修林中的。abhiṣaṅga（哀伤）-jaḍam（jaḍa 麻木），复合词（阳单业），哀伤而萎靡不振。vijajñivān（vijajñivas，vi√jñā 完分，阳单体）知道。iti（不变词）这样。śiṣyeṇa（śiṣya 阳单具）学生。kila（不变词）据说。anvabodhayat（anu√budh 致使，未完单三）启发，开导。

असमाप्तविधिर्यतो मुनिस्तव विद्वानपि तापकारणम्।
न भवन्तमुपस्थितः स्वयं प्रकृतौ स्थापयितुं पथश्च्युतम्॥ ७६॥

“牟尼知道你烦恼的原因，
但他现在尚未完成祭祀，
故而不能亲自前来这里，
将迷途的你带回正路。（76）

asamāpta（没有完成）-vidhiḥ（vidhi 祭祀仪式），复合词（阳单体），祭祀尚未完成。yatas（不变词）由于。muniḥ（muni 阳单体）牟尼。tava（tvad 单属）你。vidvān（vidvas，√vid 完分，阳单体）知道。api（不变词）即使。tāpa（烦恼）-kāraṇam（kāraṇa 原因），复合词（中单业），烦恼的原因。na（不变词）不。bhavantam（bhavat 阳单业）您。upasthitaḥ（upasthita 阳单体）来到。svayam（不变词）亲自。prakṛtau（prakṛti 阴单依）原来的状态。sthāpayitum（√sthā 致使，不定式）安置。pathaḥ（pathin 阳单从）道路。cyutam（cyuta 阳单业）失落。

मयि तस्य सुवृत्त वर्तते लघुसंदेशपदा सरस्वती।
शृणु विश्रुतसत्त्वसार तां हृदि चैनामुपधातुमर्हसि॥ ७७॥

“品行优良的人啊！我带着
他的话，含有简要的信息，
勇气闻名的人啊！请听吧！
你要将这些话牢记心中。（77）

mayi（mad 单依）我。tasya（tad 单属）他。suvṛtta（suvṛtta 阳单呼）品行优良者。vartate（√vṛt 现在单三）存在。laghu（简要的）-saṃdeśa（信息）-padā（pada 词），复合词（阴单体），词语含有简要信息的。sarasvatī（sarasvatī 阴单体）话。śṛṇu（√śru 命令单二）听。viśruta（闻名）-sattva（威力）-sāra（sāra 精华），复合词（阳单呼），勇气闻名者。tām（tad 阴单业）它，指话语。hṛdi（hṛd 中单依）心。ca（不变词）和。

enām（etad 阴单业）那，指话。upadhātum（upa√dhā 不定式）放。arhasi（√arh 现在单二）请。

पुरुषस्य पदेष्वजन्मनः समतीतं च भवच्च भावि च।
स हि निष्प्रतिघेन चक्षुषा त्रितयं ज्ञानमयेन पश्यति॥७८॥

"因为他凭借无所障碍的
智慧之眼，在那位无生的
原人跨出的三步中①，看到
过去、现在和未来这三者。（78）

puruṣasya（puruṣa 阳单属）原人。padeṣu（pada 中复依）步。ajanmanaḥ（ajanman 阳单属）无生的。samatītam（samatīta 中单业）过去的。ca（不变词）和。bhavat（bhavat 中单业）现在的。ca（不变词）和。bhāvi（bhāvin 中单业）未来的。ca（不变词）和。saḥ（tad 阳单体）他。hi（不变词）因为。niṣpratighena（niṣpratigha 中单具）没有阻碍的。cakṣuṣā（cakṣus 中单具）眼睛。tritayam（tritaya 中单业）三。jñāna（智慧）-mayena（maya 构成），复合词（中单具），充满智慧的。paśyati（√dṛś 现在单三）看见。

चरतः किल दुश्चरं तपस्तृणबिन्दोः परिशङ्कितः पुरा।
प्रजिघाय समाधिभेदिनीं हरिरस्मै हरिणीं सुराङ्गनाम्॥७९॥

"从前，草滴仙人修炼
严酷的苦行，因陀罗
感到害怕，派遣天女
诃利尼破坏他的禅定。（79）

carataḥ（√car 现分，阳单从）修炼。kila（不变词）据说。duścaram（duścara 中单业）难行的。tapaḥ（tapas 中单业）苦行。tṛṇa（草）-bindoḥ（bindu 滴），复合词（阳单从），草滴仙人。pariśaṅkitaḥ（pariśaṅkita 阳单体）惧怕。purā（不变词）从前。prajighāya（pra√hi 完成单三）派遣。samādhi（入定）-bhedinīm（bhedin 破坏），复合词（阴单业），破坏禅定。hariḥ（hari 阳单体）因陀罗。asmai（idam 阳单为）他，指草滴仙人。hariṇīm（hariṇī 阴单业）诃利尼。sura（天神）-aṅganām（aṅganā 女子），复合词（阴单业），天女。

स तपःप्रतिबन्धमन्युना प्रमुखाविष्कृतचारुविभ्रमाम्।

① 无生的原人指毗湿奴。跨出的三步指三界。参阅第七章第 35 首注。

अशपद्भव मानुषीति तां शमवेलाप्रलयोर्मिणा भुवि॥८०॥

“这位天女向他展现迷人的
魅力，他因苦行受阻而发怒，
如同波涛冲垮平静的堤岸，
诅咒道：‘你下凡人间去吧！’（80）

saḥ（tad 阳单体）他。tapas（苦行）-pratibandha（阻碍）-manyunā（manyu 愤怒），复合词（阳单具），因苦行受阻而发怒。pramukha（面前，面向）-āviṣkṛta（显示）-cāru（迷人的）-vibhramām（vibhrama 魅力），复合词（阴单业），向他展现迷人的魅力。aśapat（√śap 未完单三）诅咒。bhava（√bhū 命令单二）成为。mānuṣī（mānuṣī 阴单体）人间女子。iti（不变词）这样（说）。tām（tat 阴单业）她。śama（平静）-velā（堤岸）-pralaya（毁灭）-ūrmiṇā（ūrmi 波浪），复合词（阳单具），冲垮平静堤岸的波浪。bhuvi（bhū 阴单依）大地。

भगवन्परवानयं जनः प्रतिकूलाचरितं क्षमस्व मे।
इति चोपनतां क्षितिस्पृशं कृतवाना सुरपुष्पदर्शनात्॥८१॥

“她谦恭地说道：‘我这人也是
听命他人，尊者啊，请宽恕我的
忤逆行为。’于是，他让她居住
在大地上，直至看到天国花环。（81）

bhagavan（bhagavat 阳单呼）尊者。paravān（paravat 阳单体）依附他人的。ayam（idam 阳单体）这。janaḥ（jana 阳单体）人。pratikūla（对立的，违逆的）-ācaritam（ācarita 行为），复合词（中单业），忤逆行为。kṣamasva（√kṣam 命令单二）宽恕。me（mad 单属）我。iti（不变词）这样（说）。ca（不变词）和。upanatām（upanata 阴单业）弯腰的，谦恭的。kṣiti（大地）-spṛśam（spṛś 接触，居住），复合词（阴单业），接触大地，住在大地。kṛtavān（kṛtavat 阳单体）做。ā（不变词）直到。sura（天神）-puṣpa（花朵）-darśanāt（darśana 看到），复合词（中单从），看到天国花环。

क्रथकैशिकवंशसंभवा तव भूत्वा महिषी चिराय सा।
उपलब्धवती दिवश्च्युतं विवशा शापनिवृत्तिकारणम्॥८२॥

“她出生在格罗特盖希迦家族，
长期成为你的王后，最终获得
从天上坠落的花环，那是解除
诅咒的原因，因此她昏迷死去。（82）

kratha（格罗特）-kaiśika（盖希迦）-vaṃśa（家族）-saṃbhavā（saṃbhava 出生），复合词（阴单体），出生在格罗特盖希迦家族。tava（tvad 单属）你。bhūtvā（√bhū 独立式）成为。mahiṣī（mahiṣī 阴单体）王后。cirāya（不变词）长期。sā（tad 阴单体）她。upalabdhavatī（upalabdhavat 阴单体）获得。divaḥ（div 阴单从）天。cyutam（cyuta 中单业）坠落。vivaśā（vivaśa 阴单体）失去控制，死去。śāpa（诅咒）-nivṛtti（停止）-kāraṇam（kāraṇa 原因），复合词（中单业），解除诅咒的原因。

तदलं तदपायचिन्तया विपदुत्पत्तिमतामुपस्थिता।
वसुधेयमवेक्ष्यतां त्वया वसुमत्या हि नृपाः कलत्रिणः॥८३॥

"因此，够了，不必再考虑
她死去的事，有生必有死，
请你关注这大地吧！因为
国王们都以大地为妻子。（83）

tad（不变词）因此。alam（不变词）够了。tad（她，指王后）-apāya（死亡）-cintayā（cintā 考虑，忧虑），复合词（阴单具），为她的死亡而忧虑。vipad（vipad 阴单体）死亡。utpattimatām（utpattimat 阳复属）有生的，有生者。upasthitā（upasthita 阴单体）来临，发生。vasudhā（vasudhā 阴单体）大地。iyam（idam 阴单体）这。avekṣyatām（ava√īkṣ 被动，命令单三）关注。tvayā（tvad 单具）你。vasumatyā（vasumatī 阴单具）大地。hi（不变词）因为。nṛpāḥ（nṛpa 阳复体）国王。kalatriṇaḥ（kalatrin 阳复体）有妻子的。

उदये मदवाच्यमुज्झता श्रुतमाविष्कृतमात्मवत्त्वया।
मनसस्तदुपस्थिते ज्वरे पुनरक्लीबतया प्रकाश्यताम्॥८४॥

"繁荣时，你展现控制自我的
学问，避免他人指责你骄慢，
现在，你的思想陷入烦恼中，
那就依靠勇气，再次展现吧！（84）

udaye（udaya 阳单依）繁荣。mada（骄傲）-vācyam（vācya 受责备），复合词（中单业），因骄傲而受责备。ujjhatā（√ujjh 现分，阳单具）避免。śrutam（śruta 中单体）学问。āviṣkṛtam（āviṣkṛta 中单体）展现。ātmavat（ātmavat 中单体）控制自我的。tvayā（tvad 单具）你。manasaḥ（manas 中单属）思想。tat（tad 中单体）这，这学问。upasthite（upasthita 阳单依）处在。jvare（jvara 阳单依）烦恼。punar（不变词）再次。aklībatayā（aklībatā 阴单具）不懦弱，勇气。prakāśyatām（pra√kāś 被动，命令单三）显示。

रुदता कुत एव सा पुनर्भवता नानुमृतापि लभ्यते।
परलोकजुषां स्वकर्मभिर्गतयो भिन्नपथा हि देहिनाम्॥ ८५॥

“你哀悼哭泣，怎么能重新获得她？
甚至你随她而死，也不能获得她，
因为前往另一个世界，人们按照
各自业果，行进的道路并不相同。（85）

rudatā（√rud 现分，阳单具）哭泣。kutas（不变词）从哪里。eva（不变词）就。sā（tad 阴单体）她。punar（不变词）再次。bhavatā（bhavat 阳单具）您。na（不变词）不。anumṛtā（anumṛt 阳单具）跟随去死。api（不变词）甚至。labhyate（√labh 被动，现在单三）获得。para（另一个）-loka（世界）-juṣām（juṣ 前往），复合词（阳复属），前往另一个世界。sva（自己的）-karmabhiḥ（karma 业），复合词（中复具），自己的业。gatayaḥ（gati 阴复体）行进。bhinna（不同的）-pathāḥ（patha 道路），复合词（阴复体），道路不同。hi（不变词）因为。dehinām（dehin 阳复属）有身者，人。

अपशोकमनाः कुटुम्बिनीमनुगृह्णीष्व निवापदत्तिभिः।
स्वजनाश्रु किलातिसंततं दहति प्रेतमिति प्रचक्षते॥ ८६॥

“驱除心中的忧伤，用供奉
祭品恩宠你的女主人吧！
人们说，亲人不断流淌的
眼泪会烧灼逝去的死者。（86）

apaśoka（驱除忧伤）-manāḥ（manas 心），复合词（阳单体），驱除心中忧伤。kuṭumbinīm（kuṭumbinī 阴单业）家庭主妇，女主人。anugṛhṇīṣva（anu√grah 命令单二）施恩，恩宠。nivāpa（祭品）-dattibhiḥ（datti 供奉），复合词（阴复具），给予供品。sva（自己的）-jana（人）-aśru（眼泪），复合词（中单体），亲人的眼泪。kila（不变词）确实。atisaṃtatam（atisaṃtata 中单体）连续不断。dahati（√dah 现在单三）烧灼。pretam（preta 阳单业）死者。iti（不变词）这样（说）。pracakṣate（pra√cakṣ 现在复三）说。

मरणं प्रकृतिः शरीरिणां विकृतिर्जीवितमुच्यते बुधैः।
क्षणमप्यवतिष्ठते श्वसन्यदि जन्तुर्ननु लाभवानसौ॥ ८७॥

“智者们说死亡是生物的
本性，生命只是它的变化；
纵然生物活着呼吸只有

一刹那，也肯定是有福者。（87）

maraṇam（maraṇa 中单体）死亡。prakṛtiḥ（prakṛti 阴单体）本来形态。śarīriṇām（śarīrin 阳复属）生物。vikṛtiḥ（vikṛti 阴单体）变化。jīvitam（jīvita 中单体）生命。ucyate（√vac 被动，现在单三）说。budhaiḥ（budha 阳复具）智者。kṣaṇam（不变词）一刹那。api（不变词）即使。avatiṣṭhate（ava√sthā 现在单三）活着。śvasan（√śvas 现分，阳单体）呼吸。yadi（不变词）如果。jantuḥ（jantu 阳单体）生物。nanu（不变词）确实。lābhavān（lābhavat 阳单体）有收获者。asau（adas 阳单体）那个，指生物。

अवगच्छति मूढचेतनः प्रियनाशं हृदि शल्यमर्पितम्।
स्थिरधीस्तु तदेव मन्यते कुशलद्वारतया समुद्धृतम्॥८८॥

“头脑愚蠢者认为爱人
死去是在心头扎下利箭，
而思想坚定者认为那是
拔去利箭，通向幸福之门。（88）

avagacchati（ava√gam 现在单三）认为。mūḍha（愚痴的）-cetanaḥ（cetana 头脑），复合词（阳单体），头脑愚蠢者。priya（爱人）-nāśam（nāśa 毁灭，死亡），复合词（阳单业），爱人死去。hṛdi（hṛd 中单依）心。śalyam（śalya 中单业）箭。arpitam（arpita 中单业）安放，扎下。sthira（坚定的）-dhīḥ（dhī 思想），复合词（阳单体），思想坚定者。tu（不变词）但是。tat（tad 中单业）它，指箭。eva（不变词）正是。manyate（√man 现在单三）认为。kuśala（幸福）-dvāratayā（dvāratā 门的性质），复合词（阴单具），幸福之门。samuddhṛtam（samuddhṛta 中单业）拔掉。

स्वशरीरशरीरिणावपि श्रुतसंयोगविपर्ययौ यदा।
विरहः किमिवानुतापयेद्वद बाह्यैर्विषयैर्विपश्चितम्॥८९॥

“如果得知自己的身体和
灵魂也是既结合，又分离，
请你说，与外界对象分离，
怎么会使智者烦恼忧伤？（89）

sva（自己的）-śarīra（身体）-śarīriṇau（śarīrin 灵魂），复合词（阳双体），自己的身体和灵魂。api（不变词）也。śruta（知道）-saṃyoga（结合）-viparyayau（viparyaya 分离），复合词（阳双体），知道是既结合又分离。yadā（不变词）如果。virahaḥ（viraha 阳单体）分离。kim（不变词）怎么。iva（不变词）可能。anutāpayet（anu√tap 致使，

虚拟单三）烦恼。vada（√vad 命令单二）说。bāhyaiḥ（bāhya 阳复具）外在的。viṣayaiḥ（viṣaya 阳复具）对象。vipaścitam（vipaścit 阳单业）聪明的，智者。

न पृथग्जनवच्छुचो वशं वशिनामुत्तम गन्तुमर्हसि।
द्रुमसानुमतां किमन्तरं यदि वायौ द्वितयेऽपि ते चलाः॥९०॥

“你不应该像凡夫那样陷入
忧伤，优秀的控制自我者啊！
如果树和山都在风中动摇，
那么，这两者还有什么区别？”（90）

na（不变词）不。pṛthagjanavat（不变词）像普通人那样。śucaḥ（śuc 阴单属）忧伤。vaśam（vaśa 阳单业）控制。vaśinām（vaśin 阳复属）有控制力者。uttama（uttama 阳单呼）优秀者。gantum（√gam 不定式）走向。arhasi（√arh 现在单二）应该。druma（树）-sānumatām（sānumat 山），复合词（阳复属），树和山。kim（kim 中单体）什么。antaram（antara 中单体）区别。yadi（不变词）如果。vāyau（vāyu 阳单依）风。dvitaye（dvitaya 阳复体）二者。api（不变词）也。te（tad 阳复体）它，指树和山。calāḥ（cala 阳复体）动摇的。

स तथेति विनेतुरुदारमतेः प्रतिगृह्य वचो विससर्ज मुनिम्।
तदलब्धपदं हृदि शोकघने प्रतियातमिवान्तिकमस्य गुरोः॥९१॥

“好吧！”他表示接受思想高尚的
导师的话，送走那位牟尼，但是，
这些话在他的充满忧伤的心中
无法立足，仿佛又返回老师身边。（91）

saḥ（tad 阳单体）他，指国王。tathā（不变词）好吧。iti（不变词）这样（说）。vinetuḥ（vinetṛ 阳单属）老师。udāra（高尚的）-mateḥ（mati 思想），复合词（阳单属），思想高尚的。pratigṛhya（prati√grah 独立式）接受。vacaḥ（vacas 中单业）话。visasarja（vi√sṛj 完成单三）打发，送走。munim（muni 阳单业）牟尼。tat（tad 中单体）它，指话。alabdha（没有获得）-padam（pada 足，地位），复合词（中单体），无法立足。hṛdi（hṛd 中单依）心。śoka（悲伤）-ghane（ghana 浓厚的，充满），复合词（中单依），充满忧伤的。pratiyātam（pratiyāta 中单体）返回。iva（不变词）像。antikam（antika 中单业）身边。asya（idam 阳单属）他。guroḥ（guru 阳单属）老师。

तेनाष्टौ परिगमिताः समाः कथंचिद्बालत्वादवितथसूनृतेन सूनोः।
सादृश्यप्रतिकृतिदर्शनैः प्रियायाः स्वप्नेषु क्षणिकसमागमोत्सवैश्च॥९२॥

这位说话真诚可爱的国王，考虑到
儿子年纪尚小，又勉强地度过八年，
经常观看与爱妻相似的种种形象，
在梦中享受与她相聚的片刻欢乐。（92）

tena（tad 阳单具）他。aṣṭau（aṣṭa 阴复体）八。parigamitāḥ（parigamita 阴复体）度过。samāḥ（samā 阴复体）年。katham-cit（不变词）好不容易。bālatvāt（bālatva 中单从）幼小。avitatha（真实的）-sūnṛtena（sūnṛta 可爱的），复合词（阳单具），说话真诚可爱的。sūnoḥ（sūnu 阳单属）儿子。sādṛśya（相似）-pratikṛti（映像，形象）-darśanaiḥ（darśana 观看），复合词（中复具），观看相似的种种形象。priyāyāḥ（priyā 阴单属）爱妻。svapneṣu（svapna 阳复依）睡梦。kṣaṇika（短暂的）-samāgama（相会）-utsavaiḥ（utsava 欢乐），复合词（阳复具），片刻相聚的欢乐。ca（不变词）和。

तस्य प्रसह्य हृदयं किल शोकशङ्कुः
प्लक्षप्ररोह इव सौधतलं बिभेद।
प्राणान्तहेतुमपि तं भिषजामसाध्यं
लाभं प्रियानुगमने त्वरया स मेने॥९३॥

据说，忧愁的矛尖刺破他的心，
犹如无花果树枝戳破宫殿露台，
他迫切追随爱妻，将医生们不能
治愈的这种致命病因视为福气。（93）

tasya（tad 阳单属）他。prasahya（不变词）猛烈地。hṛdayam（hṛdaya 中单业）心。kila（不变词）据说。śoka（忧伤）-śaṅkuḥ（śaṅku 矛），复合词（阳单体），忧伤之矛。plakṣa（无花果树）-prarohaḥ（praroha 树枝），复合词（阳单体），无花果树枝。iva（不变词）犹如。saudha（宫殿）-talam（tala 露台），复合词（中单业），宫殿露台。bibheda（√bhid 完成单三）刺破，戳破。prāṇa（生命）-anta（结束）-hetum（hetu 原因），复合词（阳单业），结束生命的原因。api（不变词）甚至。tam（tad 阳单业）这。bhiṣajām（bhiṣaj 阳复属）医生。asādhyam（asādhya 阳单业）不能治愈的。lābham（lābha 阳单业）收获，利益。priyā（爱妻）-anugamane（anugamana 追随），复合词（中单依），追随爱妻。tvarayā（tvarā 阴单具）急迫。saḥ（tad 阳单体）他。mene（√man 完成单三）认为。

सम्यग्विनीतमथ वर्महरं कुमार-
मादिश्य रक्षणविधौ विधिवत्प्रजानाम्।

रोगोपसृष्टतनुदुर्वसतिं मुमुक्षुः
प्रायोपवेशनमतिर्नृपतिर्बभूव॥९४॥

王子已受良好教育，能披戴铠甲，
国王便指定他按照规则保护臣民，
而他自己想要摆脱这个遭受病痛
折磨的身体住处，决定绝食而死。（94）

samyak（正确）-vinītam（vinīta 教育），复合词（阳单业），已受良好教育。atha（不变词）然后。varma（varman 铠甲）-haram（hara 穿上），复合词（阳单业），披戴铠甲。kumāram（kumāra 阳单业）王子。ādiśya（ā√diś 独立式）指定。rakṣaṇa（保护）-vidhau（vidhi 执行，实践），复合词（阳单依），进行保护。vidhivat（不变词）按照规则。prajānām（prajā 阴复属）臣民。roga（疾病）-upasṛṣṭa（连接，折磨）-tanu（身体）-durvasatim（durvasati 痛苦的住处），复合词（阴单业），遭受病痛折磨的身体住处。mumukṣuḥ（mumukṣu 阳单体）想要摆脱。prāya（绝食而死）-upaveśana（决定）-matiḥ（mati 思想），复合词（阳单体），决定绝食而死。nṛpatiḥ（nṛpati 阳单体）国王。babhūva（√bhū 完成单三）成为。

तीर्थे तोयव्यतिकरभवे जह्नुकन्यासरय्वो-
र्देहत्यागादमरगणनालेख्यमासाद्य सद्यः।
पूर्वाकाराधिकतररुचा संगतः कान्तयासौ
लीलागारेष्वरमत पुनर्नन्दनाभ्यन्तरेषु॥९५॥

在恒河和萨罗优河水交汇的圣地，
他抛弃身体，立刻进入天神的行列，
与容貌比以前更加美丽的爱妻会合，
在天国欢喜园的快乐宫中游戏娱乐。（95）

tīrthe（tīrtha 中单依）圣地。toya（水）-vyatikara（交汇）-bhave（bhava 形成的），复合词（中单依），水流交汇而形成的。jahnu（遮诃努）-kanyā（女儿）-sarayvoḥ（sarayū 萨罗优河），复合词（阴双属），遮诃努的女儿（恒河）和萨罗优河。deha（身体）-tyāgāt（tyāga 抛弃），复合词（阳单从），抛弃身体。amara（天神）-gaṇanā（列数）-lekhyam（lekhya 名录），复合词（中单业），天神的行列。āsādya（ā√sad 致使，独立式）到达，进入。sadyas（不变词）立刻。pūrva（以前的）-ākāra（形态）-adhikatara（更加）-rucā（ruc 美丽），复合词（阴单具），容貌比以前更加美丽。saṃgataḥ（saṃgata 阳单体）相会。kāntayā（kāntā 阴单具）爱妻。asau（adas 阳单体）他，指国王。līlā（游戏）-āgāreṣu（āgāra 住处，宫殿），复合词（中复依），游乐宫。aramata（√ram

未完单三）娱乐。punar（不变词）又。nandana（欢喜园）-abhyantareṣu（abhyantara 中间），复合词（中复依），欢喜园中。

नवमः सर्गः।

第九章

पितुरनन्तरमुत्तरकोसलान्समधिगम्य समाधिजितेन्द्रियः।
दशरथः प्रशशास महारथो यमवतामवतां च धुरि स्थितः॥१॥

大武士十年继承父亲王位，
统治北憍萨罗族，他善于
入定控制感官，位于克制
自我的人和国王们的前列。（1）

pituḥ（pitṛ 阳单从）父亲。anantaram（不变词）之后。uttara（北方的）-kosalān（kosala 憍萨罗），复合词（阳复业），北憍萨罗族。samadhigamya（sam-adhi√gam 独立式）获得。samādhi（入定）-jita（征服）-indriyaḥ（indriya 感官），复合词（阳单体），入定征服感官。daśa（daśan 十）-rathaḥ（ratha 车），复合词（阳单体），十车王。praśaśāsa（pra√śās 完成单三）统治。mahā（大）-rathaḥ（ratha 车），复合词（阳单体），大武士。yamavatām（yamavat 阳复属）自制的，自制者。avatām（√av 现分，阳复属）保护者，国王。ca（不变词）和。dhuri（dhur 阴单依）车轭，前端。sthitaḥ（sthita 阳单体）位于。

अधिगतं विधिवद्यदपालयत्प्रकृतिमण्डलमात्मकुलोचितम्।
अभवदस्य ततो गुणवत्तरं सनगरं नगरन्ध्रकरौजसः॥२॥

他的勇气如同室建陀[①]，
依照经典规则保护家族
世袭的乡村[②]地区和城市，
因此，民众更加有品德。（2）

adhigatam（adhigata 中单业）获得。vidhivat（不变词）依照规则。yad（不变词）

① 室建陀在这里的原文中，使用的是他的称号“击破山洞者”。传说有个阿修罗逃入麻鹬山洞中，室建陀投出他的标枪，击碎麻鹬山，杀死那个阿修罗。

② 此处“乡村”的原词是 prakṛti，原本泛指“民众”，而在这里特指“乡村”，与下面的 sanagaram（和城市）相接应。“乡村地区和城市”构成全体民众。

由于。apālayat（√pāl 未完单三）保护。prakṛti（民众，乡村）-maṇḍalam（maṇḍala 地盘），复合词（中单业），乡村地区。ātma（ātman 自己）-kula（家族）-ucitam（ucita 惯常的），复合词（中单业），自己家族世袭的。abhavat（√bhū 未完单三）成为。asya（idam 阳单属）他。tatas（不变词）因此。guṇavat（有品德的）-taram（tara 更加的），复合词（中单体），更加有品德。sa（与）-nagaram（nagara 城市），复合词（中单业），和城市。naga（山）-randhra（洞，缝隙）-kara（造成）-ojasaḥ（ojas 威力），复合词（阳单属），威力如同劈山者室建陀。

उभयमेव वदन्ति मनीषिणः समयवर्षितया कृतकर्मणाम्।
बलनिषूदनमर्थपतिं च तं श्रमनुदं मनुदण्डधरान्वयम्॥३॥

智者们说，对于尽责的人们，
这两者具有及时雨的性质：
诛灭波罗者和始于执杖者
摩奴的消除疲劳的财富之主。[①]（3）

ubhayam（ubhaya 阳单业）二者。eva（不变词）确实。vadanti（√vad 现在复三）说。manīṣiṇaḥ（manīṣin 阳复体）智者。samaya（时机）-varṣitayā（varṣitā 下雨的性质），复合词（阴单具），及时雨的性质。kṛta（做，完成）-karmaṇām（karman 事情，职责），复合词（阳复属），尽责者。bala（波罗）-niṣūdanam（niṣūdana 消灭），复合词（阳单业），诛灭波罗者，因陀罗。artha（财富）-patim（pati 主人），复合词（阳单业），财富之主，国王。ca（不变词）和。tam（tad 阳单业）这。śrama（疲劳）-nudam（nuda 消除），复合词（阳单业），消除疲劳。manu（摩奴）-daṇḍa（权杖）-dhara（执持）-anvayam（anvaya 继承，沿袭），复合词（阳单业），从摩奴执杖者继承而来。

जनपदे न गदः पदमादधावभिभवः कुत एव सपत्नजः।
क्षितिरभूत्फलवत्यजनन्दने शमरतेऽमरतेजसि पार्थिवे॥४॥

阿迦之子十车王光辉似天神，
热爱和平，大地上硕果累累，
甚至疾病也不涉足这个王国，
又哪里会遭受外敌入侵蹂躏？（4）

janapade（janapada 阳单依）王国，民众。na（不变词）不。gadaḥ（gada 阳单体）疾病。padam（pada 中单业）脚。ādadhau（ā√dhā 完成单三）安放。abhibhavaḥ（abhibhava

① 这首诗将十车王比作因陀罗和摩奴，因为这两者具有及时雨的性质，即能及时回报完成职责的臣民。“诛灭波罗者”指天神因陀罗。他的主要业绩是诛灭恶魔波罗而降下雨水。“财富之主”指国王。摩奴是世上第一位国王。“消除疲劳”指国王赏赐财物，回报臣民尽责的辛劳。

阳单体）征服。kutas（不变词）何况。eva（不变词）确实。sapatna（敌人）-jaḥ（ja 产生），复合词（阳单体），敌人引起的。kṣitiḥ（kṣiti 阴单体）大地。abhūt（√bhū 不定单三）成为。phalavatī（phalavat 阴单体）硕果累累的。aja（阿迦）-nandane（nandana 儿子），复合词（阳单依），阿迦之子。śama（平静）-rate（rata 热爱），复合词（阳单依），热爱和平。amara（天神）-tejasi（tejas 光辉），复合词（阳单依），光辉似天神。pārthive（pārthiva 阳单依）国王。

दशदिगन्तजिता रघुणा यथा श्रियमपुष्यदजेन ततः परम्।
तमधिगम्य तथैव पुनर्बभौ न न महीनमहीनपराक्रमम्॥५॥

大地依靠征服十方的罗怙王，
继而依靠阿迦王，增添光辉，
现在又获得这位不乏勇气的
十车王，它不会不光彩熠熠。（5）

daśa（daśan 十）-diś（方位）-anta（尽头）-jitā（jit 征服），复合词（阳单具），征服十方的尽头。raghuṇā（raghu 阳单具）罗怙。yathā（不变词）正如。śriyam（śrī 阴单业）光辉。apuṣyat（√puṣ 未完单三）增长。ajena（aja 阳单具）阿迦。tatas-param（不变词）此后。tam（tad 阳单业）他，指十车王。adhigamya（adhi√gam 独立式）获得。tathā（不变词）同样。eva（不变词）确实。punar（不变词）再次。babhau（√bhā 完成单三）闪耀。na（不变词）不。na（不变词）不。mahī（mahī 阴单体）大地。inam（ina 阳单业）国王。ahīna（不缺少的）-parākramam（parākrama 勇气），复合词（阳单业），不乏勇气。

समतया वसुवृष्टिविसर्जनैर्नियमनादसतां च नराधिपः।
अनुययौ यमपुण्यजनेश्वरौ सवरुणावरुणाग्रसरं रुचा॥६॥

他效仿阎摩，一视同仁，
效仿俱比罗，施舍财富，
效仿伐楼那，惩治恶人，
效仿太阳神，闪耀光辉。（6）

samatayā（samatā 阴单具）平等，同样。vasu（财富）-vṛṣṭi（雨）-visarjanaiḥ（visarjana 倾泻），复合词（中复具），倾泻财富雨。niyamanāt（niyamana 中单从）制服。asatām（asat 阳复属）恶人。ca（不变词）和。nara（人）-adhipaḥ（adhipa 统治者），复合词（阳复体），国王。anuyayau（anu√yā 完成单三）追随，模仿。yama（阎摩）-puṇyajana（药叉）-īśvarau（īśvara 王），复合词（阳双业），阎摩和财神俱比罗。sa（与）-varuṇau （varuṇa 伐楼那），复合词（阳双业），与伐楼那。aruṇa（曙光）-agrasaram（agrasara 走在前面的），复合词（阳单业），以曙光为前驱者，太阳。rucā（ruc 阴单具）光辉。

न मृगयाभिरतिर्न दुरोदरं न च शशिप्रतिमाभरणं मधु।
तमुदयाय न वा नवयौवना प्रियतमा यतमानमपाहरत्॥७॥

喜爱狩猎，赌博游戏，
还有映现月影的蜜酒，
青春的爱妻，都不妨碍
他努力保持王国的繁荣。（7）

na（不变词）不。mṛgayā（狩猎）-abhiratiḥ（abhirati 喜爱），复合词（阴单体），喜爱狩猎。na（不变词）不。durodaram（durodara 中单体）赌博。na（不变词）不。ca（不变词）和。śaśi（śaśin 月亮）-pratimā（倒影）-ābharaṇam（ābharaṇa 装饰），复合词（中单体），以月亮倒影为装饰。madhu（madhu 中单体）蜜酒。tam（tad 阳单业）他。udayāya（udaya 阳单为）繁荣。na（不变词）不。vā（不变词）或者。nava（新鲜的）-yauvanā（yauvana 青春），复合词（阴单体），青春年少的。priyatamā（priyatamā 阴单体）爱妻。yatamānam（√yat 现分，阳单业）努力。apāharat（apa√hṛ 未完单三）夺走，转移。

न कृपणा प्रभवत्यपि वासवे न वितथा परिहासकथास्वपि।
न च सपत्नजनेष्वपि तेन वागपरुषा परुषाक्षरमीरिता॥८॥

甚至对主人因陀罗，也不说
卑微可怜的话，甚至开玩笑，
也不说假话，甚至对敌人，
也摆脱愤怒，不说刺耳的话。（8）

na（不变词）不。kṛpaṇā（kṛpaṇa 阴单体）可怜的。prabhavati（prabhavat 阳单依）强有力的。api（不变词）即使。vāsave（vāsava 阳单依）因陀罗。na（不变词）不。vitathā（vitatha 阴单体）虚假的。parihāsa（玩笑）-kathāsu（kathā 谈话），复合词（阴复依），玩笑话。api（不变词）即使。na（不变词）不。ca（不变词）和。sapatna（敌人）-janeṣu（jana 人们），复合词（阳复依），敌人们。api（不变词）即使。tena（tad 阳单具）他。vāk（vāc 阴单体）话语。aparuṣā（aparuṣ 阳单具）摆脱愤怒的。paruṣa（刺耳的）-akṣaram（akṣara 音节，字词），复合词（不变词），言辞刺耳。īritā（īrita 阴单体）说。

उदयमस्तमयं च रघूद्वहादुभयमानशिरे वसुधाधिपाः।

स हि निदेशमलङ्घयतामभूत्सुहृदयोहृदयः प्रतिगर्जताम् ॥ ९ ॥

大地上国王们兴盛衰亡，
取决于这位罗怙族国王，
他对听从命令者是朋友，
对违抗者显示铁石心肠。（9）

udayam（udaya 阳单业）兴盛。astamayam（astamaya 阳单业）衰亡。ca（不变词）和。raghu（罗怙）-udvahāt（udvaha 子嗣），复合词（阳单从），罗怙后裔，十车王。ubhayam（ubhaya 阳单业）两者。ānaśire（√aś 完成复三）达到。vasudhā（大地）-adhipāḥ（adhipa 统治者），复合词（阳复体），大地统治者，国王。saḥ（tad 阳单体）他。hi（不变词）因为。nideśam（nideśa 阳单业）命令。a（不）-laṅghayatām（√laṅgh 致使，现分，逾越），复合词（阳复属），顺从。abhūt（√bhū 不定单三）是。suhṛt（suhṛd 阳单体）好友。ayas（铁）-hṛdayaḥ（hṛdaya 心），复合词（阳单体），心似铁。pratigarjatām（prati√garj 现分，阳复属）反对者。

अजयदेकरथेन स मेदिनीमुदधिनेमिमधिज्यशरासनः ।
जयमघोषयदस्य तु केवलं गजवती जवतीव्रहया चमूः ॥ १० ॥

乘坐一辆战车，手持上弦的弓，
他就征服以大海为周边的大地，
随行的军队配有大象和飞快的
马匹，只是发出胜利的欢呼声。（10）

ajayat（√ji 未完单三）战胜。eka（一）-rathena（ratha 战车），复合词（阳单具），一辆战车。saḥ（tad 阳单体）他。medinīm（medinī 阴单业）大地。udadhi（大海）-nemim（nemi 轮辋，周边），复合词（阴单业），以大海为周边。adhijya（上弦的）-śarāsanaḥ（śarāsana 弓），复合词（阳单体），弓已上弦。jayam（jaya 阳单业）胜利。aghoṣayat（√ghuṣ 致使，未完单三）高呼。asya（idam 阳单属）他。tu（不变词）而。kevalam（不变词）仅仅。gajavatī（gajavat 阴单体）有大象的。java（速度）-tīvra（猛烈的）-hayā（haya 马），复合词（阴单体），马匹速度飞快。camūḥ（camū 阴单体）军队。

अवनिमेकरथेन वरूथिना जितवतः किल तस्य धनुर्भृतः ।
विजयदुन्दुभितां ययुरर्णवा घनरवा नरवाहनसंपदः ॥ ११ ॥

确实，他富裕如同俱比罗，
乘坐一辆装有护栏的战车，
手持弓箭，征服大地，大海

如雷的吼声成为胜利的鼓声。(11)

avanim(avani 阴单业)大地。eka(一)-rathena(ratha 战车),复合词(阳单具),一辆战车。varūthinā(varūthin 阳单具)有护栏的。jitavataḥ(jitavat 阳单属)征服。kila(不变词)确实。tasya(tad 阳单属)他。dhanus(弓)-bhṛtaḥ(bhṛt 持),复合词(阳单属),持弓的。vijaya(胜利)-dundubhi(鼓)-tām(tā 性质),复合词(阴单业),胜利的鼓的性质。yayuḥ(√yā 完成复三)走向。arṇavāḥ(arṇava 阳复体)大海。ghana(云)-ravāḥ(rava 吼叫),复合词(阳复体),吼声似云中雷鸣。naravāhana(以人为坐骑者,俱比罗)-saṃpadaḥ(saṃpad 财富),复合词(阳单属),拥有财富如同俱比罗。

शमितपक्षबलः शतकोटिना शिखरिणां कुलिशेन पुरंदरः।
स शरवृष्टिमुचा धनुषा द्विषां स्वनवता नवतामरसाननः॥१२॥

粉碎城堡的因陀罗曾经用百刺雷杵,
摧毁群山的强劲翅膀,这位十车王
脸庞似新鲜莲花,用发出鸣声的弓,
释放箭雨,摧毁敌人的军队和盟友。(12)

śamita(摧毁)-pakṣa(翅膀,盟友)-balaḥ(bala 力量,军队),复合词(阳单体),摧毁强劲的翅膀,摧毁盟友和军队。śata(一百)-koṭinā(koṭi 尖刺),复合词(阳单具),具有百刺。śikhariṇām(śikharin 阳复属)有顶峰的,山。kuliśena(kuliśa 阳单具)雷杵。puraṃdaraḥ(puraṃdara 阳单体)摧毁城堡者,因陀罗。saḥ(tad 阳单体)他。śara(箭)-vṛṣṭi(雨)-mucā(muc 释放),复合词(中单具),释放箭雨。dhanuṣā(dhanus 中单具)弓。dviṣām(dviṣ 阳复属)敌人。svanavatā(svanavat 中单具)发出响声的。nava(新鲜的)-tāmarasa(莲花)-ānanaḥ(ānana 脸),复合词(阳单体),脸似初绽莲花。

चरणयोर्नखरागसमृद्धिभिर्मुकुटरत्नमरीचिभिरस्पृशन्।
नृपतयः शतशो मरुतो यथा शतमखं तमखण्डितपौरुषम्॥१३॥

他的勇气不可摧毁,数以百计的
国王向他行触足礼,他的脚趾的
红光增强他们的顶冠宝珠光芒,
犹如众天神向因陀罗行触足礼。(13)

caraṇayoḥ(caraṇa 阳双依)足。nakha(趾甲)-rāga(红色)-samṛddhibhiḥ(samṛddhi 增长),复合词(阳复具),由于趾甲的红色而增强。mukuṭa(顶冠)-ratna(宝石)-

marīcibhiḥ（marīci 光辉），复合词（阳复具），顶冠宝石的光辉。aspṛśan（√spṛś 未完复三）碰触。nṛpatayaḥ（nṛpati 阳复体）国王。śataśas（不变词）数以百计。marutaḥ（marut 阳复体）天神。yathā（不变词）正如。śata（一百）-makham（makha 祭祀），复合词（阳单业），拥有百祭者，因陀罗。tam（tad 阳单业）他。a（不）-khaṇḍita（破碎，摧毁）-pauruṣam（pauruṣa 英雄气概，勇气），复合词（阳单业），勇气不可摧毁。

निववृते स महार्णवरोधसः सचिवकारितबालसुताञ्जलीन्।
समनुकम्प्य सपत्नपरिग्रहाननलकानलकानवमां पुरीम्॥ १४॥

敌人们守寡的妻子不再梳理头发，
委托大臣带领幼儿前来合掌行礼，
他同情这些妇女，便从海边返回
自己的、不亚于阿罗迦城的都城。（14）

nivavṛte（ni√vṛt 完成单三）返回。saḥ（tad 阳单体）他。mahā（大）-arṇava（海）-rodhasaḥ（rodhas 岸），复合词（中单从），大海岸边。saciva（大臣）-kārita（做，造成）-bāla（幼小的）-suta（儿子）-añjalīn（añjali 双手合十），复合词（阳复业），大臣使幼儿合掌。samanukampya（sam-anu√kamp 独立式）同情。sapatna（敌人）-parigrahān（parigraha 妻子），复合词（阳复业），敌人的妻子。an（没有）-alakān（alaka 发髻），复合词（阳复业），不梳妆的。alakā（阿罗迦城）-anavamām（anavama 不低于），复合词（阴单业），不亚于阿罗迦城。purīm（purī 阴单业）城市。

उपगतोऽपि च मण्डलनाभितामनुदितान्यसितातपवारणः।
श्रियमवेक्ष्य स सरन्ध्रचलामभूदनलसोऽनलसोमसमद्युतिः॥ १५॥

尽管他光辉灿烂如同火焰和月亮，
位居众国王中心，不允许其他的
白色华盖竖起，但想到吉祥女神
会离开出现漏洞者，他不敢懈怠。（15）

upagataḥ（upagata 阳单体）到达。api（不变词）即使。ca（不变词）和。maṇḍala（国王的群体）-nābhi（nābhi 中心）-tām（tā 性质），复合词（阴单业），成为国王群体的中心。an（不）-udita（升起）-anya（其他的）-sita（白色的）-ātapa（炎热）-vāraṇaḥ（vāraṇa 阻止），复合词（阳单体），不允许其他的白色华盖升起。śriyam（śrī 阴单业）吉祥女神，王权。avekṣya（ava√īkṣ 独立式）看到。sa（具有）-randhra（漏洞）-calām（cala 移动），复合词（阴单业），离开出现漏洞者。abhūt（√bhū 不定单三）成为。an（不）-alasaḥ（alasa 懒散的），复合词（阳单体），不懈怠的。anala（火）-soma（月亮）-sama（相同）-dyutiḥ（dyuti 光辉），复合词（阳单体），光辉似火焰和月亮。

तमपहाय ककुत्स्थकुलोद्भवं पुरुषमात्मभवं च पतिव्रता।
नृपतिमन्यमसेवत देवता सकमला कमलाघवमर्थिषु॥ १६॥

这位迦俱私陀后裔，还有自生的
原人毗湿奴，都慷慨对待求助者，
除了他们两人，忠于主人的女神①
还会手持莲花侍奉其他哪个国王？（16）

tam（tad 阳单业）他。apahāya（不变词）除了。kakutstha（迦俱私陀）-kula（家族）-udbhavam（udbhava 出生），复合词（阳单业），出身迦俱私陀族。puruṣam（puruṣa 阳单业）原人。ātma（ātman 自己）-bhavam（bhava 出生的），复合词（阳单业），自生的。ca（不变词）和。pati（丈夫）-vratā（vrata 誓言，忠于），复合词（阴单体），忠于丈夫的。nṛpatim（nṛpati 阳单业）国王。anyam（anya 阳单业）其他的。asevata（√sev 未完单三）侍奉。devatā（devatā 阴单体）女神。sa（具有）-kamalā（kamala 莲花），复合词（阴单体），手持莲花。kam（kim 阳单业）谁。a（不）-lāghavam（lāghava 轻视），复合词（阳单业），不轻视的。arthiṣu（arthin 阳复依）求告者。

तमलभन्त पतिं पतिदेवताः शिखरिणामिव सागरमापगाः।
मगधकोसलकेकयशासिनां दुहितरोऽहितरोपितमार्गणम्॥ १७॥

他用弓箭平定敌人，摩揭陀王、
憍萨罗王和吉迦耶王的女儿们②
获得了他，将这位丈夫视为神，
犹如群山流下的河流获得大海。（17）

tam（tad 阳单业）他。alabhanta（√labh 未完复三）获得。patim（pati 阳单业）丈夫。pati（丈夫）-devatāḥ（devatā 天神），复合词（阴复体），视丈夫为天神的。śikhariṇām（śikharin 阳复属）山。iva（不变词）犹如。sāgaram（sāgara 阳单业）大海。āpagāḥ（āpagā 阴复体）河流。magadha（摩揭陀）-kosala（憍萨罗）-kekaya（吉迦耶）-śāsinām（śāsin 统治者），复合词（阳复属），摩揭陀、憍萨罗和吉迦耶的国王。duhitaraḥ（duhitṛ 阴复体）女儿。ahita（敌人）-ropita（瞄准，安放）-mārgaṇam（mārgaṇa 箭），复合词（阳单业），用箭平定敌人。

---

① 此处“女神”指吉祥女神。她是毗湿奴的妻子，也是王权的象征。

② 他们是憍萨罗王的女儿憍萨厘雅、吉迦耶王的女儿吉迦伊和摩揭陀王的女儿须弥多罗，分别成为十车王的大王后、二王后和小王后。

प्रियतमाभिरसौ तिसृभिर्बभौ तिसृभिरेव भुवं सह शक्तिभिः।
उपगतो विनिनीषुरिव प्रजा हरिहयोऽरिहयोगविचक्षणः॥१८॥

他通晓消灭敌人的手段，
娶了这三个可爱的妻子，
仿佛因陀罗带着三种力量①，
来到大地，想要治理民众。（18）

priyatamābhiḥ（priyatamā 阴复具）妻子。asau（idam 阳单体）这。tisṛbhiḥ（tri 阴复具）三。babhau（√bhā 完成单三）显示，看似。tisṛbhiḥ（tri 阴复具）三。eva（不变词）确实。bhuvam（bhū 阴单业）大地。saha（不变词）带着。śaktibhiḥ（śakti 阴复具）能力。upagataḥ（upagata 阳单体）来到。vininīṣuḥ（vininīṣu 阳单体）想要教化。iva（不变词）仿佛。prajāḥ（prajā 阴复业）民众。hari（黄褐色的）-hayaḥ（haya 马），复合词（阳单体），拥有黄褐马者，因陀罗。ari（敌人）-ha（消灭）-yoga（手段）-vicakṣaṇaḥ（vicakṣaṇa 精通），复合词（阳单体），精通消灭敌人的手段。

स किल संयुगमूर्ध्नि सहायतां मघवतः प्रतिपद्य महारथः।
स्वभुजवीर्यमगापयदुच्छ्रितं सुरवधूरवधूतभयाः शरैः॥१९॥

这位大武士在战斗的前沿阵地，
成为因陀罗的助手，发射利箭，
解除天女们的恐惧，从而赢得
她们歌颂他的手臂的崇高威力。（19）

saḥ（tad 阳单体）他。kila（不变词）据说。saṃyuga（战斗）-mūrdhni（mūrdhan 头，前沿），复合词（阳单依），战斗前线。sahāyatām（sahāyatā 阴单业）同伴，助手。maghavataḥ（maghavan 阳单属）因陀罗。pratipadya（prati√pad 独立式）达到，成为。mahā（大）-rathaḥ（ratha 武士），复合词（阳单体），大武士。sva（自己的）-bhuja（手臂）-vīryam（vīrya 威力），复合词（中单业），自己手臂的威力。agāpayat（√gai 致使，未完单三）歌颂。ucchritam（ucchrita 中单业）高耸的，崇高的。sura（天神）-vadhūḥ（vadhū 妇女），复合词（阴复业），天女。avadhūta（消除）-bhayāḥ（bhaya 恐惧），复合词（阴复业），消除恐惧。śaraiḥ（śara 阳复具）箭。

क्रतुषु तेन विसर्जितमौलिना भुजसमाहृतदिग्वसुना कृताः।
कनकयूपसमुच्छ्रयशोभिनो वितमसा तमसासरयूतटाः॥२०॥

他凭手臂威力获取十方财富，

① “三种力量”指威力、谋略和勇气。

而在举行祭祀时，摘下顶冠，
内心清净，多摩萨和萨罗优
河边竖起金祭柱而光彩熠熠。（20）

kratuṣu（kratu 阳复依）祭祀。tena（tad 阳单具）他。visarjita（放下）-maulinā（mauli 顶冠），复合词（阳单具），取下顶冠。bhuja（手臂）-samāhṛta（聚集）-diś（方向）-vasunā（vasu 财富），复合词（阳单具），凭手臂聚集十方财富。kṛtāḥ（kṛta 阳复体）做。kanaka（金子）-yūpa（祭柱）-samucchraya（竖立）-śobhinaḥ（śobhin 光辉的），复合词（阳复体），竖立金祭柱而增添光辉。vitamasā（vitamas 阳单具）去除愚暗的，清净的。tamasā（多摩萨河）-sarayū（萨罗优河）-taṭāḥ（taṭa 岸），复合词（阳复体），多摩萨河和萨罗优河岸边。

अजिनदण्डभृतं कुशमेखलां यतगिरं मृगशृङ्गपरिग्रहाम्।
अधिवसंस्तनुमध्वरदीक्षितामसमभासमभासयदीश्वरः॥२१॥

身穿鹿皮衣，手持木杖和鹿角，
腰束拘舍草，控制语言，完成
祭祀前准备，自在天住在他的
身体中，使它闪耀无比的光辉。①（21）

ajina（鹿皮）-daṇḍa（木杖）-bhṛtam（bhṛt 穿，持），复合词（阴单业），身穿鹿皮，手持木杖。kuśa（拘舍草）-mekhalām（mekhalā 腰带），复合词（阴单业），腰束拘舍草。yata（控制）-giram（gir 言语），复合词（阴单业），控制言语。mṛga（鹿）-śṛṅga（角）-parigrahām（parigraha 持），复合词（阴单业），手持鹿角。adhivasan（adhi√vas 现分，阳单体）居住。tanum（tanu 阴单业）身体。adhvara（祭祀）-dīkṣitām（dīkṣita 祭祀前准备），复合词（阴单业），完成祭祀前准备。asama（无比的）-bhāsam（bhās 光辉），复合词（阴单业），具有无比的光辉。abhāsayat（√bhās 致使，未完单三）闪耀。īśvaraḥ（īśvara 阳单体）自在天，湿婆。

अवभृथप्रयतो नियतेन्द्रियः सुरसमाजसमाक्रमणोचितः।
नमयति स्म स केवलमुन्नतं वनमुचे नमुचेररये शिरः॥२२॥

祭祀结束之后，沐浴净化，
控制感官，适合参与天神
集会，他的高昂的头只对

① 这首诗描写十车王举行祭祀，仿佛成为自在天（湿婆）的化身，因为祭祀者是自在天的八种化身之一。

释放雨水的因陀罗[①]弯下。（22）

avabhṛtha（祭祀后沐浴）-prayataḥ（prayata 净化），复合词（阳单体），祭祀后沐浴净化。niyata（控制）-indriyaḥ（indriya 感官），复合词（阳单体），控制感官。sura（天神）-samāja（集会）-samākramaṇa（进入）-ucitaḥ（ucita 适合的），复合词（阳单体），适合参与天神的集会。namayati（√nam 致使，现在单三）弯下。sma（不变词）表示过去。saḥ（tad 阳单体）他。kevalam（不变词）仅仅。unnatam（unnata 中单业）高昂的。vana（水）-muce（muc 释放），复合词（阳单为），释放雨水的。namuceḥ（namuci 阳单属）那牟吉。araye（ari 阳单为）敌人。śiraḥ（śiras 中单业）头。

असकृदेकरथेन तरस्विना हरिहयाग्रसरेण धनुर्भृता।
दिनकराभिमुखा रणरेणवो रुरुधिरे रुधिरेण सुरद्विषाम्॥ २३॥

他快速敏捷，经常手持弓箭，
乘坐一辆战车，担任因陀罗的
前锋，用敌人鲜血平息战斗中
扬起而遮蔽空中太阳的尘土。（23）

asakṛt（不变词）经常。eka（一）-rathena（ratha 战车），复合词（阳单具），驾一辆战车。tarasvinā（tarasvin 阳单具）快速的，敏捷的。harihaya（驾着黄褐马的，因陀罗）-agrasareṇa（agrasara 前驱的，先行的），复合词（阳单具），成为因陀罗的先锋。dhanus（弓）-bhṛtā（bhṛt 持），复合词（阳单具），持弓。dinakara（太阳）-abhimukhāḥ（abhimukha 面向），复合词（阳复体），面向太阳的，遮蔽太阳的。raṇa（战斗）-reṇavaḥ（reṇu 尘土），复合词（阳复体），战斗中的尘土。rurudhire（√rudh 被动，完成复三）阻遏。rudhireṇa（rudhira 中单具）血。sura（天神）-dviṣām（dviṣ 敌人），复合词（阳复属），天神之敌。

अथ समाववृते कुसुमैर्नवैस्तमिव सेवितुमेकनराधिपम्।
यमकुबेरजलेश्वरवज्रिणां समधुरं मधुरञ्चितविक्रमम्॥ २४॥

现在，春天来到，仿佛用鲜花侍奉
这位一统天下的国王，英勇气慨
受人崇拜，担负着与阎摩、俱比罗、
水神伐楼那和因陀罗同样的职责。（24）

atha（不变词）这时。samāvavṛte（sam-ā√vṛt 完成单三）来到。kusumaiḥ（kusuma

① 此处“因陀罗”的原词是使用因陀罗的称号“那牟吉之敌”。那牟吉是一位被因陀罗杀死的阿修罗。

中复具）花。navaiḥ（nava 中复具）新鲜的。tam（tad 阳单业）他。iva（不变词）仿佛。sevitum（√sev 不定式）侍奉。eka（独一无二的）-nara（人）-adhipam（adhipa 统治者），复合词（阳单业），独一无二的国王。yama（阎摩）-kubera（俱比罗）-jaleśvara（水神伐楼那）-vajriṇām（vajrin 持雷杵者，因陀罗），复合词（阳复属），阎摩、俱比罗、水神伐楼那和因陀罗。sama（同样的）-dhuram（dhur 责任），复合词（阳单业），承担同样的责任。madhuḥ（madhu 阳单体）春天。añcita（受崇敬）-vikramam（vikrama 勇气，英雄气概），复合词（阳单业），英雄气概受人崇敬。

जिगमिषुर्धनदाध्युषितां दिशं रथयुजा परिवर्तितवाहनः।
दिनमुखानि रविर्हिमनिग्रहैर्विमलयन्मलयं नगमत्यजत्॥ २५॥

太阳想要前往财神居住的
北方，让车夫调转马头，
离开了摩罗耶山，它驱除
霜雾，让清晨变得明净。（25）

jigamiṣuḥ（jigamiṣu 阳单体）想要去往。dhanada（财神）-adhyuṣitām（adhyuṣita 居住），复合词（阴单业），财神居住的。diśam（diś 阴单业）方向。ratha（车）-yujā（yuj 上轭），复合词（阳单具），车夫。parivartita（调转）-vāhanaḥ（vāhana 马），复合词（阳单体），调转马头。dina（一天）-mukhāni（mukha 脸部），复合词（中复业），清晨。raviḥ（ravi 阳单体）太阳。hima（霜雾）-nigrahaiḥ（nigraha 驱除），复合词（阳复具），驱除霜雾。vimalayan（√vimalaya 现分，阳单体）使变清澈。malayam（malaya 阳单业）摩罗耶山。nagam（naga 阳单业）山。atyajat（√tyaj 未完单三）抛弃，离开。

कुसुमजन्म ततो नवपल्लवास्तदनु षट्पदकोकिलकूजितम्।
इति यथाक्रममाविरभून्मधुर्द्रुमवतीमवतीर्य वनस्थलीम्॥ २६॥

鲜花绽放，嫩叶长出，
蜜蜂和杜鹃发出鸣声，
春天降临树木繁茂的
林地，逐步展现自己。（26）

kusuma（花朵）-janma（janman 出生），复合词（中单体），花朵绽放。tatas（不变词）然后。nava（新的）-pallavāḥ（pallava 嫩叶），复合词（阳复体），嫩叶新生。tadanu（不变词）此后。ṣaṭpada（蜜蜂）-kokila（杜鹃）-kūjitam（kūjita 鸣叫），复合词（中单体），蜜蜂和杜鹃发出鸣声。iti（不变词）这样。yathākramam（不变词）依次，逐步。āvirabhūt（āvis√bhū 不定单三）展现。madhuḥ（madhu 阳单体）春天。drumavatīm （drumavat 阴单业）树木繁茂的。avatīrya（ava√tṝ 独立式）降临。vana（树林）-sthalīm（sthalī 林地），复合词（阴单业），林地。

नयगुणोपचितामिव भूपतेः सदुपकारफलां श्रियमर्थिनः।
अभिययुः सरसो मधुसंभृतां कमलिनीमलिनीरपतत्रिणः॥२७॥

犹如乞求者前来乞求国王的财富，
那是国王依靠谋略和品德而获得，
用于恩赐善人，蜜蜂和水鸟飞向
湖中的莲花，那是春天培育而成。（27）

naya（谋略）-guṇa（品德）-upacitām（upacita 积累），复合词（阴单业），依靠谋略和品德而积累。iva（不变词）犹如。bhū（大地）-pateḥ（pati 主人），复合词（阳单属），大地之主，国王。sat（善人）-upakāra（帮助）-phalām（phala 目的），复合词（阴单业），目的是帮助善人。śriyam（śrī 阴单业）财富。arthinaḥ（arthin 阳复体）乞求者。abhiyayuḥ（abhi√yā 完成复三）走向。sarasaḥ（saras 中单属）湖。madhu（春天）-saṃbhṛtām（saṃbhṛta 滋养，培育），复合词（阴单业），春天培育的。kamalinīm（kamalinī 阴单业）莲花。ali（蜜蜂）-nīra（水）-patatriṇaḥ（patatrin 鸟），复合词（阳复体），蜜蜂和水鸟。

कुसुममेव न केवलमार्तवं नवमशोकतरोः स्मरदीपनम्।
किसलयप्रसवोऽपि विलासिनां मदयिता दयिताश्रवणार्पितः॥२८॥

不仅是这按照时令绽放的
无忧树鲜花点燃人们爱情，
甚至戴在心爱者耳朵上的
叶芽也令情人们心醉神迷。（28）

kusumam（kusuma 中单体）花朵。eva（不变词）确实。na（不变词）不。kevalam（不变词）仅仅。ārtavam（ārtava 中单体）时令的。navam（nava 中单体）新鲜的。aśoka（无忧树）-taroḥ（taru 树），复合词（阳单属），无忧树。smara（爱情）-dīpanam（dīpana 点燃），复合词（中单体），点燃爱情。kisalaya（嫩芽）-prasavaḥ（prasava 长出），复合词（阳单体），幼芽。api（不变词）甚至。vilāsinām（vilāsin 阳复属）情人。madayitā（madayitṛ 阳单体）使人迷醉者。dayitā（妻子，心爱的女子）-śravaṇa（耳朵）-arpitaḥ（arpita 安放），复合词（阳单体），戴在心爱的女子耳朵上。

विरचिता मधुनोपवनश्रियामभिनवा इव पत्रविशेषकाः।
मधुलिहां मधुदानविशारदाः कुरवका रवकारणतां ययुः॥२९॥

那些古罗婆迦树如同春天
新近画在花园女神身上的
彩绘线条，善于提供蜜汁，
引来蜜蜂们的嘤嘤嗡嗡声。（29）

viracitāḥ（viracita 阳复体）安排。madhunā（madhu 阳单具）春天。upavana（花园）-śriyām（śrī 女神），复合词（阴单依），花园女神。abhinavāḥ（abhinava 阳复体）新的。iva（不变词）如同。patraviśeṣakāḥ（patraviśeṣaka 阳复体）彩绘线条。madhu（蜜）-lihām（lih 舔），复合词（阳复属），舔蜜者，蜜蜂。madhu（蜜汁）-dāna（给予，提供）-viśāradāḥ（viśārada 善于），复合词（阳复体），善于提供蜜汁。kuravakāḥ（kuravaka 阳复体）古罗婆迦树。rava（声音）-kāraṇatām（kāraṇatā 原因），复合词（阴单业），声音的原因。yayuḥ（√yā 完成复三）走向。

सुवदनावदनासवसंभृतस्तदनुवादिगुणः कुसुमोद्गमः।
मधुकरैरकरोन्मधुलोलुपैर्बकुलमाकुलमायतपङ्क्तिभिः॥३०॥

那些波古罗花喝了面庞美丽的
妇女嘴中喷洒出的蜜酒而绽放，
具有蜜酒的性质，使波古罗树
布满排成长列渴求蜜汁的蜜蜂。（30）

suvadanā（面庞美丽的妇女）-vadana（嘴）-āsava（酒）-saṃbhṛtaḥ（saṃbhṛta 滋养，培育），复合词（阳单体），受到面庞美丽的妇女嘴中的酒滋养。tad（它，指酒）-anuvādi（anuvādin 一致的）-guṇaḥ（guṇa 性质），复合词（阳单体），与酒的性质一致。kusuma（花朵）-udgamaḥ（udgama 展现），复合词（阳单体），花朵开放。madhu（蜜）-karaiḥ（kara 制造），复合词（阳复具），酿蜜者，蜜蜂。akarot（√kṛ 未完单三）做。madhu（蜜）-lolupaiḥ（lolupa 渴求的），复合词（阳复具），渴求蜜的。bakulam（bakula 阳单业）波古罗树。ākulam（ākula 阳单业）充满。āyata（长的）-paṅktibhiḥ（paṅkti 一排），复合词（阳复具），排成长列。

उपहितं शिशिरापगमश्रिया मुकुलजालमशोभत किंशुके।
प्रणयिनीव नखक्षतमण्डनं प्रमदया मदयापितलज्जया॥३१॥

春天的光辉催生金苏迦
树上布满嫩芽，光彩熠熠，
犹如酒醉妇女摆脱羞涩，
留在情人身上的指甲痕。（31）

upahitam（upahita 中单体）安放。śiśira（冬季）-apagama（离开）-śriyā（śrī 光辉），复合词（阴单具），春季的光辉。mukula（芽）-jālam（jāla 堆，簇），复合词（中单体），簇簇嫩芽。aśobhata（√śubh 未完单三）闪亮。kiṃśuke（kiṃśuka 阳单依）金苏迦树。praṇayini（praṇayin 阳单依）情人，爱人。iva（不变词）犹如。nakha（指甲）-kṣata（伤痕）-maṇḍanam（maṇḍana 装饰），复合词（中单体），指甲痕为装饰。pramadayā（pramadā 阴单具）妇女。mada（醉酒）-yāpita（驱除）-lajjayā（lajjā 羞涩），复合词（阴单具），醉酒而摆脱羞涩。

व्रणगुरुप्रमदाधरदुःसहं जघननिर्विषयीकृतमेखलम्।
न खलु तावदशेषमपोहितुं रविरलं विरलं कृतवान्हिमम्॥ ३२॥

太阳已经减少，但还没有
完全消除霜雾，故而妇女
被咬伤的下嘴唇难以忍受，
她们的臀部还没有束腰带。①（32）

vraṇa（伤口）-guru（严重的）-pramadā（妇女）-adhara（下嘴唇）-duḥsaham（duḥsaha 难以忍受的），复合词（中单业），妇女的下嘴唇伤口严重而难以忍受。jaghana（臀部）-nirviṣayīkṛta（脱离原位）-mekhalam（mekhalā 腰带），复合词（中单业），使腰带脱离臀部。na（不变词）不。khalu（不变词）确实。tāvat（不变词）这时，此刻。aśeṣam（不变词）全部地。apohitum（apa√ūh 不定式）驱除。raviḥ（ravi 阳单体）太阳。alam（不变词）足够。viralam（virala 中单业）稀少的。kṛtavān（kṛtavat 阳单体）做。himam（hima 中单业）霜雾。

अभिनयान्परिचेतुमिवोद्यता मलयमारुतकम्पितपल्लवा।
अमदयत्सहकारलता मनः सकलिका कलिकामजितामपि॥ ३३॥

芒果树蔓藤已经结满花蕾，
嫩叶在摩罗耶山风中摇曳，
仿佛在学表演，甚至迷住
已经征服爱憎的人们的心。（33）

abhinayān（abhinaya 阳复业）表演。paricetum（pari√ci 不定式）练习。iva（不变词）仿佛。udyatā（udyata 阴单体）准备。malaya（摩罗耶山）-māruta（风）-kampita（摇动）-pallavā（pallava 嫩叶），复合词（阴单体），摩罗耶山风吹动嫩叶。amadayat

① 这里意谓寒冷加重伤口的疼痛。同时，镶嵌珠宝的腰带令人感觉发凉，故而天冷时不束这种腰带。

（√mad 致使，未完单三）迷醉。sahakāra（芒果树）-latā（latā 蔓藤），复合词（阴单体），芒果树蔓藤。manaḥ（manas 中单业）心。sa（具有）-kalikā（kalikā 花蕾），复合词（阴单体），具有花蕾。kali（争斗，仇恨）-kāma（爱欲）-jitām（jit 征服），复合词（阳复属），征服爱憎者。api（不变词）甚至。

प्रथममन्यभृताभिरुदीरिताः प्रविरला इव मुग्धवधूकथाः।
सुरभिगन्धिषु शुश्रुविरे गिरः कुसुमितासु मिता वनराजिषु॥ ३४॥

在鲜花盛开而充满芳香的
树林中，听到那些雌杜鹃
最初发出的、零星的鸣声，
犹如羞涩的新娘的说话声。（34）

prathamam（不变词）最初地。anyabhṛtābhiḥ（anyabhṛtā 阴复具）雌杜鹃。udīritāḥ（udīrita 阴复体）发出。praviralāḥ（pravirala 阴复体）间隔的，稀少的。iva（不变词）犹如。mugdha（纯朴的）-vadhū（新娘）-kathāḥ（kathā 说话），复合词（阴复体），纯朴的新娘的说话。surabhi（芳香）-gandhiṣu（gandhin 有气味的），复合词（阴复依），散发芳香的。śuśruvire（√śru 被动，完成复三）听到。giraḥ（gir 阴复体）话语。kusumitāsu（kusumita 阴复依）鲜花盛开的。mitāḥ（mita 阴复体）有限的，少量的。vana（树林）-rājiṣu（rāji 一排），复合词（阴复依），树林。

श्रुतिसुखभ्रमरस्वनगीतयः कुसुमकोमलदन्तरुचो बभुः।
उपवनान्तलताः पवनाहतैः किसलयैः सलयैरिव पाणिभिः॥ ३५॥

在花园中的蔓藤上，蜜蜂发出
悦耳的歌唱声，花朵似可爱的
牙齿光芒，嫩芽在风儿吹拂下
摆动，犹如打着节拍的手掌。（35）

śruti（听，耳朵）-sukha（愉快）-bhramara（蜜蜂）-svana（声音）-gītayaḥ（gīti 歌唱），复合词（阴复体），蜜蜂悦耳的鸣声如同歌唱。kusuma（花朵）-komala（可爱的）-danta（牙齿）-rucaḥ（ruc 光芒），复合词（阴复体），花朵似可爱的牙齿光芒。babhuḥ（√bhā 完成复三）闪光，显得。upavana（花园）-anta（内部）-latāḥ（latā 蔓藤），复合词（阴复体），花园中的蔓藤。pavana（风）-āhataiḥ（āhata 打击），复合词（阳复具），风儿吹动。kisalayaiḥ（kisalaya 阳复具）嫩芽。sa（具有）-layaiḥ（laya 节拍），复合词（阳复具），具有节拍的。iva（不变词）犹如。pāṇibhiḥ（pāṇi 阳复具）手掌。

ललितविभ्रमबन्धविचक्षणं सुरभिगन्धपराजितकेसरम्।
पतिषु निर्विविशुर्मधुमङ्गनाः स्मरसखं रसखण्डनवर्जितम्॥ ३६॥

妇女们享用蜜酒，甜蜜芳香
胜过波古罗花，那是爱神的
朋友，善于增强欢爱的魅力，
不会中断对自己丈夫的钟爱。（36）

lalita（游戏，媚态）-vibhrama（魅力）-bandha（联系）-vicakṣaṇam（vicakṣaṇa 善于），复合词（中单业），善于增强欢爱的魅力。surabhi（芳香）-gandha（气味）-parājita（胜过）-kesaram（kesara 波古罗花），复合词（中单业），香味胜过波古罗花。patiṣu（pati 阳单依）丈夫。nirviviśuḥ（nis√viś 完成复三）享受。madhum（madhu 中单业）蜜酒。aṅganāḥ（aṅganā 阴复体）妇女。smara（爱神）-sakham（sakha 朋友），复合词（阳单业），爱神的朋友。rasa（情味，爱情）-khaṇḍana（破坏）-varjitam（varjita 摒弃），摒弃对爱情的破坏。

शुशुभिरे स्मितचारुतराननाः स्त्रिय इव श्लथशिञ्जितमेखलाः।
विकचतामरसा गृहदीर्घिका मदकलोदकलोलविहंगमाः॥ ३७॥

家中的水池布满绽放的莲花，
水禽嬉水，发出迷糊的鸣声，
犹如妇女脸上展露可爱笑容，
腰带松懈，发出叮当的响声。（37）

śuśubhire（√śubh 完成复三）闪光，看似。smita（微笑）-cārutara（更可爱的）-ānanāḥ（ānana 脸），复合词（阴复体），面露微笑而更加可爱。striyaḥ（strī 阴复体）妇女。iva（不变词）犹如。ślatha（松散的）-śiñjita（叮当响）-mekhalāḥ（mekhalā 腰带），复合词（阴复体），腰带松懈，发出叮当响声。vikaca（绽放的）-tāmarasāḥ（tāmarasa 莲花），复合词（阴复体），莲花绽放的。gṛha（家）-dīrghikāḥ（dīrghikā 水池），复合词（阴复体），家内水池。mada（迷醉）-kala（鸣声模糊的）-udaka（水）-lola（喜爱的）-vihaṃgamāḥ（vihaṃgama 鸟），复合词（阴复体），嬉水的水禽发出迷糊的鸣声。

उपययौ तनुतां मधुखण्डिता हिमकरोदयपाण्डुमुखच्छविः।
सदृशमिष्टसमागमनिर्वृतिं वनितयानितया रजनीवधूः॥ ३८॥

夜晚新娘遭春天疏远变瘦[①]，
在月亮升起时，脸色苍白，

① 此处“变瘦”意谓冬天过后，春天的夜晚开始变短。

如同妇女失去与心上人
欢聚的快乐而憔悴消瘦。（38）

upayayau（upa√yā 完成单三）走向。tanutām（tanutā 阴单业）纤细，消瘦。madhu（春天）-khaṇḍitā（khaṇḍita 遗弃，疏远），复合词（阴单体），遭春天疏远。himakara（月亮）-udaya（升起）-pāṇḍu（苍白的）-mukha（脸）-chaviḥ（chavi 肤色），复合词（阴单体），在月亮升起时脸色苍白。sadṛśam（不变词）同样。iṣṭa（情人）-samāgama（相聚）-nirvṛtim（nirvṛti 快乐），复合词（阴单业），与情人相聚的快乐。vanitayā（vanitā 阴单具）妇女。anitayā（anita 阴单具）没有获得。rajanī（夜晚）-vadhūḥ（vadhū 新娘），复合词（阴单体），夜晚新娘。

अपतुषारतया विशदप्रभैः सुरतसङ्गपरिश्रमनोदिभिः।
कुसुमचापमतेजयदंशुभिर्हिमकरो मकरोर्जितकेतनम्॥ ३९॥

霜雾消失，月亮光芒清澈，
消除男女纵情欢爱的疲劳，
增强手持花弓的爱神威力，
这爱神以鳄鱼为光辉旗帜。（39）

apa（去除）-tuṣāra（霜雾）-tayā（tā 性质），复合词（阴单具），霜雾消失。viśada（清澈的）-prabhaiḥ（prabhā 光芒），复合词（阳复具），光芒清澈。surata（欢爱）-saṅga（沉湎）-pariśrama（疲劳）-nodibhiḥ（nodin 消除），复合词（阳复具），消除男女纵情欢爱的疲劳。kusuma（花）-cāpam（cāpa 弓），复合词（阳单业），持花弓者，爱神。atejayat（√tij 致使，未完单三）增强，激发。aṃśubhiḥ（aṃśu 阳复具）光线。hima（冷，霜）-karaḥ（kara 制造），复合词（阳单体），月亮。makara（鳄鱼）-ūrjita（卓越的，光荣的）-ketanam（ketana 旗帜），复合词（阳单业），以鳄鱼为光辉旗帜。

हुतहुताशनदीप्ति वनश्रियः प्रतिनिधिः कनकाभरणस्य यत्।
युवतयः कुसुमं दधुराहितं तदलके दलकेसरपेशलम्॥ ४०॥

花瓣和花蕊柔软的花朵，
闪亮似祭火，森林女神
用以替代金首饰，少妇们
由爱人摘来，戴在发髻上。（40）

huta（祭供）-hutāśana（火）-dīpti（闪亮），复合词（中单体），闪亮似祭火。vana（森林）-śriyaḥ（śrī 女神），复合词（阴单属），森林女神。pratinidhiḥ（pratinidhi 阳单体）替代品。kanaka（黄金）-ābharaṇasya（ābharaṇa 装饰品），复合词（中单属），

金首饰。yat（yad 中单体）这。yuvatayaḥ（yuvati 阴复体）少妇。kusumam（kusuma 中单业）花。dadhuḥ（√dhā 完成复三）安放。āhitam（āhita 中单业）给予。tat（tad 中单业）这。alake（alaka 阳单依）头发。dala（花瓣）-kesara（花蕊）-peśalam（peśala 柔软的），复合词（中单业），花瓣和花蕊柔软。

अलिभिरञ्जनबिन्दुमनोहरैः कुसुमपङ्क्तिनिपातिभिरङ्कितः।
न खलु शोभयति स्म वनस्थलीं न तिलकस्तिलकः प्रमदामिव॥४१॥

确实，不能不说提罗迦树装饰
这林地，犹如吉祥志装饰妇女，
因为蜜蜂飞落在成排的花朵上，
犹如点缀着滴滴眼膏而迷人。（41）

alibhiḥ（ali 阳复具）蜜蜂。añjana（黑眼膏）-bindu（滴）-manoharaiḥ（manohara 迷人的），复合词（阳复具），如滴滴黑眼膏般迷人。kusuma（花朵）-paṅkti（一排）-nipātibhiḥ（nipātin 落下），复合词（阳复具），落在成排的花朵上。aṅkitaḥ（aṅkita 阳单体）具有标志的。na（不变词）不。khalu（不变词）确实。śobhayati（√śubh 致使，现在单三）美化，装饰。sma（不变词）表示过去。vana（森林）-sthalīm（sthalī 林地），复合词（阴单业），林地。na（不变词）不。tilakaḥ（tilaka 阳单体）提罗迦树。tilakaḥ（tilaka 阳单体）吉祥志。pramadām（pramadā 阴单业）妇女。iva（不变词）犹如。

अमदयन्मधुगन्धसनाथया किसलयाधरसंगतया मनः।
कुसुमसंभृतया नवमल्लिका स्मितरुचा तरुचारुविलासिनी॥४२॥

那婆摩利迦蔓藤是大树的
漂亮情人，嫩芽似下嘴唇，
散发蜜酒香味，鲜花赋予
她微笑的光芒，令人心醉。（42）

amadayat（√mad 致使，未完单三）迷醉。madhu（蜜酒）-gandha（香味）-sanāthayā（sanātha 具有），复合词（阴单具），具有蜜酒的香味。kisalaya（嫩芽）-adhara（下唇）-saṃgatayā（saṃgata 结合），复合词（阴单具），具有嫩芽下唇。manaḥ（manas 中单业）心。kusuma（花朵）-saṃbhṛtayā（saṃbhṛta 提供），复合词（阴单具），花朵提供的。navamallikā（navamallikā 阴单体）那婆摩利迦蔓藤。smita（微笑）-rucā（ruc 光芒），复合词（阴单具），微笑的光芒。taru（树）-cāru（漂亮的）-vilāsinī（vilāsinī 女情人），复合词（阴单体），树的漂亮情人。

अरुणरागनिषेधिभिरंशुकैः श्रवणलब्धपदैश्च यवाङ्कुरैः।

परभृताविरुतैश्च विलासिनः स्मरबलैरबलैकरसाः कृताः ॥४३॥

胜过红霞的丝绸衣，耳朵上
佩戴的麦苗叶尖，雌杜鹃的
鸣声，这些构成爱神的军队，
激发情人们一心思恋妇女。（43）

aruṇa（朝霞）-rāga（红色）-niṣedhibhiḥ（niṣedhin 胜过的），复合词（中复具），胜过朝霞的红色。aṃśukaiḥ（aṃśuka 中复具）丝绸衣。śravaṇa（耳朵）-labdha（获得）-padaiḥ（pada 位置），复合词（中复具），在耳朵上获得位置。ca（不变词）和。yava（大麦）-aṅkuraiḥ（aṅkura 芽，叶尖），复合词（中复具），麦苗叶尖。parabhṛtā（雌杜鹃）-virutaiḥ（viruta 鸣声），复合词（中复具），雌杜鹃的鸣声。ca（不变词）和。vilāsinaḥ（vilāsin 阳复体）情人。smara（爱神）-balaiḥ（bala 军队），复合词（中复具），爱神的军队。abalā（妇女）-ekarasāḥ（ekarasa 一味，唯独钟情），复合词（阳复体），一心思恋妇女。kṛtāḥ（kṛta 阳复体）造成。

उपचितावयवा शुचिभिः कणैरलिकदम्बकयोगमुपेयुषी।
सदृशकान्तिरलक्ष्यत मञ्जरी तिलकजालकजालकमौक्तिकैः ॥४४॥

提罗迦树上花团簇拥，
每朵花沾满白色花粉，
与成群的蜜蜂相结合，
美似发网的那些珍珠。[①]（44）

upacita（布满，覆盖）-avayavā（avayava 部分），复合词（阴单体），各部分覆盖有。śucibhiḥ（śuci 阳复具）白色的。kaṇaiḥ（kaṇa 阳复具）颗粒，花粉。ali（蜜蜂）-kadambaka（一群，大量）-yogam（yoga 结合），复合词（阳单业），与成群的蜜蜂相结合。upeyuṣī（upeyivas，upa√i 完分，阴单体）走向。sadṛśa（像，如同）-kāntiḥ（kānti 美丽），复合词（阴单体），美丽如同。alakṣyata（√lakṣ 被动，未完单三）看似。mañjarī（mañjarī 阴单体）花簇。tilaka（提罗迦树）-jā（ja 产生），复合词（阴单体），提罗迦树产生的。alaka（头发）-jālaka（网）-mauktikaiḥ（mauktika 珍珠），复合词（中复具），发网上的珍珠。

ध्वजपटं मदनस्य धनुर्भृतश्छविकरं मुखचूर्णमृतुश्रियः।
कुसुमकेसररेणुमलिव्रजाः सपवनोपवनोत्थितमन्वयुः ॥४५॥

成群成群的蜜蜂追逐花园中

① 这里，发髻呈黑色，比喻成群的蜜蜂；发网上的珍珠呈白色，比喻白色花粉。

随风扬起的那些花丝和花粉，
这是持弓爱神的旗帜[①]，也是
春季女神脸上美容的扑粉。（45）

dhvaja（旗帜）-paṭam（paṭa 布面），复合词（阳单业），旗帜布面。madanasya（madana 阳单属）爱神。dhanus（弓）-bhṛtaḥ（bhṛt 持有），复合词（阳单属），持弓的。chavi（肤色，光彩）-karam（kara 做，制造），复合词（阳单业），增添光彩的。mukha（脸）-cūrṇam（cūrṇa 香粉），复合词（阳单业），脸上的香粉。ṛtu（季节）-śriyaḥ（śrī 女神），复合词（阴单属），季节女神，春季女神。kusuma（花朵）-kesara（花丝）-reṇum（reṇu 花粉），复合词（阳单业），花朵的花丝和花粉。ali（蜜蜂）-vrajāḥ（vraja 大量，成群），复合词（阳复体），成群的蜜蜂。sa（与）-pavana（风）-upavana（花园）-utthitam（utthita 扬起），复合词（阳单业），在花园中随风扬起的。anvayuḥ（anu√i 完成复三）追随。

अनुभवन्नवदोलमृतूत्सवं पटुरपि प्रियकण्ठजिघृक्षया।
अनयदासनरज्जुपरिग्रहे भुजलतां जलतामबलाजनः ॥४६॥

妇女们擅长享受新春荡秋千，
而依然渴望拥抱爱人的脖颈，
故而将自己宛如蔓藤的手臂
松懈地握住身子坐着的绳索。[②]（46）

anubhavan（anu√bhū 现分，阳单体）体验，享受。nava（新的）-dolam（dola 秋千），复合词（阳单业），新秋千。ṛtu（季节）-utsavam（utsava 节日），复合词（阳单业），季节的节日。paṭuḥ（paṭu 阳单体）机敏的，擅长的。api（不变词）即使。priya（爱人）-kaṇṭha（脖颈）-jighṛkṣayā（jighṛkṣā 渴望抱住），复合词（阴单具），渴望拥抱爱人的脖颈。anayat（√nī 未完单三）引导，引起。āsana（座位）-rajju（绳索）-parigrahe（parigraha 抓住），复合词（阳单依），抓住座位上的绳索。bhuja（手臂）-latām（latā 蔓藤），复合词（阴单业），手臂蔓藤。jalatām（jalatā 阴单业）迟钝，松懈。abalā（妇女）-janaḥ（jana 人们），复合词（阳单体），妇女们。

त्यजत मानमलं बत विग्रहैर्न पुनरेति गतं चतुरं वयः।
परभृताभिरितीव निवेदिते स्मरमते रमते स्म वधूजनः ॥४७॥

“抛弃骄傲，不要争斗！
美好的年华一去不复返。”

① 这里将“随风扬起的花蕊和花粉”比作爱神的随风飘扬的旗帜。
② 她们故意这样，以便可以装作没有坐稳，而抱住爱人的脖颈。

那些雌杜鹃仿佛宣示爱神
旨意，妇女们高兴满意。（47）

tyajata（√tyaj 命令复二）抛弃。mānam（māna 阳单业）傲慢。alam（不变词）足够，不必要。bata（不变词）啊。vigrahaiḥ（vigraha 阳复具）争斗。na（不变词）不。punar（不变词）再次。eti（√i 现在单三）来。gatam（gata 中单体）消逝。caturam（catura 中单体）美好的。vayaḥ（vayas 中单体）岁月，年华。parabhṛtābhiḥ（parabhṛtā 阴复具）雌杜鹃。iti（不变词）这样（说）。iva（不变词）仿佛。nivedite（nivedita 中单依）传达。smara（爱神）-mate（mata 意图），复合词（中单依），爱神的旨意。ramate（√ram 现在单三）高兴，满意。sma（不变词）表示过去。vadhū（妇女）-janaḥ（jana 人们），复合词（阳单体），妇女们。

अथ यथासुखमार्तवमुत्सवं समनुभूय विलासवतीसखः।
नरपतिश्चकमे मृगयारतिं स मधुमन्मधुमन्मथसंनिभः॥४८॥

如同毗湿奴、春神和爱神，
这位国王在美妇们陪伴下，
尽情地享受春节的快乐，
然后渴望享受狩猎的快乐。（48）

atha（不变词）然后。yathā（按照）-sukham（sukha 快乐），复合词（不变词），尽情地。ārtavam（ārtava 阳单业）季节的。utsavam（utsava 阳单业）节日，快乐。samanubhūya（sam-anu√bhū 独立式）体验，享受。vilāsavatī（美妇）-sakhaḥ（sakha 陪伴），复合词（阳单体），有美妇为伴。nara（人）-patiḥ（pati 主人），复合词（阳单体），国王。cakame（√kam 完成单三）渴望。mṛgayā（狩猎）-ratim（rati 快乐），复合词（阴单业），狩猎的快乐。saḥ（tad 阳单体）这。madhuman（madhumath 诛灭摩图者，毗湿奴）-madhu（春神）-manmatha（爱神）-saṃnibhaḥ（saṃnibha 如同），复合词（阳单体），如同毗湿奴、春神和爱神。

परिचयं चललक्ष्यनिपातने भयरुषोश्च तदिङ्गितबोधनम्।
श्रमजयात्प्रगुणां च करोत्यसौ तनुमतोऽनुमतः सचिवैर्ययौ॥४९॥

狩猎能练习射击移动的目标，
了解目标物的恐惧和愤怒的
姿态，也能战胜疲劳，强健
身体，大臣们便同意他前往。（49）

paricayam（paricaya 阳单业）熟练。cala（移动的）-lakṣya（目标）-nipātane（nipātana

击落），复合词（中单依），击落移动的目标。bhaya（恐惧）-ruṣoḥ（ruṣ 愤怒），复合词（阴双属），恐惧和愤怒。ca（不变词）和。tad（它，指目标）-iṅgita（动作，姿态）-bodhanam（bodhana 了解，觉察），复合词（中单业），了解目标的姿态。śrama（疲劳）-jayāt（jaya 战胜），复合词（阳单从），战胜疲劳。praguṇām（praguṇa 阴单业）优质的。ca（不变词）和。karoti（√kṛ 现在单三）做。asau（idam 阴单体）这，指狩猎。tanum（tanu 阴单业）身体。atas（不变词）因此。anumataḥ（anumata 阳单体）允许，同意。sacivaiḥ（saciva 阳复具）大臣。yayau（√yā 完成单三）前往。

मृगवनोपगमक्षमवेषभृद्विपुलकण्ठनिषक्तशरासनः।
गगनमश्वखुरोद्धतरेणुभिर्नृसविता स वितानमिवाकरोत्॥५०॥

这位人中太阳穿上适合
林中狩猎的服装，宽阔的
颈脖挎上弓，马蹄扬起的
尘土犹如遮蔽天空的帐篷。（50）

mṛga（野兽）-vana（树林）-upagama（前往）-kṣama（合适的）-veṣa（衣服）-bhṛt（bhṛt 穿着），复合词（阳单体），穿着适合前往林中狩猎的衣服。vipula（宽阔的）-kaṇṭha（颈脖）-niṣakta（挂上）-śarāsanaḥ（śarāsana 弓），复合词（阳单体），宽阔的颈脖挎上弓。gaganam（gagana 中单业）天空。aśva（马）-khura（蹄子）-uddhata（扬起）-reṇubhiḥ（reṇu 尘土），复合词（阳复具），马蹄扬起的尘土。nṛ（人）-savitā（savitṛ 太阳），复合词（阳单体），人中太阳。saḥ（tad 阳单体）这。vitānam（vitāna 阳单业）帐篷。iva（不变词）犹如。akarot（√kṛ 未完单三）做。

ग्रथितमौलिरसौ वनमालया तरुपलाशसवर्णतनुच्छदः।
तुरगवल्गनचञ्चलकुण्डलो विरुरुचे रुरुचेष्टितभूमिषु॥५१॥

他用树林中的花环系缚发髻，
身披与树叶颜色相同的铠甲，
耳环随着马匹跨步跳跃晃动，
在鹿群出没的林地闪耀光辉。（51）

grathita（系缚）-mauliḥ（mauli 发髻），复合词（阳单体），系缚发髻。asau（idam 阳单体）这。vana（树林）-mālayā（mālā 花环），复合词（阴单具），林中花环。taru（树）-palāśa（叶子）-savarṇa（颜色相同的）-tanucchadaḥ（tanucchada 铠甲），复合词（阳单体），身披与树叶颜色相同的铠甲。turaga（马）-valgana（跳跃）-cañcala（晃动的）-kuṇḍalaḥ（kuṇḍala 耳环），复合词（阳单体），耳环随着马匹跳跃晃动。viruruce （vi√ruc 完成单三）闪亮。ruru（一种鹿）-ceṣṭita（活动）-bhūmiṣu（bhūmi 地方），复合词（阴复依），鹿群活动的地方。

तनुलताविनिवेशितविग्रहा भ्रमरसंक्रमितेक्षणवृत्तयः।
ददृशुरध्वनि तं वनदेवताः सुनयनं नयनन्दितकोसलम्॥५२॥

这位国王的眼睛优美，施政受到
憍萨罗人欢迎，林中女神们望着
他一路行来，她们的形体隐藏在
纤细蔓藤中，目光转移给蜜蜂。（52）

tanu（纤细的）-latā（蔓藤）-viniveśita（安放）-vigrahāḥ（vigraha 形体），复合词（阴复体），形体安放在纤细蔓藤中。bhramara（蜜蜂）-saṃkramita（转移）-īkṣaṇa（目光）-vṛttayaḥ（vṛtti 活动），复合词（阴复体），目光的活动转移给蜜蜂。dadṛśuḥ（√dṛś 完成复三）观看。adhvani（adhvan 阳单依）道路。tam（tad 阳单业）他。vana（森林）-devatāḥ（devatā 女神），复合词（阴复体），森林女神。su（优美的）-nayanam（nayana 眼睛），复合词（阳单业），眼睛优美。naya（政治，统治）-nandita（高兴，欢迎）-kosalam（kosala 憍萨罗人），复合词（阳单业），施政受到憍萨罗人欢迎。

श्वगणिवागुरिकैः प्रथमास्थितं व्यपगतानलदस्यु विवेश सः।
स्थिरतुरंगमभूमि निपानवन्मृगवयोगवयोपचितं वनम्॥५३॥

他进入充满鹿、鸟和牦牛的树林，
已经有先遣人员携带猎犬和罗网，
清除林中野火和盗匪，备好水池，
地面坚实而适合马匹奔驰践踏。（53）

śvagaṇi（śvagaṇin 带着一群猎犬）-vāgurikaiḥ（vāgurika 带着罗网的），复合词（阳复具），携带猎犬和罗网的人。prathama（首先）-āsthitam（āsthita 占据），复合词（中单业），首先到达。vyapagata（消除，驱逐）-anala（火）-dasyu（dasyu 盗匪），复合词（中单业），清除火和盗匪。viveśa（√viś 完成单三）进入。saḥ（tad 阳单体）他。sthira（坚实的）-turaṃgama（马）-bhūmi（bhūmi 土地），复合词（中单业），地面坚实适合马匹践踏。nipāna（水池）-vat（具有），复合词（中单业），具有水池。mṛga（鹿）-vayas（鸟）-gavaya（牛，牦牛）-upacitam（upacita 充满），复合词（中单业），充满鹿、鸟和牦牛。vanam（vana 中单业）树林。

अथ नभस्य इव त्रिदशायुधं कनकपिङ्गतडिद्गुणसंयुतम्।
धनुरधिज्यमनाधिरुपाददे नरवरो रवरोषितकेसरी॥५४॥

这位人中俊杰现在无所忧虑，
取出上弦的弓，弦声激怒狮子，
犹如跋陀罗波陀月①取出系有
金黄色闪电弓弦的因陀罗弓②。（54）

atha（不变词）于是。nabhasyaḥ（nabhasya 阳单体）跋陀罗波陀月。iva（不变词）犹如。tridaśa（天神）-āyudham（āyudha 武器），复合词（中单业），天神的武器，因陀罗弓。kanaka（金子）-piṅga（黄色的）-taḍit（闪电）-guṇa（弦）-saṃyutam（saṃyuta 系上），复合词（中单业），系上金黄色闪电弓弦。dhanuḥ（dhanus 中单业）弓。adhijyam（adhijya 中单业）上弦的。an（没有）-ādhiḥ（ādhi 忧虑），复合词（阳单体），无忧无虑的。upādade（upa-ā√dā 完成单三）取出。nara（人）-varaḥ（vara 优秀者），复合词（阳单体），人中俊杰。rava（声音）-roṣita（激怒）-kesarī（kesarin 狮子），复合词（阳单体），声音激怒狮子。

तस्य स्तनप्रणयिभिर्मुहुरेणशावै-
व्याहन्यमानहरिणीगमनं पुरस्तात्।
आविर्बभूव कुशगर्भमुखं मृगाणां
यूथं तदग्रसरगर्वितकृष्णसारम्॥५५॥

他的前面出现一群羚羊，领头的
是一头骄傲的黑羚羊，它们嘴中
衔着拘舍草，母羚羊的行走时时
受到那些渴望吮奶的小羚羊阻碍。（55）

tasya（tad 阳单属）他，指十车王。stana（乳房）-praṇayibhiḥ（praṇayin 渴望的，喜爱的），复合词（阳复具），渴望吮奶的。muhur（不变词）一再地。eṇa（羚羊）-śāvaiḥ（śāva 幼崽），复合词（阳复具），小羚羊。vyāhanyamāna（vi-ā√han 被动，现分，受到阻碍）-hariṇī（母羚羊）-gamanam（gamana 行走），复合词（中单体），母羚羊的行走受到阻碍。purastāt（不变词）面前。āvirbabhuva（āvis√bhū 完成单三）出现。kuśa（拘舍草）-garbha（内部）-mukham（mukha 嘴），复合词（中单体），嘴中衔着拘舍草。mṛgāṇām（mṛga 阳复属）羚羊。yūtham（yūtha 中单体）一群。tat（tad 中单体）这。agrasara（走在前面的）-garvita（骄傲的）-kṛṣṇasāram（kṛṣṇasāra 黑羚羊），复合词（中单体），骄傲的黑羚羊领头。

① “跋陀罗波陀月”（bhādrapada，即 nabhasya）指八、九月。
② “因陀罗弓”指彩虹。

तत्प्रार्थितं जवनवाजिगतेन राज्ञा
तूणीमुखोद्धृतशरेण विशीर्णपङ्क्ति।
श्यामीचकार वनमाकुलदृष्टिपातै-
र्वातेरितोत्पलदलप्रकरैरिवार्द्रैः ॥५६॥

国王从箭囊拔出箭，骑着快马追逐，
羚羊们的队列被打散，它们流露出
含泪的惊恐目光，犹如被风吹动的
那些湿润的蓝莲花瓣，使树林变暗。（56）

tat（tad 中单体）这，指羚羊群。prārthitam（prārthita 中单体）追逐。javana（快的）-vāji（vājin 马）-gatena（gata 处于），复合词（阳单具），骑着快马。rājñā（rājan 阳单具）国王。tūṇī（箭囊）-mukha（口）-uddhṛta（拔出）-śareṇa（śara 箭），复合词（阳单具），从箭囊口拔出箭。viśīrṇa（驱散）-paṅkti（paṅkti 队列），复合词（中单体），队列被驱散。śyāmī-cakāra（śyāmī√kṛ 完成单三）变得黑暗。vanam（vana 中单业）树林。ākula（混乱的，惊慌的）-dṛṣṭipātaiḥ（dṛṣṭipāta 目光），复合词（阳复具），惊恐的目光。vāta（风）-īrita（吹动）-utpala（蓝莲花）-dala（花瓣）-prakaraiḥ（prakara 大量），复合词（阳复具），被风吹动的大片蓝莲花瓣。iva（不变词）犹如。ārdraiḥ（ārdra 阳复具）湿润的，含泪的。

लक्ष्यीकृतस्य हरिणस्य हरिप्रभावः
प्रेक्ष्य स्थितां सहचरीं व्यवधाय देहम्।
आकर्णकृष्टमपि कामितया स धन्वी
बाणं कृपामृदुमनाः प्रतिसंजहार ॥५७॥

他的威力似因陀罗，瞄准一头羚羊，
而发现相伴的母羚羊护住它的身体，
这位有情人即使已经将箭拉到耳边，
也出于同情而心软，收回了这支箭。（57）

lakṣyīkṛtasya（lakṣyīkṛta 阳单属）被瞄准的。hariṇasya（hariṇa 阳单属）羚羊。hari（因陀罗）-prabhāvaḥ（prabhāva 威力），复合词（阳单体），威力似因陀罗。prekṣya（pra√īkṣ 独立式）看到。sthitām（sthita 阴单业）站立。sahacarīm（sahacarī 阴单业）女伴，母羚羊。vyavadhāya（vi-ava√dhā 独立式）隐藏，掩盖。deham（deha 阳单业）身体。ā（直到）-karṇa（耳边）-kṛṣṭam（kṛṣṭa 拉），复合词（阳单业），拉到耳边。api（不变词）即使。kāmitayā（kāmitā 阴单具）有情。saḥ（tad 阳单体）他。dhanvī（dhanvin 阳单体）持弓的。bāṇam（bāṇa 阳单业）箭。kṛpā（同情）-mṛdu（柔软的）-manāḥ （manas 心），复合词（阳单体），出于同情而心软。pratisaṃjahāra（prati-sam√hṛ 完成单三）收回。

तस्यापरेष्वपि मृगेषु शरान्मुमुक्षोः
कर्णान्तमेत्य बिभिदे निबिडोऽपि मुष्टिः।
त्रासातिमात्रचटुलैः स्मरतः सुनेत्रैः
प्रौढप्रियानयनविभ्रमचेष्टितानि॥५८॥

他想要放箭射击其他的鹿，即使
紧握拳头拉弦至耳边，却又松开，
因为看到那些美丽的鹿眼惊恐颤抖，
想起了他的爱妻们转动的迷人目光。（58）

tasya（tad 阳单属）他。apareṣu（apara 阳复依）其他的。api（不变词）也。mṛgeṣu（mṛga 阳复依）鹿。śarān（śara 阳复业）箭。mumukṣoḥ（mumukṣu 阳单属）想要释放。karṇa（耳朵）-antam（anta 边际），复合词（阳单业），耳边。etya（ā√i 独立式）到达。bibhide（√bhid 完成单三）裂开，松开。nibiḍaḥ（nibiḍa 阳单体）紧密的，紧握的。api（不变词）尽管。muṣṭiḥ（muṣṭi 阳单体）拳头。trāsa（恐惧）-atimātra（极度，非常）-caṭulaiḥ（caṭula 颤抖），复合词（中复具），恐惧而极度颤抖。smarataḥ（√smṛ 现分，阳单属）回想。su（美丽的）-netraiḥ（netra 眼睛），复合词（中复具），美丽的眼睛。prauḍha（成熟的，大胆的）-priyā（爱妻）-nayana（眼睛）-vibhrama（转动，迷人）-ceṣṭitāni（ceṣṭita 动作，姿态），复合词（中复业），大胆的爱妻转动的迷人目光。

उत्तस्थुषः सपदि पल्वलपङ्कमध्या-
न्मुस्ताप्ररोहकवलावयवानुकीर्णम्।
जग्राह स द्रुतवराहकुलस्य मार्गं
सुव्यक्तमार्द्रपदपङ्क्तिभिरायताभिः॥५९॥

一群野猪迅速从池塘泥沼中起身，
逃跑时，撒落嘴中咀嚼的一部分
苜斯多草尖，还留下湿漉漉的、
长长的清晰足迹，国王沿路追踪。（59）

uttasthuṣaḥ（uttasthivas，ud√sthā 完分，阳单属）跃起。sapadi（不变词）迅速地。palvala（池塘）-paṅka（泥沼）-madhyāt（madhya 中间），复合词（中单从），池塘泥沼中。mustā（苜斯多草）-praroha（芽，尖）-kavala（一口）-avayava（一部分）-anukīrṇam （anukīrṇa 撒落，布满），复合词（阳单业），撒落嘴中咀嚼的一部分苜斯多草尖。jagrāha（√garh 完成单三）掌握。saḥ（tad 阳单体）他。druta（逃跑）-varāha（野猪）-kulasya（kula 群），复合词（阳单属），逃跑的野猪群。mārgam（mārga 阳单业）道路。su（非常）-vyaktam（vyakta 明显），复合词（阳单业），非常明显。ārdra（湿的）-pada（足印）-paṅktibhiḥ（paṅkti 一排），复合词（阳复具），一排湿漉漉的足印。āyatābhiḥ（āyata 阳复具）长长的。

तं वाहनादवनतोत्तरकायमीष-
द्विध्यन्तमुद्धृतसटाः प्रतिहन्तुमीषुः।
नात्मानमस्य विविदुः सहसा वराहा
वृक्षेषु विद्धमिषुभिर्जघनाश्रयेषु॥६०॥

国王从马背上稍稍弯身，刺杀野猪，
野猪们鬃毛竖起，用臀部顶住树干，
准备跃身反击，不知道自己突然间
已经被国王射来的利箭钉在树干上。（60）

tam（tad 阳单业）他，指国王。vāhanāt（vāhana 中单从）马。avanata（弯下）-uttara（上部的）-kāyam（kāya 身体），复合词（阳单业），弯下上身。īṣat（不变词）微微地。vidhyantam（√vyadh 现分，阳单业）打击。uddhṛta（竖起）-saṭāḥ（saṭa 鬃毛），复合词（阳复体），鬃毛竖起。pratihantum（prati√han 独立式）反击。īṣuḥ（√iṣ 完成复三）希望。na（不变词）不。ātmānam（ātman 阳单业）自己，自身。asya（idam 阳单属）他，指国王。vividuḥ（√vid 完成复三）知道。sahasā（不变词）突然。varāhāḥ（varāha 阳复体）野猪。vṛkṣeṣu（vṛkṣa 阳复依）树木。viddham（viddha 阳单业）刺穿。iṣubhiḥ（iṣu 阳复具）箭。jaghana（臀部）-āśrayeṣu（āśraya 依靠），复合词（阳复依），臀部依靠的。

तेनाभिघातरभसस्य विकृष्य पत्री
वन्यस्य नेत्रविवरे महिषस्य मुक्तः।
निर्भिद्य विग्रहमशोणितलिप्तपुङ्ख-
स्तं पातयां प्रथममास पपात पश्चात्॥६१॥

国王又拔箭射击一头猛烈
攻击他的野牛，射中眼穴，
穿透身体，而箭羽不沾血，
先射倒野牛，然后箭落地。（61）

tena（tad 阳单具）他。abhighāta（攻击）-rabhasasya（rabhasa 激烈），复合词（阳单属），激烈攻击的。vikṛṣya（vi√kṛṣ 独立式）拔出。patrī（patrin 阳单体）箭。vanyasya（vanya 阳单属）野生的。netra（眼睛）-vivare（vivara 裂口，空隙），复合词（中单依），眼窝，眼穴。mahiṣasya（mahiṣa 阳单属）牛。muktaḥ（mukta 阳单体）释放。nirbhidya（nis√bhid 独立式）穿透。vigraham（vigraha 阳单业）身体。a（不）-śoṇita（血）-lipta（沾染）-puṅkhaḥ（puṅkha 箭羽），复合词（阳单体），箭羽不沾血。tam（tad 阳单业）它，指野牛。pātayāmāsa（√pat 致使，完成单三）倒下。prathamam（不变词）首先。papāta（√pat 完成单三）倒下。paścāt（不变词）然后。

प्रायो विषाणपरिमोक्षलघूत्तमाङ्गा-
न्खड्गांश्चकार नृपतिर्निशितैः क्षुरप्रैः।
शृङ्गं स दृप्तविनयाधिकृतः परेषा-
मत्युच्छ्रितं न ममृषे न तु दीर्घमायुः॥ ६२॥

他用锋利的剃刀箭削去许多犀牛的角，
减轻它们头部分量，因为他负有驯服
傲慢者的职责，不能忍受敌人高耸的
犄角①，而不是不能忍受他们的长命。（62）

prāyas（不变词）大量，很多。viṣāṇa（角）-parimokṣa（去除）-laghu（轻的）-uttama（上面的）-aṅgān（aṅga 肢体），复合词（阳复业），角被削去而头部变轻。khaḍgān（khaḍga 阳复业）犀牛。cakāra（√kṛ 完成单三）做。nṛpatiḥ（nṛpati 阳单体）国王。niśitaiḥ（niśita 阳复具）锋利的。kṣurapraiḥ（kṣurapra 阳复具）剃刀箭。śṛṅgam（śṛṅga 中单业）角。saḥ（tad 阳单体）他。dṛpta（傲慢的）-vinaya（调伏）-adhikṛtaḥ（adhikṛta 负责），复合词（阳单体），负有调伏傲慢者的职责。pareṣām（para 阳复属）敌人。atyucchritam（atyucchrita 中单业）高高挺起的。na（不变词）不。mamṛṣe（√mṛṣ 完成单三）忍受。na（不变词）不。tu（不变词）而。dīrgham（dīrgha 中单业）长的。āyuḥ（āyus 中单业）寿命。

व्याघ्रानभीरभिमुखोत्पतितान्गुहाभ्यः
फुल्लासनाग्रविटपानिव वायुरुग्णान्।
शिक्षाविशेषलघुहस्ततया निमेषा-
त्तूणीचकार शरपूरितवक्त्ररन्ध्रान्॥ ६३॥

那些老虎从山洞中扑向国王，凭借

① 这里用“高耸的犄角”暗喻敌人的傲慢。

长期练就的敏捷身手，他无所畏惧，
转瞬间使老虎嘴成为装满箭的箭囊，
似狂风摧折鲜花盛开的阿萨那树枝。[①]（63）

vyāghrān（vyāghra 阳复业）老虎。abhīḥ（abhī 阳单体）无所畏惧。abhimukha（面对）-utpatitān（utpatita 跃起），复合词（阳复业），跃起扑来。guhābhyaḥ（guhā 阴复从）洞穴。phulla（开花的）-asana（阿萨那树）-agra（前端）-viṭapān（viṭapa 树枝），复合词（阳复业），花朵盛开的阿萨那树前面的树枝。iva（不变词）似。vāyu（风）-rugṇān（rugṇa 破碎），复合词（阳复业），被风摧折。śikṣā（学习）-viśeṣa（特殊的，优异的）-laghu（轻快的）-hasta（手）-tayā（tā 性质），复合词（阴单具），长期练就的异常敏捷的身手。nimeṣāt（nimeṣa 阳单从）眨眼，瞬间。tūṇī（tūṇa 箭囊）-cakāra（√kṛ 完成单三），变成箭囊。śara（箭）-pūrita（充满）-vaktra（嘴）-randhrān（randhra 空隙），复合词（阳复业），嘴中充满箭。

निर्घातोग्रैः कुञ्जलीनाञ्जिघांसुर्ज्यानिर्घोषैः क्षोभयामास सिंहान्।
नूनं तेषामभ्यसूयापरोऽभूद्वीर्योदग्रे राजशब्दे मृगेषु॥ ६४॥

他渴望杀死蜷伏洞穴的狮子，
用飓风般呼啸的弓弦声骚扰
它们，无疑是妒忌这些狮子
勇气超绝而享有兽王的称号。（64）

nirghāta（飓风）-ugraiḥ（ugra 猛烈的），复合词（阳复具），飓风般猛烈的。kuñja（洞穴）-līnān（līna 躺，蜷伏），复合词（阳复业），蜷伏在洞穴。jighāṃsuḥ（jighāṃsu 阳单体）渴望杀死的。jyā（弓弦）-nirghoṣaiḥ（nirghoṣa 声响），复合词（阳复具），弓弦声。kṣobhayāmāsa（√kṣubh 致使，完成单三）扰乱，刺激。siṃhān（siṃha 阳复业）狮子。nūnam（不变词）肯定。teṣām（tad 阳复属）它。abhyasūyā（妒忌）-paraḥ（para 一心），复合词（阳单体），充满妒忌。abhūt（√bhū 不定单三）是。vīrya（威力，勇气）-udagre（udagra 顶尖的，崇高的），复合词（阳单依），勇气超绝。rāja（王）-śabde（śabda 称号），复合词（阳单体），王的称号。mṛgeṣu（mṛga 阳复依）野兽。

तान्हत्वा गजकुलबद्धतीव्रवैरान्काकुत्स्थः कुटिलनखाग्रलग्नमुक्तान्।
आत्मानं रणकृतकर्मणां गजानामानृण्यं गतमिव मार्गणैरमंस्त॥ ६५॥

这些狮子对象群怀有强烈的敌意，

① 阿萨那树开黄花，老虎的皮肤呈黄色，故而用狂风摧折阿萨那树枝比喻国王射杀那些老虎。

弯曲的爪尖中埋有珍珠[①]，十车王
用箭杀死它们后，仿佛觉得还清
在战斗中为自己效劳的象群的债。(65)

tān（tad 阳复业）它，指狮子。hatvā（√han 独立式）杀死。gaja（象）-kula（一群）-baddha（怀有）-tīvra（强烈的）-vairān（vaira 敌意），复合词（阳复业），对象群怀有强烈的敌意。kākutsthaḥ（kākutstha 阳单体）迦俱私陀的后裔，指十车王。kuṭila（弯曲的）-nakha（指甲，爪）-agra（尖）-lagna（紧粘）-muktān（muktā 珍珠），复合词（阳复业），弯曲的爪尖中嵌有珍珠。ātmānam（ātman 阳单业）自己。raṇa（战斗）-kṛta（做）-karmaṇām（karman 事），复合词（阳复属），在战斗中效劳的。gajānām（gaja 阳复属）大象。ānṛṇyam（ānṛṇya 中单业）偿清债务。gatam（gata 阳单业）达到。iva（不变词）仿佛。mārgaṇaiḥ（mārgaṇa 阳复具）箭。amaṃsta（√man 不定单三）认为。

चमरान्परितः प्रवर्तिताश्वः क्वचिदाकर्णविकृष्टभल्लवर्षी।
नृपतीनिव तान्वियोज्य सद्यः सितबालव्यजनैर्जगाम शान्तिम्॥ ६६ ॥

有时他策动马匹，向某处的牦牛
射出拉至耳边的月牙箭雨，剥夺
它们的白色尾毛拂尘，犹如剥夺
其他国王的拂尘[②]，随即心中安宁。(66)

camarān（camara 阳复业）牦牛。paritas（不变词）周围，向。pravartita（转动）-aśvaḥ（aśva 马），复合词（阳单体），策动马匹。kvacit（不变词）有时。ā（直到）-karṇa（耳朵）-vikṛṣṭa（拽拉）-bhalla（月牙箭）-varṣī（varṣin 降雨，泼洒），复合词（阳单体），泼洒拉至耳边的月牙箭。nṛpatīn（nṛpati 阳复业）国王。iva（不变词）犹如。tān（tad 阳复业）它，指牦牛。viyojya（vi√yuj 致使，独立式）分离。sadyas（不变词）顿时。sita（白色的）-bāla（尾巴）-vyajanaiḥ（vyajana 拂尘），复合词（中复具），白色的尾巴拂尘。jagāma（√gam 完成单三）走向，到达。śāntim（śānti 阴单业）安宁。

अपि तुरगसमीपादुत्पतन्तं मयूरं
　　न स रुचिरकलापं बाणलक्ष्यीचकार।
सपदि गतमनस्कश्चित्रमाल्यानुकीर्णे

① 传说大象颞颥中含有珍珠，故而攻击大象的狮子的爪尖中常常夹带有珍珠。
② “拂尘”是王权的象征之一。

रतिविगलितबन्धे केशपाशे प्रियायाः ॥ ६७ ॥

尾翎美丽的孔雀即使飞近马匹，
也不会成为他放箭射击的目标，
此刻他想起爱妻的发辫，缀满
各色花朵，在欢爱中发结松开。（67）

api（不变词）即使。turaga（马）-samīpāt（samīpa 附近），复合词（中单从），马匹附近。utpatantam（ud√pat 现分，阳单业）飞起。mayūram（mayura 阳单业）孔雀。na（不变词）不。saḥ（tad 阳单体）他。rucira（美丽的）-kalāpam（kalāpa 尾翎），复合词（阳单业），尾翎美丽。bāṇa（箭）-lakṣyī（lakṣya 目标，靶子）-cakāra（√kṛ 完成单三，做），成为箭的目标。sapadi（不变词）立即。gata（走向）-manaskaḥ（manaska 思想），复合词（阳单体），想起。citra（各色）-mālya（花环）-anukīrṇe（anukīrṇa 布满），复合词（阳单依），缀满各色花环。rati（欢爱）-vigalita（散开）-bandhe（bandha 发结），复合词（阳单依），在欢爱中发结松开。keśa（头发）-pāśe（pāśa 套索），复合词（阳单依），发髻，发辫。priyāyāḥ（priyā 阴单属）爱妻。

तस्य कर्कशविहारसंभवं स्वेदमाननविलग्नजालकम्।
आचचाम सतुषारशीकरो भिन्नपल्लवपुटो वनानिलः ॥ ६८ ॥

由于狩猎游戏辛苦劳累，
他的脸上挂满滴滴汗珠，
林中微风吹开合拢的叶芽，
带着雾气，吸吮他的汗珠。（68）

tasya（tad 阳单属）他。karkaśa（坚硬的，激烈的）-vihāra（游戏）-saṃbhavam（saṃbhava 产生），复合词（阳单业），由激烈的游戏而产生。svedam（sveda 阳单业）汗珠。ānana（脸）-vilagna（粘着）-jālakam（jālaka 大量），复合词（阳单业），大量挂在脸上的。ācacāma（ā√cam 完成单三）吸吮。sa（带着）-tuṣāra（露，雾）-śīkaraḥ（śīkara 水气），复合词（阳单体），带着雾气。bhinna（劈开）-pallava（芽）-puṭaḥ（puṭa 叶苞），复合词（阳单体），吹开合拢的芽苞。vana（树林）-anilaḥ（anila 风），复合词（阳单体），林中风。

इति विस्मृतान्यकरणीयमात्मनः सचिवावलम्बितधुरं धराधिपम्।
परिवृद्धरागमनुबन्धसेवया मृगया जहार चतुरेव कामिनी ॥ ६९ ॥

狩猎迷住了国王，犹如机敏的
情人持久殷勤侍奉而增强爱意，

他已经忘却自己的其他应尽的
职责，将治国的重任托付大臣。（69）

iti（不变词）以上，这样。vismṛta（忘却）-anya（其他的）-karaṇīyam（karaṇīya 应该做的，职责），复合词（阳单业），忘却其他应尽的职责。ātmanaḥ（ātman 阳单属）自己。saciva（大臣）-avalambita（依靠）-dhuram（dhur 重担，责任），复合词（阳单业），重任托付大臣。dharā（大地）-adhipam（adhipa 统治者），复合词（阳单业），统治大地者，国王。parivṛddha（增长）-rāgam（rāga 激情，爱情），复合词（阳单业），增强爱意。anubandha（连续不断）-sevayā（sevā 侍奉），复合词（阴单具），持久侍奉。mṛgayā（mṛgayā 阴单体）狩猎。jahāra（√hṛ 完成单三）吸引，迷住。caturā（catura 阴单体）机敏的。iva（不变词）犹如。kāminī（kāminī 阴单体）情人。

स ललितकुसुमप्रवालशय्यां ज्वलितमहौषधिदीपिकासनाथाम्।
नरपतिरतिवाहयांबभूव क्वचिदसमेतपरिच्छदस्त्रियामाम्॥७०॥

在林中某处，没有侍从陪伴，
国王独自度过夜晚，睡在
柔软的鲜花和嫩叶床铺上，
身边的大药草如同灯光闪耀。（70）

saḥ（tad 阳单体）他。lalita（柔软的）-kusuma（花朵）-pravāla（嫩叶）-śayyām（śayyā 床），复合词（阴单业），以柔软的鲜花和嫩叶为床铺。jvalita（闪光）-mahā（大）-oṣadhi（药草）-dīpikā（灯）-sanāthām（sanātha 具有），复合词（阴单业），具有如同灯光闪耀的大药草。nara（人）-patiḥ（pati 主人），复合词（阳单体），国王。ativāhayāṃbabhūva（ati√vah 完成单三）度过。kvacit（不变词）某处。a（不）-sameta（会合）-paricchadaḥ（paricchada 侍从），复合词（阳单体），没有侍从陪伴。triyāmām（triyāmā 阴单业）夜晚。

उषसि स गजयूथकर्णतालैः पटुपटहध्वनिभिर्विनीतनिद्रः।
अरमत मधुराणि तत्र शृण्वन्विहगविकूजितबन्दिमङ्गलानि॥७१॥

清晨，象群击拍耳朵的响声
如同激越的鼓声，将他唤醒，
他也高兴地听到鸟禽甜蜜的
鸣声，如同歌手们吟唱颂诗。（71）

uṣasi（uṣas 阴单依）清晨。saḥ（tad 阳单体）他。gaja（大象）-yūtha（群）-karṇa（耳朵）-tālaiḥ（tāla 击拍），复合词（阳复具），象群击拍耳朵。paṭu（响亮的）-paṭaha

（鼓）-dhvanibhiḥ（dhvani 声音），复合词（阳复具），声音如同响亮的鼓。vinīta（带走）-nidraḥ（nidrā 睡眠），复合词（阳单体），驱走睡眠，唤醒。aramata（√ram 未完单三）高兴。madhurāṇi（madhura 中复业）甜蜜的。tatra（不变词）那里，指林中某处。śṛṇvan（√śru 现分，阳单体）听到。vihaga（鸟）-vikūjita（鸣叫）-bandi（bandin 歌手）-maṅgalāni（maṅgala 吉祥颂诗），复合词（中复业），鸟的鸣叫如同歌手吟唱的吉祥颂诗。

अथ जातु रुरोर्गृहीतवर्त्मा विपिने पार्श्वचरैरलक्ष्यमाणः।
श्रमफेनमुचा तपस्विगाढां तमसां प्राप नदीं तुरंगमेण॥ ७२॥

一次，身边的侍从没有注意，
他骑马沿着林中露露鹿足迹，
到达苦行者密集的多摩萨河，
马匹一路疲倦而口吐白沫。（72）

atha（不变词）然后。jātu（不变词）一次。ruroḥ（ruru 阳单属）露露鹿。gṛhīta（掌握）-vartmā（vartman 道路），复合词（阳单体），掌握道路。vipine（vipina 中单依）森林。pārśva（胁，身边）-caraiḥ（cara 行走），复合词（中复具），侍从。a（不）-lakṣyamāṇaḥ（√lakṣ 被动，现分，看见），复合词（阳单体），没有注意。śrama（疲倦）-phena（泡沫）-mucā（muc 释放），复合词（阳单具），疲倦而口吐白沫。tapasvi（tapasvin 苦行者）-gāḍhām（gāḍha 沐浴，密集），复合词（阴单业），苦行者密集的。tamasām（tamasā 阴单业）多摩萨河。prāpa（pra√āp 完成单三）到达。nadīm（nadī 阴单业）河流。turaṃgameṇa（turaṃgama 阳单具）马。

कुम्भपूरणभवः पटुरुच्चैरुच्चचार निनदोऽम्भसि तस्याः।
तत्र स द्विरदबृंहितशङ्की शब्दपातिनमिषुं विससर्ज॥ ७३॥

河水中传来水罐灌水时
响亮的汩汩声，而他怀疑
那是野象发出的鸣叫声，
便追逐这声音发射一支箭。（73）

kumbha（水罐）-pūraṇa（充满）-bhavaḥ（bhava 产生的），复合词（阳单体），灌满水罐产生的。paṭuḥ（paṭu 阳单体）响亮的。uccais（不变词）高声地。uccacāra（ud√car 完成单三）发出。ninadaḥ（ninada 阳单体）声音。ambhasi（ambhas 中单依）水。tasyāḥ（tad 阴单属）它，指多摩萨河。tatra（不变词）那里，指声音。saḥ（tad 阳单体）他。dvirada（大象）-bṛṃhita（吼叫）-śaṅkī（śaṅkin 怀疑），复合词（阳单体），怀疑是大

象鸣叫。śabda（声音）-pātinam（pātin 落下），复合词（阳单业），循声落下。iṣum（iṣu 阳单业）箭。visasarja（vi√sṛj 完成单三）发射。

नृपतेः प्रतिषिद्धमेव तत्कृतवान्पङ्क्तिरथो विलङ्घ्य यत्।
अपथे पदमर्पयन्ति हि श्रुतवन्तोऽपि रजोनिमीलिताः॥७४॥

十车王逾越法规，做了一件
禁止国王做的事，因为即使
通晓经典者，受盲目的激情
蒙蔽，也会走上错误的道路。[①]（74）

nṛpateḥ（nṛpati 阳单属）国王。pratiṣiddham（pratiṣiddha 中单体）禁止。eva（不变词）确实。tat（tad 中单业）这。kṛtavān（kṛtavat 阳单体）做。paṅkti（一排，十）-rathaḥ（ratha 车），复合词（阳单体），十车王。vilaṅghya（vi√laṅgh 独立式）逾越，违规。yat（yad 中单体）这。apathe（apatha 阳单依）错路，歧途。padam（pada 中单业）足。arpayanti（√ṛ 致使，现在复三）安放。hi（不变词）因为。śrutavantaḥ（śrutavat 阳复体）通晓经典者。api（不变词）即使。rajas（激情）-nimīlitāḥ（nimīlita 闭眼，蒙蔽），复合词（阳复体），受激情蒙蔽。

हा तातेति क्रन्दितमाकर्ण्य विषण्ण-
स्तस्यान्विष्यन्वेतसगूढं प्रभवं सः।
शल्यप्रोतं प्रेक्ष्य सकुम्भं मुनिपुत्रं
तापादन्तःशल्य इवासीत्क्षितिपोऽपि॥७५॥

听到“父亲啊”的叫声，他心里发沉，
寻找藏在芦苇丛中的声音出处，看见
一个牟尼之子手持水罐，已经中箭，
国王深感痛苦，仿佛自己心窝中箭。（75）

hā（不变词）啊。tāta（tāta 阳单呼）父亲。iti（不变词）这样（说）。kranditam（krandita 中单业）哭喊声，哀叫声。ākarṇya（ā√karṇ 独立式）听到。viṣaṇṇaḥ（viṣaṇṇa 阳单体）下沉的，沮丧的。tasya（tad 中单属）它，指哀叫声。anviṣyan（anu√iṣ 现分，阳单体）追寻。vetasa（芦苇）-gūḍham（gūḍha 隐藏），复合词（阳单业），隐藏在芦苇中的。prabhavam（prabhava 阳单业）来源，出处。saḥ（tad 阳单体）他。śalya（箭）-protam（prota 扎入），复合词（阳单业），中箭。prekṣya（pra√īkṣ 独立式）看见。sa（带着）-kumbham（kumbha 水罐），复合词（阳单业），带着水罐的。muni（牟

① 第五章第 50 首中提到“国王不应该杀死野象”。

尼）-putram（putra 儿子），复合词（阳单业），牟尼之子。tāpāt（tāpa 阳单从）灼热，痛苦。antar（内在）-śalyaḥ（śalya 箭），复合词（阳单体），内心中箭。iva（不变词）犹如。āsīt（√as 未完单三）是。kṣiti（大地）-paḥ（pa 保护），复合词（阳单体），大地保护者，国王。api（不变词）也。

तेनावतीर्य तुरगात्प्रथितान्वयेन
पृष्टान्वयः स जलकुम्भनिषण्णदेहः।
तस्मै द्विजेतरतपस्विसुतं स्खलद्भि
रात्मानमक्षरपदैः कथयांबभूव॥ ७६॥

这位出身名门望族的国王下马后，
询问这个少年的出身，此时少年
身子靠在水罐上，话语断断续续，
说自己是非再生族[①]苦行者的儿子。（76）

tena（tad 阳单具）他，指国王。avatīrya（ava√tṝ 独立式）下来。turagāt（turaga 阳单从）马。prathita（著名的）-anvayena（anvaya 家族），复合词（阳单具），出身名门望族。pṛṣṭa（询问）-anvayaḥ（anvaya 家族），复合词（阳单体），被询问家族。saḥ（tad 阳单体）他，指牟尼之子。jala（水）-kumbha（罐）-niṣaṇṇa（坐，依靠）-dehaḥ（deha 身体），复合词（阳单体），身体靠在水罐上。tasmai（tad 阳单为）他，指国王。dvija（再生族）-itara（不同于）-tapasvi（tapasvin 苦行者）-sutam（suta 儿子），复合词（阳单业），非再生族苦行者的儿子。skhaladbhiḥ（√skhal 现分，中复具）磕绊，结巴。ātmānam（ātman 阳单业）自己。akṣara（音节，字母）-padaiḥ（pada 词汇），复合词（中复具），音节和词汇。kathayāmbabhuva（√kath 完成单三）告诉。

तच्चोदितश्च तमनुद्धृतशल्यमेव
पित्रोः सकाशमवसन्नदृशोर्निनाय।
ताभ्यां तथागतमुपेत्य तमेकपुत्र-
मज्ञानतः स्वचरितं नृपतिः शशंस॥ ७७॥

在他请求下，国王将这中箭在身的
少年带到他的瞎眼父母身边，告诉
他俩自己出于无知，在那种情况下，
走近他俩的独生子，犯下这个过失。（77）

tad（他，指牟尼之子）-coditaḥ（codita 请求），复合词（阳单体），在他请求下。

① 此处“非再生族”指混合种姓，也就是这个少年是吠舍男子与首陀罗女子生的儿子。

ca（不变词）和。tam（tad 阳单业）他，指牟尼之子。an（不）-uddhata（拔出）-śalyam（śalya 箭），复合词（阳单业），箭未拔出。eva（不变词）确实。pitroḥ（pitṛ 阳双属）父母。sakāśam（sakāśa 阳单业）身边。avasanna（丧失）-dṛśoḥ（dṛś 视力），复合词（阳双属），丧失视力。ninaya（√nī 完成单三）引导，带到。tābhyām（tad 阳双为）他。tathā（这样）-gatam（gata 处于），复合词（阳单业），在那种情况下。upetya（upa√i 独立式）走近。tam（tad 阳单业）他。eka（唯一的）-putram（putra 儿子），复合词（阳单业），独子。a（不）-jñānatas（jñāna 知道），复合词（不变词），出于无知。sva（自己的）-caritam（carita 行为），复合词（中单业），自己的行为。nṛpatiḥ（nṛpati 阳单体）国王。śaśaṃsa（√śaṃs 完成单三）告诉。

तौ दंपती बहु विलप्य शिशोः प्रहर्त्रा
शल्यं निखातमुदहारयतामुरस्तः।
सोऽभूत्परासुरथ भूमिपतिं शशाप
हस्तार्पितैर्नयनवारिभिरेव वृद्धः॥७८॥

这对父母满怀哀伤，让这个射箭者
拔出射在儿子胸口的箭，儿子随即
气殒命绝，于是，老人用手接住
自己眼中流出的泪水，诅咒国王道：（78）

tau（tad 阳双体）这。dampatī（dampatī 阳双体）夫妇。bahu（不变词）很多。vilapya（vi√lap 独立式）哀伤。śiśoḥ（śiśu 阳单属）孩子。prahartrā（prahartṛ 阳单具）射箭者。śalyam（śalya 阳单业）箭。nikhātam（nikhāta 阳单业）扎入。udahārayatām（ud√hṛ 致使，未完双三）拔出。urastas（不变词）从胸口。saḥ（tad 阳单体）他，指儿子。abhūt（√bhū 不定单三）成为。parāsuḥ（parāsu 阳单体）断气的，死去的。atha（不变词）然后。bhūmi（大地）-patim（pati 主人），复合词（阳单业），大地之主，国王。śaśāpa（√śap 完成单三）诅咒。hasta（手）-arpitaiḥ（arpita 安放），复合词（中复具），放在手中。nayana（眼睛）-vāribhiḥ（vāri 水），复合词（中复具），眼中流下的泪水。eva（不变词）确实。vṛddhaḥ（vṛddha 阳单体）老人。

दिष्टान्तमाप्स्यति भवानपि पुत्रशोका-
दन्त्ये वयस्यहमिवेति तमुक्तवन्तम्।
आक्रान्तपूर्वमिव मुक्तविषं भुजंगं
प्रोवाच कोसलपतिः प्रथमापराद्धः॥७९॥

“你到了老年，也会像我这样，

为儿子悲伤而死。”这位老人
犹如遭到踩踏的蛇吐出毒液，
先已犯下过失的国王回答说：（79）

diṣṭa（命定的，注定的）-antam（anta 结局，终点），复合词（阳单业），注定的结局，死亡。āpsyati（√āp 将来单三）到达。bhavān（bhavat 阳单体）您。api（不变词）也。putra（儿子）-śokāt（śoka 悲伤），复合词（阳单业），为儿子而悲伤。antye（antya 中单依）最后的。vayasi（vayas 中单依）年纪。aham（mad 单体）我。iva（不变词）像。iti（不变词）这样说。tam（tad 阳单业）他。uktavantam（uktavat 阳单业）已说。ākrānta（踩踏）-purvam（pūrva 首先），复合词（阳单业），首先遭到踩踏。iva（不变词）犹如。mukta（释放）-viṣam（viṣa 毒液），复合词（阳单业），释放毒液。bhujaṃgam（bhujaṃga 阳单业）蛇。provāca（pra√vac 完成单三）说。kosala（憍萨罗）-patiḥ（pati 国王），复合词（阳单体），憍萨罗国王，十车王。prathama（首先的）-aparāddhaḥ（aparāddha 犯错），复合词（阳单体），首先犯错。

शापोऽप्यदृष्टतनयाननपद्मशोभे
सानुग्रहो भगवता मयि पातितोऽयम्।
कृष्यां दहन्नपि खलु क्षितिमिन्धनेद्धो
बीजप्ररोहजननीं ज्वलनः करोति॥८०॥

“对于我这个尚未见到儿子可爱的
莲花脸的人，尊者对我的这个诅咒
带着恩惠，犹如柴薪点燃的大火
焚烧耕地，依然让种子发芽生长。（80）

śāpaḥ（śāpa 阳单体）诅咒。api（不变词）即使。a（不）-dṛṣṭa（看见）-tanaya（儿子）-ānana（脸）-padma（莲花）-śobhe（śobhā 美丽），复合词（阳单依），尚未看见儿子可爱的莲花脸。sa（带着）-anugrahaḥ（anugraha 恩惠），复合词（阳单体），带着恩惠。bhagavatā（bhagavat 阳单具）尊敬的，尊者。mayi（mad 单依）我。pātitaḥ（pātita 阳单体）落下。ayam（idam 阳单体）这。kṛṣyām（kṛṣya 阴单业）可耕作的。dahan（√dah 现分，阳单体）燃烧。api（不变词）即使。khalu（不变词）确实。kṣitim（kṣiti 阴单业）土地。indhana（柴薪）-iddhaḥ（iddha 点燃），复合词（阳单体），点燃柴薪。bīja（种子）-praroha（芽）-jananīm（janana 长出），复合词（阴单业），种子发芽。jvalanaḥ（jvalana 阳单体）火。karoti（√kṛ 现在单三）做，造成。

इत्थंगते गतघृणः किमयं विधत्तां

वध्यस्तवेत्यभिहितो वसुधाधिपेन।
एधान्हुताशनवतः स मुनिर्ययाचे
पुत्रं परासुमनुगन्तुमनाः सदारः ॥८१॥

"事已如此，我这残酷的人该死，
现在让我为你做什么吧！" 国王
说罢，牟尼请求他点燃火葬堆，
他和妻子愿意追随死去的儿子。（81）

ittham（这样）-gate（gata 成为），复合词（中单依），已经如此。gata（失去）-ghṛṇaḥ（ghṛṇā 仁慈），复合词（阳单体），残酷的。kim（kim 中单业）什么。ayam（idam 阳单体）这。vidhattām（vi√dhā 命令单三）安排。vadhyaḥ（vadhya 阳单体）该杀的，该死的。tava（tvad 单属）你。iti（不变词）这样（说）。abhihitaḥ（abhihita 阳单体）说。vasudhā（大地）-adhipena（adhipa 统治者），复合词（阳单具），大地统治者，国王。edhān（edha 阳复业）柴薪。hutāśana（火）-vataḥ（vat 具有），复合词（阳复业），着火的。saḥ（tad 阳单体）他。muniḥ（muni 阳单体）牟尼。yayāce（√yāc 完成单三）祈求。putram（putra 阳单业）儿子。parāsum（parāsu 阳单业）死去的。anugantu（anugantum 不定式，追随）-manāḥ（manas 心），复合词（阳单体），想要追随。sa（与）-dāraḥ（dāra 妻子），复合词（阳单体），与妻子一起。

प्राप्तानुगः सपदि शासनमस्य राजा
संपाद्य पातकविलुप्तधृतिर्निवृत्तः।
अन्तर्निविष्टपदमात्मविनाशहेतुं
शापं दधज्ज्वलनमौर्वमिवाम्बुराशिः ॥८२॥

很快，随从们赶到，国王完成牟尼的吩咐，
然后返回，犯下的罪过破坏了思想的平静，
这诅咒铭刻在心头，是他自己毁灭的原因，
担负着它，犹如大海担负着海底燃烧的火[①]。（82）

prāpta（到达）-anugaḥ（anuga 随从），复合词（阳单体），随从来到。sapadi（不变词）立刻，很快。śāsanam（śāsana 中单业）命令。asya（idam 阳单属）这，指老人。rājā（rājan 阳单体）国王。sampādya（sam√pad 致使，独立式）完成。pātaka（罪

① 此处"海底燃烧的火"按照原文直译是"股生的火"。"股生"（aurva）是一位婆利古族仙人的名字。据《摩诃婆罗多》中描述，婆利古族曾经遭到成勇王后裔屠杀，婆利古族中有个女人为了保存后代，将胎儿怀在大腿里，生下股生仙人。股生仙人想为婆利古族复仇，修炼严酷的苦行，发誓要毁灭世界。婆利古族祖先们及时劝阻了他，引导他将满腔的怒火投放进海水中。

过）-vilupta（破坏）-dhṛtiḥ（dhṛti 坚定，沉着），复合词（阳单体），犯下的罪过破坏思想的平静。nivṛttaḥ（nivṛtta 阳单体）返回。antar（内部）-niviṣṭa（进入）-padam（pada 脚步），复合词（阳单业），脚步跨入内部，铭刻内心。ātma（ātman 自己）-vināśa（毁灭）-hetum（hetu 原因），复合词（阳单业），自己毁灭的原因。śāpam（śāpa 阳单业）诅咒。dadhat（√dhā 现分，阳单体）承担。jvalanam（jvalana 阳单业）火。aurvam（aurva 阳单业）股生的。iva（不变词）犹如。ambu（水）-rāśiḥ（rāśi 一堆，大量），复合词（阳单体），大海。

दशमः सर्गः।

第 十 章

पृथिवीं शासतस्तस्य पाकशासनतेजसः।
किंचिदूनमनूनर्द्धेः शरदामयुतं ययौ॥१॥

十车王统治大地，
威力如同因陀罗，
财富始终保持增长，
时光流逝近万年。（1）

pṛthivīm（pṛthivī 阴单业）大地。śāsataḥ（√śās 现分，阳单属）统治。tasya（tad 阳单属）他。pākaśāsana（诛灭巴迦者，因陀罗）-tejasaḥ（tejas 威力），复合词（阳单属），威力如同因陀罗。kim-cit（不变词）稍许。ūnam（ūna 中单体）不足的。anūna（不缺少）-ṛddheḥ（ṛddhi 增长，繁荣），复合词（阳单属），不缺乏繁荣，保持增长。śaradām（śarad 阴复属）秋天，一年。ayutam（ayuta 中单体）一万。yayau（√yā 完成单三）消逝。

न चोपलेभे पूर्वेषामृणनिर्मोक्षसाधनम्।
सुताभिधानं स ज्योतिः सद्यः शोकतमोपहम्॥२॥

但他还没有获得名为
“儿子”的光明，可以
立即驱除忧愁的黑暗，
还清欠下祖先的债务。（2）

na（不变词）不。ca（不变词）而。upalebhe（upa√labh 完成单三）获得。pūrveṣām（pūrva 阳复属）祖先。ṛṇa（债务）-nirmokṣa（解脱）-sādhanam（sādhana 实现，完成），复合词（中单业），还清债务。suta（儿子）-abhidhānam（abhidhāna 名称），复合词（中单业），名为儿子。saḥ（tad 阳单体）他。jyotiḥ（jyotis 中单业）光。sadyas（不变词）立即。śoka（忧愁）-tamas（黑暗）-apaham（apaha 驱除），复合词（中单业），驱除忧愁的黑暗。

अतिष्ठत्प्रत्ययापेक्षसंततिः स चिरं नृपः।
प्राङ्मन्थादनभिव्यक्तरत्नोत्पत्तिरिवार्णवः॥३॥

这位国王长久地等待，
儿子诞生有赖于成因，
犹如大海在搅动之前，
隐藏的珍宝不会显现。（3）

atiṣṭhat（√sthā 未完单三）站着。pratyaya（原因）-apekṣa（apekṣā 需要，等待）-saṃtatiḥ（saṃtati 后代），复合词（阳单体），后代有赖于成因。saḥ（tad 阳单体）这。ciram（不变词）长久地。nṛpaḥ（nṛpa 阳单体）国王。prāk（不变词）之前。manthāt（mantha 阳单从）搅动。an（不）-abhivyakta（显现）-ratna（珍宝）-utpattiḥ（utpatti 出现），复合词（阳单体），珍宝不会显现。iva（不变词）犹如。arṇavaḥ（arṇava 阳单体）大海。

ऋष्यशृङ्गादयस्तस्य सन्तः संतानकाङ्क्षिणः।
आरेभिरे जितात्मानः पुत्रीयामिष्टिमृत्विजः॥४॥

这样，以鹿角仙人[①]为首，
圣洁的祭司们控制自我，
着手为渴望后嗣的国王，
举行求取儿子的祭祀。（4）

ṛṣya（鹿）-śṛṅga（角）-ādayaḥ（ādi 等等），复合词（阳复体），以鹿角仙人为首的。tasya（tad 阳单属）他。santaḥ（sat 阳复体）圣洁的。saṃtāna（后嗣）-kāṅkṣiṇaḥ（kāṅkṣin 渴望），复合词（阳单属），渴望后嗣的。ārebhire（ā√rabh 完成复三）开始，着手。jita（战胜，制服）-ātmānaḥ（ātman 自我），复合词（阳复体），控制自我。putrīyām（putrīya 阴单业）有关儿子的。iṣṭim（iṣṭi 阴单业）祭祀。ṛtvijaḥ（ṛtvij 阳复体）祭司。

तस्मिन्नवसरे देवाः पौलस्त्योपप्लुता हरिम्।
अभिजग्मुर्निदाघार्ताश्छायावृक्षमिवाध्वगाः॥५॥

那时，众天神受到罗波那
侵扰，前往毗湿奴那里，

① 据《摩诃婆罗多》的《森林篇》中描述，无瓶仙人在湖水中沐浴时，见到天女优哩婆湿，情不自禁遗漏精液。一头母鹿恰好喝下含有精液的湖水，怀孕生下无瓶仙人的儿子。这个孩子额头长有鹿角，故而得名鹿角。他长期与父亲一起生活在森林中，没有见过任何女性。后来，盎伽国发生旱灾，大臣们向国王献策说，只要能把这位鹿角仙人请来，天上就会下雨。于是，国王委派妓女，引诱这位鹿角仙人来到都城。果然，国内普降大雨。

犹如旅行者受到酷暑炎热
折磨，走近阴凉的树荫。（5）

tasmin（tad 阳单依）那。avasare（avasara 阳单依）时候。devāḥ（deva 阳复体）天神。paulastya（罗波那）-upaplutāḥ（upapluta 侵扰），复合词（阳复体），受到罗波那侵扰。harim（hari 阳单业）毗湿奴。abhijagmuḥ（abhi√gam 完成复三）来到。nidāgha（炎热，酷暑）-ārtāḥ（ārta 折磨），复合词（阳复体），受到酷暑炎热折磨。chāyā（阴影）-vṛkṣam（vṛkṣa 树木），复合词（阳单业），有树荫的树木。iva（不变词）犹如。adhvagāḥ（adhvaga 阳复体）旅行者。

ते च प्रापुरुदन्वन्तं बुबुधे चादिपूरुषः।
अव्याक्षेपो भविष्यन्त्याः कार्यसिद्धेर्हि लक्षणम्॥६॥

他们到达大海时，
原人毗湿奴醒来，
不失时机是事情
必将成功的标志。（6）

te（tad 阳复体）他。ca（不变词）和。prāpuḥ（pra√āp 完成复三）到达。udanvantam（udanvat 阳单业）大海。bubudhe（√budh 完成单三）觉醒。ca（不变词）和。ādi（最初的）-pūruṣaḥ（pūruṣa 人），复合词（阳单体），原人，毗湿奴。a（不）-vyākṣepaḥ（vyākṣepa 耽搁，延误），复合词（阳单体），不延误。bhaviṣyantyāḥ（bhaviṣyat 阴单属）未来的，将要的。kārya（事情）-siddheḥ（siddhi 成功），复合词（阴单属），事情的成功。hi（不变词）因为。lakṣaṇam（lakṣaṇa 中单体）标志。

भोगिभोगासनासीनं ददृशुस्तं दिवौकसः।
तत्फणामण्डलोदर्चिर्मणिद्योतितविग्रहम्॥७॥

天国众天神看到他
坐在蛇[①]的身体上，
蛇冠上闪亮的摩尼
宝珠照耀他的身体。（7）

bhogi（bhogin 蛇）-bhoga（身体）-āsana（座位）-āsīnam（āsīna 坐），复合词（阳单业），坐在蛇身之座上。dadṛśuḥ（√dṛś 完成复三）看见。tam（tad 阳单业）他。diva（天国）-okasaḥ（okas 住处），复合词（阳复体），住在天国者，天神。tat（tad 它）-

① 这里提到的“蛇”是名为湿舍的神蛇。

phaṇā（蛇冠）-maṇḍala（圆盘）-udarcis（闪亮的）-maṇi（摩尼珠）-dyotita（照耀）-vigraham（vigraha 身体），复合词（阳单业），它的圆蛇冠上闪亮的摩尼宝珠照耀身体。

श्रियः पद्मनिषण्णायाः क्षौमान्तरितमेखले।
अङ्के निक्षिप्तचरणमास्तीर्णकरपल्लवे॥८॥

吉祥女神坐在莲花上，
他的脚放在她的怀中，
那里的绸衣覆盖腰带，
伸展着嫩芽般的手掌。[①]（8）

śriyaḥ（śrī 阴单属）吉祥女神。padma（莲花）-niṣaṇṇāyāḥ（niṣaṇṇa 坐），复合词（阴单属），坐在莲花上。kṣauma（绸衣）-antarita（覆盖）-mekhale（mekhalā 腰带），复合词（阳单依），绸衣覆盖腰带。aṅke（aṅka 阳单依）膝，怀抱。nikṣipta（放置）-caraṇam（caraṇa 脚），复合词（阳单业），安放脚。āstīrṇa（伸展）-kara（手）-pallave（pallava 嫩芽），复合词（阳单依），伸展着嫩芽般的手掌。

प्रबुद्धपुण्डरीकाक्षं बालातपनिभांशुकम्।
दिवसं शारदमिव प्रारम्भसुखदर्शनम्॥९॥

他的眼睛如同绽开的莲花，
他的衣服如同朝阳的光芒，
正如秋季的白天，在一天
开始之时，令人赏心悦目。（9）

prabuddha（绽开）-puṇḍarīka（莲花）-akṣam（akṣa 眼睛），复合词（阳单业），眼睛如同绽开的莲花。bāla（初升的）-ātapa（阳光）-nibha（如同）-aṃśukam（aṃśuka 衣服），复合词（阳单业），衣服如同朝阳的光芒。divasam（divasa 阳单业）白天。śāradam（śārada 阳单业）秋季的。iva（不变词）如同。prārambha（开始）-sukha（愉快的）-darśanam（darśana 观看），复合词（阳单业），开始之时令人赏心悦目。

प्रभानुलिप्तश्रीवत्सं लक्ष्मीविभ्रमदर्पणम्।
कौस्तुभाख्यमपां सारं बिभ्राणं बृहतोरसा॥१०॥

宽阔的胸膛上佩戴着

① 这里描写吉祥女神用绸衣覆盖自己的腰带，因为腰带镶嵌有宝石，可能会硌疼毗湿奴的脚。同时，她用柔软的双手按摩毗湿奴的脚。

名为憍斯杜跋的宝珠[①]，
光芒覆盖鬈毛，成为
吉祥女神的化妆镜子。（10）

prabhā（光芒）-anulipta（覆盖）-śrīvatsam（śrīvatsa 胸膛的鬈毛），复合词（阳单业），光芒覆盖鬈毛。lakṣmī（吉祥女神）-vibhrama（美丽，迷人）-darpaṇam（darpaṇa 镜子），复合词（阳单业），映照吉祥女神的美丽的镜子。kaustubha（憍斯杜跋）-ākhyam（ākhyā 名称），复合词（阳单业），名为憍斯杜跋。apām（ap 阴复属）水。sāram（sāra 阳单业）精华。bibhrāṇam（√bhṛ 现分，阳单业）佩戴。bṛhatā（bṛhat 中单具）宽阔的。urasā（uras 中单具）胸膛。

बाहुभिर्विटपाकारैर्दिव्याभरणभूषितैः।
आविर्भूतमपां मध्ये पारिजातमिवापरम्॥ ११॥

那些枝条般的手臂
佩戴天国的装饰品，
看似大海中出现的
又一种波利质多树。[②]（11）

bāhubhiḥ（bāhu 阳复具）手臂。viṭapa（枝条）-ākāraiḥ（ākāra 形态），复合词（阳复具），形如枝条。divya（天国的）-ābharaṇa（装饰品）-bhūṣitaiḥ（bhūṣita 装饰），复合词（阳复具），佩戴着天国的装饰品。āvirbhūtam（āvirbhūta 阳单业）出现。apām（ap 阴复属）水。madhye（madhya 阳单依）中间。pārijātam（pārijāta 阳单业）波利质多树。iva（不变词）犹如。aparam（apara 阳单业）另一个。

दैत्यस्त्रीगण्डलेखानां मदरागविलापिभिः।
हेतिभिश्चेतनावद्भिरुदीरितजयस्वनम्॥ १२॥

那些有知觉的武器[③]，
剥夺了提迭妻子们
脸颊上醉酒的红晕，
发出胜利的欢呼声。（12）

daitya（提迭，妖魔）-strī（妻子）-gaṇḍa（脸颊）-lekhānām（lekha 线条），复合词（阴复属），提迭妻子们脸颊上的一道道。mada（醉酒）-rāga（红色）-vilopibhiḥ

① 憍斯杜跋宝珠是搅乳海搅出的珍宝之一。
② 毗湿奴有四臂。波利质多树是搅乳海搅出的一种宝树。
③ 这些武器指毗湿奴在战斗中使用的螺号、剑、杵、弓和飞轮。

（vilopin 剥夺），复合词（阳复具），剥夺醉酒的红晕。hetibhiḥ（heti 阳复具）武器。cetanāvadbhiḥ（cetanāvat 阳复具）有知觉的。udīrita（发出）-jaya（胜利）-svanam（svana 声音），复合词（阳单业），发出胜利的欢呼声。

मुक्तशेषविरोधेन कुलिशव्रणलक्ष्मणा।
उपस्थितं प्राञ्जलिना विनीतेन गरुत्मता॥ १३॥

金翅鸟身上还留有
因陀罗的金刚杵伤痕，
摆脱对湿舍的敌意，
合掌恭候在他的身旁。①（13）

mukta（摆脱）-śeṣa（湿舍）-virodhena（virodha 敌意），复合词（阳单具），摆脱对湿舍的敌意。kuliśa（因陀罗的金刚杵）-vraṇa（伤痕）-lakṣmaṇā（lakṣman 标志），复合词（阳单具），具有因陀罗金刚杵的伤痕的标志。upasthitam（upasthita 阳单业）侍立，恭候。prāñjalinā（prāñjali 阳单具）合掌。vinītena（vinīta 阳单具）谦恭。garutmatā（garutmat 阳单具）金翅鸟。

योगनिद्रान्तविशदैः पावनैरवलोकनैः।
भृग्वादीननुगृह्णन्तं सौखशायनिकानृषीन्॥ १४॥

他以瑜伽睡眠后的
清澈而纯洁的眼光，
愉快接受以婆利古
为首的仙人们请安。（14）

yoga（瑜伽）-nidrā（睡眠）-anta（结束）-viśadaiḥ（viśada 清澈的），复合词（中复具），瑜伽睡眠结束后而清澈的。pāvanaiḥ（pāvana 中复具）纯洁的。avalokanaiḥ（avalokana 中复具）眼光。bhṛgu（婆利古）-ādīn（ādi 为首），复合词（阳复业），以婆利古为首。anugṛhṇantam（anu√grah 现分，阳单业）接受。saukhaśāyanikān（saukhaśāyanika 阳复业）询问睡眠是否安好者，请安者。ṛṣīn（ṛṣi 阳复业）仙人。

प्रणिपत्य सुरास्तस्मै शमयित्रे सुरद्विषाम्।
अथैनं तुष्टुवुः स्तुत्यमवाङ्मनसगोचरम्॥ १५॥

他是降伏天神之敌者，

① 据《摩诃婆罗多》的《初篇》中描述，因陀罗曾与金翅鸟争夺从乳海中搅出的甘露，而用金刚杵打击金翅鸟。同时，金翅鸟以食蛇闻名。而神蛇湿舍是毗湿奴的坐骑，故而“金翅鸟摆脱对湿舍的敌意”。

超越语言和思想领域，
众天神向他俯首行礼，
赞颂这位值得赞颂者：（15）

praṇipatya（pra-ni√pat 独立式）俯首行礼。surāḥ（sura 阳复体）天神。tasmai（tad 阳单为）他。śamayitre（śamayitṛ 阳单为）降伏者。sura（天神）-dviṣām（dviṣ 敌人），复合词（阳复属），天神之敌，阿修罗。atha（不变词）于是。enam（etad 阳单业）这。tuṣṭuvuḥ（√stu 完成复三）赞颂。stutyam（stutya 阳单业）值得赞颂的。a（不，非）-vāc（语言）-manasa（思想）-gocaram（gocara 领域），复合词（阳单业），超越语言和思想领域。

नमो विश्वसृजे पूर्वं विश्वं तदनु बिभ्रते।
अथ विश्वस्य संहर्त्रे तुभ्यं त्रेधास्थितात्मने॥ १६॥

“你的自我具有三种
形态，最初创造一切，
然后保护一切，最后
毁灭一切，向你致敬！（16）

namas（不变词）礼敬。viśva（一切）-sṛje（sṛj 创造），复合词（阳单为），创造一切者，创造主。pūrvam（不变词）最初。viśvam（viśva 中单业）一切。tadanu（不变词）然后。bibhrate（√bhṛ 现分，阳单为）维持，保护。atha（不变词）然后。viśvasya（viśva 中单属）一切。saṃhartre（saṃhartṛ 阳单为）毁灭者。tubhyam（tvad 单为）你。tredhā（三种）-sthita（存在）-ātmane（ātman 自我），复合词（阳单为），自我具有三种存在方式。

रसान्तराण्येकरसं यथा दिव्यं पयोऽश्नुते।
देशे देशे गुणेष्वेवमवस्थास्त्वमविक्रियः॥ १७॥

“犹如天国雨水同一味，
降落各地获得各种味，
同样，你的本质不变，
而在三性中形态各异。[①]（17）

rasa（味）-antarāṇi（antara 不同），复合词（中复业），不同的味。eka（一）-rasam

① 这里意谓毗湿奴作为原人，自我的本质不变，而在原初物质中呈现善、忧和暗三性，形态各异。

（rasa 味），复合词（中单体），同一味的。yathā（不变词）如同。divyam（divya 中单体）天国的。payaḥ（payas 中单体）雨水。aśnute（√aś 现在单三）到达，获得。deśe（deśa 阳单依）地方。deśe（deśa 阳单依）地方。guṇeṣu（guṇa 阳复依）性质。evam（不变词）这样。avasthāḥ（avasthā 阴复业）状态，形态。tvam（tvad 单体）你。avikriyaḥ（avikriya 阳单体）不变的。

अमेयो मितलोकस्त्वमनर्थी प्रार्थनावहः।
अजितो जिष्णुरत्यन्तमव्यक्तो व्यक्तकारणम्॥ १८॥

“你不可测量，而限定世界，
你无所欲求，而满足欲求，
你不可战胜，而战胜一切，
你永不显现，而显现世界。（18）

ameyaḥ（ameya 阳单体）不可测量的。mita（限定）-lokaḥ（loka 世界），复合词（阳单体），限定世界。tvam（tvad 单体）你。an（不）-arthī（arthin 有欲求的），复合词（阳单体），无所欲求。prārthana（欲求）-āvahaḥ（āvaha 带来），复合词（阳单体），带来欲求，满足欲求。ajitaḥ（ajita 阳单体）不可战胜的。jiṣṇuḥ（jiṣṇu 阳单体）战胜的。atyantam（不变词）永远地。avyaktaḥ（avayakta 阳单体）不显现的。vyakta（显现）-kāraṇam（kāraṇa 原因），复合词（中单体），显现的原因。

हृदयस्थमनासन्नमकामं त्वां तपस्विनम्।
दयालुमनघस्पृष्टं पुराणमजरं विदुः॥ १९॥

“人们知道你就在各人心中，
却遥不可及，你没有欲望，
仍然修苦行，你脱离烦恼，
心怀慈悲，古老却不衰老。（19）

hṛdaya（心）-stham（stha 处于），复合词（阳单业），在心中。an（不）-āsannam（āsanna 附近的），复合词（阳单业），遥远的。akāmam（akāma 阳单业）没有欲望。tvām（tvad 阳单业）你。tapasvinam（tapasvin 阳单业）苦行者。dayālum（dayālu 阳单业）心怀慈悲的。an（不）-agha（痛苦，烦恼）-spṛṣṭam（spṛṣṭa 接触），复合词（阳单业），脱离烦恼。purāṇam（purāṇa 阳单业）古老的。ajaram（ajara 阳单业）不衰老的。viduḥ（√vid 完成复三）知道。

सर्वज्ञस्त्वमविज्ञातः सर्वयोनिस्त्वमात्मभूः।
सर्वप्रभुरनीशस्त्वमेकस्त्वं सर्वरूपभाक्॥ २०॥

“你不可认知，而知道一切，
你是自生者，而产生一切，
你没有主宰，而统辖一切，
你是唯一者，而呈现一切。（20）

sarva（一切）-jñaḥ（jña 知道），复合词（阳单体），知道一切。tvam（tvad 单体）你。avijñātaḥ（avijñāta 阳单体）不可认知。sarva（一切）-yoniḥ（yoni 子宫，源头），复合词（阳单体），一切的源头。tvam（tvad 单体）你。ātma（ātman 自己）-bhūḥ（bhū 产生），复合词（阳单体），自生的。sarva（一切）-prabhuḥ（prabhu 主人），复合词（阳单体），一切的主人。anīśaḥ（anīśa 阳单体）没有主宰的。tvam（tvad 单体）你。ekaḥ（eka 阳单体）唯一的。tvam（tvad 单体）你。sarva（一切）-rūpa（形像）-bhāk（bhāj 拥有），复合词（阳单体），具有一切的形像。

सप्तसामोपगीतं त्वां सप्तार्णवजलेशयम्।
सप्तार्चिर्मुखमाचख्युः सप्तलोकैकसंश्रयम्॥ २१॥

“七首娑摩颂诗歌颂你，
你躺在七大洋[①]中，七舌
之火是你的嘴，人们称述
你是七个世界[②]的唯一庇护。（21）

sapta（saptan 七）-sāma（sāman 娑摩颂诗）-upagītam（upagīta 歌颂），复合词（阳单业），受到七首娑摩颂诗歌颂。tvām（tvad 单业）你。sapta（saptan 七）-arṇava（大海）-jaleśayam（jaleśaya 躺在水中），复合词（阳单业），躺在七大洋的水中。sapta（saptan 七）-arcis（火苗，火舌）-mukham（mukha 嘴），复合词（阳单业），以七舌之火为嘴。ācakhyuḥ（ā√khyā 完成复三）称呼。sapta（saptan 七）-loka（世界）-eka（唯一的）-saṃśrayam（saṃśraya 庇护所），复合词（阳单业），七个世界的唯一庇护。

चतुर्वर्गफलं ज्ञानं कालावस्थाश्चतुर्युगाः।
चतुर्वर्णमयो लोकस्त्वत्तः सर्वं चतुर्मुखात्॥ २२॥

“从你的四张嘴中产生
一切，四种姓的世界，

① 印度古人通常认为世界有七大洲和七大洋。

② “七个世界”指 bhūḥ：大地世界，bhuvaḥ：大地和太阳之间的世界，svaḥ：太阳和北极星之间的世界，mahaḥ：北极星之上的世界，janaḥ：梵天之子永童的世界，tapaḥ：神仙的世界，satyam：梵天的世界。

四个时代的时间阶段，
人生四大目的的知识。[①]（22）

catur（四）-varga（一组）-phalam（phala 果实，目的），复合词（中单体），实现四种人生目的的。jñānam（jñāna 中单体）知识。kāla（时间）-avasthāḥ（avasthā 状态，阶段），复合词（阴复体），时间阶段。catur（四）-yugāḥ（yuga 时代），复合词（阴复体），四个时代的。catur（四）-varṇa（种姓）-mayaḥ（maya 构成），复合词（阳单体），四种姓构成的。lokaḥ（loka 阳单体）世界。tvattas（不变词）从你。sarvam（sarva 中单体）一切。catur（四）-mukhāt（mukha 嘴），复合词（阳单从），具有四张嘴者。

अभ्यासनिगृहीतेन मनसा हृदयाश्रयम्।
ज्योतिर्मयं विचिन्वन्ति योगिनस्त्वां विमुक्तये॥२३॥

“瑜伽行者们追求解脱，
长期修行而内心调伏，
他们寻求你，你充满
光辉，住在他们心中。（23）

abhyāsa（练习）-nigṛhītena（nigṛhīta 控制，调伏），复合词（中单具），通过练习获得调伏。manasā（manas 中单具）心。hṛdaya（心）-āśrayam（āśraya 住处），复合词（阳单业），住在心中。jyotis（光辉）-mayam（maya 充满），复合词（阳单业），充满光辉。vicinvanti（vi√ci 现在复三）寻求。yoginaḥ（yogin 阳复体）瑜伽行者。tvām（tvad 单业）你。vimuktaye（vimukti 阴单为）解脱。

अजस्य गृह्णतो जन्म निरीहस्य हतद्विषः।
स्वपतो जागरूकस्य याथार्थ्यं वेद कस्तव॥२४॥

“你是不生者，而采取出生，
你没有意欲，而诛灭敌人，
你进入睡眠，而保持清醒，
有谁知晓你的真实本质？（24）

ajasya（aja 阳单属）不生的。gṛhṇataḥ（√grah 现分，阳单属）采取。janma（janman 中单体）出生。nirīhasya（nirīha 阳单属）没有意欲的。hata（杀害）-dviṣaḥ（dviṣ 敌人），复合词（阳单属），诛灭敌人。svapataḥ（√svap 现分，阳单属）睡眠。jāgarūkasya

① “四种姓”指婆罗门、刹帝利、吠舍和首陀罗。“四个时代”指圆满时代、三分时代、二分时代和争斗时代。“人生四大目的”指正法、利益、爱欲和解脱。

（jāgarūka 阳单属）清醒的。yāthārthyam（yāthārthya 中单业）真实本质。veda（√vid 完成单三）知道。kaḥ（kim 阳单体）谁。tava（tvad 单属）你。

शब्दादीन्विषयान्भोक्तुं चरितुं दुश्चरं तपः।
पर्याप्तोऽसि प्रजाः पातुमौदासीन्येन वर्तितुम्॥ २५॥

“你能享受声等等对象[1]，
又能实施难行的苦行，
你能保护一切众生，
又能采取超然的态度。（25）

śabda（声音）-ādīn（ādi 等等），复合词（阳复业），声音等等。viṣayān（viṣaya 阳复业）感官对象。bhoktum（√bhuj 不定式）享受。caritum（√car 不定式）实施。duścaram（duścara 中单业）难行的。tapaḥ（tapas 中单业）苦行。paryāptaḥ（paryāpta 阳单体）能够。asi（√as 现在单二）是。prajāḥ（prajā 阴复业）众生。pātum（√pā 不定式）保护。audāsīnyena（audāsīnya 中单具）冷漠，超然。vartitum（√vṛt 不定式）活动。

बहुधाप्यागमैर्भिन्नाः पन्थानः सिद्धिहेतवः।
त्वय्येव निपतन्त्योघा जाह्नवीया इवार्णवे॥ २६॥

“虽然获得成功的道路，
种种经典的说法不一，
而最终都通向你，犹如
条条恒河支流同归大海。（26）

bahudhā（不变词）很多。api（不变词）虽然。āgamaiḥ（āgama 阳复具）经典。bhinnāḥ（bhinna 阳复体）分开，区分。panthānaḥ（pathin 阳复体）道路。siddhi（成功）-hetavaḥ（hetu 原因），复合词（阳复体），成功的原因。tvayi（tvad 单依）你。eva（不变词）确实。nipatanti（ni√pat 现在复三）到达。oghāḥ（ogha 阳复体）水流。jāhnavīyāḥ（jāhnavīya 阳复体）恒河的。iva（不变词）犹如。arṇave（arṇava 阳单依）大海。

त्वय्यावेशितचित्तानां त्वत्समर्पितकर्मणाम्।
गतिस्त्वं वीतरागाणामभूयःसंनिवृत्तये॥ २७॥

“摒弃欲望，专注于你，

---

① “声等等对象”指声、色、香、味和触这些感官对象。

将一切行动奉献给你，
这样的人以你为归宿，
达到永不返回的解脱。（27）

tvayi（tvad 单依）你。āveśita（进入）-cittānām（citta 心），复合词（阳复属），一心专注。tvad（你）-samarpita（交给，献给）-karmaṇām（karman 行动），复合词（阳复属），将行动奉献给你。gatiḥ（gati 阴单体）归宿。tvam（tvad 单体）你。vīta（摆脱）-rāgāṇām（rāga 欲望），复合词（阳复属），摒弃欲望。a（不）-bhūyas（再次）-saṃnivṛttaye（saṃnivṛtti 返回），复合词（阴单为），永不返回。

प्रत्यक्षोऽप्यपरिच्छेद्यो मह्यादिर्महिमा तव।
आप्तवागनुमानाभ्यां साध्यं त्वां प्रति का कथा॥२८॥

“即使能从大地等等感知
你的伟大，也无法界定，
只能依靠圣典和推理
推断你，怎能描述你？（28）

pratyakṣaḥ（pratyakṣa 阳单体）目睹的，可感知的。api（不变词）即使。a（不）-paricchedyaḥ（paricchedya 可断定的），复合词（阳单体），不可断定。mahī（大地）-ādiḥ（ādi 等等），复合词（阳单体），包含大地等等的。mahimā（mahiman 阳单体）伟大。tava（tvad 单属）你。āpta（可信的，圣人的）-vāc（话语）-anumānābhyām（anumāna 推理），复合词（中双具），圣言和推理。sādhyam（sādhya 阳单业）可证明的。tvām（tvad 单业）你。prati（不变词）对于。kā（kim 阴单体）什么。kathā（kathā 阴单体）描述。

केवलं स्मरणेनैव पुनासि पुरुषं यतः।
अनेन वृत्तयः शेषा निवेदितफलास्त्वयि॥२९॥

“因为有人只要想起你，
你就会让他获得净化，
由此可知其他的行动
从你这里获得的成果。（29）

kevalam（不变词）仅仅。smaraṇena（smaraṇa 中单具）忆念。eva（不变词）确实。punāsi（√pū 现在单二）净化。puruṣam（puruṣa 阳单业）人。yatas（不变词）因为。anena（idam 中单具）这，指忆念的结果。vṛttayaḥ（vṛtti 阴复体）行动。śeṣāḥ（śeṣa 阴复体）其他的。nivedita（告知）-phalāḥ（phala 成果），复合词（阴复体），可知道

成果。tvayi（tvad 单依）你。

उदधेरिव रत्नानि तेजांसीव विवस्वतः।
स्तुतिभ्यो व्यतिरिच्यन्ते दूराणि चरितानि ते॥३०॥

“如同大海的珍宝，
如同太阳的光芒，
你的行为遥不可及，
超越我们的赞颂。（30）

udadheḥ（udadhi 阳单属）大海。iva（不变词）如同。ratnāni（ratna 中复体）珍宝。tejāṃsi（tajas 中复体）光芒。iva（不变词）如同。vivasvataḥ（vivasvat 阳单属）太阳。stutibhyaḥ（stuti 阴复从）赞颂。vyatiricyante（vi-ati√ric 被动，现在复三）超越。dūrāṇi（dūra 中复体）遥远的。caritāni（carita 中复体）行为。te（tvad 单属）你。

अनवाप्तमवाप्तव्यं न ते किंचन विद्यते।
लोकानुग्रह एवैको हेतुस्ते जन्मकर्मणोः॥३१॥

“你没有任何未得到者，
也没有任何应得到者，
你出生和行动的唯一
原因是恩宠这个世界。（31）

anavāptam（anavāpta 中单体）未得到的。avāptavyam（avāptavya 中单体）应得到的。na（不变词）不。te（tvad 单属）你。kim-cana（kim-cana 中单体）任何。vidyate（√vid 现在单三）存在。loka（世界）-anugrahaḥ（anugraha 恩宠），复合词（阳单体），恩宠世界。eva（不变词）正是。ekaḥ（eka 阳单体）唯一的。hetuḥ（hetu 阳单体）原因。te（tvad 单属）你。janma（janman 出生）-karmaṇoḥ（karman 行动），复合词（中双属），出生和行动。

महिमानं यदुत्कीर्त्य तव संह्रियते वचः।
श्रमेण तदशक्त्या वा न गुणानामियत्तया॥३२॥

“在赞颂你的伟大后，
语言停息，这是出于
疲倦，或者无能为力，
并非你的美德有限。”（32）

mahimānam（mahiman 阳单业）伟大。yat（yad 中单体）这。utkīrtya（ud√kṝt 独立式）赞颂。tava（tvad 单属）你。saṃhriyate（sam√hṛ 被动，现在单三）收回，停息。vacaḥ（vacas 中单体）语言。śrameṇa（śrama 阳单具）疲倦。tat（tad 中单体）这。aśaktyā（aśakti 阴单具）无能为力。vā（不变词）或者。na（不变词）不。guṇānām（guṇa 阳复体）美德。iyattayā（iyattā 阴单具）这么多，有限。

इति प्रसादयामासुस्ते सुरास्तमधोक्षजम्।
भूतार्थव्याहृतिः सा हि न स्तुतिः परमेष्ठिनः॥३३॥

众天神这样抚慰这位
超越感知者①，其实，
这也不是赞颂至上者，
而只是如实的表述。（33）

iti（不变词）这样。prasādayāmāsuḥ（pra√sad 致使，完成复三）抚慰。te（tad 阳复体）这。surāḥ（sura 阳复体）天神。tam（tad 阳单业）他。adhas（下面）-akṣa（akṣa 轴，感官）-jam（ja 产生），复合词（阳单业），轴下生，超越感知者。bhūta（真实的）-artha（事物）-vyāhṛtiḥ（vyāhṛti 表述），复合词（阴单体），如实的表述。sā（tad 阴单体）这。hi（不变词）确实。na（不变词）不。stutiḥ（stuti 阴单体）赞颂。parameṣṭhinaḥ（parameṣṭhin 阳单属）至高者。

तस्मै कुशलसंप्रश्नव्यञ्जितप्रीतये सुराः।
भयमप्रलयोद्वेलादाचख्युर्नैर्ऋतोदधेः॥३४॥

他面露喜悦，向众天神问好，
于是，众天神向他说明世界
尚未到达劫末，而罗刹如同
大海越过海岸，造成威胁。②（34）

tasmai（tad 阳单为）他。kuśala（安好）-saṃpraśna（询问）-vyañjita（显现）-prītaye（prīti 喜悦），复合词（阳单为），询问安好，面露喜悦。surāḥ（sura 阳复体）天神。bhayam（bhaya 中单业）危险。a（没有）-pralaya（世界毁灭，劫末）-udvelāt（udvela 越过海岸），复合词（阳单从），尚未到达劫末而越过海岸。ācakhyuḥ（ā√khyā 完成复三）告诉。nairṛta（罗刹）-udadheḥ（udadhi 大海），复合词（阳单从），罗刹大海。

अथ वेलासमासन्नशैलरन्ध्रानुवादिना।

① 此处“超越感知者”也可读为“轴下生”，均是毗湿奴的称号。
② 这里将扰乱天界的罗刹比喻为劫末世界毁灭时泛滥成灾的大海。

स्वरेणोवाच भगवान्परिभूतार्णवध्वनिः ॥ ३५ ॥

然后，尊神说话，
话音盖过大海的
涛声，在海边的
群山山谷中回响。（35）

atha（不变词）然后。velā（海岸）-samāsanna（附近）-śaila（山）-randhra（缝隙，空穴）-anuvādinā（anuvādin 回响），复合词（阳单具），在海边群山山谷中回响。svareṇa（svara 阳单具）声音。uvāca（√vac 完成单三）说。bhagavān（bhagavat 阳单体）尊者。paribhūta（压倒）-arṇava（大海）-dhvaniḥ（dhvani 声音），复合词（阳单体），声音盖过大海。

पुराणस्य कवेस्तस्य वर्णस्थानसमीरिता।
बभूव कृतसंस्कारा चरितार्थैव भारती ॥ ३६ ॥

这位古老诗人[①]的话，
出自各种发音部位，
并经过精心的修饰，
能够成功达到目的。（36）

purāṇasya（purāṇa 阳单属）古老的。kaveḥ（kavi 阳单属）诗人。tasya（tad 阳单属）这。varṇa（字母，音节）-sthāna（位置）-samīritā（samīrita 发出），复合词（阴单体），从发音部位发出。babhūva（√bhū 完成单三）是。kṛta（做）-saṃskārā（saṃskāra 装饰），复合词（阴单体），经过修饰。carita（实行）-arthā（artha 目的），复合词（阴单体），达到目的。eva（不变词）确实。bhāratī（bhāratī 阴单体）话语。

बभौ सदशनज्योत्स्ना सा विभोर्वदनोद्गता।
निर्यातशेषा चरणाद्गङ्गेवोर्ध्वप्रवर्तिनी ॥ ३७ ॥

话语出自尊神之口，带着
牙齿的光芒，犹如恒河流水
从这里奔腾向上，而恒河的
其他流水从尊神的双脚流出。[②]（37）

① 此处“诗人”一词也可读为“智者”或“圣人”。
② 天国的恒河沿着毗湿奴的双脚流向人间。这里将毗湿奴的话语比喻为另外一道从毗湿奴口中流出而向上奔腾的恒河流水。

babhau（√bhā 完成单三）闪光。sa（具有）-daśana（牙齿）-jyotsnā（jyotsnā 光芒），复合词（阴单体），带着牙齿的光芒。sā（tad 阴单体）它，指话语。vibhoḥ（vibhu 阳单属）主人。vadana（嘴）-udgatā（udgata 上升），复合词（阴单体），从嘴中扬起。niryāta（流出）-śeṣā（śeṣa 其余），复合词（阴单体），其余流出。caraṇāt（caraṇa 阳单从）脚。gaṅgā（gaṅgā 阴单体）恒河。iva（不变词）像。ūrdhva（向上的）-pravartinī（pravartin 运动的），复合词（阴单体），向上流动。

जाने वो रक्षसाक्रान्तावनुभावपराक्रमौ।
अङ्गिनां तमसेवोभौ गुणौ प्रथममध्यमौ॥ ३८॥

“我知道罗刹已压倒
你们的威力和勇气，
仿佛人们的善性和
忧性已被暗性压倒。[①]（38）

jāne（√jñā 现在单一）知道。vaḥ（yuṣmad 复属）你们。rakṣas（罗刹）-ākrāntau（ākrānta 压倒），复合词（阳双业），被罗刹压倒。anubhāva（威力）-parākramau（parākrama 勇气），复合词（阳双业），威力和勇气。aṅginām（aṅgin 阳复属）有肢体的，人。tamasā（tamas 中单具）暗性。iva（不变词）仿佛。ubhau（ubha 阳双业）两者。guṇau（guṇa 阳双业）性质。prathama（第一）-madhyamau（madhyama 中间的），复合词（阳双业），第一和中间的，指善性和忧性。

विदितं तप्यमानं च तेन मे भुवनत्रयम्।
अकामोपनतेनेव साधोर्हृदयमेनसा॥ ३९॥

“我知道整个三界遭受
那个罗刹折磨，犹如
善人的心遭受在无意
之中犯下的罪恶折磨。（39）

viditam（vidita 中单体）知道。tapyamānam（√tap 被动，现分，中单体）折磨。ca（不变词）和。tena（tad 阳单具）他，指罗刹。me（mad 单属）我。bhuvana（世界）-trayam（traya 三个），复合词（中单体），三界。akāma（无意识的）-upanatena（upanata 出现），复合词（中单具），无意中犯下的。iva（不变词）犹如。sādhoḥ（sādhu 阳单属）善人。hṛdayam（hṛdaya 中单体）心。enasā（enas 中单具）罪恶。

① 按照印度古代数论哲学，人性中包含善性、忧性和暗性。善性指光明和喜悦的性质，忧性指激动和忧虑的性质，暗性是指沉重和迟钝的性质。

कार्येषु चैककार्यत्वादभ्यर्थ्योऽस्मि न वज्रिणा।
स्वयमेव हि वातोऽग्नेः सारथ्यं प्रतिपद्यते॥४०॥

“由于是共同的事业，
也就不需要因陀罗
向我请求，因为风
自动成为火的助手。（40）

kāryeṣu（kārya 中复依）应做的事。ca（不变词）和。eka（同一的）-kārya（kārya 事业）-tvāt（tva 性质），复合词（中单从），共同的事业。abhyarthyaḥ（abhyarthya 阳单体）需要请求。asmi（√as 现在单一）是。na（不变词）不。vajriṇā（vajrin 阳单具）因陀罗。svayam（不变词）自动。eva（不变词）确实。hi（不变词）因为。vātaḥ（vāta 阳单体）风。agneḥ（agni 阳单属）火。sārathyam（sārathya 中单业）御者，助手。pratipadyate（prati√pad 现在单三）走向，成为。

स्वासिधारापरिहृतः कामं चक्रस्य तेन मे।
स्थापितो दशमो मूर्धा लभ्यांश इव रक्षसा॥४१॥

“确实，这个罗刹的
第十个头，不曾被他用
自己的剑刃砍下，仿佛
很适合留给我的飞轮。[①]（41）

sva（自己的）-asi（剑）-dhārā（刃）-parihṛtaḥ（parihṛta 免除），复合词（阳单体），被自己的剑刃免除的。kāmam（不变词）确实。cakrasya（cakra 中单属）轮。tena（tad 中单具）这，指罗刹。me（mad 单属）我。sthāpitaḥ（sthāpita 阳单体）安排，保留。daśamaḥ（daśama 阳单体）第十。mūrdhā（mūrdhan 阳单体）头。labhya（能获得的，合适的）-aṃśaḥ（aṃśa 部分），复合词（阳单体），合适的部分。iva（不变词）仿佛。rakṣasā（rakṣas 中单具）罗刹。

स्रष्टुर्वरातिसर्गात्तु मया तस्य दुरात्मनः।
अत्यारूढं रिपोः सोढं चन्दनेनेव भोगिनः॥४२॥

“因为创造主赐予他恩惠，
我长期忍受这个邪恶敌人

① 罗波那有十个头。传说他曾长期实施苦行，每一千年砍下自己的一个头献给梵天。这样，经过九千年，砍下了九个头。到了一万年，他准备砍下第十个头时，梵天答应赐予他不会被天神杀死的恩惠，并让他的其他九个头复原。

骄横跋扈，犹如檀香树
长期忍受强行登树的蛇。（42）

sraṣṭuḥ（sraṣṭṛ 阳单属）创造主。vara（恩惠）-atisargāt（atisarga 给予），复合词（阳单从），给予恩惠。tu（不变词）但是。mayā（mad 单具）我。tasya（tad 阳单属）这。durātmanaḥ（durātman 阳单属）灵魂邪恶的。atyārūḍham（atyārūḍha 中单体）膨胀，登上高位。ripoḥ（ripu 阳单属）敌人。soḍham（soḍha 中单体）忍受。candanena（candana 中单具）旃檀树。iva（不变词）像。bhoginaḥ（bhogin 阳单属）蛇。

धातारं तपसा प्रीतं ययाचे स हि राक्षसः।
दैवात्सर्गादवध्यत्वं मर्त्येष्वास्थापराङ्मुखः॥४३॥

“这个罗刹实施苦行，
取悦创造主，乞求
不被任何天神杀死，
没有把人类放眼中。（43）

dhātāram（dhātṛ 阳单业）创造者。tapasā（tapas 中单具）苦行。prītam（prīta 阳单业）喜悦的。yayāce（√yāc 完成单三）乞求。saḥ（tad 阳单体）他。hi（不变词）因为。rākṣasaḥ（rākṣasa 阳单体）罗刹。daivāt（daiva 阳单从）天国的。sargāt（sarga 阳单从）创造物。avadhyatvam（avadhyatva 中单业）不可杀死。martyeṣu（martya 阳复依）凡人。āsthā（关注）-parāṅmukhaḥ（parāṅmukha 背向），复合词（阳单体），不关心，忽视。

सोऽहं दाशरथिर्भूत्वा रणभूमेर्बलिक्षमम्।
करिष्यामि शरैस्तीक्ष्णैस्तच्छिरःकमलोच्चयम्॥४४॥

“因此，我要成为十车王的
儿子，向他发射锋利的箭，
砍下他的那些脑袋，犹如
一堆莲花，用作战场祭品。[①]（44）

saḥ（tad 阳单体）这。aham（mad 单体）我。dāśarathiḥ（dāśarathi 阳单体）十车王之子。bhūtvā（√bhū 独立式）成为。raṇa（战斗）-bhūmeḥ（bhūmi 地方），复合词（阴单属），战场。bali（祭品）-kṣamam（kṣama 适合的），复合词（阳单业），适合祭供的。kariṣyāmi（√kṛ 将来单一）做。śaraiḥ（śara 阳复具）箭。tīkṣṇaiḥ（tīkṣṇa 阳

① 创造主梵天赐予十首魔王罗波那不被天神杀死的恩惠，因此，毗湿奴下凡化身为人间十车王的儿子，便能杀死罗波那。

复具）锋利的。tad（他）-śiras（头）-kamala（莲花）-uccayam（uccaya 一堆），复合词（阳单业），他的如同一堆莲花的那些脑袋。

अचिराद्यज्वभिर्भागं कल्पितं विधिवत्पुनः।
मायाविभिरनालीढमादास्यध्वे निशाचरैः॥४५॥

“不久，你们会重新分享
祭祀者们依礼供奉的祭品，
这些祭品再也不会受到
具有幻力的罗刹们玷污。（45）

acirāt（不变词）不久。yajvabhiḥ（yajvan 阳复具）祭祀者。bhāgam（bhāga 阳单业）部分，分享。kalpitam（kalpita 阳单业）安排，提供。vidhivat（不变词）按照仪轨。punar（不变词）再次。māyāvibhiḥ（māyāvin 阳复具）具有幻力的。an（没有）-ālīḍham（ālīḍha 舔过），复合词（阳单业），未受玷污的。ādāsyadhve（ā√dā 将来复二）取得。niśācaraiḥ（niśācara 阳复具）罗刹。

वैमानिकाः पुण्यकृतस्त्यजन्तु मरुतां पथि।
पुष्पकालोकसंक्षोभं मेघावरणतत्पराः॥४६॥

“行善的天神们乘坐飞车，
行进在风的道路，总是
寻求乌云掩护，让他们
摆脱遇见花车[①]的恐慌吧！（46）

vaimānikāḥ（vaimānika 阳复体）乘坐飞车的，天神。puṇya（善事）-kṛtaḥ（kṛt 做），复合词（阳复体），行善的。tyajantu（√tyaj 命令复三）抛弃。marutām（marut 阳复属）风，天神。pathi（pathin 阳单依）道路。puṣpaka（花车）-āloka（看到）-saṃkṣobham（saṃkṣobha 恐慌），复合词（阳单业），看到花车的恐慌。megha（乌云）-āvaraṇa（遮挡，掩护）-tatparāḥ（tatpara 一心），复合词（阳复体），一心寻求乌云的掩护。

मोक्ष्यध्वे स्वर्गबन्दीनां वेणीबन्धानदूषितान्।
शापयन्त्रितपौलस्त्यबलात्कारकचग्रहैः॥४७॥

“你们将会解开那些被掳掠的
天女束起的发髻，由于罗波那

① 花车是魔王罗波那的飞车名。

受到诅咒的抑制，这些发髻
没有遭到他强行拽拉的玷污。”[①]（47）

mokṣyadhve（√muc 将来复二）解开。svarga（天国）-bandīnām（bandī 女俘），复合词（阴复属），天国女俘。veṇī（发髻）-bandhān（bandha 束起），复合词（阳复业），束起的发髻。adūṣitān（adūṣita 阳复业）未受玷污的。śāpa（诅咒）-yantrita（抑制）-paulastya（罗波那）-balātkāra（暴力，强行）-kaca（头发）-grahaiḥ（graha 抓），复合词（阳复具），罗波那强行拽拉头发的行为受到咒语抑制。

रावणावग्रहक्लान्तमिति वागमृतेन सः।
अभिवृष्य मरुत्सस्यं कृष्णमेघस्तिरोदधे॥४८॥

罗波那如同干旱，众天神
如同受干旱折磨的谷物，
毗湿奴说完话，如同乌云
降下甘露雨，随后消失。（48）

rāvaṇa（罗波那）-avagraha（干旱）-klāntam（klānta 枯萎），复合词（中单业），受到犹如干旱的罗波那折磨而枯萎。iti（不变词）以上，所说。vāc（话语）-amṛtena（amṛta 甘露），复合词（中单具），如同甘露的话语。saḥ（tad 阳单体）他。abhivṛṣya（abhi√vṛṣ 独立式）下雨。marut（天神）-sasyam（sasya 谷物），复合词（中单业），如同谷物的天神。kṛṣṇa（黑天，毗湿奴的称号）-meghaḥ（megha 云），复合词（阳单体），如同乌云的毗湿奴。tiras-dadhe（tiras√dhā 完成单三）消失。

पुरुहूतप्रभृतयः सुरकार्योद्यतं सुराः।
अंशैरनुययुर्विष्णुं पुष्पैर्वायुमिव द्रुमाः॥४९॥

以因陀罗为首的众天神，
纷纷分身[②]追随准备完成
天神事业的毗湿奴大神，
犹如树木以花朵追随风。（49）

puruhūta（因陀罗）-prabhṛtayaḥ（prabhṛti 开始），复合词（阳复体），以因陀罗为首的。sura（天神）-kārya（事业）-udyatam（udyata 着手，准备），复合词（阳单业），准备完成天神的事业。surāḥ（sura 阳复体）天神。aṃśaiḥ（aṃśa 阳复具）部分，分

① 传说罗波那曾经遭到俱比罗之子那罗俱比罗的诅咒：如果他强行拽拉妇女的发髻，他的头颅就会碎成千块。
② “分身”指天神下凡采取分身的方式。

身。anuyayuḥ（anu√yā 完成复三）跟随。viṣṇum（viṣṇu 阳复业）毗湿奴。puṣpaiḥ（puṣpa 阳复具）花朵。vāyum（vāyu 阳单业）风。iva（不变词）犹如。drumāḥ（druma 阳复体）树木。

अथ तस्य विशांपत्युरन्ते काम्यस्य कर्मणः।
पुरुषः प्रबभूवाग्नेर्विस्मयेन सहर्त्विजाम्॥५०॥

这时，国王为实现心愿
而举行的祭祀已经结束，
伴随着祭司们的惊讶，
从祭火中出现一个人。（50）

atha（不变词）这时。tasya（tad 阳单属）这。viśāṃpatyuḥ（viśāṃpati 阳单属）民众之主，国王。ante（anta 阳单依）结束。kāmyasya（kāmya 阳单属）怀有心愿的。karmaṇaḥ（karman 中单属）祭祀。puruṣaḥ（puruṣa 阳单体）人。prababhūva（pra√bhū 完成单三）出现。agneḥ（agni 阳单从）火。vismayena（vismaya 阳单具）惊讶。saha（不变词）伴随。ṛtvijām（ṛtvij 阳复属）祭司。

हेमपात्रगतं दोर्भ्यामादधानः पयश्चरुम्।
अनुप्रवेशादाद्यस्य पुंसस्तेनापि दुर्वहम्॥५१॥

他双手捧着金钵，
里面盛有牛奶粥，
原人已进入其中，
他甚至难以捧住。（51）

hema（金子）-pātra（钵）-gatam（gata 处于），复合词（阳单业），放在金钵中。dorbhyām（dos 阳双具）前臂。ādadhānaḥ（ā√dhā 现分，阳单体）持有。payas（奶）-carum（caru 米粥），复合词（阳单业），牛奶粥。anupraveśāt（anupraveśa 阳单从）进入。ādyasya（ādya 阳单属）最初的。puṃsaḥ（puṃs 阳单属）人。tena（tad 阳单具）他。api（不变词）甚至。durvaham（durvaha 阳单业）难以承载的。

प्राजापत्योपनीतं तदन्नं प्रत्यग्रहीन्नृपः।
वृषेव पयसां सारमाविष्कृतमुदन्वता॥५२॥

国王接受生主使者
送来的这一份食物，
犹如因陀罗接受

大海呈现的甘露。（52）

prājāpatya（prājāpatya 与生主有关者）-upanītam（upanīta 送来），复合词（中单业），由生主使者送来。tat（tad 中单业）这。annam（anna 中单业）食物。pratyagrahīt（prati√grah 不定单三）接受。nṛpaḥ（nṛpa 阳单体）国王。vṛṣā（vṛṣan 阳单体）雄牛，因陀罗的称号。iva（不变词）犹如。payasām（payas 中复属）水。sāram（sāra 阳单业）精华。āviṣkṛtam（āviṣkṛta 阳单业）呈现。udanvatā（udanvat 阳单具）大海。

अनेन कथिता राज्ञो गुणास्तस्यान्यदुर्लभाः।
प्रसूतिं चकमे तस्मिंस्त्रैलोक्यप्रभवोऽपि यत्॥५३॥

甚至三界的创造者
也愿意从他这里出生，
由此说明这位国王的
品德其他人难以具备。（53）

anena（idam 中单具）这。kathitāḥ（kathita 阳复体）说明。rājñaḥ（rājan 阳单属）国王。guṇāḥ（guṇa 阳复体）品德。tasya（tad 阳单属）这。anya（别人）-durlabhāḥ（durlabha 难以获得的），复合词（阳复体），别人难以获得的。prasūtim（prasūti 阴单业）出生。cakame（√kam 完成单三）愿意。tasmin（tad 阳单依）他，指国王。trailokya（三界）-prabhavaḥ（prabhava 创造者），复合词（阳单体），三界的创造者。api（不变词）甚至。yat（yad 中单体）这。

स तेजो वैष्णवं पत्न्योर्विभेजे चरुसंज्ञितम्।
द्यावापृथिव्योः प्रत्यग्रमहर्पतिरिवातपम्॥५४॥

他把称为牛奶粥的
毗湿奴的精力分给
两位妻子，犹如太阳
将曙光分给天和地。（54）

saḥ（tad 阳单体）他。tejas（tejas 中单业）精力。vaiṣṇavam（vaiṣṇava 中单业）毗湿奴的。patnyoḥ（patnī 阴双依）王后。vibheje（vi√bhaj 完成单三）分配。caru（牛奶粥）-saṃjñitam（saṃjñita 称为），复合词（中单业），称为牛奶粥的。dyāvā（dyo 天空）-pṛthivyoḥ（pṛthivī 大地），复合词（阴双依），天空和大地。pratyagram（pratyagra 阳单业）新鲜的，新生的。ahar（ahan 白天）-patiḥ（pati 主人），复合词（阳单体），白天之主，太阳。iva（不变词）犹如。ātapam（ātapa 阳单业）光辉。

अर्चिता तस्य कौसल्या प्रिया केकयवंशजा।
अतः संभावितां ताभ्यां सुमित्रामैच्छदीश्वरः॥५५॥

国王敬重憍萨厘雅，
同时喜爱吉迦伊，
他也希望须弥多罗
能受到她俩的尊重。[①]（55）

arcitā（arcita 阴单体）敬重。tasya（tad 阳单属）他。kausalyā（kausalyā 阴单体）憍萨厘雅。priyā（priya 阴单体）喜爱的。kekaya（吉迦耶）-vamśa（家族）-jā（ja 出生），复合词（阴单体），吉迦耶家族的公主，吉迦伊。atas（不变词）因此。saṃbhāvitām（saṃbhāvita 阴单业）尊重。tābhyām（tad 阴双具）她。sumitrām（sumitrā 阴单业）须弥多罗。aicchat（√iṣ 未完单三）希望。īśvaraḥ（īśvara 阳单体）国王。

ते बहुज्ञस्य चित्तज्ञे पत्न्यौ पत्युर्महीक्षितः।
चरोरर्धार्धभागाभ्यां तामयोजयतामुभे॥५६॥

他知晓一切，而这两位
妻子也了解国王丈夫的
心思，各自将牛奶粥
匀出一半，与她分享。（56）

te（tad 阴双体）这。bahu（很多）-jñasya（jña 知道），复合词（阳单属），知晓一切。citta（心）-jñe（jña 知道），复合词（阴双体），知道心思。patnyau（patnī 阴双体）王后。patyuḥ（pati 阳单属）丈夫。mahī（大地）-kṣitaḥ（kṣit 统治），复合词（阳单属），大地统治者，国王。caroḥ（caru 阳单属）牛奶粥。ardha（一半）-ardha（一半）-bhāgābhyām（bhāga 部分），复合词（阳双具），各自的一半。tām（tad 阴单业）她。ayojayatām（√yuj 致使，未完双三）联系，给予。ubhe（ubha 阴双体）二者。

सा हि प्रणयवत्यासीत्सपत्न्योरुभयोरपि।
भ्रमरी वारणस्येव मदनिस्यन्दरेखयोः॥५७॥

因为她也真心热爱
这两位王后，犹如
一只雌黑蜂热爱大象
颞颥流淌的两道液汁。（57）

① 憍萨厘雅、吉迦伊和须弥多罗是十车王的三个王后。

sā（tad 阴单体）她。hi（不变词）因为。praṇayavatī（praṇayavat 阴单体）满怀热爱的。āsīt（√as 未完单三）是。sapatnyoḥ（sapatnī 阴双依）同侍一夫的妻子。ubhayoḥ（ubha 阴双依）二者。api（不变词）也。bhramarī（bhramarī 阴单体）雌黑蜂。vāraṇasya（vāraṇa 阳单属）大象。iva（不变词）犹如。mada（颞颥液汁）-nisyanda（流淌）-rekhayoḥ（rekhā 一行），复合词（阴双依），颞颥流淌成行的液汁。

ताभिर्गर्भः प्रजाभूत्यै दध्रे देवांशसंभवः।
सौरीभिरिव नाडीभिरमृताख्याभिरम्मयः॥५८॥

为了众生的幸福，她们
怀着大神分身的胎儿，
犹如那些称为甘露的
太阳光线怀着雨水胎儿。[①]（58）

tābhiḥ（tad 阴复具）她。garbhaḥ（garbha 阳单体）胎儿。prajā（众生）-bhūtyai（bhūti 福利），复合词（阴单为），众生的幸福。dadhre（√dhṛ 被动，完成单三）怀有。deva（天神）-aṃśa（分身）-saṃbhavaḥ（saṃbhava 产生），复合词（阳单体），天神分身产生的。saurībhiḥ（saura 阴复具）太阳的。iva（不变词）犹如。nāḍībhiḥ（nāḍī 阴复具）脉管。amṛta（甘露）-ākhyābhiḥ（ākhyā 名称），复合词（阴复具），称为甘露。ammayaḥ（ammaya 阳单体）充满水的。

सममापन्नसत्त्वास्ता रेजुरापाण्डुरत्विषः।
अन्तर्गतफलारम्भाः सस्यानामिव संपदः॥५९॥

她们同时怀有身孕，
皮肤浅白，闪耀光辉，
犹如谷物茁壮成长，
谷穗中隐藏着谷粒。（59）

samam（不变词）同时。āpanna（获得）-sattvāḥ（sattva 胎儿），复合词（阴复体），怀有身孕。tāḥ（tad 阴复体）她。rejuḥ（√rāj 完成复三）闪光。āpāṇḍura（浅白的）-tviṣaḥ（tviṣ 光辉），复合词（阴复体），肤色浅白。antar（内部）-gata（处于）-phala（果实）-ārambhāḥ（ārambha 开始），复合词（阴复体），内部开始孕育果实。sasyānām（sasya 中复属）谷物。iva（不变词）犹如。sampadaḥ（sampad 阴复体）繁荣，增长。

गुप्तं ददृशुरात्मानं सर्वाः स्वप्नेषु वामनैः।

---

① 这里意谓太阳光线吸收大地的水分，化为雨水。

जलजासिगदाशार्ङ्गचक्रलाञ्छितमूर्तिभिः ॥ ६० ॥

她们全都在梦中看见
自己受到侏儒们保护，
这些侏儒以螺号、剑、
杵、弓和飞轮为标志。[①]（60）

guptam（gupta 阳单业）保护。dadṛśuḥ（√dṛś 完成复三）看见。ātmānam（ātman 阳单业）自己。sarvāḥ（sarva 阴复体）所有的。svapneṣu（svapna 阳复依）梦。vāmanaiḥ（vāmana 阳复具）侏儒。jalaja（螺号）-asi（剑）-gadā（杵）-śārṅga（弓）-cakra（飞轮）-lāñchita（标志）-mūrtibhiḥ（mūrti 形体），复合词（阳复具），形体以螺号、剑、杵、弓和飞轮为标志。

हेमपक्षप्रभाजालं गगने च वितन्वता।
उह्यन्ते स्म सुपर्णेन वेगाकृष्टपयोमुचा ॥ ६१ ॥

还看到金翅鸟负载她们，
飞行空中，金色的翅膀
光芒四射，速度飞快，
拽拉着身边云彩前行。（61）

hema（金子）-pakṣa（翅膀）-prabhā（光辉）-jālam（jāla 大量），复合词（中单业），金色翅膀的大量光芒。gagane（gagana 中单依）天空。ca（不变词）和。vitanvatā（vi√tan 现分，阳单具）扩展，放射。uhyante（√vah 被动，现在复三）负载。sma（不变词）表示过去。suparṇena（suparṇa 阳单具）金翅鸟。vega（疾速）-ākṛṣṭa（拽拉）-payomucā（payomuc 云），复合词（阳单具），速度飞快，拽拉着云彩。

बिभ्रत्या कौस्तुभन्यासं स्तनान्तरविलम्बिनम्।
पर्युपास्यन्त लक्ष्म्या च पद्मव्यजनहस्तया ॥ ६२ ॥

吉祥女神手持莲花扇，
站在一旁，侍奉她们，
胸前佩戴着大神托她
保管的憍斯杜跋宝珠。（62）

bibhratyā（√bhṛ 现分，阴单具）持有。kaustubha（憍斯杜跋宝珠）-nyāsam（nyāsa 寄存物），复合词（阳单业），寄存的憍斯杜跋宝珠。stana（胸脯）-antara（中间）-

① 侏儒是毗湿奴下凡的化身之一。

vilambinam（vilambin 悬挂的），复合词（阳单业），悬挂在胸前。paryupāsyanta（pari-upa√ās 被动，未完复三）侍奉。lakṣmyā（lakṣmī 阴单具）吉祥女神。ca（不变词）和。padma（莲花）-vyajana（扇）-hastayā（hasta 手），复合词（阴单具），手持莲花扇。

कृताभिषेकैर्दिव्यायां त्रिस्रोतसि च सप्तभिः।
ब्रह्मर्षिभिः परं ब्रह्म गृणद्भिरुपतस्थिरे॥६३॥

七位梵仙在天国的
恒河中沐浴净化后，
前来侍奉敬拜她们，
念诵至高无上的梵。（63）

kṛta（做）-abhiṣekaiḥ（abhiṣeka 沐浴），复合词（阳复具），经过沐浴。divyāyām（divya 阴单依）天国的。tri（三）-srotasi（srotas 河流），复合词（阴单依），有三道水流的，恒河。ca（不变词）和。saptabhiḥ（saptan 阳复具）七。brahma（brahman 梵）-ṛṣibhiḥ（ṛṣi 仙人），复合词（阳复具），梵仙。param（para 中单业）至高的。brahma（brahman 中单业）梵。gṛṇadbhiḥ（√gṝ 现分，阳复具）念诵。upatasthire（upa√sthā 被动，完成复三）侍奉，敬拜。

ताभ्यस्तथाविधान्स्वप्नाञ्छ्रुत्वा प्रीतो हि पार्थिवः।
मेने परार्ध्यमात्मानं गुरुत्वेन जगद्गुरोः॥६४॥

国王闻听妻子们做了
这样的梦，心中喜悦，
感到自己至高无上，
成了世界之父的父亲。（64）

tābhyaḥ（tad 阴复从）她。tathā（这样）-vidhān（vidha 种类），复合词（阳复业），这样的。svapnān（svapna 阳复业）梦。śrutvā（√śru 独立式）听到。prītaḥ（prīta 阳单体）喜悦的。hi（不变词）确实。pārthivaḥ（pārthiva 阳单体）国王。mene（√man 完成单三）认为。parārdhyam（parārdhya 阳单业）至高无上的。ātmānam（ātman 阳单业）自己。gurutvena（gurutva 中单具）父亲。jagat（世界）-guroḥ（guru 父亲），复合词（阳单属）世界之父，毗湿奴。

विभक्तात्मा विभुस्तासामेकः कुक्षिष्वनेकधा।
उवास प्रतिमाचन्द्रः प्रसन्नानामपामिव॥६५॥

大神虽然只有一个，
而他分身成为多个，
居住在她们的腹中，
犹如池水中的月影。（65）

vibhakta（分开）-ātmā（ātman 自我），复合词（阳单体），自我分身的。vibhuḥ（vibhu 阳单体）主人，神。tāsām（tad 阴复属）她。ekaḥ（eka 阳单体）一。kukṣiṣu（kukṣi 阳复依）腹部。anekadhā（不变词）不止一个。uvāsa（√vas 完成单三）居住。pratimā（映像）-candraḥ（candra 月亮），复合词（阳单体），作为映像的月亮。prasannānām（prasanna 阴复属）清澈的。apām（ap 阴复属）水。iva（不变词）犹如。

अथाग्र्यमहिषी राज्ञः प्रसूतिसमये सती।
पुत्रं तमोपहं लेभे नक्तं ज्योतिरिवौषधिः॥ ६६॥

然后，贞洁的大王后
到达分娩时刻，生下
驱除黑暗的儿子，犹如
药草在夜晚获得光辉。（66）

atha（不变词）然后。agrya（第一的）-mahiṣī（mahiṣī 王后），复合词（阴单体），大王后。rājñaḥ（rājan 阳单属）国王。prasūti（分娩）-samaye（samaya 时刻），复合词（阳单依），分娩时刻。satī（sat 阴单体）贞洁的。putram（putra 阳单业）儿子。tamas（黑暗）-apaham（apaha 驱除），复合词（阳单业），驱除黑暗的。lebhe（√labh 完成单三）获得。naktam（不变词）夜晚。jyotiḥ（jyotis 中单业）光辉。iva（不变词）犹如。oṣadhiḥ（oṣadhi 阴单体）药草。

राम इत्यभिरामेण वपुषा तस्य चोदितः।
नामधेयं गुरुश्चक्रे जगत्प्रथममङ्गलम्॥ ६७॥

受到这个儿子可爱的
形体的启发，父亲给他
取名"罗摩"，堪称是
世界上最吉祥的名字。①（67）

rāmaḥ（rāma 阳单体）罗摩。iti（不变词）这样（取名）。abhirāmeṇa（abhirāma 中单具）可爱的。vapuṣā（vapus 中单具）形体。tasya（tad 阳单属）他。coditaḥ（codita

---

① "罗摩"这个名字的词义是"可爱的"。

阳单体）鼓励，启发。nāmadheyam（nāmadheya 中单业）名字。guruḥ（guru 阳单体）父亲。cakre（√kṛ 完成单三）做。jagat（世界）-prathama（第一的）-maṅgalam（maṅgala 吉祥），复合词（中单业），世界上最吉祥的。

रघुवंशप्रदीपेन तेनाप्रतिमतेजसा।
रक्षागृहगता दीपाः प्रत्यादिष्टा इवाभवन्॥ ६८॥

这盏罗怙族明灯，
闪耀无比的光辉，
仿佛淹没了这间
卧室中所有灯光。（68）

raghu（罗怙）-vaṃśa（家族）-pradīpena（pradīpa 灯），复合词（阳单具），罗怙族明灯。tena（tad 阳单具）这。apratima（无与伦比的）-tejasā（tejas 光辉），复合词（阳单具），闪耀无比的光辉。rakṣāgṛha（卧室）-gatāḥ（gata 处于），复合词（阳复体），在卧室中的。dīpāḥ（dīpa 阳复体）灯。pratyādiṣṭāḥ（pratyādiṣṭa 阳复体）遮蔽，黯淡。iva（不变词）仿佛。abhavan（√bhū 未完复三）成为。

शय्यागतेन रामेण माता शातोदरी बभौ।
सैकताम्भोजबलिना जाह्नवीव शरत्कृशा॥ ६९॥

罗摩躺在床上，身边
母亲的腹部变得瘦削，
犹如秋季的恒河变细，
沙岸上有献祭的莲花。（69）

śayyā（床）-gatena（gata 处于），复合词（阳单具），躺在床上。rāmeṇa（rāma 阳单具）罗摩。mātā（mātṛ 阴单体）母亲。śāta（瘦削的）-udarī（udara 腹部），复合词（阴单体），腹部瘦削。babhau（√bhā 完成单三）闪光，看似。saikata（沙滩）-ambhoja（莲花）-balinā（bali 祭品），复合词（阳单具），沙滩上有献祭的莲花。jāhnavī（jāhnavī 阴单体）恒河。iva（不变词）犹如。śarad（秋天）-kṛśā（kṛśa 纤细的），复合词（阴单体），秋天变细。

कैकेय्यास्तनयो जज्ञे भरतो नाम शीलवान्।
जनयित्रीमलंचक्रे यः प्रश्रय इव श्रियम्॥ ७०॥

吉迦伊生下一个具有高尚
品德的儿子，名为婆罗多，

他为生身母亲增添光彩，
犹如谦恭装饰吉祥女神。（70）

kaikeyyāḥ（kaikeyā 阴单属）吉迦伊。tanayaḥ（tanaya 阳单体）儿子。jajñe（√jan 完成单三）出生。bharataḥ（bharata 阳单体）婆罗多。nāma（不变词）名为。śīlavān（śīlavat 阳单体）有品德的。janayitrīm（janayitrī 阴单业）母亲。alaṃcakre（alam√kṛ 完成单三）装饰，美化。yaḥ（yad 阳单体）他。praśrayaḥ（praśraya 阳单体）谦恭。iva（不变词）犹如。śriyam（śrī 阴单业）吉祥女神。

सुतौ लक्ष्मणशत्रुघ्नौ सुमित्रा सुषुवे यमौ।
सम्यगाराधिता विद्या प्रबोधविनयाविव॥७१॥

须弥多罗生下孪生子，
罗什曼那和设睹卢祇那，
犹如知识受到正当尊重，
产生觉悟和自制能力。（71）

sutau（suta 阳双业）儿子。lakṣmaṇa（罗什曼那）-śatrughnau（śatrughna 设睹卢祇那），复合词（阳双业），罗什曼那和设睹卢祇那。sumitrā（sumitrā 阴单体）须弥多罗。suṣuve（√sū 完成单三）生下。yamau（yama 阳双业）孪生的。samyak（正确，合适）-ārādhitā（ārādhita 尊重），复合词（阴单体），受到正当尊重。vidyā（vidyā 阴单体）知识。prabodha（觉悟）-vinayau（vinaya 自制），复合词（阳双业），觉悟和自制。iva（不变词）犹如。

निर्दोषमभवत्सर्वमाविष्कृतगुणं जगत्।
अन्वगादिव हि स्वर्गो गां गतं पुरुषोत्तमम्॥७२॥

整个世界展现优美的
品质，没有任何弊端，
仿佛天国已跟随这位
至高原人，来到大地。（72）

nirdoṣam（nirdoṣa 中单体）没有弊端的。abhavat（√bhū 未完单三）成为。sarvam（sarva 中单体）所有的。āviṣkṛta（展现）-guṇam（guṇa 优点，品德），复合词（中单体），展现优美的品质。jagat（jagat 中单体）世界。anvagāt（anu√i 不定单三）跟随。iva（不变词）仿佛。hi（不变词）因为。svargaḥ（svarga 阳单体）天国。gām（go 阴单业）大地。gatam（gata 阳单业）来到。puruṣa（人）-uttamam（uttama 至高的），

复合词（阳单业），至高原人。

तस्योदये चतुर्मूर्तेः पौलस्त्यचकितेश्वराः।
विरजस्कैर्नभस्वद्भिर्दिश उच्छ्वसिता इव॥७३॥

他的四个形体已经诞生，
四方神祇受罗波那威胁，
此刻，他们仿佛呼吸到
不沾染尘土的新鲜空气。（73）

tasya（tad 阳单属）他，指大神。udaye（udaya 阳单依）产生。catur（四）-mūrteḥ（mūrti 形体），复合词（阳单属），具有四个形体的。paulastya（罗波那）-cakita（威胁）-īśvarāḥ（īśvara 神），复合词（阴复体），神祇受罗波那威胁的。virajaskaiḥ（virajaska 阳复具）不沾染尘土的。nabhasvadbhiḥ（nabhasvat 阳复具）风。diśaḥ（diś 阴复体）方向。ucchvasitāḥ（ucchvasita 阴复体）呼吸。iva（不变词）仿佛。

कृशानुरपधूमत्वात्प्रसन्नत्वात्प्रभाकरः।
रक्षोविप्रकृतावास्तामपविद्धशुचाविव॥७४॥

火和太阳同样受到
罗刹们侵扰，此刻，
火无烟，阳光清澈，
仿佛已经摆脱忧愁。（74）

kṛśānuḥ（kṛśānu 阳单体）火。apadhūmatvāt（apadhūmatva 中单从）无烟。prasannatvāt（prasannatva 中单从）清澈。prabhā（光辉）-karaḥ（kara 制造），复合词（阳单体），制造光辉者，太阳。rakṣas（罗刹）-viprakṛtau（viprakṛta 侵扰），复合词（阳双体），受到罗刹们侵扰。āstām（√as 未完双三）是。apaviddha（消除）-śucau（śuc 忧愁），复合词（阳双体），摆脱忧愁。iva（不变词）仿佛。

दशाननकिरीटेभ्यस्तत्क्षणं राक्षसश्रियः।
मणिव्याजेन पर्यस्ताः पृथिव्यामश्रुबिन्दवः॥७५॥

这时，罗刹的吉祥女神
流下眼泪，滴滴泪珠
乔装珍珠，从十首王的
那些顶冠滚落到地上。（75）

daśa（十）-ānana（脸）-kirīṭebhyaḥ（kirīṭa 顶冠），复合词（阳复从），十首王的

顶冠。tatkṣaṇam（不变词）这时。rākṣasa（罗刹）-śriyaḥ（śrī 吉祥女神），复合词（阴单属），罗刹的吉祥女神。maṇi（珍珠）-vyājena（vyāja 乔装），复合词（阳单具），乔装珍珠。paryastāḥ（paryasta 阳复体）散落。pṛthivyām（pṛthivī 阴单依）大地。aśru（眼泪）-bindavaḥ（bindu 滴），复合词（阳复体），滴滴泪珠。

पुत्रजन्मप्रवेश्यानां तूर्याणां तस्य पुत्रिणः।
आरम्भं प्रथमं चक्रुर्देवदुन्दुभयो दिवि॥७६॥

国王已成为父亲，
天国的鼓声响起，
率先为庆祝他的
儿子诞生而奏乐。（76）

putra（儿子）-janma（janman 出生）-praveśyānām（praveśya 演奏），复合词（阳复属），为儿子诞生而演奏。tūryāṇām（tūrya 阳复属）乐器。tasya（tad 阳单属）他。putriṇaḥ（putrin 阳单属）有儿子的。ārambham（ārambha 阳单业）开始。prathamam（prathama 阳单业）首先。cakruḥ（√kṛ 完成复三）做。deva（天神）-dundubhayaḥ（dundubhi 鼓），复合词（阳复体），天神的鼓。divi（div 阴单依）天国。

संतानकमयी वृष्टिर्भवने चास्य पेतुषी।
सन्मङ्गलोपचाराणां सैवादिरचनाऽभवत्॥७७॥

同时，天国花雨
降落在他的宫殿，
这确实成为吉祥
仪式开始的序幕。（77）

saṃtānaka（劫波树花，天国的花）-mayī（maya 构成），复合词（阴单体），充满天国花朵的。vṛṣṭiḥ（vṛṣṭi 阴单体）雨。bhavane（bhavana 中单依）宫殿。ca（不变词）和。asya（idam 阳单属）他。petuṣī（petivas，√pat 完分，阴单体）降落。sat（妙的，好的）-maṅgala（吉祥的）-upacārāṇām（upacāra 仪式），复合词（阳复属），美好吉祥的仪式。sā（tad 阴单体）这。eva（不变词）确实。ādi（最初的）-racanā（racana 安排），复合词（阴单体），最初的安排。abhavat（√bhū 完成单三）成为。

कुमाराः कृतसंस्कारास्ते धात्रीस्तन्यपायिनः।
आनन्देनाग्रजेनेव समं ववृधिरे पितुः॥७८॥

完成诞生的净化仪式后，

这些王子吸吮乳母乳汁，
伴随着父亲的喜悦成长，
这喜悦如同他们的长兄。（78）

kumārāḥ（kumāra 阳复体）王子。kṛta（做）-saṃskārāḥ（saṃskāra 净化仪式），复合词（阳复体），完成净化仪式。te（tad 阳复体）这。dhātrī（乳母）-stanya（乳汁）-pāyinaḥ（pāyin 吸吮），复合词（阳复体），吸吮乳母的乳汁。ānandena（ānanda 阳单具）喜悦。agra（首先的）-jena（ja 出生），复合词（阳单具），先出生的，长兄。iva（不变词）如同。samam（不变词）一起。vavṛdhire（√vṛdh 完成复三）长大。pituḥ（pitṛ 阳单属）父亲。

स्वाभाविकं विनीतत्वं तेषां विनयकर्मणा।
मुमूर्च्छ सहजं तेजो हविषेव हविर्भुजाम्॥ ७९॥

他们天生的自制能力，
随着接受教育而增长，
犹如火焰天生的光辉，
随着祭品投入而增长。（79）

svābhāvikam（svābhāvika 中单体）本性的。vinītatvam（vinītatva 中单体）自制。teṣām（tad 阳复属）他。vinaya（教育）-karmaṇā（karman 工作），复合词（中单具），教育工作。mumūrccha（√murch 完成单三）增长。sahajam（sahaja 中单体）天生的。tejaḥ（tejas 中单体）光辉。haviṣā（havis 中单具）祭品。iva（不变词）犹如。havis（祭品）-bhujām（bhuj 享用），复合词（阳复属），享用祭品的，火。

परस्पराविरुद्धास्ते तद्रघोरनघं कुलम्।
अलमुद्योतयामासुर्देवारण्यमिवर्तवः॥ ८०॥

他们和睦相处，足以
为纯洁无瑕的罗怙族
增添光辉，犹如各种
季节装饰天国的园林。（80）

paraspara（互相）-aviruddhāḥ（aviruddha 无敌意的，和睦的），复合词（阳复体），和睦相处。te（tad 阳复体）他。tat（tad 中单业）这。raghoḥ（raghu 阳单属）罗怙。anagham（anagha 中单业）无罪的，纯洁无瑕的。kulam（kula 中单业）家族。alam（不变词）足以。uddyotayāmāsuḥ（ud√dyut 致使，完成复三）照亮，装饰。deva（天神）-araṇyam（araṇya 园林），复合词（中单业），天国的园林。iva（不变词）犹如。ṛtavaḥ （ṛtu 阳复体）季节。

समानेऽपि च सौभ्रात्रे यथोभौ रामलक्ष्मणौ।
तथा भरतशत्रुघ्नौ प्रीत्या द्वन्द्वं बभूवतुः ॥८१॥

虽然是同父的亲兄弟，
罗摩和罗什曼那互相
更为亲热，婆罗多和
设睹卢祇那也是同样。（81）

samāne（samāna 中单依）同样的。api（不变词）虽然。ca（不变词）和。saubhrātre（saubhrātra 中单依）亲兄弟，同胞兄弟。yathā（不变词）如同。ubhau（ubha 阳双体）两。rāma（罗摩）-lakṣmaṇau（lakṣmaṇa 罗什曼那），复合词（阳双体），罗摩和罗什曼那。tathā（不变词）同样。bharata（婆罗多）-śatrughnau（śatrughna 设睹卢祇那），复合词（阳双体），婆罗多和设睹卢祇那。prītyā（prīti 阴单具）喜爱。dvandvam（dvandva 中单体）一对。babhūvatuḥ（√bhū 完成双三）成为。

तेषां द्वयोर्द्वयोरैक्यं बिभिदे न कदाचन।
यथा वायुविभावस्वोर्यथा चन्द्रसमुद्रयोः ॥८२॥

每一对的兄弟两个，
互相之间步调一致，
从不产生分裂，犹如
风和火，月亮和大海。（82）

teṣām（tad 阳复属）他。dvayoḥ（dvi 阳双属）二。dvayoḥ（dvi 阳双属）二。aikyam（aikya 中单体）一体，一致。bibhide（√bhid 完成单三）分裂。na（不变词）不。kadācana（不变词）任何时候。yathā（不变词）犹如。vāyu（风）-vibhāvasvoḥ（vibhāvasu 火），复合词（阳双属），风和火。yathā（不变词）犹如。candra（月亮）-samudrayoḥ（samudra 大海），复合词（阳双属），月亮和大海。

ते प्रजानां प्रजानाथास्तेजसा प्रश्रयेण च।
मनो जह्रुर्निदाघान्ते श्यामाभ्रा दिवसा इव ॥८३॥

这些王子是众生的护主，
凭借威力和谦恭，赢得
臣民的欢心，犹如酷暑
结束而乌云密布的白天。（83）

te（tad 阳复体）这。prajānām（prajā 阴复属）臣民。prajā（众生）-nāthāḥ（nātha 护主），复合词（阳复体），众生的护主。tejasā（tejas 中单具）威力。praśrayeṇa（praśraya 阳单具）谦恭。ca（不变词）和。manaḥ（manas 中单业）心。jahruḥ（√hṛ 完成复三）抓住，吸引。nidāgha（酷暑）-ante（anta 结束），复合词（阳单依），酷暑结束。śyāma（乌黑的）-abhrāḥ（abhra 云），复合词（阳复体），具有乌云的。divasāḥ（divasa 阳复体）白天。iva（不变词）犹如。

स चतुर्धा बभौ व्यस्तः प्रसवः पृथिवीपतेः।
धर्मार्थकाममोक्षाणामवतार इवाङ्गवान्॥ ८४॥

这位大地之主的子嗣，
就这样分成四个形体，
确实像是正法、利益、
爱欲和解脱化身下凡。（84）

saḥ（tad 阳单体）这。caturdhā（不变词）四部分。babhau（√bhā 完成单三）发光，像。vyastaḥ（vyasta 阳单体）分开。prasavaḥ（prasava 阳单体）后代，子嗣。pṛthivī（大地）-pateḥ（pati 主人），复合词（阳单属），大地之主，国王。dharma（正法）-artha（利益）-kāma（爱欲）-mokṣāṇām（mokṣa 解脱），复合词（阳复属），正法、利益、爱欲和解脱。avatāraḥ（avatāra 阳单体）下凡。iva（不变词）像。aṅgavān（aṅgavat 阳单体）具有形体。

गुणैराराधयामासुस्ते गुरुं गुरुवत्सलाः।
तमेव चतुरन्तेशं रत्नैरिव महार्णवाः॥ ८५॥

这些王子热爱父亲，
以种种美德取悦他，
犹如四海以珍宝取悦
这位统治四方的帝王。（85）

guṇaiḥ（guṇa 阳复具）美德。ārādhayāmāsuḥ（ā√rādh 致使，完成复三）取悦。te（tad 阳复体）他。gurum（guru 阳单业）父亲。guru（父亲）-vatsalāḥ（vatsala 热爱的），复合词（阳复体），热爱父亲。tam（tad 阳单业）这。eva（不变词）确实。caturanta（四边，四方）-īśam（īśa 统治者），复合词（阳单业），四方的统治者，国王。ratnaiḥ（ratna 中复具）珍宝。iva（不变词）犹如。mahā（大）-arṇavāḥ（arṇava 海），复合词（阳复体），大海。

सुरगज इव दन्तैर्भग्नदैत्यासिधारै-

नय इव पणबन्धव्यक्तयोगैरुपायैः।
हरिरिव युगदीर्घैर्दोर्भिरंशैस्तदीयैः
पतिरवनिपतीनां तैश्चकाशे चतुर्भिः ॥८६॥

这位王中之王有了毗湿奴分身的这四个王子，
犹如天国神象具有粉碎提迭剑刃的四个象牙，
犹如策略具有通过获取成果展现的四种方法[①]，
犹如毗湿奴大神具有车轭般粗长的四个手臂。（86）

sura（天神）-gajaḥ（gaja 大象），复合词（阳单体），天国神象。iva（不变词）犹如。dantaiḥ（danta 阳复具）象牙。bhagna（粉碎）-daitya（提迭）-asi（剑）-dhāraiḥ（dhārā 刃），复合词（阳复具），粉碎提迭剑刃。nayaḥ（naya 阳单体）策略。iva（不变词）犹如。paṇa（财富，成果）-bandha（联系，取得）-vyakta（显示）-yogaiḥ（yoga 使用），复合词（阳复具），通过获取成果而展现的。upāyaiḥ（upāya 阳复具）方法。hariḥ（hari 阳单体）毗湿奴。iva（不变词）犹如。yuga（车轭）-dīrghaiḥ（dīrgha 长的），复合词（阳复具），车轭般粗长。dorbhiḥ（dos 阳复具）手臂。aṃśaiḥ（aṃśa 阳复具）部分，分身。tadīyaiḥ（tadīya 阳复具）他的，指毗湿奴的。patiḥ（pati 阳单体）主人。avani（大地）-patīnām（pati 主人），复合词（阳复属），大地之主，国王。taiḥ（tad 阳复具）这。cakāśe（√kāś 完成单三）显现，看似。caturbhiḥ（catur 阳复具）四。

① “四种方法”指和谈、馈赠、离间和惩罚。

एकादशः सर्गः।

第十一章

कौशिकेन स किल क्षितीश्वरो राममध्वरविघातशान्तये।
काकपक्षधरमेत्य याचितस्तेजसां हि न वयः समीक्ष्यते॥१॥

在罗摩额边还留着发绺时，
憍尸迦[①]为了排除祭祀障碍，
前来向国王求请罗摩，因为
对于勇士，不必考虑年龄。（1）

kauśikena（kauśika 阳单具）憍尸迦。saḥ（tad 阳单体）这。kila（不变词）确实。kṣiti（大地）-īśvaraḥ（īśvara 君主），复合词（阳单体），大地之主，国王。rāmam（rāma 阳单业）罗摩。adhvara（祭祀）-vighāta（障碍）-śāntaye（śānti 平息），复合词（阴单为），消除祭祀的障碍。kāka（乌鸦）-pakṣa（翅膀）-dharam（dhara 具有），复合词（阳单业），两边留着发绺。etya（ā√i 独立式）来到。yācitaḥ（yācita 阳单体）请求。tejasām（tejas 中复属）有光辉者，勇士。hi（不变词）因为。na（不变词）不。vayaḥ（vayas 中单体）年龄。samīkṣyate（sam√īkṣ 被动，现在单三）考虑。

कृच्छ्रलब्धमपि लब्धवर्णभाक्तं दिदेश मुनये सलक्ष्मणम्।
अप्यसुप्रणयिनां रघोः कुले न व्यहन्यत कदाचिदर्थिता॥२॥

国王尊敬智者，将好不容易
获得的儿子罗摩和罗什曼那
交给牟尼，即使乞求者乞求
生命，罗怙族也从不拒绝。（2）

kṛcchra（艰难）-labdham（labdha 获得），复合词（阳单业），艰难获得的。api（不变词）尽管。labdhavarṇa（智慧的，智者）-bhāk（bhāj 尊敬），复合词（阳单体），尊敬智者的。tam（tad 阳单业）他，指罗摩。dideśa（√diś 完成单三）交给。munaye

① 憍尸迦是一位著名的婆罗门仙人。他原本是个刹帝利，后来通过修炼严酷的苦行，成为婆罗门仙人。

（muni 阳单为）牟尼。sa（与）-lakṣmaṇam（lakṣmaṇa 罗什曼那），复合词（阳单业），与罗什曼那一起。api（不变词）即使。asu（气息，生命）-praṇayinām（praṇayin 渴求的，请求的），复合词（阳复属），求取生命的人。raghoḥ（raghu 阳单属）罗怙。kule（kula 中单依）家族。na（不变词）不。vyahanyata（vi√han 被动，未完单三）拒绝。kadācit（不变词）任何时候。arthitā（arthitā 阴单体）请求。

यावदादिशति पार्थिवस्तयोर्निर्गमाय पुरमार्गसंस्क्रियाम्।
तावदाशु विदधे मरुत्सखैः सा सपुष्पजलवर्षिभिर्घनैः ॥३॥

国王为了欢送他俩，
吩咐装饰城市街道，
顿时，风协助乌云，
降下了雨水和鲜花。（3）

yāvat（不变词）一旦。ādiśati（ā√diś 现在单三）下令，吩咐。pārthivaḥ（pārthiva 阳单体）国王。tayoḥ（tad 阳双属）他。nirgamāya（nirgama 阳单为）出行。pura（城市）-mārga（道路）-saṃskriyām（saṃskriyā 装饰，净化），复合词（阴单业），装饰城市街道。tāvat（不变词）就。āśu（不变词）很快。vidadhe（vi√dhā 被动，完成单三）安排。marut（风）-sakhaiḥ（sakha 同伴），复合词（阳复具），以风为伴的。sā（tad 阴单体）它，指装饰。sa（带着）-puṣpa（花朵）-jala（水）-varṣibhiḥ（varṣin 下雨），复合词（阳复具），降下雨水和鲜花。ghanaiḥ（ghana 阳复具）乌云。

तौ निदेशकरणोद्यतौ पितुर्धन्विनौ चरणयोर्निपेततुः।
भूपतेरपि तयोः प्रवत्स्यतोर्नम्रयोरुपरि बाष्पबिन्दवः ॥४॥

他俩携带弓箭，准备执行
父亲命令，拜倒在他的脚下，
国王的泪珠洒落在这两位
跪拜着即将出发的儿子身上。（4）

tau（tad 阳双体）他。nideśa（命令）-karaṇa（执行）-udyatau（udyata 准备），复合词（阳双体），准备执行命令。pituḥ（pitṛ 阳单属）父亲。dhanvinau（dhanvin 阳双体）持弓的。caraṇayoḥ（caraṇa 阳双依）脚。nipetatuḥ（ni√pat 完成双三）俯首，拜倒。bhū（大地）-pateḥ（pati 主人），复合词（阳单属），大地之主，国王。api（不变词）也。tayoḥ（tad 阳双属）他。pravatsyatoḥ（pra√vas 将分，阳双属）出外。namrayoḥ（namra 阳双属）弯下的。upari（不变词）上面。bāṣpa（眼泪）-bindavaḥ（bindu 滴），复合词（阳复体），泪珠。

तौ पितुर्नयनजेन वारिणा किंचिदुक्षितशिखण्डकावुभौ।
धन्विनौ तमृषिमन्वगच्छतां पौरदृष्टिकृतमार्गतोरणौ॥५॥

父亲的泪水沾湿他俩的
顶髻，他俩手持弓箭，
跟随仙人出发，市民的
目光成为路上的拱门。（5）

tau（tad 阳双体）这。pituḥ（pitṛ 阳单属）父亲。nayana（眼睛）-jena（ja 产生），复合词（中单具），眼睛流出的。vāriṇā（vāri 中单具）水。kim-cit（不变词）稍微。ukṣita（打湿）-śikhaṇḍakau（śikhaṇḍaka 发髻），复合词（阳双体），发髻被打湿。ubhau（ubha 阳双体）二者。dhanvinau（dhanvin 阳双体）持弓的。tam（tad 阳单业）这。ṛṣim（ṛṣi 阳单业）仙人。anvagacchatām（anu√gam 未完双三）跟随。paura（市民）-dṛṣṭi（目光）-kṛta（做）-mārga（道路）-toraṇau（toraṇa 拱门），复合词（阳双体），市民的目光构成道路上的拱门。

लक्ष्मणानुचरमेव राघवं नेतुमैच्छदृषिरित्यसौ नृपः।
आशिषं प्रयुयुजे न वाहिनीं सा हि रक्षणविधौ तयोः क्षमा॥६॥

国王考虑到这位仙人要带走
罗摩和罗什曼那，于是给予
他俩祝福，而不用给予军队，
因为这祝福足以保护他俩。（6）

lakṣmaṇa（罗什曼那）-anucaram（anucara 跟随的），复合词（阳单业），有罗什曼那跟随。eva（不变词）确实。rāghavam（rāghava 阳单业）罗摩。netum（√nī 不定式）带走。aicchat（√iṣ 未完单三）希望。ṛṣiḥ（ṛṣi 阳单体）仙人。iti（不变词）这样（想）。asau（adas 阳单体）这。nṛpaḥ（nṛpa 阳单体）国王。āśiṣam（āśis 阴单业）祝福。prayuyuje（pra√yuj 完成单三）给予。na（不变词）不。vāhinīm（vāhinī 阴单业）军队。sā（tad 阴单体）这，指祝福。hi（不变词）因为。rakṣaṇa（保护）-vidhau（vidhi 执行），复合词（阳单依），进行保护。tayoḥ（tad 阳双属）他。kṣamā（kṣama 阴单体）足以，能够。

मातृवर्गचरणस्पृशौ मुनेस्तौ प्रपद्य पदवीं महौजसः।
रेजतुर्गतिवशात्प्रवर्तिनौ भास्करस्य मधुमाधवाविव॥७॥

他俩向母亲们行触足礼后，
追随大光辉的牟尼的步伐，

他俩光彩熠熠，犹如仲春和
季春[①]按照太阳的轨迹运转。（7）

mātṛ（母亲）-varga（群体）-caraṇa（脚）-spṛśau（spṛś 碰触），复合词（阳双体），向母亲们行触足礼。muneḥ（muni 阳单属）牟尼。tau（tad 阳双体）他。prapadya（pra√pad 独立式）走上，追随。padavīm（padavī 阴单业）足迹，道路。mahā（大）-ojasaḥ（ojas 威力，光辉），复合词（阳单属），有大威力的，有大光辉的。rejatuḥ（√rāj 完成双三）发光。gati（进程）-vaśāt（vaśa 控制，遵循），复合词（阳单从），遵循进程。pravartinau（pravartin 阳双体）运转。bhāskarasya（bhāskara 阳单属）太阳。madhu（仲春）-mādhavau（mādhava 季春），复合词（阳双体），仲春和季春。iva（不变词）犹如。

वीचिलोलभुजयोस्तयोर्गतं शैशवाच्चपलमप्यशोभत।
तोयदागम इवोद्ध्यभिद्ययोर्नामधेयसदृशं विचेष्टितम्॥८॥

他俩的手臂舞动似波浪，
浮躁的步姿因年幼而优美，
犹如乌底耶河和毗底耶河
在雨季的姿态，名副其实。[②]（8）

vīci（波浪）-lola（摆动）-bhujayoḥ（bhuja 手臂），复合词（阳双属），手臂舞动似波浪。tayoḥ（tad 阳双属）他，指罗摩兄弟。gatam（gata 中单体）步姿。śaiśavāt（śaiśava 中单从）幼年。capalam（capala 中单体）浮躁的。api（不变词）即使。aśobhata（√śubh 未完单三）优美。toyada（雨云）-āgame（āgama 来临），复合词（阳单依），雨云降临，雨季。iva（不变词）犹如。uddhya（乌底耶河）-bhidyayoḥ（bhidya 毗底耶河），复合词（阳双属），乌底耶河和毗底耶河。nāmadheya（名称）-sadṛśam（sadṛśa 相称的，适合的），复合词（中单体），名副其实。viceṣṭitam（viceṣṭita 中单体）姿态。

तौ बलातिबलयोः प्रभावतो विद्ययोः पथि मुनिप्रदिष्टयोः।
मम्लतुर्न मणिकुट्टिमोचितौ मातृपार्श्वपरिवर्तिनाविव॥९॥

凭借牟尼教给他俩的波罗和
阿底波罗这两种咒语的威力，
一路上毫不疲倦，犹如平时
行走在母亲身旁的珠宝地面。（9）

---

① 仲春（madhu）指三、四月，季春（mādhava）指四、五月。
② “乌底耶”（uddhya）的词义为“涌动”，“毗底耶”（bhidya）的词义为“劈开”或“撕裂”。

tau（tad 阳双体）他。balā（波罗）-atibalayoḥ（atibalā 阿底波罗），复合词（阴双属），波罗和阿底波罗。prabhāvataḥ（prabhāva 阳单从）威力。vidyayoḥ（vidyā 阴双属）咒语。pathi（pathin 阳单依）道路。muni（牟尼）-pradiṣṭayoḥ（pradiṣṭa 授予），复合词（阴双属），牟尼传授的。mamlatuḥ（√mlai 完成双三）疲倦。na（不变词）不。maṇi（珠宝）-kuṭṭima（镶嵌的地面）-ucitau（ucita 习惯的），复合词（阳双体），习惯于珠宝地面的。mātṛ（母亲）-pārśva（旁边）-parivartinau（parivartin 活动），复合词（阳双体），行走在母亲身旁。iva（不变词）犹如。

पूर्ववृत्तकथितैः पुराविदः सानुजः पितृसखस्य राघवः।
उह्यमान इव वाहनोचितः पादचारमपि न व्यभावयत्॥ १०॥

罗摩和弟弟习惯乘坐车辆，
父亲的这位朋友通晓古史，
讲述的传说仿佛负载他俩，
以至他俩没有步行的感觉。（10）

pūrvavṛtta（往事，传说）-kathitaiḥ（kathita 讲述），复合词（中复具），讲述传说。purā（古时，过去）-vidaḥ（vid 通晓），复合词（阳单属），通晓古史的。sa（与）-anujaḥ（anuja 弟弟），复合词（阳单体），与弟弟一起。pitṛ（父亲）-sakhasya（sakha 朋友），复合词（阳单属），父亲的朋友。rāghavaḥ（rāghava 阳单体）罗摩。uhyamānaḥ（√vah 被动，现分，阳单体）负载。iva（不变词）仿佛。vāhana（车辆）-ucitaḥ（ucita 习惯），复合词（阳单体），习惯乘坐车辆的。pādacāram（pādacāra 阳单业）步行。api（不变词）即使。na（不变词）不。vyabhāvayat（vi√bhū 致使，未完单三）感知。

तौ सरांसि रसवद्भिरम्बुभिः कूजितैः श्रुतिसुखैः पतत्रिणः।
वायवः सुरभिपुष्परेणुभिश्छायया च जलदाः सिषेविरे॥ ११॥

湖泊用甜美可口的清水，
飞鸟用悦耳动听的鸣声，
风儿用芳香扑鼻的花粉，
乌云用阴影，侍奉他俩。（11）

tau（tad 阳双业）他，指罗摩兄弟。sarāṃsi（saras 中复体）湖泊。rasavadbhiḥ（rasavat 中复具）甜美的。ambubhiḥ（ambu 中复具）水。kūjitaiḥ（kūjita 中复具）鸣叫。śruti（耳朵）-sukhaiḥ（sukha 愉快的），复合词（中复具），悦耳动听的。patattriṇaḥ（patattrin 阳复体）鸟。vāyavaḥ（vāyu 阳复体）风。surabhi（芳香的）-puṣpa（花朵）-reṇubhiḥ（reṇu 花粉），复合词（阳复具），芳香的花粉。chāyayā（chāyā 阴单具）阴影。ca（不

变词）和。jaladāḥ（jalada 阳复体）云。siṣevire（√sev 完成复三）侍奉。

नाम्भसां कमलशोभिनां तथा शाखिनां च न परिश्रमच्छिदाम्।
दर्शनेन लघुना यथा तयोः प्रीतिमापुरुभयोस्तपस्विनः॥ १२॥

看到莲花灿烂的池水，
看到解除疲劳的树荫，
苦行者们获得的喜悦
比不上如愿看到他俩。（12）

na（不变词）不。ambhasām（ambhas 中复属）水。kamala（莲花）-śobhinām（śobhin 灿烂的），复合词（中复属），莲花灿烂的。tathā（不变词）这样。śākhinām（śākhin 阳复属）树木。ca（不变词）和。na（不变词）不。pariśrama（疲劳）-chidām（chid 消除），复合词（阳复属），消除疲劳的。darśanena（darśana 中单具）观看。laghunā（laghu 中单具）轻快的，如愿的。yathā（不变词）正如。tayoḥ（tad 阳双属）这。prītim（prīti 阴单业）喜悦。āpuḥ（√āp 完成复三）获得。ubhayoḥ（ubha 阳双属）两者。tapasvinaḥ（tapasvin 阳复体）苦行者。

स्थाणुदग्धवपुषस्तपोवनं प्राप्य दाशरथिरात्तकार्मुकः।
विग्रहेण मदनस्य चारुणा सोऽभवत्प्रतिनिधिर्न कर्मणा॥ १३॥

罗摩手持弓箭，到达形体
已被湿婆焚毁的爱神的
苦行林，他以自己优美的
身体而非行动替代爱神。（13）

sthāṇu（湿婆）-dagdha（焚烧）-vapuṣaḥ（vapus 形体），复合词（阳单属），形体已被湿婆焚毁的。tapas（苦行）-vanam（vana 树林），复合词（中单业），苦行林。prāpya（pra√āp 独立式）到达。dāśarathiḥ（dāśarathi 阳单体）十车王之子，罗摩。ātta（持有）-kārmukaḥ（kārmuka 弓），复合词（阳单体），持弓的。vigraheṇa（vigraha 阳单具）形体。madanasya（madana 阳单属）爱神。cāruṇā（cāru 阳单具）优美的。saḥ（tad 阳单体）他。abhavat（√bhū 未完单三）成为。pratinidhiḥ（pratinidhi 阳单体）替代，替身。na（不变词）不。karmaṇā（karman 中单具）行为。

तौ सुकेतुसुतया खिलीकृते कौशिकाद्विदितशापया पथि।
निन्यतुः स्थलनिवेशिताटनी लीलयेव धनुषी अधिज्यताम्॥ १४॥

他俩从憍尸迦仙人那里得知，

苏盖多的女儿①曾遭诅咒，造成
这里道路荒芜，便游戏般地为
自己的弓上弦，弓尖顶着地面。（14）

tau（tad 阳双体）他，指罗摩兄弟。suketu（苏盖多）-sutayā（sutā 女儿），复合词（阴单具），苏盖多的女儿。khilīkṛte（khilīkṛta 阳单依）造成荒芜。kauśikāt（kauśika 阳单从）憍尸迦。vidita（知道）-śāpayā（śāpa 诅咒），复合词（阴单具），知道遭诅咒。pathi（pathin 阳单依）道路。ninyatuḥ（√nī 完成双三）引导。sthala（地面）-niveśita（固定）-aṭanī（aṭani 弓尖），复合词（中双业），弓尖顶着地面。līlayā（līlā 阴单具）游戏。iva（不变词）仿佛。dhanuṣī（dhanus 中双业）弓。adhijyatām（adhijyatā 阴单业）上弦。

ज्यानिनादमथ गृह्णती तयोः प्रादुरास बहुलक्षपाछविः।
ताडका चलकपालकुण्डला कालिकेव निबिडा बलाकिनी॥ १५॥

听到他俩的弓弦声，妲吒迦
出现，肤色似黑半月的黑夜，
成串的骷髅耳环晃动，犹如
成排的苍鹭伴随浓密的乌云。（15）

jyā（弓弦）-ninādam（nināda 声音），复合词（阳单业），弓弦声。atha（不变词）然后。gṛhṇatī（√grah 现分，阴单体）感知，听到。tayoḥ（tad 阳双属）他。prādurāsa（prādus√as 完成单三）出现。bahula（黑半月）-kṣapā（夜晚）-chaviḥ（chavi 肤色），复合词（阴单体），肤色似黑半月的黑夜。tāḍakā（tāḍakā 阴单体）妲吒迦。cala（晃动）-kapāla（骷髅）-kuṇḍalā（kuṇḍala 耳环），复合词（阴单体），骷髅耳环晃动。kālikā（kālikā 阴单体）乌云。iva（不变词）犹如。nibiḍā（nibiḍa 阴单体）密集的。balākinī（balākin 阴单体）有苍鹭的。

तीव्रवेगधुतमार्गवृक्षया प्रेतचीवरवसा स्वनोग्रया।
अभ्यभावि भरताग्रजस्तया वात्ययेव पितृकाननोत्थया॥ १६॥

她身穿死尸衣，声音尖利，
冲向罗摩，发起攻击，速度
迅猛，路边树林随之摇晃，
犹如坟地刮起的一阵旋风。（16）

① 苏盖多是一个药叉。他的女儿名叫妲吒迦，性格暴戾，因侵扰投山仙人的净修林而遭到诅咒，成为女罗刹，住在这里，危害人间。

tīvra（迅猛的）-vega（速度）-dhuta（摇晃）-mārga（道路）-vṛkṣayā（vṛkṣa 树木），复合词（阴单具），速度迅猛，路边树林随之摇晃。preta（死人）-cīvara（衣服，褴褛衣）-vasā（vas 穿），复合词（阴单具），身穿死尸衣。svana（声音）-ugrayā（ugra 尖利的），复合词（阴单具），声音尖利的。abhyabhāvi（abhi√bhū 被动，不定单三）袭击。bharata（婆罗多）-agrajaḥ（agraja 兄长），复合词（阳单体），婆罗多兄长，罗摩。tayā（tad 阴单具）她。vātyayā（vātyā 阴单具）旋风。iva（不变词）犹如。pitṛkānana（坟地）-utthayā（uttha 升起），复合词（阴单具），坟地刮起的。

उद्यतैकभुजयष्टिमायतीं श्रोणिलम्बिपुरुषान्त्रमेखलाम्।
तां विलोक्य वनितावधे घृणां पत्रिणा सह मुमोच राघवः॥१७॥

她高举一只如同棍棒的手臂，
腰间悬挂着男人的肠子腰带，
罗摩看到她冲过来，怀着
厌恶，放箭射死这个女人。（17）

udyata（高举）-eka（一）-bhuja（手臂）-yaṣṭim（yaṣṭi 棍棒），复合词（阴单业），高举一只如同棍棒的手臂。āyatīm（āyat 阴单业）前来的。śroṇi（臀部，腰）-lambi（lambin 悬挂的）-puruṣa（男人）-antra（肠子）-mekhalām（mekhalā 腰带），复合词（阴单业），腰间挂着男人的肠子腰带。tām（tad 阴单业）她。vilokya（vi√lok 独立式）看见。vanitā（女人）-vadhe（vadha 杀死），复合词（阳单依），杀死女人。ghṛṇām（ghṛṇā 阴单业）厌恶。patriṇā（patrin 阳单具）箭。saha（不变词）一起。mumoca（√muc 完成单三）释放。rāghavaḥ（rāghava 阳单体）罗摩。

यच्चकार विवरं शिलाघने ताडकोरसि स रामसायकः।
अप्रविष्टविषयस्य रक्षसां द्वारतामगमदन्तकस्य तत्॥१८॥

罗摩的利箭在妲吒迦坚硬
如石的胸脯上射出一道缝，
为直到现在未能进入罗刹
领域的死神打开了一道门。[①]（18）

yat（yad 中单业）这。cakāra（√kṛ 完成单三）做。vivaram（vivara 中单业）裂缝。śilā（岩石）-ghane（ghana 坚硬的），复合词（中单依），坚硬如石的。tāḍakā（妲吒迦）-urasi（uras 胸脯），复合词（中单依），妲吒迦的胸脯。saḥ（tad 阳单体）这。rāma

① 这里意谓由于受到魔王罗波那的保护，死神不能进入罗刹的领域。妲吒迦是被罗摩射死的第一个罗刹。

（罗摩）-sāyakaḥ（sāyaka 箭），复合词（阳单体），罗摩的箭。a（不）-praviṣṭa（进入）-viṣayasya（viṣaya 领域），复合词（阳单属），未进入领域的。rakṣasām（rakṣas 中复属）罗刹。dvāratām（dvāratā 阴单业）门。agamat（√gam 不定单三）走向。antakasya（antaka 阳单属）死神。tat（tad 中单体）它，指缝隙。

बाणभिन्नहृदया निपेतुषी सा स्वकाननभुवं न केवलाम्।
विष्टपत्रयपराजयस्थिरां रावणश्रियमपि व्यकम्पयत्॥ १९॥

心被箭射碎，她随即倒下，
不仅使自己的林地摇晃，
也使罗波那战胜三界而
牢固确立的光辉王权摇晃。（19）

bāṇa（箭）-bhinna（破碎）-hṛdayā（hṛdaya 心），复合词（阴单体），心被箭射碎。nipetuṣī（nipetivas，ni√pat 完分，阴单体）倒下。sā（tad 阴单体）她。sva（自己的）-kānana（树林）-bhuvam（bhū 地面），复合词（阴单业），自己的林地。na（不变词）不。kevalām（kevala 阴单业）仅仅，唯独的。viṣṭapa（世界）-traya（三）-parājaya（战胜）-sthirām（sthira 牢固的），复合词（阴单业），战胜三界而牢固的。rāvaṇa（罗波那）-śriyam（śrī 王权），复合词（阴单业），罗波那的王权。api（不变词）也。vyakampayat（vi√kamp 致使，未完单三）摇晃。

राममन्मथशरेण ताडिता दुःसहेन हृदये निशाचरी।
गन्धवद्रुधिरचन्दनोक्षिता जीवितेशवसतिं जगाम सा॥ २०॥

罗刹女妲吒迦被罗摩的不可抵御的箭射中
心窝，流淌着腥味的血，走向死神的住处，
犹如夜行女子被爱神的不可抵御的箭射中
心窝，涂抹芳香檀香膏，走向情人的住处。（20）

rāma（罗摩）-manmatha（爱神）-śareṇa（śara 箭），复合词（阳单具），罗摩的箭犹如爱神的箭。tāḍitā（tāḍita 阴单体）打击。duḥsahena（duḥsaha 阳单具）不可抵御的。hṛdaye（hṛdaya 中单依）心。niśācarī（niśācarī 阴单体）夜行女子，罗刹女。gandhavat（有气味的，芳香的）-rudhira（血）-candana（檀香膏）-ukṣitā（ukṣita 浇洒），复合词（阴单体），流淌着腥味的血犹如涂抹芳香的檀香膏。jīviteśa（生命之主，死神，情人）-vasatim（vasati 住处），复合词（阴单业），死神的住处犹如情人的住处。jagāma（√gam 完成单三）走向。sā（tad 阴单体）她。

नैर्ऋतघ्नमथ मन्त्रवन्मुनेः प्रापदस्त्रमवदानतोषितात्।

ज्योतिरिन्धननिपाति भास्करात्सूर्यकान्त इव ताडकान्तकः॥२१॥

罗摩杀死妲吒迦，牟尼对他的业绩表示
满意，这样，罗摩从牟尼那里获得一件
带有咒语的、能诛灭罗刹的武器，犹如
水晶从太阳那里获得能点燃燃料的光芒。（21）

nairṛta（罗刹）-ghnam（ghna 杀死），复合词（中单业），杀死罗刹的。atha（不变词）然后。mantravat（mantravat 中单业）施了咒语的。muneḥ（muni 阳单从）牟尼。prāpat（pra√āp 不定单三）获得。astram（astra 中单业）武器。avadāna（业绩）-toṣitāt（toṣita 满意），复合词（阳单从），对业绩满意的。jyotiḥ（jyotis 中单业）光芒。indhana（燃料）-nipāti（nipātin 毁灭），复合词（中单业），毁灭燃料的。bhāskarāt（bhāskara 阳单从）太阳。sūryakāntaḥ（sūryakānta 阳单体）水晶。iva（不变词）犹如。tāḍakā（妲吒迦）-antakaḥ（antaka 杀死），复合词（阳单体），杀死妲吒迦者，罗摩。

वामनाश्रमपदं ततः परं पावनं श्रुतमृषेरुपेयिवान्।
उन्मनाः प्रथमजन्मचेष्टितान्यस्मरन्नपि बभूव राघवः॥२२॥

然后，罗摩到达圣洁的侏儒[1]
净修林，虽然他已经不记得
自己前生的事迹，但从这位
仙人口中得知，而心中激动。（22）

vāmana（侏儒）-āśrama（净修林）-padam（pada 地方），复合词（中单业），侏儒的净修林。tatas-param（不变词）然后。pāvanam（pāvana 中单业）圣洁的。śrutam（śruta 中单业）听说。ṛṣeḥ（ṛṣi 阳单从）仙人。upeyivān（upeyivas，upa√i 完分，阳单体）获得。unmanāḥ（unmanas 阳单体）激动的。prathama（以前的）-janma（janman 生）-ceṣṭitāni（ceṣṭita 行为），复合词（中复业），前生的行为。asmaran（a√smṛ 现分，阳单体）不记得。api（不变词）即使。babhūva（√bhū 完成单三）成为。rāghavaḥ（rāghava 阳单体）罗摩。

आससाद मुनिरात्मनस्ततः शिष्यवर्गपरिकल्पितार्हणम्।
बद्धपल्लवपुटाञ्जलिद्रुमं दर्शनोन्मुखमृगं तपोवनम्॥२३॥

然后，牟尼到达自己的苦行林，
弟子们已经准备好待客的供品，

① 侏儒是毗湿奴的下凡化身之一，侏儒的事迹参阅第七章第 35 首注。

树木的叶子卷曲合拢，表示
合掌致敬，鹿儿们昂首凝视。（23）

āsasāda（ā√sad 完成单三）到达。muniḥ（muni 阳单体）牟尼。ātmanaḥ（ātman 阳单属）自己。tatas（不变词）然后。śiṣya（弟子）-varga（一群）-parikalpita（安排）-arhaṇam（arhaṇa 待客的供品），复合词（中单业），弟子们已准备好待客的供品。baddha（合拢）-pallava（嫩叶）-puṭa（凹穴）-añjali（合掌）-drumam（druma 树木），复合词（中单业），树木的叶子合拢犹如合掌。darśana（注视）-unmukha（昂首的）-mṛgam（mṛga 鹿），复合词（中单业），鹿儿们昂首凝视。tapas（苦行）-vanam（vana 树林），复合词（中单业），苦行林。

तत्र दीक्षितमृषिं ररक्षतुर्विघ्नतो दशरथात्मजौ शरैः।
लोकमन्धतमसात्क्रमोदितौ रश्मिभिः शशिदिवाकराविव॥२४॥

仙人在这里准备举行祭祀，
罗摩兄弟俩用弓箭保护他，
犹如太阳和月亮交替升起，
用光芒保护世界摆脱黑暗。（24）

tatra（不变词）这里，指净修林。dīkṣitam（dīkṣita 阳单业）准备祭祀。ṛṣim（ṛṣi 阳单业）仙人。rarakṣatuḥ（√rakṣ 完成双三）保护，避免。vighnatas（vighna 阳单从）障碍。daśaratha（十车王）-ātmajau（ātmaja 儿子），复合词（阳双体），十车王之子。śaraiḥ（śara 阳复具）箭。lokam（loka 阳单业）世界。andha（盲目的）-tamasāt（tamasa 黑暗），复合词（阳单从），深沉的黑暗。krama（次序）-uditau（udita 升起），复合词（阳双体），交替升起。raśmibhiḥ（raśmi 阳复具）光辉。śaśi（śaśin 月亮）-divākarau（divākara 太阳），复合词（阳双体），月亮和太阳。iva（不变词）犹如。

वीक्ष्य वेदिमथ रक्तबिन्दुभिर्बन्धुजीवपृथुभिः प्रदूषिताम्।
संभ्रमोऽभवदपोढकर्मणामृत्विजां च्युतविकङ्कतस्रुचाम्॥२५॥

然后，祭司们看到祭坛被一些
大如班度耆婆花的血滴玷污，
顿时惊慌失措，毗甘迦多木勺
从手中脱落，停止了祭祀工作。（25）

vīkṣya（vi√īkṣ 独立式）看见。vedim（vedi 阴单业）祭坛。atha（不变词）然后。rakta（血）-bindubhiḥ（bindu 滴），复合词（阳复具），血滴。bandhujīva（班度耆婆花）-pṛthubhiḥ（pṛthu 宽阔的），复合词（阳复具），大如班度耆婆花的。pradūṣitām （pradūṣita 阴单业）玷污。saṃbhramaḥ（saṃbhrama 阳单体）惊慌。abhavat（√bhū 未完单三）发生。apoḍha（放弃）-karmaṇām（karman 祭祀），复合词（阳复属），停止祭祀。ṛtvijām（ṛtvij 阳复属）祭司。cyuta（落下）-vikaṅkata（毗甘迦多树）-srucām（sruc 木勺），复合词（阳复属），毗甘迦多木勺落下。

उन्मुखः सपदि लक्ष्मणाग्रजो बाणमाश्रयमुखात्समुद्धरन्।
रक्षसां बलमपश्यदम्बरे गृध्रपक्षपवनेरितध्वजम्॥ २६॥

罗摩立即从箭囊拔出箭，
抬头仰望，看见天空中
出现罗刹军队，秃鹫的
翅膀拂动着他们的旗帜。（26）

unmukhaḥ（unmukha 阳单体）脸向上的，抬头的。sapadi（不变词）立刻。lakṣmaṇa（罗什曼那）-agrajaḥ（agraja 兄长），复合词（阳单体），罗什曼那的兄长，指罗摩。bāṇam（bāṇa 阳单业）箭。āśraya（箭囊）-mukhāt（mukha 口），复合词（中单从），箭囊口。samuddharan（sam-ud√dhṛ 现分，阳单体）拔出。rakṣasām（rakṣas 中复属）罗刹。balam（bala 中单业）军队。apaśyat（√dṛś 未完单三）看见。ambare（ambara 中单依）天空。gṛdhra（秃鹫）-pakṣa（翅膀）-pavana（风）-īrita（拂动）-dhvajam（dhvaja 旗帜），复合词（中单业），由秃鹫翅膀扇起的风拂动旗帜。

तत्र यावधिपती मखद्विषां तौ शरव्यमकरोत्स नेतरान्।
किं महोरगविसर्पिविक्रमो राजिलेषु गरुडः प्रवर्तते॥ २७॥

他将箭瞄准这罗刹军队中的
两个首领，而略去其他罗刹，
金翅鸟的威力超过大蟒蛇，
怎么会去对付那些普通的蛇？（27）

tatra（不变词）那里。yau（yad 阳双体）这。adhipatī（adhipati 阳双体）首领。makha（祭祀）-dviṣām（dviṣ 敌人），复合词（阳复属），祭祀的敌人，罗刹。tau（tad 阳双业）他。śaravyam（śaravya 中单业）箭靶，目标。akarot（√kṛ 未完单三）做。saḥ（tad 阳单体）他。na（不变词）不。itarān（itara 阳复业）其他的。kim（不变词）怎么。mahā（大）-uraga（蛇）-visarpi（visarpin 越过，超过）-vikramaḥ（vikrama 威力），复合词（阳单体），威力超过大蟒蛇。rājileṣu（rājila 阳复依）蛇。garuḍaḥ（garuḍa 阳单体）金翅鸟。pravartate（pra√vṛt 现在单三）从事，对付。

सोऽस्त्रमुग्रजवमस्त्रकोविदः संदधे धनुषि वायुदैवतम्।
तेन शैलगुरुमप्यपातयत्पाण्डुपत्त्रमिव ताडकासुतम्॥२८॥

他精通箭术，将风神主导的、
速度迅猛的那支箭安在弓上，
射倒沉重如山的妲吒迦之子，
犹如射落一片惨白的树叶。（28）

saḥ（tad 阳单体）他。astram（astra 中单业）箭。ugra（迅猛的）-javam（java 速度），复合词（中单业），速度迅猛的。astra（箭）-kovidaḥ（kovida 精通），复合词（阳单体），精通箭术。saṃdadhe（sam√dhā 完成单三）安放。dhanuṣi（dhanus 中单依）弓。vāyu（风神）-daivatam（daivata 神灵），复合词（中单业），由风神主导的。tena（tad 中单具）它，指箭。śaila（山）-gurum（guru 沉重），复合词（阳单业），沉重如山的。api（不变词）即使。apātayat（√pat 致使，未完单三）倒下。pāṇḍu（白的）-pattram（pattra 树叶），复合词（中单业），惨白的树叶。iva（不变词）犹如。tāḍakā（妲吒迦）-sutam（suta 儿子），复合词（阳单业），妲吒迦的儿子。

यः सुबाहुरिति राक्षसोऽपरस्तत्र विससर्प तत्र मायया।
तं क्षुरप्रशकलीकृतं कृती पत्त्रिणां व्यभजदाश्रमाद्बहिः॥२९॥

另一个罗刹名叫苏跋呼，
施展幻术飞行，敏捷的
罗摩用剃刀箭将他射碎，
让净修林外的鸟禽分享。（29）

yaḥ（yad 阳单体）这。subāhuḥ（subāhu 阳单体）苏跋呼。iti（不变词）这样（名为）。rākṣasaḥ（rākṣasa 阳单体）罗刹。aparaḥ（apara 阳单体）另一个。tatra（不变词）这里。visasarpa（vi√sṛp 完成单三）移动，飞行。tatra（不变词）那里。māyayā（māyā 阴单具）幻力。tam（tad 阳单业）他。kṣurapra（剃刀箭）-śakalīkṛtam（śakalīkṛta 粉碎），复合词（阳单业），被剃刀箭粉碎的。kṛtī（kṛtin 阳单体）敏捷的。pattriṇām（pattrin 阳复属）鸟。vyabhajat（vi√bhaj 未完单三）分配。āśramāt（āśrama 阳单从）净修林。bahis（不变词）外面。

इत्यपास्तमखविघ्नयोस्तयोः सांयुगीनमभिनन्द्य विक्रमम्।
ऋत्विजः कुलपतेर्यथाक्रमं वाग्यतस्य निरवर्तयन्क्रियाः॥३०॥

罗摩兄弟清除了祭祀的障碍，
祭司们赞赏他俩的战斗勇气，

然后为正在实行禁语的族主，
依照仪轨次序完成祭祀仪式。（30）

iti（不变词）这样。apāsta（清除）-makha（祭祀）-vighnayoḥ（vighna 障碍），复合词（阳双属），清除祭祀的障碍。tayoḥ（tad 阳双属）他。sāṃyugīnam（sāṃyugīna 阳单业）战斗的。abhinandya（abhi√nand 独立式）赞赏。vikramam（vikrama 阳单业）勇气。ṛtvijaḥ（ṛtvij 阳复体）祭司。kula（家族）-pateḥ（pati 主人），复合词（阳单属），族主。yathākramam（不变词）按照次序。vāc（话语）-yatasya（yata 抑制），复合词（阳单属），禁语的。niravartayan（nis√vṛt 致使，未完复三）完成。kriyāḥ（kriyā 阴复业）祭祀。

तौ प्रणामचलकाकपक्षकौ भ्रातराववभृथाप्लुतो मुनिः।
आशिषामनुपदं समस्पृशद्दर्भपाटिततलेन पाणिना॥ ३१॥

祭祀结束，牟尼沐浴之后，
祝福罗摩兄弟俩，用带着
达薄草伤痕的手掌抚摩他俩，
他俩俯首行礼，发绺摇晃。（31）

tau（tad 阳双业）这。praṇāma（敬礼）-cala（摇晃）-kākapakṣakau（kākapakṣaka 两侧的发绺），复合词（阳双业），敬礼时两侧发绺摇晃。bhrātarau（bhrātṛ 阳双业）兄弟。avabhṛtha（祭祀结束）-āplutaḥ（āpluta 沐浴），复合词（阳单体），祭祀后沐浴。muniḥ（muni 阳单体）牟尼。āśiṣām（āśis 阴复属）祝福。anupadam（不变词）随后。samaspṛśat（sam√spṛś 未完单三）触摸。darbha（达薄草）-pāṭita（刺破）-talena（tala 手掌），复合词（阳单具），达薄草刺破手掌。pāṇinā（pāṇi 阳单具）手。

तं न्यमन्त्रयत संभृतक्रतुर्मैथिलः स मिथिलां व्रजन्वशी।
राघवावपि निनाय बिभ्रतौ तद्धनुःश्रवणजं कुतूहलम्॥ ३२॥

弥提罗国王准备举行祭祀，
控制自我的牟尼应邀前往
弥提罗城，带着罗摩兄弟，
他俩闻听国王的弓而好奇。（32）

tam（tad 阳单业）他，指牟尼。nyamantrayata（ni√mantr 未完单三）邀请。saṃbhṛta（准备）-kratuḥ（kratu 祭祀），复合词（阳单体），准备举行祭祀。maithilaḥ（maithila 阳单体）弥提罗国王。saḥ（tad 阳单体）这，指牟尼。mithilām（mithilā 阴单业）弥

提罗城。vrajan（√vraj 现分，阳单体）前往。vaśī（vaśin 阳单体）控制自我的。rāghavau（rāghava 阳双业）罗怙后裔，罗摩和罗什曼那。api（不变词）也。ināya（√nī 完成单三）带着。bibhratau（√bhṛ 现分，阳双业）怀有。tad（他，指弥提罗王）-dhanus（弓）-śravaṇa（听说）-jam（ja 产生），复合词（中单业），听说国王的弓而产生的。kutūhalam（kutūhala 中单业）好奇。

तैः शिवेषु वसतिर्गताध्वभिः सायमाश्रमतरुष्वगृह्यत।
येषु दीर्घतपसः परिग्रहो वासवक्षणकलत्रतां ययौ॥३३॥

在途中黄昏时，他们住在
净修林里那些吉祥的树下，
在那里，长苦行仙人的妻子
曾经一时成为因陀罗的妻子。①（33）

taiḥ（tad 阳复具）他。śiveṣu（śiva 阳复依）吉祥的。vasatiḥ（vasati 阴单体）住宿。gata（行走）-adhvabhiḥ（adhvan 道路），复合词（阳复具），行走途中。sāyam（不变词）黄昏。āśrama（净修林）-taruṣu（taru 树），复合词（阳复依），净修林的树木。agṛhyata（√grah 被动，未完单三）采取。yeṣu（yad 阳复依）那。dīrgha（长）-tapasaḥ（tapas 苦行），复合词（阳单属），长苦行（仙人名）。parigrahaḥ（parigraha 阳单体）妻子。vāsava（因陀罗）-kṣaṇa（暂时的）-kalatratām（kalatratā 妻子的状态），复合词（阴单业），因陀罗暂时的妻子。yayau（√yā 完成单三）走向，成为。

प्रत्यपद्यत चिराय यत्पुनश्चारु गौतमवधूः शिलामयी।
स्वं वपुः स किल किल्बिषच्छिदां रामपादरजसामनुग्रहः॥३४॥

据说罗摩脚下的尘土能够
消除罪孽，正是受此恩惠，
长期变成石头的乔答摩之妻
终于恢复了自己可爱的形体。（34）

pratyapadyata（prati√pad 未完单三）达到，恢复。cirāya（不变词）长期，终于。yat（yad 中单体）这。punar（不变词）再次。cāru（cāru 中单业）可爱的。gautama（乔答摩）-vadhūḥ（vadhū 妻子），复合词（阴单体），乔答摩之妻。śilā（石头）-mayī（maya 构成），复合词（阴单体），变成石头的。svam（sva 中单业）自己的。vapuḥ（vapus 中单业）形体。saḥ（tad 阳单体）这。kila（不变词）据说。kilbiṣa（罪孽）-

① “长苦行”是乔答摩仙人的称号。传说因陀罗曾经引诱乔答摩的妻子阿诃利雅。乔答摩发现后，诅咒阿诃利雅变为石头，直至遇到十车王之子罗摩。

chidām（chid 断除），复合词（中复属），消除罪孽。rāma（罗摩）-pāda（脚）-rajasām（rajas 灰尘），复合词（中复属），罗摩脚下的尘土。anugrahaḥ（anugraha 阳单体）恩惠。

राघवान्वितमुपस्थितं मुनिं तं निशम्य जनको जनेश्वरः।
अर्थकामसहितं सपर्यया देहबद्धमिव धर्ममभ्यगात्॥ ३५॥

国王遮那迦听说牟尼带着
罗摩兄弟来到，犹如正法
偕同利益和爱欲化身来到，
他满怀崇敬，出来迎接。（35）

rāghava（罗怙后裔，罗摩和罗什曼那）-anvitam（anvita 跟随），复合词（阳单业），罗摩兄弟跟随。upasthitam（upasthita 阳单业）来到。munim（muni 阳单业）牟尼。tam（tad 阳单业）这。niśamya（ni√śam 独立式）听说。janakaḥ（janaka 阳单体）遮那迦。jana（人）-īśvaraḥ（īśvara 主人），复合词（阳单体），国王。artha（利益）-kāma（爱欲）-sahitam（sahita 伴随），复合词（阳单业），偕同利益和爱欲。saparyayā（saparyā 阴单具）崇敬。deha（身体）-baddham（baddha 具有），复合词（阳单业），具有形体。iva（不变词）犹如。dharmam（dharma 阳单业）正法。abhyagāt（abhi√i 不定单三）上前，迎接。

तौ विदेहनगरीनिवासिनां गां गताविव दिवः पुनर्वसू।
मन्यते स्म पिबतां विलोचनैः पक्ष्मपातमपि वञ्चनां मनः॥ ३६॥

他俩仿佛是天上井宿双星
降落大地，毗提诃城中的
居民纷纷用目光吞饮他俩，
心中认为他俩眨眼是乔装。[①]（36）

tau（tad 阳双业）他。videha（毗提诃）-nagarī（城）-nivāsinām（nivāsin 居民），复合词（阳复属），毗提诃城居民。gām（go 阴单业）大地。gatau（gata 阳双业）来到。iva（不变词）仿佛。divaḥ（div 阴单从）天空。punarvasū（punarvasu 阳双业）井宿。manyate（√man 现在单三）认为。sma（不变词）表示过去。pibatām（√pā 现分，阳复属）饮。vilocanaiḥ（vilocana 中复具）目光。pakṣma（pakṣman 睫毛）-pātam（pāta 落下），复合词（阳单业），眨眼。api（不变词）甚至。vañcanām（vañcanā 阴

① 不眨眼是天神的特征之一。城中居民将他俩视为天神，故而认为他俩眨眼是乔装。

单业）欺骗。manaḥ（manas 中单体）心。

यूपवत्यवसिते क्रियाविधौ कालवित्कुशिकवंशवर्धनः।
राममिष्वसनदर्शनोत्सुकं मैथिलाय कथयांबभूव सः॥३७॥

在竖立祭柱等等祭祀仪式
完成后，善于把握时机的
牟尼憍尸迦告诉弥提罗王，
罗摩热切盼望看到那张弓。（37）

yūpavati（yūpavat 阳单依）有祭柱的。avasite（avasita 阳单依）结束，完成。kriyā（祭祀）-vidhau（vidhi 仪式），复合词（阳单依），祭祀仪式。kāla（时间）-vit（vid 知道），复合词（阳单体），知道时机的。kuśika（拘湿迦）-vaṃśa（家族）-vardhanaḥ（vardhana 带来繁荣者），复合词（阳单体），为拘湿迦家族带来繁荣的人，指憍尸迦。rāmam（rāma 阳单业）罗摩。iṣvasana（弓）-darśana（观看）-utsukam（utsuka 渴望的），复合词（阳单业），渴望观看那张弓。maithilāya（maithila 阳单为）弥提罗王。kathayāṃbabhūva（√kath 完成单三）告诉。saḥ（tad 阳单体）他，指牟尼。

तस्य वीक्ष्य ललितं वपुः शिशोः पार्थिवः प्रथितवंशजन्मनः।
स्वं विचिन्त्य च धनुर्दुरानमं पीडितो दुहितृशुल्कसंस्थया॥३८॥

国王看到这位少年出身名门，
形体优美，想到自己的那张
难以弯曲的弓，已被确定为
求取女儿的聘礼，心中难受。（38）

tasya（tad 阳单属）他，指罗摩。vīkṣya（vi√īkṣ 独立式）看到。lalitam（lalita 中单业）优美的。vapuḥ（vapus 中单业）形体。śiśoḥ（śiśu 阳单属）儿童，少年。pārthivaḥ（pārthiva 阳单体）国王。prathita（有名的）-vaṃśa（家族）-janmanaḥ（janman 出生），复合词（阳单属），出身名门的。svam（sva 中单业）自己的。vicintya（vi√cint 独立式）考虑。ca（不变词）和。dhanuḥ（dhanus 中单业）弓。durānamam（durānama 中单业）难以弯曲的。pīḍitaḥ（pīḍita 阳单体）折磨。duhitṛ（女儿）-śulka（聘礼）-saṃsthayā（saṃsthā 约定，确定），复合词（阴单具），确定为女儿的聘礼。

अब्रवीच्च भगवन्मतङ्गजैर्यद्बृहद्भिरपि कर्म दुष्करम्।
तत्र नाहमनुमन्तुमुत्सहे मोघवृत्ति कलभस्य चेष्टितम्॥३९॥

他说道：“尊者啊，甚至

大象也难以做到的事情，
我不能贸然同意让一头
幼象徒劳无益地去尝试。（39）

abravīt（√brū 未完单三）说。ca（不变词）和。bhagavan（bhagavat 阳单呼）尊者。mataṅgajaiḥ（mataṅgaja 阳复具）大象。yat（yad 中单体）这。bṛhadbhiḥ（bṛhat 阳复具）巨大的。api（不变词）甚至。karma（karman 中单体）事情。duṣkaram（duṣkara 中单体）难以做到的。tatra（不变词）这里，指这件事。na（不变词）不。aham（mad 单体）我。anumantum（anu√man 不定式）同意。utsahe（ud√sah 现在单一）能够。mogha（徒劳的）-vṛtti（vṛtti 活动），复合词（中单业），徒劳活动的。kalabhasya（kalabha 阳单属）幼象。ceṣṭitam（ceṣṭita 中单业）行动。

ह्रेपिता हि बहवो नरेश्वरास्तेन तात धनुषा धनुर्भृतः।
ज्यानिघातकठिनत्वचो भुजान्स्वान्विधूय धिगिति प्रतस्थिरे॥ ४०॥

“尊者啊，许多国王是弓箭手，
手臂的皮肤已被弓弦磨出老茧，
却对这张弓无可奈何，只能够
摆动手臂，说声‘呸’，蒙羞离去。”（40）

hrepitāḥ（hrepita 阳复体）蒙羞。hi（不变词）因为。bahavaḥ（bahu 阳复体）许多的。nara（人）-īśvarāḥ（īśvara 主人），复合词（阳复体），国王。tena（tad 中单具）这。tāta（tāta 阳单呼）尊者。dhanuṣā（dhanus 中单具）弓。dhanus（弓）-bhṛtaḥ（bhṛt 持有），复合词（阳复体），弓箭手。jyā（弓弦）-nighāta（打击，摩擦）-kaṭhina（坚硬的）-tvacaḥ（tvac 皮肤），复合词（阳复业），皮肤被弓弦磨出硬茧。bhujān（bhuja 阳复业）手臂。svān（sva 阳复业）自己的。vidhūya（vi√dhū 独立式）摇动。dhik（不变词）呸。iti（不变词）这样（说）。pratasthire（pra√sthā 完成复三）离去。

प्रत्युवाच तमृषिर्निशम्यतां सारतोऽयमथवा गिरा कृतम्।
चाप एव भवतो भविष्यति व्यक्तशक्तिरशनिर्गिराविव॥ ४१॥

仙人回答说：“请听他的
力量吧！但又何必费口舌？
他将对这张弓显示他的
能力，犹如雷杵对山峰。”（41）

pratyuvāca（prati√vac 完成单三）回答。tam（tad 阳单业）他。ṛṣiḥ（ṛṣi 阳单体）

仙人。niśamyatām（ni√śam 被动，命令单三）听。sāratas（不变词）威力。ayam（idam 阳单体）他。athavā（不变词）或者。girā（gir 阴单具）话语。kṛtam（不变词）足够，不必。cāpe（cāpa 阳单依）弓。eva（不变词）就。bhavataḥ（bhavat 阳单属）您。bhaviṣyati（√bhū 将来单三）是。vyakta（显示）-śaktiḥ（śakti 能力），复合词（阳单体），显示能力。aśaniḥ（aśani 阴单体）雷杵。girāu（giri 阳单依）山。iva（不变词）犹如。

एवमाप्तवचनात्स पौरुषं काकपक्षकधरेऽपि राघवे।
श्रद्दधे त्रिदशगोपमात्रके दाहशक्तिमिव कृष्णवर्त्मनि॥४२॥

听了仙人这些话，国王确信
罗摩威力，即使还留着发绺，
犹如确信火焰的燃烧能力，
即使它只有胭脂虫那么大。（42）

evam（不变词）这样。āpta（可信者，仙人）-vacanāt（vacana 话语），复合词（中单从），仙人的话。saḥ（tad 阳单体）他。pauruṣam（pauruṣa 中单业）英雄气概，威力。kākapakṣaka（发绺）-dhare（dhara 留着），复合词（阳单依），留着发绺。api（不变词）即使。rāghave（rāghava 阳单依）罗怙后裔，罗摩。śraddadhe（śrat√dhā 完成单三）相信。tridaśagopa（胭脂虫）-mātrake（mātraka 这样大小的），复合词（阳单依），如同胭脂虫那么大。dāha（燃烧）-śaktim（śakti 能力），复合词（阴单业），燃烧的能力。iva（不变词）犹如。kṛṣṇa（黑的）-vartmani（vartman 道路），复合词（阳单依），有黑色道路的，火。

व्यादिदेश गणशोऽथ पार्श्वगान्कार्मुकाभिहरणाय मैथिलः।
तैजसस्य धनुषः प्रवृत्तये तोयदानिव सहस्रलोचनः॥४३॥

弥提罗城国王吩咐身边
成群的侍从取来那张弓，
犹如因陀罗吩咐那些云
展现他的闪耀光辉的弓。[①]（43）

vyādideśa（vi-ā√diś 完成单三）吩咐。gaṇaśas（不变词）成群。atha（不变词）这时。pārśvagān（pārśvaga 阳复业）侍从。kārmuka（弓）-abhiharaṇāya（abhiharaṇa 取来），复合词（中单为），取来弓。maithilaḥ（maithila 阳单体）弥提罗王。taijasasya（taijasa 中单属）光辉的。dhanuṣaḥ（dhanus 中单属）弓。pravṛttaye（pravṛtti 阴单为）

① 因陀罗的弓通常是指彩虹。

展现。toyadān（toyada 阳复业）云。iva（不变词）犹如。sahasra（一千）-locanaḥ（locana 眼睛），复合词（阳单体），千眼者，因陀罗。

तत्प्रसुप्तभुजगेन्द्रभीषणं वीक्ष्य दाशरथिराददे धनुः।
विद्रुतक्रतुमृगानुसारिणं येन बाणमसृजद्वृषध्वजः॥४४॥

看到这弓的模样可怕似沉睡的
蛇王湿舍，罗摩握住它，正是
这张弓，以公牛为旗帜的湿婆
用它发箭，追逐逃跑的祭祀鹿。[1]（44）

tat（tad 中单业）这。prasupta（沉睡）-bhujaga（蛇）-indra（王）-bhīṣaṇam（bhīṣaṇa 可怕的），复合词（中单业），可怕似沉睡的蛇王。vīkṣya（vi√īkṣ 独立式）看到。dāśarathiḥ（dāśarathi 阳单体）十车王之子，罗摩。ādade（ā√dā 完成单三）取来。dhanuḥ（dhanus 中单业）弓。vidruta（逃跑）-kratu（祭祀）-mṛga（mṛga 鹿）-anusāriṇam（anusārin 跟随，追逐），复合词（阳单业），追逐逃跑的祭祀鹿。yena（yad 中单具）它，指这张弓。bāṇam（bāṇa 阳单业）箭。asṛjat（√sṛj 未完单三）发射。vṛṣa（vṛṣan 公牛）-dhvajaḥ（dhvaja 旗帜，标志），复合词（阳单体），以公牛为标志者，湿婆。

आततज्यमकरोत्स संसदा विस्मयस्तिमितनेत्रमीक्षितः।
शैलसारमपि नातियत्नतः पुष्पचापमिव पेशलं स्मरः॥४५॥

集会的人们目不转睛，惊讶地
望着他拽弓弦，要搭上这张弓，
即使弓的威力似山，也像爱神
不太费力地为柔软的花弓上弦。（45）

ātata（展开）-jyam（jyā 弓弦），复合词（中单业），拉开弓弦。akarot（√kṛ 未完单三）做。saḥ（tad 阳单体）他，指罗摩。saṃsadā（saṃsad 阴单具）集会。vismaya（惊讶）-stimita（静止不动）-netram（netra 眼睛），复合词（不变词），惊讶地目不转睛。īkṣitaḥ（īkṣita 阳单体）观看。śaila（山）-sāram（sāra 威力），复合词（中单业），威力似山。api（不变词）即使。nāti（不太）-yatnatas（yatna 费力），复合词（不变词），不太费力。puṣpa（花）-cāpam（cāpa 弓），复合词（阳单业），花弓。iva（不变词）像。peśalam（peśala 阳单业）柔软的。smaraḥ（smara 阳单体）爱神。

---

① 传说生主陀刹举行祭祀，没有邀请湿婆出席。湿婆发怒，前去捣毁祭祀仪式。祭祀化身为鹿逃跑，湿婆手持弓箭追逐。

भज्यमानमतिमात्रकर्षणात्तेन वज्रपरुषस्वनं धनुः।
भार्गवाय दृढमन्यवे पुनः क्षत्त्रमुद्यतमिव न्यवेदयत्॥४६॥

而他牵拉的力量过猛，这张弓
断裂，发出雷鸣般尖锐的响声，
仿佛向满腔愤怒的持斧罗摩
宣告刹帝利种姓已经再度兴起。[①]（46）

bhajyamānam（√bhañj 被动，现分，中单体）破碎。atimātra（过度的）-karṣaṇāt（karṣaṇa 牵拉），复合词（中单从），过度的牵拉。tena（tad 阳单具）他，指罗摩。vajra（雷杵）-paruṣa（尖锐的）-svanam（svana 声音），复合词（中单体），发出雷鸣般尖锐的响声。dhanuḥ（dhanus 中单体）弓。bhārgavāya（bhārgava 阳单为）持斧罗摩。dṛḍha（强烈的）-manyave（manyu 愤怒），复合词（阳单为），满腔愤怒的。punar（不变词）再次。kṣattram（kṣattra 中单业）刹帝利。udyatam（udyata 中单业）兴起。iva（不变词）仿佛。nyavedayat（ni√vid 致使，未完单三）宣告。

दृष्टसारमथ रुद्रकार्मुके वीर्यशुल्कमभिनन्द्य मैथिलः।
राघवाय तनयामयोनिजां रूपिणीं श्रियमिव न्यवेदयत्॥४७॥

他的威力已由湿婆之弓证实，
弥提罗王赞赏这份英勇聘礼，
于是将如同吉祥天女化身的
非子宫生的女儿[②]交给罗摩。（47）

dṛṣṭa（看见，显示）-sāram（sāra 威力），复合词（阳单业），显示威力。atha（不变词）然后。rudra（湿婆）-kārmuke（kārmuka 弓），复合词（中单依），湿婆之弓。vīrya（英勇）-śulkam（śulka 聘礼），复合词（阳单业），英勇聘礼。abhinandya（abhi√nand 独立式）欢迎，赞赏。maithilaḥ（maithila 阳单体）弥提罗王。rāghavāya（rāghava 阳单为）罗怙后裔，罗摩。tanayām（tanayā 阴单业）女儿。a（非）-yoni（子宫）-jām（ja 出生），复合词（阴单业），非子宫生的。rūpiṇīm（rūpin 阴单业）有形体的。śriyam（śrī 阴单业）吉祥天女。iva（不变词）如同。nyavedayat（ni√vid 致使，未完单三）给予。

---

① 持斧罗摩是一位武艺高强的婆罗门。传说海诃耶族作武王曾来到阇摩陀耆尼的净修林进行骚扰，抢劫牛犊。这样，阇摩陀耆尼之子持斧罗摩杀死作武王。然后，作武王的儿子们进行报复，趁持斧罗摩不在净修林的时候，杀死阇摩陀耆尼。持斧罗摩怒不可遏，独自一人杀死作武王的儿子们，又周游大地，曾二十一次杀尽大地上的刹帝利。

② 国王遮那迦的女儿名为“悉多”。这个名字的词义是“犁沟”。传说遮那迦曾经为准备祭祀场地，用犁头平整土地时，从犁沟中获得这个女儿。

मैथिलः सपदि सत्यसंगरो राघवाय तनयामयोनिजाम्।
संनिधौ द्युतिमतस्तपोनिधेरग्निसाक्षिक इवातिसृष्टवान्॥४८॥

弥提罗国王信守诺言，立即
在光辉的苦行宝藏仙人面前，
将非子宫生的女儿交给罗摩，
犹如请火神担任婚姻见证人。（48）

maithilaḥ（maithila 阳单体）弥提罗王。sapadi（不变词）立刻。satya（真实的）-saṃgaraḥ（saṃgara 诺言），复合词（阳单体），信守诺言。rāghavāya（rāghava 阳单为）罗摩。tanayām（tanayā 阴单业）女儿。a（非）-yoni（子宫）-jām（ja 出生），复合词（阴单业），非子宫生的。saṃnidhau（saṃnidhi 阳单依）附近。dyutimataḥ（dyutimat 阳单属）具有光辉的。tapas（苦行）-nidheḥ（nidhi 宝藏），复合词（阳单属），苦行者，仙人。agni（火神）-sākṣikaḥ（sākṣika 见证的），复合词（阳单体），以火神为见证的。iva（不变词）犹如。atisṛṣṭavān（atisṛṣṭavat 阳单体）给予。

प्राहिणोच्च महितं महाद्युतिः कोसलाधिपतये पुरोधसम्।
भृत्यभावि दुहितुः परिग्रहाद्दिश्यतां कुलमिदं निमेरिति॥४९॥

伟大光辉的国王派遣可敬的
家庭祭司，前去向憍萨罗王
传话："请你接受我的女儿，
让尼弥家族成为你的臣仆吧！"①（49）

prāhiṇot（pra√hi 未完单三）派遣。ca（不变词）和。mahitam（mahita 阳单业）可尊敬的。mahā（大）-dyutiḥ（dyuti 光辉），复合词（阳单体），大光辉的。kosala（憍萨罗）-adhipataye（adhipati 国王），复合词（阳单为），憍萨罗王。purodhasam（purodhas 阳单业）家庭祭司。bhṛtya（奴仆）-bhāvi（bhāvin 成为的），复合词（中单体），成为仆从。duhituḥ（duhitṛ 阴单属）女儿。parigrahāt（parigraha 阳单从）接受，娶。diśyatām（√diś 被动，命令单三）同意。kulam（kula 中单体）家族。idam（idam 中单体）这。nimeḥ（nimi 阳单属）尼弥。iti（不变词）这样（说）。

अन्वियेष सदृशीं स च स्नुषां प्राप चैनमनुकूलवाग्द्विजः।
सद्य एव सुकृतां हि पच्यते कल्पवृक्षफलधर्मि काङ्क्षितम्॥५०॥

十车王正在寻求合适的儿媳，

① 尼弥是国王遮那迦家族的祖先。

恰好这位婆罗门带着中听的
讯息来到，犹如善人的愿望
具有如意树性质，顷刻结果。（50）

anviyeṣa（anu√iṣ 完成单三）寻求。sadṛśīm（sadṛśa 阴单业）合适的。saḥ（tad 阳单体）他，指十车王。ca（不变词）和。snuṣām（snuṣā 阴单业）儿媳。prāpa（pra√āp 完成单三）到达。ca（不变词）和。enam（etad 阳单业）这，指十车王。anukūla（中听的）-vāk（vāc 话语），复合词（阳单体），话语中听的。dvijaḥ（dvija 阳单体）婆罗门。sadyas（不变词）立即。eva（不变词）确实。sukṛtām（sukṛt 阳复属）行善的，善人。hi（不变词）因为。pacyate（√pac 被动，现在单三）成熟。kalpa（如意树）-vṛkṣa（树）-phala（果实）-dharmi（dharmin 具有性质），复合词（中单体），具有如意树果实的性质。kāṅkṣitam（kāṅkṣita 中单体）愿望。

तस्य कल्पितपुरस्क्रियाविधेः शुश्रुवान्वचनमग्रजन्मनः।
उच्चचाल बलभित्सखो वशी सैन्यरेणुमुषितार्कदीधितिः॥५१॥

因陀罗的朋友十车王听了这位
婆罗门的话，依礼表示敬意后，
控制自我，启程出发，随行的
军队扬起的尘土遮蔽太阳光线。（51）

tasya（tad 阳单属）这。kalpita（安排）-puraskriyā（尊敬）-vidheḥ（vidhi 仪式），复合词（阳单属），安排敬拜仪式。śuśruvān（śuśruvas，√śru 完分，阳单体）听到。vacanam（vacana 中单业）话语。agra（最初的）-janmanaḥ（janman 出生），复合词（阳单属），婆罗门。uccacāla（ud√cal 完成单三）出发。balabhid（诛灭波罗者，因陀罗）-sakhaḥ（sakha 朋友），复合词（阳单体），因陀罗的朋友。vaśī（vaśin 阳单体）控制自我的。sainya（军队）-reṇu（尘土）-muṣita（剥夺，遮蔽）-arka（太阳）-dīdhitiḥ（dīdhiti 光线），复合词（阳单体），军队扬起的尘土遮蔽太阳光线。

आससाद मिथिलां स वेष्टयन्पीडितोपवनपादपां बलैः।
प्रीतिरोधमसहिष्ट सा पुरी स्त्रीव कान्तपरिभोगमायतम्॥५२॥

他到达弥提罗城，城外花园的
树木受到围城驻扎的军队折磨，
但这城市忍受这种友好的围城，
犹如妇女忍受爱人延长的亲热。（52）

āsasāda（ā√sad 完成单三）到达。mithilām（mithilā 阴单业）弥提罗城。saḥ（tad

阳单体）他。veṣṭayan（√veṣṭ 致使，现分，阳单体）包围。pīḍita（折磨）-upavana（城外花园）-pādapām（pādapa 树木），复合词（阴单业），城外花园的树木受到折磨。balaiḥ（bala 中复具）军队。prīti（爱，友好）-rodham（rodha 围城），复合词（阳单业），友好的围城。asahiṣṭa（√sah 不定单三）忍受。sā（tad 阴单体）这。purī（purī 阴单体）城市。strī（strī 阴单体）妇女。iva（不变词）犹如。kānta（爱人）-paribhogam（paribhoga 享受），复合词（阳单业），爱人的享受。āyatam（āyata 阳单业）延长。

तौ समेत्य समये स्थितावुभौ भूपती वरुणवासवोपमौ।
कन्यकातनयकौतुकक्रियां स्वप्रभावसदृशीं वितेनतुः॥५३॥

这两位国王堪比伐楼那和
因陀罗，一起按照惯例，
为女儿和儿子们举行婚礼，
场面符合他俩的光辉权力。（53）

tau（tad 阳双体）这。sametya（sam√i 独立式）相会。samaye（samaya 阳单依）惯例。sthitau（sthita 阳双体）依据。ubhau（ubha 阳双体）两者。bhū（大地）-patī（pati 主人），复合词（阳双体），大地之主，国王。varuṇa（伐楼那）-vāsava（因陀罗）-upamau（upamā 如同），复合词（阳双体），如同伐楼那和因陀罗。kanyakā（女儿）-tanaya（儿子）-kautuka（婚线）-kriyām（kriyā 仪式），复合词（阴单业），女儿和儿子们的婚礼。sva（自己的）-prabhāva（威力，权势）-sadṛśīm（sadṛśa 符合的），复合词（阴单业），符合自己的权力。vitenatuḥ（vi√tan 完成双三）举行。

पार्थिवीमुदवहद्रघूद्वहो लक्ष्मणस्तदनुजामथोर्मिलाम्।
यौ तयोरवरजौ वरौजसौ तौ कुशध्वजसुते सुमध्यमे॥५४॥

罗怙族后裔罗摩与大地之女悉多成婚，
罗什曼那与悉多的妹妹乌尔弥罗成婚，
还有，他俩的两个光辉卓越的弟弟
与拘舍特婆遮[①]的两个妙腰女儿成婚。（54）

pārthivīm（pārthivī 阴单业）大地之女，悉多。udavahat（ud√vah 未完单三）娶。raghu（罗怙）-udvahaḥ（udvaha 后裔），复合词（阳单体），罗怙后裔，罗摩。lakṣmaṇaḥ（lakṣmaṇa 阳单体）罗什曼那。tad（她，指悉多）-anujām（anujā 妹妹），复合词（阴单业），悉多的妹妹。atha（不变词）然后。ūrmilām（ūrmilā 阴单业）乌尔弥罗。yau

① 拘舍特婆遮是遮那迦的弟弟。

（yad 阳双体）这。tayoḥ（tad 阳双属）他，指罗摩和罗什曼那。avarajau（avaraja 阳双体）弟弟。vara（卓越的）-ojasau（ojas 光辉），复合词（阳双体），光辉卓越的。tau（tad 阳双体）他，指两位弟弟。kuśadhvaja（拘舍特婆遮）-sute（sutā 女儿），复合词（阴双业），拘舍特婆遮的女儿。su（美妙的）-madhyame（madhyama 腰），复合词（阴双业），妙腰女。

ते चतुर्थसहितास्त्रयो बभुः सूनवो नववधूपरिग्रहाः।
सामदानविधिभेदविग्रहाः सिद्धिमन्त इव तस्य भूपतेः॥५५॥

这四个儿子娶了新娘，
犹如国王的四种政治
策略——和谈、馈赠、
离间和战争获得成功。①（55）

te（tad 阳复体）他，指三个儿子。caturtha（第四）-sahitāḥ（sahita 一起），复合词（阳复体），与第四个一起。trayaḥ（tri 阳复体）三个。babhuḥ（√bhā 完成复三）闪亮，好像。sūnavaḥ（sūnu 阳复体）儿子。nava（新的）-vadhū（新娘）-parigrahāḥ（parigraha 娶），复合词（阳复体），娶新娘的。sāma（sāman 和谈）-dāna（馈赠）-vidhi（实行）-bheda（离间）-vigrahāḥ（vigraha 战争），复合词（阳复体），和谈、馈赠、离间和战争。siddhimantaḥ（siddhimat 阳复体）获得成功的。iva（不变词）犹如。tasya（tad 阳单属）这。bhū（大地）-pateḥ（pati 主人），复合词（阳单属），大地之主，国王。

ता नराधिपसुता नृपात्मजैस्ते च ताभिरगमन्कृतार्थताम्।
सोऽभवद्वरवधूसमागमः प्रत्ययप्रकृतियोगसंनिभः॥५६॥

公主们与王子们，王子们
与公主们，共同达到目的，
新郎和新娘这样结对成婚，
犹如词干和词缀互相结合。（56）

tāḥ（tad 阴复体）这。nara（人）-adhipa（统治者）-sutāḥ（sutā 女儿），复合词（阴复体），国王的女儿，公主。nṛpa（国王）-ātmajaiḥ（ātmaja 儿子），复合词（阳复具），国王的儿子，王子。te（tad 阳复体）他，指王子。ca（不变词）和。tābhiḥ（tad 阴复具）她，指公主。agaman（√gam 不定复三）走向。kṛta（实现）-artha（artha 目的）-tām（tā 状态），复合词（阴单业），达到目的的状态。saḥ（tad 阳单体）这。abhavat

① “成功”（siddhi）一词是阴性。这里用四种政治策略比喻四个王子，用成功比喻新娘。

（√bhū 未完单三）是。vara（新郎）-vadhū（新娘）-samāgamaḥ（samāgama 结合），复合词（阳单体），新郎和新娘的结合。pratyaya（词缀）-prakṛti（词干）-yoga（结合）-saṃnibhaḥ（saṃnibha 像），复合词（阳单体），像词缀和词干的结合。

एवमात्तरतिरात्मसंभवांस्तान्निवेश्य चतुरोऽपि यत्र सः।
अध्वसु त्रिषु विसृष्टमैथिलः स्वां पुरीं दशरथो न्यवर्तत॥५७॥

十车王在这里满怀喜悦，
为四个儿子完成了婚礼，
然后他返回自己的都城，
弥提罗王相送三段路程。（57）

evam（不变词）这样。ātta（获得）-ratiḥ（rati 喜悦），复合词（阳单体），获得喜悦。ātma（ātman 自己）-saṃbhavān（saṃbhava 产生），复合词（阳复业），儿子。tān（tad 阳复业）这。niveśya（ni√viś 致使，独立式）结婚。caturaḥ（catur 阳复业）四。api（不变词）表示所有这些。yatra（不变词）这里，指弥提罗城。saḥ（tad 阳单体）他，指十车王。adhvasu（adhvan 阳复依）路。triṣu（tri 阳复依）三。visṛṣṭa（打发，送走）-maithilaḥ（maithila 弥提罗王），复合词（阳单体），打发弥提罗王离开的。svām（sva 阴单业）自己的。purīm（purī 阴单业）城市。daśarathaḥ（daśaratha 阳单体）十车王。nyavartata（ni√vṛt 未完单三）返回。

तस्य जातु मरुतः प्रतीपगा वर्त्मसु ध्वजतरुप्रमाथिनः।
चिक्लिशुर्भृशतया वरूथिनीमुत्तटा इव नदीरयाः स्थलीम्॥५८॥

在返城途中，刮起逆风，
摧毁旗帜如同摧毁树木，
猛烈地折磨军队，犹如
河水越过堤岸冲击陆地。（58）

tasya（tad 阳单属）他，指十车王。jātu（不变词）这时。marutaḥ（marut 阳复体）风。pratīpagāḥ（pratīpaga 阳复体）逆向的。vartmasu（vartman 中复依）路。dhvaja（旗帜）-taru（树）-pramāthinaḥ（pramāthin 摧毁），复合词（阳复体），摧毁旗帜如同摧毁树木。cikliśuḥ（√kliś 完成复三）折磨。bhṛśatayā（bhṛśatā 阴单具）猛烈。varūthinīm（varūthinī 阴单业）军队。uttaṭāḥ（uttaṭa 阳复体）漫过堤岸的。iva（不变词）犹如。nadī（河）-rayāḥ（raya 水流），复合词（阳复体），河水。sthalīm（sthalī 阴单业）陆地。

लक्ष्यते स्म तदनन्तरं रविर्बद्धभीमपरिवेषमण्डलः।
वैनतेयशमितस्य भोगिनो भोगवेष्टित इव च्युतो मणिः॥५९॥

随即看到一个可怕光环
缠绕太阳，犹如金翅鸟
杀死一条蛇时，蛇冠的
珍珠落入蜷曲的蛇身中。[①]（59）

lakṣyate（√lakṣ 被动，现在单三）看见。sma（不变词）表示过去。tadanantaram（不变词）随后。raviḥ（ravi 阳单体）太阳。baddha（缠绕）-bhīma（可怕的）-pariveṣa（光环）-maṇḍalaḥ（maṇḍala 圆圈），复合词（阳单体），可怕光环缠绕的。vainateya（金翅鸟）-śamitasya（śamita 杀害），复合词（阳单属），金翅鸟杀死的。bhoginaḥ（bhogin 阳单属）蛇。bhoga（蛇身）-veṣṭitaḥ（veṣṭita 围绕），复合词（阳单体），蛇身围绕的。iva（不变词）犹如。cyutaḥ（cyuta 阳单体）坠落。maṇiḥ（maṇi 阳单体）珍珠。

श्येनपक्षपरिधूसरालकाः सांध्यमेघरुधिरार्द्रवाससः।
अङ्गना इव रजस्वला दिशो नो बभूवुरवलोकनक्षमाः॥६०॥

四方覆盖尘土而不能被看到，
而那些兀鹰的翅膀如同颜色
深灰的发髻，黄昏云彩如同
沾血的湿衣，犹如经期妇女。[②]（60）

śycna（兀鹰）-pakṣa（翅膀）-paridhūsara（深灰色的）-alakāḥ（alaka 头发），复合词（阴复体），兀鹰的翅膀如同颜色深灰的发髻。sāṃdhya（黄昏）-megha（云）-rudhira（血）-ārdra（潮湿的）-vāsasaḥ（vāsas 衣服），复合词（阴复体），黄昏云彩如同沾血的湿衣。aṅganāḥ（aṅganā 阴复体）妇女。iva（不变词）犹如。rajasvalāḥ（rajasvala 阴复体）覆盖尘土的，月经期的妇女。diśaḥ（diś 阴复体）方向，方位。no（不变词）不。babhūvuḥ（√bhū 完成复三）是。avalokana（看到）-kṣamāḥ（kṣama 能够），复合词（阴复体），能够看到。

भास्करश्च दिशमध्युवास यां तां श्रिताः प्रतिभयं ववासिरे।
क्षत्त्रशोणितपितृक्रियोचितं चोदयन्त्य इव भार्गवं शिवाः॥६१॥

还有那些豺狼朝着太阳，

① 这里以珍珠比喻太阳，以蜷曲的蛇身比喻可怕的光环。
② 这里以经期妇女比喻被尘土覆盖的四方。四方被尘土覆盖，经期妇女不出门，两者都不能被看到。

发出可怕的嗥叫，仿佛
激励习惯以刹帝利鲜血
祭供父亲的持斧罗摩。（61）

bhāskaraḥ（bhāskara 阳单体）太阳。ca（不变词）和。diśam（diśa 阴单业）方向。adhyuvāsa（adhi√vas 完成单三）居住。yām（yad 阴单业）这。tām（tad 阴单业）它，指方向。śritāḥ（śrita 阴复体）走近，朝着。pratibhayam（不变词）可怕地。vavāsire（√vās 完成复三）吼叫。kṣattra（刹帝利）-śoṇita（血）-pitṛ（父亲）-kriyā（祭供）-ucitam（ucita 习惯于），复合词（阳单业），习惯以刹帝利鲜血祭供父亲。codayantyaḥ（√cud 致使，现分，阴复体）激励。iva（不变词）仿佛。bhārgavam（bhārgava 阳复业）持斧罗摩。śivāḥ（śivā 阴复体）豺。

तत्प्रतीपपवनादि वैकृतं प्रेक्ष्य शान्तिमधिकृत्य कृत्यवित्।
अन्वयुङ्क्त गुरुमीश्वरः क्षितेः स्वन्तमित्यलघयत्स तद्व्यथाम्॥ ६२॥

国王看到逆风等等凶兆后，
知道该怎么做，随即向老师
询问如何平息，老师缓解
他的忧虑，说“会有好结果”。（62）

tat（tad 中单业）这。pratīpa（逆向的）-pavan（风）-ādi（等等），复合词（中单业），逆风等等。vaikṛtam（vaikṛta 中单业）异常，凶兆。prekṣya（pra√īkṣ 独立式）看到。śāntim（śānti 阴单业）平息。adhikṛtya（不变词）关于。kṛtya（职责）-vit（vid 知道），复合词（阳单体），通晓职责的。anvayuṅkta（anu√yuj 未完单三）询问。gurum（guru 阳单业）老师。īśvaraḥ（īśvara 阳单体）主人。kṣiteḥ（kṣiti 阴单属）大地。svantam（svanta 中单体）有好结果的。iti（不变词）这样（说）。alaghayat（√laghaya 名动词，未完单三）减轻，缓解。saḥ（tad 阳单体）他，指老师。tad（他，指国王）-vyathām（vyathā 忧虑），复合词（阴单业），他的忧虑。

तेजसः सपदि राशिरुत्थितः प्रादुरास किल वाहिनीमुखे।
यः प्रमृज्य नयनानि सैनिकैर्लक्षणीयपुरुषाकृतिश्चिरात्॥ ६३॥

顿时，在军队的面前，
出现一团光，经过很长
时间，士兵们擦拭眼睛，
才看见那里有个人形。（63）

tejasaḥ（tejas 中单属）光辉。sapadi（不变词）顿时。rāśiḥ（rāśi 阳单体）一堆，一团。utthitaḥ（utthita 阳单体）升起。prādurāsa（prādus√as 完成单三）显现。kila（不变词）据说。vāhinī（军队）-mukhe（mukha 前面），复合词（中单依），军队面前。yaḥ（yad 阳单体）这，指一团光。pramṛjya（pra√mṛj 独立式）擦拭。nayanāni（nayana 中复业）眼睛。sainikaiḥ（sainika 阳复具）士兵。lakṣaṇīya（可见的）-puruṣa（人）-ākṛtiḥ（ākṛti 形体），复合词（阳单体），可见到一个人形的。cirāt（不变词）很长时间。

पित्र्यमंशमुपवीतलक्षणं मातृकं च धनुरूर्जितं दधत्।
यः ससोम इव घर्मदीधितिः सद्विजिह्व इव चन्दनद्रुमः॥६४॥

他具有以圣线为标志的父亲
部分，也具有持弓而威武的
母亲部分①，犹如太阳和月亮
会合，又如缠有蛇的檀香树。（64）

pitryam（pitrya 阳单业）父亲的。aṃśam（aṃśa 阳单业）部分。upavīta（圣线）-lakṣaṇam（lakṣaṇa 标志），复合词（阳单业），以圣线为标志的。mātṛkam（mātṛka 阳单业）母亲的。ca（不变词）和。dhanus（弓）-ūrjitam（ūrjita 威武），复合词（阳单业），持弓而威武的。dadhat（√dhā 现分，阳单体）具有。yaḥ（yad 阳单体）他。sa（与）-somaḥ（soma 月亮），复合词（阳单体），与月亮一起。iva（不变词）犹如。gharma（gharma 热）-dīdhitiḥ（dīdhiti 光线），复合词（阳单体），有热光线的，太阳。sa（与）-dvijihvaḥ（dvijihva 蛇），复合词（阳单体），与蛇一起。iva（不变词）犹如。candana（檀香）-drumaḥ（druma 树），复合词（阳单体），檀香树。

येन रोषपरुषात्मनः पितुः शासने स्थितिभिदोऽपि तस्थुषा।
वेपमानजननीशिरश्छिदा प्रागजीयत घृणा ततो मही॥६५॥

他曾经服从父亲强烈愤怒
而发出的超越常规的命令，
先砍下颤抖的母亲的头颅，
征服怜悯，而后征服大地。②（65）

yena（yad 阳单具）他，指持斧罗摩。roṣa（愤怒）-paruṣa（冷酷的）-ātmanaḥ（ātman 内心），复合词（阳单属），愤怒而内心冷酷。pituḥ（pitṛ 阳单属）父亲。śāsane（śāsana

① 持斧罗摩的父亲是婆罗门，母亲是刹帝利。

② 传说持斧罗摩的母亲奈奴迦曾经羡慕在河中嬉戏的犍陀罗夫妇。为此，父亲阇摩陀耆尼愤怒地要求五个儿子杀死他们的母亲。其中四个儿子不愿意，唯有持斧罗摩执行父亲命令，杀死母亲。事后，持斧罗摩又请求父亲让母亲复活。父亲同意了他的请求。

中单依）命令。sthiti（常规）-bhidaḥ（bhid 打破），复合词（阳单属），超越常规。api（不变词）即使。tasthuṣā（tasthivas，√sthā 完分，阳单具）服从。vepamāna（√vep 现分，颤抖）-jananī（母亲）-śiras（头）-chidā（chid 砍断），复合词（阳单具），砍下颤抖的母亲的头颅。prāk（不变词）首先。ajīyata（√ji 被动，未完单三）征服。ghṛṇā（ghṛṇā 阴单体）怜悯。tatas（不变词）然后。mahī（mahī 阴单体）大地。

अक्षबीजवलयेन निर्बभौ दक्षिणश्रवणसंस्थितेन यः।
क्षत्त्रियान्तकरणैकविंशतेर्व्याजपूर्वगणनामिवोद्वहन्॥ ६६॥

他的右耳戴着一串
念珠，仿佛是乔装
他以前杀尽刹帝利
二十一次这个数目。（66）

akṣabīja（念珠）-valayena（valaya 环，圈），复合词（阳单具），一串念珠。nirbabhau（nis√bhā 完成单三）闪光，好像。dakṣiṇa（右边的）-śravaṇa（耳朵）-saṃsthitena（saṃsthita 处于），复合词（阳单具），挂在右耳上的。yaḥ（yad 阳单体）他，指持斧罗摩。kṣattriya（刹帝利）-anta（结束，毁灭）-karaṇa（做）-ekaviṃśateḥ（ekaviṃśati 二十一），复合词（阴单属），二十一次杀尽刹帝利。vyājapūrva（具有伪装的）-gaṇanām（gaṇana 计数），复合词（阴单业），乔装的计数。iva（不变词）仿佛。udvahan（ud√vah 现分，阳单体）戴着。

तं पितुर्वधभवेन मन्युना राजवंशनिधनाय दीक्षितम्।
बालसूनुरवलोक्य भार्गवं स्वां दशां च विषसाद पार्थिवः॥ ६७॥

看到这位持斧罗摩满腔愤怒，
为报杀父之仇，发誓杀尽王族，
而看到自己的情况，儿子们
还是少年，十车王心情沮丧。（67）

tam（tad 阳单业）他。pituḥ（pitṛ 阳单属）父亲。vadha（杀害）-bhavena（bhava 产生的），复合词（阳单具），杀害（父亲）而产生的。manyunā（manyu 阳单具）愤怒。rāja（王）-vaṃśa（家族）-nidhanāya（nidhana 毁灭），复合词（中单为），毁灭刹帝利王族。dīkṣitam（dīkṣita 阳单业）准备，发誓。bāla（年幼的）-sūnuḥ（sūnu 儿子），复合词（阳单体），儿子们年幼的。avalokya（ava√lok 独立式）看到。bhārgavam（bhārgava 阳单业）持斧罗摩。svām（sva 阴单业）自己的。daśām（daśā 阴单业）处境。ca（不变词）和。viṣasāda（vi√sad 完成单三）沮丧。pārthivaḥ（pārthiva 阳单体）

国王。

नाम राम इति तुल्यमात्मजे वर्तमानमहिते च दारुणे।
हृद्यमस्य भयदायि चाभवद्रत्नजातमिव हारसर्पयोः॥६८॥

自己的儿子和残酷的敌人
同名“罗摩”，犹如项链和
蛇冠上都有珠宝，而前者
令他喜悦，后者令他恐惧。（68）

nāma（nāman 中单体）名字。rāmaḥ（rāma 阳单体）罗摩。iti（不变词）这样（称）。tulyam（tulya 中单体）同样的。ātmaje（ātmaja 阳单依）儿子。vartamānam（√vṛt 现分，中单体）使用。ahite（ahita 阳单依）敌人。ca（不变词）和。dāruṇe（dāruṇa 阳单依）残酷的。hṛdyam（hṛdya 中单体）令人喜悦的。asya（idam 阳单属）这，指十车王。bhaya（恐惧）-dāyi（dāyin 给予，引起），复合词（中单体），令人恐惧的。ca（不变词）和。abhavat（√bhū 未完单三）成为。ratna（宝石）-jātam（jāta 种类），复合词（中单体），珠宝一类。iva（不变词）犹如。hāra（项链）-sarpayoḥ（sarpa 蛇），复合词（阳双依），项链和蛇。

अर्घ्यमर्घ्यमिति वादिनं नृपं सोऽनवेक्ष्य भरताग्रजो यतः।
क्षत्त्रकोपदहनार्चिषं ततः संदधे दृशमुदग्रतारकाम्॥६९॥

持斧罗摩不顾十车王的嘴中
说着“供品，供品”，目光中
燃烧着对刹帝利的愤怒火焰，
转动可怕的眼珠，盯住罗摩。（69）

arghyam（arghya 中单体）供品。arghyam（arghya 中单体）供品。iti（不变词）这样（说）。vādinam（vādin 阳单业）说。nṛpam（nṛpa 阳单业）国王。saḥ（tad 阳单体）他，指持斧罗摩。anavekṣya（an-ava√īkṣ 独立式）不顾。bharata（婆罗多）-agrajaḥ（agraja 长兄），复合词（阳单体），婆罗多长兄，罗摩。yatas（不变词）那里。kṣattra（刹帝利）-kopa（愤怒）-dahana（燃烧）-arciṣam（arcis 火焰），复合词（阴单业），燃烧着对刹帝利的愤怒火焰。tatas（不变词）这里。saṃdadhe（sam√dhā 完成单三）安放。dṛśam（dṛś 阴单业）眼光。udagra（可怕的）-tārakām（tāraka 眼珠），复合词（阴单业），眼珠可怕的。

तेन कार्मुकनिषक्तमुष्टिना राघवो विगतभीः पुरोगतः।
अङ्गुलीविवरचारिणं शरं कुर्वता निजगदे युयुत्सुना॥७०॥

他紧握弓，渴望战斗，
将一支箭夹在指缝中，
对无所畏惧地站在
他面前的罗摩说道：（70）

tena（tad 阳单具）他，指持斧罗摩。kārmuka（弓）-niṣakta（固定）-muṣṭinā（muṣṭi 拳头），复合词（阳单具），手紧握弓。rāghavaḥ（rāghava 阳单体）罗摩。vigata（消失）-bhīḥ（bhī 畏惧），复合词（阳单体），无所畏惧的。puras（面前）-gataḥ（gata 处于），复合词（阳单体），站在面前。aṅgulī（手指）-vivara（缝隙）-cāriṇam（cārin 活动），复合词（阳单业），在手指缝中活动的。śaram（śara 阳单业）箭。kurvatā（√kṛ 现分，阳单具）做。nijagade（ni√gad 被动，完成单三）说。yuyutsunā（yuyutsu 阳单具）渴望战斗的。

क्षत्त्रजातमपकारवैरि मे तन्निहत्य बहुशः शमं गतः।
सुप्तसर्प इव दण्डघट्टनाद्रोषितोऽस्मि तव विक्रमश्रवात्॥७१॥

“刹帝利得罪我，成为我的仇敌，
我已多次消灭他们而心中安宁，
现在听说你的勇气，令我愤怒，
犹如沉睡的蛇遭到棍棒的拨动。（71）

kṣattra（刹帝利）-jātam（jāta 种类），复合词（中单业），刹帝利一类。apakāra（冒犯，得罪）-vairi（vairin 敌人），复合词（中单业），冒犯我的敌人。me（mad 单属）我。tat（tad 中单业）这。nihatya（ni√han 独立式）杀害。bahuśas（不变词）多次。śamam（śama 阳单业）平静。gataḥ（gata 阳单体）达到。supta（沉睡）-sarpaḥ（sarpa 蛇），复合词（阳单体），沉睡的蛇。iva（不变词）犹如。daṇḍa（棍棒）-ghaṭṭanāt（ghaṭṭana 拨动），复合词（中单从），棍棒的拨动。roṣitaḥ（roṣita 阳单体）愤怒。asmi（√as 现在单一）是。tava（tvad 单属）你。vikrama（勇气）-śravāt（śrava 听说），复合词（阳单从），听说勇气。

मैथिलस्य धनुरन्यपार्थिवैस्त्वं किलानमितपूर्वमक्षणोः।
तन्निशम्य भवता समर्थये वीर्यशृङ्गमिव भग्नमात्मनः॥७२॥

“据说你拉断弥提罗王的弓，
而以前其他的国王不能弯曲
这张弓，我听到这个消息后，
仿佛觉得你折断了我的威风。（72）

maithilasya（maithila 阳单属）弥提罗王。dhanuḥ（dhanus 中单业）弓。anya（其他的）-pārthivaiḥ（pārthiva 国王），复合词（阳复具），其他的国王。tvam（tvad 单体）你。kila（不变词）据说。a（没有）-namita（弯曲）-pūrvam（pūrva 以前），复合词（中单业），以前没有被弯曲。akṣaṇoḥ（√kṣaṇ 未完单二）折断。tat（tad 中单业）这，指罗摩折断弓。niśamya（ni√śam 独立式）听到。bhavatā（bhavat 阳单具）您。samarthaye（sam√arth 现在单一）认为。vīrya（勇气）-śṛṅgam（śṛṅga 角），复合词（中单业），勇气之角。iva（不变词）仿佛。bhagnam（bhagna 中单业）折断。ātmanaḥ（ātman 阳单属）自己。

अन्यदा जगति राम इत्ययं शब्द उच्चरित एव मामगात्।
व्रीडमावहति मे स संप्रति व्यस्तवृत्तिरुदयोन्मुखे त्वयि॥७३॥

“过去一说出罗摩这个称号，
在这个世界上只适用于我，
如今你兴旺发达，这个称号
已经被瓜分，令我感到羞愧。（73）

anyadā（不变词）过去。jagati（jagat 中单依）世界。rāmaḥ（rāma 阳单体）罗摩。iti（不变词）这样（说）。ayam（idam 阳单体）这。śabdaḥ（śabda 阳单体）称号。uccaritaḥ（uccarita 阳单体）说出。eva（不变词）就。mām（mad 单业）我。agāt（√i 不定单三）到达。vrīḍam（vrīḍa 阳单业）羞耻。āvahati（ā√vah 现在单三）带来。me（mad 单属）我。saḥ（tad 阳单体）这。saṃprati（不变词）现在。vyasta（分割）-vṛttiḥ（vṛtti 存在，状态），复合词（阳单体），分割的状态。udaya（兴旺）-unmukhe（unmukha 朝向），复合词（阳单依），兴旺发达。tvayi（tvad 单依）你。

बिभ्रतोऽस्त्रमचलेऽप्यकुण्ठितं द्वौ रिपू मम मतौ समागसौ।
धेनुवत्सहरणाच्च हैहयस्त्वं च कीर्तिमपहर्तुमुद्यतः॥७४॥

“我即使有山峰也不能阻挡的武器，
但我仍然认为有两个同样得罪我的
敌人，一个是抢走牛犊的作武王，
另一个是你，试图夺取我的声誉。（74）

bibhrataḥ（√bhṛ 现分，阳单属）持有。astram（astra 中单业）武器。acale（acala 阳单依）山。api（不变词）即使。a（不）-kuṇṭhitam（kuṇṭhita 磨钝），复合词（中单业），不能阻挡的。dvau（dvi 阳双体）两个。ripū（ripu 阳双体）敌人。mama（mad 单属）我。matau（mata 阳双体）认为。sama（同样的）-āgasau（āgas 得罪，冒犯），

复合词（阳双体），同样得罪。dhenu（奶牛）-vatsa（牛犊）-haraṇāt（haraṇa 夺走），复合词（中单从），夺走奶牛的牛犊。ca（不变词）和。haihayaḥ（haihaya 阳单体）作武王。tvam（tvad 单体）你。ca（不变词）和。kīrtim（kīrti 阴单业）名誉。apahartum（apa√hṛ 不定式）夺走。udyataḥ（udyata 阳单体）努力，准备。

क्षत्रियान्तकरणोऽपि विक्रमस्तेन मामवति नाजिते त्वयि।
पावकस्य महिमा स गण्यते कक्षवज्ज्वलति सागरेऽपि यः॥७५॥

“虽然我有消灭刹帝利的勇力，
但没有征服你，不会让我满意，
正如火在海中也能像在干草中
那样燃烧，才被认为威力无比。（75）

kṣatriya（刹帝利）-anta（结束）-karaṇaḥ（karaṇa 做），复合词（阳单体），消灭刹帝利。api（不变词）即使。vikramaḥ（vikrama 阳单体）勇力。tena（不变词）因此。mām（mad 单业）我。avati（√av 现在单三）满意。na（不变词）不。ajite（ajita 阳单依）没有征服。tvayi（tvad 单依）你。pāvakasya（pāvaka 阳单属）火。mahimā（mahiman 阳单体）伟大，威力。saḥ（tad 阳单体）它，指火有威力。gaṇyate（√gaṇ 被动，现在单三）认为。kakṣavat（不变词）像在干草中。jvalati（√jval 现在单三）燃烧。sāgare（sāgara 阳单依）大海。api（不变词）即使。yaḥ（yad 阳单体）它，指火有威力。

विद्धि चात्तबलमोजसा हरेरैश्वरं धनुरभाजि यत्त्वया।
खातमूलमनिलो नदीरयैः पातयत्यपि मृदुस्तटद्रुमम्॥७६॥

“要知道，你拉断的那张湿婆的弓，
它的力量已被毗湿奴的威力剥夺，①
犹如河边一棵树，根部已被河水
淘空，柔和的微风也能将它吹倒。（76）

viddhi（√vid 命令单二）知道。ca（不变词）和。ātta（取走）-balam（bala 力量），复合词（中单业），力量被夺走。ojasā（ojas 中单具）威力。hareḥ（hari 阳单属）毗湿奴。aiśvaram（aiśvara 中单体）湿婆的。dhanuḥ（dhanus 中单体）弓。abhāji（√bhañj 被动，不定单三）折断。yat（yad 中单体）这。tvayā（tvad 单具）你。khāta（掘起）-mūlam（mūla 根），复合词（阳单业），根部被淘空的。anilaḥ（anila 阳单体）风。nadī（河）-rayaiḥ（raya 水流），复合词（阳复具），河水。pātayati（√pat 致使，现在单三）

① 传说工巧大神曾制作两张神弓，分别送给毗湿奴和湿婆。一次，梵天为了满足众天神的好奇心，唆使毗湿奴和湿婆比武。在比武中，毗湿奴发出牛鸣声，使湿婆的那张弓丧失威力。

倒下。api（不变词）也。mṛduḥ（mṛdu 阳单体）柔软的。taṭa（岸）-drumam（druma 树），复合词（阳单业），岸边树。

तन्मदीयमिदमायुधं ज्यया संगमय्य सशरं विकृष्यताम्।
तिष्ठतु प्रधनमेवमप्यहं तुल्यबाहुतरसा जितस्त्वया॥ ७७॥

"因此，你将我的弓挂上弓弦，
然后搭箭挽弓，开始战斗吧！
只要做到这样，就表明你的
臂力与我相同，算你战胜我。（77）

tad（不变词）因此。madīyam（madīya 中单业）我的。idam（idam 中单业）这。āyudham（āyudha 中单业）武器，弓。jyayā（jyā 阴单具）弓弦。saṃgamayya（sam√gam 致使，独立式）结合。sa（与）-śaram（śara 箭），复合词（中单体），搭上箭的。vikṛṣyatām（vi√kṛṣ 被动，命令单三）拉开。tiṣṭhatu（√sthā 命令单三）执行。pradhanam（pradhana 中单体）战斗。evam（不变词）这样。api（不变词）即使。aham（mad 单体）我。tulya（相同的）-bāhu（手臂）-tarasā（taras 威力），复合词（阳单具），具有相同的臂力。jitaḥ（jita 阳单体）战胜。tvayā（tvad 单具）你。

कातरोऽसि यदि वोद्गतार्चिषा तर्जितः परशुधारया मम।
ज्यानिघातकठिनाङ्गुलिर्वृथा बध्यतामभययाचनाञ्जलिः॥ ७८॥

"如果你胆怯，被我的闪耀
火焰的斧刃吓倒，你的那些
手指白白地被弓弦磨得坚硬，
就合上手掌，乞求我庇护吧！"（78）

kātaraḥ（kātara 阳单体）胆怯的。asi（√as 现在单二）是。yadi（不变词）如果。vā（不变词）或者。udgata（冒出）-arciṣā（arcis 火焰），复合词（阴单具），冒出火焰。tarjitaḥ（tarjita 阳单体）威吓。paraśu（斧）-dhārayā（dhārā 刃），复合词（阴单具），斧刃。mama（mad 单属）我。jyā（弓弦）-nighāta（打击）-kaṭhina（坚硬的）-aṅguliḥ（aṅguli 手指），复合词（阳单体），手指被弓弦磨得坚硬。vṛthā（不变词）白白地。badhyatām（√bandh 被动，命令单三）造成，安排。abhaya（无惧）-yācana（乞求）-añjaliḥ（añjali 合掌），复合词（阳单体），合掌乞求获得无惧。

एवमुक्तवति भीमदर्शने भार्गवे स्मितविकम्पिताधरः।
तद्धनुर्ग्रहणमेव राघवः प्रत्यपद्यत समर्थमुत्तरम्॥ ७९॥

面目可怕的持斧罗摩这样
说罢，罗摩下嘴唇颤动，
微微一笑，接受他的弓，
认为这是合适的回答。（79）

evam（不变词）这样。uktavati（uktavat 阳单依）说完。bhīma（可怕的）-darśane（darśana 面貌），复合词（阳单依），面目可怕的。bhārgave（bhārgava 阳单依）持斧罗摩。smita（微笑）-vikampita（颤动）-adharaḥ（adhara 下唇），复合词（阳单体），微微一笑，下唇颤动。tad（他，指持斧罗摩）-dhanus（弓）-grahaṇam（grahaṇa 接受），复合词（中单业），接受他的弓。eva（不变词）确实。rāghavaḥ（rāghava 阳单体）罗怙后裔，罗摩。pratyapadyata（prati√pad 未完单三）认为。samartham（samartha 中单业）合适的。uttaram（uttara 中单业）回答。

पूर्वजन्मधनुषा समागतः सोऽतिमात्रलघुदर्शनोऽभवत्।
केवलोऽपि सुभगो नवाम्बुदः किं पुनस्त्रिदशचापलाञ्छितः॥८०॥

他与前生的弓会合[①]，
显得极其轻松自如，
犹如新云本身优美，
更何况装饰有彩虹？（80）

pūrva（以前的）-janma（janman 生）-dhanuṣā（dhanus 弓），复合词（中单具），前生的弓。samāgataḥ（samāgata 阳单体）会合。saḥ（tad 阳单体）他，指罗摩。atimātra（极其的）-laghu（轻松的）-darśanaḥ（darśana 显示），复合词（阳单体），显得极其轻松自如。abhavat（√bhū 未完单三）是。kevalaḥ（kevala 阳单体）唯独。api（不变词）即使。subhagaḥ（subhaga 阳单体）优美的。nava（新的）-ambudaḥ（ambuda 云），复合词（阳单体），新云。kim-punar（不变词）更何况。tridaśa（天神）-cāpa（弓）-lāñchitaḥ（lāñchita 标志，装饰），复合词（阳单体），装饰有彩虹。

तेन भूमिनिहितैककोटि तत्कार्मुकं च बलिनाधिरोपितम्।
निष्प्रभश्च रिपुरास भूभृतां धूमशेष इव धूमकेतनः॥८१॥

有力的罗摩将这张弓的
一端顶在地上，挂上弓弦，
国王们的敌人顿时失去

① 这张弓就是毗湿奴曾经使用过的那张弓，后来由持斧罗摩所在的婆利古族传承。

光彩，犹如火焰剩下烟雾。（81）

tena（tad 阳单具）他，指罗摩。bhūmi（地面）-nihita（安放）-eka（一）-koṭi（koṭi 尖端），复合词（中单体），一端顶在地上。tat（tad 中单体）这。kārmukam（kārmuka 中单体）弓。ca（不变词）和。balinā（balin 阳单具）有力的。adhiropitam（adhiropita 中单体）上弦。niṣprabhaḥ（niṣprabha 阳单体）失去光彩的。ca（不变词）和。ripuḥ（ripu 阳单体）敌人。āsa（√as 完成单三）成为。bhū（大地）-bhṛtām（bhṛt 拥有，支持），复合词（阳复属），国王。dhūma（烟雾）-śeṣaḥ（śeṣa 剩余物），复合词（阳单体），剩下烟雾。iva（不变词）犹如。dhūma（烟雾）-ketanaḥ（ketana 标志），复合词（阳单体），以烟为标志的，火。

तावुभावपि परस्परस्थितौ वर्धमानपरिहीनतेजसौ।
पश्यति स्म जनता दिनात्यये पार्वणौ शशिदिवाकराविव॥८२॥

人们看到他俩互相站着，
一个光辉增长，另一个
光辉减少，就像是望日
黄昏时分的月亮和太阳。①（82）

tau（tad 阳双业）这。ubhau（ubha 阳双业）两者。api（不变词）还有。paraspara（互相）-sthitau（sthita 站着），复合词（阳双业），互相站着。vardhamāna（增长）-parihīna（减少）-tejasau（tejas 光辉），复合词（阳双业），光辉增长和光辉减少。paśyati（√dṛś 现在单三）看见。sma（不变词）表示过去。janatā（janatā 阴单体）人们。dina（白天）-atyaye（atyaya 结束，逝去），复合词（阳单依），白天结束，黄昏。pārvaṇau（pārvaṇa 阳双业）望日的。śaśi（śaśin 月亮）-divākarau（divākara 太阳），复合词（阳双业），月亮和太阳。iva（不变词）犹如。

तं कृपामृदुरवेक्ष्य भार्गवं राघवः स्खलितवीर्यमात्मनि।
स्वं च संहितममोघमाशुगं व्याजहार हरसूनुसंनिभः॥८३॥

罗摩如同湿婆之子室建陀，看到
持斧罗摩已在自己面前失去威力，
又看到自己已搭上百发百中的箭，
心生怜悯而柔软温和，对他说道：（83）

tam（tad 阳单业）这。kṛpā（怜悯）-mṛduḥ（mṛdu 柔软的），复合词（阳单体），

① 这里以太阳比喻持斧罗摩，以月亮比喻罗摩，因为在望日，太阳在黄昏时分光辉减少，而月亮变圆，光辉增长。

心生怜悯而柔软的。avekṣya（ava√īkṣ 独立式）看到。bhārgavam（bhārgava 阳单业）持斧罗摩。rāghavaḥ（rāghava 阳单体）罗摩。skhalita（失落）-vīryam（vīrya 威力），复合词（阳单业），失去威力。ātmani（ātman 阳单依）自身。svam（sva 阳单业）自己的。ca（不变词）和。saṃhitam（saṃhita 阳单业）上弦的。amogham（amogha 阳单业）不虚发的。āśugam（āśuga 阳单业）箭。vyājahāra（vi-ā√hṛ 完成单三）说。hara（湿婆）-sūnu（儿子）-saṃnibhaḥ（saṃnibha 如同），复合词（阳单体），如同湿婆之子室建陀。

न प्रहर्तुमलमस्मि निर्दयं विप्र इत्यभिभवत्यपि त्वयि।
शंस किं गतिमनेन पत्त्रिणा हन्मि लोकमुत ते मखार्जितम्॥८४॥

"因为你是婆罗门，即使侵犯我，
我也不能无情打击你。请说吧！
我用这支箭毁灭你的行走能力，
还是毁灭你凭祭祀获得的世界①？"（84）

na（不变词）不。prahartum（pra√hṛ 不定式）打击。alam（不变词）能够。asmi（√as 现在单一）是。nirdayam（不变词）残忍地，无情地。vipraḥ（vipra 阳单体）婆罗门。iti（不变词）作为。abhibhavati（abhi√bhū 现分，阳单依）袭击，侵犯。api（不变词）即使。tvayi（tvad 单依）你。śaṃsa（√śaṃs 命令单二）说。kim（不变词）是否。gatim（gati 阴单业）行走能力。anena（idam 阳单具）这。pattriṇā（pattrin 阳单具）箭。hanmi（√han 现在单一）杀死，毁灭。lokam（loka 阳单业）世界。uta（不变词）或者。te（tvad 单属）你。makha（祭祀）-arjitam（arjita 获得），复合词（阳单业），通过祭祀获得的。

प्रत्युवाच तमृषिर्न तत्त्वतस्त्वां न वेद्मि पुरुषं पुरातनम्।
गां गतस्य तव धाम वैष्णवं कोपितो ह्यसि मया दिदृक्षुणा॥८५॥

这位仙人回答他说："我并非
不知道你确实是古老的原人，
但你下凡大地，我想要看到
毗湿奴的威力，故而激怒你。（85）

pratyuvāca（prati√vac 完成单三）回答。tam（tad 阳单业）他，指罗摩。ṛṣiḥ（ṛṣi 阳单体）仙人。na（不变词）不。tattvatas（不变词）本质上，实际上。tvām（tvad

① "凭祭祀获得的世界"指天国。

单业）你。na（不变词）不。vedmi（√vid 现在单一）知道。puruṣam（puruṣa 阳单业）人。purātanam（purātana 阳单业）古老的。gām（go 阴单业）大地。gatasya（gata 阳单属）来到。tava（tvad 单属）你。dhāma（dhāman 中单业）威力。vaiṣṇavam（vaiṣṇava 中单业）毗湿奴的。kopitaḥ（kopita 阳单体）激怒。hi（不变词）因为。asi（√as 现在单二）是。mayā（mad 单具）我。didṛkṣuṇā（didṛkṣu 阳单具）想看到。

भस्मसात्कृतवतः पितृद्विषः पात्रसाच्च वसुधां ससागराम्।
आहितो जयविपर्ययोऽपि मे श्लाघ्य एव परमेष्ठिना त्वया॥८६॥

"我将父亲的敌人们化为灰烬，
将大地和大海赐予合适的人，
即使我成为你这位至高之神
手下败将，也是值得称赞的。（86）

bhasmasāt（不变词）化成灰烬。kṛtavataḥ（kṛtavat 阳单属）做。pitṛ（父亲）-dviṣaḥ（dviṣ 敌人），复合词（阳复业），父亲的敌人。pātrasāt（不变词）交给适任者。ca（不变词）和。vasudhām（vasudhā 阴单业）大地。sa（与）-sāgarām（sāgara 大海），复合词（阴单业），与大海一起。āhitaḥ（āhita 阳单体）安放。jaya（胜利）-viparyayaḥ（viparyaya 逆转，相反），复合词（阳单体），失败。api（不变词）即使。me（mad 单属）我。ślāghyaḥ（ślāghya 阳单体）值得称赞的。eva（不变词）确实。parameṣṭhinā（parameṣṭhin 阳单具）至高的。tvayā（tvad 单具）你。

तद्गतिं मतिमतां वरेप्सितां पुण्यतीर्थगमनाय रक्ष मे।
पीडयिष्यति न मां खिलीकृता स्वर्गपद्धतिरभोगलोलुपम्॥८७॥

"因此，优秀的智者啊！请你保留
我所喜欢的行走能力，让我能够
朝拜圣地，因为我并不贪图享受，
阻断天国之路不会对我造成折磨。"（87）

tad（不变词）因此。gatim（gati 阴单业）行走能力。matimatām（matimat 阳复属）智慧的，智者。vara（vara 阳单呼）优秀的。īpsitām（īpsita 阴单业）渴望，喜欢。puṇya（圣洁的）-tīrtha（圣地）-gamanāya（gamana 去），复合词（中单为），朝拜圣地。rakṣa（√rakṣ 命令单二）保护，保留。me（mad 单属）我。pīḍayiṣyati（√pīḍ 将来单三）折磨。na（不变词）不。mām（mad 单业）我。khilīkṛtā（khilīkṛta 阴单体）造成荒芜，阻断。svarga（天国）-paddhatiḥ（paddhati 道路），复合词（阴单体），天国的道路。a（不）-bhoga（享受）-lolupam（lolupa 贪图的），复合词（阳单业），不

贪图享受。

प्रत्यपद्यत तथेति राघवः प्राङ्मुखश्च विससर्ज सायकम्।
भार्गवस्य सुकृतोऽपि सोऽभवत्स्वर्गमार्गपरिघो दुरत्ययः॥८८॥

于是，罗摩同意道："好吧！"
向东方射出箭，即使持斧罗摩
是行善之人，这支箭也成为
阻断他通往天国之路的门闩。（88）

pratyapadyata（prati√pad 未完单三）同意。tathā（不变词）好吧。iti（不变词）这样（说）。rāghavaḥ（rāghava 阳单体）罗摩。prāṅmukhaḥ（prāṅmukha 阳单体）朝东的。ca（不变词）和。visasarja（vi√sṛj 完成单三）发射。sāyakam（sāyaka 阳单业）箭。bhārgavasya（bhārgava 阳单属）持斧罗摩。sukṛtaḥ（sukṛt 阳单属）行善的。api（不变词）即使。saḥ（tad 阳单体）这，指箭。abhavat（√bhū 未完单三）成为。svarga（天国）-mārga（道路）-parighaḥ（parigha 门闩，障碍），复合词（阳单体），通往天国之路的障碍。duratyayaḥ（duratyaya 阳单体）难以逾越的。

राघवोऽपि चरणौ तपोनिधेः क्षम्यतामिति वदन्समस्पृशत्।
निर्जितेषु तरसा तरस्विनां शत्रुषु प्रणतिरेव कीर्तये॥८९॥

罗摩也向这位苦行之宝藏
行触足礼，说道："请宽恕！"
对于凭自己勇力战胜的敌人，
这种谦恭为勇士们带来声誉。（89）

rāghavaḥ（rāghava 阳单体）罗摩。api（不变词）也。caraṇau（caraṇa 阳双业）脚。tapas（苦行）-nidheḥ（nidhi 宝藏），复合词（阳单属），苦行的宝藏，仙人。kṣamyatām（√kṣam 被动，命令单三）宽恕。iti（不变词）这样（说）。vadan（√vad 现分，阳单体）说。samaspṛśat（sam√spṛś 未完单三）接触。nirjiteṣu（nirjita 阳复依）战胜。tarasā（taras 中单具）勇力。tarasvinām（tarasvin 阳复属）勇士。śatruṣu（śatru 阳复依）敌人。praṇatiḥ（praṇati 阴单体）谦恭。eva（不变词）确实。kīrtaye（kīrti 阴单为）声誉。

राजसत्त्वमवधूय मातृकं पित्र्यमस्मि गमितः शमं यदा।
नन्वनिन्दितफलो मम त्वया निग्रहोऽप्ययमनुगृहीकृतः॥९०॥

"你让我去除母系的王族族性，

而让我达到父系的平静，确实，
我的失败也是你赐予我的恩惠，
让我获得这种无可非议的结果。（90）

rāja（国王）-sattvam（sattva 本性），复合词（中单业），王族族性。avadhūya（ava√dhū 独立式）去除。mātṛkam（mātṛka 中单业）母亲的。pitryam（pitrya 阳单业）父亲的。asmi（√as 现在单一）是。gamitaḥ（gamita 阳单体）使达到。śamam（śama 阳单业）平静。yadā（不变词）因为。nanu（不变词）确实。anindita（无可非议的）-phalaḥ（phala 结果），复合词（阳单体），无可非议的结果。mama（mad 单属）我。tvayā（tvad 单具）你。nigrahaḥ（nigraha 阳单体）失败。api（不变词）即使。ayam（idam 阳单体）这。anugṛhīkṛtaḥ（anugṛhīkṛta 阳单体）给予恩惠。

साधयाम्यहमविघ्नमस्तु ते देवकार्यमुपपादयिष्यतः।
ऊचिवानिति वचः सलक्ष्मणं लक्ष्मणाग्रजमृषिस्तिरोदधे॥९१॥

“我要离开了，祝愿你顺利
完成众天神托付你的使命！”
这位仙人向罗摩和罗什曼那
说完这些话后，便消失不见。（91）

sādhayāmi（√sādh 致使，现在单一）离开。aham（mad 单体）我。avighnam（avighna 中单体）无障碍。astu（√as 命令单三）是。te（tvad 单属）你。deva（天神）-kāryam（kārya 事业），复合词（中单业），天神的事业。upapādayiṣyataḥ（upa√pad 致使，将分，阳单属）完成。ūcivān（ūcivas，√vac 完分，阳单体）说。iti（不变词）如上。vacaḥ（vacas 中单业）话。sa（与）-lakṣmaṇam（lakṣmaṇa 罗什曼那），复合词（阳单业），与罗什曼那一起。lakṣmaṇa（罗什曼那）-agrajam（agraja 兄长），复合词（阳单业），罗什曼那的兄长，罗摩。ṛṣiḥ（ṛṣi 阳单体）仙人。tirodadhe（tiras√dhā 完成单三）消失。

तस्मिन्गते विजयिनं परिरभ्य रामं
स्नेहादमन्यत पिता पुनरेव जातम्।
तस्याभवत्क्षणशुचः परितोषलाभः
कक्षाग्निलङ्घिततरोरिव वृष्टिपातः॥९२॥

持斧罗摩离去后，父亲满怀慈爱，
拥抱胜利的罗摩，感到获得重生，
经历短暂的忧伤后，又恢复喜悦，

犹如暴雨降临遭遇野火的树林。（92）

tasmin（tad 阳单依）他，指仙人。gate（gata 阳单依）离去。vijayinam（vijayin 阳单业）胜利的。parirabhya（pari√rabh 独立式）拥抱。rāmam（rāma 阳单业）罗摩。snehāt（sneha 阳单从）慈爱。amanyata（√man 未完单三）认为。pitā（pitṛ 阳单体）父亲。punar（不变词）再次。eva（不变词）确实。jātam（jāta 阳单业）出生。tasya（tad 阳单属）他，指国王。abhavat（√bhū 未完单三）成为。kṣaṇa（短暂的）-śucaḥ（śuc 忧伤），复合词（阳单属），具有短暂的忧伤。paritoṣa（喜悦）-lābhaḥ（lābha 获得），复合词（阳单体），获得喜悦。kakṣāgni（森林大火）-laṅghita（越过，侵害）-taroḥ（taru 树），复合词（阳单属），遭受森林大火侵袭的树木。iva（不变词）犹如。vṛṣṭipātaḥ（vṛṣṭipāta 阳单体）暴雨。

अथ पथि गमयित्वा क्लृप्तरम्योपकार्ये
कतिचिदवनिपालः शर्वरीः शर्वकल्पः।
पुरमविशदयोध्यां मैथिलीदर्शनीनां
कुवलयितगवाक्षां लोचनैरङ्गनानाम्॥९३॥

然后，这位如同湿婆的大地之主一路上
在搭建的可爱帐篷中度过一些夜晚后，
进入阿逾陀城，妇女们观看弥提罗公主，
她们的眼睛使那些窗口仿佛长满莲花。（93）

atha（不变词）然后。pathi（pathin 阳单依）道路。gamayitvā（√gam 致使，独立式）度过。kḷpta（搭建）-ramya（可爱的）-upakārye（upakāryā 帐篷），复合词（阳单依），搭建可爱的帐篷。kati-cit（不变词）一些。avani（大地）-pālaḥ（pāla 保护者），复合词（阳单体），国王。śarvarīḥ（śarvarī 阴复业）夜晚。śarva（湿婆）-kalpaḥ（kalpa 如同），复合词（阳单体），如同湿婆。puram（pur 阴单业）城市。aviśat（√viś 未完单三）进入。ayodhyām（ayodhyā 阴单业）阿逾陀城。maithilī（弥提罗公主，悉多）-darśanīnām（darśana 观看），复合词（阴复属），观看弥提罗公主悉多的。kuvalayita（充满莲花）-gavākṣām（gavākṣa 窗户），复合词（阴单业），窗户长满莲花。locanaiḥ（locana 中复具）眼睛。aṅganānām（aṅganā 阴复属）妇女。

द्वादशः सर्गः।

第十二章

निर्विष्टविषयस्नेहः स दशान्तमुपेयिवान्।
आसीदासन्ननिर्वाणः प्रदीपार्चिरिवोषसि॥१॥

他已享受感官快乐，
到达生命最后阶段，
犹如在拂晓时分，
油灯火焰即将熄灭。[①]（1）

nirviṣṭa（获得，享受）-viṣaya（感官对象）-snehaḥ（sneha 油，喜爱），复合词（阳单体），享受感官快乐。saḥ（tad 阳单体）他。daśā（灯芯，生命阶段）-antam（anta 结束），复合词（阳单业），灯芯燃尽，生命的最后阶段。upeyivān（upeyivas，upa√i 完分，阳单体）到达。āsīt（√as 未完单三）是。āsanna（临近，到达）-nirvāṇaḥ（nirvāṇa 熄灭，死亡），复合词（阳单体），即将熄灭，濒临死亡。pradīpa（灯）-arciḥ（arci 火焰），复合词（阳单体），油灯火焰。iva（不变词）犹如。uṣasi（uṣas 阴单依）清晨，拂晓。

तं कर्णमूलमागत्य रामे श्रीर्न्यस्यतामिति।
कैकेयीशङ्कयेवाह पलितच्छद्मना जरा॥२॥

仿佛是惧怕吉迦伊，
老年乔装灰白头发，
凑近他的耳根说道：
“将王权交给罗摩吧！”（2）

tam（tad 阳单业）他，指国王。karṇa（耳朵）-mūlam（mūla 根部），复合词（中单业），耳根。āgatya（ā√gam 独立式）来到。rāme（rāma 阳单依）罗摩。śrīḥ（śrī 阴单体）吉祥，王权。nyasyatām（ni√as 被动，命令单三）交给，托付。iti（不变词）

① 这首诗中含有双关，也可读作：犹如灯焰享受灯盏中的油，到达灯芯尽头，在拂晓时分，即将熄灭。

这样（说）。kaikeyī（吉迦伊）-śaṅkayā（śaṅkā 害怕），复合词（阴单具），惧怕吉迦伊。iva（不变词）犹如。āha（√ah 完成单三）说。palita（灰白头发）-chadmanā（chadman 乔装），复合词（中单具），乔装灰白头发。jarā（jarā 阴单体）老年。

सा पौरान्पौरकान्तस्य रामस्याभ्युदयश्रुतिः।
प्रत्येकं ह्लादयांचक्रे कुल्येवोद्यानपादपान्॥३॥

市民们一向爱戴罗摩，
听到他要登基的消息，
人人高兴，犹如渠水
让花园中每棵树高兴。（3）

sā（tad 阴单体）它，指消息。paurān（paura 阳复业）市民。paura（市民）-kāntasya（kānta 喜爱），复合词（阳单属），受市民爱戴的。rāmasya（rāma 阳单属）罗摩。abhyudaya（升起，登基）-śrutiḥ（śruti 消息），复合词（阴单体），登基的消息。pratyekam（不变词）每一个。hlādayāṃcakre（√hlād 致使，完成单三）高兴，取悦。kulyā（kulyā 阴单体）小河，沟渠。iva（不变词）犹如。udyāna（花园）-pādapān（pādapa 树木），复合词（阳复业），花园中的树木。

तस्याभिषेकसंभारं कल्पितं क्रूरनिश्चया।
दूषयामास कैकेयी शोकोष्णैः पार्थिवाश्रुभिः॥४॥

吉迦伊作出残酷决定，
国王流下悲伤的热泪，
破坏了本来已为罗摩
准备就绪的灌顶仪式。（4）

tasya（tad 阳单属）他，指罗摩。abhiṣeka（灌顶）-saṃbhāram（saṃbhāra 必需品，准备），复合词（阳单业），灌顶的准备。kalpitam（kalpita 阳单业）筹备，安排。krūra（残酷的）-niścayā（niścaya 决定），复合词（阴单体），作出残酷决定。dūṣayāmāsa（√duṣ 致使，完成单三）破坏。kaikeyī（kaikeyī 阴单体）吉迦伊。śoka（忧伤）-uṣṇaiḥ（uṣṇa 热的），复合词（中复具），因忧伤而发热。pārthiva（国王）-aśrubhiḥ（aśru 眼泪），复合词（中复具），国王的眼泪。

सा किलाश्वासिता चण्डी भर्त्रा तत्संश्रुतौ वरौ।
उद्ववामेन्द्रसिक्ता भूर्बिलमग्नाविवोरगौ॥५॥

丈夫安慰她，而她愤怒不已，

要求兑现许诺过的两个恩惠[①]，
犹如因陀罗降下雨水，引发
大地吐出蛰居洞中的两条蛇。（5）

sā（tad 阴单体）她，指吉迦伊。kila（不变词）据说。āśvāsitā（āśvāsita 阴单体）安慰。caṇḍī（caṇḍī 阴单体）暴怒的女人。bhartrā（bhartṛ 阳单具）丈夫。tad（他，指国王）-saṃśrutau（saṃśruta 许诺），复合词（阳双业），国王许诺过的。varau（vara 阳双业）选择，恩惠。udvavāma（ud√vam 完成单三）吐出。indra（因陀罗）-siktā（sikta 降雨），复合词（阴单体），因陀罗降过雨的。bhūḥ（bhū 阴单体）大地。bila（洞穴）-magnau（magna 潜入），复合词（阳双业），蛰居洞中。iva（不变词）犹如。uragau（uraga 阳双业）蛇。

तयोश्चतुर्दशैकेन रामं प्राव्राजयत्समाः।
द्वितीयेन सुतस्यैच्छद्वैधव्यैकफलां श्रियम्॥ ६ ॥

一是要求流放罗摩
十四年，二是希望
自己的儿子登王位，
结果是她成为寡妇。[②]（6）

tayoḥ（tad 阳双属）它，指恩惠。caturdaśa（caturdaśan 阴复业）十四。ekena（eka 阳单具）一。rāmam（rāma 阳单业）罗摩。prāvrājayat（pra√vraj 致使，未完单三）流放，放逐。samāḥ（samā 阴复业）年。dvitīyena（dvitīya 阳单具）第二。sutasya（suta 阳单属）儿子。aicchat（√iṣ 未完单三）希望。vaidhavya（寡居）-eka（唯一的）-phalām（phala 结果），复合词（阴单业），唯一结果是寡居。śriyam（śrī 阴单业）王权。

पित्रा दत्तां रुदन् रामः प्राङ् महीं प्रत्यपद्यत।
पश्चाद्वनाय गच्छेति तदाज्ञां मुदितोऽग्रहीत्॥ ७ ॥

罗摩先是流泪接受
父亲赐予自己大地，
而后又愉快地接受
父亲命令，前往森林。（7）

pitrā（pitṛ 阳单具）父亲。dattām（datta 阴单业）给予。rudan（√rud 现分，阳单

① 吉迦伊曾经救活过在战斗中受伤的十车王。当时，十车王赐予她两个恩惠。而吉迦伊此前没有使用，直到此时才提出要求兑现。

② 这两个要求导致十车王忧伤而死，由此她成为寡妇。

体）哭泣。rāmaḥ（rāma 阳单体）罗摩。prāk（不变词）首先。mahīm（mahī 阴单业）大地。pratyapadyata（prati√pad 未完单三）接受。paścāt（不变词）然后。vanāya（vana 中单为）森林。gaccha（√gam 命令单二）去。iti（不变词）这样（说）。tad（他，指国王）-ājñām（ājñā 命令），复合词（阴单业），他的命令。muditaḥ（mudita 阳单体）愉快的。agrahīt（√grah 不定单三）接受。

दधतो मङ्गलक्षौमे वसानस्य च वल्कले।
ददृशुर्विस्मितास्तस्य मुखरागं समं जनाः॥८॥

无论身穿喜庆丝绸衣，
还是身穿林中树皮衣，
罗摩面不改色，人们
亲眼目睹，深感惊讶。（8）

dadhataḥ（√dhā 现分，阳单属）穿戴。maṅgala（吉祥的，喜庆的）-kṣaume（kṣauma 丝绸衣），复合词（阳单依），喜庆丝绸衣。vasānasya（√vas 现分，阳单属）穿戴。ca（不变词）和。valkale（valkala 阳单依）树皮，树皮衣。dadṛśuḥ（√dṛś 完成复三）看见。vismitāḥ（vismita 阳复体）惊讶。tasya（tad 阳单属）他，指罗摩。mukha（脸）-rāgam（rāga 颜色），复合词（阳单业），脸色。samam（sama 阳单业）同样的。janāḥ（jana 阳复体）人。

स सीतालक्ष्मणसखः सत्याद्गुरुमलोपयन्।
विवेश दण्डकारण्यं प्रत्येकं च सतां मनः॥९॥

他为了不让父亲失信，
偕同悉多和罗什曼那，
进入弹宅迦林，同时
也进入每个善人的心。（9）

saḥ（tad 阳单体）他，指罗摩。sītā（悉多）-lakṣmaṇa（罗什曼那）-sakhaḥ（sakha 同伴，陪伴），复合词（阳单体），在悉多和罗什曼那陪伴下。satyāt（satya 中单从）誓言，诺言。gurum（guru 阳单业）老师，父亲。a（不）-lopayan（√lup 致使，现分，破坏，违背），复合词（阳单体），不违背。viveśa（√viś 完成单三）进入。daṇḍaka（弹宅迦）-araṇyam（araṇya 森林），复合词（中单业），弹宅迦林。pratyekam（不变词）每一个。ca（不变词）和。satām（sat 阳复属）善的，善人。manaḥ（manas 中单业）心。

राजाऽपि तद्वियोगार्तः स्मृत्वा शापं स्वकर्मजम्।
शरीरत्यागमात्रेण शुद्धिलाभममन्यत॥ १०॥

国王与儿子离别而痛苦，
想起以前自己行为失误
而遭到的诅咒[①]，认为唯有
舍弃身体，才能获得清净。（10）

rājā（rājan 阳单体）国王。api（不变词）也。tad（他，指罗摩）-viyoga（分离）-ārtaḥ（ārta 折磨，痛苦），复合词（阳单体），与罗摩分离而痛苦。smṛtvā（√smṛ 独立式）回忆，想起。śāpam（śāpa 阳单业）诅咒。sva（自己的）-karma（karman 行为）-jam（ja 产生），复合词（阳单业），自己的行为造成的。śarīra（身体）-tyāga（抛弃）-mātreṇa（mātra 仅仅，唯有），复合词（中单具），唯有抛弃身体。śuddhi（清净）-lābham（lābha 获得），复合词（阳单业），获得清净。amanyata（√man 未完单三）认为。

विप्रोषितकुमारं तद्राज्यमस्तमितेश्वरम्।
रन्ध्रान्वेषणदक्षाणां द्विषामामिषतां ययौ॥ ११॥

王子遭到流放，随后
国王逝世，这个王国
成为蓄意寻找缝隙的
敌人伺机而动的诱饵。（11）

viproṣita（放逐）-kumāram（kumāra 王子），复合词（中单体），王子遭到放逐。tat（tad 中单体）这，指王国。rājyam（rājya 中单体）王国。astamita（结束，死亡）-īśvaram（īśvara 统治者，国王），复合词（中单体），国王逝世。randhra（缝隙，弱点）-anveṣaṇa（寻找）-dakṣāṇām（dakṣa 善于），复合词（阳复属），善于寻找缝隙的。dviṣām（dviṣ 阳复属）敌人。āmiṣatām（āmiṣatā 阴单业）肉，诱饵。yayau（√yā 完成单三）走向，成为。

अथानाथाः प्रकृतयो मातृबन्धुनिवासिनम्।
मौलैरानाययामासुर्भरतं स्तम्भिताश्रुभिः॥ १२॥

臣民们失去庇护，
委托含泪的老臣，

① 十车王曾经在远处凭响声，误认为一个在河边芦苇丛中打水的少年是一头饮水的大象，将他射杀。这个少年的老年父母本已双目失明，现在又失去儿子，悲愤地诅咒十车王在老年同样会为儿子忧伤而死。参阅前面第九章。

前去接回居住在
母舅家的婆罗多。(12)

atha(不变词)这时，然后。anāthāḥ(anātha 阴复体)没有保护者的，失去庇护的。prakṛtayaḥ(prakṛti 阴复体)臣民。mātṛ(母亲)-bandhu(亲属，亲戚)-nivāsinam(nivāsin 居住)，复合词(阳单业)，住在母舅家。maulaiḥ(maula 阳复具)老臣。ānāyayāmāsuḥ(ā√nī 致使，完成复三)引来，接回。bharatam(bharata 阳单业)婆罗多。stambhita(抑制)-aśrubhiḥ(aśru 眼泪)，复合词(阳复具)，强忍着眼泪，含泪。

श्रुत्वा तथाविधं मृत्युं कैकेयीतनयः पितुः।
मातुर्न केवलं स्वस्याः श्रियोऽप्यासीत्पराङ्मुखः॥ १३॥

这位吉迦伊的儿子，
闻听父亲这样死去，
他不仅背对自己的
母亲，也背对王权。(13)

śrutvā(√śru 独立式)听到。tathāvidham(tathāvidha 阳单业)这样的。mṛtyum(mṛtyu 阳单业)死亡。kaikeyī(吉迦伊)-tanayaḥ(tanaya 儿子)，复合词(阳单体)，吉迦伊的儿子。pituḥ(pitṛ 阳单属)父亲。mātuḥ(mātṛ 阴单从)母亲。na(不变词)不。kevalam(不变词)仅仅。svasyāḥ(sva 阴单从)自己的。śriyaḥ(śrī 阴单从)王权。api(不变词)也，而且。āsīt(√as 未完单三)是。parāṅmukhaḥ(parāṅmukha 阳单体)回避，背对。

ससैन्यश्चान्वगाद्रामं दर्शितानाश्रमालयैः।
तस्य पश्यन्ससौमित्रेरुदश्रुर्वसतिद्रुमान्॥ १४॥

他带着军队追寻罗摩，
经净修林居民的指点，
含着眼泪看到罗摩和
罗什曼那居住的树林。(14)

sa(一起)-sainyaḥ(sainya 军队)，复合词(阳单体)，带着军队。ca(不变词)和。anvagāt(anu√i 不定单三)追随。rāmam(rāma 阳单业)罗摩。darśitān(darśita 阳复业)指示，指点。āśrama(净修林)-ālayaiḥ(ālaya 住所)，复合词(阳复具)，以净修林为住处的，苦行者。tasya(tad 阳单属)他，指罗摩。paśyan(√dṛś 现分，阳单体)看见。sa(一起)-saumitreḥ(saumitri 罗什曼那)，复合词(阳单属)，与罗什曼那一起。udaśruḥ（udaśru 阳单体）涌出眼泪的，含泪的。vasati（居住，住处）-drumān（druma 树木），复合词（阳复业），居住的树林。

चित्रकूटवनस्थं च कथितस्वर्गतिर्गुरोः।
लक्ष्म्या निमन्त्रयांचक्रे तमनुच्छिष्टसंपदा॥ १५॥

他告诉住在妙峰林的
罗摩：父亲已经升天；
他邀请罗摩回去接受
尚未动用的完整王权。（15）

citrakūṭa（妙峰山）-vana（树林）-stham（stha 处于），复合词（阳单业），住在妙峰山的森林中。ca（不变词）和。kathita（告诉）-svargatiḥ（svargati 升天），复合词（阴单体），告诉升天。guroḥ（guru 阳单属）父亲。lakṣmyā（lakṣmī 阴单具）王权。nimantrayāṃcakre（ni√mantr 完成单三）邀请。tam（tad 阳单业）他，指罗摩。anucchiṣṭa（非剩下的，尚未动用的）-saṃpadā（saṃpad 完美），复合词（阴单具），尚未动用而完整的。

स हि प्रथमजे तस्मिन्नकृतश्रीपरिग्रहे।
परिवेत्तारमात्मानं मेने स्वीकरणाद्भुवः॥ १६॥

因为他认为长兄尚未
执掌王权，自己若是
占有大地，成了抢在
哥哥之前结婚的弟弟。①（16）

saḥ（tad 阳单体）他，指婆罗多。hi（不变词）因为。prathama（首先）-je（ja 出生），复合词（阳单依），先出生的，长兄。tasmin（tad 阳单依）他，指罗摩。akṛta（未做）-śrī（吉祥女神，王权）-parigrahe（parigraha 获得，结婚），复合词（阳单依），尚未与吉祥女神结婚，尚未执掌王权。parivettāram（parivettṛ 阳单业）比兄长先成婚的弟弟。ātmānam（ātman 阳单业）自己。mene（√man 完成单三）认为。svīkaraṇāt（svīkaraṇa 中单从）占为己有。bhuvaḥ（bhū 阴单属）大地。

तमशक्यमपाक्रष्टुं निदेशात्स्वर्गिणः पितुः।
ययाचे पादुके पश्चात्कर्तुं राज्याधिदेवते॥ १७॥

---

① 这首诗中，“执掌王权”也可读为“与吉祥女神结婚”。同时，“大地”是阴性名词，也可读为“大地女神”。

但是，他无法劝回恪守
已故父亲遗训的罗摩，
只得乞求罗摩的一双鞋，
此后用作王国至高之神。（17）

tam（tad 阳单业）他，指罗摩。aśakyam（aśakya 阳单业）不可能的。apākraṣṭum（apa-ā√kṛṣ 不定式）离开，背离。nideśāt（nideśa 阳单从）命令，吩咐。svargiṇaḥ（svargin 阳单属）升天的，死去的。pituḥ（pitṛ 阳单属）父亲。yayāce（√yāc 完成单三）请求，恳求。pāduke（pādukā 阴双业）鞋子。paścāt（不变词）以后。kartum（√kṛ 不定式）做。rājya（王国）-adhidevate（adhidevatā 守护神，至高之神），复合词（阴双业），王国的至高之神。

स विसृष्टस्तथेत्युक्त्वा भ्रात्रा नैवाविशत्पुरीम्।
नन्दिग्रामगतस्तस्य राज्यं न्यासमिवाभुनक्॥ १८॥

兄长说了声“就这样吧”，
吩咐他离去，而他没有
进城，住在城外南迪村，
仿佛成为王国的托管人。（18）

saḥ（tad 阳单体）他，指婆罗多。visṛṣṭaḥ（visṛṣṭa 阳单体）打发，送走。tathā（不变词）这样，好吧。iti（不变词）这样（说）。uktvā（√vac 独立式）说。bhrātrā（bhrātṛ 阳单具）兄弟。na（不变词）不。eva（不变词）确实。aviśat（√viś 未完单三）进入。purīm（purī 阴单业）城。nandigrāma（南迪村）-gataḥ（gata 处于），复合词（阳单体），住在南迪村。tasya（tad 阳单属）他，指罗摩。rājyam（rājya 中单业）王国。nyāsam（nyāsa 阳单业）存放物，托管物。iva（不变词）犹如。abhunak（√bhuj 未完单三）保护。

दृढभक्तिरिति ज्येष्ठे राज्यतृष्णापराङ्मुखः।
मातुः पापस्य भरतः प्रायश्चित्तमिवाकरोत्॥ १९॥

对王国毫不贪恋，
对兄长忠诚不二，
婆罗多仿佛以此
抵赎母亲的罪愆。（19）

dṛḍha（坚定的）-bhaktiḥ（bhakti 忠诚），复合词（阳单体），忠贞不渝。iti（不变词）这样，如上所说。jyeṣṭhe（jyeṣṭha 阳单依）最年长的，兄长。rājya（王国）-tṛṣṇā（渴望，贪求）-parāṅmukhaḥ（parāṅmukha 背对，回避），复合词（阳单体），对王国毫不贪恋。mātuḥ（mātṛ 阴单属）母亲。pāpasya（pāpa 中单属）罪过。bharataḥ（bharata 阳单体）婆罗多。prāyaścittam（prāyaścitta 中单业）赎罪。iva（不变词）犹如。akarot（√kṛ 未完单三）做。

रामोऽपि सह वैदेह्या वने वन्येन वर्तयन्।
चचार सानुजः शान्तो वृद्धेक्ष्वाकुव्रतं युवा॥२०॥

罗摩和悉多在林中以野生
食物维生度日，内心平静，
他仿佛与弟弟在青年时期
履行甘蔗族老年人的誓愿。[①]（20）

rāmaḥ（rāma 阳单体）罗摩。api（不变词）也。saha（不变词）一起，偕同。vaidehyā（vaidehī 阴单具）毗提诃公主，悉多。vane（vana 中单依）森林。vanyena（vanya 中单具）野生食物。vartayan（√vṛt 致使，现分，阳单体）活动，生活。cacāra（√car 完成单三）行动，履行。sa（偕同）-anujaḥ（anuja 弟弟），复合词（阳单体），带着弟弟。śāntaḥ（śānta 阳单体）平静的。vṛddha（年老的）-ikṣvāku（甘蔗族后裔）-vratam（vrata 誓愿，戒行），复合词（阳单业），甘蔗族老年人的誓愿。yuvā（yuvan 阳单体）年青的。

प्रभावस्तम्भितच्छायमाश्रितः स वनस्पतिम्।
कदाचिदङ्के सीतायाः शिश्ये किंचिदिव श्रमात्॥२१॥

有一次罗摩停留树下，
树影被他的威力固定，
他仿佛有点儿疲倦，
倚在悉多的膝上入睡。（21）

prabhāva（威力）-stambhita（固定）-chāyam（chāyā 树荫），复合词（阳单业），树荫被威力固定。āśritaḥ（āśrita 阳单体）停留。saḥ（tad 阳单体）他，指罗摩。vanaspatim（vanaspati 阳单业）森林之王，大树。kadācit（不变词）有一次。aṅke（aṅka 阳单依）膝盖，怀抱。sītāyāḥ（sītā 阴单属）悉多。śiśye（√śī 完成单三）躺下。kim-cit（不变词）稍微，有一点。iva（不变词）仿佛。śramāt（śrama 阳单从）疲倦。

---

① 指甘蔗族人到了老年，便进入森林，过林居生活。

ऐन्द्रिः किल नखैस्तस्या विददार स्तनौ द्विजः।
प्रियोपभोगचिह्नेषु पौरोभाग्यमिवाचरन्॥ २२॥

而有只乌鸦用爪子
抓挠悉多的双乳，
仿佛妒忌她与丈夫
欢爱留下的印迹。（22）

aindriḥ（aindri 阳单体）乌鸦。kila（不变词）据说。nakhaiḥ（nakha 阳复具）爪子。tasyāḥ（tad 阴单属）她，指悉多。vidadāra（vi√dṝ 完成单三）撕裂。stanau（stana 阳双业）乳房。dvijaḥ（dvija 阳单体）鸟。priya（爱人，丈夫）-upabhoga（享乐，欢爱）-cihneṣu（cihna 印迹，标志），复合词（中复依），与丈夫欢爱留下的印迹。paurobhāgyam（paurobhāgya 中单业）挑错，妒忌。iva（不变词）似乎。ācaran（ā√car 现分，阳单体）做。

तस्मिन्नास्थदिषीकास्त्रं रामो रामावबोधितः।
आत्मानं मुमुचे तस्मादेकनेत्रव्ययेन सः॥ २३॥

罗摩被妻子唤醒后，
向乌鸦发射芦苇箭；
乌鸦侥幸逃过一命，
但失去了一只眼睛。（23）

tasmin（tad 阳单依）它，指乌鸦。āsthat（√as 不定单三）投掷，发射。iṣīkā（芦苇）-astram（astra 箭），复合词（中单业），芦苇箭。rāmaḥ（rāma 阳单体）罗摩。rāmā（美女，妻子）-avabodhitaḥ（avabodhita 唤醒），复合词（阳单体），被妻子唤醒的。ātmānam（ātman 阳单业）自己。mumuce（√muc 完成单三）摆脱，逃离。tasmāt（tad 中单从）它，指芦苇箭。eka（一）-netra（眼睛）-vyayena（vyaya 丧失），复合词（阳单具），失去一只眼睛。saḥ（tad 阳单体）它，指乌鸦。

रामस्त्वासन्नदेशत्वाद्भरतागमनं पुनः।
आशङ्क्योत्सुकसारङ्गां चित्रकूटस्थलीं जहौ॥ २४॥

罗摩考虑到地点不远，
恐怕婆罗多还会前来，
于是离开这妙峰林地，
那些花斑鹿焦虑忧伤。（24）

rāmaḥ（rāma 阳单体）罗摩。tu（不变词）然而。āsanna（接近的）-deśa（地点）-tvāt（tva 性质，状态），复合词（中单从），地点接近。bharata（婆罗多）-āgamanam（āgamana 回来），复合词（中单业），婆罗多回来。punar（不变词）再次。āśaṅkya（ā√śaṅk 独立式）担心，忧虑。utsuka（焦虑的，忧伤的）-sāraṅgām（sāraṅga 梅花鹿），复合词（阴单业），梅花鹿焦虑忧伤。citrakūṭa（妙峰山）-sthalīm（sthalī 林地），复合词（阴单业），妙峰山林地。jahau（√hā 完成单三）离开。

प्रययावातिथेयेषु वसन् ऋषिकुलेषु सः।
दक्षिणां दिशमृक्षेषु वार्षिकेष्विव भास्करः॥२५॥

他前往南方，住在
好客的仙人家族中，
犹如太阳转向南方，
停留在雨季星座中。（25）

prayayau（pra√yā 完成单三）前往。ātitheyeṣu（ātitheya 中复依）热情好客的。vasan（√vas 现分，阳单体）居住。ṛṣi（仙人）-kuleṣu（kula 家族），复合词（中复依），仙人家族。saḥ（tad 阳单体）他，指罗摩。dakṣiṇām（dakṣiṇa 阴单业）南方的。diśam（diś 阴单业）方向。ṛkṣeṣu（ṛkṣa 阳复依）星座。vārṣikeṣu（vārṣika 阳复依）雨季的。iva（不变词）犹如。bhāskaraḥ（bhāskara 阳单体）太阳。

बभौ तमनुगच्छन्ती विदेहाधिपतेः सुता।
प्रतिषिद्धापि कैकेय्या लक्ष्मीरिव गुणोन्मुखी॥२६॥

毗提诃王之女悉多
跟随他，犹如仰慕
罗摩美德的吉祥女神，
尽管遭到吉迦伊阻拦。（26）

babhau（√bhā 完成单三）发光，好像。tam（tad 阳单业）他，指罗摩。anugacchantī（anu√gam 现分，阴单体）跟随，追随。videha（毗提诃）-adhipateḥ（adhipati 国王），复合词（阳单属），毗提诃国王。sutā（sutā 阴单体）女儿。pratiṣiddhā（pratiṣiddha 阴单体）阻拦。api（不变词）即使。kaikeyyā（kaikeyī 阴单具）吉迦伊。lakṣmīḥ（lakṣmī 阴单体）王权，吉祥女神。iva（不变词）犹如。guṇa（美德）-unmukhī（unmukha 仰望的，仰慕的），复合词（阴单体），仰慕美德的。

अनसूयातिसृष्टेन पुण्यगन्धेन काननम्।

सा चकाराङ्गरागेण पुष्पोच्चलितषट्पदम्॥२७॥

她身上抹有阿那苏雅[①]
赠送给她的美妙软膏，
香味纯正，以至吸引
林中蜜蜂离开了花朵。(27)

anasūyā（阿那苏雅）-atisṛṣṭena（atisṛṣṭa 赠送），复合词（阳单具），阿那苏雅赠送的。puṇya（纯洁的）-gandhena（gandha 芳香），复合词（阳单具），香味纯正。kānanam（kānana 中单业）森林。sā（tad 阴单体）她，指悉多。cakāra（√kṛ 完成单三）做，造成。aṅgarāgeṇa（aṅgarāga 阳单具），涂身香膏。puṣpa（鲜花）-uccalita（离开）-ṣaṭpadam（ṣaṭpada 蜜蜂），复合词（中单业），蜜蜂飞离鲜花。

संध्याभ्रकपिशस्तस्य विराधो नाम राक्षसः।
अतिष्ठन्मार्गमावृत्य रामस्येन्दोरिव ग्रहः॥२८॥

有个罗刹名叫毗罗陀，
肤色赤褐似黄昏的云，
他挡住罗摩的去路，
犹如罗睺挡住月亮。(28)

saṃdhyā（黄昏）-abhra（云）-kapiśaḥ（kapiśa 赤褐色的），复合词（阳单体），赤褐似黄昏的云。tasya（tad 阳单属）他，指罗摩。virādhaḥ（virādha 阳单体）毗罗陀。nāma（不变词）名叫。rākṣasaḥ（rākṣasa 阳单体）罗刹。atiṣṭhat（√sthā 未完单三）站。mārgam（mārga 阳单业）路。āvṛtya（ā√vṛ 独立式）围起，挡住。rāmasya（rāma 阳单属）罗摩。indoḥ（indu 阳单属）月亮。iva（不变词）犹如。grahaḥ（graha 阳单体）行星，罗睺。

स जहार तयोर्मध्ये मैथिलीं लोकशोषणः।
नभोनभस्ययोर्वृष्टिमवग्रह इवान्तरे॥२९॥

这个危害世人的罗刹，
从罗摩和罗什曼那中间，
抢劫悉多，如旱魃夺取
七月和九月之间的雨水。(29)

saḥ（tad 阳单体）他，指毗罗陀。jahāra（√hṛ 完成单三）夺取。tayoḥ（tad 阳双

① 阿那苏雅是阿特利仙人的妻子。

属）他，指罗摩和罗什曼那。madhye（madhya 中单依）中间。maithilīm（maithilī 阴单业）弥提罗公主，悉多。loka（世界，世人）-śoṣaṇaḥ（śoṣaṇa 烤干，折磨），复合词（阳单体），烤干世界的，危害世人的。nabhas（七至八月）-nabhasyayoḥ（nabhasya 八至九月），复合词（阳双属），七月至九月。vṛṣṭim（vṛṣṭi 阴单业）雨水。avagraha（avagraha 阳单体）干旱。iva（不变词）犹如。antare（antara 中单依）内部，中间。

तं विनिष्पिष्य काकुत्स्थौ पुरा दूषयति स्थलीम्।
गन्धेनाशुचिना चेति वसुधायां निचख्नतुः॥३०॥

两兄弟杀死他后，
考虑到他的恶臭
会污染这个林地，
便将他埋在地下。（30）

tam（tad 阳单业）他，指毗罗陀。viniṣpiṣya（vi-nis√piṣ 独立式）粉碎，消灭。kākutsthau（kākutstha 阳双体）迦俱私陀的后裔，指罗摩和罗什曼那。purā（不变词）不久。dūṣayati（√duṣ 致使，现在单三）污染。sthalīm（sthalī 阴单业）林地。gandhena（gandha 阳单具）气味。aśucinā（aśuci 阳单具）不纯洁的。ca（不变词）和。iti（不变词）这样（想）。vasudhāyām（vasudhā 阴单依）大地。nicakhnatuḥ（ni√khan 完成双三）深挖，掩埋。

पञ्चवट्यां ततो रामः शासनात्कुम्भजन्मनः।
अनपोढस्थितिस्तस्थौ विन्ध्याद्रिः प्रकृताविव॥३१॥

然后，听从罐生仙人吩咐，
罗摩此后居住在般遮婆帝，
不逾越行为准则[①]，犹如
文底耶山保持原本状态。[②]（31）

pañcavaṭyām（pañcavaṭī 阴单依）般遮婆帝。tatas（不变词）然后。rāmaḥ（rāma 阳单体）罗摩。śāsanāt（śāsana 中单从）命令，吩咐。kumbha（罐）-janmanaḥ（janman 出生），复合词（阳单属），罐生仙人。anapoḍha（不移动，不脱离）-sthitiḥ（sthiti 位置，准则），复合词（阳单体），不移动位置，不逾越行为准则。tasthau（√sthā 完成单三）处于，保持。vindhya（文底耶）-adriḥ（adri 山），复合词（阳单体），文底耶山。prakṛtau（prakṛti 阴单依）原本状态。iva（不变词）犹如。

---

① “不逾越行为准则”也可读为“不移动位置”或“不转移地点”。
② 参阅第六章第 61 首注。

रावणावरजा तत्र राघवं मदनातुरा।
अभिपेदे निदाघार्ता व्यालीव मलयद्रुमम्॥३२॥

在那里，罗波那[1]的妹妹
受爱欲折磨，走近罗摩，
犹如一条受酷暑折磨的
雌蛇走近清凉的檀香树。（32）

rāvaṇa（罗波那）-avarajā（avarajā 妹妹），复合词（阴单体），罗波那的妹妹。tatra（不变词）那里，指般遮婆帝。rāghavam（rāghava 阳单业）罗怙的后代，指罗摩。madana（爱欲）-āturā（ātura 折磨），复合词（阴单体），受爱欲折磨。abhipede（abhi√pad 完成单三）走近。nidāgha（炎热，夏季）-ārtā（ārta 折磨），复合词（阴单体），受酷暑折磨。vyālī（vyālī 阴单体）雌蛇。iva（不变词）仿佛。malaya（摩罗耶山）-drumam（druma 树木），复合词（阳单业），摩罗耶树，檀香树。

सा सीतासंनिधावेव तं वव्रे कथितान्वया।
अत्यारूढो हि नारीणामकालज्ञो मनोभवः॥३३॥

她就在悉多面前，看中
罗摩，表白自己的家世，
因为妇女们的爱欲一旦
达到极点，便不择时机。（33）

sā（tad 阴单体）她，指罗波那的妹妹。sītā（悉多）-saṃnidhau（saṃnidhi 附近，在场），复合词（阳单依），在悉多面前。eva（不变词）正是。tam（tad 阳单业）他，指罗摩。vavre（√vṛ 完成单三）选择，爱上。kathita（讲述）-anvayā（anvaya 家族），复合词（阴单体），表白家世。ati（非常，极其）-ārūḍhaḥ（ārūḍha 上升，高涨），复合词（阳单体），极其高涨的。hi（不变词）因为。nārīṇām（nārī 阴复属）女人。a（不）-kāla（时机，时宜）-jñaḥ（jña 知道），复合词（阳单体），不知晓时机的。manobhavaḥ（manobhava 阳单体）爱情，爱欲。

कलत्रवानहं बाले कनीयांसं भजस्व मे।
इति रामो वृषस्यन्तीं वृषस्कन्धः शशास ताम्॥३४॥

肩膀似牛的罗摩教导
这个渴求男人的女子：

① 罗波那是罗刹王，长有十个脑袋，故而又名十首王。

“少女啊，我已有妻子，
你去追求我的弟弟吧！”①（34）

kalatravān（kalatravat 阳单体）拥有妻子的。aham（mad 单体）我。bāle（bālā 阴单呼）少女。kanīyāṃsam（kanīyas 阳单业）较年轻的，弟弟。bhajasva（√bhaj 命令单二）选择，求爱。me（mad 单属）我。iti（不变词）这样（说）。rāmaḥ（rāma 阳单体）罗摩。vṛṣasyantīm（vṛṣasyantī 阴单业）渴望男性的女子。vṛṣa（公牛）-skandhaḥ（skandha 肩膀），复合词（阳单体），肩膀似牛。śaśāsa（√śās 完成单三）教导。tām（tad 阴单业）她，指罗波那的妹妹。

ज्येष्ठाभिगमनात्पूर्वं तेनाप्यनभिनन्दिता।
साभूद्रामाश्रया भूयो नदीवोभयकूलभाक्॥३५॥

她已经先向长兄求爱，
由此也遭到弟弟拒绝，
于是她再次走近罗摩，
犹如河流拍击两岸。（35）

jyeṣṭha（最年长的，长兄）-abhigamanāt（abhigamana 走向，求爱），复合词（中单从），向长兄求爱。pūrvam（不变词）首先。tena（tad 阳单具）他，指罗什曼那。api（不变词）也。an（不）-abhinanditā（abhinandita 赞同，欢迎），复合词（阴单体），不受欢迎，遭到拒绝。sā（tad 阴单体）她，指罗波那的妹妹。abhūt（√bhū 不定单三）是。rāma（罗摩）-āśrayā（āśraya 走近），复合词（阴单体），走近罗摩。bhūyas（不变词）又，再次。nadī（nadī 阴单体）河流。iva（不变词）犹如。ubhaya（两）-kūla（岸）-bhāk（bhāj 享有，依靠），复合词（阴单体），享有两岸。

संरम्भं मैथिलीहासः क्षणसौम्यां निनाय ताम्।
निवातस्तिमितां वेलां चन्द्रोदय इवोदधेः॥३६॥

弥提罗公主悉多发出嗤笑，
使她暂时的温柔变成愤怒，
犹如大海无风平静的潮水，
在月亮升起时汹涌澎湃。（36）

saṃrambham（saṃrambha 阳单业）激动，愤怒。maithilī（悉多）-hāsaḥ（hāsa 嘲笑，嗤笑），复合词（阳单体），悉多发出嗤笑。kṣaṇa（暂时的）-saumyām（saumya

① 其实，罗什曼那也有妻子，因而这里是罗摩故意嘲弄这个罗刹女。

温柔的），复合词（阴单业），暂时温柔的。nināya（√nī 完成单三）引起，带入。tām（tad 阴单业）她，指罗波那的妹妹。nivāta（无风）-stimitām（stimita 平静），复合词（阴单业），无风而平静。velām（velā 阴单业）海潮。candra（月亮）-udayaḥ（udaya 升起），复合词（阳单体），月亮升起。iva（不变词）犹如。udadheḥ（udadhi 阳单属）大海。

फलमस्यापहासस्य सद्यः प्राप्स्यसि पश्य माम्।
मृग्याः परिभवो व्याघ्र्यामित्यवेहि त्वया कृतम्॥ ३७॥

"你嘲笑我，很快就会
获得报应，看着我吧！
你要知道，你的行为
如同雌鹿侮辱雌老虎。"（37）

phalam（phala 中单业）结果。asya（idam 阳单属）这。apahāsasya（apahāsa 阳单属）嘲笑。sadyas（不变词）立即，马上。prāpsyasi（pra√āp 将来单二）获得。paśya（√dṛś 命令单二）看。mām（mad 单业）我。mṛgyāḥ（mṛgī 阴单属）雌鹿。paribhavaḥ（paribhava 阳单体）侮辱。vyāghryām（vyāghrī 阴单依）雌老虎。iti（不变词）这样（说）。avehi（ava√i 命令单二）知道。tvayā（tvad 单具）你。kṛtam（kṛta 中单业）做，行为。

इत्युक्त्वा मैथिलीं भर्तुरङ्के निर्विशतीं भयात्।
रूपं शूर्पणखा नाम्नः सदृशं प्रत्यपद्यत॥ ३८॥

悉多听了她的这些话，
吓得躲进丈夫的怀中，
首哩薄那迦露出原形，
像她的名字那样可怕。[①]（38）

iti（不变词）这样（说）。uktvā（√vac 独立式）说。maithilīm（maithilī 阴单业）弥提罗公主，悉多。bhartuḥ（bhartṛ 阳单属）丈夫。aṅke（aṅka 阳单依）膝盖，怀抱。nirviśatīm（nis√viś 现分，阴单业）进入。bhayāt（bhaya 中单从）害怕，恐惧。rūpam（rūpa 中单业）形体。śūrpaṇakhā（śūrpaṇakhā 阴单体）首哩薄那迦，罗波那的妹妹。nāmnaḥ（nāman 中单属）名字。sadṛśam（sadṛśa 中单业）如同。pratyapadyata（prati√pad 未完单三）恢复。

① "首哩薄那迦"这个名字的词义是"指甲如同簸箕"。

लक्ष्मणः प्रथमं श्रुत्वा कोकिलामञ्जुवादिनीम्।
शिवाघोरस्वनां पश्चाद्बुबुधे विकृतेति ताम्॥३९॥

罗什曼那原先听到
她说话温柔似雌杜鹃，
现在声音可怕似雌豺，
知道她是变形的女妖。（39）

lakṣmaṇaḥ（lakṣmaṇa 阳单体）罗什曼那。prathamam（不变词）首先。śrutvā（√śru 独立式）听到。kokilā（雌杜鹃）-mañju（美妙的，温柔的）-vādinīm（vādin 说话），复合词（阴单业），说话温柔似雌杜鹃。śivā（豺）-ghora（可怕的）-svanām（svana 声音），复合词（阴单业），声音可怕似雌豺。paścāt（不变词）后来。bubudhe（√budh 完成单三）知道。vikṛtā（vikṛta 阴单体）变形。iti（不变词）这样（想）。tām（tad 阴单业）她，指罗刹女。

पर्णशालामथ क्षिप्रं विकृष्टासिः प्रविश्य सः।
वैरूप्यपौनरुक्त्येन भीषणां तामयोजयत्॥४०॥

罗什曼那拔出剑，
迅速进入茅草屋，
让这可怕的女妖
破相而更加丑陋。[①]（40）

parṇa（树叶）-śālām（śālā 房屋），复合词（阴单业），茅草屋。atha（不变词）这时，然后。kṣipram（不变词）迅速。vikṛṣṭa（拔出）-asiḥ（asi 剑），复合词（阳单体），拔出剑。praviśya（pra√viś 独立式）进入。saḥ（tad 阳单体）他，指罗什曼那。vairūpya（丑陋）-paunaruktyena（paunaruktya 重复，多余），复合词（中单具），更加丑陋。bhīṣaṇām（bhīṣaṇa 阴单业）可怕的。tām（tad 阴单业）她，指罗刹女。ayojayat（√yuj 致使，未完单三）结合。

सा वक्रनखधारिण्या वेणुकर्कशपर्वया।
अङ्कुशाकारयाङ्गुल्या तावतर्जयदम्बरे॥४१॥

她用钩子状的手指，
上面长着弯曲指甲，
竹节般坚硬的关节，

① 指罗什曼那用剑割去她的鼻子和耳朵。

站在空中恐吓他俩。（41）

sā（tad 阴单体）她，指首哩薄那迦。vakra（弯曲的）-nakha（指甲）-dhāriṇyā（dhārin 具有），复合词（阴单具），长着弯曲的指甲。veṇu（竹子）-karkaśa（坚硬的）-parvayā（parva 关节），复合词（阴单具），关节如竹子般坚硬。aṅkuśa（钩子）-ākārayā（ākāra 形状），复合词（阴单具），形状如钩的。aṅgulyā（aṅguli 阴单具）手指。tau（tad 阳双业）他，指罗摩兄弟俩。atarjayat（√tarj 致使，未完单三）威胁。ambare（ambara 中单依）天空。

प्राप्य चाशु जनस्थानं खरादिभ्यस्तथाविधम्।
रामोपक्रममाचख्यौ रक्षःपरिभवं नवम्॥४२॥

她迅速到达遮那斯坦，
告诉伽罗和其他罗刹：
罗摩等人如此这般，
再次对罗刹横加侮辱。（42）

prāpya（pra√āp 独立式）到达。ca（不变词）和。āśu（不变词）迅速。janasthānam（janasthāna 中单业）遮那斯坦。khara（伽罗）-ādibhyaḥ（ādi 等），复合词（阳复为），伽罗等人。tathāvidham（tathāvidha 阳单业）这样的。rāma（罗摩）-upakramam（upakrama 开始），复合词（阳单业），罗摩开始的，罗摩挑起的。ācakhyau（ā√khyā 完成单三）告诉。rakṣas（罗刹）-paribhavam（paribhava 侮辱），复合词（阳单业），对罗刹的侮辱。navam（nava 阳单业）新近的，再一次的。

मुखावयवलूनां तां नैर्ऋता यत्पुरो दधुः।
रामाभियायिनां तेषां तदेवाभूदमङ्गलम्॥४३॥

她的面孔已经破相，
而这些妖魔让她带路，
前去向罗摩发起攻击，
这对于他们是恶兆。（43）

mukha（脸）-avayava（部分）-lūnām（lūna 切割），复合词（阴单业），脸上器官被割掉。tām（tad 阴单业）她，指首哩薄那迦。nairṛtāḥ（nairṛta 阳复体）罗刹。yat（yad 中单体）这，指罗刹们让这个破相的女妖带路。puras（不变词）前面。dadhuḥ（√dhā 完成复三）安放。rāma（罗摩）-abhiyāyinām（abhiyāyin 前往，攻击），复合词（阳复属），前去攻击罗摩。teṣām（tad 阳复属）他，指罗刹。tat（tad 中单体）这。

eva（不变词）正是。abhūt（√bhū 不定单三）有。amaṅgalam（amaṅgala 中单体）不祥，恶兆。

उदायुधानापततस्तान्दृप्तान्प्रेक्ष्य राघवः।
निदधे विजयाशंसां चापे सीतां च लक्ष्मणे॥४४॥

罗摩看到这些骄横的
罗刹高举着武器来到，
他将胜利的希望托付弓，
而将悉多托付罗什曼那。（44）

udāyudhān（udāyudha 阳复业）举起武器的。āpatataḥ（ā√pat 现分，阳复业）来到。tān（tad 阳复业）他，指罗刹。dṛptān（dṛpta 阳复业）骄横的。prekṣya（pra√īkṣ 独立式）看到。rāghavaḥ（rāghava 阳单体）罗摩。nidadhe（ni√dhā 完成单三）安放。vijaya（胜利）-āśaṃsām（āśaṃsā 希望），复合词（阴单业），胜利的希望。cāpe（cāpa 阳单依）弓。sītām（sītā 阴单业）悉多。ca（不变词）和。lakṣmaṇe（lakṣmaṇa 阳单依）罗什曼那。

एको दाशरथिः कामं यातुधानाः सहस्रशः।
ते तु यावन्त एवाजौ तावांश्च ददृशे स तैः॥४५॥

确实，罗摩独自一人，
而那些妖魔数以千计，
但在战斗中，他们看到
罗摩却像他们一样多。[①]（45）

ekaḥ（eka 阳单体）一。dāśarathiḥ（dāśarathi 阳单体）十车王之子，罗摩。kāmam（不变词）确实，尽管。yātudhānāḥ（yātudhāna 阳复体）罗刹。sahasraśas（不变词）数以千计。te（tad 阳复体）他，指罗刹。tu（不变词）然而，但是。yāvantaḥ（yāvat 阳复体）那样多的。eva（不变词）正是。ājau（āji 阳单依）战斗。tāvān（tāvat 阳单体）这样多的。ca（不变词）和。dadṛśe（√dṛś 被动，完成单三）看到。saḥ（tad 阳单体）他，指罗摩。taiḥ（tad 阳复具）这，指罗刹。

असज्जनेन काकुत्स्थः प्रयुक्तमथ दूषणम्।
न चक्षमे शुभाचारः स दूषणमिवात्मनः॥४६॥

① 意谓罗摩行动神速，独自一人能对付无数罗刹。

高尚的罗摩不能忍受
恶魔们派遣的突舍那[1]，
犹如不能忍受恶人们
散布对他的恶意诽谤。（46）

asat（邪恶的）-janena（jana 人），复合词（阳单具），恶人，恶魔。kākutsthaḥ（kākutstha 阳单体）罗摩。prayuktam（prayukta 中单业）敦促，派遣。atha（不变词）这时，然后。dūṣaṇam（dūṣaṇa 阳单业）突舍那。na（不变词）不。cakṣame（√kṣam 完成单三）忍受。śubha（高洁的）-ācāraḥ（ācāra 行为），复合词（阳单体），品行高洁的。saḥ（tad 阳单体）他，指罗摩。dūṣaṇam（dūṣaṇa 中单业）诽谤，中伤。iva（不变词）犹如。ātmanaḥ（ātman 阳单属）自己。

तं शरैः प्रतिजग्राह खरत्रिशिरसौ च सः।
क्रमशस्ते पुनस्तस्य चापात्सममिवोद्ययुः॥४७॥

他挽弓搭箭射击突舍那，
还有伽罗和底哩尸罗娑，
这些箭虽然依次发射，
但仿佛从弓中同时飞出。（47）

tam（tad 阳单业）他，指突舍那。śaraiḥ（śara 阳复具）箭。pratijagrāha（prati√grah 完成单三）攻击。khara（伽罗）-triśirasau（triśiras 底哩尸罗娑），复合词（阳双业），伽罗和底哩尸罗娑。ca（不变词）和。saḥ（tad 阳单体）他，指罗摩。kramaśas（不变词）依次。te（tad 阳复体）它，指箭。punar（不变词）而。tasya（tad 阳单属）他，指罗摩。cāpāt（阳单从）弓。samam（不变词）同时。iva（不变词）仿佛。udyayuḥ（ud√yā 完成复三）升起，飞出。

तैस्त्रयाणां शितैर्बाणैर्यथापूर्वविशुद्धिभिः।
आयुर्देहातिगैः पीतं रुधिरं तु पतत्त्रिभिः॥४८॥

这些利箭始终保持洁净，
穿透这三个罗刹的身体，
只是吸吮他们的生命，
而飞鸟吸吮他们的血。（48）

taiḥ（tad 阳复具）这，指箭。trayāṇām（tri 阳复属）三。śitaiḥ（śita 阳复具）尖

① “突舍那”这个罗刹的名字的词义是败坏、污点或恶意。

锐的，锋利的。bāṇaiḥ（bāṇa 阳复具）箭。yathā（如同）-pūrva（以前）-viśuddhibhiḥ（viśuddhi 纯净），复合词（阳复具），和以前一样洁净。āyuḥ（āyus 中单体）生命。deha（身体）-atigaiḥ（atiga 超越，穿越），复合词（阳复具），穿透身体。pītam（pīta 中单体）吸吮。rudhiram（rudhira 中单体）血。tu（不变词）而。patattribhiḥ（patattrin 阳复具）鸟。

तस्मिन्रामशरोत्कृत्ते बले महति रक्षसाम्।
उत्थितं ददृशेऽन्यच्च कबन्धेभ्यो न किंचन॥४९॥

罗摩的利箭歼灭
这支罗刹大军后，
除了无头的躯体，
没有任何挺立者。（49）

tasmin（tad 中单依）这，指军队。rāma（罗摩）-śara（箭）-utkṛtte（utkṛtta 切割），复合词（中单依），被罗摩的箭歼灭。bale（bala 中单依）军队。mahati（mahat 中单依）大的。rakṣasām（rakṣas 中复属）罗刹。utthitam（utthita 中单体）站，挺立。dadṛśe（√dṛś 被动，完成单三）看见。anyat（anya 中单体）其他的，除了。ca（不变词）和。kabandhebhyaḥ（kabandha 阳复从）无头的躯干。na（不变词）不。kim-cana（kim-cana 中单体）一点，任何。

सा बाणवर्षिणं रामं योधयित्वा सुरद्विषाम्।
अप्रबोधाय सुष्वाप गृध्रच्छाये वरूथिनी॥५०॥

这支魔军与泼洒
箭雨的罗摩交战，
现在躺在秃鹫的
阴影下，永不醒来。（50）

sā（tad 阴单体）它，指军队。bāṇa（箭）-varṣiṇam（varṣin 降雨，泼洒），复合词（阳单业），泼洒箭雨的。rāmam（rāma 阳单业）罗摩。yodhayitvā（√yudh 致使，独立式）交战。sura（天神）-dviṣām（dviṣ 敌人），复合词（阳复属），天神的敌人，罗刹。a（不）-prabodhāya（prabodha 醒），复合词（阳单为），不醒。suṣvāpa（√svap 完成单三）睡眠，躺下。gṛdhra（秃鹫）-chāye（chāyā 阴影），复合词（中单依），秃鹫的阴影。varūthinī（varūthinī 阴单体）军队。

राघवास्त्रविदीर्णानां रावणं प्रति रक्षसाम्।

तेषां शूर्पणखैवैका दुष्प्रवृत्तिहराऽभवत्॥५१॥

罗摩的利箭射死了
这些罗刹，只剩下
首哩薄那迦将这个
坏消息报告罗波那。（51）

rāghava（罗摩）-astra（箭）-vidīrṇānām（vidīrṇa 粉碎），复合词（中复属），罗摩的箭粉碎的。rāvaṇam（rāvaṇa 阳单业）罗波那。prati（不变词）对。rakṣasām（rakṣas 中复属）罗刹。teṣām（tad 中复属）这，指罗刹。śūrpaṇakhā（śūrpaṇakhā 阴单体）首哩薄那迦。eva（不变词）唯有。ekā（eka 阴单体）独自的。duṣpravṛtti（坏消息）-harā（hara 携带），复合词（阴单体），携带坏消息。abhavat（√bhū 未完单三）是。

निग्रहात्स्वसुराप्तानां वधाच्च धनदानुजः।
रामेण निहितं मेने पदं दशसु मूर्धसु॥५२॥

妹妹受惩罚，亲友们
遭杀戮，罗波那认为
罗摩的脚已经踩在
自己的十个脑袋上。（52）

nigrahāt（nigraha 阳单从）惩罚。svasuḥ（svasṛ 阴单属）妹妹。āptānām（āpta 阳复属）亲友。vadhāt（vadha 阳单从）杀戮。ca（不变词）和。dhanada（财神俱比罗）-anujaḥ（anuja 弟弟），复合词（阳单体），俱比罗的弟弟，罗波那。rāmeṇa（rāma 阳单具）罗摩。nihitam（nihita 中单业）安放。mene（√man 完成单三）认为。padam（pada 中单业）脚。daśasu（daśan 阳复依）十。mūrdhasu（mūrdhan 阳复依）头。

रक्षसा मृगरूपेण वञ्चयित्वा स राघवौ।
जहार सीतां पक्षीन्द्रप्रयासक्षणविघ्नितः॥५३॥

让一个罗刹化成鹿，
他骗过罗摩兄弟俩，
劫走悉多，只受到
鸟王短暂的阻挡。[1]（53）

① 罗波那让一个罗刹化作金鹿，吸引悉多吩咐罗摩前去捕捉。然后，这个罗刹模仿罗摩的声音，发出求救的呼声。悉多又吩咐罗什曼那去救援罗摩。这样，趁悉多孤身一人时，罗波那劫走悉多。鸟王阇吒优私试图阻止罗波那，被罗波那打断翅膀。

rakṣasā（rakṣas 中单具）罗刹。mṛga（鹿）-rūpeṇa（rūpa 形体），复合词（中单具），化为鹿形。vañcayitvā（√vañc 致使，独立式）欺骗。saḥ（tad 阳单体）他，指罗波那。rāghavau（rāghava 阳双业）罗摩兄弟俩。jahāra（√hṛ 完成单三）劫走。sītām（sītā 阴单业）悉多。pakṣi（pakṣin 鸟）-indra（王）-prayāsa（努力）-kṣaṇa（暂时）-vighnitaḥ（vighnita 阻挡），复合词（阳单体），受到鸟王短暂的阻挡。

तौ सीतान्वेषिणौ गृध्रं लूनपक्षमपश्यताम्।
प्राणैर्दशरथप्रीतेरनृणं कण्ठवर्तिभिः ॥५४॥

他俩寻找悉多，看到
这只断了翅膀的秃鹫；
它已报答十车王的友情，
剩下奄奄一息的生命。（54）

tau（tad 阳双体）他，指罗摩兄弟俩。sītā（悉多）-anveṣiṇau（anveṣin 寻找），复合词（阳双体），寻找悉多。gṛdhram（gṛdhra 阳单业）秃鹫。lūna（砍断）-pakṣam（pakṣa 翅膀），复合词（阳单业），断了翅膀。apaśyatām（√dṛś 未完双三）看见。prāṇaiḥ（prāṇa 阳复具）呼吸，气息。daśaratha（十车王）-prīteḥ（prīti 友情），复合词（阴单属），十车王的友情。anṛṇam（anṛṇa 阳单业）没有债务的。kaṇṭha（喉咙）-vartibhiḥ（vartin 活动），复合词（阳复具），在喉咙里活动。

स रावणहृतां ताभ्यां वचसाचष्ट मैथिलीम्।
आत्मनः सुमहत्कर्म व्रणैरावेद्य संस्थितः ॥५५॥

它告诉他俩：悉多
已经被罗波那劫走；
以伤口说明自己的
伟大功绩后，它死去。（55）

saḥ（tad 阳单体）它，指秃鹫。rāvaṇa（罗波那）-hṛtām（hṛta 劫走），复合词（阴单业），罗波那劫走。tābhyām（tad 阳双为）他，指罗摩兄弟俩。vacasā（vacas 中单具）话语。ācaṣṭa（ā√cakṣ 未完单三）告诉。maithilīm（maithilī 阴单业）弥提罗公主，悉多。ātmanaḥ（ātman 阳单属）自己。su（极其）-mahat（大的）-karma（karman 业），复合词（中单业），伟大功绩。vraṇaiḥ（vraṇa 阳复具）伤口。āvedya（ā√vid 致使，独立式）说明。saṃsthitaḥ（saṃsthita 阳单体）死去。

तयोस्तस्मिन्नवीभूतपितृव्यापत्तिशोकयोः।

पितरीवाग्निसंस्कारात्परा ववृतिरे क्रियाः ॥ ५६ ॥

见它死去，他俩再次
体验丧失父亲的悲伤，
像对父亲那样，为它
举行火葬和其他仪式。（56）

tayoḥ（tad 阳双属）他，指罗摩兄弟俩。tasmin（tad 阳单依）它，指秃鹫。navībhūta（成为新的，再一次的）-pitṛ（父亲）-vyāpatti（死亡，丧失）-śokayoḥ（śoka 悲伤），复合词（阳双属），再次体验丧失父亲的悲伤。pitari（pitṛ 阳单依）父亲。iva（不变词）像。agni（火）-saṃskārāt（saṃskāra 仪式），复合词（阳单从），火葬仪式。parāḥ（para 阴复体）紧接的，之后的。vavṛtire（√vṛt 被动，完成复三）活动，进行。kriyāḥ（kriyā 阴复体）仪式。

वधनिर्धूतशापस्य कबन्धस्योपदेशतः ।
मुमूर्च्छ सख्यं रामस्य समानव्यसने हरौ ॥ ५७ ॥

无头怪遭到罗摩杀戮，
由此摆脱诅咒，按照
它的指点，罗摩与遭遇
同样苦难的猴王结盟。[①]（57）

vadha（杀戮）-nirdhūta（摆脱）-śāpasya（śāpa 诅咒），复合词（阳单属），遭到杀戮而摆脱诅咒。kabandhasya（kabandha 阳单属）无头怪。upadeśatas（upadeśa 阳单从）指点，教导。mumūrccha（√murch 完成单三）增长。sakhyam（sakhya 中单体）友谊。rāmasya（rāma 阳单属）罗摩。samāna（同样的）-vyasane（vyasana 灾难），复合词（阳复依），遭遇同样苦难的。harau（hari 阳单依）猴子。

स हत्वा वालिनं वीरस्तत्पदे चिरकाङ्क्षिते ।
धातोः स्थान इवादेशं सुग्रीवं संन्यवेशयत् ॥ ५८ ॥

英勇的罗摩杀死波林，
让须羯哩婆取代波林，
登上渴望已久的王位，

① 无头怪本是陀奴之子，因攻击因陀罗，而被砍掉脑袋和腿，只剩下身躯和手臂。他又因抢劫一位仙人，而遭到这位仙人诅咒，说他将永远保持这模样。经他求情，仙人说一旦他遇见罗摩，被罗摩砍掉手臂，就能恢复原貌。现在，他在罗摩寻找悉多的途中遭到罗摩杀戮，摆脱了诅咒，感谢罗摩，指点罗摩去与猴王须羯哩婆结盟。须羯哩婆正在与哥哥波林争夺猴国王位。

犹如置换动词词根[①]。（58）

saḥ（tad 阳单体）他，指罗摩。hatvā（√han 独立式）杀死。vālinam（vālin 阳单业）波林。vīraḥ（vīra 阳单体）英勇的。tad（他，指波林）-pade（pada 位置），复合词（中单依），波林的位置。cira（长久的）-kāṅkṣite（kāṅkṣita 渴望），复合词（中单依），长久渴望。dhātoḥ（dhātu 阳单属）词根。sthāne（sthāna 中单依）位置。iva（不变词）犹如。ādeśam（ādeśa 阳单业）替换词。sugrīvam（sugrīva 阳单业）须羯哩婆。saṃnyaveśayat（sam-ni√viś 致使，未完单三）安放。

इतस्ततश्च वैदेहीमन्वेष्टुं भर्तृचोदिताः।
कपयश्चेरुरार्तस्य रामस्येव मनोरथाः॥५९॥

猴群受猴王鼓动，
奔走四方寻找悉多，
仿佛成为痛苦的
罗摩心中的愿望。（59）

itas-tatas（不变词）四处。ca（不变词）和。vaidehīm（vaidehī 阴单业）毗提诃公主，悉多。anveṣṭum（anu√iṣ 不定式）寻找。bhartṛ（主人，王上）-coditāḥ（codita 派遣，鼓励），复合词（阳复体），受猴王鼓动。kapayaḥ（kapi 阳复体）猴子。ceruḥ（√car 完成复三）行走。ārtasya（ārta 阳单属）受折磨的，痛苦的。rāmasya（rāma 阳单属）罗摩。iva（不变词）仿佛。manorathāḥ（manoratha 阳复体）心愿。

प्रवृत्तावुपलब्धायां तस्याः संपातिदर्शनात्।
मारुतिः सागरं तीर्णः संसारमिव निर्ममः॥६०॥

然后遇见商婆底[②]，
获得悉多的消息，
风神之子[③]跃过大海，
如无我者超越轮回。[④]（60）

pravṛttau（pravṛtti 阴单依）消息。upalabdhāyām（upalabdha 阴单依）获得。tasyāḥ（tad 阴单属）她，指悉多。saṃpāti（商婆底）-darśanāt（darśana 看见，遇见），复合

① 指用一个动词词根置换另一个意义相同的动词词根。
② 商婆底是鸟王阇吒优私的哥哥。哈奴曼和群猴在海边遇见商婆底，得知悉多在楞伽城的消息。
③ “风神之子”指神猴哈奴曼。
④ 这个比喻借用佛教观念。佛教主张“人无我”和“摆脱生死轮回”。

词（中单从），遇见商婆底。mārutiḥ（māruti 阳单体）风神之子，哈奴曼。sāgaram（sāgara 阳单业）大海。tīrṇaḥ（tīrṇa 阳单体）越过。saṃsāram（saṃsāra 阳单业）轮回。iva（不变词）如同。nirmamaḥ（nirmama 阳单体）无我的，无我者。

दृष्टा विचिन्वता तेन लङ्कायां राक्षसीवृता।
जानकी विषवल्लीभिः परीतेव महौषधिः ॥६१॥

他在楞伽城中搜寻，
发现悉多处在那些
罗刹女包围中，犹如
大药草被毒藤缠住。（61）

dṛṣṭā（dṛṣṭa 阴单体）发现。vicinvatā（vi√ci 现分，阳单具）寻找。tena（tad 阳单体）他，指哈奴曼。laṅkāyām（laṅkā 阴单依）楞伽城。rākṣasī（罗刹女）-vṛtā（vṛta 包围），复合词（阴单体），处在罗刹女包围中。jānakī（jānakī 阴单体）遮那迦之女，悉多。viṣa（毒）-vallībhiḥ（vallī 蔓藤），复合词（阴复具），毒藤。parītā（parīta 阴单体）围绕。iva（不变词）犹如。mahā（大）-oṣadhiḥ（oṣadhi 药草），复合词（阴单体），大药草。

तस्यै भर्तुरभिज्ञानमङ्गुलीयं ददौ कपिः।
प्रत्युद्गतमिवानुष्णैस्तदानन्दाश्रुबिन्दुभिः ॥६२॥

这个猴子交给她
丈夫的信物戒指，
她仿佛以清凉的
喜悦泪珠欢迎它。（62）

tasyai（tad 阴单为）她，指悉多。bhartuḥ（bhartṛ 阳单属）丈夫。abhijñānam（abhijñāna 中单业）标志，信物。aṅgulīyam（aṅgulīya 中单业）戒指。dadau（√dā 完成单三）给予。kapiḥ（kapi 阳单体）猴子。pratyudgatam（pratyudgata 中单体）欢迎。iva（不变词）仿佛。an（不）-uṣṇaiḥ（uṣṇa 热的），复合词（阳复具），清凉的。tad（她，指悉多）-ānanda（喜悦）-aśru（泪）-bindubhiḥ（bindu 滴），复合词（阳复具），她的喜悦的泪珠。

निर्वाप्य प्रियसंदेशैः सीतामक्षवधोद्धतः।
स ददाह पुरीं लङ्कां क्षणसोढारिनिग्रहः ॥६३॥

他用罗摩的信息安抚

悉多，兴奋地杀死阿刹[①]，
在遭到短暂的阻遏后，
他又纵火焚烧楞伽城。[②]（63）

nirvāpya（nir√vā 独立式）安抚。priya（爱人）-saṃdeśaiḥ（saṃdeśa 消息），复合词（阳复具），爱人的消息。sītām（sītā 阴单业）悉多。akṣa（阿刹）-vadha（杀死）-uddhataḥ（uddhata 兴奋），复合词（阳单体），杀死阿刹而兴奋。saḥ（tad 阳单体）他，指哈奴曼。dadāha（√dah 完成单三）焚烧。purīm（purī 阴单业）城市。laṅkām（laṅkā 阴单业）楞伽城。kṣaṇa（短暂的）-soḍha（经受）-ari（敌人）-nigrahaḥ（nigraha 抑制，阻遏），复合词（阳单体），遭到敌人短暂的阻遏。

प्रत्यभिज्ञानरत्नं च रामायादर्शयत्कृती।
हृदयं स्वयमायातं वैदेह्या इव मूर्तिमत्॥ ६४॥

他完成任务，向罗摩
呈上悉多的信物珠宝，
犹如悉多的那颗真心，
亲自回到罗摩的身边。（64）

pratyabhijñāna（信物）-ratnam（ratna 珠宝），复合词（中单业），信物珠宝。ca（不变词）和。rāmāya（rāma 阳单为）罗摩。adarśayat（√dṛś 致使，未完单三）展示。kṛtī（kṛtin 阳单体）完成任务的，成功的。hṛdayam（hṛdaya 中单业）心。svayam（不变词）亲自。āyātam（āyāta 中单业）来到。vaidehyāḥ（vaidehī 阴单属）毗提诃公主，悉多。iva（不变词）犹如。mūrtimat（mūrtimat 中单业）有形的。

स प्राप हृदयन्यस्तमणिस्पर्शनिमीलितः।
अपयोधरसंसर्गां प्रियालिङ्गननिर्वृतिम्॥ ६५॥

罗摩闭上眼睛，触摸
安放心口的这颗珠宝，
获得拥抱爱妻的至福，
但接触不到她的乳房。（65）

saḥ（tad 阳单体）他，指罗摩。prāpa（pra√āp 完成单三）获得。hṛdaya（心）-nyasta

① 阿刹是罗波那的一个儿子。
② 哈奴曼杀死阿刹后，被罗波那的另一个儿子因陀罗耆抓获。罗波那下令杀死他。罗刹们用布条和棉絮缠在哈奴曼的尾巴上，浇油点火，想烧死他。而哈奴曼带着燃烧的尾巴，在楞伽城中到处蹿跳，使全城燃起大火。

（安放）-maṇi（珠宝）-sparśa（触摸）-nimīlitaḥ（nimīlita 闭眼），复合词（阳单体），闭眼触摸安放心口的珠宝。a（没有）-payodhara（乳房）-saṃsargām（saṃsarga 结合，接触），复合词（阴单业），接触不到乳房。priyā（爱妻）-āliṅgana（拥抱）-nirvṛtim（nirvṛti 极乐，至福），复合词（阴单业），拥抱爱妻的至福。

श्रुत्वा रामः प्रियोदन्तं मेने तत्सङ्गमोत्सुकः।
महार्णवपरिक्षेपं लङ्कायाः परिखालघुम्॥ ६६॥

得到爱妻的消息后，
罗摩渴望与她团聚；
围绕楞伽城的大海，
他觉得只是小壕沟。（66）

śrutvā（√śru 独立式）听到。rāmaḥ（rāma 阳单体）罗摩。priyā（爱妻）-udantam（udanta 消息），复合词（阳单业），爱妻的消息。mene（√man 完成单三）认为。tad（她，指悉多）-saṅgama（团聚）-utsukaḥ（utsuka 渴望的），复合词（阳单体），渴望与悉多团聚。mahā（大）-arṇava（海）-parikṣepam（parikṣepa 围绕），复合词（阳单业），大海的围绕。laṅkāyāḥ（laṅkā 阴单属）楞伽城。parikhā（壕沟）-laghum（laghu 小的），复合词（阳单业），小如壕沟。

स प्रतस्थेऽरिनाशाय हरिसैन्यैरनुद्रुतः।
न केवलं भुवः पृष्ठे व्योम्नि संबाधवर्तिभिः॥ ६७॥

他着手消灭敌人，
猴子大军跟随他，
不仅地面，空中
也由此显得拥挤。①（67）

saḥ（tad 阳单体）他，指罗摩。pratasthe（pra√sthā 完成单三）出发，前往。ari（敌人）-nāśāya（nāśa 消灭），复合词（阳单为），消灭敌人。hari（猴子）-sainyaiḥ（sainya 军队），复合词（中复具），猴子大军。anudrutaḥ（anudruta 阳单体）跟随。na（不变词）不。kevalam（不变词）仅仅。bhuvaḥ（bhū 阴单属）大地。pṛṣṭhe（pṛṣṭha 中单依）背部，表面。vyomni（vyoman 中单依）天空。saṃbādha（拥挤）-vartibhiḥ（vartin 处于），复合词（中复具），处在拥挤之中。

निविष्टमुदधेः कूले तं प्रपेदे बिभीषणः।

① 这里描写猴子数量之多。

स्नेहाद्राक्षसलक्ष्म्येव बुद्धिमाविश्य चोदितः ॥ ६८ ॥

罗摩在海边安营扎寨后，
维毗沙那[①]仿佛得到罗刹
吉祥女神[②]的关爱和鼓励，
智慧受启发，来到他这里。（68）

niviṣṭam（niviṣṭa 阳单业）住下，安营扎寨。udadheḥ（udadhi 阳单属）大海。kūle（kūla 中单依）岸。tam（tad 阳单业）他，指罗摩。prapede（pra√pad 完成单三）走近，来到。bibhīṣaṇaḥ（bibhīṣaṇa 阳单体）维毗沙那。snehāt（sneha 阳单从）爱。rākṣasa（罗刹）-lakṣmyā（lakṣmī 吉祥女神），复合词（阴单具），罗刹的吉祥女神。iva（不变词）仿佛。buddhim（buddhi 阴单业）智慧。āviśya（ā√viś 独立式）进入。coditaḥ（codita 阳单体）鼓励。

तस्मै निशाचरैश्वर्यं प्रतिशुश्राव राघवः।
काले खलु समारब्धाः फलं बध्नन्ति नीतयः ॥ ६९ ॥

罗摩许诺会让他
获得罗刹的王权；
决策及时和果断，
确实能保障成果。（69）

tasmai（tad 阳单为）他，指维毗沙那。niśācara（罗刹）-aiśvaryam（aiśvarya 王权），复合词（中单业），罗刹的王权。pratiśuśrāva（prati√śru 完成单三）许诺。rāghavaḥ（rāghava 阳单体）罗摩。kāle（kāla 阳单依）时间。khalu（不变词）确实。samārabdhāḥ（samārabdha 阳复体）着手，从事。phalam（phala 中单业）成果。badhnanti（√bandh 现在复三）联系。nītayaḥ（nīti 阴复体）谋略，决策。

स सेतुं बन्धयामास प्लवगैर्लवणाम्भसि।
रसातलादिवोन्मग्नं शेषं स्वप्नाय शार्ङ्गिणः ॥ ७० ॥

罗摩依靠那些猴子，
在大海上架起一座桥，
犹如湿舍蛇从地底下
跃出，供毗湿奴躺卧[③]。（70）

---

① 维毗沙那是罗波那的弟弟。他曾劝说罗波那送还悉多，与罗摩和解，但遭到罗波那痛斥。于是，他越海投奔罗摩。

② “罗刹吉祥女神”指罗刹王权。这里意谓罗刹王权有意从罗波那转往维毗沙那。

③ 湿舍是支撑大地的神蛇，也作为卧床，供大神毗湿奴睡眠。

saḥ（tad 阳单体）他，指罗摩。setum（setu 阳单业）桥梁。bandhayāmāsa（√bandh 致使，完成单三）建造，架起。plavagaiḥ（plavaga 阳复具）猴子。lavaṇa（咸的）-ambhasi（ambhas 水），复合词（阳单依），大海。rasātalāt（rasātala 中单从）地下世界。iva（不变词）犹如。unmagnam（unmagna 阳单业）升起，冒出。śeṣam（śeṣa 阳单业）湿舍。svapnāya（svapna 阳单为）睡眠。śārṅgiṇaḥ（śārṅgin 阳单属）持弓者，毗湿奴。

तेनोत्तीर्य पथा लङ्कां रोधयामास पिङ्गलैः।
द्वितीयं हेमप्राकारं कुर्वद्भिरिव वानरैः॥७१॥

通过这座桥，越过大海，
他带领猴军围攻楞伽城，
成群结队的黄褐色猴子，
仿佛构成又一道金壁垒。（71）

tena（tad 阳单具）它，指通道（桥）。uttīrya（ud√tṝ 独立式）越过。pathā（pathin 阳单具）路，通道。laṅkām（laṅkā 阴单业）楞伽城。rodhayāmāsa（√rudh 致使，完成单三）堵住，围住。piṅgalaiḥ（piṅgala 阳复具）黄褐色的，猴子。dvitīyam（dvitīya 阳单业）第二的，另一个的。hema（黄金）-prākāram（prākāra 围墙，壁垒），复合词（阳单业），金壁垒。kurvadbhiḥ（√kṛ 现分，阳复具）做，构成。iva（不变词）仿佛。vānaraiḥ（vānara 阳复具）猴子。

रणः प्रववृते तत्र भीमः प्लवगरक्षसाम्।
दिग्विजृम्भितकाकुत्स्थपौलस्त्यजयघोषणः॥७२॥

猴军和魔军在这里
展开一场可怕的激战，
四面八方响起罗摩
或罗波那胜利的呼声。（72）

raṇaḥ（raṇa 阳单体）战斗。pravavṛte（pra√vṛt 完成单三）开始。tatra（不变词）这里。bhīmaḥ（bhīma 阳单体）可怕的。plavaga（猴子）-rakṣasām（rakṣas 罗刹），复合词（中复属），猴子和罗刹。diś（方向）-vijṛmbhita（扩展）-kākutstha（罗摩）-paulastya（罗波那）-jaya（胜利）-ghoṣaṇaḥ（ghoṣaṇa 呼声），复合词（阳单体），四面八方响起罗摩或罗波那胜利的呼声。

पादपाविद्धपरिघः शिलानिष्पिष्टमुद्गरः।
अतिशस्त्रनखन्यासः शैलरुग्णमतंगजः॥७३॥

树木击碎铁闩，石块
击碎铁杵，岩石击碎
大象，而用爪子撕抓
则是更加锐利的武器。①（73）

pādapa（树木）-āviddha（击碎）-parighaḥ（parigha 铁闩），复合词（阳单体），树木击碎铁闩。śilā（石块）-niṣpiṣṭa（压碎）-mudgaraḥ（mudgara 铁杵），复合词（阳单体），石块击碎铁杵。ati（杰出，非凡）-śastra（武器）-nakha（指甲）-nyāsaḥ（nyāsa 安放，印痕），复合词（阳单体），爪子撕抓是更加锐利的武器。śaila（岩石）-rugṇa（击碎）-mataṃgajaḥ（mataṃgaja 大象），复合词（阳单体），岩石击碎大象。

अथ रामशिरश्छेददर्शनोद्भ्रान्तचेतनाम्।
सीतां मायेति शंसन्ती त्रिजटा समजीवयत्॥७४॥

这时，悉多看到罗摩
遭斩首，顿时神志混乱，
特哩羯吒告诉她这是
幻术，使她清醒过来。②（74）

atha（不变词）这时。rāma（罗摩）-śiras（头）-cheda（砍下）-darśana（看见）-udbhrānta（混乱）-cetanām（cetana 意识，思想），复合词（阴单业），看到罗摩遭斩首而神志混乱。sītām（sītā 阴单业）悉多。māyā（māyā 阴单体）幻术。iti（不变词）这样（说）。śaṃsantī（√śaṃs 现分，阴单体）告诉。trijaṭā（trijaṭā 阴单体）特哩羯吒。samajīvayat（sam√jīv 致使，未完单三）复活，苏醒。

कामं जीवति मे नाथ इति सा विजहौ शुचम्।
प्राङ्मत्वा सत्यमस्यान्तं जीवितास्मीति लज्जिता॥७५॥

想到“我的夫主的确活着”，
悉多此时摆脱忧愁，而想到
此前真的以为丈夫死去时，
自己却活着，又感到羞愧。（75）

kāmam（不变词）的确。jīvati（√jīv 现在单三）活着。me（mad 单属）我。nāthaḥ（nātha 阳单体）夫主。iti（不变词）这样（想）。sā（tad 阴单体）她，指悉多。vijahau

① 这里的树木、石块、岩石和爪子是猴子使用的武器，铁闩、铁杵和大象是罗刹使用的武器。
② 罗波那让一个罗刹施展幻术，将罗摩的首级扔到悉多面前。特哩羯吒是一个同情悉多的罗刹女，告诉了她实情。

（vi√hā 完成单三）抛弃，摆脱。śucam（śuc 阴单业）忧愁，悲伤。prāk（不变词）先前。matvā（√man 独立式）认为。satyam（不变词）真正地。asya（idam 阳单属）这，指罗摩。antam（anta 阳单业）结束，死亡。jīvitā（jīvita 阴单体）活着。asmi（√as 现在单一）是。iti（不变词）这样（想）。lajjitā（lajjita 阴单体）羞愧。

गरुडापातविश्लिष्टमेघनादास्त्रबन्धनः।
दाशरथ्योः क्षणक्लेशः स्वप्नवृत्त इवाभवत्॥ ७६॥

罗摩和罗什曼那曾遭到
因陀罗耆捆绑，金翅鸟
前来为他俩解除了束缚，①
这片刻险情犹如一场梦。（76）

garuḍa（金翅鸟）-āpāta（降落，前来）-viśliṣṭa（松开）-meghanāda（云吼，因陀罗耆）-astra（武器）-bandhanaḥ（bandhana 捆绑），复合词（阳单体），金翅鸟前来解除因陀罗耆武器的捆绑。dāśarathyoḥ（dāśarathi 阳双属）罗摩和罗什曼那。kṣaṇa（片刻的）-kleśaḥ（kleśa 烦恼），复合词（阳单体），片刻的烦恼。svapna（睡梦）-vṛttaḥ（vṛtta 发生），复合词（阳单体），发生在梦中。iva（不变词）犹如。abhavat（√bhū 未完单三）是。

ततो बिभेद पौलस्त्यः शक्त्या वक्षसि लक्ष्मणम्।
रामस्त्वनाहतोऽप्यासीद्विदीर्णहृदयः शुचा॥ ७७॥

然后，罗波那投掷飞镖，
击破了罗什曼那的胸膛，
罗摩即使没有遭到打击，
他的心也因悲伤而破碎。（77）

tatas（不变词）然后。bibheda（√bhid 完成单三）击破。paulastyaḥ（paulastya 阳单体）罗波那。śaktyā（śakti 阴单具）飞镖。vakṣasi（vakṣas 中单依）胸膛。lakṣmaṇam（lakṣmaṇa 阳单业）罗什曼那。rāmaḥ（rāma 阳单体）罗摩。tu（不变词）而。an（没有）-āhataḥ（āhata 打击），复合词（阳单体），没有遭到打击。api（不变词）即使。āsīt（√as 未完单三）是。vidīrṇa（撕碎，击碎）-hṛdayaḥ（hṛdaya 心），复合词（阳单体），心被击碎。śucā（śuc 阴单具）悲伤。

① 因陀罗耆（又名“云吼”）发射许多蛇箭。这些蛇将罗摩和罗什曼那捆绑住。金翅鸟以食蛇闻名。这些蛇见到金翅鸟，便纷纷逃离。

स मारुतिसमानीतमहौषधिहतव्यथः।
लङ्कास्त्रीणां पुनश्चक्रे विलापाचार्यकं शरैः॥७८॥

风神之子取来大药草，
解除罗什曼那的痛苦，
他又开始用利箭教会
楞伽城中妇女们哭泣。[①]（78）

saḥ（tad 阳单体）他，指罗什曼那。māruti（风神之子哈奴曼）-samānīta（取来）-mahā（大）-auṣadhi（药草）-hata（去除）-vyathaḥ（vyathā 痛苦），复合词（阳单体），风神之子哈奴曼取来大药草，解除了痛苦。laṅkā（楞伽城）-strīṇām（strī 妇女），复合词（阴复属），楞伽城妇女。punar（不变词）又。cakre（√kṛ 完成单三）做，成为。vilāpa（哭泣）-ācāryakam（ācāryaka 教职），复合词（中单业），教导哭泣的老师。śaraiḥ（śara 阳复具）箭。

स नादं मेघनादस्य धनुश्चेन्द्रायुधप्रभम्।
मेघस्येव शरत्कालो न किंचित्पर्यशेषयत्॥७९॥

他清除了因陀罗耆的
吼叫和闪亮似因陀罗
武器[②]的弓，犹如秋季
没有乌云雷鸣和彩虹[③]。（79）

saḥ（tad 阳单体）他，指罗什曼那。nādam（nāda 阳单业）吼叫，雷鸣。meghanādasya（meghanāda 阳单属）云吼，因陀罗耆。dhanuḥ（dhanus 中单业）弓。ca（不变词）和。indrāyudha（因陀罗的武器，彩虹）-prabham（prabhā 闪亮），复合词（中单业），闪亮似因陀罗武器，闪亮似彩虹。meghasya（megha 阳单属）云。iva（不变词）犹如。śarad（秋季）-kālaḥ（kāla 时候），复合词（阳单体），秋季。na（不变词）不。kim-cit（中单业）任何。paryaśeṣayat（pari√śiṣ 致使，未完单三）保留。

कुम्भकर्णः कपीन्द्रेण तुल्यावस्थः स्वसुः कृतः।
रुरोध रामं शृङ्गीव टङ्कच्छिन्नमनःशिलः॥८०॥

猴王让鸠那槃羯叻落到

① 意谓罗什曼那射箭消灭罗刹们，致使罗刹的妻子们哭泣。
② “因陀罗武器”指“弓”，也指“彩虹”。因此，“闪亮似因陀罗武器”也可读作“闪亮似因陀罗的弓”以及“闪亮似彩虹”。
③ “乌云雷鸣”的原词是“云的吼声”。“彩虹”的原词是“云的弓”（即彩虹）。

与他的妹妹同样的境地；[①]
这罗刹与罗摩对阵，恰似
大山的红砷遭到斧子削凿。[②]（80）

kumbhakarṇaḥ（kumbhakarṇa 阳单体）鸠那槃羯叻。kapi（猴子）-indreṇa（indra 首领），复合词（阳单具），猴王。tulya（同样的）-avasthaḥ（avasthā 状况，境地），复合词（阳单体），同样的境地。svasuḥ（svasṛ 阴单属）妹妹。kṛtaḥ（kṛta 阳单体）做。rurodha（√rudh 完成单三）阻挡，阻击。rāmam（rāma 阳单业）罗摩。śṛṅgī（śṛṅgin 阳单体）山。iva（不变词）似。ṭaṅka（斧子，凿子）-chinna（削凿）-manaḥśilaḥ（manaḥśila 红砷），复合词（阳单体），斧子削凿红砷。

अकाले बोधितो भ्रात्रा प्रियस्वप्नो वृथा भवान्।
रामेषुभिरितीवासौ दीर्घनिद्रां प्रवेशितः॥८१॥

“你嗜好睡眠，不到时辰，
你的兄弟徒劳地将你唤醒。”[③]
罗摩的箭仿佛这样说着，
让他从此进入永久的睡眠。（81）

akāle（akāla 阳单依）不到时辰。bodhitaḥ（bodhita 阳单体）唤醒。bhrātrā（bhrātṛ 阳单具）兄弟。priya（喜爱）-svapnaḥ（svapna 睡眠），复合词（阳单体），嗜好睡眠。vṛthā（不变词）徒劳地。bhavān（bhavat 阳单体）您。rāma（罗摩）-iṣubhiḥ（iṣu 箭），复合词（阳复具），罗摩的箭。iti（不变词）这样（说）。iva（不变词）仿佛。asau（adas 阳单体）这，指鸠那槃羯叻。dīrgha（长久的）-nidrām（nidrā 睡眠），复合词（阴单业），长眠，死亡。praveśitaḥ（praveśita 阳单体）带进。

इतराण्यपि रक्षांसि पेतुर्वानरकोटिषु।
रजांसि समरोत्थानि तच्छोणितनदीष्विव॥८२॥

其他的罗刹也倒在
千千万万的猴子中，
犹如战斗扬起尘土，
落在罗刹的血河中。（82）

---

① 鸠那槃羯叻是罗波那的兄弟。这里指猴王在战斗中撕咬掉他的耳朵和鼻子。
② 红砷比喻这个罗刹身上挂满鲜血。
③ 鸠那槃羯叻残暴地吞噬众生。众生向大梵天求救。大梵天发出诅咒，让他酣睡六个月。现在未满六个月，就被罗波那唤醒，让他参加战斗。

itarāṇi（itara 中复体）其他的。api（不变词）也。rakṣāṃsi（rakṣas 中复体）罗刹。petuḥ（√pat 完成复三）倒下。vānara（猴子）-koṭiṣu（koṭi 千万），复合词（阴复依），千千万万的猴子。rajāṃsi（rajas 中复体）灰尘。samara（战斗）-utthāni（uttha 上升，扬起），复合词（中复体），战斗扬起的。tad（他，指罗刹）-śoṇita（血）-nadīṣu（nadī 河），复合词（阴复依），罗刹的血河。iva（不变词）犹如。

निर्ययावथ पौलस्त्यः पुनर्युद्धाय मन्दिरात्।
अरावणमरामं वा जगदद्येति निश्चितः॥८३॥

然后，罗波那再次出宫，
投身战斗，下定最后决心：
“今天，世界上或者没有
罗摩，或者没有罗波那。”（83）

niryayāu（nis√yā 完成单三）出来。atha（不变词）这时。paulastyaḥ（paulastya 阳单体）罗波那。punar（不变词）再次。yuddhāya（yuddha 中单为）战斗。mandirāt（mandira 中单从）住处，宫殿。a（没有）-rāvaṇam（rāvaṇa 罗波那），复合词（中单体），没有罗波那。a（没有）-rāmam（rāma 罗摩），复合词（中单体），没有罗摩。vā（不变词）或者。jagat（jagat 中单体）世界。adya（不变词）今天。iti（不变词）这样（想）。niścitaḥ（niscita 阳单体）决定。

रामं पदातिमालोक्य लङ्केशं च वरूथिनम्।
हरियुग्यं रथं तस्मै प्रजिघाय पुरंदरः॥८४॥

看到罗摩徒步而行，
而罗波那乘坐战车，
因陀罗送给罗摩一辆
由黄褐马驾轭的战车。（84）

rāmam（rāma 阳单业）罗摩。padātim（padāti 阳单业）步行者。ālokya（ā√lok 独立式）看到。laṅkā（楞伽城）-īśam（īśa 主人），复合词（阳单业），楞伽城之主，罗波那。ca（不变词）和。varūthinam（varūthin 阳单业）乘坐战车的。hari（黄褐马）-yugyam（yugya 驾轭的），复合词（阳单业），黄褐马驾轭的。ratham（ratha 阳单业）战车。tasmai（tad 阳单为）他，指罗摩。prajighāya（pra√hi 完成单三）送给。puraṃdaraḥ（puraṃdara 阳单体）粉碎城堡者，因陀罗。

तमाधूतध्वजपटं व्योमगङ्गोर्मिवायुभिः।

देवसूतभुजालम्बी जैत्रमध्यास्त राघवः ॥ ८५ ॥

搭着天神御者的手臂，
罗摩登上胜利的战车，
空中恒河[①]波浪的风，
吹拂战车上的旗帜。（85）

tam（tad 阳单业）它，指战车。ādhūta（摇动）-dhvaja（旗帜）-paṭam（paṭa 布），复合词（阳单业），旗帜摇动的。vyoma（vyoman 天空）-gaṅga（恒河）-ūrmi（波浪）-vāyubhiḥ（vāyu 风），复合词（阳复具），空中恒河波浪的风。deva（天神）-sūta（御者）-bhuja（手臂）-ālambī（ālambin 依靠），复合词（阳单体），搭着天神御者的手臂。jaitram（jaitra 阳单业）胜利的。adhyāsta（adhi√ās 未完单三）登上，坐上。rāghavaḥ（rāghava 阳单体）罗摩。

मातलिस्तस्य माहेन्द्रमामुमोच तनुच्छदम्।
यत्रोत्पलदलक्लैब्यमस्त्राण्यापुः सुरद्विषाम् ॥ ८६ ॥

摩多梨[②]让罗摩穿上
伟大因陀罗的铠甲，
罗刹们的箭在这里
变得脆弱似莲花瓣。（86）

mātaliḥ（mātali 阳单体）摩多梨。tasya（tad 阳单属）他，指罗摩。māhendram（māhendra 阳单业）大因陀罗的。āmumoca（ā√muc 完成单三）穿上。tanu（身体）-chadam（chada 覆盖），复合词（阳单业），护身铠甲。yatra（不变词）那里。utpala（莲花）-dala（花瓣）-klaibyam（klaibya 脆弱），复合词（中单业），脆弱似莲花瓣。astrāṇi（astra 中复体）箭。āpuḥ（√āp 完成复三）到达。sura（天神）-dviṣām（dviṣ 敌人），复合词（阳复属），天神之敌，罗刹。

अन्योन्यदर्शनप्राप्तविक्रमावसरं चिरात्।
रामरावणयोर्युद्धं चरितार्थमिवाभवत् ॥ ८७ ॥

罗摩和罗波那终于
相遇而交战，获得了
展现英勇气概的机会，

① 恒河源自天国，经由空中，流到大地。
② 摩多梨是因陀罗的御者。

仿佛已达到战斗目的。（87）

anyonya（互相）-darśana（遇见）-prāpta（获得）-vikrama（英勇气概）-avasaram（avasara 机会），复合词（中单体），相遇而获得展现英勇气概的机会。cirāt（不变词）最终。rāma（罗摩）-rāvaṇayoḥ（rāvaṇa 罗波那），复合词（阳双属），罗摩和罗波那。yuddham（yuddha 中单体）战斗。carita（达到）-artham（artha 目的），复合词（中单体），达到目的。iva（不变词）仿佛。abhavat（√bhū 未完单三）是。

भुजमूर्धोरुबाहुल्यादेकोऽपि धनदानुजः।
ददृशे ह्ययथापूर्वो मातृवंश इव स्थितः॥८८॥

罗波那现在即使独自一人，
不像先前那样①，但是他有
众多的手臂、脑袋和大腿，
看似还站在母系②众罗刹中。（88）

bhuja（手臂）-mūrdha（mūrdhan 头）-ūru（大腿）-bāhulyāt（bāhulya 众多），复合词（中单从），具有众多手臂、脑袋和大腿。ekaḥ（eka 阳单体）独自的。api（不变词）即使。dhanada（财神）-anujaḥ（anuja 弟弟），复合词（阳单体），财神的弟弟，罗波那。dadṛśe（√dṛś 被动，完成单三）看。hi（不变词）确实。a（不）-yathā（像）-pūrvaḥ（pūrva 以前），复合词（阳单体），不像先前那样。mātṛ（母亲）-vaṃśe（vaṃśa 家族），复合词（阳单依），母系亲族。iva（不变词）似。sthitaḥ（sthita 阳单体）站。

जेतारं लोकपालानां स्वमुखैरर्चितेश्वरम्।
रामस्तुलितकैलासमरातिं बह्वमन्यत॥८९॥

罗摩十分敬重这位敌人，
因为他曾战胜护世诸神③，
向自在天献祭自己脑袋④，
还能够抬起盖拉瑟山⑤。（89）

---

① 指不像先前那样，身边围绕有随从。

② 罗波那的父亲是婆罗门，母亲是罗刹。

③ “护世诸神”所指说法不一。参阅第二章第75首注。

④ 罗波那曾经修炼严酷的苦行一万年。每满一千年，他就向天神献祭自己的一个脑袋。满一万年，他准备献祭自己的第十个脑袋时，大梵天出现，答应赐予他恩惠，即任何天神都不能杀死他。同时，大梵天让他的前九个脑袋复原。大梵天赐予罗波那的这个恩惠中埋有伏笔，即罗波那最后被人间英雄罗摩杀死。

⑤ 参阅第四章第80首注。

jetāram（jetṛ 阳单业）战胜者。loka（世界）-pālānām（pāla 保护者），复合词（阳复属），护世神。sva（自己的）-mukhaiḥ（mukha 头，脑袋），复合词（中复具），自己的脑袋。arcita（祭拜）-īśvaram（īśvara 自在天），复合词（阳单业），祭拜自在天。rāmaḥ（rāma 阳单体）罗摩。tulita（抬起）-kailāsam（kailāsa 盖拉瑟山），复合词（阳单业），抬起盖拉瑟山。arātim（arāti 阳单业）敌人。bahu（不变词）非常，十分。amanyata（√man 未完单三）尊敬。

तस्य स्फुरति पौलस्त्यः सीतासंगमशंसिनि।
निचखानाधिकक्रोधः शरं सव्येतरे भुजे॥९०॥

罗波那愤怒射箭，
击中罗摩的右臂，
这右臂由此颤动，
预示与悉多团聚。①（90）

tasya（tad 阳单属）他，指罗摩。sphurati（√sphur 现分，阳单依）颤动。paulastyaḥ（paulastya 阳单体）罗波那。sītā（悉多）-saṃgama（团聚）-śaṃsini（śaṃsin 预示），复合词（阳单依），预示与悉多团聚。nicakhāna（ni√khan 完成单三）射入，击中。adhika（非常的）-krodhaḥ（krodha 愤怒），复合词（阳单体），非常愤怒。śaram（śara 阳单业）箭。savya（左边的）-itare（itara 不同的，另一方的），复合词（阳单依），右边的。bhuje（bhuja 阳单依）手臂。

रावणस्यापि रामास्तो भित्त्वा हृदयमाशुगः।
विवेश भुवमाख्यातुमुरगेभ्य इव प्रियम्॥९१॥

而罗摩发射的飞箭，
穿透罗波那的心，
又进入地下，仿佛
向蛇族报告喜讯。②（91）

rāvaṇasya（rāvaṇa 阳单属）罗波那。api（不变词）而，也。rāma（罗摩）-astaḥ（asta 投掷，发射），复合词（阳单体），罗摩发射的。bhittvā（√bhid 独立式）穿透。hṛdayam（hṛdaya 中单业）心。āśugaḥ（āśuga 阳单体）箭。viveśa（√viś 完成单三）进入。bhuvam（bhū 阴单业）大地。ākhyātum（ā√khyā 独立式）报告。uragebhyaḥ（uraga 阳复为）蛇。iva（不变词）仿佛。priyam（priya 中单业）可爱的，好消息。

① 右臂颤动是一种吉兆。
② 罗波那不仅是天神的敌人，也是蛇族的敌人，因为他经常掳掠他们的妻女。

वचसेव तयोर्वाक्यमस्त्रमस्त्रेण निघ्नतोः।
अन्योन्यजयसंरम्भो ववृधे वादिनोरिव॥९२॥

他俩彼此渴望战胜，
用箭摧毁对方来箭，
犹如两位辩论者言词
交锋，情绪愈益兴奋。（92）

vacasā（vacas 中单具）言语。iva（不变词）犹如。tayoḥ（tad 阳双属）他，指罗摩和罗波那。vākyam（vākya 中单业）话语。astram（astra 中单业）武器。astreṇa（astra 中单具）武器。nighnatoḥ（ni√han 现分，阳双属）攻击。anyonya（互相）-jaya（胜利）-saṃrambhaḥ（saṃrambha 热切，渴望），复合词（阳单体），互相渴望胜利。vavṛdhe（√vṛdh 完成单三）增长。vādinoḥ（vādin 阳双属）辩论者。iva（不变词）犹如。

विक्रमव्यतिहारेण सामान्याभूद्द्वयोरपि।
जयश्रीरन्तरा वेदिर्मत्तवारणयोरिव॥९३॥

他俩交替展现威风，
胜利女神面对他俩，
一视同仁，犹如隔在
两头疯象之间的祭坛。（93）

vikrama（英勇气概，威风）-vyatihāreṇa（vyatihāra 交替），复合词（阳单具），交替展现威风。sāmānyā（sāmānya 阴单体）同样的。abhut（√bhū 不定单三）是。dvayoḥ（dvi 阳双属）二者。api（不变词）也。jaya（胜利）-śrīḥ（śrī 女神），复合词（阴单体），胜利女神。antarā（不变词）在中间。vediḥ（vedi 阴单体）祭坛。matta（醉的，疯的）-vāraṇayoḥ（vāraṇa 大象），复合词（阳双属），疯象。iva（不变词）犹如。

कृतप्रतिकृतप्रीतैस्तयोर्मुक्तां सुरासुरैः।
परस्परशरव्राताः पुष्पवृष्टिं न सेहिरे॥९४॥

进攻防御，互相发射
箭流，这些箭流不允许
众多的天神和阿修罗
兴奋撒下的花雨降落。（94）

kṛta（进攻）-pratikṛta（反攻，防御）-prītaiḥ（prīta 高兴，兴奋），复合词（阳复具），进攻和防御而兴奋。tayoḥ（tad 阳双属）他，指罗摩和罗波那。muktām（mukta

阴单业）释放。sura（天神）-asuraiḥ（asura 阿修罗），复合词（阳复具），天神和阿修罗。paraspara（互相）-śara（箭）-vrātāḥ（vrāta 大量），复合词（阳复体），互相发射的箭流。puṣpa（花）-vṛṣṭim（vṛṣṭi 雨），复合词（阴单业），花雨。na（不变词）不。sehire（√sah 完成复三）承受，允许。

अयःशङ्कुचितां रक्षः शतघ्नीमथ शत्रवे।
हृतां वैवस्वतस्येव कूटशाल्मलिमक्षिपत्॥ ९५ ॥

罗波那向敌人投掷
布满铁钉的百杀杵，
这武器犹如从死神
那里取来的荆棘树[①]。（95）

ayas（铁）-śaṅku（钉）-citām（cita 布满），复合词（阴单业），布满铁钉的。rakṣaḥ（rakṣas 中单体）罗刹。śataghnīm（śataghnī 阴单业）百杀杵。atha（不变词）然后。śatrave（śatru 阳单为）敌人。hṛtām（hṛta 阴单业）取来。vaivasvatasya（vaivasvata 阳单属）死神。iva（不变词）犹如。kūṭaśālmalim（kūṭaśālmali 阴单业）荆棘树。akṣipat（√kṣip 未完单三）投掷。

राघवो रथमप्राप्तां तामाशां च सुरद्विषाम्।
अर्धचन्द्रमुखैर्बाणैश्चिच्छेद कदलीसुखम्॥ ९६ ॥

这武器尚未抵达战车时，
罗摩用月牙箭击碎了它，
也击碎了罗刹们的希望，
像击碎芭蕉树那样容易。（96）

rāghavaḥ（rāghava 阳单体）罗摩。ratham（ratha 阳单业）战车。aprāptām（aprāpta 阴单业）尚未抵达。tām（tad 阴单业）它，指百杀杵。āśām（āśā 阴单业）愿望。ca（不变词）和。sura（天神）-dviṣām（dviṣ 敌人），复合词（阳复属），天神之敌，罗刹。ardha（一半）-candra（月亮）-mukhaiḥ（mukha 头），复合词（阳复具），具有半月形尖头。bāṇaiḥ（bāṇa 阳复具）箭。ciccheda（√chid 完成单三）砍断，粉碎。kadalī（芭蕉树）-sukham（sukha 容易），复合词（不变词），如（击碎）芭蕉树那样容易。

अमोघं संदधे चास्मै धनुष्येकधनुर्धरः।
ब्राह्ममस्त्रं प्रियाशोकशल्यनिष्कर्षणौषधम्॥ ९७॥

① “荆棘树”在地狱中用于折磨罪人。

这位独一无二的弓箭手，
又搭上一支百发百中的
梵箭，犹如能拔除爱妻
心中忧愁之刺的药草。（97）

amogham（amogha 中单业）不虚发的。saṃdadhe（sam√dhā 完成单三）搭上。ca（不变词）和。asmai（idam 阳单为）这，指罗波那。dhanuṣi（dhanus 中单依）弓。eka（独一无二的）-dhanurdharaḥ（dhanurdhara 弓箭手），复合词（阳单体），独一无二的弓箭手。brāhmam（brāhma 中单业）有关梵的。astram（astra 中单业）箭。priyā（爱妻）-śoka（忧愁）-śalya（刺）-niṣkarṣaṇa（拔出）-auṣadham（auṣadha 药草），复合词（中单业），成为拔出爱妻心中忧愁之刺的药草。

तद्व्योम्नि शतधा भिन्नं ददृशे दीप्तिमन्मुखम्।
वपुर्महोरगस्येव करालफणमण्डलम्॥९८॥

这支梵箭在空中分裂
成为一百支箭，箭头
燃烧火焰，看似蟒蛇
头部张开可怕的蛇冠。（98）

tat（tad 中单体）它，指梵箭。vyomni（vyoman 中单依）天空。śatadhā（不变词）一百个部分。bhinnam（bhinna 中单体）分裂。dadṛśe（√dṛś 被动，完成单三）看。dīptimat（发光的，燃烧的）-mukham（mukha 头），复合词（中单体），箭头上燃烧火焰。vapuḥ（vapus 中单体）形体。mahā（大）-uragasya（uraga 蛇），复合词（阳单属），蟒蛇。iva（不变词）犹如。karāla（可怕的）-phaṇa（张开的蛇冠）-maṇḍalam（maṇḍala 圆形），复合词（中单体），可怕的张开的蛇冠。

तेन मन्त्रप्रयुक्तेन निमेषार्धादपातयत्।
स रावणशिरःपङ्क्तिमज्ञातव्रणवेदनाम्॥९९॥

这支梵箭带有咒语，
只用半瞬间就砍落
罗波那成排的头颅，
以致毫无创痛感觉。（99）

tena（tad 中单具）它，指梵箭。mantra（咒语）-prayuktena（prayukta 使用，带有），复合词（中单具），带有咒语。nimeṣa（眨眼，瞬间）-ardhāt（ardha 一半），复

合词（中单从），半瞬间。apātayat（√pat 致使，未完单三）落下。saḥ（tad 阳单体）他，指罗摩。rāvaṇa（罗波那）-śiras（头颅）-paṅktim（成排），复合词（阴单业），罗波那成排的头颅。a（没有）-jñāta（知道）-vraṇa（创伤）-vedanām（vedanā 疼痛，感觉），复合词（阴单业），感觉不到创伤的疼痛。

बालार्कप्रतिमेवाप्सु वीचिभिन्ना पतिष्यतः।
रराज रक्षःकायस्य कण्ठच्छेदपरम्परा॥ १०० ॥

他的身体即将倒下，
这成排砍断的脖子，
看似水中被波浪
搅碎的旭日影像。（100）

bāla（初生的）-arka（太阳）-pratimā（pratimā 影像），复合词（阴单体），旭日的影像。iva（不变词）犹如。āpsu（ap 阴复依）水。vīci（波浪）-bhinnā（bhinna 打碎），复合词（阴单体），波浪搅碎的。patiṣyataḥ（√pat 将分，阳单属）倒下。rarāja（√rāj 完成单三）放光，好像。rakṣas（罗刹）-kāyasya（kāya 身体），复合词（阳单属），罗刹的身体。kaṇṭha（脖子）-cheda（砍断）-paramparā（paramparā 成排，系列），复合词（阴单体），砍断的成排脖子。

मरुतां पश्यतां तस्य शिरांसि पतितान्यपि।
मनो नातिविशश्वास पुनःसंधानशङ्किनाम्॥ १०१ ॥

天神们即使看到他的
那些头颅纷纷落地，
依然不太放心，唯恐
它们还会与身体连接。（101）

marutām（marut 阳复属）天神。paśyatām（√dṛś 现分，阳复属）看到。tasya（tad 阳单属）他，指罗波那。śirāṃsi（śiras 中复业）头。patitāni（pātita 中复业）落下。api（不变词）即使。manaḥ（manas 中单体）心。na（不变词）不。ativiśasvāsa（ati-vi√śvas 完成单三）很放心。punar（再次）-saṃdhāna（连接）-śaṅkinām（śaṅkin 惧怕），复合词（阳复属），唯恐再次连接。

अथ मदगुरुपक्षैर्लोकपालद्विपाना-
मनुगतमलिवृन्दैर्गण्डभित्तीर्विहाय।
उपनतमणिबन्धे मूर्ध्नि पौलस्त्यशत्रोः

सुरभि सुरविमुक्तं पुष्पवर्षं पपात॥ १०२॥

在罗波那之敌罗摩即将戴上珠宝王冠的
头顶上，天神们降下芳香的花雨，伴随
成群的蜜蜂，它们离开护世神们的大象
开裂的颞颥，沾有那些液汁而翅膀沉重。（102）

atha（不变词）这时，然后。mada（颞颥液汁）-guru（沉重）-pakṣaiḥ（pakṣa 翅膀），复合词（中复具），沾有液汁而翅膀沉重。lokapāla（护世神）-dvipānām（dvipa 大象），复合词（阳复属），护世神的大象。anugatam（anugata 中单体）追随。ali（蜜蜂）-vṛndaiḥ（vṛnda 成群），复合词（中复具），成群的蜜蜂。gaṇḍa（面颊）-bhittīḥ（bhitti 开裂），复合词（阴复业），颞颥的裂口。vihāya（vi√hā 独立式）抛弃，离开。upanata（临近）-maṇi（珠宝）-bandhe（bandha 系缚），复合词（阳单依），即将戴上珠宝（顶冠）。mūrdhni（mūrdhan 阳单依）头。paulastya（罗波那）-śatroḥ（śatru 敌人），复合词（阳单属），罗波那之敌，罗摩。surabhi（surabhi 中单体）芳香的。sura（天神）-vimuktam（vimukta 释放），复合词（中单体），天神洒下的。puṣpa（花）-varṣam（varṣa 雨），复合词（中单体），花雨。papāta（√pat 完成单三）落下。

यन्ता हरेः सपदि संहृतकार्मुकज्य-
मापृच्छ्य राघवमनुष्ठितदेवकार्यम्।
नामाङ्करावणशराङ्कितकेतुयष्टि-
मूर्ध्वं रथं हरिसहस्रयुजं निनाय॥ १०३॥

现在罗摩已经实现众天神的使命，
卸下弓弦，因陀罗的御者向他告别，
千匹黄褐马驾轭的战车驰向天国，
旗杆上留着标有罗波那名字的箭痕。（103）

yantā（yantṛ 阳单体）御者。hareḥ（hari 阳单属）因陀罗。sapadi（不变词）立刻。saṃhṛta（卸下）-kārmuka（弓）-jyam（jyā 弦），复合词（阳单业），卸下弓弦的。āpṛcchya（ā√pracch 独立式）告别。rāghavam（rāghava 阳单业）罗摩。anuṣṭhita（履行，实现）-deva（天神）-kāryam（kārya 任务，使命），复合词（阳单业），实现天神的使命。nāma（nāman 名字）-aṅka（标志）-rāvaṇa（罗波那）-śara（箭）-aṅkita（刻有，印有）-ketuyaṣṭim（ketuyaṣṭi 旗杆），复合词（阳单业），旗杆上留着标有罗波那名字的箭的痕迹。ūrdhvam（不变词）向上。ratham（ratha 阳单业）战车。hari（黄褐马）-sahasra（一千）-yujam（yuj 驾轭的），复合词（阳单业），千匹黄褐马驾轭的。ināya（√nī

完成单三）引领，驰向。

रघुपतिरपि जातवेदोविशुद्धां प्रगृह्य प्रियां
प्रियसुहृदि बिभीषणे संगमय्य श्रियं वैरिणः।
रविसुतसहितेन तेनानुयातः ससौमित्रिणा
भुजविजितविमानरत्नाधिरूढः प्रतस्थे पुरीम्॥ १०४॥

罗怙王罗摩领回经过烈火净化的爱妻[①]，
将仇敌的王权交给了好朋友维毗沙那，
他登上凭借臂力获得的美妙飞车回城，
带着维毗沙那、须羯哩婆和罗什曼那。（104）

raghu（罗怙）-patiḥ（pati 王），复合词（阳单体），罗怙王，罗摩。api（不变词）也。jātavedas（火）-viśuddhām（viśuddha 净化），复合词（阴单业），经过烈火净化。pragṛhya（pra√grah 独立式）接受，领回。priyām（priyā 阴单业）爱妻。priya（亲爱的）-suhṛdi（suhṛd 朋友），复合词（阳单依），好朋友。bibhīṣaṇe（bibhīṣaṇa 阳单依）维毗沙那。saṃgamayya（sam√gam 致使，独立式）交给。śriyam（śrī 阴单业）王权。vairiṇaḥ（vairin 阳单属）敌人。ravisuta（太阳之子，须羯哩婆）-sahitena（sahita 陪伴），须羯哩婆陪伴。tena（tad 阳单具）他，指维毗沙那。anuyātaḥ（anuyāta 阳单体）跟随。sa（偕同）-saumitriṇā（saumitri 罗什曼那），复合词（阳单具），偕同罗什曼那。bhuja（手臂）-vijita（赢得）-vimāna（飞车）-ratna（宝）-adhirūḍhaḥ（adhirūḍha 登上），复合词（阳单体），登上凭借臂力获得的飞车之宝。pratasthe（pra√sthā 完成单三）前往。purīm（purī 阴单业）城市。

① 罗摩诛灭罗波那后，怀疑悉多的贞洁。悉多投火自明。火神将她托出火焰，证明她的贞洁。故而这里“经过烈火净化”，意谓通过烈火，证明她的贞洁。

त्रयोदशः सर्गः।

第十三章

अथात्मनः शब्दगुणं गुणज्ञः पदं विमानेन विगाहमानः।
रत्नाकरं वीक्ष्य मिथः स जायां रामाभिधानो हरिरित्युवाच॥ १॥

名为罗摩的毗湿奴通晓性质，
乘坐飞车，进入以声为性质的、
自己的天空领域[①]，俯瞰充满
宝藏的大海，对妻子悄悄说道：（1）

atha（不变词）然后。ātmanaḥ（ātman 阳单属）自己。śabda（声音）-guṇam（guṇa 性质），复合词（中单业），以声为性质的。guṇa（性质）-jñaḥ（jña 通晓），复合词（阳单体），通晓性质的。padam（pada 中单业）脚步，领域。vimānena（vimāna 阳单具）飞车。vigāhamānaḥ（vi√gāh 现分，阳单体）进入，深入。ratna（宝石）-ākaram（ākara 矿藏，大量），复合词（阳单业），宝藏，大海。vīkṣya（vi√īkṣ 独立式）观看。mithas（不变词）悄悄地。saḥ（tad 阳单体）他，指罗摩。jāyām（jāyā 阴单业）妻子。rāma（罗摩）-abhidhānaḥ（abhidhāna 名称），复合词（阳单体），名为罗摩。hariḥ（hari 阳单体）毗湿奴。iti（不变词）如下。uvāca（√vac 完成单三）说。

वैदेहि पश्यामलयाद्विभक्तं मत्सेतुना फेनिलमम्बुराशिम्।
छायापथेनेव शरत्प्रसन्नमाकाशमाविष्कृतचारुतारम्॥ २॥

毗提诃公主，看啊！我的桥[②]
分开浪花飞溅的大海，直至
摩罗耶山，犹如一道银河分开
秋天晴朗而群星璀璨的夜空。（2）

---

① 按照印度古代哲学观念，地、水、火、风和空的性质分别是香、味、色、触和声。“自己的天空领域”的原文“自己的足（或步）”。传说毗湿奴曾化身侏儒，请求阿修罗钵利赐予三步之地。钵利见他是侏儒，便答应他的请求。结果，他一步跨越大地，一步跨越天国，最后一步将钵利踩入地下。这样，“以声为性质的”这一步便是“天空领域”。

② “我的桥”指原先罗摩前往楞伽岛时，猴子大军为他架起的桥。

vaidehi（vaidehī 阴单呼）毗提诃公主，悉多。paśya（√dṛś 命令单二）看。ā（不变词）直到。malayāt（malaya 阳单从）摩罗耶山。vibhaktam（vibhakta 阳单业）分开。mad（我）-setunā（setu 桥梁），复合词（阳单具），我的桥梁。phenilam（phenila 阳单业）起泡沫的。ambu（水）-rāśim（rāśi 成堆），复合词（阳单业），大海。chāyā（影，光）-pathena（patha 路），复合词（阳单具），银河。iva（不变词）犹如。śarad（秋天）-prasannam（prasanna 晴朗的），复合词（阳单业），秋天晴朗的。ākāśam（ākāśa 阳单业）天空。āviṣkṛta（展现）-cāru（可爱的）-tāram（tārā 星星），复合词（阳单业），展现可爱的星星。

गुरोर्यियक्षोः कपिलेन मेध्ये रसातलं संक्रमिते तुरंगे।
तदर्थमुर्वीमवदारयद्भिः पूर्वैः किलायं परिवर्धितो नः॥३॥

据说我们有位祖宗准备祭祀，
而祭马却被迦比罗带往地下，
为了寻找祭马，祖先们发掘
大地，这大海由此得到扩大。①（3）

guroḥ（guru 阳单属）祖先。yiyakṣoḥ（yiyakṣu 阳单属）渴望祭祀的。kapilena（kapila 阳单具）迦比罗仙人。medhye（medhya 阳单依）用于祭祀的。rasātalam（rasātala 中单业）地下世界。saṃkramite（saṃkramita 阳单依）转移，带往。turaṅge（turaṅga 阳单依）马。tad（它，指马）-artham（目的，为了），复合词（不变词），为此目的。urvīm（urvī 阴单业）大地。avadārayadbhiḥ（ava√dṝ 致使，现分，阳复具）掘开。pūrvaiḥ（pūrva 阳复具）祖先。kila（不变词）据说。ayam（idam 阳单体）这，指大海。parivardhitaḥ（parivardhita 阳单体）增长。naḥ（asmad 复属）我们。

गर्भं दधत्यर्कमरीचयोऽस्माद्विवृद्धिमत्राश्नुवते वसूनि।
अबिन्धनं वह्निमसौ बिभर्ति प्रह्लादनं ज्योतिरजन्यनेन॥४॥

太阳光线在这里怀胎②，
财宝在这里获得增长，
这里能容纳饮水的海火③，
也产生令人喜悦的月亮。（4）

---

① 参阅第三章第 50 首注。

② 意谓阳光在这里蒸发水气，由此产生雨水。

③ 传说陀提遮仙人得到一个儿子，名为伐陀婆。而任何食物都不能满足这个孩子的口腹。众天神感到恐惧，但又不能杀死这个婆罗门的儿子。于是，室罗娑婆蒂女神将他带到海边，告诉他无穷无尽的海水能满足他的口腹。这样，他进入海底，成为饮水的海火。

garbham（garbha 阳单业）胎。dadhati（√dhā 现在复三）安放，怀有。arka（太阳）-marīcayaḥ（marīci 光线），复合词（阳复体），太阳光线。asmāt（idam 阳单从）这，指大海。vivṛddhim（vivṛddhi 阴单业）增长。atra（不变词）这里。aśnuvate（√aś 现在复三）获得。vasūni（vasu 中复体）财富。ap（水）-indhanam（indhana 燃料），复合词（阳单业），以水为燃料的。vahnim（vahni 阳单业）火。asau（adas 阳单体）这，指大海。bibharti（√bhṛ 现在单三）承担，容纳。prahlādanam（prahlādana 中单体）令人喜悦的。jyotiḥ（jyotis 中单体）发光体，此处指月亮。ajani（√jan 被动，不定单三）产生。anena（idam 阳单具）这，指大海。

तां तामवस्थां प्रतिपद्यमानं स्थितं दश व्याप्य दिशो महिम्ना।
विष्णोरिवास्यानवधारणीयमीदृक्तया रूपमियत्तया वा॥५॥

具有这种或那种状况，
辽阔广大，遍及十方，
它的形象如同毗湿奴，
性质和量度不可把握。（5）

tām（tad 阴单业）这。tām（tad 阴单业）那。avasthām（avasthā 阴单业）状况。pratipadyamānam（prati√pad 现分，中单体）达到，具有。sthitam（sthita 中单体）处于。daśa（daśan 阴复业）十。vyāpya（vi√āp 独立式）充满，遍及。diśaḥ（diś 阴复业）方向。mahimnā（mahiman 阳单具）广大。viṣṇoḥ（viṣṇu 阳单属）毗湿奴。iva（不变词）如同。asya（idam 阳单属）这，指大海。an（不）-avadhāraṇīyam（avadhāraṇīya 确定，把握），复合词（中单体），不可确定，不可把握。īdṛktayā（īdṛktā 阴单具）如此性质。rūpam（rūpa 中单体）形象。iyattayā（iyattā 阴单具）如此数量。vā（不变词）或者。

नाभिप्ररूढाम्बुरुहासनेन संस्तूयमानः प्रथमेन धात्रा।
अमुं युगान्तोचितयोगनिद्रः संहृत्य लोकान्पुरुषोऽधिशेते॥६॥

在世界末日，原人毗湿奴吸入
所有的世界，习惯躺在大海上，
进入瑜伽睡眠，肚脐上长出莲花，
第一创造者梵天坐在里面赞颂他。[①]（6）

nābhi（肚脐）-prarūḍha（长出）-amburuha（莲花）-āsanena（āsana 座位），复合

① 按照印度古代传说，世界由创造至毁灭经历四个时代。到了世界末日毗湿奴收回世界。然后，毗湿奴躺在大海上，肚脐长出莲花。莲花中诞生梵天。梵天再次创造世界。

词（阳单具），以肚脐长出的莲花为座。saṃstūyamānaḥ（sam√stu 被动，现分，阳单体）赞颂。prathamena（prathama 阳单具）第一。dhātrā（dhātṛ 阳单具）创造者。amum（adas 阳单业）那，指大海。yuga（时代）-anta（末期）-ucita（习惯的）-yoga（瑜伽）-nidraḥ（nidrā 睡眠），复合词（阳单体），在时代末日习惯进入瑜伽睡眠。saṃhṛtya（sam√hṛ 独立式）收入。lokān（loka 阳复业）世界。puruṣaḥ（puruṣa 阳单体）原人。adhiśete（adhi√śī 现在单三）躺。

पक्षच्छिदा गोत्रभिदात्तगन्धाः शरण्यमेनं शतशो महीध्राः।
नृपा इवोपप्लविनः परेभ्यो धर्मोत्तरं मध्यममाश्रयन्ते॥७॥

数以百计的高山被因陀罗砍断
翅膀，折了威风，躲藏在这里，
犹如那些遭到敌人迫害的国王，
逃到崇尚正法的中立国求庇护。（7）

pakṣa（翅膀）-chidā（chid 砍断），复合词（阳单具），砍掉翅膀的。gotra（山）-bhidā（bhid 劈开），复合词（阳单具），劈开大山者，因陀罗。ātta（取走）-gandhāḥ（gandha 香气，傲气），复合词（阳复体），折了威风。śaraṇyam（śaraṇya 中单业）庇护所。enam（etad 阳单业）它，指大海。śataśas（不变词）成百地。mahī（大地）-dhrāḥ（dhra 支持），复合词（阳复体），支持大地者，山。nṛpāḥ（nṛpa 阳复体）国王。iva（不变词）犹如。upaplavinaḥ（upaplavin 阳复体）遭难的，受迫害的。parebhyaḥ（para 阳复从）敌人。dharma（正法）-uttaram（uttara 充满，富有），复合词（阳单业），富有正义的，崇尚正法的。madhyamam（madhyama 阳单业）中立国。āśrayante（ā√śri 现在复三）依靠。

रसातलादादिभवेन पुंसा भुवः प्रयुक्तोद्वहनक्रियायाः।
अस्याच्छमम्भः प्रलयप्रवृद्धं मुहूर्तवक्त्राभरणं बभूव॥८॥

原人从地下将大地
托上来时，世界末日
泛滥的纯洁海水成了
她暂时披戴的面纱。[①]（8）

rasātalāt（rasātala 中单从）地下世界。ādi（最初的）-bhavena（bhava 存在），复

① 传说阿修罗希罗尼亚刹曾将大地拖入地下。毗湿奴化身野猪，潜入海底，托出大地，并杀死希罗尼亚刹。“大地”一词是阴性，也可译为“大地女神”。“托上来”（udvahana）一词也可读作“结婚”，故而有“披戴面纱”这个比喻。

合词（阳单具），最初存在的。pumṣā（pums 阳单具）人。bhuvaḥ（bhū 阴单属）大地。prayukta（使用）-udvahana（抬起，结婚）-kriyāyāḥ（kriyā 行为），复合词（阴单属），采取抬起的行为。asya（idam 阳单属）它，指大海。accham（accha 中单体）纯净的。ambhaḥ（ambhas 中单体）水。pralaya（末日毁灭）-pravṛddham（pravṛddha 增长，泛滥），复合词（中单体），在末日毁灭时泛滥。muhūrta（片刻，暂时）-vaktra（脸）-ābharaṇam（ābharaṇa 装饰品），复合词（中单体），暂时的面纱。babhūva（√bhū 完成单三）成为。

मुखार्पणेषु प्रकृतिप्रगल्भाः स्वयं तरङ्गाधरदानदक्षः।
अनन्यसामान्यकलत्रवृत्तिः पिबत्यसौ पाययते च सिन्धूः ॥९॥

这大海对待妻子[1]的方式与众
不同，善于主动提供波浪嘴唇，
亲吻那些河流，也让那些天性
大胆的河流提供嘴唇，亲吻他。（9）

mukha（嘴）-arpaṇeṣu（arpaṇa 提供），复合词（中复依），提供嘴。prakṛti（本性）-pragalbhāḥ（pragalbha 大胆的），复合词（阴复业），天性大胆的。svayam（不变词）主动地。taraṅga（波浪）-adhara（下唇）-dāna（提供）-dakṣaḥ（dakṣa 擅长），复合词（阳单体），擅长提供波浪嘴唇。an（不）-anya（别人）-sāmānya（相同的）-kalatra（妻子）-vṛttiḥ（vṛtti 行为方式），复合词（阳单体），对待妻子的方式与众不同。pibati（√pā 现在单三）饮，吻。asau（adas 阳单体）它。pāyayate（√pā 致使，现在单三）饮，吻。ca（不变词）和。sindhūḥ（sindhu 阴复业）河流。

ससत्त्वमादाय नदीमुखाम्भः संमीलयन्तो विवृताननत्वात्।
अमी शिरोभिस्तिमयः सरन्ध्रैरूर्ध्वं वितन्वन्ति जलप्रवाहान्॥१०॥

这些鲸鱼张开大嘴，吞饮
河口的水，连同水中生物，
而合上嘴时，从它们具有
孔隙的头顶上喷出水柱。（10）

sa（具有）-sattvam（sattva 生物），复合词（中单业），连同生物。ādāya（ā√dā 独立式）取，喝。nadī（河流）-mukha（口）-ambhaḥ（ambhas 水），复合词（中单业），河口的水。saṃmīlayantaḥ（sam√mīl 致使，现分，阳复体）闭合。vivṛta（张开）-ānana

① 大海的妻子指那些汇入大海的河流。

（嘴）-tvāt（tva 状态），复合词（中单从），张开嘴的状态。amī（adas 阳复体）那些。śirobhiḥ（śiras 中复具）头。timayaḥ（timi 阳复体）鲸鱼。sa（带有）-randhraiḥ（randhra 空隙），复合词（中复具），带有空隙的。ūrdhvam（不变词）上面，向上。vitanvanti（vi√tan 现在复三）扩展。jala（水）-pravāhān（pravāha 流），复合词（阳复业），水柱。

मातङ्गनक्रैः सहसोत्पतद्भिर्भिन्नान्द्विधा पश्य समुद्रफेनान्।
कपोलसंसर्पितया य एषां व्रजन्ति कर्णक्षणचामरत्वम्॥ ११॥

看啊，大象般的鳄鱼突然
跃起，海中水沫一分为二，
沿着它们两侧的脸颊流淌，
仿佛暂时成为耳边的拂尘。（11）

mātaṅga（大象）-nakraiḥ（nakra 鳄鱼），复合词（阳复具），大象般的鳄鱼。sahasā（不变词）突然地。utpatadbhiḥ（ud√pat 现分，阳复具）跃起。bhinnān（bhinna 阳复业）劈开。dvidhā（不变词）两半。paśya（√dṛś 命令单二）看。samudra（大海）-phenān（phena 水沫），复合词（阳复业），大海的水沫。kapola（脸颊）-saṃsarpitayā（saṃsarpitā 移动的性质），复合词（阴单具），从脸颊流下。ye（yad 阳复体）那，指水沫。eṣām（idam 阳复属）它，指鳄鱼。vrajanti（√vraj 现在复三）走向，成为。karṇa（耳朵）-kṣaṇa（暂时的）-cāmara（拂尘）-tvam（tva 性质），复合词（中单业），暂时成为耳边的拂尘。

वेलानिलाय प्रसृता भुजङ्गा महोर्मिविस्फूर्जथुनिर्विशेषाः।
सूर्यांशुसंपर्कसमृद्धरागैर्व्यज्यन्त एते मणिभिः फणस्थैः॥ १२॥

那些蛇伸展身子吸吮岸边的风，
与海中翻滚的波浪没有区别，
而蛇冠上的宝珠与阳光接触，
色彩鲜明，由此可以认出它们。（12）

velā（海岸）-anilāya（anila 风），复合词（阳单为），海岸边的风。prasṛtāḥ（prasṛta 阳复体）伸出，前移。bhujaṅgāḥ（bhujaṅga 阳复体）蛇。mahā（巨大的）-ūrmi（波浪）-visphūrjathu（波动，翻滚）-nirviśeṣāḥ（nirviśeṣa 没有区别的），复合词（阳复体），与翻滚的大浪没有区别。sūrya（太阳）-aṃśu（光线）-saṃparka（结合，接触）-samṛddha（增长，丰富）-rāgaiḥ（rāga 色彩），复合词（阳复具），与太阳光接触，色彩鲜明。vyajyante（vi√añj 被动，现在复三）显露，展现。ete（etad 阳复体）那。maṇibhiḥ（maṇi

阳复具）摩尼珠。phaṇa（蛇冠）-sthaiḥ（stha 处于），复合词（阳复具），在蛇冠上的。

तवाधरस्पर्धिषु विद्रुमेषु पर्यस्तमेतत्सहसोर्मिवेगात्।
ऊर्ध्वाङ्कुरप्रोतमुखं कथंचित्क्लेशादपक्रामति शङ्खयूथम्॥ १३॥

许多贝螺遭到海浪的强力冲击，
被猛然抛在与你的嘴唇媲美的
珊瑚上，面部扎在那些突出的
尖刺上，好不容易才挣脱麻烦。（13）

tava（tvad 单属）你。adhara（下唇）-spardhiṣu（spardhin 竞争的），复合词（阳复依），与嘴唇媲美的。vidrumeṣu（vidruma 阳复依）珊瑚。paryastam（paryasta 中单体）抛掷。etat（etad 中单体）那。sahasā（不变词）突然地，猛然。ūrmi（波浪）-vegāt（vega 冲力，急速），复合词（阳单从），海浪的猛烈冲击。ūrdhva（向上的，突出的）-aṅkura（尖芽，尖刺）-prota（扎入）-mukham（mukha 口，面），复合词（中单体），面部扎在突出的尖刺上。katham-cit（不变词）好不容易地，费力地。kleśāt（kleśa 阳单从）痛苦，麻烦。apakrāmati（apa√kram 现在单三）离开。śaṅkha（贝螺）-yūtham（yūtha 一群），复合词（中单体），一群贝螺。

प्रवृत्तमात्रेण पयांसि पातुमावर्तवेगाद्भ्रमता घनेन।
आभाति भूयिष्ठमयं समुद्रः प्रमथ्यमानो गिरिणेव भूयः॥ १४॥

一旦乌云开始饮水，
便随漩涡引力旋转，
看似极像大海再次
遭到曼陀罗山搅动。①（14）

pravṛtta（开始）-mātreṇa（mātra 刚刚），复合词（阳单具），刚刚开始。payāṃsi（payas 中复业）水。pātum（√pā 不定式）饮。āvarta（漩涡）-vegāt（vega 急速），复合词（阳单从），漩涡的急速。bhramatā（√bhram 现分，阳单具）旋转。ghanena（ghana 阳单具）乌云。ābhāti（ā√bhā 现在单三）闪亮，像。bhūyiṣṭham（不变词）极其，非常。ayam（idam 阳单体）这。samudraḥ（samudra 阳单体）大海。pramathyamānaḥ（pra√math 被动，现分，阳单体）搅动。giriṇā（giri 阳单具）山。iva（不变词）犹如。bhūyas（不变词）再次。

दूरादयश्चक्रनिभस्य तन्वी तमालतालीवनराजिनीला।

① 传说天神和阿修罗曾用曼陀罗山作搅棒，搅动乳海。这里用曼陀罗山比喻旋转的乌云。

आभाति वेला लवणाम्बुराशेर्धारानिबद्धेव कलङ्करेखा॥ १५॥

远远望去，这大海如同铁轮，
细长的海岸上排列着成行的
多摩罗和棕榈树，呈现青黑色，
如同长在轮子周边的一圈铁锈。（15）

dūrāt（不变词）远远地，从远处。ayas（铁）-cakra（轮）-nibhasya（nibha 如同），复合词（阳单属），如同铁轮。tanvī（tanu 阴单体）细长的。tamāla（多摩罗树）-tālī（棕榈树）-vana（树林）-rāji（一排）-nīlā（nīla 青黑色的），复合词（阴单体），排列成行的多摩罗和棕榈树林，呈现青黑色。ābhāti（ā√bhā 现在单三）看似。velā（velā 阴单体）海岸。lavaṇa（咸的）-ambu（水）-rāśeḥ（rāśi 一堆），复合词（阳单属），大海。dhārā（边缘）-nibaddhā（nibaddha 覆盖），复合词（阴单体），粘在边缘的。iva（不变词）如同。kalaṅka（污点，斑点）-rekhā（rekhā 线条），复合词（阴单体），斑点线。

वेलानिलः केतकरेणुभिस्ते संभावयत्याननमायताक्षि।
मामक्षमं मण्डनकालहानेर्वेत्तीव बिम्बाधरबद्धतृष्णम्॥ १६॥

大眼女郎啊，海岸的风吹来
盖多伽花粉，装饰你的脸庞，
仿佛看透我盼望你的频婆果
嘴唇，等不及你化妆的时间。[①]（16）

velā（海岸）-anilaḥ（anila 风），复合词（阳单体），海岸的风。ketaka（盖多伽花）-reṇubhiḥ（reṇu 花粉），复合词（阳复具），盖多伽花粉。te（tvad 单属）你。saṃbhāvayati（sam√bhū 致使，现在单三）造成，装饰。ānanam（ānana 中单业）脸。āyata（宽）-akṣi（akṣi 眼睛），复合词（阴单呼），大眼女郎。mām（mad 单业）我。akṣamam（akṣama 阳单业）无法忍耐的。maṇḍana（装饰）-kāla（时间）-hāneḥ（hāni 失去），复合词（阴单属），由于装饰而耽搁时间。vetti（√vid 现在单三）知道。iva（不变词）仿佛。bimba（频婆果）-adhara（下唇）-baddha（系缚，联系）-tṛṣṇam（tṛṣṇā 渴望），复合词（阳单业），渴望频婆果下唇。

एते वयं सैकतभिन्नशुक्तिपर्यस्तमुक्तापटलं पयोधेः।
प्राप्ता मुहूर्तेन विमानवेगात्कूलं फलावर्जितपूगमालम्॥ १७॥

① 这里意谓海岸的风仿佛知道他不愿悉多因化妆而耽搁时间，已提前用花粉为悉多化妆。

靠这飞车速度，我们刹那间
到达海岸，沙滩上遍布珍珠，
出自那些贝壳裂开的牡蛎，
槟榔树丛硕果累累而低垂。（17）

ete（etad 阳复体）那。vayam（asmad 复体）我们。saikata（沙滩）-bhinna（裂开）-śukti（牡蛎）-paryasta（抛掷）-muktā（珍珠）-paṭalam（paṭala 一堆），复合词（中单业），沙滩上裂开的牡蛎抛出很多珍珠。payodheḥ（payodhi 阳单属）大海。prāptāḥ（prāpta 阳复体）到达。muhūrtena（muhūrta 阳单具）立刻，刹那。vimāna（飞车）-vegāt（vega 疾速），复合词（阳单从），飞车疾速。kūlam（kūla 中单业）海岸。phala（果实）-āvarjita（弯垂）-pūga（槟榔树）-mālam（mālā 簇，丛），复合词（中单业），槟榔树丛硕果累累而低垂。

कुरुष्व तावत्करभोरु पश्चान्मार्गे मृगप्रेक्षिणि दृष्टिपातम्।
एषा विदूरीभवतः समुद्रात्सकानना निष्पततीव भूमिः॥१८॥

大腿美丽的女郎啊，你回头
看看走过的路，鹿眼女郎啊！
这大地和森林，仿佛是从
这越来越远的大海中涌现。（18）

kuruṣva（√kṛ 命令单二）做。tāvat（不变词）此刻，现在。karabha（象鼻）-ūru（ūru 大腿），复合词（阴单呼），大腿如象鼻的女子。paścāt（不变词）向后。mārge（mārga 阳单依）道路。mṛga（鹿）-prekṣiṇi（prekṣin 有眼光的），复合词（阴单呼），眼光如鹿的女子。dṛṣṭi（眼光）-pātam（pāta 投放），复合词（阳单业），投下眼光。eṣā（etad 阴单体）它。vidūrī（vidūra 遥远的）-bhavataḥ（√bhū 现分，成为），复合词（阳单从），变得遥远。samudrāt（samudra 阳单从）大海。sa（连同）-kānanā（kānana 森林），复合词（阴单体），连同森林。niṣpatati（nis√pat 现在单三）冒出来。iva（不变词）仿佛。bhūmiḥ（bhūmi 阴单体）大地。

क्वचित्पथा संचरते सुराणां क्वचिद्घनानां पततां क्वचिच्च।
यथाविधो मे मनसोऽभिलाषः प्रवर्तते पश्य तथा विमानम्॥१९॥

你看！飞车随我心意，
有时行进在天神之路，
有时行进在云彩之路，
有时行进在飞鸟之路。（19）

kvacit（不变词）某处，有时。pathā（pathin 阳单具）道路。saṃcarate（sam√car 现在单三）行走。surāṇām（sura 阳复属）天神。kvacit（不变词）有时。ghanānām（ghana 阳复属）云彩。patatām（patat 阳复属）飞鸟。kvacit（不变词）有时。ca（不变词）和。yathā（如同）-vidhaḥ（vidha 种类），复合词（阳单体），像这样的。me（mad 单属）我。manasaḥ（manas 中单属）心。abhilāṣaḥ（abhilāṣa 阳单体）愿望。pravartate（pra√vṛt 现在单三）活动。paśya（√dṛś 命令单二）看。tathā（不变词）这样。vimānam（vimāna 中单体）飞车。

असौ महेन्द्रद्विपदानगन्धिस्त्रिमार्गगावीचिविमर्दशीतः।
आकाशवायुर्दिनयौवनोत्थानाचामति स्वेदलवान्मुखे ते॥२०॥

空中的风带着天王因陀罗的
大象颞颥液汁的芳香，接触
恒河的波浪而清凉，吹干你
脸上因中午炎热冒出的汗珠。（20）

asau（idam 阳单体）这。mahā（大）-indra（因陀罗）-dvipa（大象）-dāna（颞颥液汁）-gandhiḥ（gandhin 有芳香的），复合词（阳单体），带着大因陀罗的大象颞颥液汁的芳香。trimārgagā（走三条路者，恒河）-vīci（波浪）-vimarda（摩擦，接触）-śītaḥ（śīta 清凉的），复合词（阳单体），接触恒河的波浪而清凉。ākāśa（天空）-vāyuḥ（vāyu 风），复合词（阳单体），空中的风。dina（白天）-yauvana（青春）-utthān（uttha 产生的），复合词（阳复业），中午产生的。ācāmati（ā√cam 现在单三）啜，舔。sveda（汗）-lavān（lava 滴），复合词（阳复业），汗珠。mukhe（mukha 中单依）脸。te（tvad 单属）你。

करेण वातायनलम्बितेन स्पृष्टस्त्वया चण्डि कुतूहलिन्या।
आमुञ्चतीवाभरणं द्वितीयमुद्भिन्नविद्युद्वलयो घनस्ते॥२१॥

嗔怒的女郎啊，出于好奇，
你伸手靠窗接触这乌云，
它迸发出来这闪电光环，
仿佛给你戴上第二个腕环。（21）

kareṇa（kara 阳单具）手。vātāyana（窗户）-lambitena（lambita 悬挂，依靠），复合词（阳单具），靠着窗户的。spṛṣṭaḥ（spṛṣṭa 阳单体）接触。tvayā（tvad 单具）你。caṇḍi（caṇḍī 阴单呼）嗔怒的女郎。kutūhalinyā（kutūhalinī 阴单具）好奇的。āmuñcati（ā√muc 现在单三）戴上。iva（不变词）仿佛。ābharaṇam（ābharaṇa 中单业）装饰

品。dvitīyam（dvitīya 中单业）第二。udbhinna（裂开，迸出）-vidyut（闪电）-valayaḥ（valaya 腕环），复合词（阳单体），迸出闪电腕环。ghanaḥ（ghana 阳单体）云。te（tvad 单属）你。

अमी जनस्थानमपोढविघ्नं मत्वा समारब्धनवोटजानि।
अध्यासते चीरभृतो यथास्वं चिरोज्झितान्याश्रममण्डलानि॥ २२॥

这些身穿树皮衣的苦行者，
认为遮那斯坦已消除障碍，
各自住进那些荒废已久的
净修林，开始修建新茅屋。（22）

amī（adas 阳复体）这。janasthānam（janasthāna 中单业）遮那斯坦。apoḍha（消除）-vighnam（vighna 障碍），复合词（中单业），消除障碍。matvā（√man 独立式）认为。samārabdha（开始，着手）-nava（新的）-uṭajāni（uṭaja 茅屋），复合词（中复业），开始修建新茅屋。adhyāsate（adhi√ās 现在复三）居住。cīra（褴褛衣，树皮衣）-bhṛtaḥ（bhṛt 穿着），复合词（阳复体），穿着树皮衣者，苦行者。yathāsvam（不变词）各自。cira（长久的）-ujjhitāni（ujjhita 废弃），复合词（中复业），荒废已久的。āśrama（净修林）-maṇḍalāni（maṇḍala 地盘，地区），复合词（中复业），净修林地区。

सैषा स्थली यत्र विचिन्वता त्वां भ्रष्टं मया नूपुरमेकमुर्व्याम्।
अदृश्यत त्वच्चरणारविन्दविश्लेषदुःखादिव बद्धमौनम्॥ २३॥

就是在这里，我寻找你，
在地上发现一只你失落的
脚镯，它仿佛因脱离你的
莲花脚而痛苦，沉默无声。（23）

sā（tad 阴单体）它，指林地。eṣā（etad 阴单体）那。sthalī（sthalī 阴单体）林地。yatra（不变词）在这里。vicinvatā（vi√ci 现分，阳单具）寻找。tvām（tvad 单业）你。bhraṣṭam（bhraṣṭa 中单体）失落。mayā（mad 单具）我。nūpuram（nūpura 中单体）脚镯。ekam（eka 中单体）一。urvyām（urvī 阴单依）大地。adṛśyata（√dṛś 被动，未完单三）看见。tvad（你）-caraṇa（脚）-aravinda（莲花）-viśleṣa（松开）-duḥkhāt（duḥkha 痛苦），复合词（中单从），脱离你的莲花脚而痛苦。iva（不变词）仿佛。baddha（联系）-maunam（mauna 沉默），复合词（中单体），保持沉默。

त्वं रक्षसा भीरु यतोऽपनीता तं मार्गमेताः कृपया लता मे।

अदर्शयन्वक्तुमशक्नुवत्यः शाखाभिरावर्जितपल्लवाभिः ॥ २४ ॥

胆怯的女郎啊，这些蔓藤
虽然不会说话，但出于同情，
用嫩叶下垂的枝条，向我
指点罗刹劫走你的那条路。（24）

tvam（tvad 单体）你。rakṣasā（rakṣas 中单具）罗刹。bhīru（bhīrū 阴单呼）胆怯的女郎。yatas（不变词）从这里。apanītā（apanīta 阴单体）带走，抢走。tam（tad 阳单业）这。mārgam（mārga 阳单业）路。etāḥ（etad 阴复体）那。kṛpayā（kṛpā 阴单具）同情。latāḥ（latā 阴复体）蔓藤。me（mad 单为）我。adarśayan（√dṛś 致使，未完复三）显示，指示。vaktum（√vac 不定式）说。aśaknuvatyaḥ（a√śak 现分，阴复体）不能。śākhābhiḥ（śākhā 阴复具）枝条。āvarjita（弯垂）-pallavābhiḥ（pallava 嫩叶），复合词（阴复具），嫩叶下垂。

मृग्यश्च दर्भाङ्कुरनिर्व्यपेक्षास्तवागतिज्ञं समबोधयन्माम्।
व्यापारयन्त्यो दिशि दक्षिणस्यामुत्पक्ष्मराजीनि विलोचनानि॥ २५ ॥

这些雌鹿顾不得达薄草尖，
将它们的睫毛向上竖起的
眼睛转向南方，提醒我
这个不知道你的行踪的人。（25）

mṛgyaḥ（mṛgī 阴复体）雌鹿。ca（不变词）和。darbha（达薄草）-aṅkura（芽，尖）-nirvyapekṣāḥ（nirvyapekṣa 不关注），复合词（阴复体），顾不得达薄草嫩芽。tava（tvad 单属）你。a（不）-gati（去向，行踪）-jñam（jña 知道），复合词（阳单业），不知道你的行踪。samabodhayan（sam√budh 致使，未完复三）提醒。mām（mad 单业）我。vyāpārayantyaḥ（vi-ā√pṛ 致使，现分，阴复体）投向。diśi（diś 阴单依）方向。dakṣiṇasyām（dakṣiṇa 阴单依）南方的。utpakṣma（utpakṣman 上翘的睫毛）-rājīni（rāji 一排），复合词（中复业），成排的睫毛上翘。vilocanāni（vilocana 中复业）眼睛。

एतद्गिरेर्माल्यवतः पुरस्तादाविर्भवत्यम्बरलेखि शृङ्गम्।
नवं पयो यत्र घनैर्मया च त्वद्विप्रयोगाश्रु समं विसृष्टम्॥ २६ ॥

这摩利耶凡山峰触及天空，
此刻展现在我们的眼前，

当时乌云在这里降下新雨，
而我洒下与你离别的泪水。（26）

etad（etad 中单体）这。gireḥ（giri 阳单属）山。mālyavataḥ（mālyavat 阳单属）摩利耶凡山。purastāt（不变词）前面，眼前。āvirbhavati（āvis√bhū 现在单三）显现。ambara（天空）-lekhi（lekhin 划，擦），复合词（中单体），触及天空。śṛṅgam（śṛṅga 中单体）顶峰。navam（nava 中单体）新的。payaḥ（payas 中单体）水。yatra（不变词）在这里。ghanaiḥ（ghana 阳复具）乌云。mayā（mad 单具）我。ca（不变词）和。tvad（你）-viprayoga（分离）-aśru（aśru 泪水），复合词（中单体），与你离别洒下的泪水。samam（不变词）同时。visṛṣṭam（visṛṣṭa 中单体）抛洒。

गन्धश्च धाराहतपल्वलानां कादम्बमर्धोद्गतकेसरं च।
स्निग्धाश्च केकाः शिखिनां बभूवुर्यस्मिन्नसह्यानि विना त्वया मे॥२७॥

暴雨泼洒池塘散发出的香味，
已经半吐花蕊的迦昙波花，
孔雀的温柔鸣声，而缺了你，
所有这一切我都无法忍受。（27）

gandhaḥ（gandha 阳单体）气味，香味。ca（不变词）和。dhārā（暴雨）-hata（打击）-palvalānām（palvala 池塘），复合词（中复属），受暴雨袭击的池塘。kādambam（kādamba 中单体）迦昙波花。ardha（一半）-udgata（竖起）-kesaram（kesara 花蕊），复合词（中单体），半吐花蕊。ca（不变词）和。snigdhāḥ（snigdha 阴复体）温柔的。ca（不变词）和。kekāḥ（kekā 阴复体）啼鸣。śikhinām（śikhin 阳复属）孔雀。babhūvuḥ（√bhū 完成复三）有。yasmin（yad 中单依）这，指摩利耶凡山峰。asahyāni（asahya 中复体）无法忍受的。vinā（不变词）没有，缺乏。tvayā（tvad 单具）你。me（mad 单属）我。

पूर्वानुभूतं स्मरता च यत्र कम्पोत्तरं भीरु तवोपगूढम्।
गुहाविसारीण्यतिवाहितानि मया कथंचिद्घनगर्जितानि॥२८॥

胆怯的女郎啊，我回想起
曾享受你浑身颤抖的拥抱，
当时好不容易熬过山洞中
盘旋回响的隆隆雷鸣声。（28）

pūrva（以前）-anubhūtam（anubhūta 体验，享受），复合词（中单业），以前享受

的。smaratā（√smṛ 现分，阳单具）回想。ca（不变词）和。yatra（不变词）这里。kampa（颤抖）-uttaram（uttara 伴有，充满），复合词（中单业），充满颤抖的。bhīru（bhīrū 阴单呼）胆怯的女郎。tava（tvad 单属）你。upagūḍham（upagūḍha 中单业）拥抱。guhā（山洞）-visārīṇi（visārin 扩散的），复合词（中复体），山洞中盘旋回响。ativāhitāni（ativāhita 中复体）度过。mayā（mad 单具）我。katham-cit（不变词）好不容易。ghana（云）-garjitāni（garjita 雷鸣，轰鸣），复合词（中复体），隆隆雷鸣。

आसारसिक्तक्षितिबाष्पयोगान्मामक्षिणोद्यत्र विभिन्नकोशैः।
विडम्ब्यमाना नवकन्दलैस्ते विवाहधूमारुणलोचनश्रीः॥२९॥

暴雨倾泻大地，新鲜的甘陀罗花
接触大地散发的雾气，花苞绽开，
仿佛模拟你在结婚仪式上被烟火
熏红的那双美丽眼睛，令我伤心。（29）

āsāra（暴雨）-sikta（泼洒）-kṣiti（大地）-bāṣpa（雾气）-yogāt（yoga 接触），复合词（阳单从），接触暴雨倾泻后大地散发的雾气。mām（mad 单业）我。akṣiṇot（√kṣi 未完单三）伤害。yatra（不变词）这里，指摩利耶凡山峰。vibhinna（裂开，张开）-kośaiḥ（kośa 花苞），复合词（中复具），花苞绽放。viḍambyamānā（vi√ḍamb 被动，现分，阴单体）模拟。nava（新鲜的）-kandalaiḥ（kandala 甘陀罗花），复合词（中复具），新鲜的甘陀罗花。te（tvad 单属）你。vivāha（婚礼）-dhūma（烟）-aruṇa（红的）-locana（眼睛）-śrīḥ（śrī 光辉，美丽），复合词（阴单体），在婚礼仪式上被烟火熏红的眼睛的美丽。

उपान्तवानीरवनोपगूढान्यालक्ष्यपारिप्लवसारसानि।
दूरावतीर्णा पिबतीव खेदादमूनि पम्पासलिलानि दृष्टिः॥३०॥

我的目光远远俯视般波湖，
仿佛疲倦口渴而喝湖中水，
湖的四周围布满蔓藤树丛，
湖中凫游的仙鹤依稀可辨。（30）

upānta（边缘）-vānīra（蔓藤）-vana（丛林）-upagūḍhāni（upagūḍha 围绕），复合词（中复业），四周布满蔓藤树丛。ālakṣya（依稀可辨的）-pāriplava（凫游的）-sārasāni（sārasa 仙鹤），复合词（中复业），凫游的仙鹤依稀可辨。dūra（远处）-avatīrṇā（avatīrṇa 下降），复合词（阴单体），落到远处。pibati（√pā 现在单三）喝。iva（不变词）仿佛。khedāt（kheda 阳单从）疲倦。amūni（adas 中复业）那。pampā（般波湖）-salilāni （salila 水），复合词（中复业），般波湖的水。dṛṣṭiḥ（dṛṣṭi 阴单体）目光。

अत्रावियुक्तानि रथाङ्गनाम्नामन्योन्यदत्तोत्पलकेसराणि।
द्वन्द्वानि दूरान्तरवर्तिना ते मया प्रिये सस्पृहमीक्षितानि॥३१॥

爱妻啊，我与你远隔一方，
以羡慕的目光凝望这里的
轮鸟成双作对，形影不离，
互相亲密地递送莲花纤维。（31）

atra（不变词）这里。aviyuktāni（aviyukta 中复体）不分离的。rathāṅga（轮）-nāmnām（nāman 名称），复合词（阳复属），名为轮的，轮鸟。anyonya（互相）-datta（给予）-utpala（莲花）-kesarāṇi（kesara 纤维），复合词（中复体），互相给予莲花纤维。dvandvāni（dvandva 中复体）一双。dūra（远处）-antara（间隔）-vartinā（vartin 处于），复合词（阳单具），相隔很远。te（tvad 单属）你。mayā（mad 单具）我。priye（priyā 阴单呼）爱妻。saspṛham（不变词）羡慕地。īkṣitāni（īkṣita 中复体）凝望。

इमां तटाशोकलतां च तन्वीं स्तनाभिरामस्तबकाभिनम्राम्।
त्वत्प्राप्तिबुद्ध्या परिरब्धुकामः सौमित्रिणा साश्रुरहं निषिद्धः॥३२॥

岸边这棵无忧树的细嫩枝条，
长有美如乳房的花簇而下垂，
我以为找到了你，流着眼泪，
想要拥抱，罗什曼那劝阻我。（32）

imām（idam 阴单业）这。taṭa（岸边）-aśoka（无忧树）-latām（latā 枝条），复合词（阴单业），岸边无忧树的枝条。ca（不变词）和。tanvīm（tanu 阴单业）纤细的。stana（乳房）-abhirāma（可爱的，美丽的）-stabaka（花簇）-abhinamrām（abhinamra 下垂的），复合词（阴单业），长有美如乳房的花簇而下垂。tvad（你）-prāpti（获得）-buddhyā（buddhi 想法），复合词（阴单具），以为找到了你。parirabdhu（pari√rabh 不定式，拥抱）-kāmaḥ（kāma 渴望），复合词（阳单体），想要拥抱。saumitriṇā（saumitri 阳单具）罗什曼那。sa（带着）-aśruḥ（aśru 眼泪），复合词（阳单体），流着眼泪。aham（mad 单体）我。niṣiddhaḥ（niṣiddha 阳单体）阻拦。

अमूर्विमानान्तरलम्बिनीनां श्रुत्वा स्वनं काञ्चनकिङ्किणीनाम्।
प्रत्युद्व्रजन्तीव खमुत्पतन्त्यो गोदावरीसारसपङ्क्तयस्त्वाम्॥३३॥

戈达瓦利河上这一排排仙鹤，

听到了挂在这辆飞车里面的、
这些金铃铛发出的叮当声响，
飞上天空，仿佛前来欢迎你。（33）

amūḥ（adas 阴复体）这。vimāna（飞车）-antara（内部，里面）-lambinīnām（lambin 悬挂），复合词（阴复属），悬挂在飞车里面。śrutvā（√śru 独立式）听到。svanam（svana 阳单业）声响。kāñcana（金子）-kiṅkiṇīnām（kiṅkiṇī 铃铛），复合词（阴复属），金铃铛。pratyudvrajanti（prati-ud√vraj 现在复三）前来迎接。iva（不变词）仿佛。kham（kha 中单业）天空。utpatantyaḥ（ud√pat 现分，阴复体）飞上。godāvarī（戈达瓦利河）-sārasa（仙鹤）-paṅktayaḥ（paṅkti 排，行），复合词（阴复体），戈达瓦利河上成排的仙鹤。tvām（tvad 单业）你。

एषा त्वया पेशलमध्ययापि घटाम्बुसंवर्धितबालचूता।
आनन्दयत्युन्मुखकृष्णसारा दृष्टा चिरात्पञ्चवटी मनो मे॥ ३४॥

看到久违的般遮婆帝[①]令我喜欢，
那些花斑羚羊昂首凝望着我们，
那时，你即使腰肢纤细，依然
提罐浇水培育这里的小芒果树。（34）

eṣā（etad 阴单体）这。tvayā（tvad 单具）你。peśala（纤细的）-madhyayā（madhya 腰），复合词（阴单具），腰肢纤细。api（不变词）即使。ghaṭa（水罐）-ambu（水）-saṃvardhita（养育）-bāla（幼小的）-cūtā（cūta 芒果树），复合词（阴单体），提罐浇水培育小芒果树。ānandayati（ā√nand 致使，现在单三）高兴。unmukha（昂头的）-kṛṣṇasārā（kṛṣṇasāra 花斑羚羊），复合词（阴单体），花斑羚羊昂首。dṛṣṭā（dṛṣṭa 阴单体）看见。cirāt（不变词）长久以后。pañcavaṭī（pañcavaṭī 阴单体）般遮婆帝。manaḥ（manas 中单业）心。me（mad 单属）我。

अत्रानुगोदं मृगयानिवृत्तस्तरंगवातेन विनीतखेदः।
रहस्त्वदुत्सङ्गनिषण्णमूर्धा स्मरामि वानीरगृहेषु सुप्तः॥ ३५॥

我沿着戈达瓦利河打猎回来，
波浪吹来的风解除我的疲乏，
记得我俩单独住在藤萝屋中，
我的头枕在你的怀抱中入睡。（35）

① “般遮婆帝”是罗摩流亡期间居住过的一个地方。参阅第十二章第 31 首。

atra（不变词）这里。anugodam（不变词）沿着戈达瓦利河。mṛgayā（打猎）-nivṛttaḥ（nivṛtta 回来），复合词（阳单体），打猎回来。taraṅga（波浪）-vātena（vāta 风），复合词（阳单具），波浪吹来的风。vinīta（驱除）-khedaḥ（kheda 疲倦），复合词（阳单体），解除疲倦。rahas（不变词）单独地。tvad（你）-utsaṅga（怀抱）-niṣaṇṇa（坐下，躺下）-mūrdhā（mūrdhan 头），复合词（阳单体），头枕在你的怀抱中。smarāmi（√smṛ 现在单一）记得。vānīra（蔓藤）-gṛheṣu（gṛha 屋），复合词（中复依），藤萝屋。suptaḥ（supta 阳单体）入睡。

भ्रूभेदमात्रेण पदान्मघोनः प्रभ्रंशयां यो नहुषं चकार।
तस्याविलाम्भःपरिशुद्धिहेतोर्भौमो मुनेः स्थानपरिग्रहोऽयम्॥ ३६॥

这里是投山在地上的住处，
这位仙人一皱眉，就让友邻
从天王因陀罗的宝座上坠落①，
他也让浑浊的水变得清净②。（36）

bhrū（眉毛）-bheda（破裂）-mātreṇa（mātra 仅仅），复合词（中单具），仅仅皱眉。padāt（pada 中单从）位置。maghonaḥ（maghavan 阳单属）因陀罗。prabhraṃśayāṃcakāra（pra√bhraṃś 致使，完成单三）坠落。yaḥ（yad 阳单体）这，指投山仙人。nahuṣam（nahuṣa 阳单业）友邻王。tasya（tad 阳单属）他。āvila（浑浊的）-ambhas（水）-pariśuddhi（清净）-hetoḥ（hetu 原因），复合词（阳单属），浑浊的水变清净的原因。bhaumaḥ（bhauma 阳单体）地上的。muneḥ（muni 阳单属）牟尼。sthāna（地方）-parigrahaḥ（parigraha 接受，占有），复合词（阳单体），占有的地方。ayam（idam 阳单体）这。

त्रेताग्निधूमाग्रमनिन्द्यकीर्तेस्तस्येदमाक्रान्तविमानमार्गम्।
घ्रात्वा हविर्गन्धि रजोविमुक्तः समश्नुते मे लघिमानमात्मा॥ ३७॥

这位仙人的名声纯洁，他的
三堆祭火的烟雾飘上飞车之路，
带有祭品的香味，我的灵魂
嗅到后，摆脱尘垢，变得轻盈。（37）

① 传说友邻王曾登上天国宝座。他在天国时，想要霸占因陀罗的妻子舍姬。舍姬按照天国祭司的授意，要求友邻让天国仙人们抬轿娶她。友邻忘乎所以，让天国仙人们抬轿，还用脚踢了投山仙人。结果，遭到投山仙人诅咒，从天国宝座坠落地下。

② “投山”（agastya）也是星座名称。它出现在雨季结束和秋季来临之时。河水在雨季变得浑浊，而在秋季变得清净。

tretā（三）-agni（祭火）-dhūma（烟雾）-agram（agra 尖，前梢），复合词（中单业），三堆祭火的烟梢。anindya（无可指责的，纯洁的）-kīrteḥ（kīrti 名声），复合词（阳单属），名声纯洁的。tasya（tad 阳单属）他。idam（idam 中单业）这。ākrānta（到达，进入）-vimāna（飞车）-mārgam（mārga 道路），复合词（中单业），飘上飞车之路。ghrātvā（√ghrā 独立式）嗅到。havis（祭品）-gandhi（gandhin 有香味的），复合词（中单业），带有祭品的香味。rajas（忧性，尘垢）-vimuktaḥ（vimukta 摆脱），复合词（阳单体），摆脱忧性，摆脱尘垢。samaśnute（sam√aś 现在单三）达到。me（mad 单属）我。laghimānam（laghiman 阳单业）轻盈。ātmā（ātman 阳单体）灵魂，自我。

एतन्मुनेर्मानिनि शातकर्णेः पञ्चाप्सरो नाम विहारवारि।
आभाति पर्यन्तवनं विदूरान्मेघान्तरालक्ष्यमिवेन्दुबिम्बम्॥३८॥

高傲的女郎啊，这是薄耳的
名为“五仙女”的娱乐池，
四周环绕树林，远远望去，
犹如云中隐约可见的月轮。（38）

etat（etad 中单体）这。muneḥ（muni 阳单属）牟尼。mānini（māninī 阴单呼）高傲的女郎。śātakarṇeḥ（śātakarṇi 阳单属）薄耳（仙人名）。pañca（pañcan 五）-apsaraḥ（apsaras 仙女），复合词（中单体），五仙女。nāma（不变词）名为。vihāra（娱乐）-vāri（vāri 水），复合词（中单体），娱乐池。ābhāti（ā√bhā 现在单三）看似。paryanta（周围）-vanam（vana 树林），复合词（中单体），四周围绕树林。vidūrāt（不变词）远远地。megha（云）-antara（中间）-ālakṣyam（ālakṣya 隐约可见的），复合词（中单体），云中隐约可见的。iva（不变词）犹如。indu（月）-bimbam（bimba 圆盘），复合词（中单体），月轮。

पुरा स दर्भाङ्कुरमात्रवृत्तिश्चरन्मृगैः सार्धमृषिर्मघोना।
समाधिभीतेन किलोपनीतः पञ्चाप्सरोयौवनकूटबन्धम्॥३९॥

据说这位仙人以前与鹿群
一起生活，以达薄草尖维生，
而天王因陀罗惧怕他的禅定，
将他引入五仙女的青春陷阱。（39）

purā（不变词）过去。saḥ（tad 阳单体）他。darbha（达薄草）-aṅkura（草尖）-mātra（仅仅）-vṛttiḥ（vṛtti 生存），复合词（阳单体），仅仅以达薄草尖维生。caran（√car

现分，阳单体）活动，生活。mṛgaiḥ（mṛga 阳复具）鹿。sārdham（不变词）一起。ṛṣiḥ（ṛṣi 阳单体）仙人。maghonā（maghavan 阳单具）因陀罗。samādhi（禅定）-bhītena（bhīta 惧怕），复合词（阳单具），惧怕禅定。kila（不变词）据说。upanītaḥ（upanīta 阳单体）带往。pañca（pañcan 五）-apsaras（仙女）-yauvana（青春）-kūṭabandham（kūṭabandha 陷阱），复合词（阳单业），五仙女的青春陷阱。

तस्यायमन्तर्हितसौधभाजः प्रसक्तसंगीतमृदङ्गघोषः।
वियद्गतः पुष्पकचन्द्रशालाः क्षणं प्रतिश्रुन्मुखराः करोति॥४०॥

他现在住在水下宫殿，
歌声和鼓声响彻不停，
升入空中，刹那间进入
花车的阁楼中喧嚣回响。（40）

tasya（tad 阳单属）他。ayam（idam 阳单体）这。antarhita（隐藏的，消失水下的）-saudha（宫殿）-bhājaḥ（bhāj 享有），复合词（阳单属），住在水下宫殿。prasakta（连续不断）-saṃgīta（唱歌）-mṛdaṅga（鼓）-ghoṣaḥ（ghoṣa 声音），复合词（阳单体），歌声和鼓声响彻不停。viyat（天空）-gataḥ（gata 来到），复合词（阳单体），升入空中。puṣpaka（花车）-candraśālāḥ（candraśālā 阁楼），复合词（阴复业），花车的阁楼。kṣaṇam（不变词）刹那间。pratiśrut（回声）-mukharāḥ（mukhara 喧嚣的），复合词（阴复业），回声喧嚣。karoti（√kṛ 现在单三）做。

हविर्भुजामेधवतां चतुर्णां मध्ये ललाटंतपसप्तसप्तिः।
असौ तपस्यत्यपरस्तपस्वी नाम्ना सुतीक्ष्णश्चरितेन दान्तः॥४१॥

另一位苦行者名为“严厉”，
而行为温顺，正在修苦行，
坐在四堆燃料充足的火焰
中间，头顶炽热的太阳。（41）

havis（祭品）-bhujām（bhuj 享用），复合词（阳复属），享用祭品者，火。edhavatām（edhavat 阳复属）燃料充足的。caturṇām（catur 阳复属）四。madhye（madhya 中单依）中间。lalāṭam（lalāṭa 前额）-tapa（炙烤）-saptasaptiḥ（saptasapti 太阳），复合词（阳单体），太阳炙烤前额。asau（adas 阳单体）这。tapasyati（√tapasya 名动词，现在单三）修苦行。aparaḥ（apara 阳单体）另一个。tapasvī（tapasvin 阳单体）苦行者。nāmnā（nāman 中单具）名称。sutīkṣṇaḥ（sutīkṣṇa 阳单体）严厉（仙人名）。caritena（carita 中单具）行为。dāntaḥ（dānta 阳单体）温顺。

अमुं सहासप्रहितेक्षणानि व्याजार्धसंदर्शितमेखलानि।
नालं विकर्तुं जनितेन्द्रशङ्कं सुराङ्गनाविभ्रमचेष्टितानि॥४२॥

那些天女递送含笑的目光，
或者寻找借口，半露腰带，
种种调情动作都不能动摇
这位令因陀罗惧怕的仙人。（42）

amum（adas 阳单业）这。sahāsa（含笑的）-prahita（送，投向）-īkṣaṇāni（īkṣaṇa 目光），复合词（中复体），含笑递送目光。vyāja（借口）-ardha（一半）-saṃdarśita（显露）-mekhalāni（mekhalā 腰带），复合词（中复体），寻找借口，半露腰带。na（不变词）不。alam（不变词）足以，能够。vikartum（vi√kṛ 不定式）改变。janita（使产生）-indra（因陀罗）-śaṅkam（śaṅkā 惧怕），复合词（阳单业），使因陀罗产生惧怕。sura（天神）-aṅganā（妇女）-vibhrama（调情）-ceṣṭitāni（ceṣṭita 动作），复合词（中复体），天女们的调情动作。

एषोऽक्षमालावलयं मृगाणां कण्डूयितारं कुशसूचिलावम्।
सभाजने मे भुजमूर्ध्वबाहुः सव्येतरं प्राध्वमितः प्रयुङ्क्ते॥४३॥

他的左臂始终高举着[①]，而用
右臂向我表示欢迎，这右臂
戴着念珠串，平时用来采摘
拘舍草尖，也为鹿儿们搔痒。（43）

eṣaḥ（etad 阳单体）这。akṣa（念珠）-mālā（串）-valayam（valaya 手镯，围绕），复合词（阳单业），以念珠串为手镯，戴着念珠串。mṛgāṇām（mṛga 阳复属）鹿。kaṇḍūyitāram（kaṇḍūyitṛ 阳单业）搔痒者。kuśa（拘舍草）-sūci（草尖）-lāvam（lāva 割，采），复合词（阳单业），采摘拘舍草尖。sabhājane（sabhājana 中单依）致敬，欢迎。me（mad 单属）我。bhujam（bhuja 阳单业）手臂。ūrdhva（高举的）-bāhuḥ（bāhu 手臂），复合词（阳单体），高举手臂。savya（左边的）-itaram（itara 另外的，不同的），复合词（阳单业），右边的。prādhvam（不变词）友好地，合适地。itas（不变词）向这里。prayuṅkte（pra√yuj 现在单三）使用。

वाचंयमत्वात्प्रणतिं ममैष कम्पेन किंचित्प्रतिगृह्य मूर्ध्नः।
दृष्टिं विमानव्यवधानमुक्तां पुनः सहस्रार्चिषि संनिधत्ते॥४४॥

① 这是修炼苦行的一种方式。联系下一首诗，也就是左臂始终高举，保持沉默，目光凝视太阳。

他严格奉守禁语的誓愿，
微微点头接受我的致敬，
他的目光现在摆脱飞车
干扰，又专心凝视太阳。（44）

vācaṃyama（禁语）-tvāt（tva 状态），复合词（中单从），奉守禁语。praṇatim（praṇati 阴单业）鞠躬致敬。mama（mad 单属）我。eṣaḥ（etad 阳单体）这。kampena（kampa 阳单具）摇动。kim-cit（不变词）微微地。pratigṛhya（prati√grah 独立式）接受。mūrdhnaḥ（mūrdhan 阳单属）头。dṛṣṭim（dṛṣṭi 阴单业）目光。vimāna（飞车）-vyavadhāna（阻碍）-muktām（mukta 摆脱），复合词（阴单业），摆脱飞车的阻碍。punar（不变词）又。sahasra（一千）-arciṣi（arcis 光线），复合词（阳单依），具有千道光芒者，太阳。saṃnidhatte（sam-ni√dhā 现在单三）安放。

अदः शरण्यं शरभङ्गनाम्नस्तपोवनं पावनमाहिताग्नेः।
चिराय संतर्प्य समिद्भिरग्निं यो मन्त्रपूतां तनुमप्यहौषीत्॥४५॥

这是舍罗槃伽仙人的苦行林，
清净的庇护所，他安置祭火，
长期用圣洁的燃料满足祭火，
甚至献上用经咒净化的身体。①（45）

adaḥ（adas 中单体）这。śaraṇyam（śaraṇya 中单体）庇护所。śarabhaṅga（舍罗槃伽）-nāmnaḥ（nāman 名称），复合词（阳单属），名为舍罗槃伽。tapas（苦行）-vanam（vana 树林），复合词（中单体），苦行林。pāvanam（pāvana 中单体）清净的。āhita（安放，保持）-agneḥ（agni 火），复合词（阳单属），安置祭火。cirāya（不变词）长期以来。saṃtarpya（sam√tṛp 致使，独立式）满足。samidbhiḥ（samidh 阴复具）燃料。agnim（agni 阳单业）祭火。yaḥ（yad 阳单体）他。mantra（吠陀颂诗，咒语）-pūtām（pūta 净化），复合词（阴单业），经咒净化。tanum（tanu 阴单业）身体。api（不变词）甚至。ahauṣīt（√hu 不定单三）献祭。

छायाविनीताध्वपरिश्रमेषु भूयिष्ठसंभाव्यफलेष्वमीषु।
तस्यातिथीनामधुना सपर्या स्थिता सुपुत्रेष्विव पादपेषु॥४६॥

现在，他招待客人的任务，
留给这些如同儿子的树木，

① 舍罗槃伽是罗摩流亡森林时遇见的一位仙人。他当着罗摩的面，投身火中而升天。

树枝结满香甜可口的果子，
树荫驱除来往旅人的疲劳。（46）

chāyā（树荫）-vinīta（消除）-adhva（adhvan 路途）-pariśrameṣu（pariśrama 疲劳），复合词（阳复依），树荫驱除旅途的疲倦。bhūyiṣṭha（极多的，大量的）-saṃbhāvya（合适的）-phaleṣu（phala 果实），复合词（阳复依），结满香甜可口的果子。amīṣu（adas 阳复依）这。tasya（tad 阳单属）他，指舍罗槃伽。atithīnām（atithi 阳复属）客人。adhunā（不变词）现在。saparyā（saparyā 阴单体）侍奉。sthitā（sthita 阴单体）保持。su（好）-putreṣu（putra 儿子），复合词（阳复依），好儿子。iva（不变词）如同。pādapeṣu（pādapa 阳复依）树木。

धारास्वनोद्गारिदरीमुखोऽसौ शृङ्गाग्रलग्नाम्बुदवप्रपङ्कः।
बध्नाति मे बन्धुरगात्रि चक्षुर्दृप्तः ककुद्मानिव चित्रकूटः॥४७॥

肢体优美的女郎啊，这座妙峰山
如同高傲的公牛，吸引我的目光，
洞穴回响溪流声，如同牛嘴鸣叫，
峰顶云层缭绕，似牛角沾满泥土①。（47）

dhārā（溪流）-svana（声音）-udgāri（udgārin 发出）-darī（洞穴）-mukhaḥ（mukha 嘴），复合词（阳单体），洞穴回响溪流声，如同牛嘴鸣叫。asau（adas 阳单体）这。śṛṅga（角，峰）-agra（尖，顶）-lagna（粘）-ambuda（云）-vapra（堤岸）-paṅkaḥ（paṅka 泥土），复合词（阳单体），峰顶云层缭绕，似牛角尖沾满堤岸的泥土。badhnāti（√bandh 现在单三）系缚。me（mad 单属）我。bandhura（优美的）-gātri（gātrī 肢体），复合词（阴单呼），肢体优美的女郎。cakṣuḥ（cakṣus 中单业）目光。dṛptaḥ（dṛpta 阳单体）高傲的。kakudmān（kakudmat 阳单体）公牛。iva（不变词）如同。citra（妙）-kūṭaḥ（kūṭa 峰），复合词（阳单体），妙峰山。

एषा प्रसन्नस्तिमितप्रवाहा सरिद्विदूरान्तरभावतन्वी।
मन्दाकिनी भाति नगोपकण्ठे मुक्तावली कण्ठगतेव भूमेः॥४८॥

山脚下，曼陀吉尼河流淌，
河水清澈平静，远远望去，
它显得细长，犹如悬挂在
大地脖子上的珍珠项链。（48）

① 这里“牛角沾满泥土”是指公牛时常以撞击堤岸或土堆为游戏，由此牛角上沾满泥土。

eṣā（etad 阴单体）这。prasanna（清澈的）-stimita（平静的）-pravāhā（pravāha 流水），复合词（阴单体），水流清澈平静。sarit（sarit 阴单体）河。vidūra（遥远的）-antara（间隔）-bhāva（状态）-tanvī（tanu 细长的），复合词（阴单体），因距离遥远而显得细长。mandākinī（mandākinī 阴单体）曼陀吉尼河。bhāti（√bhā 现在单三）看似。naga（山）-upakaṇṭhe（upakaṇṭha 附近，旁边），复合词（阳单依），山边。muktā（珍珠）-āvalī（āvalī 一串），复合词（阴单体），珍珠项链。kaṇṭha（脖子）-gatā（gata 处于），复合词（阴单体），在脖子上。iva（不变词）犹如。bhūmeḥ（bhūmi 阴单属）大地。

अयं सुजातोऽनुगिरं तमालः प्रवालमादाय सुगन्धि यस्य।
यवाङ्कुरापाण्डुकपोलशोभी मयावतंसः परिकल्पितस्ते॥४९॥

山边这棵优美的多摩罗树，
我曾摘取它的芳香的嫩叶，
为你制成耳饰，让它为你的
麦芽般浅白的脸颊[①]增添光彩。（49）

ayam（idam 阳单体）这。sujātaḥ（sujāta 阳单体）高大的，优美的。anugiram（不变词）沿着山，山边。tamālaḥ（tamāla 阳单体）多摩罗树。pravālam（pravāla 中单业）嫩叶。ādāya（ā√dā 独立式）拿来。sugandhi（sugandhin 中单业）芳香的。yasya（yad 阳单属）这，指多摩罗树。yava（麦子）-aṅkura（芽）-āpāṇḍu（浅白的）-kapola（面颊）-śobhī（śobhin 添光彩的），复合词（阳单体），为麦芽般浅白的脸颊增添光彩。mayā（mad 单具）我。avataṃsaḥ（avataṃsa 阳单体）耳饰。parikalpitaḥ（parikalpita 阳单体）制作。te（tvad 单属）你。

अनिग्रहत्रासविनीतसत्त्वमपुष्पलिङ्गात्फलबन्धिवृक्षम्।
वनं तपःसाधनमेतदत्रेराविष्कृतोदग्रतरप्रभावम्॥५०॥

这是阿特利修苦行的树林，
动物不因惧怕惩罚而驯顺，
树木也不必开花之后结果，
显示这位仙人的崇高威力。（50）

a（不）-nigraha（惩罚）-trāsa（惧怕）-vinīta（驯顺的）-sattvam（sattva 众生，动物），复合词（中单体），动物不因惧怕惩罚而驯顺。apuṣpa（不开花）-liṅgāt（liṅga

① 这里暗含的意思是在流亡森林的艰难生活中，悉多脸色苍白。

特征），复合词（中单从），没有开花的特征。phala（果实）-bandhi（bandhin 结有）-vṛkṣam（vṛkṣa 树木），复合词（中单体），树木结果。vanam（vana 中单体）树林。tapas（苦行）-sādhanam（sādhana 实现，完成），复合词（中单体），修炼苦行。etat（etad 中单体）这。atreḥ（atri 阳单属）阿特利（仙人名）。āviṣkṛta（显示）-udagratara（更杰出的）-prabhāvam（prabhāva 威力），复合词（中单体），显示崇高威力。

अत्राभिषेकाय तपोधनानां सप्तर्षिहस्तोद्धृतहेमपद्माम्।
प्रवर्तयामास किलानसूया त्रिस्रोतसं त्र्यम्बकमौलिमालाम्॥५१॥

据说是阿那苏雅引来恒河[①]，
让这些苦行者在里面沐浴；
恒河是湿婆顶冠上的花环，
七仙人也采摘河中金莲花。（51）

atra（不变词）这里，指树林。abhiṣekāya（abhiṣeka 阳单为）沐浴。tapas（苦行）-dhanānām（dhana 财富），复合词（阳复属），以苦行为财富者，苦行者。sapta（saptan 七）-ṛṣi（仙人）-hasta（手）-uddhṛta（拔出，采摘）-hema（金子）-padmām（padma 莲花），复合词（阴单业），七仙人用手摘取金莲花。pravartayāmāsa（pra√vṛt 致使，完成单三）引来。kila（不变词）据说。anasūyā（anasūyā 阴单体）阿那苏雅。tri（三）-srotasam（srotas 水流），复合词（阴单业），有三条水流者，恒河。tryambaka（三眼神湿婆）-mauli（顶冠）-mālām（mālā 花环），复合词（阴单业），湿婆顶冠上的花环。

वीरासनैर्ध्यानजुषामृषीणाममी समध्यासितवेदिमध्याः।
निवातनिष्कम्पतया विभान्ति योगाधिरूढा इव शाखिनोऽपि॥५२॥

这些苦行者采取英雄坐姿，
潜心修禅，他们身边的树
位于祭坛[②]中央，无风不动，
仿佛也进入瑜伽入定状态。（52）

vīra（英雄）-āsanaiḥ（āsana 坐姿），复合词（中复具），英雄坐姿。dhyāna（禅定）-juṣām（juṣ 专心），复合词（阳复属），潜心修禅。ṛṣīṇām（ṛṣi 阳复属）仙人。amī（adas 阳复体）这些。samadhyāsita（位于）-vedi（祭坛）-madhyāḥ（madhya 中间），复合词（阳复体），位于祭坛中央。nivāta（无风）-niṣkampatayā（niṣkampatā 不动），复合词（阴单具），无风不动。vibhānti（vi√bhā 现在复三）看似。yoga（瑜伽入定）-

① 传说当时连续十年干旱，阿那苏雅（阿特利的妻子）引来恒河，流经这里。
② “祭坛”用于举行祭祀仪式，也有用作苦行仙人的修禅处。

adhirūḍhāḥ（adhirūḍha 登上，进入），复合词（阳复体），进入瑜伽入定。iva（不变词）仿佛。śākhinaḥ（śākhin 阳复体）树。api（不变词）也。

त्वया पुरस्तादुपयाचितो यः सोऽयं वटः श्याम इति प्रतीतः।
राशिर्मणीनामिव गारुडानां सपद्मरागः फलितो विभाति॥५३॥

这是称为“黑树”的榕树，
你曾经在它面前乞求庇护，
它的枝头结满果实，犹如
一堆绿宝石中夹杂红宝石[①]。（53）

tvayā（tvad 单具）你。purastāt（不变词）面前。upayācitaḥ（upayācita 阳单体）乞求。yaḥ（yad 阳单体）它。saḥ（tad 阳单体）这。ayam（idam 阳单体）这。vaṭaḥ（vaṭa 阳单体）榕树。śyāmaḥ（śyāma 阳单体）黑色。iti（不变词）这样（说）。pratītaḥ（pratīta 阳单体）称为。rāśiḥ（rāśi 阳单体）一堆。maṇīnām（maṇi 阳复属）珠宝。iva（不变词）犹如。gāruḍānām（gāruḍa 阳复属）绿宝石。sa（带有）-padmarāgaḥ（padmarāga 红宝石），复合词（阳单体），夹杂红宝石。phalitaḥ（phalita 阳单体）结果。vibhāti（vi√bhā 现在单三）闪亮，看似。

क्वचित्प्रभालेपिभिरिन्द्रनीलैर्मुक्तामयी यष्टिरिवानुविद्धा।
अन्यत्र माला सितपङ्कजानामिन्दीवरैरुत्खचितान्तरेव॥५४॥

某处看似一串珍珠项链，
夹杂闪耀光辉的蓝宝石；
某处看似一个白莲花环，
中间夹杂有一些蓝莲花。（54）

kvacit（不变词）某处。prabhā（光辉）-lepibhiḥ（lepin 涂抹），复合词（阳复具），闪耀光辉。indranīlaiḥ（indranīla 阳复具）蓝宝石。muktā（珍珠）-mayī（maya 组成），复合词（阴单体），珍珠制成。yaṣṭiḥ（yaṣṭi 阴单体）一串，项链。iva（不变词）似乎。anuviddhā（anuviddha 阴单体）穿透，夹杂。anyatra（不变词）另一处。mālā（mālā 阴单体）花环。sita（白色的）-paṅkajānām（paṅkaja 莲花），复合词（阳复属），白莲花。indīvaraiḥ（indīvara 中复具）蓝莲花。utkhacita（混杂）-antarā（antara 中间），复合词（阴单体），中间混杂。iva（不变词）似乎。

क्वचित्खगानां प्रियमानसानां कादम्बसंसर्गवतीव पङ्क्तिः।

① 绿宝石比喻树叶，红宝石比喻果实。

अन्यत्र कालागुरुदत्तपत्रा भक्तिर्भुवश्चन्दनकल्पितेव॥५५॥

某处看似一行喜爱心湖[①]的
白天鹅，夹杂一些黑天鹅；
某处看似地上的白檀香膏
图案，装饰有黑沉香树叶。（55）

kvacit（不变词）某处。khagānām（khaga 阳复属）鸟。priya（喜爱的）-mānasānām（mānasa 心湖），复合词（阳复属），喜爱心湖。kādamba（黑天鹅）-saṃsarga（混合）-vatī（vat 具有），复合词（阴单体），夹杂黑天鹅。iva（不变词）似乎。paṅktiḥ（paṅkti 阴单体）一行。anyatra（不变词）另一处。kālāguru（黑沉香）-datta（提供）-patrā（patra 树叶），复合词（阴单体），装饰有黑沉香树叶。bhaktiḥ（bhakti 阴单体）装饰，图案。bhuvaḥ（bhū 阴单属）大地。candana（檀香）-kalpitā（kalpita 制成），复合词（阴单体），檀香制成。iva（不变词）似乎。

क्वचित्प्रभा चान्द्रमसी तमोभिश्छायाविलीनैः शबलीकृतेव।
अन्यत्र शुभ्रा शरदभ्रलेखा रन्ध्रेष्विवालक्ष्यनभःप्रदेशा॥५६॥

某处看似皎洁的月光，
与阴影中的黑暗交织；
某处看似秋天的白云，
缝隙中依稀可辨蓝天。（56）

kvacit（不变词）某处。prabhā（prabhā 阴单体）光辉。cāndramasī（cāndramasa 阴单体）月亮的。tamobhiḥ（tamas 中复具）黑暗。chāyā（阴影）-vilīnaiḥ（vilīna 融入），复合词（中复具），处在阴影中。śabalī（śabala 混杂，交织）-kṛtā（kṛta 变成），复合词（阴单体），变成交织。iva（不变词）似乎。anyatra（不变词）另一处。śubhrā（śubhra 阴单体）洁白的。śarad（秋天）-abhra（云）-lekhā（lekhā 一条，一片），复合词（阴单体），一片秋云。randhreṣu（randhra 中复依）缝隙。iva（不变词）似乎。ālakṣya（依稀可见）-nabhas（天空）-pradeśā（pradeśa 部位），复合词（阴单体），依稀可见天空。

क्वचिच्च कृष्णोरगभूषणेव भस्माङ्गरागा तनुरीश्वरस्य।
पश्यानवद्याङ्गि विभाति गङ्गा भिन्नप्रवाहा यमुनातरङ्गैः॥५७॥

某处看似自在天湿婆的身体，

① “心湖”又称“梵湖”，位于盖拉瑟山顶。

涂抹白灰，颈脖装饰有黑蛇，
肢体无可指摘的女郎，看啊！
阎牟那河波浪冲开恒河水流。[①]（57）

kvacit（不变词）某处。ca（不变词）和。kṛṣṇa（黑色的）-uraga（蛇）-bhūṣaṇā（bhūṣaṇa 装饰），复合词（阴单体），以黑蛇为装饰品。iva（不变词）似乎。bhasma（bhasman 灰烬）-aṅgarāgā（aṅgarāga 香膏），复合词（阴单体），以白灰为抹身的香膏。tanuḥ（tanu 阴单体）身体。īśvarasya（īśvara 阳单属）自在天，湿婆。paśya（√dṛś 命令单二）看。anavadya（无可指摘的）-aṅgi（aṅga 肢体），复合词（阴单呼），肢体无可指摘的女郎。vibhāti（vi√bhā 现在单三）看似。gaṅgā（gaṅgā 阴单体）恒河。bhinna（分开）-pravāhā（pravāha 水流），复合词（阴单体），水流被分开。yamunā（阎牟那河）-taraṅgaiḥ（taraṅga 波浪），复合词（阳复具），阎牟那河的波浪。

समुद्रपत्न्योर्जलसंनिपाते पूतात्मनामत्र किलाभिषेकात्।
तत्त्वावबोधेन विनापि भूयस्तनुत्यजां नास्ति शरीरबन्धः॥५८॥

在这两条河流的汇合处，
人们沐浴后，灵魂净化，
即使没有觉知终极真理，
死后也不会再投胎转生。（58）

samudra（大海）-patnyor（patnī 妻子），复合词（阴双属），大海的妻子，河流。jala（水）-saṃnipāte（saṃnipāta 交汇），复合词（阳单依），河水交汇处。pūta（净化）-ātmanām（ātman 灵魂），复合词（阳复属），灵魂净化。atra（不变词）这里。kila（不变词）据说。abhiṣekāt（abhiṣeka 阳单从）沐浴。tattva（真谛）-avabodhena（avabodha 觉知），复合词（阳单具），觉知真谛。vinā（不变词）没有。api（不变词）即使。bhūyas（不变词）再。tanu（身体）-tyajām（tyaj 抛弃），复合词（阳复属），抛弃身体，死亡。na（不变词）不。śarīra（身体）-bandhaḥ（bandha 束缚），复合词（阳单体），身体的束缚，再生。

पुरं निषादाधिपतेरिदं तद्यस्मिन्मया मौलिमणिं विहाय।
जटासु बद्धास्वरुदत्सुमन्त्रः कैकेयि कामाः फलितास्तवेति॥५९॥

这是尼沙陀国王的城市，
我在这里抛弃顶冠宝珠，

① 以上四首诗描写这两条河汇合的景象：恒河呈白色，阎牟那河呈黑色。

束起发髻，苏曼多罗[①]哭喊：
“吉迦伊，你的心愿实现！”（59）

puram（pura 中单体）城市。niṣāda（尼沙陀）-adhipateḥ（adhipati 国王），复合词（阳单属），尼沙陀国王。idam（idam 中单体）这。tat（tad 中单体）它。yasmin（yad 阳单依）这。mayā（mad 单具）我。mauli（顶冠）-maṇim（maṇi 宝珠），复合词（阳单业），顶冠的宝珠。vihāya（vi√hā 独立式）抛弃。jaṭāsu（jaṭā 阴复依）发髻。baddhāsu（baddha 阴复依）束，扎。arudat（√rud 不定单三）哭。sumantraḥ（sumantra 阳单体）苏曼多罗。kaikeyi（kaikeyī 阴单呼）吉迦伊。kāmāḥ（kāma 阳复体）愿望。phalitāḥ（phalita 阳复体）结果，实现。tava（tvad 单属）你。iti（不变词）这样（说）。

पयोधरैः पुण्यजनाङ्गनानां निर्विष्टहेमाम्बुजरेणु यस्याः।
ब्राह्मं सरः कारणमाप्तवाचो बुद्धेरिवाव्यक्तमुदाहरन्ति॥ ६०॥

圣者们说这萨罗优河，
源自药叉女们的乳房
享用金莲花粉的梵湖，
犹如知觉源自未显者[②]。（60）

payodharaiḥ（payodhara 阳复具）乳房。puṇyajana（药叉）-aṅganānām（aṅganā 妇女），复合词（阴复属），药叉女。nirviṣṭa（享用）-hema（金子）-ambuja（莲花）-reṇu（reṇu 花粉），复合词（中单体），享用金莲花粉。yasyāḥ（yad 阴单属）它，指萨罗优河。brāhmam（brāhma 中单体）有关梵的。saraḥ（saras 中单体）湖。kāraṇam（kāraṇa 中单体）原因，来源。āpta（可信的）-vācaḥ（vāc 话语），复合词（阳复体），言语可信者，圣者。buddheḥ（buddhi 阴单属）知觉。iva（不变词）犹如。avyaktam（avyakta 中单体）未显示者。udāharanti（ud-ā√hṛ 现在复三）说。

जलानि या तीरनिखातयूपा वहत्ययोध्यामनु राजधानीम्।
तुरंगमेधावभृथावतीर्णैरिक्ष्वाकुभिः पुण्यतरीकृतानि॥ ६१॥

它的岸边竖立着许多祭柱，
河水沿着阿逾陀都城流淌，
因甘蔗族人在马祭完成后，
入河沐浴，变得更加圣洁。（61）

---

① 苏曼多罗是十车王的御者，他驾车将罗摩送到尼沙陀国。罗摩从这里开始进入流亡生活。
② 按照数论哲学观念，“原人”（或自我）产生“未显者”（或称“原初物质”），“未显者”产生“知觉”（即智能）。

jalāni（jala 中复业）水。yā（yad 阴单体）它，指萨罗优河。tīra（岸）-nikhāta（埋入，竖立）-yūpā（yūpa 祭柱），复合词（阴单体），岸边竖立着祭柱。vahati（√vah 现在单三）流动。ayodhyām（ayodhyā 阴单业）阿逾陀。anu（不变词）沿着。rājadhānīm（rājadhānī 阴单业）王城。turaṅga（马）-medha（祭祀）-avabhṛtha（沐浴）-avatīrṇaiḥ（avatīrṇa 进入），复合词（阳复具），马祭完成后，入河沐浴。ikṣvākubhiḥ（ikṣvāku 阳复具）甘蔗族。puṇyatarī（puṇyatara 更加圣洁）-kṛtāni（kṛta 变成），复合词（中复业），变得更加圣洁。

यां सैकतोत्सङ्गसुखोचितानां प्राज्यैः पयोभिः परिवर्धितानाम्।
सामान्यधात्रीमिव मानसं मे संभावयत्युत्तरकोसलानाम्॥ ६२॥

我心中认为这条萨罗优河，
像是北憍萨罗族的共同母亲，
人们在沙滩怀抱中享受快乐，
吸吮丰富的河水乳汁而成长。（62）

yām（yad 阴单业）它，指萨罗优河。saikata（沙滩）-utsaṅga（怀抱）-sukha（快乐）-ucitānām（ucita 习惯于），复合词（阳复属），习惯在沙滩怀抱中享受快乐。prājyaiḥ（prājya 中复具）丰富的。payobhiḥ（payas 中复具）水，乳汁。parivardhitānām（parivardhita 阳复属）养育。sāmānya（共同的）-dhātrīm（dhātrī 乳母，母亲），复合词（阴单业），共同的母亲。iva（不变词）像。mānasam（mānasa 中单体）心。me（mad 单属）我。saṃbhāvayati（sam√bhū 致使，现在单三）认为。uttara（北方的）-kosalānām（kosala 憍萨罗族），复合词（阳复属），北憍萨罗族。

सेयं मदीया जननीव तेन मान्येन राज्ञा सरयूर्वियुक्ता।
दूरे वसन्तं शिशिरानिलैर्मां तरंगहस्तैरुपगूहतीव॥ ६३॥

这萨罗优河如同我的母亲，
如今与可尊敬的国王分离，
她仿佛用扬起阵阵清风的
波浪手臂，拥抱远处的我。（63）

sā（tad 阴单体）它，指萨罗优河。iyam（idam 阴单体）这。madīyā（madīya 阴单体）我的。jananī（jananī 阴单体）母亲。iva（不变词）如同。tena（tad 阳单具）他。mānyena（mānya 阳单具）可尊敬的。rājñā（rājan 阳单具）国王。sarayūḥ（sarayū 阴单体）萨罗优河。viyuktā（viyukta 阴单体）分离。dūre（dūra 中单依）远处。vasantam（√vas 现分，阳单业）处于。śiśira（清凉的）-anilaiḥ（anila 风），复合词（阳复具），

带着清凉的风。mām（mad 单业）我。taraṅga（波浪）-hastaiḥ（hasta 手），复合词（阳复具），波浪手。upagūhati（upa√guh 现在单三）拥抱。iva（不变词）仿佛。

विरक्तसंध्याकपिशं पुरस्ताद्यतो रजः पार्थिवमुज्जिहीते।
शङ्के हनूमत्कथितप्रवृत्तिः प्रत्युद्गतो मां भरतः ससैन्यः॥६४॥

前面大地上扬起像红色晚霞
那样的棕红尘土，我猜想是
婆罗多已从哈奴曼那里得知
消息，带着军队前来迎接我。（64）

virakta（红色的）-saṃdhyā（晚霞）-kapiśam（kapiśa 棕红的），复合词（中单体），像红色晚霞般棕红。purastāt（不变词）前面。yatas（不变词）由于。rajaḥ（rajas 中单体）尘土。pārthivam（pārthiva 中单体）大地的。ujjihīte（ud√hā 现在单三）扬起。śaṅke（√śaṅk 现在单一）猜想。hanūmat（哈奴曼）-kathita（告诉）-pravṛttiḥ（pravṛtti 消息），复合词（阳单体），由哈奴曼告知消息。pratyudgataḥ（pratyudgata 阳单体）前来迎接。mām（mad 单业）我。bharataḥ（bharata 阳单体）婆罗多。sa（带着）-sainyaḥ（sainya 军队），复合词（阳单体），带着军队。

अद्धा श्रियं पालितसंगराय प्रत्यर्पयिष्यत्यनघां स साधुः।
हत्वा निवृत्ताय मृधे खरादीन्संरक्षितां त्वामिव लक्ष्मणो मे॥६५॥

这位贤士肯定会完好无损地
将王权交还给信守诺言[①]的我，
就像罗什曼那保护你，等到我
歼灭伽罗等罗刹后，交还给我。（65）

addhā（不变词）肯定。śriyam（śrī 阴单业）王权。pālita（保护）-saṃgarāya（saṃgara 诺言），复合词（阳单为），信守诺言。pratyarpayiṣyati（prati√ṛ 致使，将来单三）归还。anaghām（anagha 阴单业）纯洁无瑕的，完好无损的。saḥ（tad 阳单体）他。sādhuḥ（sādhu 阳单体）贤士。hatvā（√han 独立式）杀死。nivṛttāya（nivṛtta 阳单为）回来。mṛdhe（mṛdha 中单依）战斗。khara（伽罗）-ādīn（ādi 等），复合词（阳复业），伽罗等人。saṃrakṣitām（saṃrakṣita 阴单业）保护。tvām（tvad 单业）你。iva（不变词）像。lakṣmaṇaḥ（lakṣmaṇa 阳单体）罗什曼那。me（mad 单为）我。

असौ पुरस्कृत्य गुरुं पदातिः पश्चादवस्थापितवाहिनीकः।

① “信守诺言”指信守流放森林十四年的诺言。

वृद्धैरमात्यैः सह चीरवासा मामर्घ्यपाणिर्भरतोऽभ्युपैति॥ ६६॥

身穿褴褛衣，手持礼品，
他带着老臣们徒步而行，
让王族老师走在前面，
军队殿后，向我走来。（66）

asau（adas 阳单体）这。puraskṛtya（puras√kṛ 独立式）放置在前。gurum（guru 阳单业）老师。padātiḥ（padāti 阳单体）步行的。paścāt（后面）-avasthāpita（安放）-vāhinīkaḥ（vāhinīka 军队），复合词（阳单体），军队殿后。vṛddhaiḥ（vṛddha 阳复具）年老的。amātyaiḥ（amātya 阳复具）大臣。saha（不变词）带着。cīra（破布）-vāsā（vāsas 衣服），复合词（阳单体），身穿褴褛衣。mām（mad 单业）我。arghya（待客礼品）-pāṇiḥ（pāṇi 手），复合词（阳单体），手持礼品。bharataḥ（bharata 阳单体）婆罗多。abhyupaiti（abhi-upa√i 现在单三）走近。

पित्रा विसृष्टां मदपेक्षया यः श्रियं युवाप्यङ्कगतामभोक्ता।
इयन्ति वर्षाणि तया सहोग्रमभ्यस्यतीव व्रतमासिधारम्॥ ६७॥

他出于关心我，不趁着年轻，
享受父亲送到他怀中的王权，
这么多年，仿佛与王权一起，
发誓奉行严酷的刀锋苦行。①（67）

pitrā（pitṛ 阳单具）父亲。visṛṣṭām（visṛṣṭa 阴单业）给予。mad（我）-apekṣayā（apekṣā 关心），复合词（阴单具），关心我。yaḥ（yad 阳单体）他。śriyam（śrī 阴单业）王权。yuvā（yuvan 阳单体）年轻的。api（不变词）即使。aṅka（怀中）-gatām（gata 处于），复合词（阴单业），在怀中。abhoktā（abhoktṛ 阳单体）不享用的。iyanti（iyat 中复业）这么多的。varṣāṇi（varṣa 中复业）年。tayā（tad 阴单具）它，指王权。saha（不变词）一起。ugram（ugra 中单业）严酷的。abhyasyati（abhi√as 现在单三）实践。iva（不变词）仿佛。vratam（vrata 中单业）苦行，誓言。āsidhāram（āsidhāra 中单业）刀锋的。

एतावदुक्तवति दाशरथौ तदीया-
मिच्छां विमानमधिदेवतया विदित्वा।

① “刀锋苦行”或指站在刀锋上的修炼方式，或指年轻妻子始终陪伴身边，而不起任何欲念的修炼方式。这里是指后者，比喻婆罗多一直不享用王权，等待着交还罗摩。这里的“王权”（śrī）一词也可以读为“吉祥女神”。

ज्योतिष्पथादवततार सविस्मयाभि-
रुद्वीक्षितं प्रकृतिभिर्भरतानुगाभिः ॥ ६८ ॥

罗摩说完这些话，飞车知道
他的心愿，按照主神的旨意，
从空中下降，陪随婆罗多的
臣民们全都惊讶地昂首凝望。（68）

etāvat（不变词）这样。uktavati（uktavat 阳单依）说。dāśarathau（dāśarathi 阳单依）罗摩。tadīyām（tadīya 阴单业）他的。icchām（icchā 阴单业）心愿。vimānam（vimāna 中单体）飞车。adhidevatayā（adhidevatā 阴单具）主神。viditvā（√vid 独立式）知道。jyotis（发光体，行星）-pathāt（patha 道路），复合词（阳单从），行星之路，天空。avatatāra（ava√tṝ 完成单三）下降。sa（带着）-vismayābhiḥ（vismaya 惊讶），复合词（阴复具），满怀惊讶。udvīkṣitam（udvīkṣita 中单体）仰望。prakṛtibhiḥ（prakṛti 阴复具）臣民。bharata（婆罗多）-anugābhiḥ（anuga 跟随），复合词（阴复具），跟随婆罗多。

तस्मात्पुरःसरबिभीषणदर्शितेन
सेवाविचक्षणहरीश्वरदत्तहस्तः ।
यानादवातरददूरमहीतलेन
मार्गेण भङ्गिरचितस्फटिकेन रामः ॥ ६९ ॥

维毗沙那走在前面指引，
擅长侍奉的猴王伸手搀扶，
罗摩沿着铺有水晶台阶的、
离地不远的路①，走下飞车。（69）

tasmāt（tad 中单从）这，指飞车。puraḥsara（走在前面的）-bibhīṣaṇa（维毗沙那）-darśitena（darśita 指示），复合词（阳单具），维毗沙那走在前面指示。sevā（侍奉）-vicakṣaṇa（擅长的）-hari（猴子）-īśvara（王）-datta（给予）-hastaḥ（hasta 手），复合词（阳单体），擅长侍奉的猴王伸出手来。yānāt（yāna 中单从）车。avātarat（ava√tṝ 未完单三）下来。adūra（不远的）-mahī（大地）-talena（tala 表面），复合词（阳单具），距离地面不远的。mārgeṇa（mārga 阳单具）道路。bhaṅgi（台阶）-racita（铺设）-sphaṭikena（sphaṭika 水晶），复合词（阳单具），台阶上铺设水晶。rāmaḥ（rāma 阳单体）罗摩。

① 罗摩乘坐的飞车，实际上也是一座宫殿，故而从水晶台阶走下飞车。

इक्ष्वाकुवंशगुरवे प्रयतः प्रणम्य
स भ्रातरं भरतमर्घ्यपरिग्रहान्ते।
पर्यश्रुरस्वजत मूर्धनि चोपजघ्रौ
तद्भक्त्यपोढपितृराज्यमहाभिषेके॥ ७० ॥

罗摩虔诚地先向甘蔗族老师行礼，
接受弟弟婆罗多献礼后，热泪盈眶，
拥抱他，吻他的头顶，为忠于长兄，
这头顶始终拒绝灌顶登上父亲王位。（70）

ikṣvāku（甘蔗族）-vaṃśa（家族）-gurave（guru 老师），复合词（阳单为），甘蔗族老师。prayataḥ（prayata 阳单体）虔诚的。praṇamya（pra√nam 独立式）敬礼。saḥ（tad 阳单体）他。bhrātaram（bhrātṛ 阳单业）兄弟。bharatam（bharata 阳单业）婆罗多。arghya（礼物）-parigraha（接受）-ante（anta 结束），复合词（阳单依），接受了礼物后。paryaśruḥ（paryaśru 阳单体）热泪盈眶的。asvajata（√svañj 未完单三）拥抱。mūrdhani（mūrdhan 阳单依）头。ca（不变词）和。upajaghrau（upa√ghrā 完成单三）闻，吻。tad（他，指罗摩）-bhakti（忠诚）-apoḍha（放弃）-pitṛ（父亲）-rājya（王位）-mahā（大）-abhiṣeke（abhiṣeka 灌顶），复合词（阳单依），忠于罗摩而放弃继承父亲王位的盛大灌顶。

श्मश्रुप्रवृद्धिजनितानननविक्रियांश्च
प्लक्षान्प्ररोहजटिलानिव मन्त्रिवृद्धान्।
अन्वग्रहीत्प्रणमतः शुभदृष्टिपातै-
र्वार्तानुयोगमधुराक्षरया च वाचा॥ ७१ ॥

老臣们胡须留得很长而容貌
改变，犹如枝条繁茂的榕树，
罗摩目光可爱，接受他们行礼，
以甜蜜的话语问候他们安康。（71）

śmaśru（胡须）-pravṛddhi（增长）-janita（产生）-ānana（面容）-vikriyān（vikriyā 变化），复合词（阳复业），胡须留得很长而容貌改变。ca（不变词）和。plakṣān（plakṣa 阳复业）榕树。praroha（枝条）-jaṭilān（jaṭila 繁茂的），复合词（阳复业），枝条繁茂。iva（不变词）犹如。mantri（mantrin 大臣）-vṛddhān（vṛddha 年老的），复合词（阳复业），老臣。anvagrahīt（anu√grah 不定单三）接受，欢迎。praṇamataḥ（pra√nam 现分，阳复业）致敬。śubha（可爱的）-dṛṣṭipātaiḥ（dṛṣṭipāta 目光），复合词（阳复具），

可爱的目光。vārta（安好）-anuyoga（anuyoga 询问）-madhura（甜蜜的）-akṣarayā（akṣara 词语），复合词（阴单具），问候安康的甜蜜词语。ca（不变词）和。vācā（vāc 阴单具）话语。

दुर्जातबन्धुरयमृक्षहरीश्वरो मे
पौलस्त्य एष समरेषु पुरःप्रहर्ता।
इत्यादृतेन कथितौ रघुनन्दनेन
व्युत्क्रम्य लक्ष्मणमुभौ भरतो ववन्दे॥ ७२॥

"这位猿猴王是我的患难之交，
这位维毗沙那是战斗中的先锋"，
罗摩这样尊敬地介绍，婆罗多
越过罗什曼那，先向他俩行礼。（72）

durjāta（灾难，不幸）-bandhuḥ（bandhu 亲友），复合词（阳单体），患难之交。ayam（idam 阳单体）这。ṛkṣa（猿）-hari（猴子）-īśvaraḥ（īśvara 王），复合词（阳单体），猿猴王。me（mad 单属）我。paulastyaḥ（paulastya 阳单体）补罗私底耶的后代，维毗沙那。eṣaḥ（etad 阳单体）他。samareṣu（samara 阳复依）战斗。puras（前面的）-prahartā（prahartṛ 战士），复合词（阳单体），先锋战士。iti（不变词）这样（说）。ādṛtena（ādṛta 阳单具）怀着尊敬的。kathitau（kathita 阳双业）讲述。raghu（罗怙）-nandanena（nandana 儿子），复合词（阳单具），罗怙的后裔，罗摩。vyutkramya（vi-ud√kram 独立式）越过。lakṣmaṇam（lakṣmaṇa 阳单业）罗什曼那。ubhau（ubha 阳双业）两者。bharataḥ（bharata 阳单体）婆罗多。vavande（√vand 完成单三）礼敬。

सौमित्रिणा तदनु संससृजे स चैन-
मुत्थाप्य नम्रशिरसं भृशमालिलिङ्ग।
रूढेन्द्रजित्प्रहरणव्रणकर्कशेन
क्लिश्यन्निवास्य भुजमध्यमुरःस्थलेन॥ ७३॥

然后，婆罗多迎接罗什曼那，俯首行礼，
罗什曼那扶起他，紧紧拥抱他，而胸膛
曾遭因陀罗耆打击，结有伤疤而坚硬，
此刻在拥抱中仿佛硌疼婆罗多的胸膛。（73）

saumitriṇā（saumitri 阳单具）罗什曼那。tadanu（不变词）然后。saṃsasṛje（sam√sṛj 完成单三）相会。saḥ（tad 阳单体）他，指罗什曼那。ca（不变词）和。enam（etad 阳单业）他，指婆罗多。utthāpya（ud√sthā 致使，独立式）扶起。namra（低垂的）-śirasam （śiras 头），复合词（阳单业），俯首。bhṛśam（不变词）紧紧地。āliliṅga（ā√liṅg 完成单三）拥抱。rūḍha（长出，结有）-indrajit（因陀罗耆）-praharaṇa（打击）-vraṇa（伤疤）-karkaśena（karkaśa 粗糙的），复合词（中单具），由于因陀罗耆打击，结有伤疤而粗糙。kliśyan（√kliś 现分，阳单体）折磨，硌疼。iva（不变词）仿佛。asya（idam 阳单属）这，指婆罗多。bhuja（手臂）-madhyam（madhya 中间），复合词（中单业），胸膛。uras（胸部）-sthalena（sthala 部位），复合词（中单具），胸膛。

रामाज्ञया हरिचमूपतयस्तदानीं
कृत्वा मनुष्यवपुरारुरुहुर्गजेन्द्रान्।
तेषु क्षरत्सु बहुधा मदवारिधाराः
शैलाधिरोहणसुखान्युपलेभिरे ते॥७४॥

猴军将领们按照罗摩的吩咐，
呈现人的模样，登上那些大象，
大象流淌颞颥液汁，如同道道
溪流，他们获得登山的快乐。（74）

rāma（罗摩）-ājñayā（ājñā 吩咐），复合词（阴单具），罗摩的吩咐。hari（猴子）-camū（军队）-patayaḥ（pati 将领），复合词（阳复体），猴军将领。tadānīm（不变词）那时。kṛtvā（√kṛ 独立式）做。manuṣya（人）-vapuḥ（vapus 形体，模样），复合词（中单业），人的模样。āruruhuḥ（ā√ruh 完成复三）登上。gaja（大象）-indrān（indra 王），复合词（阳复业），象王，大象。teṣu（tad 阳复依）它，指大象。kṣaratsu（√kṣar 现分，阳复依）流淌。bahudhā（不变词）很多。mada（颞颥液汁）-vāri（水流）-dhārāḥ（dhārā 激流），复合词（阴复业），颞颥液汁溪流。śaila（山）-adhirohaṇa（攀登）-sukhāni（sukha 快乐），复合词（中复业），登山的快乐。upalebhire（upa√labh 完成复三）获得。te（tad 阳复体）它，指猴军将领。

सानुप्लवः प्रभुरपि क्षणदाचराणां
भेजे रथान्दशरथप्रभवानुशिष्टः।
मायाविकल्परचितैरपि ये तदीयै-
र्न स्यन्दनैस्तुलितकृत्रिमभक्तिशोभाः॥७५॥

罗刹之主维毗沙那也按照罗摩吩咐，
带着自己的随从们，登上那些车辆，
罗刹的车辆即使依靠幻术设计创造，
也无法与这些人工装饰的车辆媲美。（75）

sa（带着）-anuplavaḥ（anuplava 随从），复合词（阳单体），带着随从。prabhuḥ（prabhu 阳单体）主人。api（不变词）也。kṣaṇadā（夜晚）-carāṇām（cara 行动），复合词（阳复属），夜行者，罗刹。bheje（√bhaj 完成单三）享用。rathān（ratha 阳复业）车。daśarathaprabhava（daśarathaprabhava 十车王之子，罗摩）-anuśiṣṭaḥ（anuśiṣṭa 吩咐），复合词（阳单体），罗摩的吩咐。māyā（幻力，幻术）-vikalpa（技艺）-racitaiḥ（racita 安排，制造），复合词（阳复具），依靠幻术设计制造。api（不变词）即使。ye（yad 阳复体）那，指车辆。tadīyaiḥ（tadīya 阳复具）他的。na（不变词）不。syandanaiḥ（syandana 阳复具）车辆。tulita（等同）-kṛtrima（人工的）-bhakti（装饰）-śobhāḥ（śobhā 优美），复合词（阳复体），与人工装饰的优美等同。

भूयस्ततो रघुपतिर्विलसत्पताक-
मध्यास्त कामगति सावरजो विमानम्।
दोषातनं बुधबृहस्पतियोगदृश्य-
स्तारापतिस्तरलविद्युदिवाभ्रवृन्दम्॥७६॥

然后，罗摩与两位弟弟一起，再次
登上旗帜闪亮、如愿行驶的飞车，
犹如与水星和木星相连的可爱月亮，
登上夜空中电光闪烁不停的云层。（76）

bhūyas（不变词）又。tatas（不变词）然后。raghu（罗怙）-patiḥ（pati 主人），复合词（阳单体），罗怙之主，罗摩。vilasat（闪亮）-patākam（patākā 旗帜），复合词（中单业），旗帜闪亮。adhyāsta（adhi√ās 未完单三）坐上，登上。kāma（愿望）-gati（gati 行走），复合词（中单业），如愿行驶的。sa（带着）-avarajaḥ（avaraja 弟弟），复合词（阳单体），带着弟弟。vimānam（vimāna 中单业）飞车。doṣātanam（doṣātana 中单业）夜晚的。budha（水星）-bṛhaspati（木星）-yoga（会合）-dṛśyaḥ（dṛśya 可见的，美丽的），复合词（阳单体），与水星和木星相连而可爱的。tārā（星星）-patiḥ（pati 主人），复合词（阳单体），星星之主，月亮。tarala（颤抖的，闪烁的）-vidyut（vidyut 闪电），复合词（中单业），闪电闪烁。iva（不变词）犹如。abhra（云）-vṛndam（vṛnda 一堆），复合词（中单业），云层。

तत्रेश्वरेण जगतां प्रलयादिवोर्वीं
वर्षात्ययेन रुचमभ्रघनादिवेन्दोः।
रामेण मैथिलसुतां दशकण्ठकृच्छ्रा-
त्प्रत्युद्धृतां धृतिमतीं भरतो ववन्दे॥७७॥

婆罗多向满怀喜悦的悉多行礼，
罗摩从十首王的魔爪中救出她，
犹如毗湿奴从洪水中救出大地，
秋天从浓密的乌云中救出月光。（77）

tatra（不变词）这里，指在飞车上。īśvareṇa（īśvara 阳单具）主人，毗湿奴。jagatām（jagat 中复属）世界。pralayāt（pralaya 阳单从）劫末世界毁灭。iva（不变词）犹如。urvīm（urvī 阴单业）大地。varṣa（雨季）-atyayena（atyaya 消逝，结束），复合词（阳单具），雨季结束，秋季。rucam（ruc 阴单业）光辉。abhra（云）-ghanāt（ghana 紧密，浓厚），复合词（阳单从），密云。iva（不变词）犹如。indoḥ（indu 阳单属）月亮。rāmeṇa（rāma 阳单具）罗摩。maithila（弥提罗王）-sutām（sutā 女儿），复合词（阴单业），弥提罗公主，悉多。daśakaṇṭha（十首王）-kṛcchrāt（kṛcchra 困境，危害），复合词（阳单从），十首王的危害。pratyuddhṛtām（pratyuddhṛta 阴单业）救出。dhṛtimatīm（dhṛtimatī 阴单业）坚定的，喜悦的。bharataḥ（bharata 阳单体）婆罗多。vavande（√vand 完成单三）敬礼。

लङ्केश्वरप्रणतिभङ्गदृढव्रतं त-
द्वन्द्वं युगं चरणयोर्जनकात्मजायाः।
ज्येष्ठानुवृत्तिजटिलं च शिरोऽस्य साधो-
रन्योन्यपावनमभूदुभयं समेत्य॥७८॥

遮那迦公主的这双脚坚守誓愿，
拒绝楞伽王的叩请，值得敬拜，
这位贤士模仿长兄，头顶束起
发髻，这两者相遇，互相净化。[①]（78）

laṅkā（楞伽城）-īśvara（王）-praṇati（俯身礼敬）-bhaṅga（拒绝）-dṛḍha（坚定的）-vratam（vrata 誓愿），复合词（中单体），坚守誓愿拒绝楞伽王的叩请。tat（tad 中单体）这。vandyam（vandya 中单体）值得尊敬的。yugam（yuga 中单体）一双。caraṇayoḥ（caraṇa 阳双属）脚。janaka（遮那迦王）-ātmajāyāḥ（ātmajā 女儿），复合词（阴单属），遮那迦公主，悉多。jyeṣṭha（长兄）-anuvṛtti（模仿）-jaṭilam（jaṭila 束起发髻），复合词（中单体），模仿长兄束起发髻。ca（不变词）和。śiraḥ（śiras 中单体）头。asya（idam 阳单属）他，指婆罗多。sādhoḥ（sādhu 阳单属）善人，贤士。

① “这位贤士”指婆罗多。他不接受王权，不戴王冠，而模仿流亡森林的兄长罗摩，“头顶束起发髻”。“两者相遇”意谓婆罗多用头接触悉多的双脚，行触足礼。

anyonya（互相的）-pāvanam（pāvana 净化），复合词（中单体），互相净化。abhūt（√bhū 不定单三）产生。ubhayam（ubhaya 中单体）两者。sametya（sam-ā√i 独立式）相遇。

क्रोशार्धं प्रकृतिपुरःसरेण गत्वा
काकुत्स्थः स्तिमितजवेन पुष्पकेण।
शत्रुघ्नप्रतिविहितोपकार्यमार्यः
साकेतोपवनमुदारमध्युवास॥७९॥

臣民们走在前面，花车减缓速度，
高贵的罗摩这样行进了半拘罗舍，
设睹卢祇那在萨盖多城大花园中，
已经备好行宫，罗摩在这里住下。（79）

krośa（拘罗舍）-ardham（ardha 一半），复合词（中单业），半拘舍罗。prakṛti（臣民）-puraḥsareṇa（puraḥsara 走在前面），复合词（阳单具），臣民们走在前面。gatvā（√gam 独立式）行走。kākutsthaḥ（kākutstha 阳单体）迦俱私陀的后裔，罗摩。stimita（缓慢的）-javena（java 速度），复合词（中单具），速度缓慢。puṣpakeṇa（puṣpaka 中单具）花车。śatrughna（设睹卢祇那）-prativihita（安排）-upakāryam（upakāryā 行宫），复合词（中单业），设睹卢祇那备好行宫。āryaḥ（ārya 阳单体）高贵的。sāketa（萨盖多城）-upavanam（upavana 花园），复合词（中单业），萨盖多城花园。udāram（udāra 中单业）宽广的。adhyuvāsa（adhi√vas 完成单三）停留，住下。

चतुर्दशः सर्गः।

第十四章

भर्तुः प्रणाशादथ शोचनीयं दशान्तरं तत्र समं प्रपन्ने।
अपश्यतां दाशरथी जनन्यौ छेदादिवोपघ्नतरोर्व्रतत्यौ ॥१॥

两位十车王之子一起拜见
两位母亲[①]，她俩失去丈夫，
陷入悲惨境地，犹如两株
蔓藤，依附的大树被砍断。（1）

bhartuḥ（bhartṛ 阳单属）丈夫。praṇāśāt（praṇāśa 阳单从）失去，死亡。atha（不变词）然后。śocanīyam（śocanīya 中单业）可悲的。daśā（状况，境地）-antaram（antara 另一种），复合词（中单业），另一种境地。tatra（不变词）这里。samam（不变词）同时，一起。prapanne（prapanna 阴双业）达到，处于。apaśyatām（√dṛś 未完双三）看见。dāśarathī（dāśarathi 阳双体）十车王之子。jananyau（jananī 阴双业）母亲。chedāt（cheda 阳单从）砍断。iva（不变词）犹如。upaghna（支持）-taroḥ（taru 树），复合词（阳单属），支持的树。vratatyau（vratatī 阴双业）蔓藤。

उभावुभाभ्यां प्रणतौ हतारी यथाक्रमं विक्रमशोभिनौ तौ।
विस्पष्टमस्त्रान्धतया न दृष्टौ ज्ञातौ सुतस्पर्शसुखोपलम्भात् ॥२॥

两位英勇杀敌的光辉儿子，
依次向两位母亲俯首行礼，
她俩泪眼模糊，看不清儿子，
而在拥抱的快乐中认出儿子。（2）

ubhau（ubha 阳双体）两者。ubhābhyām（ubha 阴双为）两者。praṇatau（praṇata 阳双体）敬礼。hata（杀死）-arī（ari 敌人），复合词（阳双体），杀死敌人。yathākramam（不变词）依次地。vikrama（英勇）-śobhinau（śobhin 光辉的），复合词（阳双体），

① “两位十车王之子”指罗摩和罗什曼那。“两位母亲”指罗摩的母亲憍萨厘雅和罗什曼那的母亲须弥多罗。

英勇而光辉的。tau（tad 阳双体）这。vispaṣṭam（不变词）清晰地。asra（眼泪）-andhatayā（andhatā 盲目状态），复合词（阴单具），流泪而眼睛模糊。na（不变词）不。dṛṣṭau（dṛṣṭa 阳双体）看见。jñātau（jñāta 阳双体）认识。suta（儿子）-sparśa（触摸）-sukha（快乐）-upalambhāt（upalambha 获得），复合词（阳单从），获得触摸儿子的快乐。

आनन्दजः शोकजमश्रु बाष्पस्तयोरशीतं शिशिरो बिभेद।
गङ्गासरय्वोर्जलमुष्णतप्तं हिमाद्रिनिस्यन्द इवावतीर्णः ॥३॥

她俩喜悦产生的清凉泪水，
冲破忧愁产生的灼热泪水，
犹如雪山流水冲破恒河和
萨罗优河夏季的灼热河水。（3）

ānanda（喜悦）-jaḥ（ja 产生），复合词（阳单体），喜悦产生的。śoka（忧愁）-jam（ja 产生），复合词（中单业），忧愁产生的。aśru（aśru 中单业）泪水。bāṣpaḥ（bāṣpa 阳单体）眼泪。tayoḥ（tad 阴双属）她，指两位母亲。aśītam（aśīta 中单业）灼热的。śiśiraḥ（śiśira 阳单体）清凉的。bibheda（√bhid 完成单三）分开，冲破。gaṅgā（恒河）-sarayvoḥ（sarayū 萨罗优河），复合词（阴双属），恒河和萨罗优河。jalam（jala 中单业）水。uṣṇa（夏季）-taptam（tapta 灼热的），复合词（中单业），夏季灼热的。hima（雪）-adri（山）-nisyandaḥ（nisyanda 流水），复合词（阳单体），雪山流水。iva（不变词）犹如。avatīrṇaḥ（avatīrṇa 阳单体）流下。

ते पुत्रयोर्नैर्ऋतशस्त्रमार्गानार्द्रानिवाङ्गे सदयं स्पृशन्त्यौ।
अपीप्सितं क्षत्त्रकुलाङ्गनानां न वीरसूशब्दमकामयेताम् ॥४॥

她俩触摸到儿子身上罗刹武器
造成的伤疤，仿佛还新鲜湿润，
心生怜悯，甚至不再稀罕刹帝利
王族妇女们向往的英雄母亲称号。（4）

te（tad 阴双体）她，指两位母亲。putrayoḥ（putra 阳双属）儿子。nairṛta（罗刹）-śastra（武器）-mārgān（mārga 路，伤疤），复合词（阳复业），罗刹武器造成的伤疤。ārdrān（ārdra 阳复业）湿润的，新鲜的。iva（不变词）仿佛。aṅge（aṅga 中单依）身体。sadayam（不变词）怜悯地。spṛśantyau（√spṛś 现分，阴双体）触摸。api（不变词）甚至。īpsitam（īpsita 阳单业）渴望，向往。kṣattra（刹帝利）-kula（家族）-aṅganānām（aṅganā 妇女），复合词（阴复属），刹帝利王族妇女。na（不变词）不。vīrasū（英雄的母亲）-śabdam（śabda 称号），复合词（阳单业），英雄母亲的称号。akāmayetām

（√kam 未完双三）渴望。

क्लेशावहा भर्तुरलक्षणाहं सीतेति नाम स्वमुदीरयन्ती।
स्वर्गप्रतिष्ठस्य गुरोर्महिष्यावभक्तिभेदेन वधूर्ववन्दे ॥५॥

公公已经升天，这位儿媳
同样虔诚地向两位王后行礼，
通报自己姓名："我是给丈夫
带来麻烦的、不吉祥的悉多。"（5）

kleśa（麻烦）-āvahā（āvaha 带来），复合词（阴单体），带来麻烦的。bhartuḥ（bhartṛ 阳单属）丈夫。alakṣaṇā（alakṣaṇa 阴单体）不吉祥的。aham（mad 单体）我。sītā（sītā 阴单体）悉多。iti（不变词）这样（说）。nāma（nāman 中单业）名字。svam（sva 中单业）自己的。udīrayantī（ud√īr 现分，阴单体）说。svarga（天国）-pratiṣṭhasya（pratiṣṭhā 处于，居住），复合词（阳单属），住在天国的。guroḥ（guru 阳单属）公公。mahiṣyau（mahiṣī 阴双业）王后。a（没有）-bhakti（虔诚）-bhedena（bheda 区别），复合词（阳单具），同样虔诚。vadhūḥ（vadhū 阴单体）儿媳。vavande（√vand 完成单三）敬礼。

उत्तिष्ठ वत्से ननु सानुजोऽसौ वृत्तेन भर्ता शुचिना तवैव।
कृच्छ्रं महत्तीर्ण इति प्रियार्हां तामूचतुस्ते प्रियमप्यमिथ्या ॥६॥

"起来吧，孩子！难道不正是你的
纯洁行为，让丈夫和他的弟弟度过
这场大难？"她俩向值得赞赏的
悉多说了这些话，可爱而不虚假。（6）

uttiṣṭha（ud√sthā 命令单二）起来。vatse（vatsā 阴单呼）女孩。nanu（不变词）难道不是。sa（与）-anujaḥ（anuja 弟弟），复合词（阳单体），和弟弟一起。asau（adas 阳单体）这。vṛttena（vṛtta 中单具）行为。bhartā（bhartṛ 阳单体）丈夫。śucinā（śuci 中单具）纯洁的。tava（tvad 单属）你。eva（不变词）确实。kṛcchram（kṛcchra 中单业）灾难。mahat（mahat 中单业）大的。tīrṇaḥ（tīrṇa 阳单体）度过。iti（不变词）这样（说）。priya（喜爱的）-arhām（arha 值得的），复合词（阴单业），值得喜爱的。tām（tad 阴单业）她。ūcatuḥ（√vac 完成双三）说。te（tad 阴双体）她，指两位母亲。priyam（priya 中单业）可爱的，动听的。api（不变词）即使，也。amithyā（不变词）不虚假，真实地。

अथाभिषेकं रघुवंशकेतोः प्रारब्धमानन्दजलैर्जनन्योः।
निर्वर्तयामासुरमात्यवृद्धास्तीर्थाहृतैः काञ्चनकुम्भतोयैः ॥७॥

然后，老臣们为罗怙族的旗帜
罗摩举行灌顶仪式，使用那些
从圣地取来而盛在金罐里的水，
以两位母亲的喜悦泪水为起首。①（7）

atha（不变词）然后。abhiṣekam（abhiṣeka 阳单业）灌顶。raghu（罗怙）-vaṃśa（家族）-ketoḥ（ketu 旗帜），复合词（阳单属），罗怙族的旗帜，罗摩。prārabdham（prārabdha 阳单业）开始。ānanda（喜悦）-jalaiḥ（jala 水），复合词（中复具），喜悦的泪水。jananyoḥ（jananī 阴双属）母亲。nirvartayāmāsuḥ（nis√vṛt 致使，完成复三）举行。amātya（大臣）-vṛddhāḥ（vṛddha 年老的），复合词（阳复体），老臣。tīrtha（圣地）-āhṛtaiḥ（āhṛta 取来），复合词（中复具），圣地取来的。kāñcana（金子）-kumbha（罐子）-toyaiḥ（toya 水），复合词（中复具），金罐里的水。

सरित्समुद्रान्सरसीश्च गत्वा रक्षःकपीन्द्रैरुपपादितानि।
तस्यापतन्मूर्ध्नि जलानि जिष्णोर्विन्ध्यस्य मेघप्रभवा इवापः ॥८॥

罗刹和猴子将领前往河流、
大海和湖泊取来的这些水，
洒在胜利者罗摩的头顶，
犹如雨水洒在文底耶山顶。（8）

sarit（河流）-samudrān（samudra 大海），复合词（阳复业），河流和大海。sarasīḥ（sarasī 阴复业）湖泊。ca（不变词）和。gatvā（√gam 独立式）去往。rakṣas（罗刹）-kapi（猴子）-indraiḥ（indra 首领），复合词（阳复具），罗刹和猴子将领。upapāditāni（upapādita 中复体）取来。tasya（tad 阳单属）他。apatan（√pat 未完复三）落下。mūrdhni（mūrdhan 阳单依）头。jalāni（jala 中复体）水。jiṣṇoḥ（jiṣṇu 阳单属）胜利的。vindhyasya（vindhya 阳单属）文迪耶山。megha（云）-prabhavāḥ（prabhava 产生），复合词（阴复体），云产生的。iva（不变词）犹如。āpaḥ（ap 阴复体）水。

तपस्विवेषक्रिययापि तावद्यः प्रेक्षणीयः सुतरां बभूव।
राजेन्द्रनेपथ्यविधानशोभा तस्योदितासीत्पुनरुक्तदोषा ॥९॥

他身穿苦行者的服装，

① 意谓两位母亲流下的喜悦泪水落在罗摩的头顶，仿佛她俩首先为罗摩灌顶。

就已经显得异常美观，
这种国王服装的美观，
也就显得重复而多余。（9）

tapasvi（tapasvin 苦行者）-veṣa（衣服）-kriyayā（kriyā 做，穿），复合词（阴单具），身穿苦行者的衣服。api（不变词）即使。tāvat（不变词）就。yaḥ（yad 阳单体）他。prekṣaṇīyaḥ（prekṣaṇīya 阳单体）美观的。sutarām（不变词）极其，非常。babhūva（√bhū 完成单三）成为。rājendra（王中王，国王）-nepathya（服饰）-vidhāna（安排，穿上）-śobhā（śobhā 美），复合词（阴单体），穿上国王服饰产生的美。tasya（tad 阳单属）他。uditā（udita 阴单体）产生。āsīt（√as 未完单三）是。punarukta（重复，多余）-doṣā（doṣa 缺点，弊病），复合词（阴单体），多余的弊病。

स मौलरक्षोहरिभिः ससैन्यस्तूर्यस्वनानन्दितपौरवर्गः।
विवेश सौधोद्गतलाजवर्षामुत्तोरणामन्वयराजधानीम् ॥१०॥

他偕同老臣、罗刹和猴子们，
和军队一起进入世袭的京城，
拱门高耸，宫楼抛撒炒米雨，
器乐声中，市民们欢欣鼓舞。（10）

saḥ（tad 阳单体）他。maula（老臣）-rakṣas（罗刹）-haribhiḥ（hari 猴子），复合词（阳复具），老臣、罗刹和猴子。sa（与）-sainyaḥ（sainya 军队），复合词（阳单体），和军队一起。tūrya（乐器）-svana（声音）-ānandita（欢喜）-paura（市民）-vargaḥ（varga 一群），复合词（阳单体），器乐声中，市民们欢欣鼓舞。viveśa（√viś 完成单三）进入。saudha（宫楼）-udgata（扬起）-lāja（炒米）-varṣām（varṣa 雨），复合词（阴单业），宫楼扬起炒米雨。uttoraṇām（uttoraṇa 阴单业）拱门高耸的。anvaya（世系）-rājadhānīm（rājadhānī 京城），复合词（阴单业），世袭的京城。

सौमित्रिणा सावरजेन मन्दमाधूतबालव्यजनो रथस्थः।
धृतातपत्रो भरतेन साक्षादुपायसंघात इव प्रवृद्धः ॥११॥

他坐在车上，罗什曼那和
设赌卢祇那缓缓摇动拂尘，
婆罗多执持华盖，仿佛是
四种成熟的策略显身会合①。（11）

① “四种策略”指四种外交策略：和谈、馈赠、离间和惩罚。

saumitriṇā（saumitri 阳单具）罗什曼那。sa（与）-avarajena（avaraja 弟弟），复合词（阳单具），和弟弟一起。mandam（不变词）缓缓地。ādhūta（摇动）-bālavyajanaḥ（bālavyajana 拂尘），复合词（阳单体），摇动拂尘。ratha（车）-sthaḥ（stha 处于），复合词（阳单体），坐在车上。dhṛta（执持）-ātapatraḥ（ātapatra 华盖），复合词（阳单体），执持华盖。bharatena（bharata 阳单具）婆罗多。sākṣāt（不变词）显现。upāya（策略）-saṃghātaḥ（saṃghāta 聚集，会合），复合词（阳单体），策略会合。iva（不变词）仿佛。pravṛddhaḥ（pravṛddha 阳单体）成熟的。

प्रासादकालागुरुधूमराजिस्तस्याः पुरो वायुवशेन भिन्ना।
वनान्निवृत्तेन रघूत्तमेन मुक्ता स्वयं वेणिरिवाबभासे ॥१२॥

宫殿中黑沉香的烟柱
被风吹散，犹如这座
城市的发辫被从林中
回来的罗摩亲自解开。①（12）

prāsāda（宫殿）-kālāguru（黑沉香）-dhūma（烟）-rājiḥ（rāji 一行），复合词（阴单体），宫殿中黑沉香的烟柱。tasyāḥ（tad 阴单属）这。puraḥ（pur 阴单属）城市。vāyu（风）-vaśena（vaśa 控制），复合词（阳单具），受风的控制。bhinnā（bhinna 阴单体）破碎，散开。vanāt（vana 中单从）树林。nivṛttena（nivṛtta 阳单具）回来。raghu（罗怙）-uttamena（uttama 最优秀的），复合词（阳单具），罗怙族最优秀者，罗摩。muktā（mukta 阴单体）解开。svayam（不变词）亲自。veṇiḥ（veṇi 阴单体）发辫。iva（不变词）犹如。ābabhāse（ā√bhās 完成单三）闪光，显得。

श्वश्रूजनानुष्ठितचारुवेषां कर्णीरथस्थां रघुवीरपत्नीम्।
प्रासादवातायनदृश्यबन्धैः साकेतनार्योऽञ्जलिभिः प्रणेमुः ॥१३॥

罗怙族英雄的妻子坐在轿子里，
身穿婆婆为她准备的美丽服装，
从那些宫殿的窗户中可以看到，
萨盖多城妇女们合掌向她致敬。（13）

śvaśrū（婆婆）-jana（人们）-anuṣṭhita（做）-cāru（美丽的）-veṣām（veṣa 衣服），复合词（阴单业），身穿婆婆们准备的美丽衣服。karṇīratha（轿子）-sthām（stha 处于），复合词（阴单业），坐在轿子里。raghu（罗怙）-vīra（英雄）-patnīm（patnī 王后，妻

① 这里的“城市”（pur）一词是阴性，比喻妇女，意谓罗摩流放森林期间，她（城市）忠于罗摩，将头发束成发辫，直至罗摩流放期满，从森林回来，才由罗摩为她解开发辫。

子），复合词（阴单业），罗怙族英雄的妻子。prāsāda（宫殿）-vātāyana（窗户）-dṛśya（可看见）-bandhaiḥ（bandha 合起），复合词（阳复具），从宫殿的窗户中看到合掌。sāketa（萨盖多城）-nāryaḥ（nārī 妇女），复合词（阴复体），萨盖多城妇女。añjalibhiḥ（añjali 阳复具）双手合十。praṇemuḥ（pra√nam 完成复三）敬礼。

स्फुरत्प्रभामण्डलमानुसूयं सा बिभ्रती शाश्वतमङ्गरागम्।
रराज शुद्धेति पुनः स्वपुर्यै संदर्शिता वह्निगतेव भर्त्रा ॥१४॥

她身上抹有阿那苏雅的香膏，
这香膏永远新鲜，呈现光环，
她仿佛再次投身火中，让丈夫
向全城表明："她纯洁无瑕。"（14）

sphurat（√sphur 现分，颤抖，闪耀）-prabhā（光）-maṇḍalam（maṇḍala 环），复合词（阳单业），闪耀光环。ānusūyam（ānusūya 阳单业）阿那苏雅赠送的。sā（tad 阴单体）她，指悉多。bibhratī（√bhṛ 现分，阴单体）具有。śāśvatam（śāśvata 阳单业）永远的。aṅgarāgam（aṅgarāga 阳单业）香膏。rarāja（√rāj 完成单三）闪光，好像。śuddhā（śuddha 阴单体）纯洁的。iti（不变词）这样（说）。punar（不变词）再次。sva（自己的）-puryai（purī 城市），复合词（阴单为），自己的城市。saṃdarśitā（saṃdarśita 阴单体）展示。vahni（火）-gatā（gata 处于），复合词（阴单体），处于火中。iva（不变词）仿佛。bhartrā（bhartṛ 阳单具）丈夫。

वेश्मानि रामः परिबर्हवन्ति विश्राण्य सौहार्दनिधिः सुहृद्भ्यः।
बाष्पायमाणो बलिमन्निकेतमालेख्यशेषस्य पितुर्विवेश ॥१५॥

重友情的罗摩为朋友们
提供设备齐全的住处后，
流着眼泪，进入父亲房间，
里面仅有遗像，供着祭品。（15）

veśmāni（veśman 中复业）住处。rāmaḥ（rāma 阳单体）罗摩。paribarhavanti（paribarhavat 中复业）家具齐全的。viśrāṇya（vi√śraṇ 独立式）给予。sauhārda（友谊）-nidhiḥ（nidhi 宝藏），复合词（阳单体），友谊的宝藏。suhṛdbhyaḥ（suhṛd 阳复为）朋友。bāṣpāyamāṇaḥ（√bāṣpāya 名动词，现分，阳单体）流眼泪。balimat（balimat 中单业）有祭品的。niketam（niketa 中单业）房间。ālekhya（画像）-śeṣasya（śeṣa 剩余物），复合词（阳单属），遗留画像的。pituḥ（pitṛ 阳单属）父亲。viveśa（√viś 完成单三）进入。

कृताञ्जलिस्तत्र यदम्ब सत्यान्नाभ्रश्यत स्वर्गफलाद्गुरुर्नः।
तच्चिन्त्यमानं सुकृतं तवेति जहार लज्जां भरतस्य मातुः ॥१६॥

他合掌对婆罗多的母亲说道：
“妈妈，我们的父亲没有失信，
而升入天国，应该认为是你
做了好事。”这减却她的羞愧。（16）

kṛta（做）-añjaliḥ（añjali 合十），复合词（阳单体），合掌。tatra（不变词）那里，指父亲的房间。yat（yad 中单体）那。amba（ambā 阴单呼）妈妈。satyāt（satya 中单从）诺言。na（不变词）不。abhraśyata（√bhraṃś 未完单三）坠落，背离。svarga（天国）-phalāt（phala 结果，果报），复合词（中单从），具有天国的果报。guruḥ（guru 阳单体）父亲。naḥ（asmad 复属）我们。tat（tad 中单体）这。cintyamānam（√cint 被动，现分，中单体）认为。sukṛtam（sukṛta 中单体）好事。tava（tvad 单属）你。iti（不变词）这样（说）。jahāra（√hṛ 完成单三）打消，去除。lajjām（lajjā 阴单业）羞愧。bharatasya（bharata 阳单属）婆罗多。mātuḥ（mātṛ 阴单属）母亲。

तथैव सुग्रीवबिभीषणादीनुपाचरत्कृत्रिमसंविधाभिः।
संकल्पमात्रोदितसिद्धयस्ते क्रान्ता यथा चेतसि विस्मयेन ॥१७॥

他用人间的美好用品招待
须羯哩婆和维毗沙那等人，
以至他们想到什么，就会
得到什么，内心充满惊奇。（17）

tathā（不变词）这样。eva（不变词）正是。sugrīva（须羯哩婆）-bibhīṣaṇa（维毗沙那）-ādīn（ādi 等），复合词（阳复业），须羯哩婆和维毗沙那等人。upācarat（upa√car 未完单三）招待。kṛtrima（人工的）-saṃvidhābhiḥ（saṃvidhā 安排），复合词（阴复具），人工的安排。saṃkalpa（意愿，想法）-mātra（仅仅）-udita（产生）-siddhayaḥ（siddhi 成功，实现），复合词（阳复体），仅仅一想就能实现的。te（tad 阳复体）那，指须羯哩婆和维毗沙那等人。krāntāḥ（krānta 阳复体）进入，充满。yathā（不变词）以至于。cetasi（cetas 中单依）心。vismayena（vismaya 阳单具）惊奇。

सभाजनायोपगतान्स दिव्यान्मुनीन्पुरस्कृत्य हतस्य शत्रोः।
शुश्राव तेभ्यः प्रभवादि वृत्तं स्वविक्रमे गौरवमादधानम् ॥१८॥

他恭敬地接待前来祝贺的

天国仙人，聆听他们讲述
被杀的罗波那的生平事迹，
更为自己的勇敢感到骄傲。（18）

sabhājanāya（sabhājana 中单为）祝贺。upagatān（upagata 阳复业）前来。saḥ（tad 阳单体）他，指罗摩。divyān（divya 阳复业）天国的。munīn（muni 阳复业）仙人。puraskṛtya（puras√kṛ 独立式）放在前面，恭敬。hatasya（hata 阳单属）杀死。śatroḥ（śatru 阳单属）敌人。śuśrāva（√śru 完成单三）聆听。tebhyaḥ（tad 阳复从）他，指仙人。prabhava（出生）-ādi（ādi 开始），复合词（中单业），从出生开始的。vṛttam（vṛtta 中单业）事迹。sva（自己的）-vikrame（vikrama 英勇），复合词（阳单依），自己的英勇。gauravam（gaurava 中单业）重要，尊重。ādadhānam（ā√dhā 现分，中单业）安放。

प्रतिप्रयातेषु तपोधनेषु सुखादविज्ञातगतार्धमासान्।
सीतास्वहस्तोपहृताग्र्यपूजान्रक्षःकपीन्द्रान्विससर्ज रामः ॥१९॥

在这些天国苦行仙人离去后，
罗摩也送走罗刹和猴子将领，
他们在快乐中不觉已度过半月，
受到悉多亲自安排的最高侍奉。（19）

pratiprayāteṣu（pratiprayāta 阳复依）回去。tapodhaneṣu（tapodhana 阳复依）苦行者。sukhāt（sukha 中单从）快乐。avijñāta（不知道）-gata（逝去，度过）-ardha（半）-māsān（māsa 月），复合词（阳复业），不知不觉已度过半月。sītā（悉多）-sva（自己的）-hasta（手）-upahṛta（给予）-agrya（最高的）-pūjān（pūjā 侍奉），复合词（阳复业），受到悉多亲自安排的最高侍奉。rakṣas（罗刹）-kapi（猴子）-indrān（indra 首领），复合词（阳复业），罗刹和猴子将领。visasarja（vi√sṛj 完成单三）送走。rāmaḥ（rāma 阳单体）罗摩。

तच्चात्मचिन्तासुलभं विमानं हृतं सुरारेः सह जीवितेन।
कैलासनाथोद्वहनाय भूयः पुष्पं दिवः पुष्पकमन्वमंस्त ॥२०॥

这辆花车是天国的花朵，
只要自己动念就会来到，
是杀死魔王而获得，现在，

他同意再次供俱比罗使用。[①]（20）

tat（tad 中单业）这。ca（不变词）和。ātma（ātman 自己）-cintā（想，动念）-sulabham（sulabha 容易获得的），复合词（中单业），自己动念就会得到。vimānam（vimāna 中单业）飞车。hṛtam（hṛta 中单业）夺取。sura（天神）-areḥ（ari 敌人），复合词（阳单属），天神之敌，指罗波那。saha（不变词）连同。jīvitena（jīvita 中单具）性命。kailāsa（盖拉瑟山）-nātha（主人）-udvahanāya（udvahana 运载），复合词（中单为），运载盖拉瑟山主人俱比罗。bhūyas（不变词）再次。puṣpam（puṣpa 中单业）花朵。divaḥ（div 阴单属）天国。puṣpakam（puṣpaka 中单业）花车。anvamaṃsta（anu√man 不定单三）允许，同意。

पितुर्नियोगाद्वनवासमेवं निस्तीर्य रामः प्रतिपन्नराज्यः।
धर्मार्थकामेषु समां प्रपेदे यथा तथैवावरजेषु वृत्तिम् ॥२१॥

罗摩按照父亲吩咐，度过
林居生活，重新获得王位，
犹如平等对待法、利和欲，
他也这样对待三个弟弟。（21）

pituḥ（pitṛ 阳单属）父亲。niyogāt（niyoga 阳单从）命令，吩咐。vana（森林）-vāsam（vāsa 居住），复合词（阳单业），林居生活。evam（不变词）这样。nistīrya（nis√tṛ 独立式）度过。rāmaḥ（rāma 阳单体）罗摩。pratipanna（获得）-rājyaḥ（rājya 王国，王位），复合词（阳单体），获得王位。dharma（法）-artha（利）-kāmeṣu（kāma 欲），复合词（阳复依），法、利和欲。samām（sama 阴单业）平等的。prapede（pra√pad 完成单三）采取。yathā（不变词）正如。tathā（不变词）这样。eva（不变词）正是。avarajeṣu（avaraja 阳复依）弟弟。vṛttim（vṛtti 阴单业）行为方式。

सर्वासु मातृष्वपि वत्सलत्वात्स निर्विशेषप्रतिपत्तिरासीत्।
षडाननापीतपयोधरासु नेता चमूनामिव कृत्तिकासु ॥२२॥

他也出于慈爱，不加区别，
同样地孝敬所有三位母亲，
犹如用六张嘴吸吮六位

① 这辆名为“花车”的飞车原本是十首魔王从财神俱比罗那里夺来的。

昴宿母亲乳汁的天兵统帅。①（22）

sarvāsu（sarva 阴单依）所有的。mātṛṣu（mātṛ 阴复依）母亲。api（不变词）也。vatsalatvāt（vatsalatva 中单从）慈爱性，关爱性。saḥ（tad 阳单体）他，指罗摩。nirviśeṣa（毫无区别的，同样的）-pratipattiḥ（pratipatti 尊敬），复合词（阳单体），同样地孝敬。āsīt（√as 未完单三）是。ṣaḍ（ṣaṣ 六）-ānana（嘴）-āpīta（吸吮）-payodharāsu（payodhara 乳房），复合词（阴复依），六张嘴吸吮乳房。netā（netṛ 阳单体）首领，统帅。camūnām（camū 阴复属）军队。iva（不变词）犹如。kṛttikāsu（kṛttikā 阴复依）昴宿六天女。

तेनार्थवाँल्लोभपराङ्मुखेन तेन घ्नता विघ्नभयं क्रियावान्।
तेनास लोकः पितृमान्विनेत्रा तेनैव शोकापनुदेन पुत्री ॥२३॥

他毫无贪欲，世人得以富足，
他排除障碍，世人顺利祭祀，
他谆谆教诲，世人有了父亲，
他解除忧愁，世人有了儿子。（23）

tena（tad 阳单具）他。arthavān（arthavat 阳单体）富足的。lobha（贪欲）-parāṅmukhena（parāṅmukha 背离的），复合词（阳单具），毫无贪欲。tena（tad 阳单具）他。ghnatā（√han 现分，阳单具）消除。vighna（障碍）-bhayam（bhaya 恐惧），复合词（中单业），对障碍的恐惧。kriyāvān（kriyāvat 阳单体）举行祭祀的。tena（tad 阳单具）他。āsa（√as 完成单三）是。lokaḥ（loka 阳单体）世人。pitṛmān（pitṛmat 阳单体）有父亲的。vinetrā（vinetṛ 阳单具）引导者，导师。tena（tad 阳单具）他。eva（不变词）正是。śoka（忧愁）-apanudena（apanuda 驱除），复合词（阳单具），解除忧愁。putrī（putrin 阳单体）有儿子的。

स पौरकार्याणि समीक्ष्य काले रेमे विदेहाधिपतेर्दुहित्रा।
उपस्थितश्चारु वपुस्तदीयं कृत्वोपभोगोत्सुकयेव लक्ष्म्या ॥२४॥

他及时审理完毕市民的事务，
与毗提诃公主悉多一起娱乐，
仿佛渴望享乐的吉祥女神呈现

① “天兵统帅”指室建陀（skanda）。他是湿婆的儿子。传说最初湿婆的精子投入火中，火神难以承受。然后，火神将这精子投入恒河中，恒河女神也难以承受。恒河女神又将这精子投入东山森林的芦苇丛中。室建陀在那里诞生。六位昴宿天女见到后，抚养他。他也由此长出六张脸，用六张嘴吸吮六位昴宿天女的乳汁。

悉多的美貌，来到他的身边。（24）

saḥ（tad 阳单体）他。paura（市民）-kāryāṇi（kārya 事务），复合词（中复业），市民的事务。samīkṣya（sam√īkṣ 独立式）检查，审理。kāle（kāla 阳单依）及时。reme（√ram 完成单三）娱乐。videha（毗提诃）-adhipateḥ（adhipati 国王），复合词（阳单属），毗提诃国王。duhitrā（duhitṛ 阴单具）女儿。upasthitaḥ（upasthita 阳单体）走近，来到身边。cāru（cāru 中单业）优美的。vapuḥ（vapus 中单业）形体。tadīyam（tadīya 中单业）她的，指悉多的。kṛtvā（√kṛ 独立式）采取。upabhoga（享乐）-utsukayā（utsuka 渴望的），复合词（阴单具），渴望享乐的。iva（不变词）犹如。lakṣmyā（lakṣmī 阴单具）吉祥女神。

तयोर्यथाप्रार्थितमिन्द्रियार्थानासेदुषोः सद्मसु चित्रवत्सु।
प्राप्तानि दुःखान्यपि दण्डकेषु संचिन्त्यमानानि सुखान्यभूवन् ॥२५॥

他俩在雕梁画栋的宫殿中，
尽情地享受一切感官对象，
回想起弹宅迦林中遭受的
苦难，现在都变成了欢乐。（25）

tayoḥ（tad 阳双属）他，指罗摩和悉多。yathā（正如）-prārthitam（prārthita 渴望），复合词（不变词），如愿地。indriya（感官）-arthān（artha 对象），复合词（阳复业），感官对象。āseduṣoḥ（āsedivas，ā√sad 完分，阳双属）到达，获得。sadmasu（sadman 中复依）宫殿。citravatsu（citravat 中复依）有绘画的。prāptāni（prāpta 中复体）遭受。duḥkhāni（duḥkha 中复体）痛苦。api（不变词）即使。daṇḍakeṣu（daṇḍaka 阳复依）弹宅迦林。saṃcintyamānāni（sam√cint 被动，现分，中复体）想起。sukhāni（sukha 中复体）快乐。abhūvan（√bhū 不定复三）成为。

अथाधिकस्निग्धविलोचनेन मुखेन सीता शरपाण्डुरेण।
आनन्दयित्री परिणेतुरासीदनक्षरव्यञ्जितदोहदेन ॥२६॥

然后，悉多的目光更添
温柔，面色苍白似芦苇，
不用说出口，就已表明
怀有身孕，令丈夫高兴。（26）

atha（不变词）然后。adhika（更加的）-snigdha（温柔的）-vilocanena（vilocana 目光），复合词（中单具），目光更加温柔。mukhena（mukha 中单具）脸。sītā（sītā

阴单体）悉多。śara（芦苇）-pāṇḍureṇa（pāṇḍura 苍白的），复合词（中单具），苍白似芦苇。ānandayitrī（ānandayitṛ 阴单体）使人高兴者。pariṇetuḥ（pariṇetṛ 阳单属）丈夫。āsīt（√as 未完单三）是。anakṣara（无需言说的）-vyañjita（显示，表明）-dohadena（dohada 怀孕），复合词（阳单具），无需言说，而表明怀孕。

तामङ्कमारोप्य कृशाङ्गयष्टिं वर्णान्तराक्रान्तपयोधराग्राम्।
विलज्जमानां रहसि प्रतीतः पप्रच्छ रामां रमणोऽभिलाषम् ॥२७॥

她的身体消瘦，乳头改变
颜色，面带羞涩，而丈夫
高兴地将爱妻抱在怀中，
悄悄问她心中想要什么。（27）

tām（tad 阴单业）她。aṅkam（aṅka 阳单业）膝盖，怀抱。āropya（ā√ruh 致使，独立式）安放。kṛśa（消瘦的）-aṅga（肢体）-yaṣṭim（yaṣṭi 纤细物），复合词（阴单业），身体消瘦。varṇa（颜色）-antara（另一种）-ākrānta（进入，获得）-payodhara（乳房）-agrām（agra 尖端），复合词（阴单业），乳头变成另一种颜色。vilajjamānām（vi√lajj 现分，阴单业）害羞。rahasi（rahas 中单依）秘密，私下。pratītaḥ（pratīta 阳单体）高兴的。papraccha（√pracch 完成单三）询问。rāmām（rāmā 阴单业）爱妻。ramaṇaḥ（ramaṇa 阳单体）丈夫。abhilāṣam（abhilāṣa 阳单业）心愿。

सा दष्टनीवारबलीनि हिंस्त्रैः संबद्धवैखानसकन्यकानि।
इयेष भूयः कुशवन्ति गन्तुं भागीरथीतीरतपोवनानि ॥२८॥

她希望再次前往恒河岸边的
苦行林，那里有许多拘舍草，
动物啃啮献祭的野生稻谷，
也结识有许多修道人的女儿。（28）

sā（tad 阴单体）她。daṣṭa（啃啮）-nīvāra（野稻）-balīni（bali 祭品），复合词（中复业），献祭的野稻被啃啮。hiṃsraiḥ（hiṃsra 阳复具）野兽。saṃbaddha（联系，结交）-vaikhānasa（苦行者，修道人）-kanyakāni（kanyakā 女儿），复合词（中复业），有结交的修道人的女儿。iyeṣa（√iṣ 完成单三）希望。bhūyas（不变词）再次。kuśavanti（kuśavat 中复业）有拘舍草的。gantum（√gam 不定式）去往。bhāgīrathī（恒河）-tīra（岸）-tapovanāni（tapovana 苦行林），复合词（中复业），恒河岸边的苦行林。

तस्यै प्रतिश्रुत्य रघुप्रवीरस्तदीप्सितं पार्श्वचरानुयातः।

आलोकयिष्यन्मुदितामयोध्यां प्रासादमभ्रंलिहमारुरोह ॥२९॥

罗怙族英雄罗摩答应她的
这个要求后，由侍从陪同，
他登上高耸入云的宫殿，
想要观赏欢乐的阿逾陀城。（29）

tasyai（tad 阴单为）她。pratiśrutya（prati√śru 独立式）答应。raghu（罗怙）-pravīraḥ（pravīra 英雄），复合词（阳单体），罗怙族的英雄，罗摩。tat（tad 中单业）这。īpsitam（īpsita 中单业）愿望。pārśvacara（侍从）-anuyātaḥ（anuyāta 跟随），复合词（阳单体），由侍从陪同。ālokayiṣyan（ā√lok 将分，阳单体）观看。muditām（mudita 阴单业）欢乐的。ayodhyām（ayodhyā 阴单业）阿逾陀城。prāsādam（prāsāda 阳单业）宫殿。abhraṃliham（abhraṃliha 阳单业）高耸入云的。āruroha（ā√ruh 完成单三）登上。

ऋद्धापणराजपथं स पश्यन्विगाह्यमानां सरयूं च नौभिः।
विलासिभिश्चाध्युषितानि पौरैः पुरोपकण्ठोपवनानि रेमे ॥३०॥

看到王家大道市场繁荣，
许多船舶驶入萨罗优河，
城郊花园里充满游乐的
男女市民，他满心欢喜。（30）

ṛddha（繁荣的）-āpaṇa（市场）-rājapatham（rājapatha 王家大道），复合词（阳单业），王家大道市场繁荣。saḥ（tad 阳单体）他。paśyan（√dṛś 现分，阳单体）看到。vigāhyamānām（vi√gāh 被动，现分，阴单业）进入。sarayūm（sarayū 阴单业）萨罗优河。ca（不变词）和。naubhiḥ（nau 阴复具）船只。vilāsibhiḥ（vilāsin 阳复具）游乐的男女。ca（不变词）和。adhyuṣitāni（adhyuṣita 中复业）占据。pauraiḥ（paura 阳复具）市民。pura（城市）-upakaṇṭha（邻近的）-upavanāni（upavana 花园），复合词（中复业），城郊花园。reme（√ram 完成单三）高兴，喜悦。

स किंवदन्तीं वदतां पुरोगः स्ववृत्तमुद्दिश्य विशुद्धवृत्तः।
सर्पाधिराजोरुभुजोऽपसर्पं पप्रच्छ भद्रं विजितारिभद्रः ॥३१॥

罗摩擅长言辞，行为纯洁，
臂粗堪比蛇王，战胜强敌，
此刻他询问暗探跋多罗，
对自己的行为有何传言？（31）

saḥ（tad 阳单体）他。kiṃvadantīm（kiṃvadantī 阴单业）传言。vadatām（√vad 现分，阳复属）说，能言善辩者。purogaḥ（puroga 阳单体）领先者，杰出者。sva（自己的）-vṛttam（vṛtta 行为），复合词（中单业），自己的行为。uddiśya（不变词）关于。viśuddha（纯洁的）-vṛttaḥ（vṛtta 行为），复合词（阳单体），行为纯洁。sarpa（蛇）-adhirāja（王）-uru（宽阔的）-bhujaḥ（bhuja 手臂），复合词（阳单体），臂粗堪比蛇王。apasarpam（apasarpa 阳单业）暗探。papraccha（√pracch 完成单三）询问。bhadram（bhadra 阳单业）跋多罗（人名）。vijita（战胜）-ari（敌人）-bhadraḥ（bhadra 杰出的，强大的），复合词（阳单体），战胜强大的敌人。

निर्बन्धपृष्टः स जगाद सर्वं स्तुवन्ति पौराश्चरितं त्वदीयम्।
अन्यत्र रक्षोभवनोषितायाः परिग्रहान्मानवदेव देव्याः ॥३२॥

在罗摩一再追问下，暗探说：
“人中之神啊，市民们赞美
你的一切行为，除了你接受
曾经在罗刹宫中居住的王后。”（32）

nirbandha（连续不断）-pṛṣṭaḥ（pṛṣṭa 询问），复合词（阳单体），一再询问。saḥ（tad 阳单体）他，指暗探。jagāda（√gad 完成单三）说。sarvam（sarva 中单业）一切。stuvanti（√stu 现在复三）赞美。paurāḥ（paura 阳复体）市民。caritam（carita 中单业）行为。tvadīyam（tvadīya 中单业）你的。anyatra（不变词）除了。rakṣas（罗刹）-bhavana（宫殿）-uṣitāyāḥ（uṣita 居住），复合词（阴单属），在罗刹宫中居住。parigrahāt（parigraha 阳单从）接受。mānava（人）-deva（天神），复合词（阳单呼），人中之神，国王。devyāḥ（devī 阴单属）王后。

कलत्रनिन्दागुरुणा किलैवमभ्याहतं कीर्तिविपर्ययेण।
अयोघनेनाय इवाभितप्तं वैदेहिबन्धोर्हृदयं विदद्रे ॥३३॥

妻子受谴责，名誉严重
受损害，罗摩的心遭到
这样沉重的打击而破碎，
犹如热铁遭到铁锤打击。（33）

kalatra（妻子）-nindā（谴责）-guruṇā（guru 严重的），复合词（阳单具），由于妻子受谴责而严重的。kila（不变词）确实。evam（不变词）这样。abhyāhatam（abhyāhata 中单体）打击。kīrti（名誉）-viparyayeṇa（viparyaya 丧失，毁坏），复合词（阳单具），名誉受损害。ayoghanena（ayoghana 阳单具）铁锤。ayaḥ（ayas 中单体）铁。iva（不

变词）犹如。abhitaptam（abhitapta 中单体）灼热的。vaidehi（vaidehī 毗提诃公主，悉多）-bandhoḥ（bandhu 丈夫），复合词（阳单属），悉多的丈夫。hṛdayam（hṛdaya 中单体）心。vidadre（vi√dṝ 完成单三）破碎。

किमात्मनिर्वादकथामुपेक्षे जायामदोषामुत संत्यजामि।
इत्येकपक्षाश्रयविक्लवत्वादासीत्स दोलाचलचित्तवृत्तिः ॥३४॥

“我不理睬对我的流言蜚语，
还是抛弃我的无辜的妻子？”
不知道应该做出哪种抉择，
他的心如同秋千摇摆不定。（34）

kim（不变词）是否。ātma（ātman 自己）-nirvāda（指责）-kathām（kathā 言谈），复合词（阴单业），对自己的流言蜚语。upekṣe（upa√īkṣ 现在单一）忽视。jāyām（jāyā 阴单业）妻子。adoṣām（adoṣa 阴单业）无过错的，无辜的。uta（不变词）或者。saṃtyajāmi（sam√tyaj 现在单一）抛弃。iti（不变词）这样（想）。ekapakṣa（一边，一方）-āśraya（依靠）-viklavatvāt（viklavatva 迟疑，困惑），复合词（中单从），困惑于依靠哪一方。āsīt（√as 完成单三）是。saḥ（tad 阳单体）他。dolā（秋千）-cala（摇摆）-cittavṛttiḥ（cittavṛtti 心的活动，心情），复合词（阳单体），心情如秋千般摇摆不定。

निश्चित्य चानन्यनिवृत्ति वाच्यं त्यागेन पत्न्याः परिमार्ष्टुमैच्छत्।
अपि स्वदेहात्किमुतेन्द्रियार्थाद्यशोधनानां हि यशो गरीयः ॥३५॥

他断定没有其他方法能消除流言，
便想通过抛弃妻子来消除，因为
对于重视名誉的人，名誉甚至比
自己身体更重要，何况感官快乐？（35）

niścitya（nis√ci 独立式）断定，确定。ca（不变词）和。an（没有）-anya（其他的）-nivṛtti（nivṛtti 消除），复合词（中单业），没有其他方法能消除。vācyam（vācya 中单业）谴责，流言。tyāgena（tyāga 阳单具）抛弃。patnyāḥ（patnī 阴单属）妻子。parimārṣṭum（pari√mṛj 不定式）清除。aicchat（√iṣ 未完单三）希望。api（不变词）甚至。sva（自己的）-dehāt（deha 身体），复合词（阳单从），自己的身体。kim-uta（不变词）何况。indriya（感官）-arthāt（artha 对象），复合词（阳单从），感官对象。yaśas（名誉）-dhanānām（dhana 财富），复合词（阳复属），以名誉为财富的，重视名誉的。hi（不变词）因为。yaśaḥ（yaśas 中单体）名誉。garīyaḥ（garīyas 中单体）更重于。

स संनिपात्यावरजान्हतौजास्तद्विक्रियादर्शनलुप्तहर्षान्।
कौलीनमात्माश्रयमाचचक्षे तेभ्यः पुनश्चेदमुवाच वाक्यम् ॥३६॥

他精神沮丧，召集弟弟们，
弟弟们看到兄长神态异常，
也失去喜悦，他告诉他们
关于自己的流言，并说道：（36）

saḥ（tad 阳单体）他。saṃnipātya（sam-ni√pat 致使，独立式）召集。avarajān（avaraja 阳复业）弟弟。hata（打击，伤害）-ojāḥ（ojas 精力，活力），复合词（阳单体），丧失活力，精神沮丧。tad（他）-vikriyā（变化，异常）-darśana（看到）-lupta（丧失）-harṣān（harṣa 喜悦），复合词（阳复业），看到他的异常而失去喜悦。kaulīnam（kaulīna 中单业）流言。ātma（ātman 自己）-āśrayam（āśraya 联系，关于），复合词（中单业），关于自己的。ācacakṣe（ā√cakṣ 完成单三）告诉。tebhyaḥ（tad 阳复为）他，指弟弟们。punar（不变词）进而。ca（不变词）和。idam（idam 中单业）这。uvāca（√vac 完成单三）说。vākyam（vākya 中单业）话。

राजर्षिवंशस्य रविप्रसूतेरुपस्थितः पश्यत कीदृशोऽयम्।
मत्तः सदाचारशुचेः कलङ्कः पयोदवातादिव दर्पणस्य ॥३७॥

“你们看！出生于太阳的王仙
家族行为纯洁，如今由于我，
沾上了什么样的污点，犹如
镜子遭到带着云雾的风玷污。（37）

rāja（王）-ṛṣi（仙人）-vaṃśasya（vaṃśa 家族），复合词（阳单属），王仙家族。ravi（太阳）-prasūteḥ（prasūti 出生），复合词（阳单属），出生于太阳的。upasthitaḥ（upasthita 阳单体）出现。paśyata（√dṛś 命令复二）看见。kīdṛśaḥ（kīdṛśa 阳单体）什么样的。ayam（idam 阳单体）这。mattas（不变词）由于我。sat（善的，好的）-ācāra（行为，操行）-śuceḥ（śuci 纯洁的），复合词（阳单属），由于操行端正而纯洁的。kalaṅkaḥ（kalaṅka 阳单体）污点。payoda（云）-vātāt（vāta 风），复合词（阳单从），带着云雾的风。iva（不变词）犹如。darpaṇasya（darpaṇa 阳单属）镜子。

पौरेषु सोऽहं बहुलीभवन्तमपां तरङ्गेष्विव तैलबिन्दुम्।
सोढुं न तत्पूर्वमवर्णमीशे आलानिकं स्थाणुमिव द्विपेन्द्रः ॥३८॥

“我不能忍受这空前的流言，

如同水波中的油滴，在我的
市民中广为扩散，犹如象王
不能忍受系缚自己的柱子。（38）

paureṣu（paura 阳复依）市民。saḥ（tad 阳单体）这。aham（mad 单体）我。bahulī（bahula 宽广的）-bhavantam（√bhū 现分，成为），复合词（阳单业），广为扩散。apām（ap 阴复属）水。taraṅgeṣu（taraṅga 阳复依）波浪。iva（不变词）如同。taila（油）-bindum（bindu 滴），复合词（阳单业），油滴。soḍhum（√sah 不定式）忍受。na（不变词）不。tatpūrvam（tatpūrva 阳单业）首次的，空前的。avarṇam（avarṇa 阳单业）谣传，流言。īśe（√īś 现在单一）能够。ālānikam（ālānika 阳单业）系象的。sthāṇum（sthāṇu 阳单业）树桩，柱子。iva（不变词）犹如。dvipa（大象）-indraḥ（indra 王），复合词（阳单体），象王。

तस्यापनोदाय फलप्रवृत्तावुपस्थितायामपि निर्व्यपेक्षः।
त्यक्ष्यामि वैदेहसुतां पुरस्तात्समुद्रनेमिं पितुराज्ञयेव ॥३९॥

“为了消除流言，甚至不顾
悉多已临产，我要抛弃她，
犹如以前我服从父亲的命令，
抛弃以大海为周边的大地。（39）

tasya（tad 阳单属）它，指流言。apanodāya（apanoda 阳单为）驱除。phala（果实）-pravṛttau（pravṛtti 出现，产生），复合词（阴单依），果实出现。upasthitāyām（upasthita 阴单依）临近。api（不变词）即使。nirvyapekṣaḥ（nirvyapekṣa 阳单体）不顾及的。tyakṣyāmi（√tyaj 将来单一）抛弃。vaideha（毗提诃国王）-sutām（sutā 女儿），复合词（阴单业），毗提诃公主，悉多。purastāt（不变词）以前。samudra（大海）-nemim（nemi 周边），复合词（阴单业），以大海为周边的，大地。pituḥ（pitṛ 阳单属）父亲。ājñayā（ājñā 阴单具）命令。iva（不变词）犹如。

अवैमि चैनामनघेति किंतु लोकापवादो बलवान्मतो मे।
छाया हि भूमेः शशिनो मलत्वेनारोपिता शुद्धिमतः प्रजाभिः ॥४०॥

“我知道她是无辜的，但是，
我认为世人的流言强大有力，
因为民众将大地上的阴影，

说成是纯洁的月亮的污点。[①]（40）

avaimi（ava√i 现在单一）知道。ca（不变词）和。enām（etad 阴单业）她。anaghā（anagha 阴单体）无辜的。iti（不变词）这样（说）。kim-tu（不变词）但是。loka（世人）-apavādaḥ（apavāda 流言），复合词（阳单体），世人的流言。balavān（balavat 阳单体）强大有力的。mataḥ（mata 阳单体）认为。me（mad 单属）我。chāyā（chāyā 阴单体）阴影。hi（不变词）因为。bhūmeḥ（bhūmi 阴单属）大地。śaśinaḥ（śaśin 阳单属）月亮。malatvena（malatva 中单具）污点。āropitā（āropita 阴单体）归于，起因。śuddhimataḥ（śuddhimat 阳单属）充满纯洁的。prajābhiḥ（prajā 阴复具）臣民。

रक्षोवधान्तो न च मे प्रयासो व्यर्थः स वैरप्रतिमोचनाय।
अमर्षणः शोणितकाङ्क्षया किं पदा स्पृशन्तं दशति द्विजिह्वः ॥४१॥

“我最终杀死罗刹，努力没有
白费，这全是为了报仇雪恨，
难道愤怒的蛇咬死踩它的人，
目的是要吸吮这个人的血吗？[②]（41）

rakṣas（罗刹）-vadha（杀死）-antaḥ（anta 终结），复合词（阳单体），以杀死罗刹为终结。na（不变词）不。ca（不变词）和。me（mad 单属）我。prayāsaḥ（prayāsa 阳单体）努力。vyarthaḥ（vyartha 阳单体）徒劳的，无用的。saḥ（tad 阳单体）这。vaira（仇恨）-pratimocanāya（pratimocana 解除），复合词（中单为），报仇雪恨。amarṣaṇaḥ（amarṣaṇa 阳单体）愤怒的。śoṇita（血）-kāṅkṣayā（kāṅkṣā 渴望），复合词（阴单具），渴望吸血。kim（不变词）是否。padā（pad 阳单具）脚。spṛśantam（√spṛś 现分，阳单业）接触。daśati（√daṃś 现在单三）咬。dvijihvaḥ（dvijihva 阳单体）蛇。

तदेष सर्गः करुणार्द्रचित्तैर्न मे भवद्भिः प्रतिषेधनीयः।
यद्यर्थिता निर्हृतवाच्यशल्यान्प्राणान्मया धारयितुं चिरं वः ॥४२॥

“因此，如果你们希望我
能拔除流言之箭，长久地
活下去，就不要慈悲心软，
阻挠我做出的这个决定。”（42）

tad（不变词）因此。eṣaḥ（etad 阳单体）这。sargaḥ（sarga 阳单体）决定。karuṇa

① 意谓将大地上的阴影归咎月亮中的黑影斑点。
② 这里罗摩强调自己消灭魔王，主要是为复仇，而非为救妻。

（慈悲的）-ārdra（柔软的）-cittaiḥ（citta 心），复合词（阳复具），由于慈悲而心软。na（不变词）不。me（mad 单属）我。bhavadbhiḥ（bhavat 阳复具）您。pratiṣedhanīyaḥ（pratiṣedhanīya 阳单体）应当阻拦。yadi（不变词）如果。arthitā（arthitā 阴单体）希望。nirhṛta（拔除）-vācya（谴责，流言）-śalyān（śalya 箭），复合词（阳复业），拔除流言之箭。prāṇān（prāṇa 阳复业）气息，生命。mayā（mad 单具）我。dhārayitum（√dhṛ 致使，不定式）保持。ciram（不变词）长久地。vaḥ（yuṣmad 复属）你们。

इत्युक्तवन्तं जनकात्मजायां नितान्तरूक्षाभिनिवेशमीशम्।
न कश्चन भ्रातृषु तेषु शक्तो निषेद्धुमासीदनुमोदितुं वा ॥४३॥

国王说了这番话，做出
对悉多极其残酷的决定，
弟弟们听后，没有一个
能够表示反对或者赞同。（43）

iti（不变词）这样（说）。uktavantam（uktavat 阳单业）说。janaka（遮那迦）-ātmajāyām（ātmajā 女儿），复合词（阴单依），遮那迦公主，悉多。nitānta（极其，非常）-rūkṣa（残酷的）-abhiniveśam（abhiniveśa 决定），复合词（阳单业），极其残酷的决定。īśam（īśa 阳单业）主人，国王。na（不变词）不。kaḥ-cana（kim-cana 阳单体）某个，任何。bhrātṛṣu（bhrātṛ 阳复依）兄弟。teṣu（tad 阳复依）这。śaktaḥ（śakta 阳单体）能够。niṣeddhum（ni√sidh 不定式）反对。āsīt（√as 未完单三）是。anumoditum（anu√mud 致使，不定式）赞同。vā（不变词）或者。

स लक्ष्मणं लक्ष्मणपूर्वजन्मा विलोक्य लोकत्रयगीतकीर्तिः।
सौम्येति चाभाष्य यथार्थभाषी स्थितं निदेशे पृथगादिदेश ॥४४॥

罗摩说话真实，名扬三界，
望着罗什曼那，这位始终
听命于他的弟弟，叫了声
“好弟弟”，单独吩咐他说：（44）

saḥ（tad 阳单体）他。lakṣmaṇam（lakṣmaṇa 阳单业）罗什曼那。lakṣmaṇa（罗什曼那）-pūrvajanmā（pūrvajanman 长兄），复合词（阳单体），罗什曼那的长兄，罗摩。vilokya（vi√lok 独立式）看，望。loka（世界）-traya（三重的）-gīta（歌颂）-kīrtiḥ（kīrti 名声），复合词（阳单体），名声受到三界歌颂。saumya（saumya 阳单呼）善的，善人。iti（不变词）这样（说）。ca（不变词）和。ābhāṣya（ā√bhāṣ 独立式）说。yathā（如同）-artha（事实）-bhāṣī（bhāṣin 说），复合词（阳单体），说话真实。sthitam （sthita 阳单业）遵照，听从。nideśe（nideśa 阳单依）命令。pṛthak（不变词）单独地。ādideśa（ā√diś 独立式）指示，吩咐。

प्रजावती दोहदशंसिनी ते तपोवनेषु स्पृहयालुरेव।
स त्वं रथी तद्व्यपदेशनेयां प्रापय्य वाल्मीकिपदं त्यजैनाम् ॥४५॥

“你的嫂子怀有身孕，表示了
孕妇的愿望，想去那些苦行林，
你就以这个借口，驾车将她
送到蚁垤仙人那里，抛弃她。”（45）

prajāvatī（prajāvatī 阴单体）嫂子。dohada（孕妇的愿望）-śaṃsinī（śaṃsin 说），表达孕妇的愿望。te（tvad 单属）你。tapas（苦行）-vaneṣu（vana 树林），复合词（中复依），苦行林。spṛhayāluḥ（spṛhayālu 阴单体）渴望的。eva（不变词）确实。saḥ（tad 阳单体）这。tvam（tvad 单体）你。rathī（rathin 阳单体）有车的，驾车。tad（这）-vyapadeśa（借口）-neyām（neya 带走），复合词（阴单业），以这个借口带走。prāpayya（pra√āp 致使，独立式）送到。vālmīki（蚁垤仙人）-padam（pada 地方），复合词（中单业），蚁垤仙人的地方。tyaja（√tyaj 命令单二）抛弃。enām（etad 阴单业）她。

स शुश्रुवान्मातरि भार्गवेण पितुर्नियोगात्प्रहृतं द्विषद्वत्।
प्रत्यग्रहीदग्रजशासनं तदाज्ञा गुरूणां ह्यविचारणीया ॥४६॥

罗什曼那曾听说婆利古后裔
奉父亲之命，像杀死敌人那样
杀死母亲[①]，他服从长兄命令，
因为长辈们的命令不容置疑。（46）

saḥ（tad 阳单体）他，指罗什曼那。śuśruvān（śuśruvas，√śru 完分，阳单体）听到。mātari（mātṛ 阴单依）母亲。bhārgaveṇa（bhārgava 阳单具）婆利古后裔，持斧罗摩。pituḥ（pitṛ 阳单属）父亲。niyogāt（niyoga 阳单从）命令。prahṛtam（prahṛta 中单业）打击，杀害。dviṣadvat（不变词）如同对待敌人。pratyagrahīt（prati√grah 不定单三）接受，服从。agraja（长兄）-śāsanam（śāsana 命令），复合词（中单业），长兄的命令。tat（tad 中单业）这。ājñā（ājñā 阴单体）命令。gurūṇām（guru 阳复属）长辈。hi（不变词）因为。avicāraṇīyā（avicāraṇīya 阴单体）不容置疑的。

① “婆利古后裔”指婆利古族阇摩陀耆尼之子持斧罗摩。关于他杀死母亲之事，参阅第十一章第 65 颂注。

अथानुकूलश्रवणप्रतीतामत्रस्नुभिर्युक्तधुरं तुरंगैः।
रथं सुमन्त्रप्रतिपन्नरश्मिमारोप्य वैदेहसुतां प्रतस्थे ॥४७॥

悉多闻听好消息，心中喜悦，
罗什曼那带着她，登车出发，
这辆车由不会受惊吓的马匹
驾轭，苏曼多罗执持缰绳。（47）

atha（不变词）然后。anukūla（顺从的）-śravaṇa（耳朵，听到）-pratītām（pratīta 高兴），复合词（阴单业），闻听顺耳的话而高兴。atrasnubhiḥ（atrasnu 阳复具）不害怕的，不受惊的。yukta（驾上）-dhuram（dhur 车轭），复合词（阳单业），驾上车轭。turaṅgaiḥ（turaṅga 阳复具）马。ratham（ratha 阳单业）车。sumantra（苏曼多罗）-pratipanna（执持）-raśmim（raśmi 缰绳），复合词（阳单业），苏曼多罗执持缰绳。āropya（ā√ruh 致使，独立式）登上。vaideha（毗提诃国王）-sutām（sutā 女儿），复合词（阴单业），毗提诃公主，悉多。pratasthe（pra√sthā 完成单三）出发。

सा नीयमाना रुचिरान्प्रदेशान्प्रियंकरो मे प्रिय इत्यनन्दत्।
नाबुद्ध कल्पद्रुमतां विहाय जातं तमात्मन्यसिपत्रवृक्षम् ॥४८॥

马车载着她驰过种种美景，
她为丈夫关爱自己而高兴，
还不知道丈夫如今对待她，
已经由如意树变成剑叶树。（48）

sā（tad 阴单体）她。nīyamānā（√nī 被动，现分，阴单体）带往。rucirān（rucira 阳复业）可爱的，令人愉悦的。pradeśān（pradeśa 阳复业）地区。priyaṃkaraḥ（priyaṃkara 阳单体）给予关爱的。me（mad 单属）我。priyaḥ（priya 阳单体）丈夫。iti（不变词）这样（想）。anandat（√nand 未完单三）高兴。na（不变词）不。abuddha（√budh 不定单三）觉知。kalpadruma（如意树）-tām（tā 性质，状态），复合词（阴单业），如意树的状态。vihāya（vi√hā 独立式）抛弃。jātam（jāta 阳单业）发生，成为。tam（tad 阳单业）他，指罗摩。ātmani（ātman 阳单依）自己。asi（刀，剑）-patra（叶子）-vṛkṣam（vṛkṣa 树），复合词（阳单业），剑叶树。

जुगूह तस्याः पथि लक्ष्मणो यत्सव्येतरेण स्फुरता तदक्ष्णा।
आख्यातमस्यै गुरु भावि दुःखमत्यन्तलुप्तप्रियदर्शनेन ॥४९॥

罗什曼那一路上对她隐瞒，

而她的再也见不到丈夫的
那只右眼颤抖跳动，向她
预示即将来临的沉重苦难。（49）

jugūha（√guh 完成单三）隐瞒。tasyāḥ（tad 阴单属）她。pathi（pathin 阳单依）道路。lakṣmaṇaḥ（lakṣmaṇa 阳单体）罗什曼那。yat（yad 中单业）那，指苦难。savya（左边的）-itareṇa（itara 不同于），复合词（中单具），右边的。sphuratā（√sphur 现分，中单具）颤动。tat（tad 中单体）这。akṣṇā（akṣi 中单具）眼睛。ākhyātam（ākhyāta 中单体）说明，表明。asyai（idam 阴单为）这。guru（guru 中单体）沉重的。bhāvi（bhāvin 中单体）即将发生的。duḥkham（duḥkha 中单体）痛苦，苦难。atyanta（永远）-lupta（丧失）-priya（丈夫）-darśanena（darśana 见到），复合词（中单具），再也见不到丈夫。

सा दुर्निमित्तोपगताद्विषादात्सद्यः परिम्लानमुखारविन्दा।
राज्ञः शिवं सावरजस्य भूयादित्याशशंसे करणैरबाह्यैः ॥५०॥

这凶兆令她精神沮丧，
莲花脸突然憔悴苍白，
而她心中祝祷："但愿
国王及其弟弟们平安。"（50）

sā（tad 阴单体）她。durnimitta（凶兆）-upagatāt（upagata 来到，出现），复合词（阳单从），由凶兆引起的。viṣādāt（viṣāda 阳单从）沮丧。sadyas（不变词）突然间。parimlāna（枯萎褪色，憔悴苍白）-mukha（脸）-aravindā（aravinda 莲花），复合词（阴单体），莲花脸憔悴苍白。rājñaḥ（rājan 阳单属）国王。śivam（śiva 中单体）吉祥，平安。sa（与）-avarajasya（avaraja 弟弟），复合词（阳单属），与弟弟一起。bhūyāt（√bhū 祈求单三）是。iti（不变词）这样（想）。āśaśaṃse（ā√śaṃs 完成单三）祝福。karaṇaiḥ（karaṇa 中复具）器官。abāhyaiḥ（abāhya 中复具）内在的。

गुरोर्नियोगाद्वनितां वनान्ते साध्वीं सुमित्रातनयो विहास्यन्।
अवार्यतेवोत्थितवीचिहस्तैर्जह्नोर्दुहित्रा स्थितया पुरस्तात् ॥५१॥

罗什曼那遵照长兄的命令，
准备将这位贞洁的女人，
抛弃林中，而前面的恒河[①]，

① "恒河"在这首诗的原文中称为"遮诃努的女儿"，这个称号的来源参阅第六章第 85 首注。

仿佛扬起波浪之手阻拦他。（51）

guroḥ（guru 阳单属）长辈。niyogāt（niyoga 阳单从）命令。vanitām（vanitā 阴单业）女人。vana（树林）-ante（anta 边缘），复合词（阳单依），林区，树林。sādhvīm（sādhu 阴单业）贞洁的。sumitrā（须弥多罗）-tanayaḥ（tananya 儿子），复合词（阳单体），须弥多罗之子，罗什曼那。vihāsyan（vi√hā 将分，阳单体）抛弃。avāryata（√vṛ 致使，被动，未完单三）阻拦。iva（不变词）仿佛。utthita（扬起）-vīci（波浪）-hastaiḥ（hasta 手），复合词（阳复具），扬起波浪手。jahnoḥ（jahnu 阳单属）遮诃努。duhitrā（duhitṛ 阴单具）女儿。sthitayā（sthitā 阴单具）处于。purastāt（不变词）前面。

रथात्स यन्त्रा निगृहीतवाहात्तां भ्रातृजायां पुलिनेऽवतार्य।
गङ्गां निषादाहृतनौविशेषस्ततार संधामिव सत्यसंधः ॥५२॥

御者将车停在沙滩，罗什曼那
请嫂子下车，尼沙陀船夫划来
一条上等的船，他渡过恒河，
犹如信守诺言的人兑现诺言。（52）

rathāt（ratha 阳单从）车。saḥ（tad 阳单体）他，指罗什曼那。yantrā（yantṛ 阳单具）车夫，御者。nigṛhīta（勒住）-vāhāt（vāha 马），复合词（阳单从），勒住马。tām（tad 阴单业）这。bhrātṛ（兄弟）-jāyām（jāyā 妻子），复合词（阴单业），兄弟的妻子，嫂子。puline（pulina 阳单依）沙滩。avatārya（ava√tṝ 致使，独立式）下来。gaṅgām（gaṅgā 阴单业）恒河。niṣāda（尼沙陀船夫）-āhṛta（带来）-nau（船）-viśeṣaḥ（viśeṣa 特殊的，上等的），复合词（阳单体），尼沙陀船夫划来上等的船。tatāra（√tṝ 完成单三）渡过，履行。saṃdhām（saṃdhā 阴单业）诺言。iva（不变词）犹如。satya（真实的）-saṃdhaḥ（saṃdhā 诺言），复合词（阳单体），信守诺言的，守信者。

अथ व्यवस्थापितवाक्कथंचित्सौमित्रिरन्तर्गतबाष्पकण्ठः।
औत्पातिकं मेघ इवाश्मवर्षं महीपतेः शासनमुज्जगार ॥५३॥

罗什曼那喉咙里噎着泪水，
好不容易调整好嘴边的话，
说出了国王下达的命令，
犹如乌云降下灾难的冰雹。（53）

atha（不变词）然后。vyavasthāpita（安排）-vāk（vāc 话），复合词（阳单体），

调整措辞。katham-cit（不变词）好不容易。saumitriḥ（saumitri 阳单体）罗什曼那。antargata（在里面的，含着的）-bāṣpa（眼泪）-kaṇṭhaḥ（kaṇṭha 喉咙），复合词（阳单体），喉咙里噎着泪水。autpātikam（autpātika 中单业）灾难性的。meghaḥ（megha 阳单体）乌云。iva（不变词）犹如。aśma（aśman 石头）-varṣam（varṣa 雨），复合词（中单业），石头雨，冰雹。mahī（大地）-pateḥ（pati 主人），复合词（阳单属），大地之主，国王。śāsanam（śāsana 中单业）命令。ujjagāra（ud√gṝ 完成单三）说出，洒下。

ततोऽभिषङ्गानिलविप्रविद्धा प्रभ्रश्यमानाभरणप्रसूना।
स्वमूर्तिलाभप्रकृतिं धरित्रीं लतेव सीता सहसा जगाम ॥५४॥

悉多遭灾难打击，似蔓藤
遭狂风袭击，跌倒在赋予
自己形体的母亲大地怀中，
身上的首饰如同花朵散落。（54）

tatas（不变词）然后。abhiṣaṅga（灾难）-anila（风）-vipraviddhā（vipraviddha 打击），复合词（阴单体），遭到灾难之风的打击。prabhraśyamāna（pra√bhraṃś 现分，坠落，散落）-ābharaṇa（装饰品）-prasūnā（prasūna 花朵），复合词（阴单体），装饰品如花朵般散落。sva（自己的）-mūrti（形体）-lābha（获得）-prakṛtim（prakṛti 来源），复合词（阴单业），获得自己形体的来源。dharitrīm（dharitrī 阴单业）大地。latā（latā 阴单体）蔓藤。iva（不变词）如同。sītā（sītā 阴单体）悉多。sahasā（不变词）突然。jagāma（√gam 不变词）走向。

इक्ष्वाकुवंशप्रभवः कथं त्वां त्यजेदकस्मात्पतिरार्यवृत्तः।
इति क्षितिः संशयितेव तस्यै ददौ प्रवेशं जननी न तावत् ॥५५॥

而大地母亲仿佛心存怀疑：
“你的丈夫出生在甘蔗族，
行为高尚，怎么会突然地
抛弃你？”因此不收留她。①（55）

ikṣvāku（甘蔗王）-vaṃśa（族）-prabhavaḥ（prabhava 出生），复合词（阳单体），出生在甘蔗族。katham（不变词）怎么。tvām（tvad 单业）你。tyajet（√tyaj 虚拟单三）抛弃。akasmāt（不变词）无缘无故地，突然地。patiḥ（pati 阳单体）丈夫。ārya（高尚的）-vṛttaḥ（vṛtta 行为），复合词（阳单体），行为高尚。iti（不变词）这样（想）。

① “悉多”（sītā）这个名字的词义是“犁沟”。传说遮那迦准备祭祀场地，用犁头平整土地时，从犁沟中获得这个女儿。故而，大地是她的母亲。

kṣitiḥ（kṣiti 阴单体）大地。saṃśayitā（saṃśayita 阴单体）怀疑。iva（不变词）仿佛。tasyai（tad 阴单为）她。dadau（√dā 完成单三）给予。praveśam（praveśa 阳单业）进入。jananī（jananī 阴单体）母亲。na（不变词）不。tāvat（不变词）这时。

सा लुप्तसंज्ञा न विवेद दुःखं प्रत्यागतासुः समतप्यतान्तः।
तस्याः सुमित्रात्मजयत्नलब्धो मोहादभूत्कष्टतरः प्रबोधः ॥५६॥

她失去知觉，不知道痛苦，
待气息恢复后，内心烧灼；
是罗什曼那努力让她苏醒，
而苏醒过来比昏迷更痛苦。（56）

sā（tad 阴单体）她。lupta（丧失）-saṃjñā（saṃjñā 知觉），复合词（阴单体），丧失知觉。na（不变词）不。viveda（√vid 完成单三）知道。duḥkham（duḥkha 中单业）痛苦。pratyāgata（恢复）-asuḥ（asu 气息，生命），复合词（阴单体），恢复气息。samatapyata（sam√tap 被动，未完单三）烧灼。antar（不变词）内在。tasyāḥ（tad 阴单属）她。sumitrā（须弥多罗）-ātmaja（儿子）-yatna（努力）-labdhaḥ（labdha 获得），复合词（阳单体），经过罗什曼那努力而获得。mohāt（moha 阳单从）昏迷。abhūt（√bhū 不定单三）成为。kaṣṭataraḥ（kaṣṭatara 阳单体）更坏，更痛苦。prabodhaḥ（prabodha 阳单体）苏醒。

न चावदद्भर्तुरवर्णमार्या निराकरिष्णोर्वृजिनादृतेऽपि।
आत्मानमेव स्थिरदुःखभाजं पुनः पुनर्दुष्कृतिनं निनिन्द ॥५७॥

即使无端遭到丈夫遗弃，
高尚的悉多也不说他的
坏话，而一再责备自己
是罪人，注定永远受苦。（57）

na（不变词）不。ca（不变词）和。avadat（√vad 未完单三）说。bhartuḥ（bhartṛ 阳单属）丈夫。avarṇam（avarṇa 阳单业）坏话。āryā（ārya 阴单体）高尚的。nirākariṣṇoḥ（nirākariṣṇu 阳单属）拒绝接受的，遗弃的。vṛjināt（vṛjina 中单从）罪过。ṛte（不变词）没有。api（不变词）即使。ātmānam（ātman 阳单业）自己。eva（不变词）确实。sthira（永远的）-duḥkha（痛苦）-bhājam（bhāj 经受，注定），复合词（阳单业），注定永远痛苦。punar-punar（不变词）一再地。duṣkṛtinam（duṣkṛtin 阳单业）作恶者，有罪之人。nininda（√nind 完成单三）谴责，责备。

आश्वास्य रामावरजः सतीं तामाख्यातवाल्मीकिनिकेतमार्गः।
निघ्नस्य मे भर्तृनिदेशरौक्ष्यं देवि क्षमस्वेति बभूव नम्रः ॥५८॥

罗什曼那安慰这位贞洁的女子，
并告诉她前往蚁垤住处的道路，
然后俯首行礼，说道："王后啊，
请宽恕我听命国王而粗暴无礼！"（58）

āśvāsya（ā√śvas 致使，独立式）安慰。rāma（罗摩）-avarajaḥ（avaraja 弟弟），复合词（阳单体），罗摩的弟弟。satīm（satī 阴单业）贞洁的女子。tām（tad 阴单业）这。ākhyāta（说明，告诉）-vālmīki（蚁垤）-niketa（住处）-mārgaḥ（mārga 道路），复合词（阳单体），告诉前往蚁垤住处的道路。nighnasya（nighna 阳单属）服从的。me（mad 单属）我。bhartṛ（国王）-nideśa（命令）-raukṣyam（raukṣya 粗暴），复合词（中单业），遵从国王的命令而粗暴。devi（devī 阴单呼）王后。kṣamasva（√kṣam 命令单二）宽恕。iti（不变词）这样（说）。babhūva（√bhū 完成单三）成为。namraḥ（namra 阳单体）鞠躬的。

सीता तमुत्थाप्य जगाद वाक्यं प्रीतास्मि ते सौम्य चिराय जीव।
बिडौजसा विष्णुरिवाग्रजेन भ्रात्रा यदित्थं परवानसि त्वम् ॥५९॥

悉多扶起他，说道："好弟弟，
我对你表示满意，祝你长寿！
因为如同毗湿奴依附因陀罗①，
你也是这样依附你的长兄。（59）

sītā（sītā 阴单体）悉多。tam（tad 阳单业）他，指罗什曼那。utthāpya（ud√sthā 致使，独立式）起来。jagāda（√gad 完成单三）说。vākyam（vākya 中单业）话。prītā（prīta 阴单体）高兴，满意。asmi（√as 现在单一）是。te（tvad 单属）你。saumya（saumya 阳单呼）好的，善人。cirāya（不变词）长久。jīva（√jīv 命令单二）活。biḍaujasā（biḍaujas 阳单具）因陀罗。viṣṇuḥ（viṣṇu 阳单体）毗湿奴。iva（不变词）如同。agrajena（agraja 阳单具）年长的。bhrātrā（bhrātṛ 阳单具）兄弟。yad（不变词）因为。ittham（不变词）这样。paravān（paravat 阳单体）依靠的，服从的。asi（√as 现在单二）是。tvam（tvad 单体）你。

श्वश्रूजनं सर्वमनुक्रमेण विज्ञापय प्रापितमत्प्रणामः।

① 按照吠陀神话，毗湿奴是因陀罗的弟弟。

प्रजानिषेकं मयि वर्तमानं सूनोरनुध्यायत चेतसेति ॥६०॥

“代我依次向每一位婆婆
俯首行礼，请转告她们说：
‘我的腹中怀有你们儿子的
骨肉，请在心中为他祝福。’（60）

śvaśrū（婆婆）-janam（jana 人们），复合词（阳单业），婆婆们。sarvam（sarva 阳单业）所有的。anukrameṇa（anukrama 阳单具）依次。vijñyāpaya（vi√jñā 致使，命令单二）禀告。prāpita（转达）-mad（我）-praṇāmaḥ（praṇāma 敬礼），复合词（阳单体），转达我的敬礼。prajā（后代）-niṣekam（niṣeka 射精，种子），复合词（阳单业），后代的种子。mayi（mad 单依）我。vartamānam（√vṛt 现分，阳单业）存在。sūnoḥ（sūnu 阳单属）儿子。anudhyāyata（anu√dhyai 命令复二）关注，祝福。cetasā（cetas 中单具）心。iti（不变词）这样（想）。

वाच्यस्त्वया मद्वचनात्स राजा वह्नौ विशुद्धामपि यत्समक्षम्।
मां लोकवादश्रवणादहासीः श्रुतस्य किं तत्सदृशं कुलस्य ॥६१॥

“还要代我转告国王：‘即使
你亲眼目睹我受过烈火考验，
而一听到世人流言便抛弃我，
这符合高贵的家族或仪轨吗？（61）

vācyaḥ（vācya 阳单体）应该告诉。tvayā（tvad 单具）你。mad（我）-vacanāt（vacana 话），复合词（中单从），我的话。saḥ（tad 阳单体）这。rājā（rājan 阳单体）国王。vahnau（vahni 阳单依）火。viśuddhām（viśuddha 阴单业）净化。api（不变词）即使。yat（yad 中单体）那。samakṣam（不变词）在眼前，亲眼目睹。mām（mad 单业）我。loka（世人）-vāda（流言）-śravaṇāt（śravaṇa 听到），复合词（中单从），听到世人的流言。ahāsīḥ（√hā 不定单二）抛弃。śrutasya（śruta 中单属）传承，宗教仪轨。kim（不变词）是否。tat（tad 中单体）这。sadṛśam（sadṛśa 中单体）符合。kulasya（kula 中单属）家族。

कल्याणबुद्धेरथवा तवायं न कामचारो मयि शङ्कनीयः।
ममैव जन्मान्तरपातकानां विपाकविस्फूर्जथुरप्रसह्यः ॥६२॥

“‘或许，不应该怀疑你是故意
这样对待我，因为你心地善良，

实在是我前世犯下罪业，如今
遭遇这雷击般难以忍受的果报。(62)

kalyāṇa（美好的，友善的）-buddheḥ（buddhi 知觉），复合词（阳单属），心地善良。athavā（不变词）或许。tava（tvad 单属）你。ayam（idam 阳单体）这。na（不变词）不。kāma（愿望）-cāraḥ（cāra 行为），复合词（阳单体），故意的行为。mayi（mad 单依）我。śaṅkanīyaḥ（śaṅkanīya 阳单体）应当怀疑。mama（mad 单属）我。eva（不变词）确实。janman（生）-antara（另外的）-pātakānām（pātaka 罪恶），复合词（阳复属），前生的罪恶。vipāka（成熟，果报）-visphūrjathuḥ（visphūrjathu 雷鸣般突然出现），复合词（阳单体），果报如雷鸣般突然出现。aprasahyaḥ（aprasahya 阳单体）难以忍受的。

उपस्थितां पूर्वमपास्य लक्ष्मीं वनं मया सार्धमसि प्रपन्नः।
तदास्पदं प्राप्य तयातिरोषात्सोढास्मि न त्वद्भवने वसन्ती ॥६३॥

"'以前你抛弃来到身边的吉祥
女神[①]，而与我一起前往森林，
如今她获得地位，出于愤怒，
不能容忍我居住在你的宫中。(63)

upasthitām（upasthita 阴单业）走近，来到身边。pūrvam（不变词）以前。apāsya（apa√as 独立式）离开，抛开。lakṣmīm（lakṣmī 阴单业）吉祥女神。vanam（vana 中单业）森林。mayā（mad 单具）我。sārdham（不变词）一起。asi（√as 现在单二）是。prapannaḥ（prapanna 阳单体）进入。tad（不变词）因此。āspadam（āspada 中单业）位置，地位。prāpya（pra√āp 独立式）获得。tayā（tad 阴单具）她，指吉祥女神。ati（非常）-roṣāt（roṣa 愤怒），复合词（阳单从），非常愤怒。soḍhā（soḍha 阴单体）忍受。asmi（√as 现在单一）是。na（不变词）不。tvad（你）-bhavane（bhavana 宫殿），复合词（中单依），你的宫殿。vasantī（√vas 现分，阴单体）居住。

निशाचरोपप्लुतभर्तृकाणां तपस्विनीनां भवतः प्रसादात्।
भूत्वा शरण्या शरणार्थमन्यं कथं प्रपत्स्ये त्वयि दीप्यमाने ॥६४॥

"'由于你的恩惠，我曾庇护
丈夫受罗刹迫害的苦行女们，
而现在，你依然光辉显赫，

① 这里的"吉祥女神"指王权。

我怎么能够寻求他人庇护？（64）

niśācara（罗刹）-upapluta（侵扰）-bhartṛkāṇām（bhartṛka 丈夫），复合词（阴复属），丈夫受到罗刹迫害。tapasvinīnām（tapasvinī 阴复属）苦行女。bhavataḥ（bhavat 阳单属）您。prasādāt（prasāda 阳单从）恩惠。bhūtvā（√bhū 独立式）成为。śaraṇyā（śaraṇya 阴单体）提供保护的，保护者。śaraṇa（保护）-artham（artha 目的），复合词（不变词），为了保护，寻求保护。anyam（anya 阳单业）其他的。katham（不变词）怎么。prapatsye（pra√pad 将来单一）走向，到达。tvayi（tvad 单依）你。dīpyamāne（√dīp 现分，阳单依）光辉显赫。

किंवा तवात्यन्तवियोगमोघे कुर्यामुपेक्षां हतजीवितेऽस्मिन्।
स्याद्रक्षणीयं यदि मे न तेजस्त्वदीयमन्तर्गतमन्तरायः ॥६५॥

“‘如果不是应该保护你留在
我的腹中的种子而妨碍了我，
或许我会毫不怜惜这个与你
永久分离而空虚可悲的生命。（65）

kim-vā（不变词）或许。tava（tvad 单属）你。atyanta（永远的）-viyoga（分离）-moghe（mogha 空虚的），复合词（中单依），由于永远分离而空虚的。kuryām（√kṛ 虚拟单一）做。upekṣām（upekṣā 阴单业）漠不关心，不顾惜。hata（可悲的）-jīvite（jīvita 生命），复合词（中单依），可悲的生命。asmin（idam 中单依）这。syāt（√as 虚拟单三）是。rakṣaṇīyam（rakṣaṇīya 中单体）应受保护。yadi（不变词）如果。me（mad 单属）我。na（不变词）不。tejaḥ（tejas 中单体）精子，种子。tvadīyam（tvadīya 中单体）你的。antargatam（antargata 中单体）在内部的。antarāyaḥ（antarāya 阳单体）障碍。

साहं तपः सूर्यनिविष्टदृष्टिरूर्ध्वं प्रसूतेश्चरितुं यतिष्ये।
भूयो यथा मे जननान्तरेऽपि त्वमेव भर्ता न च विप्रयोगः ॥६६॥

“‘在分娩后，我会努力
修苦行，眼睛凝视太阳，
以求来世的丈夫还是你，
而且不会再次出现分离。（66）

sā（tad 阴单体）这。aham（mad 单体）我。tapaḥ（tapas 中单业）苦行。sūrya（太阳）-niviṣṭa（固定）-dṛṣṭiḥ（dṛṣṭi 目光），复合词（阴单体），目光凝视太阳。ūrdhvam

（不变词）之后。prasūteḥ（prasūti 阴单从）出生，分娩。caritum（√car 不定式）修行。yatiṣye（√yat 将来单一）努力。bhūyas（不变词）再次。yathā（不变词）以至于。me（mad 单属）我。janana（生命）-antare（antara 另外的），复合词（中单依），另一生，来世。api（不变词）也。tvam（tvad 单体）你。eva（不变词）同样。bhartā（bhartṛ 阳单体）丈夫。na（不变词）不。ca（不变词）和。viprayogaḥ（viprayoga 阳单体）分离。

नृपस्य वर्णाश्रमपालनं यत्स एव धर्मो मनुना प्रणीतः।
निर्वासिताप्येवमतस्त्वयाहं तपस्विसामान्यमवेक्षणीया ॥६७॥

"'保护种姓以及生活秩序①，
是摩奴为国王规定的正法，
因此，我虽遭遗弃，也应
受到与苦行者同样的关心。'"（67）

nṛpasya（nṛpa 阳单属）国王。varṇa（种姓）-āśrama（人生阶段）-pālanam（pālana 保护），复合词（中单体），保护种姓和生活秩序。yat（yad 中单体）那。saḥ（tad 阳单体）这。eva（不变词）正是。dharmaḥ（dharma 阳单体）正法。manunā（manu 阳单具）摩奴。praṇītaḥ（praṇīta 阳单体）规定。nirvāsitā（nirvāsita 阴单体）驱逐。api（不变词）即使。evam（不变词）这样。atas（不变词）因此。tvayā（tvad 单具）你。aham（mad 单体）我。tapasvi（tapasvin 苦行者）-sāmānyam（sāmānya 同样的），复合词（不变词），与苦行者同样。avekṣaṇīyā（avekṣaṇīya 阴单体）应受关注。

तथेति तस्याः प्रतिगृह्य वाचं रामानुजे दृष्टिपथं व्यतीते।
सा मुक्तकण्ठं व्यसनातिभाराच्चक्रन्द विग्ना कुररीव भूयः ॥६८॥

罗什曼那答应她说："好吧！"
等到他消失在视线之外时，
悉多不堪忍受灾难的重压，
放声大哭，犹如受惊的雌鹗。（68）

tathā（不变词）好吧。iti（不变词）这样（说）。tasyāḥ（tad 阴单属）她。pratigṛhya（prati√grah 独立式）接受，答应。vācam（vāc 阴单业）话。rāma（罗摩）-anuje（anuja 弟弟），复合词（阳单依），罗摩的弟弟，罗什曼那。dṛṣṭi（目光）-patham（patha 道路），复合词（阳单业），视线。vyatīte（vyatīta 阳单依）超越，越过。sā（tad 阴单体）

① "生活秩序"的原文是 āśrama，词义为"人生阶段"。按照婆罗门教规定，人生有四个阶段：梵行期、家居期、林居期和遁世期。

她。mukta（放开）-kaṇṭham（kaṇṭha 喉咙），复合词（不变词），放开喉咙。vyasana（灾难）-atibhārāt（atibhāra 重压），复合词（阳单从），灾难的重压。cakranda（√krand 完成单三）哭泣。vignā（vigna 阴单体）惊恐。kurarī（kurarī 阴单体）雌鹗。iva（不变词）犹如。bhūyas（不变词）大量，充分。

नृत्यं मयूराः कुसुमानि वृक्षा दर्भानुपात्तान्विजहुर्हरिण्यः।
तस्याः प्रपन्ने समदुःखभावमत्यन्तमासीद्रुदितं वनेऽपि ॥६९॥

孔雀不跳舞，树木抛弃花朵，
母鹿吐出衔在嘴里的达薄草，
整个森林处在与她同样的
痛苦状态，出现一片哭泣声。（69）

nṛtyam（nṛtya 中单业）跳舞。mayūrāḥ（mayūra 阳复体）孔雀。kusumāni（kusuma 中复业）花朵。vṛkṣāḥ（vṛkṣa 阳复体）树木。darbhān（darbha 阳复业）达薄草。upāttān（upātta 阳复业）获得。vijahuḥ（vi√hā 完成复三）抛弃。hariṇyaḥ（hariṇī 阴复体）母鹿。tasyāḥ（tad 阴单属）她。prapanne（prapanna 中单依）到达，陷入。sama（同样的）-duḥkha（痛苦）-bhāvam（bhāva 状态），复合词（阳单业），同样痛苦的状态。atyantam（atyanta 中单体）持久的，大量的。āsīt（√as 未完单三）有。ruditam（rudita 中单体）哭泣。vane（vana 中单依）树林。api（不变词）也。

तामभ्यगच्छद्रुदितानुसारी कविः कुशेध्माहरणाय यातः।
निषादविद्धाण्डजदर्शनोत्थः श्लोकत्वमापद्यत यस्य शोकः ॥७०॥

诗人出来采集拘舍草和柴薪，
循着这哭声，来到她那里；
他曾经看到鸟被猎人射杀，
心中产生的忧伤化成偈颂。①（70）

tām（tad 阴单业）她。abhyagacchat（abhi√gam 未完单三）走向，来到。rudita（哭泣）-anusārī（anusārin 循着），复合词（阳单体），循着哭声。kaviḥ（kavi 阳单体）诗人。kuśa（拘舍草）-idhma（柴薪）-āharaṇāya（āharaṇa 采集），复合词（中单为），采集拘舍草和柴薪。yātaḥ（yāta 阳单体）前来。niṣāda（猎人）-viddha（穿透，射杀）-aṇḍaja（鸟）-darśana（看到）-utthaḥ（uttha 产生），复合词（阳单体），看到猎

① 这里的“诗人”指蚁垤仙人。传说他曾经在森林里看到一对交欢的麻鹬，其中那只公麻鹬被猎人射杀，母麻鹬凄惨悲鸣。他心生怜悯，脱口吟出一首诗，形成“输洛迦”诗体（或称“偈颂”）。这种诗体称为“输洛迦”（śloka）是因为由他心中的忧伤（śoka）转化而成。

人射杀鸟而产生的。ślokatvam（ślokatva 中单业）偈颂。āpadyata（ā√pad 未完单三）变成。yasya（yad 阳单属）他。śokaḥ（śoka 阳单体）忧伤。

तमश्रु नेत्रावरणं प्रमृज्य सीता विलापाद्विरता ववन्दे।
तस्यै मुनिर्दोहदलिङ्गदर्शी दाश्वान्सुपुत्राशिषमित्युवाच ॥७१॥

悉多擦干蒙住眼睛的泪水，
停止哭泣，向牟尼行礼；
牟尼看到她已经怀有身孕，
祝她早生贵子，并说道：（71）

tam（tad 阳单业）他。aśru（aśru 中单业）眼泪。netra（眼睛）-āvaraṇam（āvaraṇa 覆盖，蒙住），复合词（中单业），蒙住眼睛的。pramṛjya（pra√mṛj 独立式）擦干。sītā（sītā 阴单体）悉多。vilāpāt（vilāpa 阳单从）哭泣。viratā（virata 阴单体）停止。vavande（√vand 完成单三）敬礼。tasyai（tad 阴单为）她。muniḥ（muni 阳单体）牟尼。dohada（怀孕）-liṅga（特征）-darśī（darśin 看到），复合词（阳单体），看到怀孕的特征。dāśvān（dāśvas，√dāś 完分，阳单体）给予。suputra（好儿子）-āśiṣam（āśis 祝福），复合词（阴单业），好儿子的祝福。iti（不变词）如下。uvāca（√vac 完成单三）说。

जाने विसृष्टां प्रणिधानतस्त्वां मिथ्यापवादक्षुभितेन भर्त्रा।
तन्मा व्यथिष्ठा विषयान्तरस्थं प्राप्तासि वैदेहि पितुर्निकेतम् ॥७२॥

"我通过沉思入定，知道你的
丈夫受谣言扰乱，抛弃了你，
毗提诃公主啊，你不必悲伤，
你已经到达另一处的父亲家。（72）

jāne（√jñā 现在单一）知道。visṛṣṭām（visṛṣṭa 阴单业）抛弃。praṇidhānatas（praṇidhāna 中单从）沉思入定。tvām（tvad 单业）你。mithyā（虚妄）-apavāda（流言）-kṣubhitena（kṣubhita 扰乱），复合词（阳单具），受到谣言扰乱。bhartrā（bhartṛ 阳单具）丈夫。tad（不变词）因此。mā（不变词）不要。avyathiṣṭhāḥ（√vyath 不定单二）悲伤。viṣaya（地区）-antara（另外的）-stham（stha 处于），复合词（阳单业），处于另一地区的。prāptā（prāpta 阴单体）到达。asi（√as 现在单二）是。vaidehi（vaidehī 阴单呼）毗提诃公主。pituḥ（pitṛ 阳单属）父亲。niketam（niketa 阳单业）住处，家。

उत्खातलोकत्रयकण्टकेऽपि सत्यप्रतिज्ञेऽप्यविकत्थनेऽपि।
त्वां प्रत्यकस्मात्कलुषप्रवृत्तावस्त्येव मन्युर्भरताग्रजे मे ॥७३॥

“即使罗摩拔除三界荆棘，
信守诺言，也不自吹自擂，
而他无缘无故残酷对待你，
我依然对他感到很愤慨。（73）

utkhāta（拔除）-lokatraya（三界）-kaṇṭake（kaṇṭaka 荆棘），复合词（阳单依），拔除三界荆棘。api（不变词）即使。satya（真实的）-pratijñe（pratijñā 诺言），复合词（阳单依），信守诺言。api（不变词）即使。avikatthane（avikatthana 阳单依）不自夸的。api（不变词）即使。tvām（tvad 单业）你。prati（不变词）对待。akasmāt（不变词）无缘无故地。kaluṣa（残酷的）-pravṛttau（pravṛtti 行为），复合词（阳单依），行为残酷。asti（√as 现在单三）是。eva（不变词）确实。manyuḥ（manyu 阳单体）愤怒。bharata（婆罗多）-agraje（agraja 长兄），复合词（阳单依），婆罗多长兄，罗摩。me（mad 单属）我。

तवोरुकीर्तिः श्वशुरः सखा मे सतां भवोच्छेदकरः पिता ते।
धुरि स्थिता त्वं पतिदेवतानां किं तन्न येनासि ममानुकम्प्या ॥७४॥

“你的公公声名卓著，是我的朋友，
你的父亲教导善人摆脱生死轮回①，
而你在视丈夫为天神的贤妻中，
名列首位，我怎么会不同情你？（74）

tava（tvad 单属）你。uru（宽广的）-kīrtiḥ（kīrti 名声），复合词（阳单体），名声卓著。śvaśuraḥ（śvaśura 阳单体）公公。sakhā（sakhi 阳单体）朋友。me（mad 单属）我。satām（sat 阳复属）善人。bhava（生存，存在）-uccheda（断除）-karaḥ（kara 做），复合词（阳单体），断除生存。pitā（pitṛ 阳单体）父亲。te（tvad 单属）你。dhuri（dhur 阴单依）车轭，前端。sthitā（sthita 阴单体）站。tvam（tvad 单体）你。pati（丈夫）-devatānām（devatā 天神），复合词（阴复属），视丈夫为天神者，贞妇。kim（中单体）什么。tat（tad 中单体）这。na（不变词）不。yena（yad 中单具）那。asi（√as 现在单一）是。mama（mad 单属）我。anukampyā（anukampya 阴单体）应受同情。

तपस्विसंसर्गविनीतसत्त्वे तपोवने वीतभया वसास्मिन्।
इतो भविष्यत्यनघप्रसूतेरपत्यसंस्कारमयो विधिस्ते ॥७५॥

① 悉多的父亲毗提诃王遮那迦（janaka）是著名的奥义书哲学家。

“你不用害怕，就住在苦行林吧！
这里的动物与苦行者相处而驯顺，
你在这里顺利分娩后，有关你的
儿子的一切净化仪式都会举行。[①]（75）

tapasvi（tapasvin 苦行者）-saṃsarga（接触，相处）-vinīta（驯顺）-sattve（sattva 动物），复合词（中单依），动物与苦行者相处而驯顺。tapas（苦行）-vane（vana 林），复合词（中单依），苦行林。vīta（摆脱）-bhayā（bhaya 害怕），复合词（阴单体），摆脱害怕。vasa（√vas 命令单二）住。asmin（idam 中单依）这。itas（不变词）在这里。bhaviṣyati（√bhū 将来单三）有。anagha（没有障碍的，顺利的）-prasūteḥ（prasūti 分娩），复合词（阴单属），顺利分娩。apatya（后代，儿子）-saṃskāra（净化仪式）-mayaḥ（maya 构成），复合词（阳单体），与儿子净化仪式有关的。vidhiḥ（vidhi 阳单体）仪式，仪轨。te（tvad 单属）你。

अशून्यतीरां मुनिसंनिवेशैस्तमोपहन्त्रीं तमसां वगाह्य।
तत्सैकतोत्सङ्गबलिक्रियाभिः संपत्स्यते ते मनसः प्रसादः ॥७६॥

“这条多摩萨河能驱除忧愁，
岸边布满了牟尼们的茅舍，
你在河中沐浴，在河边沙滩
怀抱中祭供，你会内心平静。（76）

aśūnya（不空的，布满）-tīrām（tīra 岸），复合词（阴单业），岸边布满。muni（牟尼）-saṃniveśaiḥ（saṃniveśa 茅舍），复合词（阳复具），牟尼的茅舍。tamas（黑暗，忧愁）-apahantrīm（apahantṛ 摧毁，驱除），复合词（阴单业），驱除忧愁的。tamasām（tamasā 阴单业）多摩萨河。vagāhya（ava√gāh 独立式）进入，沐浴。tad（它）-saikata（沙滩）-utsaṅga（怀抱）-bali（祭品）-kriyābhiḥ（kriyā 做），复合词（阴复具），在河边沙滩怀抱中祭供。saṃpatsyate（sam√pad 将来单三）出现。te（tvad 单属）你。manasaḥ（manas 中单属）心，思想。prasādaḥ（prasāda 阳单体）平静。

पुष्पं फलं चार्तवमाहरन्त्यो बीजं च बालेयमकृष्टरोहि।
विनोदयिष्यन्ति नवाभिषङ्गामुदारवाचो मुनिकन्यकास्त्वाम् ॥७७॥

“牟尼的女儿们采集各季的
花果和适合祭供的野生谷物，

① 按照《摩奴法论》的规定，净化仪式包括诞生礼、命名礼、剃发礼和圣线礼等，有十二种。

她们说话真诚坦率，你最近
遭遇灾难打击，会得到抚慰。（77）

puṣpam（puṣpa 中单业）花。phalam（phala 中单业）果。ca（不变词）和。ārtavam（ārtava 中单业）各季的。āharantyaḥ（ā√hṛ 现分，阴复体）采集。bījam（bīja 中单业）种子，谷物。ca（不变词）和。bāleyam（bāleya 中单业）适合祭供的。akṛṣṭa（未耕种的，野地）-rohi（rohin 生长的），复合词（中单业），野生的。vinodayiṣyanti（vi√nud 致使，将来复三）驱除，取悦。nava（新的，最近的）-abhiṣaṅgām（abhiṣaṅga 灾难），复合词（阴单业），最近遭到灾难的。udāra（真诚的）-vācaḥ（vāc 话），复合词（阴复体），说话真诚。muni（牟尼）-kanyakāḥ（kanyakā 女儿），复合词（阴复体），牟尼的女儿。tvām（tvad 单业）你。

पयोघटैराश्रमबालवृक्षान्संवर्धयन्ती स्वबलानुरूपैः।
असंशयं प्राक्तनयोपपत्तेः स्तनंधयप्रीतिमवाप्स्यसि त्वम् ॥७८॥

“你量力而行，用水罐浇灌
培育这净修林里幼小的树苗，
无疑，你会在生下儿子前，
就体验到哺育儿子的喜悦。”（78）

payas（水）-ghaṭaiḥ（ghaṭa 水罐），复合词（阳复具），水罐。āśrama（净修林）-bāla（幼小的）-vṛkṣān（vṛkṣa 树），复合词（阳复业），净修林中幼小的树苗。saṃvardhayantī（sam√vṛdh 致使，现分，阴单体）抚育，培育。sva（自己的）-bala（力量）-anurūpaiḥ（anurūpa 适合的，相称的），复合词（阳复具），与自己体力相称的。asaṃśayam（不变词）毫无疑问。prāk（不变词）之前。tanaya（儿子）-upapatteḥ（upapatti 产生），复合词（阴单从），儿子出生。stanaṃdhaya（哺乳的）-prītim（prīti 喜悦），复合词（阴单业），哺乳的喜悦。avāpsyasi（ava√āp 将来单二）获得。tvam（tvad 单体）你。

अनुग्रहप्रत्यभिनन्दिनीं तां वाल्मीकिरादाय दयार्द्रचेताः।
सायं मृगाध्यासितवेदिपार्श्वं स्वमाश्रमं शान्तमृगं निनाय ॥७९॥

悉多满怀感激，接受他的恩惠，
蚁垤仙人心地慈悲，带她回到
自己的净修林，那里动物驯顺，
黄昏时分，鹿群憩息祭坛两侧。（79）

anugraha（恩惠）-pratyabhinandinīm（pratyabhinandin 欢迎的，感激的），复合词（阴单业），对恩惠心怀感激的。tām（tad 阴单业）她。vālmīkiḥ（vālmīki 阳单体）蚁垤。ādāya（ā√dā 独立式）接受，带着。dayā（慈悲）-ārdra（柔软的）-cetāḥ（cetas 心），复合词（阳单体），心地慈悲柔软。sāyam（不变词）傍晚，黄昏。mṛga（鹿）-adhyāsita（停留）-vedi（祭坛）-pārśvam（pārśva 两侧），复合词（阳单业），鹿群憩息祭坛两侧。svam（sva 阳单业）自己的。āśramam（āśrama 阳单业）净修林。śānta（安静，温顺）-mṛgam（mṛga 动物），复合词（阳单业），动物温顺。nināya（√nī 完成单三）引导，带向。

तामर्पयामास च शोकदीनां तदागमप्रीतिषु तापसीषु।
निर्विष्टसारां पितृभिर्हिमांशोरन्त्यां कलां दर्श इवौषधीषु ॥८०॥

他把忧愁凄苦的悉多交给热情
欢迎她到来的女苦行者们照看，
犹如在祖先们享用月亮甘露后，
朔日将月亮最后一分留给药草。①（80）

tām（tad 阴单业）她。arpayāmāsa（√ṛ 致使，完成单三）托付，交给。ca（不变词）和。śoka（忧愁）-dīnām（dīna 凄苦的），复合词（阴单业），忧愁凄苦的。tad（她）-āgama（到来）-prītiṣu（prīti 高兴），复合词（阴复依），由于她的到来而高兴。tāpasīṣu（tāpasī 阴复依）女苦行者。nirviṣṭa（享用）-sārām（sāra 精华），复合词（阴单业），精华已被享用。pitṛbhiḥ（pitṛ 阳复具）祖先。hima（寒冷的）-aṃśoḥ（aṃśu 光），复合词（阳单属），具有冷光的，月亮。antyām（antya 阴单业）最后的。kalām（kalā 阴单业）一份，月分。darśaḥ（darśa 阳单体）新月日，朔日。iva（不变词）犹如。oṣadhīṣu（oṣadhī 阴复依）药草。

ता इङ्गुदीस्नेहकृतप्रदीपमास्तीर्णमेध्याजिनतल्पमन्तः।
तस्यै सपर्यानुपदं दिनान्ते निवासहेतोरुटजं वितेरुः ॥८१॥

在白天结束时，招待她后，
她们安排她住进一间茅屋，
里面点着一盏因古提油灯，
床榻上铺有圣洁的鹿皮。（81）

tāḥ（tad 阴复体）她。iṅgudī（因古提树）-sneha（油）-kṛta（做）-pradīpam（pradīpa

① 传说天神和祖先都饮用月亮甘露。月亮甘露也滋养药草。月亮有十六分，朔日只剩下最后一分，也就是第十六分。这里意谓蚁垤仙人也让女苦行者们享受与悉多相处的快乐。

灯），复合词（阳单业），点着因古提油灯。āstīrṇa（覆盖，铺）-medhya（圣洁的）-ajina（鹿皮）-talpam（talpa 床榻），复合词（阳单业），床榻上铺有圣洁的鹿皮。antar（不变词）在里面。tasyai（tad 阴单为）她。saparyā（敬拜，侍奉）-anupadam（anupada 随后），复合词（不变词），招待之后。dina（白天）-ante（anta 结束），复合词（阳单依），白天结束，傍晚。nivāsa（居住）-hetoḥ（hetu 原因），复合词（阳单从），为了居住。uṭajam（uṭaja 阳单业）茅屋。viteruḥ（vi√tṝ 完成复三）给予。

तत्राभिषेकप्रयता वसन्ती प्रयुक्तपूजा विधिनातिथिभ्यः।
वन्येन सा वल्कलिनी शरीरं पत्युः प्रजासंततये बभार ॥८२॥

悉多住在这里，沐浴净身，
按照仪轨，供奉来往客人，
身穿树皮衣，吃林中蔬果，
为维系丈夫后嗣保持生命。（82）

tatra（不变词）这里。abhiṣeka（沐浴）-prayatā（prayata 净化），经过沐浴而净化。vasantī（√vas 现分，阴单体）居住。prayukta（实施）-pūjā（pūjā 供奉），复合词（阴单体），进行供奉。vidhinā（vidhi 阳单具）仪轨。atithibhyaḥ（atithi 阳复为）客人。vanyena（vanya 中单具）林中蔬果。sā（tad 阴单体）她。valkalinī（valkalin 阴单体）身穿树皮衣的。śarīram（śarīra 中单业）身体。patyuḥ（pati 阳单属）丈夫。prajā（后嗣）-saṃtataye（saṃtati 延续），复合词（阴单为），延续后嗣。babhāra（√bhṛ 完成单三）保持。

अपि प्रभुः सानुशयोऽधुना स्यात्किमुत्सुकः शक्रजितोऽपि हन्ता।
शशंस सीतापरिदेवनान्तमनुष्ठितं शासनमग्रजाय ॥८३॥

而诛灭因陀罗耆的罗什曼那
很想知道国王此刻是否后悔，
向兄长报告执行命令的情况，
从头一直讲到悉多悲痛欲绝。（83）

api（不变词）表示疑问语气。prabhuḥ（prabhu 阳单体）国王。sa（具有）-anuśayaḥ（anuśaya 后悔），复合词（阳单体），心中后悔。adhunā（不变词）如今。syāt（√as 虚拟单三）是。kim（不变词）是否。utsukaḥ（utsuka 阳单体）焦急的，渴望的。śakrajitaḥ（śakrajit 阳单属）因陀罗耆。api（不变词）也。hantā（hantṛ 阳单体）杀者。śaśaṃsa（√śaṃs 完成单三）报告。sītā（悉多）-paridevana（悲痛）-antam（anta 终结），复合词（中单业），以悉多悲痛欲绝为终结。anuṣṭhitam（anuṣṭhita 中单业）执行。śāsanam （śāsana 中单业）命令。agrajāya（agraja 阳单为）兄长。

बभूव रामः सहसा सबाष्पस्तुषारवर्षीव सहस्यचन्द्रः।
कौलीनभीतेन गृहान्निरस्ता न तेन वैदेहसुता मनस्तः ॥८४॥

罗摩顿时流下眼泪，犹如
冬季月亮降下霜露，他惧怕
流言，将悉多赶出了家门，
却无法将她赶出自己的心。（84）

babhūva（√bhū 完成单三）是，成为。rāmaḥ（rāma 阳单体）罗摩。sahasā（不变词）立刻，顿时。sabāṣpaḥ（sabāṣpa 阳单体）流下眼泪。tuṣāra（霜露）-varṣī（varṣin 下雨的，降下的），复合词（阳单体），降下霜露。iva（不变词）犹如。sahasya（仲冬，十二月至一月）-candraḥ（candra 月亮），复合词（阳单体），冬季的月亮。kaulīna（流言）-bhītena（bhīta 惧怕），复合词（阳单具），惧怕流言。gṛhāt（gṛha 中单从）家。nirastā（nirasta 阴单体）驱逐，赶出。na（不变词）不。tena（tad 阳单具）他。vaideha（毗提诃国王）-sutā（sutā 女儿），复合词（阴单体），毗提诃公主，悉多。manastas（不变词）从心中。

निगृह्य शोकं स्वयमेव धीमान्वर्णाश्रमावेक्षणजागरूकः।
स भ्रातृसाधारणभोगमृद्धं राज्यं रजोरिक्तमनाः शशास ॥८५॥

他聪明睿智，主动克制忧伤，
驱除心中愚暗，清醒地关注
各种种姓和生活秩序，治理
与弟弟们共享的富饶王国。（85）

nigṛhya（ni√grah 独立式）克制。śokam（śoka 阳单业）忧伤。svayam（不变词）主动地。eva（不变词）确实。dhīmān（dhīmat 阳单体）智慧的。varṇa（种姓）-āśrama（人生阶段）-avekṣaṇa（观察，关注）-jāgarūkaḥ（jāgarūka 清醒的），复合词（阳单体），清醒地关注各种种姓和生活秩序。saḥ（tad 阳单体）他。bhrātṛ（弟弟）-sādhāraṇa（共同的）-bhogam（bhoga 享用），复合词（中单业），与弟弟们共享的。ṛddham（ṛddha 中单业）繁荣的，富饶的。rājyam（rājya 中单业）王国。rajas（愚暗）-rikta（清空，排除）-manāḥ（manas 心），复合词（阳单体），排除心中愚暗。śaśāsa（√śās 完成单三）统治。

तामेकभार्यां परिवादभीरोः साध्वीमपि त्यक्तवतो नृपस्य।
वक्षस्यसंघट्टसुखं वसन्ती रेजे सपत्नीरहितेव लक्ष्मीः ॥८६॥

这位国王惧怕流言，遗弃
唯一的，也是贞洁的妻子，
吉祥女神仿佛排除了情敌，
独享国王怀抱，光彩熠熠。（86）

tām（tad 阴单业）这。eka（唯一的）-bhāryām（bhāryā 妻子），复合词（阴单业），唯一的妻子。parivāda（流言）-bhīroḥ（bhīru 惧怕），复合词（阳单属），惧怕流言。sādhvīm（sādhu 阴单业）贞洁的。api（不变词）也。tyaktavataḥ（tyaktavat 阳单属）抛弃。nṛpasya（nṛpa 阳单属）国王。vakṣasi（vakṣas 中单依）胸脯。asaṃghaṭṭa（无碰撞）-sukham（sukha 快乐），复合词（不变词），无碰撞的快乐。vasantī（√vas 现分，阴单体）住。reje（√rāj 完成单三）闪光。sapatnī（共事一夫者，情敌）-rahitā（rahita 排除），复合词（阴单体），排除情敌。iva（不变词）仿佛。lakṣmīḥ（lakṣmī 阴单体）吉祥女神。

सीतां हित्वा दशमुखरिपुर्नोपयेमे यदन्यां
तस्या एव प्रतिकृतिसखो यत्क्रतूनाजहार।
वृत्तान्तेन श्रवणविषयप्रापिणा तेन भर्तुः
सा दुर्वारं कथमपि परित्यागदुःखं विषेहे ॥८७॥

十首王之敌罗摩遗弃悉多后，没有再娶，
在举行各种祭祀时，以她的画像做伴侣，
关于丈夫的这些消息传到悉多的耳朵中，
她终于忍受住难以忍受的遭遗弃的痛苦。（87）

sītām（sītā 阴单业）悉多。hitvā（√hā 独立式）抛弃。daśamukha（十首王）-ripuḥ（ripu 敌人），复合词（阴单体），十首王的敌人，罗摩。na（不变词）不。upayeme（upa√yam 完成单三）娶妻。yat（yad 中单体）那。anyām（anya 阴单业）别的，另外的。tasyāḥ（tad 阴单属）她。eva（不变词）确实。pratikṛti（画像）-sakhaḥ（sakha 陪伴），复合词（阳单体），以画像为伴侣。yat（yad 中单体）那。kratūn（kratu 阳复业）祭祀。ājahāra（ā√hṛ 完成单三）举行。vṛttāntena（vṛttānta 阳单具）消息。śravaṇa（耳朵）-viṣaya（范围，领域）-prāpiṇā（prāpin 到达的），复合词（阳单具），到达耳朵的领域。tena（tad 阳单具）这。bhartuḥ（bhartṛ 阳单属）丈夫。sā（tad 阴单体）她。durvāram（durvāra 中单业）难以阻挡的，难以忍受的。katham-api（不变词）好不容易，困难地。parityāga（抛弃）-duḥkham（duḥkha 痛苦），复合词（中单业），遭遗弃的痛苦。viṣehe（vi√sah 完成单三）忍受。

पञ्चदशः सर्गः।

第十五章

कृतसीतापरित्यागः स रत्नाकरमेखलाम्।
बुभुजे पृथिवीपालः पृथिवीमेव केवलाम्॥ १॥

大地的保护者罗摩
遗弃悉多后，唯独
享受以充满宝藏的
大海为腰带的大地。（1）

kṛta（做）-sītā（悉多）-parityāgaḥ（parityāga 抛弃），复合词（阳单体），已抛弃悉多。saḥ（tad 阳单体）他。ratnākara（宝藏，大海）-mekhalām（mekhalā 腰带），复合词（阴单业），以蕴含宝藏的大海为腰带。bubhuje（√bhuj 完成单三）享受。pṛthivī（大地）-pālaḥ（pāla 保护者），复合词（阳单体），大地保护者，国王。pṛthivīm（pṛthivī 阴单业）大地。eva（不变词）只是。kevalām（kevala 阴单业）唯一的。

लवणेन विलुप्तेज्यास्तामिस्रेण तमभ्ययुः।
मुनयो यमुनाभाजः शरण्यं शरणार्थिनः॥ २॥

住在阎牟那河边的
牟尼们，祭祀遭到
罗刹勒波那的破坏，
前来寻求他的庇护。（2）

lavaṇena（lavaṇa 阳单具）勒波那（罗刹名）。vilupta（破坏）-ijyāḥ（ijyā 祭祀），复合词（阳复体），祭祀遭到破坏。tāmisreṇa（tāmisra 阳单具）罗刹。tam（tad 阳单业）他。abhyayuḥ（abhi√yā 未完复三）来到。munayaḥ（muni 阳复体）牟尼。yamunā（阎牟那河）-bhājaḥ（bhāj 居住），复合词（阳复体），住在阎牟那河边。śaraṇyam（śaraṇya 阳单业）提供保护的，保护者。śaraṇa（庇护）-arthinaḥ（arthin 寻求的），复合词（阳复体），寻求庇护。

अवेक्ष्य रामं ते तस्मिन्न प्रजह्रुः स्वतेजसा।
त्राणाभावे हि शापास्त्राः कुर्वन्ति तपसो व्ययम्॥३॥

他们看到有罗摩保护，也就
不使用自己的威力打击勒波那，
因为在无人保护时，他们使用
咒语武器，会消耗他们的苦行。（3）

avekṣya（ava√īkṣ 独立式）看到，考虑到。rāmam（rāma 阳单业）罗摩。te（tad 阳复体）那。tasmin（tad 阳单依）他，指勒波那。na（不变词）不。prajahruḥ（pra√hṛ 完成复三）打击。sva（自己的）-tejasā（tejas 威力），复合词（中单具），自己的威力。trāṇa（保护）-abhāve（abhāva 不存在，没有），复合词（阳单依），没有保护。hi（不变词）因为。śāpa（诅咒）-astrāḥ（astra 武器），复合词（阳复体），以诅咒为武器者，仙人。kurvanti（√kṛ 现在复三）做。tapasaḥ（tapas 中单属）苦行。vyayam（vyaya 阳单业）损耗。

प्रतिशुश्राव काकुत्स्थस्तेभ्यो विघ्नप्रतिक्रियाम्।
धर्मसंरक्षणार्थैव प्रवृत्तिर्भुवि शार्ङ्गिणः॥४॥

罗摩答应为他们
消除障碍，因为
毗湿奴出现在大地，
就是为了维护正法。（4）

pratiśuśrāva（prati√śru 完成单三）答应。kākutsthaḥ（kākutstha 阳单体）迦俱私陀的后裔，罗摩。tebhyaḥ（tad 阳复为）他，指牟尼。vighna（障碍）-pratikriyām（pratikriyā 驱除），复合词（阴单业），消除障碍。dharma（正法）-saṃrakṣaṇa（保护）-arthe（artha 目的），复合词（不变词），为了保护正法。eva（不变词）就是。pravṛttiḥ（pravṛtti 阴单体）出现。bhuvi（bhū 阴单依）大地。śārṅgiṇaḥ（śārṅgin 阳单属）毗湿奴。

ते रामाय वधोपायमाचख्युर्विबुधद्विषः।
दुर्जयो लवणः शूली विशूलः प्रार्थ्यतामिति॥५॥

这些牟尼也向罗摩说明杀死
这个天神之敌勒波那的方法：
“勒波那手持股叉时难以战胜，
你要趁他没有股叉时打击他。”（5）

te（tad 阳复体）这。rāmāya（rāma 阳单为）罗摩。vadha（杀死）-upāyam（upāya 方法），复合词（阳单业），杀死的方法。ācakhyuḥ（ā√khyā 完成复三）告诉，说明。vibudha（天神）-dviṣaḥ（dviṣ 敌人），复合词（阳单属），天神之敌，罗刹。durjayaḥ（durjaya 阳单体）难以战胜的。lavaṇaḥ（lavaṇa 阳单体）勒波那。śūlī（śūlin 阳单体）持股叉的。viśūlaḥ（viśūla 阳单体）没有股叉的。prārthyatām（pra√arth 被动，命令单三）打击。iti（不变词）这样（说）。

आदिदेशाथ शत्रुघ्नं तेषां क्षेमाय राघवः।
करिष्यन्निव नामास्य यथार्थमरिनिग्रहात्॥ ६॥

然后，罗摩便命令
设睹卢衹那保护他们，
仿佛要让他消灭敌人，
使他的名字名副其实。①（6）

ādideśa（ā√diś 完成单三）命令。atha（不变词）然后。śatrughnam（śatrughna 阳单业）设睹卢衹那。teṣām（tad 阳复属）他，指牟尼。kṣemāya（kṣema 阳单为）安宁，保护。rāghavaḥ（rāghava 阳单体）罗怙的后裔，罗摩。kariṣyan（√kṛ 将分，阳单体）做，实现。iva（不变词）仿佛。nāma（nāman 中单业）名字。asya（idam 阳单属）他，指设睹卢衹那。yathā（如同）-artham（artha 真实），复合词（中单业），如实的。ari（敌人）-nigrahāt（nigraha 消灭），复合词（阳单从），消灭敌人。

यः कश्चन रघूणां हि परमेकः परंतपः।
अपवाद इवोत्सर्गं व्यावर्तयितुमीश्वरः॥ ७॥

因为在罗怙族中，任何
一个人都是焚烧敌人者，
能独自摧毁敌人，犹如
例外能破除一般规则。（7）

yaḥ（yad 阳单体）那。kaḥ-cana（kim-cana 阳单体）某个，任何。raghūṇām（raghu 阳复属）罗怙族，罗怙后裔。hi（不变词）因为。param（para 阳单业）敌人。ekaḥ（eka 阳单体）一。paraṃtapaḥ（paraṃtapa 阳单体）焚烧敌人者。apavādaḥ（apavāda 阳单体）例外。iva（不变词）犹如。utsargam（utsarga 阳单业）一般规则。vyāvartayitum（vi-ā√vṛt 致使，不定式）排除，摧毁。īśvaraḥ（īśvara 阳单体）能够。

① “设睹卢衹那”（śatrughna）这个名字的词义是“杀敌者”。

अग्रजेन प्रयुक्ताशीस्ततो दाशरथी रथी।
ययौ वनस्थलीः पश्यन्पुष्पिताः सुरभीरभीः॥८॥

这位十车王之子接受
兄长祝福后，无所畏惧，
驾车出发，一路上观赏
鲜花盛开而芳香的林地。(8)

agrajena（agraja 阳单具）兄长。prayukta（给予）-āśīḥ（āśis 祝福），复合词（阳单体），给予祝福。tatas（不变词）于是。dāśarathiḥ（dāśarathi 阳单体）十车王之子。rathī（rathin 阳单体）驾车的。yayau（√yā 完成单三）出发。vana（树林）-sthalīḥ（sthalī 林地），复合词（阴复业），森林地区。paśyan（√dṛś 现分，阳单体）观看。puṣpitāḥ（pūṣpita 阴复业）鲜花盛开的。surabhīḥ（surabhi 阴复业）芳香的。abhīḥ（abhī 阳单体）无所畏惧的。

रामादेशादनुगता सेना तस्यार्थसिद्धये।
पश्चादध्ययनार्थस्य धातोरधिरिवाभवत्॥९॥

遵照罗摩的命令，军队跟随
在后，为了实现他的目的，
犹如 adhi 跟随词义为学习的
词根，为了表达它的意义。①(9)

rāma（罗摩）-ādeśāt（ādeśa 命令），复合词（阳单从），罗摩的命令。anugatā（anugata 阴单体）跟随。senā（senā 阴单体）军队。tasya（tad 阳单属）他。artha（目的，意义）-siddhaye（siddhi 实现），复合词（阴单为），实现目的，表达意义。paścāt（不变词）之后。adhyayana（学习）-arthasya（artha 意义），复合词（阳单属），具有学习的意义。dhātoḥ（dhātu 阳单属）动词词根。adhiḥ（adhi 阴单体）adhi。iva（不变词）犹如。abhavat（√bhū 未完单三）是。

आदिष्टवर्त्मा मुनिभिः स गच्छंस्तपतां वरः।
विरराज रथप्रष्ठैर्वालखिल्यैरिवांशुमान्॥१०॥

由牟尼们在车前引路，
这位光辉卓绝者行进，
光彩熠熠，犹如太阳

① 这里是说词缀 adhi 和词根 i 结合，构成 adhyayana（学习）的词义。

行进，矮仙们走在前。[1]（10）

ādiṣṭa（指引）-vartmā（vartman 道路），复合词（阳单体），指引道路。munibhiḥ（muni 阳复具）仙人。saḥ（tad 阳单体）他。gacchan（√gam 现分，阳单体）走。tapatām（√tap 现分，阳复属）光辉的，光辉者。varaḥ（vara 阳单体）最优秀的。virarāja（vi√rāj 完成单三）闪光。ratha（车）-praṣṭhaiḥ（praṣṭha 前面的），复合词（阳复具），在车前的。vālakhilyaiḥ（vālakhilya 阳复具）矮仙。iva（不变词）犹如。aṃśumān（aṃśumat 阳单体）发光的，太阳。

तस्य मार्गवशादेका बभूव वसतिर्यतः।
रथस्वनोत्कण्ठमृगे वाल्मीकीये तपोवने॥ ११॥

在行进途中，恰好路过，
他在蚁垤仙人净修林中
留宿一夜，那里的鹿群
闻听车轮声而仰起脖子。（11）

tasya（tad 阳单属）他。mārga（道路）-vaśāt（vaśa 控制，由于），复合词（阳单从），由于路过。ekā（eka 阴单体）一。babhūva（√bhū 完成单三）是。vasatiḥ（vasati 阴单体）留宿，过夜。yataḥ（yat 阳单属）行进的。ratha（车）-svana（声音）-utkaṇṭha（仰起脖子）-mṛge（mṛga 鹿），复合词（中单依），鹿群闻听车轮声而扬起脖子。vālmīkīye（vālmīkīya 中单依）蚁垤的。tapas（苦行）-vane（vana 树林），复合词（中单依），苦行林。

तमृषिः पूजयामास कुमारं क्लान्तवाहनम्।
तपःप्रभावसिद्धाभिर्विशेषप्रतिपत्तिभिः॥ १२॥

这位仙人恭敬地招待
这位马匹疲惫的王子，
提供种种特殊的安排，
依靠苦行的威力获得。（12）

tam（tad 阳单业）他。ṛṣiḥ（ṛṣi 阳单体）仙人。pūjayāmāsa（√pūj 完成单三）供奉，招待。kumāram（kumāra 阳单业）王子。klānta（疲倦）-vāhanam（vāhana 马），复合词（阳单业），马匹已疲倦。tapas（苦行）-prabhāva（威力）-siddhābhiḥ（siddha 获得），复合词（阴复具），依靠苦行的威力获得。viśeṣa（特殊的）-pratipattibhiḥ（pratipatti

[1] “矮仙”（vālakhilya）是一群只有拇指般大的仙人，共有六万个。

方法，手段），复合词（阴复具），特殊的安排。

तस्यामेवास्य यामिन्यामन्तर्वत्नी प्रजावती।
सुतावसूत संपन्नौ कोशदण्डाविव क्षितिः॥१३॥

就在这夜，他的怀有
身孕的嫂子生下两个
完美的儿子，犹如
大地产生财富和军队。[①]（13）

tasyām（tad 阴单依）这。eva（不变词）就。asya（idam 阳单属）他。yāminyām（yāminī 阴单依）夜晚。antarvatnī（antarvatnī 阴单体）孕妇。prajāvatī（prajāvatī 阴单体）孕妇，嫂子。sutau（suta 阳双业）儿子。asūta（√sū 未完单三）产生。saṃpannau（saṃpanna 阳双业）完美的。kośa（宝藏，财富）-daṇḍau（daṇḍa 军队），复合词（阳双业），财富和军队。iva（不变词）犹如。kṣitiḥ（kṣiti 阴单体）大地。

संतानश्रवणाद्भ्रातुः सौमित्रिः सौमनस्यवान्।
प्राञ्जलिर्मुनिमामन्त्र्य प्रातर्युक्तरथो ययौ॥१४॥

闻听兄长有了后嗣，
设睹卢祇那满心欢喜，
天亮后就合掌告别
仙人，驾车继续前行。（14）

saṃtāna（后嗣）-śravaṇāt（śravana 闻听），复合词（中单从），闻听后嗣。bhrātuḥ（bhrātṛ 阳单属）兄弟。saumitriḥ（saumitri 阳单体）须弥多罗之子，指设睹卢祇那。saumanasyavān（saumanasyavat 阳单体）内心高兴的。prāñjaliḥ（prāñjali 阳单体）合掌的。munim（muni 阳单业）仙人。āmantrya（ā√mantr 独立式）告别。prātar（不变词）早晨。yukta（驾上）-rathaḥ（ratha 车），复合词（阳单体），驾车。yayau（√yā 完成单三）出发。

स च प्राप मधूपघ्नं कुम्भीनस्याश्च कुक्षिजः।
वनात्करमिवादाय सत्त्वराशिमुपस्थितः॥१५॥

他到达摩突波祇那城，
勒波那正从林中返回，

① 财富和军队是维系王国的两大支柱。

带着一堆兽肉，如同
收取的贡品，走近他。①（15）

saḥ（tad 阳单体）他，指设睹卢祇那。ca（不变词）和。prāpa（pra√āp 完成单三）到达。madhūpaghnam（madhūpaghna 中单业）摩突波祇那城。kumbhīnasyāḥ（kumbhīnasī 阴单属）恭毗那湿。ca（不变词）和。kukṣi（子宫）-jaḥ（ja 出生），复合词（阳单体），儿子。vanāt（vana 中单从）森林。karam（kara 阳单业）赋税，贡品。iva（不变词）如同。ādāya（ā√dā 独立式）收取。sattva（动物）-rāśim（rāśi 一堆），复合词（阳单业），一堆动物。upasthitaḥ（upasthita 阳单体）走近。

धूमधूम्रो वसागन्धी ज्वालाबभ्रुशिरोरुहः।
क्रव्याद्गणपरीवारश्चिताग्निरिव जंगमः॥ १६॥

肤色似黑烟，散发肉腥味，
头发棕红如同燃烧的火焰，
身边围绕一群食肉的②随从，
犹如行走着的一个火葬堆。（16）

dhūma（烟）-dhūmraḥ（dhūmra 乌黑的），复合词（阳单体），乌黑如烟。vasā（脂肪，肥肉）-gandhī（gandhin 有味的），复合词（阳单体），有肉腥味。jvālā（燃烧，火焰）-babhru（棕红色的）-śiroruhaḥ（śiroruha 头发），复合词（阳单体），头发棕红如同燃烧的火焰。kravya（肉）-ad（食用）-gaṇa（一群）-parīvāraḥ（parīvāra 随从），复合词（阳单体），有一群食肉的随从。citā（柴堆）-agniḥ（agni 火），复合词（阳单体），火葬堆。iva（不变词）犹如。jaṃgamaḥ（jaṃgama 阳单体）活动的。

अपशूलं तमासाद्य लवणं लक्ष्मणानुजः।
रुरोध संमुखीनो हि जयो रन्ध्रप्रहारिणाम्॥ १७॥

发现勒波那没有携带股叉，
设睹卢祇那便上前阻截他，
因为人们能抓住机会打击
敌人弱点，胜利就在眼前。（17）

① “勒波那”（lavaṇa）在这首诗的原文中称为“恭毗那湿之子”。恭毗那湿（kumbhīnāsī）是魔王罗波那的妹妹。这里描写勒波那从森林中打猎回来，带着兽肉，而这些兽肉仿佛是林中居民献给他的贡品。

② 此处“食肉的”（kravyād）一词指“罗刹”，也指“食肉动物”，暗喻秃鹫和豺狼之类食肉动物围绕火葬堆。

apa（离开）-śūlam（śūla 股叉），复合词（阳单业），没有股叉。tam（tad 阳单业）他，指勒波那。āsādya（ā√sad 致使，独立式）遇见，发现。lavaṇam（lavaṇa 阳单业）勒波那。lakṣmaṇa（罗什曼那）-anujaḥ（anuja 弟弟），复合词（阳单体），罗什曼那的弟弟，设睹卢祇那。rurodha（√rudh 完成单三）阻拦。saṃmukhīnaḥ（saṃmukhīna 阳单体）面前的，在眼前。hi（不变词）因为。jayaḥ（jaya 阳单体）胜利。randhra（弱点）-prahāriṇām（prahārin 打击），复合词（阳复属），打击弱点的。

नातिपर्याप्तमालक्ष्य मत्कुक्षेरद्य भोजनम्।
दिष्ट्या त्वमसि मे धात्रा भीतेनेवोपपादितः॥१८॥

“看到今天的食物不能
满足我的口腹，创造主
仿佛害怕，但他很幸运，
能把你送到我的面前。”（18）

na（不）-ati（非常）-paryāptam（paryāpta 足够的，充分的），复合词（中单业），不太足够。ālakṣya（ā√lakṣ 独立式）看到。mad（我）-kukṣeḥ（kukṣi 腹部，肚子），复合词（阳单属），我的肚子。adya（不变词）今天。bhojanam（bhojana 中单业）食物。diṣṭyā（不变词）幸运地。tvam（tvad 单体）你。asi（√as 现在单二）是。me（mad 单为）我。dhātrā（dhātṛ 阳单具）创造主。bhītena（bhīta 阳单具）害怕。iva（不变词）仿佛。upapāditaḥ（upapādita 阳单体）送给。

इति संतर्ज्य शत्रुघ्नं राक्षसस्तज्जिघांसया।
प्रांशुमुत्पाटयामास मुस्तास्तम्बमिव द्रुमम्॥१९॥

这个罗刹这样威胁道，
想要杀死设睹卢祇那，
他连根拔起一棵大树，
仿佛只是拔起一束草。（19）

iti（不变词）这样（说）。saṃtarjya（sam√tarj 独立式）威胁。śatrughnam（śatrughna 阳单业）设睹卢祇那。rākṣasaḥ（rākṣasa 阳单体）罗刹。tad（他）-jighāṃsayā（jighāṃsā 想杀死），复合词（阴单具），想杀死他。prāṃśum（prāṃśu 阳单业）高大的。utpāṭayāmāsa（ud√paṭ 致使，完成单三）连根拔起。mustā（草）-stambam（stamba 一束），复合词（阳单业），一束草。iva（不变词）仿佛。drumam（druma 阳单业）树。

सौमित्रेर्निशितैर्बाणैरन्तरा शकलीकृतः।

गात्रं पुष्परजः प्राप न शाखी नैर्ऋतेरितः ॥ २० ॥

罗刹扔出的这棵大树，
中途被设睹卢祇那的
利箭粉碎，只有花粉
落到设睹卢祇那身上。（20）

saumitreḥ（saumitri 阳单属）须弥多罗之子，指设睹卢祇那。niśitaiḥ（niśita 阳复具）锋利的。bāṇaiḥ（bāṇa 阳复具）箭。antarā（不变词）在中途。śakalī（śakala 碎片）-kṛtaḥ（kṛta 做），复合词（阳单体），变成碎片，粉碎。gātram（gātra 中单业）肢体。puṣpa（花）-rajaḥ（rajas 粉），复合词（中单体），花粉。prāpa（pra√āp 完成单三）到达。na（不变词）不。śākhī（śākhin 阳单体）树。nairṛta（罗刹）-īritaḥ（īrita 投掷），复合词（阳单体），罗刹投掷的。

विनाशात्तस्य वृक्षस्य रक्षस्तस्मै महोपलम्।
प्रजिघाय कृतान्तस्य मुष्टिं पृथगिव स्थितम्॥ २१ ॥

那棵大树已经被摧毁，
罗刹又向他扔出一块
大石头，仿佛是脱离
手臂的、死神的拳头。（21）

vināśāt（vināśa 阳单从）消失，毁灭。tasya（tad 阳单属）这。vṛkṣasya（vṛkṣa 阳单属）树。rakṣaḥ（rakṣas 中单体）罗刹。tasmai（tad 阳单为）他，指设睹卢祇那。mahā（大）-upalam（upala 石头），复合词（阳单业），大石头。prajighāya（pra√hi 完成单三）扔。kṛta（做，造成）-antasya（anta 死亡），复合词（阳单属），引起死亡的，死神。muṣṭim（muṣṭi 阳单业）拳头。pṛthak（不变词）分开地，单独地。iva（不变词）仿佛。sthitam（sthita 阳单业）存在。

ऐन्द्रमस्त्रमुपादाय शत्रुघ्नेन स ताडितः।
सिकतात्वादपि परां प्रपेदे परमाणुताम्॥ २२ ॥

设睹卢祇那取出
因陀罗箭，射碎
大石头，石头碎粒
甚至比沙粒还微小。（22）

aindram（aindra 中单业）因陀罗的。astram（astra 中单业）箭。upādāya（upa-ā√dā

独立式）取出。śatrughnena（śatrughna 阳单具）设睹卢祇那。saḥ（tad 阳单体）它，指大石头。tāḍitaḥ（tāḍita 阳单体）打击。sikatā（沙粒）-tvāt（tva 状态），复合词（中单从），沙粒的状态。api（不变词）甚至。parām（para 阴单业）更加的。prapede（pra√pad 完成单三）达到。parama（极其的）-aṇu（微小）-tām（tā 状态），复合词（阴单业），极微的状态。

तमुपाद्रवदुद्यम्य दक्षिणं दोर्निशाचरः।
एकताल इवोत्पातपवनप्रेरितो गिरिः॥२३॥

这个罗刹举起右臂，
冲向他，犹如飓风
席卷的一座大山，
顶峰有棵棕榈树。（23）

tam（tad 阳单业）他。upādravat（upa√dru 未完单三）冲向。udyamya（ud√yam 独立式）举起。dakṣiṇam（dakṣiṇa 中单业）右边的。doḥ（dos 中单业）手臂。niśācaraḥ（niśācara 阳单体）罗刹。eka（一）-tālaḥ（tāla 棕榈树），复合词（阳单体），有一棵棕榈树。iva（不变词）犹如。utpāta（扬起，灾难）-pavana（风）-preritaḥ（prerita 推动，激荡），复合词（阳单体），飓风席卷的。giriḥ（giri 阳单体）大山。

कार्ष्णेन पत्रिणा शत्रुः स भिन्नहृदयः पतन्।
आनिनाय भुवः कम्पं जहाराश्रमवासिनाम्॥२४॥

他发射毗湿奴箭，射穿了
这个敌人的心，罗刹倒地，
引起大地颤抖，而同时
让净修林居民摆脱颤抖。（24）

kārṣṇena（kārṣṇa 阳单具）毗湿奴的。patriṇā（patrin 阳单具）箭。śatruḥ（śatru 阳单体）敌人。saḥ（tad 阳单体）这。bhinna（粉碎）-hṛdayaḥ（hṛdaya 心），复合词（阳单体），心被粉碎。patan（√pat 现分，阳单体）倒下。ānināya（ā√nī 完成单三）带来，引起。bhuvaḥ（bhū 阴单属）大地。kampam（kampa 阳单业）颤抖。jahāra（√hṛ 完成单三）消除。āśrama（净修林）-vāsinām（vāsin 住在），复合词（阳复属），净修林的居民。

वयसां पङ्क्तयः पेतुर्हतस्योपरि विद्विषः।
तत्प्रतिद्वन्द्विनो मूर्ध्नि दिव्याः कुसुमवृष्टयः॥२५॥

成排的乌鸦飞落到
被杀死的敌人身上，
而天国花雨降落到
这位杀敌者的头上。（25）

vayasām（vayas 阳复属）鸟，乌鸦。paṅktayaḥ（paṅkti 阴复体）一排。petuḥ（√pat 完成复三）落下。hatasya（hata 阳单属）杀死。upari（不变词）上面。vidviṣaḥ（vidviṣ 阳单属）敌人。tad（他，指罗刹）-pratidvandvinaḥ（pratidvandvin 对手），复合词（阳单属），他的对手。mūrdhni（mūrdhan 阳单依）头。divyāḥ（divya 阴复体）天上的。kusuma（花）-vṛṣṭayaḥ（vṛṣṭi 雨），复合词（阴复体），花雨。

स हत्वा लवणं वीरस्तदा मेने महौजसः।
भ्रातुः सोदर्यमात्मानमिन्द्रजिद्वधशोभिनः॥२६॥

这位英雄杀死勒波那后，
认为自己配称罗什曼那的
弟弟，因为哥哥威力显赫，
杀死因陀罗耆而光彩熠熠。（26）

saḥ（tad 阳单体）这。hatvā（√han 独立式）杀死。lavaṇam（lavaṇa 阳单业）勒波那。vīraḥ（vīra 阳单体）英雄。tadā（不变词）这时。mene（√man 完成单三）认为。mahā（大的）-ojasaḥ（ojas 光辉，威力），复合词（阳单属），威力显赫。bhrātuḥ（bhrātṛ 阳单属）兄弟。sodaryam（sodarya 阳单业）同胞兄弟。ātmānam（ātman 阳单业）自己。indrajit（因陀罗耆）-vadha（杀死）-śobhinaḥ（śobhin 光辉的），复合词（阳单属），杀死因陀罗耆而光彩熠熠。

तस्य संस्तूयमानस्य चरितार्थैस्तपस्विभिः।
शुशुभे विक्रमोदग्रं व्रीडयाऽवनतं शिरः॥२७॥

苦行者们达到了目的，
他们为此纷纷赞扬他，
他的头因勇敢而高昂，
此刻显得羞涩而垂下。（27）

tasya（tad 阳单属）他。saṃstūyamānasya（sam√stu 被动，现分，阳单属）赞扬。carita（实现，达到）-arthaiḥ（artha 目的），复合词（阳复具），达到目的。tapasvibhiḥ（tapasvin 阳复具）苦行者。śuśubhe（√śubh 完成单三）闪亮，显出。vikrama（勇

敢）-udagram（udagra 高昂的），复合词（中单体），因勇敢而高昂。vrīḍayā（vrīḍā 阴单具）羞涩。avanatam（avanata 中单体）弯下，垂下。śiraḥ（śiras 中单体）头。

उपकूलं च कालिन्द्याः पुरीं पौरुषभूषणः।
निर्ममे निर्ममोऽर्थेषु मथुरां मधुराकृतिः॥२८॥

他以英雄气概为装饰，
不执著种种感官享乐，
容貌甜美，在阎牟那
河边创建了摩突罗城。（28）

upakūlam（不变词）岸边。ca（不变词）和。kālindyāḥ（kālindī 阴单属）阎牟那河。purīm（purī 阴单业）城市。pauruṣa（英雄气概）-bhūṣaṇaḥ（bhūṣaṇa 装饰），复合词（阳单体），以英雄气概为装饰。nirmame（nis√mā 完成单三）建造。nirmamaḥ（nirmama 阳单体）不执著的。artheṣu（artha 阳复依）感官对象。mathurām（mathurā 阴单业）摩突罗城。madhura（甜美的）-ākṛtiḥ（ākṛti 形貌），复合词（阳单体），容貌甜美的。

या सौराज्यप्रकाशाभिर्बभौ पौरविभूतिभिः।
स्वर्गाभिष्यन्दवमनं कृत्वेवोपनिवेशिता॥२९॥

这座城市治理有方，
市民生活显然富足，
光辉灿烂，看似为了
天国人口分流而建立。（29）

yā（yad 阴单体）它，指城市。saurājya（贤明统治，治理有方）-prakāśābhiḥ（prakāśa 明显的），复合词（阴复具），由于治理有方而明显的。babhau（√bhā 完成单三）闪光。paura（市民）-vibhūtibhiḥ（vibhūti 富足），复合词（阴复具），市民的富足。svarga（天国）-abhiṣyanda（流动）-vamanam（vamana 流出），复合词（中单业），天国的分流。kṛtvā（√kṛ 独立式）做。iva（不变词）似乎。upaniveśitā（upaniveśita 阴单体）建立。

तत्र सौधगतः पश्यन्यमुनां चक्रवाकिनीम्।
हेमभक्तिमतीं भूमेः प्रवेणीमिव पिप्रिये॥३०॥

他站在宫殿顶上俯瞰
轮鸟嬉水的阎牟那河，
看似大地的发辫佩戴

金首饰，他满心欢喜。（30）

tatra（不变词）在这里。saudha（宫殿）-gataḥ（gata 处于），复合词（阳单体），站在宫殿上。paśyan（√dṛś 现分，阳单体）观看。yamunām（yamunā 阴单业）阎牟那河。cakravākinīm（cakravākin 阴单业）有轮鸟的。hema（heman 金子）-bhakti（装饰）-matīm（mat 有），复合词（阴单业），佩戴着金首饰。bhūmeḥ（bhūmi 阴单属）大地。praveṇīm（praveṇī 阴单业）发辫。iva（不变词）似乎。pipriye（√prī 完成单三）欢喜。

सखा दशरथस्यापि जनकस्य च मन्त्रकृत्।
संचस्कारोभयप्रीत्या मैथिलेयौ यथाविधि॥३१॥

蚁垤仙人精通颂诗，他作为
十车王和遮那迦的共同朋友，
出于对他俩的热爱，按照仪轨，
为悉多的双胞胎完成净化仪式。（31）

sakhā（sakhi 阳单体）朋友。daśarathasya（daśaratha 阳单属）十车王。api（不变词）还有。janakasya（janaka 阳单属）遮那迦。ca（不变词）和。mantra（咒语，颂诗）-kṛt（做），复合词（阳单体），创作颂诗的，精通颂诗的。saṃcaskāra（saṃs√kṛ 完成单三）举行净化仪式。ubhaya（二者）-prītyā（prīti 热爱），复合词（阴单具），对二者的热爱。maithileyau（maithileya 阳双业）悉多之子。yathāvidhi（不变词）按照仪轨。

स तौ कुशलवोन्मृष्टगर्भक्लेदौ तदाख्यया।
कविः कुशलवावेव चकार किल नामतः॥३२॥

是用拘舍草和牛尾毛
擦干净他俩的胎水，
据说诗人据此给他俩
分别取名俱舍和罗婆。①（32）

saḥ（tad 阳单体）这。tau（tad 阳双业）他。kuśa（拘舍草）-lava（牛尾毛）-unmṛṣṭa（擦去）-garbha（胎）-kledau（kleda 湿气），复合词（阳双业），用拘舍草和牛尾毛擦去胎水。tad（它们，指拘舍草和牛尾毛）-ākhyayā（ākhyā 名称），复合词（阴单具），两者的名称。kaviḥ（kavi 阳单体）诗人。kuśa（俱舍）-lavāu（lava 罗婆），复合词（阳双业），俱舍和罗婆。eva（不变词）确实。cakāra（√kṛ 完成单三）做（取名）。kila

① “俱舍”（kuśa）即拘舍草。“罗婆”（lava）即牛尾毛。

（不变词）据说。nāmatas（不变词）名为。

साङ्गं च वेदमध्याप्य किंचिदुत्क्रान्तशैशवौ।
स्वकृतिं गापयामास कविप्रथमपद्धतिम्॥ ३३॥

他俩刚刚度过童年，他就
教他俩学习吠陀和吠陀支[1]，
也教他俩诵唱自己的作品，
那是世上最初的诗人创作[2]。（33）

sa（与）-aṅgam（aṅga 吠陀支），复合词（阳单业），与吠陀支。ca（不变词）和。vedam（veda 阳单业）吠陀。adhyāpya（adhi√i 致使，独立式）教导。kim-cit（不变词）稍微，刚刚。utkrānta（度过）-śaiśavau（śaiśava 童年），复合词（阳双业），度过童年。sva（自己的）-kṛtim（kṛti 作品），复合词（阴单业），自己的作品。gāpayāmāsa（√gai 致使，完成单三）诵唱。kavi（诗人）-prathama（最初的）-paddhatim（paddhati 道路），复合词（阴单业），开创诗人最初的道路。

रामस्य मधुरं वृत्तं गायन्तौ मातुरग्रतः।
तद्वियोगव्यथां किंचिच्छिथिलीचक्रतुः सुतौ॥ ३४॥

两个儿子在母亲前，
甜美地诵唱罗摩传，
这样稍许减轻了她
与丈夫分离的痛苦。（34）

rāmasya（rāma 阳单属）罗摩。madhuram（不变词）甜美地。vṛttam（vṛtta 中单业）事迹。gāyantau（√gai 现分，阳双体）诵唱。mātuḥ（mātṛ 阴单属）母亲。agratas（不变词）前面。tad（他，指罗摩）-viyoga（分离）-vyathām（vyathā 痛苦），复合词（阴单业），与罗摩分离的痛苦。kim-cit（不变词）稍许。śithilī（śithila 放松）-cakratuḥ（√kṛ 完成双三），减轻。sutau（suta 阳双体）儿子。

इतरेऽपि रघोर्वंश्यास्त्रयस्त्रेताग्नितेजसः।
तद्योगात्पतिवत्नीषु पत्नीष्वासन्द्विसूनवः॥ ३५॥

① “吠陀”指《梨俱吠陀》、《娑摩吠陀》、《夜柔吠陀》和《阿达婆吠陀》。“吠陀支”指语音学、礼仪学、语法学、词源学、诗律学和天文学。

② 蚁垤创作的《罗摩衍那》被认为是“最初的诗”（ādikāvya），开了此后古典梵语诗歌的先河。由此，蚁垤也被称为“最初的诗人”（ādikavi）。

罗怙族另外三位后裔，
光辉显赫如同三堆火，
依靠与他们结合的贤妻，
各自都得到两个儿子。（35）

itare（itara 阳复体）另外的。api（不变词）还有。raghoḥ（raghu 阳单属）罗怙。vaṃśyāḥ（vaṃśya 阳复体）后裔。trayaḥ（tri 阳复体）三。tretā（三）-agni（火）-tejasaḥ（tajas 光辉），复合词（阳复体），光辉显赫如同三堆火。tad（他们）-yogāt（yoga 结合），复合词（阳单从），与他们结合。pativatnīṣu（pativatnī 阴复依）丈夫健在的妻子。patnīṣu（patnī 阴复依）妻子。āsan（√as 未完复三）是。dvi（二）-sūnavaḥ（sūnu 儿子），复合词（阳复体），拥有两个儿子。

शत्रुघातिनि शत्रुघ्नः सुबाहौ च बहुश्रुते।
मथुराविदिशे सून्वोर्निदधे पूर्वजोत्सुकः॥ ३६॥

设睹卢祇那热切思念长兄，
便将摩突罗城和维迪夏城
分别交给两个儿子：设睹
卢迦亭和博学的苏跋呼。（36）

śatrughātini（śatrughātin 阳单依）设睹卢迦亭。śatrughnaḥ（śatrughna 阳单体）设睹卢祇那。subāhau（subāhu 阳单依）苏跋呼。ca（不变词）和。bahu（很多的）-śrute（śruta 学问），复合词（阳单依），博学多闻。mathurā（摩突罗城）-vidiśe（vidiśā 维迪夏城），复合词（阴双业），摩突罗城和维迪夏城。sūnvoḥ（sūnu 阳双依）儿子。nidadhe（ni√dhā 完成单三）交给。pūrvaja（长兄）-utsukaḥ（utsuka 渴望的），复合词（阳单体），渴望长兄。

भूयस्तपोव्ययो मा भूद्वाल्मीकेरिति सोऽत्यगात्।
मैथिलीतनयोद्गीतनिःस्पन्दमृगमाश्रमम्॥ ३७॥

出于不要打扰蚁垤苦行的
想法，他绕过这座净修林，
那里的鹿群正在静静地
聆听悉多的两个儿子诵唱。（37）

bhūyas（不变词）再次，过多。tapas（苦行）-vyayaḥ（vyaya 损失，打扰），复合词（阳单体），打扰苦行。mā（不变词）不。bhūt（abhūt，√bhū 不定单三）是。vālmīkeḥ （vālmīki 阳单属）蚁垤。iti（不变词）这样（想）。saḥ（tad 阳单体）他，指设睹卢祇那。atyagāt（ati√i 不定单三）越过，绕过。maithilī（悉多）-tanaya（儿子）-udgīta（高唱）-niḥspanda（静止不动的）-mṛgam（mṛga 鹿），复合词（阳单业），鹿群静静地聆听悉多的两个儿子诵唱。āśramam（āśrama 阳单业）净修林。

वशी विवेश चायोध्यां रथ्यासंस्कारशोभिनीम्।
लवणस्य वधात्पौरैरीक्षितोऽत्यन्तगौरवम्॥ ३८॥

他控制自我，进入阿逾陀城，
行车的大道经过装饰而美观，
是他杀死勒波那，市民们
以极其尊敬的眼光凝视他。（38）

vaśī（vaśin 阳单体）控制自己的。viveśa（√viś 完成单三）进入。ca（不变词）和。ayodhyām（ayodhyā 阴单业）阿逾陀城。rathyā（行车的大道）-saṃskāra（装饰）-śobhinīm（śobhin 美观的），复合词（阴单业），行车的大道经过装饰而美观。lavaṇasya（lavaṇa 阳单属）勒波那。vadhāt（vadha 阳单从）杀死。pauraiḥ（paura 阳复具）市民。īkṣitaḥ（īkṣita 阳单体）注视。atyanta（极度的，无限的）-gauravam（gaurava 尊敬），复合词（不变词），极其尊敬。

स ददर्श सभामध्ये सभासद्भिरुपस्थितम्।
रामं सीतापरित्यागादसामान्यपतिं भुवः॥ ३९॥

他在会堂中看到罗摩，
身旁围绕议事的臣僚，
因为他已经遗弃悉多，
成了大地独占的丈夫。（39）

saḥ（tad 阳单体）他，指设睹卢祇那。dadarśa（√dṛś 完成单三）看见。sabhā（会堂）-madhye（madhya 中间），复合词（阳单依），在会堂中。sabhāsadbhiḥ（sabhāsad 阳复具）议事的臣僚。upasthitam（upasthita 阳单业）靠近。rāmam（rāma 阳单业）罗摩。sītā（悉多）-parityāgāt（parityāga 抛弃），复合词（阳单从），抛弃悉多。a（不）-sāmānya（共同的）-patim（pati 丈夫），复合词（阳单业），唯一的丈夫。bhuvaḥ（bhū 阴单属）大地。

तमभ्यनन्दत्प्रणतं लवणान्तकमग्रजः।
कालनेमिवधात्प्रीतस्तुराषाडिव शार्ङ्गिणम्॥ ४०॥

长兄欢迎已经杀死勒波那、
现在向他俯首行礼的弟弟，
犹如因陀罗高兴地欢迎
杀死迦罗奈密[①]的毗湿奴。（40）

tam（tad 阳单业）他，指设睹卢祇那。abhyanandat（abhi√nand 未完单三）欢迎。praṇatam（praṇata 阳单业）俯首敬礼。lavaṇa（勒波那）-antakam（antaka 杀死），复合词（阳单业），杀死勒波那。agrajaḥ（agraja 阳单体）长兄。kālanemi（迦罗奈密）-vadhāt（vadha 杀死），复合词（阳单从），杀死迦罗奈密。prītaḥ（prīta 阳单体）高兴的。turāṣāḍ（turāṣāh 阳单体）因陀罗。iva（不变词）犹如。śārṅgiṇam（śārṅgin 阳单业）毗湿奴。

स पृष्टः सर्वतो वार्त्तमाख्यद्राज्ञे न संततिम्।
प्रत्यर्पयिष्यतः काले कवेराद्यस्य शासनात्॥४१॥

他应答国王说一切安好，
而不告诉国王儿子的情况，
这是遵奉原初诗人的吩咐，
他会在适当时候送来王子。（41）

saḥ（tad 阳单体）他，指设睹卢祇那。pṛṣṭaḥ（pṛṣṭa 阳单体）询问。sarvatas（不变词）所有一切。vārttam（vārtta 中单业）安好。ākhyat（ā√khyā 不定单三）告诉。rājñe（rājan 阳单为）国王。na（不变词）不。saṃtatim（saṃtati 阴单业）后代。pratyarpayiṣyataḥ（prati√ṛ 致使，将分，阳单属）归还。kāle（kāla 阳单依）时间。kaveḥ（kavi 阳单属）诗人。ādyasya（ādya 阳单属）最初的。śāsanāt（śāsana 中单从）吩咐。

अथ जानपदो विप्रः शिशुमप्राप्तयौवनम्।
अवतार्याङ्कशय्यास्थं द्वारि चक्रन्द भूपतेः॥४२॥

后来有个乡村婆罗门，
将一个抱在怀中的
未成年孩子，放在
国王门前，哭诉道：（42）

atha（不变词）然后。jānapadaḥ（jānapada 阳单体）住在乡村的。vipraḥ（vipra 阳单体）婆罗门。śiśum（śiśu 阳单业）孩子。a（不）-prāpta（到达）-yauvanam（yauvana

① 迦罗奈密是一位阿修罗魔王，传说有百头百臂。

青春），复合词（阳单业），尚未成年。avatārya（ava√tṝ 致使，完成单三）放下。aṅka（膝部，怀抱）-śayyā（床）-stham（stha 处于），复合词（阳单业），躺在怀中的。dvāri（dvār 阴单依）门。cakranda（√krand 完成单三）哭泣。bhū（大地）-pateḥ（pati 主人），复合词（阳单属），大地之主，国王。

शोचनीयाऽसि वसुधे या त्वं दशरथाच्च्युता।
रामहस्तमनुप्राप्य कष्टात्कष्टतरं गता॥४३॥

“大地啊，你真可悲！
从十车王的手中坠落，
落到了罗摩的手中，
你的状况越变越坏。”（43）

śocanīyā（śocanīya 阴单体）可悲的。asi（√as 现在单二）是。vasudhe（vasudhā 阴单呼）大地。yā（yad 阴单体）这。tvam（tvad 单体）你。daśarathāt（daśaratha 阳单从）十车王。cyutā（cyuta 阴单体）坠落。rāma（罗摩）-hastam（hasta 手），复合词（阳单业），罗摩的手。anuprāpya（anu-pra√āp 独立式）到达。kaṣṭāt（kaṣṭa 中单从）坏。kaṣṭataram（kaṣṭatara 阳单业）更坏。gatā（gata 阴单体）走向，变成。

श्रुत्वा तस्य शुचो हेतुं गोप्ता जिह्राय राघवः।
न ह्यकालभवो मृत्युरिक्ष्वाकुपदमस्पृशत्॥४४॥

大地保护者罗摩闻听
他悲伤的原因后，感到
羞愧，因为非时夭亡
从不出现在甘蔗族领域。（44）

śrutvā（√śru 独立式）听到。tasya（tad 阳单属）他，指乡村婆罗门。śucaḥ（śuc 阴单属）悲伤。hetum（hetu 阳单业）原因。goptā（goptṛ 阳单体）保护者。jihrāya（√hrī 完成单三）羞愧。rāghavaḥ（rāghava 阳单体）罗怙的后裔，罗摩。na（不变词）不。hi（不变词）因为。akāla（非时的）-bhavaḥ（bhava 产生的，出现的），复合词（阳单体），非时出现的。mṛtyuḥ（mṛtyu 阳单体）死亡。ikṣvāku（甘蔗族）-padam（pada 领域），复合词（中单业），甘蔗族领域。aspṛśat（√spṛś 未完单三）接触。

स मुहूर्तं क्षमस्वेति द्विजमाश्वास्य दुःखितम्।
यानं सस्मार कौबेरं वैवस्वतजिगीषया॥४५॥

罗摩安慰伤心痛苦的

婆罗门："请稍等片刻！"
他渴望征服那个死神，
想起了俱比罗的飞车。（45）

saḥ（tad 阳单体）他。muhūrtam（muhūrta 阳单业）一会儿，片刻。kṣamasva（√kṣam 命令单二）忍耐，等待。iti（不变词）这样（说）。dvijam（dvija 阳单业）婆罗门。āśvāsya（ā√śvas 致使，独立式）安慰。duḥkhitam（duḥkhita 阳单业）痛苦的。yānam（yāna 中单业）车。sasmāra（√smṛ 完成单三）想起。kauberam（kaubera 中单业）俱比罗的。vaivasvata（死神）-jigīṣayā（jigīṣā 渴望征服），复合词（阴单具），渴望征服死神。

आत्तशस्त्रस्तदध्यास्य प्रस्थितः स रघूद्वहः।
उच्चचार पुरस्तस्य गूढरूपा सरस्वती॥४६॥

罗怙族后裔携带武器，
登上飞车出发，这时，
前面传来隐形的语言
女神的话音，对他说：（46）

ātta（取来，带着）-śastraḥ（śastra 武器），复合词（阳单体），带着武器。tat（tad 中单业）它，指飞车。adhyāsya（adhi√ās 独立式）登上。prasthitaḥ（prasthita 阳单体）出发。saḥ（tad 阳单体）这。raghu（罗怙）-udvahaḥ（udvaha 后裔），复合词（阳单体），罗怙的后裔，罗摩。uccacāra（ud√car 完成单三）发出。puras（不变词）前面。tasya（tad 阳单属）他。gūḍha（隐藏）-rūpā（rūpa 形体），复合词（阴单体），隐形的。sarasvatī（sarasvatī 阴单体）语言女神。

राजन्प्रजासु ते कश्चिदपचारः प्रवर्तते।
तमन्विष्य प्रशमयेर्भवितासि ततः कृती॥४७॥

"国王啊，你的民众中，
出现某种违法的行为，
你去找出来，消除它，
这样你就会达到目的。"（47）

rājan（rājan 阳单呼）国王。prajāsu（prajā 阴单依）臣民。te（tvad 单属）你。kaḥ-cit（kim-cit 阳单体）某个。apacāraḥ（apacāra 阳单体）过错，违法行为。pravartate（pra√vṛt 现在单三）出现。tam（tad 阳单业）它。anviṣya（anu√iṣ 独立式）寻找。praśamayeḥ（pra√śam 致使，虚拟单二）止息，消除。bhavitāsi（√bhū 将来单二）成为。tatas（不

变词）于是。kṛtī（kṛtin 阳单体）达到目的。

इत्याप्तवचनाद्रामो विनेष्यन्वर्णविक्रियाम्।
दिशः पपात पत्त्रेण वेगनिष्कम्पकेतुना॥४८॥

这话音值得信赖，为了
消除违背种姓法的行为，
罗摩驾飞车巡视十方，
车速飞快，而旗帜不动。（48）

iti（不变词）这样（说）。āpta（可信的）-vacanāt（vacana 话），复合词（中单从），可信的话。rāmaḥ（rāma 阳单体）罗摩。vineṣyan（vi√nī 将分，阳单体）消除。varṇa（种姓）-vikriyām（vikriyā 违背），复合词（阴单业），对种姓的违背。diśaḥ（diś 阴复业）方向。papāta（√pat 完成单三）飞向。pattreṇa（pattra 中单具）车。vega（快速）-niṣkampa（不动的）-ketunā（ketu 旗帜），复合词（中单具），快速而旗帜不动。

अथ धूमाभिताम्राक्षं वृक्षशाखावलम्बिनम्।
ददर्श कंचिदैक्ष्वाकस्तपस्यन्तमधोमुखम्॥४९॥

然后，甘蔗族后裔罗摩
看见有个人正在修苦行，
头顶朝下悬挂在树枝上，
眼睛已被烟火熏得通红。[①]（49）

atha（不变词）然后。dhūma（烟）-abhitāmra（深红的）-akṣam（akṣa 眼睛），复合词（阳单业），眼睛被烟火熏得通红。vṛkṣa（树）-śākhā（树枝）-avalambinam（avalambin 悬挂的），复合词（阳单业），悬挂在树枝上。dadarśa（√dṛś 完成单三）看见。kam-cit（kim-cit 阳单业）某个。aikṣvākaḥ（aikṣvāka 阳单体）甘蔗族后裔，指罗摩。tapasyantam（√tapasya 名动词，现分，阳单业）修炼苦行。adhas（下面）-mukham（mukha 脸），复合词（阳单业），脸朝下。

पृष्टनामान्वयो राज्ञा स किलाचष्ट धूमपः।
आत्मानं शम्बुकं नाम शूद्रं सुरपदार्थिनम्॥५०॥

国王询问他的出身姓名，
这个吸吮烟雾者说自己

① 这是因为树底下还点燃着一堆火。

是首陀罗，名叫商菩迦，
想要求取天神的地位。（50）

pṛṣṭa（询问）-nāma（姓名）-anvayaḥ（anavaya 家族），复合词（阳单体），询问出身姓名。rājñā（rājan 阳单具）国王。saḥ（tad 阳单体）他。kila（不变词）据说。ācaṣṭa（ā√cakṣ 未完单三）告诉。dhūma（烟雾）-paḥ（pa 饮，吸吮），复合词（阳单体），吸吮烟雾的。ātmānam（ātman 阳单业）自己。śambukam（śambuka 阳单业）商菩迦（人名）。nāma（不变词）名为。śūdram（śūdra 阳单业）首陀罗。sura（天神）-pada（位置，地位）-arthinam（arthin 追求），复合词（阳单业），追求天神的地位。

तपस्यनधिकारित्वात्प्रजानां तमघावहम्।
शीर्षच्छेद्यं परिच्छिद्य नियन्ता शस्त्रमाददे॥५१॥

这位执法者断定此人
不配修苦行而给民众
带来灾难，值得砍头，
于是，他取出武器。（51）

tapasi（tapas 中单依）苦行。an（没有）-adhikāritvāt（adhikāritva 权利，资格），复合词（中单从），没有资格。prajānām（prajā 阴复属）臣民。tam（tad 阳单业）他。agha（罪恶，灾难）-āvaham（āvaha 带来），复合词（阳单业），带来灾难。śīrṣa（头）-chedyam（chedya 应当砍断的），复合词（阳单业），应当砍头。paricchidya（pari√chid 独立式）断定。niyantā（niyantṛ 阳单体）统治者。śastram（śastra 中单业）武器。ādade（ā√dā 完成单三）取出。

स तद्वक्त्रं हिमक्लिष्टकिञ्जल्कमिव पङ्कजम्।
ज्योतिष्कणाहतश्मश्रु कण्ठनालादपातयत्॥५२॥

罗摩从那个茎秆般的脖子上，
砍下他的脑袋，这脑袋上的
那些胡须已经被火星烧焦，
犹如莲花花须遭霜雪摧残。（52）

saḥ（tad 阳单体）他。tad（他）-vaktram（vaktra 脸，头），复合词（中单业），他的头。hima（霜雪）-kliṣṭa（折磨）-kiñjalkam（kiñjalka 花须），复合词（中单业），花须遭霜雪摧残。iva（不变词）犹如。paṅkajam（paṅkaja 中单业）莲花。jyotis（火）-kaṇa（微粒，星儿）-āhata（毁坏）-śmaśru（śmaśru 胡须），复合词（中单业），

胡须被火星儿烧焦。kaṇṭha（脖子）-nālāt（nāla 茎秆），复合词（中单从），茎秆般的脖子。apātayat（√pat 致使，未完单三）落下，砍下。

कृतदण्डः स्वयं राज्ञा लेभे शूद्रः सतां गतिम्।
तपसा दुश्चरेणापि न स्वमार्गविलङ्घिना॥५३॥

这个首陀罗遭到国王亲自
惩罚，而获得善人的归宿，
并不是依靠实施即使艰难
而违反自己职责的苦行。[①]（53）

kṛta（做，实施）-daṇḍaḥ（daṇḍa 惩罚），复合词（阳单体），受到惩罚。svayam（不变词）亲自。rājñā（rājan 阳单具）国王。lebhe（√labh 完成单三）获得。śūdraḥ（śūdra 阳单体）首陀罗。satām（sat 阳复属）善人。gatim（gati 阴单业）去处，归宿。tapasā（tapas 中单具）苦行。duścareṇa（duścara 中单具）难行的。api（不变词）即使。na（不变词）不。sva（自己的）-mārga（道路）-vilaṅghinā（vilaṅghin 逾越的），复合词（中单具），逾越自己的道路。

रघुनाथोऽप्यगस्त्येन मार्गसंदर्शितात्मना।
महौजसा संयुयुजे शरत्काल इवेन्दुना॥५४॥

罗怙族护主罗摩
也在路上遇见威力
显赫的投山仙人，
犹如秋季遇见明月。（54）

raghu（罗怙）-nāthaḥ（nātha 护主），复合词（阳单体），罗怙族护主，罗摩。api（不变词）也。agastyena（agastya 阳单具）投山仙人。mārga（道路）-saṃdarśita（显示）-ātmanā（ātman 自身），复合词（阳单具），在路上显身的。mahā（大的）-ojasā（ojas 威力，光辉），复合词（阳单具），威力显赫，光彩熠熠。saṃyuyuje（sam√yuj 完成单三）相聚。śarad（秋天）-kālaḥ（kāla 时间），复合词（阳单体），秋季。iva（不变词）犹如。indunā（indu 阳单具）月亮。

कुम्भयोनिरलंकारं तस्मै दिव्यपरिग्रहम्।
ददौ दत्तं समुद्रेण पीतेनेवात्मनिष्क्रयम्॥५५॥

---

① 按照婆罗门教法规，首陀罗作为低级种姓的职责是从事仆役，而不能修苦行。现在，他遭到罗摩严惩后，死后能获得善人的归宿。

投山仙人送给罗摩一件
适合天神佩戴的装饰品，
那是他吞下又吐出大海后，
大海送给他，仿佛是赎金。[①]（55）

kumbha（罐）-yoniḥ（yoni 子宫），复合词（阳单体），罐生，即投山仙人。alaṃkāram（alaṃkāra 阳单业）装饰品。tasmai（tad 阳单为）他。divya（天神的）-parigraham（parigraha 拥有），复合词（阳单业），天神佩戴的。dadau（√dā 完成单三）给予。dattam（datta 阳单业）给予。samudreṇa（samudra 阳单具）大海。pītena（pīta 阳单具）喝下。iva（不变词）犹如。ātma（ātman 自己）-niṣkrayam（niṣkraya 赎金），复合词（阳单业），自己的赎金。

तं दधन्मैथिलीकण्ठनिर्व्यापारेण बाहुना।
पश्चान्निववृते रामः प्राक्परासुर्द्विजात्मजः॥५६॥

罗摩将它戴在已经不再
拥抱悉多脖子的手臂上，
然后返回，此前婆罗门
死去的儿子已经复活。（56）

tam（tad 阳单业）它，指装饰品。dadhat（√dhā 现分，阳单体）安放。maithilī（弥提罗公主，悉多）-kaṇṭha（脖子）-nirvyāpāreṇa（nirvyāpāra 不使用），复合词（阳单具），不再拥抱悉多的脖子。bāhunā（bāhu 阳单具）手臂。paścāt（不变词）然后。nivavṛte（ni√vṛt 完成单三）返回，复活。rāmaḥ（rāma 阳单体）罗摩。prāk（不变词）先前。parāsuḥ（parāsu 阳单体）死去的。dvija（婆罗门）-ātmajaḥ（ātmaja 儿子），复合词（阳单体），婆罗门的儿子。

तस्य पूर्वोदितां निन्दां द्विजः पुत्रसमागतः।
स्तुत्या निवर्तयामास त्रातुर्वैवस्वतादपि॥५७॥

婆罗门重新获得儿子，
原先谴责罗摩，现在
改口赞美罗摩甚至
能从死神手中救人。（57）

tasya（tad 阳单属）他，指罗摩。pūrva（先前）-uditām（udita 说），复合词（阴

① 投山仙人吞下大海又吐出的传说参阅第六章第 61 首注。

单业），先前所说。nindām（nindā 阴单业）谴责。dvijaḥ（dvija 阳单体）婆罗门。putra（儿子）-samāgataḥ（samāgata 相聚），复合词（阳单体），与儿子团聚。stutyā（stuti 阴单具）赞美。nivartayāmāsa（ni√vṛt 致使，完成单三）停止，撤销。trātuḥ（trātṛ 阳单属）保护者。vaivasvatāt（vaivasvata 阳单从）死神。api（不变词）甚至。

तमध्वराय मुक्ताश्वं रक्षःकपिनरेश्वराः।
मेघाः सस्यमिवाम्भोभिरभ्यवर्षन्नुपायनैः॥५८॥

罗摩举行马祭，放出祭马，
罗刹王、猴王和人间的
国王们纷纷向他呈献礼物，
犹如乌云为谷物降下雨水。（58）

tam（tad 阳单业）他，指罗摩。adhvarāya（adhvara 阳单为）祭祀。mukta（释放）-aśvam（aśva 马），复合词（阳单业），放出祭马。rakṣas（罗刹）-kapi（猴子）-nara（人）-iśvarāḥ（iśvara 王），复合词（阳复体），罗刹王、猴王和人间国王。meghāḥ（megha 阳复体）乌云。sasyam（sasya 中单业）谷物。iva（不变词）犹如。ambhobhiḥ（ambhas 中复具）水。abhyavarṣan（abhi√vṛṣ 未完复三）倾泻。upāyanaiḥ（upāyana 中复具）礼物。

दिग्भ्यो निमन्त्रिताश्चैनमभिजग्मुर्महर्षयः।
न भौमान्येव धिष्ण्यानि हित्वा ज्योतिर्मयान्यपि॥५९॥

各地的大仙不仅离开
地上的居处，也离开
光辉灿烂的天国居处，
接受邀请，来到这里。（59）

digbhyaḥ（diś 阴复从）方向，地方。nimantritāḥ（nimantrita 阳复体）邀请。ca（不变词）和。enam（etad 阳单业）他，指罗摩。abhijagmuḥ（abhi√gam 完成复三）来到。mahā（大）-ṛṣayaḥ（ṛṣi 仙人），复合词（阳复体），大仙人。na（不变词）不。bhaumāni（bhauma 中复业）地上的。eva（不变词）仅仅。dhiṣṇyāni（dhiṣṇya 中复业）住处。hitvā（√hā 独立式）离开。jyotis（光辉，发光体）-mayāni（maya 充满），复合词（中复业），充满发光体的，天空的。api（不变词）而且。

उपशल्यनिविष्टैस्तैश्चतुर्द्वारमुखी बभौ।
अयोध्या सृष्टलोकेव सद्यः पैतामही तनुः॥६०॥

他们居住在城外空地，
阿逾陀城有四个城门[①]，
仿佛顿时成为梵天身体，
周围是他创造的世界。（60）

upaśalya（城外空地）-niviṣṭaiḥ（niviṣṭa 居住），复合词（阳复具），居住在城外空地。taiḥ（tad 阳复具）他，指仙人。catur（四）-dvāra（门）-mukhī（mukha 脸，入口），复合词（阴单体），有四个门口的，有四张脸的。babhau（√bhā 完成单三）看似，显得。ayodhyā（ayodhyā 阴单体）阿逾陀城。sṛṣṭa（创造）-lokā（loka 世界），复合词（阴单体），创造世界的。iva（不变词）仿佛。sadyas（不变词）顿时。paitāmahī（paitāmaha 阴单体）梵天的。tanuḥ（tanu 阴单体）身体。

श्लाघ्यस्त्यागोऽपि वैदेह्याः पत्युः प्राग्वंशवासिनः।
अनन्यजानेः सैवासीद्यस्माज्जाया हिरण्मयी॥ ६१॥

即使抛弃了悉多，这位
丈夫仍值得称赞，因为
他没有再娶，住在祠堂，
始终与妻子的金像做伴。（61）

ślāghyaḥ（ślāghya 阳单体）值得称赞的。tyāgaḥ（tyāga 阳单体）抛弃。api（不变词）也。vaidehyāḥ（vaidehī 阴单属）毗提诃公主，悉多。patyuḥ（pati 阳单属）丈夫。prāgvaṃśa（祠堂）-vāsinaḥ（vāsin 居住的），复合词（阳单属），住在祠堂。an（没有）-anya（另外的）-jāneḥ（jāni 妻子），复合词（阳单属），没有再娶。sā（tad 阴单体）这。eva（不变词）确实。āsīt（√as 未完单三）是。yasmāt（不变词）因为。jāyā（jāyā 阴单体）妻子。hiraṇmayī（hiraṇmaya 阴单体）金制的。

विधेरधिकसंभारस्ततः प्रववृते मखः।
आसन्यत्र क्रियाविघ्ना राक्षसा एव रक्षिणः॥ ६२॥

然后祭祀开始，物资
丰富超过经典的规定，
罗刹们原本扰乱祭祀，
而在这里成了保护者。（62）

---

① 这里“城门”的原文是 dvāramukhī（门脸），意谓如同面孔的城门，暗喻梵天的“四张脸”。梵天是创造神，传说他有四张脸。

vidheḥ（vidhi 阳单从）仪轨。adhika（更多）-saṃbhāraḥ（saṃbhāra 物资），复合词（阳单体），物资更丰富。tatas（不变词）然后。pravavṛte（pra√vṛt 完成单三）开始。makhaḥ（makha 阳单体）祭祀。āsan（√as 未完复三）是。yatra（不变词）这里。kriyā（祭祀）-vighnāḥ（vighna 阻碍，扰乱），复合词（阳复体），扰乱祭祀的。rākṣasāḥ（rākṣasa 阳复体）罗刹。eva（不变词）确实。rakṣiṇaḥ（rakṣin 阳复体）保护者。

अथ प्राचेतसोपज्ञं रामायणमितस्ततः।
मैथिलेयौ कुशलवौ जगतुर्गुरुचोदितौ॥ ६३॥

那时，悉多的两个儿子
俱舍和罗婆受老师鼓励，
漫游各地，传唱蚁垤
仙人创作的《罗摩衍那》。（63）

atha（不变词）那时。prācetasa（蚁垤）-upajñam（upajñā 创作），复合词（中单业），蚁垤仙人创作的。rāmāyaṇam（rāmāyaṇa 中单业）罗摩衍那。itas-tatas（不变词）各处。maithileyau（maithileya 阳双体）悉多之子。kuśa（俱舍）-lavau（lava 罗婆），复合词（阳双体）俱舍和罗婆。jagatuḥ（√gai 完成双三）歌唱。guru（老师）-coditau（codita 鼓励），复合词（阳双体），受老师鼓励。

वृत्तं रामस्य वाल्मीकेः कृतिस्तौ किंनरस्वनौ।
किं तद्येन मनो हर्तुमलं स्यातां न शृण्वताम्॥ ६४॥

罗摩的事迹，蚁垤的创作，
两兄弟的嗓音美似紧那罗，
凭借这一切，他俩的诵唱
怎么会不吸引听众的心？（64）

vṛttam（vṛtta 中单体）事迹。rāmasya（rāma 阳单属）罗摩。vālmīkeḥ（vālmīki 阳单属）蚁垤仙人。kṛtiḥ（kṛti 阴单体）创作。tau（tad 阳双体）他。kiṃnara（紧那罗）-svanau（svana 嗓音），复合词（阳双体），嗓音似紧那罗。kim（kim 中单体）什么。tat（tad 中单体）这。yena（yad 中单具）这。manaḥ（manas 中单业）心。hartum（√hṛ 不定式）吸引。alam（不变词）足以，能够。syātām（√as 虚拟双三）是。na（不变词）不。śṛṇvatām（√śru 现分，阳复属）听取的，听众。

रूपे गीते च माधुर्यं तयोस्तज्ज्ञैर्निवेदितम्।
ददर्श सानुजो रामः शुश्राव च कुतूहली॥ ६५॥

他俩容貌甜美，诵唱
甜美，经行家们推荐，
罗摩出于好奇，偕同
弟弟们来观赏和聆听。（65）

rūpe（rūpa 中复依）容貌。gīte（gīta 中复依）歌唱。ca（不变词）和。mādhuryam（mādhurya 中单业）甜美。tayoḥ（tad 阳双属）他。tajjñaiḥ（tajjña 阳复具）行家。niveditam（nivedita 中单业）告知。dadarśa（√dṛś 完成单三）观看。sa（与）-anujaḥ（anuja 弟弟），复合词（阳单体），与弟弟们一起。rāmaḥ（rāma 阳单体）罗摩。śuśrāva（√śru 完成单三）听取。ca（不变词）和。kutūhalī（kutūhalin 阳单体）好奇的。

तद्गीतश्रवणैकाग्रा संसदश्रुमुखी बभौ।
हिमनिष्यन्दिनी प्रातर्निर्वातेव वनस्थली॥ ६६॥

观众们专心聆听
诵唱，泪流满面，
犹如清晨无风的
林地，流淌霜露。（66）

tad（他俩）-gīta（歌唱）-śravaṇa（聆听）-ekāgrā（ekāgra 专心的），复合词（阴单体），专心聆听他俩诵唱。saṃsat（saṃsad 阴单体）会众。aśru（眼泪）-mukhī（mukha 脸），复合词（阴单体），泪流满面。babhau（√bhā 完成单三）显出。hima（霜露）-niṣyandinī（niṣyandin 流淌），复合词（阴单体），流淌霜露。prātar（不变词）清晨。nirvātā（nirvāta 阴单体）无风的。iva（不变词）犹如。vana（树林）-sthalī（sthalī 林地），复合词（阴单体），森林地区。

वयोवेषविसंवादि रामस्य च तयोस्तदा।
जनता प्रेक्ष्य सादृश्यं नाक्षिकम्पं व्यतिष्ठत॥ ६७॥

看到他俩与罗摩相像，
只是年龄和服装不同，
于是，人们伫立凝视，
那些眼睛一眨也不眨。（67）

vayas（年龄）-veṣa（衣服）-visaṃvādi（visaṃvādin 不同的），复合词（中单业），年龄和衣服不同。rāmasya（rāma 阳单属）罗摩。ca（不变词）和。tayoḥ（tad 阳双属）他，指悉多之子。tadā（不变词）当时。janatā（janatā 阴单体）人们。prekṣya（pra√īkṣ

独立式）观看。sādṛśyam（sādṛśya 中单业）相似。na（不）-akṣi（眼睛）-kampam（kampa 颤动），复合词（不变词），眼睛一眨也不眨。vyatiṣṭhata（vi√sthā 未完单三）站立。

उभयोर्न तथा लोकः प्रावीण्येन विसिष्मिये।
नृपतेः प्रीतिदानेषु वीतस्पृहतया यथा॥ ६८॥

而他俩对国王高兴地
赏赐的礼物表示冷淡，
人们深感惊讶，胜过
对他俩的技艺的惊讶。（68）

ubhayoḥ（ubhaya 阳双属）两者。na（不变词）不。tathā（不变词）同样。lokaḥ（loka 阳单体）世人。prāvīṇyena（prāvīṇya 中单具）技艺精湛。visiṣmiye（vi√smi 完成单三）惊讶。nṛpateḥ（nṛpati 阳单属）国王。prīti（高兴）-dāneṣu（dāna 赏赐），复合词（中复依），高兴而赏赐。vīta（没有）-spṛhatayā（spṛhatā 渴望），复合词（阴单具），没有渴望，冷淡。yathā（不变词）正如。

गेये को नु विनेता वां कस्य चेयं कृतिः कवेः।
इति राज्ञा स्वयं पृष्टौ तौ वाल्मीकिमशंसताम्॥ ६९॥

“谁是你俩的诵唱导师？
这是哪位仙人的作品？”
国王亲自询问他们两个，
他俩告知是蚁垤仙人。（69）

geye（geya 中单依）歌唱。kaḥ（kim 阳单体）谁。nu（不变词）表示疑问。vinetā（vinetṛ 阳单体）老师。vām（tvad 双属）你。kasya（kim 阳单属）谁。ca（不变词）和。iyam（idam 阴单体）这。kṛtiḥ（kṛti 阴单体）作品。kaveḥ（kavi 阳单属）诗人。iti（不变词）这样（说）。rājñā（rājan 阳单具）国王。svayam（不变词）亲自。pṛṣṭau（pṛṣṭa 阳双体）询问。tau（tad 阳双体）他。vālmīkim（vālmīki 阳单业）蚁垤仙人。aśaṃsatām（√śaṃs 未完双三）告诉。

अथ सावरजो रामः प्राचेतसमुपेयिवान्।
ऊरीकृत्यात्मनो देहं राज्यमस्मै न्यवेदयत्॥ ७०॥

然后，罗摩带着弟弟们，
一同来到蚁垤仙人那里，
除了自己的身体，他将

整个王国献给这位仙人。（70）

atha（不变词）然后。sa（与）-avarajaḥ（avaraja 弟弟），复合词（阳单体），带着弟弟。rāmaḥ（rāma 阳单体）罗摩。prācetasam（prācetasa 阳单业）蚁垤仙人。upeyivān（upeyivas，upa√i 完分，阳单体）到达。ūrīkṛtya（ūrī√kṛ 独立式）接受，保留。ātmanaḥ（ātman 阳单属）自己。deham（deha 阳单业）身体。rājyam（rājya 中单业）王国。asmai（idam 阳单为）他。nyavedayat（ni√vid 致使，未完单三）献给。

स तावाख्याय रामाय मैथिलेयौ तदात्मजौ।
कविः कारुणिको वव्रे सीतायाः संपरिग्रहम्॥७१॥

而这位仙人满怀慈悲，
向罗摩说明悉多的
两个儿子是他的儿子，
并请求他接回悉多。（71）

saḥ（tad 阳单体）他。tau（tad 阳双体）他。ākhyāya（ā√khyā 独立式）说明。rāmāya（rāma 阳单为）罗摩。maithileyau（maithileya 阳双业）悉多之子。tad（他，指罗摩）-ātmajau（ātmaja 儿子），复合词（阳双业），罗摩的儿子。kaviḥ（kavi 阳单体）诗人。kāruṇikaḥ（kāruṇika 阳单体）慈悲的。vavre（√vṛ 完成单三）选择，请求。sītāyāḥ（sītā 阴单属）悉多。saṃparigraham（saṃparigraha 阳单业）接受。

तात शुद्धा समक्षं नः स्नुषा ते जातवेदसि।
दौरात्म्याद्रक्षसस्तां तु नात्रत्याः श्रद्दधुः प्रजाः॥७२॥

“尊师啊，我们已目睹
你的儿媳在火中证明
贞洁，而由于罗刹邪恶，
这里的民众仍不相信。（72）

tāta（tāta 阳单呼）尊者。śuddhā（śuddha 阴单体）净化，贞洁。samakṣam（不变词）在眼前。naḥ（asmad 复属）我们。snuṣā（snuṣā 阴单体）儿媳。te（tvad 单属）你。jātavedasi（jātavedas 阳单依）火。daurātmyāt（daurātmya 中单从）邪恶。rakṣasaḥ（rakṣas 中单属）罗刹。tām（tad 阴单业）她。tu（不变词）然而。na（不变词）不。atratyāḥ（atratya 阴复体）这里的。śraddadhuḥ（śrat√dhā 完成复三）相信。prajāḥ（prajā 阴复体）民众。

ताः स्वचारित्रमुद्दिश्य प्रत्याययतु मैथिली।

ततः पुत्रवतीमेनां प्रतिपत्स्ये त्वदाज्ञया ॥ ७३ ॥

“让悉多向他们证明
自己贞洁吧！然后，
我就遵照你的吩咐，
接受她和她的儿子。”（73）

tāḥ（tad 阴复业）他，指民众。sva（自己的）-cāritram（cāritra 行为，清白），复合词（中单业），自己的清白。uddiśya（不变词）关于。pratyāyayatu（prati√i 致使，命令单三）相信，证明。maithilī（maithilī 阴单体）悉多。tatas（不变词）然后。putravatīm（putravatī 阴单业）有儿子的。enām（etad 阴单业）她。pratipatsye（prati√pad 将来单一）接受。tvad（你）-ājñayā（ājñā 命令），复合词（阴单具），你的命令。

इति प्रतिश्रुते राज्ञा जानकीमाश्रमान्मुनिः ।
शिष्यैरानाययामास स्वसिद्धिं नियमैरिव ॥ ७४ ॥

国王这样答应后，牟尼
让弟子们从净修林带来
遮那迦之女悉多，仿佛
由苦行带来自己的成就。（74）

iti（不变词）这样（说）。pratiśrute（pratiśruta 中单依）答应。rājñā（rājan 阳单具）国王。jānakīm（jānakī 阴单业）遮那迦之女，悉多。āśramāt（āśrama 阳单从）净修林。muniḥ（muni 阳单体）牟尼。śiṣyaiḥ（śiṣya 阳复具）弟子。ānāyayāmāsa（ā√nī 致使，完成单三）带来。sva（自己的）-siddhim（siddhi 成就），复合词（阴单业），自己的成就。niyamaiḥ（niyama 阳复具）苦行。iva（不变词）仿佛。

अन्येद्युरथ काकुत्स्थः संनिपात्य पुरौकसः ।
कविमाह्वाययामास प्रस्तुतप्रतिपत्तये ॥ ७५ ॥

第二天，罗摩召集
城市居民，也派人
去请来诗人蚁垤，
准备完成这件事情。（75）

anyedyus（不变词）第二天。atha（不变词）然后。kākutsthaḥ（kākutstha 阳单体）迦俱私陀的后裔，罗摩。saṃnipātya（sam-ni√pat 致使，独立式）召集。pura（城市）-okasaḥ（okas 居处），复合词（阳复业），市民。kavim（kavi 阳单业）诗人。

āhvāyayāmāsa（ā√hve 致使，完成单三）邀请。prastuta（所说，提到）-pratipattaye（pratipatti 履行），复合词（阴单为），完成如上所说的事情。

स्वरसंस्कारवत्याऽसौ पुत्राभ्यामथ सीतया।
ऋचेवोदर्चिषं सूर्यं रामं मुनिरुपस्थितः॥७६॥

牟尼带着悉多和她的两个
儿子来到光辉的罗摩面前，
犹如带着音调和语言圣洁的
颂诗来到灿烂的太阳面前。（76）

svara（音调）-saṃskāra（语法纯洁）-vatyā（vatī 具有），复合词（阴单具），具有音调和语言圣洁的。asau（adas 阳单体）这。putrābhyām（putra 阳双具）儿子。atha（不变词）然后。sītayā（sītā 阴单具）悉多。ṛcā（ṛc 阴单具）颂诗。iva（不变词）犹如。udarciṣam（udarcis 阳单业）光辉灿烂的。sūryam（sūrya 阳单业）太阳。rāmam（rāma 阳单业）罗摩。muniḥ（muni 阳单体）牟尼。upasthitaḥ（upasthita 阳单体）来到。

काषायपरिवीतेन स्वपदार्पितचक्षुषा।
अन्वमीयत शुद्धेति शान्तेन वपुषैव सा॥७७॥

她身穿红衣，目光
固定在自己的脚上，
形体宁静，凭这些
就可以断定她贞洁。（77）

kāṣāya（红衣）-parivītena（parivīta 围绕），复合词（中单具），身穿红衣。sva（自己的）-pada（脚）-arpita（固定）-cakṣuṣā（cakṣus 眼睛，目光），复合词（中单具），目光固定在自己的脚上。anvamīyata（anu√mā 被动，未完单三）推断。śuddhā（śuddha 阴单体）纯洁。iti（不变词）这样（认为）。śāntena（śānta 中单具）宁静。vapuṣā（vapus 中单具）形体。eva（不变词）确实。sā（tad 阴单体）她。

जनास्तदालोकपथात्प्रतिसंहृतचक्षुषः।
तस्थुस्तेऽवाङ्मुखाः सर्वे फलिता इव शालयः॥७८॥

这样，人们的目光
从她的视野中撤回，
他们站着而低下头，

似结满谷粒的稻穗。（78）

janāḥ（jana 阳复体）人们。tad（她）-āloka（视力）-pathāt（patha 道路），复合词（阳单从），她的视野。pratisaṃhṛta（撤回）-cakṣuṣaḥ（cakṣus 眼睛，目光），复合词（阳复体），撤回目光。tasthuḥ（√sthā 完成复三）站立。te（tad 阳复体）那。avāk（向下）-mukhāḥ（mukha 脸），复合词（阳复体），垂下脸。sarve（sarva 阳复体）所有的。phalitāḥ（phalita 阳复体）结果的。iva（不变词）似。śālayaḥ（śāli 阳复体）稻谷。

तां दृष्टिविषये भर्तुर्मुनिरास्थितविष्टरः।
कुरु निःसंशयं वत्से स्ववृत्ते लोकमित्यशात्॥७९॥

牟尼坐在自己座位上，
吩咐悉多说："孩子啊，
当着丈夫面，消除世人
对你的行为的怀疑吧！"（79）

tām（tad 阴单业）她。dṛṣṭi（目光）-viṣaye（viṣaya 领域），复合词（阳单依），视野。bhartuḥ（bhartṛ 阳单属）丈夫。muniḥ（muni 阳单体）牟尼。āsthita（坐）-viṣṭaraḥ（viṣṭara 座位），复合词（阳单体），坐在座位上。kuru（√kṛ 命令单二）做。niḥsaṃśayam（niḥsaṃśaya 阳单业）没有怀疑的。vatse（vatsā 阴单呼）女孩。sva（自己的）-vṛtte（vṛtta 行为），复合词（中单依），自己的行为。lokam（loka 阳单业）世人。iti（不变词）这样（说）。aśāt（√śās 未完单三）吩咐。

अथ वाल्मीकिशिष्येण पुण्यमावर्जितं पयः।
आचम्योदीरयामास सीता सत्यां सरस्वतीम्॥८०॥

这时，蚁垤仙人的
弟子为悉多倾倒出
圣水，她啜了一口，
说出了真实的话语：（80）

atha（不变词）这时。vālmīki（蚁垤仙人）-śiṣyeṇa（śiṣya 弟子），复合词（阳单具），蚁垤仙人的弟子。puṇyam（puṇya 中单业）圣洁的。āvarjitam（āvarjita 中单业）倒出。payaḥ（payas 中单业）水。ācamya（ā√cam 独立式）啜饮。udīrayāmāsa（ud√īr 致使，完成单三）发出，说出。sītā（sītā 阴单体）悉多。satyām（satya 阴单业）真实的。sarasvatīm（sarasvatī 阴单业）话语。

वाङ्मनःकर्मभिः पत्यौ व्यभिचारो यथा न मे।
तथा विश्वंभरे देवि मामन्तर्धातुमर्हसि॥८१॥

“如果我的言语、思想和
行为没有违背自己丈夫，
支撑世界的大地女神啊，
那就请你把我藏起来吧！”（81）

vāc（言语）-manas（思想）-karmabhiḥ（karman 行为），复合词（中复具），言语、思想和行为。patyau（pati 阳单依）丈夫。vyabhicāraḥ（vyabhicāra 阳单体）违背。yathā（不变词）如果。na（不变词）不。me（mad 单属）我。tathā（不变词）那么。viśvam（viśva 一切）-bhare（bhara 支撑），复合词（阴单呼），支撑一切者，大地。devi（devī 阴单呼）女神。mām（mad 单业）我。antardhātum（antar√dhā 不定式）放到里面，隐藏。arhasi（√arh 现在单二）请。

एवमुक्ते तया साध्व्या रन्ध्रात्सद्योभवाद्भुवः।
शातह्रदमिव ज्योतिः प्रभामण्डलमुद्ययौ॥८२॥

贞洁的悉多这样说罢，
大地顿时裂开一道缝，
从里面闪出一个光圈，
犹如光芒耀眼的闪电。（82）

evam（不变词）这样。ukte（ukta 中单依）说。tayā（tad 阴单具）她。sādhvyā（sādhu 阴单具）贞洁的。randhrāt（randha 中单从）缝隙。sadyas（突然）-bhavāt（bhava 出现），复合词（中单从），突然出现。bhuvaḥ（bhū 阴单属）大地。śātahradam（śātahrada 中单体）闪电的。iva（不变词）犹如。jyotiḥ（jyotis 中单体）光辉。prabhā（光）-maṇḍalam（maṇḍala 圈），复合词（中单体），光圈。udyayau（ud√yā 完成单三）出现。

तत्र नागफणोत्क्षिप्तसिंहासननिषेदुषी।
समुद्ररशना साक्षात्प्रादुरासीद्वसुंधरा॥८३॥

在这光圈中，大地
女神显身，以大海
为腰带，坐在蛇冠
托起的狮子座上。[①]（83）

---

① 这里的“蛇冠”指神蛇湿舍（śeṣa）的蛇冠。传说这条神蛇用顶冠支撑世界。

tatra（不变词）这里，指光圈。nāga（蛇）-phaṇa（蛇冠）-utkṣipta（托起）-siṃha（狮子）-āsana（座）-niṣeduṣī（niṣedivas，ni√sad 完分，坐），复合词（阴单体），坐在蛇冠托起的狮子座上。samudra（大海）-raśanā（raśanā 腰带），复合词（阴单体），以大海为腰带。sākṣāt（不变词）现身。prādurāsīt（prādus√as 未完单三）出现。vasum（vasu 财富）-dharā（dhara 拥有），复合词（阴单体），拥有财富者，大地。

सा सीतामङ्कमारोप्य भर्तृप्रणिहितेक्षणाम्।
मा मेति व्याहरत्येव तस्मिन्पातालमभ्यगात्॥८४॥

她把目光凝视着自己
丈夫的悉多抱入怀中，
就在罗摩说出“不要，
不要”时，进入地下。（84）

sā（tad 阴单体）她。sītām（sītā 阴单业）悉多。aṅkam（aṅka 阳单业）膝盖，怀抱。āropya（ā√ruh 致使，独立式）安放。bhartṛ（丈夫）-praṇihita（固定）-īkṣaṇām（īkṣaṇa 目光），复合词（阴单业），目光凝视丈夫。mā（不变词）不。mā（不变词）不。iti（不变词）这样（说）。vyāharati（vi-ā√hṛ 现分，阳单依）说。eva（不变词）确实。tasmin（tad 阳单依）他。pātālam（pātāla 中单业）地下世界。abhyagāt（abhi√i 不定单三）进入。

धरायां तस्य संरम्भं सीताप्रत्यर्पणैषिणः।
गुरुर्विधिबलापेक्षी शमयामास धन्विनः॥८५॥

罗摩手持弓箭，想要
追回悉多，而导师看到
这是命运的力量，平息
他对大地女神的愤怒。（85）

dharāyām（dharā 阴单依）大地。tasya（tad 阳单属）他。saṃrambham（saṃrambha 阳单业）愤怒。sītā（悉多）-pratyarpaṇa（归还）-eṣiṇaḥ（eṣin 想要），复合词（阳单属），想要追还悉多。guruḥ（guru 阳单体）老师。vidhi（命运）-bala（力量）-apekṣī（apekṣin 看到），复合词（阳单体），看到命运的力量。śamayāmāsa（√śam 致使，完成单三）平息。dhanvinaḥ（dhanvin 阳单属）持弓的。

ऋषीन्विसृज्य यज्ञान्ते सुहृदश्च पुरस्कृतान्।
रामः सीतागतं स्नेहं निदधे तदपत्ययोः॥८६॥

祭祀结束后，恭敬地
送走仙人们和朋友们，
罗摩把对悉多的挚爱
倾注在两个儿子身上。（86）

ṛṣīn（ṛṣi 阳复业）仙人。visṛjya（vi√sṛj 独立式）送走。yajña（祭祀）-ante（anta 结束），复合词（阳单依），祭祀结束。suhṛdaḥ（suhṛd 阳复业）朋友。ca（不变词）和。puraskṛtān（puraskṛta 阳复业）受到尊敬的。rāmaḥ（rāma 阳单体）罗摩。sītā（悉多）-gatam（gata 处于），复合词（阳单业），对于悉多的。sneham（sneha 阳单业）爱。nidadhe（ni√dhā 完成单三）安放。tad（她，指悉多）-apatyayoḥ（apatya 后代，孩子），复合词（中双依），悉多的儿子。

युधाजितश्च संदेशात्स देशं सिन्धुनामकम्।
ददौ दत्तप्रभावाय भरताय भृतप्रजः॥८७॥

罗摩护持臣民，依照
瑜达耆[①]的请求，赐给
婆罗多信度河地区，
赋予他统治的权力。（87）

yudhājitaḥ（yudhājit 阳单属）瑜达耆。saṃdeśāt（saṃdeśa 阳单从）讯息。saḥ（tad 阳单体）他。deśam（deśa 阳单业）地区。sindhu（信度河）-nāmakam（nāmaka 名字），复合词（阳单业），以信度河为名。dadau（√dā 完成单三）给予。datta（赋予）-prabhāvāya（prabhāva 权力），复合词（阳单为），赋予权力。bharatāya（bharata 阳单为）婆罗多。bhṛta（护持）-prajaḥ（prajā 臣民），复合词（阳单体），护持臣民。

भरतस्तत्र गन्धर्वान्युधि निर्जित्य केवलम्।
आतोद्यं ग्राहयामास समत्याजयदायुधम्॥८८॥

婆罗多在战斗中，
征服那些健达缚[②]，
只准他们掌握乐器，
而放弃使用武器。（88）

bharataḥ（bharata 阳单体）婆罗多。tatra（不变词）那里，指信度河地区。gandharvān

① “瑜达耆”（yudhājit）是婆罗多的舅舅。
② “健达缚”是天国歌伎，而他们也在信度河两岸建立国家。

（gandharva 阳复业）健达缚。yudhi（yudh 阴单依）战斗。nirjitya（nis√ji 独立式）征服。kevalam（不变词）仅仅。ātodyam（ātodya 中单业）乐器。grāhayāmāsa（√grah 致使，完成单三）掌握。samatyājayat（sam√tyaj 致使，未完单三）放弃。āyudham（āyudha 阳单业）武器。

स तक्षपुष्कलौ पुत्रौ राजधान्योस्तदाख्ययोः।
अभिषिच्याभिषेकार्हौ रामान्तिकमगात्पुनः॥८९॥

在以两个儿子的名字多刹和
补沙迦罗命名的那两座都城，
婆罗多为适合灌顶的两个儿子
灌顶，然后，他回到罗摩身边。（89）

saḥ（tad 阳单体）他。takṣa（多刹）-puṣkalau（puṣkala 补沙迦罗），复合词（阳双业），多刹和补沙迦罗。putrau（putra 阳双业）儿子。rājadhānyoḥ（rājadhānī 阴双依）都城。tad（他俩）-ākhyayoḥ（ākhyā 名称），复合词（阴双依），以他俩为名。abhiṣicya（abhi√sic 独立式）灌顶。abhiṣeka（灌顶）-arhau（arha 值得），复合词（阳双业），值得灌顶。rāma（罗摩）-antikam（antika 身边），复合词（中单业），罗摩的身边。agāt（√i 不定单三）走向。punar（不变词）又。

अङ्गदं चन्द्रकेतुं च लक्ष्मणोऽप्यात्मसंभवौ।
शासनाद्रघुनाथस्य चक्रे कारापथेश्वरौ॥९०॥

遵照罗怙族护主的命令，
罗什曼那也安排自己的
两个儿子安伽陀和月幢，
担任迦罗波特地区领主。（90）

aṅgadam（aṅgada 阳单业）安伽陀。candraketum（candraketu 阳单业）月幢。ca（不变词）和。lakṣmaṇaḥ（lakṣmaṇa 阳单体）罗什曼那。api（不变词）也。ātma（ātman 自己）-saṃbhavau（saṃbhava 生），复合词（阳双业），自己生的，儿子。śāsanāt（śāsana 中单从）命令。raghu（罗怙）-nāthasya（nātha 护主），复合词（阳单属），罗怙族护主，罗摩。cakre（√kṛ 完成单三）做。kārāpatha（迦罗波特地区）-iśvarau（iśvara 主人），复合词（阳双业），迦罗波特地区的领主。

इत्यारोपितपुत्रास्ते जननीनां जनेश्वराः।
भर्तृलोकप्रपन्नानां निवापान्विदधुः क्रमात्॥९१॥

这些人中之主已经
让儿子们登上王位，
依次祭供已经前往
父亲世界的母亲们。（91）

iti（不变词）这样。āropita（登位）-putrāḥ（putra 儿子），复合词（阳复体），让儿子们登基。te（tad 阳复体）这。jananīnām（janani 阴复属）母亲。jana（人）-iśvarāḥ（iśvara 主人），复合词（阳复体），人中之主，国王。bhartṛ（丈夫）-loka（世界）-prapannānām（prapanna 到达），复合词（阴复属），到达丈夫的世界。nivāpān（nivāpa 阳复业）祭品，祭供。vidadhuḥ（vi√dhā 完成复三）安排。kramāt（krama 阳单从）次序。

उपेत्य मुनिवेषोऽथ कालः प्रोवाच राघवम्।
रहःसंवादिनौ पश्येदावां यस्तं त्यजेरिति॥९२॥

然后，死神乔装牟尼，
走近罗摩，对他说：
“如果有人见到我俩
密谈，你要抛弃他！”（92）

upetya（upa√i 独立式）走近。muni（牟尼）-veṣaḥ（veṣa 衣服），复合词（阳单体），身穿牟尼的衣服，乔装牟尼。atha（不变词）然后。kālaḥ（kāla 阳单体）死神。provāca（pra√vac 完成单三）说。rāghavam（rāghava 阳单业）罗摩。rahas（秘密）-saṃvādinau（saṃvādin 交谈），复合词（阳双业），秘密交谈。paśyet（√dṛś 虚拟单三）看见。āvām（mad 双业）我俩。yaḥ（yad 阳单体）他。tam（tad 阳单体）他。tyajeḥ（√tyaj 虚拟单二）抛弃。iti（不变词）这样（说）。

तथेति प्रतिपन्नाय विवृतात्मा नृपाय सः।
आचख्यौ दिवमध्यास्व शासनात्परमेष्ठिनः॥९३॥

国王说道：“好吧！”
死神便显身告诉他：
“遵照梵天的命令，
请你登上天国吧！”（93）

tathā（不变词）好吧。iti（不变词）这样（说）。pratipannāya（pratipanna 阳单为）答应。vivṛta（展现）-ātmā（ātman 自身），复合词（阳单体），显身。nṛpāya（nṛpa 阳

单为）国王。saḥ（tad 阳单体）他。ācakhyau（ā√khyā 完成单三）告诉。divam（diva 中单业）天国。adhyāsva（adhi√ās 命令单二）居住，进入。śāsanāt（śāsana 中单从）命令。parameṣṭhinaḥ（parameṣṭhin 阳单属）至高者，梵天。

विद्वानपि तयोर्द्वाःस्थः समयं लक्ष्मणोऽभिनत्।
भीतो दुर्वाससः शापाद्रामसंदर्शनार्थिनः ॥९४॥

这时，罗什曼那站在门外，
知道他俩的约定，但害怕
遭到求见罗摩的敝衣仙人
诅咒，打破了他俩的约定。[①]（94）

vidvān（vidvas，√vid 完分，阳单体）知道。api（不变词）即使。tayoḥ（tad 阳双属）他。dvār（门）-sthaḥ（stha 站立），复合词（阳单体），站在门口的。samayam（samaya 阳单业）约定。lakṣmaṇaḥ（lakṣmaṇa 阳单体）罗什曼那。abhinat（√bhid 未完单三）打破。bhītaḥ（bhīta 阳单体）害怕。durvāsasaḥ（durvāsas 阳单属）敝衣仙人。śāpāt（śāpa 阳单从）诅咒。rāma（罗摩）-saṃdarśana（见）-arthinaḥ（arthin 渴求的），复合词（阳单属），求见罗摩。

स गत्वा सरयूतीरं देहत्यागेन योगवित्।
चकारावितथां भ्रातुः प्रतिज्ञां पूर्वजन्मनः ॥९५॥

于是，罗什曼那前往
萨罗优河岸，他通晓
瑜伽，抛弃自己身体，
让长兄的诺言兑现。（95）

saḥ（tad 阳单体）他。gatvā（√gam 独立式）去。sarayū（萨罗优河）-tīram（tīra 岸），复合词（中单业），萨罗优河岸。deha（身体）-tyāgena（tyāga 抛弃），复合词（阳单具），抛弃身体。yoga（瑜伽）-vit（vid 精通），复合词（阳单体），精通瑜伽的。cakāra（√kṛ 完成单三）做。a（不）-vitathām（vitatha 虚假的），复合词（阴单业），真实不虚。bhrātuḥ（bhrātṛ 阳单属）兄弟。pratijñām（pratijñā 阴单业）诺言。pūrva（首先）-janmanaḥ（janman 出生），复合词（阳单属），先出生的，兄长。

तस्मिन्नात्मचतुर्भागे प्राङ्नाकमधितस्थुषि।

① “敝衣仙人”（durvāsas）以脾气暴躁著称，罗什曼那害怕遭他诅咒，便进门通报，打破了死神与罗摩的约定。

राघवः शिथिलं तस्थौ भुवि धर्मस्त्रिपादिव॥९६॥

他是罗摩的四分之一[①]，
先行登上天国，于是，
罗摩站立不稳，犹如
正法用三足站立大地。[②]（96）

tasmin（tad 阳单依）他，指罗什曼那。ātma（ātman 自己）-caturbhāge（caturbhāga 四分之一），复合词（阳单依），自己的四分之一。prāk（不变词）首先。nākam（nāka 阳单业）天国。adhitasthuṣi（adhitasthivas，adhi√sthā 完分，阳单依）住进。rāghavaḥ（rāghava 阳单体）罗摩。śithilam（不变词）松弛地。tasthau（√sthā 完成单三）站立。bhuvi（bhū 阴单依）大地。dharmaḥ（dharma 阳单体）正法。tripāt（tripād 阳单体）三足的。iva（不变词）犹如。

स निवेश्य कुशावत्यां रिपुनागाङ्कुशं कुशम्।
शरावत्यां सतां सूक्तैर्जनिताश्रुलवं लवम्॥९७॥

俱舍面对敌人如同象钩[③]，
罗摩让他统治俱舍婆提城，
罗婆的妙语令善人流泪，
罗摩让他统治舍罗婆提城。[④]（97）

saḥ（tad 阳单体）他。niveśya（ni√viś 致使，独立式）安置，安排。kuśāvatyām（kuśāvatī 阴单依）俱舍婆提城。ripu（敌人）-nāga（大象）-aṅkuśam（aṅkuśa 钩子），复合词（阳单业），对待敌人如同制伏大象的象钩。kuśam（kuśa 阳单业）俱舍。śarāvatyām（śarāvatī 阴单依）舍罗婆提城。satām（sat 阳复属）善人。sūktaiḥ（sūkta 中复具）妙语。janita（产生）-aśru（眼泪）-lavam（滴），复合词（阳单业），流下泪滴。lavam（lava 阳单业）罗婆。

उदक्प्रतस्थे स्थिरधीः सानुजोऽग्निपुरःसरः।
अन्वितः पतिवात्सल्याद्गृहवर्जमयोध्यया॥९८॥

罗摩思想坚定，偕同弟弟们，

---

① 罗摩有三个弟弟，故而罗什曼那是罗摩的四分之一。

② 按照传说，在由创造至毁灭的四个时代中，正法依次递减。这样，正法在圆满时代有四足，在三分时代有三足，在二分时代有两足，在迦利时代只有一足。罗摩处在三分时代。

③ 象钩是驯服大象的工具。

④ “象钩”（aṅkuśa）中含有 kuśa（俱舍）这个词音；“舍罗婆提城”（śaravātī）中的“舍罗”（śara）含有“泪”（aśru）中的 ś 和 r 这两个音。

前面安置祭火，向北方出发，
阿逾陀城居民热爱这位国王，
全都抛弃家园，跟随在后面。(98)

udak（不变词）向北。pratasthe（pra√sthā 完成单三）出发。sthira（坚定的）-dhīḥ（dhī 思想），复合词（阳单体），思想坚定。sa（与）-anujaḥ（anuja 弟弟），复合词（阳单体），与弟弟一起。agni（祭火）-puraḥsaraḥ（puraḥsara 在前），复合词（阳单体），前面安置祭火。anvitaḥ（anvita 阳单体）跟随。pati（国王）-vātsalyāt（vātsalya 热爱），复合词（中单从），热爱国王。gṛha（家）-varjam（varja 抛弃），复合词（不变词），抛弃家园。ayodhyayā（ayodhyā 阴单具）阿逾陀城（居民）。

जगृहुस्तस्य चित्तज्ञाः पदवीं हरिराक्षसाः।
कदम्बमुकुलस्थूलैरभिवृष्टां प्रजाश्रुभिः॥९९॥

猴子们和罗刹们知道
罗摩的心愿，一路跟踪，
这路上洒有民众的泪珠，
一颗颗大似迦昙波花蕾。(99)

jagṛhuḥ（√grah 完成复三）掌握。tasya（tad 阳单属）他。citta（心愿）-jñāḥ（jña 知道），复合词（阳复体），知道心愿。padavīm（padavī 阴单业）道路。hari（猴子）-rākṣasāḥ（rākṣasa 罗刹），复合词（阳复体），猴子和罗刹。kadamba（迦昙波树）-mukula（花蕾）-sthūlaiḥ（sthūla 大的），复合词（阳复具），大似迦昙波花蕾。abhivṛṣṭām（abhivṛṣṭa 阴单业）洒下。prajā（臣民）-aśrubhiḥ（aśru 眼泪），复合词（阳复具），臣民的眼泪。

उपस्थितविमानेन तेन भक्तानुकम्पिना।
चक्रे त्रिदिवनिःश्रेणिः सरयूरनुयायिनाम्॥१००॥

那辆飞车已经等候在身旁，
而罗摩同情那些追随他的
虔诚的臣民，安排他们以
萨罗优河作为登天的阶梯。(100)

upasthita（附近）-vimānena（vimāna 飞车），复合词（阳单具），飞车在附近。tena（tad 阳单具）他。bhakta（虔诚的）-anukampinā（anukampin 同情），复合词（阳单具），同情虔诚的（臣民）。cakre（√kṛ 被动，完成单三）做。tridiva（天国）-niḥśreṇiḥ （niḥśreṇi 阶梯），复合词（阴单体），登天的阶梯。sarayūḥ（sarayū 阴单体）萨罗优河。anuyāyinām（anuyāyin 阳复属）追随者。

यद्गोप्रतरकल्पोऽभूत्संमर्दस्तत्र मज्जताम्।
अतस्तदाख्यया तीर्थं पावनं भुवि पप्रथे॥ १०१ ॥

由于河中挤满了投河的
人们，如同渡水的牛群，
这里便得名戈波罗多罗[①]，
成为大地上著名的圣地。（101）

yad（不变词）由于。go（牛）-pratara（越过）-kalpaḥ（kalpa 如同），复合词（阳单体），如同牛群渡水。abhūt（√bhū 不定单三）成为。saṃmardaḥ（saṃmarda 阳单体）拥挤。tatra（不变词）在那里，指河中。majjatām（√masj 现分，阳复属）下沉者。atas（不变词）所以。tad（这）-ākhyayā（ākhyā 名称），复合词（阴单具），以此为名。tīrtham（tīrtha 中单体）圣地。pāvanam（pāvana 中单体）圣洁的。bhuvi（bhū 阴单依）大地。paprathe（√prath 完成单三）闻名。

स विभुर्विबुधांशेषु प्रतिपन्नात्ममूर्तिषु।
त्रिदशीभूतपौराणां स्वर्गान्तरमकल्पयत्॥ १०२ ॥

那些天神的化身都已
恢复原貌，这位神主[②]
为现在也成为天神的
市民创造另一个天国。（102）

saḥ（tad 阳单体）他。vibhuḥ（vibhu 阳单体）主人。vibudha（天神）-aṃśeṣu（aṃśa 部分，分身），复合词（阳复依），天神的分身。pratipanna（获得）-ātma（ātman 自己）-mūrtiṣu（mūrti 形体），复合词（阳复依），恢复自己的形体。tridaśī（tridaśa 天神）-bhūta（成为）-paurāṇām（paura 市民），复合词（阳复属），成为天神的市民。svarga（天国）-antaram（antara 另一个），复合词（中单业），另一个天国。akalpayat（√kḷp 致使，未完单三）制造。

निर्वर्त्यैवं दशमुखशिरश्छेदकार्यं सुराणां
विष्वक्सेनः स्वतनुमविशत्सर्वलोकप्रतिष्ठाम्।

① “戈波罗多罗”（gopratara）意谓“渡水的牛群”。
② 罗摩返回天国后，恢复毗湿奴的原貌。

लङ्कानाथं पवनतनयं चोभयं स्थापयित्वा
कीर्तिस्तम्भद्वयमिव गिरौ दक्षिणे चोत्तरे च॥ १०३॥

这样，毗湿奴已经砍下十首王的脑袋，
让楞伽王和风神之子统治南山和北山，
犹如两座纪念牌，完成众天神的任务，
进入自己的形体，一切世界的庇护所。（103）

nirvartya（nis√vṛt 致使，独立式）完成。evam（不变词）这样。daśamukha（十首王）-śiras（头）-cheda（砍掉）-kāryam（kārya 任务），复合词（阳单业），砍下十首王脑袋的任务。surāṇām（sura 阳复属）天神。viṣvaksenaḥ（viṣvaksena 阳单体）毗湿奴。sva（自己的）-tanum（tanu 身体），复合词（阴单业），自己的身体。aviśat（√viś 未完单三）进入。sarva（一切）-loka（世界）-pratiṣṭhām（pratiṣṭhā 基地，庇护所），复合词（阴单业），一切世界的庇护所。laṅkā（楞伽城）-nātham（nātha 护主），复合词（阳单业），楞伽城护主，维毗沙那。pavana（风神）-tanayam（tanaya 儿子），复合词（阳单业），风神的儿子，哈奴曼。ca（不变词）和。ubhayam（ubhaya 阳单业）二者。sthāpayitvā（√sthā 致使，独立式）安排。kīrti（名誉）-stambha（柱子）-dvayam（dvaya 两个），复合词（中单业），两座纪念碑。iva（不变词）犹如。girau（giri 阳单依）山。dakṣiṇe（dakṣiṇa 阳单依）南方的。ca（不变词）和。uttare（uttara 阳单依）北方的。ca（不变词）和。

षोडशः सर्गः।

第十六章

अथेतरे सप्त रघुप्रवीरा ज्येष्ठं पुरोजन्मतया गुणैश्च।
चक्रुः कुशं रत्नविशेषभाजं सौभ्रात्रमेषां हि कुलानुकारि ॥१॥

按照他出生在前和种种品德，
其他七位罗怙族勇士让长兄
俱舍享有最好的宝物，因为
兄弟友爱是他们的家族传统。（1）

atha（不变词）于是。itare（itara 阳复体）其他的。sapta（saptan 阳复体）七。raghu（罗怙）-pravīrāḥ（pravīra 英雄），复合词（阳复体），罗怙族英雄。jyeṣṭham（jyeṣṭha 阳单业）最年长的。puras（首先）-janma（janman 出生）-tayā（tā 状态），复合词（阴单具），首先出生。guṇaiḥ（guṇa 阳复具）品德。ca（不变词）和。cakruḥ（√kṛ 完成复三）做。kuśam（kuśa 阳单业）俱舍。ratna（珍宝）-viśeṣa（特殊，优异）-bhājam（bhāj 享有），复合词（阳单业），享有最好的宝物。saubhrātram（saubhrātra 中单体）兄弟友爱。eṣām（etad 阳复属）这。hi（不变词）因为。kula（家族）-anusāri（anusārin 跟随，遵循），复合词（中单体），家族遵循的。

ते सेतुवार्तागजबन्धमुख्यैरभ्युच्छ्रिताः कर्मभिरप्यवन्ध्यैः।
अन्योन्यदेशप्रविभागसीमां वेलां समुद्रा इव न व्यतीयुः ॥२॥

他们从事架桥、农耕和驯象
等等事业，兴旺发达，成就
卓著，但互相从不越过各自
地界，犹如大海不越过堤岸。（2）

te（tad 阳复体）他。setu（桥梁）-vārtā（农业）-gaja（大象）-bandha（联系）-mukhyaiḥ（mukhya 为首的），复合词（中复具），架桥、农耕和驯象等等的。abhyucchritāḥ（abhyucchrita 阳复体）提高。karmabhiḥ（karman 中复具）事业。api（不变词）虽然。

avandhyaiḥ（avandhya 阳复具）不落空的，富有成效的。anyonya（互相）-deśa（地方）-pravibhāga（区分）-sīmām（sīmā 界线），复合词（阴单业），各自地方的界限。velām（velā 阴单业）海岸。samudrāḥ（samudra 阳复体）大海。iva（不变词）犹如。na（不变词）不。vyatīyuḥ（vi-ati√i 完成复三）越过。

चतुर्भुजांशप्रभवः स तेषां दानप्रवृत्तेरनुपारतानाम्।
सुरद्विपानामिव सामयोनिर्भिन्नोऽष्टधा विप्रससार वंशः ॥३॥

他们的家族产生于四臂毗湿奴的
化身，分成八支，不断慷慨布施，
繁衍发展，犹如那些神象的家族
产生于娑摩吠陀，不断流淌液汁。[①]（3）

caturbhuja（四臂的，毗湿奴）-aṃśa（分身）-prabhavaḥ（prabhava 产生），复合词（阳单体），产生于四臂毗湿奴的化身。saḥ（tad 阳单体）这。teṣām（tad 阳复属）他。dāna（布施，颞颥液汁）-pravṛtteḥ（pravṛtti 活动，从事），复合词（阴单从），从事布施，流淌液汁。an（不）-upāratānām（upārata 停止），复合词（阳复属），不断的，持续的。sura（天神）-dvipānām（dvipa 大象），复合词（阳复属），天象。iva（的不变词）像。sāma（sāman 娑摩吠陀）-yoniḥ（yoni 源头），复合词（阳单体），产生于娑摩吠陀。bhinnaḥ（bhinna 阳单体）分裂。aṣṭadhā（不变词）八部分，八支。viprasasāra（vi-pra√sṛ 完成单三）扩展。vaṃśaḥ（vaṃśa 阳单体）家族。

अथार्धरात्रे स्तिमितप्रदीपे शय्यागृहे सुप्तजने प्रबुद्धः।
कुशः प्रवासस्थकलत्रवेषामदृष्टपूर्वां वनितामपश्यत् ॥४॥

一天半夜，灯光柔和，众人
入睡，俱舍在卧室中醒来，
看见一个从未见过的妇女，
身穿丈夫出外的妇女服装[②]。（4）

atha（不变词）于是。ardharātre（ardharātra 阳单依）半夜。stimita（静止的，柔和的）-pradīpe（pradīpa 灯），复合词（阳单依），灯光柔和的。śayyā（床）-gṛhe（gṛha 房屋），复合词（中单依），卧室。supta（睡眠）-jane（jana 人们），复合词（中单依），众人入睡。prabuddhaḥ（prabuddha 阳单体）觉醒。kuśaḥ（kuśa 阳单体）俱舍。pravāsa（出外，旅居）-stha（处于）-kalatra（妻子）-veṣām（veṣa 服装），复合词（阴单业），

① 罗摩兄弟四人每人生有两个儿子，故而“分成八支”。“神象”指守护八方的八头方位象。
② 指衣着朴素，没有装饰。

穿着丈夫出外的妻子的服装。adṛṣṭa（没有看见）-pūrvām（pūrva 以前），复合词（阴单业），以前未见过。vanitām（vanitā 阴单业）妇女。apaśyat（√dṛś 未完单三）看见。

सा साधुसाधारणपार्थिवर्द्धेः स्थित्वा पुरस्तात्पुरुहूतभासः।
जेतुः परेषां जयशब्दपूर्वं तस्याञ्जलिं बन्धुमतो बबन्ध ॥५॥

他的王国财富为善人们共有，
光辉如同因陀罗，战胜敌人，
有亲朋好友，这位妇女站在
前面，祝他胜利，合掌致敬。（5）

sā（tad 阴单体）她。sādhu（善人）-sādhāraṇa（共同的）-pārthiva（国王）-ṛddheḥ（ṛddhi 财富），复合词（阳单属），国王的财富为善人们共有。sthitvā（√sthā 独立式）站立。purastāt（不变词）前面。puruhūta（因陀罗）-bhāsaḥ（bhās 光辉），复合词（阳单属），光辉如同因陀罗。jetuḥ（jetṛ 阳单属）胜利者。pareṣām（para 阳复属）敌人。jaya（胜利）-śabda（词）-pūrvam（pūrva 首先的），复合词（阳单业），伴随胜利祝词的，以祝愿胜利为先的。tasya（tad 阳单属）他。añjalim（añjali 阳单业）合十。bandhumataḥ（bandhumat 阳单属）有亲友的。babandha（√bandh 完成单三）安排。

अथानपोढार्गलमप्यगारं छायामिवादर्शतलं प्रविष्टाम्।
सविस्मयो दाशरथेस्तनूजः प्रोवाच पूर्वार्धविसृष्टतल्पः ॥६॥

她进入这个插上门闩的
屋子，犹如影子进入镜面，
罗摩之子俱舍在床上抬起
上半身，惊讶地对她说道：（6）

atha（不变词）于是。an（不）-apoḍha（去除）-argalam（argala 门闩），复合词（中单业），没有移开门闩。api（不变词）即使。agāram（agāra 中单业）房屋。chāyām（chāyā 阴单业）影子。iva（不变词）犹如。ādarśa（镜子）-talam（tala 表面），复合词（中单业），镜面。praviṣṭām（praviṣṭa 阴单业）进入。sa（带着）-vismayaḥ（vismaya 惊讶），复合词（阳单体），怀着惊讶。dāśaratheḥ（dāśarathi 阳单属）十车王之子，罗摩。tanūjaḥ（tanūja 阳单体）儿子。provāca（pra√vac 完成单三）说。pūrva（前面的）-ardha（一半）-visṛṣṭa（抛弃，离开）-talpaḥ（talpa 床），复合词（阳单体），上半身离开床。

लब्धान्तरा सावरणेऽपि गेहे योगप्रभावो न च लक्ष्यते ते।

बिभर्षि चाकारमनिर्वृतानां मृणालिनी हैममिवोपरागम् ॥७॥

“门关着，你却有路进屋，
而未见你施展瑜伽威力，
你呈现愁苦女人的模样，
犹如莲花受到霜雪侵害。（7）

labdha（获得）-antarā（antara 间隔，空隙），复合词（阴单体），获得空隙。sa（具有）-āvaraṇe（āvaraṇa 障碍），复合词（中单依），有障碍。api（不变词）即使。gehe（geha 中单依）房屋。yoga（瑜伽）-prabhāvaḥ（prabhāva 威力），复合词（阳单体），瑜伽的威力。na（不变词）不。ca（不变词）和。lakṣyate（√lakṣ 被动，现在单三）看到，显现。te（tvad 单属）你。bibharṣi（√bhṛ 现在单二）具有。ca（不变词）和。ākāram（ākāra 阳单业）形像，模样。anirvṛtānām（anirvṛta 阴复属）愁苦的。mṛṇālinī（mṛṇālinī 阴单体）莲花。haimam（haima 阳单业）霜雪引起的。iva（不变词）犹如。uparāgam（uparāga 阳单业）侵害。

का त्वं शुभे कस्य परिग्रहो वा किं वा मदभ्यागमकारणं ते।
आचक्ष्व मत्वा वशिनां रघूणां मनः परस्त्रीविमुखप्रवृत्ति ॥८॥

“美人啊，你是谁？是谁的妻子？
又为什么来到我这里？考虑到
罗怙族人善于克制自我，不会
觊觎别人妻子，你就告诉我吧！”（8）

kā（kim 阴单体）谁。tvam（tvad 单体）你。śubhe（śubhā 阴单呼）美丽的，美女。kasya（kim 阳单属）谁。parigrahaḥ（parigraha 阳单体）妻子。vā（不变词）或者。kim（kim 中单体）什么。vā（不变词）或者。mad（我）-abhyāgama（来到）-kāraṇam（kāraṇa 原因），复合词（中单体），来我这里的原因。te（tvad 单属）你。ācakṣva（ā√cakṣ 命令单二）告诉。matvā（√man 独立式）考虑。vaśinām（vaśin 阳复属）控制自我的。raghūṇām（raghu 阳复属）罗怙族。manaḥ（manas 中单业）心。para（别人）-strī（女人）-vimukha（背过脸去的，不感兴趣的）-pravṛtti（pravṛtti 活动），复合词（中单业），不觊觎别人妻子。

तमब्रवीत्सा गुरुणाऽनवद्या या नीतपौरा स्वपदोन्मुखेन।
तस्याः पुरः संप्रति वीतनाथां जानीहि राजन्नधिदेवतां माम् ॥९॥

这位无可指责的妇女随即回答说：

“国王啊，你要知道，我现在是
那座城市的主神，但已失去护主，
你的父亲已经带领市民前往天国。（9）

tam（tad 阳单业）他。abravīt（√brū 未完单三）说。sā（tad 阴单体）她。guruṇā（guru 阳单具）父亲。anavadyā（anavadya 阴单体）无可指责的。yā（yad 阴单体）这，指城市。nīta（带走）-paurā（paura 市民），复合词（阴单体），市民被带走。sva（自己的）-pada（步，领域）-unmukhena（unmukha 面向），复合词（阳单具），面向天国。tasyāḥ（tad 阴单属）这。puraḥ（pur 阴单属）城市。saṃprati（不变词）现在。vīta（失去）-nāthām（nātha 护主），复合词（阴单业），失去护主。jānīhi（√jñā 命令单二）知道。rājan（rājan 阳单呼）国王。adhidevatām（adhidevatā 阴单业）主神。mām（mad 单业）我。

वस्वौकसारामभिभूय साऽहं सौराज्यबद्धोत्सवया विभूत्या।
समग्रशक्तौ त्वयि सूर्यवंश्ये सति प्रपन्ना करुणामवस्थाम् ॥१०॥

“我曾凭借治理有方，繁荣昌盛，
经常欢庆节日，胜过阿罗迦城，
如今你这位太阳族后裔能力完备，
而我却落到了这样可悲的境地。（10）

vasvaukasārām（vasvaukasārā 阴单业）财神的住处阿罗迦城。abhibhūya（abhi√bhū 独立式）胜过。sā（tad 阴单体）这。aham（mad 单体）我。saurājya（贤明统治）-baddha（联系）-utsavayā（utsava 节日），复合词（阴单具），凭借贤明统治得以欢庆节日。vibhūtyā（vibhūti 阴单具）繁荣。samagra（齐全，完备）-śaktau（śakti 能力），复合词（阳单依），能力完备。tvayi（tvad 单依）你。sūrya（太阳）-vaṃśye（vaṃśya 家族后裔），复合词（阳单依），太阳族后裔。sati（√as 现分，阳单依）是。prapannā（prapanna 阴单体）陷入。karuṇām（karuṇa 阴单业）可悲的。avasthām（avasthā 阴单业）状况，境地。

विशीर्णतल्पाट्टशतो निवेशः पर्यस्तशालः प्रभुणा विना मे।
विडम्बयत्यस्तनिमग्नसूर्यं दिनान्तमुग्रानिलभिन्नमेघम् ॥११॥

“因为失去主人，我的住处
数以百计的阁楼和塔楼破碎，
围墙倒塌，模仿白天结束，
太阳落山，烈风撕破云彩。（11）

viśīrṇa（破碎）-talpa（顶楼）-aṭṭa（塔楼）-śataḥ（śata 一百），复合词（阳单体），数以百计的阁楼和塔楼破碎。niveśaḥ（niveśa 阳单体）住处。paryasta（倒塌）-śālaḥ（śāla 围墙），复合词（阳单体），围墙倒塌。prabhuṇā（prabhu 阳单具）主人。vinā（不变词）缺乏。me（mad 单属）我。viḍambayati（vi√ḍamb 现在单三）模仿。asta（西山）-nimagna（沉入）-sūryam（sūrya 太阳），复合词（阳单业），太阳落山。dina（白天）-antam（anta 结束），复合词（阳单业），白天结束，黄昏。ugra（强烈的）-anila（风）-bhinna（破裂）-megham（megha 云），复合词（阳单业），烈风撕破云彩。

निशासु भास्वत्कलनूपुराणां यः संचरोऽभूदभिसारिकाणाम्।
नदन्मुखोल्काविचितामिषाभिः स वाह्यते राजपथः शिवाभिः ॥१२॥

“那条王家大道，以前夜晚出外
幽会的妇女们出没，明亮的脚镯
叮当作响，如今那些豺狼出没，
凭借嗥叫的嘴中的光亮寻找肉食。（12）

niśāsu（niśā 阴复依）夜晚。bhāsvat（闪亮的）-kala（柔和悦耳的）-nūpurāṇām（nūpura 脚镯），复合词（阴复属），明亮脚镯叮当作响。yaḥ（yad 阳单体）这，指王家大道。saṃcaraḥ（saṃcara 阳单体）通道，行走处。abhūt（√bhū 不定单三）是。abhisārikāṇām（abhisārikā 阴复属）出外幽会的妇女。nadat（√nad 现分，吼叫）-mukha（口）-ulkā（火焰，光亮）-vicita（寻找）-āmiṣābhiḥ（āmiṣa 肉食），复合词（阴复具），凭借嗥叫的嘴中的光亮寻找肉食。saḥ（tad 阳单体）这。vāhyate（√vah 致使，被动，现在单三）穿越，出没。rājapathaḥ（rājapatha 阳单体）王家大道。śivābhiḥ（śivā 阴复具）豺。

आस्फालितं यत्प्रमदाकराग्रैर्मृदङ्गधीरध्वनिमन्वगच्छत्।
वन्यैरिदानीं महिषैस्तदम्भः शृङ्गाहतं क्रोशति दीर्घिकाणाम् ॥१३॥

“池水以前被美女的手指
拍击，模仿深沉的鼓声，
现在受野牛们的那些犄角
冲击，发出号啕的哭声。（13）

āsphālitam（āsphālita 中单体）拍打。yat（yad 中单体）这，指池水。pramadā（年轻妇女）-kara（手）-agraiḥ（agra 尖），复合词（中复具），年轻妇女的手指。mṛdaṅga（鼓）-dhīra（深沉的）-dhvanim（dhvani 声音），复合词（阳单业），深沉的鼓声。anvagacchat（anu√gam 未完单三）模仿。vanyaiḥ（vanya 阳复具）林中的，野生的。

idānīm（不变词）现在。mahiṣaiḥ（mahiṣa 阳复具）牛。tat（tad 中单体）这。ambhaḥ（ambhas 中单体）水。śṛṅga（犄角）-āhatam（āhata 打击），复合词（中单体），受犄角冲击。krośati（√kruś 现在单三）哭喊。dīrghikāṇām（dīrghikā 阴复属）水池。

वृक्षेशया यष्टिनिवासभङ्गान्मृदङ्गशब्दापगमादलास्याः।
प्राप्ता दवोल्काहतशेषबर्हाः क्रीडामयूरा वनबर्हिणत्वम् ॥१४॥

“那些游戏孔雀因栖木断裂
而住在树上，因失去鼓声
而懒于跳舞，只剩下林火
烧剩的尾翎，成了野孔雀。（14）

vṛkṣeśayāḥ（vṛkṣeśaya 阳复体）住在树上。yaṣṭi（棍，杖）-nivāsa（住处）-bhaṅgāt（bhaṅga 断裂），复合词（阳单从），栖木断裂。mṛdaṅga（鼓）-śabda（声音）-apagamāt（apagama 离开，消失），复合词（阳单从），失去鼓声。alāsyāḥ（alāsya 阳复体）不跳舞的，懒散的。prāptāḥ（prāpta 阳复体）达到。dava（森林，林火）-ulkā（火，火焰）-hata（伤害）-śeṣa（剩余）-barhāḥ（barha 尾翎），复合词（阳复体），遭林火焚烧而剩下尾翎。krīḍā（游戏）-mayūrāḥ（mayūra 孔雀），复合词（阳复体），游戏孔雀。vana（树林）-barhiṇa（孔雀）-tvam（tva 状态），复合词（中单业），野孔雀。

सोपानमार्गेषु च येषु रामा निक्षिप्तवत्यश्चरणान्सरागान्।
सद्यो हतन्यङ्कुभिरस्रदिग्धं व्याघ्रैः पदं तेषु निधीयते मे ॥१५॥

“那些台阶以前踩在上面的
是美女们涂有红颜料的脚，
如今踩在上面的是老虎脚，
沾有它们杀死的羚羊鲜血。（15）

sopāna（台阶）-mārgeṣu（mārga 道路），复合词（阳复依），台阶路。ca（不变词）和。yeṣu（yad 阳复依）这。rāmāḥ（rāmā 阴复体）美女。nikṣiptavatyaḥ（nikṣiptavat 阴复体）投放。caraṇān（caraṇa 阳复业）脚。sa（具有）-rāgān（rāga 红颜料），复合词（阳复业），涂有红颜料的。sadyas（不变词）如今。hata（杀死）-nyaṅkubhiḥ（nyaṅku 羚羊），复合词（阳复具），杀死羚羊的。asra（血）-digdham（digdha 涂抹），复合词（中单体），沾有血的。vyāghraiḥ（vyāghra 阳复具）老虎。padam（pada 中单体）脚。teṣu（tad 阳复依）这。nidhīyate（ni√dhā 被动，现在单三）安放。me（mad 单属）我。

चित्रद्विपाः पद्मवनावतीर्णाः करेणुभिर्दत्तमृणालभङ्गाः।

नखाङ्कुशाघातविभिन्नकुम्भाः संरब्धसिंहप्रहृतं वहन्ति ॥१६॥

“壁画中那些大象进入莲花丛中，
雌象们递给它们咬碎的莲花秆，
现在它们遭到发怒的狮子攻击，
颞颥部位被象钩般的狮爪撕裂。[①]（16）

citra（画）-dvipāḥ（dvipa 大象），复合词（阳复体），画中大象。padma（莲花）-vana（林）-avatīrṇāḥ（avatīrṇa 进入），复合词（阳复体），进入莲花丛。kareṇubhiḥ（kareṇu 阴复具）母象。datta（给予）-mṛṇāla（莲茎）-bhaṅgāḥ（bhaṅga 碎片），复合词（阳复体），被递给莲茎碎片。nakha（爪子）-aṅkuśa（象钩）-āghāta（打击）-vibhinna（破碎）-kumbhāḥ（kumbha 颞颥），复合词（阳复体），颞颥被象钩般的爪子撕裂。saṃrabdha（激怒）-siṃha（狮子）-prahṛtam（prahṛta 攻击），复合词（中单业），激怒的狮子的攻击。vahanti（√vah 现在复三）承受。

स्तम्भेषु योषित्प्रतियातनानामुत्क्रान्तवर्णक्रमधूसराणाम्।
स्तनोत्तरीयाणि भवन्ति सङ्गान्निर्मोकपट्टाः फणिभिर्विमुक्ताः ॥१७॥

“那些柱子上的妇女雕像
渐渐地褪色而变得灰暗，
那些蛇脱落的蛇皮沾上
她们的胸脯而成为上衣。（17）

stambheṣu（stambha 阳复依）柱子。yoṣit（妇女）-pratiyātanānām（pratiyātanā 雕像），复合词（阴复属），妇女雕像。utkrānta（褪去）-varṇa（颜色）-krama（次序）-dhūsarāṇām（dhūsara 灰色），复合词（阴复属），褪去颜色渐渐变成灰色。stana（胸脯）-uttarīyāṇi（uttarīya 上衣），复合词（中复体），覆盖胸脯的上衣。bhavanti（√bhū 现在复三）成为。saṅgāt（saṅga 阳单从）粘连。nirmoka（脱落的皮壳）-paṭṭāḥ（paṭṭa 条，带），复合词（阳复体），脱落的蛇皮。phaṇibhiḥ（phaṇin 阳复具）蛇。vimuktāḥ（vimukta 阳复体）抛弃，脱落。

कालान्तरश्यामसुधेषु नक्तमितस्ततो रूढतृणाङ्कुरेषु।
त एव मुक्तागुणशुद्धयोऽपि हर्म्येषु मूर्च्छन्ति न चन्द्रपादाः ॥१८॥

“时光流逝，那些宫殿的白色
石灰变黑，屋顶上滋生野草，

① 这里意谓狮子误以为壁画中的大象是真实的大象。

夜晚的月光即使洁白如同珍珠
项链，也不能为它们增添光辉。（18）

kāla（时间）-antara（间隔）-śyāma（黑色的）-sudheṣu（sudhā 石灰），复合词（中复依），历时已久而石灰变黑。naktam（不变词）在夜晚。itas-tatas（不变词）到处。rūḍha（生长）-tṛṇa（草）-aṅkureṣu（aṅkura 尖），复合词（中复依），滋生草尖。te（tad 阳复体）这。eva（不变词）确实。muktā（珍珠）-guṇa（线）-śuddhayaḥ（śuddhi 纯洁），复合词（阳复体），纯洁如珍珠项链。api（不变词）即使。harmyeṣu（harmya 中复依）宫殿。mūrcchanti（√murch 现在复三）增长，起作用。na（不变词）不。candra（月亮）-pādāḥ（pāda 脚），复合词（阳复体），月光。

आवर्ज्य शाखाः सदयं च यासां पुष्पाण्युपात्तानि विलासिनीभिः।
वन्यैः पुलिन्दैरिव वानरैस्ताः क्लिश्यन्त उद्यानलता मदीयाः ॥१९॥

“我的花园中的蔓藤，以前
多情的妇女温柔地弯下枝条，
采摘花朵，如今它们却遭到
林中野人般的猿猴肆意蹂躏。（19）

āvarjya（ā√vṛj 致使，独立式）弯下。śākhāḥ（śākhā 阴复业）枝条。sadayam（不变词）温柔地。ca（不变词）和。yāsām（yad 阴复属）它，指蔓藤。puṣpāṇi（puṣpa 中复业）花朵。upāttāni（upātta 中复业）取走。vilāsinībhiḥ（vilāsinī 阴复体）多情女子。vanyaiḥ（vanya 阳复具）林中的。pulindaiḥ（pulinda 阳复具）野人。iva（不变词）如同。vānaraiḥ（vānara 阳复具）猿猴。tāḥ（tad 阴复体）这。kliśyante（√kliś 被动，现在复三）折磨。udyāna（花园）-latāḥ（latā 蔓藤），复合词（阴复体），花园的蔓藤。madīyāḥ（madīya 阴复体）我的。

रात्रावनाविष्कृतदीपभासः कान्तामुखश्रीवियुता दिवाऽपि।
तिरस्क्रियन्ते कृमितन्तुजालैर्विच्छिन्नधूमप्रसरा गवाक्षाः ॥२०॥

“那些窗户夜晚不见灯光，
白天也缺少美女面庞光辉，
窗户上面覆盖着蜘蛛网，
烟雾的流通也受到阻碍。（20）

rātrau（rātri 阴单依）夜晚。anāviṣkṛta（不显现）-dīpa（灯）-bhāsaḥ（bhās 光），复合词（阳复体），不见灯光。kāntā（美女）-mukha（脸）-śrī（光辉）-viyutāḥ（viyuta

缺少），复合词（阳复体），缺少美女面庞光辉。divā（不变词）在白天。api（不变词）即使。tiraskriyante（tiras√kṛ 被动，现在复三）覆盖。kṛmi（蜘蛛）-tantu（线）-jālaiḥ（jāla 网），复合词（中复具），蜘蛛丝网。vicchinna（阻断）-dhūma（烟）-prasarāḥ（prasara 流通），复合词（阳复体），阻断烟雾的流通。gavākṣāḥ（gavākṣa 阳复体）窗户。

बलिक्रियावर्जितसैकतानि स्नानीयसंसर्गमनाप्नुवन्ति।
उपान्तवानीरगृहाणि दृष्ट्वा शून्यानि दूये सरयूजलानि ॥२१॥

“看到萨罗优河不接触
沐浴用品，沙滩上缺少
祭祀供品，河边的那些
藤屋荒废，我心中哀伤。（21）

bali（供品）-kriyā（祭祀）-varjita（缺乏）-saikatāni（saikata 沙滩），复合词（中复业），沙滩上缺少祭祀供品。snānīya（沐浴用品）-saṃsargam（saṃsarga 混合，接触），复合词（阳单业），接触沐浴用品。anāpnuvanti（an√āp 现分，中复业）没有获得。upānta（边沿，附近）-vānīra（芦苇，藤条）-gṛhāṇi（gṛha 房屋），复合词（中复业），附近的藤屋。dṛṣṭvā（√dṛś 独立式）看见。śūnyāni（śūnya 中复业）空无的。dūye（√dū 现在单一）悲伤。sarayū（萨罗优河）-jalāni（jala 水），复合词（中复业），萨罗优河水。

तदर्हसीमां वसतिं विसृज्य मामभ्युपैतुं कुलराजधानीम्।
हित्वा तनुं कारणमानुषीं तां यथा गुरुस्ते परमात्ममूर्तिम् ॥२२॥

“因此，请你离开这个住处，
前往我那里，家族的都城，
正如你的父亲抛弃人间的
化身，恢复至高自我形象。”（22）

tad（不变词）因此。arhasi（√arh 现在单二）请。imām（idam 阴单业）这。vasatim（vasati 阴单业）住处。visṛjya（vi√sṛj 独立式）抛弃，离开。mām（mad 单业）我。abhyupetum（abhi-upa√i 不定式）前往。kula（家族）-rājadhānīm（rājadhānī 都城），复合词（阴单业），家族的都城。hitvā（√hā 独立式）抛弃。tanum（tanu 阴单业）身体。kāraṇa（原因）-mānuṣīm（mānuṣa 凡人），复合词（阴单业），因故化身凡人的。tām（tad 阴单业）这。yathā（不变词）正如。guruḥ（guru 阳单体）父亲。te（tvad 单属）你。parama（至高的）-ātma（ātman 自我）-mūrtim（mūrti 形体，形象），复合

词（阴单业），至高自我形象。

तथेति तस्याः प्रणयं प्रतीतः प्रत्यग्रहीत्प्राग्रहरो रघूणाम्।
पूरप्यभिव्यक्तमुखप्रसादा शरीरबन्धेन तिरोबभूव ॥२३॥

罗怙族魁首说道“好吧！”
高兴地答应了她的请求，
这位显身的城市女神
面露喜色，消失不见。（23）

tathā（不变词）好吧。iti（不变词）这样（说）。tasyāḥ（tad 阴单属）她。praṇayam（praṇaya 阳单业）请求。pratītaḥ（pratīta 阳单体）高兴的。pratyagrahīt（prati√grah 不定单三）答应。prāgraharaḥ（prāgrahara 阳单体）首要的。raghūṇām（raghu 阳复属）罗怙族。pūr（pur 阴单体）城市。api（不变词）也。abhivyakta（显露）-mukha（脸）-prasādā（prasāda 喜悦），复合词（阴单体），面露喜色。śarīra（身体）-bandhena（bandha 联系，结合），复合词（阳单具），显身。tirobabhūva（tiras√bhū 完成单三）消失。

तदद्भुतं संसदि रात्रिवृत्तं प्रातर्द्विजेभ्यो नृपतिः शशंस।
श्रुत्वा त एनं कुलराजधान्या साक्षात्पतित्वे वृतमभ्यनन्दन् ॥२४॥

国王在早晨集会上将夜晚
发生的奇事告诉婆罗门们，
他们听了之后，祝贺家族
都城女神亲自选他做主人。（24）

tat（tad 中单业）这。adbhutam（adbhuta 中单业）奇妙的。saṃsadi（saṃsad 阴单依）集会。rātri（夜晚）-vṛttam（vṛtta 事情），复合词（中单业），夜晚的事。prātar（不变词）早晨。dvijebhyaḥ（dvija 阳复为）婆罗门。nṛpatiḥ（nṛpati 阳单体）国王。śaśaṃsa（√śaṃs 完成单三）告诉。śrutvā（√śru 独立式）听到。te（tad 阳复体）他，指婆罗门。enam（etad 阳单业）他，指国王。kula（家族）-rājadhānyā（rājadhānī 都城），复合词（阴单具），家族都城。sākṣāt（不变词）显现，现身。patitve（patitva 中单依）主人。vṛtam（vṛta 阳单业）选择。abhyanandan（abhi√nand 未完复三）祝贺。

कुशावतीं श्रोत्रियसात्स कृत्वा यात्रानुकूलेऽहनि सावरोधः।
अनुद्रुतो वायुरिवाभ्रवृन्दैः सैन्यैरयोध्याभिमुखः प्रतस्थे ॥२५॥

他将俱舍婆提城交给博学的
婆罗门，在适合出行的日子，

带着后宫王妃，前往阿逾陀城，
军队跟随，犹如云群跟随风。(25)

kuśāvatīm（kuśāvatī 阴单业）俱舍婆提城。śrotriyasāt（不变词）完全交给博学的婆罗门。kṛtvā（√kṛ 独立式）做。saḥ（tad 阳单体）他。yātra（出行）-anukūle（anukūla 适合的），复合词（中单依），适合出行的。ahani（ahan 中单依）天。sa（带着）-avarodhaḥ（avarodha 后宫妇女），复合词（阳单体），带着后宫妇女。anudrutaḥ（anudruta 阳单体）跟随。vāyuḥ（vāyu 阳单体）风。iva（不变词）犹如。abhra（云）-vṛndaiḥ（vṛnda 成群），复合词（中复具），成群的云。sainyaiḥ（sainya 中复具）军队。ayodhyā（阿逾陀城）-abhimukhaḥ（abhimukha 朝向），复合词（阳单体），朝向阿逾陀城。pratasthe（pra√sthā 完成单三）出发。

सा केतुमालोपवना बृहद्भिर्विहारशैलानुगतेव नागैः।
सेना रथोदारगृहा प्रयाणे तस्याभवज्जंगमराजधानी ॥२६॥

在行进中，他的军队成为
移动的都城，排列的旗帜
构成花园，大象好似游乐的
山丘，车辆成为宽敞的房屋。(26)

sā（tad 阴单体）这。ketu（旗帜）-mālā（排列）-upavanā（upavana 花园），复合词（阴单体），排列的旗帜构成花园。bṛhadbhiḥ（bṛhat 阳复具）庞大的。vihāra（游乐）-śaila（山）-anugatā（anugata 跟随），复合词（阴单体），跟随着游乐山。iva（不变词）似。nāgaiḥ（nāga 阳复具）大象。senā（senā 阴单体）军队。ratha（车辆）-udāra（高大的，宽敞的）-gṛhā（gṛha 房屋），复合词（阴单体），车辆成为宽敞的房屋。prayāṇe（prayāṇa 中单依）行进。tasya（tad 阳单属）他，指国王。abhavat（√bhū 未完单三）成为。jaṃgama（活动的，移动的）-rājadhānī（rājadhānī 都城），复合词（阴单体），移动的都城。

तेनातपत्रामलमण्डलेन प्रस्थापितः पूर्वनिवासभूमिम्।
बभौ बलौघः शशिनोदितेन वेलामुदन्वानिव नीयमानः ॥२७॥

竖起的华盖如同洁白的圆盘，
他带领浩荡的大军前往故都，
仿佛那一轮洁白如同华盖的
圆月升起，将大海引向海岸。(27)

tena（tad 阳单具）他。ātapatra（华盖）-amala（无垢的，洁白的）-maṇḍalena（maṇḍala 圆盘），复合词（阳单具），华盖如同洁白的圆盘。prasthāpitaḥ（prasthāpita 阳单体）带领前往。pūrva（祖先）-nivāsa（住处）-bhūmim（bhūmi 地方），复合词（阴单业），祖先的住地，故都。babhau（√bhā 完成单三）发光，像。bala（军队）-oghaḥ（ogha 洪流），复合词（阳单体），军队的洪流。śaśinā（śaśin 阳单具）月亮。uditena（udita 阳单具）升起。velām（velā 阴单业）堤岸。udanvān（udanvat 阳单体）大海。iva（不变词）仿佛。nīyamānaḥ（√nī 被动，现分，阳单体）引导。

तस्य प्रयातस्य वरूथिनीनां पीडामपर्याप्तवतीव सोढुम्।
वसुंधरा विष्णुपदं द्वितीयमध्यारुरोहेव रजश्छलेन ॥२८॥

在他行进中，大地
似乎不能承受这些
军队的折磨，仿佛
乔装尘土升入空中[①]。（28）

tasya（tad 阳单属）他，指国王。prayātasya（prayāta 阳单属）行进。varūthinīnām（varūthinī 阴复属）军队。pīḍām（pīḍā 阴单业）折磨。aparyāptavatī（aparyāptavat 阴单体）不能。iva（不变词）仿佛。soḍhum（√sah 不定式）忍受。vasuṃdharā（vasuṃdharā 阴单体）大地。viṣṇu（毗湿奴）-padam（pada 步），复合词（中单业），毗湿奴的一步。dvitīyam（dvitīya 中单业）第二。adhyāruroha（adhi-ā√ruh 完成单三）登上。iva（不变词）仿佛。rajas（尘土）-chalena（chala 乔装），复合词（中单具），乔装尘土。

उद्यच्छमाना गमनाय पश्चात्पुरो निवेशे पथि च व्रजन्ती।
सा यत्र सेना ददृशे नृपस्य तत्रैव सामग्र्यमतिं चकार ॥२९॥

后面的军队准备行进，
前面的扎营，或在途中，
无论在哪儿被人看到，
都以为是国王全部军队。[②]（29）

udyacchamānā（ud√yam 现分，阴单体）准备。gamanāya（gamana 中单为）出发。paścāt（不变词）后面。puras（不变词）前面。niveśe（ni√viś 完成单三）驻扎。pathi

① 此处“空中”一词按原文是“毗湿奴的第二步”。毗湿奴曾化身侏儒，向霸占三界的阿修罗钵利乞求三步。钵利答应后，毗湿奴第一步跨越天国，第二步跨越空中，第三步跨越大地。

② 这里意谓人们看到国王的军队，无论前、后或中间哪个部分，都会以为是国王的全部军队，可见这位国王的整个军队之庞大。

（pathin 阳单依）路。ca（不变词）和。vrajantī（√vraj 现分，阴单体）行走。sā（tad 阴单体）这。yatra（不变词）那里，某处。senā（senā 阴单体）军队。dadṛśe（√dṛś 被动，完成单三）看到。nṛpasya（nṛpa 阳单属）国王。tatra（不变词）这里。eva（不变词）就。sāmagrya（完整，全部）-matim（mati 想法），复合词（阴单业），以为是全部。cakāra（√kṛ 完成单三）做，造成。

तस्य द्विपानां मदवारिसेकात्खुराभिघाताच्च तुरंगमाणाम्।
रेणुः प्रपेदे पथि पङ्कभावं पङ्कोऽपि रेणुत्वमियाय नेतुः ॥३०॥

国王的那些大象流淌
液汁，那些马蹄踢踏，
致使路上的尘土变成
污泥，污泥变成尘土。（30）

tasya（tad 阳单属）这。dvipānām（dvipa 阳复属）大象。mada（颞颥液汁）-vāri（水）-sekāt（seka 浇洒），复合词（阳单从），洒下颞颥液汁。khura（蹄子）-abhighātāt（abhighāta 打击），复合词（阳单从），蹄子踢踏。ca（不变词）和。turaṃgamāṇām（turaṃgama 阳复属）马。reṇuḥ（reṇu 阴单体）尘土。prapede（pra√pad 完成单三）到达，成为。pathi（pathin 阳单依）路。paṅka（污泥）-bhāvam（bhāva 状态），复合词（阳单业），污泥的状态。paṅkaḥ（paṅka 阳单体）污泥。api（不变词）也。reṇutvam（reṇutva 中单业）尘土的状态。iyāya（√i 完成单三）走向。netuḥ（netṛ 阳单属）领导者，国王。

मार्गैषिणी सा कटकान्तरेषु वैन्ध्येषु सेना बहुधा विभिन्ना।
चकार रेवेव महाविरावा बद्धप्रतिश्रुन्ति गुहामुखानि ॥३१॥

这支军队分成多个部分，
在文底耶山坡中间探路，
犹如奔腾咆哮的雷瓦河，
让那些山洞口响起回音。（31）

mārga（道路）-eṣiṇī（eṣin 寻找的），复合词（阴单体），寻找道路。sā（tad 阴单体）这。kaṭaka（山坡）-antareṣu（antara 中间），复合词（中复依），山坡中间。vaindhyeṣu（vaindhya 中复依）文底耶山的。senā（senā 阴单体）军队。bahudhā（不变词）很多。vibhinnā（vibhinna 阴单体）分成。cakāra（√kṛ 完成单三）做。revā（revā 阴单体）雷瓦河。iva（不变词）犹如。mahā（大）-virāvā（virāva 吼声），复合词（阴单体），具有大吼声的。baddha（联系）-pratiśrunti（pratiśrut 回音），复合词（中复业），响起回

音。guhā（洞穴）-mukhāni（mukha 口），复合词（中复业），洞口。

स धातुभेदारुणयाननेमिः प्रभुः प्रयाणध्वनिमिश्रतूर्यः।
व्यलङ्घयद्विन्ध्यमुपायनानि पश्यन्पुलिन्दैरुपपादितानि ॥३२॥

国王的车轮碾碎矿物而变红，
军乐声混合着行军的喧嚣声，
他越过文底耶山，一路看到
山中布邻陀人[①]呈献种种礼物。（32）

saḥ（tad 阳单体）他，指国王。dhātu（矿物）-bheda（破碎）-aruṇa（红色的）-yāna（车）-nemiḥ（nemi 轮辋），复合词（阳单体），车轮碾碎矿物而变红。prabhuḥ（prabhu 阳单体）国王。prayāṇa（行军）-dhvani（声音）-miśra（混合的）-tūryaḥ（tūrya 乐器），复合词（阳单体），军乐声混合着行军的喧嚣声。vyalaṅghayat（vi√laṅgh 致使，未完单三）越过。vindhyam（vindhya 阳单业）文底耶山。upāyanāni（upāyana 中复业）礼物。paśyan（√dṛś 现分，阳单体）看见。pulindaiḥ（pulinda 阳复具）布邻陀人。upapāditāni（upapādita 中复业）献给。

तीर्थे तदीये गजसेतुबन्धात्प्रतीपगामुत्तरतोऽस्य गङ्गाम्।
अयत्नबालव्यजनीबभूवुर्हंसा नभोलङ्घनलोलपक्षाः ॥३३॥

在它的圣地，凭借那些大象连接
而成的桥梁，他越过逆向而流的
恒河[②]，那些天鹅展翅飞越天空，
成了他不用费力而获得的拂尘。（33）

tīrthe（tīrtha 中单依）圣地。tadīye（tadīya 中单依）它的。gaja（大象）-setu（桥梁）-bandhāt（bandha 联系），复合词（阳单从），大象连成桥梁。pratīpagām（pratīpaga 阴单业）逆流的。uttarataḥ（ud√tṝ 现分，阳单属）渡过。asya（idam 阳单属）他。gaṅgām（gaṅgā 阴单业）恒河。ayatna（不费力）-bālavyajanī（bālavyajana 拂尘）-babhūvuḥ（√bhū 完成复三），成为不费力的拂尘。haṃsāḥ（haṃsa 阳复体）天鹅。nabhas（天空）-laṅghana（越过）-lola（挥动的）-pakṣāḥ（pakṣa 翅膀），复合词（阳复体），挥动翅膀飞越天空。

स पूर्वजानां कपिलेन रोषाद्भस्मावशेषीकृतविग्रहाणाम्।

---

① “布邻陀人”指山中的野蛮部落或猎人。

② 这首诗描写恒河。因为恒河不流经文底耶山，故而这里的“恒河”可能指恒河的某个支流。

सुरालयप्राप्तिनिमित्तमम्भस्त्रैस्रोतसं नौलुलितं ववन्दे ॥ ३४ ॥

他向浮载船舶的恒河水致敬，
因迦比罗仙人发怒，祖先们的
身体化为灰烬，正是依靠这些
恒河水，他们得以升入天国。[1]（34）

saḥ（tad 阳单体）他。pūrva（以前的）-jānām（ja 出生的），复合词（阳复属），祖先。kapilena（kapila 阳单具）迦比罗仙人。roṣāt（roṣa 阳单从）愤怒。bhasma（bhasman 灰尘）-avaśeṣīkṛta（剩下）-vigrahāṇām（vigraha 身体），复合词（阳复属），身体只剩下灰烬。surālaya（天神的住处，天国）-prāpti（到达）-nimittam（nimitta 原因），复合词（中单业），升入天国的原因。ambhaḥ（ambhas 中单业）水。traisrotasam（traisrotasa 中单业）恒河的。nau（船）-lulitam（lulita 摇动），复合词（中单业），摇动船舶的。vavande（√vand 完成单三）致敬。

इत्यध्वनः कैश्चिदहोभिरन्ते कूलं समासाद्य कुशः सरय्वाः।
वेदिप्रतिष्ठान्विततताध्वराणां यूपानपश्यच्छतशो रघूणाम् ॥ ३५ ॥

经过一些天的行程，最终
到达萨罗优河岸，俱舍看到
那些祭坛上数以百计的祭柱，
罗怙族以前举行祭祀而竖立。（35）

iti（不变词）这样。adhvanaḥ（adhvan 阳单属）路程。kaiḥ-cit（kim-cit 中复具）某个。ahobhiḥ（ahan 中复具）天。ante（anta 阳单依）终点，尽头。kūlam（kūla 中单业）岸。samāsādya（sam-ā√sad 致使，独立式）到达。kuśaḥ（kuśa 阳单体）俱舍。sarayvāḥ（sarayū 阴单属）萨罗优河。vedi（祭坛）-pratiṣṭhān（pratiṣṭha 竖立），复合词（阳复业），竖立在祭坛上。vitata（展开，举行）-adhvarāṇām（adhvara 祭祀），复合词（阳复属），举行祭祀的。yūpān（yūpa 阳复业）祭柱。apaśyat（√dṛś 未完单三）看见。śataśas（不变词）数以百计地。raghūṇām（raghu 阳复属）罗怙族。

आधूय शाखाः कुसुमद्रुमाणां स्पृष्ट्वा च शीतान्सरयूतरङ्गान्।
तं क्लान्तसैन्यं कुलराजधान्याः प्रत्युज्जगामोपवनान्तवायुः ॥ ३६ ॥

拂动鲜花盛开的树木枝条，
接触萨罗优河清凉的波浪，

① 参阅第三章第 50 首注。

家族都城花园吹来这些风，
欢迎他和那些疲惫的军队。（36）

ādhūya（ā√dhū 独立式）摇动。śākhāḥ（śākhā 阴复业）枝条。kusuma（花朵）-drumāṇām（druma 树木），复合词（阴复属），鲜花盛开的树木。spṛṣṭvā（√spṛś 独立式）触摸。ca（不变词）和。śītān（śīta 阳复业）清凉的。sarayū（萨罗优河）-taraṅgān（taraṅga 波浪），复合词（阳复业），萨罗优河的波浪。tam（tad 阳单业）他。klānta（疲惫）-sainyam（sainya 军队），复合词（阳单业），军队疲惫的。kula（家族）-rājadhānyāḥ（rājadhānī 都城），复合词（阴单属），家族都城，故都。pratyujjagāma（prati-ud√gam 完成单三）前来欢迎。upavana（城郊花园）-anta（边际）-vāyuḥ（vāyu 风），复合词（阳单体），城郊花园边的风。

अथोपशल्ये रिपुमग्नशल्यस्तस्याः पुरः पौरसखः स राजा।
कुलध्वजस्तानि चलध्वजानि निवेशयामास बली बलानि ॥३७॥

这位国王将箭扎在敌人身上，
是家族的旗帜，市民的朋友，
强大有力，让那些旗帜飘扬的
军队在这座城市的郊外安营。（37）

atha（不变词）于是。upaśalye（upaśalya 中单依）城市郊区。ripu（敌人）-magna（沉入）-śalyaḥ（śalya 箭），复合词（阳单体），箭扎入敌人的。tasyāḥ（tad 阴单属）这。puraḥ（pur 阴单属）城市。paura（市民）-sakhaḥ（sakha 朋友），复合词（阳单体），市民的朋友。saḥ（tad 阳单体）这。rājā（rājan 阳单体）国王。kula（家族）-dhvajaḥ（dhvaja 旗帜），复合词（阳单体），家族的旗帜。tāni（tad 中复业）这。cala（摇晃的）-dhvajāni（dhvaja 旗帜），复合词（中复业），旗帜飘扬。niveśayāmāsa（ni√viś 致使，完成单三）驻扎。balī（balin 阳单体）有力的。balāni（bala 中复业）军队。

तां शिल्पिसंघाः प्रभुणा नियुक्तास्तथागतां संभृतसाधनत्वात्।
पुरं नवीचक्रुरपां विसर्गान्मेघा निदाघग्लपितामिवोर्वीम् ॥३८॥

国王指派许多工匠，采取大量
措施，将这座城市修缮一新，
犹如乌云释放雨水，让遭受
炎热折磨的大地恢复生气。（38）

tām（tad 阴单业）这。śilpi（śilpin 工匠）-saṃghāḥ（saṃgha 成群，许多），复合

词（阳复体），许多工匠。prabhuṇā（prabhu 阳单具）国王。niyuktāḥ（niyukta 阳复体）指定。tathāgatām（tathāgata 阴单业）这样的。saṃbhṛta（聚集）-sādhana（器材，手段）-tvāt（tva 性质），复合词（中单从），聚集器材。puram（pur 阴单业）城市。navīcakruḥ（navī√kṛ 完成复三）变新。apām（ap 阴复属）水。visargāt（visarga 阳单从）释放。meghāḥ（megha 阳复体）云。nidāgha（炎热）-glapitām（glapita 炙烤），复合词（阴单业），受炎热炙烤的。iva（不变词）像。urvīm（urvī 阴单业）大地。

ततः सपर्यां सपशूपहारां पुरः परार्घ्यप्रतिमागृहायाः।
उपोषितैर्वास्तुविधानविद्भिर्निर्वर्तयामास रघुप्रवीरः ॥३९॥

这位罗怙族英雄让通晓入城
仪式的祭司实行斋戒，供奉
动物祭品，完成对这座城市
及其无比崇高的神庙的敬拜。（39）

tatas（不变词）于是。saparyām（saparyā 阴单业）敬拜。sa（具有）-paśu（动物，牲畜）-upahārām（upahāra 祭品），复合词（阴单业），具有牲畜祭品。puraḥ（pur 阴单属）城市。para（最高的）-arghya（尊贵的）-pratimā（偶像）-gṛhāyāḥ（gṛha 房屋），复合词（阴单属），具有最崇高的神庙。upoṣitaiḥ（upoṣita 阳复具）斋戒。vāstu（基址，建筑）-vidhāna（安排）-vidbhiḥ（vid 通晓），复合词（阳复具），通晓建筑仪式的。nirvartayāmāsa（nis√vṛt 致使，完成单三）举行，完成。raghu（罗怙）-pravīraḥ（pravīra 英雄），复合词（阳单体），罗怙族英雄。

तस्याः स राजोपपदं निशान्तं कामीव कान्ताहृदयं प्रविश्य।
यथार्हमन्यैरनुजीविलोकं संभावयामास यथाप्रधानम् ॥४०॥

他进入这座城市中具有国王
称号的宫殿，犹如情人进入
心爱者的心，也按照业绩和
地位，赐予侍臣们其他住宅。（40）

tasyāḥ（tad 阴单属）这。saḥ（tad 阳单体）他。rāja（国王）-upapadam（upapada 称号），复合词（中单业），具有国王称号的。niśāntam（niśānta 中单业）房屋。kāmī（kāmin 阳单体）情人。iva（不变词）犹如。kāntā（心爱者）-hṛdayam（hṛdaya 心），复合词（中单业），心爱者的心。praviśya（pra√viś 独立式）进入。yathārham（不变词）按照功劳。anyaiḥ（anya 中复具）其他的（房屋）。anujīvi（anujīvin 侍臣）-lokam（loka 群体），复合词（阳单业），侍臣们。saṃbhāvayāmāsa（sam√bhū 致使，完成单

三）尊敬，给予。yathāpradhānam（不变词）按照地位。

सा मन्दुरासंश्रयिभिस्तुरंगैः शालाविधिस्तम्भगतैश्च नागैः।
पूराबभासे विपणिस्थपण्या सर्वाङ्गनद्धाभरणेव नारी ॥४१॥

马匹憩息在马厩中，大象
按照规则系在象厩柱子上，
商品陈列在市场中，这座
城市宛如全身装饰的女子。（41）

sā（tad 阴单体）这。mandurā（马厩）-saṃśrayibhiḥ（saṃśrayin 居住的），复合词（阳复具），憩息在马厩。turaṃgaiḥ（turaṃga 阳复具）马。śālā（房屋，厩）-vidhi（规则）-stambha（柱子）-gataiḥ（gata 处于），复合词（阳复具），按照规则系在（象）厩柱子上。ca（不变词）和。nāgaiḥ（nāga 阳复具）大象。pūḥ（pur 阴单体）城市。ābabhāse（ā√bhās 完成单三）看似，像。vipaṇi（市场）-stha（处于）-paṇyā（paṇya 商品），复合词（阴单体），商品陈列在市场中。sarva（全部）-aṅga（肢体）-naddha（佩戴）-ābharaṇā（ābharaṇa 装饰品），复合词（阴单体），全身佩戴装饰品。iva（不变词）犹如。nārī（nārī 阴单体）妇女。

वसन्स तस्यां वसतौ रघूणां पुराणशोभामधिरोपितायाम्।
न मैथिलेयः स्पृहयांबभूव भर्त्रे दिवो नाप्यलकेश्वराय ॥४२॥

罗怙族的这个故都已经恢复
昔日的辉煌，这位悉多之子
住在这里，不羡慕天国之主
因陀罗和阿罗迦城主俱比罗。（42）

vasan（√vas 现分，阳单体）居住。saḥ（tad 阳单体）这。tasyām（tad 阴单依）这。vasatau（vasati 阴单依）住处。raghūṇām（raghu 阳复属）罗怙族。purāṇa（过去的）-śobhām（śobhā 光辉），复合词（阴单业），昔日的辉煌。adhiropitāyām（adhiropita 阴单依）恢复。na（不变词）不。maithileyaḥ（maithileya 阳单体）悉多之子，指俱舍。spṛhayāṃbabhūva（√spṛh 完成单三）羡慕。bhartre（bhartṛ 阳单为）主人。divaḥ（div 阴单属）天国。na（不变词）不。api（不变词）也。alakā（阿罗迦）-īśvarāya（īśvara 主人），复合词（阳单为），阿罗迦城主，财神俱比罗。

अथास्य रत्नग्रथितोत्तरीयमेकान्तपाण्डुस्तनलम्बिहारम्।
निःश्वासहार्यांशुकमाजगाम घर्मः प्रियावेषमिवोपदेष्टुम् ॥४३॥

夏天来到，仿佛指导他的
爱妻们穿戴，上衣用宝石
系结，项链悬挂在雪白的
胸脯，丝衣能被呼吸吹走。（43）

atha（不变词）然后。asya（idam 阳单属）他，指国王。ratna（宝石）-grathita（系结）-uttarīyam（uttarīya 上衣），复合词（阳单业），上衣用宝石系结。ekānta（非常的）-pāṇḍu（白的）-stana（胸脯）-lambi（lambin 悬挂）-hāram（hāra 项链），复合词（阳单业），项链悬挂在雪白的胸脯上。niḥśvāsa（呼吸）-hārya（可以夺走的）-aṃśukam（aṃśuka 丝衣），复合词（阳单业），丝衣能被呼吸吹走。ājagāma（ā√gam 完成单三）来到。gharmaḥ（gharma 阳单体）夏天。priyā（爱妻）-veṣam（veṣa 服装，穿戴），复合词（阳单业），爱妻们的穿戴。iva（不变词）仿佛。upadeṣṭum（upa√diś 不定式）指导。

अगस्त्यचिह्नादयनात्समीपं दिगुत्तरा भास्वति संनिवृत्ते।
आनन्दशीतामिव बाष्पवृष्टिं हिमस्रुतिं हैमवतीं ससर्ज ॥४४॥

从以投山仙人为标志的道路[1]，
太阳转回到这里附近，北方
释放雪山融化的雪水，犹如
洒下满怀喜悦而清凉的泪雨。（44）

agastya（投山仙人）-cihnāt（cihna 标志），复合词（中单从），以投山仙人为标志。ayanāt（ayana 中单从）道路。samīpam（不变词）附近。dik（diś 阴单体）方向。uttarā（uttara 阴单体）北方的。bhāsvati（bhāsvat 阳单依）太阳。saṃnivṛtte（saṃnivṛtta 阳单依）回转。ānanda（喜悦）-śītām（śīta 清凉的），复合词（阴单业），喜悦而清凉的。iva（不变词）犹如。bāṣpa（泪）-vṛṣṭim（vṛṣṭi 雨），复合词（阴单业），泪雨。hima（雪）-srutim（sruti 水流），复合词（阴单业），雪水之流。haimavatīm（haimavata 阴单业）雪山的。sasarja（√sṛj 完成单三）释放。

प्रवृद्धतापो दिवसोऽतिमात्रमत्यर्थमेव क्षणदा च तन्वी।
उभौ विरोधक्रियया विभिन्नौ जायापती सानुशयाविवास्ताम् ॥४५॥

白天变得特别炎热，
夜晚变得特别纤细[2]，

① 这里指南方的道路。
② “纤细”指夜晚变短。

犹如夫妻俩行为不合，
互相争吵，事后懊恼。[①]（45）

pravṛddha（增长）-tāpaḥ（tāpa 炎热），复合词（阳单体），炎热增长。divasaḥ（divasa 阳单体）白天。atimātram（不变词）过度地。atyartham（不变词）非常地。eva（不变词）确实。kṣaṇadā（kṣaṇadā 阴单体）夜晚。ca（不变词）和。tanvī（tanu 阴单体）纤细的。ubhau（ubha 阳双体）二者。virodha（对立，争吵）-kriyayā（kriyā 行为），复合词（阴单具），行为不合，互相争吵。vibhinnau（vibhinna 阳双体）破裂。jāyāpatī（jāyāpatī 阳双体）夫妻俩。sa（带着）-anuśayau（anuśaya 后悔），复合词（阳双体），怀着懊悔。iva（不变词）像。āstām（√as 未完双三）是。

दिने दिने शैवलवन्त्यधस्तात्सोपानपर्वाणि विमुञ्चदम्भः।
उद्दण्डपद्मं गृहदीर्घिकाणां नारीनितम्बद्वयसं बभूव ॥४६॥

庭院中的池水一天天下降，
那些莲花挺立在茎秆之上，
长有苔藓的一级级台阶露出
水面，水深仅达妇女的臀部。（46）

dine（dina 阳单依）天。dine（dina 阳单依）天。śaivalavanti（śaivalavat 中复业）有苔藓的。adhastāt（不变词）下面。sopāna（台阶）-parvāṇi（parva 一级），复合词（中复业），级级台阶。vimuñcat（vi√muc 现分，中单体）释放，露出。ambhaḥ（ambhas 中单体）水。uddaṇḍa（茎秆挺立的）-padmam（padma 莲花），复合词（中单体），莲花挺立在茎秆上。gṛha（家宅）-dīrghikāṇām（dīrghikā 池塘），复合词（阴复属），庭院池塘。nārī（妇女）-nitamba（臀部）-dvayasam（dvayasa 到达），复合词（中单体），到达妇女的臀部。babhūva（√bhū 完成单三）成为。

वनेषु सायंतनमल्लिकानां विजृम्भणोद्गन्धिषु कुड्मलेषु।
प्रत्येकनिक्षिप्तपदः सशब्दं संख्यामिवैषां भ्रमरश्चकार ॥४७॥

森林中，黄昏时分，那些
茉莉花蕾绽开，散发芳香，
蜜蜂逐一用脚触及它们，
发出嗡嗡声，仿佛在计数。（47）

vaneṣu（vana 中复依）森林。sāyaṃtana（黄昏的）-mallikānām（mallikā 茉莉花），

① 这首诗以夫妻争吵比喻夏季白天炎热，以事后懊恼而憔悴消瘦比喻夜晚纤细。

复合词（阴复属），黄昏的茉莉花。vijṛmbhaṇa（绽开）-udgandhiṣu（udgandhi 散发芳香），复合词（阳复依），绽开而散发芳香的。kuḍmaleṣu（kuḍmala 阳复依）花蕾。pratyeka（逐一）-nikṣipta（投放）-padaḥ（pada 脚），复合词（阳单体），用脚逐一触及。sa（带着）-śabdam（śabda 声音），复合词（不变词），发出嗡鸣。saṃkhyām（saṃkhyā 阴单业）数数。iva（不变词）像。eṣām（idam 阳复属）它，指花蕾。bhramaraḥ（bhramara 阳单体）大黑蜂。cakāra（√kṛ 完成单三）做。

स्वेदानुविद्धार्द्रनखक्षताङ्के भूयिष्ठसंदष्टशिखं कपोले।
च्युतं न कर्णादपि कामिनीनां शिरीषपुष्पं सहसा पपात ॥४८॥

妇女的脸颊流淌汗水而湿润，
上面还留有指甲伤痕的印记，
即使希利奢花从耳朵上坠落，
花丝粘住脸颊，不立即落地。（48）

sveda（汗水）-anuviddha（充满）-ārdra（潮湿的）-nakha（指甲）-kṣata（伤痕）-aṅke（aṅka 标记），复合词（阳单依），挂满汗水而湿润，并有指甲伤痕的印记。bhūyiṣṭha（大部分，极度）-saṃdaṣṭa（咬住，粘住）-śikham（śikhā 顶端，花丝），复合词（中单体），花丝紧紧粘住的。kapole（kapola 阳单依）脸颊。cyutam（cyuta 中单体）坠落。na（不变词）不。karṇāt（karṇa 阳单从）耳朵。api（不变词）即使。kāminīnām（kāminī 阴复属）妇女。śirīṣa（希利奢花）-puṣpam（puṣpa 花朵），复合词（中单体），希利奢花。sahasā（不变词）立即。papāta（√pat 完成单三）落下。

यन्त्रप्रवाहैः शिशिरैः परीतान्रसेन धौतान्मलयोद्भवस्य।
शिलाविशेषानधिशय्य निन्युर्धारागृहेष्वातपमृद्धिमन्तः ॥४९॥

富人们在淋浴房中消暑，
躺在用檀香树汁清洗的、
精致的石板上，四周围
有喷泉喷出清凉的水流。（49）

yantra（机械）-pravāhaiḥ（pravāha 水流），复合词（阳复具），人造水流，喷泉。śiśiraiḥ（śiśira 阳复具）清凉的。parītān（parīta 阳复业）围绕。rasena（rasa 阳单具）汁液。dhautān（dhauta 阳复业）清洗。malaya（摩罗耶山）-udbhavasya（udbhava 产生），复合词（中单属），檀香树。śilā（石头）-viśeṣān（viśeṣa 殊胜），复合词（阳复业），精致石头。adhiśayya（adhi√śī 独立式）躺下。ninyuḥ（√nī 完成复三）带走，消除。dhārā（水流）-gṛheṣu（gṛha 房屋），复合词（中复依），淋浴房。ātapam（ātapa

阳单业）炎热。ṛddhimantaḥ（ṛddhimat 阳复体）富裕的，富人。

स्नानार्द्रमुक्तेष्वनुधूपवासं विन्यस्तसायंतनमल्लिकेषु।
कामो वसन्तात्ययमन्दवीर्यः केशेषु लेभे बलमङ्गनानाम् ॥५०॥

春天已经逝去，爱神威力减弱，
又在妇女们的发髻中获得力量，
这些发髻因沐浴潮湿而披散着，
插上黄昏的茉莉花，散发芳香。（50）

snāna（沐浴）-ārdra（潮湿的）-mukteṣu（mukta 松散），复合词（阳复依），因沐浴潮湿而披散。anu（伴随）-dhūpavāsam（dhūpavāsa 芳香），复合词（不变词），散发芳香。vinyasta（安放）-sāyaṃtana（黄昏的）-mallikeṣu（mallikā 茉莉花），复合词（阳复依），插着黄昏的茉莉花。kāmaḥ（kāma 阳单体）爱神。vasanta（春天）-atyaya（逝去）-manda（减弱的）-vīryaḥ（vīrya 威力），复合词（阳单体），春天逝去而威力减弱。keśeṣu（keśa 阳复依）头发。lebhe（√labh 完成单三）获得。balam（bala 阳单业）力量。aṅganānām（aṅganā 阴复属）妇女。

आपिञ्जरा बद्धरजःकणत्वान्मञ्जर्युदारा शुशुभेऽर्जुनस्य।
दग्ध्वाऽपि देहं गिरिशेन रोषात्खण्डीकृता ज्येव मनोभवस्य ॥५१॥

阿周那树上成串的新芽沾有花粉
而呈现粉红色，犹如爱神的弓弦，
大神湿婆出于愤怒，甚至在焚毁
爱神的身体后，也粉碎他的弓弦。（51）

āpiñjarā（āpiñjara 阴单体）浅红的。baddha（具有，沾有）-rajas（花粉）-kaṇa（颗粒）-tvāt（tva 状态），复合词（中单从），沾有花粉颗粒。mañjarī（mañjarī 阴单体）嫩芽。udārā（udāra 阴单体）优美的，长长的。śuśubhe（√śubh 完成单三）闪亮。arjunasya（arjuna 阳单属）阿周那树。dagdhvā（√dah 独立式）焚烧。api（不变词）甚至。deham（deha 阳单业）身体。giriśena（giriśa 阳单具）湿婆。roṣāt（roṣa 阳单从）愤怒。khaṇḍīkṛtā（khaṇḍīkṛta 阴单体）粉碎。jyā（jyā 阴单体）弓弦。iva（不变词）像。manas（思想）-bhavasya（bhava 出生），复合词（阳单属），爱神。

मनोज्ञगन्धं सहकारभङ्गं पुराणशीधुं नवपाटलं च।
संबध्नता कामिजनेषु दोषाः सर्वे निदाघावधिना प्रमृष्टाः ॥५२॥

那些芳香迷人的芒果花、

陈酿的蜜酒和波吒罗鲜花，
夏季将它们组合在一起，
抵消情人们感受的一切缺陷。[①]（52）

manojña（迷人的）-gandham（gandha 芳香），复合词（阳单业），芳香迷人的。sahakāra（芒果花）-bhaṅgam（bhaṅga 碎片），复合词（阳单业），芒果花瓣。purāṇa（陈年的）-śīdhum（śīdhu 蜜酒），复合词（阳单业），陈酿蜜酒。nava（新的）-pāṭalam（pāṭala 波吒罗花），复合词（中单业），波吒罗鲜花。ca（不变词）和。saṃbadhnatā（sam√bandh 现分，阳单具）联合，结合。kāmijaneṣu（kāmijana 阳复依）情人。doṣāḥ（doṣa 阳复体）缺陷。sarve（sarva 阳复体）一切。nidāgha（夏季）-avadhinā（avadhi 时期），复合词（阳单具），夏季。pramṛṣṭāḥ（pramṛṣṭa 阳复体）擦洗，清除。

जनस्य तस्मिन्समये विगाढे बभूवतुर्द्वौ सविशेषकान्तौ।
तापापनोदक्षमपादसेवौ स चोदयस्थौ नृपतिः शशी च ॥५३॥

在酷暑中，国王和月亮的
出现对于人们显得最可爱：
敬拜国王双足能解除痛苦，
享受月亮光芒能消除炎热。（53）

janasya（jana 阳单属）人们。tasmin（tad 阳单依）这。samaye（samaya 阳单依）时节。vigāḍhe（vigāḍha 阳单依）深入的，极其的。babhūvatuḥ（√bhū 完成双三）成为。dvau（dvi 阳双体）二。sa（有）-viśeṣa（特殊）-kāntau（kānta 可爱的），复合词（阳双体），特别可爱的。tāpa（炎热，痛苦）-apanoda（驱除）-kṣama（能够）-pāda（脚，光芒）-sevau（sevā 敬拜，享受），复合词（阳双体），敬拜双足能解除痛苦，享受月光能消除炎热。saḥ（tad 阳单体）这。ca（不变词）和。udaya（升起）-sthau（stha 处于），复合词（阳双体），升起的，出现的。nṛpatiḥ（nṛpati 阳单体）国王。śaśī（śaśin 阳单体）月亮。ca（不变词）和。

अथोर्मिलोलोन्मदराजहंसे रोधोलतापुष्पवहे सरय्वाः।
विहर्तुमिच्छा वनितासखस्य तस्याम्भसि ग्रीष्मसुखे बभूव ॥५४॥

萨优罗河水在夏季清凉舒服，
携带着岸边蔓藤飘落的鲜花，
天鹅迷恋水中波浪，他想要

① “一切缺陷”指炎热的夏季带来的种种令人不舒适之处。

由妇女们陪伴，入水游玩。（54）

atha（不变词）于是。ūrmi（波浪）-lola（翻滚）-unmada（迷醉的）-rājahaṃse（rājahaṃsa 王天鹅），复合词（中单依），王天鹅迷醉于涌动的波浪。rodhas（岸）-latā（蔓藤）-puṣpa（花朵）-vahe（vaha 携带），复合词（中单依），携带着岸边蔓藤飘落的鲜花。sarayvāḥ（sarayū 阴单属）萨罗优河。vihartum（vi√hṛ 不定式）游乐。icchā（icchā 阴单体）愿望。vanitā（妇女）-sakhasya（sakha 陪伴），复合词（阳单属），由妇女们陪伴。tasya（tad 阳单属）他。ambhasi（ambhas 中单依）水。grīṣma（夏季）-sukhe（sukha 愉快的，舒服的），复合词（中单依），在夏季舒服的。babhūva（√bhū 完成单三）是。

स तीरभूमौ विहितोपकार्यामानायिभिस्तामपकृष्टनक्राम्।
विगाहितुं श्रीमहिमानुरूपं प्रचक्रमे चक्रधरप्रभावः ॥५५॥

岸边搭建帐篷，由渔夫清除
河中鳄鱼，他的威力如同
毗湿奴，以符合自己财富和
威严的方式进入河水游玩。（55）

saḥ（tad 阳单体）他。tīra（岸）-bhūmau（bhūmi 地方），复合词（阴单依），岸边。vihita（安排，搭建）-upakāryām（upakāryā 帐篷），复合词（阴单业），搭建帐篷。ānāyibhiḥ（ānāyin 阳复具）渔夫。tām（tad 阴单业）它，指萨罗优河。apakṛṣṭa（驱除）-nakrām（nakra 鳄鱼），复合词（阴单业），驱除鳄鱼。vigāhitum（vi√gāh 不定式）进入。śrī（王权，财富）-mahimā（mahiman 伟大，威严）-anurūpam（anurūpa 符合的），复合词（不变词），符合财富和威严。pracakrame（pra√kram 完成单三）开始，前行。cakradhara（持轮者，毗湿奴）-prabhāvaḥ（prabhāva 威力），复合词（阳单体），威力如同毗湿奴。

सा तीरसोपानपथावतारादन्योन्यकेयूरविघट्टिनीभिः।
सनूपुरक्षोभपदाभिरासीदुद्विग्नहंसा सरिदङ्गनाभिः ॥५६॥

妇女们走下河边台阶时，
臂环互相碰撞，脚上的
脚镯喧闹作响，河中的
那些天鹅受到它们惊吓。（56）

sā（tad 阴单体）它，指萨罗优河。tīra（岸）-sopāna（台阶）-patha（道路）-avatārāt

（avatāra 下去），复合词（阳单从），沿着河岸台阶路走下。anyonya（互相）-keyūra（臂环）-vighaṭṭinībhiḥ（vighaṭṭin 摩擦，碰撞），复合词（阴复具），彼此的臂环碰撞。sa（有）-nūpura（脚镯）-kṣobha（骚动）-padābhiḥ（pada 脚），复合词（阴复具），脚上脚镯喧闹作响。āsīt（√as 未完单三）是。udvigna（惊吓）-haṃsā（haṃsa 天鹅），复合词（阴单体），天鹅受到惊吓。sarit（sarit 阴单体）河流。aṅganābhiḥ（aṅganā 阴复具）妇女。

परस्पराभ्युक्षणतत्पराणां तासां नृपो मज्जनरागदर्शी।
नौसंश्रयः पार्श्वगतां किरातीमुपात्तबालव्यजनां बभाषे ॥५७॥

国王坐在船上，看到妇女们
喜欢沉浸在水中，一心忙于
互相泼水，便对在自己身边
摇动拂尘的吉罗多侍女说道：（57）

paraspara（互相）-abhyukṣaṇa（浇水）-tatparāṇām（tatpara 专心），复合词（阴复属），一心忙于互相泼水。tāsām（tad 阴复属）她。nṛpaḥ（nṛpa 阴单体）国王。majjana（沉浸）-rāga（喜欢）-darśī（darśin 看到），复合词（阳单体），看到（她们）喜欢沉浸（水中）。nau（船）-saṃśrayaḥ（saṃśraya 居住），复合词（阳单体），坐在船上。pārśva（身边）-gatām（gata 处于），复合词（阴单业），在身边的。kirātīm（kirātī 阴单业）吉罗多妇女。upātta（执持）-bālavyajanām（bālavyajana 拂尘），复合词（阴单业），执持拂尘的。babhāṣe（√bhāṣ 完成单三）说。

पश्यावरोधैः शतशो मदीयैर्विगाह्यमानो गलिताङ्गरागैः।
संध्योदयः साभ्र इवैष वर्णं पुष्यत्यनेकं सरयूप्रवाहः ॥५८॥

“看啊，我的数以百计后宫
妇女，沉浸在萨罗优河水中，
脂粉脱落，为河水增添色彩，
犹如与云彩交织的霞光升起。（58）

paśya（√dṛś 命令单二）看。avarodhaiḥ（avarodha 阳复具）后宫妇女。śataśas（不变词）数以百计。madīyaiḥ（madīya 阳复具）我的。vigāhyamānaḥ（vi√gāh 被动，现分，阳单体）潜入，沉浸。galita（脱落）-aṅgarāgaiḥ（aṅgarāga 香膏，脂粉），复合词（阳复具），脂粉脱落。saṃdhyā（霞光）-udayaḥ（udaya 升起），复合词（阳单体），霞光升起。sa（带着）-abhraḥ（abhra 云），复合词（阳单体），与云彩交织的。iva（不变词）犹如。eṣaḥ（etad 阳单体）这。varṇam（varṇa 阳单业）颜色。puṣyati（√puṣ

现在单三）增长。anekam（aneka 阳单业）很多的。sarayū（萨罗优河）-pravāhaḥ（pravāha 水流），复合词（阳单体），萨罗优河水。

विलुप्तमन्तःपुरसुन्दरीणां यदञ्जनं नौलुलिताभिरद्भिः।
तद्बध्नतीभिर्मदरागशोभां विलोचनेषु प्रतिमुक्तमासाम् ॥५९॥

“船舶搅动的河水洗掉
这些后宫美女的眼膏，
而作为补偿，让她们的
眼睛呈现优美的醉色。（59）

viluptam（vilupta 中单体）取走。antaḥpura（后宫）-sundarīṇām（sundarī 美女），复合词（阴复属），后宫美女。yat（yad 中单体）那。añjanam（añjana 中单体）眼膏。nau（船）-lulitābhiḥ（lulita 晃动），复合词（阴复具），船舶晃动的。adbhiḥ（ap 阴复具）水。tat（tad 中单业）这。badhnatībhiḥ（√bandh 现分，阴复具）提供。mada（醉）-rāga（颜色）-śobhām（śobhā 美丽），复合词（阴单业），醉色的美。vilocaneṣu（vilocana 中复依）眼睛。pratimuktam（pratimukta 中单业）回报，补偿。āsām（idam 阴复属）这，指后宫美女。

एता गुरुश्रोणिपयोधरत्वादात्मानमुद्वोढुमशक्नुवत्यः।
गाढाङ्गदैर्बाहुभिरप्सु बालाः क्लेशोत्तरं रागवशात्प्लवन्ते ॥६०॥

“她们满怀激情，因臀部和
乳房沉重，不能支撑住自己，
手臂上的臂钏又系得很紧，
在水中游泳显然动作艰难。（60）

etāḥ（etad 阴复体）这。guru（沉重的）-śroṇi（臀部）-payodhara（乳房）-tvāt（tva 性质），复合词（中单从），臀部和乳房沉重。ātmānam（ātman 阳单业）自己。udvoḍhum（ud√vah 不定式）支撑。aśaknuvatyaḥ（a√śak 现分，阴复体）不能。gāḍha（深入，紧贴）-aṅgadaiḥ（aṅgada 臂钏），复合词（阳复具），紧系臂钏的。bāhubhiḥ（bāhu 阳复具）手臂。apsu（ap 阴复依）水。bālāḥ（bālā 阴复体）少女。kleśa（麻烦，艰难）-uttaram（uttara 充满），复合词（不变词），很艰难。rāga（激情）-vaśāt（vaśa 控制），复合词（阳单从），充满激情。plavante（√plu 现在复三）游泳。

अमी शिरीषप्रसवावतंसाः प्रभ्रंशिनो वारिविहारिणीनाम्।
पारिप्लवाः स्रोतसि निम्नगायाः शैवाललोलांश्छलयन्ति मीनान् ॥६१॥

“妇女们在嬉水玩耍时，
希利奢花耳饰纷纷坠落，
它们在河水中随波飘荡，
误导那些嗜好苔藓的鱼。（61）

amī（adas 阳复体）这。śirīṣa（希利奢花）-prasava（花）-avataṃsāḥ（avataṃsa 耳饰），复合词（阳复体），希利奢花耳饰。prabhraṃśinaḥ（prabhraṃśin 阳复体）坠落。vāri（水）-vihāriṇīnām（vihārin 游乐的），复合词（阴复属），在水中嬉戏的。pāriplavāḥ（pāriplava 阳复体）浮动的。srotasi（srotas 中单依）水流。nimnagāyāḥ（nimnagā 阴单属）河流。śaivāla（苔藓）-lolān（lola 渴望，贪求），复合词（阳复业），嗜好苔藓的。chalayanti（√chalaya 名动词，现在复三）欺骗。mīnān（mīna 阳复业）鱼。

आसां जलास्फालनतत्पराणां मुक्ताफलस्पर्धिषु शीकरेषु।
पयोधरोत्सर्पिषु शीर्यमाणः संलक्ष्यते न च्छिदुरोऽपि हारः ॥६२॥

“这些妇女一心忙于拍打水，
那些水珠堪比珍珠，洒落
在她们的胸脯上，即使此刻
项链断裂散落，也不能察觉。（62）

āsām（idam 阴复属）这。jala（水）-āsphālana（击打）-tatparāṇām（tatpara 专心），复合词（阴复属），一心忙于拍打水。muktāphala（珍珠）-spardhiṣu（spardhin 竞赛的，媲美的），复合词（阳复依），堪比珍珠。śīkareṣu（śīkara 阳复依）水珠。payodhara（胸脯）-utsarpiṣu（utsarpin 走上，泼上），复合词（阳复依），洒落胸脯。śīryamāṇaḥ（√śṝ 被动，现分，阳单体）破碎，扯断。saṃlakṣyate（sam√lakṣ 被动，现在单三）察觉。na（不变词）不。chiduraḥ（chidura 阳单体）断裂的。api（不变词）即使。hāraḥ（hāra 阳单体）项链。

आवर्तशोभा नतनाभिकान्तेर्भङ्ग्यो भ्रुवां द्वन्द्वचराः स्तनानाम्।
जातानि रूपावयवोपमानान्यदूरवर्तीनि विलासिनीनाम् ॥६३॥

“一些事物可以用来贴切比喻
这些妇女各个部分的形体之美，
优美的漩涡堪比可爱的深肚脐，
波浪堪比眉毛，轮鸟堪比双乳。（63）

āvarta（漩涡）-śobhā（śobhā 美），复合词（阴单体），漩涡的美。nata（深的）-nābhi

（肚脐）-kānteḥ（kānti 可爱），复合词（阴单属），深肚脐的可爱。bhaṅgyaḥ（bhaṅgī 阴复体）波浪。bhruvām（bhrū 阴复属）眉毛。dvandva（成双）-carāḥ（cara 活动的），复合词（阳复体），轮鸟。stanānām（stana 阳复属）乳房。jātāni（jāta 中复体）物类。rūpa（形体）-avayava（部分）-upamānāni（upamāna 比喻），复合词（中复体），形体各部分的比喻。adūra（近的）-vartīni（vartin 处于），复合词（中复体），接近的，贴切的。vilāsinīnām（vilāsinī 阴复属）妇女。

तीरस्थलीबर्हिभिरुत्कलापैः प्रस्निग्धकेकैरभिनन्द्यमानम्।
श्रोत्रेषु संमूर्च्छति रक्तमासां गीतानुगं वारिमृदङ्गवाद्यम् ॥६४॥

“她们伴随歌唱的拍水声如同
可爱的击鼓声，在耳中回响，
河边堤岸上的孔雀竖起尾翎，
发出甜润的鸣叫，表示欢迎。（64）

tīra（岸）-sthalī（陆地）-barhibhiḥ（barhin 孔雀），复合词（阳复具），岸边陆地的孔雀。utkalāpaiḥ（utkalāpa 阳复具）竖起尾翎的。prasnigdha（柔和的，甜润的）-kekaiḥ（kekā 孔雀啼鸣），复合词（阳复具），啼鸣甜润的。abhinandyamānam（abhi√nand 被动，现分，中单体）欢迎。śrotreṣu（śrotra 中复依）耳朵。saṃmūrcchati（sam√murcch 现在单三）增强。raktam（rakta 中单体）可爱的。āsām（idam 阴复属）她。gīta（歌声）-anugam（anuga 伴随），复合词（中单体），伴随歌声。vāri（水）-mṛdaṅga（鼓）-vādyam（vādya 乐器，乐声），复合词（中单体），水声如同鼓乐声。

संदष्टवस्त्रेष्वबलानितम्बेष्विन्दुप्रकाशान्तरितोडुतुल्याः।
अमी जलापूरितसूत्रमार्गा मौनं भजन्ते रशनाकलापाः ॥६५॥

“妇女们的衣服紧贴着臀部，
那些腰带上面串连珠宝的
空隙处灌满了水，如同那些
星星被月光遮蔽，保持沉默。（65）

saṃdaṣṭa（紧贴）-vastreṣu（vastra 衣服），复合词（阳复依），衣服紧贴的。abalā（妇女）-nitambeṣu（nitamba 臀部），复合词（阳复依），妇女的臀部。indu（月亮）-prakāśa（光明）-antarita（遮蔽）-uḍu（星星）-tulyāḥ（tulya 如同），复合词（阳复体），如同星星被月光遮蔽。amī（adas 阳复体）这。jala（水）-āpūrita（充满）-sūtra（线）-mārgāḥ（mārga 路），复合词（阳复体），水浸满线的通道的。maunam（mauna 中单业）沉默。bhajante（√bhaj 现在复三）实行，保持。raśanā（腰带）-kalāpāḥ（kalāpa 带子），

复合词（阳复体），腰带。

एताः करोत्पीडितवारिधारा दर्पात्सखीभिर्वदनेषु सिक्ताः।
वक्रेतराग्रैरलकैस्तरुण्यश्चूर्णारुणान्वारिलवान्वमन्ति ॥६६॥

"那些年轻妇女骄傲地用手
扬起水流，女友们也将水
浇在她们脸上，香粉染红的
水滴沿着垂直的发梢流下。（66）

etāḥ（etad 阴复体）这。kara（手）-utpīḍita（扬起）-vāri（水）-dhārāḥ（dhārā 水流），复合词（阴复体），用手扬起水流。darpāt（darpa 阳单从）骄傲。sakhībhiḥ（sakhī 阴复具）女友。vadaneṣu（vadana 中复依）脸。siktāḥ（sikta 阴复体）浇洒。vakra（弯曲的）-itara（不同于）-agraiḥ（agra 尖），复合词（阳复具），尖梢垂直的。alakaiḥ（alaka 阳复具）头发。taruṇyaḥ（taruṇī 阴复体）年轻妇女。cūrṇa（香粉）-aruṇān（aruṇa 红色的），复合词（阳复业），香粉染红的。vāri（水）-lavān（lava 滴），复合词（阳复业），水滴。vamanti（√vam 现在复三）吐出，流出。

उद्बन्धकेशश्च्युतपत्रलेखो विश्लेषिमुक्ताफलपत्रवेष्टः।
मनोज्ञ एव प्रमदामुखानामम्भोविहाराकुलितोऽपि वेषः ॥६७॥

"即使这些妇女在水中游乐，
面部装饰凌乱，头发披散，
脸上的彩绘线条失落，珍珠
耳环松懈，却依然可爱迷人。"（67）

udbandha（松散）-keśaḥ（keśa 头发），复合词（阳单体），头发披散。cyuta（脱落）-patralekhaḥ（patralekhā 彩绘线条），复合词（阳单体），彩绘线条脱落。viśleṣi（viśleṣin 松开）-muktāphala（珍珠）-patraveṣṭaḥ（patraveṣṭa 耳环），复合词（阳单体），珍珠耳环松开。manojñaḥ（manojña 阳单体）可爱的，迷人的。eva（不变词）仍旧。pramadā（妇女）-mukhānām（mukha 脸），复合词（中复属），妇女的脸。ambhas（水）-vihāra（游乐）-ākulitaḥ（ākulita 混乱的），复合词（阳单体），在水中游乐而凌乱的。api（不变词）即使。veṣaḥ（veṣa 阳单体）装饰。

स नौविमानादवतीर्य रेमे विलोलहारः सह ताभिरप्सु।
स्कन्धावलग्नोद्धृतपद्मिनीकः करेणुभिर्वन्य इव द्विपेन्द्रः ॥६८॥

他从这艘如同宫殿的船上下水，

胸前花环晃动，与她们一起游乐，
犹如林中象王肩上粘着拔起的
莲花，与雌象们一起在水中游乐。(68)

saḥ（tad 阳单体）他。nau（船）-vimānāt（vimāna 宫殿），复合词（阳单从），如同宫殿的船。avatīrya（ava√tṝ 独立式）下来。reme（√ram 完成单三）娱乐。vilola（晃动）-hāraḥ（hāra 花环），复合词（阳单体），花环晃动。saha（不变词）一起。tābhiḥ（tad 阴复具）她。apsu（ap 阴复依）水。skandha（肩膀）-avalagna（粘着）-uddhṛta（拔起）-padminīkaḥ（padminīkā 莲花），复合词（阳单体），肩上粘着拔起的莲花。kareṇubhiḥ（kareṇu 阴复具）母象。vanyaḥ（vanya 阳单体）林中的。iva（不变词）犹如。dvipa（象）-indraḥ（indra 王），复合词（阳单体），象王。

ततो नृपेणानुगताः स्त्रियस्ता भ्राजिष्णुना सातिशयं विरेजुः।
प्रागेव मुक्ता नयनाभिरामाः प्राप्येन्द्रनीलं किमुतोन्मयूखम् ॥६९॥

有光辉的国王陪伴身旁，
这些妇女顿时大放光彩，
珍珠本已悦目，又获得
闪亮的蓝宝石，会怎样？(69)

tatas（不变词）于是。nṛpeṇa（nṛpa 阳单具）国王。anugatāḥ（anugata 阴复体）跟随。striyaḥ（strī 阴复体）妇女。tāḥ（tad 阴复体）这。bhrājiṣṇunā（bhrājiṣṇu 阳单具）光辉的。sātiśayam（不变词）极度地。virejuḥ（vi√rāj 完成复三）闪亮。prāk（不变词）先前，已经。eva（不变词）就。muktāḥ（muktā 阴复体）珍珠。nayana（眼睛）-abhirāmāḥ（abhirāma 愉快的），复合词（阴复体），悦目的。prāpya（pra√āp 独立式）获得。indranīlam（indranīla 阳单业）蓝宝石。kim-uta（不变词）何况。unmayūkham（unmayūkha 阳单业）闪亮的。

वर्णोदकैः काञ्चनशृङ्गमुक्तैस्तमायताक्ष्यः प्रणयादसिञ्चन्।
तथागतः सोऽतितरां बभासे सधातुनिष्यन्द इवाद्रिराजः ॥७०॥

那些大眼妇女怀着挚爱，
用金喷壶浇灌彩色的水，
使这位国王更加光辉灿烂，
犹如流淌矿物液汁的山王。(70)

varṇa（颜色）-udakaiḥ（udaka 水），复合词（中复具），彩色的水。kāñcana（金

制的）-śṛṅga（喷壶）-muktaiḥ（mukta 释放），复合词（中复具），金喷壶流出的。tam（tad 阳单业）他。āyata（宽长的）-akṣyaḥ（akṣa 眼睛），复合词（阴复体），眼睛宽长的。praṇayāt（praṇaya 中单从）挚爱。asiñcan（√sic 未完复三）浇洒。tathā（这样）-gataḥ（gata 处于），复合词（阳单体），处于这种状态的。saḥ（tad 阳单体）他。atitarām（不变词）更加。babhāse（√bhās 完成单三）闪亮。sa（具有）-dhātu（矿物）-niṣyandaḥ（niṣyanda 液汁），复合词（阳单体），流淌矿物液汁。iva（不变词）犹如。adri（山）-rājaḥ（rājan 国王），复合词（阳单体），山王。

तेनावरोधप्रमदासखेन विगाहमानेन सरिद्वरां ताम्।
आकाशगङ्गारतिरप्सरोभिर्वृतो मरुत्वाननुयातलीलः ॥७१॥

他在后宫妇女们陪伴下，
进入这条优美的河，犹如
模仿天女们围绕的因陀罗，
在天国恒河中游乐的风采。（71）

tena（tad 阳单具）他，指俱舍。avarodha（后宫）-pramadā（妇女）-sakhena（sakha 陪伴），复合词（阳单具），由后宫妇女陪伴。vigāhamānena（vi√gāh 现分，阳单具）进入，潜入。sarit（河流）-varām（vara 最好的），复合词（阴单业），最好的河流，恒河。tām（tad 阴单业）这。ākāśa（天空）-gaṅgā（恒河）-ratiḥ（rati 快乐），复合词（阳单体），享受天国恒河的快乐。apsarobhiḥ（apsaras 阴复具）天女。vṛtaḥ（vṛta 阳单体）围绕。marutvān（marutvat 阳单体）因陀罗。anuyāta（模仿）-līlaḥ（līlā 风采），复合词（阳单体），风采受到模仿。

यत्कुम्भयोनेरधिगम्य रामः कुशाय राज्येन समं दिदेश।
तदस्य जैत्राभरणं विहर्तुरज्ञातपातं सलिले ममज्ज ॥७२॥

他在游乐中，没有觉察
胜利装饰品[①]滑落到水中，
那是罗摩得自投山仙人，
连同王国一起交给俱舍。（72）

yat（yad 中单业）这，指胜利装饰品。kumbha（罐）-yoneḥ（yoni 子宫），复合词（阳单从），罐生，即投山仙人。adhigamya（adhi√gam 独立式）获得。rāmaḥ（rāma 阳单体）罗摩。kuśāya（kuśa 阳单为）俱舍。rājyena（rājya 中单具）王国。samam（不

① 这是投山仙人送给罗摩的一件适合天神佩戴的装饰品。参阅第十五章第 55 首。

变词）一起。dideśa（√diś 完成单三）给予。tat（tad 中单体）这，指胜利装饰品。asya（idam 阳单属）这，指游乐者，即俱舍。jaitra（胜利的）-ābharaṇam（ābharaṇa 装饰品），复合词（中单体），胜利装饰品。vihartuḥ（vihartṛ 阳单属）游乐者。a（不）-jñāta（知道）-pātam（pāta 落下），复合词（中单体），落下而未被觉察。salile（salila 中单依）水。mamajja（√masj 完成单三）下沉。

स्नात्वा यथाकाममसौ सदारस्तीरोपकार्यां गतमात्र एव।
दिव्येन शून्यं वलयेन बाहुमपोढनेपथ्यविधिर्ददर्श ॥७३॥

他和妻子们尽情沐浴后，
正要前往岸边的帐篷，
就在穿上衣服时[①]，发现
臂上的天神臂钏已失落。（73）

snātvā（√snā 独立式）沐浴。yathākāmam（不变词）尽情地。asau（adas 阳单体）这。sa（和）-dāraḥ（dāra 妻子），复合词（阳单体），和妻子们一起。tīra（岸）-upakāryām（upakāryā 帐篷），复合词（阴单业），岸边的帐篷。gata（前往）-mātraḥ（mātra 刚刚），复合词（阳单体），刚要前往。eva（不变词）就。divyena（divya 阳单具）天神的。śūnyam（śūnya 阳单业）空无的。valayena（valaya 阳单具）臂钏。bāhum（bāhu 阳单业）手臂。apoḍha（去除）-nepathya（服饰）-vidhiḥ（vidhi 做，执行），复合词（阳单体），去除服饰的。dadarśa（√dṛś 完成单三）看见。

जयश्रियः संवननं यतस्तदामुक्तपूर्वं गुरुणा च यस्मात्।
सेहेऽस्य न भ्रंशमतो न लोभात्स तुल्यपुष्पाभरणो हि धीरः ॥७४॥

他不能忍受它的失落，并非出于
贪婪，因为智者对装饰品和花朵
一视同仁，而是想到它是胜利的
吉祥护符，原先由自己父亲佩戴。（74）

jaya（胜利）-śriyaḥ（śrī 吉祥女神），复合词（阴单属），胜利的吉祥女神。saṃvananam（saṃvanana 中单体）护身符。yatas（不变词）因为。tat（tad 中单体）这。āmukta（佩戴）-pūrvam（pūrva 以前），复合词（中单体），以前佩戴过。guruṇā（guru 阳单具）父亲。ca（不变词）和。yasmāt（不变词）因为。sehe（√sah 完成单三）忍受。asya（idam 中单属）这，指装饰品。na（不变词）不。bhraṃśam（bhraṃśa 阳单业）

① 此处“穿上衣服”的原文是 apoḍhanepathya。其中的 apoḍha 的词义为“去除”，而有的本子写为 upoḍha，词义为“取来”。这里采用后者的读法，译为“穿上衣服”。

失落。atas（不变词）因此。na（不变词）不。lobhāt（lobha 阳单从）贪爱。saḥ（tad 阳单体）他。tulya（等同）-puṣpa（花朵）-ābharaṇaḥ（ābharaṇa 装饰品），复合词（阳单体），对花朵和装饰品一视同仁。hi（不变词）因为。dhīraḥ（dhīra 阳单体）智慧的，智者。

ततः समाज्ञापयदाशु सर्वानानायिनस्तद्विचये नदीष्णान्।
वन्ध्यश्रमास्ते सरयूं विगाह्य तमूचुरम्लानमुखप्रसादाः ॥७५॥

他立即命令一切有经验的
渔夫寻找它，而他们潜入
萨罗优河中，却徒劳无功，
面不改色，镇静地报告说：（75）

tatas（不变词）然后。samājñāpayat（sam-ā√jñā 致使，未完单三）命令。āśu（不变词）立即。sarvān（sarva 阳复业）一切。ānāyinaḥ（ānāyin 阳复业）渔夫。tad（它，指臂钏）-vicaye（vicaya 寻找），复合词（阳单依），寻找臂钏。nadīṣṇān（nadīṣṇa 阳复业）熟悉河流的，有经验的。vandhya（没有结果的）-śramāḥ（śrama 疲倦），复合词（阳复体），徒劳无功的。te（tad 阳复体）他。sarayūm（sarayū 阴单业）萨罗优河。vigāhya（vi√gāh 独立式）潜入。tam（tad 阳单业）他。ūcuḥ（√vac 完成复三）说。amlāna（不褪色的）-mukha（脸）-prasādāḥ（prasāda 平静），复合词（阳复体），面不改色而平静的。

कृतः प्रयत्नो न च देव लब्धं मग्नं पयस्याभरणोत्तमं ते।
नागेन लौल्यात्कुमुदेन नूनमुपात्तमन्तर्ह्रदवासिना तत् ॥७६॥

"王上啊，我们竭尽努力，没有
找到你失落水中的珍贵装饰品，
肯定是住在水底下的蛇，名为
古摩陀，出于贪心，取走了它。"（76）

kṛtaḥ（kṛta 阳单体）做。prayatnaḥ（prayatna 阳单体）努力。na（不变词）不。ca（不变词）和。deva（deva 阳单呼）大王。labdham（labdha 中单体）获得。magnam（magna 中单体）沉没。payasi（payas 中单依）水。ābharaṇa（装饰品）-uttamam（uttama 最好的），复合词（中单体），最好的装饰品。te（tvad 单属）你。nāgena（nāga 阳单具）蛇。laulyāt（laulya 中单从）贪心。kumudena（kumuda 阳单具）古摩陀。nūnam（不变词）肯定。upāttam（upātta 中单体）取走。antar（中间，里面）-hrada（湖水）-vāsinā（vāsin 居住的），复合词（阳单具），住在水中的。tat（tad 中单体）这。

ततः स कृत्वा धनुराततज्यं धनुर्धरः कोपविलोहिताक्षः।
गारुत्मतं तीरगतस्तरस्वी भुजंगनाशाय समाददेऽस्त्रम् ॥७७॥

然后，这位勇猛的弓箭手，
因愤怒而眼睛通红，持弓
上弦，走到河岸边，取出
金翅鸟神镖，要射杀这蛇。（77）

tatas（不变词）然后。saḥ（tad 阳单体）他，指俱舍。kṛtvā（√kṛ 独立式）做。dhanuḥ（dhanus 中单业）弓。ātata（伸展）-jyam（jyā 弓弦），复合词（中单业），上弦。dhanus（弓）-dharaḥ（dhara 持），复合词（阳单体），弓箭手。kopa（愤怒）-vilohita（深红色的）-akṣaḥ（akṣa 眼睛），复合词（阳单体），因愤怒而眼睛通红。gārutmatam（gārutmata 中单业）金翅鸟的。tīra（岸）-gataḥ（gata 走到），复合词（阳单体），来到河岸边。tarasvī（tarasvin 阳单体）勇猛的。bhujaṃga（蛇）-nāśāya（nāśa 消灭），复合词（阳单为），消灭蛇。samādade（sam-ā√dā 完成单三）取出。astram（astra 中单业）飞镖，箭。

तस्मिन्ह्रदः संहितमात्र एव क्षोभात्समाविद्धतरंगहस्तः।
रोधांसि निघ्नन्नवपातमग्नः करीव वन्यः परुषं ररास ॥७८॥

神镖一搭上弦，这里的河水
就翻滚涌动，挥舞波浪手臂，
冲击堤岸，犹如林中野象
坠落陷阱，发出刺耳的吼叫。（78）

tasmin（tad 中单依）它，指神镖。hradaḥ（hrada 阳单体）池塘，河水。saṃhita（安放，上弦）-mātre（mātra 刚刚），复合词（中单依），刚搭上弦。eva（不变词）就。kṣobhāt（kṣobha 阳单从）骚动。samāviddha（摇动）-taraṃga（波浪）-hastaḥ（hasta 手），复合词（阳单体），挥舞波浪手。rodhāṃsi（rodhas 中复业）堤岸。nighnan（ni√han 现分，阳单体）冲击。avapāta（陷阱）-magnaḥ（magna 陷入），复合词（阳单体），陷入陷阱。karī（karin 阳单体）大象。iva（不变词）犹如。vanyaḥ（vanya 阳单体）林中的。paruṣam（不变词）刺耳地。rarāsa（√rās 完成单三）吼叫。

तस्मात्समुद्रादिव मथ्यमानादुद्वृत्तनक्रात्सहसोन्ममज्ज।
लक्ष्म्येव सार्धं सुरराजवृक्षः कन्यां पुरस्कृत्य भुजंगराजः ॥७९॥

从鳄鱼变得激动的河水中，

蛇王突然出现，前面还有
一个少女，犹如搅动乳海，
出现天王神树[1]和吉祥女神。（79）

tasmāt（tad 阳单从）这，指河水。samudrāt（samudra 阳单从）大海。iva（不变词）犹如。mathyamānāt（√manth 被动，现分，阳单从）搅动。udvṛtta（激动）-nakrāt（nakra 鳄鱼），复合词（阳单从），鳄鱼变得激动的。sahasā（不变词）突然。unmamajja（ud√masj 完成单三）出现。lakṣmyā（lakṣmī 阴单具）吉祥女神。iva（不变词）犹如。sārdham（不变词）一起。sura（天神）-rāja（王）-vṛkṣaḥ（vṛkṣa 树），复合词（阳单体），天王因陀罗的树，波利质多树。kanyām（kanyā 阴单业）女孩。puraskṛtya（puras√kṛ 独立式）放在前面。bhujaṃga（蛇）-rājaḥ（rājan 王），复合词（阳单体），蛇王。

विभूषणप्रत्युपहारहस्तमुपस्थितं वीक्ष्य विशांपतिस्तम्।
सौपर्णमस्त्रं प्रतिसंजहार प्रह्वेष्वनिर्बन्धरुषो हि सन्तः ॥८०॥

国王看到他走近过来，
手里拿着归还的装饰品，
于是收回金翅鸟神镖，
善人不会对谦卑者发怒。（80）

vibhūṣaṇa（装饰品）-pratyupahāra（归还）-hastam（hasta 手），复合词（阳单业），手里拿着归还的装饰品。upasthitam（upasthita 阳单业）走近。vīkṣya（vi√īkṣ 独立式）看到。viśām（viś 臣民）-patiḥ（pati 主人），复合词（阳单体），臣民之主，国王。tam（tad 阳单业）他，指蛇王。sauparṇam（sauparṇa 中单业）金翅鸟的。astram（astra 中单业）飞镖。箭。pratisaṃjahāra（prati-sam√hṛ 完成单三）收回。prahveṣu（prahva 阳复依）谦卑的。a（不）-nirbandha（坚持）-ruṣaḥ（ruṣ 愤怒），复合词（阳复体），不坚持愤怒。hi（不变词）因为。santaḥ（sat 阳复体）善人。

त्रैलोक्यनाथप्रभवं प्रभावात्कुशं द्विषामङ्कुशमस्त्रविद्वान्।
मानोन्नतेनाप्यभिवन्द्य मूर्ध्ना मूर्धाभिषिक्तं कुमुदो बभाषे ॥८१॥

俱舍出生自三界之主，凭借威力
成为制伏敌人的刺棒，灌顶为王，
古摩陀知道神镖力量，低下骄傲
而昂起的头，向他致敬后，说道：（81）

---

① “天王神树”指波利质多树。此树和吉祥女神都是搅乳海搅出的宝物。

trailokya（三界）-nātha（主人）-prabhavam（prabhava 产生），复合词（阳单业），出生自三界之主。prabhāvāt（prabhāva 阳单从）威力。kuśam（kuśa 阳单业）俱舍。dviṣām（dviṣ 阳复属）敌人。aṅkuśam（aṅkuśa 阳单业）刺棒。astra（武器，飞镖）-vidvān（vidvas，√vid 完分，知道），复合词（阳单体），知道神镖的。māna（骄傲）-unnatena（unnata 昂起），复合词（阳单具），骄傲而昂起的。api（不变词）即使。abhivandya（abhi√vand 独立式）致敬。mūrdhnā（mūrdhan 阳单具）头。mūrdha（mūrdhan 头顶）-abhiṣiktam（abhiṣikta 浇灌），复合词（阳单业），灌顶的。kumudaḥ（kumuda 阳单体）古摩陀。babhāṣe（√bhāṣ 完成单三）说。

अवैमि कार्यान्तरमानुषस्य विष्णोः सुताख्यामपरां तनुं त्वाम्।
सोऽहं कथं नाम तवाचरेयमाराधनीयस्य धृतेर्विघातम् ॥८२॥

“我知道毗湿奴有意化身为人，
你是名为毗湿奴之子的另一个
形体，确实，你值得崇敬，
我怎么可能破坏你的快乐？（82）

avaimi（ava√i 现在单一）知道。kārya（事业）-antara（目的）-mānuṣasya（mānuṣa 凡人），复合词（阳单属），为了事业化身为人。viṣṇoḥ（viṣṇu 阳单属）毗湿奴。suta（儿子）-ākhyām（ākhyā 名称），复合词（阴单业），名为儿子的。aparām（apara 阴单业）另一个。tanum（tanu 阴单业）形体。tvām（tvad 单业）你。saḥ（tad 阳单体）这。aham（mad 单体）我。katham（不变词）怎么。nāma（不变词）确实。tava（tvad 单属）你。ācareyam（ā√car 虚拟单一）实行。ārādhanīyasya（ārādhanīya 阳单属）值得崇敬的。dhṛteḥ（dhṛti 阴单属）快乐。vighātam（vighāta 阳单业）破坏。

कराभिघातोत्थितकन्दुकेयमालोक्य बालाऽतिकुतूहलेन।
जवात्पतज्ज्योतिरिवान्तरिक्षादादत्त जैत्राभरणं त्वदीयम् ॥८३॥

“这个少女举手向上拍球，
看到你的这个胜利装饰品
似星星从空中坠落水中，
出于强烈好奇而收下它。（83）

kara（手）-abhighāta（打击）-utthita（上升）-kandukā（kanduka 球），复合词（阴单体），举手向上拍球。īyam（idam 阴单体）这。ālokya（ā√lok 独立式）看到。bālā（bālā 阴单体）女孩。ati（非常）-kutūhalena（kutūhala 好奇的），复合词（阳单具），非常好奇的。javāt（java 阳单从）快速。patat（√pat 现在，中单业）落下。jyotiḥ（jyotis

中单业）发光体，星体。iva（不变词）似。antarikṣāt（antarikṣa 中单从）空中。ādatta（ā√dā 未完单三）取走。jaitra（胜利的）-ābharaṇam（ābharaṇa 装饰品），复合词（中单业），胜利的装饰品。tvadīyam（tvadīya 中单业）你的。

तदेतदाजानुविलम्बिना ते ज्याघातरेखाकिणलाञ्छनेन।
भुजेन रक्षापरिघेण भूमेरुपैतु योगं पुनरंसलेन ॥८४॥

“你强壮有力的手臂长达膝盖，
有弓弦摩擦留下的伤疤标志，
堪称为守护大地之门的铁闩，
让这装饰品与它重新结合吧！（84）

tat（tad 中单体）这。etat（etad 中单体）那。ā（直到）-jānu（膝盖）-vilambinā（vilambin 悬挂），复合词（阳单具），长达膝盖。te（tvad 单属）你。jyā（弓弦）-ghāta（打击，摩擦）-rekhā（线条）-kiṇa（伤疤）-lāñchanena（lāñchana 标志），复合词（阳单具），有弓弦摩擦留下的道道伤疤标志。bhujena（bhuja 阳单具）手臂。rakṣā（保护）-parigheṇa（parigha 铁闩），复合词（阳单具），守护的铁闩。bhūmeḥ（bhūmi 阴单属）大地。upaitu（upa√i 命令单三）走向。yogam（yoga 阳单业）结合。punar（不变词）再次。aṃsalena（aṃsala 阳单具）强壮的。

इमां स्वसारं च यवीयसीं मे कुमुद्वतीं नार्हसि नानुमन्तुम्।
आत्मापराधं नुदतीं चिराय शुश्रूषया पार्थिव पादयोस्ते ॥८५॥

“还有我的这个妹妹古摩婆提，
并不是不值得你考虑接受她，
国王啊，她愿意长久地侍奉
你的双脚，弥补自己的过失。”（85）

imām（idam 阴单业）这。svasāram（svasṛ 阴单业）姐妹。ca（不变词）和。yavīyasīm（yavīyas 阴单业）较年轻的。me（mad 单属）我。kumudvatīm（kumudvatī 阴单业）古摩婆提。na（不变词）不。arhasi（√arh 现在单二）值得。na（不变词）不。anumantum（anu√man 不定式）同意，允许。ātma（ātman 自己）-aparādham（aparādha 过失），复合词（阳单业），自己的过失。nudatīm（√nud 现分，阴单业）驱除。cirāya（不变词）长久。śuśrūṣayā（śuśrūṣā 阴单具）侍奉。pārthiva（pārthiva 阳单呼）国王。pādayoḥ（pāda 阳双属）脚。te（tvad 单属）你。

इत्यूचिवानुपहृताभरणः क्षितीशं

श्लाघ्यो भवान्स्वजन इत्यनुभाषितारम्।
संयोजयां विधिवदास समेतबन्धुः
कन्यामयेन कुमुदः कुलभूषणेन ॥८६॥

说完这些，古摩陀交回国王装饰品，
又与亲戚一道，按照仪轨，让这个
少女作为家族的装饰品与国王结合，
国王回答说："你是值得称赞的亲戚。"（86）

iti（不变词）这样（说）。ūcivān（ūcivas，√vac 完分，阳单体）说。upahṛta（奉上）-ābharaṇaḥ（ābharaṇa 装饰品），复合词（阳单体），奉上装饰品。kṣiti（大地）-īśam（īśa 主人），复合词（阳单业），国王。ślāghyaḥ（ślāghya 阳单体）值得称赞的。bhavān（bhavat 阳单体）您。svajanaḥ（svajana 阳单体）亲戚。iti（不变词）这样（说）。anubhāṣitāram（anubhāṣitṛ 阳单业）回答的。saṃyojayāmāsa（sam√yuj 致使，完成单三）结合。vidhivat（不变词）按照仪轨。sameta（聚集，伴随）-bandhuḥ（bandhu 亲戚），复合词（阳单体），与亲戚一起。kanyā（女孩）-mayena（maya 构成的），复合词（中单具），由女孩构成的。kumudaḥ（kumuda 阳单体）古摩陀。kula（家族）-bhūṣaṇena（bhūṣaṇa 装饰品），复合词（中单具），家族的装饰品。

तस्याः स्पृष्टे मनुजपतिना साहचर्याय हस्ते
माङ्गल्योर्णावलयिनि पुरः पावकस्योच्छिखस्य।
दिव्यस्तूर्यध्वनिरुदचरद्व्यश्नुवानो दिगन्ता-
न्गन्धोदग्रं तदनु ववृषुः पुष्पमाश्चर्यमेघाः ॥८७॥

在火苗上蹿的圣火面前，国王接触她的
佩戴吉祥羊毛腕环的手，结为终身伴侣，
天国的乐器声随即响起，传遍四方尽头，
然后，奇妙的云降下香气浓郁的花雨。（87）

tasyāḥ（tad 阴单属）她。spṛṣṭe（spṛṣṭa 阳单依）接触。manuja（人）-patinā（pati 主人），复合词（阳单具），国王。sāhacaryāya（sāhacarya 中单为）同伴，伴侣。haste（hasta 阳单依）手。māṅgalya（吉祥的）-ūrṇā（羊毛）-valayini（valayin 佩戴腕环的），复合词（阳单依），佩戴吉祥羊毛腕环。puras（不变词）前面。pāvakasya（pāvaka 阳单属）火。ucchikhasya（ucchikha 阳单属）火苗上蹿的。divyaḥ（divya 阳单体）天国的。tūrya（乐器）-dhvaniḥ（dhvani 声音），复合词（阳单体），乐器声。udacarat（ud√car 未完单三）响起。vyaśnuvānaḥ（vi√aś 现分，阳单体）到达。diś（方向）-antān（anta

尽头），复合词（阳复业），四方尽头。gandha（香气）-udagram（udagra 强烈的），复合词（中单业），香气浓郁的。tadanu（不变词）随后。vavṛṣuḥ（√vṛṣ 完成复三）下雨，倾洒。puṣpam（puṣpa 中单业）花朵。āścarya（奇妙的）-meghāḥ（megha 云），复合词（阳复体），奇妙的云。

इत्थं नागस्त्रिभुवनगुरोरौरसं मैथिलेयं
लब्ध्वा बन्धुं तमपि च कुशः पञ्चमं तक्षकस्य।
एकः शङ्कां पितृवधरिपोरत्यजद्वैनतेया-
च्छान्तव्यालामवनिमपरः पौरकान्तः शशास ॥८८॥

这样，这条蛇获得三界之主和悉多的亲生子
做亲戚，俱舍也获得多刹迦的第五子做亲戚，
前者从此摆脱对杀父仇敌金翅大鹏鸟的恐惧，
后者统治大地，摆脱蛇的威胁，受市民爱戴。（88）

ittham（不变词）这样。nāgaḥ（nāga 阳单体）蛇。tri（三）-bhuvana（世界）-guroḥ（guru 君主），复合词（阳单属），三界之主，指罗摩。aurasam（aurasa 阳单业）亲生子。maithileyam（maithileya 阳单业）弥提罗公主悉多的。labdhvā（√labh 独立式）获得。bandhum（bandhu 阳单业）亲戚。tam（tad 阳单业）他，指俱舍。api（不变词）也。ca（不变词）和。kuśaḥ（kuśa 阳单体）俱舍。pañcamam（pañcama 阳单业）第五个的。takṣakasya（takṣaka 阳单属）多刹迦。ekaḥ（eka 阳单体）一个。śaṅkām（śaṅkā 阴单业）疑虑，恐惧。pitṛ（父亲）-vadha（杀害）-ripoḥ（ripu 仇敌），复合词（阳单从），杀父仇敌。atyajat（√tyaj 未完单三）抛弃。vainateyāt（vainateya 阳单从）金翅鸟。śānta（平静）-vyālām（vyāla 蛇），复合词（阴单业），蛇族平静的。avanim（avani 阴单业）大地。aparaḥ（apara 阳单体）另一个。paura（市民）-kāntaḥ（kānta 喜爱），复合词（阳单体），受市民爱戴。śaśāsa（√śās 完成单三）统治。

सप्तदशः सर्गः।

第十七章

अतिथिं नाम काकुत्स्थात्पुत्रं प्राप कुमुद्वती।
पश्चिमाद्यामिनीयामात्प्रसादमिव चेतना॥१॥

古摩婆提依靠迦俱私陀后裔
俱舍，获得一个儿子，名叫
阿底提，犹如思想依靠夜晚
最后一个时辰，获得清晰。（1）

atithim（atithi 阳单业）阿底提。nāma（不变词）名为。kākutsthāt（kākutstha 阳单从）迦俱私陀后裔，这里指俱舍。putram（putra 阳单业）儿子。prāpa（pra√āp 完成单三）获得。kumudvatī（kumudvatī 阴单体）古摩婆提。paścimāt（paścima 阳单从）最后的。yāminī（夜晚）-yāmāt（yāma 时辰），复合词（阳单从），夜晚的时辰。prasādam（prasāda 阳单业）清晰。iva（不变词）犹如。cetanā（cetanā 阴单体）思想。

स पितुः पितृमान्वंशं मातुश्चानुपमद्युतिः।
अपुनात्सवितेवोभौ मार्गावुत्तरदक्षिणौ॥२॥

他有好父亲而光辉无比，
净化父系和母系的家族，
犹如天上太阳光辉无比，
净化南方和北方的道路。（2）

saḥ（tad 阳单体）他，指阿底提。pituḥ（pitṛ 阳单属）父亲。pitṛmān（pitṛmat 阳单体）有好父亲的。vaṃśam（vaṃśa 阳单业）家族。mātuḥ（mātṛ 阴单属）母亲。ca（不变词）和。anupama（无比的）-dyutiḥ（dyuti 光辉），复合词（阳单体），光辉无比。apunāt（√pū 未完单三）净化。savitā（savitṛ 阳单体）太阳。iva（不变词）犹如。ubhau（ubha 阳双业）两者。mārgau（mārga 阳双业）道路。uttara（北方的）-dakṣiṇau（dakṣiṇa 南方的），复合词（阳双业），北方的和南方的。

तमादौ कुलविद्यानामर्थमर्थविदां वरः।
पश्चात्पार्थिवकन्यानां पाणिमग्राहयत्पिता॥३॥

他的父亲是优秀的通晓
事理者，首先让他掌握
家族的传统知识，然后
让他与王族公主牵手成婚。（3）

tam（tad 阳单业）他。ādau（ādi 阳单依）首先。kula（家族）-vidyānām（vidyā 知识），复合词（阴复属），家族的知识。artham（artha 阳单业）意义。artha（意义）-vidām（vid 通晓），复合词（阳复属），通晓意义的，通晓事理者。varaḥ（vara 阳单体）优秀的。paścāt（不变词）然后。pārthiva（国王）-kanyānām（kanyā 女孩），复合词（阴复属），王族公主。pāṇim（pāṇi 阳单业）手。agrāhayat（√grah 致使，未完单三）握住，掌握。pitā（pitṛ 阳单体）父亲。

जात्यस्तेनाभिजातेन शूरः शौर्यवता कुशः।
अमन्यतैकमात्मानमनेकं वशिना वशी॥४॥

高贵、英勇和自制的
俱舍，有了这个高贵、
英勇和自制的儿子，
认为自己不止一个。（4）

jātyaḥ（jātya 阳单体）高贵的。tena（tad 阳单体）他，指儿子阿底提。abhijātena（abhijāta 阳单具）高贵的。śūraḥ（śūra 阳单体）英勇的。śauryavatā（śauryavat 阳单具）英勇的。kuśaḥ（kuśa 阳单体）俱舍。amanyata（√man 未完单三）认为。ekam（eka 阳单业）一。ātmānam（ātman 阳单业）自己。anekam（aneka 阳单业）不止一个的。vaśinā（vaśin 阳单具）自制的。vaśī（vaśin 阳单体）自制的。

स कुलोचितमिन्द्रस्य साहायकमुपेयिवान्।
जघान समरे दैत्यं दुर्जयं तेन चावधि॥५॥

他遵照家族的习惯，
前去协助因陀罗战斗，
杀死名为难胜的提迭，
而他也被这提迭杀死。（5）

saḥ（tad 阳单体）他。kula（家族）-ucitam（ucita 习惯的），复合词（中单业），

遵照家族习惯的。indrasya（indra 阳单属）因陀罗。sāhāyakam（sāhāyaka 中单业）帮助，助手。upeyivān（upeyivas，upa√i 完分，阳单体）到达，成为。jaghāna（√han 完成单三）杀害。samare（samara 阳单依）战斗。daityam（daitya 阳单业）提迭。durjayam（durjaya 阳单业）难胜（提迭名）。tena（tad 阳单具）他，指提迭。ca（不变词）和。avadhi（√vadh 被动，不定单三）杀死。

तं स्वसा नागराजस्य कुमुदस्य कुमुद्वती।
अन्वगात्कुमुदानन्दं शशाङ्कमिव कौमुदी॥६॥

于是蛇王古摩陀的妹妹
古摩婆提追随乐于令大地
喜悦的国王，犹如月光
追随令晚莲喜悦的月亮。（6）

tam（tad 阳单业）他，指俱舍。svasā（svasṛ 阴单体）姐妹。nāga（蛇）-rājasya（rājan 王），复合词（阳单属），蛇王。kumudasya（kumuda 阳单属）古摩陀。kumudvatī（kumudvatī 阴单体）古摩婆提。anvagāt（anu√i 不定单三）追随。kumuda（莲花）-ānandam（ānanda 喜悦），复合词（阳单业），令莲花喜悦的。ku（大地）-mud（喜悦）-ānandam（ānanda 乐于），复合词（阳单业），乐于令大地喜悦的。śaśāṅkam（śaśāṅka 阳单业）月亮。iva（不变词）犹如。kaumudī（kaumudī 阴单体）月光。

तयोर्दिवस्पतेरासीदेकः सिंहासनार्धभाक्।
द्वितीयाऽपि सखी शच्याः पारिजातांशभागिनी॥७॥

他俩中，俱舍享有天王
因陀罗的半个狮子宝座，
古摩婆提也成为舍姬的
朋友，分享波利质多树。（7）

tayoḥ（tad 阳双属）他。divaḥ（div 阴单属）天国。pateḥ（pati 阳单属）主人。āsīt（√as 未完单三）成为。ekaḥ（eka 阳单体）一个。siṃha（狮子）-āsana（座）-ardha（一半）-bhāk（bhāj 享有），复合词（阳单体），享有半个狮子宝座。dvitīyā（dvitīya 阴单体）第二。api（不变词）也。sakhī（sakhī 阴单体）女友。śacyāḥ（śacī 阴单属）舍姬。pārijāta（波利质多树）-aṃśa（部分）-bhāginī（bhāgin 享有的），复合词（阴单体），分享波利质多树。

तदात्मसंभवं राज्ये मन्त्रिवृद्धाः समादधुः।

स्मरन्तः पश्चिमामाज्ञां भर्तुः संग्राममयायिनः ॥ ८ ॥

遵照国王前去参加
战斗时留下的遗言，
老臣们让他的儿子
阿底提登上了王位。（8）

tad（他，指俱舍）-ātma（ātman 自己）-saṃbhavam（saṃbhava 产生），复合词（阳单业），他的儿子。rājye（rājya 中单依）王位。mantri（mantrin 大臣）-vṛddhāḥ（vṛddha 年老的），复合词（阳复体），老臣。samādadhuḥ（sam-ā√dhā 完成复三）安放。smarantaḥ（√smṛ 现分，阳复体）记忆。paścimām（paścima 阴单业）最后的。ājñām（ājñā 阴单业）命令。bhartuḥ（bhartṛ 阳单属）主人，国王。saṃgrāma（战斗）-yāyinaḥ（yāyin 前往），复合词（阳单属），前去战斗的。

ते तस्य कल्पयामासुरभिषेकाय शिल्पिभिः।
विमानं नवमुद्वेदि चतुःस्तम्भप्रतिष्ठितम् ॥ ९ ॥

为了举行灌顶仪式，
他们让工匠们新建
一顶帐篷，周边竖立
四根柱子，设有高坛。（9）

te（tad 阳复体）他，指老臣。tasya（tad 阳单属）他。kalpayāmāsuḥ（√kḷp 致使，完成复三）安排，建造。abhiṣekāya（abhiṣeka 阳单为）灌顶。śilpibhiḥ（śilpin 阳复具）工匠。vimānam（vimāna 中单业）宫殿，帐篷。navam（nava 中单业）新的。udvedi（udvedi 中单业）有高坛的。catur（四）-stambha（柱子）-pratiṣṭhitam（pratiṣṭhita 竖立），复合词（中单业），四根柱子竖起的。

तत्रैनं हेमकुम्भेषु संभृतैस्तीर्थवारिभिः।
उपतस्थुः प्रकृतयो भद्रपीठोपवेशितम् ॥ १० ॥

他坐在帐篷中吉祥的
座位上，侍臣们使用
从圣地取来而分装在
金罐里的水，侍奉他。（10）

tatra（不变词）这里，指帐篷。enam（etad 阳单业）他。hema（金子）-kumbheṣu（kumbha 罐子），复合词（阳复依），金罐。saṃbhṛtaiḥ（saṃbhṛta 中复具）收集，积

聚。tīrtha（圣地）-vāribhiḥ（vāri 水），复合词（中复具），圣地的水。upatasthuḥ（upa√sthā 完成复三）侍奉。prakṛtayaḥ（prakṛti 阴复体）臣民。bhadra（吉祥的）-pīṭha（座位）-upaveśitam（upaveśita 坐下），复合词（阳单业），坐在吉祥的王座上。

नदद्भिः स्निग्धगम्भीरं तूर्यैराहतपुष्करैः।
अन्वमीयत कल्याणं तस्याविच्छिन्नसंतति॥ ११॥

敲击而发出鼓乐声，
听来优美而深沉，
由此可以推测他的
好运将会绵延不断。（11）

nadadbhiḥ（√nad 现分，中复具）发声。snigdha（柔和的，优美的）-gambhīram（gambhīra 深沉的），复合词（不变词），优美而深沉。tūryaiḥ（tūrya 中复具）乐器。āhata（敲击）-puṣkaraiḥ（puṣkara 鼓面），复合词（中复具），敲击鼓面。anvamīyata（anu√mā 被动，未完单三）推断。kalyāṇam（kalyāṇa 中单体）幸运。tasya（tad 阳单属）他。avicchinna（不断的）-saṃtati（saṃtati 延续），复合词（中单体），绵延不绝。

दूर्वायवाङ्कुरप्लक्षत्वगभिन्नपुटोत्तरान्।
ज्ञातिवृद्धैः प्रयुक्तान्स भेजे नीराजनाविधीन्॥ १२॥

他接受年迈亲戚为他
举行的军事净化仪式[①]，
使用杜尔婆草、麦苗、
毕洛叉树皮和幼芽等。（12）

dūrvā（杜尔婆草）-yava（大麦）-aṅkura（芽苗）-plakṣa（毕洛叉树）-tvac（树皮）-abhinna（未裂开的，合拢的）-puṭa（幼芽）-uttarān（uttara 充满的，为主的），复合词（阳复业），主要使用杜尔婆草、麦苗、毕洛叉树皮和幼芽。jñāti（亲戚）-vṛddhaiḥ（vṛddha 年迈的），复合词（阳复具），年迈亲戚。prayuktān（prayukta 阳复业）举行。saḥ（tad 阳单体）他。bheje（√bhaj 完成单三）享有，接受。nīrājanā（军事净化仪式）-vidhīn（vidhi 仪式），复合词（阳复业），军事净化仪式。

पुरोहितपुरोगास्तं जिष्णुं जैत्रैरथर्वभिः।
उपचक्रमिरे पूर्वमभिषेक्तुं द्विजातयः॥ १३॥

---

① “军事净化仪式”指出征前净化祭司、大臣和军队的仪式。

在家庭祭司的带领下，
那些婆罗门首先为这位
胜利者进行灌顶，念诵
保障胜利的阿达婆吠陀。（13）

purohita（家庭祭司）-purogāḥ（puroga 带领的），复合词（阳复体），在家庭祭司带领下。tam（tad 阳单业）这。jiṣṇum（jiṣṇu 阳单业）胜利的。jaitraiḥ（jaitra 阳复具）导向胜利的。atharvabhiḥ（atharvan 阳复具）阿达婆吠陀。upacakramire（upa√kram 完成复三）开始。pūrvam（不变词）首先。abhiṣektum（abhi√sic 不定式）灌顶。dvijātayaḥ（dvijāti 阳复体）婆罗门。

तस्यौघमहती मूर्ध्नि निपतन्ती व्यरोचत।
सशब्दमभिषेकश्रीर्गङ्गेव त्रिपुरद्विषः॥१४॥

光辉的灌顶大水流，
带着响声，落在他的
头顶上，犹如恒河
落在三城之敌[①]头顶上。（14）

tasya（tad 阳单属）他。ogha（水流）-mahatī（mahat 大的），复合词（阴单体），大水流。mūrdhni（mūrdhan 阳单依）头顶。nipatantī（ni√pat 现分，阴单体）落下。vyarocata（vi√ruc 未完单三）闪亮。saśabdam（不变词）带着响声。abhiṣeka（灌顶）-śrīḥ（śrī 光辉），复合词（阴单体），充满灌顶的光辉。gaṅgā（gaṅgā 阴单体）恒河。iva（不变词）犹如。tri（三）-pura（城）-dviṣaḥ（dviṣ 敌人），复合词（阳单属），三城之敌，湿婆。

स्तूयमानः क्षणे तस्मिन्नलक्ष्यत स बन्दिभिः।
प्रवृद्ध इव पर्जन्यः सारङ्गैरभिनन्दितः॥१५॥

就在此刻，他受到
歌手们赞颂，看似
丰盈的雨云，受到
那些饮雨鸟的欢迎。（15）

stūyamānaḥ（√stu 被动，现分，阳单体）赞颂。kṣaṇe（kṣaṇa 阳单依）刹那。tasmin（tad 阳单依）这。alakṣyata（√lakṣ 被动，未完单三）看似。saḥ（tad 阳单体）他。

---

① “三城之敌”是湿婆大神的称号。湿婆曾焚烧魔王统治的三座城。

bandibhiḥ（bandin 阳复具）歌手。pravṛddhaḥ（pravṛddha 阳单体）增长，丰满。iva（不变词）似乎。parjanyaḥ（parjanya 阳单体）雨云。sāraṅgaiḥ（sāraṅga 阳复具）饮雨鸟。abhinanditaḥ（abhinandita 阳单体）欢迎。

तस्य सन्मन्त्रपूताभिः स्नानमद्भिः प्रतीच्छतः।
ववृधे वैद्युतस्याग्नेर्वृष्टिसेकादिव द्युतिः॥ १६॥

他接受沐浴，那些水
经过神圣颂诗的净化，
他的光辉增长，犹如
雨水中闪电的火光。（16）

tasya（tad 阳单属）他。sat（好的，吉祥的）-mantra（颂诗）-pūtābhiḥ（pūta 净化），复合词（阴复具），经过神圣颂诗的净化。snānam（snāna 中单业）沐浴。adbhiḥ（ap 阴复具）水。pratīcchataḥ（prati√iṣ 现分，阳单属）接受。vavṛdhe（√vṛdh 完成单三）增长。vaidyutasya（vaidyuta 阳单属）闪电的。agneḥ（agni 阳单属）火。vṛṣṭi（雨）-sekāt（seka 浇洒），复合词（阳单从），下雨。iva（不变词）犹如。dyutiḥ（dyuti 阴单体）光辉。

स तावदभिषेकान्ते स्नातकेभ्यो ददौ वसु।
यावतैषां समाप्येरन्यज्ञाः पर्याप्तदक्षिणाः॥ १७॥

在灌顶仪式结束时，
他赐予家主们财富，
让他们能完成酬金
充足的祭祀仪式。（17）

saḥ（tad 阳单体）他。tāvat（tāvat 中单业）这么多的。abhiṣeka（灌顶）-ante（anta 结束），复合词（阳单依），灌顶结束。snātakebhyaḥ（snātaka 阳复为）举行净化仪式后进入家居期的婆罗门，家主。dadau（√dā 完成单三）给予。vasu（vasu 中单业）财富。yāvatā（yāvat 中单具）这么多的。eṣām（idam 阳复属）他，指婆罗门家主。samāpyeran（sam√āp 被动，虚拟复三）完成。yajñāḥ（yajña 阳复体）祭祀。paryāpta（充足的）-dakṣiṇāḥ（dakṣiṇā 酬金），复合词（阳复体），酬金充足。

ते प्रीतमनसस्तस्मै यामाशिषमुदैरयन्।
सा तस्य कर्मनिर्वृत्तैर्दूरं पश्चात्कृता फलैः॥ १८॥

他们满怀喜悦祝福他，

而他们所表达的这些
祝福远远落在他前生
已经获得的功果之后。[①]（18）

te（tad 阳复体）他，指婆罗门家主。prīta（高兴，喜悦）-manasaḥ（manas 心），复合词（阳复体），满怀喜悦。tasmai（tad 阳单为）他。yām（yad 阴单业）这。āśiṣam（āśis 阴单业）祝福。udairayan（ud√īr 致使，未完复三）说出。sā（tad 阴单体）它，指祝福。tasya（tad 阳单属）他。karma（karman 行为，业）-nirvṛttaiḥ（nirvṛtta 获得），复合词（中复具），行为获得的。dūram（不变词）远远地。paścātkṛtā（paścātkṛta 阴单体）抛在后面，超过。phalaiḥ（phala 中复具）果实。

बन्धच्छेदं स बद्धानां वधार्हाणामवध्यताम्।
धुर्याणां च धुरो मोक्षमदोहं चादिशद्गवाम्॥ १९॥

他下令解开囚犯锁链，
让获死罪者免除死刑，
让那些牲口卸下轭套，
让那些母牛免去挤奶。（19）

bandha（锁链）-chedam（断开），复合词（阳单业），断开锁链。saḥ（tad 阴单体）他。baddhānām（baddha 阳复属）囚禁的，囚犯。vadha（杀死）-arhāṇām（arha 值得），复合词（阳复属），应当处死的。avadhyatām（avadhyatā 阴单业）免死。dhuryāṇām（dhurya 阳复属）牲口。ca（不变词）和。dhuraḥ（dhur 阴单从）车轭。mokṣam（mokṣa 阳单业）解脱。adoham（adoha 阳单业）不挤奶。ca（不变词）和。ādiśat（ā√diś 未完单三）命令。gavām（go 阴复属）母牛。

क्रीडापतत्रिणोऽप्यस्य पञ्जरस्थाः शुकादयः।
लब्धमोक्षास्तदादेशाद्यथेष्टगतयोऽभवन्॥ २०॥

甚至鹦鹉等等这些
供他玩赏的笼中鸟，
也都遵照他的命令，
获得释放，自由飞翔。（20）

krīḍā（游戏）-patatriṇaḥ（patatrin 鸟），复合词（阳复体），以供玩赏的鸟。api（不变词）甚至。asya（idam 阳单属）他。pañjara（笼子）-sthāḥ（stha 处于），复合

① 这里意谓他在前生积下的功果远远超过这些家主对他的祝福。

词（阳复体），笼中的。śuka（鹦鹉）-ādayaḥ（ādi 等等），复合词（阳复体），鹦鹉等等。labdha（获得）-mokṣāḥ（mokṣa 解放），复合词（阳复体），获得解放。tad（他）-ādeśāt（ādeśa 命令），复合词（阳单从），他的命令。yathā（按照）-iṣṭa（愿望）-gatayaḥ（gati 活动），复合词（阳复体），任意活动。abhavan（√bhū 未完复三）成为。

ततः कक्ष्यान्तरन्यस्तं गजदन्तासनं शुचि।
सोत्तरच्छदमध्यास्त नेपथ्यग्रहणाय सः॥२१॥

然后，在另一处宫殿
后院，他坐在纯洁的
象牙座上，上面铺有
坐垫，准备接受化妆。（21）

tatas（不变词）然后。kakṣyā（内宫）-antara（另一个）-nyastam（nyasta 安放），复合词（中单业），在另一个内宫安放的。gaja（大象）-danta（牙）-āsanam（āsana 座），复合词（中单业），象牙座。śuci（śuci 中单业）纯洁的。sa（具有）-uttara（上面的）-chadam（chada 覆盖物），复合词（中单业），铺有垫子。adhyāsta（adhi√ās 未完单三）坐下。nepathya（化妆）-grahaṇāya（grahaṇa 接受），复合词（中单为），接受化妆。saḥ（tad 阳单体）他。

तं धूपाश्यानकेशान्तं तोयनिर्णिक्तपाणयः।
आकल्पसाधनैस्तैस्तैरुपसेदुः प्रसाधकाः॥२२॥

他的头发末梢因熏香
而干燥，那些化妆师
用水洗净各自的双手，
用各种化妆品侍奉他。（22）

tam（tad 阳单业）他。dhūpa（熏香）-āśyāna（干燥）-keśa（头发）-antam（anta 末梢），复合词（阳单业），头发末梢因熏香而干燥。toya（水）-nirṇikta（洗净）-pāṇayaḥ（pāṇi 手），复合词（阳复体），用水洗净手。ākalpa（装饰）-sādhanaiḥ（sādhana 材料，用品），复合词（中复具），化妆用品。taiḥ（tad 中复具）这。taiḥ（tad 中复具）这。upaseduḥ（upa√sad 完成复三）侍奉。prasādhakāḥ（prasādhaka 阳复体）贴身男侍，化妆师。

तेऽस्य मुक्तागुणोन्नद्धं मौलिमन्तर्गतस्रजम्।
प्रत्यूपुः पद्मरागेण प्रभामण्डलशोभिना॥२३॥

他们在他的顶冠上，
系上珍珠串，置入
花环，镶嵌闪耀着
美丽光环的红宝石。（23）

te（tad 阳复体）他，指化妆师。asya（idam 阳单属）他。muktā（珍珠）-guṇa（线，串）-unnaddham（unnaddha 系上），复合词（阳单业），系上珍珠串。maulim（mauli 阳单业）顶冠。antargata（里面的，内含的）-srajam（sraj 花环），复合词（阳单业），内置花环。pratyūpuḥ（prati√vap 完成复三）镶嵌。padmarāgeṇa（padmarāga 阳单具）红宝石。prabhā（光辉）-maṇḍala（圆圈）-śobhinā（śobhin 闪耀的，优美的），复合词（阳单具），闪耀着美丽光环的。

चन्दनेनाङ्गरागं च मृगनाभिसुगन्धिना।
समापय्य ततश्चक्रुः पत्रं विन्यस्तरोचनम्॥ २४॥

他们用散发麝香味的
檀香膏涂抹他的身体，
然后又使用牛黄颜料，
在上面描出彩绘线条。（24）

candanena（candana 阳单具）檀香膏。aṅgarāgam（aṅgarāga 阳单业）涂身香膏。ca（不变词）和。mṛganābhi（麝香）-sugandhinā（sugandhin 有香味的），复合词（阳单具），散发麝香味的。samāpayya（sam√āp 致使，独立式）完成。tatas（不变词）然后。cakruḥ（√kṛ 完成复三）做。patram（patra 中单业）彩绘线条。vinyasta（安放）-rocanam（rocanā 牛黄颜料），复合词（中单业），使用牛黄颜料。

आमुक्ताभरणः स्रग्वी हंसचिह्नदुकूलवान्।
आसीदतिशयप्रेक्ष्यः स राज्यश्रीवधूवरः॥ २५॥

他佩戴装饰品和花环，
丝绸衣绣有天鹅标志，
成为王权女神新娘的
新郎，形象极其美观。（25）

āmukta（穿戴）-ābharaṇaḥ（ābharaṇa 装饰品），复合词（阳单体），佩戴装饰品。sragvī（sragvin 阳单体）有花环的。haṃsa（天鹅）-cihna（标志）-dukūla（丝绸衣）-vān（vat 具有），复合词（阳单体），穿着绣有天鹅标志的丝绸衣。āsīt（√as 未完单三）

是。atiśaya（非常的，极其的）-prekṣyaḥ（prekṣya 美观的），复合词（阳单体），极其美观。saḥ（tad 阳单体）他。rājya（王权）-śrī（女神）-vadhū（新娘）-varaḥ（vara 新郎），复合词（阳单体），王权女神新娘的新郎。

नेपथ्यदर्शिनश्छाया तस्यादर्शे हिरण्मये।
विरराजोदिते सूर्ये मेरौ कल्पतरोरिव॥२६॥

他观看服饰，影像在
金制镜子中闪耀光辉，
犹如弥卢山上如意树，
映照在初升的太阳中。（26）

nepathya（服饰，妆扮）-darśinaḥ（darśin 观看的），复合词（阳单属），观看服饰。chāyā（chāyā 阴单体）影像。tasya（tad 阳单属）他。ādarśe（ādarśa 阳单依）镜子。hiraṇmaye（hiraṇmaya 阳单依）金制的。virarāja（vi√rāj 完成单三）闪光。udite（udita 阳单依）升起。sūrye（sūrya 阳单依）太阳。merau（meru 阳单依）弥卢山。kalpa（如意树）-taroḥ（taru 树），复合词（阳单属），如意树。iva（不变词）犹如。

स राजककुदव्यग्रपाणिभिः पार्श्ववर्तिभिः।
ययावुदीरितालोकः सुधर्मानवमां सभाम्॥२७॥

侍从们专心执持王权
象征物[①]，念诵赞美辞，
他走向会堂，这会堂
不亚于天神的妙法堂。（27）

saḥ（tad 阳单体）他。rāja（王）-kakuda（王权象征物）-vyagra（专心）-pāṇibhiḥ（pāṇi 手），复合词（阳复具），手中专心执持王权象征物。pārśva（身边）-vartibhiḥ（vartin 活动的），复合词（阳复具），在身边活动的，侍从。yayāu（√yā 完成单三）走向。udīrita（说出）-ālokaḥ（āloka 赞美辞），复合词（阳单体），念诵赞美辞。sudharmā（天神的妙法堂）-anavamām（anavama 不亚于），复合词（阴单业），不亚于天神的妙法堂。sabhām（sabhā 阴单业）会堂。

वितानसहितं तत्र भेजे पैतृकमासनम्।
चूडामणिभिरुद्घृष्टपादपीठं महीक्षिताम्॥२८॥

① “王权象征物”指华盖和拂尘等。

在那里，他坐在父亲的
宝座上，上面张有帐篷，
那个脚凳曾经接触过
各地国王头上的顶珠。（28）

vitāna（帐篷）-sahitam（sahita 具有），复合词（中单业），具有帐篷。tatra（不变词）在那里。bheje（√bhaj 完成单三）享有，占有。paitṛkam（paitṛka 中单业）父亲的。āsanam（āsana 中单业）座位。cūḍā（顶髻）-maṇibhiḥ（maṇi 宝珠），复合词（阳复具），顶髻宝珠。udghṛṣṭa（摩擦）-pādapīṭham（pādapīṭha 脚凳），复合词（中单业），脚凳受到摩擦。mahī（大地）-kṣitām（kṣit 统治），复合词（阳复属），大地统治者，国王。

शुशुभे तेन चाक्रान्तं मङ्गलायतनं महत्।
श्रीवत्सलक्षणं वक्षः कौस्तुभेनेव कैशवम्॥ २९॥

他占据这吉祥的大会堂，
犹如憍斯杜跋宝石占据
毗湿奴大神有卍字鬈毛
标志的胸膛，光彩熠熠。（29）

śuśubhe（√śubh 完成单三）闪光。tena（tad 阳单具）他。ca（不变词）和。ākrāntam（ākrānta 中单体）进入，占据。maṅgala（吉祥的）-āyatanam（āyatana 住处，殿堂），复合词（中单体），吉祥的殿堂。mahat（mahat 中单体）大的。śrīvatsa（卍字鬈毛）-lakṣaṇam（lakṣaṇa 标志），复合词（中单体），有卍字鬈毛的标志。vakṣaḥ（vakṣas 中单体）胸脯。kaustubhena（kaustubha 阳单具）憍斯杜跋宝石。iva（不变词）犹如。kaiśavam（kaiśava 中单体）毗湿奴的。

बभौ भूयः कुमारत्वादाधिराज्यमवाप्य सः।
रेखाभावादुपारूढः सामग्र्यमिव चन्द्रमाः॥ ३०॥

他度过童年之后，
就获得至高的王权，
犹如月亮从一弯
新月变成一轮圆月。（30）

babhau（√bhā 完成单三）闪光。bhūyas（不变词）进而。kumāratvāt（kumāratva 中单从）儿童状态。ādhirājyam（ādhirājya 中单业）王权。avāpya（ava√āp 独立式）

获得。saḥ（tad 阳单体）他。rekhā（线条，月牙）-bhāvāt（bhāva 状态），复合词（阳单从），月牙的状态。upārūḍhaḥ（upārūḍha 阳单体）增长。sāmagryam（sāmagrya 中单业）圆满。iva（不变词）犹如。candramāḥ（candramas 阳单体）月亮。

प्रसन्नमुखरागं तं स्मितपूर्वाभिभाषिणम्।
मूर्तिमन्तममन्यन्त विश्वासमनुजीविनः॥ ३१॥

他的面容安详和蔼，
说话总是带着微笑，
依附他的人们认为
他是信任的化身。（31）

prasanna（安详的，和蔼的）-mukha（脸）-rāgam（rāga 颜色），复合词（阳单业），面容安详和蔼。tam（tad 阳单业）他。smita（微笑）-pūrva（为先的，伴随）-abhibhāṣiṇam（abhibhāṣin 说话），复合词（阳单业），说话带着微笑。mūrtimantam（mūrtimat 阳单业）有形体的。amanyanta（√man 未完复三）认为。viśvāsam（viśvāsa 阳单业）信任。anujīvinaḥ（anujīvin 阳复体）依附者。

स पुरं पुरुहूतश्रीः कल्पद्रुमनिभध्वजाम्।
क्रममाणश्चकार द्यां नागेनैरावतौजसा॥ ३२॥

坐在威力如同爱罗婆多的
大象上行进，光辉似因陀罗，
城中竖立的旗帜如同如意树，
他使这座城市变成了天国。（32）

saḥ（tad 阳单体）他。puram（pur 阴单业）城市。puruhūta（因陀罗）-śrīḥ（śrī 光辉），复合词（阳单体），光辉似因陀罗。kalpa（如意树）-druma（树）-nibha（像）-dhvajām（dhvaja 旗帜），复合词（阴单业），旗帜如同如意树。kramamāṇaḥ（√kram 现分，阳单体）前行，进入。cakāra（√kṛ 完成单三）做。dyām（dyo 阴单业）天国。nāgena（nāga 阳单具）大象。airāvata（爱罗婆多）-ojasā（ojas 威力），复合词（阳单具），威力如同爱罗婆多。

तस्यैकस्योच्छ्रितं छत्रं मूर्ध्नि तेनामलत्विषा।
पूर्वराजवियोगौष्म्यं कृत्स्नस्य जगतो हृतम्॥ ३३॥

他的头顶上撑起的
唯一华盖光辉纯洁，

消除全世界因先王
去世而产生的灼热。（33）

tasya（tad 阳单属）他。ekasya（eka 阳单属）唯一的。ucchritam（ucchrita 中单体）竖立。chatram（chatra 中单体）华盖。mūrdhni（mūrdhan 阳单依）头顶。tena（tad 中单具）这，指华盖。amala（纯洁的）-tviṣā（tviṣ 光辉），复合词（中单具），光辉纯洁的。pūrva（先前的）-rāja（王）-viyoga（分离）-auṣmyam（auṣmya 灼热），复合词（中单体），与先王分离而产生的灼热。kṛtsnasya（kṛtsna 中单属）全部的。jagataḥ（jagat 中单属）世界。hṛtam（hṛta 中单体）消除。

धूमादग्नेः शिखाः पश्चादुदयादंशवो रवेः।
सोऽतीत्य तेजसां वृत्तिं सममेवोत्थितो गुणैः॥ ३४॥

火焰出现在冒烟之后，
阳光出现在日出之后，
而他超越这些发光体，
与所有品德同时出现。①（34）

dhūmāt（dhūma 阳单从）烟。agneḥ（agni 阳单属）火。śikhāḥ（śikhā 阴复体）火焰。paścāt（不变词）之后。udayāt（udaya 阳单从）升起。aṃśavaḥ（aṃśu 阳复体）光芒。raveḥ（ravi 阳单属）太阳。saḥ（tad 阳单体）他。atītya（ati√i 独立式）超越。tejasām（tejas 中复属）发光体。vṛttim（vṛtti 阴单业）活动方式。samam（不变词）同时。eva（不变词）确实。utthitaḥ（utthita 阳单体）出现。guṇaiḥ（guṇa 阳复具）品德。

तं प्रीतिविशदैर्नेत्रैरन्वयुः पौरयोषितः।
शरत्प्रसन्नैर्ज्योतिर्भिर्विभावर्य इव ध्रुवम्॥ ३५॥

城中妇女们用喜悦
明亮的眼睛追随他，
犹如秋夜用明亮的
星星注视北极星。（35）

tam（tad 阳单业）他。prīti（喜悦）-viśadaiḥ（viśada 明亮的），复合词（中复具），喜悦明亮的。netraiḥ（netra 中复具）眼睛。anvayuḥ（anu√yā 未完复三）跟随。paura（城市的）-yoṣitaḥ（yoṣit 妇女），复合词（阴复体），城中妇女。śarad（秋天）-prasannaiḥ

① 这里意谓他一登上王位，就展现种种品德。

（prasanna 明亮的），复合词（中复具），在秋天明亮的。jyotisbhiḥ（jyotis 中复具）星星。vibhāvaryaḥ（vibhāvarī 阴复体）夜晚。iva（不变词）犹如。dhruvam（dhruva 阳单业）北极星。

अयोध्यादेवताश्चैनं प्रशस्तायतनार्चिताः।
अनुदध्युरनुध्येयं सांनिध्यैः प्रतिमागतैः॥३६॥

阿逾陀城的女神们，
在神庙中接受崇拜，
她们在神像中接近他，
恩宠这位值得恩宠者。（36）

ayodhyā（阿逾陀城）-devatāḥ（devatā 女神），复合词（阴复体），阿逾陀城女神。ca（不变词）和。enam（etad 阳单业）他。praśasta（吉祥的）-āyatana（圣堂，神庙）-arcitāḥ（arcita 敬拜），复合词（阴复体），在吉祥的神庙受到敬拜。anudadhyuḥ（anu√dhyai 完成复三）恩宠。anudhyeyam（anudhyeya 阳单业）值得恩宠者。sāṃnidhyaiḥ（sāṃnidhya 中复具）接近，附近。pratimā（神像）-gataiḥ（gata 处于），复合词（中复具），在神像中。

यावन्नाश्यायते वेदिरभिषेकजलाप्लुता।
तावदेवास्य वेलान्तं प्रतापः प्राप दुःसहः॥३७॥

祭坛被灌顶的水
浇湿，尚未干燥，
他的难以抵御的
威力已到达海岸。（37）

yāvat（不变词）那时。na（不变词）不。āśyāyate（ā√śyai 现在单三）变干。vediḥ（vedi 阴单体）祭坛。abhiṣeka（灌顶）-jala（水）-āplutā（āpluta 浇湿），复合词（阴单体），被灌顶的水浇湿的。tāvat（不变词）这时。eva（不变词）就。asya（idam 阳单属）他。velā（海岸）-antam（anta 边际），复合词（阳单业），海岸边。pratāpaḥ（pratāpa 阳单体）威力。prāpa（pra√āp 完成单三）到达。duḥsahaḥ（duḥsaha 阳单体）难以抵御的。

वसिष्ठस्य गुरोर्मन्त्राः सायकास्तस्य धन्विनः।
किं तत्साध्यं यदुभये साधयेयुर्न संगताः॥३८॥

有老师极裕出谋划策，

有这位弓箭手的利箭，
这两者结合在一起，
有什么目的不能达到？（38）

vasiṣṭhasya（vasiṣṭha 阳单属）极裕仙人。guroḥ（guru 阳单属）老师。mantrāḥ（mantra 阳复体）商议，策划。sāyakāḥ（sāyaka 阳复体）箭。tasya（tad 阳单属）这。dhanvinaḥ（dhanvin 阳单属）弓箭手。kim（kim 中单体）什么。tat（tad 中单体）这。sādhyam（sādhya 中单体）成功。yat（yad 中单业）那。ubhaye（ubhaya 阳复体）两者。sādhayeyuḥ（√sādh 致使，虚拟复三）实现。na（不变词）不。saṃgatāḥ（saṃgata 阳复体）结合。

स धर्मस्थसखः शश्वदर्थिप्रत्यर्थिनां स्वयम्।
ददर्श संशयच्छेद्यान्व्यवहारानतन्द्रितः॥३९॥

他经常在法官陪同下，
不辞辛苦，亲自审理
那些原告和被告的、
需要解除疑难的诉讼。（39）

saḥ（tad 阳单体）他。dharmastha（法官）-sakhaḥ（sakha 陪同），复合词（阳单体），在法官陪同下。śaśvat（不变词）经常。arthi（arthin 原告者）-pratyarthinām（pratyarthin 被告者），复合词（阳复属），原告和被告。svayam（不变词）亲自。dadarśa（√dṛś 完成单三）审察。saṃśaya（疑虑）-chedyān（chedya 需要断除的），复合词（阳复业），需要断除疑虑的。vyavahārān（vyavahāra 阳复业）诉讼。atandritaḥ（atandrita 阳单体）不疲倦的。

ततः परमभिव्यक्तसौमनस्यनिवेदितैः।
युयोज पाकाभिमुखैर्भृत्यान्विज्ञापनाफलैः॥४०॥

然后，他赐予侍从们
求取的报偿，并很快
会得到兑现，这从他
表露的喜悦就能说明。（40）

tatas-param（不变词）然后。abhivyakta（显现，表露）-saumanasya（喜悦）-niveditaiḥ（nivedita 告知），复合词（中复具），被表露的喜悦所告知。yuyoja（√yuj 完成单三）联系，给予。pāka（成熟）-abhimukhaiḥ（abhimukha 面向的，接近的），复合词（中复具），就要成熟的。bhṛtyān（bhṛtya 阳复业）侍从。vijñāpanā（请求）-phalaiḥ（phala

报偿），复合词（中复具），求取的报偿。

प्रजास्तद्गुरुणा नद्यो नभसेव विवर्धिताः।
तस्मिंस्तु भूयसीं वृद्धिं नभस्ये ता इवाययुः॥४१॥

他的父亲让臣民们繁荣昌盛，
犹如室罗筏拏月让河水增长，
而现在他让臣民们更加富足，
犹如跋陀罗月让河水更充沛。（41）

prajāḥ（prajā 阴复体）臣民。tad（他，指国王）-guruṇā（guru 父亲），复合词（阳单具），他的父亲。nadyaḥ（nadī 阴复体）河流。nabhasā（nabhas 阳单具）室罗筏拏月，指七、八月。iva（不变词）犹如。vivardhitāḥ（vivardhita 阴复体）增长，繁荣。tasmin（tad 阳单依）他。tu（不变词）而。bhūyasīm（bhūyas 阴单业）更大的。vṛddhim（vṛddhi 阴单业）增长，繁荣。nabhasye（nabhasya 阳单依）跋陀罗月，指八、九月。tāḥ（tad 阴复体）这，指臣民和河水。iva（不变词）犹如。āyayuḥ（ā√yā 完成复三）走向。

यदुवाच न तन्मिथ्या यद्ददौ न जहार तत्।
सोऽभूद्भग्नव्रतः शत्रूनुद्धृत्य प्रतिरोपयन्॥४२॥

他不说任何虚假的话，
他不收回给出的东西，
但在平定敌人后，又让
敌人登位，他打破誓言。[①]（42）

yat（yad 中单业）那。uvāca（√vac 完成单三）说。na（不变词）不。tat（tad 中单体）这。mithyā（不变词）虚假。yat（yad 中单业）那。dadau（√dā 完成单三）给予。na（不变词）不。jahāra（√hṛ 完成单三）取回。tat（tad 中单业）这。saḥ（tad 阳单体）他。abhūt（√bhū 不定单三）是。bhagna（破坏）-vrataḥ（vrata 誓言），复合词（阳单体），打破誓言。śatrūn（śatru 阳复业）敌人。uddhṛtya（ud√hṛ 独立式）根除。pratiropayan（prati√ruh 致使，现分，阳单体）登上。

वयोरूपविभूतीनामेकैकं मदकारणम्।
तानि तस्मिन्समस्तानि न तस्योत्सिषिचे मनः॥४३॥

① 这里意谓他出征的目的是征服敌人，而非杀死敌人。

青春、美貌和权力，任何
一种都能成为迷醉的原因，
而他即使具备所有这三者，
他的思想也不骄傲狂妄。（43）

vayas（青春）-rūpa（美貌）-vibhūtīnām（vibhūti 权力），复合词（阴复属），青春、美貌和权力。ekaikam（ekaika 中单体）每一个的。mada（迷醉）-kāraṇam（kāraṇa 原因），复合词（中单体），迷醉的原因。tāni（tad 中复体）这，指青春、美貌和权力。tasmin（tad 阳单依）他。samastāni（samasta 中复体）联合，聚集。na（不变词）不。tasya（tad 阳单属）他。utsiṣice（ud√sic 被动，完成单三）骄傲。manaḥ（manas 中单体）思想。

इत्थं जनितरागासु प्रकृतिष्वनुवासरम्।
अक्षोभ्यः स नवोऽप्यासीद्दृढमूल इव द्रुमः॥४४॥

这样，臣民们对他的
爱戴与日俱增，即使
年轻，他也不可动摇，
犹如根深蒂固的大树。（44）

ittham（不变词）这样。janita（产生）-rāgāsu（rāga 热爱），复合词（阴复依），产生热爱。prakṛtiṣu（prakṛti 阴复依）臣民。anuvāsaram（不变词）每天。akṣobhyaḥ（akṣobhya 阳单体）不可动摇的。saḥ（tad 阳单体）他。navaḥ（nava 阳单体）年轻的。api（不变词）即使。āsīt（√as 未完单三）是。dṛḍha（坚固的）-mūlaḥ（mūla 根），复合词（阳单体），根深蒂固的。iva（不变词）犹如。drumaḥ（druma 阳单体）树。

अनित्याः शत्रवो बाह्या विप्रकृष्टाश्च ते यतः।
अतः सोऽभ्यन्तरान्नित्याञ्षड्पूर्वमजयद्रिपून्॥४५॥

外部敌人并不常在，
又处在远方，因此，
他首先征服六种
常在的内部敌人[①]。（45）

anityāḥ（anitya 阳复体）不经常的。śatravaḥ（śatru 阳复体）敌人。bāhyāḥ（bāhya 阳复体）外部的。viprakṛṣṭāḥ（viprakṛṣṭa 阳复体）远方的。ca（不变词）和。te（tad

① 六种“内部敌人”指爱欲、愤怒、贪婪、愚痴、迷醉和骄慢。

阳复体）那。yatas（不变词）因为。atas（不变词）由此。saḥ（tad 阳单体）他。abhyantarān（abhyantara 阳复业）内部的。nityān（nitya 阳复业）经常的。ṣaṭ（ṣaṣ 阳复业）六。pūrvam（不变词）首先。ajayat（√ji 未完单三）征服。ripūn（ripu 阳复业）敌人。

प्रसादाभिमुखे तस्मिंश्चपलापि स्वभावतः।
निकषे हेमरेखेव श्रीरासीदनपायिनी॥४६॥

吉祥女神即使本性轻浮，
然而，对这位宠爱她的
国王忠贞不渝，犹如
划在试金石上的金痕。[①]（46）

prasāda（恩宠）-abhimukhe（abhimukha 朝向，倾向），复合词（阳单依），赐予恩宠的。tasmin（tad 阳单依）他。capalā（capala 阴单体）轻浮的。api（不变词）即使。svabhāvatas（不变词）由于本性。nikaṣe（nikaṣa 阳单依）试金石。hema（金子）-rekhā（rekhā 划痕），复合词（阴单体），金子的划痕。iva（不变词）犹如。śrīḥ（śrī 阴单体）吉祥女神。āsīt（√as 未完单三）是。anapāyinī（anapāyin 阴单体）不离开的，忠贞不渝的。

कातर्यं केवला नीतिः शौर्यं श्वापदचेष्टितम्।
अतः सिद्धिं समेताभ्यामुभाभ्यामन्वियेष सः॥४७॥

有谋无勇成懦夫，
有勇无谋成野兽，
他依靠这两者的
结合，追求成功。（47）

kātaryam（kātarya 中单体）懦弱。kevalā（kevala 阴单体）仅仅的。nītiḥ（nīti 阴单体）谋略。śauryam（śaurya 中单体）英勇。śvāpada（野兽）-ceṣṭitam（ceṣṭita 行为），复合词（中单体），野兽的行为。atas（不变词）由此。siddhim（siddhi 阴单业）成功。sametābhyām（sameta 中双具）结合。ubhābhyām（ubha 中双具）两者。anviyeṣa（anu√iṣ 完成单三）追求。saḥ（tad 阳单体）他。

न तस्य मण्डले राज्ञो न्यस्तप्रणिधिदीधितेः।
अदृष्टमभवत्किंचिद्व्यभ्रस्येव विवस्वतः॥४८॥

① 这里用划在试金石上的金子痕迹不容易檫去，比喻吉祥女神对国王忠贞不渝。

这位国王在他的疆域内
遍布密探，如光芒普照，
犹如太阳不受乌云遮蔽，
没有什么东西不能看到。（48）

na（不变词）不。tasya（tad 阳单属）这。maṇḍale（maṇḍala 中单依）疆域。rājñaḥ（rājan 阳单属）国王。nyasta（安放）-praṇidhi（密探）-dīdhiteḥ（dīdhiti 光线），复合词（阳单属），安排密探如同洒下光线。adṛṣṭam（adṛṣṭa 中单体）看不见的。abhavat（√bhū 未完单三）有。kim-cit（不变词）任何。vyabhrasya（vyabhra 阳单属）无云的。iva（不变词）犹如。vivasvataḥ（vivasvat 阳单属）太阳。

रात्रिंदिवविभागेषु यदादिष्टं महीक्षिताम्।
तत्सिषेवे नियोगेन स विकल्पपराङ्मुखः॥४९॥

在夜晚和白天任何
时辰，凡规定国王
应做的事，他都坚决
努力做到，毫不迟疑。（49）

rātriṃdiva（日夜）-vibhāgeṣu（vibhāga 部分），复合词（阳复依），夜晚和白天的时时刻刻。yat（yad 中单体）那。ādiṣṭam（ādiṣṭa 中单体）规定。mahī（大地）-kṣitām（kṣit 统治的），复合词（阳复属），大地统治者，国王。tat（tad 中单业）这。siṣeve（√sev 完成单三）履行。niyogena（niyoga 阳单具）努力。saḥ（tad 阳单体）他。vikalpa（迟疑）-parāṅmukhaḥ（parāṅmukha 背离的），复合词（阳单体），毫不迟疑。

मन्त्रः प्रतिदिनं तस्य बभूव सह मन्त्रिभिः।
स जातु सेव्यमानोऽपि गुप्तद्वारो न सूच्यते॥५०॥

他每天都与大臣们
商量计策，即使这样
经过讨论，计策也能
得到保密，从不泄露。（50）

mantraḥ（mantra 阳单体）商议。pratidinam（不变词）每天。tasya（tad 阳单属）他。babhūva（√bhū 完成单三）是。saha（不变词）与。mantribhiḥ（mantrin 阳复具）大臣。saḥ（tad 阳单体）它，指商议。jātu（不变词）始终。sevyamānaḥ（√sev 被动，现分，阳单体）实行。api（不变词）即使。gupta（保护，隐藏）-dvāraḥ（dvāra 门），

复合词（阳单体），闭门的，保密的。na（不变词）不。sūcyate（√sūc 被动，现在单三）暴露。

परेषु स्वेषु च क्षिप्तैरविज्ञातपरस्परैः।
सोऽपसर्पैर्जजागार यथाकालं स्वपन्नपि॥५१॥

他平日虽然按时睡眠，
但依靠密探保持警觉，
安排在敌我双方之中，
他们互相之间不知道。（51）

pareṣu（para 阳复依）敌人。sveṣu（sva 阳复依）自己的。ca（不变词）和。kṣiptaiḥ（kṣipta 阳复具）派遣。avijñāta（不知道）-parasparaiḥ（paraspara 互相），复合词（阳复具），互相之间不知道。saḥ（tad 阳单体）他。apasarpaiḥ（apasarpa 阳复具）密探。jajāgāra（√jāgṛ 完成单三）清醒。yathākālam（不变词）按时。svapan（√svap 现分，阳单体）睡眠。api（不变词）即使。

दुर्गाणि दुर्ग्रहाण्यासंस्तस्य रोद्धुरपि द्विषाम्।
न हि सिंहो गजास्कन्दी भयाद्गिरिगुहाशयः॥५२॥

即使他能阻击所有敌人，
他的城堡照样难以攻克，
因为杀戮大象的狮子
住在山洞并非出于恐惧。（52）

durgāṇi（durga 中复体）城堡。durgrahāṇi（durgraha 中复体）难以征服的。āsan（√as 未完复三）是。tasya（tad 阳单属）他。roddhuḥ（roddhṛ 阳单属）阻挡者。api（不变词）即使。dviṣām（dviṣ 阳复属）敌人。na（不变词）不。hi（不变词）因为。siṃhaḥ（siṃha 阳单体）狮子。gaja（大象）-āskandī（āskandin 攻击的），复合词（阳单体），攻击大象的。bhayāt（bhaya 中单从）恐惧。giri（山）-guhā（山洞）-śayaḥ（śaya 居住的），复合词（阳单体），住在山洞的。

भव्यमुख्याः समारम्भाः प्रत्यवेक्ष्या निरत्ययाः।
गर्भशालिसधर्माणस्तस्य गूढं विपेचिरे॥५३॥

他采取种种行动谋求繁荣，
始终注意观察，摆脱危害，
获得成功，如同那些稻米

藏在谷穗中，悄悄地成熟。（53）

bhavya（繁荣）-mukhyāḥ（mukhya 主要的），复合词（阳复体），谋求繁荣的。samārambhāḥ（samārambha 阳复体）行动。pratyavekṣyāḥ（pratyavekṣya 阳复体）加以考察的。niratyayāḥ（niratyaya 阳复体）没有危害的。garbha（内部，包含）-śāli（稻米）-sadharmāṇaḥ（sadharman 同样的），复合词（阳复体），如同隐藏的稻米。tasya（tad 阳单属）他。gūḍham（不变词）悄悄地。vipecire（vi√pac 完成复三）成熟。

अपथेन प्रववृते न जातूपचितोऽपि सः।
वृद्धौ नदीमुखेनैव प्रस्थानं लवणाम्भसः॥५४॥

即使他威力增长，
也从不偏离正道，
犹如大海涨潮时，
只以河口为出路。（54）

apathena（apatha 中单具）邪道。pravavṛte（pra√vṛt 完成单三）行动。na（不变词）不。jātu（不变词）从来，总是。upacitaḥ（upacita 阳单体）增强。api（不变词）即使。saḥ（tad 阳单体）他。vṛddhau（vṛddhi 阴单依）增长。nadī（河）-mukhena（mukha 口），复合词（中单具），河口。eva（不变词）确实。prasthānam（prasthāna 中单体）出发，出离。lavaṇa（咸的）-ambhasaḥ（ambhas 水），复合词（阳单属），大海。

कामं प्रकृतिवैराग्यं सद्यः शमयितुं क्षमः।
यस्य कार्यः प्रतीकारः स तन्नैवोदपादयत्॥५५॥

即使他能迅速地平息
民众不满，但他根本
就不让这种需要采取
补救措施的不满发生。（55）

kāmam（不变词）肯定，即使。prakṛti（臣民）-vairāgyam（vairāgya 不满），复合词（中单业），臣民的不满。sadyas（不变词）立即，迅速。śamayitum（√śam 致使，不定式）平息。kṣamaḥ（kṣama 阳单体）能够的。yasya（yad 中单属）这，指不满。kāryaḥ（kārya 阳单体）应当做的。pratīkāraḥ（pratīkāra 阳单体）补救。saḥ（tad 阳单体）他。tat（tad 中单业）这。na（不变词）不。eva（不变词）确实。udapādayat（ud√pad 致使，未完单三）发生。

शक्येष्वेवाभवद्यात्रा तस्य शक्तिमतः सतः।

समीरणसहायोऽपि नाम्भःप्रार्थी दवानलः ॥५६॥

即使他有力量，出征
也是量力而行，犹如
林火即使有风力相助，
它也不会企图焚烧水。（56）

śakyeṣu（śakya 中复依）可能的。eva（不变词）确实。abhavat（√bhū 未完单三）是。yātrā（yātrā 阴单体）出征。tasya（tad 阳单属）他。śaktimataḥ（śaktimat 阳单属）有能力的。sataḥ（√as 现分，阳单属）是。samīraṇa（风）-sahāyaḥ（sahāya 助手），复合词（阳单体），有风为助手。api（不变词）即使。na（不变词）不。ambhas（水）-prārthī（prārthin 有企图的），对水有所企图的，企图焚烧水的。dava（森林，林火）-analaḥ（anala 火），复合词（阳单体），森林大火。

न धर्ममर्थकामाभ्यां बबाधे न च तेन तौ।
नार्थं कामेन कामं वा सोऽर्थेन सदृशस्त्रिषु॥५७॥

他不以利益和爱欲损害正法，
也不以正法损害利益和爱欲，
也不以爱欲损害利益或以利益
损害爱欲，而平等对待这三者。（57）

na（不变词）不。dharmam（dharma 阳单业）正法。artha（利益）-kāmābhyām（kāma 爱欲），复合词（阳双具），利益和爱欲。babādhe（√bādh 完成单三）阻碍，损害。na（不变词）不。ca（不变词）和。tena（tad 阳单具）它，指正法。tau（tad 阳双业）它，指利益和爱欲。na（不变词）不。artham（artha 阳单业）利益。kāmena（kāma 阳单具）爱欲。kāmam（kāma 阳单业）爱欲。vā（不变词）或者。saḥ（tad 阳单体）他。arthena（artha 阳单具）利益。sadṛśaḥ（sadṛśa 阳单体）同样的。triṣu（tri 阳复具）三。

हीनान्यनुपकर्तॄणि प्रवृद्धानि विकुर्वते।
तेन मध्यमशक्तीनि मित्राणि स्थापितान्यतः॥५८॥

朋友处在低位则不知
感恩，处在高位则会
居心叵测，因此他让

朋友掌握中等的权力。[①]（58）

hīnāni（hīna 中复体）低下的。anupakartṝṇi（anupakartṛ 中复体）不知感恩的。pravṛddhāni（pravṛddha 中复体）增加，提高。vikurvate（vi√kṛ 现在复三）变异，变坏。tena（tad 阳单具）他。madhyama（中等的）-śaktīni（śakti 权力），复合词（中复体），有中等权力的。mitrāṇi（mitra 中复体）朋友。sthāpitāni（sthāpita 中复体）安放，任用。atas（不变词）因此。

परात्मनोः परिच्छिद्य शक्त्यादीनां बलाबलम्।
ययावेभिर्बलिष्ठश्चेत्परस्मादास्त सोऽन्यथा॥५९॥

他能判断敌我双方
能力等等方面的强弱，
如果力量强于敌人，
便出征，否则就等候。（59）

para（敌人）-ātmanoḥ（ātman 自己），复合词（阳双属），敌人和自己的。paricchidya（pari√chid 独立式）判断。śakti（能力）-ādīnām（ādi 等等），复合词（阳复属），能力等等。bala（强大的）-abalam（abala 弱小的），复合词（中单业），强弱。yayau（√yā 完成单三）出征。ebhiḥ（idam 阳复具）这，指能力等等。baliṣṭhaḥ（baliṣṭha 阳单体）最强的，更强的。ced（不变词）如果。parasmāt（para 阳单从）敌人。āsta（√ās 未完单三）坐下。saḥ（tad 阳单体）他。anyathā（不变词）否则。

कोशेनाश्रयणीयत्वमिति तस्यार्थसंग्रहः।
अम्बुगर्भो हि जीमूतश्चातकैरभिनन्द्यते॥६०॥

他积聚财富，因为
财富让人变得可依靠，
犹如饱含雨水的云，
受到饮雨鸟的欢迎。（60）

kośena（kośa 阳单具）财库。āśrayaṇīyatvam（āśrayaṇīyatva 中单体）可依靠性。iti（不变词）这样（说）。tasya（tad 阳单属）他。artha（财富）-saṃgrahaḥ（saṃgraha 积聚），复合词（阳单体），积聚财富。ambu（水）-garbhaḥ（garbha 含有，充满），复合词（阳单体），饱含雨水的。hi（不变词）因为。jīmūtaḥ（jīmūta 阳单体）云。cātakaiḥ（cātaka 阳复具）饮雨鸟。abhinandyate（abhi√nand 被动，现在单三）欢迎。

① “掌握中等的权力”也就是让他们处在“中等地位”。

परकर्मापहः सोऽभूदुद्यतः स्वेषु कर्मसु।
आवृणोदात्मनो रन्ध्रं रन्ध्रेषु प्रहरन्रिपून्॥ ६१॥

他摧毁敌人的事业，
而建设自己的事业；
他隐藏自己的弱点，
而打击敌人的弱点。（61）

para（敌人）-karma（karman 事业）-apahaḥ（apaha 摧毁），复合词（阳单体），摧毁敌人的事业。saḥ（tad 阳单体）他。abhūt（√bhū 不定单三）是。udyataḥ（udyata 阳单体）努力，从事。sveṣu（sva 中复依）自己的。karmasu（karman 中复依）事业。āvṛṇot（ā√vṛ 未完单三）隐藏。ātmanaḥ（ātman 阳单属）自己。randhram（randhra 中单业）弱点。randhreṣu（randhra 中复依）弱点。praharan（pra√hṛ 现分，阳单体）打击。ripūn（ripu 阳复业）敌人。

पित्रा संवर्धितो नित्यं कृतास्त्रः सांपरायिकः।
तस्य दण्डवतो दण्डः स्वदेहान्न व्यशिष्यत॥ ६२॥

他拥有军队，这军队
与他自己的身体一样，
长期接受父亲的培养，
通晓武器，献身战斗。（62）

pitrā（pitṛ 阳单具）父亲。saṃvardhitaḥ（saṃvardhita 阳单体）培养。nityam（不变词）始终。kṛta（精通）-astraḥ（astra 武器），复合词（阳单体），通晓武器。sāṃparāyikaḥ（sāṃparāyika 阳单体）投身战斗的。tasya（tad 阳单属）他。daṇḍavataḥ（daṇḍavat 阳单属）拥有军队的。daṇḍaḥ（daṇḍa 阳单体）军队。sva（自己的）-dehāt（deha 身体），复合词（阳单从），自己的身体。na（不变词）不。vyaśiṣyata（vi√śiṣ 被动，未完单三）区别，不同。

सर्पस्येव शिरोरत्नं नास्य शक्तित्रयं परः।
स चकर्ष परस्मात्तदयस्कान्त इवायसम्॥ ६३॥

敌人不能剥夺他的三种力量，
犹如人们不能夺取蛇的顶珠，
而他能剥夺敌人的三种力量，
犹如磁石能够吸取那些铁器。（63）

sarpasya（sarpa 阳单属）蛇。iva（不变词）犹如。śiras（头顶）-ratnam（ratna 宝珠），复合词（中单业），顶珠。na（不变词）不。asya（idam 阳单属）他。śakti（力量）-trayam（traya 三），复合词（中单业），三种力量。paraḥ（para 阳单体）敌人。saḥ（tad 阳单体）他。cakarṣa（√kṛṣ 完成单三）拽，拉。parasmāt（para 阳单从）敌人。tat（tad 中单业）这，指三种力量。ayas（铁）-kāntaḥ（kānta 喜爱），复合词（阳单体），磁石。iva（不变词）犹如。ayasam（ayas 中单业）铁。

वापीष्विव स्रवन्तीषु वनेषूपवनेष्विव।
सार्थाः स्वैरं स्वकीयेषु चेरुर्वेश्मस्विवाद्रिषु॥ ६४॥

商人们自由自在经商，
将那些河流视同水池，
将那些森林视同花园，
将山岭视同自己的家。（64）

vāpīṣu（vāpī 阴复依）水池。iva（不变词）如同。sravantīṣu（sravantī 阴复依）河流。vaneṣu（vana 中复依）森林。upavaneṣu（upavana 中复依）花园。iva（不变词）如同。sārthāḥ（sārtha 阳复体）商人。svairam（不变词）自由自在。svakīyeṣu（svakīya 中复依）自己的。ceruḥ（√car 完成复三）行动。veśmasu（veśman 中复依）房屋，住处。iva（不变词）如同。adriṣu（adri 阳复依）山。

तपो रक्षन्स विघ्नेभ्यस्तस्करेभ्यश्च संपदः।
यथास्वमाश्रमैश्चक्रे वर्णैरपि षडंशभाक्॥ ६५॥

他保护苦行免遭各种障碍，
保护财富免遭偷盗，成为
人生四阶段和四种姓各自
收获的六分之一的享受者。（65）

tapaḥ（tapas 中单业）苦行。rakṣan（√rakṣ 现分，阳单体）保护。saḥ（tad 阳单体）他。vighnebhyaḥ（vighna 阳复从）障碍。taskarebhyaḥ（taskara 阳复从）盗贼。ca（不变词）和。saṃpadaḥ（saṃpad 阴复业）财富。yathāsvam（不变词）各自。āśramaiḥ（āśrama 阳复具）人生阶段。cakre（√kṛ 被动，完成单三）做。varṇaiḥ（varṇa 阳复具）种姓。api（不变词）也。ṣaḍ（ṣaṣ 六）-aṃśa（一部分）-bhāk（bhāj 享受），复合词（阳单体），六分之一的享受者。

खनिभिः सुषुवे रत्नं क्षेत्रैः सस्यं वनैर्गजान्।

दिदेश वेतनं तस्मै रक्षासदृशमेव भूः॥६६॥

大地通过矿藏产生宝石，
土地产生谷物，森林
产生大象，对他提供的
保护给予同样的回报。（66）

khanibhiḥ（khani 阴复具）矿藏。suṣuve（√sū 完成单三）生产。ratnam（ratna 中单业）宝石。kṣetraiḥ（kṣetra 中复具）土地。sasyam（sasya 中单业）谷物。vanaiḥ（vana 中复具）森林。gajān（gaja 阳复业）大象。dideśa（√diś 完成单三）给予。vetanam（vetana 中单业）报酬。tasmai（tad 阳单为）他。rakṣā（保护）-sadṛśam（sadṛśa 同样的），复合词（中单业），与保护同样的。eva（不变词）确实。bhūḥ（bhū 阴单体）大地。

स गुणानां बलानां च षण्णां षण्मुखविक्रमः।
बभूव विनियोगज्ञः साधनीयेषु वस्तुषु॥६७॥

他勇敢如同室建陀，
懂得如何使用六种
策略以及六种力量，
保证事情获得成功。[①]（67）

saḥ（tad 阳单体）他。guṇānām（guṇa 阳复属）策略。balānām（bala 中复属）力量。ca（不变词）和。ṣaṇṇām（ṣaṣ 中复属）六。ṣaṣ（六）-mukha（脸）-vikramaḥ（vikrama 勇敢），复合词（阳单体），勇敢如同六面童室建陀。babhūva（√bhū 完成单三）是。viniyoga（使用）-jñaḥ（jña 懂得），复合词（阳单体），懂得使用。sādhanīyeṣu（sādhanīya 中复依）可以成功的。vastuṣu（vastu 中复依）事物。

इति क्रमात्प्रयुञ्जानो राजनीतिं चतुर्विधाम्।
आ तीर्थादप्रतीघातं स तस्याः फलमानशे॥६८॥

这样，他依次使用
国王的四种政治手段[②]，
对待各种人物[③]，畅通
无阻，享受政治成果。（68）

① “六种策略”参阅第八章第 21 首注。“六种力量”参阅第四章第 26 首注。
② “四种政治手段”指和谈、馈赠、离间和惩罚。
③ 此处“各种人物”（tīrtha）指辅佐国王的大臣、祭司和将军等十八种人物。

iti（不变词）这样。kramāt（不变词）依次。prayuñjānaḥ（pra√yuj 现分，阳单体）使用。rāja（国王）-nītim（nīti 政治策略），复合词（阴单业），国王的政治策略。catur（四）-vidhām（vidha 种类），复合词（阴单业），四种的。ā（不变词）直到。tīrthāt（tīrtha 中单从）辅臣，近侍。a（没有）-pratīghātam（pratīghāta 障碍），复合词（中单业），毫无障碍。saḥ（tad 阳单体）他。tasyāḥ（tad 阴单属）它，指策略。phalam（phala 中单业）成果。ānaśe（√aś 完成单三）达到，享受。

कूटयुद्धविधिज्ञेऽपि तस्मिन्सन्मार्गयोधिनि।
भेजेऽभिसारिकावृत्तिं जयश्रीर्वीरगामिनी॥६९॥

即使了解诡诈的战斗方式，
他也采取合法的战斗方式，
而追随英雄的胜利女神，
采取情人的方式追随他。①（69）

kūṭa（诡诈的）-yuddha（战斗）-vidhi（方式）-jñe（jña 知道），复合词（阳单依），知道诡诈的战斗方式。api（不变词）即使。tasmin（tad 阳单依）他。sat（正直的，合法的）-mārga（道）-yodhini（yodhin 战斗的），复合词（阳单依），采取合法的战斗方式。bheje（√bhaj 完成单三）采取。abhisārikā（幽会女子）-vṛttim（vṛtti 方式），复合词（阴单业），幽会女子的方式。jaya（胜利）-śrīḥ（śrī 女神），复合词（阴单体），胜利女神。vīra（英雄）-gāminī（gāmin 走向，追随），复合词（阴单体），追随英雄的。

प्रायः प्रतापभग्नत्वादरीणां तस्य दुर्लभः।
रणो गन्धद्विपस्येव गन्धभिन्नान्यदन्तिनः॥७०॥

通常，敌人被他的威力
摧毁，他难得战斗机会，
犹如香象凭借自己的
香气，驱散其他的大象。（70）

prāyas（不变词）通常。pratāpa（威力）-bhagna（破坏）-tvāt（tva 状态），复合词（中单从），被威力摧毁。arīṇām（ari 阳复属）敌人。tasya（tad 阳单属）他。durlabhaḥ（durlabha 阴单体）难以获得的。raṇaḥ（raṇa 阳单体）战斗。gandha（香气）-dvipasya（dvipa 大象），复合词（阳单属），香象。iva（不变词）犹如。gandha（香气）-bhinna

① 这里意谓他采取合法的战斗方式，而胜利女神没有采取合法的婚姻方式，也就是采取情人的方式，悄悄追随他。

（驱散）-anya（其他的）-dantinaḥ（dantin 大象），复合词（阳单属），凭借香气驱散其他的大象。

प्रवृद्धौ हीयते चन्द्रः समुद्रोऽपि तथाविधः।
स तु तत्समवृद्धिश्च न चाभूत्ताविव क्षयी॥७१॥

月亮圆满后会亏缺，
大海涨潮后会退潮，
而他像它俩那样繁荣，
却不像它俩那样衰落。（71）

pravṛddhau（pravṛddhi 阴单依）增长。hīyate（√hā 被动，现在单三）减少，亏缺。candraḥ（candra 阳单体）月亮。samudraḥ（samudra 阳单体）大海。api（不变词）也。tathā（这样）-vidhaḥ（vidha 种类），复合词（阳单体），同样的。saḥ（tad 阳单体）他。tu（不变词）而。tad（它，指月亮和大海）-sama（同样的）-vṛddhiḥ（vṛddhi 增长，繁荣），复合词（阳单体），与它俩一样繁荣。ca（不变词）和。na（不变词）不。ca（不变词）和。abhūt（√bhū 不定单三）是。tau（tad 阳双体）它，指月亮和大海。iva（不变词）像。kṣayī（kṣayin 阳单体）衰落的。

सन्तस्तस्याभिगमनादत्यर्थं महतः कृशाः।
उदधेरिव जीमूताः प्रापुर्दातृत्वमर्थिनः॥७२॥

学者们极其贫穷，来到
这位伟大的国王这里后，
由乞求者变成布施者，
犹如云彩来到大海之后。（72）

santaḥ（sat 阳复体）善人，学者。tasya（tad 阳单属）他。abhigamanāt（abhigamana 中单从）前往，到达。atyartham（不变词）极其。mahataḥ（mahat 阳单属）伟大的（国王）。kṛśāḥ（kṛśa 阳复体）瘦弱的，贫穷的。udadheḥ（udadhi 阳单属）大海。iva（不变词）犹如。jīmūtāḥ（jīmūta 阳复体）云彩。prāpuḥ（pra√āp 完成复三）达到。dātṛtvam（dātṛtva 中单业）给予者。arthinaḥ（arthin 阳复体）求告者。

स्तूयमानः स जिह्राय स्तुत्यमेव समाचरन्।
तथापि ववृधे तस्य तत्कारिद्वेषिणो यशः॥७३॥

他做了值得颂扬的事，
而受颂扬，他却羞愧，

即使这样不喜欢颂扬，
他的名声依然增长。（73）

stūyamānaḥ（√stu 被动，现分，阳单体）颂扬。saḥ（tad 阳单体）他。jihrāya（√hrī 完成单三）羞愧。stutyam（stutya 中单业）值得颂扬的（事）。eva（不变词）确实。samācaran（sam-ā√car 现分，阳单体）做。tathā-api（不变词）尽管。vavṛdhe（√vṛdh 完成单三）增长。tasya（tad 阳单属）他。tad（它，指颂扬）-kāri（kārin 做的）-dveṣiṇaḥ（dveṣin 敌视的，不喜欢的），复合词（阳单属），不喜欢颂扬者。yaśaḥ（yaśas 中单体）名声。

दुरितं दर्शनेन घ्नंस्तत्त्वार्थेन नुदंस्तमः।
प्रजाः स्वतन्त्रयांचक्रे शश्वत्सूर्य इवोदितः॥७४॥

用目光消灭邪恶，
用真谛驱散愚暗，
他像升起的太阳，
永远让臣民自主。[①]（74）

duritam（durita 中单业）邪恶。darśanena（darśana 中单具）目光。ghnan（√han 现分，阳单体）消灭。tattva（真实）-arthena（artha 意义），复合词（阳单具），真谛。nudan（√nud 现分，阳单体）驱散。tamaḥ（tamas 中单业）黑暗。prajāḥ（prajā 阴复业）臣民。svatantrayāṃcakre（√svatantraya 名动词，完成单三）自主。śaśvat（不变词）永远。sūryaḥ（sūrya 阳单体）太阳。iva（不变词）像。uditaḥ（udita 阳单体）升起。

इन्दोरगतयः पद्मे सूर्यस्य कुमुदेंऽशवः।
गुणास्तस्य विपक्षेऽपि गुणिनो लेभिरेऽन्तरम्॥७५॥

月亮光线照不进日莲，
太阳光线照不进晚莲，
而这位有德者的品德，
甚至深入敌人的心。（75）

indoḥ（indu 阳单属）月亮。agatayaḥ（agati 阳复体）不进入。padme（padma 阳单依）日莲。sūryasya（sūrya 阳单体）太阳。kumude（kumuda 中单依）晚莲。aṃśavaḥ（aṃśu 阳复体）光线。guṇāḥ（guṇa 阳复体）品德。tasya（tad 阳单属）他。vipakṣe

① “让臣民自主”意谓让臣民不受“邪恶”和“愚暗”的束缚。

（vipakṣa 阳单依）敌人。api（不变词）甚至。guṇinaḥ（guṇin 阳单属）有德的。lebhire（√labh 完成复三）获得。antaram（antara 中单业）内部。

पराभिसंधानपरं यद्यप्यस्य विचेष्टितम्।
जिगीषोरश्वमेधाय धर्म्यमेव बभूव तत्॥ ७६॥

即使他竭力欺骗敌人，
然而是为了举行马祭，
渴望胜利，采取这种
行为，也还是合法的。（76）

para（敌人）-abhisaṃdhāna（欺骗）-param（para 一心的），复合词（中单体），竭力欺骗敌人。yadi-api（不变词）即使。asya（idam 阳单属）他。viceṣṭitam（viceṣṭita 中单体）行为。jigīṣoḥ（jigīṣu 阳单属）渴望征服的。aśva（马）-medhāya（medha 祭祀），复合词（阳单为），马祭。dharmyam（dharmya 中单体）合法的。eva（不变词）确实。babhūva（√bhū 完成单三）是。tat（tad 中单体）这，指行为。

एवमुद्यन्प्रभावेण शास्त्रनिर्दिष्टवर्त्मना।
वृषेव देवो देवानां राज्ञां राजा बभूव सः॥ ७७॥

他依靠威力，遵循经典
指引的道路，兴旺发达，
如同因陀罗成为天王，
他成为国王中的国王。（77）

evam（不变词）这样。udyan（ud√i 现分，阳单体）上升的，兴旺的。prabhāveṇa（prabhāva 阳单具）威力。śāstra（经典）-nirdiṣṭa（指引）-vartmanā（vartman 道路），复合词（中单具），经典指引的道路。vṛṣā（vṛṣan 阳单体）公牛，因陀罗的称号。iva（不变词）如同。devaḥ（deva 阳单体）天神。devānām（deva 阳复属）天神。rājñām（rājan 阳复属）国王。rājā（rājan 阳单体）国王。babhūva（√bhū 完成单三）成为。saḥ（tad 阳单体）他。

पञ्चमं लोकपालानामूचुः साधर्म्ययोगतः।
भूतानां महतां षष्ठमष्टमं कुलभूभृताम्॥ ७८॥

人们依据相似性，
称他为第五护世
天神，第六元素，

以及第八座高山。[①]（78）

pañcamam（pañcama 阳单业）第五。loka（世界）-pālānām（pāla 保护者），复合词（阳复属），护世天神。ūcuḥ（√vac 完成复三）说。sādharmya（相似性）-yogatas（yoga 联系），复合词（不变词），依据相似性。bhūtānām（bhūta 中复属）元素。mahatām（mahat 中复属）大的。ṣaṣṭham（ṣaṣṭha 中单业）第六。aṣṭamam（aṣṭama 阳单业）第八的。kula（族，群）-bhūbhṛtām（bhūbhṛt 山），复合词（阳复属），一组著名的高山。

दूरापवर्जितच्छत्रैस्तस्याज्ञां शासनार्पिताम्।
दधुः शिरोभिर्भूपाला देवाः पौरंदरीमिव॥७९॥

其他的国王们俯首接受
他签署的命令，他们的
华盖安放在远处，犹如
众天神接受因陀罗命令。（79）

dūra（远远的）-apavarjita（离开，移开）-chatraiḥ（chatra 华盖），复合词（中复具），华盖安放远处。tasya（tad 阳单属）他。ājñām（ājñā 阴单业）命令。śāsana（文书）-arpitām（arpita 提供，写下），复合词（阴单业），写在书面的。dadhuḥ（√dhā 完成复三）接受。śirobhiḥ（śiras 中复具）头。bhū（大地）-pālāḥ（pāla 保护者），复合词（阳复体），大地保护者，国王。devāḥ（deva 阳复体）天神。pauraṃdarīm（pauraṃdara 阴单业）因陀罗的。iva（不变词）犹如。

ऋत्विजः स तथानर्च दक्षिणाभिर्महाक्रतौ।
यथा साधारणीभूतं नामास्य धनदस्य च॥८०॥

他在大祭中用重金
向祭司们表达崇敬，
以至他获得与财神
相同的施财者称号。（80）

ṛtvijaḥ（ṛtvij 阳复业）祭司。saḥ（tad 阳单体）他。tathā（不变词）这样。ānarca（√arc 完成单三）敬拜，供奉。dakṣiṇābhiḥ（dakṣiṇā 阴复具）酬金。mahā（大）-kratau（kratu 祭祀），复合词（阳单依），大祭。yathā（不变词）以至。sādhāraṇī（sādhāraṇa 相同的）-bhūtam（bhūta 成为），复合词（中单体），成为相同的。nāma（nāman 中单

① 原有的四位护世天神是因陀罗、阎摩、伐楼那和俱比罗。按照一般说法，护世天神有八位，参阅第二章第 75 首注。这里说是四位，参阅下面第 81 首。原有的五大元素是地、水、火、风和空。原有的七座高山是摩亨德罗、摩罗耶、沙希耶、苏揭底曼、利刹、文底耶和波利耶多罗。

体）称号。asya（idam 阳单属）他。dhana（财富）-dasya（da 给予），复合词（阳单属），施财的，财神。ca（不变词）和。

इन्द्राद्वृष्टिर्नियमितगदोद्रेकवृत्तिर्यमोऽभू-
द्यादोनाथः शिवजलपथः कर्मणे नौचराणाम्।
पूर्वापेक्षी तदनु विदधे कोषवृद्धिं कुबेर-
स्तस्मिन्दण्डोपनतचरितं भेजिरे लोकपालाः ॥८१॥

因陀罗降雨，阎摩抑止瘟疫流行，
伐楼那为航海者们保障水路安全，
仿照这三位，俱比罗充实他的财库，
这些护世天神也这样服从他的权杖。（81）

indrāt（indra 阳单从）因陀罗。vṛṣṭiḥ（vṛṣṭi 阴单体）雨水。niyamita（阻止）-gada（疾病）-udreka（增长）-vṛttiḥ（vṛtti 活动），复合词（阳单体），抑止疾病增长蔓延。yamaḥ（yama 阳单体）阎摩。abhūt（√bhū 不定单三）是。yādas（海怪）-nāthaḥ（nātha 护主），复合词（阳单体），海怪之主，伐楼那。śiva（吉祥的，安全的）-jala（水）-pathaḥ（patha 道路），复合词（阳单体），保障水路安全。karmaṇe（karman 中单为）事业。nau（船）-carāṇām（cara 行动），复合词（阳复属），水手，航海者。pūrva（前面的）-apekṣī（apekṣin 考虑的），复合词（阳单体），考虑到前者。tadanu（不变词）随后。vidadhe（vi√dhā 完成单三）安排。koṣa（财库）-vṛddhim（vṛddhi 增长），复合词（阳单业），财库增长。kuberaḥ（kubera 阳单体）俱比罗。tasmin（tad 阳单依）他。daṇḍa（权杖）-upanata（臣服）-caritam（carita 行为），复合词（中单业），屈从权杖的行为。bhejire（√bhaj 完成复三）采取。loka（世界）-pālāḥ（pāla 保护者），复合词（阳复体），护世天神。

अष्टादशः सर्गः।

第十八章

स नैषधस्यार्थपतेः सुतायामुत्पादयामास निषिद्धशत्रुः।
अनूनसारं निषधान्नगेन्द्रात्पुत्रं यमाहुर्निषधाख्यमेव॥ १॥

这位阻击敌人的国王依靠
尼奢陀王阿特波提的女儿，
生下威力不亚于尼奢陀山的
儿子，人们称他为尼奢陀。（1）

saḥ（tad 阳单体）他。naiṣadhasya（naiṣadha 阳单属）尼奢陀王。artha（财富）-pateḥ（pati 主人），复合词（阳单属），财富之主，阿特波提（人名）。sutāyām（sutā 阴单依）女儿。utpādayāmāsa（ud√pad 致使，完成单三）产生。niṣiddha（阻击）-śatruḥ（śatru 敌人），复合词（阳单体），阻击敌人。anūna（不亚于）-sāram（sāra 威力），复合词（阳单业），威力不亚于。niṣadhāt（niṣadha 阳单从）尼奢陀山。naga（山）-indrāt（indra 王），复合词（阳单从），山王。putram（putra 阳单业）儿子。yam（yad 阳单业）这。āhuḥ（√ah 完成复三）说。niṣadha（尼奢陀）-ākhyam（ākhyā 名字），复合词（阳单业），名为尼奢陀。eva（不变词）确实。

तेनोरुवीर्येण पिता प्रजायै कल्पिष्यमाणेन ननन्द यूना।
सुवृष्टियोगादिव जीवलोकः सस्येन संपत्तिफलोन्मुखेन॥ २॥

这位青年充满威力，能够
保护民众，父王感到高兴，
犹如雨水充足，谷物丰收
在望，生命世界感到高兴。（2）

tena（tad 阳单具）这。uru（广阔的）-vīryeṇa（vīrya 威力），复合词（阳单具），充满威力。pitā（pitṛ 阳单体）父亲。prajāyai（prajā 阴单为）民众。kalpiṣyamāṇena（√kḷp 将分，阳单具）适合。nananda（√nand 完成单三）高兴。yūnā（yuvan 阳单具）

青年。su（好的）-vṛṣṭi（雨）-yogāt（yoga 联系），复合词（阳单从），及时降雨。iva（不变词）犹如。jīva（生命）-lokaḥ（loka 世界），复合词（阳单体），生命世界。sasyena（sasya 中单具）谷物。saṃpatti（丰收）-phala（果实）-unmukhena（unmukha 面向，接近），复合词（中单具），果实丰收在望。

शब्दादि निर्विश्य सुखं चिराय तस्मिन्प्रतिष्ठापितराजशब्दः।
कौमुद्वतेयः कुमुदावदातैर्द्यामर्जितां कर्मभिरारुरोह॥ ३॥

古摩婆提之子阿底提已经长久
享受感官对象的快乐，将国王
称号交给儿子，自己升入凭借
白莲般纯洁的功绩赢得的天国。（3）

śabda（声）-ādi（ādi 等等），复合词（中单业），声等等，指色、声、香、味和触这些感官对象。nirviśya（nis√viś 独立式）享受。sukham（sukha 中单业）快乐。cirāya（不变词）长久地。tasmin（tad 阳单依）他，指尼奢陀。pratiṣṭhāpita（安放，赋予）-rāja（国王）-śabdaḥ（śabda 称号），复合词（阳单体），赋予国王的称号。kaumudvateyaḥ（kaumudvateya 阳单体）古摩婆提之子，阿底提。kumuda（白莲花）-avadātaiḥ（avadāta 纯洁的），复合词（中复具），白莲般纯洁的。dyām（dyo 阴单业）天国。arjitām（arjita 阴单业）获得，赢得。karmabhiḥ（karman 中复具）业绩，功绩。āruroha（ā√ruh 完成单三）登上。

पौत्रः कुशस्यापि कुशेशयाक्षः ससागरां सागरधीरचेताः।
एकातपत्रां भुवमेकवीरः पुरार्गलादीर्घभुजो बुभोज॥ ४॥

这位俱舍的孙子眼睛如同莲花，
思想坚定如同大海，手臂修长
如同城门门闩，是唯一的英雄，
保护竖起唯一华盖的大地和大海。（4）

pautraḥ（pautra 阳单体）孙子。kuśasya（kuśa 阳单属）俱舍。api（不变词）而。kuśeśaya（莲花）-akṣaḥ（akṣa 眼睛），复合词（阳单体），眼睛如同莲花。sa（与）-sāgarām（sāgara 大海），复合词（阴单业），与大海。sāgara（大海）-dhīra（坚定的）-cetāḥ（cetas 思想），复合词（阳单体），思想坚定如同大海。eka（唯一的）-ātapatrām（ātapatra 华盖），复合词（阴单业），具有唯一的华盖。bhuvam（bhū 阴单业）大地。eka（唯一的）-vīraḥ（vīra 英雄），复合词（阳单体），唯一的英雄。pura（城市）-argalā（门闩）-dīrgha（长的）-bhujaḥ（bhuja 手臂），复合词（阳单体），手臂修长如同城市门闩。bubhoja（√bhuj 完成单三）统治，保护。

तस्यानलौजास्तनयस्तदन्ते वंशश्रियं प्राप नलाभिधानः।
यो नड्वलानीव गजः परेषां बलान्यमृद्नान्नलिनाभवक्त्रः॥५॥

他死后，他的儿子名叫那罗，
继承家族的王权，光辉似火，
面庞俊美似莲花，摧毁敌人
军队，犹如大象摧毁芦苇丛。（5）

tasya（tad 阳单属）他，指尼奢陀。anala（火）-ojāḥ（ojas 光辉），复合词（阳单体），光辉似火。tanayaḥ（tanaya 阳单体）儿子。tad（他）-ante（anta 死亡），复合词（阳单依），他的死亡。vaṃśa（家族）-śriyam（śrī 王权），复合词（阴单业），家族的王权。prāpa（pra√āp 完成单三）获得。nala（那罗）-abhidhānaḥ（abhidhāna 名称），复合词（阳单体），名叫那罗。yaḥ（yad 阳单体）这。naḍvalāni（naḍvala 中复业）芦苇丛。iva（不变词）犹如。gajaḥ（gaja 阳单体）大象。pareṣām（para 阳复属）敌人。balāni（bala 中复业）军队。amṛdnāt（√mṛd 未完单三）粉碎，摧毁。nalina（莲花）-ābha（ābhā 光辉，俊美）-vaktraḥ（vaktra 脸），复合词（阳单体），面庞俊美似莲花。

नभश्चरैर्गीतयशाः स लेभे नभस्तलश्यामतनुं तनूजम्।
ख्यातं नभःशब्दमयेन नाम्ना कान्तं नभोमासमिव प्रजानाम्॥६॥

那罗的名声受到健达缚们诵唱，
他也获得一个儿子，身体肤色
深蓝如同天空，以那跋斯命名，
像那跋斯月[①]那样受到民众喜爱。（6）

nabhas（天空）-caraiḥ（cara 行走），复合词（阳复具），在天空行走者，健达缚。gīta（歌唱）-yaśāḥ（yaśas 名声），复合词（阳单体），名声受到歌颂。saḥ（tad 阳单体）他，指那罗。lebhe（√labh 完成单三）获得。nabhas（天空）-tala（表面）-śyāma（深蓝的）-tanum（tanu 身体），复合词（阳单业），身体深蓝似天空。tanūjam（tanūja 阳单业）儿子。khyātam（khyāta 阳单业）称为。nabhas（那跋斯）-śabda（词）-mayena（maya 构成），复合词（中单具），由那跋斯一词构成。nāmnā（nāman 中单具）名字。kāntam（kānta 阳单业）喜爱。nabhas（那跋斯）-māsam（māsa 月），复合词（阳单业），

① 那跋斯月（nabhas）是雨季到来的七、八月。

那跋斯月。iva（不变词）如同。prajānām（prajā 阴复属）民众。

तस्मै विसृज्योत्तरकोसलानां धर्मोत्तरस्तत्प्रभवे प्रभुत्वम्।
मृगैरजर्यं जरसोपदिष्टमदेहबन्धाय पुनर्बबन्ध॥७॥

他崇尚正法，将北憍萨罗族
王权交给强大有力的儿子，
受老年的启发，与鹿群一起
生活，追求摆脱身体束缚。（7）

tasmai（tad 阳单为）他，指那跋斯。visṛjya（vi√sṛj 独立式）给予。uttara（北方的）-kosalānām（kosala 憍萨罗），复合词（阳复属），北憍萨罗族。dharma（正法）-uttaraḥ（uttara 最上的，充满的），复合词（阳单体），崇尚正法的。tat（tad 中单业）这。prabhave（prabhu 阳单为）强大有力的。prabhutvam（prabhutva 中单业）王权。mṛgaiḥ（mṛga 阳复具）鹿。ajaryam（ajarya 中单业）友谊。jarasā（jaras 阴单具）老年。upadiṣṭam（upadiṣṭa 中单业）指示。a（不）-deha（身体）-bandhāya（bandha 束缚），复合词（阳单为），不受身体束缚。punar（不变词）再次。babandha（√bandh 完成单三）联系。

तेन द्विपानामिव पुण्डरीको राज्ञामजय्योऽजनि पुण्डरीकः।
शान्ते पितर्याहृतपुण्डरीका यं पुण्डरीकाक्षमिव श्रिता श्रीः॥८॥

那跋斯生下名为莲花的儿子，犹如
象中的莲花象，国王们不能战胜他；
他的父亲死后，吉祥女神手持莲花
走向他，犹如走向莲花眼毗湿奴。（8）

tena（tad 阳单具）他，指那跋斯。dvipānām（dvipa 阳复属）大象。iva（不变词）犹如。puṇḍarīkaḥ（puṇḍarīka 阳单体）莲花象。rājñām（rājan 阳复属）国王。ajayyaḥ（ajayya 阳单体）不可战胜者。ajani（√jan 被动，不定单三）出生。puṇḍarīkaḥ（puṇḍarīka 阳单体）莲花（人名）。śānte（śānta 阳单依）死亡。pitari（pitṛ 阳单依）父亲。āhṛta（执持）-puṇḍarīkā（puṇḍarīka 莲花），复合词（阴单体），手持莲花。yam（yad 阳单业）他，指莲花。puṇḍarīka（莲花）-akṣam（akṣa 眼睛），复合词（阳单业），莲花眼毗湿奴。iva（不变词）犹如。śritā（śrita 阴单体）走近。śrīḥ（śrī 阴单体）吉祥女神。

स क्षेमधन्वानममोघधन्वा पुत्रं प्रजाक्षेमविधानदक्षम्।

क्ष्मां लम्भयित्वा क्षमयोपपन्नं वने तपः शान्ततरश्चचार॥९॥

他本人是一位箭无虚发的弓箭手，
儿子安弓具有忍耐力，善于保障
民众的安全，他将大地交给儿子，
自己彻底平静，进入森林修苦行。（9）

saḥ（tad 阳单体）他，指莲花。kṣemadhanvānam（kṣemadhanvan 阳单业）安弓（人名）。amogha（不落空的）-dhanvā（dhanvan 弓），复合词（阳单体），弓箭不虚发的。putram（putra 阳单业）儿子。prajā（民众）-kṣema（kṣema 安全）-vidhāna（安排）-dakṣam（dakṣa 善于），复合词（阳单业），善于保障民众的安全。kṣmām（kṣmā 阴单业）大地。lambhayitvā（√labh 致使，独立式）获得。kṣamayā（kṣamā 阴单具）忍耐。upapannam（upapanna 阳单业）具有。vane（vana 中单依）森林。tapaḥ（tapas 中单业）苦行。śānta（平静）-taraḥ（tara 更加的），复合词（阳单体），更加平静。cacāra（√car 完成单三）实行。

अनीकिनीनां समरेऽग्रयायी तस्यापि देवप्रतिमः सुतोऽभूत्।
व्यश्रूयतानीकपदावसानं देवादि नाम त्रिदिवेऽपि यस्य॥१०॥

安弓也有一个天神般的儿子，
在战斗中总是担任军队前锋，
他的名字以提婆开头，而以
阿尼迦收尾，在天国也闻名①。（10）

anīkinīnām（anīkinī 阴复属）军队。samare（samara 阳单依）战斗。agra（前面的）-yāyī（yāyin 行走的），复合词（阳单体），走在前面的，前锋。tasya（tad 阳单属）他，指安弓。api（不变词）也。deva（天神）-pratimaḥ（pratimā 如同），复合词（阳单体），如同天神。sutaḥ（suta 阳单体）儿子。abhūt（√bhū 不定单三）有。vyaśrūyata（vi√śru 被动，未完单三）闻名。anīka（军队）-pada（词语）-avasānam（avasāna 结束），复合词（中单体），以军队一词结束。deva（天神）-ādi（ādi 开始），复合词（中单体），以天神一词开始。nāma（nāman 中单体）名字。tridive（tridiva 中单依）天国。api（不变词）即使。yasya（yad 阳单属）他，指安弓之子天军。

पिता समाराधनतत्परेण पुत्रेण पुत्री स यथैव तेन।
पुत्रस्तथैवात्मजवत्सलेन स तेन पित्रा पितृमान्बभूव॥११॥

① “提婆”（deva，天神）和“阿尼迦”（anīka，军队）合为“提婆阿尼迦”（devānīka，天军）。

正如父亲有个精心侍奉的
儿子，他才真正有了儿子，
同样，儿子有个爱护儿子的
父亲，他才真正有了父亲。（11）

pitā（pitṛ 阳单体）父亲。samārādhana（取悦，侍奉）-tatpareṇa（tatpara 专心的），复合词（阳单具），精心侍奉。putreṇa（putra 阳单具）儿子。putrī（putrin 阳单体）有儿子的。saḥ（tad 阳单体）他，指父亲。yathā（不变词）正如。eva（不变词）确实。tena（tad 阳单具）这，指儿子。putraḥ（putra 阳单体）儿子。tathā（不变词）同样。eva（不变词）确实。ātmaja（儿子）-vatsalena（vatsala 慈爱的），复合词（阳单具），爱护儿子的。saḥ（tad 阳单体）他，指儿子。tena（tad 阳单具）这，指父亲。pitrā（pitṛ 阳单具）父亲。pitṛmān（pitṛmat 阳单体）有父亲的。babhūva（√bhū 完成单三）是。

पूर्वस्तयोरात्मसमे चिरोढामात्मोद्भवे वर्णचतुष्टयस्य।
धुरं निधायैकनिधिर्गुणानां जगाम यज्वा यजमानलोकम्॥ १२॥

这位父亲是祭祀者，无与伦比的
功德宝库，他将自己长期担负的、
四种姓的重担交给与自己相同的
儿子后，前往祭祀者的天国世界。（12）

pūrvaḥ（pūrva 阳单体）前者，指父亲。tayoḥ（tad 阳双属）他，指父子俩。ātma（ātman 自己）-same（sama 相同的），复合词（阳单依），与自己相同的。cira（长期）-ūḍhām（ūḍha 担负），复合词（阴单业），长期担负的。ātma（ātman 自己）-udbhave（udbhava 产生），复合词（阳单依），儿子。varṇa（种姓）-catuṣṭayasya（catuṣṭaya 四），复合词（阳单属），四种姓。dhuram（dhur 阴单业）重担。nidhāya（ni√dhā 独立式）安放。eka（唯一的）-nidhiḥ（nidhi 宝库），复合词（阳单体），唯一的宝库。guṇānām（guṇa 阳复属）功德。jagāma（√gam 完成单三）去。yajvā（yajvan 阳单体）祭祀者。yajamāna（√yaj 现分，祭祀者）-lokam（loka 世界），复合词（阳单业），祭祀者的世界，天国。

वशी सुतस्तस्य वशंवदत्वात्स्वेषामिवासीद्द्विषतामपीष्टः।
सकृद्विविघ्नानपि हि प्रयुक्तं माधुर्यमीष्टे हरिणान्ग्रहीतुम्॥ १३॥

他的儿子控制自我，说话谦恭，

甚至像受到自己人那样受到敌人
喜爱，因为只要发出甜蜜的声音，
甚至能吸引原先受到惊吓的鹿群。（13）

vaśī（vaśin 阳单体）控制自我的。sutaḥ（suta 阳单体）儿子。tasya（tad 阳单属）他，指天军。vaśaṃvadatvāt（vaśaṃvadatva 中单从）谦恭。sveṣām（sva 阳复属）自己的，自己人。iva（不变词）像。āsīt（√as 未完单三）是。dviṣatām（dviṣat 阳复属）敌人。api（不变词）甚至。iṣṭaḥ（iṣṭa 阳单体）喜爱。sakṛt（不变词）一时，原先。vivignān（vivigna 阳复业）惊慌。api（不变词）即使。hi（不变词）因为。prayuktam（prayukta 中单体）使用，发出。mādhuryam（mādhurya 中单体）甜蜜。īṣṭe（√īś 现在单三）能够。hariṇān（hariṇa 阳复业）羚羊鹿。grahītum（√grah 不定式）抓住，吸引。

अहीनगुर्नाम स गां समग्रामहीनबाहुद्रविणः शशास।
यो हीनसंसर्गपराङ्मुखत्वाद्युवाप्यनर्थैर्व्यसनैर्विहीनः॥ १४॥

这个儿子名为阿希那古，
不乏臂力，统治整个大地；
他不与低劣者交往，即使
年轻，也已摆脱种种恶习。（14）

ahīnaguḥ（ahīnagu 阳单体）阿希那古。nāma（不变词）名为。saḥ（tad 阳单体）他。gām（go 阴单业）大地。samagrām（samagra 阴单业）整个的。ahīna（不缺乏的）-bāhu（手臂）-draviṇaḥ（draviṇa 力量），复合词（阳单体），不乏臂力。śaśāsa（√śās 完成单三）统治。yaḥ（yad 阳单体）这。hīna（低劣者）-saṃsarga（混合，联系）-parāṅmukhatvāt（parāṅmukhatva 背离），复合词（中单从），不与低劣者交往。yuvā（yuvan 阳单体）年轻的。api（不变词）即使。anarthaiḥ（anartha 中复具）无益的，坏的。vyasanaiḥ（vyasana 中复具）嗜好，恶习。vihīnaḥ（vihīna 阳单体）抛弃，脱离。

गुरोः स चानन्तरमन्तरज्ञः पुंसां पुमानाद्य इवावतीर्णः।
उपक्रमैरस्खलितैश्चतुर्भिश्चतुर्दिगीशश्चतुरो बभूव॥ १५॥

他聪明睿智，洞察不同的
人们，继承父亲的王位后，
运用四种有效的政治手段，
统治四方，犹如原人下凡。（15）

guroḥ（guru 阳单属）父亲。saḥ（tad 阳单体）他，指阿希那古。ca（不变词）和。anantaram（不变词）随后。antara（不同）-jñaḥ（jña 知道的），复合词（阳单体），洞察不同。puṃsām（puṃs 阳复属）人。pumān（puṃs 阳单体）人。ādyaḥ（ādya 阳单体）最初的，原始的。iva（不变词）犹如。avatīrṇaḥ（avatīrṇa 阳单体）下凡。upakramaiḥ（upakrama 阳复具）策略。askhalitaiḥ（askhalita 阳复具）不动摇的，不失效的。caturbhiḥ（catur 阳复具）四。catur（四）-diś（方向）-īśaḥ（īśa 主人），复合词（阳单体），四方之主。caturaḥ（catura 阳单体）机敏的。babhūva（√bhū 完成单三）成为。

तस्मिन्प्रयाते परलोकयात्रां जेतर्यरीणां तनयं तदीयम्।
उच्चैःशिरस्त्वाज्जितपारियात्रं लक्ष्मीः सिषेवे किल पारियात्रम्॥ १६ ॥

这位战胜敌人的国王前往
另一个世界后，吉祥女神
侍奉他的儿子波利耶多罗，
头颅高昂胜过波利耶多罗①。（16）

tasmin（tad 阳单依）他，指阿希那古。prayāte（prayāta 阳单依）出发，前往。para（另一个）-loka（世界）-yātrām（yātrā 出行，行程），复合词（阴单业），去往另一个世界。jetari（jetṛ 阳单依）胜利者。arīṇām（ari 阳复属）敌人。tanayam（tanaya 阳单业）儿子。tadīyam（tadīya 阳单业）他的。uccais（高耸）-śiras（头）-tvāt（tva 状态），复合词（中单从），头颅高昂。jita（胜过）-pāriyātram（pāriyātra 波利耶多罗山），复合词（阳单业），胜过波利耶多罗山。lakṣmīḥ（lakṣmī 阴单体）吉祥女神。siṣeve（√sev 完成单三）侍奉。kila（不变词）据说。pāriyātram（pāriyātra 阳单业）波利耶多罗（人名）。

तस्याभवत्सूनुरुदारशीलः शिलः शिलापट्टविशालवक्षाः।
जितारिपक्षोऽपि शिलीमुखैर्यः शालीनतामव्रजदीड्यमानः॥ १७॥

他的儿子希罗品德高尚，
宽阔的胸膛如同石板，
即使经常用箭消灭敌人，
受到赞扬却面露羞涩。（17）

tasya（tad 阳单属）他，指波利耶多罗。abhavat（√bhū 未完单三）有。sūnuḥ（sūnu 阳单体）儿子。udāra（高尚的）-śīlaḥ（śīla 品行），复合词（阳单体），品行高尚。śilaḥ

① 此处“波利耶多罗”是山名。

（śila 阳单体）希罗（人名）。śilā（岩石）-paṭṭa（板）-viśāla（宽阔的）-vakṣāḥ（vakṣas 胸膛），复合词（阳单体），宽阔的胸膛如同石板。jita（战胜）-ari（敌人）-pakṣaḥ（pakṣa 羽翼，一方），复合词（阳单体），战胜敌方。api（不变词）即使。śilīmukhaiḥ（śilīmukha 阳复具）箭。yaḥ（yad 阳单体）他，指希罗。śālīnatām（śālīnatā 阴单业）羞涩。avrajat（√vraj 未完单三）走向，成为。īḍyamānaḥ（√īḍ 被动，现分，阳单体）赞扬。

तमात्मसंपन्नमनिन्दितात्मा कृत्वा युवानं युवराजमेव।
सुखानि सोऽभुङ्क्त सुखोपरोधि वृत्तं हि राज्ञामुपरुद्धवृत्तम्॥ १८॥

这位国王的自我无可指责，他指定
这个聪明能干的青年人继承王位[①]，
这样，他能享受快乐，因为国王的
行为方式如同受束缚者，有碍快乐。（18）

tam（tad 阳单业）这，指希罗。ātma（ātman 自我）-saṃpannam（saṃpanna 具有），复合词（阳单业），具有自我的，聪明的。anindita（无可指责的）-ātmā（ātman 自我），复合词（阳单体），自我无可指责的。kṛtvā（√kṛ 独立式）做。yuvānam（yuvan 阳单业）青年。yuva（yuvan 年轻的）-rājam（rājan 王），复合词（阳单业），新王。eva（不变词）确实。sukhāni（sukha 中复业）快乐。saḥ（tad 阳单体）他，指波利耶多罗。abhuṅkta（√bhuj 未完单三）享受。sukha（快乐）-uparodhi（uparodhin 阻碍的），复合词（中单体），有碍快乐。vṛttam（vṛtta 中单体）行为方式。hi（不变词）因为。rājñām（rājan 阳复属）国王。uparuddha（限制，束缚）-vṛttam（vṛtta 行为），复合词（中单体），行为如受束缚者。

तं रागबन्धिष्ववितृप्तमेव भोगेषु सौभाग्यविशेषभोग्यम्।
विलासिनीनामरतिक्षमापि जरा वृथा मत्सरिणी जहार॥ १९॥

他能享受妇女们的特殊魅力，
而且对充满激情的享受不知
满足，但老年即使不能享乐，
依然无端妒忌，夺走了他。[②]（19）

tam（tad 阳单业）他，指波利耶多罗。rāga（激情）-bandhiṣu（bandhin 联系的），复合词（阳复依），充满激情的。avitṛptam（avitṛpta 阳单业）不满足。eva（不变词）

① 这里的“国王”指波利耶多罗，“青年人”指希罗。
② 这里将老年拟人化，意谓见他热衷享乐，不知满足，老年产生妒忌，夺走了他。

确实。bhogeṣu（bhoga 阳复依）享乐。saubhāgya（优美，魅力）-viśeṣa（殊胜）-bhogyam（bhogya 能享受的），复合词（阳单业），能享受特殊魅力。vilāsinīnām（vilāsinī 阴复属）妇女。a（不）-rati（欢爱，欲乐）-kṣamā（kṣama 能够的），复合词（阴单体），不能享受欲乐。api（不变词）即使。jarā（jarā 阴单体）老年。vṛthā（不变词）徒劳地。matsariṇī（matsarin 阴单体）妒忌的。jahāra（√hṛ 完成单三）夺走。

उन्नाभ इत्युद्गतनामधेयस्तस्यायथार्थोन्नतनाभिरन्ध्रः।
सुतोऽभवत्पङ्कजनाभकल्पः कृत्स्नस्य नाभिर्नृपमण्डलस्य॥२०॥

他的儿子[①]以温那跋的
名字著称，肚脐深陷[②]，
如同莲花肚脐[③]毗湿奴，
位居所有国王的中心。（20）

unnābhaḥ（unnābha 阳单体）温那跋（人名）。iti（不变词）这样（称）。udgata（上升）-nāmadheyaḥ（nāmadheya 名字），复合词（阳单体），扬名，著称。tasya（tad 阳单属）他，指希罗。a（不）-yathārtha（符合意义的）-unnata（高耸）-nābhi（肚脐）-randhraḥ（randhra 孔，洞），复合词（阳单体），不符合肚脐眼高耸的意义。sutaḥ（suta 阳单体）儿子。abhavat（√bhū 未完单三）是。paṅkaja（莲花）-nābha（肚脐）-kalpaḥ（kalpa 如同），复合词（阳单体），如同莲花肚脐毗湿奴。kṛtsnasya（kṛtsna 阳单属）所有的。nābhiḥ（nābhi 阳单体）中心。nṛpa（国王）-maṇḍalasya（maṇḍala 圆圈，群体），复合词（中单属），国王群体。

ततः परं वज्रधरप्रभावस्तदात्मजः संयति वज्रघोषः।
बभूव वज्राकरभूषणायाः पतिः पृथिव्याः किल वज्रनाभः॥२१॥

此后，他的儿子名为金刚脐，
成为以金刚石矿藏为装饰的
大地的主人，据说威力如同
因陀罗，在战斗中吼声如雷。（21）

tatas-param（不变词）此后。vajra（金刚杵）-dhara（持有）-prabhāvaḥ（prabhāva

① “他的儿子”指希罗的儿子。
② 此处“肚脐深陷”，若按原文直译是“肚脐眼并不像这个名字的意义那样鼓起”。这个名字“温那跋”（unnābha）的意义是“肚脐鼓起”，因此，直译的这个短语实际是说“肚脐深陷”。
③ “莲花肚脐”的毗湿奴的称号。传说在世界创造时，他躺在大海中，肚脐上长出莲花，莲花中坐着梵天。

威力），复合词（阳单体），威力如同持金刚杵者因陀罗。tad（他，指温那跋）-ātmajaḥ（ātmaja 儿子），复合词（阳单体），温那跋的儿子。saṃyati（saṃyat 阴单依）战斗。vajra（雷杵）-ghoṣaḥ（ghoṣa 吼声），复合词（阳单体），吼声如雷。babhūva（√bhū 完成单三）成为。vajra（金刚石）-ākara（矿藏）-bhūṣaṇāyāḥ（bhūṣaṇa 装饰品），复合词（阴单属），以金刚矿藏为装饰。patiḥ（pati 阳单体）主人。pṛthivyāḥ（pṛthivī 阴单属）大地。kila（不变词）据说。vajra（金刚石）-nābhaḥ（nābha 肚脐），复合词（阳单体），金刚脐（人名）。

तस्मिन्गते द्यां सुकृतोपलब्धां तत्संभवं शङ्खणमर्णवान्ता।
उत्खातशत्रुं वसुधोपतस्थे रत्नोपहारैरुदितैः खनिभ्यः॥२२॥

他前往依靠善行获得的天国，
以大海为周边的大地便侍奉
他的消灭敌人的儿子商佉那，
献上采自矿藏的宝石礼物。（22）

tasmin（tad 阳单依）他，指金刚脐。gate（gata 阳单依）去往。dyām（dyo 阴单业）天国。sukṛta（善行）-upalabdhām（upalabdha 获得），复合词（阴单业），依靠善行获得的。tad（他，指金刚脐）-saṃbhavam（saṃbhava 产生），复合词（阳单业），他所生的。śaṅkhaṇam（śaṅkhaṇa 阳单业）商佉那（人名）。arṇava（大海）-antā（anta 周边），复合词（阴单体），以大海为周边的。utkhāta（根除，摧毁）-śatrum（śatru 敌人），复合词（阳单业），摧毁敌人的。vasudhā（vasudhā 阴单体）大地。upatasthe（upa√sthā 完成单三）侍奉。ratna（宝石）-upahāraiḥ（upahāra 礼物），复合词（阳复具），宝石礼物。uditaiḥ（udita 阳单具）产生。khanibhyaḥ（khani 阴复从）矿藏。

तस्यावसाने हरिदश्वधामा पित्र्यं प्रपेदे पदमश्विरूपः।
वेलातटेषूषितसैनिकाश्वं पुराविदो यं व्युषिताश्वमाहुः॥२३॥

他去世后，儿子继承父亲的王位，
光辉如同太阳，美貌如同双马童，
军队和马匹一直驻扎到大海岸边，
熟悉往事的人们称呼他为“驻马”。（23）

tasya（tad 阳单属）他，指商佉那。avasāne（avasāna 中单依）死亡。haridaśva（拥有黄褐马的，太阳）-dhāmā（dhāman 光辉），复合词（阳单体），光辉如同太阳。pitryam（pitrya 中单业）父亲的。prapede（pra√pad 完成单三）步入。padam（pada 中单业）

位置。aśvi（aśvin 双马童）-rūpaḥ（rūpa 美貌），复合词（阳单体），美貌如同双马童。velā（海岸）-taṭeṣu（taṭa 岸），复合词（阳复依），海岸。uṣita（驻扎）-sainika（军队）-aśvam（aśva 马匹），复合词（阳单业），军队和马匹驻扎的。purā（过去）-vidaḥ（vid 通晓），复合词（阳复体），通晓往事的。yam（yad 阳单业）他，指商佉那之子。vyuṣita（驻扎）-aśvam（aśva 马），复合词（阳单业），驻马（人名）。āhuḥ（√ah 完成复三）说，称呼。

आराध्य विश्वेश्वरमीश्वरेण तेन क्षितेर्विश्वसहो विजज्ञे।
पातुं सहो विश्वसखः समग्रां विश्वंभरामात्मजमूर्तिरात्मा॥२४॥

这位国王抚慰湿婆，生下
维希伐萨诃，是呈现儿子
形体的自我，万物的朋友，
有能力保护这整个大地。（24）

ārādhya（ā√rādh 独立式）抚慰，取悦。viśva（宇宙）-īśvaram（īśvara 主人），复合词（阳单业），宇宙之主，湿婆。īśvareṇa（īśvara 阳单具）主人。tena（tad 阳单具）这，指驻马。kṣiteḥ（kṣiti 阴单属）大地。viśvasahaḥ（viśvasaha 阳单体）维希伐萨诃（人名）。vijajñe（vi√jan 被动，完成单三）出生。pātum（√pā 不定式）保护。sahaḥ（saha 阳单体）能够的。viśva（宇宙，万物）-sakhaḥ（sakha 朋友），复合词（阳单体），万物的朋友。samagrām（samagra 阴单业）整个的。viśvaṃbharām（viśvaṃbharā 阴单业）大地。ātmaja（儿子）-mūrtiḥ（mūrti 形体），复合词（阳单体），有儿子形体的。ātmā（ātman 阳单体）自我。

अंशे हिरण्याक्षरिपोः स जाते हिरण्यनाभे तनये नयज्ञः।
द्विषामसह्यः सुतरां तरूणां हिरण्यरेता इव सानिलोऽभूत्॥२५॥

他精通策略，儿子希罗尼耶那跋
作为毗湿奴的部分化身①诞生后，
敌人们更加难以抵御他，犹如
树木难以抵御风力相助的大火。（25）

aṃśe（aṃśa 阳单依）部分，分身。hiraṇyākṣa（金眼，希罗尼亚刹）-ripoḥ（ripu 敌人），复合词（阳单属），希罗尼亚刹（魔名）之敌，指毗湿奴。saḥ（tad 阳单体）他，指维希伐萨诃。jāte（jāta 阳单依）出生。hiraṇya（金子）-nābhe（nābha 肚脐），

① 关于希罗尼耶那跋作为毗湿奴化身的事迹不详。

复合词（阳单依），金脐，即希罗尼耶那跋（人名）。tanaye（tanaya 阳单依）儿子。naya（策略）-jñaḥ（jña 精通的），复合词（阳单体），精通策略。dviṣām（dviṣ 阳复属）敌人。asahyaḥ（asahya 阳单体）难以抵御的。sutarām（不变词）更加。tarūṇām（taru 阳复属）树。hiraṇyaretā（hiraṇyaretas 阳单体）火。iva（不变词）犹如。sa（有）-anilaḥ（anila 风），复合词（阳单体），有风的。abhūt（√bhū 未完单三）成为。

पिता पितॄणामनृणस्तमन्ते वयस्यनन्तानि सुखानि लिप्सुः।
राजानमाजानुविलम्बिबाहुं कृत्वा कृती वल्कलवान्बभूव॥२६॥

父亲已经偿还祖先的债务，
在晚年渴望获得永久的幸福，
让臂长至膝的儿子登上王位，
自己则满意地穿上树皮衣。（26）

pitā（pitṛ 阳单体）父亲。pitṝṇām（pitṛ 阳复属）祖先。anṛṇaḥ（anṛṇa 阳单体）摆脱债务的。tam（tad 阳单业）他，指金脐。ante（anta 中单依）最后的。vayasi（vayas 中单依）年岁。anantāni（ananta 中复业）永久的。sukhāni（sukha 中复业）快乐。lipsuḥ（lipsu 阳单体）渴望的。rājānam（rājan 阳单业）国王。ā（直到）-jānu（膝盖）-vilambi（vilambin 垂下的）-bāhum（bāhu 手臂），复合词（阳单业），臂长至膝的。kṛtvā（√kṛ 独立式）做。kṛtī（kṛtin 阳单体）满意的。valkalavān（valkalavat 阳单体）穿树皮衣的。babhūva（√bhū 完成单三）成为。

कौसल्य इत्युत्तरकोसलानां पत्युः पतङ्गान्वयभूषणस्य।
तस्यौरसः सोमसुतः सुतोऽभून्नेत्रोत्सवः सोम इव द्वितीयः॥२७॥

他是北憍萨罗族的国王，太阳
世系的装饰，经常榨取苏摩汁，
他的亲生儿子名叫憍萨利耶，
眼睛的节日，如同第二个月亮。（27）

kausalyaḥ（kausalya 阳单体）憍萨利耶（人名）。iti（不变词）这样（称）。uttara（北方的）-kosalānām（kosala 憍萨罗），复合词（阳复属），北憍萨罗族。patyuḥ（pati 阳单属）国王。pataṅga（太阳）-anvaya（世系）-bhūṣaṇasya（bhūṣaṇa 装饰品），复合词（阳单属），太阳世系的装饰。tasya（tad 阳单体）这，指金脐。aurasaḥ（aurasa 阳单体）亲生的。somasutaḥ（somasut 阳单属）挤苏摩汁的。sutaḥ（suta 阳单体）儿子。abhūt（√bhū 不定单三）成为。netra（眼睛）-utsavaḥ（utsava 节日），复合词（阳

单体），眼睛的节日。somaḥ（soma 阳单体）月亮。iva（不变词）如同。dvitīyaḥ（dvitīya 阳单体）第二的。

यशोभिराब्रह्मसभं प्रकाशः स ब्रह्मभूयं गतिमाजगाम।
ब्रह्मिष्ठमाधाय निजेऽधिकारे ब्रह्मिष्ठमेव स्वतनुप्रसूतम्॥२८॥

他的名声远扬直达梵天宫，
已经达到与梵同一的境界，
他安排精通吠陀的亲生儿子
波诃密希陀登上自己的王位。（28）

yaśobhiḥ（yaśas 中复具）名声。ā（直到）-brahma（brahman 梵天）-sabham（sabhā 会堂），复合词（不变词），直达梵天宫。prakāśaḥ（prakāśa 阳单体）著名的。saḥ（tad 阳单体）他，指憍萨利耶。brahma（brahman 梵）-bhūyam（bhūya 成为），复合词（中单业），与梵合一。gatim（gati 阴单业）去处，位置。ājagāma（ā√gam 完成单三）到达。brahmiṣṭham（brahmiṣṭha 阳单业）精通吠陀的。ādhāya（ā√dhā 独立式）安放。nije（nija 阳单依）自己的。adhikāre（adhikāra 阳单依）职位，权位。brahmiṣṭham（brahmiṣṭha 阳单业）波诃密希陀（人名）。eva（不变词）确实。sva（自己的）-tanu（身体）-prasūtam（prasūta 产生），复合词（阳单业），自己生的。

तस्मिन्कुलापीडनिभे विपीडं सम्यङ्महीं शासति शासनाङ्काम्।
प्रजाश्चिरं सुप्रजसि प्रजेशे ननन्दुरानन्दजलाविलाक्ष्यः॥२९॥

这位国王如同家族的顶饰，
正确统治大地，摒弃压迫，
政令通畅，有好后嗣[①]，民众
充满喜悦的泪水，长久满意。（29）

tasmin（tad 阳单依）他，指波诃密希陀。kula（家族）-āpīḍa（顶饰）-nibhe（nibha 如同），复合词（阳单依），如同家族的顶饰。vipīḍam（不变词）没有压迫。samyak（不变词）正确地。mahīm（mahī 阴单业）大地。śāsati（√śās 现分，阳单依）统治。śāsana（命令）-aṅkām（aṅka 标志），复合词（阴单业），以命令为标志的。prajāḥ（prajā 阴复体）民众。ciram（不变词）长久。suprajasi（suprajas 阳单依）有好后嗣的。prajā（臣民）-īśe（īśa 主人），复合词（阳单依），臣民之主，国王。nananduḥ（√nand 完成复三）高兴，满意。ānanda（喜悦）-jala（水）-āvila（浑浊的，混有）-akṣyaḥ（akṣa

① 这里所说“好后嗣”也就是下一首中提到的儿子布特罗。

眼睛），复合词（阴复体），眼睛充满喜悦的泪水。

पात्रीकृतात्मा गुरुसेवनेन स्पष्टाकृतिः पत्त्ररथेन्द्रकेतोः।
तं पुत्रिणां पुष्करपत्रनेत्रः पुत्रः समारोपयदग्रसंख्याम्॥३०॥

儿子布特罗[1]孝敬父亲而受人
尊重，形体明显如同毗湿奴，
眼睛如同莲花瓣，使他的父亲
在有儿子的父亲中排名第一。（30）

pātrīkṛta（成为值得的，可尊敬）-ātmā（ātman 自我），复合词（阳单体），自我受人尊重。guru（父亲）-sevanena（sevana 侍奉），复合词（中单具），侍奉父亲。spaṣṭa（清晰的，明显的）-ākṛtiḥ（ākṛti 形体），复合词（阳单体），形体明显的。pattraratha（以翅膀为车的，鸟）-indra（王）-ketoḥ（ketu 标志），复合词（阳单属），以鸟王金翅鸟为标志的，毗湿奴。tam（tad 阳单业）他，指波诃密希陀。putriṇām（putrin 阳复属）有儿子的。puṣkara（莲花）-patra（花瓣）-netraḥ（netra 眼睛），复合词（阳单体），眼睛如同莲花瓣。putraḥ（putra 阳单体）布特罗（人名）。samāropayat（sam-ā√ruh 致使，未完单三）登上。agra（起首）-saṃkhyām（saṃkhyā 数），复合词（阴单业），名列首位。

वंशस्थितिं वंशकरेण तेन संभाव्य भावी स सखा मघोनः।
उपस्पृशन्स्पर्शनिवृत्तलौल्यस्त्रिपुष्करेषु त्रिदशत्वमाप॥३१॥

他确认家族继承者能巩固家族，
于是，摒弃对感官对象的贪著，
注定以后会成为因陀罗的朋友，
在三处莲花圣地沐浴，获得神性。（31）

vaṃśa（家族）-sthitim（sthiti 稳固，延续），复合词（阴单业），家族的延续。vaṃśa（家族）-kareṇa（kara 做），复合词（阳单具），维系家族者，儿子。tena（tad 阳单具）这，指布特罗。saṃbhāvya（sam√bhū 致使，独立式）认为。bhāvī（bhāvin 阳单体）将会的。saḥ（tad 阳单体）他，指波诃密希陀。sakhā（sakhi 阳单体）朋友。maghonaḥ（maghvan 阳单属）因陀罗。upaspṛśan（upa√spṛś 现分，阳单体）沐浴。sparśa（接触）-nivṛtta（停止）-laulyaḥ（laulya 贪求），复合词（阳单体），停止贪求（对感官对象的）接触。tri（三）-puṣkareṣu（puṣkara 莲花圣地），复合词（中复依），三处莲花

① 布特罗是波诃密希陀的儿子。

圣地。tridaśatvam（tridaśatva 中单业）神性。āpa（√āp 完成单三）获得。

तस्य प्रभानिर्जितपुष्परागं पौष्यां तिथौ पुष्यमसूत पत्नी।
तस्मिन्नपुष्यन्नुदिते समग्रां पुष्टिं जनाः पुष्य इव द्वितीये॥ ३२॥

他的妻子在弗沙星宿月满日，
生下儿子弗沙，光辉胜过
黄玉，仿佛是第二颗弗沙星
升起，民众获得繁荣昌盛。（32）

tasya（tad 阳单属）他，指布特罗。prabhā（光辉）-nirjita（胜过）-puṣparāgam（puṣparāga 黄玉），复合词（阳单业），光辉胜过黄玉。pauṣyām（pauṣa 阴单依）弗沙星宿月的。tithau（tithi 阴单依）月满日。puṣyam（puṣya 阳单业）弗沙（人名）。asūta（√sū 未完单三）生下。patnī（patnī 阴单体）妻子。tasmin（tad 阳单依）他，指弗沙。apuṣyan（√puṣ 未完复三）增长，获得。udite（udita 阳单依）升起，产生。samagrām（samagra 阴单业）完整的。puṣṭim（puṣṭi 阴单业）繁荣。janāḥ（jana 阳复体）人们。puṣye（puṣya 阳单依）弗沙星。iva（不变词）仿佛。dvitīye（dvitīya 阳单依）第二。

महीं महेच्छः परिकीर्य सूनौ मनीषिणे जैमिनयेऽर्पितात्मा।
तस्मात्सयोगादधिगम्य योगमजन्मनेऽकल्पत जन्मभीरुः॥ ३३॥

他惧怕生死轮回，志向高远，
将大地托付儿子，而将自己
托付智者阇弥尼，跟随这位
瑜伽师修瑜伽，以摆脱再生。（33）

mahīm（mahī 阴单业）大地。mahā（伟大）-icchaḥ（icchā 愿望，志向），复合词（阳单体），志向高远。parikīrya（pari√kṝ 独立式）交给，托付。sūnau（sūnu 阳单依）儿子。manīṣiṇe（manīṣin 阳单为）智者。jaiminaye（jaimini 阳单为）阇弥尼（人名）。arpita（托付）-ātmā（ātman 自己），复合词（阳单体），自己被托付。tasmāt（tad 阳单从）这，指阇弥尼。sa（具有）-yogāt（yoga 瑜伽），复合词（阳单从），具有瑜伽的。adhigamya（adhi√gam 独立式）学习。yogam（yoga 阳单业）瑜伽。ajanmane（ajanman 阳单为）无生，不再生。akalpata（√kḷp 未完单三）实现。janma（janman 出生）-bhīruḥ（bhīru 惧怕的），复合词（阳单体），惧怕生死轮回。

ततः परं तत्प्रभवः प्रपेदे ध्रुवोपमेयो ध्रुवसंधिरुर्वीम्।

यस्मिन्नभूज्ज्यायसि सत्यसंधे संधिर्ध्रुवः संनमतामरीणाम्॥ ३४॥

此后，他的儿子达鲁伐商迪
获得大地，这位出类拔萃的
国王堪比北极星，信守诺言，
敌人们谦恭地与他永久缔和。（34）

tatas-param（不变词）此后。tad（他，指弗沙）-prabhavaḥ（prabhava 出生），复合词（阳单体），他生下的。prapede（pra√pad 完成单三）获得。dhruva（北极星）-upameyaḥ（upameya 堪比的），复合词（阳单体），堪比北极星。dhruvasaṃdhiḥ（dhruvasaṃdhi 阳单体）达鲁伐商迪（人名）。urvīm（urvī 阴单业）大地。yasmin（yad 阳单依）他，指达鲁伐商迪。abhūt（√bhū 不定单三）成为。jyāyasi（jyāyas 阳单依）更优秀的。satya（真实的）-saṃdhe（saṃdhā 诺言），复合词（阳单依），信守诺言。saṃdhiḥ（saṃdhi 阳单体）和约。dhruvaḥ（dhruva 阳单体）永久的。saṃnamatām（sam√nam 现分，阳复属）臣服，恭顺。arīṇām（ari 阳复属）敌人。

सुते शिशावेव सुदर्शनाख्ये दर्शात्ययेन्दुप्रियदर्शने सः।
मृगायताक्षो मृगयाविहारी सिंहादवापद्विपदं नृसिंहः॥ ३५॥

这位人中之狮眼睛宽长似鹿，
在狩猎中被狮子咬死，此时，
他的儿子还幼小，名叫妙见，
容貌可爱如同白半月的月亮。（35）

sute（suta 阳单依）儿子。śiśau（śiśu 阳单依）幼童。eva（不变词）确实。sudarśana（妙见）-ākhye（ākhyā 名字），复合词（阳单依），名为妙见。darśa（新月日）-atyaya（过去）-indu（月亮）-priya（可爱的）-darśane（darśana 外观），复合词（阳单依），容貌可爱如同白半月的月亮。saḥ（tad 阳单体）他，指达鲁伐商迪。mṛga（鹿）-āyata（长）-akṣaḥ（akṣa 眼睛），复合词（阳单体），眼睛宽长似鹿。mṛgayā（狩猎）-vihārī（vihārin 娱乐），复合词（阳单体），以狩猎自娱。siṃhāt（siṃha 阳单从）狮子。avāpat（ava√āp 不定单三）获得。vipadam（vipad 阴单业）死亡。nṛ（人）-siṃhaḥ（siṃha 狮子），复合词（阳单体），人中之狮。

स्वर्गामिनस्तस्य तमैकमत्यादमात्यवर्गः कुलतन्तुमेकम्।
अनाथदीनाः प्रकृतीरवेक्ष्य साकेतनाथं विधिवच्चकार॥ ३६॥

国王前往天国后，大臣们

看到民众失去护主而凄惨，
一致同意按照仪轨让这个
家族的独苗成为萨盖多城主。（36）

svar（天国）-gāminaḥ（gāmin 去往），复合词（阳单属），升入天国的。tasya（tad 阳单属）他，指达鲁伐商迪。tam（tad 阳单业）这，指妙见。aikamatyāt（aikamatya 中单从）一致同意。amātya（大臣）-vargaḥ（varga 群体），复合词（阳单体），大臣们。kula（家族）-tantum（tantu 线，后嗣），复合词（阳单业），家族的后嗣。ekam（eka 阳单业）唯一的。a（没有）-nātha（护主）-dīnāḥ（dīna 凄惨的），复合词（阴复业），失去护主而凄惨。prakṭṛtīḥ（prakṭṛti 阴复业）民众。avekṣya（ava√īkṣ 独立式）看到。sāketa（萨盖多城）-nātham（nātha 主人），复合词（阳单业），萨盖多城主。vidhivat（不变词）按照仪轨。cakāra（√kṛ 完成单三）做。

नवेन्दुना तन्नभसोपमेयं शावैकसिंहेन च काननेन।
रघोः कुलं कुड्मलपुष्करेण तोयेन चाप्रौढनरेन्द्रमासीत्॥ ३७॥

罗怙族有年幼的新王，
好比天空有一弯新月，
树林有一头狮子幼崽，
水面有一株含苞莲花。（37）

nava（新的）-indunā（indu 月亮），复合词（中单具），有一弯新月。tat（tad 中单体）这。nabhasā（nabhas 中单具）天空。upameyam（upameya 中单体）堪比。śāva（幼崽）-eka（一）-siṃhena（siṃha 狮子），复合词（中单具），有一头幼狮。ca（不变词）和。kānanena（kānana 中单具）森林。raghoḥ（raghu 阳单属）罗怙。kulam（kula 中单体）家族。kuḍmala（长着花蕾的）-puṣkareṇa（puṣkara 莲花），复合词（中单具），有含苞的莲花。toyena（toya 中单具）水。ca（不变词）和。a（没有）-prauḍha（长大，成熟）-nara（人）-indram（indra 王），复合词（中单体），国王未成年。āsīt（√as 未完单三）是。

लोकेन भावी पितुरेव तुल्यः संभावितो मौलिपरिग्रहात्सः।
दृष्टो हि वृण्वन्कलभप्रमाणोऽप्याशाः पुरोवातमवाप्य मेघः॥ ३८॥

妙见戴上王冠后，世人认为他
肯定会与他的父亲一样，因为
看到即使大似幼象的云，获得

前方的风，也就能遍及各方。（38）

lokena（loka 阳单具）世人。bhāvī（bhāvin 阳单体）将会的。pituḥ（pitṛ 阳单属）父亲。eva（不变词）确实。tulyaḥ（tulya 阳单体）同样的。saṃbhāvitaḥ（saṃbhāvita 阳单体）认为。mauli（顶冠）-parigrahāt（parigraha 戴上），复合词（阳单从），戴上顶冠。saḥ（tad 阳单体）他，指妙见。dṛṣṭaḥ（dṛṣṭa 阳单体）看见。hi（不变词）因为。vṛṇvan（√vṛ 现分，阳单体）覆盖，包围。kalabha（幼象）-pramāṇaḥ（pramāṇa 规模），复合词（阳单体），幼象般大小。api（不变词）即使。āśāḥ（āśā 阴复业）方位。puras（前面）-vātam（vāta 风），复合词（阳单业），前方的风。avāpya（ava√āp 独立式）获得。meghaḥ（megha 阳单体）云。

तं राजवीथ्यामधिहस्ति यान्तमाधोरणालम्बितमग्र्यवेशम्।
षड्वर्षदेशीयमपि प्रभुत्वात्प्रैक्षन्त पौराः पितृगौरवेण॥३९॥

他身穿高贵的服装，由象夫扶着，
骑象行进在王家大道上，即使他
只有六岁，但作为国王，市民们
投以对他的父亲那样尊敬的目光。（39）

tam（tad 阳单业）他，指妙见。rāja（国王）-vīthyām（vīthi 道路），复合词（阴单依）王家大道。adhihasti（不变词）在大象上。yāntam（√yā 现分，阳单业）行进。ādhoraṇa（象夫）-ālambitam（ālambita 依靠），复合词（阳单业），由象夫扶着。agrya（顶尖的，最好的）-veśam（veśa 衣服），复合词（阳单业），身穿高贵的服装。ṣaṣ（六）-varṣa（年）-deśīyam（deśīya 接近，大约），复合词（阳单业），大约六岁。api（不变词）即使。prabhutvāt（prabhutva 中单从）作为国王。praikṣanta（pra√īkṣ 未完复三）注视。paurāḥ（paura 阳复体）市民。pitṛ（父亲）-gauraveṇa（gaurava 尊敬），复合词（中单具），对父亲的尊敬。

कामं न सोऽकल्पत पैतृकस्य सिंहासनस्य प्रतिपूरणाय।
तेजोमहिम्ना पुनरावृतात्मा तद्व्याप चामीकरपिञ्जरेण॥४०॥

确实，他不能充分占据
父亲的狮子座，但因为
围绕有大量金黄色光辉，
他的身体占满这个座位。（40）

kāmam（不变词）尽管，确实。na（不变词）不。saḥ（tad 阳单体）他，指妙见。

akalpata（√kḷp 未完单三）适合，达到。paitṛkasya（paitṛka 中单属）父亲的。siṃha（狮子）-āsanasya（āsana 座位），复合词（中单属），狮子座。pratipūraṇāya（pratipūraṇa 中单为）充满，占满。tejas（光辉）-mahimnā（mahiman 伟大），复合词（阳单具），巨大光辉。punar（不变词）但是。āvṛta（围绕）-ātmā（ātman 身体），复合词（阳单体），身体被围绕的。tat（tad 中单业）这，指狮子座。vyāpa（vi√āp 完成单三）充满，遍及。cāmīkara（金子）-piñjareṇa（piñjara 黄色的），复合词（阳单具），金黄的。

तस्मादधः किंचिदिवावतीर्णावसंस्पृशन्तौ तपनीयपीठम्।
सालक्तकौ भूपतयः प्रसिद्धैर्ववन्दिरे मौलिभिरस्य पादौ ॥ ४१ ॥

涂有红树脂的双脚从座位上
稍稍垂下，接触不到金脚凳，
各地的国王戴着精致的顶冠，
俯首向他的双脚行触足礼。（41）

tasmāt（tad 中单从）这，指狮子座。adhas（不变词）下面。kim-cit（不变词）稍稍。iva（不变词）稍许，仅。avatīrṇau（avatīrṇa 阳双业）落下，垂下。asaṃspṛśantau（a-sam√spṛś 现分，阳双业）不接触。tapanīya（金子）-pīṭham（pīṭha 脚凳），复合词（中单业），金脚凳。sa（具有）-alaktakau（alaktaka 红树脂），复合词（阳双业），涂有红树脂。bhū（大地）-patayaḥ（pati 主人），复合词（阳复体），大地之主，国王。prasiddhaiḥ（prasiddha 阳复具）经过装饰的，精美的。vavandire（√vand 完成复三）敬礼。maulibhiḥ（mauli 阳复具）顶冠。asya（idam 阳单属）他，指妙见。pādau（pāda 阳双业）脚。

मणौ महानील इति प्रभावादल्पप्रमाणेऽपि यथा न मिथ्या।
शब्दो महाराज इति प्रतीतस्तथैव तस्मिन्युयुजेऽर्भकेऽपि ॥ ४२ ॥

正如一颗珠宝虽然体积很小，
而光辉强烈，被称为“大青”，
并不虚妄，同样，即使他是
儿童，“大王”的称号也适用。（42）

maṇau（maṇi 阳单依）珠宝。mahā（大）-nīlaḥ（nīla 青色），复合词（阳单体），大青。iti（不变词）这样（称）。prabhāvāt（prabhāva 阳单从）光辉。alpa（微小的）-pramāṇe（pramāṇa 体积），复合词（阳单依），体积微小的。api（不变词）即使。yathā（不变词）正如。na（不变词）不。mithyā（不变词）虚妄。śabdaḥ（śabda 阳单体）

称号。mahā（大）-rājaḥ（rājan 王），复合词（阳单体），大王。iti（不变词）这样（称）。pratītaḥ（pratīta 阳单体）著名的。tathā（不变词）同样。eva（不变词）确实。tasmin（tad 阳单依）他，指妙见。yuyuje（√yuj 被动，完成单三）应用。arbhake（arbhaka 阳单依）幼童。api（不变词）即使。

पर्यन्तसंचारितचामरस्य कपोललोलोभयकाकपक्षात्।
तस्याननादुच्चरितो विवादश्चस्खाल वेलास्वपि नार्णवानाम्॥४३॥

身体两侧的拂尘摇晃，
两个发绺在两颊摇晃，
从他嘴中发出的命令，
甚至在海边也不失效。（43）

paryanta（侧边）-saṃcārita（摇晃）-cāmarasya（cāmara 拂尘），复合词（阳单属），两侧拂尘摇晃。kapola（脸颊）-lola（摇晃）-ubhaya（两者）-kākapakṣāt（kākapakṣa 两侧发绺），复合词（中单从），两个发绺在两颊摇晃。tasya（tad 阳单属）他，指妙见。ānanāt（ānana 中单从）脸，嘴。uccaritaḥ（uccarita 阳单体）发出。vivādaḥ（vivāda 阳单体）命令。caskhāla（√skhal 完成单三）磕绊，违背。velāsu（velā 阴复依）海岸。api（不变词）甚至。na（不变词）不。arṇavānām（arṇava 阳复属）大海。

निर्वृत्तजाम्बूनदपट्टबन्धे न्यस्तं ललाटे तिलकं दधानः।
तेनैव शून्यान्यरिसुन्दरीणां मुखानि स स्मेरमुखश्चकार॥४४॥

他的额头系有金束带，
再画上吉祥志，脸上
含着微笑，剥夺敌人
妻子们脸上的吉祥志。（44）

nirvṛtta（完成）-jāmbūnada（金子）-paṭṭa（带子）-bandhe（bandha 系缚），复合词（中单依），系有金束带。nyastam（nyasta 阳单业）安放，画。lalāṭe（lalāṭa 中单依）额头。tilakam（tilaka 阳单业）吉祥志。dadhānaḥ（√dhā 现分，阳单体）具有。tena（tad 阳单具）这，指吉祥志。eva（不变词）确实。śūnyāni（śūnya 中复业）缺少。ari（敌人）-sundarīṇām（sundarī 妻子），复合词（阴复属），敌人的妻子。mukhāni（mukha 中复业）脸。saḥ（tad 阳单体）他，指妙见。smera（微笑的）-mukhaḥ（mukha 脸），复合词（阳单体），面带微笑。cakāra（√kṛ 完成单三）做。

शिरीषपुष्पाधिकसौकुमार्यः खेदं स यायादपि भूषणेन।
नितान्तगुर्वीमपि सोऽनुभावाद्धुरं धरित्र्या बिभरांबभूव॥४५॥

他比希利奢花还要柔嫩，
甚至佩戴装饰品也难受，
但他凭借威力，担负起
极其沉重的大地的负担。（45）

śirīṣa（希利奢花）-puṣpa（花）-adhika（更加的）-saukumāryaḥ（saukumārya 柔嫩），复合词（阳单体），比希利奢花还要柔嫩。khedam（kheda 阳单业）劳累，难受。saḥ（tad 阳单体）他。yāyāt（√yā 虚拟单三）走向。api（不变词）甚至。bhūṣaṇena（bhūṣaṇa 中单具）装饰品。nitānta（极其的）-gurvīm（guru 沉重的），复合词（阴单业），极其沉重的。api（不变词）即使。saḥ（tad 阳单体）他，指妙见。anubhāvāt（anubhāva 阳单从）威力。dhuram（dhur 阴单业）负担。dharitryāḥ（dharitrī 阴单属）大地。bibharāṃbabhūva（√bhṛ 完成单三）承担。

न्यस्ताक्षरामक्षरभूमिकायां कार्त्स्न्येन गृह्णाति लिपिं न यावद्।
सर्वाणि तावच्छ्रुतवृद्धयोगात्फलान्युपायुङ्क्त स दण्डनीतेः॥४६॥

在他还没有完全学会
在写字板上书写字母时，
他依靠博学的长者们，
享受一切治国术的成果。（46）

nyasta（安排）-akṣarām（akṣara 字母），复合词（阴单业），安排字母。akṣara（字母）-bhūmikāyām（bhūmikā 地方），复合词（阴单依），写字板。kārtsnyena（kārtsnya 中单具）完全。gṛhṇāti（√grah 现在单三）掌握。lipim（lipi 阴单业）书写。na（不变词）不。yāvat（不变词）那时。sarvāṇi（sarva 中复业）一切。tāvat（不变词）这时。śruta（学问）-vṛddha（年长的，卓越的）-yogāt（yoga 联系，利用），复合词（阳单从），依靠博学的长者。phalāni（phala 中复业）成果。upāyuṅkta（upa√yuj 未完单三）享受。saḥ（tad 阳单体）他，指妙见。daṇḍa（权杖）-nīteḥ（nīti 策略），复合词（阴单属），权术，治国术。

उरस्यपर्याप्तनिवेशभागा प्रौढीभविष्यन्तमुदीक्षमाणा।
संजातलज्जेव तमातपत्रच्छायाच्छलेनोपजुगूह लक्ष्मीः॥४७॥

他的胸脯上空间有限，

吉祥女神等待他成熟，
而她又仿佛出于羞涩，
乔装华盖阴影拥抱他。（47）

urasi（uras 中单依）胸脯。a（没有）-paryāpta（充分的，足够的）-niveśa（占据）-bhāgā（bhāga 部分），复合词（阴单体），没有足够的占据处。prauḍhībhaviṣyantam（prauḍhī√bhū 将分，阳单业）成熟。udīkṣamāṇā（ud√īkṣ 现分，阴单体）期盼。saṃjāta（产生）-lajjā（lajjā 羞涩），复合词（阴单体），产生羞涩。iva（不变词）仿佛。tam（tad 阳单业）他，指妙见。ātapatra（华盖）-chāyā（阴影）-chalena（chala 乔装），复合词（阳单具），乔装华盖的阴影。upajugūha（upa√guh 完成单三）拥抱。lakṣmīḥ（lakṣmī 阴单体）吉祥女神。

अनश्नुवानेन युगोपमानमबद्धमौर्वीकिणलाञ्छनेन।
अस्पृष्टखड्गत्सरुणापि चासीद्रक्षावती तस्य भुजेन भूमिः॥४८॥

大地获得他的手臂保护，
即使这手臂还不如同车轭，
还没有留下弓弦的疤痕，
还没有握过刀剑的把柄。（48）

anaśnuvānena（an√aś 现分，阳单具）没有获得。yuga（车轭）-upamānam（upamāna 相比），复合词（中单业），与车轭相比。a（没有）-baddha（系缚，固定）-maurvī（弓弦）-kiṇa（疤痕）-lāñchanena（lāñchana 标记），复合词（阳单具），没有留下弓弦的疤痕标记。a（没有）-spṛṣṭa（接触）-khaḍga（剑）-tsaruṇā（tsaru 柄），复合词（阳单具），没有握过剑柄。api（不变词）即使。ca（不变词）和。āsīt（√as 未完单三）是。rakṣāvatī（rakṣāvat 阴单体）享有保护的。tasya（tad 阳单属）他，指妙见。bhujena（bhuja 阳单具）手臂。bhūmiḥ（bhūmi 阴单体）大地。

न केवलं गच्छति तस्य काले ययुः शरीरावयवा विवृद्धिम्।
वंश्या गुणाः खल्वपि लोककान्ताः प्रारंभसूक्ष्माः प्रथिमानमापुः॥४९॥

随着时间流逝，不仅他的
身体各部分获得充分发育，
为世人喜爱的家族品德
也由小变大，获得发展。（49）

na（不变词）不。kevalam（不变词）仅仅。gacchati（√gam 现分，阳单依）度过。

tasya（tad 阳单属）他，指妙见。kāle（kāla 阳单依）时间。yayuḥ（√yā 完成复三）走向。śarīra（身体）-avayavāḥ（avayava 肢体，部分），复合词（阳复体），身体各部分。vivṛddhim（vivṛddhi 阴单业）增长。vaṃśyāḥ（vaṃśya 阳复体）家族的。guṇāḥ（guṇa 阳复体）品德。khalu（不变词）确实。api（不变词）也。loka（世人）-kāntāḥ（kānta 喜爱），复合词（阳复体），为世人喜爱的。prārambha（开始，起初）-sūkṣmāḥ（sūkṣma 微小的），复合词（阳复体），起初微小的。prathimānam（prathiman 阳单业）宽广。āpuḥ（√āp 完成复三）达到。

स पूर्वजन्मान्तरदृष्टपाराः स्मरन्निवाक्लेशकरो गुरूणाम्।
तिस्त्रस्त्रिवर्गाधिगमस्य मूलं जग्राह विद्याः प्रकृतीश्च पित्र्याः ॥५०॥

他仿佛记得前生已经目睹的
所有一切，不必麻烦老师们，
便掌握三学，即人生三要的
根基，也控制住祖传的臣民。①（50）

saḥ（tad 阳单体）他，指妙见。pūrva（以前的）-janma（janman 出生）-antara（其他的）-dṛṣṭa（看见）-pārāḥ（pāra 全部），复合词（阴复业），在其他前生已经目睹的一切。smaran（√smṛ 现分，阳单体）记忆。iva（不变词）仿佛。a（没有）-kleśa（烦恼，麻烦）-karaḥ（kara 造成），复合词（阳单体），没有造成麻烦。gurūṇām（guru 阳复属）老师。tisraḥ（tri 阴复业）三。tri（三）-varga（一组）-adhigamasya（adhigama 掌握，学会），复合词（阳单属），掌握人生三要：法、利和欲。mūlam（mūla 中单业）根。jagrāha（√grah 完成单三）掌握。vidyāḥ（vidyā 阴复业）知识，学科。prakṛtīḥ（prakṛtī 阴复业）臣民。ca（不变词）和。pitryāḥ（pitrya 阴复业）父亲的，祖传的。

व्यूह्य स्थितः किंचिदिवोत्तरार्धमुन्नद्धचूडोऽञ्चितसव्यजानुः।
आकर्णमाकृष्टसबाणधन्वा व्यरोचतास्त्रेषु विनीयमानः ॥५१॥

训练射箭时，姿势优美，
稍稍伸展上半身，顶髻
向上束起，左膝弯曲，
挽弓搭箭，拉至耳边。（51）

vyūhya（vi√ūh 独立式）安排，布置。sthitaḥ（sthita 阳单体）站立。kim-cit（不变词）稍微。iva（不变词）稍许，仅。uttara（上部的）-ardham（ardha 一半），复合

① “三学”指吠陀、生计和治国论（权杖学）。“人生三要”指正法、利益和爱欲。

词（中单业），上半身。unnaddha（束起）-cūḍaḥ（cūḍā 顶髻），复合词（阳单体），顶髻向上束起。añcita（弯曲）-savya（左边的）-jānuḥ（jānu 膝盖），复合词（阳单体），左膝弯曲。ā（直到）-karṇam（karṇa 耳朵），复合词（不变词），直到耳边。ākṛṣṭa（拽，拉）-sa（具有）-bāṇa（箭）-dhanvā（dhanvan 弓），复合词（阳单体），拉开已搭上箭的弓。vyarocata（vi√ruc 未完单三）闪光。astreṣu（astra 中复依）箭。vinīyamānaḥ（vi√nī 被动，现分，阳单体）训练。

अथ मधु वनितानां नेत्रनिर्वेशनीयं
मनसिजतरुपुष्पं रागबन्धप्रवालम्।
अकृतकविधि सर्वाङ्गीणमाकल्पजातं
विलसितपदमाद्यं यौवनं स प्रपेदे॥५२॥

他到达青春年华，这是妇女们
眼睛享受的蜜，爱情树上的花，
含有激情的嫩芽，遍布全身的
天然装饰，最初的爱情游乐园。（52）

atha（不变词）于是。madhu（madhu 中单业）蜜。vanitānām（vanitā 阴复属）妇女。netra（眼睛）-nirveśanīyam（nirveśanīya 可享受的），复合词（中单业），眼睛可享受的。manasija（爱情）-taru（树）-puṣpam（puṣpa 花），复合词（中单业），爱情树上的花。rāga（激情）-bandha（联系）-pravālam（pravāla 嫩芽），复合词（中单业），含有激情的嫩芽。a（不）-kṛtaka（人造的）-vidhi（vidhi 方式），复合词（中单业），具有天然方式的。sarvāṅgīṇam（sarvāṅgīṇa 中单业）遍布全身的。ākalpa（装饰品）-jātam（jāta 种类），复合词（中单业），一类装饰品。vilasita（游乐）-padam（pada 地方，场所），复合词（中单业），游乐园。ādyam（ādya 中单业）最初的。yauvanam（yauvana 中单业）青春。saḥ（tad 阳单体）他，指妙见。prapede（pra√pad 完成单三）达到。

प्रतिकृतिरचनाभ्यो दूतिसंदर्शिताभ्यः
समधिकतररूपाः शुद्धसंतानकामैः।
अधिविविदुरमात्यैराहृतास्तस्य यूनः
प्रथमपरिगृहीते श्रीभुवौ राजकन्याः॥५३॥

公主们的容貌比女使们呈示的画像
更美丽，大臣们盼望世系血统纯洁，
将她们带来，继已婚的吉祥女神和

大地女神之后，与这位青年成婚。（53）

pratikṛti（画像）-racanābhyaḥ（racanā 安排，作品），复合词（阴复从），画作。dūti（女使）-saṃdarśitābhyaḥ（saṃdarśita 展示），复合词（阴复从），由女使展示。samadhikatara（更加的）-rūpāḥ（rūpa 美貌），复合词（阴复体），更加美貌。śuddha（纯洁的）-saṃtāna（传承，后嗣）-kāmaiḥ（kāma 渴望），复合词（阳复具），渴望后嗣纯洁。adhivividuḥ（adhi√vid 完成复三）取代。amātyaiḥ（amātya 阳复具）大臣。āhṛtāḥ（āhṛta 阴复体）带来。tasya（tad 阳单属）这，指妙见。yūnaḥ（yuvan 阳单属）青年。prathama（最初，首先）-parigṛhīte（parigṛhīta 结婚），复合词（阴双业），首先成婚的。śrī（吉祥女神）-bhuvau（bhū 大地），复合词（阴双业），吉祥女神和大地。rāja（国王）-kanyāḥ（kanyā 女孩），复合词（阴复体），王族公主。

एकोनविंशः सर्गः।

第十九章

अग्निवर्णमभिषिच्य राघवः स्वे पदे तनयमग्नितेजसम्।
शिश्रिये श्रुतवतामपश्चिमः पश्चिमे वयसि नैमिषं वशी॥ १॥

这位罗怙族后裔以博学著称，
出类拔萃，控制自我，到了
老年，让光辉似火的儿子火色
灌顶登基，自己进入飘忽林[1]。（1）

agni（火）-varṇam（varṇa 颜色），复合词（阳单业），火色（人名）。abhiṣicya（abhi√sic 独立式）灌顶。rāghavaḥ（rāghava 阳单体）罗怙后裔，指妙见王。sve（sva 中单依）自己的。pade（pada 中单依）位置。tanayam（tanaya 阳单业）儿子。agni（火）-tejasam（tejas 光辉），复合词（阳单业），光辉似火。śiśriye（√śri 完成单三）依靠，进入。śrutavatām（śrutavat 阳复属）博学的，博学者。a（非）-paścimaḥ（paścima 最后的），复合词（阳单体），名列前茅的。paścime（paścima 中单依）最后的。vayasi（vayas 中单依）年纪。naimiṣam（naimiṣa 中单业）飘忽林。vaśī（vaśin 阳单体）控制自我的。

तत्र तीर्थसलिलेन दीर्घिकास्तल्पमन्तरितभूमिभिः कुशैः।
सौधवासमुटजेन विस्मृतः संचिकाय फलनिःस्पृहस्तपः॥ २॥

飘忽林中，圣地纯洁的流水、
覆盖有拘舍草的地面和茅草屋，
让他忘却水池、床榻和宫殿，
在这里积累苦行而不贪著成果。（2）

tatra（不变词）这里，指飘忽林。tīrtha（圣地）-salilena（salila 水），复合词（中单具），圣地的水。dīrghikāḥ（dīrghikā 阴复业）水池。talpam（talpa 阳单业）床榻。

① “飘忽林”是一座仙人聚居的著名森林。

antarita（覆盖）-bhūmibhiḥ（bhūmi 地面），复合词（阳复具），覆盖地面的。kuśaiḥ（kuśa 阳复具）拘舍草。saudhavāsam（saudhavāsa 阳单业）宫殿。uṭajena（uṭaja 阳单具）茅屋。vismṛtaḥ（vismṛta 阳单体）忘记。saṃcikāya（sam√ci 完成单三）积累。phala（果实）-niḥspṛhaḥ（niḥspṛha 不贪图的），复合词（阳单体），不贪图成果。tapaḥ（tapas 中单业）苦行。

लब्धपालनविधौ न तत्सुतः खेदमाप गुरुणा हि मेदिनी।
भोक्तुमेव भुजनिर्जितद्विषा न प्रसाधयितुमस्य कल्पिता॥३॥

他的儿子保护获得的王国，
没有遇到麻烦，因为父亲
依靠臂力征服所有的敌人，
是让他享受而非整治大地。（3）

labdha（获得物）-pālana（保护）-vidhau（vidhi 实行），复合词（阳单依），保护获得物。na（不变词）不。tad（他，指妙见王）-sutaḥ（suta 儿子），复合词（阳单体），他的儿子。khedam（kheda 阳单业）麻烦。āpa（√āp 完成单三）获得。guruṇā（guru 阳单具）父亲。hi（不变词）因为。medinī（medinī 阴单体）大地。bhoktum（√bhuj 不定式）享受。eva（不变词）正是。bhuja（手臂）-nirjita（征服）-dviṣā（dviṣ 敌人），复合词（阳单具），依靠手臂征服敌人。na（不变词）不。prasādhayitum（pra√sādh 致使，不定式）装饰，整治。asya（idam 阳单属）他。kalpitā（kalpita 阴单体）安排。

सोऽधिकारमभिकः कुलोचितं काश्चन स्वयमवर्तयत्समाः।
संनिवेश्य सचिवेष्वतः परं स्त्रीविधेयनवयौवनोऽभवत्॥४॥

这位风流天子亲自履行
家族传承的职责若干年，
此后将职责托付大臣们，
将青春年华投入妇女中。（4）

saḥ（tad 阳单体）他，指火色王。adhikāram（adhikāra 阳单业）职责。abhikaḥ（abhika 阳单体）好色的。kula（家族）-ucitam（ucita 习惯），复合词（阳单业），家族传承的。kāḥ-cana（kim-cana 阴复业）一些，若干。svayam（不变词）亲自。avartayat（√vṛt 致使，未完单三）履行。samāḥ（samā 阴复业）年。saṃniveśya（sam-ni√viś 致使，独立式）安放，托付。saciveṣu（saciva 阳复依）大臣。atas-param（不变词）此后。strī（妇女）-vidheya（服从，受制于）-nava（新的）-yauvanaḥ（yauvana 青春），复合词

（阳单体），将青春年华投入妇女。abhavat（√bhū 未完单三）成为。

कामिनीसहचरस्य कामिनस्तस्य वेश्मसु मृदङ्गनादिषु।
ऋद्धिमन्तमधिकर्द्धिरुत्तरः पूर्वमुत्सवमपोहदुत्सवः॥५॥

这位风流天子有多情女子
陪伴，宫殿中回响着鼓声，
举办的节庆活动，总是
后一个比前一个更豪华。（5）

kāminī（多情女子）-sahacarasya（sahacara 陪伴），复合词（阳单属），有多情女子陪伴。kāminaḥ（kāmin 阳单属）多情的，风流的。tasya（tad 阳单属）这。veśmasu（veśman 中复依）宫殿。mṛdaṅga（鼓）-nādiṣu（nādin 回响的），复合词（中复依），鼓声回响的。ṛddhimantam（ṛddhimat 阳单业）富有的，豪华的。adhika（更加的）-ṛddhiḥ（ṛddhi 豪华），复合词（阳单体），更加豪华的。uttaraḥ（uttara 阳单体）后面的。pūrvam（pūrva 阳单业）前面的。utsavam（utsava 阳单业）节日。apohat（apa√ūh 未完单三）排除，替代。utsavaḥ（utsava 阳单体）节日。

इन्द्रियार्थपरिशून्यमक्षमः सोढुमेकमपि स क्षणान्तरम्।
अन्तरेव विहरन्दिवानिशं न व्यपैक्षत समुत्सुकाः प्रजाः॥६॥

他甚至不能忍受一刹那
时间缺少感官对象享受，
日日夜夜在后宫中娱乐，
不关心渴望见他的民众。（6）

indriya（感官）-artha（对象）-pariśūnyam（pariśūnya 空缺的），复合词（中单业），没有感官对象的。akṣamaḥ（akṣama 阳单体）不能的。soḍhum（√sah 不定式）忍受。ekam（eka 中单业）一。api（不变词）甚至。saḥ（tad 阳单体）他。kṣaṇa（刹那）-antaram（antara 间隔），复合词（中单业），刹那的间隔。antar（不变词）在里面。eva（不变词）只是。viharan（vi√hṛ 现分，阳单体）娱乐。divāniśam（不变词）日夜。na（不变词）不。vyapaikṣata（vi-apa√īkṣ 未完单三）关心。samutsukāḥ（samutsuka 阴复业）渴望的。prajāḥ（prajā 阴复业）臣民。

गौरवाद्यदपि जातु मन्त्रिणां दर्शनं प्रकृतिकाङ्क्षितं ददौ।
तद्गवाक्षविवरावलम्बिना केवलेन चरणेन कल्पितम्॥७॥

即使有时出于对大臣们
尊重，他让渴望见他的
民众见到他，也是仅仅
将他的双脚搁在窗口上。（7）

gauravāt（gaurava 中单从）尊重。yat（yad 中单业）这，指会见。api（不变词）即使。jātu（不变词）有时。mantriṇām（mantrin 阳复属）大臣。darśanam（darśana 中单业）会见。prakṛti（臣民）-kāṅkṣitam（kāṅkṣita 渴望），复合词（中单业），臣民渴望的。dadau（√dā 完成单三）给予。tat（tad 中单体）这，指会见。gavākṣa（窗户）-vivara（洞）-avalambinā（avalambin 悬挂的），复合词（阳单具），悬挂在窗口。kevalena（kevala 阳单具）仅仅的。caraṇena（caraṇa 阳单具）脚。kalpitam（kalpita 中单体）安排。

तं कृतप्रणतयोऽनुजीविनः कोमलात्मनखरागरूषितम्।
भेजिरे नवदिवाकरातपस्पृष्टपङ्कजतुलाधिरोहणम्॥८॥

那些柔软的脚趾的红色光芒
覆盖他的双脚，如同初升的
太阳光芒照耀莲花，侍从们
先行礼，然后侍奉他的双脚。（8）

tam（tad 阳单业）它，指脚。kṛta（做）-praṇatayaḥ（praṇati 致敬），复合词（阳复体），完成致敬。anujīvinaḥ（anujīvin 阳复体）侍从。komala（柔软的）-ātma（ātman 自己）-nakha（脚趾）-rāga（红色）-rūṣitam（rūṣita 覆盖），复合词（阳单业），被自己柔软的脚趾的红色所覆盖。bhejire（√bhaj 完成复三）侍奉。nava（新的）-divākara（太阳）-ātapa（光芒）-spṛṣṭa（接触）-paṅkaja（莲花）-tulā（同样）-adhirohaṇam（adhirohaṇa 登上，达到），复合词（阳单业），如同初升太阳的光芒照耀的莲花。

यौवनोन्नतविलासिनीस्तनक्षोभलोलकमलाश्च दीर्घिकाः।
गूढमोहनगृहास्तदम्बुभिः स व्यगाहत विगाढमन्मथः॥९॥

他怀着强烈的爱欲进入水池，
池水中的那些莲花受到年轻
女子高耸的乳房碰撞而摇晃，
那些欢爱屋隐藏在池水下。（9）

yauvana（青春）-unnata（挺起，高耸）-vilāsinī（妇女）-stana（乳房）-kṣobha

（激动，颤动）-lola（摇晃）-kamalāḥ（kamala 莲花），复合词（阴复业），莲花受到年轻妇女高耸的乳房碰撞而摇晃。ca（不变词）和。dīrghikāḥ（dīrghikā 阴复业）水池。gūḍha（隐藏）-mohana（痴迷）-gṛhāḥ（gṛha 房屋），复合词（阴复业），隐藏着欢爱屋。tad（它，指水池）-ambubhiḥ（ambu 水），复合词（中复具），它的水。saḥ（tad 阳单体）他。vyagāhata（vi√gāh 未完单三）进入。vigāḍha（强烈的）-manmathaḥ（manmatha 爱欲），复合词（阳单体），怀着强烈的爱欲。

तत्र सेकहृतलोचनाञ्जनैर्धौतरागपरिपाटलाधरैः।
अङ्गनास्तमधिकं व्यलोभयन्नर्पितप्रकृतकान्तिभिर्मुखैः॥१०॥

妇女们竭尽努力吸引他，
泼洒的水流洗去她们的
黑眼膏，也洗去她们的
红唇膏，恢复面容本色。（10）

tatra（不变词）这里，指水池。seka（浇水）-hṛta（夺去，消除）-locana（眼睛）-añjanaiḥ（añjana 黑眼膏），复合词（中复具），眼睛上的黑眼膏被泼洒的水流洗去。dhauta（洗掉）-rāga（红染料）-paripāṭala（淡红的）-adharaiḥ（adhara 下唇），复合词（中复具），洗去淡红嘴唇的红唇膏。aṅganāḥ（aṅganā 阴复体）妇女。tam（tad 阳单业）他。adhikam（不变词）更多，极其。vyalobhayan（vi√lubh 致使，未完复三）诱惑。arpita（恢复）-prakṛta（原初的）-kāntibhiḥ（kānti 美），复合词（中复具），恢复本色的美。mukhaiḥ（mukha 中复具）脸。

घ्राणकान्तमधुगन्धकर्षिणीः पानभूमिरचनाः प्रियासखः।
अभ्यपद्यत स वासितासखः पुष्पिताः कमलिनीरिव द्विपः॥११॥

在爱妻陪伴下，他前往
饮酒处，酒香扑鼻诱人，
犹如大象在雌象陪伴下，
前往花朵盛开的莲花池。（11）

ghrāṇa（鼻子）-kānta（可爱的，喜欢的）-madhu（蜜酒）-gandha（香味）-karṣiṇīḥ（karṣin 诱人的），复合词（阴复业），酒香扑鼻诱人的。pāna（饮酒）-bhūmi（地方）-racanāḥ（racanā 安排），复合词（阴复业），安排好的饮酒处。priyā（爱妻）-sakhaḥ（sakha 陪伴），复合词（阳单体），在爱妻陪伴下。abhyapadyata（abhi√pad 未完单三）走向，前往。saḥ（tad 阳单体）他。vāsitā（母象）-sakhaḥ（sakha 陪伴），复合词（阳

单体），在母象陪伴下。puṣpitāḥ（puṣpita 阴复业）花朵盛开的。kamalinīḥ（kamalinī 阴复业）莲花池。iva（不变词）犹如。dvipaḥ（dvipa 阳单体）大象。

सातिरेकमदकारणं रहस्तेन दत्तमभिलेषुरङ्गनाः।
ताभिरप्युपहृतं मुखासवं सोऽपिबद्बकुलतुल्यदोहदः॥१२॥

妇女们渴望他在隐蔽处用嘴
赐予蜜酒，让她们心醉神迷，
而他也怀着与波古罗树同样的
渴望，喝着她们嘴中的蜜酒。[①]（12）

sa（具有）-atireka（强烈）-mada（迷醉）-kāraṇam（kāraṇa 原因），复合词（阳单业），具有强烈的迷醉原因的，指蜜酒。rahas（不变词）秘密地，私下里。tena（tad 阳单具）他。dattam（datta 阳单业）给予。abhileṣuḥ（abhi√laṣ 完成复三）渴望。aṅganāḥ（aṅganā 阴复体）妇女。tābhiḥ（tad 阴复具）她，指妇女。api（不变词）也。upahṛtam（upahṛta 阳单业）给予。mukha（嘴）-āsavam（āsava 蜜酒），复合词（阳单业），嘴中的蜜酒。saḥ（tad 阳单体）他。apibat（√pā 未完单三）饮用。bakula（波古罗树）-tulya（同样的）-dohadaḥ（dohada 渴望），复合词（阳单体），怀着与波古罗树同样的渴望。

अङ्कमङ्कपरिवर्तनोचिते तस्य निन्यतुरशून्यतामुभे।
वल्लकी च हृदयंगमस्वना वल्गुवागपि च वामलोचना॥१३॥

声音动人心弦的琵琶，
话语甜蜜的美目女子，
这两者适宜依附怀中，
而不让他的怀抱空闲。（13）

aṅkam（aṅka 阳单业）怀抱。aṅka（怀抱）-parivartana（活动）-ucite（ucita 适合），复合词（阴双体），适合放在怀中。tasya（tad 阳单属）他。ninyatuḥ（√nī 完成双三）引导。aśūnyatām（aśūnyatā 阴单业）不空虚。ubhe（ubha 阴双体）二者。vallakī（vallakī 阴单体）琵琶。ca（不变词）和。hṛdayaṃgama（动人心弦的）-svanā（svana 声音），复合词（阴单体），声音动人心弦的。valgu（甜蜜的）-vāk（vāc 话语），复合词（阴单体），话语甜蜜的。api（不变词）也。ca（不变词）和。vāma（美丽的）-locanā（locana 眼睛），复合词（阴单体），有美目的，美目女子。

① 传说波古罗树获得妇女用嘴喷洒的蜜酒后开花。

स स्वयं प्रहतपुष्करः कृती लोलमाल्यवलयो हरन्मनः।
नर्तकीरभिनयातिलङ्घिनीः पार्श्ववर्तिषु गुरुष्वलज्जयत्॥ १४॥

他亲自熟练地敲击鼓面，
花环和手镯摇晃，迷住
那些舞女，造成她们就在
师傅身旁舞步出错而羞愧。（14）

saḥ（tad 阳单体）他。svayam（不变词）亲自。prahata（打击）-puṣkaraḥ（puṣkara 鼓面），复合词（阳单体），敲击鼓面。kṛtī（kṛtin 阳单体）熟练的。lola（摇晃）-mālya（花环）-valayaḥ（valaya 手镯），复合词（阳单体），花环和手镯摇晃。haran（√hṛ 现分，阳单体）夺走，迷住。manaḥ（manas 中单业）心。nartakīḥ（nartakī 阴复业）舞女。abhinaya（表演）-atilaṅghinīḥ（atilaṅghin 犯错的），复合词（阴复业），表演出错。pārśva（身旁）-vartiṣu（vartin 处于），复合词（阳复依），在身旁的。guruṣu（guru 阴复依）老师，师傅。alajjayat（√lajj 致使，未完单三）羞愧。

चारु नृत्यविगमे स तन्मुखं स्वेदभिन्नतिलकं परिश्रमात्।
प्रेमदत्तवदनानिलः पिबन्नत्यजीवदमरालकेश्वरौ॥ १५॥

舞蹈结束时，他吻她们可爱的脸，
那些吉祥志已被疲倦的汗水浸染，
他怀着爱怜用嘴为她们吹送气息，
这样的生活胜过因陀罗和俱比罗。（15）

cāru（cāru 中单业）可爱的。nṛtya（舞蹈）-vigame（vigama 结束），复合词（阳单依），舞蹈结束。saḥ（tad 阳单体）他。tad（她，指舞女）-mukham（mukha 脸），复合词（中单业），她们的脸。sveda（汗水）-bhinna（破坏）-tilakam（tilaka 吉祥志），复合词（中单业），汗水破坏了吉祥志。pariśramāt（pariśrama 阳单从）疲倦。prema（preman 爱）-datta（给予）-vadana（脸）-anilaḥ（anila 风），复合词（阳单体），怀着爱怜向脸上吹送风。piban（√pā 现分，阳单体）亲吻。atyajīvat（ati√jīv 未完单三）（生活方式）胜过。amara（天神）-alakā（阿罗迦城）-īśvarau（īśvara 主人），复合词（阳双业），天神之主因陀罗和阿罗迦城主俱比罗。

तस्य सावरणदृष्टसंधयः काम्यवस्तुषु नवेषु सङ्गिनः।
वल्लभाभिरुपसृत्य चक्रिरे सामिभुक्तविषयाः समागमाः॥ १६॥

他追逐新的可爱对象，

暗中传信或公开约会，
而由于妻子赶到现场，
他得不到尽情的享受。（16）

tasya（tad 阳单属）他。sāvaraṇa（隐蔽的）-dṛṣṭa（公开）-saṃdhayaḥ（saṃdhi 约定），复合词（阳复体），隐蔽或公开约定的。kāmya（可爱的）-vastuṣu（vastu 事物），复合词（中复依），可爱的事物。naveṣu（nava 中复依）新的。saṅginaḥ（saṅgin 阳单属）执著的，迷恋的。vallabhābhiḥ（vallabhā 阴复具）妻子。upasṛtya（upa√sṛ 独立式）走近，到达。cakrire（√kṛ 被动，完成复三）做。sāmi（一半）-bhukta（享受）-viṣayāḥ（viṣaya 感官对象），复合词（阳复体），感官对象只享受了一半。samāgamāḥ（samāgama 阳复体）聚会，幽会。

अङ्गुलीकिसलयाग्रतर्जनं भ्रूविभङ्गकुटिलं च वीक्षितम्।
मेखलाभिरसकृच्च बन्धनं वञ्चयन्प्रणयिनीरवाप सः॥ १७॥

他欺骗妻子们，受到
她们嫩芽般指尖恐吓，
皱眉蹙额的目光斜视，
不止一次的腰带捆绑。（17）

aṅgulī（手指）-kisalaya（嫩芽）-agra（尖）-tarjanam（tarjana 恐吓），复合词（中单业），嫩芽般指尖的恐吓。bhrū（眉毛）-vibhaṅga（皱）-kuṭilam（kuṭila 弯曲的），复合词（中单业），由于皱眉而弯曲的。ca（不变词）和。vīkṣitam（vīkṣita 中单业）目光。mekhalābhiḥ（mekhalā 阴复具）腰带。asakṛt（不变词）不止一次。ca（不变词）和。bandhanam（bandhana 中单业）捆绑。vañcayan（√vañc 致使，现分，阳单体）欺骗。praṇayinīḥ（praṇayinī 阴复业）妻子。avāpa（ava√āp 完成单三）获得。saḥ（tad 阳单体）他。

तेन दूतिविदितं निषेदुषा पृष्ठतः सुरतवाररात्रिषु।
शुश्रुवे प्रियजनस्य कातरं विप्रलम्भपरिशङ्किनो वचः॥ १८॥

在那些依次轮流的合欢夜，
他坐在后面，唯有女使知道，
能听到可爱的女子胆怯地
诉说着害怕与他分离的话。（18）

tena（tad 阳单具）他。dūti（女使）-viditam（vidita 知道），复合词（不变词），

女使知道。niṣeduṣā（niṣedivas，ni√sad 完分，阳单具）坐下。pṛṣṭhatas（不变词）在后面。surata（合欢）-vāra（依次轮流）-rātriṣu（rātri 晚上），复合词（阴复依），轮流的合欢夜。śuśruve（√śru 被动，完成单三）听到。priyajanasya（priyajana 阳单属）爱人。kātaram（kātara 中单体）胆怯的。vipralambha（分离）-pariśaṅkinaḥ（pariśaṅkin 害怕的），复合词（阳单属），害怕分离的。vacaḥ（vacas 中单体）话语。

लौल्यमेत्य गृहिणीपरिग्रहान्नर्तकीष्वसुलभासु तद्वपुः।
वर्तते स्म स कथंचिदालिखन्नङ्गुलीक्षरणसन्नवर्तिकः॥१९॥

他被妻子紧紧缠住不放，
贪恋舞女们而难以得手，
无可奈何临摹她们身体，
而手指出汗，画笔滑落。（19）

laulyam（laulya 中单业）贪恋。etya（ā√i 独立式）走向，陷入。gṛhiṇī（妻子）-parigrahāt（parigraha 抓住），复合词（阳单从），被妻子缠住。nartakīṣu（nartakī 阴复依）舞女。asulabhāsu（asulabha 阴复依）难以得到的。tad（她，指舞女）-vapuḥ（vapus 形体），复合词（中单业），她们的形体。vartate（√vṛt 现在单三）存在，成为。sma（不变词）表示过去。saḥ（tad 阳单体）他。katham-cit（不变词）好不容易，勉强地。ālikhan（ā√likh 现分，阳单体）画。aṅgulī（手指）-kṣaraṇa（出汗）-sanna（落下）-vartikaḥ（vartikā 画笔），复合词（阳单体），手指出汗而画笔滑落。

प्रेमगर्वितविपक्षमत्सरादायताच्च मदनान्महीक्षितम्।
निन्युरुत्सवविधिच्छलेन तं देव्य उज्झितरुषः कृतार्थताम्॥२०॥

妒忌受宠而骄傲的情敌，
爱欲增强，王后们抛弃
愤怒，借口举行节日活动，
引导国王实现她们的目的。（20）

prema（preman 爱）-garvita（骄傲）-vipakṣa（对手，敌人）-matsarāt（matsara 妒忌），复合词（阳单从），妒忌受宠而骄傲的情敌。āyatāt（āyata 阳单从）延长，增长。ca（不变词）和。madanāt（madana 阳单从）爱欲。mahī（大地）-kṣitam（kṣit 统治的），复合词（阳单业），大地统治者，国王。ninyuḥ（√nī 完成复三）引导。utsava（节日）-vidhi（举行）-chalena（chala 借口），复合词（中单具），借口举行节日活动。tam（tad 阳单业）这。devyaḥ（devī 阴复体）王后。ujjhita（抛弃）-ruṣaḥ（ruṣ 愤怒），

复合词（阴复体），抛弃愤怒。kṛta（做）-artha（目的）-tām（tā 状态），复合词（阴单业），实现目的。

प्रातरेत्य परिभोगशोभिना दर्शनेन कृतखण्डनव्यथाः।
प्राञ्जलिः प्रणयिनीः प्रसादयन्सोऽदुनोत्प्रणयमन्थरः पुनः॥२१॥

早晨，他来到妻子们这里，她们
看到他寻欢后的可爱眼神，受挫
失意，他便双手合掌，以示抚慰，
却缺乏真情，反而增加她们痛苦。（21）

prātar（不变词）早晨。etya（ā√i 独立式）来到。paribhoga（享受）-śobhinā（śobhin 优美的），复合词（中单具），享受欢爱而优美的。darśanena（darśana 中单具）眼光。kṛta（做）-khaṇḍana（失望，受挫）-vyathāḥ（vyathā 痛苦），复合词（阴复业），心生失望而痛苦。prāñjaliḥ（prāñjali 阳单体）合掌的。praṇayinīḥ（praṇayinī 阴复业）妻子。prasādayan（pra√sad 致使，现分，阳单体）抚慰。saḥ（tad 阳单体）他。adunot（√du 未完单三）造成痛苦。praṇaya（爱）-mantharaḥ（manthara 迟钝的，懒的），复合词（阳单体），缺乏爱意的。punar（不变词）更加。

स्वप्नकीर्तितविपक्षमङ्गनाः प्रत्यभैत्सुरवदन्त्य एव तम्।
प्रच्छदान्तगलिताश्रुबिन्दुभिः क्रोधभिन्नवलयैर्विवर्तनैः॥२२॥

同床的妇女听到他睡梦中呼出
她的情敌的名字，便背转身子，
泪珠滴落被沿上，愤怒中扯断
手镯，构成对他的无言的谴责。（22）

svapna（睡梦）-kīrtita（说出）-vipakṣam（vipakṣa 对手），复合词（阳单业），睡梦中说出情敌。aṅganāḥ（aṅganā 阴复体）妇女。pratyabhaitsuḥ（prati√bhid 不定复三）谴责。avadantyaḥ（a√vad 现分，阴复体）不说话。eva（不变词）确实。tam（tad 阳单业）他。pracchada（被子）-anta（边缘）-galita（滴落）-aśru（泪）-bindubhiḥ（bindu 滴），复合词（中复具），泪珠滴落被沿上。krodha（愤怒）-bhinna（破碎）-valayaiḥ（valaya 手镯），复合词（中复具），愤怒中扯断手镯。vivartanaiḥ（vivartana 中复具）转动，辗转反侧。

क्लृप्तपुष्पशयनाँल्लतागृहानेत्य दूतिकृतमार्गदर्शनः।

अन्वभूत्परिजनाङ्गनारतं सोऽवरोधभयवेपथूत्तरम्॥२३॥

由女使引路，他来到
铺设有花床的蔓藤屋，
与侍女合欢，但心中
惧怕后宫而肢体颤抖。（23）

kḷpta（安排，准备）-puṣpa（花）-śayanān（śayana 床），复合词（阳复业），备好花床的。latā（蔓藤）-gṛhān（gṛha 房屋），复合词（阳复业），蔓藤屋。etya（ā√i 独立式）来到。dūti（女使）-kṛta（做）-mārga（道路）-darśanaḥ（darśana 显示），复合词（阳单体），由女使引路。anvabhūt（anu√bhū 不定单三）体验。parijana（侍从）-aṅganā（妇女）-ratam（rata 合欢），复合词（中单业），与侍女合欢。saḥ（tad 阳单体）他。avarodha（后宫）-bhaya（害怕）-vepathu（颤抖）-uttaram（uttara 充满），复合词（中单业），害怕后宫而充满颤抖。

नाम वल्लभजनस्य ते मया प्राप्य भाग्यमपि तस्य काङ्क्ष्यते।
लोलुपं ननु मनो ममेति तं गोत्रविस्खलितमूचुरङ्गनाः॥२४॥

妇女们听到他叫错自己姓名，
便对他说道："我听到了你的
情人名字，但愿我能与她同样
幸运，我心中对此充满渴望。"（24）

nāma（nāman 中单业）名字。vallabhajanasya（vallabhajana 阳单属）情妇。te（tvad 单属）你。mayā（mad 单具）我。prāpya（pra√āp 独立式）获得。bhāgyam（bhāgya 中单体）幸运。api（不变词）也。tasya（tad 阳单属）这，指情妇。kāṅkṣyate（√kāṅkṣ 被动，现在单三）渴望。lolupam（lolupa 中单体）渴望的。nanu（不变词）确实。manaḥ（manas 中单体）心。mama（mad 单属）我。iti（不变词）这样（说）。tam（tad 阳单业）他。gotra（族姓，姓名）-viskhalitam（viskhalita 弄错），复合词（阳单业），弄错姓名。ūcuḥ（√vac 完成复三）说。aṅganāḥ（aṅganā 阴复体）妇女。

चूर्णबभ्रु लुलितस्रगाकुलं छिन्नमेखलमलक्तकाङ्कितम्।
उत्थितस्य शयनं विलासिनस्तस्य विभ्रमरतान्यपावृणोत्॥२५॥

这位风流天子起身，床上
呈现种种美妙的欢爱痕迹：
棕红的香粉，散落的花环，

断裂的腰带，红树脂脚印。（25）

cūrṇa（香粉）-babhru（babhru 棕红色的），复合词（中单体），被香粉染成棕红色。lulita（压碎）-sraj（花环）-ākulam（ākula 散乱的），复合词（中单体），布满破碎的花环。chinna（断裂）-mekhala（mekhalā 腰带），复合词（中单体），腰带断裂。alaktaka（红树脂）-aṅkitam（aṅkita 标记），复合词（中单体），有红树脂的标记。utthitasya（utthita 阳单属）起身。śayanam（śayana 中单体）床。vilāsinaḥ（vilāsin 阳单属）多情的，风流的。tasya（tad 阳单属）这。vibhrama（美妙）-ratāni（rata 合欢），复合词（中复业），美妙的合欢。apāvṛṇot（apa√vṛ 未完单三）显露。

स स्वयं चरणरागमादधे योषितां न च तथा समाहितः।
लोभ्यमाननयनः श्लथांशुकैर्मेखलागुणपदैर्नितम्बिभिः ॥ २६ ॥

他亲自用红树脂为妇女
涂抹双足，但心不在焉，
他的眼睛受衣裙松懈的
臀部腰带部位的诱惑。（26）

saḥ（tad 阳单体）他。svayam（不变词）亲自。caraṇa（脚）-rāgam（rāga 红树脂），复合词（阳单业），脚上的红树脂。ādadhe（ā√dhā 完成单三）安放。yoṣitām（yoṣit 阴复属）妇女。na（不变词）不。ca（不变词）和。tathā（不变词）这样。samāhitaḥ（samāhita 阳单体）专心。lobhyamāna（√lubh 被动，现分，诱惑）-nayanaḥ（nayana 眼睛），复合词（阳单体），眼睛受到诱惑。ślatha（松懈的）-aṃśukaiḥ（aṃśuka 衣衫），复合词（中复具），衣裙松懈的。mekhalā（腰带）-guṇa（线）-padaiḥ（pada 位置），复合词（中复具），腰带部位。nitambibhiḥ（nitambin 中复具）有臀部的。

चुम्बने विपरिवर्तिताधरं हस्तरोधि रशनाविघट्टने।
विघ्नितेच्छमपि तस्य सर्वतो मन्मथेन्धनमभूद्वधूरतम् ॥ २७ ॥

想要亲吻她，她将嘴唇移开，
想要解开腰带，她用手挡住，
尽管向妻子求欢，处处受阻，
这些反成为点燃爱欲的燃料。（27）

cumbane（cumbana 中单依）亲吻。viparivartita（转开）-adharam（adhara 下唇），复合词（中单体），移开嘴唇。hasta（手）-rodhi（rodhin 阻挡的），复合词（中单体），用手挡住。raśanā（腰带）-vighaṭṭane（vighaṭṭana 解开），复合词（中单依），解开腰

带。vighnita（阻碍）-iccham（icchā 愿望），复合词（中单体），愿望受阻。api（不变词）即使。tasya（tad 阳单属）他。sarvatas（不变词）处处。manmatha（爱欲）-indhanam（indhana 燃料），复合词（中单体），爱欲的燃料。abhūt（√bhū 不定单三）成为。vadhū（妻子）-ratam（rata 合欢），复合词（中单体），与妻子合欢。

दर्पणेषु परिभोगदर्शिनीर्नर्मपूर्वमनुपृष्ठसंस्थितः।
छायया स्मितमनोज्ञया वधूर्ह्रीनिमीलितमुखीश्चकार सः॥२८॥

妻子对镜观看欢爱的痕迹，
他开玩笑地站在她的身后，
呈现自己面带迷人微笑的
映像，令她羞涩而垂下脸。（28）

darpaṇeṣu（darpaṇa 阳复依）镜子。paribhoga（欢爱）-darśinīḥ（darśin 观看的），复合词（阴复业），观看欢爱的。narma（narman 玩笑）-pūrvam（pūrva 伴随的），复合词（不变词），开玩笑地。anupṛṣṭha（背后）-saṃsthitaḥ（saṃsthita 站），复合词（阳单体），站在背后。chāyayā（chāyā 阴单具）映像。smita（微笑）-manojñayā（manojña 迷人的），复合词（阴单具），微笑而迷人的。vadhūḥ（vadhū 阴复业）妇女。hrī（羞涩）-nimīlita（关闭，垂下）-mukhīḥ（mukha 脸），复合词（阴复业），脸因羞涩而垂下。cakāra（√kṛ 完成单三）做。saḥ（tad 阳单体）他。

कण्ठसक्तमृदुबाहुबन्धनं न्यस्तपादतलमग्रपादयोः।
प्रार्थयन्त शयनोत्थितं प्रियास्तं निशात्ययविसर्गचुम्बनम्॥२९॥

夜晚结束时，他从床上起身，
爱妻用柔软的双臂搂住他的
脖子，双脚的脚掌踩在他的
脚趾上面，寻求告别的亲吻。（29）

kaṇṭha（脖子）-sakta（粘住）-mṛdu（柔软的）-bāhu（手臂）-bandhanam（bandhana 捆绑，环绕），复合词（中单业），柔软的手臂搂住脖子。nyasta（放下）-pāda（脚）-talam（tala 掌），复合词（中单业），安放脚掌。agrapādayoḥ（agrapāda 阳双依）前脚背，脚尖。prārthayanta（pra√arth 未完复三）渴求。śayana（床）-utthitam（utthita 起身），复合词（阳单业），从床上起身。priyāḥ（priyā 阴复体）爱妻。tam（tad 阳单业）他。niśā（夜晚）-atyaya（结束）-visarga（分离）-cumbanam（cumbana 亲吻），复合词（中单业），夜晚结束后分离的亲吻。

प्रेक्ष्य दर्पणतलस्थमात्मनो राजवेशमतिशक्रशोभिनम्।
पिप्रिये न स तथा यथा युवा व्यक्तलक्ष्म परिभोगमण्डनम्॥ ३०॥

看到镜面中自己穿的帝王
服装华丽甚至胜过因陀罗，
这位青年国王并不像看到
明显的欢爱痕迹那样高兴。（30）

prekṣya（pra√īkṣ 独立式）看到。darpaṇa（镜子）-tala（表面）-stham（stha 处于），复合词（阳单业），镜面中。ātmanaḥ（ātman 阳单属）自己。rāja（王）-veśam（veśa 服装），复合词（阳单业），帝王服装。atiśakra（胜过因陀罗的）-śobhinam（śobhin 优美的），复合词（阳单业），华丽胜过因陀罗。pipriye（√prī 完成单三）高兴。na（不变词）不。saḥ（tad 阳单体）他。tathā（不变词）那样。yathā（不变词）像。yuvā（yuvan 阳单体）年青的。vyakta（明显）-lakṣma（lakṣman 标记），复合词（中单业），标记明显的。paribhoga（欢爱）-maṇḍanam（maṇḍana 装饰品），复合词（中单业），欢爱装饰品。

मित्रकृत्यमपदिश्य पार्श्वतः प्रस्थितं तमनवस्थितं प्रियाः।
विद्म हे शठ पलायनच्छलान्यञ्जसेति रुरुधुः कचग्रहैः॥ ३१॥

他借口朋友有事，急于从她们身边
离去，而这些可爱的女子抓住他的
头发，阻拦他，说道："嗨，滑头！
我们知道这其实是你逃跑的伎俩。"（31）

mitra（朋友）-kṛtyam（kṛtya 事务），复合词（中单业），朋友的事务。apadiśya（apa√diś 独立式）借口。pārśvatas（不变词）从身边。prasthitam（prasthita 阳单业）离开。tam（tad 阳单业）他。anavasthitam（anavasthita 阳单业）不安定的。priyāḥ（priyā 阴复体）可爱的女子。vidma（√vid 完成复一）知道。he（不变词）嘿。śaṭha（śaṭha 阳单呼）骗子，滑头。palāyana（逃跑）-chalāni（chala 诡计），复合词（中复业），逃跑的伎俩。añjasā（不变词）其实，真正地。iti（不变词）这样（说）。rurudhuḥ（√rudh 完成复三）阻拦。kaca（头发）-grahaiḥ（graha 抓住），复合词（阳复具），抓住头发。

तस्य निर्दयरतिश्रमालसाः कण्ठसूत्रमपदिश्य योषितः।
अध्यशेरत बृहद्भुजान्तरं पीवरस्तनविलुप्तचन्दनम्॥ ३२॥

由于他无情纵欲，妇女们疲倦

慵懒，借口采用贴胸拥抱方式，
趴在他的宽阔胸膛上，上面的
檀香膏早已被丰满的乳房擦去。（32）

tasya（tad 阳单属）他。nirdaya（无情的）-rati（交欢）-śrama（疲倦）-alasāḥ（alasa 慵懒的），复合词（阴复体），由于无情纵欲而疲倦慵懒。kaṇṭhasūtram（kaṇṭhasūtra 中单业）贴胸拥抱方式。apadiśya（apa√diś 独立式）借口。yoṣitaḥ（yoṣit 阴复体）妇女。adhyaśerata（adhi√śī 未完复三）躺。bṛhat（宽阔的）-bhujāntaram（bhujāntara 胸脯），复合词（中单业），宽阔的胸脯。pīvara（丰满的）-stana（乳房）-vilupta（擦去）-candanam（candana 檀香膏），复合词（中单业），檀香膏被丰满的乳房擦去。

संगमाय निशि गूढचारिणं चारदूतिकथितं पुरोगताः।
वञ्चयिष्यसि कुतस्तमोवृतः कामुकेति चकृषुस्तमङ्गनाः ॥३३॥

在夜晚，他秘密地出行赴约，
妇女们已从女密探得知消息，
赶在前面，拽他回家："爱人！
你为何藏身黑暗，欺骗我们？"（33）

saṃgamāya（saṃgama 阳单为）会合。niśi（niś 阴单依）夜晚。gūḍha（隐藏，秘密的）-cāriṇam（cārin 出行），复合词（阳单业），秘密地出行。cāra（密探）-dūti（女使）-kathitam（kathita 告诉），复合词（阳单业），由女密探告知。puras（前面）-gatāḥ（gata 走），复合词（阴复体），走在前面的。vañcayiṣyasi（√vañc 致使，将来单二）欺骗。kutas（不变词）为什么。tamas（黑暗）-vṛtaḥ（vṛta 隐藏），复合词（阳单体），藏身黑暗。kāmuka（kāmuka 阳单呼）爱人。iti（不变词）这样（说）。cakṛṣuḥ（√kṛṣ 完成复三）拽拉。tam（tad 阳单业）他。aṅganāḥ（aṅganā 阴复体）妇女。

योषितामुडुपतेरिवार्चिषां स्पर्शनिर्वृतिमसाववाप्नुवन्।
आरुरोह कुमुदाकरोपमां रात्रिजागरपरो दिवाशयः ॥३४॥

他接触妇女们，获得极乐，
如同那长满晚莲的莲花池
接触月亮光芒，在夜晚中
保持清醒，白天进入睡眠。[1]（34）

yoṣitām（yoṣit 阴复属）妇女。uḍupateḥ（uḍupati 阳单属）月亮。iva（不变词）

① "晚莲"（或称"白莲"）在月亮升起时绽放。

如同。arciṣām（arcis 中复属）光芒。sparśa（接触）-nirvṛtim（nirvṛti 极乐），复合词（阴单业），接触的极乐。asau（idam 阳单体）这。avāpnuvan（ava√āp 现分，阳单体）获得。āruroha（ā√ruh 完成单三）登上，达到。kumuda（睡莲）-ākara（大量）-upamām（upamā 相像），复合词（阴单业），像长满晚莲的莲花池。rātri（夜晚）-jāgara（清醒）-paraḥ（para 专注的），复合词（阳单体），在夜晚保持清醒。divāśayaḥ（divāśaya 阳单体）白天睡眠的。

वेणुना दशनपीडिताधरा वीणया नखपदाङ्कितोरवः।
शिल्पकार्य उभयेन वेजितास्तं विजिह्मनयना व्यलोभयन्॥ ३५॥

下嘴唇已经被他的牙齿咬伤，
大腿上也留有指甲伤痕，因此，
擅长技艺的妇女受笛子和琵琶
折磨[①]，而用斜视的目光吸引他。（35）

veṇunā（veṇu 阳单具）笛子。daśana（牙齿）-pīḍita（折磨）-adharāḥ（adhara 下嘴唇），复合词（阴复体），下嘴唇被牙齿咬伤。vīṇayā（vīṇā 阴单具）琵琶。nakha（指甲）-pada（印痕）-aṅkita（标记）-ūravaḥ（ūru 大腿），复合词（阴复体），大腿上留有指甲伤痕。śilpa（技艺）-kāryaḥ（kāra 做的，表演的），复合词（阴复体），表演技艺的。ubhayena（ubhaya 阳单具）二者。vejitāḥ（vejita 阴复体）折磨。tam（tad 阳单业）他。vijihma（弯曲的，斜视的）-nayanāḥ（nayana 眼睛），复合词（阴复体），眼睛斜视的。vyalobhayan（vi√lubh 致使，未完复三）引诱。

अङ्गसत्त्ववचनाश्रयं मिथः स्त्रीषु नृत्यमुपधाय दर्शयन्।
स प्रयोगनिपुणैः प्रयोक्तृभिः संजघर्ष सह मित्रसंनिधौ॥ ३६॥

他私下里指导妇女们依据
肢体、真情和语言表演舞蹈，
并让她们在朋友们面前演出，
与精通演艺的舞蹈师竞赛。（36）

aṅga（肢体）-sattva（真情）-vacana（语言）-āśrayam（āśraya 依据），复合词（中单业），依据肢体、真情和语言的。mithas（不变词）私下。strīṣu（strī 阴复依）妇女。nṛtyam（nṛtya 中单业）舞蹈。upadhāya（upa√dhā 独立式）指导。darśayan（√dṛś 致使，现分，阳单体）展现。saḥ（tad 阳单体）他。prayoga（演艺）-nipuṇaiḥ（nipuṇa

① 这里意谓由于下嘴唇和大腿有伤痕，也就不能舒适自如地演奏笛子和琵琶。

精通的），复合词（阳复具），精通演艺的。prayoktṛbhiḥ（prayoktṛ 阳复具）表演者，指导者。saṃjagharṣa（sam√ghṛṣ 完成单三）竞赛。saha（不变词）一起。mitra（朋友）-saṃnidhau（saṃnidhi 身边，面前），复合词（阳单依），在朋友面前。

अंसलम्बिकुटजार्जुनस्रजस्तस्य नीपरजसाऽङ्गरागिणः।
प्रावृषि प्रमदबर्हिणेष्वभूत्कृत्रिमाद्रिषु विहारविभ्रमः॥३७॥

双肩挂着古吒遮和阿周那花环，
肢体涂有香膏，扑有尼波花粉，
雨季里，他在假山中游荡娱乐，
那里有许多发情兴奋的孔雀。（37）

aṃsa（肩膀）-lambi（lambin 悬挂的）-kuṭaja（古吒遮树）-arjuna（阿周那树）-srajaḥ（sraj 花环），复合词（阳单属），双肩挂着古吒遮和阿周那花环。tasya（tad 阳单属）他。nīpa（尼波树）-rajasā（rajas 花粉），复合词（中单具），尼波花粉。aṅga（肢体）-rāgiṇaḥ（rāgin 有香膏的），复合词（阳单属），有涂身香膏的。prāvṛṣi（prāvṛṣ 阴单依）雨季。pramada（兴奋的，发情的）-barhiṇeṣu（barhiṇa 孔雀），复合词（阳复依），有发情的孔雀。abhūt（√bhū 不定单三）是。kṛtrima（人造的）-adriṣu（adri 山），复合词（阳复依），假山。vihāra（娱乐）-vibhramaḥ（vibhrama 游荡），复合词（阳单体），游荡娱乐。

विग्रहाच्च शयने पराङ्मुखीर्नानुनेतुमबलाः स तत्वरे।
आचकाङ्क्ष घनशब्दविक्लवास्ता विवृत्य विशतीर्भुजान्तरम्॥३८॥

床上吵架后，妇女背脸
转身，他不急于安慰她，
而是盼望她害怕雷鸣声，
转过身来投入他的怀抱。（38）

vigrahāt（vigraha 阳单从）争吵。ca（不变词）和。śayane（śayana 中单依）床。parāṅmukhīḥ（parāṅmukhī 阴复业）背过脸的。na（不变词）不。anunetum（anu√nī 不定式）安慰。abalāḥ（abalā 阴复业）妇女。saḥ（tad 阳单体）他。tatvare（√tvar 完成单三）匆忙。ācakāṅkṣa（ā√kāṅkṣ 完成单三）盼望。ghana（云）-śabda（声音）-viklavāḥ（viklava 害怕的），复合词（阴复业），害怕雷鸣声。tāḥ（tad 阴复业）她，指妇女。vivṛtya（vi√vṛt 独立式）转身。viśatīḥ（√viś 现分，阴复业）进入。bhujāntaram（bhujāntara 中单依）胸脯，怀抱。

कार्तिकीषु सवितानहर्म्यभाग्यामिनीषु ललिताङ्गनासखः।
अन्वभुङ्क्त सुरतश्रमापहां मेघमुक्तविशदां स चन्द्रिकाम्॥३९॥

深秋月夜，顶楼帐篷下，
有可爱的妇女们陪伴，
他享受摆脱乌云的清澈
月光，驱除欢爱的疲劳。（39）

kārtikīṣu（kārtikī 阴复依）迦提迦月的，深秋的。sa（具有）-vitāna（帐篷）-harmya（楼阁）-bhāk（bhāj 住在），复合词（阳单体），住在有帐篷的楼阁上。yāminīṣu（yāminī 阴复依）夜晚。lalita（可爱的）-aṅganā（妇女）-sakhaḥ（sakha 陪伴），复合词（阳单体），有可爱的妇女陪伴。anvabhuṅkta（anu√bhuj 未完单三）享受。surata（欢爱）-śrama（疲劳）-apahām（apaha 驱除的），复合词（阴单业），驱除欢爱的疲劳。megha（云）-mukta（摆脱）-viśadām（viśada 清澈的），复合词（阴单业），摆脱乌云而清澈的。saḥ（tad 阳单体）他。candrikām（candrikā 阴单业）月光。

सैकतं स सरयूं विवृण्वतीं श्रोणिबिम्बमिव हंसमेखलम्।
स्वप्रियाविलसितानुकारिणीं सौधजालविवरैर्व्यलोकयत्॥४०॥

他透过宫殿的那些窗眼，
看到萨罗优河展现沙岸，
如同以天鹅为腰带的圆臀，
模仿他的妻子们的娇态。（40）

saikatam（saikata 中单业）沙岸。saḥ（tad 阳单体）他。sarayūm（sarayū 阴单业）萨罗优河。vivṛṇvatīm（vi√vṛ 现分，阴单业）显露。śroṇi（臀部）-bimbam（bimba 圆形），复合词（阳单业），圆臀。iva（不变词）如同。haṃsa（天鹅）-mekhalam（mekhalā 腰带），复合词（阳单业），以天鹅为腰带。sva（自己的）-priyā（爱妻）-vilasita（调情姿态，娇态）-anukāriṇīm（anukārin 模仿的），复合词（阴单业），模仿自己爱妻的娇态。saudha（宫殿）-jāla（窗户）-vivaraiḥ（vivara 孔，洞），复合词（中复具），宫殿的窗眼。vyalokayat（vi√lok 未完单三）观看。

मर्मरैरगुरुधूपगन्धिभिर्व्यक्तहेमरशनैस्तमेकतः।
जह्रुराग्रथनमोक्षलोलुपं हैमनैर्निवसनैः सुमध्यमाः॥४१॥

细腰美女们身穿冬季的服装，
窸窣作响，散发沉香熏香味，

显露金腰带，吸引这位迷恋
在腰带处打结和解结的国王。（41）

marmaraiḥ（marmara 中复具）窸窣作响的。aguru（沉香）-dhūpa（熏香）-gandhibhiḥ（gandhin 有香味的），复合词（中复具），散发沉香熏香味。vyakta（显露）-hema（金子）-raśanaiḥ（raśanā 腰带），复合词（中复具），显露金腰带。tam（tad 阳单业）他。ekatas（不变词）一处，指腰带处。jahruḥ（√hṛ 完成复三）吸引。āgrathana（打结）-mokṣa（解开）-lolupam（lolupa 迷恋的），复合词（阳单业），迷恋打结和解结。haimanaiḥ（haimana 中复具）冬天的。nivasanaiḥ（nivasana 中复具）服装。su（美妙的）-madhyamāḥ（madhyama 腰），复合词（阴复体），细腰美女。

अर्पितस्तिमितदीपदृष्टयो गर्भवेश्मसु निवातकुक्षिषु।
तस्य सर्वसुरतान्तरक्षमाः साक्षितां शिशिररात्रयो ययुः॥४२॥

在宫殿深处，洞室中无风，
稳定的灯火如同凝视的眼睛，
漫长的冬夜能提供更多的
欢爱方式，成为他的见证者。（42）

arpita（安放）-stimita（稳定的，凝固不动的）-dīpa（灯）-dṛṣṭayaḥ（dṛṣṭi 眼睛），复合词（阴复体），安置有稳定的灯火如凝视的眼睛。garbha（内部）-veśmasu（veśman 宫殿），复合词（中复依），内宫。nivāta（无风的）-kukṣiṣu（kukṣi 内部），复合词（中复依），内室无风的。tasya（tad 阳单属）他。sarva（所有的）-surata（欢爱）-antara（不同的）-kṣamāḥ（kṣama 能够的，适合的），复合词（阴复体），适合所有不同的欢爱。sākṣitām（sākṣitā 阴单业）见证。śiśira（冬天）-rātrayaḥ（rātri 夜晚），复合词（阴复体），冬夜。yayuḥ（√yā 完成复三）走向，成为。

दक्षिणेन पवनेन संभृतं प्रेक्ष्य चूतकुसुमं सपल्लवम्।
अन्वनैषुरवधूतविग्रहास्तं दुरुत्सहवियोगमङ्गनाः॥४३॥

看到南风催开芒果树
鲜花和嫩叶，妇女们
难以忍受与他分离，
放弃争吵而安抚他。（43）

dakṣiṇena（dakṣiṇa 阳单具）南方的。pavanena（pavana 阳单具）风。saṃbhṛtam（saṃbhṛta 中单业）引起，产生。prekṣya（pra√īkṣ 独立式）看到。cūta（芒果树）-kusumam （kusuma 花朵），复合词（中单业），芒果花。sa（具有）-pallavam（pallava 嫩叶），复合词（中单业），有嫩叶的。anvanaiṣuḥ（anu√nī 不定复三）安慰。avadhūta（摆脱）-vigrahāḥ（vigraha 争吵），复合词（阴复体），摆脱争吵。tam（tad 阳单业）他。durutsaha（难以忍受的）-viyogam（viyoga 分离），复合词（阳单业），难以忍受分离的。aṅganāḥ（aṅganā 阴复体）妇女。

ताः स्वमङ्कमधिरोप्य दोलया प्रेङ्खयन्परिजनापविद्धया।
मुक्तरज्जु निबिडं भयच्छलात्कण्ठबन्धनमवाप बाहुभिः ॥४४॥

他让她们坐在自己的膝上，
仆人助推，这样摆动秋千，
她们手离绳索，假装害怕，
他获得她们紧密的搂脖拥抱。（44）

tāḥ（tad 阴复业）她。svam（sva 阳单业）自己的。aṅkam（aṅka 阳单业）膝。adhiropya（adhi√ruh 致使，独立式）安放。dolayā（dolā 阴单具）秋千。preṅkhayan（pra√iṅkh 致使，现分，阳单体）摆动。parijana（侍从，仆人）-apaviddhayā（apaviddha 抛开），复合词（阴单具），仆人推动。mukta（松开）-rajju（rajju 绳子），复合词（中单业），松开绳子。nibiḍam（nibiḍa 中单业）紧密的。bhaya（害怕）-chalāt（chala 借口，假装），复合词（阳单从），假装害怕。kaṇṭha（脖子）-bandhanam（bandhana 束缚，缠绕），复合词（中单业），搂脖拥抱。avāpa（ava√āp 完成单三）获得。bāhubhiḥ（bāhu 阳复具）手臂。

तं पयोधरनिषिक्तचन्दनै-
मौक्तिकग्रथितचारुभूषणैः।
ग्रीष्मवेषविधिभिः सिषेविरे
श्रोणिलम्बिमणिमेखलैः प्रियाः ॥४५॥

妻子们穿上夏天的服装，
侍奉他，胸脯涂抹檀香膏，
可爱的装饰品缀有珍珠，
臀部悬挂镶嵌珠宝的腰带。（45）

tam（tad 阳单业）他。payodhara（胸脯）-niṣikta（浇洒，涂抹）-candanaiḥ（candana 檀香膏），复合词（阳复具），胸脯涂抹檀香膏。mauktika（珍珠）-grathita（缀结）-cāru（可爱的）-bhūṣaṇaiḥ（bhūṣaṇa 装饰品），复合词（阳复具），可爱的装饰品缀有珍珠。

grīṣma（夏天）-veṣa（服装）-vidhibhiḥ（vidhi 实行），复合词（阳复具），穿上夏天的服装。siṣevire（√sev 完成复三）侍奉。śroṇi（臀部）-lambi（lambin 悬挂的）-maṇi（珠宝）-mekhalaiḥ（mekhalā 腰带），复合词（阳复具），臀部悬挂镶嵌珠宝的腰带。priyāḥ（priyā 阴复体）爱妻。

यत्स लग्नसहकारमासवं
रक्तपाटलसमागमं पपौ।
तेन तस्य मधुनिर्गमात्कृश-
श्चित्तयोनिरभवत्पुनर्नवः ॥ ४६ ॥

他饮用掺有芒果汁和
红色波吒罗花的蜜酒，
随春天逝去而减弱的
爱欲得以恢复朝气。（46）

yat（yad 中单业）这，指饮酒。saḥ（tad 阳单体）他。lagna（沾有）-sahakāram（sahakāra 芒果汁），复合词（阳单业），掺有芒果汁的。āsavam（āsava 阳单业）蜜酒。rakta（红色的）-pāṭala（波吒罗花）-samāgamam（samāgama 混合），复合词（阳单业），混合着红色波吒罗花的。papau（√pā 完成单三）饮用。tena（tad 中单具）这，指饮酒。tasya（tad 阳单属）他。madhu（春天）-nirgamāt（nirgama 逝去），复合词（阳单从），春天逝去。kṛśaḥ（kṛśa 阳单体）削弱的。citta（心）-yoniḥ（yoni 子宫），复合词（阳单体），心生的，爱欲。abhavat（√bhū 未完单三）成为。punar（再次）-navaḥ（nava 新的），复合词（阳单体），恢复朝气。

एवमिन्द्रियसुखानि निर्विश-
न्नन्यकार्यविमुखः स पार्थिवः।
आत्मलक्षणनिवेदितानृतून-
त्यवाहयदनङ्गवाहितः ॥ ४७ ॥

就这样，在爱欲的驱动下，
这位国王享受着感官快乐，
而忽视其他的职责，度过
呈现各自特征的那些季节。（47）

evam（不变词）这样。indriya（感官）-sukhāni（sukha 快乐），复合词（中复业），感官快乐。nirviśan（nis√viś 现分，阳单体）享受。anya（其他的）-kārya（职责）-

vimukhaḥ（vimukha 厌弃的，忽视的），复合词（阳单体），忽视其他的职责。saḥ（tad 阳单体）这。pārthivaḥ（pārthiva 阳单体）国王。ātma（ātman 自己）-lakṣaṇa（特征）-niveditān（nivedita 告知），复合词（阳复业），由各自特征告知的。ṛtūn（ṛtu 阳复业）季节。atyavāhayat（ati√vah 致使，未完单三）度过。anaṅga（爱神，爱欲）-vāhitaḥ（vāhita 驱使），复合词（阳单体），在爱欲驱使下。

तं प्रमत्तमपि न प्रभावतः
शेकुराक्रमितुमन्यपार्थिवाः।
आमयस्तु रतिरागसंभवो
दक्षशाप इव चन्द्रमक्षिणोत्॥४८॥

即使他耽迷酒色，其他国王
顾忌他的威力，不敢进攻他，
而纵欲产生的疾病损害他，
犹如陀刹的咒语损害月亮。①（48）

tam（tad 阳单业）他。pramattam（pramatta 阳单业）迷醉。api（不变词）即使。na（不变词）不。prabhāvatas（不变词）由于威力。śekuḥ（√śak 完成复三）能够。ākramitum（ā√kram 不定式）攻击。anya（其他的）-pārthivāḥ（pārthiva 国王），复合词（阳复体），其他国王。āmayaḥ（āmaya 阳单体）疾病。tu（不变词）而。rati（爱欲）-rāga（贪恋）-saṃbhavaḥ（saṃbhava 产生），复合词（阳单体），贪恋爱欲产生的。dakṣa（陀刹）-śāpaḥ（śāpa 咒语），复合词（阳单体），陀刹的咒语。iva（不变词）犹如。candram（candra 阳单业）月亮。akṣiṇot（√kṣi 未完单三）损害，削弱。

दृष्टदोषमपि तन्न सोऽत्यज-
त्सङ्गवस्तु भिषजामनाश्रवः।
स्वादुभिस्तु विषयैर्हृतस्ततो
दुःखमिन्द्रियगणो निवार्यते॥४९॥

他不听医生劝告，即使明了
弊端，也不放弃执著的事物，
感官一旦被甜蜜的感官对象

① 据《摩诃婆罗多》（《沙利耶篇》）中记载，陀刹是一位生主，有二十七个女儿，全都嫁给月亮。而月亮只宠爱其中一个名叫摩醯尼的女儿。于是，其他的女儿向父亲陀刹诉苦。陀刹便劝月亮平等对待妻子们。而月亮不听劝告，结果陀刹诅咒月亮得痨病。这样，月亮一天天消瘦下去。后来，经众天神请求，陀刹同意月亮在黑半月内消瘦下去，然后在白半月内恢复过来。

抓住，也就很难摆脱出来。（49）

dṛṣṭa（看见）-doṣam（doṣa 弊端），复合词（中单业），弊端可见的。api（不变词）即使。tat（tad 中单业）这。na（不变词）不。saḥ（tad 阳单体）他。atyajat（√tyaj 未完单三）放弃。saṅga（执著）-vastu（vastu 事物），复合词（中单业），执著的事物。bhiṣajām（bhiṣaj 阳复属）医生。an（不）-āśravaḥ（āśrava 听从的），复合词（阳单体），不听从的。svādubhiḥ（svādu 阳复具）甜蜜的。tu（不变词）而。viṣayaiḥ（viṣaya 阳复具）感官对象。hṛtaḥ（hṛta 阳单体）抓住。tatas（不变词）从那里，指感官对象。duḥkham（不变词）艰难地。indriya（感官）-gaṇaḥ（gaṇa 一群），复合词（阳单体），众感官。nivāryate（ni√vṛ 致使，被动，现在单三）避免，摆脱。

तस्य पाण्डुवदनाल्पभूषणा
सावलम्बगमना मृदुस्वना।
राजयक्ष्मपरिहानिराययौ
कामयानसमवस्थया तुलाम्॥५०॥

他得了痨病，身体瘦弱，
脸色苍白，装饰品减少，
行走靠搀扶，话音柔弱，
如同成了一个相思病人。（50）

tasya（tad 阳单属）他。pāṇḍu（苍白的）-vadanā（vadana 脸），复合词（阴单体），脸色苍白。alpa（微少的）-bhūṣaṇā（bhūṣaṇa 装饰品），复合词（阴单体），装饰品减少。sa（具有）-avalamba（支撑，依靠）-gamanā（gamana 行走），复合词（阴单体），行走靠搀扶。mṛdu（柔弱的）-svanā（svana 声音），复合词（阴单体），话音柔弱。rājayakṣma（痨病）-parihāniḥ（parihāni 衰弱），复合词（阴单体），痨病引起的衰弱。āyayau（ā√yā 完成单三）走向，成为。kāmayāna（√kam 现分，好色的，相思的）-samavasthayā（samavasthā 状态），复合词（阴单具），相思病人的状态。tulām（tulā 阴单业）相同。

व्योम पश्चिमकलास्थितेन्दु वा
पङ्कशेषमिव घर्मपल्वलम्।
राज्ञि तत्कुलमभूत्क्षयातुरे
वामनार्चिरिव दीपभाजनम्॥५१॥

国王病重期间，他的家族

犹如仅剩一道月痕的夜空，
又如仅剩淤泥的夏季水池，
又如仅剩微弱火焰的灯盏。（51）

vyoma（vyoman 中单体）天空。paścima（最后的）-kalā（月分）-sthita（处于）-indu（indu 月亮），复合词（中单体），月亮只剩最后的月分。vā（不变词）或者。paṅka（淤泥）-śeṣam（śeṣa 剩余），复合词（中单体），仅剩淤泥的。iva（不变词）犹如。gharma（夏季）-palvalam（palvala 池塘），复合词（中单体），夏季池塘。rājñi（rājan 阳单依）国王。tat（tad 他，指国王）-kulam（kula 家族），复合词（中单体），他的家族。abhūt（√bhū 不定单三）是。kṣaya（疾病）-āture（ātura 折磨的），复合词（阳单依），疾病折磨。vāmana（短小的，微弱的）-arciḥ（arcis 火焰），复合词（中单体），火焰微弱的。iva（不变词）犹如。dīpa（灯）-bhājanam（bhājana 容器），复合词（中单体），灯盏。

बाढमेषु दिवसेषु पार्थिवः
कर्म साधयति पुत्रजन्मने।
इत्यदर्शितरुजोऽस्य मन्त्रिणः
शश्वदूचुरघशङ्किनीः प्रजाः ॥५२॥

“确实，这些日子，国王为了
求取子嗣，在举行祭祀活动。”
大臣们始终隐瞒他的病情，
对怀疑出事的民众这样说。（52）

bāḍham（不变词）确实。eṣu（idam 阳复依）这。divaseṣu（divasa 阳复依）一天。pārthivaḥ（pārthiva 阳单体）国王。karma（karman 中单业）祭祀仪式。sādhayati（√sādh 致使，现在单三）完成，举行。putra（儿子）-janmane（janman 出生），复合词（中单为），儿子的出生。iti（不变词）这样（说）。a（不）-darśita（展示）-rujaḥ（ruj 疾病），复合词（阳复体），隐瞒病情。asya（idam 阳单属）他。mantriṇaḥ（mantrin 阳复体）大臣。śaśvat（不变词）始终。ūcuḥ（√vac 完成复三）说。agha（不幸）-śaṅkinīḥ（śaṅkin 怀疑的），复合词（阴复业），怀疑发生不幸。prajāḥ（prajā 阴复业）臣民。

स त्वनेकवनितासखोऽपि स-
न्पावनीमनवलोक्य संततिम्।
वैद्ययत्नपरिभाविनं गदं

न प्रदीप इव वायुमत्यगात्॥५३॥

即使他有许多妻子，却没有
看到净化家族的子嗣诞生，
他不能抵御医生束手无策的
重病，犹如油灯不能抵御风。（53）

saḥ（tad 阳单体）他。tu（不变词）而。aneka（许多的）-vanitā（妻子）-sakhaḥ（sakha 陪伴），复合词（阳单体），有许多妻子陪伴。api（不变词）即使。san（√as 现分，阳单体）是。pāvanīm（pāvana 阴单业）净化的。anavalokya（an-ava√lok 独立式）没有看到。saṃtatim（saṃtati 阴单业）子嗣。vaidya（医生）-yatna（努力）-paribhāvinam（paribhāvin 无效的），复合词（阳单业），医生束手无策的。gadam（gada 阳单业）疾病。na（不变词）不。pradīpaḥ（pradīpa 阳单体）灯。iva（不变词）犹如。vāyum（vāyu 阳单业）风。atyagāt（ati√i 不定单三）克服，抵御。

तं गृहोपवन एव संगताः
पश्चिमक्रतुविदा पुरोधसा।
रोगशान्तिमपदिश्य मन्त्रिणः
संभृते शिखिनि गूढमादधुः॥५४॥

大臣们和通晓葬礼的家庭
祭司聚集在宫殿御花园中，
借口举行驱病仪式，秘密地
将他安放在点燃的火葬堆上。（54）

tam（tad 阳单业）他。gṛha（宫殿）-upavane（upavana 花园），复合词（中单依），宫廷花园。eva（不变词）确实。saṃgatāḥ（saṃgata 阳复体）聚集。paścima（最后的）-kratu（仪式）-vidā（vid 通晓的），复合词（阳单具），通晓葬礼的。purodhasā（purodhas 阳单具）家庭祭司。roga（疾病）-śāntim（śānti 平息），复合词（阴单业），消除疾病。apadiśya（apa√diś 独立式）借口。mantriṇaḥ（mantrin 阳复体）大臣。saṃbhṛte（saṃbhṛta 阳单依）堆积。śikhini（śikhin 阳单依）火。gūḍham（不变词）秘密地。ādadhuḥ（ā√dhā 完成复三）安放。

तैः कृतप्रकृतिमुख्यसंग्रहै-
राशु तस्य सहधर्मचारिणी।
साधु दृष्टशुभगर्भलक्षणा

प्रत्यपद्यत नराधिपश्रियम्॥५५॥

他的合法王后清晰地显露
吉祥的怀孕迹象，大臣们
立即召集民众中首要人物，
于是，这位王后获得王权。（55）

taiḥ（tad 阳复具）他，指大臣。kṛta（做）-prakṛti（臣民）-mukhya（首领，首要人物）-saṃgrahaiḥ（saṃgraha 聚集），复合词（阳复具），召集民众中首要人物。āśu（不变词）立即。tasya（tad 阳单属）他。saha（共同的）-dharma（职责）-cāriṇī（cārin 履行的），复合词（阴单体），共同履行职责的，合法妻子。sādhu（不变词）很好地。dṛṣṭa（显示）-śubha（吉祥的）-garbha（怀孕）-lakṣaṇā（lakṣaṇa 迹象），复合词（阴单体），显示吉祥的怀孕迹象。pratyapadyata（prati√pad 未完单三）获得。nara（人）-adhipa（统治者）-śriyam（śrī 王权），复合词（阴单业），国王的王权。

तस्यास्तथाविधनरेन्द्रविपत्तिशोका-
दुष्णैर्विलोचनजलैः प्रथमाभितप्तः।
निर्वापितः कनककुम्भमुखोज्झितेन
वंशाभिषेकविधिना शिशिरेण गर्भः॥५६॥

她为死去的国王哀伤，流下热泪，
同时，从金罐的罐口倾倒出凉水，
按照家族仪轨为她进行灌顶，这样，
她的胎儿先感到灼热，后感到清凉。（56）

tasyāḥ（tad 阴单属）她，指王后。tathāvidha（这样的）-narendra（国王）-vipatti（死亡）-śokāt（śoka 忧伤），复合词（阳单从），为国王这样死去而哀伤。uṣṇaiḥ（uṣṇa 中复具）热的。vilocana（眼睛）-jalaiḥ（jala 水），复合词（中复具），眼泪。prathama（首先的）-abhitaptaḥ（abhitapta 烧灼的，灼热的），复合词（阳单体），首先感到灼热。nirvāpitaḥ（nirvāpita 阳单体）冷却的，清凉的。kanaka（金子）-kumbha（罐）-mukha（口）-ujjhitena（ujjhita 流出），复合词（中单具），从金罐口流出的。vaṃśa（家族）-abhiṣeka（灌顶）-vidhinā（vidhi 仪式），复合词（阳单具），家族灌顶仪式。śiśireṇa（śiśira 中单具）清凉的。garbhaḥ（garbha 阳单体）胎儿。

तं भावार्थं प्रसवसमयाकाङ्क्षिणीनां प्रजाना-
मन्तर्गूढं क्षितिरिव नभोबीजमुष्टिं दधाना।

मौलैः सार्धं स्थविरसचिवैर्हेमसिंहासनस्था
राज्ञी राज्यं विधिवदशिषद्भर्तुरव्याहताज्ञा ॥ ५७ ॥

王后怀胎，犹如大地蕴藏那跋斯月撒下的
种子，民众期待着她分娩，为了民众繁荣，
她坐在金宝座上，和可靠的世袭老臣一起，
按照规则统治丈夫的王国，政令畅通无阻。（57）

tam（tad 阳单业）他，指胎儿。bhāva（福利，繁荣）-artham（artha 目的），复合词（不变词），为了繁荣。prasava（出生，分娩）-samaya（时刻）-ākāṅkṣiṇīnām（ākāṅkṣin 期盼的），复合词（阴复属），期盼分娩时刻的。prajānām（prajā 阴复属）臣民。antar（内部）-gūḍham（gūḍha 隐藏），复合词（阳单业），隐藏的，蕴藏的。kṣitiḥ（kṣiti 阴单体）大地。iva（不变词）犹如。nabhas（那跋斯月，雨季）-bīja（种子）-muṣṭim（muṣṭi 一把），复合词（阳单业），在那跋斯月播下的一把种子。dadhānā（√dhā 现分，阴单体）怀有，怀胎。maulaiḥ（maula 阳复具）世袭的。sārdham（不变词）一起。sthavira（可靠的，年老的）-sacivaiḥ（saciva 大臣），复合词（阳复具），可靠的老臣。hema（金子）-siṃhāsana（狮子座，王座）-sthā（stha 处于），复合词（阴单体），坐在金宝座上。rājñī（rājñī 阴单体）王后。rājyam（rājya 中单业）王国。vidhivat（不变词）按照规则。aśiṣat（√śās 不定单三）统治。bhartuḥ（bhartṛ 阳单属）丈夫。a（不）-vyāhata（阻挡）-ājñā（ājñā 命令），复合词（阴单体），命令畅通无阻。

词 汇 表

अ a

अ a，अन् an 前缀，不，非，没有

अंश aṃśa 阳，部分，一部分，份额，分身

अंशता aṃśatā 阴，部分性

अंशभाज् aṃśabhāj 形，分享的

अंशु aṃśu 阳，光，光芒，光线，线

अंशुक aṃśuka 中，布，衣衫，丝绸衣，丝衣，上衣，衣服

अंशुमत् aṃśumat 形，发光的；阳，太阳

अंस aṃsa 阳，部分，肩，肩膀

अंसल aṃsala 形，强壮的，有力的，肩膀强壮的

अकस्मात् akasmāt 不变词，突然地，无缘无故地

अकाम akāma 形，没有欲望的，无意识的

अकार्य akārya 中，不合适的行为，坏事

अकाल akāla 形，非时的，不按时的，不合时令的；阳，非时，不到时辰

अकिंचनत्व akiṃcanatva 中，一无所有

अकुण्ठित akuṇṭhita 形，不迟钝的，精通的

अकृत akṛta 形，未做的，未完成的；中，没有完成的事情，不行动

अकृष्ट akṛṣṭa 形，未耕种的；中，野地

अक्लीबता aklībatā 阴，不懦弱，勇气

अक्ष akṣa 阳，轴，轮，骰子，念珠，阿刹（罗刹名，罗波那之子）；中，感官，（用于复合词末尾）眼睛

अक्षत akṣata 形，未受伤的，不毁坏的；中，谷物

अक्षन् akṣan 形，眼睛

अक्षबीज akṣabīja 中，念珠

अक्षम akṣama 形，不能的，无法忍耐的

अक्षय akṣaya 形，不朽坏的，不毁灭的，不灭的，无尽的

अक्षर akṣara 形，不灭的；阳，不灭者（指湿婆或毗湿奴）；中，字母，音节，字，词语，梵

अक्षि akṣi 中，眼睛

अक्षोट akṣoṭa 阳，胡桃树

अक्षोभ्य akṣobhya 形，不可动摇的

अखिल akhila 形，无缺的，所有的，完整的，全部的

अगति agate 阴，不进入

अगस्त्य agastya 阳，投山（仙人名）

अगाध agādha 形，深不可测的

अगार agāra 中，房屋，住处，宫殿

अगुरु aguru 阳、中，沉水香，沉香，黑沉香木

अगृध्नु agṛdhnu 形，不贪婪的

अग्नि agni 阳，火，火神，祭火

अग्निसात् agnisāt 不变词，投入火

अग्र agra 形，首先的，最初的，最前面的，顶端的，最好的，优秀的；中，起首，尖端，顶端，前端，前面

अग्रज agraja 形，年长的；阳，兄长，长兄

अग्रजन्मन् agrajanman 阳，头生子，长兄，婆罗门

अग्रतस् agratas 不变词，前面，面前

अग्रपाद agrapāda 阳，前脚背，脚尖

अग्रयायिन् agrayāyin 形，引领的；阳，引领者，引路者

अग्रसर agrasara 形，前驱的，先行的，走在前面的；阳，先驱者，前锋，领袖，领导者

अग्र्य agrya 形，顶尖的，主要的，杰出的，高贵的

अघ agha 形，邪恶的；中，罪恶，邪恶，不幸，灾难，污秽，痛苦，烦恼

अङ्क aṅka 阳，膝，膝部，膝盖，怀，怀抱，标志，标记，记号，斑点

अङ्कित aṅkita 形，有标志的，有标记的，有印记的

अङ्कुर aṅkura 阳、中，芽，嫩芽，叶尖，草尖，尖刺

अङ्कुश aṅkuśa 阳，钩子，象钩，刺棒

अङ्ग aṅga 中，身体，肢体，分支，吠陀支；阳，安伽（国名）

अङ्गद aṅgada 中，臂钏，臂环；阳，安伽陀（罗什曼那之子）

अङ्गन aṅgana 中，院子

अङ्गना aṅganā 阴，女子，妇女

अङ्गराग aṅgarāga 阳，香膏，涂身香膏，脂粉

अङ्गार aṅgāra 阳、中，木炭

अङ्गिन् aṅgin 形，有肢体的；阳，人

अङ्गुलि，-ली aṅguli 阳，-lī 阴，手指，脚趾

अङ्गुलीय aṅgulīya 中，指环，戒指

अङ्गुष्ठ aṅguṣṭha 阳，拇指，拇趾，脚拇趾

अचल acala 形，不动的；阳，山

अचिन्त्य/अचिन्तनीय acintya/acintanīya 形，不可思议的

अचिर acira 形，新近的，不久的

अचिरात् acirāt 不变词，不久

अच्छ accha 形，透明的，纯净的，明亮的

अच्युत acyuta 形，不坠落的，不退却的；阳，毗湿奴

अज aja 形，不生的；阳，阿迦（罗怙之子）

अजन्मन् ajanman 形，无生的，不再生的

अजय्य ajayya 形，不可战胜的；阳，不可战胜者

अजर ajara 形，不衰老的

अजर्य ajarya 形，不衰朽的，持久的；中，友谊

अजस्र ajasra 形，不断的，连续的，永恒的

अजस्रम् ajasram 不变词，不断地，经常地

अजित ajita 形，不可战胜的，尚未征服的

अजिन ajina 中，兽皮，鹿皮

अञ्चित añcita 过分，弯曲，优美，崇敬

अञ्जन añjana 中，眼膏，黑眼膏

अञ्जलि añjali 阳，合掌，双手合十，一捧，一掬

अञ्जसा añjasā 不变词，真正地，正确地，直接，立即

अटनि，-नी aṭani，-nī 阴，弓尖

अट्ट aṭṭa 阳、中，塔楼

अणु aṇu 形，微小的；阳，极微，原子

अण्डज aṇḍaja 阳，卵生物，鸟，鱼，蛇
अतन्द्रित atandrita 形，不疲倦的
अतस् atas 不变词，由此，因此，从这里
अतस्-परम् atas-param 不变词，此后
अति ati 前缀，非常，很多，在上面，超越，过于，杰出，非凡
अतिग atiga 形，超越的
अतिजीव् ati√jīv 1.（生活方式）胜过
अतितराम् atitarām 不变词，更加，非常
अतितृष्ण atitṛṣṇa 形，极其渴望的
अतिथि atithi 阳，客人，阿底提（俱舍之子）
अतिपातिन् atipātin 形，飞快的
अतिप्रबन्ध atiprabandha 阳，紧密连接
अतिबला atibalā 阴，阿底波罗（咒语名）
अतिभार atibhāra 阳，重压，沉重，超重
अतिमात्र atimātra 形，极度的，非常的
अतिमात्रम् atimātram 不变词，过度地
अतिरिक्त atirikta 过分，超过
अतिरेक atireka 阳，过度，杰出，强烈
अतिलङ्घिन् atilaṅghin 形，越规的，犯错的
अतिवह् ati√vah 1.通过，度过；致使，度过，放行，避开，转移
अतिवाहित ativāhita 过分，度过
अतिविश्वस् ati-vi√śvas 2.很放心
अतिशक्र atiśakra 形，胜过因陀罗的
अतिशय atiśaya 形，极度的，非常的，很多的，充满的；阳，杰出，卓越，丰富
अतिशी ati√śī 2.超越，胜过
अतिसंतत atisaṃtata 形，连续不断的
अतिसर्ग atisarga 阳，给予
अतिसृष्ट atisṛṣṭa 过分，赠送
अती ati√i 2.超越，克服，抵御，绕过
अतीन्द्रिय atīndriya 形，超越感官的
अत्यन्त atyanta 形，极度的，大量的，永久的，无限的
अत्यन्तम् atyantam 不变词，永远地
अत्यर्थम् atyartham 不变词，极其，非常
अत्यय atyaya 阳，消逝，结束，消失，失去，毁灭
अत्यारूढ atyārūḍha 中，膨胀，登上高位
अत्युच्छ्रित atyucchrita 过分，高耸
अत्र atra 不变词，这儿，这里，在这方面
अत्रत्य atratya 形，这里的
अत्रस्त atrasta 形，无恐惧的
अत्रस्नु atrasnu 形，不害怕的，不受惊的
अत्रि atri 阳，阿特利（仙人名）
अथ atha 不变词，现在，这时，那时，然后，于是，那么，如果，而且，或许
अथर्वन् atharvan 阳，阿达婆祭司；阳、中，《阿达婆吠陀》
अथवा athavā 不变词，或者，或许
अथो atho 不变词，然后，也
अद् ad 形，（用于复合词末尾）吃，食用
अदर्शन adarśana 中，看不见，看不到
अदस् adas 代、形，那个
अदूर adūra 形，不远的，附近的；中，不远处，附近
अदूषित adūṣita 形，未受玷污的
अदृश्य adṛśya 形，看不见的，不可见的
अदृष्ट adṛṣṭa 形，未看到的，看不见的
अदेय adeya 形，不应给的，不能给的
अदोष adoṣa 形，无过错的，无辜的

अदोह adoha 阳，不挤奶
अद्धा addhā 不变词，肯定，确实
अद्भुत adbhuta 形，奇异的，奇妙的；中，奇迹
अद्य adya 不变词，今天，现在，如今
अद्रि adri 阳，山，石
अधर adhara 形，下面的，下部的；阳，下唇，下嘴唇，嘴唇
अधस् adhas 不变词，下面，向下
अधस्तात् adhastāt 不变词，下面，在下面
अधि adhi 不变词，增加
अधिक adhika 形，更加的，更多的，增加的，更强的，胜过的
अधिकम् adhikam 不变词，更加，更多，更强，极其
अधिकतर adhikatara 形，更加的
अधिकार adhikāra 阳，监督，职责，负责，统治，职位，权位，侍奉
अधिकारित्व adhikāritva 中，权利，资格
अधिकृत adhikṛta 过分，负责；阳，官员
अधिकृत्य adhikṛtya 不变词，关于
अधिगत adhigata 过分，获得
अधिगम् adhi√gam 1.获得，掌握，达到，学习
अधिगम adhigama 阳、中，获得，掌握，学会
अधिज्य adhijya 形，上了弦的
अधिज्यता adhijyatā 阴，上弦
अधित्यका adhityakā 阴，高原，高地，山峰的高地
अधिदेवता adhidevatā 阴，主神，守护神，至高之神
अधिप adhipa 阳，统治者，国王，主人
अधिपति adhipati 阳，王，国王，首领，主人
अधिराज adhirāja 阳，王，大王，国王
अधिरुह् adhi√ruh 1.登上，达到；致使，安放
अधिरूढ adhirūḍha 过分，登上，进入
अधिरोपित adhiropita 过分，恢复，上弦
अधिरोहण adhirohaṇa 中，攀登，登上，达到，安放
अधिवस् adhi√vas 1.住，居住，入住，停留
अधिवास adhivāsa 阳，居处，居住，芳香，香气
अधिविद् adhi√vid 6.取代
अधिशी adhi√śī 2.躺，躺下
अधिष्ठा adhi√sthā 1.站，坐，住，停留，占据，掌控
अधिहस्ति adhihasti 不变词，在大象上
अधी adhi√i 2.学习；致使，教导
अधीन adhīna 形，依靠的
अधुना adhunā 不变词，现在，如今
अधृष्य adhṛṣya 形，不可战胜的，不可冒犯的，不可接近的
अध्ययन adhyayana 中，学习，诵读
अध्यारुह् adhi-ā√ruh 1.登上
अध्यास् adhi√ās 2.坐，坐下，乘坐，登上，居住，进入
अध्यासित adhyāsita 过分，坐下，坐上，停留，安放，掌控
अध्युषित adhyuṣita 过分，居住，驻扎，扎营，占据
अध्वग adhvaga 阳，旅人，旅行者

अध्वन् adhvan 阳，路，道路，距离，路程，路途

अध्वर adhvara 阳，祭祀

अनक्षर anakṣara 形，无需言说的

अनग्नि anagni 形，无火的，不使用火的

अनघ anagha 形，无罪的，无辜的，没有障碍的，顺利的，安全的，完好无损的，纯洁无瑕的

अनङ्ग anaṅga 形，无形的；阳，爱神，爱欲

अनन्त ananta 形，无尽的，无限的，无边的，永久的

अनन्तर anantara 形，无间的，邻近的，紧随的

अनन्तरजा anantarajā 阴，妹妹

अनन्तरम् anantaram 不变词，接着，随后，之后

अनन्य ananya 形，无别的，不异的，唯独的，没有别人的，忠诚的

अनपायिन् anapāyin 形，不灭的，不离开的，稳固的，忠贞不渝的

अनपोढ anapoḍha 形，不移动的，不脱离的

अनम्र anamra 形，不弯曲的，不屈从的

अनर्गल anargala 形，不受阻碍的，无锁的

अनर्घ anargha 形，无价的

अनर्थ anartha 形，无用的，不幸的，无益的，坏的，无意义的，贫穷的；阳，无用，无价值，危害，不幸

अनल anala 阳，火，火花

अनल्प analpa 形，不少的，不小的

अनवद्य anavadya 形，无可挑剔的，无可指摘的

अनवम anavama 形，不低于，不亚于

अनवस्थित anavasthita 形，不安定的，不坚定的

अनवाप्त anavāpta 形，未得到的

अनसूया anasūyā 阴，阿那苏雅（阿特利仙人之妻）

अनाकृष्ट anākṛṣṭa 形，不受吸引的

अनातपत्र anātapatra 形，没有华盖的

अनातुर anātura 形，无病痛的

अनाथ anātha 形，没有保护者的，失去庇护的

अनाविष्कृत anāviṣkṛta 形，不显现的

अनाशास्य anāśāsya 形，无渴求的

अनासाद्य anāsādya 形，得不到的

अनास्था anāsthā 阴，漠视，轻视

अनास्वादित anāsvādita 形，未尝过的，未品尝的

अनित anita 形，没有获得的

अनित्य anitya 形，无常的，不经常的

अनिन्दित anindita 形，无可非议的，无可指责的

अनिन्द्य anindya 形，无可指责的，无可挑剔的，纯洁的

अनिमेष animeṣa 形，不眨眼的

अनिर्वाण anirvāṇa 形，不能沐浴的

अनिर्वृत anirvṛta 形，愁苦的，不安的

अनिल anila 阳，风

अनीक anīka 阳、中，军队，群，团

अनीकिनी anīkinī 阴，军队

अनीश anīśa 形，没有主宰的

अनीश्वर anīśvara 形，不能的

अनु anu 前缀、不变词，跟随，伴随，沿着

अनुकम्पा anukampā 阴，同情，怜悯，慈悲

अनुकम्पिन् anukampin 形，同情的

अनुकम्प्य anukampya 形，可怜的，应该同情的

अनुकारिन् anukārin 形，模仿的，效仿的

अनुकीर्ण anukīrṇa 形，撒落的，布满的

अनुकूल anukūla 形，适合的，顺从的，顺应的，中听的，按照

अनुकूलत्व anukūlatva 中，顺从，和顺

अनुक्रम anukrama 阳，次序，顺序，依次

अनुग anuga 形，跟随的，伴随的；阳，随从，侍从

अनुगत anugata 过分，跟随

अनुगम् anu√gam 1.跟随，追随，模仿

अनुगमन anugamana 中，跟随，追随

अनुगिरम् anugiram 不变词，山边，沿着山

अनुगृहीकृत anugṛhīkṛta 过分，给予恩惠

अनुगोदम् anugodam 不变词，沿着戈达瓦利河

अनुग्रह् anu√grah 9.施恩，恩宠，抚养，保护，接受，欢迎，支持，接见

अनुग्रह anugraha 阳、中，恩宠，恩惠

अनुचर anucara 形，跟随的；阳，随从，侍从

अनुच्छिष्ट anucchiṣṭa 形，非剩下的，新鲜的，尚未动用的

अनुज anuja 阳，弟弟

अनुजा anujā 阴，妹妹

अनुजात anujāta 形，随后生的

अनुजीविन् anujīvin 阳，依附者，侍臣，侍从，仆从

अनुज्ञा anujñā 阴，允许，同意，原谅

अनुतप् anu√tap 1.烦恼，懊悔

अनुद्रुत anudruta 过分，追随，陪伴

अनुद्धात anuddhāta 形，不崎岖的，平坦的

अनुध्येय anudhyeya 形，值得恩宠的

अनुध्यै anu√dhyai 1.关注，祝福，恩宠

अनुनय anunaya 阳，安抚，平息，谦恭

अनुनी anu√nī 1.安慰

अनुनीत anunīta 过分，安抚，求情

अनुपकर्तृ anupakartṛ 形，不施恩惠的

अनुपद anupada 形，随后的

अनुपदम् anupadam 不变词，随着，随后

अनुपम anupama 形，无比的

अनुपा anu√pā 1.随后喝，再喝

अनुपेक्षणीय anupekṣaṇīya 形，不应忽视的

अनुप्रवेश anupraveśa 阳，进入

अनुप्राप् anu-pra√āp 5.到达，模仿

अनुप्लव anuplava 阳，随从

अनुबन्ध anubandha 阳，连接，联系，持续，结果，意图

अनुबन्धित्व anubandhitva 中，联系性

अनुबन्धिन् anubandhin 形，持续不断的

अनुबुध् anu√budh 4.醒来，知道；致使，启发，开导

अनुभाव anubhāva 阳，威严，威力，情态

अनुभाषितृ anubhāṣitṛ 形，回答的

अनुभुज् anu√bhuj 7.享受

अनुभू anu√bhū 1.享受，体验，感受，获得

अनुभूत anubhūta 过分，享受，体验

अनुमत anumata 过分，同意，允许，准许

अनुमन् anu√man 4.同意，允许
अनुमा anu√mā 3.2.推断
अनुमान anumāna 中，推理
अनुमित anumita 过分，推测，推断
अनुमेय anumeya 形，可推断的
अनुमुद् anu√mud 1.致使，赞同
अनुमृत् anumṛt 形，跟随去死的
अनुमृत anumṛta 过分，跟随而死
अनुया anu√yā 2.追随，跟随，追赶，模仿
अनुयात anuyāta 过分，追随，伴随，模仿
अनुयायिन् anuyāyin 形，追随的，跟随的；阳，追随者，随从
अनुयुज् anu√yuj 7.询问
अनुयोग anuyoga 阳，问题，询问，禅修
अनुराग anurāga 阳，红色，忠诚，爱恋，爱情，激情
अनुरूप anurūpa 形，相似的，适合的，符合的，相配的，相称的；中，相似，适合
अनुलिप्त anulipta 过分，涂抹，覆盖
अनुवद् anu√vad 1.学舌，模仿
अनुवादिन् anuvādin 形，解释的，复述的，一致的，回音的
अनुवासरम् anuvāsaram 不变词，每天
अनुविद्ध anuviddha 过分，穿透，充满，夹杂，镶嵌
अनुवृत्ति anuvṛtti 阴，跟随，模仿
अनुवेलम् anuvelam 不变词，时时，随时
अनुशय anuśaya 阳，后悔
अनुशिष्ट anuśiṣṭa 形，教导的，指引的，吩咐的
अनुष्ठित anuṣṭhita 过分，实行，执行，履行，实现
अनुसारिन् anusārin 形，追随的，跟随的，遵循的
अनूत्था anu-ud√sthā 1.随同起身
अनून anūna 形，不低于，不亚于，不缺少的，完整的
अनूप anūpa 形，水边的，潮湿的；阳，阿努波（国名）
अनृण anṛṇa 形，摆脱债务的
अनृणत्व anṛṇatva 中，没有债务
अनेक aneka 形，不止一个的，很多的
अनेकधा anekadhā 不变词，不止一个
अनेकप anekapa 阳，大象
अनोकह anokaha 阳，树
अन्त anta 形，最后的；阳，最终，末端，边际，终点，结束，结局，死亡，终结，毁灭，内部
अन्तक antaka 形，引起毁灭的；阳，死亡，死神
अन्तर् antar 前缀、不变词，在中间，在里面
अन्तर antara 形，内部的，中间的，临近的，亲密的，紧密联系的，不同的，其他的，另外的；中，内部，中间，里面，间隔，间歇，空隙，区别，不同，另一个，目的，意图
अन्तरा antarā 不变词，在内部，在中间，在中途
अन्तराय antarāya 阳，障碍，阻挠
अन्तरिक्ष antarikṣa 中，空中
अन्तरित antarita 过分，进入，掩盖，覆盖，遮蔽，阻隔，隔离

अन्तर्गत antargata 过分，进入，内在，内含，隐藏，消失

अन्तर्धा antar√dhā 3.放入，隐藏

अन्तर्वत्नी antarvatnī 阴，孕妇

अन्तर्हित antarhita 过分，隐藏，消失

अन्तःकरण antaḥkaraṇa 中，内心，灵魂

अन्तःपुर antaḥpura 中，后宫，后宫妇女

अन्तिक antika 形，附近的，身边的；中，附近，身边

अन्तिकात् antikāt 不变词，附近

अन्त्य antya 形，最后的

अन्त्र antra 中，肠子，内脏

अन्ध andha 形，盲目的，黑暗的；中，黑暗

अन्धकार andhakāra 阳，黑暗

अन्धता andhatā 阴，盲目性

अन्न anna 中，食物

अन्य anya 形，其他的，另外的，不同于，除了

अन्यतस् anyatas 不变词，从其他，来自其他，另一边，别处

अन्यत्र anyatra 不变词，在别处，另一处，除了，不然，否则

अन्यथा anyathā 不变词，不同于，不然，否则

अन्यदा anyadā 不变词，另一次，在另外的情况，过去，某时

अन्यभृता anyabhṛtā 阴，雌杜鹃

अन्येद्युस् anyedyus 不变词，次日，第二天

अन्योन्य anyonya 形，互相的

अन्वक् anvak 不变词，此后，随后，在后面

अन्वय anvaya 阳，跟随，随从，继承，沿袭，联系，含义，家族，世系

अन्वर्थ anvartha 形，依据词义的，名副其实的

अन्वास् anu√ās 2.陪坐

अन्वासित anvāsita 过分，坐在旁边

अन्वि anu√i 2.跟随，追随

अन्वित anvita 过分，跟随，追随，陪同，伴有，具有

अन्विष् anu√iṣ 6.寻找，追求，追寻

अन्वेषण anveṣaṇa 中，寻找

अन्वेषिन् anveṣin 形，寻找的

अप् ap 阴，水

अप apa 前缀、不变词，离开，去除

अपकार apakāra 阳，冒犯，得罪

अपकृष्ट apakṛṣṭa 过分，驱除

अपक्रम् apa√kram 1.离开

अपगम apagama 阳、中，离开，消失，死去

अपचार apacāra 阳，过错，违法行为

अपत्य apatya 中，后代，儿女，儿孙

अपथ apatha 中、阳，错路，歧途，邪道

अपदिश् apa√diś 6.借口

अपदेश apadeśa 阳，指出，提及，借口，假装

अपधूमत्व apadhūmatva 中，无烟

अपनी apa√nī 1.带走，移开，排除

अपनीत apanīta 过分，带走，抢走，脱下

अपनोद apanoda 阳，驱除

अपभय apabhaya 形，无所畏惧的

अपर apara 形，至上的，其他的，另外的，不同的，他人的，后面的，西面的，

西方的；阳，敌人
अपराद्ध aparāddha 过分，犯错
अपराध aparādha 阳，得罪，过失，错误，罪行
अपरान्त aparānta 阳，西边，西部边界
अपरित्याग aparityāga 形，不抛弃的
अपरुष् aparuṣ 形，摆脱愤怒的
अपर्याप्तवत् aparyāptavat 形，不能的
अपवर्ग apavarga 阳，完成，实现，例外，解脱，至福
अपवर्जित apavarjita 过分，离开，移开，除去
अपवाद apavāda 阳，流言，例外
अपविघ्न apavighna 形，无障碍的
अपविद्ध apaviddha 过分，抛开，消除
अपवृ apa√vṛ 5.显露
अपवृत् apa√vṛt 1.转开，离开
अपशोक apaśoka 形，消除忧伤的
अपसर्प apasarpa 阳，暗探，密探
अपह apaha 形，（用于复合词末尾）取走，夺走，驱除，摧毁
अपहा apa√hā 3.离开，抛弃，失去
अपहन्तृ apahantṛ 形，驱除的，摧毁的
अपहाय apahāya 不变词，除了
अपहारित apahārita 过分，带走，夺走
अपहास apahāsa 阳，嘲笑
अपहृ apa√hṛ 1.夺走，转移
अपाकृ apa-ā√kṛ 8.扔掉，抛弃
अपाकृत apākṛta 过分，取走，消除
अपाकृष् apa-ā√kṛṣ 1.离开，背离
अपाङ्ग apāṅga 阳，眼角
अपाय apāya 阳，消逝，失去，死亡
अपार्थिव apārthiva 形，非凡的，天上的
अपास् apa√as 4.离开，抛开
अपास्त apāsta 形，清除的
अपि api 不变词，也，而且，还有，甚至，虽然，尽管，即使，然而，而
अपेक्षा apekṣā 阴，期望，需要，考虑，关注，等待
अपेक्षिन् apekṣin 形，期待的，希望的，考虑的
अपेत apeta 过分，离开，不具有
अपुष्प apuṣpa 形，不开花的
अपूर्ण apūrṇa 形，不足的
अपोढ apoḍha 过分，去除，消除，放弃
अपोह् apa√ūh 1.取走，夺走，驱除，排除，消除
अप्रकाश aprakāśa 形，不明亮的，黑暗的
अप्रतिबोध apratibodha 形，不觉醒的
अप्रतिम apratima 形，无与伦比的
अप्रतिशासन apratiśāsana 形，不违抗命令的
अप्रसह्य aprasahya 形，难以忍受的
अप्राप्त aprāpta 形，没有达到的，尚未抵达的
अप्सरस् apsaras 阴，天女，仙女
अबल abala 形，无力的，弱小的
अबला abalā 阴，妇女，女子
अबाल abāla 形，成熟的
अबाह्य abāhya 形，内在的
अब्ज abja 中，莲花
अभय abhaya 形，无惧的；中，无惧
अभाव abhāva 阳，不存在，没有
अभिक abhika 形，好色的
अभिख्या abhikhyā 阴，光辉，美丽，魅力，

名称，名声

अभिगम् abhi√gam 1.走向，前往，来到，遇见

अभिगम abhigama 阳，到来，到达

अभिगमन abhigamana 中，走向，前往，求爱

अभिगम्य abhigamya 形，可以接近的

अभिघात abhighāta 阳，打击，攻击

अभिजात abhijāta 过分，高贵的，文雅的

अभिज्ञ abhijña 形，知道的，理解的，熟知的，精通的

अभिज्ञान abhijñāna 中，标志，信物

अभितप्त abhitapta 过分，加热，灼热，烧灼，悲痛

अभिताम्र abhitāmra 形，深红的

अभिद्योतित abhidyotita 过分，照亮

अभिधा abhi√dhā 3.说，说出，表达，解释

अभिधान abhidhāna 中，称为，名为，名称，名号

अभिनन्द् abhi√nand 1.祝贺，欢迎，赞扬，赞赏

अभिनन्दित abhinandita 过分，祝贺，欢迎，赞同

अभिनन्द्य abhinandya 形，受欢迎的，受赞扬的

अभिनम्र abhinamra 形，下垂的

अभिनय abhinaya 阳，表演

अभिनव abhinava 形，崭新的，新鲜的，年轻的

अभिनिविष्ट abhinivista 过分，执著，具有

अभिनिवेश abhiniveśa 阳，决定

अभिन्न abhinna 形，未裂开的，合拢的

अभिपत् abhi√pat 1.冲向

अभिपद् abhi√pad 4.走向，走近，前往

अभिभव abhibhava 阳，失败，征服，压倒，盛行

अभिभाविन् abhibhāvin 形，胜过的，压倒的，盖过的

अभिभाषिन् abhibhāṣin 形，说话的

अभिभू abhi√bhū 1.征服，胜过，压倒，袭击，侵犯

अभिमुख abhimukha 形，面向的，面对的，走近的，接近的，倾向的，准备的

अभिया abhi√yā 2.来到，走向，攻击

अभियायिन् abhiyāyin 形，前往的，攻击的

अभिराम abhirāma 形，喜悦的，高兴的，喜爱的，可爱的，迷人的

अभिलष् abhi√laṣ 1.4.渴望

अभिलाष abhilāṣa 阳，希望，渴望，心愿，爱慕

अभिलाषिन् abhilāṣin 形，渴望的，热爱的

अभिलीन abhilīna 形，附着的，粘著的

अभिवन्द् abhi√vand 1.致敬

अभिवृत् abhi√vṛt 1.前来，走近，面对

अभिवृष् abhi√vṛṣ 1.下雨，洒下，倾泻

अभिवृष्ट abhivṛṣṭa 过分，洒下，下雨

अभिव्यक्त abhivyakta 过分，展现，显现，表露

अभिषङ्ग abhiṣaṅga 阳，执著，屈辱，挫折，打击，哀伤，沮丧，灾祸，不幸

अभिषिच् abhi√sic 6.灌顶

अभिषिक्त abhiṣikta 形，浇灌的

अभिषेक abhiṣeka 阳，浇水，灌顶，沐浴

अभिषेचन abhiṣecana 中，浇水，灌顶

अभिष्यन्द abhiṣyanda 阳，流动
अभिसंधान abhisaṃdhāna 中，欺骗
अभिसारिका abhisārikā 阴，出外幽会的妇女，会情人的女子
अभिहत abhihata 过分，打击，敲击
अभिहरण abhiharaṇa 中，取来
अभिहित abhihita 过分，说，讲述，告诉
अभी abhī 形，无所畏惧的
अभी abhi√i 2.走近，上前，进入
अभेत्तृ abhettṛ 形，不破坏的，维护的
अभोक्तृ abhoktṛ 形，不享用的
अभ्यनुज्ञा abhyanujñā 阴，同意，准许，允诺
अभ्यन्तर abhyantara 形，内部的，里面的，中间的，附近的；中，内部，里面，中间
अभ्यर्च् abhi√arc 1.10.敬拜，崇拜，赞颂
अभ्यर्ण abhyarṇa 形，附近的；中，附近
अभ्यर्थित abhyarthita 形，请求的
अभ्यर्थ्य abhyarthya 形，受到请求的
अभ्यस् abhi√as 4.练习，实践，复习
अभ्यसन abhyasana 中，练习，复习
अभ्यसूया abhyasūyā 阴，妒忌，忌恨，愤怒
अभ्यस्त abhyasta 过分，练习，复习，修习
अभ्यागम abhyāgama 阳，来到
अभ्यास abhyāsa 阳，练习，复习
अभ्याहत abhyāhata 过分，打击
अभ्युक्षण abhyukṣaṇa 中，浇水
अभ्युच्छ्रित abhyucchrita 形，提高的，抬高的
अभ्युत्थान abhyutthāna 中，起身，上升，升起，滋长，登基
अभ्युत्पतन abhyutpatana 中，跃起
अभ्युत्सह् abhi-ud√sah 1.能够
अभ्युदय abhyudaya 阳，升起，兴起，兴旺，繁荣，福祉，登基
अभ्युपे abhi-upa√i 2.走近，前往
अभ्युपेत abhyupeta 过分，来到，到达，具有
अभ्र abhra 中，云
अभ्रंलिह abhraṃliha 形，高耸入云的
अभ्रित abhrita 形，布满云的
अमङ्गल amaṅgala 形，不吉祥的，不幸的；中，不吉祥，厄运，恶兆
अमर amara 形，天神的，天国的；阳，天神
अमर्त्य amartya 阳，天神
अमर्ष amarṣa 形，不能忍受的；阳，愤怒
अमर्षण amarṣaṇa 形，不能忍受的，愤怒的
अमल amala 形，无垢的，无瑕的，纯洁的，洁白的
अमात्य amātya 阳，大臣
अमिथ्या amithyā 不变词，不虚假，真实地
अमृत amṛta 形，不死的；阳，天神；中，甘露
अमृताय √amṛtāya 名动词，如同甘露
अमेय ameya 形，不可测量的
अमोघ amogha 形，不落空的，不虚发的，不徒劳的
अमोच्य amocya 形，不应释放的
अम्बर ambara 中，天空，布，衣服，周围

अम्बा ambā 阴，妈妈

अम्बु ambu 中，水

अम्बुज ambuja 形，水生的；中，莲花

अम्बुद ambuda 阳，云

अम्बुधर ambudhara 阳，云，乌云

अम्बुराशि amburāśi 阳，大海

अम्बुरुह amburuha 阳、中，莲花

अम्भस् ambhas 中，水

अम्भोज ambhoja 中，莲花

अम्मय ammaya 形，充满水的

अम्लान amlāna 形，不褪色的

अय aya 阳，好运

अयत्न ayatna 形，不费力的，轻松的

अयन ayana 中，前进，行走，道路，途径，通道

अयशस् ayaśas 形，不名誉的；中，恶名，丑闻

अयस् ayas 中，铁，金属

अयुत ayuta 中，一万

अयोघन ayoghana 阳，铁锤

अयोध्या ayodhyā 阴，阿逾陀城

अयोमुख ayomukha 阳，箭

अरण्य araṇya 中，森林，园林

अरविन्द aravinda 中，莲花

अराति arāti 阳，敌人

अरालकेशी arālakeśī 阴，头发卷曲的女子

अरि ari 阳，敌人

अरिष्ट ariṣṭa 中，卧室，产房

अरुण aruṇa 形，红的，红色的；阳，红色，朝霞，曙光，太阳

अरुंतुद aruṃtuda 形，击中要害的

अरुन्धती arundhatī 阴，阿容达提（极裕仙人之妻）

अर्क arka 阳，太阳

अर्गल，-ला argali 阳、中，-lā 阴，门闩，锁，锁链

अर्घ्य arghya 形，有价值的，尊敬的，尊贵的；中，供品，祭品，招待，招待用品，待客礼品，礼物

अर्च् √arc 1.10.崇拜，敬拜，尊敬，赞颂

अर्चि arci 阴，光芒，火焰

अर्चित arcita 过分，敬拜，祭拜，尊敬，礼遇

अर्चिस् arcis 中，火焰，火苗，火舌，光焰，光芒，光线

अर्च्य arcya 形，值得尊敬的

अर्जित arjita 形，获得的，赢得的

अर्जुन arjuna 阳，阿周那树

अर्णव arṇava 阳，波浪，海，大海

अर्थ artha 阳，目的，目标，愿望，原因，意义，事物，对象，感官对象，事情，情况，财富，财物，钱财，酬金，利益，功用，真实，真相，事实，实情。

अर्थम्，अर्थेन，अर्थाय，अर्थे artham，arthena，arthāya，arthe 不变词，（用于复合词末尾）为了

अर्थपति arthapati 阳，财富之主，国王，财神（俱比罗）

अर्थवत् arthavat 形，富有的，有意义的，有用的，真实的；不变词，如实地，有目的地，合适地

अर्थविद् arthavid 形，知道意义的，通晓意义的

अर्थिता arthitā 阴，请求，希望

अर्थिन् arthin 形，渴望的，愿望的，追求的，求告的；阳，乞求者，求告者，原告者

अर्थिभाव arthibhāva 阳，作为求乞者

अर्थ्य arthya 形，合适的，恰当的，有意义的

अर्द् √ard 1.折磨，打击，伤害，乞求，询问

अर्ध ardha 形，一半的；阳、中，一半

अर्धरात्र ardharātra 阳，半夜

अर्पण arpaṇa 中，安放，提供，祭供

अर्पित arpita 过分，固定，安放，插入，写下，提供，托付，交付，恢复

अर्भक arbhaka 形，小的；阳，孩子，儿童

अर्ह् √arh 1.值得，应该，能够，请

अर्ह arha 形，值得的，适合的，能够的

अर्हण arhaṇa 中，敬拜，待客的供品

अर्हत् arhat 形，值得尊敬的；阳，值得尊敬者，尊者

अलक alaka 阳，头发，发髻

अलका alakā 阴，阿罗迦城

अलक्त, अलक्तक alakta，alaktaka 阳，紫胶，红树脂，红颜料

अलक्षण alakṣaṇa 形，不吉祥的

अलक्षित alakṣita 形，未看到的，未注意的

अलब्ध alabdha 形，没有获得的

अलम् alam 不变词，足够，足以，够了，不必

अलंकार alaṃkāra 阳，装饰品

अलंकृ alam√kṛ 8.准备，装饰，美化

अलस alasa 形，无力的，懒惰的，懒散的，倦怠的

अलास्य alāsya 形，不跳舞的，懒散的

अलि ali 阳，蜜蜂

अलुप्त alupta 形，不受损害的，不毁坏的

अल्प alpa 形，小的，微小的，少量的

अव् √av 1.保护，满意，满足

अवकाश avakāśa 阳，地方，空间

अवकॄ ava√kṝ 6.撒，散布

अवगम् ava√gam 1.走下，走近，知道，理解，认为

अवगाह्/वगाह् ava√gāh/va√gāh 1.沐浴，进入，深入

अवगाह avagāha 阳，沐浴，进入，深入

अवग्रह avagraha 阳，干旱，障碍

अवजय avajaya 阳，战胜，征服

अवज्ञा ava√jñā 9.轻视

अवज्ञा avajñā 阴，轻视，蔑视

अवतंस avataṃsa 阳、中，耳饰

अवतार avatāra 阳，降下，进入，下凡，化身，出现

अवतारित avatārita 过分，放下

अवतीर्ण avatīrṇa 过分，降下，降临，落下，垂下，流下，进入，深入，下凡，越过

अवतॄ ava√tṝ 1.下来，降下，降临；致使，放下，转开，移开

अवदात avadāta 形，美丽的，明亮的，洁白的；阳，白色，黄色

अवदान avadāna 中，业绩

अवदॄ ava√dṝ 9.致使，掘开

अवद्य avadya 中，指责

अवधारणीय avadhāraṇīya 形，确定的，决

定的

अवधि avadhi 阳，边际，期限，时期；（用在复合词末尾）结束，直至

अवधीरणा avadhīraṇā 阴，轻视，嫌弃

अवधू ava√dhū 5.摇动，摆脱，去除

अवधूत avadhūta 过分，动摇，摆脱，消除，驱散，拒绝，蔑视

अवध्य avadhya 形，不可杀的

अवध्यता avadhyatā 阴，免死

अवध्यत्व avadhyatva 中，不可杀

अवनत avanata 过分，弯下，垂下

अवनि avani 阴，大地，地面，河，河床

अवन्ति avanti 阴，阿槃底（国名）

अवन्ध्य avandhya 形，不落空的，不徒劳的，有成效的

अवपात avapāta 阳，陷阱

अवबोध avabodha 阳，觉知，知道，了解

अवबोधित avabodhita 形，唤醒的

अवभृथ avabhṛtha 阳，祭祀结束，祭祀后沐浴

अवयव avayava 阳，肢体，部分

अवरज avaraja 阳，弟弟

अवरजा avarajā 阴，妹妹

अवरुह् ava√ruh 1.下来，下降

अवरोध avarodha 阳，阻碍，后宫，后宫妇女

अवर्ण avarṇa 阳，坏话，谣传，流言

अवलग्न avalagna 形，粘着的

अवलम्ब् ava√lamb 1.悬挂，握住，支撑，保持，提起，依靠，依附

अवलम्ब avalamba 阳，依靠，支撑

अवलम्बित avalambita 过分，依靠

अवलम्बिन् avalambin 形，悬挂的，下垂的，低垂的，维持的，支持的

अवलेप avalepa 阳，傲慢，欺辱

अवलोक् ava√lok 1.10.观看，寻找，发现

अवलोकन avalokana 中，观看，观察，目光

अवलोकित avalokita 过分，观看；中，目光

अवशिष्ट avaśiṣṭa 过分，剩下

अवशेष avaśeṣa 阳，剩余，剩余物

अवशेषीकृत avaśeṣīkṛta 过分，剩下

अवष्टम्भमय avaṣṭambhamaya 形，勇猛的

अवसन्न avasanna 过分，沮丧，丧失

अवसर avasara 阳，时机，机会

अवसान avasāna 中，停止，结束，死亡，界限

अवसित avasita 过分，结束，完成

अवसो ava√so 4.致使，完成，决定

अवस्था ava√sthā 1.保持，站立，停留，活着，存在，进入；致使，固定

अवस्था avasthā 阴，状态，状况，境地，阶段，形态

अवस्थापित avasthāpita 过分，停留，安放

अवस्थित avasthita 过分，站立，立足，停留，处于，排列

अवाक् avāk 不变词，向下

अवाङ्मुख avāṅmukha 形，俯视的，低头的

अवाप् ava√āp 5.获得，得到，达到

अवाप्तव्य avāptavya 形，应得到的

अविकत्थन avikatthana 形，不自夸的

अविकृत avikṛta 形，不变化的

अविक्रिय avikriya 形，不变的

अविघ्न avighna 形，无障碍的；中，无障碍，顺利

अविचारणीय avicāraṇīya 形，不容置疑的

अविच्छिन्न avicchinna 形，不断的

अविज्ञात avijñāta 形，不知道的，不可认知的

अवितथ avitatha 形，真实的，不虚假的，不落空的

अवितृप्त avitṛpta 形，不满足的

अविनय avinaya 阳，不合规则的行为，不法行为

अविभाव्य avibhāvya 形，不可感知的，不可分辨的

अवियुक्त aviyukta 形，不分离的

अविरुद्ध aviruddha 形，无敌意的，和睦的

अविषह्य aviṣahya 形，不可忍受的，不可抗拒的

अवे ava√i 2.知道

अवेक्ष् ava√īkṣ 1.观看，注视，观察，关注，关心，考虑，监督

अवेक्षण avekṣaṇa 中，观察，关注

अवेक्षणीय avekṣaṇīya 形，应该关注的

अवेक्षित avekṣita 过分，观察，关注

अव्यक्त avyakta 形，不显现的；中，未显者

अव्यय avyaya 形，不变的，不灭的，永恒的

अव्यवस्थ avyavastha 形，不固定的，移动的，不确定的

अव्याहत avyāhata 形，不受阻碍的

अश् √aś 5.遍布，充满，弥漫，达到，到达，获得，享受；9.吃

अशक्ति aśakti 阴，无能力，无能为力

अशक्य aśakya 形，不能的，不可能的

अशन aśana 中，吃

अशनि aśani 阳、阴，雷杵，雷，雷电，霹雳

अशीत aśīta 形，灼热的

अशुचि aśuci 形，不纯洁的

अशुभ aśubha 形，不吉祥的，邪恶的；中，罪恶，不幸

अशून्य aśūnya 形，不空虚的，充满的

अशून्यता aśūnyatā 阴，不空虚

अशेष aśeṣa 形，无余的，全部的

अशेषम् aśeṣam 不变词，全部地

अशोक aśoka 阳，无忧树；中，无忧花

अशोच्यता aśocyatā 阴，不必忧伤

अश्मन् aśman 阳，石头

अश्रम aśrama 形，不疲惫的；阳，不疲惫

अश्रु aśru 中，眼泪，泪水

अश्व aśva 阳，马

अश्विन्, -नौ aśvin 阳，-nau（双），双马童

अष्टन् aṣṭan 数、形，八

अष्टधा aṣṭadhā 不变词，八部分，八支

अष्टम aṣṭama 形，第八的

अष्टमूर्ति aṣṭamūrti 阳，有八形者，湿婆

अष्टादशन् aṣṭādaśan 数、形，十八

अस् √as 2.有，存在，是，成为；4.投掷，发射

असंशयम् asaṃśayam 不变词，毫无疑问

असकृत् asakṛt 不变词，不止一次，经常

असक्त asakta 形，不执著的

असङ्ग asaṅga 形，不粘着的，无障碍的

असंघट्ट asaṃghaṭṭa 阳，无碰撞

असत् asat 形，不存在的，不真实的，邪恶的；中，不存在，不正确，不正当；阳，恶人

असन asana 阳，阿萨那树

असंनिवृत्ति asaṃnivṛtti 阴，不返回

असम asama 形，奇数的，无与伦比的，不平坦的

असमग्र asamagra 形，不完整的

असमग्रम् asamagram 不变词，不完全

असमाप्त asamāpta 形，没有完成的

असह्य asahya 形，无法忍受的，难以抵御的

असाध्य asādhya 形，不能实现的，不能治愈的

असांप्रतम् asāṃpratam 不变词，不合适，不应该

असारता asāratā 阴，脆弱

असि asi 阳，剑，刀

असु asu 阳，呼吸，气息，生命

असुर asura 阳，阿修罗

असुलभ asulabha 形，不易得到的

असूया asūyā 阴，嫉妒，生气

असूर्यग asūryaga 形，远离太阳的

अस्खलित askhalita 形，不动摇的，坚持不懈的，毫无阻碍的

अस्त asta 过分，投掷，发射

अस्त asta 阳，西山，落下；中，死亡，消失

अस्तमय astamaya 阳，日落，毁灭，衰亡，没落，消失

अस्तमित astamita 过分，结束，死亡

अस्तम्भ astambha 形，没有柱子的

अस्त्र astra 中，武器，飞镖，箭

अस्नेह asneha 形，无油的

अस्पृष्ट aspṛṣṭa 形，不接触的

अस्मद् asmad 代，我们

अस्र asra 中，眼泪，血

अह् √ah 1.说，称呼

अहन् ahan 中，一天，白天

अहिंस्य ahiṃsya 形，不该杀的

अहित ahita 形，不合适的，无益的，有害的，敌对的；阳，敌人

अहीन ahīna 形，不缺少的

अहीनगु ahīnagu 阳，阿希那古（国王名）

अहृत ahṛta 形，不受吸引的

अह्नाय ahnāya 不变词，迅速，马上

आ ā

आ ā 前缀，附近，向着，围绕；不变词，自从，直到，直至，略微

आकम्पित ākampita 过分，摇动，轻轻摇动，颤抖

आकर ākara 阳，矿，矿藏，丰富，大量

आकर्ण् ā√karṇ 10.听到，听取

आकर्णम् ākarṇam 不变词，直到耳边

आकल्प ākalpa 阳，装饰品，装饰，服装

आकाङ्क्ष् ā√kāṅkṣ 1.渴望，盼望，期待，等待

आकाङ्क्षिन् ākāṅkṣin 形，期盼的

आकार ākāra 阳，形像，形状，形体，形貌，表情

आकाश ākāśa 阳、中，天空，空间

आकीर्ण ākīrṇa 过分，散布

आकुञ्चित ākuñcita 过分，弯曲，微微弯曲，

收缩

आकुल ākula 形，充满的，忙于，困惑的，迷茫的，烦恼的，激动的，惊慌的，混乱的，散乱的

आकुलित ākulita 形，混乱的，激动的

आकृति ākṛti 阴，形状，形貌，形体

आकृष्ट ākṛṣṭa 过分，拽拉，吸引，迷人，取来，取出

आक्रन्दित ākrandita 过分，哭，喊；中，哭叫，哀鸣

आक्रम् ā√kram 1.走近，进入，占据，攻击，征服，开始，升起

आक्रान्त ākrānta 过分，进入，到达，踩踏，抓住，占据，压倒，担负，超越，获得，具有，伴有，装饰，坐，骑

आक्षिप् ā√kṣip 6.扔掉，投掷，吸引，诱惑，阻断，抽回，夺取，驱逐，暗示，提及，忽视，拒绝，侮辱

आखण्डल ākhaṇḍala 阳，因陀罗

आख्या ā√khyā 2.说，告诉，报告，说明，宣布，命名，称呼

आख्या ākhyā 阴，名字，名称，（用于复合词末尾）称呼，称为

आख्यात ākhyāta 过分，告诉，说明，表明，显示，著名

आगत āgata 过分，来到，到达，产生，进入

आगन्तु āgantu 阳，陌生人，客人

आगम् ā√gam 1.来到，到达，进入

आगम āgama 阳，来到，学问，经典

आगमन āgamana 中，来到，回来

आगस् āgas 中，得罪，冒犯

आगस्कृत् āgaskṛt 形，犯错的，犯罪的

आगार āgāra 中，房屋，住处，宫殿

आग्रथन āgrathana 中，打结

आघात āghāta 阳，打击

आघ्रा ā√ghrā 1.嗅到

आचक्ष् ā√cakṣ 2.说，告诉，讲述

आचम् ā√cam 1.啜饮，吸吮，舔

आचर् ā√car 1.行动，实行，游荡

आचरित ācarita 过分，行动，出没；中，行为

आचार ācāra 阳，行为，操行，习惯，习俗

आचार्यक ācāryaka 中，教职，老师的地位

आचित ācita 过分，积累，系结，遍布，覆盖

आजि āji 阳、阴，战斗

आज्ञा ājñā 阴，吩咐，命令

आज्य ājya 中，酥油

आढ्य āḍhya 形，丰富的，丰盛的

आतत ātata 过分，伸展，展开，拉开，延伸

आतप ātapa 阳，热，炎热，阳光，太阳，光芒

आतपत्र ātapatra 中，伞，华盖

आतपवारण ātapavāraṇa 中，伞，华盖

आतिथेय ātitheya 形，好客的，热情好客的

आतिथ्य ātithya 中，好客，招待客人

आतुर ātura 形，折磨的，痛苦的，生病的；阳，病人

आतोद्य ātodya 中，乐器

आत्त ātta 过分，接受，取来，获取，持有

आत्मज ātmaja 阳，儿子

आत्मजन्मन् ātmajanman 阳，儿子

आत्मजा ātmajā 阴，女儿

आत्मन् ātman 阳，灵魂，精神，心，心灵，内心，自己，自我，自身，身体，思想

आत्मवत् ātmavat 形，控制自我的，把握自我的

आत्मवत्ता ātmavattā 阴，自制力

आत्मसंभव ātmasaṃbhava 阳，儿子

आत्मसात् ātmasāt 不变词，适合自己，为自己

आत्मीय ātmīya 形，自己的

आदर्श ādarśa 阳，镜子

आदर्शित ādarśita 过分，指引

आदा ā√dā 3.接受，采取，获取，取来，说，喝，吸收，摄取，取出，取走，拿起，带着

आदान ādāna 中，获取

आदाय ādāya 不变词，获取

आदि ādi 形，最先的，最初的，为首的，（用于复合词末尾）首先，等等，等；阳，开始

आदिक ādika 形，（用于复合词末尾）开始的，为首的

आदिश् ā√diś 6.指示，命令，下令，吩咐，指定

आदिष्ट ādiṣṭa 过分，指引，规定

आदृत ādṛta 过分，热诚，认真，谦恭，怀着尊敬

आदेश ādeśa 阳，指示，命令，替换词

आदेशिन् ādeśin 形，命令的，引起的，促使的

आद्य ādya 形，最初的，原始的，首位的，（用于复合词末尾）为首的，等等

आधा ā√dhā 3.安放，安排，固定，持有，怀有，采取，呈现，造成，给予

आधान ādhāna 中，安放，实施，提供，给予

आधार ādhāra 阳，支持，容器，水坑

आधि ādhi 阳，烦恼，痛苦，焦虑，忧虑，不幸

आधिराज्य ādhirājya 中，王权

आधू ā√dhū 5.摇动

आधूत ādhūta 形，摇动的

आधोरण ādhoraṇa 阳，御象者，象夫

आनत ānata 过分，弯下，弯曲，拜倒，下跪，俯首，致敬，谦恭

आनन ānana 中，嘴，脸，面容

आनन्द् ā√nand 1.高兴，欢喜

आनन्द ānanda 阳，高兴，喜悦，欢喜，快乐，乐于

आनन्दयितृ ānandayitṛ 形，使人高兴的

आनयन ānayana 中，带来

आनर्तित ānartita 过分，舞动

आनायिन् ānāyin 阳，渔夫

आनी ā√nī 1.带来，产生，引起

आनीत ānīta 过分，带来

आनील ānīla 形，微黑的

आनुसूय ānusūya 形，阿那苏雅赠送的

आनृण्य ānṛṇya 中，偿清债务

आप् √āp 5.获得，到达，达到

आपगा āpagā 阴，河流

आपत् ā√pat 1.落下，攻击，来到，冲向，发生，出现

आपद् ā√pad 4.走近，到达，进入，变成，出现；致使，引起
आपद् āpad 阴，灾难
आपन्न āpanna 过分，获得
आपण āpaṇa 阳，市场
आपा ā√pā 1.饮用
आपाण्डु āpāṇḍu 形，浅白的
आपाण्डुर āpāṇḍura 形，浅白的，苍白的
आपात āpāta 阳，降落
आपादित āpādita 过分，达到，成为
आपान āpāna 中，饮酒
आपिञ्जर āpiñjara 形，浅红的
आपीड āpīḍa 阳，伤害，挤压，花环，顶饰
आपीत āpīta 形，吸吮的
आपीन āpīna 过分，肥胖，强壮；中，（牛羊等的）乳房
आपूरित āpūrita 过分，充满
आप्त āpta 过分，获得，达到，可靠，可信，能干，充满，熟悉；阳，可靠者，信任者，亲戚，朋友
आप्रच्छ् ā√pracch 6.告别
आप्लुत āpluta 过分，沐浴，浇湿
आबद्ध ābaddha 过分，系缚，连接，固定
आभरण ābharaṇa 中，装饰品，装饰
आभा ā√bhā 2.闪亮，闪耀，发光，显得，像，看似
आभा ābhā 阴，光，光彩，光泽，形貌，俊美，相像，映像
आभाष् ā√bhāṣ 1.说
आभाषण ābhāṣaṇa 中，交谈，对话
आभाष्य ābhāṣya 形，值得说话的
आभास् ā√bhās 1.闪光，显得，像，看似
आभुग्न ābhugna 形，微微弯曲的
आमन्त्र् ā√mantr 10.告别，说，交谈，召唤，邀请
आमय āmaya 阳，疾病
आमिष āmiṣa 中，肉，肉食，猎物
आमिषता āmiṣatā 阴，肉，诱饵
आमुक्त āmukta 过分，穿戴，佩戴
आमुच् ā√muc 6.穿上，戴上
आमृश् ā√mṛś 6.接触，触摸，吃，攻击，伤害
आमोद āmoda 阳，喜悦，香气
आयत् āyat 形，前来的，来到的，走近的
आयत āyata 过分，伸展，延长，增长，长的，宽的
आयतन āyatana 中，住处，家，殿堂，神庙
आया ā√yā 2.来到，走向，到达，成为
आयात āyāta 形，来到的
आयुध āyudha 阳、中，武器
आयुष āyuṣa 中，（用于复合词末尾）寿命
आयुस् āyus 中，生命，寿命，性命
आयोधन āyodhana 中，战斗
आरण्यक āraṇyaka 阳，林中居民
आरभ् ā√rabh 1.开始，着手，从事
आरम्भ ārambha 阳，开始，发起，行动，努力
आरात् ārāt 不变词，附近，距离，远离
आराध् ā√rādh 5.4.安抚，抚慰，取悦，尊敬
आराधनीय ārādhanīya 形，值得崇敬的
आराधित ārādhita 形，尊重的

आरुरुक्षु āruruksu 形，想要登上的

आरुह् ā√ruh 1.登上，达到；致使，上升，登上，增长，安放，放置

आरूढ ārūḍha 过分，上升，登上，增长

आरोपण āropaṇa 中，安放，投放

आरोपित āropita 过分，安放，上弦，登位，托付，归于，起因

आर्त ārta 形，折磨的，得病的，痛苦的，苦难的

आर्तव ārtava 形，合时令的，季节的，各季的

आर्द्र ārdra 形，湿的，湿润的，潮湿的，新鲜的，温和的，柔软的

आर्य ārya 形，高尚的，高贵的，尊贵的；阳，高尚者，高贵者，圣者

आर्या āryā 阴，尊贵女子，小姐

आलक्ष् ā√lakṣ 10.看到

आलक्ष्य ālakṣya 形，依稀可辨的，隐约可见的

आलम्बित ālambita 过分，悬挂，托住，依靠

आलम्बिन् ālambin 形，依靠的

आलय ālaya 阳、中，住处，房屋，宫殿

आलवाल ālavāla 中，树坑

आलान ālāna 中，拴象的柱子或绳索，锁链

आलानता ālānatā 阴，系象柱的性质

आलानिक ālānika 形，系象的

आलिख् ā√likh 6.画

आलिङ्ग् ā√liṅg 1.10.拥抱

आलिङ्गन āliṅgana 中，拥抱

आलिङ्गित āliṅgita 过分，拥抱

आली ālī 阴，排，行

आलीढ ālīḍha 过分，舔过，受伤，伤害；中，一种射箭的姿势

आलीन ālīna 过分，拥抱，附着，溶化

आलेख्य ālekhya 中，画，画像，书写

आलोक् ā√lok 1.10.看到，观看，考虑

आलोक āloka 阳，आलोकन ālokana 中，观看，注视，目光，视力，视界，光，光明，赞美，赞美辞

आलोल ālola 形，微微摇晃的

आवरण āvaraṇa 中，覆盖，隐藏，遮蔽，掩护，障碍

आवर्जित āvarjita 过分，弯下，倒出，投入，供给，征服

आवर्त āvarta 阳，漩涡

आवली āvalī 阴，一行，一排，一串，系列，世系

आवसथ āvasatha 阳，住处，房屋

आवह् ā√vah 1.带来

आवह āvaha 形，（用于复合词末尾）带来

आवास āvāsa 阳，住处，家

आविद् ā√vid 2.致使，说明

आविद्ध āviddha 过分，击碎

आविर्भू ā-vis√bhū 1.展现，显现，出现

आविर्भूत āvirbhūta 形，展现的，显现的，出现的

आविल āvila 形，浑浊的，混乱的，污染的，沾染的，昏暗的

आविश् ā√viś 6.进入，占有，走向

आविष्कृत āviṣkṛta 形，显示的，展现的

आवृ ā√vṛ 5.9.10.覆盖，遮蔽，隐藏，包围，阻挡

आवृज् ā√vṛj 1.转向，选择；致使，弯下，倾向，制伏，倒出，给予

आवृत् ā√vṛt 1.绕圈，旋转，返回

आवृत āvṛta 过分，覆盖，隐藏，蒙蔽，围绕

आवृत्ति āvṛtti 阴，返回，回归，重复

आवेदित āvedita 过分，告知

आवेश āveśa 阳，进入，占有，影响，专注，热衷，骄傲，激动，愤怒

आवेशित āveśita 过分，进入

आशंस् ā√śaṃs 1.希望，盼望，祝福，说出，告诉，赞美

आशंसा āśaṃsā 阴，希望

आशंसित āśaṃsita 形，愿望的

आशङ्क् ā√śaṅk 1.惧怕，忧虑，担心

आशङ्किन् āśaṅkin 形，惧怕的，忧虑的，担心的

आशा āśā 阴，希望，愿望，渴望，空间，地区，方向，方位

आशास्य āśāsya 形，渴求的；中，祝福

आशिस् āśis 阴，祝福

आशीविष āśīviṣa 阳，毒蛇

आशु āśu 不变词，很快，迅速，立即

आशुग āśuga 阳，箭

आश्चर्य āścarya 形，奇妙的；中，奇迹

आश्यान āśyāna 过分，凝固，干涸，干燥

आश्यै ā√śyai 1.变干

आश्रम āśrama 阳、中，净修林，人生阶段

आश्रय āśraya 阳，庇护所，住处，宿地，居处，依靠，箭囊，联系

आश्रयणीयत्व āśrayaṇīyatva 中，可依靠性

आश्रयिन् āśrayin 形，依靠的，相关的

आश्रव āśrava 形，顺从的，恭顺的，听从的；阳，允诺，保证，错误，越规

आश्रि ā√śri 1.投靠，依靠，依附，居住

आश्रित āśrita 过分，依靠，投靠，依附，依托，居住，处在，遵行

आश्लिष्ट āśliṣṭa 过分，拥抱，围绕

आश्वस् ā√śvas 2.呼吸；致使，鼓励，安慰

आश्वासित āśvāsita 过分，安慰

आस् √ās 2.坐，坐下，静坐，居住，生活，保持

आसक्त āsakta 过分，执著，附着，专注，沉浸，固定，阻碍，抑止

आसञ्ज् ā√sañj 1.固定，安放

आसद् ā√sad 1.坐下，走近，到达；10.或致使，遇见，发现，获得，到达，进入

आसन āsana 中，坐，坐下，座位，坐姿

आसन्न āsanna 过分，临近，接近，附近，到达

आसव āsava 阳，酒，蜜酒

आसार āsāra 阳，暴雨

आसिधार āsidhāra 形，刀锋或剑锋上的；中，一种特殊誓言的名称

आसीन āsīna 形，坐，坐下的，就座的

आस्कन्दिन् āskandin 形，攻击的

आस्तरण āstaraṇa 中，铺开，床，垫子，毯子

आस्तीर्ण āstīrṇa 形，伸展的，覆盖的，铺开的

आस्था ā√sthā 1.站，立足，登上，采取

आस्था āsthā 阴，关心，关注，允诺，支持

आस्थित āsthita 过分，坐，坐下，居住，依靠，到达，占据，获得

आस्पद् āspada 中，位置，住处，地位

आस्फालन āsphālana 中，拍打，击打，挤压

आस्फालित āsphālita 过分，拍打

आस्वादवत् āsvādavat 形，美味的

आहत āhata 过分，打击，敲击，伤害，毁坏

आहर āhara 形，(用于复合词末尾)带来；阳，抓取，实施，吸气

आहरण āharaṇa 中，采集，获取，夺取

आहरणीकृत āharaṇīkṛta 过分，给予嫁妆

आहव āhava 阳，战斗，战争

आहित āhita 过分，安放，安置，怀有，保持，引起，给予，包含，实行

आहुति āhuti 阴，祭品

आहूत āhūta 过分，召唤，邀请，名为

आहृ ā√hṛ 1.取来，采集，获得，采取，举行

आहृत āhṛta 过分，带来，取来，执持，获得

आह्वे ā√hve 1.召唤，邀请，挑战

इ i

इ √i 2.走，走向，前往，来到，到达

इक्षु ikṣu 阳，甘蔗

इक्ष्वाकु ikṣvāku 阳，甘蔗王（人名，即甘蔗族的祖先），甘蔗族后裔，甘蔗王的后代，甘蔗族

इङ्गित iṅgita 过分，移动；中，动作，姿态，姿势

इङ्गुदी iṅgudī 阴，因古提树

इच्छा icchā 阴，愿望，意愿，志向

इज्या ijyā 阴，祭祀

इत ita 过分，走向

इतर itara 代、形，另外的，其他的，不同的，不同于

इतरत्व itaratva 中，不同

इतरेतर itaretara 代、形，各自的，互相的，依次的

इतरेतरस्मात् itaretarasmāt 不变词，依次地，交替地

इतस् itas 不变词，从这儿，在这里，向这里，因此

इतस्-ततस् itas-tatas 不变词，到处，各处，四处

इति iti 不变词，这样（说、想、称呼），以上，如上所说，如下

इत्थम् ittham 不变词，这样，如此

इदम् idam 代、形，这个；不变词，这样

इदानीम् idānīm 不变词，现在，此刻

इद्ध iddha 过分，点燃

इध्म idhma 阳，柴薪

इन ina 阳，国王

इन्दीवर indīvara 中，莲花，蓝莲花

इन्दु indu 阳，月，月亮

इन्दुमती indumatī 阴，英杜摩蒂（阿迦之妻）

इन्द्र indra 阳，因陀罗，王，国王，首领，主子

इन्द्रजित् indrajit 阳，因陀罗耆（罗刹名，罗波那之子）

इन्द्रनील indranīla 阳，蓝宝石

इन्द्रायुध indrāyudha 中，因陀罗的武器，彩虹
इन्द्रिय indriya 中，精力，感官，器官
इन्धन indhana 中，燃料，柴薪
इभ ibha 阳，大象
इयत्ता iyattā 阴，这么多，如此数量，有限，量度，尺度
इव iva 不变词，如同，犹如，像，似乎，仿佛，或许，稍许，可能，仅
इष् √iṣ 6.希望，渴望，寻求，愿意，想要
इषीका iṣīkā 阴，芦苇
इषु iṣu 阳、阴，箭
इष्ट iṣṭa 过分，希望，渴望，喜欢，喜爱，如愿；阳，情人；中，愿望
इष्टि iṣṭi 阴，祭祀
इष्वसन iṣvasana 中，弓
इह iha 不变词，这里，此世，这个世界，这时，现在

ई ī

ईक्षण īkṣaṇa 中，观看，注视，目光，眼睛
ईक्षित īkṣita 过分，看见，观看，注视，凝望；中，眼光
ईड् √īḍ 2.赞扬
ईड्य īḍya 形，值得称赞的
ईदृक्ता īdṛktā 阴，如此性质
ईप्सित īpsita 过分，希望，愿望，渴望，向往，喜欢，喜爱；中，希望，愿望
ईप्सु īpsu 形，渴望得到的
ईरित īrita 过分，吹动，拂动，投掷，说
ईश् √īś 2.能够
ईश īśa 阳，主人，国王，统治者，控制者，湿婆，自在天
ईश्वर īśvara 形，能够；阳，主人，王，国王，君主，丈夫，神，湿婆，自在天
ईषत् īṣat 不变词，轻微，稍许

उ u

उक्त ukta 过分，说，所说，告知；中，话语
उक्षण ukṣaṇa 中，喷洒，洒水
उक्षन् ukṣan 阳，公牛
उक्षित ukṣita 过分，浇灌，浇洒，冲刷
उग्र ugra 形，凶猛的，猛烈的，强烈的，迅猛的，严酷的，严厉的，锐利的，尖利的
उचित ucita 过分，合适，习惯，惯于，乐于
उच्च ucca 形，高的
उच्चय uccaya 阳，一堆，大量
उच्चर् ud√car 1.升起，登上，出现，发声，说出，响起，离开
उच्चरित uccarita 过分，发声，说出
उच्चल् ud√cal 1.出发
उच्चलित uccalita 过分，出发，离开，移动
उच्चैस् uccais 不变词，高，高耸，向上，高声，强烈，强大，崇高，伟大
उच्छिख ucchikha 形，火苗上蹿的
उच्छिद् ud√chid 7.消灭
उच्छिन्न ucchinna 过分，摧毁，破坏
उच्छेद uccheda 阳，断除
उच्छ्रित ucchrita 过分，竖立，高耸，崇高的

उच्छ्वसित ucchvasita 过分，呼吸，喘息，晃动；中，气息，生命

उज्झ् √ujjh 6.离开，抛弃，放弃，避免

उज्झित ujjhita 过分，离开，抛弃，废弃，丧失，吐出，流出

उञ्छ uñcha 阳，捡拾的谷穗

उटज uṭaja 阳、中，茅屋

उडु uḍu 阴、中，星星

उडुप uḍupa 阳、中，小舟

उडुपति uḍupati 阳，月亮

उत uta 不变词，或许，可能，或者，也

उत्कट utkaṭa 形，有力的，凶猛的，丰富的；阳，颞颥液汁

उत्कण्ठ utkaṇṭha 形，仰起脖子的

उत्कण्ठा utkaṇṭhā 阴，焦虑，不安，惊恐，渴望，忧愁

उत्कर्ष utkarṣa 阳，优异，杰出

उत्कल utkala 阳，乌特迦罗人

उत्कलाप utkalāpa 形，竖起尾翎的

उत्किर utkira 形，播撒的，飘散的

उत्कीर्ण utkīrṇa 过分，扬起，刻划

उत्कृत्त utkṛtta 过分，切割，砍断

उत्कृष् ut√kṛṣ 1.提起

उत्कॄत् ut√kṝt 10.赞颂

उत्क्रान्त utkrānta 过分，离开，褪色，度过

उत्क्षिप्त utkṣipta 过分，抛上，扬起，举起，托起，抛开

उत्खचित utkhacita 过分，混合，混杂，交织，镶嵌

उत्खात utkhāta 过分，铲除，拔除，连根拔起，摧毁

उत्तट uttaṭa 形，漫过堤岸的

उत्तम uttama 形，最好的，最优秀的，优秀的，至高的，最高的，无上的，主要的，上面的

उत्तर uttara 形，北方的，北边的，上面的，后面的，左边的，更多的，充满的，为主的；中，回答

उत्तरंग uttaraṃga 形，波浪翻滚的

उत्तरच्छद uttaracchada 阳，覆盖物，被子

उत्तरीय uttarīya 中，上衣

उत्तीर्ण uttīrṇa 过分，跃出，跃过，上岸

उत्तॄ ud√tṝ 1.渡过，越过；致使，救度

उत्तोरण uttoraṇa 形，拱门高耸的

उत्थ uttha 形，（用于复合词末尾）产生，出现，升起，上升，扬起

उत्था ud√sthā 1.站立，站起，起身，起来，出现；致使，起来，扶起

उत्थान utthāna 形、中，升起

उत्थापित utthāpita 过分，上升，扬起

उत्थित utthita 过分，站起，挺立，上升，升起，扬起，产生，出现

उत्पक्ष्मन् utpakṣman 形，睫毛上翘的

उत्पट् ud√paṭ 10.连根拔起

उत्पत् ud√pat 1.飞起，跳起，跃起，升起，冲向

उत्पताक utpatāka 形，旗帜飘扬的

उत्पतित utpatita 过分，跃起，迸发，出现

उत्पतिष्णु utpatiṣṇu 形，上升的，飞扬的

उत्पत्ति utpatti 阴，出生，产生，起源，出现

उत्पत्तिमत् utpattimat 形，有生的

उत्पद् ud√pad 4.出生，产生

उत्पल utpala 中，莲花，青莲，蓝莲花

उत्पात utpāta 阳，扬起，灾难

उत्पीडित utpīḍita 过分，挤压，推挤，扬起

उत्सङ्ग utsaṅga 阳，膝，怀抱，表面，山顶

उत्सर्ग utsarga 阳，摒弃，排除，一般规则，馈赠，祭品

उत्सर्पिन् utsarpin 形，走上的，升起的，高耸的，产生的

उत्सव utsava 阳，节日，快乐，欢乐

उत्सवसङ्केत utsavasaṅketa 阳，乌差波-商盖多人

उत्सह् ud√sah 1.能够，承受，抗衡

उत्सारित utsārita 过分，驱赶，驱除，排除，消除

उत्सिच् ud√sic 6.浇洒，倾泻，骄傲

उत्सुक utsuka 形，渴望的，盼望的，迫切的，焦急的，焦虑的，忧伤的

उत्सृज् ud√sṛj 6.放出，吐出，呼出，放弃，扔掉，扔下，洒下，脱离，离开

उत्सृप् ud√sṛp 1.上升，升起，走近，抵达，散布

उत्सृष्ट utsṛṣṭa 过分，放出，放弃，抛弃，给予

उत्सेक utseka 阳，骄傲

उद् ud 前缀，在上面，向上

उदक् udak 不变词，上方，北边，向北，此后

उदक udaka 中，水

उदग्र udagra 形，高耸的，突兀的，崇高的，强烈的，可怕的，激动的，强壮的

उदग्रतर udagratara 形，更杰出的，更强的

उदधि udadhi 阳，海，大海

उदन्त udanta 阳，消息

उदन्वत् udanvat 阳，大海，海洋

उदय udaya 阳，升起，上升，出现，显现，长出，东山，兴盛，繁荣，兴旺，成就，成功

उदर udara 中，腹部，内部，中间

उदर्चिस् udarcis 形，发光的，闪耀的，闪亮的

उदश्रु udaśru 形，涌出眼泪的，含泪的

उदायुध udāyudha 形，举起武器的

उदार udāra 形，慷慨的，高贵的，高尚的，杰出的，高大的，真诚的，丰富的，宽广的，优美的，华丽的

उदाहृ ud-ā√hṛ 1.说

उदाहरण udāharaṇa 中，颂诗

उदि ud√i 2.升起，上升，出现

उदित udita 过分，升起，产生，说，说出

उदीक्ष् ud√īkṣ 1.仰望，期盼

उदीच्य udīcya 形，北方的；阳，北方人

उदीर् ud√īr 2.升起，发出，说；致使，发声，说出，长出，开放，向上扔，展现

उदीरित udīrita 过分，升起，向上，发出，说出，展现，骚动

उद्गत udgata 过分，升起，上升，出现，冒出，竖起，扬起

उद्गन्धि udgandhi 形，散发芳香的

उद्गम udgama 阳，上升，出现，展现，长出

उद्गार udgāra 阳，吐出，流出

उद्गारिन् udgārin 形，吐出的，流出的，发

出的，说出的

उद्गीत udgīta 过分，高唱

उद्गॄ ud√gṝ 6.射出，吐出，洒下，说出

उद्गै ud√gai 1.高唱，歌唱，唱出

उद्ग्रथित udgrathita 过分，束起，向上束起

उद्घात udghāta 阳，开始

उद्घृष्ट udghṛṣṭa 过分，摩擦

उद्दण्ड uddaṇḍa 形，茎秆挺立的

उद्दाम uddāma 形，恣意的，放纵的，强有力的，可怕的，超常的

उद्दिश् ud√diś 6.指出，提示

उद्दिश्य uddiśya 不变词，对于，关于，为了

उद्दृश् ud√dṛś 1.仰望，期待，等待

उद्द्युत् ud√dyut 1.闪耀；致使，照亮，装饰

उद्धत uddhata 过分，升起，扬起，拔出，兴奋，激动，充满，闪耀

उद्धरण uddharaṇa 中，根除，解救

उद्धूत uddhūta 过分，摇动，摇晃，升起，扬起，飘扬，搅出，坠落

उद्धृ ud√dhṛ 1.10.拔出；ud√hṛ 1.拔出，拔起，根除，毁灭，消除

उद्धृत uddhṛta 过分，拔出，拔起，举起，竖起，消除，根除

उद्ध्य uddhya 阳，乌底耶河

उद्बन्ध udbandha 形，松散的

उद्बाहु udbāhu 形，高举手臂的

उद्भव udbhava 阳，产生，出生，来源，源泉

उद्भासित udbhāsita 过分，装饰

उद्भू ud√bhū 1.产生，出现；致使，造成，制造

उद्भूत udbhūta 过分，产生，升起，扬起

उद्भेद udbheda 阳，绽开，展现，裂开，迸出

उद्भ्रान्त udbhrānta 过分，混乱，盘旋

उद्यत udyata 过分，升起，举起，努力，准备，从事，着手

उद्यम् ud√yam 1.升起，举起，准备，努力

उद्या ud√yā 2.升起，出现

उद्यान udyāna 阳、中，花园

उद्रुज udruja 形，破坏的

उद्रेक udreka 阳，增长

उद्वम् ud√vam 1.吐出

उद्वह् ud√vah 1.结婚，娶，支撑，维持，担负，持有，具有，携带，带走

उद्वह udvaha 形，携带的，持续的，杰出的；阳，子嗣，后裔

उद्वहन udvahana 中，结婚，承载，抬起，运载，具有

उद्विग्न udvigna 过分，惊吓

उद्वीक्षण udvīkṣaṇa 中，仰望，期望，盼望

उद्वीक्षित udvīkṣita 过分，仰望

उद्वेग udvega 阳，颤抖，激动，恐惧，焦急

उद्वेदि udvedi 形，有高坛的

उद्वेल udvela 形，越过海岸的

उद्वेष्टन udveṣṭana 形，松散的

उद्वृत्त udvṛtta 过分，耸起，涌起，增长，膨胀，激动

उद्धा ud√hā 3.扬起

उन्नत unnata 过分，抬起，上升，昂起，高耸，隆起，挺起

उन्नतत्व unnatatva 中，魁梧

उन्नद्ध unnaddha 过分，捆绑，缠绕，束起，系上
उन्नमित unnamita 过分，升起，仰起，竖起，隆起
उन्नयन unnayana 形，眼睛仰视的
उन्नाभ unnābha 阳，温那跋（国王名）
उन्मग्न unmagna 阳，升起，冒出
उन्मथन unmathana 中，杀死
उन्मथित unmathita 过分，搅动，打击，伤害，摧毁，撕裂
उन्मद unmade 形，狂醉的，迷醉的，发情的
उन्मनस् unmanas 形，激动的
उन्मयूख unmayūkha 形，闪亮的
उन्मस्ज्（उन्मज्ज्） ud√masj（ud√majj） 6.出现
उन्मिषित unmiṣita 过分，睁开，张开，展开
उन्मुख unmukha 形，抬头的，昂首的，仰脸的，仰望的，期盼的，面向，面临，准备，接近
उन्मुच् ud√muc 6.取下
उन्मूलन unmūlana 中，拔除，根除
उन्मृष्ट unmṛṣṭa 过分，擦去
उप upa 前缀，向着，接近
उपकण्ठ upakaṇṭha 形，附近的，邻近的；阳、中，附近，邻近
उपकार upakāra 阳，服务，帮助，恩惠
उपकार्या upakāryā 阴，皇宫，皇家营帐，行宫
उपकूलम् upakūlam 不变词，岸边
उपक्रम् upa√kram 1.走近，开始，准备
उपक्रम upakrama 阳，开始，策略
उपक्रोश upakrośa 阳，责备，谴责，羞辱，坏名声
उपगत upagata 过分，前来，到来，走近，出现，接近，体验
उपगम upagama 阳，前往，走近
उपगीत upagīta 过分，歌颂
उपगुह् upa√guh 1.拥抱，隐藏
उपगूढ upagūḍha 过分，隐藏，拥抱，围绕，握住，抓住；中，拥抱
उपघ्न upaghna 阳，支持，倚靠处，避难所
उपघ्रा upa√ghrā 1.嗅，闻，吻
उपचर् upa√car 1.服务，侍奉，招待
उपचार upacāra 阳，服务，侍候，侍奉，尊敬，谦恭，恭维，致敬，装饰物，仪式
उपचारवत् upacāravat 形，有礼貌的，装饰的
उपचित upacita 过分，收集，积累，增长，充满，覆盖
उपच्छन्द् upa√chand 10.哄骗，请求，乞求，劝说
उपजीविन् upajīvin 阳，依附者，臣民
उपज्ञा upajñā 阴，创作
उपत्यका upatyakā 阴，山脚
उपदर्शित upadarśita 过分，展示，说明
उपदा upadā 阴，礼物，献礼，贡品
उपदिश् upa√diś 6.教导，指出，指定，涉及，有关
उपदिष्ट upadiṣṭa 过分，指示，指出，规定，指令
उपदेश upadeśa 阳，教导，教诲，劝导，

名称

उपधा upa√dhā 3.安放，信任，委托，指导

उपनत upanata 过分，带来，获得，出现，呈送，弯腰，谦恭，归顺，临近

उपनिवेशित upaniveśita 过分，建立

उपनी upa√nī 1.带来，献上，献出

उपनीत upanīta 过分，带近，带往，引向，接近，获得，给予，举行过圣线礼

उपपत्ति upapatti 阴，达到，获得，产生

उपपद् upa√pad 4.走近，到达，出现，适合，相称；致使，完成，举行

उपपद upapada 中，称号

उपपन्न upapanna 过分，走近，到达，获得，伴随，出现，适合，具备

उपपादित upapādita 过分，送给，献给，取来

उपप्लव upaplava 阳，不幸，灾难

उपप्लविन् upaplavin 形，遭难的，受迫害的

उपप्लुत upapluta 过分，侵扰

उपभुज् upa√bhuj 7.享用，吃，喝

उपभोग upabhoga 阳，享乐，享用，欢爱

उपम upama 形，（用于复合词末尾）像，如同

उपमा upamā 阴，相像，相似，如同，譬喻

उपमान upamāna 中，比较，相比，比喻，喻体

उपमेय upameya 形，可以相比的

उपयम् upa√yam 1.娶妻，握住，接受

उपयन्तृ upayantṛ 阳，丈夫

उपया upa√yā 2.走向

उपयाचित upayācita 过分，乞求

उपयुज् upa√yuj 7.运用，利用，享用，享受

उपराग uparāga 阳，侵害

उपरि upari 不变词，上方，上面

उपरिष्टात् upariṣṭāt 不变词，上面

उपरुद्ध uparuddha 过分，阻碍，阻止，限制，束缚

उपरुध् upa√rudh 7.阻碍，阻挡，围堵，扰乱，惹麻烦，遮蔽，隐藏

उपरोध uparodha 阳，障碍

उपरोधिन् uparodhin 形，阻碍的

उपल upala 阳，石头，岩石，宝石

उपलब्ध upalabdha 过分，获得，感知

उपलब्धि upalabdhi 阴，获得，感知

उपलभ् upa√labh 1.感知，发现，获得

उपलभ्य upalabhya 形，可以获得的

उपलम्भ upalambha 阳，获得

उपवन upavana 中，花园，城郊花园，小树林

उपवीणय upa√vīṇaya 名动词，在前面弹琵琶

उपवीत upavīta 中，圣线

उपवेशन upaveśana 中，坐下，决定，执著，服从

उपवेशित upaveśita 过分，坐下

उपशल्य upaśalya 中，城外空地，郊区

उपशान्ति upaśānti 阴，平息，消除

उपसद् upa√sad 1.6.侍奉

उपसृ upa√sṛ 1.走向，走近，攻击

उपसृष्ट upasṛṣṭa 过分，连接，折磨

उपस्था upa√sthā 1.接近，来到，侍奉，赞颂，敬拜

उपस्थित upasthita 过分，走近，接近，靠

近，来到，处在，侍立，恭候，发生，出现

उपस्पृश् upa√spṛś 6.接触，沐浴，啜饮

उपहार upahāra 阳，供品，祭品，礼物

उपहास्यता upahāsyatā 阴，受人嘲笑，笑柄

उपहित upahita 过分，安放，安装，安排，挨近

उपहृत upahṛta 过分，奉上，给予

उपांशु upāṃśu 不变词，秘密地，悄悄地，低声地，静默地

उपाघ्रा upa-ā√ghrā 1.嗅，吻

उपात्त upātta 过分，获得，取走，执持，感到，使用，包含，开始，提及

उपादा upa-ā√dā 3.接受，获得，取走，取出

उपाद्रु upa-ā√dru 1.冲向

उपान्त upānta 阳，边缘，边沿，周边，眼角，附近

उपाय upāya 阳，方法，策略

उपायन upāyana 中，走近，从事，实施，礼物

उपारत upārata 过分，停止

उपारूढ upārūḍha 过分，生长，增长，长大，达到

उपालभ् upā√labh 1.责备

उपावर्तन upāvartana 中，回来，复活

उपावृत्त upāvṛtta 过分，返回

उपे upa√i 2.走近，走向，达到，成为，实施，进入，获得

उपेक्ष् upa√īkṣ 1.忽视

उपेक्षा upekṣā 阴，漠不关心，不顾惜

उपेत upeta 过分，走近，走向，进入，具有

उपोषित upoṣita 过分，斋戒，禁食；中，斋戒

उभ ubha 代、形，二者，两个，一双

उभय ubhaya 代、形，二者，两个

उमा umā 阴，乌玛（湿婆之妻）

उरग uraga 阳，蛇

उरस् uras 中，胸膛，胸脯

उरु uru 形，宽阔的，宽广的，巨大的，丰满的

उर्वी urvī 阴，大地

उल्का ulkā 阴，火把，火炬，火，火焰，光亮

उल्बण ulbaṇa 形，稠密的，丰富的，强大的，雄伟的，壮观的，可怕的

उल्लिखित ullikhita 过分，刮擦，切削

उषस् uṣas 阴，清晨，拂晓，朝霞

उषित uṣita 过分，居住，驻扎

उष्ण uṣṇa 形，热的，炎热的；阳、中，热，夏季

उष्णरश्मि uṣṇaraśmi 阳，太阳

उष्मन् uṣman 阳，热，暑季，愤怒，热衷，热心

उष्ट्र uṣṭra 阳，骆驼

उस्र usra 阳，光线，光芒

ऊ ū

ऊढ ūḍha 过分，担负，结婚，偷走，清洗

ऊधस् ūdhas 中，乳房

ऊन ūna 形，缺少的，不足的，弱小的

ऊरीकृ/उरीकृ ūrī√kṛ/urī√kṛ 8.接受

ऊरु ūru 阳，大腿
ऊर्जस्वल ūrjasvala 形，强壮的
ऊर्जित ūrjita 形，强大的，威武的，丰富的，大量的，卓越的，光荣的，高尚的，高贵的
ऊर्णा ūrṇā 阴，羊毛
ऊर्ध्व ūrdhva 形，上面的，向上的，高举的，突出的
ऊर्ध्वम् ūrdhvam 不变词，上面，向上，之后
ऊर्मि ūrmi 阳、阴，波浪
ऊर्मिला ūrmilā 阴，乌尔弥罗（悉多之妹，罗什曼那之妻）

ऋ ṛ

ऋ √ṛ 1.走向，前去；3.达到，获得；5.伤害，攻击；致使，安放，固定，交给，托付
ऋक्ष ṛkṣa 阳，熊，猿；阳、中，星座
ऋक्षवत् ṛkṣavat 阳，有熊的山，熊山
ऋच् ṛc 阴，颂诗，诗节，《梨俱吠陀》
ऋजु ṛju 形，直的，正直的，真诚的
ऋण ṛṇa 中，债务，义务
ऋतु ṛtu 阳，季节，经期
ऋते ṛte 不变词，除了，除非，不用，没有
ऋत्विज् ṛtvij 阳，祭司
ऋद्ध ṛddha 过分，繁荣，富饶，增长
ऋद्धि ṛddhi 阴，增长，繁荣，财富，豪华
ऋद्धिमत् ṛddhimat 形，富裕的，富有的，豪华的
ऋषि ṛṣi 阳，仙人
ऋष्य ṛṣya 阳，鹿
ऋष्यशृङ्ग ṛṣyaśṛṅga 阳，鹿角仙人

ए e

ए ā√i 2.前来，走近，走向，来到
एक eka 代、形，一个，唯一的，独自的，同一的，同样的，至高无上的；数、形，一
एकतस् ekatas 不变词，一边，一端，一处
एकपक्ष ekapakṣa 阳，一边，一方
एकपदे ekapade 不变词，突然
एकरस ekarasa 形，一味的，唯独钟情的
एकविंशति ekaviṃśati 阴，二十一
एकसुत ekasuta 形，只有一个儿子的；阳，独子
एकाग्र ekāgra 形，专心的
एकान्त ekānta 形，孤寂的，僻静的，非常的，不变的，始终的，长久的；阳，僻静处，隐居处，唯一的结局
एकैक ekaika 形，每一个的
एकोन ekona 形，少一次的
एण eṇa 阳，羚羊
एतद् etad 代、形，这个
एतावत् etāvat 形，这么多，这样的，如此的；不变词，这么多，这样，如此
एध edha 阳，柴薪
एधवत् edhavat 形，燃料充足的
एधस् edhas 中，燃料，柴薪
एनस् enas 中，罪恶
एला elā 阴，豆蔻
एव eva 不变词，正，正是，就，就是，确实，同样，仅仅，只是，只有，即

刻，也，还有，仍旧，仍然，甚至

एवम् evam 不变词，这样，同样

एवंविध evaṃvidha 形，这样的

एषिन् eṣin 形，（用于复合词末尾）渴望的，追求的，寻找的

ऐ ai

ऐकमत्य aikamatya 中，一致同意

ऐक्य aikya 中，一体，一致

ऐक्ष्वाक aikṣvāka 阳，甘蔗族后裔

ऐन्द्र aindra 形，因陀罗的

ऐन्द्रि aindri 阳，乌鸦

ऐरावत airāvata 阳，爱罗婆多（天象名）

ऐश aiśa 形，湿婆的，自在天的

ऐश्वर aiśvara 形，湿婆的

ऐश्वर्य aiśvarya 中，王权，权力

ओ o

ओकस् okas 中，居处，住处

ओघ ogha 阳，洪流，水流，大量

ओजस् ojas 中，勇气，威力，活力，精力，光辉

ओजस्विन् ojasvin 形，精力充沛的，光辉的

ओषधि，-धी oṣadhi，-dhī 阴，药草

ओष्ठ oṣṭha 阳，嘴唇

औ au

औत्पातिक autpātika 形，灾难性的

औत्सुक्य autsukya 中，焦虑，焦急

औदासीन्य audāsīnya 中，冷漠，超然

औधस्य audhasya 中，乳汁

औरस aurasa 形，亲生的；阳，亲生子

और्ध्वदैहिक aurdhvadaihika 中，葬礼

और्व aurva 形，股生的；阳，优留（仙人名）

औषध auṣadha 中，药草

औषधि auṣadhi 阴，药草

औष्म्य auṣmya 中，灼热

क ka

ककुत्स्थ kakutstha 阳，迦俱私陀（国王名）

ककुद kakuda 阳、中，山顶，顶峰，王权的标志

ककुद्मत् kakudmat 形，长有隆肉的；阳，山，有隆肉者，公牛

कक्ष kakṣa 阳，藏身处，干草，边，侧

कक्षवत् kakṣavat 不变词，如同干草，像在干草中

कक्षाग्नि kakṣāgni 阳，森林大火

कक्ष्या kakṣyā 阴，腰带，内宫，围墙

कङ्क kaṅka 阳，苍鹭

कङ्कट kaṅkaṭa 阳，铠甲

कच kaca 阳，头发，伤疤，带子，云

कच्चित् kaccit 不变词，是否，或许，希望，但愿

कट kaṭa 阳，颞颥

कटक kaṭaka 阳、中，金镯，山坡，山脊，高原，军队，营地，都城

कटाक्ष kaṭākṣa 阳，目光，斜视，斜睨

कटु kaṭu 形，辛辣的，刺激的

कठिन kaṭhina 形，坚硬的，残酷的

कडङ्गरीय kaḍaṅgarīya 阳，食草动物，牛

कण्टक kaṇṭaka 阳、中，荆棘，刺，尖端
कण्टकित kaṇṭakita 形，汗毛竖立的
कण्ठ kaṇṭha 阳、中，喉咙，脖颈
कण्ठसूत्र kaṇṭhasūtra 中，贴胸拥抱方式
कण्डूय √kaṇḍūya 名动词，搔痒，擦痒
कण्डूयन kaṇḍūyana 中，搔痒，刮擦
कण्डूयितृ kaṇḍūyitṛ 形，搔痒的
कण kaṇa 阳，谷粒，颗粒，微粒，点滴，花粉
कतिचित् katicit 不变词，一些
कथ् √kath 10.告诉，讲述，诉说，表明
कथम् katham 不变词，如何，怎么，怎样，为何，确实
कथम्-अपि katham-api 不变词，好不容易，困难地
कथंचित् kathaṃcit 不变词，好不容易，勉强地，费力地，为难地，不知如何
कथित kathita 过分，告诉，告知，讲述，说明
कथा kathā 阴，故事，交谈，说话，描述
कदम्ब kadamba 阳，迦昙波树；中，大量
कदम्बक kadambaka 阳，迦昙波树；中，一群，大量，迦昙波花
कदली kadalī 阴，芭蕉树
कदाचन kadācana 不变词，某时，有一次，曾经，任何时候
कदाचित् kadācit 不变词，某时，有一次，曾经，任何时候
कनक kanaka 中，黄金，金子
कनीयस् kanīyas 形，较年轻的；阳，弟弟
कन्दरा kandarā 阴，山洞
कन्दल kandala 中，甘陀罗花
कन्दुक kanduka 阳、中，球
कन्धर kandhara 阳，脖子
कन्या kanyā 阴，女孩，姑娘，女儿，少女
कपाट kapāṭa 阳、中，门扉，门扇，门
कपाल kapāla 阳、中，头颅，骷髅
कपि kapi 阳，猿猴，猴子
कपिल kapila 阳，迦比罗（仙人名），迦毗罗（国名）
कपिश kapiśa 形，棕红的，赤褐色的；阳，棕色，红色
कपोल kapola 阳，面颊，脸颊，颞颥
कबन्ध kabandha 阳，无头怪，无头的躯干
कम् √kam 1.10.渴望，希望，愿意
कमनीय kamanīya 形，向往的，可爱的
कमल kamala 中，莲花
कमलिनी kamalinī 阴，莲花，莲花丛，莲花池
कम्प् √kamp 1.摇动，颤抖
कम्प kampa 阳，摇动，颤动，颤抖
कम्पित kampita 过分，摇动，撼动
कर kara 形，（用于复合词末尾）做，造成，引起；阳，手，光线，象鼻，赋税，贡品
करण karaṇa 中，做，执行，行动，感官，身体，原因
करणीय karaṇīya 形，应该做的；中，职责
करभ karabha 阳，象鼻，骆驼
कराल karāla 形，可怕的
करिन् karin 形，做的；阳，大象
करुण karuṇa 形，悲悯的，慈悲的，可悲的，可怜的；阳，怜悯，同情

करुणा karuṇā 阴，怜悯，慈悲

करेणु kareṇu 阳，象；阴，母象

करेणुका kareṇukā 阴，母象

कर्कश karkaśa 形，坚硬的，粗糙的，激烈的，强烈的

कर्ण karṇa 阳，耳朵

कर्णपूर karṇapūra 阳，耳饰，耳环

कर्णीरथ karṇīratha 阳，轿子

कर्तृ kartṛ 形，作者，创造者，制造者，行动者

कर्दम kardama 阳，泥土，污泥，尘垢

कर्मन् karman 中，行为，行动，业，工作，事情，事业，职责，仪式，业绩，祭祀，祭祀仪式

कर्शित karśita 过分，消瘦

कर्षण karṣaṇa 形，拽拉的；中，拽拉，迷人，耕作

कर्षिन् karṣin 形，拽拉的，诱人的

कल kala 形，含糊的，模糊的，轻柔甜美的，低声悦耳的

कलङ्क kalaṅka 阳，斑点，污点

कलत्र kalatra 中，妻子，臀部，腹部

कलत्रता kalatratā 阴，妻子的状态

कलत्रवत् kalatravat 形，有妻子的

कलत्रिन् kalatrin 形，有妻子的

कलभ kalabha 阳，幼象，小象

कलम kalama 阳，稻子

कलहंसी kalahaṃsī 阴，雌天鹅

कला kalā 阴，一份，月分，技艺，艺术

कलाप kalāpa 阳，一串，一束，尾翎，带子，腰带

कलापिन् kalāpin 阳，孔雀

कलि kali 阳，争斗，仇恨

कलिका kalikā 阴，花蕾，花苞，月分，条纹

कलिङ्ग kaliṅga 阳，羯陵伽（国名），羯陵伽人

कलिन्द kalinda 阳，迦林陀山

कलुष kaluṣa 形，污浊的，肮脏的，沙哑的，愤怒的，邪恶的，残酷的；中，污秽，罪恶，愤怒

कल्प kalpa 阳，法则，规则，劫，劫波树，如意树；形，（用于复合词末尾）如同，像，几乎，接近

कल्पद्रुम kalpadruma 阳，劫波树，如意树

कल्पित kalpita 过分，安排，筹备，提供，配备，设想，制成，创造

कल्प्य kalpya 形，准备的，安排的

कल्याण kalyāṇa 形，幸运的，吉祥的，美好的，友善的；中，幸运，幸福，吉祥，美好

कल्याणी kalyāṇī 阴，吉祥女

कव（＝**कु**）kava（＝ku） 前缀，稍许

कवचिन् kavacin 形，披戴铠甲的

कवल kavala 阳、中，一口

कवि kavi 阳，智者，诗人

कष्ट kaṣṭa 中，坏

कष्टतर kaṣṭatara 形，更坏的，更痛苦的

काक kāka 阳，乌鸦

काकपक्ष kākapakṣa 阳，两侧发绺

काकपक्षक kākapakṣaka 阳，乌鸦翅膀，额头两边的发绺

काकुत्स्थ kākutstha 阳，迦俱私陀后裔

काङ्क्ष् √kāṅkṣ 1.渴望

काङ्क्षा kāṅkṣā 阴，渴望

काङ्क्षित kāṅkṣita 过分，渴望；中，渴望，愿望

काङ्क्षिन् kāṅkṣin 形，渴望的

काञ्चन kāñcana 形，金色的，金制的；中，金子

काञ्ची kāñcī 阴，腰带

कातर kātara 形，胆怯的，可怜的，惧怕的，恐惧的，恐慌的

कातर्य kātarya 中，懦弱

कादम्ब kādamba 阳，鹅，黑天鹅；中，迦昙波花

कानन kānana 中，森林，树林，园林

कान्त kānta 过分，喜爱，可爱；阳，情人，爱人，丈夫

कान्ता kāntā 阴，美女，爱妻，心爱者

कान्ति kānti 阴，可爱，美丽，光辉，渴望

काम kāma 阳，心愿，意愿，愿望，渴望，贪图，贪欲，爱，热爱，爱情，情爱，爱欲，欲望，爱神

कामदुघा kāmadughā 阴，如意神牛

कामम् kāmam 不变词，如愿，即使，尽管，无疑，确实，肯定

कामरूप kāmarūpa 阳，迦摩卢波（地名）

कामिजन kāmijana 阳，情人，有情人，爱人

कामिता kāmitā 阴，有情

कामिन् kāmin 形，渴望的，多情的，风流的；阳，情人，有情人

कामिनी kāminī 阴，女情人，多情女子，可爱女子，妇女

कामुक kāmuka 形，愿望的，好色的；阳，情人，爱人

काम्बोज kāmboja 阳，甘波遮人

काम्य kāmya 形，令人渴望的，怀有心愿的，可爱的

काम्या kāmyā 阴，愿望，渴望

काय kāya 阳、中，身体

कार kāra 形，（用于复合词末尾）做，造成，从事

कारण kāraṇa 中，原因，来源，父亲

कारणता kāraṇatā 阴，原因

कारागृह kārāgṛha 中，监狱，牢房

कारापथ kārāpatha 阳，迦罗波特（地名）

कारित kārita 过分，做，造成，导致

कार्तवीर्य kārtavīrya 阳，迦多维尔耶（国王名）

कार्तिक kārtika 形，迦提迦月的，深秋的

कार्त्स्न्य kārtsnya 中，完全

कार्मुक kārmuka 中，弓

कार्य kārya 形，应做的；中，应做的事，事情，事务，工作，职责，任务，使命，祭礼，诉讼

कार्श्य kārśya 中，微小，薄弱

कार्ष्ण kārṣṇa 形，毗湿奴的

काल kāla 形，黑色的；阳，黑色，时间，时候，合适的时间，时机，时宜，时刻，死神，死亡

कालनेमि kālanemi 阳，迦罗奈密（阿修罗名）

कालागुरु kālāguru 中，黑沉香

कालिका kālikā 阴，乌云

कालिङ्ग kāliṅga 阳，羯陵伽王

कालिन्दी kālindī 阴，阎牟那河

कालिय kāliya 阳，迦利耶（蛇名）
कावेरी kāverī 阴，迦吠利河
काश् √kāś 1.4.闪光，显现，看似
काश kāśa 中，迦舍花
काषाय kāṣāya 中，红衣
कास् √kās 1.闪亮，放光，光彩熠熠
किंशुक kiṃśuka 阳，金苏迦树
किङ्किणी kiṅkiṇī 阴，铃铛
किञ्जल्क kiñjalka 阳，花须
किण kiṇa 阳，疤痕，伤疤
किन्नर kinnara 阳，紧那罗（一种半神）
किम् kim 代、形，谁，什么，哪个；不变词，为什么，为何，是否，怎么，怎样
किम्-अपि kim-api 代，某个；不变词，稍微，有点儿，或许
किम्-उत kim-uta 不变词，何况
किंकर kiṃkara 阳，奴仆，侍从
किंचन kiṃcana 代，某个；不变词，稍微，一点儿
किंचित् kiṃcit 代，某个；不变词，稍微，一点儿
किम्-तु kim-tu 不变词，但是
किम्-पुनर् kim-punar 不变词，何况
किंवदन्ति，-ती kiṃvadanti，-tī 阴，传言
किम्-वा kim-vā 不变词，或许
कियत् kiyat 形，多少，少许，几个
किरण kiraṇa 阳，光线
किरात kirāta 阳，山民，猎人
किराती kirātī 阴，吉罗多妇女
किरीट kirīṭa 阳、中，顶冠
किल kila 不变词，确实，据说
किल्बिष kilbiṣa 中，罪恶，罪孽，罪过，疾病，灾难，欺骗，敌意
किसलय kisalaya 阳、中，嫩芽，嫩枝，嫩叶
कीचक kīcaka 阳，竹子
कीदृश kīdṛśa 形，什么样的
कीर्तनीय kīrtanīya 形，值得称颂的
कीर्ति kīrti 阴，名声，名誉，声誉，美誉
कीर्तित kīrtita 过分，说出，说起，提到，称赞
कु ku（或 kā、kim、kava 和 kad） 前缀，坏的，邪恶的，低劣的，稍微的
कु ku 阴，大地
कुक्षि kukṣi 阳，腹部，肚子，子宫，内部，洞穴，山洞
कुङ्कुम kuṅkuma 中，番红花
कुञ्ज kuñja 阳、中，凉亭，树丛，洞穴
कुञ्जर kuñjara 阳，大象
कुटज kuṭaja 阳，古吒遮树
कुटिल kuṭila 形，弯曲的，卷曲的，虚伪的，不真诚的
कुटुम्ब kuṭumba 中，家庭责任
कुटुम्बिनी kuṭumbinī 阴，家庭主妇，女主人
कुट्टिम kuṭṭima 阳、中，镶嵌的地面
कुड्मल kuḍmala 形，开放的，绽开的；阳，绽开的花蕾
कुण्ठित kuṇṭhita 过分，磨钝
कुण्ड kuṇḍa 阳、中，罐，盆
कुण्डल kuṇḍala 阳、中，耳环
कुण्डिन kuṇḍina 中，贡提那（城名）
कुतस् kutas 不变词，从哪里，哪里，为何，

为什么，怎么，何况

कुतूहल kutūhala 形，好奇的；中，好奇，好奇心

कुतूहलिन् kutūhalin 形，好奇的

कुप् √kup 4.愤怒

कुबेर kubera 阳，俱比罗（财神名）

कुमार kumāra 阳，儿子，孩子，儿童，王子，鸠摩罗（湿婆之子）

कुमारत्व kumāratva 中，儿童状态

कुमारी kumārī 阴，女孩，少女，公主

कुमुद kumuda 阳、中，白莲花，睡莲，晚莲，古摩陀（蛇名）

कुमुद्वत् kumudvat 形，长满莲花的

कुमुद्वती kumudvatī 阴，睡莲，晚莲，古摩婆提（蛇女名）

कुम्भ kumbha 阳，水罐，罐，颞颥

कुम्भकर्ण kumbhakarṇa 阳，鸠那槃羯叻（罗刹名）

कुम्भीनसी kumbhīnasī 阴，恭毗那湿（罗刹女名）

कुम्भोदर kumbhodara 阳，恭薄陀罗（湿婆的侍从名）

कुररी kurarī 阴，雌鹗

कुरवक kuravaka 阳，古罗婆迦树

कुल kula 中，家族，世系，住宅，群

कुलिश kuliśa 阳、中，金刚杵，雷杵，斧子，战斧

कुलीन kulīna 形，出身高贵的

कुल्या kulyā 阴，小河，溪流，沟渠

कुवलयित kuvalayita 形，充满莲花的

कुश kuśa 阳，拘舍草，俱舍（罗摩之子）

कुशध्वज kuśadhvaja 阳，拘舍特婆遮（人名）

कुशल kuśala 形，吉祥的，精通的，熟练的，有技能的；中，安好，安康，幸福，美德，机敏

कुशलिन् kuśalin 形，安好的，安康的，快乐的

कुशवत् kuśavat 形，有拘舍草的

कुशाग्र kuśāgra 中，草尖；（用于复合词末尾）敏锐的

कुशावती kuśāvatī 阴，俱舍婆提城

कुशिक kuśika 阳，拘湿迦（人名）

कुशेशय kuśeśaya 中，莲花

कुसुम kusuma 中，花，花朵

कुसुमित kusumita 形，开花的

कूज् √kūj 1.鸣叫，吼叫，发声

कूजित kūjita 过分，鸣叫；中，鸣叫

कूट kūṭa 形，诡诈的；阳、中，顶峰，峰

कूटबन्ध kūṭabandha 阳，陷阱

कूटशाल्मलि kūṭaśālmali 阳、阴，荆棘树

कूल kūla 中，岸，堤岸，海岸

कृ √kṛ 8.做，造成，建造，产生，履行，从事，完成，采取，成为

कृच्छ्र kṛcchra 形，麻烦的，痛苦的，邪恶的；阳、中，艰苦，困难，困境，灾难，危害，折磨

कृत् kṛt 形，（用于复合词末尾）做，制造，创作，从事

कृत kṛta 过分，做，已做，制成，造成，实施，完成，成为；中，行动，行为，工作，目的

कृतक kṛtaka 形，人造的

कृतम् kṛtam 不变词，足够，不必

कृति kṛti 阴，创作，作品

कृतिन् kṛtin 形，做到的，完成的，成功的，满意的，幸运的，能干的，精通的，熟练的

कृत्तिका kṛttikā 阴，昴宿六天女

कृत्य kṛtya 形，应做的；中，任务，职责，作用，用途，事务，目的，原因

कृत्रिम kṛtrima 形，人工的，人为的，装扮的

कृत्स्न kṛtsna 形，所有的，整个的，全面的

कृपण kṛpaṇa 形，可怜的

कृपा kṛpā 阴，怜悯，同情

कृमि kṛmi 阳，蜘蛛

कृश kṛśa 形，瘦弱的，消瘦的，纤弱的，纤细的，削弱的，贫穷的

कृशानु kṛśānu 阳，火，祭火

कृष् √kṛṣ 1.拽拉，吸引，引领，抓挠

कृष्ट kṛṣṭa 过分，拽拉，吸引

कृष्ण kṛṣṇa 形，黑的，黑色的；阳，黑色，黑天（神名，毗湿奴的称号）

कृष्णगति kṛṣṇagati 阳，火

कृष्णसार kṛṣṇasāra 阳，花斑羚羊，黑羚羊，黑斑鹿

कृष्य kṛṣya 形，可耕作的

क्लृप् √kḷp 1.适合，造成，完成，产生；致使，准备，安排，制造，实施

क्लृप्त kḷpta 过分，安排，准备，建造

केकय kekaya 阳，吉迦耶（国名）

केका kekā 阴，孔雀的鸣叫

केतक ketaka 阳，盖多迦树；中，盖多迦花

केतन ketana 中，住处，旗帜，标志，身体

केतु ketu 阳，旗帜，标志

केतुयष्टि ketuyaṣṭi 阴，旗杆

केयूर keyūra 阳、中，臂钏，臂环

केरल kerala 阳，盖拉罗地区

केवल kevala 形，唯一的，唯独的，仅有的，仅仅的

केवलम् kevalam 不变词，仅仅，只有，只是

केश keśa 阳，毛发，头发

केसर/केशर kesara/keśara 阳、中，鬃毛，花蕊，花丝，纤维；中，波古罗花

केसरिन्/केशरिन् kesarin/keśarin 阳，狮子

कैकेयी kaikeyī 阴，吉迦伊（十车王的小王后）

कैतक kaitaka 形，盖多迦树的

कैतव kaitava 形，虚假的；中，赌博，虚假，欺骗；阳，骗子，赌徒

कैलास kailāsa 阳，盖拉瑟山

कैशव kaiśava 形，毗湿奴的

कैशिक kaiśika 阳，盖希迦（族名）

कोकिल kokila 阳，杜鹃，布谷鸟，俱计罗鸟

कोकिला kokilā 阴，雌杜鹃

कोटि, -टी koṭi，-ṭī 阴，尖端，顶端，尖刺，千万，亿

कोटिशस् koṭiśas 不变词，千万，亿

कोप kopa 阳，愤怒，生气

कोपित kopita 过分，激怒

कोमल komala 形，柔嫩的，柔软的，温柔的，柔和的，可爱的

कोविद् kovida 形，精通的

कोश/कोष kośa/koṣa 阳、中，容器，箱子，库藏，仓库，宝库，宝藏，财库，财富，花苞，花蕾

कोष्ण koṣṇa 形，温热的

कोसल kosala 阳，憍萨罗（国名），憍萨罗人，憍萨罗族

कौतुक kautuka 中，愿望，好奇，结婚圣线

कौत्स kautsa 阳，憍蹉（人名）

कौबेर kaubera 形，俱比罗的，北方的

कौमुदी kaumudī 阴，月光

कौमुद्वतेय kaumudvateya 阳，古摩婆提之子阿底提

कौलीन kaulīna 中，流言

कौशिक kauśika 阳，憍尸迦（仙人名）

कौसल्य kausalya 阳，憍萨利耶（国王名）

कौसल्या kausalyā 阴，憍萨厘雅（十车王的大王后）

कौस्तुभ kaustubha 阳，憍斯杜跋（宝石名）

क्रतु kratu 阳，祭祀，仪式

क्रतुत्व kratutva 中，祭祀的性质

क्रथ kratha 阳，格罗特（族名）

क्रन्द् √krand 1.哭泣

क्रन्दित krandita 中，哭喊声，哀叫声

क्रम् √kram 1.4.跨步，前行，走向，越过，占据

क्रम karma 阳，步，过程，次序，步骤，方针，路线，方法，方式

क्रमशस् kramaśas 不变词，依次

क्रमात्, क्रमेण kramāt，krameṇa 不变词，依次，逐步

क्रव्य kravya 中，肉

क्रान्त krānta 过分，走近，越过，展开，散布

क्रिया kriyā 阴，做，从事，行为，行动，事情，仪式，祭供，祭祀，祭祀仪式

क्रियावत् kriyāvat 形，举行祭祀的

क्रीडा krīḍā 阴，游戏

क्रुश् √kruś 1.哭喊，哀鸣，喊叫

क्रूर krūra 形，残酷的

क्रोध krodha 阳，愤怒

क्रोश krośa 阳，拘罗舍（距离量度）

क्लान्त klānta 过分，疲劳，疲惫，疲倦，衰退，枯萎

क्लिश् √kliś 4.9.折磨，硌疼

क्लिष्ट kliṣṭa 过分，折磨，受苦

क्लेद kleda 阳，湿润，潮湿，雾气

क्लेश kleśa 阳，痛苦，烦恼，艰难，麻烦

क्लैब्य klaibya 中，怯懦，脆弱

क्व kva 不变词，哪里，何处

क्वचित् kvacit 不变词，某处，有时

क्वणित kvaṇita 过分，发声；中，声音，乐音

क्षण् √kṣaṇ 8.折断

क्षण kṣaṇa 阳、中，片刻，刹那，瞬间；形，（用于复合词中）暂时的，短暂的

क्षणदा kṣaṇadā 阴，夜晚

क्षणम् kṣaṇam 不变词，刹那间，一刹那

क्षणिक kṣaṇika 形，短暂的

क्षत kṣata 过分，伤害，损害，破坏；中，伤害，伤痕，印痕，危险

क्षतज kṣataja 中，血

क्षत्र/क्षत्त्र kṣatra/kṣattra 阳、中，威力，力量，刹帝利，武士
क्षत्रिय kṣatriya 阳，刹帝利，武士
क्षपा kṣapā 阴，夜晚
क्षपित kṣapita 过分，毁灭，消除，消失
क्षम् √kṣam 1.4.容许，宽恕，忍受，忍耐，容忍，胜任
क्षम kṣama 形，足以，胜任的，能够的，适合的，能忍受的
क्षमा kṣamā 阴，忍耐，宽容，宽恕，大地
क्षय kṣaya 阳，损失，减少，消失，毁坏，毁灭，结束，疾病
क्षयिन् kṣayin 形，衰落的
क्षर् √kṣar 1.流淌，流泻，滴淌，消耗，失效
क्षरण kṣaraṇa 中，流淌，出汗
क्षात्र kṣātra 形，刹帝利的
क्षि √kṣi 1.减少，削弱，损害，伤害
क्षित् kṣit 形，统治的
क्षिति kṣiti 阴，大地，土地，住处
क्षितिप kṣitipa 阳，国王
क्षितिपाल kṣitipāla 阳，大地保护者，国王
क्षितीश kṣitīśa 阳，大地之主，国王
क्षितीश्वर kṣitīśvara 阳，大地之主，国王
क्षिप् √kṣip 6.投掷，扔出，抛弃，毁灭，杀害，侮辱，迷乱
क्षिप्त kṣipta 过分，扔出，甩出，派遣，抛弃，忽视
क्षिप्रम् kṣipram 不变词，赶快，迅速
क्षीर kṣīra 阳、中，牛奶，乳汁，液汁
क्षुण्ण kṣuṇṇa 过分，踩踏，实践，追随
क्षुधित kṣudhita 形，饥饿的
क्षुभ् √kṣubh 1.4.9.激动，慌乱；致使，扰乱，刺激
क्षुभित kṣubhita 形，扰乱的
क्षुर kṣura 阳，剃刀
क्षुरप्र kṣurapra 阳，剃刀箭
क्षेत्र kṣetra 中，土地，田地，领域
क्षेपणीय kṣepaṇīya 形，投掷
क्षेम kṣema 形，好的，有益的，安乐的；阳、中，安定，安乐，幸福，安全，至福
क्षेमधन्वन् kṣemadhanvan 阳，安弓（国王名）
क्षोभ kṣobha 阳，颠簸，扰乱，激动，骚动
क्षौद्र kṣaudra 中，微小，蜂蜜，尘粒
क्षौम kṣauma 阳、中，丝绸衣
क्ष्मा kṣmā 阴，大地

ख kha

ख kha 中，天空
खग khaga 阳，鸟
खड्ग khaḍga 阳，剑，犀牛
खण्डन khaṇḍana 形，破碎的，破坏的；中，破碎，伤害，摧毁，失望，受挫
खण्डित khaṇḍita 过分，破碎，粉碎，摧毁，遗弃
खण्डिता khaṇḍitā 阴，因丈夫偷情而妒忌愤怒的女人
खण्डीकृत khaṇḍīkṛta 过分，粉碎
खनि khani 阴，矿藏
खर khara 形，坚硬的，严厉的；阳，伽罗（罗刹名）

खर्जूरी kharjūrī 阴，克朱罗树

खलु khalu 不变词，确实，是否，难道

खात khāta 过分，掘起

खिन्न khinna 过分，沮丧，疲惫

खिलीकृत khilīkṛta 过分，造成荒芜，阻碍，阻断

खुर khura 阳，蹄子

खेद kheda 阳，劳累，疲倦，难受，麻烦

खेल khela 形，嬉戏的，摇晃的

ख्यात khyāta 过分，称为，著名

ग ga

गगन gagana 中，天空

गङ्गा gaṅgā 阴，恒河

गज gaja 阳，象，大象，公象

गजवत् gajavat 形，有大象的

गजस्थ gajastha 阳，象兵

गजेन्द्र gajendra 阳，象王，大象

गण् √gaṇ 10.计算，估量，考虑，认为

गण gaṇa 阳，群，侍从，群体，部落

गणन gaṇana 中，计数

गणना gaṇanā 阴，计数，列数

गणशस् gaṇaśas 不变词，成群

गण्ड gaṇḍa 阳，脸颊，面颊，颞颥

गत gata 过分，去，走，离开，失去，消失，逝去，度过，前往，走向，行进，接近，来到，处在，成为，涉及；中，步态，步姿，事情

गति gati 阴，行走，走动，步态，步姿，进入，范围，进程，走向，到达，获得，命运，归宿，去处，去向，行踪，位置，方式

गद् √gad 1.说，诵出

गद gada 阳，说话，句子，疾病，雷电

गदा gadā 阴，杵，铁杵

गद्गद gadgada 形，结结巴巴的；阳、中，结巴，口吃

गन्ध gandha 阳，气味，香味，香气，芳香，香料，傲气

गन्धर्व gandharva 阳，健达缚（天国乐师、歌手），歌手

गन्धवत् gandhavat 形，有气味的，有香气的，芳香的

गन्धिन् gandhin 形，有气味的，有香味的，芳香的

गभस्तिमत् gabhastimat 阳，太阳

गम् √gam 1.去，走，行走，离去，走向，前往，到达，逝去，度过，成为

गमन gamana 中，去，走，行走，步态，出发

गमित gamita 过分，送往

गम्भीर gambhīra 形，深沉的，深厚的，深奥的，庄重的

गरीयस् garīyas 形，较重的，更重要的

गरुड garuḍa 阳，金翅鸟

गरुत्मत् garutmat 形，有翼的；阳，金翅鸟，鸟

गर्जित garjita 中，雷鸣，轰鸣

गर्भ garbha 阳，子宫，胎，胎藏，怀孕，胎儿，内部，中间；（用于复合词末尾）含有

गर्वित garvita 形，骄傲的

गल् √gal 1.滴落，坠落，消失

गलित galita 过分，滴落，坠落，脱落，

消逝，松开

गवय gavaya 阳，一种公牛，牦牛

गवाक्ष gavākṣa 阳，圆窗，窗户

गह्वर gahvara 中，深处，深渊，山洞，洞穴，虚伪

गाङ्ग gāṅga 形，恒河的

गात्र gātra 中，身体，肢体，四肢

गाढ gāḍha 过分，潜入，沉浸，沐浴，深入，密集，压紧，扎紧，紧贴

गाध gādha 形，不深的，可涉水而过的

गान्धर्व gāndharva 形，健达缚的；阳，歌手，天国歌手

गामिन् gāmin 形，（用于复合词末尾）步姿，走向，前往，骑上，到达，有关，用于，联系

गाम्भीर्य gāmbhīrya 中，深沉，深奥，尊严

गारुड gāruḍa 阳、中，绿宝石

गारुत्मत gārutmata 形，金翅鸟的

गाह् √gāh 1.潜入，沉浸，深入，进入，藏身

गिर् gir 阴，话语，言语，呼声

गिरिश giriśa 阳，山居者（湿婆的称号）

गीत gīta 过分，歌唱，诵唱，歌颂；中，歌唱，歌，歌声

गीति gīti 阴，歌唱

गुण guṇa 阳，性质，品质，品性，品德，美德，功德，优点，线，带子，花环，弓弦，琴弦，倍，策略

गुणवत् guṇavat 形，有品德的，有品质的，优质的

गुणवत्ता guṇavattā 阴，有品德

गुणिन् guṇin 形，有德的

गुप् √gup 1.保护，卫护；1.10.隐藏

गुप्त gupta 过分，保护，防护，隐藏

गुप्ततम guptatama 形，精心防护的

गुरु guru 形，重的，重要的，严重的，很大的，强烈的，尊贵的，有力的；阳，父亲，祖先，公公，长辈，老师，师傅，导师，祭司，君主，国王，魁首

गुरुत्व gurutva 中，沉重性，尊严性，教师地位，父亲地位

गुलिका gulikā 阴，珍珠

गुह् √guh 1.隐藏，掩盖，隐瞒

गुह guha 阳，室建陀（湿婆之子）

गुहा guhā 阴，洞穴，山洞，隐藏处

गूढ gūḍha 过分，隐藏，隐秘

गूढम् gūḍham 不变词，秘密地，悄悄地

गृध्र gṛdhra 阳、中，秃鹫

गृष्टि gṛṣṭi 阴，只有一头牛犊的母牛

गृह् √gṛh 10.接受，拿起，抓住

गृह gṛha 阳、中，房屋，家，家居，家庭，宫殿

गृहमेधिन् gṛhamedhin 阳，举行家庭祭祀者，家主

गृहिणी gṛhiṇī 阴，主妇，女主人，妻子

गृहीत gṛhīta 过分，抓住，握住，取得，接受，吸引，掌握

गृह्य gṛhya 形，家庭的，顺从的，可靠的，忠实的

गॄ √gṝ 9.念诵

गेय geya 中，歌，歌唱

गेह geha 中，房屋，宫殿

गै √gai 1.歌唱，歌颂，诵唱，吟诵

गैरिक gairika 阳、中，红垩

गो go 阳，公牛；阴，母牛，大地，话语，语言

गोकर्ण gokarṇa 阳，戈迦尔纳（地名）

गोचर gocara 阳，范围，领域

गोत्र gotra 中，族姓，姓名；阳，山

गोत्रभिद् gotrabhid 阳，劈山者，因陀罗

गोदान godāna 中，剃须礼（男子的成年礼）

गोदावरी godāvarī 阴，戈达瓦利河

गोप्तृ goptṛ 形，保护者，国王

गोवर्धन govardhana 阳，牛增山

गौतम gautama 阳，乔答摩（仙人名）

गौर gaura 形，白的，白色的，洁白的，黄色的，红色的，纯净的；阳，白色，红色

गौरव gaurava 中，沉重，重要，重视，关注，尊重，尊敬

गौरी gaurī 阴，高利女神（波哩婆提的称号）

ग्रथित grathita 过分，系结，缀有，系缚

ग्रह् √grah 9.抓，抓取，获取，获得，接受，吸引，采取，掌握，感知，听到，穿上；致使，嫁，教导

ग्रह graha 阳，抓，抓住，获得，行星（包括日、月、火星、水星、木星、金星、土星、罗睺和计都，尤指罗睺），星宿，罗睺

ग्रहण grahaṇa 中，抓住，握住，接受，理解，掌握，同意

ग्राम grāma 阳，村庄，大量，众多

ग्रीष्म grīṣma 形，热的；阳，夏天，夏季

ग्रैव graiva 中，颈链

ग्रैवेय graiveya 中，颈链

ग्लपित glapita 形，炙烤的

घ gha

घट ghaṭa 阳，水罐

घट्टन ghaṭṭana 中，拨动

घण्टा ghaṇṭā 阴，铃铛

घन ghana 形，紧密的，坚硬的，结实的，浓密的，浓厚的，宽厚的，充满的；阳，云，乌云，铁杵，身体，大量

घर्म gharma 阳，热，夏天，夏季

घात ghāta 阳，打击，杀害，毁灭

घुष् √ghuṣ 1.10.发声，叫喊，宣告

घृणा ghṛṇā 阴，怜悯，仁慈，厌恶

घोर ghora 形，可怕的，恐怖的

घोष ghoṣa 阳，响声，喧闹声，吼声，声音，轰鸣，牧民

घोषण ghoṣaṇa 中，呼声

घ्न ghna 形，（用于复合词末尾）杀死

घ्रा √ghrā 1.嗅到

घ्राण ghrāṇa 阳、中，嗅，鼻子

च ca

च ca 不变词，和，也，还有，又，而且，并且，而，仍然

चकित cakita 形，颤抖的，惊恐的，害怕的

चकोर cakora 阳，鹧鸪，月光鸟

चक्र cakra 中，轮，车轮，飞轮，圆盘，指环，成群，大量

चक्रधर cakradhara 阳，持轮者，毗湿奴

चक्रभ्रम cakrabhrama 阳，转轮

चक्रवाकिन् cakravākin 形，有轮鸟的

चक्षुष्मत् cakṣuṣmat 形，有眼睛的，有眼力的，有远见的

चक्षुष्मत्ता cakṣuṣmattā 阴，有眼力

चक्षुस् cakṣus 形，看见的；中，看到，洞察，眼睛，目光

चञ्चल cañcala 形，晃动的

चटुल caṭula 形，颤抖的，摇动的，优美的

चण्ड caṇḍa 形，暴戾的，愤怒的；中，热情，激情，愤怒

चण्डी caṇḍī 阴，嗔怒的女郎，暴怒的女人

चतुर् catur 数、形，四

चतुर catura 形，机灵的，机敏的，敏捷的，迷人的，美好的

चतुरन्त caturanta 阳，四边，四方

चतुरस्र caturasra 形，四角的，匀称的

चतुर्थ caturtha 形，第四

चतुर्दशन् caturdaśan 形，十四

चतुर्धा caturdhā 不变词，四部分

चतुर्भाग caturbhāga 阳，四分之一

चतुर्भुज caturbhuja 形，四臂的；阳，毗湿奴

चतुष्क catuṣka 中，四边形院子，四柱大厅

चतुष्टय catuṣṭaya 中，四个一组

चन्दन candana 阳、中，檀香，檀香木，檀香树，旃檀树，檀香膏

चन्द्र candra 阳，月亮

चन्द्रकेतु candraketu 阳，月幢（罗什曼那之子）

चन्द्रमस् candramas 阳，月，月亮，月神

चन्द्रशाला candraśālā 阴，阁楼

चन्द्रिका candrikā 阴，月光；（用于复合词末尾）照亮，说明

चपल capala 形，颤抖的，躁动的，轻浮的，浮躁的

चमर camara 阳，牦牛

चमू camū 阴，军队

चर् √car 1.行，走，行动，活动，行进，实行，实施，履行，修行，遵行，奉行，从事，生活

चर cara 形，行走的，行动的，活动的，游荡的

चरण caraṇa 阳、中，脚，支柱，树根，诗行，学派；阳，步兵，光线；中，游荡，履行，从事，行为

चरित carita 过分，游荡，行动，实行，实现，达到；中，活动，行为，事迹，传记

चरु caru 阳，米粥，牛奶粥

चल cala 形，动摇的，摇晃的，摇摆的，移动的，变易的，松动的；阳，摇动，躁动

चषक caṣaka 阳、中，酒杯

चातक cātaka 阳，饮雨鸟

चान्द्रमस cāndramasa 形，月亮的

चाप cāpa 阳，弓

चापल cāpala 中，轻率，冲动，鲁莽，躁动，骚动

चामर cāmara 阳、中，拂尘

चामीकर cāmīkara 中，金，金子

चार cāra 阳，行为，密探

चारित्र cāritra 中，行为，优良品行，贞洁，

清白

चारिन् cārin 形，行动的，活动的，出行的，履行的，遵行的

चारु cāru 形，可爱的，美丽的，迷人的

चारुतर cārutara 形，更可爱的

चित् cit 形，（用于复合词末尾）收集，堆积，安置，思考；阴，思想，感知

चित cita 过分，聚集，堆积，覆盖，充满，布满，镶嵌，装点

चिता citā 阴，火葬堆，柴堆

चित्त citta 中，思想，心愿，心

चित्तवृत्ति cittavṛtti 阴，心的活动，心情

चित्र citra 形，各种各样的，不同的，多样的，奇妙的，美妙的；中，画，图画，各色

चित्रकूट citrakūṭa 阳，妙峰山

चित्रवत् citravat 形，有绘画的

चित्रा citrā 阴，角宿

चिन्त् √cint 10.想，思考，考虑，认为，关心

चिन्ता cintā 阴，想，想法，忧虑，考虑

चिर cira 形，长期的，长久的；中，长期，长久

चिरम् ciram 不变词，长期，长期以来，长久地，始终

चिरात् cirāt 不变词，很长时间，长久以来，最终，终于

चिराय cirāya 不变词，长期，长期以来，长久地，终于

चिरेण cireṇa 不变词，长久地，很久

चिह्न cihna 中，标志，印迹，象征

चीर cīra 中，破布，褴褛衣，树皮衣

चीवर cīvara 中，衣服，褴褛衣

चुद् √cud 1.10 激励，促使，请求，劝请

चुम्बन cumbana 中，亲吻

चूडा cūḍā 阴，顶髻，鸡冠，顶冠

चूत cūta 阳，芒果树

चूर्ण cūrṇa 阳、中，粉末，面粉，灰尘，香粉

चूल cūla 阳，头发

चेतना cetanā 阴，思想

चेतनावत् cetanāvat 形，有知觉的

चेतस् cetas 中，意识，思想，头脑，心

चेद् ced 不变词，如果

चेष्टा ceṣṭā 阴，活动，行动，姿势

चेष्टित ceṣṭita 中，活动，行动，动作，姿态，行为

चैतन्य caitanya 中，意识，生命

चैत्ररथ caitraratha 中，奇车园（财神俱比罗的园林名）

चोदित codita 过分，鼓励，启发，劝请

च्युत cyuta 过分，坠落，降下，脱落，失落，散落，释放，消失，消逝，毁灭

छ cha

छत्र chatra 中，伞，华盖

छद chada 阳，覆盖，覆盖物，翅膀，叶子

छद्मन् chadman 中，乔装

छन्दस् chandas 中，颂诗，诗律

छन्न channa 过分，覆盖

छल chala 阳、中，欺骗，诡计，借口，假装，乔装，伪装

छलय √chalaya 名动词，欺骗

छवि chavi 阴，肤色，光彩

छाया chāyā 阴，树荫，阴影，影子，影像，映像，光影，幻影，光，光辉

छिद् √chid 7.割，砍，斩断，劈开，粉碎，驱除

छिद् chid 形，（用于复合词末尾）割，切割，砍，断除，消除

छिदुर chidura 形，断裂的

छिन्न china 过分，切割，斩断，挣断，削凿，撕裂，断裂

छेद cheda 阳，砍断，砍掉，断开，一段，碎片，部分

छेदिन् chedin 形，分离的，断开的

छेद्य chedya 形，应当砍断的，需要断除的

ज ja

ज ja 形，（用于复合词末尾）生，产生，出生

जगत् jagat 中，世界，宇宙，众生

जङ्गम jaṅgama 形，活动的，移动的；中，动物

जघन jaghana 中，臀部，腰部，下腹，阴部

जटा jaṭā 阴，发髻，顶髻

जटिल jaṭila 形，束起发髻，繁茂的

जड jaḍa 形，迟钝的，麻木的，僵硬的，痴呆的；阳，寒冷，冬天，痴呆

जडीकृत jaḍīkṛta 过分，变僵硬

जन् √jan 4.出生，产生

जन jana 阳，人，人们，民族，世界

जनक janaka 阳，遮那迦（悉多之父）

जनता janatā 阴，人们，人类

जनन janana 中，出生，产生，长出，生命

जननी jananī 阴，母亲，女人

जनपद janapada 阳，国家，王国，国土，乡村，臣民，民众

जनयित्री janayitrī 阴，母亲

जनस्थान janasthāna 中，遮那斯坦（地名）

जनित janita 过分，产生，发生

जन्तु jantu 阳，生物，人

जन्मन् janman 形，（用于复合词末尾）产生；中，出生，诞生，产生，生命

जन्मान्तर janmāntara 中，前生

जन्य janya 中，战斗

जन्या janyā 阴，母亲的朋友

जय jaya 阳，胜利，战胜

जयन्त jayanta 阳，遮衍多（因陀罗之子）

जयिन् jayin 形，胜利的；阳，胜利者

जरस् jaras 阴，老年，衰老，衰弱

जरा jarā 阴，老年，衰老

जल jala 形，冷的，愚钝的；中，水，液体

जलज jalaja 阳、中，螺号

जलता jalatā 阴，迟钝

जलद jalada 阳，云

जलेशय jaleśaya 形，躺在水中的；阳，鱼，躺在水中者（毗湿奴）

जलेश्वर jaleśvara 阳，水神（伐楼那）

जव java 阳，速度，快速

जवन javana 形，快的

जह्नु jahnu 阳，遮诃努（国王名）

जागर jāgara 形，清醒的

जागरूक jāgarūka 形，清醒的

जागृ √jāgṛ 2.清醒，觉醒

जाग्रत् jāgrat 形，清醒的

जात jāta 过分，生，出生，诞生，产生，发生，成为；中，种类，物类

जातकर्मन् jātakarman 中，出生礼，出生仪式

जातवेदस् jātavedas 阳，火

जातु jātu 不变词，从来，总是，始终，可能，也许，有时，一次，曾经，这时

जात्य jātya 形，高贵的

जानकी jānakī 阴，遮那迦之女悉多

जानपद jānapada 形，乡村的；阳，村民

जानि jāni 阴，（用于复合词末尾）妻子

जानु jānu 中，膝盖，膝部

जाम्बूनद jāmbūnada 中，金子，阎浮金

जाया jāyā 阴，妻子

जायापती jāyāpatī 阳（双），夫妻俩

जाल jāla 中，网，网缦，窗格，格子窗，窗户，堆，簇，大量，许多

जालक jālaka 中，网，大量

जालवत् jālavat 形，有窗格的

जाह्नवी jāhnavī 阴，恒河

जाह्नवीय jāhnavīya 形，恒河的

जि √ji 1.战胜，征服，胜利，胜过，控制

जिगमिषु jigamiṣu 形，想要前往的

जिगीषा jigīṣā 阴，渴望胜利，渴望征服

जिगीषु jigīṣu 形，渴望胜利的，渴望征服的

जिघांसा jighāṃsā 阴，想杀死

जिघांसु jighāṃsu 形，渴望杀死的

जिघृक्षा jighṛkṣā 阴，渴望抱住

जित् jit 形，（用于复合词末尾）战胜，征服，胜利

जित jita 过分，战胜，征服，压倒，制服，胜过

जिष्णु jiṣṇu 形，战胜的，胜利的

जीमूत jīmūta 阳，云，云彩

जीव् √jīv 1.活，活着，生活，生存

जीव jīva 形，活着的，有生命的；阳，生命

जीवित jīvita 过分，活着，生活；中，生命，性命，生活

जीवितेश jīviteśa 阳，生命之主，情人，死神

जीविन् jīvin 形，活着的

जुष् juṣ 形，（用于复合词末尾）喜欢，乐于，专心，前往，具有

जेतृ jetṛ 阳，战胜者

जैत्र jaitra 形，胜利的，导向胜利的

जैमिनि jaimini 阳，阇弥尼（人名）

ज्ञ jña 形，（用于复合词末尾）知道，知晓，通晓

ज्ञा √jñā 9.知道，了解，理解

ज्ञात jñāta 过分，知道，认识

ज्ञाति jñāti 阳，亲戚，亲友

ज्ञान jñāna 中，知道，知识，智慧

ज्या jyā 阴，弓弦，弦

ज्यायस् jyāyas 形，更好的，更优秀的

ज्येष्ठ jyeṣṭha 形，最年长的；阳，长兄，兄长

ज्योतिष्मत् jyotiṣmat 形，有光亮的，有发光体的

ज्योतिस् jyotis 中，光，光辉，发光体，星

体，行星，星星；阳，太阳，火
ज्योत्स्ना jyotsnā 阴，月光，光芒
ज्योत्स्नावत् jyotsnāvat 形，有月光的
ज्वर jvara 阳，灼热，焦虑，痛苦，烦恼
ज्वल् √jval 1.燃烧，发光，闪耀
ज्वलन jvalana 形，燃烧的，闪耀的；阳，火，火焰
ज्वलित jvalita 过分，燃烧，发光；中，光芒
ज्वाला jvālā 阴，燃烧，火焰

ट ṭa

टङ्क ṭaṅka 阳、中，斧子，凿子

त ta

तक्ष takṣa 阳，多刹（婆罗多之子）
तक्षक takṣaka 阳，多刹迦（蛇名）
तज्ज्ञ tajjña 阳，内行，行家
तट taṭa 阳、中，岸，河岸，岸边，坡，山坡
तडित् taḍit 阴，闪电
ततस् tatas 不变词，从那里，然后，此后，于是，这时，因此，那么，这里
ततस्-परम् tatas-param 不变词，此后，然后
तत्क्षण tatkṣaṇa 阳，此刻，立刻
तत्क्षणम् tatkṣaṇam 不变词，此刻，这时，立刻
तत्त्व tattva 中，真实，实情，事实，真谛
तत्त्वतस् tattvatas 不变词，实际上，真正地，本质上
तत्पर tatpara 形，专心的，专注的，全心全意的
तत्पूर्व tatpūrva 形，首次的，以前的
तत्पूर्वम् tatpūrvam 不变词，首次，空前
तत्र tatra 不变词，那里，这里，这方面
तथा tathā 不变词，这样，那样，如此，好吧，和，还有，同样，那么
तथागत tathāgata 形，这样的，处于这种状态的；阳，如来
तथा-अपि tathā-api 不变词，尽管
तथाविध tathāvidha 形，这种的，这样的，如此的
तद् tad 代、形，那个，这个，他，她，它；不变词，因此，那么
तदनन्तरम् tadanantaram 不变词，然后，随后
तदनु tadanu 不变词，此后，然后，随后
तदा tadā 不变词，此时，这时，那时，当时
तदानीम् tadānīm 不变词，那时，这时，当时
तदीय tadīya 形，他的，她的，它的，他们的，她们的，它们的
तन् √tan 8.伸展，延伸，扩展，布满，引起，给予，实施，举行，增长
तनय tanaya 阳，儿子
तनया tanayā 阴，女儿
तनु tanu 形，薄的，细的，柔弱的，细长的，纤细的，微弱的，浅薄的；阴，身体，形体
तनुच्छद tanucchada 阳，铠甲
तनुता tanutā 阴，纤细，消瘦

तनूकृ tanū√kṛ 8.减弱，减少
तनूज tanūja 阳，儿子
तन्तु tantu 阳，线，丝，纤维，后嗣
तन्वी tanvī 阴，苗条女，苗条女子
तप् √tap 1.闪光，发热，折磨，修苦行
तपन tapana 形，炎热的，燃烧的；阳，太阳，夏季；中，灼热，烦恼
तपनीय tapanīya 中，金子
तपस् tapas 中，热力，苦行
तपस्य √tapasya 名动词，修苦行
तपस्विन् tapasvin 形，修苦行的，可怜的，悲惨的；阳，苦行者
तपस्विनी tapasvinī 阴，苦行女
तपोधन tapodhana 阳，苦行者
तपोवन tapovana 中，苦行林
तप्त tapta 过分，烧灼，灼热，熔化，悲痛
तम tama 后缀，最高的，最大的
तमस् tamas 中，黑暗，愚昧，暗性，忧愁，昏厥
तमस tamasa 阳，黑暗
तमसा tamasā 阴，多摩萨河
तमाल tamāla 阳，多摩罗树
तमिस्र tamisra 形，黑暗的
तमिस्रा tamisrā 阴，黑夜，黑暗
तर tara 后缀，更加的，较高的
तरङ्ग taraṅga 阳，波浪
तरल tarala 形，颤抖的，晃动的，闪烁的
तरस् taras 中，迅猛，勇猛，勇力，威力
तरस्विन् tarasvin 形，快速的，敏捷的，勇猛的；阳，勇士
तरु taru 阳，树
तरुण taruṇa 形，年轻的，新生的，新鲜的；阳，青年
तरुणी taruṇī 阴，少女，年轻妇女
तर्ज् √tarj 1.10.威胁，恐吓，责骂
तर्जन tarjana 中，威胁，恐吓，指责，斥责
तर्जित tarjita 过分，威吓
तल tala 阳、中，表面，露台，地面，手掌，脚底，低处，底部
तल्प talpa 阳、中，床，车座，顶楼，塔楼，侍卫
तस्कर taskara 阳，盗贼
तस्करता taskaratā 阴，偷窃
तस्मात् tasmāt 不变词，因此
ता tā 后缀、阴，性，性质，状态
ताडका tāḍakā 阴，妲吒迦（罗刹女名）
ताडित tāḍita 过分，打击
तात tāta 阳，父亲，对人的爱称或尊称，尊者
तादृश् tādṛś 形，这样的，如此的
ताप tāpa 阳，炎热，灼热，炙烤，烦恼，痛苦
तापसी tāpasī 阴，女苦行者
तामरस tāmarasa 中，红莲花，金，铜
तामिस्र tāmisra 阳，黑半月，仇恨，愤怒，罗刹
ताम्बूल tāmbūla 中，蒟酱叶
ताम्बूली tāmbūlī 阴，蒟酱
ताम्र tāmra 形，铜制的，铜红色的，赤红的，发红的；中，铜红色
ताम्रपर्णी tāmraparṇī 阴，铜叶河
तार tāra 形，闪亮的
तारक tāraka 阳，救助者，多罗迦（魔名）；

中，瞳孔

तारका tārakā 阴，星星，瞳孔

तारहार tārahāra 阳，闪亮的珍珠项链

तारा tārā 阴，星星，瞳孔，眼珠

तार्क्ष्य tārkṣya 阳，金翅鸟

ताल tāla 阳，多罗树，棕榈树，拍手，拍打，拍击，节拍，手掌

ताली tālī 阴，棕榈树

तालु tālu 中，上颚

तावत् tāvat 形，这样多的，这么多的，这样的；不变词，首先，当初，此刻，这时，现在，就，确实，完全地

तिज् √tij 1.忍受；致使，激励，激发

तितीर्षु titīrṣu 形，想要越过的，想要渡过的

तिथि tithi 阴，月满日

तिमि timi 阳，鲸鱼

तिरस्कृ tiras√kṛ 8.蔑视，斥责，胜过，覆盖，消除

तिरोधा tiras√dhā 3.消失

तिरोभू tiras√bhū 1.消失

तिर्यच् tiryac 形，斜的，横的；阳、中，动物

तिलक tilaka 阳，提罗迦树；阳、中，吉祥志

तीक्ष्ण tīkṣṇa 形，锋利的，尖锐的，热烈的，强烈的，坚硬的

तीर tīra 中，岸，河岸

तीर्ण tīrṇa 过分，跨越，越过，度过

तीर्थ tīrtha 中，通道，台阶，圣地，值得尊敬者，辅臣，近侍

तीव्र tīvra 形，严厉的，强烈的，猛烈的，迅猛的

तु tu 不变词，但是，然而，而，现在，此时，于是

तुङ्ग tuṅga 形，高的，高大的，高耸的，隆起的，主要的，强烈的；阳，山，顶部，椰子树

तुमुल tumula 形，喧闹的，喧嚣的，嘈杂的，激烈的，混乱的；阳、中，喧闹，混战

तुरग turaga 阳，马

तुरङ्ग turaṅga 阳，马

तुरङ्गम turaṅgama 阳，马

तुराषाह् turāṣāh 阳，因陀罗

तुला tulā 阴，秤，同样，相同，相等，相似，相像

तुल्य tulya 形，同样的，相似的，相配的，如同，等同，相同的

तुलित tulita 过分，称重，抬起，举起，相比，相等，等同

तुष् √tuṣ 4.满意，满足

तुषार tuṣāra 阳，霜，雪，冰，露，雾，水雾，飞沫

तुहिन tuhina 中，雪，冰，霜，露，月光，樟脑

तूण tūṇa 阳，箭囊

तूणी tūṇī 阴，箭囊

तूर्य tūrya 阳、中，乐器

तृण tṛṇa 中，草

तृतीय tṛtīya 形，第三的

तृप्त tṛpta 形，满足的，满意的；中，满足，满意

तृप्ति tṛpti 阴，满足，满意

तृष्णा tṛṣṇā 阴，渴望，贪欲，贪图，贪求

तॄ √tṝ 1.越过，度过，渡过，超越，掌握，履行

तेजस् tejas 中，热，光芒，光辉，精力，威力，有光辉者，精子，种子，火，发光体

तेन tena 不变词，因此，由此

तैजस taijasa 形，光辉的

तैल taila 中，油

तोय toya 中，水

तोयद toyada 阳，云，雨云

तोरण toraṇa 阳、中，拱门

तोषित toṣita 形，满意的

त्यक्त tyakta 过分，放弃，抛弃，舍弃，摒弃

त्यज् √tyaj 1.放弃，抛弃，舍弃，摒弃，离开

त्यज् tyaj 形，（用于复合词末尾）抛弃

त्याग tyāga 阳，放弃，抛弃，舍弃，施舍，释放

त्याजित tyājita 过分，抛弃，舍弃，摒弃

त्याज्य tyājya 形，应该抛弃的

त्रय traya 形，三个，三重的；中，三个一组

त्रस्त trasta 过分，恐惧

त्राण trāṇa 过分、中，保护

त्रातृ trātṛ 形，保护的

त्रास trāsa 阳，害怕，惧怕，恐惧，恐吓

त्रि tri 数、形，三，三个

त्रिक trika 中，尾骨

त्रिकूट trikūṭa 阳，三峰山

त्रिजटा trijaṭā 阴，特哩羯吒（罗刹女名）

त्रितय tritaya 形，三个，三重的；中，三个一组

त्रिदश tridaśa 阳，天神

त्रिदशगोप tridaśagopa 阳，胭脂虫

त्रिदशत्व tridaśatva 中，神性

त्रिदिव tridiva 中，天国，天空

त्रिपदी tripadī 阴，大象的脚链

त्रिपाद् tripād 形，三足的

त्रिमार्गगा trimārgagā 阴，恒河

त्रियामा triyāmā 阴，夜晚

त्रिलोक triloka 中，三界

त्रिलोचन trilocana 阳，三眼神，湿婆

त्रिविध trividha 形，三种的，三重的

त्रिविष्टप triviṣṭapa 中，天国

त्रिशिरस् triśiras 阳，底哩尸罗娑（罗刹名）

त्रेता tretā 阴，三

त्रेधा tredhā 不变词，三种

त्रै √trai 1.保护，救护

त्रैलोक्य trailokya 中，三界

त्रैविक्रम traivikrama 形，毗湿奴的

त्रैस्रोतस traisrotasa 形，恒河的

त्र्यम्बक tryambaka 阳，三眼神，湿婆

त्व tva 后缀、中，性质，状态

त्वच् tvac 阴，皮，皮肤，表皮，树皮

त्वद् tvad 代，你

त्वदीय tvadīya 形，你的

त्वर् √tvar 1.快速，匆忙

त्वरा tvarā 阴，快速，急迫

त्वष्टृ tvaṣṭṛ 阳，工巧神

त्विष् tviṣ 阴，光，光辉，美丽，愿望，习惯，语言

त्सरु tsaru 阳，柄

द da

द da 形，（用于复合词末尾）给予，产生

दंश् √daṃś 1.咬

दंश daṃśa 阳，叮，咬，蚊，蝇

दंष्ट्रा daṃṣṭrā 阴，獠牙

दक्ष dakṣa 形，善于，能够，擅长，能干的，勤奋的，适合的；阳，陀刹（仙人名）

दक्षिण dakṣiṇa 形，能干的，右边的，南方的；阳、中，右边，南方

दक्षिणा dakṣiṇā 阴，谢礼，礼物，酬金，达奇娜（祭祀的妻子）

दण्ड् √daṇḍ 10.或 √daṇḍaya 名动词，惩罚

दण्ड daṇḍa 阳、中，杖，棍棒，权杖，刑杖，惩罚，军队

दण्डक daṇḍaka 阳、中，弹宅迦林（地名）

दण्डता daṇḍatā 阴，刑杖的性质

दण्डवत् daṇḍavat 形，拥有军队的

दण्ड्य daṇḍya 形，应受惩罚的

दत्त data 过分，给予，赋予，提供

दत्ति datti 阳、阴，供奉，馈赠

दन्त danta 阳，牙齿，象牙，山峰

दन्तपत्र dantapatra 中，耳饰

दन्तिन् dantin 阳，大象

दम्पती dampatī 阳（双），夫妇

दम्य damya 形，培养的；阳，学习拉车的小公牛

दया dayā 阴，同情，怜悯，仁慈，慈悲

दयालु dayālu 形，同情的，怜悯的，慈悲的

दयिता dayitā 阴，妻子，爱妻，心爱的女子，情人

दरी darī 阴，洞穴，峡谷

दर्दुर dardura 阳，达尔杜罗山

दर्प darpa 阳，骄傲，傲慢

दर्पण darpaṇa 阳，镜子

दर्भ darbha 阳，达薄草

दर्श darśa 形，看见；阳，新月日，朔日

दर्शन darśana 中，看，观看，注视，观察，理解，目光，眼光，显示，显现，遇见，会见，容貌，面貌，外观

दर्शयितृ darśayitṛ 阳，显示者，指导者，门卫，向导

दर्शित darśita 过分，显示，展示，指示，指点，展现

दर्शिन् darśin 形，（用于复合词末尾）观看的，察觉的，洞悉的，显示的

दल dala 阳、中，花瓣，叶

दव dava 阳，树林，森林，林火，森林大火

दवाग्नि davāgni 阳，森林大火

दशकण्ठ daśakaṇṭha 阳，十首王

दशन् daśan 数、形，十

दशन daśana 阳、中，牙齿，咬；阳，山峰；中，铠甲

दशम daśama 形，第十

दशमुख daśamukha 阳，十首王

दशरथ daśaratha 阳，十车王

दशा daśā 阴，灯芯，生命阶段，人生阶段，状况，境地

दष्ट daṣṭa 过分，咬，咬住，啃啮

दस्यु dasyu 阳，盗匪

दह् √dah 1.燃烧，焚烧，烧灼，折磨

दहन dahana 阳，火；中，燃烧，焚烧

दा √dā 1.3.给，给予，献上，布施

दाक्षिण्य dākṣiṇya 中，礼貌，仁慈，真诚，机敏，能干，贤淑能干

दातृत्व dātṛtva 中，给予者

दान dāna 中，给予，提供，布施，馈赠，颞颥液汁

दान्त dānta 过分，温顺

दायिन् dāyin 形，给予，引起

दार dāra 阳，妻子

दारक्रिया dārakriyā 阴，娶妻，成婚

दारुण dāruṇa 形，残酷的，残忍的

दाव dāva 阳，森林

दाशरथि dāśarathi 阳，十车王之子

दाह dāha 阳，燃烧，大火，发烧

दिगन्त diganta 阳，方位尽头，地平线，远方

दिग्ध digdha 过分，涂抹

दिदृक्षु didṛkṣu 形，想看到

दिन dina 阳、中，白天，一天，日子

दिनकर dinakara 阳，太阳

दिनान्त dinānta 阳，傍晚，黄昏

दिनावसान dināvasāna 中，傍晚，黄昏

दिलीप dilīpa 阳，迪利波（国王名）

दिव् div 阴，天国，天空，天，白天

दिवस divasa 阳、中，白天，一天，日子

दिवसमुख divasamukha 中，早晨

दिवा divā 不变词，白天

दिवाकर divākara 阳，太阳

दिवानिशम् divāniśam 不变词，日夜

दिवाशय divāśaya 形，白天睡眠的

दिवौकस् divaukas 阳，天国居民

दिव्य divya 形，天神的，天国的，天上的，神圣的，神奇的

दिश् √diś 6.指示，交给，同意，允诺

दिश् diś 阴，方向，方位，地方，地区

दिष्ट diṣṭa 过分，指示，命定，注定；中，指定，命运，命令

दिष्ट्या diṣṭyā 不变词，幸运地

दीक्षा dīkṣā 阴，祭祀前的净化准备工作，宗教仪式

दीक्षित dīkṣita 过分，祭祀前准备，准备，发誓，灌顶登基

दीधिति dīdhiti 阴，光线，光芒

दीन dīna 形，贫穷的，贫困的，沮丧的，不幸的；阳，贫困者

दीप् √dīp 4.闪光，闪耀

दीप dīpa 阳，灯，灯光

दीपन dīpana 中，点燃，燃烧，照亮

दीपिका dīpikā 阴，灯

दीप्ति dīpti 阴，闪亮，光辉

दीप्तिमत् dīptimat 形，发光的，燃烧的

दीर्घ dīrgha 形，长的，长期的，长久的，宽阔的

दीर्घिका dīrghikā 阴，水池，池塘

दु √du 5.4.燃烧，折磨，悲伤，难受

दुःख duḥkha 形，痛苦的；中，苦，痛苦，苦难

दुःखम् duḥkham 不变词，痛苦地，艰难地

दुःखित duḥkhita 形，痛苦的，受苦的，不幸的

दुःसह duḥsaha 形，难以忍受的，难以抵御的

दुकूल dukūla 中，丝绸，丝绸衣

दुग्ध dugdha 过分，挤出；中，牛奶

दुघ dugha 形，（用于复合词末尾）挤奶，产生

दुन्दुभि dundubhi 阳、阴，鼓

दुर् dur 前缀，坏的，难的

दुरत्यय duratyaya 形，难以逾越的

दुरात्मन् durātman 形，灵魂邪恶的

दुरानम durānama 形，难以弯曲的

दुराप durāpa 形，难以获得的，难以达到的

दुरासद durāsada 形，难以靠近的，难以抗衡的，难以征服的，难以抵御的

दुरित durita 中，邪恶，罪恶，卑劣的手段，困难

दुरुत्सह durutsaha 形，难以忍受的

दुरोदर durodara 中，赌博

दुर्ग durga 阳、中，城堡

दुर्ग्रह durgraha 形，难以征服的

दुर्जय durjaya 形，难以战胜的；阳，难胜（妖魔名）

दुर्जात durjāta 形，不幸的；中，灾难，不幸

दुर्दिन durdina 中，阴天，暴雨

दुर्निमित durnimita 形，凌乱的

दुर्निमित्त durnimitta 中，凶兆

दुर्बल durbala 形，衰弱的，微弱的

दुर्लभ durlabha 形，难以得到的

दुर्वसति durvasati 阴，痛苦的住处

दुर्वह durvaha 形，沉重的，难以承受的

दुर्वार durvāra 形，难以阻挡的，难以忍受的

दुर्वासस् durvāsas 阳，杜尔婆娑（仙人名），敝衣（仙人名）

दुश्चर duścara 形，难行的

दुष् √duṣ 4.变坏，败坏；致使，破坏，毁坏，污染，玷污

दुष्कर duṣkara 形，邪恶的，难以做到的，艰难的

दुष्कृतिन् duṣkṛtin 阳，作恶者，罪人

दुष्ट duṣṭa 过分，变坏，堕落，邪恶，恶浊；阳，恶人

दुष्प्रधर्ष duṣpradharṣa 形，难以攻击的

दुष्प्रवृत्ति duṣpravṛtti 阴，坏消息

दुष्प्रसह duṣprasaha 形，难以忍受的，难以抵御的

दुष्प्राप duṣprāpa 形，难以达到的

दुस्तर dustara 形，难以越过的，难以渡过的

दुह् √duh 2.挤，挤取，挤奶

दुहितृ duhitṛ 阴，女儿

दूत dūta 阳，使者

दूति dūti 阴，女使者

दूती dūtī 阴，女使者

दूर dūra 形，远处的，遥远的；中，远处

दूरम् dūram 不变词，远远地

दूरात् dūrāt 不变词，远处，遥远地，远远地

दूर्वा dūrvā 阴，杜尔婆草

दूषण dūṣaṇa 中，损害，毁坏，谴责，诽谤，中伤，过错；阳，突舍那（罗刹名）

दूषित dūṣita 过分，弄脏，玷污，伤害，蒙蔽，迷住

दृढ dṛḍha 形，坚固的，坚定的，强烈的

दृप्त dṛpta 形，傲慢的，骄横的，狂野的

दृश् √dṛś 1.看，观看，看待，视为，观察，发现；被动，看到，看似；致使，显示，展示，展现，指示，指点

दृश् dṛś 阴，视力，眼光

दृश्य dṛśya 形，可见的，可观的，美丽的

दृश्वन् dṛśvan 形，（用于复合词末尾）看到，熟悉

दृषद् dṛṣad 阴，岩石，巨石

दृष्ट dṛṣṭa 过分，看到，察觉，发现，视为，显示，明显

दृष्टि dṛṣṭi 阴，眼睛，目光，视线，见解

दृष्टिपात dṛṣṭipāta 阳，投下目光，目光，观看

देव deva 阳，神，天神，大王

देवता devatā 阴，神性，天神

देवदारु devadāru 阳、中，松树

देवसेना devasenā 阴，提婆赛那（因陀罗之女，室建陀之妻）

देवी devī 阴，女神，王后

देवेन्द्र devendra 阳，天王，因陀罗

देश deśa 阳，地点，地方，部位，地区

देशीय deśīya 形，地区的，本地的，（用于复合词末尾）住在，附近，将近，接近，大约

देश्य deśya 形，地区的

देह deha 阳、中，身体

देहिन् dehin 形，有身体的；阳，有身体者，生物，人，灵魂

दैत्य daitya 阳，提迭（妖魔）

दैव daiva 形，天神的，天国的，天上的，神圣的；中，天意，命运，幸运，天神

दैवत daivata 中，神灵

दोग्ध्री dogdhrī 阴，奶牛

दोल，-ला dola 阳，-lā 阴，摇晃，秋千

दोष doṣa 阳，缺点，缺陷，弱点，错误，罪过，弊端，危害，灾害，病

दोषातन doṣātana 形，夜晚的

दोस् dos 阳、中，前臂，手臂，胳膊

दोह doha 阳，挤奶

दोहद dohada 阳、中，孕妇的愿望，孕妇的癖好，孕期反应，怀孕，渴望，愿望

दौरात्म्य daurātmya 中，邪恶

दौर्हृद daurhṛda 中，怀孕，孕妇的癖好

दौवारिकी dauvārikī 阴，女守门人，女卫士

द्यु dyu 中，一天，天空，天国

द्युति dyuti 阴，光辉，光芒

द्यो dyo 阴，天国，天空

द्योतित dyotita 过分，闪光，照耀

द्रव drava 形，奔跑的，滴淌的；阳，奔跑，逃跑，滴淌，渗出

द्रविण draviṇa 中，财富，金子，力量，威力

द्राक्षा drākṣā 阴，葡萄

द्रुत druta 过分，跑开，逃跑，溶化，散开

द्रुम druma 阳，树，树木

द्रुमवत् drumavat 形，树木繁茂的

द्वन्द्व dvandva 中，一对，成双，对立

द्वय dvaya 形，两个；中，一对，两者

द्वयस dvayasa 形，到达

द्वार् dvār 阴，门

द्वार dvāra 中，门，入口
द्वारता dvāratā 阴，门的性质
द्वाःस्थ dvāḥstha 形，站在门口的
द्वि dvi 数、形，二，两个
द्विज dvija 阳，再生族，婆罗门，鸟
द्विजराज dvijarāja 阳，月亮
द्विजिह्व dvijihva 阳，蛇
द्वितय dvitaya 形，两者的，双重的；中，两者
द्वितीय dvitīya 形，第二的，另一个的，（用于复合词末尾）同伴，伴随
द्वित्र dvitra 形（复），二或三
द्विधा dvidhā 不变词，两部分，两种
द्विप dvipa 阳，象，大象
द्विपेन्द्र dvipendra 阳，象王，大象
द्विरद dvirada 阳，大象，两牙大象
द्विरेफ dvirepha 阳，蜜蜂
द्विष् dviṣ 形，仇视的；阳，敌人
द्विषत् dviṣat 阳，敌人
द्विषद्वत् dviṣadvat 不变词，如同对待敌人
द्वीप dvīpa 阳、中，岛屿，洲
द्वेषिन् dveṣin 形，敌视的，不喜欢的
द्वेष्य dveṣya 形，仇恨的，敌视的；阳，敌人

ध dha

धन dhana 中，财产，财富，财物，钱财
धनद dhanada 阳，施财者，财神（俱比罗）
धनुर्धर dhanurdhara 阳，弓箭手
धनुष्मत् dhanuṣmat 形，持弓的；阳，弓箭手
धनुस् dhanus 中，弓
धन्वन् dhanvan 阳、中，弓
धन्विन् dhanvin 形，持弓的；阳，弓箭手
ध्मा √dhmā 1.吹响
धर dhara 形，（用于复合词末尾）执持，持有，维持，支持，支撑，拥有，具有
धरा dharā 阴，大地
धरित्री dharitrī 阴，大地
धर्म dharma 阳，法，正法，法则，职责，正法神
धर्मन् dharman 中，法则，性质
धर्मपत्नी dharmapatnī 阴，法妻，正妻，王后
धर्मस्थ dharmastha 阳，法官
धर्मिन् dharmin 形，具有性质的
धर्म्य dharmya 形，合法的
धा √dhā 3.放置，安放，固定，给予，把握，持有，穿戴，呈现，具有，承担，维持，造成，接受，怀胎
धातु dhātu 阳，要素，元素，矿物，矿石，动词词根
धातृ dhātṛ 阳，创造者，创造主，支持者，安排者
धात्री dhātrī 阴，保姆，乳母，母亲，大地
धामन् dhāman 中，住处，光芒，光辉，光彩，威力
धारणा dhāraṇā 阴，专注，凝思静虑
धारा dhārā 阴，水流，溪流，激流，暴雨，边缘，刃，刀刃
धारिन् dhārin 形，持有，具有，带着
धिक् dhik 不变词，呸
धिष्ण्य dhiṣṇya 中，住处

धी dhī 阴，智力，智慧，思想

धीमत् dhīmat 形，聪明的，智慧的

धीर dhīra 形，勇敢的，稳定的，坚定的，沉着的，沉稳的，庄重的，智慧的，聪明的，深沉的，巨大的

धीरता dhīratā 阴，坚定

धुत dhuta 过分，摇晃，放弃

धुर् dhur 阴，轭，车轭，负担，责任，顶端，前端，前列

धुर्य dhurya 形，能够负重的；阳，牲口，牲畜，马匹，拉车的公牛，承担职责者

धू √dhū 6.1.5.9.10.摇动，驱除，伤害，对抗

धूप dhūpa 阳，香料，香气

धूपवास dhūpavāsa 阳，薰香

धूम dhūma 阳，烟，烟雾

धूम्र dhūmra 形，乌黑的

धूसर dhūsara 形，灰色的；阳，灰色，土色

धृ √dhṛ 6.存在，保持；1.10.承担，担负，支撑，支持，维持，持有，怀有，遵守，履行，安放，固定

धृत dhṛta 过分，担负，支持，撑住，持有，保持，穿戴

धृति dhṛti 阴，坚定，稳重，沉着，满意，喜悦，快乐

धृतिमत् dhṛtimat 形，坚定的，喜悦的

धेनु dhenu 阴，母牛，奶牛

धेय dheya 形，具有，享有

धैर्य dhairya 中，坚定，稳重，沉着，勇气

धौत dhauta 过分，清洗，清洁，洗刷

ध्यान dhyāna 中，沉思，禅定

ध्र dhra 形，支持的

ध्रुव dhruva 形，稳定的，持久的，永久的，确定的；阳，北极星，柱子，树干；阳，歌曲中的叠句，副歌

ध्रुवम् dhruvam 不变词，肯定，确实

ध्रुवसंधि dhruvasaṃdhi 阳，达鲁伐商迪（国王名）

ध्वज dhvaja 阳，旗帜，幢幡，旗徽，标志

ध्वजिनी dhvajinī 阴，军队

ध्वनि dhvani 阳，声音

न na

न na 不变词，不，没有

नक्तम् naktam 不变词，夜晚

नक्तमाल naktamāla 阳，那多摩罗树

नक्र nakra 阳，鳄鱼

नक्षत्र nakṣatra 中，星星，星座

नख nakha 阳、中，指甲，趾甲，爪子

नग naga 阳，山

नगर nagara 中，城，城镇，城市

नगरी nagarī 阴，城

नगेन्द्र nagendra 阳，山王，雪山

नड्वल naḍvala 中，芦苇丛

नत nata 过分，弯下，倾斜，下垂，弯曲，致敬

नद् √nad 1.发声，吼叫

नदी nadī 阴，河，河流

नदीष्ण nadīṣṇa 形，熟悉河流的，有经验的

नद्ध naddha 过分，捆绑，系缚，穿戴，覆盖

ननु nanu 不变词，难道，难道不是，岂不是，确实

नन्द् √nand 1.高兴，欢喜，满意

नन्दन nandana 形，高兴的；阳，儿子，后裔；中，欢喜园（因陀罗的乐园）

नन्दिग्राम nandigrāma 阳，南迪村

नन्दित nandita 过分，高兴，欢迎

नन्दिनी nandinī 阴，南迪尼（极裕仙人的母牛，如意神牛之女）

नभश्चर nabhaścara 阳，健达缚

नभस् nabhas 中，天空，云，雾气，水；阳，雨季，那跋斯月，室罗筏拏月，七至八月，藕丝，天和地（双数）

नभस्तस् nabhastas 不变词，天空

नभस्य nabhasya 阳，跋陀罗波陀月，跋陀罗月，八至九月

नभस्वत् nabhasvat 阳，风

नम् √nam 1.9.4.弯下，鞠躬，致敬；致使，弯下，弯曲，降伏，归顺

नमस् namas 不变词，礼敬，致敬

नमित namita 形，弯下的，弯曲的

नमुचि namuci 阳，那牟吉（阿修罗名）

नमेरु nameru 阳，那弥卢树

नम्र namra 形，弯下的，下垂的，鞠躬的，谦恭的

नय naya 阳，引导，行为方式，策略，谋略，政策，政治，统治，方法

नयन nayana 中，引导，安排，取来，统治，治理，眼睛，度过

नयविद् nayavid 阳，政治家

नर nara 阳，人，男人

नरदेव naradeva 阳，人中之神，国王

नरपति narapati 阳，人主，国王

नरवाहन naravāhana 阳，以人为坐骑者，俱比罗

नराधिप narādhipa 阳，人主，帝王

नरेन्द्र narendra 阳，人中因陀罗，国王

नर्तकी nartakī 阴，舞女，歌女，女演员

नर्मदा narmadā 阴，那尔摩达河

नर्मन् narman 中，玩笑

नल nala 阳，那罗（国王名）

नलिन nalina 阳，鹤；中，莲花

नलिनी nalinī 阴，莲花，莲花池

नवन् navan 数、形，九

नव nava 形，新的，新生的，新鲜的，年轻的，新近的，最近的

नवति navati 阴，九十

नवमल्लिका navamallikā 阴，那婆摩利迦蔓藤

नवीकृ navī√kṛ 8.变新

नवीभूत navībhūta 过分，成为新的，恢复

नश् √naś 4.消失，毁灭

नहि nahi 不变词，决不

नहुष nahuṣa 阳，友邻王

नाक nāka 阳，天国

नाग nāga 阳，蛇，象，大象

नाडी nāḍī 阴，脉管

नाति nāti 前缀，不很，不太，稍许

नाथ nātha 阳，护主，国王，主人，夫主，保护者

नाद nāda 阳，叫喊，吼叫，雷鸣，声音

नादिन् nādin 形，发声的，回响的，喧嚣

的，咆哮的

नाभ nābha 阳，（用于复合词末尾）肚脐

नाभि nābhi 阳、阴，肚脐；阳，轮毂，中心

नाम nāma 不变词，名为，确实

नामक nāmaka 中，（用于复合词末尾）名字

नामतस् nāmatas 不变词，名为

नामधेय nāmadheya 中，名字，名称，儿童命名仪式

नामन् nāman 中，名字，名称，姓名，称号

नारद nārada 阳，那罗陀（仙人名）

नाराच nārāca 阳，铁箭

नारायण nārāyaṇa 阳，那罗延（毗湿奴的称号）

नारिकेल nārikela 阳，椰子

नारी nārī 阴，女人，妇女

नाल nāla 中、阳，茎秆，莲茎，脐带

नाव्य nāvya 形，适合行船的

नाश nāśa 阳，消失，消灭，毁灭，死亡

निःशेष niḥśeṣa 形，全部的，完全的

निःश्रेणि niḥśreṇi 阴，阶梯

निःश्वास niḥśvāsa 阳，呼吸，气息，叹息

निःसंशय niḥsaṃśaya 形，无疑的

निःसृत niḥsṛta 过分，出来，流出

निःस्पन्द niḥspanda 形，静止不动的

निःस्पृह niḥspṛha 形，不贪图的，不贪恋的

निकष nikaṣa 阳，试金石

निकुम्भ nikumbha 阳，尼恭跋（湿婆的侍从名）

निकृत्त nikṛtta 过分，砍下

निकेत niketa 阳，住处，家，房间

निकेतन niketana 中，住处

निक्षिप् ni√kṣip 6.抛下，放下，托付，交给

निक्षिप्त nikṣipta 过分，投放，放置

निक्षेपित nikṣepita 形，写下的，寄存的

निखन् ni√khan 1.挖，埋，竖立，刺入，射入，击中

निखात nikhāta 过分，埋入，竖立，扎入

निगद् ni√gad 1.宣称，说话

निगृहीत nigṛhīta 过分，抓住，抑制，控制，克服，制伏，调伏，勒住，攻击

निग्रह् ni√grah 9.克制，抑止，控制，惩罚，征服

निग्रह nigraha 阳，克制，抑制，压制，阻遏，失败，驱除，消灭，惩罚，责备

निघात nighāta 阳，打击

निघ्न nighna 形，依赖的，驯顺的，服从的

निज nija 形，天生的，自己的，自身的

नितम्ब nitamba 阳，臀部，腹部，山坡，山背，河岸

नितम्बिन् nitambin 形，臀部优美的

नितान्त nitānta 形，非常的，很多的，大量的，强烈的，稠密的，深深的

नित्य nitya 形，经常的，永恒的，永远的

नित्यम् nityam 不变词，始终，永远

निदर्शन nidarśana 中，例子，例证

निदाघ nidāgha 阳，炎热，夏季，暑季，酷暑

निदान nidāna 中，绳索，第一因，原因，病因，病征

निदृश् ni√dṛś 1.致使，展示

निदेश nideśa 阳，命令，指令，吩咐，谈

话，附近

निद्रा nidrā 阴，睡眠，睡意

निधन nidhana 形，贫穷的；阳、中，毁灭，死亡，结束，终结

निधा ni√dhā 3.安放，交给，托付，信任，隐藏，决定

निधान nidhāna 中，安放，保持，财宝，珍宝，宝藏

निधि nidhi 阳，储藏处，宝库，宝藏，海

निनद ninada 阳，声音

निनाद nināda 阳，声音

निन्दा nindā 阴，责备，谴责

निपत् ni√pat 1.落下，飞向，拜倒，冲向，陷入

निपात nipāta 阳，落下，扑，跳，投射，毁灭，死亡

निपातन nipātana 中，击落

निपातिन् nipātin 形，落下的，毁灭的

निपान nipāna 中，水池

निपीड् ni√pīḍ 10.伤害，挤压，压迫，抓住，紧握，拥抱

निपीडित nipīḍita 过分，挤压，束紧，伤害，拥抱

निपुण nipuṇa 形，机智的，机敏的，熟练的，精通的，友好的，微妙的，完善的

निबद्ध nibaddha 过分，捆绑，系缚，连接，联系

निबन्धन nibandhana 中，系缚，联系

निबिड nibiḍa 形，紧密的，浓密的，紧握的

निभ nibha 形，（用于复合词末尾）像，如同

निभृत nibhṛta 过分，放下，隐藏，沉寂，安静，驯顺

निमग्न nimagna 过分，沉入

निमन्त्र् ni√mantr 10.邀请，招待

निमन्त्रित nimantrita 过分，邀请

निमि nimi 阳，尼弥（国王名）

निमित्त nimitta 中，原因，征兆

निमील् ni√mīl 1.闭眼，闭上

निमीलित nimīlita 过分，闭眼，闭上，遮蔽

निमेष nimeṣa 阳，眨眼，瞬间

निम्नगा nimnagā 阴，河流

नियत niyata 过分，限制，控制，确定，限定，注定

नियन्तृ niyantṛ 阳，车夫，驾驭者，统治者

नियम niyama 阳，限制，束缚，规则，规定，承诺，常规，苦行

नियमन niyamana 中，限制，遏制，制伏

नियमित niyamita 过分，抑制，限制，系住，阻止，消除

नियम्य niyamya 形，制伏的，调伏的，应该制伏的

नियुक्त niyukta 过分，指定，指派，委任，确定，使用；阳，官员，负责者

नियुज् ni√yuj 7.指定，指派，委任，安排，结合，联系

नियोक्तृ niyoktṛ 阳，委派者，委托者，主人

नियोग niyoga 阳，使用，命令，吩咐，义务，努力，定则

निरत्यय niratyaya 形，没有危险的，安全

的

निरस्त nirasta 过分，驱逐，驱走，抛弃，驱除，放出

निराकरिष्णु nirākariṣṇu 形，拒绝接受的，遗弃的

निराक्रम् nis-ā√kram 1.4 走出，出现

निरागस् nirāgas 形，无错误的，无辜的

निरातङ्क nirātaṅka 形，无惧的，无病的

निरापद् nirāpad 形，无灾祸的；阴，无灾祸，繁荣

निराश nirāśa 形，绝望的

निरीक्ष्य nirīkṣya 形，注视，凝视

निरीति nirīti 形，无灾难的

निरीह nirīha 形，无意欲的

निरुत्सव nirutsava 形，无节日的，无欢乐的

निर्गम nirgama 阳，出行，离开，逝去

निर्गलित nirgalita 形，流出的，融化的

निर्घात nirghāta 阳，飓风

निर्घोष nirghoṣa 形，无声的，安静的；阳，发声，声响，喧哗

निर्जि nis√ji 1.战胜，征服，胜过

निर्जित nirjita 过分，战胜，征服，胜过

निर्झर nirjhara 阳、中，瀑布，溪流，激流

निर्णिक्त nirṇikta 过分，洗净

निर्दय nirdaya 形，无情的，残酷的

निर्दयम् nirdayam 不变词，无情地，残忍地

निर्दिष्ट nirdiṣṭa 过分，指示，指引，指定

निर्दोष nirdoṣa 形，无弊端的

निर्धूत nirdhūta 过分，摆脱

निर्धौत nirdhauta 过分，清洗，洗净，明亮

निर्बन्ध nirbandha 阳，坚持，强求，催促

निर्भा nis√bhā 2.闪光，好像

निर्भिद् nis√bhid 7.穿透

निर्मम nirmama 形，无私的，无我的，不执著的

निर्मा nis√mā 3.2.创造，幻化，建造

निर्मुक्त nirmukta 过分，摆脱，解脱，脱离

निर्मोक nirmoka 阳，摆脱，解脱，皮，蜕下的蛇皮，铠甲，天空，天国

निर्मोक्ष nirmokṣa 阳，解脱

निर्या nis√yā 2.走出，离开，出发，前往

निर्यात niryāta 过分，走出，流出

निर्यास niryāsa 阳、中，树脂

निर्वा nis√vā 2.吹，吹灭，熄灭，清凉，缓和

निर्वाण nirvāṇa 过分，吹灭，熄灭，死亡，毁灭；中，灭寂，消失，解脱，至福，涅槃

निर्वात nirvāta 形，无风的

निर्वाद nirvāda 阳，指责

निर्वापित nirvāpita 形，寂灭的，清凉的

निर्वासित nirvāsita 形，驱逐的

निर्विश् nis√viś 6.享受，进入

निर्विशेष nirviśeṣa 形，无区别的，同样的

निर्विषयीकृत nirviṣayīkṛta 过分，脱离原位

निर्विष्ट nirviṣṭa 过分，享受，享用，获得

निर्वेशनीय nirveśanīya 形，可享受的

निर्वृत् nis√vṛt 1.停止，结束，完成；致使，举行，完成

निर्वृति nirvṛti 阴，快乐，极乐，至福，平静，解脱

निर्वृत्त nirvṛtta 过分，完成，获得

निर्वृष्ट nirvṛṣṭa 形，停止下雨的

निर्व्यपेक्ष nirvyapekṣa 形，不关注的，不顾及的

निर्व्यापार nirvyāpāra 形，不使用的

निर्हृत nirhṛta 过分，取走，拔除

निर्ह्राद nirhrāda 阳，声音

निलय nilaya 阳，住处

निवस् ni√vas 1.居住，停留

निवसन nivasana 中，服装

निवात nivāta 形，无风的，平静的，安全的；中，无风处

निवाप nivāpa 阳，供物，祭供，祭品

निवारण nivāraṇa 中，阻止

निवारित nivārita 过分，阻止

निवास nivāsa 阳，居住，住处，营地，衣服

निवासिन् nivāsin 形，居住的，穿戴的；阳，居住者，居民

निविद् ni√vid 2.致使，告知，报告，回禀，说明，宣告，给予，献给

निविश् ni√viś 6.坐下，驻扎，进入，固定，专注；致使，固定，确定，安放，安置，安排，结婚，驻扎，建立，确立

निविष्ट niviṣṭa 过分，坐下，住下，居住，驻扎，进入，固定，专注

निवेदित nivedita 过分，告知，传达

निवेश niveśa 阳，占据，营地，住处

निवेशित niveśita 过分，进入，固定，安放

निवृ ni√vṛ 5.9.1.围住，包围；致使，避免，摆脱，阻挡

निवृत् ni√vṛt 1.返回，回转，复活，离开，撤退，回避，停止，禁止

निवृत्त nivṛtta 过分，返回，回来，恢复，消失，停止，断除

निवृत्ति nivṛtti 阴，返回，消失，停止，消除

निश् niś 阴，夜，夜晚

निशम् ni√śam 4.10.听，听说

निशा niśā 阴，夜晚

निशाचर niśācara 阳，罗刹

निशाचरी niśācarī 阴，罗刹女，夜行女子

निशान्त niśānta 中，房屋

निशित niśita 形，锋利的

निशीथ niśītha 阳，午夜，半夜

निश्चय niścaya 阳，决心，决定

निश्चि nis√ci 5.决定，断定，确定

निषक्त niṣakta 过分，附着，执著，结合，挂上，固定

निषङ्ग niṣaṅga 阳，执著，结合，箭囊

निषङ्गिन् niṣaṅgin 形，携带箭囊的

निषण्ण niṣaṇṇa 过分，坐，躺，依靠，安放，沮丧

निषद् ni√sad 1.坐下，住下，下沉，沮丧

निषध niṣadha 阳，尼奢陀（国王名），尼奢陀山

निषाद niṣāda 阳，尼沙陀（部族名），猎人，尼沙陀船夫

निषादिन् niṣādin 形，坐着的

निषिक्त niṣikta 过分，浇洒，浇灌

निषिच् ni√sic 6.浇灌，洒下

निषिद्ध niṣiddha 过分，阻止，阻拦，劝阻，禁止，阻击

निषिध् ni√sidh 1.阻止，拦住，反对，禁止

निषेक niṣeka 阳，浇灌，洒下，流淌，射

精，受孕，种子

निषेधिन् niṣedhin 形，阻止的，胜过的

निषूदन niṣūdana 中，消灭

निष्कम्प niṣkampa 形，不摇动的

निष्कम्पता niṣkampatā 阴，不动

निष्कर्षण niṣkarṣaṇa 中，拔出，取下

निष्कुषित niṣkuṣita 过分，撕裂

निष्कृष् nis√kṛṣ 1.拔出，夺取，勒索，撕裂

निष्क्रय niṣkraya 阳，赎金，薪酬，酬金，交换，买卖

निष्ठा niṣṭhā 阴，位置，基础，立足点，确信，通晓，终结，结局

निष्ठुर niṣṭhura 形，严厉的，残酷的

निष्ठ्यूत niṣṭhyūta 过分，吐出，抛出

निष्पत् nis√pat 1.发出，喷出，射出，冒出

निष्पन्द niṣpanda 形，不动的，动弹不得的

निष्पिष्ट niṣpiṣṭa 过分，压碎

निष्पेष niṣpeṣa 阳，碾压，碰撞

निष्प्रतिघ niṣpratigha 形，无阻碍的

निष्प्रभ niṣprabha 形，失去光彩的

निसर्ग nisarga 阳，给予，恩惠，抛弃，创造，天性，天资，天然

निस्तॄ nis√tṝ 1.通过，越过，完成，度过

निस्यन्द/निष्यन्द nisyanda/niṣyanda 阳，流出，流淌，液汁，流水

निस्यन्दिन्/निष्यन्दिन् nisyandin/niṣyandin 形，流出的，流淌的

निस्वन nisvana 阳，声音，响声

निहन् ni√han 2.杀害，杀死，消灭，攻击，打击，消除

निहित nihita 过分，安放，固定，留下，托付

नी √nī 1.带来，带着，带往，带走，带领，引导，引起，度过

नी nī 阳，（用于复合词末尾）引导，引导者

नीचैस् nīcais 不变词，下面，低矮，低下，谦卑，低声

नीत nīta 过分，引导，带走，安排

नीति nīti 阴，行为，正道，正道论，计策，谋略，策略，治国论，规范，伦理

नीप nīpa 阳，尼波树，尼波（家族名）

नीर nīra 中，水，汁液

नीरव nīrava 形，无声的

नीराजना nīrājanā 阴，军事净化仪式

नील nīla 形，青色的，蓝色的，蓝黑色的，黑色的；阳，青色，蓝色

नीवार nīvāra 阳，野稻

नीवी nīvī 阴，衣结

नीहार nīhāra 阳，大雾

नु nu 不变词，是否，或许，可能，确实，现在，此刻

नुद् √nud 6.驱除，驱散

नुद nuda 形，（用于复合词末尾）驱除，消除

नूतन nūtana 形，新的，新鲜的，目前的

नूनम् nūnam 不变词，确实，肯定

नूपुर nūpura 阳、中，脚镯

नृ nṛ 阳，人，人们

नृत् √nṛt 4.跳舞，舞动

नृत्य nṛtya 中，跳舞，舞蹈

नृप nṛpa 阳，国王

नृपति nṛpati 阳，人主，国王

नेतृ netṛ 形，引领的；阳，领导者，领袖，

首领，国王，统帅
नेत्र netra 中，眼睛，丝绸，绸布，丝衣，树根，车辆，领导者
नेपथ्य nepathya 中，服饰，妆扮，化妆
नेमि nemi 阴，轮，车轮，轮辋，周边
नेय neya 形，带走的
नैमिष naimiṣa 中，飘忽林（森林名）
नैर्ऋत nairṛta 阳，罗刹
नैषध naiṣadha 阳，尼奢陀王
नैष्ठिक naiṣṭhika 形，最后的，终极的，至高的
नैसर्गिक naisargika 形，天生的
नो no 不变词，不
नोदिन् nodin 形，消除的
नौ nau 阴，船
न्यङ्कु nyaṅku 阳，羚羊
न्यस् ni√as 4.交给，托付
न्यस्त nyasta 过分，放下，安放，安置，安排，放弃，抛弃，托付，画
न्याय्य nyāyya 形，合理的，合适的
न्यास nyāsa 阳，安放，放下，印记，印痕，寄存物，托管物，托付，放弃

प pa

प pa 形，（用于复合词末尾）饮，吸吮，保护
पक्ष pakṣa 阳，翅膀，羽翼，半月，一方，盟友
पक्षिन् pakṣin 阳，鸟
पक्ष्मन् pakṣman 中，睫毛，花丝，丝线
पङ्क paṅka 阳、中，污泥，淤泥，泥土，泥沼，油膏
पङ्कज paṅkaja 中，莲花
पङ्क्ति paṅkti 阴，行，排，列，组，聚餐，十
पङ्क्तिरथ paṅktiratha 阳，十车王
पच् √pac 1.煮食，成熟
पञ्चन् pañcan 数、形，五
पञ्चम pañcama 形，第五
पञ्चवटी pañcavaṭī 阴，般遮婆帝（地名）
पञ्जर pañjara 中，笼子，鸟笼
पट paṭa 阳、中，布，布面
पटमण्डप paṭamaṇḍapa 阳，帐篷
पटल paṭala 中，屋顶，覆盖物，薄膜，成堆，大量
पटवास paṭavāsa 阳，香粉
पटह paṭaha 阳，鼓，战鼓，开始，杀害
पटु paṭu 形，机敏的，擅长的，尖锐的，机智的，强烈的，高声的，响亮的
पट्ट paṭṭa 阳、中，板，条，带子，丝绸，布，裹头巾
पण paṇa 阳，赌博游戏，赌注，协定，和约，工资，财富
पण्य paṇya 阳，商品，货物，商业，价钱
पत् √pat 1.落下，倒下，坠落，飞落，飞向，飞翔
पतङ्ग pataṅga 阳，鸟，太阳，飞蛾
पतत् patat 阳，飞鸟
पतत्रिन् patatrin 阳，鸟
पताक patāka 阳，旗帜
पताकिनी patākinī 阴，军队
पति pati 阳，主人，国王，丈夫
पतिंवरा patiṃvarā 阴，选婿的女子
पतित्व patitva 中，主人

पतिवत्नी pativatnī 阴，丈夫健在的妻子

पतिव्रता pativratā 阴，忠贞的妻子

पत्ति patti 阳，步兵

पत्नी patnī 阴，妻子，王后

पत्र/पत्त्र patra/pattra 中，叶子，树叶，花瓣，贝叶，文件，羽翼，羽毛，鸟羽，箭翎，箭羽，车，彩绘线条

पत्ररथ/पत्त्ररथ patraratha/pattraratha 阳，以翅膀为车的，鸟

पत्रलेखा patralekhā 阴，彩绘线条

पत्रविशेषक patraviśeṣaka 阳，彩绘线条，彩绘条纹

पत्रवेष्ट patraveṣṭa 阳，耳环

पत्रिन्/पत्त्रिन् patrin/pattrin 形，有羽翎的；阳，箭，鸟

पथ patha 阳，（用于复合词末尾）路，道路

पथिन् pathin 阳，路，道路，通道

पद pada 中，脚，足，步，足迹，印痕，地方，位置，状况，地步，境界，地位，诗行，词，词语，词汇；阳，光芒

पदवि，-वी padavi，-vī 阴，足迹，踪迹，道路，位置

पदाति padāti 形，步行的；阳，步兵，步行者

पद्धति paddhati 阴，道路

पद्म padma 中，莲花，日莲；阳，莲花象

पद्मराग padmarāga 阳、中，红宝石

पद्मा padmā 阴，吉祥女神，莲花女神

पद्मिनी padminī 阴，莲花

पम्पा pampā 阴，般波湖

पयस् payas 中，水，雨水，奶，乳汁，精液

पयस्विनी payasvinī 阴，母牛

पयोद payoda 阳，云

पयोधर payodhara 阳，云，胸脯，乳房

पयोधि payodhi 阳，大海

पयोमुच् payomuc 阳，云

पर para 形，别的，其他的，另外的，不同的，紧接的，之后的，更高的，更加的，更重要的，最高的，至高的，最好的；（用于复合词末尾）专注的，专心的，充满的；阳，别人，他人，陌生人，敌人；中，至高精神，最高存在，至福

परंतप paraṃtapa 阳，折磨敌人者，焚烧敌人者

परतस् paratas 不变词，从他人，从敌人，超越，不同，此后

परत्र paratra 不变词，别处，另一世界，此后

परभृता parabhṛtā 阴，雌杜鹃

परम् param 不变词，超越，超出，之后，更加，仅仅

परम parama 形，最高的，至高的，最好的，极其的

परमार्थ paramārtha 阳，至高真理，真谛；形，（用于复合词中）真实的

परमेश्वर parameśvara 阳，大自在天

परमेष्ठिन् parameṣṭhin 形，至高的；阳，至高者，梵天

परंपरा paraṃparā 阴，连续，系列，接连，行，排

परवत् paravat 形，依附他人的，依靠的，服从的

परशु paraśu 阳，斧子

परश्वध paraśvadha 阳，斧子

परस्तात् parastāt 不变词，更远，那一边，之后，高于

परस्पर paraspara 形，互相的，彼此的；代，互相，彼此

परस्परेण paraspareṇa 不变词，互相，彼此

परस्व parasva 中，别人的财物

पराक्रम parākrama 阳，勇气，威力

पराग parāga 阳，灰尘

पराङ्मुख parāṅmukha 形，转过脸去的，背对的，背离的，回避的

पराङ्मुखत्व parāṅmukhatva 中，背离

पराजय parājaya 阳，战胜，战败

पराजित parājita 过分，胜过，战败，失败

परामृश् parā√mṛś 6.抚摩，抚触，攻击，玷辱

परार्ध्य parārdhya 形，最优秀的，最好的，最高的，最昂贵的；中，极限，最高状态

परासु parāsu 形，断气的，死去的

परिकल्पित parikalpita 过分，决定，制作，准备，安排

परिकीर्ण parikīrṇa 过分，散布

परिकॄ pari√kṝ 6.交给，托付

परिक्लिष्ट parikliṣṭa 过分，折磨

परिक्षेप parikṣepa 阳，晃荡，散布，环绕

परिखा parikhā 阴，壕沟

परिखीकृत parikhīkṛta 过分，成为壕沟，作为壕沟

परिगत parigata 过分，围绕，知道，充满，获得

परिगमित parigamita 过分，度过

परिगृहीत parigṛhīta 过分，握住，拥抱，接受，结婚

परिग्रह् pari√grah 9.握住，抱住，拥抱，采取，恩宠，支持，穿上，把握，理解，娶妻

परिग्रह parigraha 阳，抓住，握住，环绕，穿上，采取，接受，结婚，妻子，恩宠，侍从，家庭，拥有，获得，丈夫，理解

परिघ parigha 阳，门闩，铁闩，障碍

परिचय paricaya 阳，堆积，熟悉，密切，熟练

परिचर्या paricaryā 阴，侍奉，敬拜

परिचि pari√ci 5.堆积，增加；3.练习，实行，熟悉

परिच्छद paricchada 阳，覆盖物，外表的装饰，衣服，侍从，随身用品

परिच्छिद् pari√chid 7.确定，区别，判断

परिच्छेद्य paricchedya 形，可断定的

परिजन parijana 阳，随从，侍从，仆人

परिणद्ध pariṇaddha 过分，缠绕，浑圆，宽阔

परिणाम pariṇāma 阳，变化，消化，结果，成熟，年老

परिणेतृ pariṇetṛ 阳，结婚者，丈夫

परितस् paritas 不变词，周围，四周，到处，向

परितोष paritoṣa 阳，喜悦

परित्याग parityāga 阳，抛弃，舍弃

परित्राण paritrāṇa 中，保护

परिदेवन, -ना paridevana 中，-nā 阴，悲伤，悲痛，哀悼

परिधा pari√dhā 3.穿戴，包围，环顾

परिधि paridhi 阳，晕圈

परिधूसर paridhūsara 形，深灰色的

परिपाटल paripāṭala 形，淡红的

परिबर्हवत् paribarhavat 形，家具齐全的

परिभव paribhava 阳，侮辱，伤害，屈辱，失败

परिभाविन् paribhāvin 形，羞辱的，蔑视的，无效的，落空的

परिभूत paribhūta 过分，压倒

परिभोग paribhoga 阳，享受，享用，欢爱

परिमृज् pari√mṛj 2.清除

परिमेय parimeya 形，少量的，有限的

परिमोक्ष parimokṣa 阳，去除，释放

परिम्लान parimlāna 过分，枯萎褪色，憔悴苍白

परिरभ् pari√rabh 1.拥抱

परिवर्तन parivartana 中，活动

परिवर्तित parivartita 过分，调转

परिवर्तिन् parivartin 形，活动的

परिवर्धित parivardhita 过分，增长，养育

परिवाद，परीवाद parivāda，parīvāda 阳，责备，谴责，责骂，流言，恶名，指控

परिवादिनी parivādinī 阴，七弦琵琶，乐器

परिवार parivāra 阳，侍从

परिवाह parivāha 阳，泛滥，流淌，涌动，水沟

परिवीत parivīta 过分，围绕

परिवृत् pari√vṛt 1.转动，游荡，转回，消失

परिवृत parivṛta 过分，围绕，卫护，隐藏，遍布

परिवृद्ध parivṛddha 过分，增长

परिवृद्धि parivṛddhi 阴，增长

परिवेत्तृ parivettṛ 阳，比兄长先成婚的弟弟

परिवेष pariveṣa 阳，圆圈，光环

परिशङ्किन् pariśaṅkin 形，害怕的，疑惧的

परिशिष् pari√śiṣ 7.致使，保留

परिशुद्धि pariśuddhi 阴，纯净，清净

परिशून्य pariśūnya 形，空的，空缺的

परिश्रम pariśrama 阳，疲劳，疲倦

परिसंख्या parisaṃkhyā 阴，总数

परिहानि parihāni 阴，衰弱

परिहास parihāsa 阳，玩笑，笑话，戏谑，嘲笑

परिहीण/परिहीन parihīṇa/parihīna 过分，减少

परिहृत parihṛta 过分，避开，抛弃，省略，免除，驳斥

परीक्षित parīkṣita 过分，观察，考察，考验，巡视

परीत parīta 过分，包围，围绕

परीवार parīvāra 阳，随从

परुष paruṣa 形，粗暴的，冷酷的，刺耳的，尖锐的，粗糙的，猛烈的，脏的

परुषम् paruṣam 不变词，刺耳

परोक्ष parokṣa 形，没见到的，未曾谋面的

पर्जन्य parjanya 阳，雨云，雨水

पर्ण parṇa 中，羽翼，树叶

पर्यन्त paryanta 阳，周围，周边，侧边

पर्यश्रु paryaśru 形，热泪盈眶的

पर्यस् pari√as 4.致使，洒落

पर्यस्त paryasta 过分，抛掷，投射，散落，

散布，围绕，翻倒，倾覆，打击

पर्याप्त paryāpta 过分，获得，完成，充满，布满，能够，充足，有限

पर्याय paryāya 阳，轮流，依次，方式，方法

पर्याविल paryāvila 形，泥泞的，混浊的

पर्युत्सुकत्व paryutsukatva 中，忧愁，焦虑

पर्युपास् pari-upa√ās 2.侍奉

पर्वन् parvan 中，（有时多财释复合词末尾采用 parva）节，关节，部分，（台阶）一级，时节，时机

पर्वत parvata 阳，山

पर्वतीय parvatīya 形，山区的

पलायन palāyana 中，逃跑

पलाश palāśa 阳，波罗奢树；中，波罗奢花，树叶，叶子，花瓣，绿色

पलित palita 形，灰白的，年老的；中，灰白头发

पल्लव pallava 阳、中，芽，嫩芽，嫩叶，嫩枝，蓓蕾，展开，扩散，力量，手镯，衣服的折边

पल्वल palvala 中，池塘

पवन pavana 阳，风，风神

पवमान pavamāna 阳，空气，风

पवित्र pavitra 形，圣洁的，净化的，纯净的；中，净化物

पशु paśu 阳，动物，牲畜，兽

पश्चात् paścāt 不变词，后面，向后，后来，然后，以后，之后

पश्चात्कृत paścātkṛta 形，抛在后面的，超过的

पश्चिम paścima 形，后面的，最后的，西边的

पा √pā 1.喝，饮，吻；2.保护

पांसु/पांशु pāṃsu/pāṃśu 阳，灰尘，尘土

पांसुल pāṃsula 形，肮脏的，污秽的

पाक pāka 阳，成熟，果实

पाकशासन pākaśāsana 阳，诛灭巴迦者，因陀罗

पाटल pāṭala 形，粉红的；阳，粉红色；中，波吒罗花，番红花

पाटित pāṭita 过分，刺破

पाणि pāṇi 阳，手，手掌

पाण्डु pāṇḍu 形，白的，苍白的，浅白的

पाण्ड्य pāṇḍya 阳，般底耶人，般底耶王

पात pāta 阳，飞行，落下，毁灭，袭击，投放

पातक pātaka 阳、中，罪过，罪恶

पाताल pātāla 中，地下世界

पातित pātita 过分，扔下，投下，击倒，落下

पातिन् pātin 形，飞行的，落下的

पात्र pātra 中，杯子，盘子，钵，容器

पात्रसात् pātrasāt 不变词，交给适任者

पात्रीकृत pātrīkṛta 形，成为值得的，可尊敬的

पाद pāda 阳，脚，脚步，四分之一

पादचार pādacāra 阳，步行

पादप pādapa 阳，树，树木

पादपीठ pādapīṭha 阳、中，脚凳

पादुका pādukā 阴，鞋子

पान pāna 中，喝，饮，饮酒

पाप pāpa 形，有罪的；中，罪过，罪恶；阳，恶人

पायिन् pāyin 形，喝的，饮用的，吸吮的

पार pāra 阳、中，彼岸，对岸，终端，全部

पारणा pāraṇā 阴，开斋，进餐，宴饮

पारसीक pārasīka 阳，波斯人

पारिजात，पारिजातक pārijāta，pārijātaka 阳，波利质多树，珊瑚树

पारिप्लव pāriplava 形，摇动的，颤动的，游动的，浮动的，困惑的

पारियात्र pāriyātra 阳，波利耶多罗山，波利耶多罗（国王名）

पार्थिव pārthiva 形，大地的；阳，国王

पार्थिवी pārthivī 阴，大地之女，悉多

पार्वण pārvaṇa 形，望日的

पार्वती pārvatī 阴，波哩婆提（湿婆之妻）

पार्श्व pārśva 形，附近的，身旁的；阳、中，胁，肋，两侧，身旁，附近

पार्श्वग pārśvaga 阳，侍从

पार्श्वचर pārśvacara 阳，侍从

पार्श्वतस् pārśvatas 不变词，从身边

पार्श्ववर्तिन् pārśvavartin 阳，侍从

पार्ष्णि pārṣṇi 阳、阴，脚跟，后方

पाल् √pāl 10.保护

पाल pāla 阳，保护者

पालन pālana 中，保护

पालयितृ pālayitṛ 阳，保护者

पालित pālita 过分，保护

पावक pāvaka 阳，火，火神

पावन pāvana 形，净化的，神圣的，圣洁的，纯净的

पाश pāśa 阳，绳，套索，罗网；（用于复合词末尾）大量，丰富，浓密

पाश्चात्त्य paścāttya 形，西方的

पिङ्ग piṅga 形，黄色的

पिङ्गल piṅgala 形，棕色的，黄褐色的，黄色的；阳，猴子

पिण्ड piṇḍa 形，结实的，紧密的；阳、中，圆团，饭团

पितृ pitṛ 阳，（单）父亲，（双）父母，（复）祖先，父辈

पितृकानन pitṛkānana 中，坟地

पितृमत् pitṛmat 形，有父亲的，有好父亲的

पित्र्य pitrya 形，父亲的，祖传的，世袭的

पिनाकिन् pinākin 阳，持三叉戟者，湿婆

पिशित piśita 中，肉

पिशुन piśuna 形，显示的，表明的，诽谤的，恶意的

पिहित pihita 过分，封闭

पीठ pīṭha 中，座，座位，凳子，脚凳

पीड् √pīḍ 10.折磨，伤害，挤压，打击

पीडा pīḍā 阴，折磨，扰乱，痛苦，伤害，压迫

पीडित pīḍita 过分，折磨，挤压，抓住

पीत pīta 过分，喝，饮，吸吮

पीवर pīvara 形，肥胖的，圆胖的，丰满的，强壮的，粗壮的

पुंनाग puṃnāga 阳，人中之象，彭那伽树

पुंवत् puṃvat 不变词，如同男子

पुंस् puṃs 阳，男性，雄性，男人，人

पुंसवन puṃsavana 中，生男礼

पुङ्ख puṅkha 阳、中，箭翎，箭羽，尾翎

पुट puṭa 阳、中，凹穴，杯子，容器，叶苞，幼芽

पुण्डरीक puṇḍarīka 中，莲花，白莲；阳，白色，莲花象，老虎，莲花（人名）

पुण्य puṇya 形，纯洁的，圣洁的，纯净的；中，功德，善行，善事，圣洁

पुण्यजन puṇyajana 阳，药叉

पुण्यतर puṇyatara 形，更加圣洁的

पुत्र putra 阳，儿子，孩子，布特罗（国王名）

पुत्रवत् putravat 形，有儿子的

पुत्रिन् putrin 形，有儿子的

पुत्रीकृत putrīkṛta 过分，成为儿子，作为儿子

पुत्रीय putrīya 形，有关儿子的

पुनर् punar 不变词，又，再，再次，还有，但是，然而，而，更加，进而

पुनरुक्त punarukta 形，重复说的，多余的；中，重复，多余

पुनर्-पुनर् punar-punar 不变词，一再地

पुनर्वसु punarvasu 阳，井宿

पुर् pur 阴，城市

पुर pura 中，城，城市，城镇，城堡

पुरःसर puraḥsara 形，走在前面的；阳，先驱者，随从，引导者

पुरंदर puraṃdara 阳，摧毁城堡者，因陀罗

पुरंध्रि puraṃdhri 阴，年长的已婚妇女，丈夫和子女活着的妇女

पुरस् puras 不变词，前面，面前，首先，以前

पुरस्कृ puras√kṛ 8.放在前面，恭敬

पुरस्कृत puraskṛta 过分，放在前面，尊敬，尊重，跟随，采取，显示

पुरस्क्रिया puraskriyā 阴，尊敬

पुरस्तात् purastāt 不变词，前面，面前，首先，以前，东面

पुरा purā 不变词，从前，以前，过去，古代，不久

पुराण purāṇa 形，古老的，古代的，过去的，陈旧的；中，往事，传说，往世书

पुरातन purātana 形，古老的

पुरी purī 阴，城，城市，城镇

पुरुष puruṣa 阳，男人，人，原人

पुरुहूत puruhūta 阳，因陀罗

पुरोग puroga 形，带领的，杰出的；阳，领先者，杰出者，领袖

पुरोगत purogata 形，位于前面的

पुरोधस् purodhas 阳，家庭祭司

पुरोहित purohita 阳，家庭祭司

पुलिन pulina 阳、中，沙滩，沙洲，河岸

पुलिन्द pulinda 阳，布邻陀人，野人

पुष् √puṣ 1.4.9.抚养，养育，维持，发育，滋长，增长，获得，展现；致使或 10.抚养，养育，增长

पुष्कर puṣkara 中，莲花，鼓面，莲花圣地

पुष्कल puṣkala 阳，补沙迦罗（婆罗多之子）

पुष्टि puṣṭi 阴，抚育，成长，肥壮，繁荣，富有

पुष्प puṣpa 中，花，花朵，鲜花

पुष्पक puṣpaka 中，花车

पुष्पराग puṣparāga 阳，黄玉

पुष्पित puṣpita 形，开花的，花哨的

पुष्य puṣya 阳，弗沙星，鬼宿，弗沙（人名）

पू √pū 1.4.9.净化

पूग pūga 阳，槟榔树

पूजा pūjā 阴，崇拜，敬拜，尊敬，供奉，侍奉

पूज्य pūjya 形，应该敬拜的；阳，应该敬拜者，岳父

पूत pūta 过分，净化，纯洁的，圣洁的

पूर pūra 阳，充满，充入，满足，潮水

पूरण pūraṇa 形，充满的

पूरित pūrita 过分，充满，覆盖

पूरुष pūruṣa 阳，人

पूर्ण pūrṇa 过分，充满，充足，圆满

पूर्व pūrva 形，前面的，首先的，东边的，东方的，以前的，事先的，年老的，过去的，(用于复合词末尾)为首的，伴随的，具有；阳，前者，前人，祖先，古人

पूर्वज pūrvaja 阳，长兄

पूर्वजन्मन् pūrvajanman 阳，长兄

पूर्वतस् pūrvatas 不变词，东方，前面

पूर्वम् pūrvam 不变词，以前，首先，最初

पूर्ववृत्त pūrvavṛtta 中，往事，传说

पृक्त pṛkta 过分，混合，接触，联系

पृथक् pṛthak 不变词，各自，分别地，单独地，除了

पृथग्जनवत् pṛthagjanavat 不变词，像普通人那样

पृथिवी pṛthivī 阴，大地

पृथिवीक्षित् pṛthivīkṣit 阳，国王

पृथु pṛthu 形，宽阔的；阳，普利图（国王名）

पृषत pṛṣata 阳，羚羊，水滴，斑点

पृषती pṛṣatī 阴，雌羚羊

पृषत्क pṛṣatka 阳，箭

पृष्ट pṛṣṭa 过分，询问

पृष्ठ pṛṣṭha 中，背部，表面

पृष्ठतस् pṛṣṭhatas 不变词，后面

पॄ √pṝ 3.9.充满，满足，吹入，养育

पेशल/पेषल/पेसल peśala/peṣala/pesala 形，柔软的，纤细的，可爱的，迷人的，精通的，灵巧的

पैतामह paitāmaha 形，祖父的，梵天的

पैतृक paitṛka 形，父亲的，祖先的

पौत्र pautra 阳，孙子

पौनरुक्त्य paunaruktya 中，重复，多余

पौर paura 形，城市的；阳，市民

पौरंदर pauraṃdara 形，因陀罗的

पौरस्त्य paurastya 形，东方的

पौरुष pauruṣa 中，英雄气概，勇气，威力，男子气概

पौरोभाग्य paurobhāgya 中，挑错，妒忌

पौलस्त्य paulastya 阳，补罗私底耶的后代（罗波那、维毗沙那）

पौष pauṣa 形，弗沙星宿月的；阳，弗沙星宿月

प्रकर prakara 阳，成堆，大量，一束，一捆，协助，友谊，习惯

प्रकर्ष prakarṣa 阳，优秀，优异，杰出，威力

प्रकाम prakāma 形，充满欲望的，随心所欲的，如愿的，快乐的；阳，愿望

प्रकामम् prakāmam 不变词，足够，随心所欲，如愿

प्रकाश् pra√kāś 1.显示，展示，看似

प्रकाश prakāśa 形，闪亮的，明亮的，明显的，清晰的，显现的，显示的，著名的，空旷的；（用于复合词末尾）像，如同；阳，光芒，光辉，光明，名声

प्रकीर्ण prakīrṇa 过分，布满

प्रकोष्ठ prakoṣṭha 阳，前臂

प्रकृत prakṛta 过分，完成，开始，原初的

प्रकृति prakṛti 阴，原本状态，原形，本性，来源，原质，词干，臣民，民众

प्रक्रम् pra√kram 1.前行，走向，开始

प्रक्रमण prakramaṇa 中，迈步，前行

प्रक्षालन prakṣālana 中，清洗，洗掉

प्रगल्भ pragalbha 形，自信的，大胆的，直率的，雄辩的，成熟的，傲慢的

प्रगुण praguṇa 形，优质的

प्रग्रह् pra√grah 9.获取，接受

प्रचक्ष् pra√cakṣ 2.说，告诉

प्रचलित pracalita 过分，移动，游荡

प्रचि pra√ci 5.收集，增加，增长

प्रचेतस् pracetas 阳，伐楼那（神名）

प्रचोदित pracodita 过分，鼓励，激励，催促

प्रच्छ् √pracch 6.询问，寻求

प्रच्छद pracchada 阳，被子

प्रजा prajā 阴，生育，儿子，后嗣，后代，臣民，民众，众生

प्रजानाथ prajānātha 阳，民众之主

प्रजावती prajāvatī 阴，嫂子，孕妇

प्रजेश prajeśa 阳，民众之主，国王

प्रजेश्वर prajeśvara 阳，民众之主，国王

प्रज्ञा prajñā 阴，智慧

प्रणत praṇata 过分，弯下，俯身，敬礼，行礼，恭敬，谦恭，精通

प्रणति praṇati 阴，鞠躬致敬，敬礼，谦恭

प्रणम् pra√nam 1.弯下，弯腰，俯身，倾向，敬礼，敬拜

प्रणय praṇaya 阳，喜爱，挚爱，爱恋，友谊，信任，请求，尊敬，恭顺

प्रणयवत् praṇayavat 形，满怀热爱的

प्रणयिन् praṇayin 形，喜爱的，渴望的，渴求的，请求的；阳，朋友，同伴，情人，爱人，请求者，崇拜者

प्रणयिनी praṇayinī 阴，妻子

प्रणव praṇava 阳，唵声

प्रणाम praṇāma 阳，鞠躬，敬礼，行礼，致敬

प्रणाश praṇāśa 阳，失去，死亡

प्रणाशन praṇāśana 中，消灭，毁坏

प्रणिधान praṇidhāna 中，沉思，沉思入定

प्रणिधि praṇidhi 阳，探子，密探，使者，侍从

प्रणिपत् pra-ni√pat 1.鞠躬，匍匐，拜倒，下跪，致敬，敬拜

प्रणिपात praṇipāta 阳，鞠躬，匍匐，拜倒，致敬，敬拜，虔敬

प्रणिहित praṇihita 过分，安排，固定，托付，专注

प्रणीत praṇīta 过分，提供，给予，实行，确立，规定

प्रतर pratara 阳，越过，通过

प्रतान pratāna 阳，嫩枝，枝条，卷须

प्रताप pratāpa 阳，热，灼热，光，光热，光辉，威力，威武

प्रति prati 前缀，向着，返回，对着；不变词，朝向，向着，对于，关于，对待

प्रतिकार，प्रतीकार pratikāra，pratīkāra 阳，对治，救治，补救，治疗

प्रतिकूल pratikūla 形，相反的，对立的，敌对的，不顺的，逆向的，违逆的

प्रतिकृत pratikṛta 过分，反攻，防御

प्रतिकृति pratikṛti 阴，报复，报答，映像，画像，形象

प्रतिक्रिया pratikriyā 阴，驱除

प्रतिगर्ज् prati√garj 1.吼叫，反对

प्रतिग्रह् prati√grah 9.抓住，接受，抵抗，攻击，迎战，结婚，服从，允诺，占有

प्रतिग्राहित pratigrāhita 过分，接受，获得

प्रतिज्ञा pratijñā 阴，诺言

प्रतिदिनम् pratidinam 不变词，每天

प्रतिद्वन्द्विन् pratidvandvin 阳，对手，敌手

प्रतिनन्द् prati√nand 1.欢迎，祝贺，欣然接受

प्रतिनिधि pratinidhi 阳，代表，替身，替代

प्रतिनिधीकृत pratinidhīkṛta 过分，成为替代品

प्रतिपत्ति pratipatti 阴，获得，掌握，认知，理解，知识，认同，行动，进程，实行，修行，决定，礼敬，尊敬，方法，手段

प्रतिपद् pratipad 阴，通道，入口，白半月第一天

प्रतिपद् prati√pad 4.走向，走近，进入，追随，达到，成为，获得，接受，恢复，认为，同意，理解，掌握

प्रतिपन्न pratipanna 过分，获得，完成，答应，认同，掌握，达到，进入，通晓

प्रतिपल्लव pratipallava 阳，伸出的枝条

प्रतिपादित pratipādita 过分，给予

प्रतिपूरण pratipūraṇa 中，充满，占满

प्रतिप्रयात pratiprayāta 过分，回去

प्रतिप्रहार pratiprahāra 阳，回击，反击

प्रतिप्रिय pratipriya 中，报答

प्रतिबद्ध pratibaddha 过分，捆绑，系缚，束缚，阻止

प्रतिबन्ध् prati√bandh 9.系缚，阻断

प्रतिबन्ध pratibandha 阳，捆绑，阻碍

प्रतिबुध् prati√budh 1.4.觉醒；致使，唤醒，说明

प्रतिबोध pratibodha 阳，觉醒，醒来

प्रतिब्रू prati√brū 2.回答

प्रतिभयम् pratibhayam 不变词，可怕地

प्रतिभा prati√bhā 2.发光，呈现，显示，显得，看来

प्रतिभा pratibhā 阴，形貌，光辉，睿智，想象

प्रतिभिद् prati√bhid 7.谴责

प्रतिम pratima 形，（用于复合词末尾）如同，好像

प्रतिमा pratimā 阴，形象，塑像，偶像，相像，映像，倒影

प्रतिमुक्त pratimukta 过分，释放，回报，补偿

प्रतिमुच् prati√muc 6.释放，归还

प्रतिमोचन pratimocana 中，解除

प्रतिया prati√yā 2.返回，离开

प्रतियात pratiyāta 过分，对抗，返回

प्रतियातना pratiyātanā 阴，画像，雕像

प्रतियोजयितव्य pratiyojayitavya 形，需要调整的

प्रतियोध pratiyodha 阳，对手，敌人

प्रतिरुह् prati√ruh 1.致使，登上

प्रतिरूप pratirūpa 形，匹配的，合适的

प्रतिरोपित pratiropita 过分，种植，扶植

प्रतिवच् prati√vac 2.回答，回应

प्रतिवद् prati√vad 1.回答，说出，重复

प्रतिवप् prati√vap 1.播种，种植，镶嵌

प्रतिविहित pratavihita 过分，阻碍，安排

प्रतिशब्द pratiśabda 阳，回声，回音

प्रतिश्रु prati√śru 5.答应，许诺，听许

प्रतिश्रुत् pratiśrut 阴，回声，回音

प्रतिश्रुत pratiśruta 过分，答应

प्रतिषिद्ध pratiṣiddha 过分，阻止，禁止，阻拦，抑制

प्रतिषेध pratiṣedha 阳，拒绝

प्रतिषेधनीय pratiṣedhanīya 形，应当阻拦的

प्रतिष्टम्भ pratiṣṭambha 阳，阻碍，抵制

प्रतिष्ठ pratiṣṭha 形，竖立的

प्रतिष्ठा pratiṣṭhā 阴，位置，住处，基础，基地，庇护所，静止，安定

प्रतिष्ठापित pratiṣṭhāpita 过分，安放，安置，建立，确立，赋予

प्रतिष्ठित pratiṣṭhita 过分，竖立，建立，确立，登基，完成

प्रतिसंहृ prati-sam√hṛ 1.收回，放回，压缩，减少

प्रतिसंहृत pratisaṃhṛta 过分，撤回

प्रतिसारित pratisārita 过分，移开

प्रतिस्वन pratisvana 阳，回声，回音

प्रतिहर्तृ pratihartṛ 阳，驱除者

प्रतिहार pratihāra 阳，门，门卫

प्रती prati√i 2.返回，到达，相信，理解，依靠，高兴，满意；致使，相信，证明

प्रतीक्ष्य pratīkṣya 形，等待的，期待的，考虑的，敬仰的，值得尊敬的

प्रतीघात pratīghāta 阳，障碍

प्रतीत pratīta 过分，出发，离去，相信，信任，确认，称为，著名，高兴

प्रतीप pratīpa 形，相反的，反面的，逆向的；阳，波罗迪波（国王名）

प्रतीपग pratīpaga 形，逆向的，逆流的

प्रतीष् prati√iṣ 6.接受

प्रत्यक्ष pratyakṣa 形，目睹的，感知的

प्रत्यग्र pratyagra 形，新鲜的，新生的

प्रत्यन्त pratyanta 阳，边界

प्रत्यभिज्ञान pratyabhijñāna 中，信物

प्रत्यभिनन्दिन् pratyabhinandin 形，欢迎的，高兴的，感激的

प्रत्यय pratyaya 阳，确信，信念，原因，因缘，词缀

प्रत्यर्थिन् pratyarthin 形，敌对的，阻碍的；阳，敌人，对手，被告者，障碍

प्रत्यर्पण pratyarpaṇa 中，归还

प्रत्यर्पित pratyarpita 过分，恢复，交还

प्रत्यवहार pratyavahāra 阳，收回，毁灭

प्रत्यवेक्ष्य pratyavekṣya 形，考察的

प्रत्यागत pratyāgata 过分，恢复

प्रत्यादिश् prati-ā√diś 6.抛弃，舍弃，废弃，拒绝，警告，消除

प्रत्यादिष्ट pratyādiṣṭa 过分，遮蔽，黯淡

प्रत्याया prati-ā√yā 2.返回
प्रत्याश्वस् prati-ā√śvas 2.恢复呼吸，苏醒
प्रत्याहत pratyāhata 过分，击退，受阻，厌弃
प्रत्युद्गत pratyudgata 过分，迎接，欢迎
प्रत्युद्गम् prati-ud√gam 1.迎接，欢迎
प्रत्युद्धृत pratyuddhṛta 过分，救出
प्रत्युद्यात pratyudyāta 过分，起身，迎接
प्रत्युद्व्रज् prati-ud√vraj 1.迎接
प्रत्युपहार pratyupahāra 阳，归还
प्रत्यृ prati√ṛ 5.致使，扔向，归还，回报
प्रत्येक pratyeka 形，逐一
प्रत्येकम् pratyekam 不变词，每一个
प्रथ् √prath 1.增长，流传，闻名
प्रथम prathama 形，第一，首先的，最初的，以前的，预先的
प्रथमम् prathamam 不变词，首先，最初
प्रथित prathita 过分，著名
प्रथिमन् prathiman 阳，宽阔，广大，宏伟
प्रद prada 形，（用于复合词末尾）给予
प्रदक्षिण pradakṣiṇa 形，右边的，向右的，右旋的
प्रदक्षिणीकृ pradakṣiṇī√kṛ 8.行右绕礼，右绕敬礼
प्रदिष्ट pradiṣṭa 过分，指出，指引，指定，给予，授予
प्रदीप pradīpa 阳，灯，灯光
प्रदूषित pradūṣita 过分，玷污
प्रदेय pradeya 形，应该给予的
प्रदेश pradeśa 阳，地方，地区，部位
प्रदोष pradoṣa 阳，错误，得罪，傍晚，黄昏，夜晚
प्रधन pradhana 中，战斗
प्रधान pradhāna 形，为首的，主要的，杰出的
प्रधूमित pradhūmita 形，窒息的
प्रध्मात pradhmāta 过分，吹响
प्रपद् pra√pad 4.进入，步入，走上，走近，走向，走到，到达，依靠，服从，臣服，陷入，成为，造成，获得，采取
प्रपन्न prapanna 过分，进入，走向，前往，达到，寻求庇护，依靠，处于，具有
प्रपात prapāta 阳，落下，突袭，激流，瀑布，悬崖，巉岩
प्रफुल्ल praphulla 过分，开花，绽放，微笑，欢快
प्रबन्ध prabandha 阳，连续
प्रबल prabala 形，有力的，强大的，强烈的
प्रबाल/प्रवाल prabāla/pravāla 阳、中，芽，嫩芽，嫩叶，嫩枝
प्रबुद्ध prabuddha 过分，觉醒，醒来，绽开
प्रबुध् pra√budh 1.4.觉醒，开花；致使，唤醒
प्रबोध prabodha 阳，觉醒，觉悟，唤醒，清醒，知识，智慧，理解，明白
प्रबोधित prabodhita 过分，觉醒，告知，得知，相信
प्रबोधिन् prabodhin 形，醒来的
प्रभव prabhava 阳，来源，起源，产生，出生，创造者，力量，威力
प्रभवत् prabhavat 形，出现的，产生的，有力的
प्रभा prabhā 阴，光，光辉，光芒，光泽

प्रभात prabhāta 中，拂晓，清晨，早晨

प्रभाव prabhāva 阳，光辉，威严，威力，能力，权力，权势

प्रभेद prabheda 阳，裂开，分开

प्रभु prabhu 形，强有力的，能够的；阳，主人，国王，统治者

प्रभुत्व prabhutva 中，统治，主宰，王权

प्रभू pra√bhū 1.产生，出现，增长，有力，能够，控制，容纳

प्रभृति prabhṛti 阴，开始；不变词，从此，开始，始于

प्रभ्रंश् pra√bhraṃś 1.4.坠落，散落

प्रभ्रंशिन् prabhraṃśin 形，坠落

प्रमत्त pramatta 过分，迷醉，放逸

प्रमथ् pra√math 1.9.搅动，扰乱，折磨，打击，杀害

प्रमद pramada 形，兴奋的，发情的

प्रमदा pramadā 阴，美女，少妇，妇女，妻子

प्रमनस् pramanas 形，高兴的，愉快的

प्रमन्यु pramanyu 形，愤怒的

प्रमाण pramāṇa 中，衡量，规模，体积，标准，证据

प्रमाथिन् pramāthin 形，折磨的，杀害的，摧毁的，激动的

प्रमुख pramukha 形，面对的，主要的，尊敬的；（用于复合词末尾）为首，等等，伴随

प्रमुदित pramudita 过分，欢喜，高兴；中，喜悦

प्रमृज् pra√mṛj 2.擦洗，清洗，擦拭，去除，赎罪

प्रमृष्ट pramṛṣṭa 过分，擦洗，洗去，清除，排除

प्रमोद pramoda 阳，愉快，高兴，喜悦

प्रम्लान pramlāna 形，枯萎的

प्रयत् pra√yat 1.努力

प्रयत prayata 过分，控制，克制，自制，虔诚，净化，热心，认真；阳，自制者

प्रयत्न prayatna 阳，努力，费劲

प्रया pra√yā 2.走向，出发，前往，前进，行进

प्रयाण prayāṇa 中，出发，出游，旅途，前行，行进，行军，进军

प्रयात prayāta 过分，出发，离去，前往，前进，行进

प्रयास prayāsa 阳，努力

प्रयुक्त prayukta 过分，使用，指示，指导，指定，给予，实施，举行，修习，采取，束缚，牵引，联系

प्रयुज् pra√yuj 7.使用，指示，给予，促使，实施

प्रयोक्तृ prayoktṛ 阳，使用者，实施者，指导者，表演者

प्रयोग prayoga 阳，使用，运用，从事，演艺，计划，手段

प्रयोजन prayojana 中，使用，用途，目的，意图

प्रयोज्य prayojya 形，应该使用的

प्ररूढ prarūḍha 过分，长出

प्ररोह praroha 阳，芽，尖，嫩芽，新枝，枝条，树枝

प्रलय pralaya 阳，毁灭，（劫末世界的）

毁灭，昏迷，昏厥

प्रलोभित pralobhita 过分，劝诱，诱惑

प्रवच् pra√vac 2.说，告诉

प्रवयस् pravayas 形，年长的，年老的

प्रवर्तित pravartita 过分，转动，运转，激发，点燃，引起

प्रवर्तिन् pravartin 形，行动的，运转的，开始的，引起的，流动的

प्रवस् pra√vas 1.生活，居住，出外，出国，旅行

प्रवास pravāsa 阳，出外，旅居

प्रवाह pravāha 阳，奔流，水流，流程

प्रविभाग pravibhāga 阳，区分

प्रविरल pravirala 形，间隔的，稀少的

प्रविश् pra√viś 6.进入；致使，引入

प्रविष्ट praviṣṭa 过分，进入，占据

प्रवीर pravīra 阳，英雄

प्रवृत् pra√vṛt 1.出现，开始，着手，从事，运转，行动；致使，引导，确立，激发，促进

प्रवृत्त pravṛtta 过分，运转，开始，启动，从事，准备，确定，流动；中，行动

प्रवृत्ति pravṛtti 阴，产生，出现，来临，开始，从事，行为，活动，消息

प्रवृद्ध pravṛddha 过分，成熟，增加，增长，提高，扩大，强壮，丰满，涌起，泛滥

प्रवेणी praveṇī 阴，发辫

प्रवेश praveśa 阳，进入

प्रवेशित praveśita 过分，引进，带入

प्रवेश्य praveśya 形，演奏的

प्रव्रज् pra√vraj 1.流亡，出家；致使，流放，放逐

प्रशम् pra√śam 4.平静，平息，停止；致使，安抚，平息，消除

प्रशम praśama 阳，平静，安宁，寂静，寂灭，平息

प्रशमन praśamana 中，平静，安宁

प्रशमित praśamita 过分，平息，平定，征服

प्रशस्त praśasta 过分，称赞，优秀的，吉祥的

प्रशास् pra√śās 2.教导，命令，统治，惩治

प्रश्रय praśraya 阳，尊敬，尊重，礼貌，谦恭，恭顺

प्रष्ठ praṣṭha 形，站在前面的，主要的

प्रसक्त prasakta 过分，执著，坚持，专注，连续不断

प्रसद् pra√sad 1.高兴，施恩，喜欢，放心，满意，净化，成功；致使，取悦，安抚，抚慰

प्रसन्न prasanna 过分，清净，明亮，高兴，安详，和蔼，平静，安定

प्रसन्नत्व prasannatva 中，清澈

प्रसभ prasabha 阳，武力，暴力，勇猛，凶猛

प्रसर prasara 阳，前进，活动，蔓延，散布，范围，水流，大量，战斗，毁灭

प्रसव prasava 阳，出生，长出，分娩，生育，子嗣，花，果实

प्रसह् pra√sah 1.承受，忍受

प्रसह्य prasahya 不变词，猛烈，猛然，突然

प्रसाद prasāda 阳，喜悦，恩惠，开恩，温

和，平静，清净，清晰

प्रसाध् pra√sādh 5.4.致使，促进，完成，获得，克服，制伏，装饰

प्रसाधक prasādhaka 阳，贴身男侍，化妆师

प्रसाधिका prasādhikā 阴，侍女

प्रसित prasita 过分，投身，从事，努力，渴求

प्रसिद्ध prasiddha 过分，著名，显赫，装饰，优秀

प्रसुप्त prasupta 过分，入睡，沉睡

प्रसूत prasūta 过分，产生，生出，出生

प्रसूति prasūti 阴，产生，生育，出生，诞生，儿女，子嗣，子孙，后代，幼崽

प्रसून prasūna 中，花，果

प्रसृत prasṛta 过分，前进，伸展，延伸，散布，从事

प्रस्तुत prastuta 过分，所说，提到；中，议论之事，提到的事情

प्रस्था pra√sthā 1.出发，离去，前往，走近，确立；致使，送走，派遣，促使，驱赶，放逐

प्रस्थान prasthāna 中，出发，离去，前去，前进，来临

प्रस्थापित prasthāpita 过分，带领前往，送往

प्रस्थित prasthita 过分，出发，离开，离去

प्रस्नव prasnava 阳，流出，滴淌，水流

प्रस्निग्ध prasnigdha 形，柔和的，甜润的

प्रस्पन्द् pra√spand 1.颤动，悸动，颤抖，转动

प्रस्रविन् prasravin 形，流出的，流淌乳汁的

प्रस्रु pra√sru 1.流淌，流出，渗出

प्रस्वापन prasvāpana 形，催眠的

प्रहत prahata 过分，打击

प्रहन् pra√han 2.杀害，打击

प्रहरण praharaṇa 中，打击，武器

प्रहर्तृ prahartṛ 阳，打击者，战士，射手

प्रहर्ष praharṣa 阳，狂喜，欢喜，高兴，兴奋

प्रहस् pra√has 1.笑，微笑，嘲笑

प्रहार prahāra 阳，打击

प्रहारिन् prahārin 形，打击的

प्रहि pra√hi 5.扔出，发出，派遣

प्रहित prahita 过分，放置，派遣，射出，投向

प्रहृ pra√hṛ 1.打击，伤害，袭击，发射，抓住

प्रहृत prahṛta 过分，打击，攻击，杀害，抓住；中，打击

प्रह्लादन prahlādana 中，令人喜悦

प्रह्व prahva 形，倾斜的，弯下的，谦卑的

प्रांशु prāṃśu 形，高的，高大的；阳，高个子

प्राक् prāk 不变词，之前，首先，已经，先前，东边，前面

प्राकार prākāra 阳，围墙，壁垒

प्राक्तन prāktana 形，以前的，古代的，前生的

प्राग्ज्योतिष prāgjyotiṣa 阳，东光（国名）

प्राग्रहर prāgrahara 形，首要的

प्राग्वंश prāgvaṃśa 阳，祠堂

प्राङ्मुख prāṅmukha 形，朝东的

प्राची prācī 阴，东方

प्राचीनबर्हिस् prācīnabarhis 阳，因陀罗（天神名）

प्राचेतस prācetasa 阳，蚁垤（仙人名）

प्राजापत्य prājāpatya 形，与生主有关的

प्राज्य prājya 形，丰富的，大量的，巨大的

प्राञ्जलि prāñjali 形，合掌的

प्राण prāṇa 阳，呼吸，气息，生命

प्राणभृत् prāṇabhṛt 阳，生物

प्रातर् prātar 不变词，清晨，早晨

प्रादुर्भू prādus√bhū 1.出现，显现

प्रादुरस् prādus√as 2.出现，显现

प्राध्वम् prādhvam 不变词，远远地，友好地，合适地

प्राप् pra√āp 5.获得，到达，前往，遇见

प्रापित prāpita 过分，送往，带到，传达

प्रापिन् prāpin 形，到达的

प्राप्त prāpta 过分，获得，到达，遇见，遭受

प्राप्ति prāpti 阴，获得，到达，幸运，命运

प्राय prāya 阳，离去，绝食而死，大部分，大量

प्रायश्चित्त prāyaścitta 中，赎罪

प्रायस् prāyas 不变词，通常，大多，很可能，大量，很多

प्रारब्ध prārabdha 过分，开始

प्रारम्भ prārambha 阳，开始，工作

प्रार्थ् pra√arth 10.请求，乞求，追求，寻求，攻击，打击

प्रार्थन，-ना prārthana 中，-nā 阴，请求，欲求，心愿

प्रार्थित prārthita 过分，请求，要求，渴望，追求

प्रार्थिन् prārthin 形，祈求的，渴望的，企图的

प्रालम्ब prālamba 阳，珍珠首饰；中，花环

प्रावीण्य prāvīṇya 中，技艺精湛，熟练，精通

प्रावृष् prāvṛṣ 阴，雨季

प्रावृषेण्य prāvṛṣeṇya 形，雨季的

प्रासाद prāsāda 阳，宫楼，宫殿

प्रास्थानिक prāsthānika 形，出发的

प्रिय priya 形，亲爱的，可爱的，喜爱的；阳，亲爱者，爱人，情人，丈夫；中，好消息

प्रियंकर priyaṃkara 形，给予关爱的

प्रियंवद priyaṃvada 形，说话可爱的；阳，妙语（健达缚名）

प्रियजन priyajana 阳，爱人

प्रियतमा priyatamā 阴，爱妻，妻子

प्रियदर्शन priyadarśana 阳，妙容（健达缚名）

प्रिया priyā 阴，亲爱者，爱人，情人，爱妻，妻子

प्री √prī 9.1.高兴，欢喜

प्रीत prīta 过分，高兴，欢喜，喜悦，愉快，兴奋，满意

प्रीततर prītatara 形，更加高兴的

प्रीति prīti 阴，高兴，喜悦，满意，喜爱，热爱，友好，友情

प्रीतिमत् prītimat 形，满怀喜悦的

प्रेक्ष् pra√īkṣ 1.观看，注视，感知

प्रेक्षणीय prekṣaṇīya 形，美观的

प्रेक्षिन् prekṣin 形，观看的，有眼光的

प्रेक्ष्य prekṣya 形，美观的

प्रेङ्ख् pra√iṅkh 1.颤动，晃动，摇晃

प्रेत preta 过分，死去；阳，死人，死者，饿鬼

प्रेमन् preman 阳、中，爱，喜爱，宠爱，恩爱，喜悦

प्रेरित prerita 过分，促使，推动，激发，派遣，命令

प्रेषित preṣita 过分，派遣，命令，投射

प्रोत prota 过分，缝制，刺穿，扎入

प्रोषित proṣita 过分，出外，远行，离开

प्रौढ prauḍha 形，长大的，成熟的，大胆的

प्रौढीभू prauḍhī√bhū 1.成熟

प्लक्ष plakṣa 阳，无花果树，毕洛叉树

प्लवग plavaga 阳，猴子

प्लु √plu 1.漂浮，游动，游泳，跳跃

फ pha

फण phaṇa 阳，蛇冠，张开的蛇冠

फणिन् phaṇin 阳，蛇

फल phala 中，果，果实，结果，成果，后果，果报，报偿，惩罚，目的

फलवत् phalavat 形，有果实的，硕果累累的

फलित phalita 过分，产生结果，获得成果，造成后果，实现

फलिन् phalin 形，带着箭头的

फलिनी phalinī 阴，蔓藤

फुल्ल phulla 过分，绽开，开花

फेण，-न pheṇa，-na 阳，泡沫，水沫

फेनिल phenila 形，起泡沫的

ब ba

बकुल bakula 阳，波古罗树；中，波古罗花，醉花

बत bata 不变词，唉，啊

बद्ध baddha 过分，系缚，束缚，捆绑，囚禁，缠绕，围绕，连接，联系，具有，怀有，关闭，合拢

बन्दिन्/वन्दिन् bandin/vandin 阳，歌手，赞歌手，囚犯，俘虏

बन्दी bandī 阴，女俘

बन्ध् √bandh 9.束缚，系缚，捆绑，拴住，囚禁，穿上，吸引，建造，安排，具有，提供，联系

बन्ध bandha 阳，束缚，系缚，捆绑，发结，锁链，缰绳，缠绕，构造，安排，怀有，连接，联系，结合，缔结

बन्धन bandhana 中，束缚，捆绑，缠绕，相连，牢狱，建造，茎，梗

बन्धिन् bandhin 形，连接的，联系的，抓住的，产生的，构成的

बन्धु bandhu 阳，亲属，亲戚，亲友，朋友，丈夫

बन्धुजीव bandhujīva 中，班度耆婆花

बन्धुमत् bandhumat 形，有亲属的，有亲友的

बन्धुर bandhura 形，波动的，弯曲的，可爱的，优美的

बभ्रु babhru 形，棕红色的

बर्ह barha 阳、中，尾翎，翎毛，叶子

बर्हिण barhiṇa 阳，孔雀

बर्हिन् barhin 阳，孔雀

बल bala 形，有力的，强大的；中，力量，武力，暴力，军队

बलभिद् balabhid 阳，诛灭波罗者，因陀罗

बलवत् balavat 形，有力的，强大的；不变词，有力地

बला balā 阴，波罗（咒语名）

बलाकिन् balākin 形，有苍鹭的

बलात्कार balātkāra 阳，暴力，强行

बलाहक balāhaka 阳，云，乌云，雨云

बलि bali 阳，祭品，供品，赋税，钵利（阿修罗名）

बलिन् balin 形，有力的

बलिमत् balimat 中，有祭品的

बलिष्ठ baliṣṭha 形，最强的，更强的

बहिस् bahis 不变词，外面

बहु bahu 形，很多的，许多的；不变词，很多，许多，多次，非常

बहुधा bahudhā 不变词，很多，多种，多次，一再

बहुल bahula 形，厚的，稠密的，宽广的，许多的；阳，黑半月

बहुशस् bahuśas 不变词，多次，经常

बाढम् bāḍham 不变词，确实

बाण bāṇa 阳，箭，芦苇，波那（人名）

बाध् √bādh 1.折磨，压迫，欺凌，阻碍，损害

बाल bāla 形，新生的，初生的，幼小的，年幼的，年轻的，娇嫩的，初升的，愚蠢的；阳，儿童，愚人，尾巴，毛发

बालत्व bālatva 中，幼小

बालव्यजन bālavyajana 中，拂尘

बाला bālā 阴，少女，女孩，椰子

बालेय bāleya 形，适合祭供的

बाल्य bālya 中，童年

बाष्प/वाष्प bāṣpa/vāṣpa 阳、中，眼泪，泪水，雾气

बाष्पाय √bāṣpāya 名动词，流泪

बाहु bāhu 阳，臂，手臂，胳膊

बाहुल्य bāhulya 中，众多

बाह्य bāhya 形，外面的，外部的，外在的

बिडौजस् biḍaujas 阳，因陀罗

बिन्दु bindu 阳，滴，点

बिभीषण bibhīṣaṇa 阳，维毗沙那（罗刹名）

बिम्ब bimba 阳、中，圆盘，圆形物，影像；中，频婆果

बिल bila 中，洞穴

बीज bīja 中，种子，籽，根源

बुद्धि buddhi 阴，知觉，智力，智慧，想法，念头

बुध् √budh 1.4.知道，理解，了解，觉知，觉察，觉醒；致使，唤醒

बुध budha 阳，聪明人，智者，水星

बृंहित bṛṃhita 过分，吼叫

बृहत् bṛhat 形，大的，庞大的，宽阔的，强壮的，高大的

बृहस्पति bṛhaspati 阳，毗诃波提（神名），木星

बोधन bodhana 中，觉察，了解

बोधित bodhita 过分，唤醒

ब्रह्मन् brahman 中，梵，颂诗；阳，梵天，婆罗门

ब्रह्मिष्ठ brahmiṣṭha 形，精通吠陀的；阳，波诃密希陀（国王名）

ब्राह्म brāhma 形，梵的，有关梵的，梵天的，婆罗门的

ब्रू √brū 2.说，告诉

भ bha

भक्त bhakta 过分，忠诚，虔诚

भक्ति bhakti 阴，分配，奉献，忠诚，虔诚，尊敬，安排，装饰

भक्तिमत् bhaktimat 形，虔诚的

भगवत् bhagavat 形，光辉的，可敬的，尊敬的，神圣的；阳，薄伽梵，尊者，世尊

भगीरथ bhagīratha 阳，跋吉罗陀（国王名）

भग्न bhagna 过分，折断，破碎，溃败，破坏，毁坏

भङ्ग bhaṅga 阳，破碎，断裂，分离，碎片，毁坏，失败，拒绝，紧皱

भङ्गि，-ङ्गी bhaṅgi，-ṅgī 阴，波浪，台阶

भज् √bhaj 1.分享，接受，接纳，实践，实行，使用，采取，遵行，享受，享有，侍奉，尊敬，敬拜，选择，执著，奉献，占有，求爱，从事，成为

भञ्ज् √bhañj 7.折断，破碎

भद्र bhadra 形，快乐的，幸运的，吉祥的，优秀的，杰出的，仁慈的，善良的，友好的；中，快乐，幸运，吉祥；阳，跋多罗（人名）

भय bhaya 中，害怕，惧怕，恐惧，危险

भर bhara 阳，负担，支撑，大量

भरण bharaṇa 形，维持的；中，抚养，维持，支持

भरत bharata 阳，婆罗多（十车王之子）

भर्तृ bhartṛ 阳，丈夫，主人，首领

भर्मन् bharman 中，维持，供养，抚育

भल्ल bhalla 阳、中，月牙箭

भव bhava 形，（用于复合词末尾）产生，出现，源自；阳，存在，生存，产生，诞生，安乐，繁荣，湿婆

भवत् bhavat 形，现在的；代、形，您

भवन bhavana 中，存在，产生，住处，房屋，宫殿

भवितृ bhavitṛ 形，未来的，即将的

भविष्यत् bhaviṣyat 形，未来的，将要的

भव्य bhavya 形，存在的，未来的，合适的，优秀的，吉祥的；中，繁荣

भस्मन् bhasman 中，灰，灰尘，灰烬

भस्मसात् bhasmasāt 不变词，化成灰烬

भा √bhā 2.发光，闪耀，显现，呈现，显得，看似，像

भाग bhāga 阳，部分，一份，份额，分享，命运

भागिन् bhāgin 形，享有的

भागीरथी bhāgīrathī 阴，恒河

भाग्य bhāgya 中，幸运，好运，吉祥

भाज् bhāj 形，（用于复合词末尾）分享，具有，享受，经受，居住，处于，依靠，尊敬，崇拜

भाजन bhājana 中，容器

भानु bhānu 阳，太阳

भानुमत् bhānumat 阳，太阳

भामिनी bhāminī 阴，美女

भार bhāra 阳，负担，重担，大量，许多

भारती bhāratī 阴，话语，语言，语言女神

भार्गव bhārgava 阳，婆利古后裔，婆利古

之子（行落仙人），持斧罗摩

भार्या bhāryā 阴，妻子

भाव bhāva 阳，存在，状态，情况，心意，感情，真情，事物，情态，福利

भावित bhāvita 过分，创造，造成，养成，怀有，呈现，充满，变成

भाविन् bhāvin 形，成为的，未来的，将会的，（用于复合词末尾）具有

भाष् √bhāṣ 1.说，说话，告诉，描述

भाषित bhāṣita 过分，说，说话；中，说话，话语

भाषिन् bhāṣin 形，（用于复合词末尾）说话的，谈论的，健谈的

भास् √bhās 1.发光，闪耀，显现

भास् bhās 阴，光，光辉，光芒

भासुर bhāsura 形，光辉的，明亮的

भास्कर bhāskara 阳，太阳

भास्वत् bhāsvat 形，明亮的，闪光的，璀璨的；阳，太阳，光辉

भित्ति bhitti 阴，裂开，分隔，墙壁，地方，碎片，部分，缺点，表面

भिद् √bhid 1.7.裂开，劈开，割裂，刺破，穿透，分裂，分开，区别，改变

भिद् bhid 形，（用于复合词末尾）劈开，刺穿，击破，毁灭

भिद्य bhidya 阳，毗底耶河

भिन्न bhinna 过分，裂开，劈开，分裂，破裂，破碎，砍断，破坏，分开，区分，分离，散开，展开，绽开，不同，混杂

भिषज् bhiṣaj 阳，医生

भी √bhī 3.害怕，畏惧

भीत bhīta 过分，害怕，惧怕，恐惧

भीम bhīma 形，可怕的

भीरु bhīru 形，惧怕的

भीरू bhīrū 阴，胆怯的女郎

भीषण bhīṣaṇa 形，可怕的

भुक्त bhukta 过分，吃，享用，享受，享有

भुज् √bhuj 7.吃，享用，享受，享有，统治，保护

भुज् bhuj 形，（用于复合词末尾）享用，享受，享有

भुज bhuja 阳，手臂，弯曲，树枝

भुजग bhujaga 阳，蛇

भुजङ्ग bhujaṅga 阳，蛇

भुजङ्गम bhujaṅgama 阳，蛇

भुजान्तर bhujāntara 中，胸脯，胸膛，怀抱

भुजिष्या bhujiṣyā 阴，女侍

भुवन bhuvana 中，世界，三界，存在，生物，人类

भू √bhū 1.是，有，成为，变成，产生，出现，发生，存在；致使，引起，造成，展示，抚养

भू bhū 形，（用于复合词末尾）产生，成为，源自；阴，大地，地面

भूत bhūta 过分，成为，产生，真实的，过去的；中，万物，生物，众生，精灵，神灵，元素（地、水、火、风和空）

भूतनाथ bhūtanātha 阳，精灵之主（指湿婆）

भूतल bhūtala 中，地面

भूति bhūti 阴，存在，出生，福利，利益，繁荣，昌盛，财富，幸运

भूतेश्वर bhūteśvara 阳，精灵之主（湿婆）

भूपति bhūpati 阳，大地之主，国王

भूभृत् bhūbhṛt 阳，山

भूमि bhūmi 阴，大地，土地，地面，地方

भूमिका bhūmikā 阴，地面，地方，楼层，角色，扮装

भूमिपाल bhūmipāla 阳，国王

भूय bhūya 中，成为

भूयस् bhūyas 形，更加的，更多的，更大的，丰富的，充满，强烈的；不变词，很多，大部分，更加，又，再次，进而

भूयसा bhūyasā 不变词，大量，丰富，过度

भूयिष्ठ bhūyiṣṭha 形，大量的，极度的，大多，大部分，几乎，近乎

भूयिष्ठम् bhūyiṣṭham 不变词，大部分，几乎，大量，极其，非常

भूर्ज bhūrja 阳，菩尔遮树，桦树

भूषण bhūṣaṇa 中，装饰，装饰品，首饰，饰物

भूषित bhūṣita 过分，装饰

भृ √bhṛ 1.3.承担，承载，支持，维持，保持，保护，持有，具有，容纳，佩戴

भृगु bhṛgu 阳，婆利古（仙人名）

भृङ्ग bhṛṅga 阳，黑蜂

भृत् bhṛt 形，（用于复合词末尾）持有，支持，具有，穿着

भृत bhṛta 过分，支持，抚养，具有

भृत्य bhṛtya 阳，侍从，仆从，臣仆

भृत्या bhṛtyā 阴，养育，支持

भृशता bhṛśatā 阴，猛烈

भृशम् bhṛśam 不变词，强烈地，剧烈地，猛烈地，极度地

भेद bheda 阳，破裂，破碎，破坏，崩溃，中断，不同，区别，离间

भेदिन् bhedin 形，破裂的，刺穿的，破坏的

भोग bhoga 阳，享受，享用，享乐，利用，感受，食物，收益，财物，蜷曲，蛇身，身体

भोगिन् bhogin 形，蜷曲的；（用于复合词末尾）享受的，具有，使用；阳，蛇

भोग्य bhogya 形，适合享受的，享有的

भोज bhoja 阳，波阇（国王名），波阇族

भोजन bhojana 中，食物

भोज्या bhojyā 阴，波阇族公主（英杜摩蒂）

भौतिक bhautika 形，五大元素构成的；中，五大元素的造物

भौम bhauma 形，地上的

भ्रंश् √bhraṃś 1.掉下，坠落，脱离，失落

भ्रंश bhraṃśa 阳，掉下，失落，脱离，衰亡，逃跑，消失

भ्रम् √bhram 1.4.游荡，转动，旋转，犯错，困惑

भ्रमर bhramara 阳，蜜蜂，黑蜂，大黑蜂

भ्रमरी bhramarī 阴，雌黑蜂

भ्रष्ट bhraṣṭa 过分，掉下，失落，衰亡，逃跑

भ्राजिष्णु bhrājiṣṇu 形，光辉的

भ्रातृ bhrātṛ 阳，兄弟

भ्रुकुटी bhrukuṭī 阴，皱眉，眉结

भ्रू bhrū 阴，眉，眉毛

म ma

मकर makara 阳，鳄鱼，摩羯鱼

मकरन्द makaranda 阳，花蜜

मख makha 阳，祭礼，祭祀，节日

मगध magadha 阳，摩揭陀（国名）

मग्न magna 过分，潜入，沉入，沉没，陷入

मघवन् maghavan 阳，摩克凡（因陀罗的称号）

मङ्गल maṅgala 形，吉祥的，幸运的，喜庆的，繁荣的；中，吉祥，幸运，瑞兆，吉祥颂诗，吉祥物，吉祥仪式

मज्जन majjana 中，沉浸

मञ्च mañca 阳，宝座，高台

मञ्जरी mañjarī 阴，嫩芽，花簇，堆，行，排，珍珠，珠串

मञ्जु mañju 形，美妙的，甜美的，甜蜜的，温柔的

मणि maṇi 阳，摩尼珠，宝珠，珍珠

मण्डन maṇḍana 中，装饰，装饰品

मण्डल maṇḍala 形，圆的；中，圆形，圆环，圆圈，圆轮，圆盘，圆形物，群，地区，地盘，疆域，国王的群体

मत् mat 后缀，有

मत mata 过分，认为，尊重，尊敬；中，想法，意图，思想

मतङ्ग mataṅga 阳，摩登伽（仙人名）

मतङ्गज mataṅgaja 阳，大象

मतङ्गजत्व mataṅgajatva 中，大象的性质

मति mati 阴，思想，智慧，想法

मतिमत् matimat 形，聪明的，智慧的

मत्त matta 过分，迷醉，沉醉，疯狂，发情，激动，兴奋，骄慢，愤怒

मत्सर matsara 形，妒忌的，忌恨的，贪婪的，自私的；阳，妒忌，忌恨，愤恨，愤怒

मत्सरिन् matsarin 形，妒忌的

मत्स्य matsya 阳，鱼

मथुरा mathurā 阴，摩突罗城

मद् mad 代，我

मद् √mad 4.酒醉，迷醉，疯狂，兴奋

मद mada 阳，酒醉，迷醉，兴奋，疯狂，疯癫，发情，颞颥液汁，骄傲

मदन madana 形，迷醉的，兴奋的；阳，爱神，爱情，爱欲，春季；中，迷醉，喜悦

मदयितृ madayitṛ 形，使人迷醉的

मदिर madira 形，迷醉的，迷人的，可爱的

मदीय madīya 形，我的

मद्य madya 中，酒

मधु madhu 中，蜜，蜜糖，花蜜，蜜汁，蜜酒，酒；阳，春天，仲春，春神（摩杜）

मधुपर्क madhuparka 阳，蜜食

मधुमथ् madhumath 阳，诛灭摩图者，毗湿奴

मधुर madhura 形，甜蜜的，甜美的；阳，红皮甘蔗，糖蜜，糖浆；中，甜蜜，糖汁

मधुरम् madhuram 不变词，甜蜜地，甜美地

मधूक madhūka 中，摩杜迦花

मधूपघ्न madhūpaghna 中，摩突波衹那城
मध्य madhya 形，中间的，中等的，中立的；阳、中，中间，腰部
मध्यम madhyama 形，中间的，中等的；阳，中立国；中，腰
मन् √man 1.骄傲，崇拜；10.骄傲，停止，阻碍；4.8.认为，想，思考，尊重，尊敬，关心
मनस् manas 中，心，心灵，心意，意识，心思，思想，愿望
मनस manasa 中，思想
मनसिज manasija 阳，爱情
मनस्क manaska 中，思想
मनस्विन् manasvin 形，聪慧的，机敏的，思想高尚的，坚决的
मनःशिल manaḥśila 阳，红砷
मनीषित manīṣita 中，愿望
मनीषिन् manīṣin 形，睿智的，博学的；阳，智者
मनु manu 阳，摩奴（人类的始祖）
मनुज manuja 阳，人
मनुजेन्द्र manujendra 阳，人中因陀罗，国王
मनुष्य manuṣya 阳，人
मनुष्यदेव manuṣyadeva 阳，人中之神，人主，国王
मनुष्येश्वर manuṣyeśvara 阳，人主，国王
मनोज्ञ manojña 形，迷人的，可爱的
मनोभव manobhava 阳，爱神，爱情，爱欲
मनोरथ manoratha 阳，希望，心愿
मनोहर manohara 形，迷人的，可爱的
मन्त्र mantra 阳，吠陀颂诗，咒语，商议，策划，机密
मन्त्रवत् mantravat 形，施咒的，有咒语的
मन्त्रिन् mantrin 阳，大臣
मन्थ् √manth 1.9.搅动
मन्थ mantha 阳，搅动
मन्थर manthara 形，迟钝的，缓慢的，懒散的
मन्द manda 形，缓慢的，迟钝的，愚笨的，柔和的，减弱的
मन्दम् mandam 不变词，缓缓地，慢慢地
मन्दर mandara 形，缓慢的，迟钝的，厚实的，坚固的，庞大的；阳，曼陀罗山，珍珠项链，天国，镜子
मन्दाकिनी mandākinī 阴，曼陀吉尼河，恒河
मन्दाय √mandāya 名动词，缓缓而行，缓缓消逝，减弱，减慢，变昏暗
मन्दार mandāra 阳，珊瑚树，曼陀罗树；中，曼陀罗花
मन्दिर mandira 中，房屋，宫殿，住处，城镇
मन्दुरा mandurā 阴，马厩
मन्द्र mandra 形，深沉的
मन्मथ manmatha 阳，爱神，爱情，爱欲
मन्यु manyu 阳，愤怒
मय maya 后缀，构成，组成，包含，充满
मयूख mayūkha 阳，光线，光芒，光辉
मयूर mayūra 阳，孔雀
मरण maraṇa 中，死，死亡
मरीचि marīci 阳、阴，光芒，光线，光辉
मरु maru 阳，沙漠

मरुत् marut 阳，风，空气，气息，天神
मरुत्वत् marutvat 阳，因陀罗
मर्त्य martya 形，必死的；阳，凡人，尘世
मर्मर marmara 形，窸窣作响的，沙沙响的，低语的
मर्मरीभूत marmarībhūta 过分，形成沙沙声
मलत्व malatva 中，污垢性，污点
मलय malaya 阳，摩罗耶山
मलिनय √malinaya 名动词，污染，弄脏，变黑
मलीमस malīmasa 形，污染的，玷污的，不洁的，黑暗的，邪恶的
मल्लिका mallikā 阴，茉莉花
मस्ज् √masj 6.下沉
महत् mahat 形，大的，伟大的，丰富的，广阔的，强大的
महनीय mahanīya 形，值得尊敬的，光辉的，辉煌的，崇高的
महर्षि maharṣi 阳，大仙
महा mahā 形，（用于复合词开头）大的，伟大的，高尚的
महाकाल mahākāla 阳，湿婆的神庙大时殿
महाक्रतु mahākratu 阳，大祭，马祭
महात्मन् mahātman 形，灵魂伟大的
महाभूत mahābhūta 中，元素（地、水、火、风和空）
महार्ह mahārha 形，昂贵的，珍贵的
महित mahita 过分，可尊敬的，受尊敬的，受敬拜的
महिमन् mahiman 阳，伟大，广大，威严，威力，尊贵
महिष mahiṣa 阳，牛
महिषी mahiṣī 阴，母水牛，王后
मही mahī 阴，大地，地
महीतल mahītala 中，大地，地面
महीधर mahīdhara 阳，山
महीध्र mahīdhra 阳，山
महीपाल mahīpāla 阳，大地保护者，国王
महेन्द्र mahendra 阳，伟大的因陀罗，摩亨陀罗山
महेश्वर maheśvara 阳，大自在天，湿婆
महोदधि mahodadhi 阳，大海，汪洋
महोदय mahodaya 阳，繁荣
मा mā 不变词，不，不要，（与不定过去时连用）表示命令
मागध māgadha 形，摩揭陀族的
मागधी māgadhī 阴，摩揭陀公主
मागधीपति māgadhīpati 阳，摩揭陀公主之夫
माङ्गल्य māṅgalya 形，吉祥的
मातङ्ग mātaṅga 阳，大象
मातलि mātali 阳，摩多梨（因陀罗的车夫）
मातृ mātṛ 阴，母亲
मातृक mātṛka 形，母亲的
मात्र mātra 形，（用于复合词末尾）这样的，仅仅，仅有，只是，唯独，一旦；中，量，度量，总体，仅仅，仅有，瞬间
मात्रा mātrā 阴，量，标准，一瞬间，一部分，一点儿，财富，物质
माधव mādhava 阳，摩豆族后裔（黑天的称号），春天，季春，春神
माधुर्य mādhurya 中，甜蜜，甜美，优美，

柔和

मान māna 阳，尊敬，骄傲，傲慢，嫉恨，愤怒；中，量，标准，证明

माननीय mānanīya 形，受尊敬的

मानव mānava 阳，人

मानस mānasa 形，思想的，精神的，意生的；中，思想，心，意，精神，心湖（湖名）

मानित mānita 过分，尊重

मानिनी māninī 阴，高傲的女郎

मानुष mānuṣa 形，人的，人类的，人间的；阳，人，凡人

मानुषी mānuṣī 阴，女人

मान्य mānya 形，值得尊敬的，受尊敬的

माया māyā 阴，幻，幻象，幻觉，幻术，幻力，诡计，计谋

मायाविन् māyāvin 形，具有幻力的

मारीच mārīca 中，胡椒树丛

मारुत māruta 形，风的；阳，风，气息，呼吸

मारुति māruti 阳，风神之子（哈奴曼）

मार्ग mārga 阳，道路，通道，伤疤，方法，习惯

मार्गण mārgaṇa 阳，箭

मार्दव mārdava 中，柔软

माला mālā 阴，花环，系列，群，簇，丛，串

मालिन् mālin 形，有花环的，（用于复合词末尾）佩戴，围绕

माल्य mālya 中，花环，花鬘

माल्यता mālyatā 阴，花环的性质

माल्यवत् mālyavat 阳，摩利耶凡山

मास māsa 阳、中，月，月份

माहिष्मती māhiṣmatī 阴，摩希湿摩提城

माहेन्द्र māhendra 形，大因陀罗的

मित mita 过分，衡量，确定，限定，限制，有限，少量，简洁

मित्र mitra 中，朋友

मिथस् mithas 不变词，互相，秘密地，私下，悄悄地

मिथिला mithilā 阴，弥提罗城

मिथुन mithuna 中，成双，配对，结合，交合

मिथ्या mithyā 不变词，虚假，虚妄，徒劳

मिश्र miśra 形，混合的，混杂的

मीन mīna 阳，鱼，鱼儿

मुकुट mukuṭa 中，顶冠

मुकुल mukula 阳、中，芽，花蕾

मुक्त mukta 过分，松开，解开，释放，摆脱，脱离，抛弃，脱落

मुक्ता muktā 阴，珍珠

मुक्ताफल muktāphala 中，珍珠

मुख mukha 形，（用于复合词末尾）为首的；中，口，嘴，脸，面庞，前面，头，头部，顶端，乳头，出口，入口，开始

मुखर mukhara 形，多话的，嚼舌的，噪杂的，喧嚣的，叮当作响的

मुख्य mukhya 形，主要的，为首的；阳，首领，首要人物

मुग्ध mugdha 形，愚蠢的，无知的，天真的，幼稚的，纯朴的

मुच् √muc 6.放松，解开，释放，解脱，解除，摆脱，脱离，放弃，抛弃，舍弃

मुच् muc 形，（用于复合词末尾）释放，摆脱，脱离，放弃

मुद् mud 阴，喜悦，快乐，高兴，满意

मुदित mudita 过分，喜悦，欢喜，高兴，愉快

मुद्गर mudgara 阳，铁杵

मुनि muni 阳，牟尼，仙人，圣人，智者

मुमुक्षु mumukṣu 形，想要释放的，想要摆脱的，追求解脱的

मुरला muralā 阴，摩罗拉河

मुर्छ् √murch 1.凝固，昏厥，增长，增强，起作用，遍布，对付，对抗

मुषित muṣita 过分，偷走，夺走，遮蔽，受骗

मुष्टि muṣṭi 阳、阴，拳，拳头，一把

मुस्ता mustā 阴，莔斯多草，草

मुहुर्/मुहुस् muhur/muhus 不变词，经常，时时，不断，反复，一再

मुहूर्त muhūrta 阳、中，片刻，暂时，瞬间，须臾，刹那，顿时

मूढ mūḍha 过分，瘫软，糊涂，痴迷，迷乱，愚昧

मूर्च्छा mūrcchā 阴，昏迷，神志不清

मूर्त mūrta 形，昏迷的，愚钝的，有形体的

मूर्ति mūrti 阴，形体，形象，化身，身体

मूर्तिमत् mūrtimat 形，物质的，有形体的

मूर्धन् mūrdhan 阳，头，头顶，顶部，顶峰，前沿

मूल mūla 中，根，根部，根基，来源，原本，首都

मृग mṛga 阳，兽，野兽，动物，鹿，羚羊

मृगनाभि mṛganābhi 阳，麝香

मृगया mṛgayā 阴，狩猎，打猎

मृगाधिराज mṛgādhirāja 阳，兽王，狮子

मृगी mṛgī 阴，雌鹿

मृगेन्द्र mṛgendra 阳，兽王，狮子，老虎

मृणाल mṛṇāla 阳、中，莲藕，藕根，藕丝，莲茎

मृणालिनी mṛṇālinī 阴，莲花

मृण्मय mṛṇmaya 形，土制的

मृत्यु mṛtyu 阳，死亡，死神

मृद् √mṛd 9.粉碎，摧毁

मृद् mṛd 阴，泥土

मृदङ्ग mṛdaṅga 阳，鼓，小鼓

मृदु mṛdu 形，柔软的，温柔的，柔弱的；中，柔软

मृध mṛdha 中，战斗

मृष् √mṛṣ 1.喷洒，忍受；4.10.忍受，同意，原谅，宽容

मेखला mekhalā 阴，腰带

मेघ megha 阳，云，乌云

मेघनाद meghanāda 阳，云吼，因陀罗耆（罗刹名）

मेदिनी medinī 阴，大地，土地，地方

मेध medha 阳，祭祀

मेध्य medhya 形，适合祭祀的，用于祭祀的，清净的，圣洁的，纯洁的

मेरु meru 阳，弥卢山

मैथिल maithila 阳，弥提罗王

मैथिली maithilī 阴，弥提罗公主（悉多）

मैथिलेय maithileya 阳，悉多之子

मोक्ष mokṣa 阳，解脱，解除，脱落，解开

मोघ mogha 形，无用的，无效的，无益的，徒劳的，空虚的

मोह moha 阳，昏厥，昏迷，迷惑，愚痴

मोहन mohana 中，痴迷

मौक्तिक mauktika 中，珍珠

मौन mauna 中，沉默

मौर्वी maurvī 阴，弓弦

मौल maula 形，世袭的；阳，老臣

मौलि mauli 阳，头，顶冠，顶饰，顶部；阳、阴，顶冠，顶髻，发髻

म्लान mlāna 过分，枯萎的

म्लै √mlai 1.疲倦

य ya

यज् √yaj 1.祭祀，崇拜

यज्ञ yajña 阳，祭祀

यज्वन् yajvan 形，举行祭祀的；阳，祭祀者

यत् √yat 1.努力，试图，争取，勤勉

यत् yat 形，行进的

यत yata 过分，克制，抑制，控制

यतस् yatas 不变词，从那里，由此，由于，因为

यति yati 阴，控制，停止，引导；阳，苦行者

यत्न yatna 阳，努力，力图，费力，费劲

यत्र yatra 不变词，某处，那里

यथा yathā 不变词，正如，按照，像，如同，犹如，例如，这样，如此，以致，以便，以至，如果

यथाकामम् yathākāmam 不变词，如愿地，尽情地

यथाकालम् yathākālam 不变词，按时

यथाक्रमम् yathākramam 不变词，依次，逐步

यथागतम् yathāgatam 不变词，像来时那样，按照来时路

यथाप्रदेशम् yathāpradeśam 不变词，按照地点，地点合适

यथाप्रधानम् yathāpradhānam 不变词，按照地位

यथाभागम् yathābhāgam 不变词，按照区分，位置合适

यथार्थ yathārtha 形，符合意义的

यथार्हम् yathārham 不变词，按照功德，合适地

यथावकाशम् yathāvakāśam 不变词，按照位置，按照情况

यथावत् yathāvat 不变词，合适地，按照仪轨，准确地，如实地

यथाविधि yathāvidhi 不变词，按照仪轨，合适地

यथास्वम् yathāsvam 不变词，各自

यद् yad 代、形，谁，那个，这，他，她，它；不变词，由于，因为

यदा yadā 不变词，那时，一旦，如果，因为

यदि yadi 不变词，如果，一旦，即使

यदि-अपि yadi-api 不变词，即使，虽然

यदृच्छा yadṛcchā 阴，偶然，意外，恰巧，刚好

यन्तृ yantṛ 阳，御者，驾驭者，车夫，象夫

यन्त्र yantra 中，机械

यन्त्रण, -णा yantraṇa 中，-ṇā 阴，抑制，约束

यन्त्रित yantrita 过分，抑制

यम yama 形，孪生的；阳，控制，阎摩（死神名）

यमवत् yamavat 形，自制的，自制者

यमुना yamunā 阴，阎牟那河

यव yava 阳，大麦，麦子

यवनी yavanī 阴，耶波那族妇女

यवीयस् yavīyas 形，较年轻的

यशस् yaśas 中，名誉，声誉，名声，荣誉，光荣

यष्टि yaṣṭi 阴，棍，杖，柱，竿，枝条，一串，项链，纤细物

यस्मात् yasmāt 不变词，因为

या √yā 2.走，去，行进，出征，走向，前往，趋向，出发，离开，成为

याग yāga 阳，祭祀

याच् √yāc 1.请求，恳求，祈求，乞求

याचन yācana 中，乞求

याचित yācita 过分，请求，乞求，求情

याज्य yājya 形，适合祭祀的

यात yāta 过分，走向，前来

यातुधान yātudhāna 阳，罗刹

यात्रा yātrā 阴，出行，出游，行进，行程，行军，出征，维持

याथार्थ्य yāthārthya 中，真实本质，真实性

यादस् yādas 中，海怪

यान yāna 中，前进，车乘，坐骑，轿子

यापित yāpita 过分，驱除

याम yāma 阳，控制，时辰（三小时），进程，车辆

यामिनी yāminī 阴，夜晚

यायिन् yāyin 形，行走的，前往的

यावत् yāvat 形，这么多的，那样多的；不变词，直到，一旦，只要，正当，那时

यियक्षु yiyakṣu 形，渴望祭祀的

युक्त yukta 过分，联系，上轭，套车，安排，相伴，具备，使用，运用，适合

युग yuga 中，轭，车轭，一双，时代

युगपद् yugapad 不变词，同时

युग्म yugma 中，一双

युग्य yugya 形，驾轭的；阳，拉车的马

युज् √yuj 7.联系，结合，上轭，使用，应用，指定，准备，安排，给予

युज् yuj 形，（用于复合词末尾）上轭的，驾轭的

युद्ध yuddha 中，战争，战斗

युध् √yudh 4.战斗，交战

युध् yudh 阴，战争，战斗；阳，勇士，战士

युधाजित् yudhājit 阳，瑜达耆（人名）

युयुत्सु yuyutsu 形，渴望战斗的

युवति yuvati 阴，少女，少妇

युवन् yuvan 形，年青的，年轻的；阳，青年，青年人，年轻人

युवराज yuvarāja 阳，太子

युष्मद् yuṣmad 代，你们

यूथ yūtha 中，群，组

यूप yūpa 阳，祭柱

यूपवत् yūpavat 形，有祭柱的。

योग yoga 阳，连接，结合，联系，使用，方法，手段，合适，瑜伽

योगिन् yogin 形，联系的，具有；阳，修行者，瑜伽行者

योग्य yogya 形，合适的，匹配的，胜任的

योग्या yogyā 阴，实施

योद्धृ yoddhṛ 阳，战斗者

योध yodha 阳，士兵，战士

योधिन् yodhin 形，战斗的

योनि yoni 阳、阴，子宫，来源，根源

योषित् yoṣit 阴，年轻女子，妇女

यौवन yauvana 中，青春，年轻，青年

र ra

रंहस् raṃhas 中，速度，迅猛，猛烈

रक्त rakta 过分，染色，染红，迷恋，爱恋；阳，红色；中，血，铜

रक्ष् √rakṣ 1.保护，保持，回避，避免

रक्ष rakṣa 阳，保护者，保护，守卫

रक्षण rakṣaṇa 中，保护

रक्षणीय rakṣaṇīya 形，应保护的

रक्षस् rakṣas 中，罗刹

रक्षा rakṣā 阴，保护

रक्षागृह rakṣāgṛha 中，卧室

रक्षावत् rakṣāvat 形，有保护的

रक्षित rakṣita 过分，保护

रक्षितृ rakṣitṛ 阳，保护者

रक्षिन् rakṣin 形，保护的；阳，保护者

रक्षी rakṣī 阴，女卫士

रक्ष्य rakṣya 形，应保护的

रघु raghu 阳，罗怙（国王名），罗怙族，罗怙后裔

रचन racana 中，安排

रचना racanā 阴，安排，作品

रचित racita 过分，安排，准备，制作，编撰

रजनी rajanī 阴，夜晚

रजस् rajas 中，灰尘，尘土，花粉，激情，愚暗，忧性

रजस्वल rajasvala 形，覆盖尘土的

रजस्वला rajasvalā 阴，月经期的妇女

रज्जु rajju 阴，绳子，绳索

रञ्जन rañjana 中，染色，愉悦，高兴，取悦

रञ्जित rañjita 过分，染色，染有，感染，喜悦

रण raṇa 阳、中，战斗，战场

रत rata 过分，喜爱，热衷，合欢

रति rati 阴，喜悦，快乐，喜爱，热爱，爱情，爱欲，欲乐，交欢，罗蒂（爱神之妻）

रत्न ratna 中，宝石，珠宝，珍宝

रत्नवत् ratnavat 形，有宝石的

रत्नाकर ratnākara 阳，宝藏，大海

रथ ratha 阳，车，车辆，战车，武士，部位

रथाङ्ग rathāṅga 中，轮，车轮；阳，轮鸟

रथिन् rathin 形，驾车的，有车的；阳，车兵

रथ्या rathyā 阴，行车的大道

रदन radana 阳，牙齿

रन्ध्र randhra 中，孔穴，缝隙，空隙，洞，弱点，漏洞

रभस rabhasa 形，猛烈的，强烈的，激动的，喜悦的；阳，激烈，迅猛，迅速，

愤怒，喜悦，渴望，急切

रम् √ram 1.高兴，喜悦，喜欢，游戏，娱乐，交欢，休息；致使，取悦

रमण ramaṇa 形，欢喜的，可爱的；阳，情人，丈夫，爱神

रम्भा rambhā 阴，芭蕉

रम्य ramya 形，可爱的，美丽的

रय raya 阳，水流，急流

रव rava 阳，叫声，吼声，鸣声，喧闹声，声音

रवि ravi 阳，太阳

रविसुत ravisuta 阳，太阳之子，须羯哩婆（猴名）

रशना raśanā 阴，腰带

रश्मि raśmi 阳，绳子，缰绳，光线，光芒，光辉

रस rasa 阳，汁，液，水分，味，滋味，趣味，爱意，爱情，感情，情味

रसज्ञ rasajña 形，知味的

रसज्ञता rasajñatā 阴，知味性

रसवत् rasavat 形，美味的，甜美的

रसातल rasātala 中，地下世界

रहस् rahas 中，隐秘，隐秘处，僻静处，私处；不变词，秘密地，私下，暗中，悄悄

रहित rahita 过分，脱离，排除，缺乏

राक्षस rākṣasa 阳，罗刹

राक्षसी rākṣasī 阴，罗刹女

राग rāga 阳，染色，颜色，色彩，红色，红染料，红树脂，爱，爱情，激情，欲望，热爱，贪恋，感情

रागिन् rāgin 形，有香膏的

राघव rāghava 阳，罗怙后裔，罗怙之子，罗摩

राज् √rāj 1.发光，闪耀，显得，看似，好像

राज rāja 阳，（用于复合词末尾）国王

राजताली rājatālī 阴，槟榔树

राजधानी rājadhānī 阴，都城

राजन् rājan 阳，国王，王

राजन्य rājanya 形，王族的；阳，刹帝利，刹帝利国王

राजन्यक rājanyaka 中，成群的刹帝利

राजन्वत् rājanvat 形，有国王的

राजपथ rājapatha 阳，王家大道

राजयक्ष्म rājayakṣma 阳，痨病

राजसुत rājasuta 阳，王子

राजहंस rājahaṃsa 阳，王天鹅，白天鹅

राजि rāji 阴，排，行，成排，成行

राजिल rājila 阳，蛇

राजेन्द्र rājendra 阳，王中因陀罗，国王

राज्ञी rājñī 阴，王后

राज्य rājya 中，王权，王位，王国

रात्रि rātri 阴，夜晚，黑暗

रात्रिंदिव rātriṃdiva 中，日夜

राम rāma 阳，持斧罗摩（婆罗门名），罗摩（国王名）

रामा rāmā 阴，美女，美妇，可爱的女子，爱妻，妻子

रामायण rāmāyaṇa 中，罗摩衍那（作品名）

रावण rāvaṇa 阳，罗波那（罗刹名）

राशि rāśi 阳、阴，堆，大量

रास् √rās 1.吼叫

रिक्त rikta 过分，清空，排除

रिपु ripu 阳，仇敌，敌人

रुग्ण rugṇa 过分，破碎，击碎

रुच् ruc 阴，光，光辉，美丽，色泽，光泽

रुचि ruci 阴，光辉，美丽，愿望，喜爱

रुचिर rucira 形，明亮的，美丽的，可爱的，甜蜜的，愉快的

रुज् ruj 阴，痛苦，折磨，疾病，劳累

रुद् √rud 2.哭，哭泣，哀伤

रुदित rudita 中，哭泣

रुद्ध ruddha 过分，阻止，阻碍，关闭，包围，遮蔽

रुद्र rudra 形，可怕的，恐怖的；阳，楼陀罗，湿婆

रुध् √rudh 7.阻止，阻挡，阻截，控制，关闭，包围

रुधिर rudhira 形，红色的；中，血

रुरु ruru 阳，露露鹿（一种鹿）

रुष् ruṣ 阴，愤怒

रुह ruha 形，（用于复合词末尾）生长

रूक्ष rūkṣa 形，粗糙的，弄脏的，残酷的

रूढ rūḍha 过分，生长，成熟，增强，公认，闻名，著称

रूप rūpa 中，色，形体，形态，容貌，美貌，形象

रूपिन् rūpin 形，有形体的

रूषित rūṣita 过分，装饰，涂抹，覆盖

रेखा rekhā 阴，线条，条纹，划痕，行，排

रेचित recita 过分，撤空，摒弃

रेणु reṇu 阳、阴，尘埃，尘土，粉末，花粉

रेणुत्व reṇutva 中，尘土的状态

रेवा revā 阴，雷瓦河

रोग roga 阳，疾病

रोचना rocanā 阴，黄染料，牛黄颜料

रोद्धृ roddhṛ 形，阻挡者

रोध rodha 阳，阻截，围堵，围城

रोधस् rodhas 中，堤，岸，山坡

रोधिन् rodhin 形，阻挡的，阻断的，堵塞的

रोपित ropita 过分，种植，瞄准，确定，信任，托付

रोमन् roman 中，汗毛

रोमन्थ romantha 阳，反刍

रोमाञ्च romāñca 阳，汗毛竖起

रोष roṣa 阳，愤怒，不满

रोषित roṣita 过分，激怒

रोहिन् rohin 形，生长的

रौक्ष्यraukṣya 中，粗暴，粗鲁，残酷

रौरव raurava 形，鹿皮的

ल la

लक्ष् √lakṣ 1.感知，观察，观看；10.看见，发现，注意，指示，表示，确定，认为；被动，看来，显现，看似

लक्षण lakṣaṇa 中，标志，迹象，征兆，特征，相

लक्षणीय lakṣaṇīya 形，可见的

लक्षित lakṣita 过分，注意，认出

लक्ष्मण lakṣmaṇa 阳，罗什曼那（十车王之子）

लक्ष्मन् lakṣman 中，标记，标志

लक्ष्मी lakṣmī 阴，财富，吉祥，幸运，美，

美丽，光辉，吉祥女神，王权

लक्ष्य lakṣya 形，可见的，可感知的；中，目标，目的，靶子，标志，伪装

लक्ष्यीकृत lakṣyīkṛta 过分，瞄准，盯住

लग्न lagna 过分，粘连，沾着，叮住，接触，执著

लघय √laghaya 名动词，减轻，缓解

लघिमन् laghiman 阳，轻盈，微小

लघु laghu 形，轻的，小的，简要的，轻快的，轻松的

लङ्का laṅkā 阴，楞伽城

लङ्घ् √laṅgh 1.跳跃，超越

लङ्घन laṅghana 中，跳跃，跃过，登上，超越，逾越

लङ्घित laṅghita 过分，越过，跨越，越规，侵害

लज्ज् √lajj 6.致使，羞愧

लज्जा lajjā 阴，羞惭，羞愧，羞涩

लज्जावत् lajjāvat 形，羞涩的

लता latā 阴，藤，蔓藤，枝条

लब्ध labdha 过分，获得，接受，理解；中，获得物

लब्धवर्ण labdhavarṇa 形，智慧的，著名的

लभ् √labh 1.获得，得到，接受，理解

लभ्य labhya 形，能获得的，合适的

लम्ब् √lamb 1.垂下，悬挂，依靠

लम्ब lamba 形，悬挂的，垂下的

लम्बित lambita 过分，悬挂，依靠

लम्बिन् lambin 形，垂下的，悬挂的

लय laya 阳，节拍

ललाट lalāṭa 中，额头，前额

ललामन् lalāman 中，珍宝

ललित lalita 形，游戏的，可爱的，优美的，迷人的，柔软的；中，游戏，媚态，优美，魅力

लव lava 阳，采集，割取，点滴，少量，牛尾毛，罗婆（罗摩之子）

लवङ्ग lavaṅga 阳、中，丁香

लवण lavaṇa 形，咸的；阳，勒波那（罗刹名）

लाघव lāghava 中，小，轻，轻视，蔑视

लाज lāja 阳，炒米

लाञ्छन lāñchana 中，标志，标记，象征，称号

लाञ्छित lāñchita 过分，标志，装饰

लाभ lābha 阳，获得，收获，利益

लाभवत् lābhavat 形，有收获的

लाव lāva 形，割，采

लिङ्ग liṅga 中，标志，特征，伪装的标志，症候，证据，男根（林伽）

लिपि lipi 阴，涂抹，书写，字母，文字，绘画

लिप्त lipta 过分，沾染

लिप्सु lipsu 形，渴望获得的

लिह् √lih 2.舔，尝味

लीन līna 过分，附着，执著，隐藏，躺下，蜷伏，融化，消失

लीला līlā 阴，游戏，娱乐，外观，风采，优美，魅力，假扮，貌似

लुप् √lup 4.混乱，困惑；6.破坏，违背，剥夺，掠夺

लुप्त lupta 过分，破碎，剥夺，失去

लुभ् √lubh 4.渴望，贪求，诱惑

लुलित lulita 过分，摇动，晃动，压碎

लू √lū 9.切断，割断，割取，采集，破坏
लून lūna 过分，切割，割断，砍断，割取，采集
लेखा lekhā 阴，线条，条纹，行，一弯，印记
लेखिन् lekhin 形，划，擦
लेख्य lekhya 中，书写，记录，画画
लेपिन् lepin 形，涂抹
लेह्य lehya 形，可以舔食的
लोक loka 阳，世界，世人，民众，群体
लोकत्रय lokatraya 中，三界
लोकपाल lokapāla 阳，护世者，护世神，护世天王
लोकान्तर lokāntara 中，另一个世界，天国
लोकालोक lokāloka 阳，罗迦罗迦山
लोकेश lokeśa 阳，世界之主
लोचन locana 中，观看，视觉，眼睛
लोध्र lodhra 阳，罗陀罗树
लोप lopa 阳，剥夺，失去，缺乏
लोपिन् lopin 形，夺走的，丧失的，伤害的
लोभ lobha 阳，贪婪，贪欲，贪求，渴求
लोभनीय lobhanīya 形，吸引人的，诱惑人的
लोल lola 形，摇动的，转动的，颤抖的，挥动的，翻滚的，激动的，变化不定的，渴望的，贪求的
लोलुप lolupa 形，渴求的，贪婪的，贪图的，迷恋的
लोष्ट losṭa 阳、中，土块
लोहित lohita 形，红色的，铜制的；阳，红色，火星；中，铜，血
लौल्य laulya 中，贪恋，贪求，贪心
लौहित्य lauhitya 阳，罗希底耶河

व va

वंश vaṃśa 阳，竹子，家族，世系，谱系，笛子，成群
वंश्य vaṃśya 形，家族的；阳，家族后裔，祖先，家族成员
वक्त्र vaktra 中，嘴，脸，面孔，伐刻多罗（一种诗律名称）
वक्र vakra 形，弯曲的，曲折的
वक्षस् vakṣas 中，胸膛，胸脯
वङ्ग vaṅga 阳，梵伽人
वच् √vac 2.说，讲述，描述
वचन vacana 中，话，话语，命令
वचस् vacas 中，话，话语
वज्र vajra 阳、中，金刚杵，雷杵，金刚，金刚石，钻石
वज्रपाणि vajrapāṇi 阳，手持金刚杵者（因陀罗）
वज्रिन् vajrin 阳，持雷杵者（因陀罗）
वञ्च् √vañc 1.游荡，潜行；致使，回避，欺骗，剥夺
वञ्चना vañcanā 阴，欺骗，诡计，虚妄
वञ्चित vañcita 过分，欺骗，剥夺
वट vaṭa 阳，榕树
वत् vat 后缀，具有，如同
वत्स vatsa 阳，牛犊，幼仔，幼儿，孩子
वत्सा vatsā 阴，女孩
वत्सतर vatsatara 阳，小牛犊
वत्सल vatsala 形，慈爱的，热爱的，喜爱的；阳、中，关爱，喜爱

वत्सलत्व vatsalatva 中，慈爱性，关爱性
वद् √vad 1.说，说话
वदन vadana 中，脸，嘴
वदान्य vadānya 阳，慷慨者，施主
वध् √vadh 1.杀死
वध vadha 阳，杀死，杀害，杀戮
वधू vadhū 阴，新娘，妻子，儿媳，妇女
वध्य vadhya 形，该杀的
वन vana 中，森林，树林，丛林，植物群，住地，水泉，水
वनज vanaja 中，莲花
वनस्पति vanaspati 阳，大树，树木
वनान्त vanānta 阳，林边，林地，林区
वनायु vanāyu 阳，波那优（地区名）
वनिता vanitā 阴，妇女，女人，妻子
वन्द् √vand 1.敬礼，致敬，崇拜，赞颂
वन्द्य vandya 形，尊敬的
वन्ध्य vandhya 形，不结果的
वन्य vanya 形，林中的，野生的；中，野生食物，林中蔬果
वन्येतर vanyetara 形，驯养的
वपुस् vapus 中，身体，形体，模样，容貌，美貌
वप्र vapra 阳、中，壁垒，围墙，堤岸，山坡，顶峰，河岸，地基，沟渠，田野
वप्रक्रिया vaprakriyā 阴，顶壁游戏
वम् √vam 1.吐出，流出，放出，倒出，扔出
वमन vamana 中，流出
वयस् vayas 中，年龄，年纪，青春，鸟，乌鸦
वर vara 形，好的，最好的，优秀的，卓越的，优美的，更好的；阳，选择，选取，选婿，恩惠，愿望，新郎
वरतन्तु varatantu 阳，波罗登杜（仙人名）
वराह varāha 阳，野猪
वरुण varuṇa 阳，伐楼那（神名）
वरूथिन् varūthin 形，有护栏的，乘坐战车的
वरूथिनी varūthinī 阴，军队
वरेण्य vareṇya 形，值得选择的，优秀的
वर्ग varga 阳，组，群，部分，章节
वर्चस varcasa 中，（用于复合词末尾）光辉
वर्ज varja 阳，抛弃
वर्जित varjita 过分，摆脱，摒弃，除去，缺乏
वर्ण varṇa 阳，颜色，色彩，肤色，种姓，字母，字，音节，赞美
वर्णिन् varṇin 阳，婆罗门学生
वर्तित vartita 过分，转动，反转，进行，造成，度过
वर्तिन् vartin 形，（用于复合词末尾）处于，成为，从事，实行
वर्त्मन् vartman 中，路，道路，方式
वर्धन vardhana 形，增长的，繁荣的；阳，带来繁荣者
वर्धमान vardhamāna 形，增长的
वर्मन् varman 中，铠甲
वर्ष varṣa 阳、中，雨，降雨，年，地区
वर्षिन् varṣin 形，下雨的，泼洒的，喷洒的，降下的
वर्ष्मन् varṣman 中，形体，高度

वलय valaya 阳、中，手镯，腕环，腕饰，臂钏，圈，围栏，凉亭

वलयिन् valayin 形，佩戴腕环的

वली valī 阴，皱褶，卷曲

वल्क valka 阳、中，树皮

वल्कल valkala 阳、中，树皮，树皮衣

वल्कलवत् valkalavat 形，穿树皮衣的

वल्कलिन् valkalin 形，穿树皮衣的

वल्गन valgana 中，跳跃

वल्गु valgu 形，可爱的，美丽的，甜蜜的

वल्लकी vallakī 阴，琵琶

वल्ली vallī 阴，蔓藤

वल्लभ vallabha 形，可爱的，亲爱的；阳，丈夫；-भा -bhā 阴，妻子

वल्लभजन vallabhajana 阳，情妇

वश vaśa 形，服从的，隶属的，着迷的，（用于复合词末尾）影响，控制；阳、中，愿望，影响，控制

वशंवदत्व vaśaṃvadatva 中，谦恭

वशिन् vaśin 形，有控制力的，自制的；阳，控制自我者，自制者

वस् √vas 1.住，居住，停留；2.穿戴

वस् vas 形，（用于复合词末尾）穿

वसति vasati 阴，居住，住处，住宿，留宿，过夜

वसती vasatī 阴，宿营，夜晚

वसन्त vasanta 阳，春天

वसा vasā 阴，脂肪，肥肉

वसिष्ठ vasiṣṭha 阳，极裕（仙人名）

वसु vasu 中，财富

वसुधा vasudhā 阴，大地

वसुंधरा vasuṃdharā 阴，大地

वसुमती vasumatī 阴，大地

वस्तु vastu 中，事物，东西，财物

वस्त्र vastra 中，衣服

वस्वौकसारा vasvaukasārā 阴，财神的住处（阿罗迦城）

वह् √vah 1.担负，承载，承受，负载，携带，运送，怀有，具有，呈现，流动；致使，越过，穿越

वह vaha 阳，担负，承载，携带，运送，运输工具

वह्नि vahni 阳，火，火焰，祭火，火神

वा vā 不变词，或者，也，像，可能

वा √vā 2.吹，吹拂

वाक्य vākya 中，话，话语，言词，句子

वागुरिक vāgurika 形，带着罗网的；阳，猎人

वाग्मिन् vāgmin 形，擅长辞令的，健谈的

वाच् vāc 阴，话语，言语，语言，话音，语言女神，知识女神

वाङ्मय vāṅmaya 形，语言构成的，语言的，雄辩的；中，话语，语言，口才

वाचंयम vācaṃyama 形，禁语

वाच्य vācya 形，应告诉的，表示的，受责备的；中，责备，谴责

वाजिन् vājin 阳，马，箭，鸟

वाणिनी vāṇinī 阴，狡黠的女子，舞女，女演员，醉酒的女子

वात vāta 过分，吹；阳，风，风神

वातायन vātāyana 中，窗户

वात्या vātyā 阴，暴风，旋风

वात्सल्य vātsalya 中，热爱，喜爱

वाद vāda 阳，说话，谈论，论述，理论，

流言
वादिन् vādin 形，说话的，讨论的；阳，说话者，辩论者，论者
वाद्य vādya 中，乐器，乐声
वानर vānara 阳，猴子，猿猴
वानीर vānīra 阳，芦苇，藤条，蔓藤
वान्त vānta 过分，吐出，放出，射出，滴落，滑落
वापी vāpī 阴，水池
वाम vāma 形，左边的，相反的，邪恶的，可爱的，美丽的，优美的
वामन vāmana 形，矮小的，短小的；阳，侏儒
वामम् vāmam 不变词，优美地
वामी vāmī 阴，牝马
वामेतर vāmetara 形，右边的
वायु vāyu 阳，风，风神，气息
वार vāra 阳，覆盖物，轮次，机会，门
वारण vāraṇa 中，阻止，障碍，抵抗，守护，门；阳，大象，铠甲
वारबाण vārabāṇa 阳、中，铠甲
वारयोषित् vārayoṣit 阴，妓女，伎女
वारि vāri 中，水，液汁，水流；阴，系象柱
वार्त्त/वार्त vārtta/vārta 中，平安，安好
वार्त्ता/वार्ता vārttā/vārtā 阴，居住，消息，职业，农业
वार्द्धक vārddhaka 中，老年
वार्षिक vārṣika 形，降雨的， 雨季的
वालखिल्य vālakhilya 阳，矮仙
वालिन् vālin 阳，波林（猴王名）
वाल्मीकि vālmīki 阳，蚁垤（仙人名）
वाल्मीकीय vālmīkīya 形，蚁垤的
वाश्/वास् √vāś/√vās 4.吼叫
वास vāsa 阳，芳香，居住，住处，衣服
वासर vāsara 阳、中，一天；阳，时间，轮次
वासव vāsava 阳，婆薮之主（因陀罗）
वासस् vāsas 中，衣服，衣裳
वासित vāsita 过分，散发香气，穿戴
वासिता vāsitā 阴，母象
वासिन् vāsin 形，（用于复合词末尾）住在
वास्तु vāstu 阳、中，基址，建筑
वाह vāha 形，（用于复合词末尾）负担，承载，带着；阳，承载，运送，马，牛，车
वाहन vāhana 中，承载，运送，车，马
वाहित vāhita 过分，运送，驱使
वाहिनी vāhinī 阴，军队
वाहिनीक vāhinīka 形，（用于复合词末尾）军队
वाह्य vāhya 形，负载，运送
विकङ्कत vikaṅkata 阳，毗甘迦多树
विकच vikaca 形，绽开的，开花的，遍布的，展现的，明亮的
विकम्प् vi√kamp 1.摇动，晃动，震动，颤抖
विकम्पित vikampita 过分，摇动，颤动，颤抖
विकल्प vikalpa 阳，迟疑，技艺，分别，想象
विकस् vi√kas 1.绽开
विकुण्ठित vikuṇṭhita 过分，变钝
विकूजित vikūjita 过分，鸣叫

विकृ vi√kṛ 8.变化，改变，变坏，扰乱，伤害，败坏

विकृत vikṛta 过分，变化，变形，扭曲，厌恶，怪异，败坏

विकृति vikṛti 阴，变化，扭曲，生病，激动，愤怒

विकृष् vi√kṛṣ 1.拔出，拽开

विकृष्ट vikṛṣṭa 过分，拽拉，拔出

विकोश vikośa 形，出鞘的

विक्रम vikrama 阳，步，步伐，跨步，步姿，英雄气概，英勇，勇敢，威力

विक्रिया vikriyā 阴，变化，变形，异常，激动，骚动，愤怒，违背

विक्लव viklava 形，惊恐的，胆怯的，悲哀的，沮丧的，担忧的；中，激动，焦躁，害怕

विक्लवत्व viklavatva 中，害怕，迟疑，困惑

विक्षालित vikṣālita 过分，洗净

विक्षेप vikṣepa 阳，扔掉，甩出，甩动，晃动，迷乱，困惑

विक्षोभ vikṣobha 阳，荡漾，激动，惊恐，骚动

विगण् vi√gaṇ 10.计算，考虑，认为

विगत vigata 过分，离开，消失

विगम vigama 阳，结束

विगलित vigalita 过分，流出，消失，失落，倒伏，溶化，散开

विगाढ vigāḍha 过分，潜入，沐浴，深入，极其

विगाह् vi√gāh 1.潜入，沐浴，沉浸，进入，深入

विग्न vigna 过分，惊恐

विग्रह vigraha 阳，形体，身体，争吵，争斗，战争

विघट्टन vighaṭṭana 中，打开，解开

विघट्टिन् vighaṭṭin 形，（用于复合词末尾）摩擦，碰撞

विघात vighāta 阳，毁灭，破坏，杀害，阻止，打击，挫败

विघ्न vighna 阳，障碍，阻碍，扰乱，困难

विघ्नित vighnita 形，受阻的，蒙蔽的

विचक्षण vicakṣaṇa 形，聪明的，能干的，精通的，善于

विचय vicaya 阳，寻找，调查

विचर् vi√car 1.游荡，行走，行动

विचार vicāra 阳，思索，思虑，考察，分辨

विचि vi√ci 5.寻求，寻找

विचित vicita 过分，寻找

विचिन्त् vi√cint 10.考虑，关心

विचेय viceya 中，搜寻，考察

विचेष्टन viceṣṭana 中，活动，遛弯

विचेष्टित viceṣṭita 中，行为，行动，姿态

विच्छिन्न vicchinna 过分，割断，分开，阻断，中断，结束

विच्छेद viccheda 阳，割断，断裂，中断

विजन् vi√jan 4.出生

विजय vijaya 阳，胜利

विजयिन् vijayin 形，胜利的；阳，胜利者

विजिगीषु vijigīṣu 形，渴望胜利的

विजित vijita 过分，战胜，征服，赢得

विजिह्म vijihma 形，弯曲的，斜视的

विजृम्भ् vi√jṛmbh 1.打呵欠，张开，展开，增长

विजृम्भण vijṛmbhaṇa 中，绽开，张开

विजृम्भित vijṛmbhita 过分，打呵欠，张开，绽开，扩展，展现

विज्ञा vi√jñā 9.知道，理解，明白，分辨；致使，禀告

विज्ञात vijñāta 过分，知道，了解

विज्ञापना vijñāpanā 阴，请求

विज्ञापित vijñāpita 过分，请求，询问，告知，获知

विज्ञेय vijñeya 形，可认知的，可辨别的

विटप viṭapa 阳，树枝，枝条，灌木丛，丛林

विडम्ब् vi√ḍamb 10.模仿，模拟

विडम्बित viḍambita 过分，模仿，相似，嘲弄

वितत vitata 过分，伸展，延伸，举行，展示，展现

वितथ vitatha 形，不真实的，虚假的，无用的，徒劳的

वितन् vi√tan 8.伸展，扩展，展开，覆盖，举行，展现

वितमस् vitamas 形，去除愚暗的，清净的

वितान vitāna 形，空虚的，沮丧的；阳、中，展开，帐篷，帐幔，大量

वितीर्ण vitīrṇa 过分，越过

वितॄ vi√tṝ 1.越过，给予，恩宠，引起，产生

वित्त vita 中，钱财

विद् √vid 2.知道，理解，通晓，认为；4.有，存在，发生；6.获得，找到，发现，认出；7.认为，考察；10.告知，宣示

विद् vid 形，（用于复合词末尾）知道，通晓

विदर्भ vidarbha 阳，毗达尔跋国

विदित vidita 过分，知道，认为；中，得知，闻名

विदिशा vidiśā 阴，维迪夏城

विदीर्ण vidīrṇa 过分，撕裂，撕碎，粉碎，击碎

विदूर vidūra 形，遥远的，远处的；阳，毗杜罗（地名）

विदूरात् vidūrāt 不变词，远远地

विदॄ vi√dṝ 9.10.撕裂，撕碎，破碎，粉碎

विदेह videha 阳，毗提诃（城名，国名）

विद्ध viddha 过分，刺穿，穿透，击中，射杀

विद्या vidyā 阴，知识，学科，咒语，知识女神

विद्याधर vidyādhara 阳，持明（半神类）

विद्युत् vidyut 阴，闪电

विद्रुत vidruta 过分，逃跑，跑开，流动，惊恐

विद्रुम vidruma 阳，珊瑚

विद्वस् vidvas 形，知道的，聪明的，睿智的；阳，智者

विद्विष् vidviṣ 阳，敌人

विध vidha 阳，种类，样式，方式

विधा vi√dhā 3.做，完成，举行，实行，实施，确定，制作，创造，委任，安排，安放

विधातृ vidhātṛ 阳，创造主，赐予者，命运

विधान vidhāna 中，安排，实现，创造，规则，方式，手段

विधि vidhi 阳，做，实行，实施，举行，方法，方式，规则，法则，仪轨，仪式，祭祀，祭供，创造，命运，使用

विधिज्ञ vidhijña 形，通晓仪轨的

विधिवत् vidhivat 不变词，按照规则，按照仪轨

विधू vi√dhū 5.10.6.摇动，驱除，蔑视，抛弃

विधेय vidheya 形，实施的，依靠的，受控制的，受安排的，服从的

विध्वंसिन् vidhvaṃsin 形，毁灭的，粉碎的

विनय vinaya 阳，引导，调伏，戒律，自制，教养，修养，谦恭

विनश् vi√naś 4.毁灭，消失

विना vinā 不变词，没有，除了，缺乏

विनाश vināśa 阳，毁灭，破坏，消灭，铲除，消失

विनिःश्वस् vi-nis√śvas 2.喘息

विनिद्र vinidra 形，清醒的

विनिनीषु vininīṣu 形，想要教化的

विनिमय vinimaya 阳，交换

विनियोग viniyoga 阳，使用

विनिवृत्त vinivṛtta 过分，返回，回来，停止

विनिवृत्ति vinivṛtti 阴，停止

विनिवेशित viniveśita 过分，进入，安放

विनिष्पिष् vi-nis√piṣ 7.粉碎，消灭

विनी vi√nī 1.带走，去除，消除，引导，教导，教育，培养，训练，告诫，调伏，平息，安抚

विनीत vinīta 过分，带走，消除，教育，引导，文雅，教养，谦恭，驯顺，调教

विनीतत्व vinītatva 中，自制

विनुद् vi√nud 6.打击，奏乐，驱除；致使，度过，娱乐，消遣

विनेतृ vinetṛ 阳，引导者，导师，老师，国王

विन्ध्य vindhya 阳，文底耶山

विन्यस्त vinyasta 过分，安放，镶嵌，固定，安排，寄托

विपक्ष vipakṣa 形，敌对的；阳，敌人，对手，对立者

विपच् vi√pac 1.成熟

विपट् vi√paṭ 10.拽出，根除，打开，撕开

विपणि vipaṇi 阴，市场

विपत्ति vipatti 阴，灾难，不幸，死亡

विपद् vipad 阴，灾难，死亡

विपरिवर्तित viparivartita 过分，转开

विपरीत viparīta 过分，倒转，相反，逆行，犯错，违背

विपर्यय viparyaya 阳，逆转，相反，背离，犯错，丧失，毁灭，灾难

विपश्चित् vipaścit 形，博学的，聪明的，聪慧的；阳，智者

विपाक vipāka 阳，成熟，果报

विपिन vipina 中，森林，密林，树林，大量

विपीडम् vipīḍam 不变词，没有压迫

विपुल vipula 形，宽阔的，丰富的

विप्र vipra 阳，婆罗门

विप्रकृत viprakṛta 过分，侵扰

विप्रकृष्ट viprakṛṣṭa 过分，拽走，遥远，延长

विप्रयोग viprayoga 阳，分离

विप्रलम्भ vipralambha 阳，分离

विप्रविद्ध vipraviddha 过分，打击

विप्रसृ vi-pra√sṛ 1.3.扩展

विप्रिय vipriya 形，不愉快的，不可爱的；中，得罪，错待

विप्रोषित viproṣita 过分，放逐

विप्लव viplava 阳，漂浮，混乱，失去

विबुध vibudha 阳，智者，天神，月亮

विभक्त vibhakta 过分，分开，分配，区分，不同

विभङ्ग vibhaṅga 阳，破碎，碎块，堵塞，皱眉，皱纹，台阶，波浪

विभज् vi√bhaj 1.分开，分配，区分，尊敬，崇拜

विभव vibhava 阳，财富，力量，能力，权力，威权

विभा vi√bhā 2.发光，闪亮，看似，显得

विभाग vibhāga 阳，部分，区别

विभात vibhāta 中，清晨，早晨

विभावरी vibhāvarī 阴，夜晚

विभावसु vibhāvasu 阳，太阳，火

विभिन्न vibhinna 过分，破裂，破碎，裂开，张开，分开，破坏，不同，混杂

विभु vibhu 阳，国王，主人，最高统治者，大神

विभू vi√bhū 1.出现，显现，足以，能够；致使，思考，感知，觉察，明白，确定

विभूति vibhūti 阴，威力，繁荣，权力，富足，大量，光辉，财富

विभूषण vibhūṣaṇa 中，装饰品

विभूषा vibhūṣā 阴，装饰

विभ्रम vibhrama 阳，游荡，旋转，转动，出错，激动，混乱，优美姿态，调情，爱情游戏，美丽，迷人，魅力，怀疑

विमर्द vimarda 阳，碾压，践踏，摩擦，接触，战斗，毁灭

विमलय √vimalaya 名动词，变清澈

विमान vimāna 阳、中，天国飞车，宫殿

विमानना vimānanā 阴，不尊重，轻视，蔑视

विमुक्त vimukta 过分，释放，摆脱，抛弃，放弃，脱落

विमुक्ति vimukti 阴，释放，摆脱，解脱，放弃

विमुख vimukha 形，转过脸的，厌弃的，忽视的，违背的

विमुच् vi√muc 6.释放，摆脱，解脱，放弃

वियत् viyat 中，天空

वियुक्त viyukta 过分，分离，脱离，摆脱，失去

वियुज् vi√yuj 7.抛弃，分离，离开，摆脱

वियुत viyuta 过分，分离，缺少

वियोग viyoga 阳，分离，失去

विरक्त virakta 形，红色的，激情的

विरचित viracita 过分，安排，形成，准备，设计，编排，创作，装饰，穿戴，镶嵌

विरजस्क virajaska 形，不沾尘土的

विरत virata 过分，停止，停息，结束

विरम् vi√ram 1.结束，停止

विरल virala 形，稀疏的，稀松的，稀薄的，遥远的

विरह viraha 阳，分离，别离，缺少，放

弃

विराज् vi√rāj 1.发光，闪亮，显现，看似

विराध virādha 阳，毗罗陀（罗刹名）

विराव virāva 阳，叫声，吼声，喧闹声

विरुच् vi√ruc 1.闪光，闪亮，闪耀

विरुत viruta 过分，叫喊，鸣叫；中，叫声，吼声，喧闹声，鸣声

विरूढ virūḍha 过分，发芽，生长

विरोध virodha 阳，对立，敌对，敌意，争吵

विलग्न vilagna 形，粘着的，附着的，固定的，消逝的，纤细的

विलङ्घ् vi√laṅgh 1.10.跨越，超越，越规，无视，抛弃

विलङ्घित vilaṅghita 过分，越过，无视，不顾

विलङ्घिन् vilaṅghin 形，逾越的

विलज्ज् vi√lajj 6.害羞

विलप् vi√lap 1.说，呼喊，哀悼，哀伤，哀泣，哭诉

विलम्बित vilambita 过分，悬挂，耽搁

विलम्बिन् vilambin 形，垂下的，悬挂的，拖延的，耽搁的

विलस् vi√las 1.闪光，闪耀，显现，游戏，娱乐

विलसित vilasita 过分，闪光，闪现；中，游乐，调情，娇态

विलाप vilāpa 阳，哭泣

विलास vilāsa 阳，游戏，调情，优美

विलासवती vilāsavatī 阴，多情的女子，美妇

विलासिन् vilāsin 形，游戏的，调情的，多情的，风流的；阳，情人，多情男子，游乐的男女

विलासिनी vilāsinī 阴，女情人，多情女子，妇女，妻子

विलिख् vi√likh 6.刻划，抓挠

विलीन vilīna 过分，融化，消失

विलुप्त vilupta 过分，破碎，破坏，取走，夺走，毁灭，丧失

विलुभ् vi√lubh 4.扰乱；致使，引诱，诱惑，吸引

विलोक् vi√lok 10.观看，感知，寻找

विलोचन vilocana 中，眼睛，目光

विलोपिन् vilopin 形，破坏的，损害的，剥夺的

विलोभन vilobhana 中，诱惑

विलोल vilola 形，摇动的，晃动的，颤动的，转动的，不安定的，散乱的

विलोहित vilohita 形，深红色的

विवक्षु vivakṣu 形，想要说的

विवर vivara 中，裂缝，缝隙，空隙，裂口，孔，洞，空穴，间隔，错误，缺点，弱点

विवर्जित vivarjita 过分，放弃，避开

विवर्ण vivarṇa 形，苍白的，暗淡的

विवर्तन vivartana 中，转动，转身，辗转反侧，转变

विवर्धित vivardhita 过分，增长，繁荣

विवश vivaśa 形，失去控制的，无知觉的，死去的

विवस्वत् vivasvat 阳，太阳，毗婆薮（太阳神）

विवाद vivāda 阳，争论，争吵，争执，矛

盾，命令

विवाह vivāha 阳，结婚，婚礼，娶妻

विविग्न vivigna 形，惊慌的，惊恐的，愤怒的

विविध vividha 形，各种各样的

विवृ vi√vṛ 5.9.展开，显露，展现，显示，说出，说明

विवृत् vi√vṛt 1.转动，转身，转离

विवृत vivṛta 过分，展现，展示，打开，张开，说明

विवृत्त vivṛtta 过分，转动，扭动

विवृद्ध vivṛddha 过分，增加，增长，增强

विवृद्धि vivṛddhi 阴，成长，增长，繁荣

विश् √viś 6.进入，坐下，住下

विश् viś 阳，吠舍，人；阴，人民，民众，臣民

विशङ्क viśaṅka 形，不恐惧的

विशद viśada 形，纯净的，纯洁的，清澈的，洁白的，明亮的，明显的

विशांपति viśāṃpati 阳，民众之主，国王

विशारद viśārada 形，擅长的，精通的

विशाल viśāla 形，广大的，宽广的，宽阔的

विशिख viśikha 阳，箭

विशिष् vi√śiṣ 7.区别，区分，优异；被动，不同

विशीर्ण viśīrṇa 过分，散开，破碎，枯萎，坠落，损耗

विशुद्ध viśuddha 形，净化的，纯洁的

विशुद्धि viśuddhi 阴，纯净，纯洁

विशूल viśūla 形，没有铁叉的

विशेष viśeṣa 形，特别的，特殊的，优异的，丰富的；阳，区别，特别，特殊，特点，特征，特性，殊胜，优秀

विशोषिन् viśoṣin 形，干旱的，枯萎的

विश्रण् vi√śraṇ 10.给予，赠予

विश्रम् vi√śram 4.休息，停歇

विश्राणन viśrāṇana 中，给予，赠与

विश्राणित viśrāṇita 过分，捐出，献出

विश्रान्त viśrānta 过分，停止，休息

विश्रु vi√śru 5.闻名

विश्रुत viśruta 过分，闻名；中，名声

विश्लथ viślatha 形，松懈的

विश्लिष्ट viśliṣṭa 过分，松开

विश्लेष viśleṣa 阳，松开

विश्लेषिन् viśleṣin 形，松开的

विश्व viśva 代、形，一切；中，宇宙，万物

विश्वंभरा viśvaṃbharā 阴，大地

विश्वसह viśvasaha 阳，维希伐萨诃（国王名）

विश्वास viśvāsa 阳，信任，放心

विष viṣa 中，毒，毒液，毒药

विषण्ण viṣaṇṇa 过分，下沉，沮丧，忧愁

विषद् vi√sad 1.下沉，沮丧，绝望

विषय viṣaya 阳，感官对象，世俗享受，对象，境界，范围，领域，领地，国土

विषह् vi√sah 1.忍受，承受，抵御，能够

विषाण viṣāṇa 阳、中，角

विषाद viṣāda 阳，消沉，沮丧，忧愁，忧虑，绝望

विष्टप viṣṭapa 阳、中，世界

विष्टर viṣṭara 阳，座，座位

विष्ठा vi√sthā 1.站立

विष्णु viṣṇu 阳，毗湿奴

विष्वक्सेन viṣvaksena 阳，毗湿奴

विसंवादिन् visaṃvādin 形，矛盾的，不一致的，不同的

विसंसर्पिन् visaṃsarpin 形，移动的

विसर्ग visarga 阳，释放，投放，献出，馈赠，创造，分离

विसर्जन visarjana 中，抛弃，倾泻

विसर्जित visarjita 过分，放弃，放下，发送，派遣，解散

विसर्पिन् visarpin 形，爬行的，放出的，散布的，越过，超过

विसारिन् visārin 形，扩散的，散发的，弥漫的

विसृज् vi√sṛj 6.放弃，抛弃，释放，派遣，送走，打发，给予，发射，放下，说出，吩咐，递交

विसृप् vi√sṛp 1.移动，前进，挺进，流动，飞行，跑开

विसृष्ट visṛṣṭa 过分，抛弃，释放，放出，抛洒，创造，造出，派遣，遣走，送走，给予，提供，分封

विसोढ visoḍha 过分，忍受，承受，抵御

विस्खलित viskhalita 过分，弄错

विस्तर vistara 阳，详细，细节

विस्तार vistāra 阳，广大

विस्तारित vistārita 过分，伸展，扩散

विस्पष्टम् vispaṣṭam 不变词，清晰地

विस्फूर्जथु visphūrjathu 阳，雷鸣般突然出现，波动，翻滚

विस्मय vismaya 阳，惊奇，惊讶

विस्मि vi√smi 1.惊奇，惊讶

विस्मित vismita 过分，惊奇，惊讶

विस्मृत vismṛta 过分，忘却，忘记

विस्रंसिन् visraṃsin 形，滑落，垂落

विस्रस्त visrasta 过分，滑落的，松脱的

विहग vihaga 阳，鸟

विहंग vihaṃga 阳，鸟

विहंगम vihaṃgama 阳，鸟

विहत vihata 过分，杀害，伤害，打击

विहन् vi√han 2.杀害，伤害，打击，阻止，阻碍，拒绝

विहर्तृ vihartṛ 阳，游乐者

विहस् vi√has 1.笑，微笑，嘲笑

विहस्त vihasta 形，手足无措，无能为力

विहा vi√hā 1.离开，分开，张开；3.放弃，抛弃，舍弃，摒弃，摆脱

विहार vihāra 阳，游戏，娱乐，游乐园，寺庙，寺院

विहारिन् vihārin 形，游乐的，娱乐的

विहित vihita 过分，举行，安排，确定，搭建，分配

विहीन vihīna 过分，抛弃，脱离

विहृ vi√hṛ 1.取走，度日，游乐，娱乐

विह्वल vihvala 形，激动的，惊恐的，迷乱的

वीक्ष् vi√īkṣ 1.观看，凝视，认为

वीक्षण vīkṣaṇa 中，目光，眼睛

वीक्षित vīkṣita 过分，观看；中，目光

वीचि vīci 阳、阴，水波，波浪

वीणा vīṇā 阴，琵琶

वीत vīta 过分，摆脱，缺乏，没有，失去

वीथि, -थी vīthi, -thī 阴，道路，街道，市

场，商铺

वीर vīra 形，英勇的，勇敢的；阳，英雄，勇士

वीरसू vīrasū 阴，英雄的母亲

वीरुध् vīrudh 阴，蔓藤

वीर्य vīrya 中，英勇，勇气，威力，力量，精子

वृ √vṛ 1.5.9.选择，选婿，求爱，请求，覆盖，隐藏，包围，避开

वृक्ष vṛkṣa 阳，树，树木

वृक्षक vṛkṣaka 阳，小树，树，树木

वृक्षेशय vṛkṣeśaya 形，住在树上的

वृजिन vṛjina 形，弯曲的，邪恶的；阳，卷发，恶人；中，罪恶，罪过

वृत् √vṛt 1.存在，处于，成为，发生，活动，转动，从事，使用；致使，履行

वृत vṛta 过分，选择，覆盖，隐藏，包围，围绕

वृत्त vṛtta 过分，发生，出现，完成，实施，圆的；中，事情，事迹，消息，职业，生活方式，行为，方式，法则，习惯，职责，诗律

वृत्तान्त vṛttānta 阳，事情，事迹，消息，种类，方式，性质

वृत्ति vṛtti 阴，存在，状况，行动，活动，行为，行为方式，生活方式，职业，生存，生活，维生

वृत्रहन् vṛtrahan 阳，杀弗栗多者，因陀罗

वृथा vṛthā 不变词，白白地，徒劳地，无用地

वृद्ध vṛddha 形，增长的，成熟的，年老的，年长的，睿智的，熟悉的，博学的；阳，老人

वृद्धत्व vṛddhatva 中，老年

वृद्धि vṛddhi 阴，成长，增长，繁荣

वृध् √vṛdh 1.成长，长大，增长

वृन्त vṛnta 中，叶柄，花梗

वृन्द vṛnda 中，很多，成堆，成群

वृन्दा vṛndā 阴，弗楞陀（森林名）

वृष् √vṛṣ 1.下雨，倾洒

वृष vṛṣa 阳，公牛

वृषन् vṛṣan 阳，公牛，雄牛（因陀罗的称号）

वृषभ vṛṣabha 阳，公牛

वृषस्यन्ती vṛṣasyantī 阴，渴望男性的女子

वृषाङ्क vṛṣāṅka 阳，以公牛为标志者（湿婆）

वृष्टि vṛṣṭi 阴，雨水，雨

वृष्टिपात vṛṣṭipāta 阳，暴雨

वेग vega 阳，冲力，速度，快速，力度，急流，激流

वेगवत् vegavat 形，强劲的

वेजित vejita 过分，激动，惊恐，折磨

वेणि, -णी veṇi, -ṇī 阴，发辫，发髻，水流，汇合，瀑布，水坝，桥梁

वेणु veṇu 阳，竹子，笛子

वेतन vetana 中，报酬

वेतस vetasa 阳，芦苇

वेत्र vetra 阳、中，棍，杖

वेद veda 阳，知识，吠陀

वेदना vedanā 阴，感受，感觉，疼痛，痛感，痛苦

वेदि vedi 阴，祭坛

वेदिन् vedin 形，知道的，通晓的，感觉的；阳，知者，老师

वेधस् vedhas 阳，创造主
वेप् √vep 1.颤抖
वेपथु vepathu 阳，颤抖
वेला velā 阴，时间，机会，海潮，潮流，海岸，堤岸，界限
वेश/वेष veśa/veṣa 阳，衣服，服装，装饰，穿戴
वेश्मन् veśman 中，房屋，住处，宫殿
वेष्ट् √veṣṭ 1.致使，包围
वेष्टन veṣṭana 中，环绕，覆盖物，头巾，顶冠
वेष्टित veṣṭita 过分，围绕
वैकृत vaikṛta 中，异常，凶兆
वैखानस vaikhānasa 阳，苦行者，修道人
वैजयन्ती vaijayantī 阴，旗帜
वैतस vaitasa 形，芦苇的
वैदर्भ vaidarbha 阳，毗达尔跋王
वैदर्भी vaidarbhī 阴，毗达尔跋公主
वैदेह vaideha 阳，毗提诃国王
वैदेही vaidehī 阴，毗提诃公主（悉多）
वैद्य vaidya 阳，医生
वैद्युत vaidyuta 形，闪电的
वैधव्य vaidhavya 中，守寡，寡居
वैनतेय vainateya 阳，毗娜达之子（金翅鸟）
वैन्ध्य vaindhya 形，文底耶山的
वैमानिक vaimānika 形，乘坐飞车的，乘坐天车的；阳，天神
वैर vaira 中，敌意，仇恨
वैराग्य vairāgya 中，不满
वैरिन् vairin 阳，敌人
वैरूप्य vairūpya 中，丑陋
वैवस्वत vaivasvata 形，太阳的；阳，第七摩奴，死神，太阳之子
वैष्णव vaiṣṇava 形，毗湿奴的
व्यक्त vyakta 过分，显示，显现，清晰，明显
व्यक्ति vyakti 阴，显现，辨别
व्यग्र vyagra 形，专心
व्यजन vyajana 中，扇，扇子，拂尘
व्यञ्ज् vi√añj 7.显露，显示，展现
व्यञ्जित vyañjita 过分，显示，显现，表明
व्यतिकर vyatikara 阳，交汇
व्यतिक्रम vyatikrama 阳，逾越，偏离，忽略
व्यतिरिच् vi-ati√ric 7.1.10 被动，不同，超越
व्यतिलङ्घिन् vyatilaṅghin 形，偏移的
व्यतिहार vyatihāra 阳，交替
व्यती vi-ati√i 2.离去，偏离，度过，越过，经过，忽略
व्यतीत vyatīta 过分，离去，过去，逝去，越过，超越，忽略
व्यथ् √vyath 1.烦恼，痛苦，惧怕，不安
व्यथा vyathā 阴，烦恼，痛苦，恐惧，焦虑，忧虑，不适
व्यध् √vyadh 4.打击
व्यपगत vyapagata 过分，消除，驱逐
व्यपदेश vyapadeśa 阳，命名，名字，名称，家族，名声，借口
व्यपरोपण vyaparopaṇa 中，拔除，根除，除去
व्यपवर्जित vyapavarjita 过分，放弃
व्यपाय vyapāya 阳，缺少，结束，停止，消失
व्यपेक्ष् vi-apa√īkṣ 1.关心，期望

व्यपेक्षा vyapekṣā 阴，期望，关心
व्यभिचार vyabhicāra 阳，违背，犯错
व्यभ्र vyabhra 形，无云的
व्यय vyaya 形，变化的，消失的；阳，失去，损失，损耗，耗费，消失，毁灭
व्यर्थ vyartha 形，无用的，徒劳的，落空的，无意义的
व्यलीक vyalīka 形，虚假的，讨厌的；中，烦恼，忧愁，犯错，欺骗，虚假
व्यवधा vi-ava√dhā 3.隐藏，掩盖
व्यवधान vyavadhāna 中，干预，阻止，阻碍，掩盖，覆盖，铺盖
व्यवसाय vyavasāya 阳，努力，决心，坚决
व्यवस्थापित vyavasthāpita 过分，安排
व्यवहार vyavahāra 阳，使用，行为，职业，习惯，惯例，司法，诉讼
व्यश् vi√aś 5.充满，遍布，到达，获得，占有
व्यश्व vyaśva 形，失去马的
व्यसन vyasana 中，驱除，破坏，灾难，祸患，恶习，嗜好，罪恶
व्यस्त vyasta 过分，抛开，分割，分开
व्याक्षेप vyākṣepa 过分，耽搁，延误
व्याघ्र vyāghra 阳，老虎
व्याघ्री vyāghrī 阴，雌老虎
व्याज vyāja 阳，欺骗，诡计，借口，乔装，貌似
व्याजपूर्व vyājapūrva 形，伪装的，貌似的
व्यादिश् vi-ā√diś 6.吩咐，指令，指定，指示
व्याप् vi√āp 5.布满，充满，遍及，弥漫
व्यापत्ति vyāpatti 阴，死亡
व्यापारित vyāpārita 过分，从事，指定
व्यापिन् vyāpin 形，遍布的，笼罩的
व्यापृ vi-ā√pṛ 6.致使，安放，指引，投向，使用
व्याप्त vyāpta 过分，布满
व्यायत vyāyata 过分，延长，长的，伸展，张开，开放
व्याल vyāla 形，邪恶的，凶猛的，残忍的；阳，猛兽，蛇，老虎
व्याली vyālī 阴，雌蛇
व्यावृत् vi-ā√vṛt 1.转开，停止；致使，排除，摧毁
व्यावृत्त vyāvṛtta 过分，转开，避开，脱离，摆脱
व्यासक्त vyāsakta 过分，紧贴，执著
व्याहत vyāhata 过分，阻挡
व्याहन् vi-ā√han 2.阻止，抵挡，击退
व्याहृ vi-ā√hṛ 1.说
व्याहृति vyāhṛti 阴，话语，表述
व्युत्क्रम् vi-ud√kram 1.4.越过
व्युषित vyuṣita 过分，驻扎
व्यूढ vyūḍha 过分，宽阔，排列，排阵，列阵
व्यूह् vi√ūh 1.安排，布置
व्यूह vyūha 阳，阵容，阵营，成群，大量
व्योमन् vyoman 中，天空
व्रज् √vraj 1.走，走向，行走，行进，前往，离去，成为
व्रज vraja 阳，成群，大量
व्रण vraṇa 阳、中，伤口，创伤，伤痕，伤疤
व्रत vrata 阳、中，戒行，苦行，誓愿，誓

言，忠于

व्रतती vratatī 阴，蔓藤

व्रात vrāta 阳，成群，大量

व्रीड，-डा vrīḍa 阳，-ḍā 阴，羞愧，羞耻

श śa

शंस् √śaṃs 1.赞美，称赞，告诉，讲述，报告，禀报，指出，表示，表明

शंसिन् śaṃsin 形，称赞的，宣告的，预示的

शक् √śak 5.4.能够

शकल śakala 阳、中，一片，一块，碎片，部分，火花

शकलीकृत śakalīkṛta 过分，粉碎

शक्त śakta 过分，能够，能干，强壮，有力，机敏

शक्ति śakti 阴，能力，力量，权力，标枪，长矛，飞镖

शक्तिमत् śaktimat 形，有能力的

शक्य śakya 形，能够的，可能的

शक्र śakra 阳，帝释，帝释天，天帝释（因陀罗的称号）

शक्रजित् śakrajit 阳，因陀罗耆（罗刹名）

शङ्क् √śaṅk 1.怀疑，猜疑，疑惧，猜想

शङ्कनीय śaṅkanīya 形，应怀疑的，可怀疑的，受怀疑的

शङ्का śaṅkā 阴，怀疑，疑虑，惧怕，盼望

शङ्किन् śaṅkin 形，怀疑的，疑虑的，惧怕的

शङ्कु śaṅku 阳，矛，钉

शङ्ख śaṅkha 阳、中，螺号，贝螺，贝壳，颞颥骨

शङ्खण śaṅkhaṇa 阳，商佉那（国王名）

शची śacī 阴，舍姬（因陀罗之妻）

शठ śaṭha 阳，骗子，滑头

शत śata 中，百，一百

शतक्रतु śatakratu 阳，百祭（因陀罗的称号）

शतघ्नी śataghnī 阴，百杀杵

शतधा śatadhā 不变词，一百个部分

शतशस् śataśas 不变词，成百，数以百计

शत्रु śatru 阳，敌人

शत्रुघातिन् śatrughātin 阳，设睹卢迦亭（设睹卢祇那之子）

शप् √śap 1.4.诅咒，发誓，咒骂

शबल śabala 形，斑驳的，杂色的，混杂的，混合的，交织的

शब्द śabda 阳，声音，词，词音，名号，称号，名声

शम् √śam 4.平静，平息，停止，熄灭

शम śama 阳，平静，安静

शमयितृ śamayitṛ 阳，降伏者

शमित śamita 过分，平息，抚慰，摧毁，杀害

शमी śamī 阴，舍弥树

शम्बुक śambuka 阳，商菩迦（人名）

शय śaya 形，躺着的，居住的；阳，睡眠，床

शयन śayana 中，床

शय्या śayyā 阴，床，床榻

शर śara 阳，箭，芦苇

शरजन्मन् śarajanman 阳，苇生（湿婆之子）

शरण śaraṇa 中，保护，庇护，庇护所

शरण्य śaraṇya 形，保护的，保护者；中，庇护所，保护者

शरद् śarad 阴，秋天，秋季，一年
शरभङ्ग śarabhaṅga 阳，舍罗槃伽（仙人名）
शरव्य śaravya 中，箭靶，目标
शरावती śarāvatī 阴，舍罗婆提城
शरासन śarāsana 中，弓
शरीर śarīra 中，身体
शरीरिन् śarīrin 形，有身体的；阳，生物，人，灵魂
शर्मन् śarman 中，快乐，幸福
शर्व śarva 阳，湿婆
शर्वरी śarvarī 阴，夜晚
शलाका śalākā 阴，小棍，画眉笔，嫩芽
शल्य śalya 中，箭，刺
शशाङ्क śaśāṅka 阳，月亮
शशिन् śaśin 阳，月亮
शश्वत् śaśvat 不变词，永远，长久，持久，始终，经常
शष्प śaṣpa 中，嫩草
शस्त्र śastra 中，武器，武装
शस्त्रभृत् śastrabhṛt 阳，武士
शाखा śākhā 阴，树枝，枝条，枝杈
शाखिन् śākhin 阳，树，树木
शात śāta 过分，瘦削
शातकर्णि śātakarṇi 阳，薄耳（仙人名）
शातन śātana 中，砍掉，消除，毁灭
शातह्रद śātahrada 形，闪电的
शात्रव śātrava 形，敌人的
शाद्वल śādvala 形，长有青草的；阳、中，草地
शान्त śānta 过分，平息，消除，停止，死亡，平静，安静，温顺
शान्ति śānti 阴，平息，平静，安静，安宁
शाप śāpa 阳，诅咒，咒语
शायिन् śāyin 形，躺着的
शारद śārada 形，秋季的
शार्ङ्ग śārṅga 阳、中，弓
शार्ङ्गिन् śārṅgin 阳，持弓者（毗湿奴）
शाल śāla 阳，娑罗树，围墙
शाला śālā 阴，房间，厅，房屋，厩
शालि śāli 阳，稻子，稻谷，稻米
शालीन śālīna 形，谦恭的，羞涩的；中，谦恭，羞涩
शालीनता śālīnatā 阴，羞涩
शाव śāva 阳，幼崽，幼兽
शाश्वत śāśvata 形，永远的，永恒的，持久的
शास् √śās 2.教导，统治，命令，惩治
शासन śāsana 中，教导，统治，命令，文书
शासनहारिन् śāsanahārin 阳，信使
शासितृ śāsitṛ 阳，统治者，导师，教师
शासिन् śāsin 形，（用于复合词末尾）统治的
शास्त्र śāstra 中，经典，经论
शिक्ष् √śikṣ 1.学习
शिक्षा śikṣā 阴，学习，教导
शिखण्डक śikhaṇḍaka 阳，发髻
शिखण्डिन् śikhaṇḍin 阳，孔雀
शिखरिन् śikharin 形，有顶峰的；阳，山
शिखा śikhā 阴，顶髻，顶端，火焰，花丝
शिखिन् śikhin 阳，孔雀，火，公鸡
शिञ्जित śiñjita 过分，叮当作响
शित śita 形，锋利的，尖锐的
शिथिल śithila 形，放松的；中，放松

शिथिलम् śithilam 不变词，松弛地
शिथिलीकृ śithilī√kṛ 8.放松，变弱，减轻
शिरस् śiras 中，头，头顶，头颅，顶端
शिरस्त्र śirastra 中，头盔
शिरस्त्राण śirastrāṇa 中，头盔
शिरीष śirīṣa 中，希利奢花
शिरोरुह śiroruha 阳，头发
शिल śila 阳，希罗（国王名）
शिला śilā 阴，石块，石头，岩石
शिलीमुख śilīmukha 阳，蜜蜂，箭
शिलोच्चय śiloccaya 阳，山
शिल्प śilpa 中，技艺
शिल्पिन् śilpin 阳，工匠
शिव śiva 形，吉祥的，幸运的，安全的；阳，湿婆（神名）；中，吉祥，幸福，繁荣，平安
शिवा śivā 阴，豺，豺狼
शिशिर śiśira 形，清凉的，寒冷的，冷的；阳、中，寒季，冬季，冬天
शिशु śiśu 阳，儿童，孩子，少年，学生
शिष्ट śiṣṭa 过分，剩余，教养；阳，贤士
शिष्य śiṣya 阳，学生，弟子
शी √śī 2.躺，卧，靠
शीकर/सीकर śīkara/sīkara 阳，细雨，水雾，水气，飞沫，水珠
शीकरिन् śīkarin 形，有水雾的
शीत śīta 形，清凉的，冷的
शीतल śītala 形，清凉的
शीधु śīdhu 阳、中，蜜酒
शीर्ष śīrṣa 中，头
शील śīla 中，本性，性情，倾向，习惯，品行，品性，美德，德行，戒律，戒规
शीलता śīlatā 阴，性质，品性，德性
शीलवत् śīlavat 形，有品德的
शुक śuka 阳，鹦鹉
शुक्ति śukti 阴，贝壳，牡蛎
शुच् √śuc 1.悲伤，忧伤，忧愁，哀悼
शुच् śuc 阴，悲伤，忧伤，忧愁，哀愁
शुचि śuci 形，纯洁的，白色的，明亮的，灿烂的，正直的；阳，白色，纯洁，正直，暑季，夏季，太阳，月亮，火
शुद्ध śuddha 过分，纯洁，清净，净化，贞洁，洁白，真诚
शुद्धान्त śuddhānta 阳，后宫
शुद्धि śuddhi 阴，纯洁，清净
शुद्धिमत् śuddhimat 形，纯洁的
शुद्धिमत्तर śuddhimattara 形，更加纯洁的
शुभ् √śubh 1.发光，闪耀，闪亮，优美，显出，看似；致使，美化，装饰
शुभ śubha 形，光辉的，优美的，吉祥的，善的
शुभंयु śubhaṃyu 形，吉祥的，幸运的
शुभ्र śubhra 形，明亮的，纯净的，洁白的
शुल्क śulka 阳、中，聘礼
शुश्रूषा śuśrūṣā 阴，侍奉
शूद्र śūdra 阳，首陀罗
शून्य śūnya 形，空无的，空虚的，空缺的，缺少的；中，空，虚无
शूर śūra 形，英勇的；阳，英雄，勇士
शूरसेन śūrasena 阳，修罗塞纳（国名）
शूर्पणखा śūrpaṇakhā 阴，首哩薄那迦（罗波那之妹）
शूल śūla 阳、中，股叉，铁叉

शूलभृत् śūlabhṛt 阳，持三叉戟者（湿婆）
शूलिन् śūlin 形，持股叉的；阳，持三叉戟者（湿婆）
शृङ्खल śṛṅkhala 阳，系象锁链
शृङ्ग śṛṅga 中，角，犄角，顶峰，山顶，喷壶
शृङ्गार śṛṅgāra 阳，艳情，情爱
शृङ्गिन् śṛṅgin 阳，山
शॄ √śṝ 9.撕裂，撕碎，扯断，伤害，杀害，毁坏
शेष śeṣa 形，其余的，其他的，剩下的，剩余的；阳、中，剩余物，湿舍（蛇名）
शैत्य śaitya 中，清凉，寒冷
शैल śaila 阳，山，岩石
शैलेय śaileya 中，松香，岩盐
शैवल śaivala 阳，浮萍，水草，苔藓
शैवलवत् śaivalavat 形，有苔藓的
शैवाल śaivāla 中，苔藓
शैशव śaiśava 中，童年，幼年，少年
शोक śoka 阳，悲伤，忧伤，忧愁，苦恼
शोचनीय śocanīya 形，可悲的
शोण śoṇa 形，红色的，棕色的；阳，红色，火，索纳河；中，血，红铅
शोणित śoṇita 形，红色的；中，血
शोभा śobhā 阴，光辉，美丽，优美
शोभिन् śobhin 形，光辉的，灿烂的，优美的，可爱的，有魅力的，美观的
शोषण śoṣaṇa 形，干枯的，枯萎的；中，干枯，枯竭，耗尽
शौर्य śaurya 中，英勇
शौर्यवत् śauryavat 形，英勇的
श्मश्रु śmaśru 中，胡须
श्मश्रुल śmaśrula 形，有胡须的
श्याम śyāma 形，黑色的，乌黑的，深蓝的；阳，黑色
श्यामाय √śyāmāya 名动词，变黑，变暗
श्यामिका śyāmikā 阴，乌黑，不纯洁
श्यामीकृ śyāmī√kṛ 8.造成黑暗
श्येन śyena 阳，兀鹰
श्रद्धा śrat√dhā 3.相信，信仰
श्रद्धा śraddhā 阴，信任，信仰
श्रम śrama 阳，辛苦，劳累，疲倦，疲惫，苦行，操练
श्रव śrava 阳，听，听取，耳朵
श्रवण śravaṇa 阳、中，耳朵；中，闻听，听取，学习，名誉，财富，流淌
श्राद्ध śrāddha 中，祭祖仪式
श्रान्त śrānta 过分，疲惫，平静
श्रि √śri 1.靠近，投靠，依靠，达到，进入
श्रित śrita 过分，靠近，走近，依靠，位于
श्री śrī 阴，财富，繁荣，吉祥，幸运，王权，美丽，光辉，财富女神，吉祥女神，吉祥天女，女神
श्रीवत्स śrīvatsa 阳，卍字鬈毛，胸膛的鬈毛
श्रु √śru 5.听，闻听，听取
श्रुत śruta 过分，听取，学习，闻名；中，所闻，吠陀，圣典，传承，学问
श्रुतवत् śrutavat 形，通晓吠陀的，通晓经典的，博学的
श्रुति śruti 阴，听，耳朵，所闻，消息，吠陀，圣典，天启

श्रेणी śreṇī 阴，行，排，系列

श्रेयस् śreyas 形，更好的，宁愿，最好的；中，幸福，快乐，幸运，吉祥

श्रोणि，-णी śroṇi，-ṇī 阴，臀部，腰

श्रोत्र śrotra 中，耳朵，吠陀

श्रोत्रियसात् śrotriyasāt 不变词，完全交给博学的婆罗门

श्लथ ślatha 形，松散的，松懈的

श्लाघा ślāghā 阴，称赞，赞颂，骄傲，夸耀，喜悦

श्लाघ्य ślāghya 形，值得称赞的，值得赞扬的

श्लोकत्व ślokatva 中，偈颂

श्वगणिन् śvagaṇin 形，带着一群猎犬的

श्वशुर śvaśura 阳，公公，岳父

श्वश्रू śvaśrū 阴，婆婆，岳母

श्वस् √śvas 2.呼吸，叹息，喘息

श्वापद śvāpada 阳，野兽

श्वेत śveta 形，白色的；阳，白色

ष ṣa

षट्पद ṣaṭpada 阳，蜜蜂

षड्ज ṣaḍja 阳，具六（音调名）

षड्विध ṣaḍvidha 形，六种

षष् ṣaṣ 数、形，六

षष्ठ ṣaṣṭha 形，第六

स sa

स sa 前缀，连同，一起，和，具有

संयत् saṃyat 阴，战斗

संयत saṃyata 过分，控制，囚禁；阳，囚犯，苦行者

संयमिन् saṃyamin 形，克制的，控制的，自制的；阳，控制自我者，苦行者

संयुग saṃyuga 阳，战斗

संयुज् sam√yuj 7.连接，联系，联合，相聚

संयुत saṃyuta 过分，系上

संयोग saṃyoga 阳，联合，结合，连接

संरक्षण saṃrakṣaṇa 中，保护

संरक्षित saṃrakṣita 过分，保护

संरब्ध saṃrabdha 过分，激动，激怒

संरम्भ saṃrambha 阳，开始，激动，热切，渴望，愤怒

संरुद्ध saṃruddha 过分，阻碍，包围，覆盖，囚禁

संरूढ saṃrūḍha 过分，生长，增长

संलक्ष् sam√lakṣ 10.看到，观看，注意，察觉，显示

संवनन saṃvanana 中，护身符

संवरण saṃvaraṇa 中，覆盖，隐藏，伪装，秘密，选择

संवर्धित saṃvardhita 过分，养育，抚育，培养，增长，增强

संवादिन् saṃvādin 形，交谈的，相应的，一致的

संविद् saṃvid 阴，约定，计划

संविधा sam-vi√dhā 3.安排

संविधा saṃvidhā 阴，安排，计划，生活方式

संविश् sam√viś 6.入睡

संविष्ट saṃviṣṭa 过分，进入，入睡，躺着，穿戴

संवृत् sam√vṛt 1.出现，发生

संवृत saṃvṛta 过分，覆盖，遮住，围住

संवृध् sam√vṛdh 1.增长；致使，抚育，培育，增长

संवेश saṃveśa 阳，进入，入睡，睡觉

संशय saṃśaya 阳，怀疑，疑惑，疑虑

संशयित saṃśayita 形，怀疑

संशोषित saṃśoṣita 过分，干涸

संश्रय saṃśraya 阳，居处，住处，依靠，庇护，庇护所；形，（用于复合词末尾）居住，处于，属于

संश्रयिन् saṃśrayin 形，居住的

संश्रुत saṃśruta 过分，许诺

संसक्त saṃsakta 过分，执著，结合，紧挨，紧密，混合

संसद् saṃsad 阴，集会，会众

संसर्ग saṃsarga 阳，结合，混合，接触，联系，相处

संसर्पिन् saṃsarpin 形，移动的

संसार saṃsāra 阳，生死轮回，尘世

संसृज् sam√sṛj 6.混合，接触，相会，创造

संस्कृ saṃs√kṛ 8.装饰，净化，举行净化仪式，培养，准备

संस्कार saṃskāra 阳，完善，加工，教育，教养，培养，准备，装饰，修饰，业行，记忆力，潜印象，净化仪式，仪式，净化，圣洁

संस्तम्भयितृ saṃstambhayitṛ 阳，固定者

संस्तर saṃstara 阳，床，床铺

संस्तु sam√stu 2.赞扬，赞颂

संस्थ saṃstha 形，停留的，持久的，固定的，终结的，死去的，（用于复合词末尾）处于，位于；阳，居住者，邻居

संस्था saṃsthā 阴，集合，位置，状态，生活方式，结束，停止，毁灭，义务，责任，合约，约定

संस्पृश् sam√spṛś 6.接触，触摸

संहर्तृ saṃhartṛ 阳，毁灭者

संहार saṃhāra 阳，收回，蜷缩，撤回，宇宙毁灭

संहित saṃhita 过分，安放，上弦

संहृ sam√hṛ 1.聚合，毁灭，收回，缩回，撤离，抑止，控制，结束

संहृत saṃhṛta 过分，撤回，卸下，聚合，控制，毁灭

सकल sakala 形，所有的，全部的

सकाश sakāśa 阳，身边，附近

सकृत् sakṛt 不变词，一时，有一次，曾经，先前，从前，立刻

सक्त sakta 过分，附着，粘着，粘住，执著，热衷

सख sakha 形，（用于复合词末尾）朋友，同伴，伴侣，陪伴，陪同

सखि sakhi 阳，朋友，同伴

सखी sakhī 阴，女友，女伴

सखीजन sakhījana 阳，女友们

सख्य sakhya 中，友谊

संकल्प saṃkalpa 阳，意愿，意图，决定，愿望，想法，设想，想象，幻想

संकुल saṃkula 形，充满的，布满的

संक्रम् sam√kram 1.进入，转入

संक्रमित saṃkramita 过分，转移，带往

संक्षिप्त saṃkṣipta 过分，堆积，堆放，压缩，简洁

संक्षोभ saṃkṣobha 阳，激动，恐慌，颤抖

संख्या saṃkhyā 阴，计算，数数，列举，数目

संग saṃga 阳，集合，结合，会见，接触，粘连，执著

संगत saṃgata 过分，相会，相遇，会合，结合，聚集；中，结合，会合，联合

संगति saṃgati 阴，结合，会合

संगम् sam√gam 1.相会，结合，合欢；致使，给予，交给

संगम saṃgama 阳，结合，会合，团聚，会见，接触，联系

संगर saṃgara 阳，诺言，契约，冲突，战争

संगिन् saṃgin 形，执著的，喜爱的，迷恋的

संगीत saṃgīta 过分，歌唱

संग्रह saṃgraha 阳，获取，接受，支持，储存，积聚，控制，概略，纲要

संग्राम saṃgrāma 阳，战斗

संघ saṃgha 阳，成群，大量，许多

संघट्ट् saṃghaṭṭ 1.打击，集合，摩擦，接触

संघात saṃghāta 阳，聚集，会合，汇聚，堆积，大量，杀害，战斗

संघृष् sam√ghṛṣ 1.摩擦，竞争，竞赛

सचिव saciva 阳，大臣，顾问

संचर् sam√car 1.行走，移动，实行

संचर saṃcara 阳，通道，路径

संचार saṃcāra 阳，行走

संचारित saṃcārita 过分，移动，散布

संचारिन् saṃcārin 形，行走的，移动的，游荡的，变化不定的

संचि sam√ci 5.积累，积聚，安排，安放

संचित saṃcita 过分，采集

संचिन्त् sam√cint 10.想，考虑，思考

सञ्ज् √sañj 1.附着，沾上，执著，陷入

संजात saṃjāta 过分，产生

संजीव् sam√jīv 1.复活，苏醒

संज्ञा saṃjñā 阴，意识，知觉，想，示意，名称

संज्ञित saṃjñita 形，名为，称为，所谓

सट saṭa 中，鬃毛

सत् sat 形，存在的，真实的，好的，善的，正确的；阳，善人，贤士，学者，智者；中，存在，本质，真实

सती satī 阴，贞洁的女子

सत्कृति satkṛti 阴，善待，尊敬

सत्क्रिया satkriyā 阴，善行，善待，款待，礼遇，净化仪式，喜庆仪式

सत्त्र/सत्र sattra/satra 中，祭祀

सत्त्व sattva 阳、中，存在，本质，本性，真性，生性，生命，精神，胎儿，生物，众生，动物，品德，威力，勇气

सत्पति satpati 阳，好丈夫

सत्य satya 形，真实的；中，真理，真谛，誓言，诺言

सत्यम् satyam 不变词，真正，确实

सत्वरम् satvaram 不变词，快速地，匆忙地

सदयम् sadayam 不变词，温和地，仁慈地，怜悯地

सदस् sadas 中，居处，会堂

सदा sadā 不变词，总是，永远，一向，经常

सदार sadāra 形，有妻子的

सदृश sadṛśa 形，相似的，同样的，合适的，相配的，相称的

सदृशम् sadṛśam 不变词，同样地，依照

सदोगृह sadogṛha 中，会堂，议事厅

सद्मन् sadman 中，住处，居处，宫殿，寺庙

सद्यस् sadyas 不变词，今日，当天，立即，顿时，突然，迅速

सधर्मन् sadharman 形，同样的

सनाथ sanātha 形，有主人的，有丈夫的，具有的，具备的

संतति saṃtati 阴，延续，繁衍，家族，后代，子嗣

संतप् sam√tap 1.烧灼

संतर्ज् sam√tarj 1.10.威胁

संतान saṃtāna 阳、中，延续，传承，家族，子嗣，后代

संतानक saṃtānaka 阳，劫波树花，天国的花

संतृप् sam√tṛp 4.5.6.满足，满意

संत्यज् sam√tyaj 1.抛弃，放弃

संदर्शन saṃdarśana 中，看见，遇见，显示

संदर्शित saṃdarśita 过分，展示，显露，显示

संदष्ट saṃdaṣṭa 过分，咬住，粘住，紧贴

संदेश saṃdeśa 阳，信息，消息，讯息

संदेशहर saṃdeśahara 阳，信使

संधा sam√dhā 3.聚集，联合，缔和，结盟，安放，搭上，放置

संधा saṃdhā 阴，联合，状态，约定，诺言，界限

संधान saṃdhāna 中，连接，联合，结盟

संधि saṃdhi 阳，连接，结合，约定，和约，结盟，关节

संध्या saṃdhyā 阴，霞光，晚霞，黎明，黄昏

सन्न sanna 过分，坐下，倒下，下沉，下垂，沮丧

संनद्ध saṃnaddha 过分，穿戴，披挂

संनम् sam√nam 1.弯下，服从，臣服，恭顺

संनिकर्ष saṃnikarṣa 阳，接近，附近

संनिकृष्ट saṃnikṛṣṭa 过分，靠近

संनिधा sam-ni√dhā 3.安放

संनिधि saṃnidhi 阳，附近，在场，身边，面前

संनिपत् sam-ni√pat 1.飞下，到达，出现，毁灭；致使，召集

संनिपात saṃnipāta 阳，飞下，落下，会合，交汇，聚集，大量，交战

संनिभ saṃnibha 形，如同，像

संनिविश् sam-ni√viś 6.进入，驻扎，坐下，联系；致使，安放，托付，结合，驻扎

संनिविष्ट saṃniviṣṭa 过分，进入，集合，驻扎

संनिवृत्त saṃnivṛtta 过分，返回，回转，停止，撤退

संनिवृत्ति saṃnivṛtti 阴，返回

संनिवेश saṃniveśa 阳，深入，结合，集合，安排，位置，邻近，茅舍

सपत्न sapatna 阳，敌人

सपत्नी sapatnī 阴，共夫的妻子，情敌

सपत्नीक sapatnīka 形，和妻子一起的

सपदि sapadi 不变词，立即，立刻，此刻，顿时

सपर्या saparyā 阴，敬拜，崇敬，侍奉

सप्तच्छद saptacchada 阳，七叶树

सप्तधा saptadhā 不变词，七部分

सप्तन् saptan 数、形，七

सप्तपर्ण saptaparṇa 阳，七叶树

सप्तसप्ति saptasapti 阳，太阳

सबाष्प sabāṣpa 形，流泪的

सभा sabhā 阴，会堂

सभाजन sabhājana 中，致敬，欢迎，祝贺

सभासद् sabhāsad 阳，议事的臣僚

सभ्य sabhya 形，有修养的，文雅的

सम sama 形，同样的，相同的，相等的，平等的，平坦的；（用于复合词末尾）如同，同样

समकाल samakāla 阳，同时

समकालम् samakālam 不变词，同时

समक्षम् samakṣam 不变词，在眼前，亲眼目睹，在场

समग्र samagra 形，所有的，全部的，整个的，完整的，完备的

समता samatā 阴，同样，平等

समतीत samatīta 过分，逝去，过去的

समधिकतर samadhikatara 形，更加的

समधिगम् sam-adhi√gam 1.走向，达到，学习，获得

समध्यासित samadhyāsita 过分，位于

समनुकम्प् sam-anu√kamp 1.同情

समनुभू sam-anu√bhū 1.享受，体验

समम् samam 不变词，一起，同样，同时

समय samaya 阳，时间，时节，时令，时候，时刻，时机，约定，习俗，习惯，惯例

समर samara 阳，战斗

समर्थ् sam√arth 10.相信，思考，认为，证实，支持

समर्थ samartha 形，有力的，能够的，合适的

समर्पित samarpita 过分，交出，交给，安放，安置，归还

समवस्था samavasthā 阴，固定状态，相似状态，状态

समश् sam√aś 5.遍及，获得，达到；9.吃，品尝，体验，享受

समस्त samasta 过分，聚合，联合，复合，遍及，压缩，全部，所有

समा samā 阴，年

समाकुल samākula 形，充满的，拥挤的，混乱的，迷乱的

समाक्रमण samākramaṇa 中，进入

समाक्रान्त samākrānta 过分，进入，掌控

समागत samāgata 过分，集合，会合，相聚，相会，来到

समागम् sam-ā√gam 1.集合，会合，相会，结合，来到

समागम samāgama 阳，集合，聚会，相聚，相会，幽会，结合，混合

समाचर् sam-ā√car 1.做，实行

समाज samāja 阳，聚会，集会

समाज्ञा sam-ā√jñā 9.知道；致使，命令，吩咐

समादा sam-ā√dā 3.获取，接受，取出，给予

समादिश् sam-ā√diś 6.指示，预言，吩咐
समाधा sam-ā√dhā 3.安放
समाधि samādhi 阳，沉思，入定，禅定，三昧，汇聚
समान samāna 形，同样的，公正的，共同的
समानी sam-ā√nī 1.结合，带来，集合
समानीत samānīta 过分，取来，集合
समाप् sam√āp 5.获得，完成
समापत्ति samāpatti 阴，相遇，会合
समापित samāpita 过分，完成
समाप्त samāpta 过分，完成，结束
समाभाषण samābhāṣaṇa 中，交谈，对话
समारब्ध samārabdha 过分，开始，着手，从事
समारम्भ samārambha 阳，开始，从事，行动
समाराधन samārādhana 中，取悦，侍奉
समारुरुक्षु samārurukṣu 形，希望登上的
समारुह् sam-ā√ruh 1.登上，达到
समावर्जित samāvarjita 过分，垂下
समाविद्ध samāviddha 过分，摇动，激动
समावृत् sam-ā√vṛt 1.走近，来到，集合，完成
समावेशित samāveśita 过分，进入，占据
समाश्रय samāśraya 阳，庇护所，住处
समासद् sam-ā√sad 1.走近，到达
समासन्न samāsanna 形，附近的，身边的
समाहित samāhita 过分，专心
समाहृत samāhṛta 过分，聚集，召集
समि sam√i 2.会合，相会，相遇，到达
समिध् samidh 阴，柴薪，燃料
समीक्ष् sam√īkṣ 1.观看，关注，考察，检查，审理
समीप samīpa 形，附近的，身边的；中，附近，身边
समीपम् samīpam 不变词，附近
समीरण samīraṇa 阳，风
समीरित samīrita 过分，吹动，发出，说出
समुच्छ्रय samucchraya 阳，竖立
समुत्कीर्ण samutkīrṇa 过分，刺穿
समुत्थ samuttha 形，起来的，产生的，出现的，（用于复合词末尾）出自
समुत्सुक samutsuka 形，焦急的，渴望的
समुत्सृप् sam-ud√sṛp 1.上升，飞翔
समुद्धर्तृ samuddhartṛ 阳，根除者，摧毁者
समुद्धृ sam-ud√dhṛ 1.拔出
समुद्धृत samuddhṛta 过分，拔起，拔掉，除掉
समुद्भव samudbhava 阳，来源，产生
समुद्र samudra 阳，大海
समुन्नति samunnati 阴，高尚，崇高
समुपस्थित samupasthita 过分，来到，出现
समुपास् sam-upa√ās 2.侍奉，照顾
समृद्ध samṛddha 过分，增长，繁荣，丰富，充满
समेत sameta 过分，聚集，汇合，结合，结伴，一同，具有
संपत्ति saṃpatti 阴，繁荣，成功，完美，丰收，丰富，大量
संपद् sam√pad 4.出现，产生，成功，实现，完成
संपद् saṃpad 阴，财富，繁荣，增长，幸运，幸福，成功，完美，丰富

संपन्न saṃpanna 过分，丰富，充足，完成，完美，具有

संपरिग्रह saṃparigraha 阳，接受

संपर्क saṃparka 阳，混合，结合，接触

संपाति saṃpāti 阳，商婆底（鸟王阇吒优私之兄）

संपृक्त saṃpṛkta 过分，混合，结合

संप्रति saṃprati 不变词，如今，现在

संप्रयोग saṃprayoga 阳，连接，联系，接触，合作

संप्रश्न saṃpraśna 阳，询问

संप्रस्थित saṃprasthita 过分，出发

संप्रहार saṃprahāra 阳，互相打击，战斗

संप्राप् sam-pra√āp 5.到达，获得

संबद्ध saṃbaddha 过分，联系，结交

संबन्ध् sam√bandh 9.联合，结合

संबन्ध saṃbandha 阳，联系，同盟，友谊

संबन्धिन् saṃbandhin 形，有联系的，有交往的；阳，亲戚，亲族

संबाध saṃbādha 阳，拥挤，打击，折磨，阻碍，危险

संबुध् sam√budh 1.4.觉悟；致使，提醒

संभव saṃbhava 形，（用于复合词末尾）出自；阳，生，出生，产生，来源，原因，结合

संभार saṃbhāra 阳，聚集，准备，必需品，物资，财物，成堆，大量

संभावना saṃbhāvanā 阴，思考，认为，视为，想象，设想，尊敬，可能，合适，能力，怀疑，热爱，获得

संभावित saṃbhāvita 过分，考虑，认为，设想，想象，尊敬，尊重

संभाव्य saṃbhāvya 形，合适的

संभू sam√bhū 1.产生，发生，出现；致使，做，造成，设想，考虑，认为，尊敬，给予，致敬

संभृत saṃbhṛta 过分，积聚，聚集，集中，凝聚，准备，提供，具有，获得，滋养，培育，产生，引起

संभ्रम saṃbhrama 阳，转动，打转，慌乱，惊慌

संमत saṃmata 过分，认同，尊重

संमर्द saṃmarda 阳，摩擦，拥挤，交锋

संमित saṃmita 过分，衡量，同样，相似，合适

संमील् sam√mīl 1.闭合，关闭

संमीलित saṃmīlita 过分，闭上，合上，眯缝

संमुखीन saṃmukhīna 形，面对的，面前的

संमुर्च्छ् sam√murcch 1.增强

संमोचित saṃmocita 过分，释放，解除

संमोहन saṃmohana 中，迷乱，痴迷

सम्यक् samyak 不变词，合适地，正确地，完全地

सम्यच् samyac 形，合适的，正确的

सम्राज् samrāj 阳，国王，统一天下的国王，皇帝

सर sara 阳，行走，行动

सरघा saraghā 阴，蜜蜂

सरयू sarayū 阴，萨罗优河

सरल sarala 阳，松树，沙拉罗树

सरस् saras 中，湖，湖泊，池塘

सरसिज sarasija 中，莲花

सरसी sarasī 阴，湖泊，池塘

सरस्वती sarasvatī 阴，娑罗私婆蒂（辩才天女，语言女神），话语，话音，语言，娑罗私婆蒂河

सरित् sarit 阴，河，河流，线，绳

सरूप sarūpa 形，形貌相同的

सर्ग sarga 阳，创造，创造物，创世，宇宙，天性，决定，章，章节

सर्प sarpa 阳，蛇

सर्व sarva 代、形，所有，一切，全部

सर्वतस् sarvatas 不变词，到处，处处，所有一切

सर्वत्र sarvatra 不变词，到处，任何地方，各方面

सर्वस्व sarvasva 中，一切，所有财产，精髓，精华

सर्वाङ्गीण sarvāṅgīṇa 形，遍布全身的

सर्वात्मना sarvātmanā 不变词，完全地，彻底地

सलिल salila 中，水

सलीलम् salīlam 不变词，游戏地

सवत्स savatsa 形，有牛犊的

सवन savana 中，祭祀，祭品

सवयस् savayas 形，同龄的；阳，同龄人

सवर्ण savarṇa 形，颜色相同的

सवितृ savitṛ 阳，太阳

सविस्मय savismaya 形，惊讶的

सव्य savya 形，左边的，南边的，背后的，右边的

सशब्द saśabda 形，带响声的

सशब्दम् saśabdam 不变词，带着声音，发出声音

सशर saśara 形，有箭，搭上箭

ससत्त्व sasattva 形，有威力的，有勇气的，怀胎的

सस्पृहम् saspṛham 不变词，羡慕地

सस्य sasya 中，谷物

सह् √sah 1.4.忍受，承受，容忍，允许，宽恕，等待，支持

सह saha 形，能够的

सह saha 不变词，与，和，一起，连同，伴随，带着，随着，共同

सहकार sahakāra 阳，芒果树；中，芒果花，芒果汁

सहचर sahacara 形，陪伴

सहचरी sahacarī 阴，女伴

सहज sahaja 形，天生的

सहस् sahas 中，力量，暴力，光辉

सहसा sahasā 不变词，粗暴地，猛烈地，猛然，突然，匆忙，立刻，顿时

सहस्य sahasya 阳，仲冬，十二月至一月

सहस्र sahasra 中，一千

सहस्रधा sahasradhā 不变词，成千地，千倍地

सहस्रशस् sahasraśas 不变词，数以千计

सहाय sahāya 阳，同伴，助手

सहायता sahāyatā 阴，同伴，助手，帮助

सहास sahāsa 形，含笑的

सहित sahita 形，陪伴，陪同，伴随，一起，具有，承受，结合

सहिष्णु sahiṣṇu 形，堪忍的，忍耐的

सह्य sahya 形，应忍受的，可忍受的；阳，沙希耶山

सांयुगीन sāṃyugīna 形，战斗的

साकेत sāketa 中，萨盖多城

साक्षात् sākṣāt 不变词，显现，现身，亲自地

साक्षिक sākṣika 形，见证的

साक्षिता sākṣitā 阴，见证

साक्ष्य sākṣya 中，见证

सागर sāgara 阳，海，大海

साचि sāci 不变词，倾斜地

सातिशयम् sātiśayam 不变词，极度地

साद sāda 阳，下沉，消沉，疲惫，疲乏，消瘦，虚弱，衰弱，衰亡，失去

सादित sādita 过分，挫败，打击，摧毁

सादिन् sādin 形，坐的，骑的

सादृश्य sādṛśya 中，相似

साध् √sādh 5.4.完成，实现，征服；致使，履行，完成，获得，证实，征服，杀死，摧毁，学习，理解，治疗，离开

साधन sādhana 中，完成，实现，成就，方法，手段，工具，器材，材料，用品，军队

साधनीय sādhanīya 形，应成功的，可以成功的

साधर्म्य sādharmya 中，相似性

साधारण sādhāraṇa 形，共同的，普遍的，相同的

साधु sādhu 形，好的，优秀的，合适的，正确的，善良的，纯洁的，高尚的，可尊敬的，仁慈的，善待的；阳，善人，贤士；不变词，很好地，正确地

साध्य sādhya 形，应完成的，能实行的，可证明的；中，完成，成功

सानु sānu 阳、中，山峰，山顶

सानुमत् sānumat 形，有峰的；阳，山

सान्द्र sāndra 形，紧密的，浓密的，黏稠的，结实的，丰富的，强烈的，柔软的，愉快的

सांध्य sāṃdhya 形，傍晚的

सांनिध्य sāṃnidhya 中，接近，附近，在场，出席

सामग्र्य sāmagrya 中，完整，完美，圆满

सामन् sāman 中，安抚，平静，怀柔，和谈，温和，娑摩颂诗，《娑摩吠陀》赞歌

सामन्त sāmanta 阳，周边地区的国王，诸侯

सामान्य sāmānya 形，共同的，普遍的，同样的，相同的，普通的，所有的；中，普遍，一般，同一

सामि sāmi 不变词，一半

सांपरायिक sāṃparāyika 形，投身战斗的

साम्राज्य sāmrājya 中，帝权，帝国

सायक sāyaka 阳，箭

सायंतन sāyaṃtana 形，黄昏的

सायम् sāyam 不变词，傍晚，黄昏

सार sāra 阳、中，本质，实质，精髓，精华，精力，力量，威力，勇力，财富，财力

सारङ्ग sāraṅga 阳，梅花鹿，杜鹃，孔雀，饮雨鸟

सारथि sārathi 阳，车夫，御者，助手，向导

सारथ्य sārathya 中，御者，助手

सारवत्ता sāravattā 阴，坚实性，坚定性，有力量，有威力

सारस sārasa 阳，鹤，仙鹤

सार्गल sārgala 形，有阻碍的
सार्थ sārtha 阳，商人
सार्धम् sārdham 不变词，一起
सावरण sāvaraṇa 形，隐蔽的
साहचर्य sāhacarya 中，同伴，伴侣，伴随
साहायक sāhāyaka 中，帮助，助手，同伴
सिंह siṃha 阳，狮子
सिंहत्व siṃhatva 中，狮子性
सिंहासन siṃhāsana 中，狮子座，王座
सिकता sikatā 阴，沙粒
सिक्त sikta 过分，浇洒，泼洒，洒水，浇灌，灌溉，降雨，浸润
सिच् √sic 6.浇洒，喷洒，浇灌，浸泡
सित sita 形，白的，白色的，洁白的；阳，白色
सिद्ध siddha 过分，完成，实现，获得，成功；阳，悉陀（半神名），仙人
सिद्धि siddhi 阴，完成，实现，成就，成功
सिद्धिमत् siddhimat 形，成功的
सिन्धु sindhu 阴，河，河流，信度河
सिप्रा siprā 阴，希波拉河
सीता sītā 阴，悉多（罗摩之妻）
सीमा sīmā 阴，边界，界线，岸，顶点
सु su 前缀，好的，很好，优美的，非常，极其
सुकृत् sukṛt 形，行善的
सुकृत sukṛta 中，善行，好事，恩宠，幸运
सुकेतु suketu 阳，苏盖多（药叉名）
सुख sukha 形，快乐的，幸福的，舒适的，舒服的；中，快乐，幸福，舒适，舒服
सुगन्धिन् sugandhin 形，芳香的，有香味的
सुगात्री sugātrī 阴，肢体优美者，美女
सुग्रीव sugrīva 阳，须羯哩婆（猴王名）
सुजन्मन् sujanman 形，出身高贵的
सुजात sujāta 形，高大的，魁梧的，出身高贵的，美好的，优美的
सुत suta 阳，儿子
सुतराम् sutarām 不变词，更加，极其，非常
सुता sutā 阴，女儿
सुतीक्ष्ण sutīkṣṇa 形，猛烈的，痛苦的；阳，严厉（仙人名）
सुदक्षिणा sudakṣiṇā 阴，苏达奇娜（迪利波之妻）
सुदती sudatī 阴，皓齿女
सुदर्शन sudarśana 阳，妙见（国王名）
सुदुःसह suduḥsaha 形，难以忍受的，难以抗拒的
सुधर्मा sudharmā 阴，天神的妙法堂
सुधा sudhā 阴，甘露，石灰
सुनन्दा sunandā 阴，苏南达（女卫士）
सुन्दरी sundarī 阴，美女，女子，妻子
सुपर्ण suparṇa 阳，金翅鸟
सुपुत्र suputra 阳，好儿子
सुप्रजस् suprajas 形，有好后嗣的
सुप्रतीक supratīka 阳，东北方位的神象名
सुप्त sputa 过分，入睡，沉睡，睡眠
सुबाहु subāhu 阳，苏跋呼（罗刹名；设睹卢祇那之子）
सुभग subhaga 形，吉祥的，幸运的，可爱的，优美的

सुमन्त्र sumantra 阳，苏曼多罗（十车王的御者）

सुमित्रा sumitrā 阴，须弥多罗（十车王的二王后）

सुमुख sumukha 形，面容美丽的；中，可爱的脸

सुमेरु sumeru 阳，弥卢山

सुर sura 阳，神，天神，太阳，智者

सुरत surata 中，交欢，合欢，欢爱，性爱，情爱，爱情游戏

सुरभि surabhi 形，芳香的，美好的，优秀的，著名的；阳，芳香，芬芳，香气；阴，苏罗毗（母牛名）

सुरसरित् surasarit 阴，天河，恒河

सुराङ्गना surāṅganā 阴，天女

सुरालय surālaya 阳，天神的住处，天国

सुरेन्द्र surendra 阳，天王（因陀罗）

सुरेश्वर sureśvara 阳，天王

सुलभ sulabha 形，容易获得的

सुवदना suvadanā 阴，面庞美丽的妇女

सुवर्ण suvarṇa 形，美丽的，金色的，出身高贵的；中，金，金子，金币

सुवृत्त suvṛtta 形，品行优良的

सुषेण suṣeṇa 阳，苏塞那（国王名）

सुस्थिति susthiti 阴，好位置

सुहृद् suhṛd 阳，朋友，好友

सुह्म suhma 阳，苏赫摩人

सू √sū 2.4.产生，出生，生产，生下

सू sū 形，（用于复合词末尾）产生

सूक्त sūkta 中，妙语

सूक्ष्म sūkṣma 形，微妙的，微小的

सूच् √sūc 10.刺破，指出，显示，透露，暗示

सूचि sūci 阴，针，尖，草尖

सूचित sūcita 过分，刺破，指出，表明，透露，暗示，预示

सूत sūta 阳，车夫，御者，苏多（刹帝利男子和婆罗门妇女生的儿子），歌手

सूत्र sūtra 中，线，绳，丝

सूत्रकार sūtrakāra 阳，经文作者，专家

सूनु sūnu 阳，儿子，外孙

सूनृत sūnṛta 形，真诚的，真实的，温和的，可爱的

सूरि sūri 阳，学者，智者

सूर्य sūrya 阳，太阳

सूर्यकान्त sūryakānta 阳，水晶

सृज् √sṛj 6.创造，产生，释放，流出，投射，发射，抛弃

सृज् sṛj 形，（用于复合词末尾）创造

सृष्ट sṛṣṭa 过分，创造，释放，流出

सृष्टि sṛṣṭi 阴，创造，创造物，创世，自然

सेक seka 阳，浇洒，浇水，洒水，浇灌，灌溉，泼洒

सेतु setu 阳，堤岸，桥梁

सेना senā 阴，军队

सेनानी senānī 阳，统帅，军队统帅（湿婆之子室建陀）

सेव् √sev 1.侍奉，服侍，崇敬，追随，享受，执著，实行

सेवन sevana 中，侍奉，崇敬，追随，实行

सेवा sevā 阴，侍奉，敬拜，崇敬，执著，喜爱，享受

सेविन् sevin 形，侍奉的

सैकत saikata 形，有沙的；中，沙岸，沙滩，沙堆

सैनिक sainika 形，军队的；阳，士兵，战士，军队

सैन्धव saindhava 阳、中，岩盐

सैन्य sainya 阳，士兵；阳、中，军队

सोढ soḍha 过分，忍受，经受

सोदर्य sodarya 阳，同胞兄弟

सोपान sopāna 中，台阶，阶梯，梯子

सोम soma 阳，苏摩（植物名），苏摩汁，月亮

सोमसुत् somasut 形，挤苏摩汁的

सौकुमार्य saukumārya 中，柔软，娇嫩

सौखशायनिक saukhaśāyanika 阳，询问睡眠是否安好者，请安者

सौध saudha 形，甘露的；中，宫殿

सौधवास saudhavāsa 阳，宫殿

सौपर्ण sauparṇa 形，金翅鸟的

सौभाग्य saubhāgya 中，幸运，吉祥，优美，魅力

सौभ्रात्र saubhrātra 中，兄弟友爱，亲兄弟，同胞兄弟

सौमनस्य saumanasya 中，喜悦

सौमनस्यवत् saumanasyavat 形，内心高兴的

सौमित्रि saumitri 阳，须弥多罗之子（罗什曼那、设睹卢祇那）

सौम्य saumya 形，可爱的，温柔的，好的，善的；阳，（用于称呼）善人，贤士

सौर saura 形，太阳的

सौरभेयी saurabheyī 阴，母牛，母牛苏罗毗的女儿

सौरभ्य saurabhya 中，芳香，香气

सौराज्य saurājya 中，贤明统治，治理良好，治理有方

सौस्नातिक sausnātika 阳，问候祭祀后沐浴顺利者

सौहार्द sauhārda 阳，好心，友情，友谊

स्कन्द skanda 阳，室建陀（湿婆之子）

स्कन्ध skandha 阳，肩膀，树干，分支，分部，章节

स्खल् √skhal 1.磕绊，坠落，摇晃，违背，偏差，出错，结巴

स्खलित skhalita 过分，失落，摇动，出错

स्तन stana 阳，胸脯，乳房

स्तनंधय stanaṃdhaya 形，哺乳的

स्तन्य stanya 中，乳汁

स्तबक stabaka 阳，一束，一簇，一捆，花簇

स्तम्ब stamba 阳，一束，秸秆

स्तम्बेरम stamberama 阳，大象

स्तम्भ stambha 阳，坚固，僵硬，阻碍，支柱，柱子

स्तम्भित stambhita 过分，阻碍，僵硬，瘫痪，固定，抑制

स्तिमित stimita 形，潮湿的，静止的，不动的，平静的，安静的，稳定的，闭上的，迟钝的，缓慢的，柔和的

स्तु √stu 2.赞美，颂扬，赞颂

स्तुत stuta 阳，赞颂

स्तुति stuti 阴，赞美，赞颂，赞词

स्तुत्य stutya 形，值得赞颂的，值得颂扬的

स्तृ √stṛ 5.遍布，散布，散落

स्त्री strī 阴，妇女，女人，妻子

स्थ stha 形，（用于复合词末尾）站立，处在，位于；阳，地方，位置

स्थल sthala 中，旱地，陆地，地面，地方，地点，位置，部位

स्थली sthalī 阴，旱地，陆地，林地，地面，部位

स्थविर sthavira 形，可靠的，年老的；阳，老人

स्था √sthā 1.站，站立，站着，停留，保持，等待，停止，存在，处于，遵奉，执行；致使，安置，安排，确立

स्थाणु sthāṇu 形，稳固的；阳，湿婆，柱子，树桩

स्थान sthāna 中，地方，地点，位置，部位

स्थाने sthāne 不变词，正确，确实

स्थापित sthāpita 过分，安放，安排，任用

स्थावर sthāvara 形，不动的；阳，山；中，不动物

स्थित sthita 过分，站，站立，停留，保持，维持，处于，位于，存在，遵照，恪守，依据，听从，固定，决心，确立，坚决，坚定

स्थिति sthiti 阴，站立，停留，安住，位置，处所，稳定，安稳，坚定，持久，维持，维系，延续，传承，传统，常规，准则，规则，事理

स्थितिमत् sthitimat 形，稳定的，永久的

स्थिर sthira 形，坚定的，坚固的，牢固的，持久的

स्थूल sthūla 形，粗大的，肥胖的，强壮的，笨拙的

स्ना √snā 2.沐浴

स्नात snāta 过分，沐浴

स्नातक snātaka 阳，举行净化仪式后进入家居期的婆罗门，完成教育进入家居生活的婆罗门，家主

स्नान snāna 中，沐浴

स्नानीय snānīya 中，沐浴用品

स्निग्ध snigdha 形，温情的，真挚的，湿润的，柔和的，温柔的，优美的

स्नुषा snuṣā 阴，儿媳

स्नेह sneha 阳，喜爱，爱意，爱情，慈爱，关爱，温情，油

स्पर्धिन् spardhin 形，竞争的，竞赛的，媲美的

स्पर्श sparśa 阳，接触，触摸，触觉，触感

स्पष्ट spaṣṭa 形，清晰的，明白的，明显的，真实的，展开的

स्पृश् √spṛś 6.接触，触摸，触及，到达，获得；致使，给予

स्पृश् spṛś 形，（用于复合词末尾）接触

स्पृष्ट spṛṣṭa 过分，接触，感知，达到

स्पृह् √spṛh 10.希望，渴望，羡慕，妒忌

स्पृहणीय spṛhaṇīya 形，令人渴望的，可羡慕的

स्पृहता spṛhatā 阴，渴望

स्पृहयालु spṛhayālu 形，渴望的

स्पृहा spṛhā 阴，渴望，愿望，贪求，贪图，贪欲

स्पृहावत् spṛhāvat 形，渴望的

स्फटिक sphaṭika 阳，水晶，玻璃

स्फुट sphuṭa 形，破裂的，绽开的，展开

的，显现的，清晰的，洁净的

स्फुटम् sphuṭam 不变词，清晰地，明显地

स्फुर् √sphur 6.颤动，颤抖，抖动，闪烁，闪耀

स्फुरित sphurita 过分，颤动，颤抖，闪烁

स्म sma 不变词，与现在时连用，表示过去；经常，始终，确实

स्मय smaya 阳，骄傲，虚荣

स्मर smara 阳，爱情，爱神

स्मरण smaraṇa 阳，忆念

स्मित smita 过分，微笑；中，微笑

स्मृ √smṛ 1.记忆，记得，记起，回忆，回想，挂念，留恋

स्मृत smṛta 过分，记得，回忆，相传；中，记忆

स्मृति smṛti 阴，记忆，传承，法论

स्मेर smera 形，微笑的，绽开的，展现的，明显的

स्यन्दन syandana 阳，战车，车辆

स्रंस् √sraṃs 1.坠落，滑落，脱落，失落

स्रग्विन् sragvin 形，有花环的

स्रज् sraj 阴，花环

स्रवन्ती sravantī 阴，溪流，河流

स्रष्टृ sraṣṭṛ 阳，创造主

स्रस्त srasta 过分，落下，失落

स्रुच् sruc 阴，木勺

स्रुत sruta 过分，流淌，流出

स्रुति sruti 阴，流淌，水流

स्रोतस् srotas 中，水流，溪流，河流

स्रोतोवहा srotovahā 阴，河流

स्व sva 代、形，自己的；阳，自己；阳、中，财富

स्वकीय svakīya 形，自己的

स्वजन svajana 阳，亲戚，亲人，自己人

स्वञ्ज् √svañj 1.拥抱

स्वतन्त्रय √svatantraya 名动词，自主

स्वतस् svatas 不变词，自己，出于自己

स्वधा svadhā 阴，祭品

स्वन svana 阳，声音，声响

स्वनवत् svanavat 形，发出响声的

स्वन्त svanta 形，有好结果的

स्वप् √svap 2.睡眠，躺下

स्वप्न svapna 阳，睡眠，睡梦，梦

स्वभाव svabhāva 阳，自性，本性

स्वभावतस् svabhāvatas 不变词，出于本性

स्वयम् svayam 不变词，亲自，自己，本身，自动，主动地

स्वयंवर svayaṃvara 阳，自选，自选夫婿，选婿大典

स्वर् svar 不变词，天国，天空

स्वर svara 阳，声音，话音，音调

स्वर्ग svarga 阳，天，天国

स्वर्गति svargati 阴，升天，死亡

स्वर्गिन् svargin 形，升天的，死去的

स्वसृ svasṛ 阴，姐妹

स्वस्ति svasti 阴、中，吉祥，幸运；不变词，吉祥，幸运

स्वस्तिमत् svastimat 形，吉祥的，平安的

स्वस्थ svastha 形，自如的，自在的，安乐的

स्वादु svādu 形，甜蜜的

स्वाभाविक svābhāvika 形，本性的，天然的

स्वाहा svāhā 阴，祭品，娑婆诃（火神的妻子）

स्विन्न svinna 过分，出汗

स्वीकरण svīkaraṇa 中，占为己有

स्वेद् sveda 阳，汗，汗水，汗珠

स्वैर svaira 形，任意的，自由的，自信的

स्वैरम् svairam 不变词，随意地，自由自在，轻松地，温和地

ह ha

ह ha 不变词，确实；形，（用于复合词末尾）消灭的

हंस haṃsa 阳，天鹅

हंसी haṃsī 阴，雌天鹅

हत hata 过分，杀害，杀死，伤害，受损，打击，毁灭，不幸的

हन् √han 2.杀害，杀死，消灭，打击，伤害，折磨

हनूमत् hanūmat 阳，哈奴曼（猴子名）

हन्त hanta 不变词，天啊

हन्तृ hantṛ 形、阳，杀戮者，杀手

हय haya 阳，马

हर hara 形，取走的，带来的，抓住的，迷人的，占有的；阳，诃罗（湿婆的称号），湿婆，携带

हरण haraṇa 中，夺走

हरि hari 形，绿色的，黄褐色的，棕色的；阳，诃利（毗湿奴、因陀罗、湿婆、梵天和黑天的称号），狮子，马，猴子，黄色

हरिण hariṇa 形，苍白的；阳，鹿，羚羊，羚羊鹿

हरिणी hariṇī 阴，母鹿，母羚羊，诃利尼（天女名）

हरित् harit 形，绿色的，黄褐色的；阳，黄褐马，快马；阳、中，方位

हरिदश्व haridaśva 阳，拥有黄褐马的，太阳

हर्म्य harmya 中，宫殿，楼阁

हर्ष harṣa 阳，喜悦，高兴，愉快，毛发竖起

हर्षित harṣita 过分，喜悦，高兴；中，喜悦，高兴

हविस् havis 中，祭品

हस्त hasta 阳，手，手臂，象鼻

हस्तवत् hastavat 形，身手敏捷的

हा hā 不变词，啊

हा √hā 3.离开，抛弃，放弃，忽视，避开；被动，减少，亏缺

हानि hāni 阴，抛弃，失去，损失，缺乏

हार hāra 阳，取走，剥夺，花环，项链

हारीत hārīta 阳，鸽子

हार्य hārya 形，应夺走的，可以夺走的

हास hāsa 阳，笑，嘲笑，嗤笑

हास्य hāsya 形，可笑的；中，玩笑，笑话

हि hi 不变词，因为，确实，一定，正是

हिंस् √hiṃs 1.7.10.打击，伤害，折磨，杀害，毁灭

हिंसा hiṃsā 阴，杀害，杀生

हिंस्र hiṃsra 形，伤害的，残酷的，凶猛的；阳，猛兽，恶兽，野兽，毁灭者，杀生者

हिम hima 形，寒冷的；中，霜，霜露，霜雾，雪，寒冷

हिमकर himakara 阳，月亮

हिमवत् himavat 阳，雪山

हिमांशु himāṃśu 阳，月亮

हिमाद्रि himādri 阳，雪山

हिरण्मय hiraṇmaya 形，金制的，金子的

हिरण्य hiraṇya 中，金子

हिरण्यरेतस् hiraṇyaretas 阳，火

हिरण्याक्ष hiraṇyākṣa 阳，金眼，希罗尼亚刹（魔名）

हीन hīna 过分，缺少，下等，低下，低劣

हु √hu 3.祭供，献祭

हुंकार huṃkāra 阳，呼声

हुत huta 过分，祭供；中，祭品

हुताश hutāśa 阳，祭火，火

हुताशन hutāśana 阳，祭火，火

हूण hūṇa 阳，（复）匈奴人

हृ √hṛ 1.带走，取走，收取，取回，抓住，夺走，摧毁，消除，驱除，驱散，吸引，迷住

हृत hṛta 过分，取来，抓住，夺走，剥夺，消除

हृद् hṛd 中，心

हृदय hṛdaya 中，心

हृदयंगम hṛdayaṃgama 形，迷人的，动人心弦的，贴心的

हृद्य hṛdya 形，真诚的，迷人的，喜悦的

हृष्ट hṛṣṭa 过分，喜悦，欢乐

हे he 不变词，嗨，嘿，唉

हेति heti 阳、阴，武器，打击，光芒，光辉

हेतु hetu 阳，原因

हेम hema 中，黄金，金子

हेमन् heman 中，金子

हैम haima 形，霜雪的，金制的

हैमन haimana 形，冬天的

हैमवत haimavata 形，有雪的，雪山的

हैयंगवीन haiyaṃgavīna 中，新鲜酥油

हैहय haihaya 阳，作武王

होतृ hotṛ 阳，祭司

होम homa 阳，祭供，祭祀

ह्रद hrada 阳，湖泊，池塘，洞穴

ह्री √hrī 3.羞愧，羞涩

ह्री hrī 阴，羞愧，廉耻，害羞，羞涩

ह्रेपित hrepita 形，蒙羞的

ह्लाद् √hlād 1.喜悦，高兴；致使，取悦